DANTE

DANTE

ŒUVRES COMPLÈTES

Traduction nouvelle revue et corrigée,
avec un index des noms de personnes et de personnages
sous la direction de Christian Bec

Traductions de Christian Bec, Roberto Barbone,
François Livi, Marc Scialom et Antonio Stäuble
Notes et index de Christian Bec

La Pochothèque

LE LIVRE DE POCHE

Les traductions sont dues à
Christian Bec pour *Vie nouvelle*, *Rimes*, et le *Banquet* ;
Roberto Barbone et Antonio Stäuble pour *De l'éloquence en langue vulgaire*, les *Épîtres*, les *Églogues* et la *Querelle de l'eau et de la terre* ;
François Livi pour *La Monarchie* ;
Marc Scialom pour *La Divine Comédie*.

Les notes sont dues à Christian Bec : réduites au minimum, elles ont pour fonction d'expliciter le texte, telle ou telle traduction, et de donner les sources de Dante.
L'index des noms de personnes et de personnages est de Christian Bec.

© Librairie Générale Française, 1996, pour l'avant-propos et les notes.
ISBN : 978-2-253-13268-4 – 1re pubblication – LGF

AVANT-PROPOS

« En ce moment, le pas rapide de plusieurs chevaux retentit au milieu du silence, le chien aboya... ; des cavaliers descendirent, frappèrent à la porte, et le bruit s'éleva tout à coup avec la violence d'une détonation inattendue... La lourde et sonore démarche d'un homme d'armes dont l'épée, dont la cuirasse et les éperons produisaient un cliquetis ferrugineux retentit dans l'escalier ; puis un soldat se montra bientôt devant l'étranger surpris.

— Nous pouvons rentrer à Florence, dit cet homme dont la grosse voix parut douce en prononçant des mots italiens.

— Que dis-tu ? demanda le grand vieillard.

— Les *blancs* triomphent !

— Ne te trompes-tu pas ? reprit le poète.

— Non, mon cher Dante ! répondit le soldat dont la voix guerrière exprima les frissonnements des batailles et les joies de la victoire.

— À Florence ! à Florence ! Ô ma Florence ! cria vivement Dante Alighieri qui se dressa sur ses pieds, regarda dans les airs, crut voir l'Italie, et devint gigantesque. »

Ce passage mélodramatique, représentation quasi caricaturale (mais conforme aux lois du genre) d'un Moyen Âge de pacotille, se trouve à la fin d'un récit de Balzac, intitulé *Les Proscrits*, publié en

1831. L'auteur de *La Comédie humaine* (dont le titre s'inspire de *La Divine Comédie*) imagine, entre légende et anachronisme, que Dante exilé séjourna à Paris en 1308, près de Notre-Dame, et qu'il écouta alors les leçons de Sigier de Brabant, philosophe averroïste (mort en réalité entre 1282 et 1284). Ainsi Balzac voulut-il rendre hommage à l'auteur de la *Comédie* en le poussant hâtivement au rang de « grand vieillard » (en 1308 Dante avait quarante-trois ans) et de héros romantique : « L'étranger gardait cette attitude intrépide et sérieuse que contractent les hommes habitués au malheur, faits par la nature pour affronter avec impassibilité les foules furieuses et pour regarder en face les grands dangers. Il semblait se mouvoir dans une sphère à lui, d'où il planait au-dessus de l'humanité. »

L'éloge d'un Dante poète malheureux et inspiré n'est pas exceptionnel dans la littérature française de l'époque romantique. Ainsi Madame de Staël se reconnaît-elle en ce Dante exilé : comme lui, elle est contrainte de quitter sa patrie et comme lui elle attend de son bannissement la gloire littéraire. De même Hugo, exilé volontaire à Guernesey, se sent un nouveau Dante : grand poète et grand proscrit, il triomphera de ses ennemis après leur éphémère victoire. Dans *La Légende des siècles*, il évoque le triste exil de Dante et la chape qui pèse sur lui, cependant qu'il met en épigraphe à l'un des chapitres de *Notre-Dame de Paris : Laissez toute espérance*, une injonction tirée de l'inscription que le poète florentin dit avoir lue sur la porte de l'Enfer (*Enfer*, III, 9). Un demi-siècle avant Hugo, Rivarol ne se comporte pas de façon différente, quand il s'écrie dans son introduction à sa traduction de l'*Enfer* : « Qu'ensuite exilé par des citoyens ingrats, il soit réduit à traîner une vie errante, et à mendier les secours de quelques petits souverains : il est évident que les malheurs de son siècle et ses propres infortunes feront sur lui des impressions profondes et le disposeront à des conceptions mélancoliques et terribles. »

Cette brève évocation de la légende romantique et post-romantique de Dante se justifie pour deux raisons : elle pèse aujourd'hui encore sur l'image que l'opinion se fait de l'auteur de *La Divine Comédie* (le reste de son œuvre étant quasiment ignoré).

En un mot, le Dante de l'histoire n'est pas, ou pas seulement, le personnage mythique que l'on vient de rappeler.

À Florence, entre politique et littérature (1265-1301)

Issu d'une vieille famille noble déchue[1] (son père est un modeste prêteur sur gages), Dante (ou Durante) Alighieri naît à Florence en mai 1265. Il passe sa jeunesse dans sa ville natale et se rend peut-être (mais rien n'est moins sûr) à l'Université de Bologne pour y étudier. À Florence, il fréquente Brunetto Latini (1220 environ – 1294 ; *cf. Enfer*, XV, 22-124), auteur d'une encyclopédie en français, *Li Livres dou Trésor*. Il suit les enseignements de philosophie (sur Aristote) et de théologie (sur Albert le Grand et Thomas d'Aquin) de l'école dominicaine de Santa Maria Novella ainsi que les cours de l'école franciscaine de Santa Croce (plus orientée vers la mystique). Il lit aussi avec passion Virgile, Ovide, le *De amicitia* de Cicéron et le *De consolatione* de Boèce, des classiques de la culture médiévale. Il se lie d'autre part d'amitié et correspond en vers avec de jeunes poètes, ses concitoyens ou voisins : Guido Cavalcanti, Lapo Gianni, Dino Frescobaldi et Cino da Pistoia, que l'on appellera plus tard « stilnovistes[2] » (*cf. Purgatoire*, XXIV, 49-63). À cet engagement participe de façon emblématique le sonnet dantesque qui commence par ce quatrain :

Amour et noble cœur sont une unique chose,
comme le sage l'affirme en son propos,
et l'un n'ose être sans l'autre,
tout comme l'âme rationnelle sans raison (*Vie nouvelle*, XX),

cependant que Dante adresse à son « premier ami » Cavalcanti cet autre sonnet, qui débute par :

Guido, je voudrais que toi, Lapo et moi
fussions pris par quelque enchantement
et mis en un vaisseau qui à tout vent
aille sur mer selon votre et mon vouloir (*Rimes*, LII).

Lorsque son père meurt (vers 1281), Dante devient chef de famille et épouse (conformément aux conventions sociales du temps et non par amour) Gemma Donati. Il en a trois ou quatre enfants (dont deux, Piero et Jacopo, commenteront son œuvre).

---

[1]. La biographie de Dante se fonde sur trois séries de sources : des documents d'archives (peu nombreux), les premiers commentateurs et biographes (dont Boccace) et les « confessions » du poète dans ses œuvres. [2]. « Stilnovistes », c'est-à-dire pratiquant, à la suite des poètes courtois, provençaux, siciliens et toscans, une nouvelle écriture poétique, plus complexe et raffinée.

Comme les Florentins de son temps et de son milieu, il participe à certaines campagnes militaires : contre les Arétins à Campaldino (1289) et probablement contre les Pisans à Caprona.

En 1295, il s'engage dans la vie politique et s'inscrit pour cette raison à la corporation des médecins et marchands d'épices qu accueille également les artistes[1]. Dans une Florence coupée en deux factions : les Guelfes blancs (désireux d'indépendance vis-à-vis de la papauté) et les Guelfes noirs (liés à cette dernière[2]), il se range du côté des premiers. Il parvient à la magistrature suprême (le priorat) du 15 juin au 15 août 1300 (les charges sont très brèves dans la cité). Membre du Conseil des Cents, il est envoyé en octobre 1301 avec deux de ses concitoyens comme ambassadeur à Rome auprès du pape Boniface VIII. Durant son absence, les Noirs s'emparent du pouvoir à Florence avec l'appui de Charles de Valois.

Alors commence, comme à l'accoutumée, une terrible répression. Accusé de concussion et invité à se disculper, Dante refuse de se présenter devant ses juges. Il est donc condamné d'abord à de fortes amendes et à un exil de deux ans (janvier 1302), puis à la peine de mort par contumace (10 mars 1302). Dès lors sa vie bascule ; c'est l'exil (*cf. Paradis*, XVII, 46 *sqq.*) qui entraîne un élargissement de ses horizons. De « provincial » qu'il était encore, Dante devient un écrivain universel.

Durant les années de sa jeunesse florentine, le poète ne compose pas que des œuvres d'inspiration stilnoviste, mais aussi des *Rime* qu'il nomme *petrose*, parce que de ton âpre et dédiées à une cruelle Petra (ou Pierre), ainsi qu'une tenson[3] d'esprit comico-réaliste avec son compagnon Forese Donati (*cf.* aussi *Purgatoire*, XXIV, 10-15). Il y échange avec celui-ci (mais c'est la loi du genre) les invectives les plus violentes et les plus triviales (sur un ton que l'on retrouvera dans l'*Enfer*) :

> Jeune Bicci, fils de je ne sais qui,
> (à moins d'interroger dame Tessa),
> tu as avalé tant de choses
> que par force il te faut voler les autres.

---

1. Pour être élus et électeurs, les citoyens florentins devaient être inscrits à un Art (ou corporation). 2. Adversaires des Guelfes et partisans de l'empereur, les Gibelins avaient été anéantis à la bataille de Bénévent (1266, *cf. Enfer*, X, 51). 3. La tenson (en italien *tenzone*) consiste en un échange entre poètes de sonnets, parfois injurieux.

> Déjà l'on prend garde à sa personne ;
> qui au côté a une bourse, là où il arrive,
> s'écrie : « Cet homme au visage balafré
> est un fieffé voleur, à voir son attitude (*Rimes*, LXXVII).

Mais Dante sélectionne surtout certaines de ses *rime* pour les inclure dans « un petit livre », où il les commente en prose. Dédiée à Cavalcanti, c'est la *Vie nouvelle* (*Vita Nuova*) (au sens de vie renouvelée par l'amour) : trente et un poèmes et quarante-deux chapitres en prose. Il y évoque sa première rencontre à l'âge de neuf ans avec Béatrice Portinari (qui épousera plus tard Simone de' Bardi et mourra en 1290) :

« Neuf fois déjà depuis ma naissance le ciel de la lumière était presque revenu vers le même point de sa révolution, quand à mes yeux apparut pour la première fois la glorieuse dame de mes pensées, que nombre de gens nommaient Béatrice... Elle m'apparut vers le début de sa neuvième année et je la vis vers la fin de ma neuvième année. Elle m'apparut vêtue d'une très noble couleur, humble et honnête, rouge sang, ceinte et ornée comme il convenait à son très jeune âge » (*Vie nouvelle*, II).

Puis Dante parle de sa deuxième rencontre avec Béatrice, à l'âge de dix-huit ans (nouveau chiffre symbolique) :

« Après que furent passés assez de jours pour que fussent accomplies les neuf années suivant l'apparition susdite de cette très noble enfant, au dernier de ces jours il advint que cette admirable dame m'apparut vêtue d'une très blanche couleur... Passant dans une rue, elle tourna les yeux vers l'endroit où j'étais, plein d'effroi. De par son ineffable courtoisie... elle me salua si vertueusement qu'il me sembla voir alors le sommet de la béatitude » (*ibid.*, III).

Dante dit ensuite sa passion pour Béatrice, les tourments que son dédain lui procure, son désespoir à l'annonce de sa mort prématurée :

> Combien de fois, hélas ! il me souvient
> que je ne dois plus jamais
> voir la dame, dont je suis si dolent ;
> tant de douleur autour du cœur m'assemble
> mon esprit douloureux,
> que je dis : « Pourquoi ne pas fuir, mon âme ? » (*ibid.*, XXXIII).

Mais le poète avoue ensuite son attirance pour une noble dame (dont il affirmera dans le *Banquet* qu'elle était la philosophie) laquelle l'entraîne vers la trahison et le mauvais chemin de l'erreur *(traviamento)*. Il évoque son repentir et la promesse qu'il se fait de chanter plus tard sa dame d'une façon nouvelle et plus digne (la *Comédie*).

À la base de cet opuscule résident quelques données assurément biographiques, mais réécrites, repensées et remises en ordre. Avant tout, la *Vie nouvelle* (« livre de ma mémoire », dit Dante d'entrée de jeu) marque le début « dans la littérature européenne d'une histoire personnelle racontée en langue vulgaire, sans que s'interpose un protagoniste ou un narrateur fictif » (P. Renucci). C'est là, à n'en pas douter, un événement considérable !

Vingt ans d'exil et un chef-d'œuvre (1302-1321)

Exclu de Florence jusqu'à sa mort, Dante participe d'abord à certaines opérations militaires des Blancs, lesquels s'efforcent vainement de rentrer dans leur patrie et essuient plusieurs défaites notamment à La Lastra, près de Fiesole, en juillet 1304. Il décide alors de se séparer de ses anciens amis et de se faire « un parti de [lui]-même » (*cf. Paradis*, XVII, 61). Espérant être amnistié, il erre de contrée en cité (Trévise, Padoue, le Casentino, la Lunigiana, Lucques), selon les hospitalités offertes.

En 1310, il place tous ses espoirs en la descente en Italie d'Henri VII de Luxembourg (élu empereur deux ans auparavant). Il en soutient l'entreprise par des *Épîtres* en latin, dont quelques-unes (VI et VII) sont d'une grande violence et visent particulièrement les Florentins.

Peu après Dante est l'hôte à Vérone de Cangrande della Scala, à qui il dédiera le *Paradis* (*Épître*, XIII). En juin 1315 (*Épître*, XII), il refuse un pardon qu'il juge humiliant et voit de ce fait réitérées sa condamnation à mort et la confiscation de ses biens.

Le poète se rend enfin en 1320 à la cour de Novello da Polenta, seigneur de Ravenne, ville où il meurt le 14 septembre 1321, de fièvres paludéennes, au retour d'une ambassade auprès de la République de Venise.

Le Banquet

Composé entre 1304 et 1307, en langue vulgaire, inachevé, le Banquet (*Convivio*) se propose d'initier au repas des savants (« mets » des chansons et « pain » des commentaires) les hommes que leur condition ou leur formation empêchent d'accéder à la haute culture. Au premier livre, Dante justifie son usage de la langue vulgaire. Dans le deuxième, il fait l'éloge de la philosophie. Dans le troisième, il s'efforce de définir celle-ci, anticipation de la béatitude éternelle. Le quatrième livre débat du problème de la vraie noblesse, qui n'est pas le fait d'un ancien lignage, ni de la richesse, mais conquête individuelle de ceux qui, à tous les âges de la vie, savent se comporter vertueusement dans chacune de leurs actions. Au même livre IV, Dante aborde le problème de la monarchie universelle, qui transcende le gouvernement communal.

De l'éloquence en langue vulgaire

Dans ce traité (*De vulgari eloquentia*) en latin sur la langue vulgaire (composé vers 1305), lui aussi inachevé, Dante résume l'histoire originelle des langues et celle des dialectes italiens. Il critique (comme dans le *Banquet*) les municipalismes (et leurs produits, les divers dialectes) et proclame la mission des *doctores illustres*, qui s'adressent à un public universel, et non pas enfermé dans l'étroite enceinte des communes. Se référant souvent à ses propres expériences poétiques, il fonde la théorie d'une langue italienne « illustre », « aulique », « curiale », produit d'un polissage attentif confié aux meilleurs poètes d'Italie.

La Monarchie

Également écrite en latin, la *Monarchia* démontre (livre I) que la monarchie universelle (l'Empire) est indispensable pour assurer la paix et le bonheur terrestre des hommes. Au livre II, Dante proclame que l'Empire revient de droit au Peuple Romain, choisi à cette fin par la volonté divine. Au livre III, il débat du problème, alors aigu, des rapports entre le Sacerdoce et l'Empire. Et il tranche la question en termes d'indépendance réciproque. Au pape, le domaine spirituel ; à l'empereur, le temporel ; chacun d'eux étant investi par Dieu de sa mission respective.

Œuvres mineures

Hors de sa patrie, Dante écrit d'autres œuvres d'importance mineure. Entre juillet 1318 et août 1320, il échange une correspondance en vers latins avec l'universitaire bolonais Giovanni del Virgilio (ainsi nommé pour ses commentaires de Virgile), qui lui avait demandé d'écrire en latin (la seule vraie langue littéraire à ses yeux) un poème épique.

Le 20 janvier 1320, Dante discourt à Vérone, en termes scolastiques, « du site et de la forme de l'eau et de la terre » (*Questio de aqua et terra*). Partant de la théorie, d'origine aristotélicienne, selon laquelle les éléments sont disposés en sphères concentriques, il démontre que la Terre — placée au centre de l'univers — émerge pourtant des eaux dans l'hémisphère septentrional en raison de l'influence des étoiles (*cf.* la structure de l'univers dans *La Divine Comédie*, p. 598).

La Divine Comédie

Intitulée *Commedìa*, parce que employant un niveau stylistique moyen (entre le « tragique » et l'« élégiaque ») et se finissant heureusement, nommée « divine » au XVIe siècle (édition vénitienne de 1555), l'œuvre majeure de Dante est le produit d'un long travail de « lime », qui va de 1306 environ presque jusqu'à la mort de son auteur ; certaines parties ayant été diffusées chemin faisant (notamment à Vérone en 1314), alors que le *Paradis* fut publié après sa mort par les fils du poète.

La *Comédie* frappe d'abord par son ampleur : 14 233 vers (hendécasyllabes) en *terza rima* (tercets), distribués en 100 chants, eux-mêmes répartis en trois *cantiche* : *Enfer* (1 + 33 chants), *Purgatoire* (33 chants) et *Paradis* (33 chants également). L'enfer est divisé en trois zones, de même que le purgatoire, alors que le paradis est divisé en dix cieux.

Le choix de ces nombres n'est certainement pas gratuit, car le 3 renvoie à la Trinité et le 10 est un nombre parfait. Dans le « poème sacré », Béatrice apparaît pour la première fois à Dante au chant XXX du *Purgatoire* et elle déclare son nom au milieu même de ce chant. Dans l'ensemble de la *Comédie*, ce chant XXX est précédé de 63 chants et suivi de 36 : nouvelle symbolique du 3 ! Mais il ne faut pas aller au-delà par le jeu trop facile (ou complexe) des opérations mathématiques. D'ancienne origine magico-mystique, la numérologie n'est pas la principale clef d'interprétation de la *Comédie*.

Motif archaïque, remontant bien au-delà des Grecs et des Latins, le thème porteur du poème est le voyage de Dante au pays des morts, sous la conduite de trois guides successifs : Virgile, « lumière et honneur de tous les poètes » ; puis Béatrice, à partir du chant XXX du *Purgatoire* ; enfin saint Bernard de Clairvaux, lorsque Dante est admis à contempler Dieu.

Commencé le 18 avril 1300 (jour du Vendredi saint, année du Jubilé), le voyage initiatique de Dante dure une semaine. Perdu dans une « forêt obscure » (symbole de son égarement), puis secouru par Virgile que Béatrice a envoyé à son secours (chants I à III de l'*Enfer*), Dante descend au royaume des pécheurs.

Il y accède par une sorte d'entonnoir creusé au sein de la terre par la chute de Lucifer, et divisé en cercles concentriques (*cf.* p. 598). Au premier de ces cercles (limbes), Dante et son guide trouvent les âmes vertueuses privées de la foi, parmi lesquelles celles des poètes et des philosophes de l'Antiquité (chant IV). Dans les cercles suivants, ils croisent les luxurieux (V), les gourmands (VI), les avares et les prodigues (VII), les coléreux (VIII-IX), les hérétiques (X-XI), les violents envers leur prochain, envers eux-mêmes, envers Dieu et envers la nature (XII-XVII). Le huitième cercle, celui de la fraude, abrite les ruffians et les séducteurs, les adulateurs, les simoniaques, les devins et jeteurs de sort, les prévaricateurs, les hypocrites, les voleurs, les conseillers perfides, les semeurs de discorde et les faussaires (XVIII-XXX). Au neuvième cercle subissent le châtiment les traîtres envers leurs parents, leur patrie, leurs hôtes et leurs bienfaiteurs (XXXI-XXXIV). Parmi ces damnés se trouve Lucifer, qui dans ses trois gueules engloutit pour l'éternité Judas (traître à Jésus) ainsi que Brutus et Cassius (traîtres à César).

Comme on le voit, Dante classe les pécheurs par ordre de culpabilité croissante. Il les soumet en outre à des supplices toujours plus cruels et qui correspondent à la gravité de leurs fautes. Ainsi les luxurieux sont-ils emportés par le vent (de leur passion) ; les violents, plongés dans un fleuve de sang bouillant ; les adulateurs, immergés dans l'ordure ; les traîtres, pris dans un étang de glace...

Une foule de gardiens, d'origine mythologique (Charon, Minos, les Centaures, etc.) ou biblique (les Géants ou les diables), surveille et torture une humanité dépourvue de toute espérance.

Aux antipodes de l'enfer et de Jérusalem, dans l'hémisphère sud, se situe le purgatoire, sur les pentes d'une montagne que domine l'Éden. Gravissant la montagne en compagnie de Virgile, Dante passe par l'Antépurgatoire. Il rencontre des négligents et des pécheurs morts de mort violente et repentis *in extremis* (chants III-VI). Il voit ensuite des princes coupables d'avoir négligé leurs devoirs (VII-VIII). Puis il accède à une première corniche, où sont punis des orgueilleux (X-XII) ; à une seconde corniche, où se trouvent des envieux (XIII-XV) ; à une troisième, des coléreux (XV-XVII) ; à une quatrième, des paresseux (XVIII-XIX) ; à une cinquième, des avares et des prodigues (XIX-XXIII) ; à une sixième, des gourmands (XXIII-XXV) ; à une septième et dernière corniche, des luxurieux (XXV-XXVII). Parvenu au paradis terrestre, le poète assiste avec Béatrice à un spectacle allégorique, qui évoque notamment l'histoire de l'Église (XXIX-XXXIII). Après Caton qui surveille les rivages du purgatoire, les gardiens des corniches sont des anges.

S'élevant enfin au paradis par la seule force qu'exerce sur lui le regard de Béatrice, Dante franchit des ciels concentriques, toujours plus éloignés de la Terre, et dont le mouvement, toujours plus rapide, est entraîné par les hiérarchies angéliques (*cf.* p. 597). Il y voit, apparaissant selon leurs mérites, les bienheureux, qui sont en fait assemblés dans une sorte d'amphithéâtre, la Rose céleste. Au ciel de la Lune, Dante rencontre les âmes qui n'ont pu accomplir leurs vœux ; au ciel de Mercure, celles qui ont fait le bien par amour de la gloire ; au ciel de Vénus, les esprits guidés par l'amour ; au ciel du Soleil, les sages ; au ciel de Mars, ceux qui ont combattu pour la foi ; au ciel de Jupiter, les esprits justes et pieux ; au ciel de Saturne, les contemplatifs. Parvenu au ciel des étoiles fixes, il est interrogé sur la foi. Au Cristallin ou Premier Mobile, il est notamment informé de la nature des anges. Au dixième ciel, enfin, ou

mpyrée, non-espace où règnent les bienheureux contemplant la ivinité, Dante est ravi en extase à la vue du mystère divin :
Là défaillit ma haute fantaisie...
  Mais il tournait ma soif et mon vouloir,
    exacte roue, l'amour qui dans sa ronde
élance le soleil et tant d'étoiles.

L'architecture complexe et rigoureuse décrite ici fournit au poète occasion d'un cheminement initiatique, didactique, purificateur et mystique à travers les trois « royaumes » : du péché, du repentir et e la contemplation des éternelles vérités.

Son passage aux limbes lui permet de voir et de célébrer les grands poètes de l'Antiquité, Homère (qu'il ne connaît que par ouï-dire), Horace, Ovide, Lucain (qui lui sont de fréquentes sources). Ceux-ci le reconnaissent avec Virgile comme leur égal.

La descente de Dante en enfer lui fait rencontrer — entre tant d'autres — Francesca da Rimini et son amant, qui pleurent au souvenir de leur premier baiser ; son concitoyen Farinata degli Uberti, avec qui il débat de l'actualité politique récente de Florence et de son futur ; un autre Florentin, Cavalcante Cavalcanti, qui s'inquiète du sort de son fils, le poète Guido ; Ulysse, qui lui narre son ultime et fatal voyage au-delà des colonnes d'Hercule (symboliques des recherches interdites à l'appétit de connaissance animant les hommes) ; le comte Hugolin della Gherardesca, qui raconte sa fin misérable dans une tour où, victime des haines partisanes, il mourut de faim avec ses enfants, pourtant innocents. Des prophéties *post eventum* permettent au voyageur d'annoncer son exil ou de condamner à l'enfer, parmi les simoniaques, le pape Boniface VIII (mort en 1303).

Parfois isolés — à tort — par certains critiques de leur contexte en raison de leur indéniable densité « humaine » ou « poétique », ces épisodes n'ont de sens qu'au sein du grand dessein de l'œuvre tout entière.

Dans l'ambiance plus sereine du purgatoire (car l'attente de leur montée au paradis anime toutes les âmes, qui espèrent également en l'appui des prières des vivants), Dante a de nombreux interlocuteurs : son ami, le musicien Casella ; le trouvère mantouan de langue provençale Sordello, mort en 1261 ; son compagnon de tenson Forese Donati ; de même que Manfredi, fils naturel de l'empereur Frédéric II, mort en combattant en 1266 près de Bénévent. Il a un entretien avec le poète lucquois Bonagiunta Orbicciani (mort peu avant 1300), qui lui donne l'occasion de définir l'art poétique « nouveau » qu'il mit en œuvre avec ses amis stilnovistes. Au purgatoire, Dante rencontre aussi le miniaturiste Oderisi da Gubbio (mort vers 1299), qui lui suggère que sa renommée littéraire éclipsera celles de Guinizelli et de Guido Cavalcanti.

Enfin, dans l'atmosphère toujours plus éclatante et aveuglante du paradis, Dante retrouve en Béatrice béatifiée un guide sévère et compatissant pour ses fautes, prompt à l'introduire, avec l'aide de certains saints (Pierre, Jacques, Jean et d'autres), dans la compréhension des mystères divins. C'est au paradis que le poète rencontre son ancêtre Cacciaguida, qui lui confirme l'ancienneté de leur lignée. Au ciel du Soleil, Dante avait précédemment entendu, de la bouche de saint Thomas (dominicain), l'éloge de saint François d'Assise et, de celle de saint Bonaventure (franciscain), celui de saint Dominique : refondateurs d'une Chrétienté héroïque et combattante, attachée (ou revenue) au principe évangélique fondamental de la pauvreté des clercs. Autant dire que l'atmosphère d'harmonie et de paix régnant au ciel n'empêche pas Thomas et Bonaventure de condamner avec virulence la déchéance de leurs ordres respectifs, alors que saint Pierre vitupère lui-même les fautes commises par ses plus récents successeurs...

On voit combien toutes les préoccupations et tous les pôles d'intérêt (littéraires, moraux, politiques, philosophiques, théologiques) de Dante (et de son temps) confluent dans son chef d'œuvre.

Écrite à la première personne (fait nouveau dans les littératures romanes) — à travers le « je » du personnage et celui de l'auteur — la *Comédie* vise à la réalisation d'une mission exemplaire. Figure allégorique de l'humanité tout entière, Dante adresse ses messages au monde. À travers son voyage de la faute vers le bien, il indique impérativement aux hommes, sans éprouver le moindre doute, la route qu'ils doivent suivre pour atteindre à Dieu.

Préoccupé de son temps et de l'avenir, l'auteur de la *Comédie* juge, condamne et prophétise. Il condamne la décadence de l'Église, qu'il impute à la complicité établie entre les clercs et les marchands. Il vitupère l'enrichissement pervers de Florence et des communes italiennes, leurs conflits internes et extérieurs, ainsi que leur instabilité institutionnelle. Bref, il refuse l'anarchie qui règne en Italie. Il n'est pas moins critique envers les seigneurs et les rois contemporains, qu'il juge inaptes, ambitieux et également responsables des désordres politiques et sociaux.

Le poète ne se résigne pas cependant. Dans la *Comédie*, il annonce la venue prochaine de mystérieux envoyés divins, qui un jour ramèneront sur la terre la paix et la justice.

Cette « restauration », Dante la confie aussi à un « projet politique ». Dès le *Banquet*, plus encore dans *La Monarchie* et dans la *Comédie*, il attend et espère la venue de cet empereur dont nous avons parlé, et qui échoue lamentablement.

La *Comédie* est-elle donc une vision, une utopie, dans le droit fil des visions eschatologiques et millénaristes du temps ? Assurément ! Mais vision et utopie sont chez Dante d'une immense élévation. Ce qui ne signifie pas pour autant que le poète se détache un seul instant du réel. Son « mysticisme » ne l'empêche jamais de se préoccuper du bonheur terrestre de l'humanité : bonheur terrestre qu'il ne juge aucunement incompatible avec la béatitude éternelle.

Aussi peut-on affirmer que le chef-d'œuvre de Dante est un rêve encyclopédique et « gigantesque » (pour reprendre l'expression de Balzac) : non de Dante seulement, mais du Moyen Âge italien (sinon européen) finissant.

Toutefois la *Comédie* est d'abord (pour le lecteur d'aujourd'hui en tout cas) une œuvre littéraire. De ce point de vue, elle a exercé des effets importants sur la littérature italienne en langue vulgaire. Elle en a enrichi le lexique, car Dante n'y emploie pas moins de 27 000 termes différents (contre 800 pour Cavalcanti, dont le registre est cependant plus restreint et les *Rimes* peu nombreuses). Contrairement à ses théories de l'*Éloquence vulgaire*, l'auteur de la *Comédie* recourt très largement au florentin et se situe (contrairement à ce qu'il dit dans l'*Épître* à Cangrande) dans les registres tantôt « bas » (« élégiaque »), tantôt « haut » (« tragique ») et tantôt « moyen » (« comique »).

Cette extraordinaire ampleur expressive est déterminée par une égale ampleur des thèmes traités. D'où le recours à des mots du langage quotidien, familier et même enfantin, à des expressions vulgaires et même obscènes, à des termes techniques (maritimes, médicaux, scientifiques, philosophiques), à des latinismes et à des néologismes. Comme il est logique, le niveau est généralement

« bas » en enfer, « moyen » au purgatoire et « haut » au paradis, sans que ce soit là une règle uniforme et générale.

En bref, dans l'*Enfer* un diable se sert de son « cul » comme d'une trompette, alors qu'au début du dernier chant du *Paradis* saint Bernard commence par ces mots son invocation à la Vierge tutélaire

> Ô vierge mère, fille de ton fils,
>   humble et haute sur toute créature,
>   terme assigné d'un éternel dessein,
> c'est grâce à toi que la nature humaine
>   devint si noble, que son Ouvrier
>   condescendit à se faire son œuvre...

C. Bec

BIBLIOGRAPHIE SOMMAIRE

ÉTUDES BIBLIOGRAPHIQUES

Esposito (E.), *Studi su Dante,* in A.V., *Enciclopedia dantesca,* vol. VI, Rome, 1978, pp. 538-618.
D., *Dantologia, bibliografia analitica degli studi su Dante dal 1950 al 1970,* Ravenne, 1983.
D., *Dantologia ... dal 1971 al 1980,* Ravenne, 1984.
Vallone (A.), *Storia della critica dantesca dal XIV al XX secolo,* Milan, 1981, 2 vol.

ŒUVRES DE DANTE

Divina Commedia, Milan, 1966-1967, 4 vol.
Divina Commedia, Milan, 1994-1997, 3 vol.
Opere, Florence, 1960.
Opere minori, t. I-1, Milan-Naples, 1984 ; t. I-2, 1988 ; t. II, 1979.

TRADUCTIONS FRANÇAISES

Œuvres complètes, par A. Pézard, Paris, 1965.
Divine Comédie, par J. Risset : *Enfer,* Paris, 1985 ; *Purgatoire,* 1988 ; *Paradis,* 1990 (édition bilingue).
Divine Comédie, par L. Portier, Paris, 1987.
Enfer, par J. Ch. Vegliante, Paris, 1996.
Purgatoire, par J. Ch. Vegliante, Paris, 1999.

ÉTUDES

A.V., *Enciclopedia dantesca,* Rome, 1970-1978, 6 vol.
Auerbach (E.), *Mimesis,* Turin, 1956.
Id., *Studi su Dante,* Milan, 1963.
Barbi (M.), *Vita di Dante,* Florence, 1963².
Bosco (U.), *Dante vicino,* Caltanisetta-Rome, 1966.
Boyde (P.), *L'uomo nel cosmo,* Bologne, 1984.

CONTINI (G.), *Un'idea di Dante*, Turin, 1976.
CORTI (M.), *Dante ad un nuovo crocevia*, Florence, 1981.
COSMO (U.), *Vita di Dante*, Florence, 1965².
GANDILLAC (M. de), *Dante*, Paris, 1968.
GILSON (E.), *Dante et la philosophie*, Paris, 1939.
ID., *Dante et Béatrice, études dantesques*, Paris, 1974.
GOUDET (J.), *Dante et la politique*, Paris, 1969.
HAUVETTE (H.), *Dante, introduction à l'étude de la « Divine Comédie »*, Paris, 1919.
NARDI (B.), *Saggi di filosofia dantesca*, Milan, 1930.
ID., *Nel mondo di Dante*, Rome, 1944.
ID., *Dal « Convivio » alla « Commedia »*, Rome, 1960.
ID., *Dante e la cultura medievale*, Bari, 1983³.
PADOAN (G.), *Il pio Enea, l'empio Ulisse*, Ravenne, 1977.
ID., *Introduzione a Dante*, Florence, 1990².
ID., *Il lungo cammino del poema sacro*, Florence, 1993.
PETROCCHI (G.), *Vita di Dante*, Bari, 1983.
PÉZARD (A.), *Dans le sillage de Dante*, Paris, 1975.
PORTIER (L.), *Dante*, Paris, 1971.
RENAUDET (A.), *Dante humaniste*, Paris, 1952.
RENUCCI (P.), *Dante disciple et juge du monde gréco-latin*, Paris, 1954.
ID., *Dante*, Paris, 1973².
RISSET (J.), *Dante écrivain ou l'« intelletto d'amore »*, Paris, 1982.
ID., *Dante, une vie*, Paris, 1995.
SINGLETON (Ch.), *Studi su Dante, introduzione alla « Divina Commedia »*, Naples, 1961.
STELLA (R.), *Dante*, in BEC (C.), *Précis de littérature italienne*, Paris, 1995², pp. 34-60.
VALLONE (A.), *Dante*, Milan, 1981².

NOTE SUR LES TRADUCTIONS

D'auteurs divers, les traductions proposées ici s'efforcent de répondre à deux critères fondamentaux : exactitude et — différemment du choix fait par A. Pézard — accessibilité immédiate en français moderne. Les choix que s'est fixés le traducteur de *La Divine Comédie* sont exposés par lui dans une note, p. 595.

CHRONOLOGIE

1265, mai-juin : naissance de Dante à Florence ; il est le fils aîné d'Alighiero degli Alighieri et de Bella degli Albizi et appartient à une famille guelfe, de petite noblesse et de condition modeste.

1270-1273 : mort de la mère de Dante ; le père épouse en secondes noces Lapa Cialuffi, dont il aura deux filles.

1274 : selon la *Vie nouvelle*, Dante rencontre pour la première fois Béatrice, fille de Folco Portinari, qui épousera plus tard Simone de' Bardi.

1281-1283 : mort du père de Dante ; celui-ci devient chef de famille.

1283 : nouvelle apparition de Béatrice à Dante ; composition du premier sonnet de la *Vie nouvelle* ; amitié de Dante avec de jeunes poètes florentins, dont Guido Cavalcanti.

1285 : mariage de Dante avec Gemma Donati ; il en aura quatre enfants : Giovanni, Pietro, Jacopo, Antonia.

1286 : rupture entre les Blancs et les Noirs.

1287 : séjour de Dante à Bologne.

1289 : participation de Dante à la bataille de Campaldino ; puis (16 août) à la prise de Caprona.

1290, 8 juin : mort de Béatrice ; Dante fréquente les écoles des franciscains et des dominicains de Florence.

1293 : ordonnances de Justice.

1294 : venue à Florence de Charles Martel, dont Dante devient un ami ; pontificat de Célestin V, à qui succède Boniface VIII.

1294-1295 : composition de la *Vie nouvelle*.

1295 : inscription de Dante à la corporation des médecins et marchands d'épices.

1295-1296 : Dante fait partie du Conseil du Capitaine du Peuple, du Conseil des Sages et du Conseil des Cent.

1300, 1ᵉʳ mai : affrontement entre Blancs et Noirs à Florence ; Dante en ambassade à San Gimignano ; 15 juin - 15 août : il est élu prieur 24 juin : il appuie la décision envoyant en exil les chefs des Blancs et des Noirs ; 27 juin : il prend la parole contre la demande du pape d'être nommé vicaire en Toscane.

1301, septembre : le pape décide d'envoyer à Florence un « pacificateur », Charles de Valois ; octobre : Dante est envoyé comme ambassadeur à Rome, où le pape le retient ; 1ᵉʳ novembre : les Noirs prennent le pouvoir à Florence.

1302, 22 janvier : Dante est condamné par contumace à une amende, à deux ans d'exil et à l'interdiction à vie de toute charge publique ; 10 mars : il est condamné au bûcher ; 8 juin : il participe à une rencontre entre les Blancs exilés et certains chefs des Gibelins toscans dans le Mugello.

1303 : Dante est à Forlì, puis à Vérone auprès de Cangrande della Scala.

1304-1309 : composition de *De l'éloquence en langue vulgaire*, du *Banquet* et de l'*Enfer*.

1304, 20 juillet : défaite des Blancs à La Lastra.

1305 : Clément V transfère la papauté à Avignon.

1306 : Dante est en Lunigiana.

1307-1313 : composition du *Purgatoire*.

1307 : Dante séjourne dans le Casentino.

1310-1313 : composition de *La Monarchie*.

1310, septembre-octobre : descente d'Henri VII en Italie.

1311 : Dante est exclu de l'amnistie proclamée à Florence.

1312 : couronnement d'Henri VII à Rome.

1313, 24 août : mort d'Henri VII ; Dante est à Vérone.

1315 : il rejette l'amnistie qui lui est offerte ; il est condamné à mort avec ses fils.

1316-1321 : composition du *Paradis*.

1318-1320 : composition des *Églogues*.

1319 : Dante est à Ravenne, où il est rejoint par ses enfants.

1320, 20 janvier : lecture publique à Vérone de la *Querelle de l'eau et de la terre*.

1321, juillet-août : ambassade de Dante à Venise ; 14 septembre : mort de Dante, obsèques solennelles et enterrement au couvent de Saint-François de Ravenne.

VIE NOUVELLE

I. En cette partie du livre de ma mémoire, avant laquelle peu de choses on pourrait lire[1], se trouve une rubrique[2] qui déclare : *Incipit vita nova*[3]. Sous cette rubrique je trouve écrites les paroles que j'ai l'intention de transcrire dans ce petit livre : sinon toutes, au moins leur sens.

II. Neuf fois déjà depuis ma naissance le ciel de la lumière était revenu presque vers le même point de sa révolution[4], quand à mes yeux apparut pour la première fois la glorieuse dame de mes pensées, que nombre de gens nommaient Béatrice[5] sans savoir ce que signifiait son nom. Elle avait déjà vécu en ce monde le temps que le ciel des étoiles met à se mouvoir vers l'Orient de la deuxième partie d'un degré[6], de sorte qu'elle m'apparut vers le début de sa neuvième année et que je la vis vers la fin de ma neuvième année. Elle m'apparut revêtue d'une très noble couleur, humble et honnête, rouge sang, ceinte et ornée comme il convenait à son très jeune âge. À ce moment, je dis en vérité que l'esprit de la vue[7], qui demeure en la chambre la plus secrète du cœur, commença à trembler si fort qu'il se manifesta horriblement en mes plus petites veines. En tremblant il dit ces paroles : *Ecce deus fortior me, qui*

---

1. Parce qu'il s'agit des années de la petite enfance de Dante. 2. Titre écrit en couleur et orné. 3. « Ainsi commence une vie nouvelle. » 4. C'est-à-dire que le soleil avait accompli neuf révolutions annuelles ; Dante avait donc neuf ans. Le chiffre neuf, symbole de la perfection (3 × 3), domine toute la structure de la *Vie nouvelle*. 5. « Porteuse de béatitude » (*cf.* p. 28, note 3, et p. 40, note 2). 6. Selon les croyances du temps de Dante, le ciel des étoiles se déplace d'un degré en un siècle. Béatrice a donc vécu alors un douzième de siècle, soit un peu plus de huit ans. 7. Selon Albert le Grand, repris par les scientifiques et les poètes contemporains de Dante, les « esprits » véhiculent les réactions psychophysiologiques de l'homme (*cf. Banquet*, II, III ; IV, VII ; IV, XXIII).

veniens dominabitur michi[1]. À ce moment, l'esprit animal qu[i] demeure en la chambre haute[2], où tous les esprits sensiti[fs] apportent leurs perceptions, commença à s'émerveiller fort et, pa[r]lant spécialement aux esprits de la vue, il dit ces paroles : *Apparu[it] iam beatitudo vestra*[3]. À ce moment, l'esprit naturel, qui demeur[e] en l'endroit où se règle notre nourriture[4], commença à pleurer e[t] pleurant, dit ces paroles : *Heu miser, quia frequenter impeditus er[o] deinceps*[5]. Dès lors je dis qu'Amour s'empara de mon âme, qui l[ui] fut si tôt soumise, et commença à prendre sur moi telle assuranc[e] et tel pouvoir, par la force que lui donnait mon imagination, qu'[il] me fallait exécuter complètement tous ses désirs. Il me recomman[]dait maintes fois de chercher à voir ce jeune ange. Aussi duran[t] mon enfance l'allai-je souvent cherchant ; et je lui voyais de s[i] nobles et louables manières que d'elle on pouvait assurément dir[e] cette parole d'Homère : « Elle ne semblait pas la fille d'un homm[e] mortel, mais d'un dieu[6]. » Bien que son image, qui avec mo[i] demeurait sans cesse, eût enhardi Amour à s'emparer de moi, tou[]tefois elle était de si noble vertu, que jamais elle ne souffrit qu'A[]mour me gouvernât sans le fidèle conseil de la raison, en ces chose[s] où un tel conseil est utile à entendre. Mais, parce que s'attarder su[r] les passions et les actes d'une enfance si tendre est comme raconte[r] certaines fables, je finirai mon propos. Et, négligeant maintes chose[s] que l'on pourrait tirer du livre d'où elles sont issues, j'en viendrai [à] ces paroles qui sont écrites en ma mémoire sous de plus important[s] paragraphes[7].

III. Après que furent passés assez de jours pour que fussen[t] accomplies les neuf années suivant l'apparition susdite de cette trè[s] noble enfant, au dernier de ces jours il advint que cette admirabl[e] dame m'apparut vêtue d'une très blanche couleur, au milieu d[e] deux nobles dames, qui étaient plus âgées. Passant dans une rue[,] elle tourna les yeux vers l'endroit où j'étais, plein d'effroi. De pa[r] son ineffable courtoisie, qui est aujourd'hui récompensée au monde

---

1. « Voici un dieu plus puissant que moi, qui venant me dominera. » Ce dieu est Amour. *Michi* est la graphie médiévale de *mihi*. 2. Le cerveau. 3. « Maintenant vient d'apparaître votre béatitude. » 4. Le foie. 5. « Hélas, pauvre de moi, car désormais je serai souvent empêché ! » 6. Adaptation d'une phrase de l'*Odyssée* (VI, 149) ou de l'*Iliade* (XXIV, 258), d'après le commentaire de l'*Éthique à Nicomaque* d'Aristote. 7. *Cf.* ci-dessus, chap. I.

l'en haut[1], elle me salua si vertueusement qu'il me sembla voir alors le sommet de la béatitude. L'heure où me parvint son doux salut, était exactement la neuvième de ce jour. Comme ce fut la première fois que ses paroles vinrent à mes oreilles, j'éprouvai tant de douceur que, comme enivré, je m'éloignai des gens et me réfugiai dans la solitude d'une chambre, où je me mis à penser à cette dame très courtoise. Pensant à elle, il me vint un doux sommeil où m'apparut une vision merveilleuse. Il me semblait voir dans ma chambre une nuée couleur de feu, où je discernais la figure d'un seigneur de terrible apparence à qui la regardait ; il me semblait en lui-même si joyeux que c'était chose admirable ; en ses paroles il disait maintes choses, dont je ne comprenais que quelques-unes, dont les suivantes : *Ego dominus tuus*[2]. Dans ses bras il me semblait voir dormir une personne nue, bien qu'elle me semblât enveloppée d'un drap rouge sang. La regardant très attentivement, je découvris que c'était la dame du salut[3], qui le jour précédent avait daigné me saluer. Dans l'une de ses mains il me semblait que le seigneur tenait une chose toute ardente et il me semblait qu'il me disait ces paroles : *Vide cor tuum*[4]. Après qu'il fut demeuré ainsi un moment, il me semblait qu'il réveillait celle qui dormait. Il s'efforçait tant et de toutes ses forces qu'il lui faisait manger la chose brûlant entre ses mains, que craintivement elle mangeait. Peu après sa joie se changeait en des pleurs très amers. Ainsi pleurant il reprenait cette dame dans ses bras et il me semblait qu'avec elle il s'en allait au ciel. J'en éprouvais une telle angoisse que je ne pus poursuivre mon faible sommeil, mais qu'il fut interrompu et que je me trouvai réveillé. Aussitôt je me mis à penser et trouvai que l'heure où m'était apparue cette vision, avait été la quatrième de la nuit ; de sorte qu'il apparaît manifestement qu'elle fut la première des neuf dernières heures de la nuit. Pensant à ce qui m'était apparu, je me proposai de le faire entendre à plusieurs fameux trouvères de ce temps-là. Comme j'avais déjà entrepris l'art de mettre les paroles en vers, je me proposai de faire un sonnet où je saluerais tous les fidèles d'Amour. Les priant de juger ma vision, je leur écrivis ce que j'avais vu dans mon sommeil. Et je commençai alors ce sonnet, qui commence par : *À chaque âme éprise.*

---

1. Au paradis. 2. « C'est moi qui suis ton seigneur. » 3. C'est-à-dire « qui m'avait salué et m'apportait aussi le salut (éternel) ». 4. « Vois ton cœur. »

À chaque âme éprise et noble cœur
aux yeux de qui parvient le présent propos,
afin qu'en retour leur avis ils m'écrivent,
salut en leur seigneur, qui est Amour.

5 Déjà presque au tiers étaient venues les heures
du temps où nous éclairent les étoiles
quand soudain Amour m'apparut,
dont le souvenir de l'aspect m'épouvante.

Allègre me semblait Amour, tenant
10 en main mon cœur et en ses bras portant
ma dame, enveloppée en un drap et dormant.

Puis il l'éveillait et de ce cœur brûlant,
effrayée, tendrement il la repaissait :
alors je le voyais s'en aller en pleurs.

Ce sonnet se divise en deux parties. Dans la première partie, je salue et demande une réponse ; dans la seconde, j'indique à quoi l'on doit répondre. La seconde partie commence par : *Déjà presque au tiers*.

À ce sonnet plusieurs répondirent, par divers propos. Parmi eux répondit celui que j'appelle le premier de mes amis ; il écrivit alors un sonnet qui commence par : *Vous vîtes à mon avis toute valeur*[1]. Et ce fut là comme le début de notre amitié, quand il sut que c'était moi qui lui avais envoyé cela. Le vrai sens dudit songe ne fut alors vu de personne, mais il est maintenant très manifeste aux plus simples.

IV. Depuis cette vision, mon esprit naturel[2] commença à être empêché dans ses fonctions, parce que l'âme était toute occupée à penser à cette très noble dame. Je fus donc en peu de temps réduit à un état si faible et frêle que nombre d'amis souffraient à me voir ; pleins d'envie, nombreux étaient ceux qui s'efforçaient de savoir de moi ce que je voulais en tout cacher à autrui. Pour moi, m'aper-

---

1. Ce « premier ami » de Dante est le poète florentin Guido Cavalcanti (1250 environ-1300) ; *cf. Rimes*, II. 2. *Cf.* p. 27, note 7.

devant des méchantes demandes qu'ils me faisaient, de par la volonté d'Amour, qui me commandait selon le conseil de la raison, je répondais qu'Amour était celui qui m'avait ainsi traité. Je disais ainsi d'Amour, parce que je portais au visage tant de ses marques que cela ne se pouvait cacher. Quand ils me demandaient : « Pour qui t'a ainsi réduit Amour ? », alors je les regardais en souriant et ne leur disais rien.

V. Un jour il advint que cette très noble dame était assise en un lieu où l'on entendait louer la Reine de gloire[1] ; pour moi, j'étais à une place où je voyais ma béatitude[2]. Entre elle et moi, en ligne droite, était assise une noble dame de très plaisant aspect, qui me regardait souvent, s'émerveillant de mon regard, qui semblait s'arrêter sur elle. Nombreux furent donc ceux qui s'aperçurent de sa façon de voir ; et on y prit si bien garde que, quittant ce lieu, j'entendis dire derrière moi : « Vois comme cette dame le détruit ! » Comme on la nommait, je compris qu'on parlait de celle qui se trouvait à mi-chemin sur la droite ligne partant de la très noble Béatrice pour s'arrêter à mes yeux. Alors je pris grand réconfort, assuré que ce jour-là mon secret n'avait été dévoilé à personne par mon regard. Aussitôt je pensai faire de cette noble dame un écran à la vérité ; en peu de temps je le fis si bien voir que la plupart de ceux qui parlaient de moi, crurent savoir mon secret. Grâce à cette dame, je me cachai quelques mois et années ; pour accroître la croyance des autres, je fis pour elle quelques rimes, que je n'ai pas l'intention d'écrire ici, sinon autant qu'elles puissent servir à raconter de cette très noble Béatrice ; aussi les laisserai-je toutes, sauf que j'en écrirai certaines choses qui semblent à sa louange.

VI. Je dis donc qu'au temps où cette dame était l'écran d'un tel amour, quant à ce qui me concernait, il me vint le désir de vouloir rappeler le nom de cette très noble dame en l'accompagnant de nombreux autres, dont celui de cette noble personne. Je choisis les noms de soixante des plus belles dames de la cité où ma dame fut mise par le Seigneur ; et je composai une épître en forme de *sir-*

---

1. En une église où l'on chantait des hymnes à la Vierge. 2. C'est-à-dire Béatrice.

ventès[1], que je n'écrirai pas ici. Je n'en aurais pas fait mention, sinon pour dire la chose merveilleuse qui m'advint en la composant : à savoir que le nom de ma dame ne voulut s'y trouver sous aucun autre nombre que le neuf parmi les noms de ces dames.

VII. La dame, par laquelle j'avais si longtemps caché mes sentiments, dut partir de la susdite cité et se rendre en un pays lointain. Aussi, comme effrayé de la disparition de ce beau rempart, je perdis tout courage, plus encore que je ne l'eusse cru moi-même auparavant. Pensant que, si je n'exprimais pas quelque douleur de son départ, l'on s'apercevrait promptement de ma feinte, je décidai d'en exprimer quelque plainte en un sonnet. Je vais l'écrire, parce que ma dame fut la cause immédiate de certaines paroles qui sont en ce sonnet, comme il apparaît à qui sait l'entendre. Je fis alors ce sonnet[2] qui commence par : *Ô vous qui par la voie*.

> Ô vous qui par la voie d'Amour passez,
> prenez garde et voyez
> s'il est quelque douleur aussi pesante que la mienne ;
> seulement je vous prie que vous veuilliez écouter ;
> 5   et puis songez
> si je suis de tout tourment hôtel et clef.
>
> Amour, non point certes pour mon peu de bonté,
> mais pour sa noblesse,
> me mit en une vie si douce et suave
> 10 que j'entendais derrière moi souvent dire :
> « Mon Dieu, pour quelle dignité
> cet homme a-t-il le cœur si allègre ? »
>
> Or j'ai perdu toute vaillance
> qui provenait d'un amoureux trésor ;
> 15 pauvre je demeure,
> en sorte que je crains de parler.

---

1. Poème provençal, dépourvu de forme fixe, passé en Italie sous le nom de *serventese* ou *sirventese*.   2. Il s'agit d'un sonnet « double », où un vers plus court se trouve intercalé entre deux hendécasyllabes.

Au point que, voulant faire comme ceux
qui par honte cachent leur insuffisance,
au-dehors je montre de l'allégresse
et en mon cœur je me ronge et pleure.

Ce sonnet a deux parties principales. Dans la première, j'entends interpeller les fidèles d'Amour par ces paroles du prophète Jérémie : *O vos omnes qui transitis per viam, attendite et videte si est dolor sicut dolor meus*[1], et les prier de bien vouloir m'entendre. Dans la seconde partie, je raconte où m'avait mis Amour, avec une intention que la fin du sonnet ne découvre pas, et je dis ce que j'avais perdu. La seconde partie commence par : *Amour, non point certes.*

VIII. Après le départ de cette noble dame, il plut au seigneur des anges[2] d'appeler à sa gloire une jeune dame de noble aspect, qui avait été fort appréciée en la susdite cité. Je vis son corps gisant sans âme au milieu de nombreuses dames, qui pleuraient fort pitoyablement. Alors, me souvenant qu'auparavant je l'avais vue tenir compagnie à ma très belle dame, je ne pus retenir quelques larmes. Pleurant, je me proposai de dire quelques paroles de sa mort, en remerciement de ce que parfois je l'avais vue avec ma dame. Et je fis alors deux sonnets, dont l'un commence par : *Pleurez, amants* ; et l'autre par : *Cruelle mort.*

Pleurez, amants, puisque Amour pleure,
en entendant pourquoi il se lamente.
Amour entend des dames implorer pitié,
montrant par leurs yeux une amère douleur,

parce que cruelle Mort en noble cœur
a imposé sa funeste pratique,
détruisant ce qu'au monde il faut louer
en noble dame, outre l'honneur.

---

1. *Lamentations de Jérémie,* I, 12 : « Ô vous tous qui par le chemin passez, prenez garde et voyez s'il est une douleur pareille à la mienne. » 2. Dieu.

Écoutez combien Amour lui fit honneur,
10   car je le vis se lamenter en sa propre forme
sur l'image morte et avenante ;

vers le ciel souvent il regardait,
où déjà se trouvait cette âme noble,
qui fut dame de si allègre apparence.

Ce premier sonnet se divise en trois parties. Dans la première j'appelle et sollicite les fidèles d'Amour à pleurer et dis que pleure leur seigneur. Je dis « en entendant pourquoi il se lamente », afin qu'ils se disposent à m'écouter davantage. Dans la deuxième partie j'en raconte la cause. Dans la troisième, je parle de certains honneurs qu'Amour fit à cette dame. La deuxième partie commence par : *Amour entend* ; la troisième par : *Écoutez*.

Cruelle mort, de pitié ennemie,
antique mère de douleur,
accablante sentence et pesante,
puisque à mon cœur douloureux
5   tu as porté un coup qui m'attriste,
ma langue s'épuise à te blâmer.

Si je te veux faire mendier une grâce,
il convient que je dise
ton erreur de tout tort coupable,
10   non pour qu'elle soit cachée aux autres,
mais pour en emplir de courroux
qui désormais se nourrit d'amour.

Du monde tu as banni la courtoisie
et ce que chez une dame on prise pour vertu :
15   en une jeunesse allègre
tu as détruit les grâces amoureuses.

Je ne veux plus dire de cette dame
que ses qualités manifestes.
Qui ne peut mériter son salut,
20   n'espère jamais être en sa compagnie.

Ce sonnet se divise en quatre parties. Dans la première, j'appelle la mort de certains noms qui lui sont propres. Lui parlant dans la deuxième, je dis pourquoi je suis porté à la blâmer. Dans la troisième, je la vitupère. Dans la quatrième, je m'adresse à une personne indéfinie, bien qu'elle ne le soit pas dans mon intention. La deuxième partie commence par : *puisque à mon cœur* ; la troisième par : *Si je te veux* ; la quatrième par : *Qui ne peut mériter son salut*.

IX. Quelques jours après la mort de cette dame, il advint qu'il me fallut partir de la susdite cité et aller vers les lieux où se trouvait la noble dame qui avait été mon rempart, bien que le but de mon voyage n'atteignît pas là où elle se trouvait. Quoique je fusse en noble compagnie, du moins en apparence mon voyage me déplaisait si fort que mes soupirs ne pouvaient soulager l'angoisse qu'éprouvait mon cœur, parce que je m'éloignais de ma béatitude[1]. Aussi le très doux seigneur qui me gouvernait par la vertu de ma très noble dame, apparut en mon imagination comme un pèlerin légèrement vêtu de drap grossier. Il me semblait effrayé et regardait la terre, sauf que parfois ses yeux me semblaient se tourner vers une rivière belle, courante et claire, qui suivait mon chemin. Il me sembla qu'Amour m'appelait et me disait ces paroles : « Je viens de la part de la dame qui longuement a été ton rempart et je sais que son retour n'est pas proche. Aussi ce cœur que je faisais croire le sien, l'ai-je avec moi et je le porte à une dame qui sera ton rempart, comme l'était celle-là. » Il la désigna par son nom, de sorte que je la connus bien. « Toutefois, si tu allais dire quelques-unes des paroles que j'ai prononcées, dis-les de façon que l'on n'aille pas ainsi discerner l'amour feint que tu as montré à l'une et qu'il te faudra montrer à l'autre. » À ces paroles, ma vision soudain disparut tout entière, en raison de la part qu'Amour m'accordait de lui. Presque changé en apparence, je chevauchai ce jour fort pensif et m'accompagnant de force soupirs. Le jour suivant, je commençai à ce propos un sonnet, qui commence par : *Chevauchant*.

Chevauchant hier par une route,
pensif à cause du voyage qui me déplaisait,

---

1. *Cf.* p. 31, note 2.

> je trouvai Amour au milieu du chemin
> en léger habit de pèlerin.
>
> 5 En apparence, malheureux il me semblait,
> comme s'il avait perdu son pouvoir ;
> soupirant et pensif il venait,
> la tête penchée, pour ne voir personne.
>
> Quand il me vit, par mon nom il m'appela
> 10 et dit : « Je viens de lointaines régions,
> où se trouvait ton cœur de par ma volonté ;
>
> et je t'emmène servir une autre beauté. »
> Alors de lui je pris si grande part
> qu'il disparut sans que je sache comment.

Ce sonnet a trois parties. Dans la première, je dis comment je trouvai Amour et comme il me semblait. Dans la deuxième, je dis ce qu'il me dit, bien qu'incomplètement, par crainte de découvrir mon secret. Dans la troisième, je dis comment il disparut. La deuxième partie commence par : *Quand il me vit* ; la troisième par : *Alors de lui je pris*.

X. À mon retour je me mis à chercher cette dame que mon seigneur m'avait nommée durant mon chemin de soupirs. Afin que mon propos soit plus bref, je dirai qu'en peu de temps j'en fis tant mon rempart que trop de gens en parlaient au-delà des limites de la courtoisie ; et cela m'était souvent pénible. À cause de ces rumeurs exagérées qui semblaient m'accuser de vice, la très noble dame qui fut destructrice de tous les vices et reine des vertus, passant par quelque lieu, me refusa son très doux salut, en quoi résidait toute ma béatitude. Sortant un peu de mon propos, je vais faire entendre ce que son salut en moi vertueusement opérait.

XI. Je dis que, lorsqu'elle apparaissait en quelque lieu, espérant son merveilleux salut, je n'avais plus d'ennemi. Mais j'étais pris d'une flamme d'amour, qui me faisait pardonner à quiconque m'eût offensé. À qui m'aurait alors fait une demande, ma réponse aurait seulement été « Amour », le visage couvert d'humilité. Fût-elle près e saluer, un esprit d'amour, détruisant tous les esprits sensitifs, chassait alors les faibles esprits de la vue[1], leur disant : « Allez honorer votre dame » ; et à leur place il demeurait. Et qui eût voulu connaître Amour, le pouvait faire en observant le tremblement de mes yeux. Lorsque saluait cette très noble image de salut, non seulement Amour ne portait pas ombrage à mon intolérable béatitude, mais par un surplus de douceur il devenait tel que mon corps, qui était alors tout entier sous son pouvoir, se mouvait souvent à la manière d'une chose pesante et sans âme. Si bien qu'il m'apparaît manifestement qu'en son salut résidait ma béatitude, qui souvent dépassait et redoublait mes capacités.

XII. Or, revenant à mon propos, je dis qu'après que me fut refusée ma béatitude, je fus pris d'une telle douleur que, quittant les autres, solitaire j'allai baigner la terre de larmes amères. Après que j'eus un peu épanché mes larmes, je me réfugiai dans ma chambre, où je pouvais me lamenter sans être entendu. Là, demandant miséricorde à la dame de courtoisie[2] et disant : « Amour, aide ton fidèle », je m'endormis en pleurs comme un enfant battu. Il advint, presque au milieu de mon sommeil, qu'il me sembla voir dans ma chambre, assis près de moi, un jeune homme vêtu d'un vêtement immaculé. Très pensif en apparence, il me regardait sur ma couche ; après qu'il m'eut un instant observé, il me semblait qu'il m'appelait, pleurant et disant ces paroles : *Fili mi, tempus est ut pretermictantur simulacra nostra*[3]. Il me semblait alors que je le reconnaissais, car il m'appelait comme souvent dans mes songes il m'avait déjà appelé. Le regardant, il me sembla qu'il pleurait pitoyablement, et il me semblait attendre de moi quelque parole. Aussi, m'enhardissant, je commençai à lui parler de la sorte : « Seigneur de noblesse, pourquoi parles-tu ? » Il me répondit en ces termes : *Ego tamquam centrum circuli, cui simili modo se habent circunferentie partes ; tu autem non sic*[4]. Alors, pensant à ses paroles, il me semblait qu'il m'avait parlé de manière très obscure. De sorte que je m'efforçais

---

1. *Cf.* p. 27, note 7. 2. La Vierge ou, selon d'autres interprétations, Béatrice. 3. « Mon fils, il est temps d'abandonner nos feintes. » 4. « Je suis comme le centre d'un cercle, par rapport auquel les points de la circonférence sont équidistants ; mais toi, tu n'es pas tel. » C'est-à-dire que l'Amour est comme le centre d'un cercle, mais que Dante (du fait de son attitude équivoque à l'égard de Béatrice) ne semble pas se trouver là où il devrait être. D'où les pleurs d'Amour et la douleur du poète.

de parler en lui disant ces paroles : « Que me dis-tu là, seigneur, si obscurément ? » Et il me disait en langue vulgaire[1] : « N'en demande pas plus qu'il ne te faut. » Aussi commençai-je alors à lui parler du salut qui me fut refusé et lui en demandai-je la cause. Il me répond de la sorte : « Notre Béatrice entendit de la bouche de certaines personnes que la dame que je te nommai durant ton chemin de soupirs, éprouvait de ton fait quelque ennui. Aussi cette très noble dame, ennemie de tout ennui, ne daigna-t-elle pas te saluer, craignant d'être ennuyeuse. Or, comme en vérité ton secret est pour une part connu d'elle par une longue habitude, je veux que tu dises certaines paroles en vers, où tu exprimes le pouvoir que, de son fait, j'exerce sur toi, et comment dès ton enfance tu fus sien. Appelle pour témoin qui le sait et dis comment tu le pries de le lui dire. Moi, qui suis celui-ci, volontiers je lui en parlerai. Ainsi apprendrat-elle ton sentiment ; et, l'entendant, elle comprendra les paroles des gens abusés. Fais en sorte que ces paroles soient comme un truchement, ne lui parlant pas directement : ce qui n'est pas convenable. Ne les envoie pas en un lieu où, sans moi, elles puissent être entendues d'elle ; mais fais-les orner d'une douce harmonie[2], où je me trouverai chaque fois qu'il en sera besoin. » À ces mots il disparut et mon sommeil fut interrompu. Puis, me souvenant, je trouvai que cette vision m'était apparue à la neuvième heure du jour. Avant de sortir de ma chambre, je me proposai de faire une ballade où je suivrais les ordres de mon seigneur ; je fis ensuite cette ballade, qui commence par : *Ballade, je veux.*

> Ballade, je veux qu'Amour tu ailles trouver
> et qu'avec lui tu te rendes devant ma dame,
> afin que mon excuse, que tu chantes,
> à elle soit exposée par mon seigneur.
>
> 5   Tu vas, ma ballade, si courtoisement
> que, sans la moindre compagnie,
> tu devrais en tout lieu hardiesse avoir ;
> mais si en sécurité tu veux aller,
> retrouve d'abord Amour,
> 10 car sans lui sans doute n'est-il pas bon d'aller ;

---

1. C'est-à-dire en italien, et non en latin.   2. Mets-les en musique.

Vie nouvelle, XII 39

car celle qui doit t'entendre,
à ce que je crois, est envers moi courroucée :
si par lui tu n'es pas accompagnée,
aisément l'on te ferait affront.

15 Sur une douce musique, en sa compagnie,
commence ces paroles,
après avoir demandé pitié :
« Madame, celui qui à vous m'adresse,
selon votre bon plaisir, veut,
20 s'il a quelque excuse, que vous m'entendiez.
Ici est Amour, qui par votre beauté
le fait, à son gré, changer de visage :
or, s'il le fit en regarder une autre,
pensez pourquoi, puisque son cœur jamais n'a changé. »

25 Dis-lui : « Madame, son cœur est demeuré
si plein de foi
qu'à vous servir il a inspiré toutes ses pensées :
aussitôt il vous appartint et jamais n'a varié. »
Si elle ne te croit point,
30 dis-lui d'interroger Amour, qui sait la vérité.
Enfin fais-lui une humble prière,
si pardonner l'ennuie :
que, par un messager, de mourir elle m'ordonne,
et promptement elle se verra obéie.

35 Dis à celui qui est clef de toute pitié[1],
avant que tu[2] ne quittes ma dame,
et qui saura bien soutenir ma cause :
« Par la grâce de mes suaves notes,
reste ici avec elle,
40 et de ton serviteur parle à ton gré ;
si pour ta prière elle lui pardonne,
par un beau visage annonce-lui la paix. »
Ma gentille ballade, selon ton bon plaisir,
pars en tel instant que tu en aies honneur.

---

1. C'est-à-dire Amour. 2. « Tu », à savoir la ballade.

Cette ballade se divise en trois parties. Dans la première, je lui dis où elle doit aller et la réconforte pour qu'elle aille plus assurée je lui dis en quelle compagnie elle doit se mettre, si elle veut aller plus sûrement et sans aucun péril. Dans la deuxième partie, je dis ce qu'il lui appartient de faire entendre. Dans la troisième, je lui donne congé de partir quand elle voudra, confiant son départ entre les bras de la Fortune. La deuxième partie commence par : *Sur une douce musique* ; la troisième par : *Ma gentille ballade*.

L'on pourrait certes m'objecter qu'on ne sait à qui s'adresse mon propos à la deuxième personne, parce que la ballade n'est rien d'autre que les mots que je prononce. Je dis donc que j'entends résoudre ce doute et l'éclaircir en ce petit livre en un lieu plus incertain encore. Et que celui qui a ici des doutes, l'entende alors comme celui qui voudrait contester en cette matière[1].

XIII. Après la vision écrite ci-dessus, ayant déjà dit les paroles qu'Amour m'avait imposé de dire, alors commencèrent force diverses pensées à me combattre et me tenter, chacune de façon quasi irrésistible. Parmi ces pensées, quatre me semblaient davantage empêcher mon repos. L'une d'entre elles était la suivante : Bon est le pouvoir d'Amour, car il ôte la pensée de son fidèle de toute vilenie. L'autre était la suivante : Le pouvoir d'Amour n'est pas bon, car, plus son fidèle lui porte confiance, plus il lui faut franchir de pesants et douloureux passages. La troisième était la suivante : le nom d'Amour est si doux à entendre qu'il me semble impossible que son action puisse, en la plupart des choses, être autre que douce, parce que les noms correspondent aux choses nommées, selon ce qu'il est écrit : *Nomina sunt consequentia rerum*[2]. La quatrième pensée était la suivante : la dame pour qui Amour t'étreint de la sorte, n'est pas comme les autres dames, dont le cœur aisément peut changer. Chacune de ces pensées me combattait si fort qu'elle me faisait m'arrêter comme qui ne sait quel chemin prendre. Si je pensais chercher une voie commune à toutes, où toutes elles s'accorderaient, ce m'était une voie fort hostile, à savoir d'appeler

---

1. Renvoi au chapitre XXV de la *Vie nouvelle*. 2. « Les noms sont conséquents aux choses » (par exemple, le nom de Béatrice au chapitre II) : citation d'une glose au *Corpus juris civilis* (Droit civil) de Justinien, communément enseigné au Moyen Âge dans les écoles de droit.

u secours et me mettre dans les bras de la Pitié. En cet état, je décidai d'en écrire en vers. Je fis alors ce sonnet qui commence par : *Toutes mes pensées*.

> Toutes mes pensées parlent d'Amour
> et ont entre elles telle diversité,
> que l'une me fait désirer son pouvoir,
> l'autre dit folle sa puissance ;
>
> 5 une autre, espérant, m'apporte douceur,
> l'autre me fait pleurer souvent ;
> et elles ne s'accordent que pour demander pitié,
> tremblant d'une peur qui se trouve au cœur.
>
> Aussi ne sais-je quel parti choisir :
> 10 je voudrais dire et ne sais que dire,
> tant je me trouve en amoureuse errance !
>
> Voulant entre vous faire accord,
> il me faut faire appel à mon ennemie,
> dame Pitié, afin qu'elle me défende.

Ce sonnet peut se diviser en quatre parties. Dans la première, je dis et expose que toutes mes pensées sont d'Amour. Dans la deuxième, je dis qu'elles sont diverses et narre leur diversité. Dans la troisième, je dis en quoi elles semblent s'accorder. Dans la quatrième, je dis que, voulant parler d'Amour, je ne sais quel parti choisir ; le voulant choisir en elles toutes, il convient que je fasse appel à mon ennemie, dame Pitié ; et je la nomme dame, comme par manière dédaigneuse de parler. La deuxième partie commence par : *et ont entre elles* ; la troisième par : *et elles ne s'accordent* ; la quatrième par : *Aussi ne sais-je*.

XIV. Après le combat de ces diverses pensées, il advint que cette très noble dame vint en un lieu où étaient assemblées maintes nobles dames. Je fus conduit en ce lieu par une personne amie, qui croyait me faire un grand plaisir, parce qu'elle me menait là où tant de dames montraient leurs beautés. Ne sachant où j'étais emmené et me fiant à une personne qui conduisait un de ses amis à la fin de sa vie, je lui dis : « Pourquoi sommes-nous venus auprès de ce dames ? » À quoi il me dit : « Pour les servir dignement. » Et il e vrai qu'elles étaient réunies là pour faire compagnie à une nobl dame qui s'était mariée ce jour. Aussi, selon l'usage de la susdit cité, il convenait qu'elles l'accompagnent pour la première foi qu'elle s'asseyait à table dans la maison de son nouveau mari. D sorte que, croyant faire plaisir à cet ami, je décidai de me mettr au service des dames en sa compagnie. Ayant pris ce parti, il m sembla ressentir un terrible frisson qui naissait dans ma poitrine d côté gauche et s'étendait aussitôt dans tous les endroits de mo corps. Je dis alors que je m'appuyai par feinte à une peinture qu faisait le tour de cette maison. Craignant qu'on ne se fût aperçu d mon tremblement, je levai les yeux et, regardant les dames, je vi parmi elles la très noble Béatrice. Alors mes esprits furent si détruit par la force que prit Amour en se voyant si proche de la très nobl dame, que ne survécurent que les esprits de la vue. Encore restè rent-ils hors de leurs instruments[1], car Amour voulait résider er leur très noble place pour voir l'admirable dame. Bien que je fuss différent de précédemment, je souffrais grandement de ces esprit qui se lamentaient fort et disaient : « Si Amour ne nous chassait pa de notre place, nous y pourrions demeurer pour voir cette admi rable dame, comme le font nos pareils. » Je dis donc que nombr de ces dames, s'apercevant de mon changement, commencèrent à s'étonner et se moquaient de moi avec cette très noble dame. Auss mon ami, trompé en toute bonne foi, me prit par la main et, m'éloi gnant de la vue de ces dames, me demanda ce que j'avais. Un peu reposé, mes esprits morts ayant ressuscité et ceux qui avaient été chassés étant revenus en leur domaine, je dis à mon ami ces paroles : « Je suis allé en un lieu de la vie que l'on ne peut franchi avec l'intention d'en revenir[2]. » L'ayant quitté, je retournai dans ma chambre de larmes. Là, pleurant et plein de honte, je me disais en moi-même : « Si cette dame savait mon état, je ne crois pas qu'elle se moquerait de moi, mais je crois qu'il lui en viendrait une grande pitié. » Ainsi pleurant, je me proposai d'écrire des paroles où, lui parlant, j'indiquerais la cause de mon changement et dirais que je sais qu'elle n'est pas connue, car, si elle l'était, je crois qu'on en

---

1. C'est-à-dire les yeux, où résident les esprits de la vue. 2. Jusqu'au seuil de la mort.

aurait pitié. Je me proposai d'écrire ces paroles dans le désir qu'elles vinssent d'aventure aux oreilles de ma dame. Je fis alors ce sonnet qui commence par : *Avec les autres dames*.

> Avec les autres dames de moi vous vous moquez,
> et ne pensez, ma dame, d'où il vient
> que je vous semble si étrange figure,
> quand je regarde votre beauté.
>
> 5 Si vous le saviez, Pitié ne pourrait
> m'opposer sa coutumière résistance,
> car Amour, quand si près de vous il me trouve,
> prend hardiesse et si grande assurance
>
> que, frappant parmi mes esprits effrayés,
> 10 il tue l'un et chasse l'autre,
> en sorte qu'il demeure seul à vous regarder :
>
> aussi je me change en un autre,
> non sans bien entendre alors
> les plaintes lamentables des exclus.

Je ne divise pas ce sonnet en parties, parce que la division n'est faite que pour découvrir le sens de ce que l'on divise ; comme la cause que j'ai exposée est fort manifeste, il n'est pas besoin de division. Il est vrai que, parmi les paroles où se manifeste la cause de ce sonnet, sont écrites des paroles au sens incertain, à savoir lorsque je dis qu'Amour tue tous mes esprits et que ceux de la vue restent en vie, mais hors de leurs instruments. Cette incertitude est impossible à résoudre par qui n'est pas autant que moi fidèle d'Amour ; mais ceux qui le sont autant savent manifestement la solution de ces paroles incertaines. Aussi ne convient-il pas que j'éclaircisse cette incertitude, car à l'éclaircir mes paroles seraient vaines, ou tout au moins superflues.

XV. Après ce changement étrange, il me vint une rude pensée, qui ne me quittait guère, mais me reprenait sans cesse et me tenait ce propos : « Puisque tu as un aspect si ridicule quand tu es auprès de cette dame, pourquoi cherches-tu encore à la voir ? Si tu étais interrogé par elle, qu'aurais-tu à répondre, si du moins tes facultés te permettaient de le faire ? » À quoi répondait une autre pensée bien humble, qui disait : « Si je ne perdais pas mes facultés et étais capable de lui répondre, je lui dirais que, sitôt que je m'imagine son admirable beauté, alors me vient un désir de la voir, si fort qu'il tue et détruit en ma mémoire tout ce qui pourrait s'élever contre lui. Aussi les passions que j'éprouve ne m'empêchent-elles pas de rechercher la vue de cette dame. » Donc, mû par de telles pensées, je décidai d'écrire certaines paroles, où, m'excusant auprès d'elle de tels reproches, je disais aussi ce qu'il m'advient auprès d'elle. Et je fis ce sonnet qui commence par : *Ce qui à moi s'oppose*.

> Ce qui à moi s'oppose, meurt en mon esprit,
> quand je viens vous voir, mon beau trésor[1] ;
> quand je suis auprès de vous, j'entends Amour
> qui dit : « Fuis, si tu crains de périr. »
>
> 5 Mon visage montre la couleur de mon cœur
> qui, défaillant, s'appuie là où il peut ;
> dans l'ivresse de mon grand tremblement
> les pierres semblent crier : « À mort ! à mort ! »
>
> Il commet un péché celui qui me voit alors,
> 10 s'il ne conforte pas mon âme épouvantée,
> montrant pour moi quelque douleur,
>
> à cause de la pitié, tuée par vos sarcasmes
> et née dans le regard mort
> de mes yeux, qui la mort désirent.

Ce sonnet se divise en deux parties. Dans la première, je dis pourquoi je ne puis me retenir d'aller auprès de ma dame. Dans la seconde, je dis ce qu'il advient pour m'être rendu auprès d'elle ; cette partie commence par : *quand je suis auprès de vous*. Cette seconde partie se divise aussi en cinq, selon cinq récits différents. Dans la première, je dis ce qu'Amour, conseillé par la raison, me dit quand je suis auprès d'elle ; dans la deuxième, j'expose l'état de

---

1. Béatrice.

on cœur révélé par mon visage ; dans la troisième, je dis comment perds toute assurance ; dans la quatrième, je dis que commet un ¿ché celui qui n'a pas pitié de moi et qui ainsi m'apporterait ιelque réconfort ; dans la dernière, je dis pourquoi on devrait ⁻oir pitié, à savoir pour l'apparence pitoyable qui me vient dans s yeux : cette pitoyable apparence est détruite, c'est-à-dire n'est ιs visible, du fait des sarcasmes de cette dame, qui pousse à un :te semblable ceux qui peut-être verraient cette pitié. La deuxième ιrtie commence par : *Mon visage montre* ; la troisième par : *dans ïvresse* ; la quatrième par : *Il commet un péché* ; la cinquième par : *cause de la pitié*.

XVI. Après avoir écrit ce sonnet, je fus pris du désir d'écrire aussi ɘs paroles où je dirais quatre choses encore de ma condition, qu'il ҙ me semblait pas avoir manifestées encore. La première, c'est que ιaintes fois je me plaignais, quand ma mémoire poussait mon imaιination à inventer ce qu'Amour me faisait. La deuxième, c'est ιu'Amour souvent m'assaillait soudain si fort qu'en moi ne restait ҙ vie qu'une pensée qui parlait de cette dame. La troisième, c'est ιue, quand ce combat d'Amour m'assaillait ainsi, je m'en allais, ɿresque privé de toute couleur, voir cette dame, croyant que sa vue ιe défendrait de ce combat, oublieux de ce qu'il m'advenait en ɿ'approchant de tant de noblesse. La quatrième chose, c'est qu'une ɘlle vue non seulement ne me défendait pas, mais mettait totaleιent en déroute ce qui me restait de vie. Je fis donc ce sonnet, qui ommence par : *Fréquentes fois*.

Fréquentes fois me viennent à l'esprit
les obscures[1] vertus qu'Amour me donne
et il m'en vient pitié, si bien que souvent
je dis : « Hélas ! ceci advient-il à d'autres ? »

5   Car Amour m'assaille tout soudain,
si fort que la vie à peu près m'abandonne :
seul survit en moi un esprit,
qui demeure, parce que de vous il parle.

---

1. Obscures, au sens de difficiles à comprendre.

Puis je m'efforce, car je me veux secourir ;
10 ainsi blême, vidé de toute force,
je viens vous[1] voir, croyant guérir :

mais, si pour vous regarder je lève les yeux,
en moi naît un tremblement,
qui de mes yeux fait fuir l'âme.

Ce sonnet se divise en quatre parties, selon les quatre choses q
y sont contées. Comme elles sont exposées ci-dessus, je ne m'o
cupe que de distinguer les parties par leurs commencements. Je d
donc que la deuxième partie commence par : *Car Amour* ; la tro
sième par : *Puis je m'efforce* ; la quatrième par : *mais, si pour vo.
regarder*.

XVII. Après que j'eus écrit ces trois sonnets, où je parlai à cet
dame, parce qu'ils contèrent presque toute ma condition, pensa
me taire et ne plus rien dire, car il me paraissait avoir assez mar
festé ce qu'il m'advenait, bien que désormais je m'abstinsse toujou
de m'adresser à elle, il me fallut entreprendre une nouvelle manièr
plus noble que la précédente[2]. Comme la cause de cette nouvel
manière est plaisante à entendre, je la dirai le plus brièvement qu
je pourrai.

XVIII. Comme, à ma vue, maintes personnes avaient compris l
secret de mon cœur, certaines dames qui, réunies, avaient pris pla
sir en compagnie l'une de l'autre, connaissaient bien mon cœur, ca
chacune d'elles était présente à nombre de mes défaites ; alors, pas
sant auprès d'elles, comme amené par la Fortune, je fus appelé pa
l'une de ces nobles dames. La dame qui m'avait appelé était d'un
conversation très plaisante. De sorte que, lorsque je fus parvenu e
leur présence et que je vis bien que ma très noble dame n'était pa
avec elles, rassuré, je leur demandai quel était leur bon plaisir. Le
dames étaient nombreuses et certaines riaient entre elles. Il y e
avait d'autres qui me regardaient, attendant ce que j'allais dire. L'un

---

1. Le sonnet est adressé à Béatrice. 2. Ce changement de ton et de manière amèn
Dante à parler de Béatrice en des termes nouveaux, où s'élabore l'idéalisation déf
nitive de sa dame.

d'elles, tournant les yeux vers moi et m'appelant par mon nom, dit ces paroles : « À quelle fin aimes-tu ta dame, alors que tu ne peux soutenir sa présence ? Dis-le-nous, car assurément la fin d'un tel amour doit être singulière. » Après qu'elle m'eut dit ces paroles, non seulement elle mais toutes les autres commencèrent à paraître attendre une réponse. Alors je leur dis ces paroles : « Madame, la fin de mon amour fut jadis le salut de cette dame, dont peut-être vous entendez parler, et en lui demeurait ma béatitude, car c'était la fin de tous mes désirs. Mais, après qu'il lui plut de me le refuser, Amour, mon seigneur, grâces lui soient rendues, a placé toute ma béatitude en ce qui ne peut m'être enlevé. » Alors ces dames commencèrent à parler entre elles ; et, comme parfois nous voyons tomber la pluie mêlée de belle neige, il me semblait entendre leurs paroles mêlées de soupirs. Après qu'elles eurent un peu parlé entre elles, la dame qui d'abord m'avait parlé, me dit ces paroles : « Nous te prions de nous dire où réside ta béatitude. » Lui répondant je dis : « En ces paroles qui louent ma dame. » Alors me répondit celle qui me parlait : « Si tu disais vrai, ces paroles que tu as dites pour manifester ta condition, tu les aurais employées avec une autre intention. » Aussi, pensant à ces paroles, comme honteux je les quittai, et je m'en venais me disant en moi-même : « Puisqu'il y a tant de béatitude en ces paroles qui louent ma dame, pourquoi mon langage a-t-il été autre ? » Aussi me proposai-je de prendre pour matière de mon langage ce qui serait à la louange de cette très noble dame. Y songeant fort, il me semblait avoir abordé une trop haute matière quant à mes forces, si bien que je n'osais pas commencer. Ainsi demeurai-je quelques jours partagé entre le désir de parler et la crainte de commencer.

XIX. Puis il advint que, passant par un chemin le long duquel coulait un clair ruisseau, je commençai à penser à la manière à suivre. Je pensai qu'il ne convenait point que je parle d'elle, si je ne parlais à des dames à la deuxième personne, et non pas à toutes les dames, mais seulement à celles qui sont nobles et non pas simplement femmes. Alors je dis que ma langue parla comme d'ellemême et dit : *Dames qui avez entendement d'amour.* Je mis avec une grande joie ces paroles en ma mémoire, pensant les prendre pour commencement. Puis, revenu à la susdite cité, y pensant quelques jours, je commençai une chanson par ce commencement,

ordonnée de la manière que l'on verra ci-dessous dans sa division.
La chanson commence par : *Dames qui avez entendement d'amour*

    Dames qui avez entendement d'amour
    je veux avec vous dire de ma dame,
    non que je croie achever sa louange,
    mais discourir pour épancher mon cœur.
5   Je dis qu'à la pensée de son pouvoir
    Amour si doucement de moi se fait sentir,
    que, si je perdais alors courage,
    par mes paroles je ferais enamourer les gens.
    Et je ne veux parler si hautement
10 que de crainte je perde courage ;
    mais je vous conterai de sa noble nature
    vis-à-vis d'elle modestement,
    amoureuses dames et demoiselles,
    car ce n'est point chose à dire à d'autres.

15 Un ange prie l'intellect divin[1],
    disant : « Seigneur, en ce monde l'on voit
    une merveille dans les œuvres procédant
    d'une âme qui resplendit jusqu'à nous. »
    Le ciel qui n'a d'autre défaut
20 que son absence, la demande à son seigneur
    et tous les saints en crient merci[2]. »
    Seule Pitié prend notre parti,
    quand, songeant à ma dame, Dieu parle
    et dit : « Mes bien-aimés, souffrez en paix
25 que votre espoir dépende de mon vouloir,
    là où est quelqu'un qui s'attend à la perdre
    et dira en enfer[3] : Ô mal nés[4],
    j'ai vu des bienheureux l'espérance. »

    Ma dame est désirée en haut des cieux :
30 or de sa vertu je veux vous tenir informées.

---

1. Dieu. **2.** C'est-à-dire qu'un ange et tous les saints du paradis prient Dieu que Béatrice vienne au ciel, qui souffre de son absence. **3.** Sans doute Dante lui-même. **4.** C'est-à-dire les damnés.

Je dis que qui veut paraître noble dame,
aille avec elle, car, quand elle va son chemin,
elle jette en les cœurs vilains un froid
qui gèle et tue toutes leurs pensées.
35 Qui pourrait demeurer à sa vue
deviendrait noble chose ou se mourrait.
Et, quand je trouve quelqu'un qui soit digne
de la voir, sa vertu il éprouve ;
le salut elle lui donne
40 et si humble le fait qu'il oublie toute offense.
Dieu lui a encore donné pour plus grande grâce
que ne peut mal finir[1] qui lui a parlé.

D'elle dit Amour : « Chose mortelle
peut-elle être si pure et belle ? »
45 Puis il la regarde et jure en soi-même
que Dieu veut en faire chose miraculeuse.
Elle a couleur comme de perle, d'une sorte
qui à dame convient, en toute mesure ;
elle est tout ce que de bien peut faire nature ;
50 à son exemple beauté s'éprouve.
De ses yeux, dès qu'elle les bouge,
sortent des esprits d'amour embrasés,
qui frappent les yeux de qui la regarde alors,
et ils les percent jusqu'au cœur ;
55 vous lui voyez Amour peint sur le visage,
où nul ne peut fixement la regarder.

Chanson, je sais que tu t'en iras parlant
à maintes dames, quand je t'aurai lancée.
Or je t'enjoins, pour t'avoir nourrie
60 comme une fille d'Amour jeune et simple,
que, là où tu parviens, en prière tu dises :
« Enseignez-moi le chemin : on m'envoie
à celle dont m'orne la louange. »
Et si tu ne veux aller vainement,
65 ne reste pas là où sont de vilaines gens :

---

1. Être damné.

efforce-toi, si tu le peux, de ne te découvrir
qu'auprès de dames ou d'hommes courtois,
qui te conduiront par une prompte voie.
Tu trouveras Amour en sa compagnie,
70 recommande-moi à elle comme tu le dois.

Afin qu'elle soit mieux entendue, je vais diviser cette chanson plus savamment que les autres choses ci-dessus. Aussi en fais-je d'abord trois parties : la première est la préface des paroles qui suivent ; la deuxième traite du sujet ; la troisième est comme au service des paroles précédentes. La deuxième commence par : *Un ange prie* ; la troisième par : *Chanson, je sais*. La première partie se divise en quatre. Dans la première, je dis à qui je veux parler de ma dame et pourquoi je veux le faire ; dans la deuxième, je dis ce qu'en moi j'éprouve quand je pense à sa puissance et comment je parlerais si j'en avais le courage ; dans la troisième, je dis comment je pense parler d'elle, afin de ne pas être empêché par lâcheté ; dans la quatrième, répétant à quelles personnes j'entends m'adresser, je dis la raison pour laquelle je m'adresse à elles. La deuxième partie commence par : *Je dis* ; la troisième par : *Et je ne veux parler* ; la quatrième par : *amoureuses dames*. Puis, quand je dis : *Un ange prie,* je commence à traiter de cette dame. Cette partie se divise en deux. Dans la première, je dis ce que d'elle on pense au ciel ; dans la seconde, je dis ce que d'elle on pense sur terre, en cet endroit : *Ma dame est désirée*. Cette seconde partie se divise en deux. Dans la première, je parle d'elle quant à la noblesse de son âme, contant certaines des vertus effectives provenant de son âme ; dans la seconde, je parle quant à la noblesse de son corps, contant certaines de ses beautés, en cet endroit : *D'elle dit Amour*. Cette seconde partie se divise en deux. Dans la première, je parle de certaines beautés qui sont en toute personne ; dans la seconde, je parle de certaines beautés qui sont en des parties de sa personne, en cet endroit : *De ses yeux*. Cette seconde partie se divise en deux. Dans l'une, je parle des yeux, qui sont origine d'amour ; dans la seconde, je parle de la bouche, qui est achèvement d'amour. Afin qu'ici soit éloignée toute pensée vicieuse, que notre lecteur se souvienne qu'il est écrit ci-dessus que le salut de cette dame, qui était l'une des actions de sa bouche, fut l'achèvement de mes désirs, tant que je pus le recevoir. Puis quand je dis : *Chanson, je sais,* j'ajoute une tance qui est comme la suivante des autres, où je dis ce que j'attends de ma chanson ; comme cette dernière partie est aisée à entendre, je ne me mets pas en peine d'autres divisions. Je dis cependant que, pour éclaircir davantage le propos de cette chanson, il faudrait user de plus petites divisions. Cependant, si l'on n'a pas assez d'intelligence pour l'entendre grâce à celles que l'on a faites, il ne me déplaît pas qu'on la néglige ; car je crains assurément d'avoir communiqué son propos à un trop grand nombre par les seules divisions que j'ai faites, s'il devait advenir que nombre de gens les puissent entendre.

XX. Après que cette chanson se fut un peu répandue parmi les gens, un de mes amis, l'ayant entendue, désira me prier de dire qui est Amour, mettant peut-être en moi, du fait de mes paroles, une espérance trop flatteuse. Quant à moi, pensant qu'après un tel sujet il était bon de traiter un peu d'Amour et jugeant convenable de rendre ce service à un ami, je me proposai de dire des paroles où je traiterais d'Amour. Alors j'écrivis ce sonnet, qui commence par : *Amour et noble cœur*.

> Amour et noble cœur sont une unique chose,
> comme le sage[1] l'affirme en son propos,
> et l'un n'ose être sans l'autre,
> tout comme l'âme rationnelle sans raison.
>
> 5   Nature fait, quand elle est amoureuse,
> Amour seigneur et le cœur sa demeure ;
> en elle dormant il se repose
> peu de temps parfois et parfois longuement.
>
> Puis beauté apparaît en une dame sage,
> 10 qui tant plaît aux yeux qu'en le cœur
> naît un désir de la chose plaisante ;
>
> et tant parfois dure-t-il en ce cœur
> qu'il fait éveiller l'esprit d'Amour.
> De même fait en une dame l'homme vaillant.

---

1. Le sage, c'est-à-dire le poète bolonais Guido Guinizelli (1225 environ-1276), dans sa chanson « En un cœur noble ».

Ce sonnet se divise en deux parties. Dans la première, je di[s]
d'Amour en puissance ; dans la seconde, je dis de lui en tant qu[e]
de puissance il passe à l'acte. La seconde partie commence par
Puis beauté apparaît. La première partie se divise en deux : dan[s]
la première, je dis en quel sujet se trouve cette puissance ; dans l[a]
seconde, je dis comment ce sujet et cette puissance sont produit[s]
en être, et comment l'un tient à l'autre comme la forme à la matièr[e.]
La seconde commence par : *Nature fait*. Puis quand je dis : *Pui[s]
beauté apparaît*, je dis comment cette puissance passe à l'acte [:]
d'abord comment elle passe en l'homme, puis en la dame en c[et]
endroit : *De même fait en une dame*.

XXI. Après que j'eus traité d'Amour dans les rimes susdites, il m[e]
vint le désir de dire aussi, à la louange de cette très noble dame[,]
des paroles où je montrerais comment de son fait s'éveille c[et]
Amour, et comment il s'éveille non seulement là où il dort, mais, l[à]
où il n'est pas en puissance, elle, par son action merveilleuse, l[e]
fait venir. Alors j'écrivis ce sonnet qui commence par : *En ses yeux[...]*

En ses yeux, ma dame porte Amour,
parce que devient noble qui elle regarde ;
là où elle passe, chacun vers elle se tourne ;
à qui elle salue, elle fait trembler le cœur,

5   si bien qu'abaissant son visage il pâlit
et de ses défauts il soupire alors.
Devant elle s'enfuient superbe et colère.
Aidez-moi, dames, à lui faire honneur.

Toute douceur, toute humble pensée
10 à qui l'entend parler naissent au cœur,
en sorte qu'est loué qui l'a vue d'abord.

Ce qu'elle semble, quand elle sourit,
ne se peut dire ni garder en mémoire,
tant c'est un extraordinaire et noble miracle.

Ce sonnet a trois parties. Dans la première, je dis comment cette dame fait passer cette puissance à l'acte par l'opération de ses très nobles yeux. Dans la troisième, je dis de même quant à sa très noble bouche. Entre ces parties s'en trouve une petite, qui est comme une demande d'aide à la partie précédente et à la suivante ; elle commence par : *Aidez-moi, dames.* La troisième commence par : *Toute douceur.* La première partie se divise en trois. Dans la première, je dis comment elle a vertu d'anoblir tout ce qu'elle voit, ce qui signifie qu'elle introduit Amour en puissance là où il n'est pas ; dans la deuxième, je dis comment elle conduit Amour en acte dans les cœurs de tous ceux qu'elle voit ; dans la troisième, je dis ce qu'elle a ensuite vertu d'opérer dans leurs cœurs. La deuxième partie commence par : *là où elle passe* ; la troisième par : *à qui elle salue.* Puis quand je dis : *Aidez-moi, dames,* je fais entendre à qui j'ai l'intention de parler, priant les dames qu'elles m'aident à l'honorer. Puis quand je dis : *Toute douceur,* je dis la même chose qu'en la première partie, quant aux deux opérations de sa bouche : l'une est son très doux langage et l'autre son admirable sourire ; sinon que je ne dis de ce dernier comment il s'exerce dans le cœur d'autrui, car la mémoire ne le peut retenir, ni son effet.

XXII. Peu de jours après, comme il plut au Seigneur de gloire qui ne refusa pas sa propre mort[1], celui qui avait donné le jour à la merveille qui aux yeux de tous était cette noble Béatrice, s'en alla assurément à la gloire éternelle[2]. Comme un tel départ est douloureux pour ceux qui demeurent et ont été amis de celui qui s'en va ; qu'il n'est pas d'amitié plus intime que de bon père à bon enfant et de bon enfant à bon père ; que cette dame était à un très haut degré de bonté ; et que son père, comme maintes gens le croient, et c'est vrai, était à un haut degré de bonté, il est manifeste que cette dame fut emplie d'une très amère douleur. Comme, selon l'usage de la susdite cité, dames et dames, hommes et hommes s'assemblent pour un tel deuil, maintes dames s'assemblèrent là où Béatrice pleurait pitoyablement. Quant à moi, voyant revenir quelques dames d'auprès d'elle, je leur entendis dire comment se lamentait cette très noble dame. Parmi ces paroles, j'entendis qu'elles disaient : « Assurément elle pleure si fort que quiconque la

---

1. Il s'agit évidemment du Christ. 2. Folco Portinari mourut le 31 décembre 1289.

verrait devrait mourir de pitié. » Après quoi ces dames passèrent. Je fus pris d'une telle tristesse que quelques larmes parfois baignaient mon visage ; je me cachais alors en mettant mes mains devant mes yeux. Si je n'avais voulu entendre encore parler d'elle, car j'étais en un lieu où passaient la plupart des dames qui la quittaient, je me serais caché aussitôt que les larmes m'avaient assailli. Aussi, demeurant encore en ce même lieu, des dames passèrent auprès de moi qui allaient disant entre elles ces paroles : « Qui de nous pourra jamais être heureuse, ayant entendu cette dame parler si pitoyablement ? » Après celles-ci passèrent d'autres dames, qui s'en venaient disant : « Celui que voici pleure comme s'il l'avait vue, tout comme nous l'avons vue. » Puis d'autres disaient de moi : « Vois cet homme qui ne paraît plus lui-même, tel qu'il est devenu. » À leur passage j'entendis d'elle et de moi les paroles que j'ai dites. Aussi, y songeant, je me proposai de dire des paroles — car j'avais bonne raison de les dire — où je rassemblerais tout ce que j'avais entendu de la bouche de ces dames. Comme je les aurais interrogées volontiers, si cela ne m'avait valu des reproches, je choisis de dire comme si je les avais interrogées et si elles m'avaient répondu. Je fis deux sonnets. Dans le premier, je demande comment il me vint l'envie de les interroger ; dans le second, je dis leur réponse, en prenant ce que je leur avais entendu dire comme si elles me l'avaient dit en réponse. Le premier sonnet commence par : *Vous qui avez humble aspect* ; et l'autre par : *Es-tu celui qui souvent a conté*.

Vous qui avez humble aspect,
les yeux baissés, montrant votre douleur,
d'où venez-vous, que votre couleur
semble devenue image de pitié ?

5   Vîtes-vous notre noble dame
baigner de pleurs Amour en son visage ?
Comme le dit mon cœur, dites-le-moi, dames,
que je vois aller pleines de courtoisie.

Si telle pitié vous venez de voir,
10 de grâce restez avec moi un instant encore,
et quoi qu'il en soit d'elle, ne me cachez rien.

Je vois à vos yeux qu'ils ont pleuré
et vous vois revenir si défaites
que mon cœur tremble à cette seule vue.

Ce sonnet se divise en deux parties. Dans la première, j'appelle les dames et leur demande si elles viennent d'auprès d'elle, leur disant que je le crois, car elles s'en retournent pleines de noblesse ; dans la seconde, je les prie de me parler d'elle. La seconde partie commence par : *Si telle pitié*.

Ci-dessous est l'autre sonnet, comme nous l'avons dit auparavant :

Es-tu celui qui souvent a conté
de notre dame, parlant à nous seules ?
Tu sembles à ta voix être bien lui,
mais en apparence tu nous sembles un autre.

Pourquoi pleures-tu de si grand cœur,
que tu emplis les autres de pitié ?
L'as-tu vue pleurer, que tu ne peux
en rien cacher ta douleur ?

Laisse-nous pleurer et tristes aller
(car c'est péché que de nous consoler),
nous qui pleurant l'avons entendue parler.

Elle a au visage pitié si empreinte
que toute dame qui l'aurait voulu voir
serait devant elle morte de pitié.

Ce sonnet a quatre parties, selon les quatre manières de parler qu'entre elles eurent ces dames en place de qui je réponds. Comme elles sont ci-dessus très manifestes, je n'entreprends pas de conter leur sens et me contente de les distinguer. La deuxième commence par : *Pourquoi pleures-tu ?* ; la troisième par : *Laisse-nous pleurer* ; la quatrième par : *Elle a au visage*.

XXIII. Quelques jours après il advint qu'en quelque partie de mon corps me prit une douloureuse maladie, dont je souffris cruellement durant neuf jours. Elle me mena à une faiblesse telle qu[e] me fallait demeurer comme qui ne peut se mouvoir. Je dis que [au] neuvième jour, sentant une douleur quasi intolérable, il me vint u[ne] pensée de ma dame. Quand j'eus un peu pensé à elle, je revins [de] pensée à ma vie affaiblie, voyant comme est brève sa durée, [de] sorte que je commençais à pleurer en moi-même sur tant de misèr[e]. Aussi, poussant de grands soupirs, je disais en moi-même : « [De] toute nécessité il faut que la très noble Béatrice se meure un jour[.] » Il me vint donc un tel égarement que je fermai les yeux et comme[n]çai à me tourmenter comme en délire et à imaginer ceci : [au] commencement de mes errances m'apparurent certains visages [de] dames échevelées, qui me disaient : « Toi aussi tu mourras. » Pui[s] après ces dames, m'apparurent certains visages étranges et horribl[es] à voir, qui me disaient : « Tu es mort. » Mon imagination comme[n]çant à errer de la sorte, j'en vins à ne plus savoir où je me trouva[is]. Il me semblait voir des dames échevelées aller pleurant en chemi[n] étonnamment tristes ; il me semblait voir le soleil s'obscurcir, [de] sorte que les étoiles avaient une couleur qui me faisait pens[er] qu'elles pleuraient ; et il me semblait que les oiseaux volant en l'a[ir] tombaient morts et qu'il y avait d'énormes tremblements de terr[e]. Frappé d'étonnement par un tel songe, épouvanté, j'imaginai qu[e] quelque ami venait me dire : « Ne le sais-tu pas ? ton admirab[le] dame a quitté ce monde. » Alors je commençai à pleurer très pitoya[-]blement ; et non seulement je pleurais en imagination, mais de m[es] yeux, les baignant de vraies larmes. J'imaginais que je regardais ve[rs] le ciel, et il me semblait voir une multitude d'anges qui y retou[r]naient et avaient devant eux une légère nuée très blanche. Il m[e] semblait que ces anges chantaient glorieusement : *Hosanna i[n] excelsis*[1] ; et il ne me semblait pas entendre autre chose. Alors [il] me semblait que mon cœur, si plein d'amour, me disait : « Il est vr[ai] que notre dame gît, morte. » Aussi me semblait-il aller voir où ava[it] été cette âme très noble et bienheureuse. Mon imagination erroné[e] fut si forte qu'elle me montra cette dame morte. Il me semblait qu[e] des dames couvraient sa tête d'un voile blanc ; il me semblait qu[e] son visage avait un si humble aspect qu'il semblait dire : « J[e] commence à voir les prémices de la paix. » En cette imagination, i[l] me vint telle humilité à la voir que j'appelais la Mort et disais[...]

---

1. Paroles prononcées par le peuple juif lors de l'entrée du Christ à Jérusalem.

Douce Mort, viens à moi et ne me sois pas vilaine, car tu dois être gentille pour être allée en cet endroit. Viens à moi, tant je te désire ; vois que je porte déjà ta couleur. » Après avoir vu tous les douloureux soins que l'on a d'ordinaire pour le corps des morts, il me semblait revenir dans ma chambre et là il me semblait regarder vers le ciel. Si forte était mon imagination que, pleurant, je commençai à dire de ma vraie voix : « Hélas, âme très belle, comme est bienheureux qui te voit ! » Disant ces paroles avec un douloureux sanglot et appelant la Mort, une dame jeune et noble, qui était auprès de mon lit, croyant que mes pleurs et mes paroles étaient dus seulement à la douleur de ma maladie, prise d'une grande peur, commença à pleurer. Alors d'autres dames qui étaient dans la chambre s'aperçurent que je pleurais à cause des larmes qu'elles voyaient verser par cette dame. Aussi, éloignant de moi cette dame, qui par la naissance m'était très proche, elles vinrent vers moi pour m'éveiller, croyant que je rêvais, me disant : « Ne dors plus », et : « Ne perds pas courage. » Pendant qu'elles me parlaient ainsi, cessa mon imagination, alors que je voulais dire : « Ô sois bénie, Béatrice ! » J'avais déjà dit : « Ô sois bénie », quand, revenant à moi, j'ouvris les yeux et vis que j'étais abusé. Bien que j'eusse appelé tout haut ce nom, ma voix était si brisée par les sanglots, que ces dames ne purent m'entendre, à ce qu'il me sembla. Bien que tout couvert de honte, toutefois par quelque conseil d'Amour je m'adressai à elles. Quand elles me virent, elles commencèrent à dire : « Cet homme semble mort », et à dire entre elles : « Tâchons de le réconforter » ; aussi me disaient-elles maintes paroles pour me réconforter et parfois elles me demandaient de quoi j'avais peur. Aussi, me trouvant quelque peu réconforté et ayant compris l'erreur de mon imagination, je leur répondis : « Je vais vous dire ce que j'ai éprouvé. » Alors, du début jusqu'à la fin, je leur dis ce que j'avais vu, taisant le nom de cette très noble dame. Puis, guéri de ma maladie, je me proposai de dire ce qui m'était advenu, car il me semblait que c'était chose d'Amour bonne à dire ; aussi écrivis-je cette chanson : *Dame miséricordieuse et jeune*, composée comme le manifeste la division ci-dessous :

Dame miséricordieuse et jeune,
ornée d'humaine noblesse,
qui était là où souvent Mort m'appelait,

voyant mes yeux pleins de pitié
5   et écoutant mes paroles égarées,
se mit, prise de peur, à pleurer bien fort.
D'autres dames, qui de moi s'aperçurent
grâce à celle qui avec moi pleurait,
la firent s'éloigner
10 et s'approchèrent pour me rendre mes sens.
L'une disait : « Cesse de dormir »,
l'autre : « Pourquoi perds-tu ainsi courage ? »
Alors j'abandonnai une idée étrange,
invoquant le nom de ma dame.

15 Ma voix était si douloureuse
et brisée par l'angoisse de mes pleurs
qu'en mon cœur son nom seulement j'entendis ;
bien que couvert d'une honteuse apparence,
qui si fort m'était venue au visage,
20 Amour me fit me tourner vers ces dames.
Telle était à voir ma couleur
que toutes elle les faisait parler de mort.
« Allons, consolons cet homme »,
priait courtoisement l'une, s'adressant à l'autre ;
25 souvent elles disaient :
« Qu'as-tu donc vu, que tu es sans force ? »
Quand un peu réconforté je fus,
je dis : « Mesdames, je vais vous le conter.

« Alors que je pensais à ma frêle existence
30 et voyais comme est brève sa durée,
Amour pleura en mon cœur, là où il demeure ;
si égarée en fut mon âme
que soupirant je disais en pensée :
— Il faudra bien que ma dame meure. —
35 Je fus alors pris d'un tel égarement
que je fermai mes yeux lourds de désespoir ;
et si éperdus furent
mes esprits que chacun allait errant ;
puis, en mon imagination,
40 hors de vérité et de connaissance,

apparurent des visages de dames courroucées,
qui sans cesse me disaient : — Tu mourras. —

Puis je vis des choses fort effrayantes
en ces vaines pensées où je m'enfonçai ;
5   je crus me trouver en je ne sais quel lieu
et voir des dames aller échevelées,
une pleurant, l'autre poussant des cris,
qui de tristesse lançaient des flammes.
Puis peu à peu je crus voir
50 se troubler le soleil et poindre l'étoile
et l'un et l'autre pleurer ;
des oiseaux volant en l'air tomber
et la terre trembler ;
un homme m'apparut, pâle et la voix rauque,
55 disant : — Que fais-tu ? Sais-tu la nouvelle ?
Morte est ta dame, qui était si belle. —

Je levais alors mes yeux baignés de larmes,
et voyais, comme une pluie de manne,
les anges retourner au ciel ;
60 devant eux ils avaient une petite nuée,
et tous chantaient : *Hosanna.*
Amour disait alors : — Je ne te le cache point ;
viens voir notre dame gisante. —
Mon vain rêve
65 me mena voir ma dame morte ;
et l'ayant aperçue,
je vis que des dames la couvraient d'un voile ;
elle était d'une humilité telle
qu'elle semblait dire : — Je suis en paix. —

70 Je devenais en ma douleur si humble,
voyant en elle tant d'humilité,
que je disais : — Mort, je te juge fort douce ;
désormais tu dois être gentille,
puisque tu t'es rendue en ma dame,
75 et dois avoir pitié et non dédain.
Vois que si désireux je viens

d'être des tiens, que fidèlement je te ressemble.
Viens, mon cœur t'appelle. —
Puis, ayant épanché toute douleur, je partais ;
80 et, me trouvant seul,
je disais, regardant vers le royaume d'en haut :
— Bienheureux est qui te voit, âme très belle ! —
Alors vous m'appelâtes par pitié. »

Cette chanson a deux parties. Dans la première, parlant à une personne indéfinie, je dis comment certaines dames m'arrachèrent à mes vaines imaginations et comment je leur promis de les dire ; dans la seconde, je dis comment je leur dis. La seconde commence par : *Alors que je pensais*. La première partie se divise en deux. Dans la première, je dis ce que certaines dames et une seule dirent et firent quant à mon égarement, avant que je ne fusse revenu à la vérité ; dans la seconde, je dis ce que ces dames me dirent après que je laissai ces chimères : cette partie commence par : *Ma voix était*. Puis quand je dis : *Alors que je pensais*, je dis comment je leur dis ce que j'avais imaginé. Je fais de cela deux parties. Dans la première, je dis dans l'ordre cette imagination ; dans la seconde, disant à quel moment elles m'appelèrent, je les remercie en secret ; et cette partie commence par : *Alors vous m'appelâtes*.

XXIV. Après cet égarement, il advint un jour qu'assis pensif en quelque lieu, je sentis naître un tremblement en mon cœur, comme si j'avais été en présence de cette dame. Je dis qu'alors me vint en imagination Amour ; il me sembla le voir venir du lieu où se trouvait ma dame, et il me semblait joyeusement dire en mon cœur : « Pense à bénir le jour où de toi je m'emparai, car tu en as le devoir. » Il me semblait assurément avoir le cœur si joyeux qu'il ne me semblait pas que c'était mon cœur, tant il avait changé. Peu après ces paroles que mon cœur me dit par la bouche d'Amour, je vis vers moi venir une noble dame à la beauté fameuse, qui jadis fut souveraine de mon premier ami[1]. Le nom de cette dame était Jeanne, sinon que pour sa beauté, à ce que croient les gens, on lui avait donné pour

---

1. Guido Cavalcanti, *cf.* p. 30, note 1.

om Primevère : ainsi l'appelait-on[1]. Après elle, je vis venir l'admirable Béatrice. Ces dames vinrent près de moi l'une après l'autre t Amour sembla parler en mon cœur, disant : « La première est ommée Primevère à cause de sa venue d'aujourd'hui, car j'incitai elui qui lui donna le nom de Primevère au motif qu'elle viendra première[2], le jour où Béatrice apparaîtra après dans l'imagination e son fidèle. » Si l'on veut bien considérer son nom, autant dire elle viendra la première », car son nom de Jeanne provient de celui e Jean, qui précéda la véritable lumière en disant : *Ego vox clamantis in deserto : parate viam Domini*[3]. Il me sembla qu'Amour 1e disait ensuite ces paroles : « Qui voudrait considérer subtilement, ppellerait Amour cette Béatrice, pour la grande ressemblance u'elle a avec moi. » Aussi, y repensant, je me proposai d'écrire en ers à mon premier ami (taisant certaines paroles qu'il me semblait levoir taire), croyant qu'aussi son cœur regardait la beauté de cette .oble Primevère. Et je fis ce sonnet qui commence par : *Je sentis 'éveiller.*

> Je sentis s'éveiller en mon cœur
> un esprit d'amour qui dormait
> et puis je vis de loin Amour venir,
> si gai qu'à peine je le reconnaissais,
>
> 5   disant : « Ne pense qu'à faire honneur » ;
> et en chacune de ses paroles il riait.
> Après qu'un peu avec moi demeura mon seigneur,
> regardant le lieu d'où il venait,
>
> je vis dame Jeanne et dame Béatrice
> 10 venir vers l'endroit où j'étais,
> l'une merveille après l'autre ;

---

1. Jeanne : c'est-à-dire « pleine de grâce » (*cf. Paradis*, XII, 80-81). En italien, *Primavera* signifie printemps. 2. Jeu de mots sur une étymologie typiquement médiévale : *Prima verrà (Primavera)* : « elle viendra la première » (*cf.* note précédente). 3. « Je suis la voix de celui qui crie au désert : préparez la voie du Seigneur » (*Matth.*, III, 3). De même que Jean est le précurseur du Christ (« véritable lumière »), Jeanne précède Béatrice.

comme me le répète ma mémoire,
Amour me dit : « L'une est Primevère,
l'autre a nom Amour, tant elle me ressemble. »

Ce sonnet a plusieurs parties. La première dit comment je sens s'éveiller en mon cœur mon tremblement coutumier ; la deuxième dit comment il me semblait qu'Amour disait en mon cœur e comment il m'apparaissait ; la troisième dit comment, après qu'il fu resté quelque peu en ma compagnie, je vis et entendis certaine choses. La deuxième partie commence par : *disant : « Ne pense »* la troisième par : *Après qu'un peu*. La troisième partie se divise e deux : dans la première, je dis ce que je vis ; dans la seconde, j dis ce que j'entendis. La seconde commence par : *Amour me dit.*

XXV. Ici pourrait douter une personne digne d'être éclaircie d tous ses doutes, en ce que je dis d'Amour comme si c'était un chose en soi, non seulement une substance intelligente, mai comme si c'était une substance corporelle : chose qui en vérité es fausse ; car Amour n'est pas en soi une substance, mais un acciden en substance[1]. Que je dise de lui comme s'il était un corps, comm s'il était un homme, apparaît à trois choses que je dis de lui. Je di que je le vis venir ; aussi, étant donné que venir veut dire un mou vement d'un lieu en un autre, selon le Philosophe[2], il apparaît qu je déclare qu'Amour est un corps. Je dis aussi de lui qu'il riait e aussi qu'il parlait : choses qui paraissent propres à l'homme, notam ment quant à la capacité de rire ; aussi apparaît-il que je déclare qu'il est homme. Pour éclaircir ce point, comme il convient à pré sent, il faut d'abord savoir qu'il n'y avait pas autrefois de poètes d'amour en langue vulgaire, mais en langue latine ; chez nous, dis je, tandis que peut-être parmi d'autres peuples il advint et advien encore, comme en Grèce, que ces choses soient traitées non en vulgaire mais en langue littéraire. Il y a peu d'années apparuren pour la première fois ces poètes en langue vulgaire, car rimer en vulgaire est comme dire en latin en vers, toute proportion gardée. La preuve que ce temps est bref, c'est que, si nous voulons cherche

---

[1]. En clair : l'amour n'existe pas en lui-même, mais en relation aux personnes qui l'éprouvent. [2]. Aristote, tel que le Moyen Âge le désignait, et Dante notamment dans le *Banquet*.

en langue d'*oc* et en langue de *sí*[1], nous ne trouvons d'écrits que cent cinquante ans avant notre époque. Et la raison pour laquelle certains grossiers poètes eurent la renommée de savoir rimer, c'est qu'ils furent les premiers à le faire en langue de *sí*[2]. Le premier qui commença à rimer en vulgaire, y fut poussé parce qu'il voulait faire entendre ses paroles à une dame qui entendait mal les vers en latin. Et cela est contraire à ceux qui riment sur d'autre matière qu'amoureuse, étant donné qu'une telle manière de parler fut initialement trouvée pour parler d'amour[3]. Aussi, étant donné qu'aux poètes est accordée plus de licence de parler qu'aux prosateurs, et que ces rimeurs ne sont autres que des poètes en langue vulgaire, il est normal et raisonnable qu'ils aient plus de licence de parler que les autres écrivains en vulgaire. Aussi, si quelque figure ou couleur de rhétorique est accordée aux poètes[4], elle l'est aussi aux rimeurs[5]. Si donc nous avons vu que les poètes ont parlé aux choses inanimées, comme si elles étaient pourvues de sens et de raison, et les ont fait parler ensemble, disant non seulement des choses vraies, mais non vraies (à savoir qu'ils ont dit qu'elles parlent de choses qui n'existent pas, et de nombreux accidents qu'ils parlent, comme s'ils étaient des substances et des hommes), il convient que le rimeur puisse faire la même chose, non pas sans raison, mais par des raisons qu'il soit possible ensuite d'expliquer en prose. Que les poètes aient parlé comme on l'a dit est prouvé par Virgile, qui dit que Junon, déesse ennemie des Troyens, dit à Éole, seigneur des vents, au premier livre de l'*Énéide* : *Eole, namque tibi*, et que ce seigneur lui répondit : *Tuus, o regina, quid optes explorare labor ; michi iussa capessere fas est*[6]. Chez le même poète parle une chose qui n'est pas animée à des choses animées, au troisième livre de l'*Énéide*, où il écrit : *Dardanide duri*[7]. Chez Lucain, une chose animée parle à une chose inanimée, là où il écrit : *Multum, Roma,*

---

1. C'est-à-dire en provençal (langue où « oui » se dit « oc ») et en italien (où « oui » se dit « si »). 2. C'est sans doute ici une attaque contre les premiers poètes en langue italienne : Giacomo da Lentini, Bonagiunta da Lucca et Guittone d'Arezzo, tous objets des critiques de l'école stilnoviste. 3. Cette théorie limitant à la poésie lyrique l'usage de la langue vulgaire, fut ensuite abandonnée par Dante : dans le traité *De l'éloquence en langue vulgaire*, il étend cet usage à la politique et à la morale. 4. En langue latine. 5. En langue vulgaire. 6. *Énéide*, I, 65 : « Éole, toi qui tiens du père des dieux et du roi des hommes le pouvoir d'apaiser et de soulever les flots au gré des vents » [nous développons la traduction] ; *Énéide*, I, 76-77 : « A toi, ô reine, la charge de reconnaître ce que tu souhaites ; ma loi est de prendre tes ordres. » 7. *Énéide*, III, 94 : « Durs descendants de Dardanus. »

tamen debes civibus armis[1]. Chez Horace, l'homme parle à la science elle-même comme à une autre personne ; non seulement ce sont des paroles d'Horace, mais il les dit comme répétant le bon Homère, là où il écrit dans sa *Poétique* : *Dic michi, Musa, virum*[2] Chez Ovide parle d'Amour comme s'il était une personne humaine au début du livre intitulé *Remèdes d'Amour*, là où il écrit : *Bella michi, video, bella parantur, ait* [3]. Ainsi cela peut-il être manifeste à qui a des doutes sur certaines parties de mon petit livre. Afin que nul esprit grossier n'en éprouve une hardiesse quelconque, je dis que les poètes ne parlaient pas ainsi sans raison, et que ceux qui riment ne doivent pas parler ainsi, s'ils n'ont fait quelque réflexion sur ce qu'ils disent. Car ce serait grande honte pour qui rimerait ainsi sous un vêtement de figure ou couleur de rhétorique, qu'interrogé ensuite il ne sache dépouiller ses paroles d'un tel vêtement de sorte qu'elles soient vraiment entendues. Mon premier ami et moi-même connaissons nombre de gens qui riment ainsi sottement

XXVI. La très noble dame dont on a parlé précédemment, vint en telle grâce auprès des gens que, quand elle passait dans la rue, l'on accourait pour la voir ; j'en éprouvais un merveilleux bonheur. Quand d'aventure elle se trouvait auprès de quelqu'un, tant d'honnêteté lui pénétrait le cœur, qu'il n'osait lever les yeux ni répondre à son salut. Pour l'avoir éprouvé, nombreux sont ceux qui en porteraient témoignage auprès de qui ne le croirait pas. Couronnée et vêtue d'humilité, elle s'en allait, ne montrant nulle gloire de ce qu'elle voyait et entendait. Nombreux étaient ceux qui disaient après son passage : « Ce n'est pas une femme, mais l'un des très beaux anges du ciel. » D'autres disaient : « C'est une merveille ; béni soit le Seigneur, qui sait créer des êtres si admirables. » Je dis qu'elle se montrait si noble et si riche de tous les dons, que ceux qui la regardaient, recevaient en eux une douceur si honnête et suave qu'ils ne savaient l'exprimer ; et personne ne pouvait la regarder sans qu'il dût dès l'abord soupirer. Ces effets et d'autres plus admirables encore procédaient d'elle par l'effet de sa vertu. Aussi, y songeant, voulant reprendre la plume à sa louange, je me proposai de

---

1. *Pharsale*, I, 44 : « Rome cependant doit beaucoup aux guerres civiles. » **2.** *Art poétique*, 141 : « Dis-moi, Muse, l'homme qui ... » **3.** *Les Remèdes d'Amour*, I, 2 : « C'est la guerre, je le vois, dit [l'Amour], c'est la guerre qu'on me prépare. »

Vie nouvelle, XXVI

e des paroles où je ferais connaître certaines de ses admirables
excellentes œuvres ; afin que, non seulement ceux qui pouvaient
voir de leurs yeux, mais les autres sachent ce que les paroles en
uvent faire entendre. Alors je fis ce sonnet qui commence par :
noble.

> Si noble et si honnête apparaît
> ma dame, quand elle salue les autres
> que, tremblant, toute langue se tait
> et que les yeux ne l'osent regarder.
>
> Elle s'en va, entendant sa louange,
> avec bénignité, d'humilité vêtue ;
> et semble être chose venue
> du ciel sur terre pour montrer un miracle.
>
> Elle se montre si plaisante à qui la regarde
> qu'elle inspire par les yeux une douceur au cœur,
> que ne peut entendre qui ne l'éprouve ;
>
> et de son visage semble provenir
> un esprit suave et plein d'amour,
> qui va disant à l'âme : « Soupire. »

Ce sonnet est aisé à entendre de par ce que j'ai conté ci-dessus,
e sorte qu'il n'a besoin d'aucune division. Donc, le laissant, je dis
ue ma dame vint en telle grâce que, non seulement elle était hono-
ée et louée, mais que pour elle étaient honorées et louées maintes
utres dames. Aussi, voyant cela et voulant le manifester à qui ne
 voyait pas, je me proposai d'écrire des paroles, où cela serait
xprimé. Et j'écrivis alors ce sonnet qui commence par : *Il voit plei-
ement tout salut*. Ce sonnet conte comment opérait sa vertu, ainsi
u'il apparaît dans sa division.

> Il voit pleinement tout salut
> celui qui voit ma dame parmi les dames ;
> celles qui l'accompagnent sont tenues
> en grâce de rendre à Dieu merci.

5   Et sa beauté a tant de vertu
    qu'aucune envie n'en vient aux autres,
    mais qu'elle les fait aller avec elle vêtues
    de noblesse, d'amour et de foi.

    Sa vue rend humble toute chose ;
10 et elle ne la fait pas seule apparaître plaisante,
    mais chacune par elle acquiert honneur.

    Dans ses actes elle est si noble
    que nul en esprit ne se la remémore
    sans soupirer d'amoureuse douceur.

Ce sonnet a trois parties. Dans la première, je dis parmi quell⟨es⟩ gens plus admirable apparaissait cette dame. Dans la deuxième, ⟨je⟩ dis combien gracieuse était leur compagnie. Dans la troisième, ⟨je⟩ dis ce que vertueusement elle opérait chez autrui. La deuxièm⟨e⟩ partie commence par : *celles qui l'accompagnent*; la troisième pa⟨r⟩ *Et sa beauté*. Cette dernière partie se divise en trois. Dans la pr⟨e⟩mière, je dis ce qu'elle opérait chez les dames, c'est-à-dire po⟨ur⟩ elles-mêmes. Dans la deuxième, je dis ce qu'elle opérait en ell⟨es⟩ pour autrui. Dans la troisième, je dis qu'elle opérait merveilleuse⟨-⟩ment non seulement chez les dames, mais chez toutes les pe⟨r⟩sonnes, non seulement en sa présence, mais par son souvenir. L⟨a⟩ deuxième partie commence par : *Sa vue*; la troisième par : *Da⟨ns⟩ ses actes*.

XXVII. Après quoi, je commençai un jour à penser à ce qu⟨e⟩ j'avais dit de ma dame dans les deux sonnets précédents. Voyan⟨t⟩ en ma pensée que je n'avais pas dit ce qu'alors elle opérait en mo⟨i⟩, il me semblait n'avoir parlé qu'imparfaitement. Je me proposai don⟨c⟩ de dire des paroles, où je dirais comment il me semblait être dispos⟨é⟩ à son opération et comment sa vertu opérait en moi. Ne croyan⟨t⟩ pas pouvoir conter cela en un court sonnet, je commençai alors une chanson commençant par : *Si longuement*.

    Si longuement m'a retenu Amour,
    et accoutumé à son pouvoir ;

que, tout comme il m'était naguère cruel,
maintenant il est doux en mon cœur.

5 Aussi, quand il m'ôte toute vaillance,
en sorte que mes esprits semblent s'enfuir,
alors mon âme frêle éprouve
tant de douceur qu'en pâlit mon visage.

Puis Amour prend sur moi tant de puissance,
10 qu'il fait aller parlant mes esprits
et qu'ils s'envolent appelant

ma dame, pour me donner plus de salut.
Ceci m'advient partout où elle me voit
et c'est chose si douce, qu'on ne la peut croire.

XXVIII. *Quomodo sedet sola civitas plena populo ! Facta est quasi vidua domina gentium*[1]. J'en étais encore à penser à cette chanson et avais achevé la stance susdite, quand le Seigneur de justice[2] appela cette très noble dame à partager sa gloire sous les enseignes de la Vierge Marie, reine bénie, dont le nom fut en très grande révérence dans les paroles de cette bienheureuse Béatrice. Quoiqu'il plairait présentement de parler un peu de son départ, il n'est pas dans mon intention d'en parler ici pour trois raisons. La première, c'est qu'elle n'entre pas dans mon propos actuel, si nous voulons bien considérer le préambule de ce livret. La deuxième, c'est que, fût-ce mon propos, ma langue ne serait pas capable de conter cela comme il conviendrait. La troisième, c'est que, ne fussent ni l'un ni l'autre, il n'est pas convenable de conter cela, car il me faudrait faire ma propre louange, chose essentiellement blâmable pour qui l'entreprend. Je laisse donc ce récit à un autre glossateur. Toutefois, parce que maintes fois le nombre neuf a pris place parmi les paroles ci-dessus, non sans raison à ce qu'il semble, et qu'à son départ un tel nombre semble avoir eu une large place, il convient donc d'en dire quelque chose, puisque cela semble convenir à mon propos. Je dirai donc qu'il prit place en son départ, puis

---

1. « En quelle solitude est la cité pleine de peuple ! La reine des nations est devenue comme veuve » (*Lamentations de Jérémie*, I, 1). **2.** Dieu.

j'en indiquerai quelques raisons pour lesquelles ce nombre fut tan[t]
son ami.

XXIX. Je dis donc que, selon l'usage d'Arabie[1], la très noble par[tit] à la première heure du neuvième jour du mois[2]. Selon l'usage de Syrie, elle partit au neuvième mois de l'année[3], car le premie[r] mois est là-bas le premier Trisirin, qui est chez nous octobre. Selon notre usage, elle partit en cette année de notre indiction[4], à savoi[r] après la naissance du Seigneur, où le nombre parfait s'était accompl[i] neuf fois en la centaine où elle fut mise au monde ; et elle fut de[s] chrétiens la treizième centaine[5]. Une des raisons pour lesquelles c[e] nombre fut son ami, pourrait être celle-ci : comme, selon Ptolémé[e] et selon la vérité chrétienne, il y a neuf cieux qui se meuvent e[t] que, selon l'opinion commune des astrologues, lesdits cieux opèrent ici-bas selon leur disposition réciproque, ce nombre fut son ami pour donner à entendre que, lors de sa génération, les neu[f] cieux mobiles étaient en parfait accord. C'est une raison de ce fait ; mais, pensant plus subtilement et selon l'infaillible vérité[6], elle fu[t] elle-même ce nombre, par similitude, dis-je, et je l'entends ainsi : le nombre trois est la racine de neuf, car par lui-même, sans aucun autre nombre, il fait neuf, comme nous voyons manifestement que trois fois trois font neuf. Donc, si trois est par lui-même facteur de neuf et si le facteur lui-même des miracles est trois (c'est-à-dire le Père, le Fils et le Saint-Esprit, qui sont trois et un), cette dame fut accompagnée du nombre neuf pour donner à entendre qu'elle était un neuf, c'est-à-dire un miracle, dont la racine, à savoir celle du miracle, n'est autre que la merveilleuse Trinité. Une personne plus subtile pourrait peut-être trouver encore ici une raison plus subtile ; mais c'est celle que j'y vois quant à moi et qui m'agrée davantage.

XXX. Après qu'elle fut partie de ce siècle, la susdite cité resta comme veuve, dépouillée de toute dignité. Pour moi, pleurant encore en cette cité désolée, j'écrivis aux princes de la ville[7]

---

1. On commençait à y compter les heures au coucher du soleil, de sorte qu'au coucher du huitième commençait le neuvième jour. 2. Béatrice meurt le 8 juin 1290, au coucher du soleil ; d'où le raisonnement de Dante qui fait que le 8 apparaît comme étant le 9. 3. En juin. 4. L'ère chrétienne. 5. C'est-à-dire la quatre-vingt-dixième année du XIIIe siècle ; 10 étant un nombre parfait. 12 × 10 + 9 × 10 = 1290. 6. La science divine ou théologie. 7. Les prieurs de Florence.

quelques mots de sa condition, en prenant pour commencement le prophète Jérémie, qui dit : *Quomodo sedet sola civitas*[1]. Je dis cela, afin que l'on ne s'étonne pas que je l'aie allégué ci-dessus, comme entrée en la nouvelle matière qui vient ensuite. Et si quelqu'un voulait me reprendre pour n'avoir pas écrit ici les paroles qui suivent celles que j'allègue, je m'en excuse, car dès l'abord mon intention fut de n'écrire qu'en langue vulgaire. Comme les paroles qui suivent celles qui sont alléguées sont toutes latines, il serait hors de mon intention de les écrire. Et je sais que mon premier ami[2], à qui j'écris ceci, eut ce même dessein, c'est-à-dire que je lui écrive seulement en vulgaire.

XXXI. Après que mes yeux eurent pleuré et qu'ils eurent été si las qu'ils ne pouvaient épancher ma tristesse, je pensai l'épancher par quelques paroles douloureuses. Je me proposai donc de faire une chanson, où, pleurant, je parlerais de celle par qui une si grande douleur avait détruit mon âme. Je commençai alors une chanson, qui commence par : *Les yeux dolents par la pitié du cœur*. Afin que cette chanson semble plus veuve une fois finie, je la diviserai avant de l'écrire ; et je ferai de même dorénavant.

Je dis que cette douloureuse chanson a trois parties. La première est le préambule ; dans la deuxième, je parle d'elle ; dans la troisième, je parle pitoyablement à la chanson. La deuxième partie commence par : *Béatrice s'en est allée* ; la troisième par : *Ma pitoyable chanson*. La première partie se divise en trois. Dans la première, je dis pourquoi je suis poussé à dire ; dans la deuxième, je dis à qui je veux dire ; dans la troisième, je dis de qui je veux dire. La deuxième commence par : *et pleurant je dirai*. Puis quand je dis : *Béatrice s'en est allée*, je parle d'elle. À ce propos, je fais deux parties. Je dis d'abord la cause qui nous l'a ôtée ; je dis ensuite comment on pleure son départ. Cette partie commence par : *De sa belle personne partit*. Cette partie se divise en trois. Dans la première partie, je dis qui ne la pleure pas ; dans la deuxième, je dis qui la pleure ; dans la troisième, je dis de ma condition. La deuxième commence par : *Mais viennent tristesse et désir* ; la troisième par : *Les soupirs me donnent*. Puis, quand je dis : *Ma pitoyable*

---

1. *Cf.* p. 67, note 1. 2. *Cf.* p. 30, note 1.

chanson, je parle à cette chanson, lui désignant les dames auprès de qui il faut qu'elle se rende et avec elles demeure.

> Les yeux dolents par la pitié du cœur
> ont de pleurer souffert telle peine
> que désormais vaincus ils sont restés.
> Or, si je veux épancher la douleur
> 5 qui peu à peu à la mort me mène
> il me faut parler en poussant des plaintes.
> Parce qu'il me souvient que je parlai
> de ma dame, tant qu'elle vivait,
> nobles dames, volontiers avec vous,
> 10 je ne veux parler à d'autres,
> sinon à noble cœur qui soit en une dame ;
> et pleurant je dirai d'elle,
> alors qu'elle s'en est allée soudain au ciel
> et a laissé Amour avec moi dolent.
>
> 15 Béatrice s'en est allée au haut du ciel,
> dans le royaume où les anges sont en paix ;
> avec eux elle demeure et, dames, vous a laissées.
> Ce n'est ni froidure qui nous l'a enlevée,
> ni chaleur, comme il advient aux autres,
> 20 mais seulement sa grande bénignité.
> Car la lumière de son humilité
> perça les cieux avec une telle force
> qu'elle fit s'émerveiller l'éternel Seigneur,
> si bien qu'un doux désir
> 25 lui vint d'appeler un tel salut ;
> il la fit d'ici-bas venir à lui,
> car il voyait que notre vie ennuyeuse
> n'était pas digne d'une si noble chose.
>
> De sa belle personne partit,
> 30 pleine de grâce, l'âme noble,
> et glorieuse elle demeure en un digne lieu.
> Qui ne la pleure, quand il en parle,
> a un cœur de pierre si méchant et vil,
> que ne peut y entrer un esprit bienveillant.

Il n'est en vilain cœur si haute pensée
qui puisse d'elle avoir quelque idée,
en sorte que ne lui viennent douleur ni larmes.
Mais viennent tristesse et désir
de soupirer et de mourir de pleurs,
qui de toutes consolations dépouillent l'âme
de ceux qui voient en pensée parfois
qui elle fut et comme on nous la ravit.

Les soupirs me donnent une grande angoisse,
quand la pensée, pesant en mon esprit,
me remémore ce qui m'a tranché le cœur.
Souventes fois, pensant à la mort,
il m'en vient un désir si suave
qu'il change la couleur de mon visage.
Et quand l'imagination en moi se fixe,
il me vient telle peine de toutes parts
que je frémis à la douleur que j'éprouve ;
et je deviens tel
que la honte des gens m'éloigne.
Puis, pleurant, seul dans ma plainte
j'appelle Béatrice, disant : « Or, es-tu morte ? » ;
tandis que je l'appelle, elle me réconforte.

Pleurer de douleur et soupirer d'angoisse
me rongent le cœur partout où je suis seul,
en sorte qu'on souffrirait à m'entendre.
Quelle a été ma vie, dès lors
que ma dame partit pour l'autre monde,
nulle langue ne le saurait dire.
Aussi, mes dames, le voulant,
je ne saurais bien dire ce que je suis,
tant me tourmente ma cruelle vie.
Elle est si accablée
que chacun semble me dire : « Je t'abandonne »,
voyant ma figure mourante.
Mais ma dame voit ce que je suis
et j'en espère encore merci.

Ma pitoyable chanson, or va pleurant :
retrouve dames et damoiselles
à qui tes sœurs
avaient coutume d'apporter le bonheur ;
75 toi, qui es fille de tristesse,
va-t'en inconsolée demeurer près d'elles.

XXXII. Après que j'eus dit cette chanson, vint à moi un homme qui, selon les degrés de l'amitié, m'est ami aussitôt après le premier ; il était si proche par le sang de cette glorieuse dame[1], que nul ne l'était davantage. Après qu'il eut parlé avec moi, il me pria de lui dire quelque chose pour une dame qui était morte ; il déguisait ses paroles, afin de sembler parler d'une autre, qui était certainement morte. M'apercevant donc qu'il parlait seulement pour cette dame bénie, je lui dis que je ferais ce que me demandait sa prière. Y pensant donc, je me proposai de faire un sonnet où je me lamenterais un peu, afin de paraître l'avoir fait pour lui. Je dis alors le sonnet qui commence par : *Venez entendre mes soupirs*. Il a deux parties. Dans la première, j'appelle les fidèles d'Amour à m'entendre ; dans la seconde, je conte ma misérable condition. La seconde partie commence par : *éplorés de moi*.

Venez entendre mes soupirs,
ô nobles cœurs, car pitié le désire :
éplorés de moi ils s'envolent,
et sans eux je mourrais de douleur ;

5 car mes yeux seraient coupables,
plus que je ne le voudrais,
hélas ! de pleurer ma dame en sorte
qu'ils épanchent mon cœur en larmes.

Vous les entendrez appeler souvent
10 ma noble dame, qui s'en est allée
en un monde digne de ses vertus ;

---

1. Sans doute son frère.

et mépriser parfois cette vie
au nom de mon âme dolente,
abandonnée de son salut.

XXXIII. Après que j'eus dit ce sonnet, pensant qui était celui à qui j'entendais l'offrir comme s'il était fait par lui, je vis que le service rendu était pauvre et misérable pour une personne si proche de cette glorieuse dame. Aussi, avant de lui donner le susdit sonnet, je dis deux stances d'une chanson, l'une véritablement pour lui et l'autre pour moi, bien qu'elles paraissent l'une et l'autre dites par une seule personne, pour qui ne regarde pas attentivement. Mais celui qui les observe attentivement, voit bien que parlent diverses personnes, puisque l'une n'appelle pas celle-ci sa dame, et l'autre oui, comme il apparaît manifestement. Je lui donnai cette chanson et le susdit sonnet, lui disant que je ne l'avais fait que pour lui.

La chanson commence par : *Combien de fois*, et a deux parties. Dans l'une, c'est-à-dire dans la première stance, se lamente mon cher ami et proche parent de ma dame. C'est moi qui me lamente dans la seconde stance, qui commence par : *En mes soupirs s'accueille*. Ainsi apparaît-il qu'en cette chanson se lamentent deux personnes, dont l'une se lamente comme un frère, l'autre comme un serviteur.

Combien de fois, hélas ! il me souvient
que je ne dois plus jamais
voir la dame, dont je suis si dolent ;
tant de douleur autour du cœur m'assemble
5   mon esprit douloureux,
que je dis : « Pourquoi ne pas fuir, mon âme ?
Car les tourments que tu supporteras
en ce siècle, qui t'est si ennuyeux,
m'emplissent d'une grande peur. »
10 Aussi j'appelle la mort,
comme un suave et doux repos ;
et je dis : « Viens à moi » avec tant d'amour,
que j'envie tous les mourants.

En mes soupirs s'accueille
15 un son de pitié,

qui ne cesse d'appeler la mort :
vers elle se tournèrent tous mes désirs,
quand ma dame
par sa cruauté fut atteinte ;
20 mais la plaisance de sa beauté,
s'éloignant de notre vue,
devint beauté spirituelle et grande,
qui par le ciel répand
une lumière d'amour, qui salue les anges,
25 dont l'intellect élevé et subtil
s'émerveille, si noble elle apparaît.

XXXIV. Le jour où s'achevait l'année que cette dame était passée au nombre des citoyens de la vie éternelle, j'étais assis en un lieu où, me souvenant d'elle, je dessinais un ange sur certaines tablettes. Tandis que je le dessinais, je tournai les yeux et vis près de moi des hommes auxquels il convenait de faire honneur. Ils regardaient ce que je faisais ; et, selon ce qui me fut dit plus tard, ils étaient demeurés là un moment avant que je ne m'en fusse aperçu. Quand je les vis, je me levai et en les saluant leur dis : « Quelqu'un était tout à l'heure avec moi ; ce pour quoi je songeais. » Ces hommes étant partis, je retournai à mon ouvrage, c'est-à-dire à dessiner des anges. Ce faisant, il me vint la pensée de dire des paroles, comme pour un anniversaire, et d'écrire à ceux qui étaient venus me voir. Je dis alors ce sonnet, qui commence par : *En mon esprit* ; sonnet qui a deux commencements. Aussi le diviserai-je suivant l'un et suivant l'autre.

Je dis que, suivant le premier, ce sonnet a trois parties. Dans la première, je dis que cette dame était déjà en ma mémoire ; dans la deuxième, je dis ce que donc Amour me faisait ; dans la troisième, je dis des effets d'Amour. La deuxième commence par : *Amour qui* ; la troisième par : *Pleurant, ils sortaient*. Cette partie se divise en deux. Dans l'une, je dis que tous mes soupirs sortaient en parlant ; dans la seconde, je dis que certains disaient certaines paroles différentes de celles des autres. La seconde commence par : *Mais ceux qui*. Le sonnet se divise de la même façon selon l'autre commencement, sauf que, dans la première partie, je dis quand cette dame était aussi venue en ma mémoire et que je ne le dis pas dans l'autre.

Premier commencement
En mon esprit était venue
la noble dame qui pour sa vertu
fut placée par le Très-Haut
au ciel d'humilité, où est Marie.

Second commencement
En mon esprit était venue
cette noble dame que pleure Amour,
en ce moment où sa vertu
vous[1] porta à regarder ce que je faisais.

Amour qui, la sentant en mon esprit,
s'était éveillé en mon cœur détruit,
disait aux soupirs : « Sortez au-dehors » ;
et chacun, dolent, partait.

Pleurant, ils sortaient de ma poitrine
avec un nom[2] qui souvent achemine
des larmes de douleur en mes yeux tristes.

Mais ceux qui sortaient avec plus de peine encore,
s'en venaient disant : « Hélas, noble intellect,
il y a un an en ce jour que tu montas au ciel. »

XXXV. Quelque temps après, comme je me trouvais en un lieu où je me souvenais du temps passé, j'étais fort pensif, accablé de pensées si douloureuses qu'elles faisaient paraître au-dehors une terrible angoisse. Aussi, m'avisant de mon tourment, je levai les yeux pour voir si l'on me voyait. Alors je vis une noble dame, jeune et fort belle[3], qui d'une fenêtre me regardait si miséricordieusement en apparence, que toute pitié semblait recueillie en elle. Aussi, comme, lorsque les malheureux voient chez autrui de la compassion, ils sont poussés à pleurer, ayant pitié d'eux-mêmes, je sentis alors que mes yeux commençaient à vouloir pleurer. Craignant

---

1. C'est-à-dire les hommes dont il a parlé précédemment.   2. Celui de Béatrice.
3. Cette dame, qui apparaît bien réelle dans la *Vie nouvelle*, est transformée par Dante en une figure allégorique dans le *Banquet*, II, II.

donc de montrer mon abattement, je me retirai de devant les ye[ux]
de cette noble dame et dis ensuite en moi-même : « Il ne peut
faire qu'avec cette dame miséricordieuse ne se trouve un très nob[le]
amour. » Aussi me proposai-je de dire un sonnet, où je lui parler[ais]
et assemblerais tout ce qui est conté en ce propos. Parce que [ce]
propos est très manifeste, je ne le diviserai pas. Le son[net]
commence par : *Mes yeux virent*.

> Mes yeux virent combien de pitié
> était apparue sur votre figure,
> quand vous regardâtes les façons et l'allure
> que j'ai, de douleur, maintes fois.
>
> 5 Alors je m'aperçus que vous pensiez
> à la nature de ma vie obscure,
> en sorte qu'au cœur me vint la crainte
> de montrer par mes yeux mon abattement.
>
> Je m'ôtai de devant vous, sentant
> 10 que sortaient des larmes de mon cœur
> bouleversé par votre vue.
>
> Puis je disais en mon âme affligée :
> « Avec cette dame est Amour assurément,
> qui me fait aller ainsi pleurant. »

XXXVI. Il advint ensuite que partout où cette dame me voya[it,]
elle avait un visage miséricordieux et pâle, comme d'amour. Aus[si]
me souvenais-je maintes fois de ma très noble dame, qui toujou[rs]
montrait une semblable couleur. Certes souvent, ne pouvant pleure[r]
ni épancher ma tristesse, j'allais voir cette dame miséricordieuse[,]
dont la vue semblait tirer des larmes de mes yeux. Il me vint don[c]
le désir de dire aussi des paroles en m'adressant à elle, et je dis [un]
sonnet qui commence par : *Couleur d'amour*. Il est aisé [à]
comprendre sans besoin de le diviser, en raison du récit qui pré[-]
cède.

> Couleur d'amour et aspect de pitié
> jamais ne gagnèrent aussi merveilleusement

un visage de dame, à la vue
de nobles yeux ou de douloureux pleurs,

5 que le vôtre, au moment où devant vous
vous voyez mon esprit dolent ;
en sorte que de votre fait me vient en esprit
un souvenir dont je crains qu'il me brise le cœur.

Je ne peux empêcher mes yeux détruits
10 de vous regarder maintes fois,
par désir de pleurer qu'ils épouvent :

et vous accroissez si fort leur vouloir
que de cette envie ils se consument ;
mais devant vous ils ne savent pleurer.

XXXVII. J'en vins à un tel point par la vue de cette dame, que mes yeux commencèrent à prendre trop de plaisir à la voir. Aussi maintes fois m'en irritais-je en mon cœur et je me jugeais bien vil. Aussi plusieurs fois maudissais-je la vanité de mes yeux et je leur disais en pensée : « Naguère vous aviez coutume de faire pleurer qui voyait votre douloureuse condition et maintenant il semble que vous vouliez l'oublier pour cette dame qui vous regarde ; si elle vous regarde, c'est qu'elle souffre à la pensée de la dame que vous avez coutume de pleurer. Faites bien tout ce que vous pouvez : je vous le rappellerai souvent, yeux maudits, que jamais sinon après la mort vous ne devriez cesser vos larmes. » Quand j'avais ainsi parlé en moi-même à mes yeux, des soupirs m'assaillaient, grands et pleins d'angoisse. Afin que cette bataille que je me livrais à moi-même ne fût pas seulement connue du malheureux qui l'éprouvait, je me proposai de faire un sonnet et d'y assembler l'horreur de cette condition. Je dis ce sonnet, qui commence par : *Les larmes amères*. Il a deux parties. Dans la première, je parle à mes yeux comme en moi-même parlait mon cœur ; dans la seconde, j'écarte quelque doute, en indiquant qui parle. Cette partie commence par : *Ainsi dit*. Ce sonnet pourrait recevoir plusieurs autres divisions encore ; mais elles seraient vaines, car il est éclairci par le récit précédent.

« Les larmes amères que vous fîtes,
ô mes yeux, fort longtemps
faisaient pleurer les autres
de pitié, comme vous l'avez vu.

5 Or il me semble que vous l'oublieriez,
si j'étais quant à moi si félon
que de ne vous en ôter l'occasion,
vous rappelant celle que vous pleurâtes.

Votre folie me fait souci
10 et tant m'épouvante que je crains fort
la vue d'une dame qui vous regarde.

Jamais vous ne devriez, sinon par mort,
votre dame oublier, qui est morte. »
Ainsi dit mon cœur et puis il soupire.

XXXVIII. Je fixai en moi l'image de cette dame de si étrange façon, que maintes fois je pensais à elle comme à une personne qui trop me plaisait. Je pensais ainsi d'elle : « C'est une dame noble, belle, jeune et sage, apparue peut-être par volonté d'Amour, pour que ma vie connaisse le repos. » Maintes fois j'avais de plus amoureuses pensées, en sorte que mon cœur lui cédait : je veux dire au propos d'Amour. Quand j'y avais consenti, je me repentais comme mû par la raison et disais en moi-même : « Dieu, quelle est cette pensée qui si vilainement me veut consoler et ne me laisse presque rien penser d'autre ? » Puis surgissait une autre pensée, qui me disait : « Tu as subi de telles tribulations, pourquoi refuser de t'arracher à tant d'amertume ? Tu vois que c'est une inspiration d'Amour, qui nous présente les amoureux désirs : il provient d'un lieu aussi noble que le sont les yeux de la dame qui s'est montrée si miséricordieuse. » Donc, ayant ainsi maintes fois combattu en moi-même, je voulus en dire quelques paroles. Comme, dans la bataille de mes pensées, l'emportaient ceux qui pour elle parlaient, il me parut convenable de m'adresser à elle. Je dis ce sonnet qui commence par : *Une noble pensée*. Je dis « noble », parce qu'elle parlait d'une noble dame, bien qu'elle fût par ailleurs fort vile.

En ce sonnet, je fais deux parts de moi, selon les divisions de nes pensées. J'appelle l'une des parties cœur, c'est-à-dire l'appétit ; appelle l'autre âme, c'est-à-dire la raison ; et je dis comment l'un arle avec l'autre. Et qu'il soit juste d'appeler cœur l'appétit et âme a raison, est très manifeste à ceux auxquels il me plaît que cela soit écouvert. Il est vrai que, dans le précédent sonnet, j'oppose le cœur aux yeux et cela paraît contraire à ce que je dis présentement ans mes vers. Aussi dis-je que j'entends le cœur également pour appétit, parce que j'éprouvais encore plus de désir de me souvenir le ma dame que de voir l'autre, bien que j'en eusse déjà quelque ppétit, mais qui semblait léger. D'où il apparaît que l'un de mes ropos n'est pas contraire à l'autre.

Ce sonnet a trois parties. Dans la première, je commence par dire . cette dame comment mon désir se tourne tout entier vers elle. ans la deuxième, je dis comment l'âme, c'est-à-dire la raison, parle u cœur, c'est-à-dire à l'appétit. Dans la troisième, je dis comment l lui répond. La deuxième partie commence par : *L'âme dit* ; la roisième par : *Il lui répond*.

Une noble pensée qui me parle de vous
s'en vient avec moi souvent demeurer,
et elle parle d'Amour si doucement
qu'il fait à ses mots le cœur consentir.

5 L'âme dit au cœur : « Qui est celui
qui vient consoler notre esprit,
et sa force est-elle si grande
qu'il ne laisse avec nous d'autre pensée ? »

Il lui répond : « Hélas, âme pensive,
10 c'est un nouvel esprit d'amour
qui me manifeste ses désirs ;

sa vie et toute sa vaillance
sont produites par les yeux de la miséricordieuse
qui se troublait de nos tourments. »

XXXIX. Contre cet adversaire de la raison s'éleva un jour, presque à l'heure de none[1], en moi une forte imagination. Il me semblait voir cette glorieuse Béatrice avec ces vêtements rouge sang avec lesquels elle apparut pour la première fois à mes yeux[2]. Elle me semblait aussi jeune que la première fois où je la vis. Alors je commençai à penser à elle. Me souvenant d'elle selon l'ordre du temps passé, mon cœur commença douloureusement à se repentir du désir dont il s'était vilement laissé posséder quelques jours, malgré la constance de la raison. Ayant chassé ce désir, toutes mes pensées revinrent à leur très noble Béatrice. Je dis que dès lors je commençai à tant penser à elle de tout mon cœur honteux que des soupirs maintes fois le manifestaient. Car tous en sortant allaient comme contant ce qui se disait au cœur, c'est-à-dire le nom de la très noble dame et comment elle nous quitta. Souvent il advenait que certaines pensées avaient tant de douleur que je les oubliais ainsi que le lieu où j'étais. Du fait du reflamboiement des soupirs, se rallumèrent mes pleurs apaisés, en sorte que mes yeux ne semblaient que désireux de pleurer. Souvent il advenait que, du fait de la longue persistance de mes pleurs, autour d'eux se formait une couleur pourpre, qui d'ordinaire apparaît du fait d'un tourment que l'on subit. D'où il apparut que de leur vanité ils furent dignement récompensés ; en sorte que désormais ils ne purent regarder personne qui les considérât de sorte qu'elle les pût entraîner à une telle intention[3]. Voulant donc que ce désir mauvais et cette vaine tentation apparaissent détruits, de sorte qu'aucun doute ne pût naître des vers que j'avais dits auparavant, je me proposai de faire un sonnet où j'assemblerais le sens de ce récit. Et je dis alors : *Hélas ! par la force de maints soupirs*. Je dis « hélas », parce que j'avais honte de ce que mes yeux eussent ainsi erré.

Je ne divise pas ce sonnet, parce que le récit l'éclaire assez.

> Hélas ! par la force de maints soupirs,
> naissant des pensées qui sont au cœur,
> mes yeux sont vaincus et n'ont le pouvoir
> de regarder personne qui les considère.

---

1. Environ trois heures de l'après-midi : on a vu ci-dessus (p. 27, note 4, et p. 68, note 2) la signification symbolique du nombre neuf. 2. *Cf.* ci-dessus, chapitre II. 3. C'est-à-dire à la tentation d'aimer une autre dame que Béatrice.

5   Ils sont ainsi faits qu'ils semblent deux désirs
de pleurer et montrer leur douleur ;
souvent ils pleurent tant qu'Amour
les encercle de couronnes de martyre.

Les pensées et les soupirs que je pousse,
10   deviennent si angoissés en mon cœur
qu'Amour s'y pâme, tant il souffre ;

car, douloureux, ils portent en eux
écrit le doux nom de ma dame,
et de sa mort maintes paroles.

XL. Après ces tourments, au temps où maintes gens vont voir l'image bénie que Jésus-Christ nous laissa comme témoin de sa très belle figure[1], que ma dame voit dans sa gloire, il advint que quelques pèlerins passèrent par une rue qui est presque au milieu de la cité où naquit, vécut et mourut la très noble dame. Ces pèlerins, à ce qu'il me sembla, allaient fort pensifs. Donc, pensant à eux, je me dis en moi-même : « Ces pèlerins me semblent venus d'un lointain pays et je ne crois pas qu'ils aient entendu parler de ma dame et qu'ils en sachent rien. Leurs pensées vont à d'autres choses que celles d'ici, car peut-être pensent-ils à leurs lointains amis, que nous ne connaissons pas. » Puis je disais en moi-même : « Je sais que, s'ils étaient d'un proche pays, ils sembleraient à quelque apparence troublés en passant par le milieu de la douloureuse cité. » Puis je disais en moi-même : « Si je pouvais les retenir quelque peu, je les ferais bien pleurer avant qu'ils ne sortent de cette cité, car je dirais des paroles qui feraient pleurer quiconque les entendrait. » D'où, ces gens étant passés hors de ma vue, je me proposai de faire un sonnet, où je manifesterais ce que je m'étais dit en moi-même. Afin qu'il parût plus pitoyable, je me proposai de dire comme si je leur avais parlé. Et je dis ce sonnet qui commence par : *Ô pèlerins, qui allez pensant*. Je dis pèlerins au sens large du terme. Car pèlerins peut s'entendre de deux manières : l'une large, l'autre étroite. Au sens large, en ce que pèle-

---

1. La « Véronique », linge blanc qui aurait essuyé le visage du Christ montant au Calvaire, et que l'on exposait à Rome lors de la Semaine sainte.

rin est nommé quiconque est hors de sa patrie ; au sens étroit, on n'entend par pèlerin que celui qui va vers la maison de Saint Jacques[1] ou en revient. Aussi faut-il savoir que de trois façons sont appelés à proprement parler les gens qui vont au service du Très Haut. Ils s'appellent « paulmiers », en tant qu'ils vont outre-mer, d'où maintes fois ils rapportent la palme. Ils s'appellent « pèlerins », en tant qu'ils vont à la maison de Galice, car la sépulture de saint Jacques fut plus éloignée de sa patrie que celle d'aucun apôtre. Ils s'appellent « romieux », en tant qu'ils vont à Rome, là où se rendaient ceux que j'appelle pèlerins.

Je ne divise pas ce sonnet, car le récit l'éclaire assez.

Ô pèlerins, qui allez pensant
peut-être à des choses lointaines,
venez-vous de si lointains pays,
comme vous le montrez à votre aspect,

5   que vous ne pleurez point quand vous passez
par le milieu de la cité dolente,
comme des personnes qui rien
ne semblent entendre à son chagrin ?

Si vous demeuriez pour l'entendre,
10   certes mon cœur soupirant me dit
que pleurant ensuite vous en sortiriez.

Elle a perdu sa béatrice[2] ;
et les paroles qu'on en peut dire
ont la vertu de faire pleurer les gens.

XLI. Puis deux nobles dames m'envoyèrent un message me priant de leur envoyer ces vers. Donc, pensant à leur noblesse, je me proposai de les leur envoyer et de faire une chose nouvelle, en la leur envoyant avec, afin de satisfaire plus honorablement leurs prières. Je dis alors un sonnet qui conte mon état et le leur envoyai

---

1. Le sanctuaire de Saint-Jacques-de-Compostelle, en Galice. 2. Avec une minuscule : celle qui apporte la béatitude.

accompagné du sonnet précédent et d'un autre qui commence par : *Venez entendre mes soupirs.*

Le sonnet que je fis alors commence par : *Outre la sphère.* Il a cinq parties. Dans la première, je dis où va ma pensée, la nommant du nom d'un de ses effets. Dans la deuxième, je dis pourquoi elle va là-haut, c'est-à-dire qui la fait ainsi aller. Dans la troisième, je dis ce qu'elle vit, c'est-à-dire une dame honorée là-haut ; et je l'appelle alors « esprit pèlerin », parce qu'elle va spirituellement là-haut et y demeure comme le pèlerin hors de sa patrie. Dans la quatrième, je dis comment elle la vit, c'est-à-dire en telle qualité que je la peux comprendre, à savoir que ma pensée s'élève en son aspect si haut que mon intellect ne la peut comprendre ; car notre intellect est vis-à-vis de ces âmes bienheureuses comme le faible regard vis-à-vis du soleil, comme le dit le Philosophe au livre second de la *Métaphysique*[1]. Dans la cinquième partie, je dis que, bien que je ne puisse comprendre là jusqu'où ma pensée m'entraîne, c'est-à-dire son admirable qualité, je comprends au moins ceci : que cette pensée est tout entière de ma dame, car j'entends souvent son nom en ma pensée. À la fin de cette cinquième partie, je dis « mes chères dames », pour donner à entendre que c'est à des dames que je parle. La deuxième partie commence par : *un esprit nouveau* ; la troisième par : *Quand il est parvenu* ; la quatrième par : *Il la voit telle* ; la cinquième par : *Je sais pour moi qu'il parle.* On pourrait diviser ce sonnet plus subtilement encore, et plus subtilement le faire entendre. Mais on se contentera de cette partition et je ne m'embarrasse pas de diviser davantage.

Outre la sphère qui tourne plus au large[2]
passe le soupir qui sort de mon cœur :
un esprit nouveau, qu'Amour
pleurant lui inspire, l'entraîne en haut.

5 Quand il est parvenu là où il désire,
il voit une dame que l'on honore,
et qui brille tant qu'en sa splendeur
l'esprit pèlerin l'admire.

---

1. Aristote, *Métaphysique*, II, 1. 2. Le Premier Mobile : *cf. Banquet*, II.

Il la voit telle, quand il me le redit,
10 que je ne l'entends, si subtilement
il parle au cœur dolent, qui le fait dire.

Je sais pour moi qu'il parle de la noble dame,
car souvent il nomme Béatrice,
et je l'entends bien, mes chères dames.

XLII. Après ce sonnet m'apparut une merveilleuse vision, où je vis des choses qui me firent me proposer de ne plus rien dire de cette bienheureuse, jusqu'au jour où je pourrais plus dignement traiter d'elle. Je m'efforce d'y parvenir autant que je le puis, comme elle le sait véritablement. De sorte que, s'il plaît à celui pour qui vivent toutes choses, que ma vie dure quelques années encore, j'espère dire d'elle ce que jamais l'on n'a dit d'aucune[1]. Plaise ensuite à celui qui est seigneur de courtoisie, que mon âme puisse s'en aller voir la gloire de ma dame, c'est-à-dire de cette bienheureuse Béatrice, qui glorieusement admire en face celui qui *est per omnia secula benedictus*[2].

---

1. On a peut-être ici comme un pressentiment de *La Divine Comédie* ou plutôt l'annonce d'un hommage à Béatrice en latin sinon en langue vulgaire. **2.** « Est béni à travers tous les siècles. »

RIMES

LIVRE PREMIER

I

À chaque âme éprise et noble cœur

Cf. *Vie nouvelle*, III.

II

Guido Cavalcanti à Dante,
en réponse au sonnet I[1]

Vous vîtes, à mon avis, toute valeur
et tout plaisir et tout bien qu'homme ressente,
si vous fûtes mis à l'épreuve du puissant seigneur
qui gouverne le monde d'honneur,

5 *car il vit en un lieu où il n'est point d'ennui*
et rend justice au donjon de l'esprit ;
si doucement il visite les gens en leur sommeil
que leur cœur il emporte sans causer de douleur.

De vous il emporta le cœur, voyant
10 *que votre dame allait à la mort :*
de ce cœur il la nourrissait, craintive.

---

1. Répondant avec d'autres poètes à la prière de Dante d'interpréter son rêve, Cavalcanti devient le « premier ami » du poète. Mais, selon celui-ci, il ne donne qu'une réponse partielle à la question posée.

> *Quand il vous apparut qu'il s'en allait en pleurs,*
> *ce fut le doux sommeil qui s'achevait alors,*
> *car son contraire*[1] *le rejoignait en vainqueur.*

III

> Cino da Pistoia[2] ou Terino da Castelfiorentino
> à Dante, en réponse au sonnet I

> *Naturellement tout amant désire*
> *à sa dame ouvrir son cœur ;*
> *et c'est ce que par la vision présente*
> *entendit te montrer Amour,*
>
> 5 *en ce que de ton cœur brûlant*
> *tendrement il repaissait ta dame,*
> *qui longuement avait été dormante,*
> *en un drap enveloppée, loin de toute peine.*
>
> *Allègre se montra Amour, venant à toi*
> 10 *pour te donner ce que souhaitait ton âme,*
> *liant deux cœurs ensemble :*
>
> *et connaissant l'amoureuse souffrance*
> *qu'en cette dame il avait conçue,*
> *par pitié pour elle il s'en alla en pleurs.*

IV

> Dante da Maiano[3] à Dante, en réponse au sonnet I

> *À ce dont tu as été demandeur,*
> *le considérant, brièvement je fais réponse,*

---

1. Le « contraire » du sommeil est l'éveil. 2. Cino da Pistoia (1270 environ-1336 ou 1337), poète et juriste, auteur d'un chansonnier d'environ cent soixante-cinq poèmes d'inspiration stilnoviste, fut apprécié de Dante. 3. Dante da Maiano, poète toscan contemporain de Dante, mais auteur d'un chansonnier d'inspiration moins moderne que le *stilnovo* : d'où sa réponse comico-réaliste à la question de Dante.

ami, qui peu avisé me sembles,
en te montrant de la vérité le sens.

5   *À ton besoin ainsi te dis-je :*
si tu es sain et solide d'esprit,
lave abondamment tes couilles,
afin que s'éteignent et passent les vapeurs,

qui te font déraisonner en parlant ;
10 *et si tu es affecté d'une maladie cruelle,*
j'entends, sache-le, que tu as radoté.

Ainsi en retour je te rends mon avis,
et plus jamais ne changerai d'idée,
tant que tes eaux[1] au médecin je n'aurai montrées.

V

Ô vous qui par la voie d'Amour passez

Cf. Vie nouvelle, VII.

VI

Pleurez, amants, puisque Amour pleure

Cf. Vie nouvelle, VIII.

VII

Cruelle mort, de pitié ennemie

Cf. Vie nouvelle, VIII.

---

1. Les urines, couramment utilisées par la médecine du temps pour ses diagnostics.

VIII

Chevauchant hier par une route
Cf. Vie nouvelle, IX.

IX

Ballade, je veux qu'Amour tu ailles trouver
Cf. Vie nouvelle, XII.

X

Toutes mes pensées parlent d'Amour
Cf. Vie nouvelle, XIII.

XI

Avec les autres dames de moi vous vous moquez
Cf. Vie nouvelle, XIV.

XII

Ce qui à moi s'oppose, meurt en mon esprit
Cf. Vie nouvelle, XV.

XIII

Fréquentes fois me viennent à l'esprit
Cf. Vie nouvelle, XVI.

XIV

Dames qui avez entendement d'amour,

Cf. Vie nouvelle, XIX.

XV

Réponse anonyme à la chanson « Dames qui avez »

Bienvenue à l'amoureux et doux cœur
qui nous veut, dames, tant servir
que son doux propos il nous fait entendre,
qui est tout plein de plaisant plaisir,
5 *car il a été très bon connaisseur,*
puisque de celle[1] où se fixe notre désir
de la vouloir pour notre dame suivre —
car sages elles nous rend toutes —
si parfaitement il a reconnu la valeur
10 *et devant elle humblement s'est incliné,*
que chacune de nous suivra
la voie juste, priant doucement celle
à qui il s'est donné, lorsque avec nous elle sera,
d'avoir en ses actes de lui pitié.

15 *Ah, Dieu, comme son propos il a élevé*
en haut lieu, l'éloignant de nous !
et comme il a douce foi en sa louange,
qu'il a bien commencée et poursuit mieux encore !
Ce serait grand tort de tourmenter cet homme
20 *ou de le malmener, pour celle aux pieds*
de qui en toute confiance il s'agenouille,
disant si pitoyablement, sans se plaindre ;
mais il parle si doucement qu'il enflamme
d'amour tous les cœurs et les attendrit ;
25 *en sorte que nulle d'entre nous ne se tait,*

---

1. Béatrice.

mais prie Amour que celle à qui il rend hommage
lui soit bienveillante en tous les lieux
où elle l'entendra pousser ses soupirs.

De par la vertu[1] *qu'il dit, on peut connaître*
30 *que là se trouve un juste et plaisant abri,*
car il veut pleinement achever la louange
qu'il a commencée par courtoisie ;
jamais ni voix ni visage sous un voile
aussi honnêtes que sa prière
35 *ne furent ni se sont, car l'on doit juger*
noble chose ce qu'il veut dire :
il a discerné la voie droite,
en sorte qu'accomplies sont ses paroles.
Toutes nous avons été d'accord
40 *pour qu'il décide de complaire à notre dame ;*
et nous le tenons pour un amant tel
que nous prions Amour de toutes parts.

Entendez encore quelle est sa vaillance :
si sûrement il fait parler Amour
45 *qu'il juge droitement la beauté*
d'après celle où il veut réchauffer son cœur.
Il se comporte en homme véritable,
désire le bien suprême et le poursuit,
ne croit en nul autre visage ni peinture
50 *et ne se soucie ni de vent ni de pluie.*
Bien ferait donc sa dame de pourvoir
à son état, puisqu'il lui est si fidèle ;
car de tous les amants il est celui
qui joyeusement va outre l'amour parfait ;
55 *Nous, dames, l'enverrions au paradis,*
l'entendant chanter celle qui l'a conquis.

Je[2] *m'en irai, et non pas en bannie ;*
je suis si bien accompagnée
que je me sens tout assurée

---

1. Celle de Béatrice.   2. C'est la chanson qui prend la parole.

60   *et espère aller et revenir en bonne santé.*
Je suis certaine de ne pas me fourvoyer,
mais en maints lieux serai arrêtée :
je prierai qu'on fasse ce dont tu[1] m'as priée,
tant que j'arriverai à la source
65   *de sagesse, ta dame souveraine[2].*
Je ne sais si je resterai quelques mois ou semaines,
ou si les chemins me seront empêchés :
j'irai à ton bon plaisir, près ou loin,
mais aimerais être arrivée déjà,
70   *parce qu'à Amour je te recommanderais.*

XVI

Amour et noble cœur sont une unique chose

Cf. Vie nouvelle, XX.

XVII

En ses yeux, ma dame porte Amour

Cf. Vie nouvelle, XXI.

XVIII

Vous qui avez humble aspect

Cf. Vie nouvelle, XXII.

XIX

Es-tu celui qui souvent a conté

Cf. Vie nouvelle, XXII.

---

1. Dante.   **2.** Béatrice.

XX

Dame miséricordieuse et jeune
Cf. Vie nouvelle, XXIII.

XXI

Je sentis s'éveiller en mon cœur
Cf. Vie nouvelle, XXIV.

XXII

Si noble et si honnête apparaît
Cf. Vie nouvelle, XXVI.

XXIII

Il voit parfaitement tout salut
Cf. Vie nouvelle, XXVI.

XXIV

Si longuement m'a retenu Amour
Cf. Vie nouvelle, XXVII.

XXV

Les yeux dolents par la pitié du cœur
Cf. Vie nouvelle, XXXI.

XXVI

Venez entendre mes soupirs
Cf. Vie nouvelle, XXXII.

XXVII

Combien de fois, hélas ! il me souvient
Cf. Vie nouvelle, XXXIII.

XXVIII

Cino da Pistoia à Dante,
pour le consoler de la mort de Béatrice

Bien que promptement m'aient demandé
en votre faveur Amour et Pitié
de réconforter votre vie douloureuse,
le temps n'est pas encore passé
5   *que mon propos ne trouve votre cœur*
pleurant toujours et votre âme égarée,
disant : « Vous êtes allée au ciel,
joie des bienheureux, comme le signifiait votre nom[1] *!*
Hélas pour moi ! quand et comment
10 *pourrai-je vous voir de mes yeux ? » ;*
en sorte qu'à présent encore
je puis vous apporter aide et réconfort.
Écoutez-moi donc, car je parle à la requête
d'Amour, suspendant vos soupirs.

15 *Nous voyons qu'en ce monde aveugle*
chacun vit dans le tourment et l'angoisse,
car la Fortune le pousse dans l'adversité.
Bienheureuse l'âme qui ce fardeau abandonne

---

1. Béatrice, comme l'indique son prénom, est porteuse de béatitude.

et va au ciel où toute joie s'accomplit,
20 *le cœur joyeux hors de pleurs et douleur !*
Or donc pourquoi soupire votre cœur,
qui se doit réjouir de ce sort meilleur ?
Car Dieu, notre Seigneur,
comme l'ange l'avait dit, d'elle
25 *voulut rendre parfait le ciel*[1].
Comme chose admirable chaque saint la contemple ;
elle siège en face du Salut[2]
et chaque bienheureux lui parle.

Pourquoi pleurs et angoisse vous serrent-ils le cœur,
30 *quand vous devriez d'amour jouir,*
car au ciel vous avez mémoire et intellect ?
Vos esprits sont passés dès lors[3]
de par sa vertu au ciel, si fort est le désir
qu'Amour par plaisir là-haut les pousse.
35 *Homme sage, pourquoi en telle détresse*
vous maintient donc une pensée désolée ?
Pour sa gloire je vous demande
qu'à votre douleur vous portiez réconfort,
et n'ayez plus la mort au cœur
40 *ni aspect de mort sur votre visage :*
bien que Dieu l'ait mise parmi les siens,
elle demeure avec vous toujours.

Courage, courage, crie l'Amour
et Pitié vous prie : « Par Dieu, cessez donc ! » :
45 *pliez-vous à cette prière si douce.*
Dépouillez-vous de ce vêtement de deuil,
puisque vous en êtes justement prié :
car de douleur l'homme se désespère et meurt.
Comment reverriez-vous le beau visage,
50 *si la mort vous recevait dans le désespoir ?*
À un poids si pesant,
par Dieu, arrachez votre cœur,
qu'il ne soit si cruel

---

1. *Cf. Vie nouvelle*, XIV.   2. Dieu.   3. Depuis la mort de Béatrice.

envers votre âme, qui espère encore
la voir au ciel et être dans ses bras :
veuillez donc attendre un réconfort.

Admirez en la beauté où elle demeure
votre dame qui est au ciel couronnée ;
d'elle procède votre espoir au paradis
et saint est désormais votre amour,
contemplant au ciel l'âme qui s'y trouve.
Pourquoi est-il déchiré, votre cœur,
qui garde en lui un bienheureux visage ?
Tout comme ici-bas elle était merveilleuse,
de même elle apparaît là-haut,
d'autant que mieux elle est reconnue :
comment elle fut accueillie,
avec de doux chants et des rires, par les anges,
vos esprits nous l'ont dit,
qui souvent font ce voyage.

De vous elle parle avec les bienheureux,
leur disant : « Tant que je fus
au monde, je fus honorée par lui,
qui me louait en ses vers qu'on loue. »
Et elle prie Dieu, notre Seigneur véritable,
que, selon qu'il vous plaît, il vous réconforte.

XXIX

Guido Cavalcanti à Dante

Maintes fois je viens à toi le jour
et trouve que tu penses trop vilement[1] :
j'en ai bien des regrets pour ton noble esprit
et tant de vertus qui te sont enlevées.

---

1. Cette mise en garde de Cavalcanti à Dante peut viser nombre d'erreurs commises par celui-ci : son abattement à la mort de Béatrice ; sa passion pour la « noble dame » ; son recours à la poésie comico-réaliste (*cf. Rimes*, livre III) ; ou encore un différend d'ordre doctrinal ou politique.

5 D'ordinaire te déplaisaient nombre de gens[1] ;
tu ne cessais de fuir les ennuyeux ;
de moi tu parlais si affectueusement
que j'avais accueilli toutes tes rimes.

Or je n'ose point, de par ta vilenie,
10 montrer que tes dires me plaisent,
et viens à toi sans que tu me voies.

Si souvent tu lis le présent sonnet,
l'ennuyeux esprit qui te pousse
s'éloignera de ton âme avilie.

XXX

En mon esprit était venue

Cf. Vie nouvelle, XXXIV.

XXXI

Mes yeux virent combien de pitié

Cf. Vie nouvelle, XXXV.

XXXII

Couleur d'amour et aspect de pitié

Cf. Vie nouvelle, XXXVI.

---

[1]. Cavalcanti reproche à Dante des fréquentations trop vulgaires.

XXXIII

Les larmes amères que vous fîtes
Cf. Vie nouvelle, XXXVII.

XXXIV

Une noble pensée qui me parle de vous
Cf. Vie nouvelle, XXXVIII.

XXXV

Hélas ! par la force de maints soupirs
Cf. Vie nouvelle, XXXIX.

XXXVI

Ô pèlerins, qui allez pensant
Cf. Vie nouvelle, XL.

XXXVII

Outre la sphère qui tourne plus au large
Cf. Vie nouvelle, XLI.

XXXVIII

Cecco Angiolieri[1] à Dante,
à propos du sonnet XXXVII

Dante, Cecco, ton ami et serviteur,
à toi se recommande comme à son seigneur :
je te prie de par le dieu d'amour,
qui a été si longtemps ton seigneur,

5 *de me pardonner si mes vers te déplaisent,*
car me rassure la noblesse de ton cœur :
ce que je te dis est d'une teneur
qui en partie contredit ton sonnet.

Car, à mon sens, en une strophe il dit
10 *que tu n'entends pas en son parler subtil*
celui qui vit ta Béatrice ;

puis tu dis à tes chères dames
que tu l'entends ; et donc
se contredit lui-même ton propos.

---

[1]. Cecco Angiolieri (Sienne, 1260 environ-avant 1313), poète comico-réaliste, fort éloigné du stilnovisme, comme il le montre ici (et plus loin).

LIVRE DEUXIÈME

XXXIX

Dante da Maiano à divers poètes

Prête attention, sage, à cette vision
et, de grâce, en tire le sens.
Je dis qu'une dame de belle allure,
que mon cœur se plaît à satisfaire,

5 *me fit don d'une guirlande,*
verte et feuillue, de façon aimable.
Puis je me trouvai pour vêtement,
à ce qu'il me parut, une chemise d'elle.

Alors, ami, je pris si grand courage
10 *que doucement je l'embrassai :*
la belle ne se défendit pas, mais riait.

Riant ainsi, je la baisai souvent :
je n'en dirai pas plus, car elle me le fit jurer.
Et morte, ma mère, était près d'elle[1].

XL

Réponse de Dante Alighieri

Vous savez bien exposer votre affaire,
homme renommé pour votre savoir ;

---

1. Vers obscur, qu'aucun commentateur n'explique de façon satisfaisante.

aussi, évitant avec vous toute querelle,
comme je puis, je réponds à vos belles paroles.

5 Un désir vrai, qui rarement se satisfait,
né de vaillance et de beauté,
— selon mon opinion d'ami —
est signifié par le don que vous dites d'abord.

Le vêtement, ayez-en l'espérance certaine,
10 sera l'amour que d'elle vous désirez :
votre esprit l'a exactement pressenti ;

je le dis pensant à ses gestes d'alors.
L'image, jadis morte, qui survient,
est la fermeté qu'elle aura en son cœur.

XLI

Dante da Maiano à Dante Alighieri

Pour tâcher de savoir ce que vaut
l'or, l'orfèvre l'approche du feu ;
ce faisant, il détermine et apprend,
ami, s'il vaut peu ou prou.

5 *Moi, pour éprouver mon chant,*
je l'approche de vous, que parangon[1] je nomme
de tout homme ayant sa place en sagesse,
ou portant louange et renom de valeur.

De mes vers les plus sages, je vous prie
10 *que vous daigniez, de par votre science,*
me nommer la plus grande douleur d'Amour.

---

1. Ou pierre de touche.

Pour disputer je ne questionne point,
car envers vous je n'aurais assez de force,
mais pour savoir ce que je vaux et vaudrai.

XLII

Dante Alighieri à Dante da Maiano

Qui que vous soyez, ami, votre manteau[1]
de science me paraît tel, que ce n'est pas jeu ;
en sorte qu'ignorant je brûle de colère
de ne vous pouvoir louer ni satisfaire.

5 Sachez bien (je me connais un peu)
qu'envers vous j'ai moins qu'un brin de savoir
et je ne vogue comme vous par une route sage,
tant vous paraissez sage en tout lieu.

Puisqu'il vous plaît de savoir ma pensée,
10 je vous la montre hors de tout mensonge,
comme qui parle à un sage :

à mon idée assurément il semble
que qui n'est pas aimé, s'il est amant,
porte en son cœur une douleur sans pareille.

XLIII

Dante da Maiano à Dante Alighieri

Votre ferme discours, fin et courtois,
confirme bien ce que l'on dit de vous
et plus encore : car chacun serait en peine
de dire votre louange entièrement ;

---

[1]. Sous lequel il se dissimule.

*car votre renommée est si haut placée
qu'assurément personne ne la saurait narrer ;
aussi, celui qui par ses paroles croit louer
votre état, je dis qu'il déparle.*

*Vous dites qu'aimer et n'être pas aimé
est la douleur d'Amour la plus dolente ;
mais maintes gens disent qu'il est douleur pire :*

*or je vous prie humblement qu'il ne vous déplaise
de m'exposer, s'il vous plaît, votre savoir :
si la vérité ou non me disent les sages.*

XLIV

Dante Alighieri à Dante da Maiano

Ne connaissant pas, ami, votre nom,
quel que soit celui qui avec moi parle,
je vois bien qu'il est savant si renommé
qu'il n'a pas de pareil à mon sens ;

car l'on peut bien savoir d'un homme,
lui parlant, s'il a de l'esprit en ses paroles ;
s'il convient de vous louer sans vous nommer,
il m'est ardu de le faire en mes paroles.

Ami, j'en suis certain, car j'ai aimé
d'amour, sache bien que qui aime,
sans être aimé, souffre la pire douleur ;

car une telle douleur tient en son pouvoir
toutes les autres et domine chacune :
c'est la pire des peines qu'Amour nous apporte.

XLV

Dante da Maiano à Dante Alighieri

Hélas ! La peine qui plus me peine et serre
est de vous remercier, ne le sachant faire ;
il en faudrait un plus sage, comme vous,
dont le savoir empêche tout débat.

5 *De la peine où, selon vous, nombreux se trompent,*
à vos plaintes qu'ils nient, est-il mesure[1] ?
Tant voudrais-je savoir ce doute,
étant souvent — dis-je — de cela tourmenté.

Je vous prie donc, sage, d'argumenter
10 *et de montrer par autorité ce que conclut*
votre propos, afin qu'il soit plus clair.

Quand il apparaîtra plus clair en vos paroles,
nous éclaircirons quelle douleur est plus cruelle,
en en donnant, ami, preuve et expérience.

XLVI

Dante da Maiano à Dante Alighieri

Amour me fait si fidèlement aimer
et si fort m'étreint en son désir,
que nulle heure ne pourrait
mon cœur fuir une telle pensée.

5 *D'Ovide je me suis mis à éprouver*
ce qu'il dit des remèdes à l'amour,
mais ce ne sont que mensonges ;
et je me résous à demander merci.

---

[1]. Sur ce passage (vers 5-6) des plus obscurs, nous suivons la traduction d'André Pézard.

En vérité je sais bien maintenant
qu'envers Amour ne résistent ni force
ni moyen ni propos qu'on invente,

sinon merci et se montrer souffrant
et loyalement servir ; ainsi atteint-on son but.
Vois, sage ami, si tu m'approuves.

XLVII

Réponse de Dante Alighieri à Dante da Maiano

Savoir et courtoisie, moyens et effort,
noblesse, beauté et richesse,
force, humilité et largesse,
prouesse et excellence, jointes et éparses,

5   ces grâces et ces vertus en tout
par leur plaisance l'emportent sur Amour :
l'une plus que l'autre à son égard
a de puissance, mais chacune y a sa part.

Si donc, ami, tu veux que te serve
10 une vertu naturelle ou accidentelle,
fais-en loyal usage au gré d'Amour ;

mais non pour combattre ses effets heureux ;
car rien n'atteint à sa puissance,
lorsqu'on lui veut faire bataille.

XLVIII

À Lippo (Pasci dei Pardi ?),
pour accompagner la stance ci-dessous [XLIX]

Si, Lippo, mon ami, tu me lis,
avant que tu pourvoies

aux paroles que je promets de te dire,
de la part de qui t'a écrit,
je me mets en ton pouvoir
et t'adresse toutes salutations que tu souhaites.

Par honneur je te prie de m'entendre
et de requérir de ton ouïe
que m'écoutent pensée et intellect :
moi qui me nomme un humble sonnet[1],
en ta présence je viens,
pour qu'envers moi tu aies de l'intérêt.

Je t'amène cette pucelle nue[2],
qui si honteusement me suit
qu'elle n'ose aller à la ronde,
car elle n'a de vêtement pour se couvrir[3] ;
or je prie le noble cœur qui est en toi
de la revêtir et l'avoir pour amie,
en sorte qu'elle soit connue
et puisse aller là où elle désire.

XLIX

Que mon cœur servant vous soit
recommandé par Amour, qui vous l'a donné,
et que Merci d'autre part
vous apporte de moi quelque souvenir ;
car de votre valeur,
avant que je me sois éloigné un peu,
me réconforte assurément
le doux espoir d'un retour.
Dieu, combien je ferais une brève demeure,

---

1. Il s'agit en fait d'un sonnet « *rinterzato* » : de vingt vers au lieu de quatorze.   2. À savoir la stance qui suit : c'est le sonnet qui s'exprime à la première personne depuis le début.   3. La requête de Dante à Lippo est sans doute qu'il accompagne son poème d'une musique ou d'un commentaire.

10 à ce qu'il me semble !
    car souvent mon esprit
    me ramène contempler votre visage :
    en mon aller et mon séjour,
    gente dame, à vous je me recommande.

                        L

    Le cruel souvenir, qui toujours regarde
    en arrière vers le temps passé,
    d'une part combat mon cœur ;
    et l'amoureux désir qui m'entraîne
5   vers le doux pays que j'ai laissé,
    demeure d'autre part avec la force d'Amour ;
    en moi je ne sens pas assez de vaillance
    pour le pouvoir longuement défendre,
    gente dame, si elle ne me vient de vous.
10 Aussi, s'il vous convient,
    pour le sauver, de rien entreprendre,
    plaise à vous de m'envoyer un salut
    qui conforte sa puissance.

    Plaise à vous, madame, de ne point manquer
15 en cet instant au cœur qui tant vous aime,
    car de vous seule il attend un secours ;
    car un juste seigneur ne retient pas sa bride
    pour aider son vassal qui l'appelle,
    car ce n'est pas lui, mais l'honneur qu'il défend.
20 Certes sa douleur m'enflamme davantage,
    quand je pense que vous, madame,
    de la main d'Amour y êtes peinte :
    ainsi devez-vous
    de lui avoir soin plus encore ;
25 car Celui dont il convient que le bien on apprenne
    par son image davantage nous chérit.

    Si vous vouliez, ma douce espérance,
    retarder ma demande,

sachez que je ne puis attendre ;
30 je suis à bout de forces.
Et vous le devez savoir, puisque
je suis allé en quête d'un ultime espoir ;
car l'on doit tenir sur ses épaules
tous les fardeaux, jusqu'au poids de la mort,
35 avant que d'éprouver son plus grand ami,
ne sachant comme on le trouve :
et s'il advient que mal il réponde,
il n'est rien qui plus cher coûte,
car la mort vient plus prompte et plus amère.

40 Certes vous êtes celle que j'aime davantage,
qui plus grand don ne me pouvez faire
et en qui repose tout mon espoir ;
ce n'est que pour servir que je désire vivre
et ce qui vous est honneur
45 je demande et requiers : le reste m'est ennui.
Vous me pouvez donner ce qu'autrui n'ose,
car le oui et le non de ma vie, Amour
les a placés entre vos mains ; ma gloire j'y trouve.
La foi que je vous porte
50 naît de votre humanité ;
car tout homme qui vous regarde, sait
par le dehors qu'au-dedans de vous il est pitié.

Que votre salut me vienne donc
et pénètre en mon cœur qui l'attend,
55 gente dame, comme vous l'avez entendu ;
mais sachez que sa porte se trouve
étroitement close par la flèche
qu'Amour décocha lorsque je fus vaincu ;
l'entrée à tous est combattue,
60 sauf aux messagers d'Amour, qui l'ouvrent
par la volonté de la force qui le clôt :
dans mon combat donc,
sa venue me serait un dommage,
si elle n'était accompagnée
65 des messagers du seigneur qui m'a en son pouvoir.

Chanson, ton chemin doit être court,
car tu sais bien que peu de temps encore
peut durer la voie par où tu vas.

LI

Jamais ne pourraient faire amende
de leur grave erreur mes yeux, s'ils
ne s'aveuglaient, puisqu'ils ont vu
la Garisenda[1] au beau panorama

5 et n'ont pas reconnu, pour leur malheur,
celle[2] qui est la plus belle dont on parle ;
je veux donc que l'on sache
que jamais avec eux je ne ferai la paix ;

car si aveugles ils furent que,
10 ce qu'ils devaient savoir sans le voir,
le voyant, ils ne le reconnurent ; dolents

sont donc mes esprits par leur faute ;
et je dis bien haut, si ma volonté je ne change,
que de ma main je tuerai ces ignorants !

LII

Dante à Guido Cavalcanti

Guido, je voudrais que toi, Lapo[3] et moi
fussions pris par quelque enchantement
et mis en un vaisseau qui à tout vent
aille sur mer selon votre et mon vouloir ;

---

1. Célèbre tour de Bologne. **2.** Une dame de Bologne, à qui Dante adresse ses hommages. **3.** Lapo Gianni, poète florentin contemporain et ami de Dante, dont il nous reste dix-sept poèmes d'inspiration stilnoviste.

5   en sorte que tempête ou autre mauvais vent
ne nous pût donner d'empêchement,
mais que, vivant toujours en concorde totale,
de demeurer ensemble s'accrût notre désir.

Que dame Vanna et dame Lagia
10   et celle qui siège au numéro trente[1]
fussent placées avec nous par le bon enchanteur,

et là toujours parler d'amour,
et que chacune d'elles en fût contente,
comme je crois que nous serions, nous autres.

LIII

Réponse de Guido

Si j'étais bien celui qui d'Amour fut digne,
dont je ne trouve que le souvenir,
et si ma dame avait pour moi un autre visage,
fort me plairait pareil esquif.

5   *Toi qui es du royaume d'Amour,*
où de merci naît espérance,
vois mon esprit comme il souffre :
un prompt archer l'a pris pour cible

et tend son arc qu'a bandé Amour,
10   *si allégrement, que sa personne*
de joie semble pleinement maîtresse.

Écoute un peu le prodige qu'il désire :
l'esprit blessé lui pardonne,
tout en voyant qu'il détruit ses forces.

---

1. *Cf. Vie nouvelle*, VI : Dante composa un poème où étaient louées les soixante plus belles dames de Florence. Celle à qui il fait allusion y portait le numéro 30.

LIV

Guido Cavalcanti à Dante

De grâce, Dante, si tu rencontres Amour
en un lieu où se trouve Lapo,
ne te déplaise d'y porter telle attention
que tu me répondes s'il le nomme bon amant

5 *et si lui semble avenante la dame*
à qui fort attaché il se montre :
car souvent de telles personnes
font semblant d'aimer par un air de souffrance.

Tu sais qu'en la cour où il règne
10 *un homme vil ne peut servir*
dame ayant d'aimer fait vœu.

Si la souffrance vient en aide au serviteur,
notre sire peut aisément le savoir,
lui qui porte enseigne de merci.

LV

Guido Cavalcanti à Dante

Dante, un soupir messager de mon cœur
soudain m'assaillit en mon sommeil ;
alors je m'éveillai, craignant
qu'il ne soit accompagné d'Amour.

5 *Puis je me tournai et vis le serviteur*
de dame Lagia, qui venait disant :
« Pitié, aide-moi ! », si bien que pleurant
je pris en ma miséricorde tant de vaillance

que je joignis Amour qui aiguisait ses traits.
10 *Alors je m'enquis de ses tourments*
et il me répondit de cette manière :

« Dis à son vassal que sa dame est ma prisonnière
et que je la tiens à son bon plaisir ;
s'il ne le croit pas, dis-lui qu'en ses yeux il regarde. »

LVI

Pour une petite guirlande
que je vis, toute fleur
fera que je soupire.

Je vous vis, madame, porter
5   une petite guirlande de nobles fleurs,
et au-dessus je vis voler
un doux angelot d'Amour ;
en son chant subtil
il disait : « Qui me verra
10 louera mon seigneur. »

Si je suis au lieu où
ma belle Fleurette m'écoute,
alors dirai-je de ma dame
qu'au front elle porte mes soupirs.
15 Mais, pour accroître mon désir,
ma dame viendra,
couronnée par Amour.

Mes paroles nouvelles
qui de fleurs ont fait une ballade
20 pour sa beauté ont pris
un vêtement donné à autrui[1] :
or je vous prie,
quiconque la chante,
qu'on lui fasse honneur.

---

1. La musique (vêtement) donnée à cette ballade a été empruntée à une autre.

LVII

Madame, ce seigneur que vous portez
en vos yeux, tel qu'il vainc toute puissance
me donne l'assurance
que vous serez de pitié l'amie ;
5 car là où il demeure
et est accompagné de grande beauté,
il attire toute bonté
à soi, comme principe doté de puissance.
Or je conforte toujours plus mon espérance.
10 qui fut si combattue
qu'elle serait vaincue,
sinon qu'Amour
contre tout adversaire lui donne puissance
par sa vue et la mémoire
15 du doux lieu et de la fleur suave
qui de couleur nouvelle
a couronné mon âme,
par la merci de votre grande courtoisie.

LVIII

Ah, Violette[1], qui en image d'Amour
en mes yeux si soudain apparus,
aie pitié du cœur que tu blessas,
qui en toi espère et meurt de désir.

5 Toi, Violette, plus qu'humaine en apparence,
tu mis le feu en mon âme
à la vue de ta beauté ;
puis par l'effet d'un esprit ardent

tu fis naître un espoir, qui pour partie
10 me soigne, lorsque tu me souris.
Ne regarde pas pourquoi à elle je me fie,

---

1. Cette dame est peut-être celle à qui s'adresse la stance précédente ; mais c'est peut-être aussi la dame dont il est question dans la *Vie nouvelle* (V, VII, IX).

mais tourne les yeux vers mon brûlant désir,
car, pour être trop tardives, mille dames
souffrirent la peine du tourment d'autrui[1].

LIX

Tournez vos yeux pour voir qui m'entraîne,
en sorte qu'avec vous je ne puis plus venir,
et faites-lui honneur, car il est celui
qui par gentes dames autrui martyrise.

5 Sa puissance qui sans colère tue,
priez-la qu'elle me laisse vous suivre ;
je vous dis qu'à ses manières
nul n'entend rien, sinon en soupirs :

cruellement il a pénétré mon cœur
10 et y peint une dame si noble
que toute ma vaillance à ses pieds se précipite ;

et il me fait entendre une voix subtile
qui dit : « Pour rien veux-tu donc
de tes regards ôter une si belle dame ? »

LX

Ah, ensemble parlons un peu, Amour,
et ôte-moi de la peine qui me tourmente ;
et si l'on se veut l'un l'autre réjouir,
disons alors, seigneur, de notre dame.

5 Certes, le voyage nous paraîtra plus court
en prenant une voie si tranquille

---

[1] Elles ont été punies pour avoir été trop cruelles.

et me paraît déjà joyeux le retour,
en entendant dire et redire sa vaillance.

Or commence, Amour, comme il convient,
10   et viens faire ce qui est la cause
que tu daignes me faire compagnie,

soit par merci soit par ta courtoisie ;
car mon esprit laisse toute pensée,
tant me vient le désir d'écouter.

LXI

Abois de braques, hurlements de chasseurs,
levers de lièvres, cris de la troupe,
chiens courants détachés des laisses,
tournant dans la plaine et suivant la trace,

5   doivent — je pense — réjouir
un cœur libre et hors de soucis !
Pour moi, en mes pensées d'amour,
par l'une je suis moqué en cette affaire ;

ce mot elle me dit d'ordinaire :
10   « Voici donc la beauté de ce cœur,
qui, pour un plaisir si sauvage,

abandonne les dames et leurs gais visages ! »
Alors, craignant qu'Amour ne l'entende,
je suis plein de honte, puis me vient la tristesse.

LXII[1]

Plus Amour vous frappe de ses verges,
plus empressez-vous de lui obéir,

---

1. Sonnet en réponse à un poète inconnu qui se plaint de ses chagrins amoureux.

car nul autre conseil — je vous le jure —
ne peut vous être donné : l'accepte qui veut.

5 Puis, la saison venue, par de doux baumes,
il chassera toute torture cruelle,
car le mal d'Amour est moins douloureux du quart
que la douceur qu'il apporte. Que donc

votre cœur pave le chemin pour suivre
10 son suprême pouvoir, s'il vous a blessé
autant que le montrent vos beaux vers ;

ne vous éloignez de lui en rien
car il a coutume de donner pleine allégresse
et de récompenser en tout ses serviteurs.

LXIII

Sonnet, si Meuccio[1] t'apparaît,
salue-le dès que tu le vois,
cours à lui et à ses pieds te jette,
pour paraître bien éduqué.

5 Quand auprès de lui tu seras un peu resté,
salue-le de nouveau sans hésiter ;
puis procède à ton ambassade,
mais d'abord tire-le à part ;

et dis-lui : « Meuccio, celui qui t'aime fort
10 t'envoie de ses plus beaux joyaux[2]
pour devenir ami de ton bon cœur. »

Mais fais qu'il accueille en premier cadeau
tes frères[3] que voici, et commande-leur
d'avec lui demeurer et ne point revenir.

---

1. Sans doute un poète siennois, du nom de Meuzzo Tolomei. **2.** Il s'agit évidemment de poèmes. **3.** D'autres poèmes.

LXIV

Guido Orlandi[1] en réponse à
un sonnet que Dante lui a adressé[2]

Puisque tu as tendu ton arc jusqu'au fer
en son encoche et n'as pas atteint ta cible[3],
je t'épargne volontiers toute plaisanterie
et veux avec toi troquer vers et œuvre.

5   *Tu t'es levé chargé d'un tel poids*
qu'un bon comptable ne le saurait chiffrer ;
et si je t'apprends à franchir ce passage
sans que tu découvres ta surcharge,

je ne veux pas y gagner qu'un peu,
10 *avant de te répondre par les mêmes rimes :*
et je te dis d'abandonner tout orgueil

et de ressembler au bourgeon d'olivier[4] ;
garde-toi de heurter un écueil
et au port arrive sain et sauf.

LXV

Des yeux de ma dame s'envole
une clarté si noble, que là où elle paraît
l'on voit des choses impossibles à peindre,
tant elles sont élevées et neuves :

5   de ses rais il pleut sur mon cœur
une peur telle qu'elle me fait trembler
et dire : « Ici je ne veux point revenir » ;
mais ensuite je perds toutes mes forces

---

1. Poète ayant également correspondu avec Guido Cavalcanti.   **2.** Sonnet qui a disparu.   **3.** L'attaque (verbale) de Dante contre Orlandi n'aurait sans doute pas atteint complètement son but.   **4.** Symbole d'humilité.

et reviens là où j'ai été vaincu,
réconfortant mes yeux épouvantés,
qui d'abord ont éprouvé cette grande puissance.

À mon arrivée, hélas, ils sont fermés ;
le désir qui les pousse est éteint alors :
qu'Amour, donc, pourvoie à mon état.

LXVI

En vos mains, ma gente dame,
je confie mon esprit qui se meurt
et si dolent s'en va, qu'Amour
avec pitié le regarde en le congédiant.

Vous l'avez tant lié à son pouvoir
qu'il n'a plus la moindre force
pour l'appeler, sinon de dire :
« Sire, je veux qu'advienne de moi ce que tu veux. »

Je sais que vous déplaît tout tort ;
la mort, donc, que je n'ai pas méritée,
m'entre au cœur avec plus d'amertume.

Ma gente dame, tant qu'en vie je demeure,
pour qu'en paix je puisse mourir,
daignez à mes yeux ne pas être avare.

LXVII

De moi j'ai regret si cruel
qu'autant de peine
m'apportent pitié et martyre,
las ! car avec douleur
je sens contre mon désir
s'assembler l'air de mon dernier soupir
en ce cœur que les beaux yeux frappèrent,

quand de ses mains Amour les ouvrit
   pour me mener au temps qui me détruit.
10 Las ! combien aimables,
   suaves et doux vers moi ils s'élevèrent,
   quand ils se mirent
   à causer ma mort, si poignante,
   disant : « Notre lumière[1] la paix apporte. »

15 « Nous donnerons la paix au cœur, à vous la joie »,
   disaient à mes yeux
   ceux de la belle dame parfois ;
   mais, après que de l'intellect ils apprirent
   que sa puissance
20 m'avait ôté tout mon esprit,
   avec la bannière d'Amour ils firent retraite ;
   en sorte que leur beauté triomphante
   ne se montra plus une fois seulement :
   mon âme est triste,
25 qui en attendait son réconfort,
   et presque mort
   elle voit le cœur dont elle était l'épouse
   et doit s'éloigner pleine d'amour.

   Pleine d'amour elle s'en va pleurant
30 hors de cette vie,
   la malheureuse, puisque la chasse Amour.
   Elle part si dolente
   qu'avant qu'elle ne s'éloigne
   son créateur avec pitié l'écoute.
35 Elle s'est enfermée au fond du cœur
   avec la vie qui reste éteinte
   au moment où elle s'enfuit :
   là elle se plaint
   d'Amour, qui la chasse hors de ce monde ;
40 et souvent elle embrasse
   les esprits qui sans fin pleurent,
   car ils perdent leur compagne.

---

1. C'est-à-dire Béatrice.

L'image de cette dame demeure
dans l'esprit encore,
où la plaça celui qui fut son guide ;
elle ne souffre point du mal qu'elle voit,
mais, plus belle encore
que jamais et plus joyeuse, elle semble rire ;
elle lève ses yeux meurtriers et crie
après celle qui pleure de partir :
« Malheureuse, va-t'en, va-t'en d'ici ! »
C'est ce que crie le désir
qui à son accoutumée me torture,
bien qu'il soit moins cuisant,
car s'affaiblissent mes sens,
qui au terme de leurs peines approchent.

Le jour où elle vint au monde,
selon ce que l'on trouve
au livre de la mémoire[1] qui s'estompe,
ma personne d'enfant fut victime
d'une passion étrange,
que me remplit de peur ;
à toutes mes forces il fut mis frein
soudain, en sorte que je tombai à terre
pour un éclair qui me frappa au cœur ;
si le livre point ne se trompe,
le souverain esprit[2] trembla si fort
qu'il sembla bien que Mort
en ce monde fût arrivée pour lui :
or le regrette celui[3] qui le mut.

Puis, quand m'apparut ensuite la grande beauté
qui me fait tant souffrir,
nobles dames à qui je m'adresse,
la vertu la plus noble[4],
considérant cette beauté,
y vit la naissance de son malheur ;

---

1. *Cf. Vie nouvelle*, I. 2. L'esprit de la vie. 3. Amour. 4. L'intellect.

elle perçut le désir né
de ses regards attentifs ;
en sorte que pleurant elle dit aux autres[1] :
80   « Ici viendra, en place
de celle que je vis, la belle image[2],
qui déjà m'effraie ;
elle nous dominera tous
dès qu'à ses yeux il agréera ainsi. »

85   À vous je me suis adressé, jeunes dames,
qui avez les yeux ornés de beauté
et l'esprit victime d'amour et pensif,
pour que recommandées
vous soient mes paroles en tous lieux ;
90   devant vous je pardonne
ma mort à cette belle personne,
qui est coupable et jamais n'eut de miséricorde.

LXVIII

Le douloureux amour qui me conduit
à la mort par la beauté de celle
qui tenait mon cœur en joie,
m'a ôté et m'ôte chaque jour la lumière
5   que recevaient mes yeux d'une étoile
pour qui jamais je ne croyais souffrir :
et le coup que je gardais caché,
or se découvre par un surcroît de peine,
qui naît du feu
10 qui m'a ôté le bonheur,
en sorte que je n'attends plus que malheurs ;
ma vie, qui doit être brève,
jusqu'à ma mort soupire et dit :
« Celle pour qui je meurs se nomme Béatrice. »

---

1. Aux autres facultés, ou « esprits ». **2.** Distinction établie entre la personne physique de la dame et son image.

15 Ce doux nom qui m'aigrit le cœur,
    chaque fois que je le verrai écrit,
    renouvellera la peine que j'éprouve ;
    et je deviendrai si maigre de douleur,
    si affligé sera mon visage,
20 que tous, à me voir, seront épouvantés.
    Alors il suffira d'un peu de brise
    pour m'emporter et m'abattre glacé ;
    ainsi serai-je mort ;
    ma douleur accompagnera
25 mon âme, qui triste s'enfuira ;
    avec elle toujours elle restera,
    se rappelant la joie du beau visage,
    au paradis bien supérieur.

    Pensant à ce que d'Amour j'ai senti,
30 mon âme ne requiert d'autre plaisir
    et ne se soucie pas des peines qui l'attendent ;
    car, après que le corps sera défait,
    l'amour, qui tant m'a étreint,
    avec elle ira vers Celui qui connaît toute justice ;
35 et, s'il ne lui pardonne son péché,
    il partira avec le tourment qu'elle mérite,
    de sorte qu'il ne s'en effraie point ;
    et elle sera si attentive
    à considérer celle qui la pousse,
40 qu'elle n'aura nulle peine qu'elle éprouve ;
    en sorte que, si en ce monde je l'ai perdue,
    Amour là-haut m'en paiera rançon.

    Mort, qui fais plaisir à cette dame,
    par pitié, avant de me détruire,
45 va près d'elle, fais-toi dire
    pourquoi il m'advient que la lumière
    des yeux qui m'attristent, m'est ainsi ôtée ;
    si quelqu'un la devait accueillir,
    fais-le-moi savoir et tire-moi d'erreur ;
50 ainsi mourrai-je avec moins de douleur.

LXIX

De dames je vis une noble troupe
à la Toussaint récemment passée ;
une venait quasiment la première,
car à sa droite on voyait Amour.

5   De ses yeux elle lançait une lumière,
qui semblait un esprit en feu ;
et si hardi je fus, que je regardai
son visage et y vis représenté un ange.

À qui en était digne offrait son salut
10 par son attitude cette dame bonne et douce,
et de chacun elle emplissait le cœur de vertu.

Je crois qu'au ciel elle était souveraine ;
elle vint sur terre pour notre salut :
bienheureuse est celle qui lui est proche.

LXX

D'où venez-vous si pensives ?
Dites-le-moi, s'il vous plaît, par courtoisie,
car j'ai crainte que ma dame
ne vous fasse revenir si douloureuses.

5   Nobles dames, ne soyez pas dédaigneuses
de demeurer un peu sur ce chemin
et de dire à celui qui souffre
quelque nouvelle de sa dame ;

bien qu'il me soit cruel d'entendre :
10 tant m'a Amour chassé de lui
qu'en tous ses actes il me frappe.

Regardez bien comme épuisé je suis,
en sorte que s'enfuient tous mes esprits,
à moins que, dames, vous ne me réconfortiez.

LXXI

— Vous, dames, qui vous montrez pitoyables,
qui est cette dame, qui, si défaite, gît[1] ?
Serait-ce celle qui est peinte en mon cœur ?
Las, si c'est elle, ne me le cachez point !

5 Elle a un aspect si changé
et si morne me semble son visage
qu'il me paraît que plus elle ne représente
celle qui fait paraître bienheureuses les autres.

— Si tu ne peux reconnaître notre dame,
10 qui est si vaincue, ce n'est pas un miracle,
car il nous advient la même chose.

Mais si tu regardes le noble agir
de ses yeux, alors tu la reconnaîtras ;
ne pleure plus : tu es détruit par la douleur.

LXXII

Un jour s'en vint à moi Mélancolie,
qui me dit : « Avec toi je veux rester un peu » ;
il me parut qu'elle emmenait
Douleur et Colère en sa compagnie.

5 Je lui dis : « Pars, va-t'en » ;
orgueilleusement elle me répondit ;
comme elle me parlait longuement,
je regardai et vis Amour qui venait,

---

1. Sans doute Béatrice, peut-être malade.

revêtu de neuf, d'un drap noir,
10 portant sur sa tête une coiffe ;
certes il pleurait bien sincèrement.

Je lui dis : « Qu'as-tu, malheureux ? »
Et il me répondit : « Je ressens peine et chagrin,
car notre dame se meurt, mon cher frère. »

LIVRE TROISIÈME

Tenson[1] avec Forese Donati[2]

LXXIII

Dante à Forese

Qui entendrait tousser la malheureuse
épouse de Bicci, nommé Forese,
pourrait dire qu'elle a hiberné
au pays où se fait le cristal[3].

5 À la mi-août on la trouve enrhumée ;
allez savoir ce qui lui arrive les autres mois !
Rien ne lui sert de dormir en chausses,
à cause de sa couverture qui est fort courte[4].

Toux, froidure et autre mauvaise bile
10 ne lui sont pas causées par de vieilles humeurs,
mais par l'absence qu'au lit elle éprouve.

---

1. On entend par ce terme une dispute en vers sur divers sujets. D'origine provençale, la *tenzone* est composée en Italie de sonnets que s'envoient et se renvoient les deux adversaires. 2. Forese Donati († vers la fin de juillet 1296) appartenait à une puissante famille de Florence et était parent de la femme de Dante. 3. On croyait que le cristal de roche naissait dans les pays froids. 4. Allusion à l'impuissance de son mari, incapable de la « couvrir ».

Sa mère en pleure, qui a plus d'un chagrin,
disant : « Hélas ! pour des figues sèches
je l'aurais placée chez le comte Guido[1] ! »

LXXIV

Forese à Dante

*La nuit dernière me vint une forte toux,
car je n'avais rien à mettre sur mon dos.
Dès qu'il se fit jour, j'allai chercher
quelque part un peu de sous.*

5 *Sachez où m'a emmené la Fortune :
je crus trouver des perles en une boîte
et de bons florins d'or rouge ;
mais je trouvai Alaghier dans les fosses,*

lié d'un nœud dont j'ignore le nom[2] :
10 *de Salomon ou de quelque autre sage ;
alors je me signai, tourné vers le levant :*

*et il me dit : « Pour l'amour de Dante,
délie-moi. » Je ne pus en voir la manière,
m'en revins et achevai mon voyage.*

LXXV

Dante à Forese

Ce qui te fera le nœud de Salomon,
jeune Bicci, ce sont les blancs de perdrix[3],

---

1. D'une vieille famille toscane, mais ruinée. 2. Alaghier : le père de Dante. La métaphore du nœud n'est pas claire : ou bien le père de Dante n'avait pas payé ses dettes, ou bien il avait été l'objet d'une offense que son fils n'avait pas vengée. 3. Allusion à la gourmandise de Forese, lequel se trouve d'ailleurs au *Purgatoire* (XXIII, 48 *sqq.*) parmi les gourmands.

mais pire sera la longe de mouton,
dont le cuir vengera la chair[1] ;

de sorte que tu seras plus près de San Simone[2],
si tu ne t'empresses de décamper :
sache que fuite et mauvais morceaux
viendraient bien tard pour te racheter.

Mais l'on m'a dit que tu connais un art,
capable, peut-être, de te refaire,
car de grands profits il est source :

opportunément il fait que, ne craignant
nul mandat[3], tu ne doives chômer :
mal en prit pourtant aux fils de Stagno[4].

LXXVI

Forese à Dante

Va rhabiller San Gallo[5], avant de dire
paroles ou bons mots sur la pauvreté d'autrui,
car il en est venu grande pitié
en cet hiver à tous ses amis.

En outre, si tu nous crois si gueux,
pourquoi nous demander la charité ?
Du château d'Altrafonte[6] tu tires tels sacs
que je sais bien que tu t'en nourris.

---

1. Le cuir : le parchemin où sont enregistrées les dettes de Forese. 2. Prison de Florence. 3. De notaire ou d'huissier. 4. Sans doute des voleurs florentins. 5. L'hôpital de San Gallo : l'invitation adressée par Forese à Dante est de restituer à cet hospice pour indigents ce qu'il aurait reçu en aumône. 6. Situé alors à l'endroit où furent plus tard construits les Offices : Dante y aurait trouvé du secours.

Mais il te faudra bien labourer,
10 *si Dieu porte secours à Tana et à Francesco,*
afin de ne point rester avec Belluzzo[1].

À l'hospice de Pinti[2] *tu devras t'abriter ;*
et déjà il me semble à la même table voir,
en tierce personne, Alighieri[3] *en pourpoint.*

LXXVII

Dante à Forese

Jeune Bicci, fils de je ne sais qui,
(à moins d'interroger dame Tessa[4]),
tu as avalé tant de choses
que par force il te faut voler les autres.

5 Déjà l'on prend garde à sa personne[5] ;
qui au côté a une bourse, là où il arrive,
s'écrie : « Cet homme au visage balafré
est un fieffé voleur, à voir son attitude ! »

Certain[6] reste tristement au lit,
10 craignant qu'on ne l'arrête lors d'un vol,
qui ne lui appartient pas plus que Joseph au Christ[7].

De Bicci et de ses frères, je puis dire
que, de naissance, par leurs malversations
ils savent de leurs femmes être beaux-frères[8].

---

1. Gaetana (Tana) et Francesco étaient les demi-sœur et frère de Dante ; Belluzzo était son oncle. Le vœu — ironique — de Forese est que Dante ne se retrouve pas avec eux à l'hospice. 2. Autre hospice de Florence, fondé par les Donati, ancêtres de Forese. 3. C'est-à-dire Dante lui-même. 4. La mère de Forese, accusée d'être volage. 5. Dante parle maintenant de Forese à la troisième personne. 6. Le père de Forese. 7. Pas plus que le Christ n'est le fils de Joseph, Forese n'est le fils de son père. 8 Accusés de malversations (plus exactement d'usure), Forese et ses frères sont soupçonnés d'échanger leurs femmes.

LXXVIII

Forese à Dante

Je sais bien que tu es fils d'Alighieri
et m'en aperçois à la vengeance
que tu fis de lui, franche et nette,
de la pièce qu'il changea avant-hier[1].

En aurais-tu découpé un en quartiers[2],
tu ne devais si tôt faire la paix,
mais tu en as eu si plein ton froc[3]
que deux mulets ne le sauraient porter.

Tu observes, te dis-je, un si bon usage
que quiconque te bastonne,
tu t'en fais un ami et un frère.

Les noms je te dirais des personnes
qui sur ce ont parié ; mais donne-moi
du mil, que je fasse les comptes[4].

---

[1]. Accusation, portée contre le père de Dante, d'être un faussaire. [2]. L'un des offenseurs du père de Dante. [3]. Du fait de la peur. [4]. Une grande quantité de grains pour faire des comptes à n'en plus finir.

LIVRE QUATRIÈME

Rimes allégoriques et morales

LXXIX

Cf. Banquet, livre II.

LXXX

Vous qui savez parler d'Amour,
écoutez ma ballade pitoyable,
qui parle d'une dame dédaigneuse,
dont la vaillance a pris mon cœur.
5 Elle dédaigne tant qui la regarde,
que de peur elle fait baisser les yeux,
car auprès de ses yeux toujours se trouve
de toute cruauté imprimée la forme ;
mais en eux ils portent la douce figure[1]
10 qui fait dire aux nobles âmes : « Merci ! »,
si puissante, qu'à la voir,
elle tire des soupirs du fond du cœur.

Elle semble dire : « Je ne serai bienveillante
pour personne qui regarde mes yeux,

1. D'Amour.

15 car en moi je porte le noble sire
    qui m'a fait souffrir de ses flèches. »
    Je crois certes qu'ainsi elle les cache,
    pour les voir tout à elle, quand il lui plaît,
    de la façon que fait une honnête dame,
20 quand elle se mire pour se faire honneur[1].
    Je ne puis espérer que jamais par pitié
    elle daigne un peu regarder les autres,
    tant elle est cruelle en sa beauté,
    cette dame qui sent Amour en ses yeux.
25 Mais à son gré tant elle le cache et le regarde
    que je ne puisse parfois voir un tel salut ;
    car mes désirs auront la force de rompre
    le dédain qui me fait trembler.

LXXXI

Cf. Banquet, livre III.

LXXXII

Cf. Banquet, livre IV.

LXXXIII

Puisque Amour m'a tout abandonné,
non pour mon plaisir,
car je n'y avais tant de joie,
mais parce que pitié
5 il eut tant de mon cœur
qu'il ne put souffrir d'écouter ses pleurs ;
je chanterai, ainsi désamouré,
contre le péché,
né chez nous, d'appeler à tort

---

1. Quand elle se regarde dans son miroir.

10 qui est ennuyeux et vil
du nom valeureux
de plaisance, qui est si belle
qu'elle rend digne du manteau
impérial celui chez qui elle règne :
15 c'est un signe véritable
qui montre où la vertu demeure ;
car je suis bien sûr, à la bien défendre,
disant d'elle selon mon sentiment,
qu'Amour encore me fera grâce.

20 Il en est qui, jetant leurs biens,
croient pouvoir
être admis là où sont les bons,
qui après leur mort trouvent
un asile dans la mémoire
25 du petit nombre des sages.
Mais leurs dépenses aux bons ne plaisent,
car épargner
serait sagesse et ils fuiraient le dommage
qui à la tromperie s'ajoute
30 d'eux-mêmes et des gens
qui en les jugeant se trompent.
Qui ne dira coupables
ceux qui dévorent et sombrent dans la luxure ?
qui s'ornent comme s'ils devaient
35 se vendre au marché des fous ?
Car le sage ne juge pas selon le vêtement,
qui n'est qu'ornement,
mais apprécie intelligence et noble cœur.

Il en est d'autres, parce qu'ils rient,
40 qui d'esprit
prompt veulent être jugés
par ceux qui sont trompés,
les voyant rire de choses
que ne discerne pas leur esprit aveugle.
45 Ils parlent avec des mots choisis ;
ils sont hautains,

contents d'être admirés de loin ;
jamais ils n'aiment
dame qui d'amour soit digne ;
50 dans leurs propos ils disent des sottises ;
ils ne feraient un pas
pour faire une noble cour,
mais comme des voleurs
ils courent après de vils plaisirs ;
55 non point que chez les dames soit éteinte
toute plaisante attitude,
en sorte qu'ils semblent des êtres sans cervelle.

Bien que les cieux soient en rapport tel
que la plaisance
60 autant s'égare, plus que je ne le dis,
moi qui bien la connais
grâce à une gente dame[1]
qui la montrait en tous ses gestes,
d'elle je ne me tairai.
65 Ce me semblerait vilenie
si noire, que je rejoindrais ses ennemis.
Car, dès lors,
en vers plus subtils,
je dirai d'elle la vérité, mais ne sachant pour qui.
70 Je jure par celui
qu'Amour on nomme, source de salut,
que sans acte de vertu
nul ne peut acquérir de vraies louanges :
et donc mon propos est juste,
75 comme on le dit,
plaisance est vertu ou s'en approche.

Égarée[2], elle n'est pure vertu,
puisqu'elle est blâmée
et niée là où on la requiert plus,
80 en de dignes personnes
vivant en religion

---

1. La Philosophie, dame du *Banquet.* **2.** C'est-à-dire la plaisance.

ou s'occupant de science.
Si donc elle est louée chez les chevaliers,
elle est mêlée
85 et conséquence de plusieurs choses ;
car elle doit habiller
l'un bien et l'autre mal ;
mais la pure vertu à chacun convient.
Il est une joie qui s'unit
90 à Amour et au parfait ouvrage :
dirigée par ces trois forces,
la plaisance est vraie et durable,
comme le soleil à qui apporte
chaleur et lumière
95 la perfection de sa splendeur.

Plaisance est semblable à notre grande planète[1]
qui, de son lever
jusqu'à ce qu'il se cache,
de ses beaux rayons répand
100 ici-bas vie et puissance
en la matière comme elle y est prête :
plaisance, dédaignant
mille personnes
ayant d'hommes l'aspect, mais dont
105 les fruits ne répondent pas aux feuilles,
de par le mal qu'elles pratiquent,
apprête au noble cœur de telles grâces[2] ;
car à donner vie elle est prompte
par de beaux visages et de beaux gestes
110 qu'elle semble toujours découvrir,
ainsi que la vertu pour qui l'imite.
Hélas, faux chevaliers, félons et mauvais,
ennemis de celle
qui ressemble aux princes des étoiles !

115 Son féal donne et reçoit comme elle ordonne
et jamais ne s'en plaint,

---

1. Le soleil. **2.** Énumérées aux vers suivants.

comme le soleil donnant sa lumière aux étoiles,
et elles tirant
secours de son influence :
20 chacun y trouve son plaisir.
Il ne s'irrite pas pour des paroles,
mais celles seulement
il accepte, qui sont bonnes ; aimables
et beaux sont ses propos ;
125 pour lui-même il est aimé
et fréquenté des sages,
car des vilains
il n'apprécie ni louange ni blâme ;
d'aucun titre
130 il ne s'enorgueillit, mais s'il advient
qu'il doive montrer sa franchise,
alors il reçoit des louanges.
Les hommes d'aujourd'hui font tous le contraire.

LXXXIV

Mes paroles, qui êtes éparses en ce monde,
vous qui êtes nées après que je commençai
à dire de cette dame où je me fourvoyai[1] :
« Vous dont l'esprit meut le troisième ciel[2] »,

5 allez à elle, car vous la connaissez,
appelant pour qu'elle entende vos plaintes ;
dites-lui : « Nous sommes vôtres, mais jamais
ne nous verrez plus nombreuses[3]. »

Avec elle point ne restez, car Amour ne s'y trouve ;
10 mais allez alentour en habit de deuil
à la façon de vos anciennes sœurs[4].

1. La dame que Dante aima après la mort de Béatrice (*cf. Vie nouvelle*, XXXV *sqq.*).
2. Début de la première chanson du *Banquet*.   3. C'est-à-dire que le poète ne composera pas d'autres rimes pour la dame aimée.   4. Les poésies composées précédemment.

Si vous trouvez quelque vaillante dame,
humblement jetez-vous à ses pieds,
disant : « À vous nous devons faire honneur. »

LXXXV

Ô douces rimes, qui allez parlant
de la gente dame, honneur du monde,
à vous viendra, s'il n'est venu encore,
quelqu'un dont vous direz : « C'est notre frère[1]. »

5 Je vous conjure de ne point l'écouter,
au nom du Seigneur qui enamoure les dames,
car en sa pensée ne demeure nulle chose
qui soit amie de vérité.

Et, si par ses paroles vous fûtes
10 poussées à venir vers votre dame,
ne vous arrêtez pas, mais à elle courez.

Dites : « Madame, nous venons
vous recommander quelqu'un qui souffre,
disant : — Où est ce que désirent mes yeux ? »

---

[1]. À savoir le sonnet précédent.

LIVRE CINQUIÈME

AUTRES RIMES D'AMOUR ET DE CORRESPONDANCE

LXXXVI

Deux dames au faîte de mes pensées
sont venues parler d'amour :
l'une a en soi courtoisie et vaillance
ainsi que sagesse et honnêteté ;

5   l'autre a beauté et grâce charmante
et grande noblesse lui fait honneur :
par merci de mon doux seigneur[1],
je suis aux pieds de leur seigneurie.

Beauté et vertu parlent à mon esprit
10   et disputent de la façon dont un cœur
peut être entre deux dames en un parfait amour.

La fontaine de nobles paroles[2] répond
qu'on peut aimer beauté pour son plaisir
et vertu aimer pour ses actes.

---

1. Amour.   2. Amour.

LXXXVII

« Je suis une enfant jeune et belle[1],
venue pour montrer au monde
les beautés du lieu qui m'a faite.

Je viens du ciel et y retournerai
5 pour y donner la joie de ma lumière ;
qui me voit et de moi ne s'enamoure
d'amour jamais n'aura entendement,
car nulle beauté ne me fut refusée,
quand Nature me demanda à Celui[2]
10 qui voulut, dames, me faire votre compagne.

Chaque étoile en mes yeux fait pleuvoir
de sa lumière et de sa puissance ;
mes beautés sont inouïes en ce monde,
car elles me sont venues de là-haut :
15 elles ne peuvent être reconnues
que d'un homme connaissant où
Amour se loge par l'effet d'un beau visage. »

Ces paroles se lisent dans le regard
d'un jeune ange qui nous est apparu :
20 moi qui, pour la voir, fixement la regardai,
je suis en danger de perdre la vue ;
car j'ai reçu une blessure telle,
d'un être[3] que je vis en ses yeux,
que je vais pleurant et ne me puis calmer.

LXXXVIII

Parce que tu te vois jeune et belle
en sorte que tu éveilles Amour en mon esprit,
tu as acquis orgueil et cruauté au cœur.

---

1. On ne sait pas bien qui est cette « enfant ». Au *Purgatoire* (XXXI, 59), Béatrice reproche à Dante d'avoir aimé une « enfant ». 2. Dieu. 3. Amour.

Tu t'es faite orgueilleuse et pour moi cruelle,
puisque, hélas, tu recherches ma mort :
tu le fais, je crois, pour être certaine
que la puissance d'Amour à la mort pousse.
Mais, parce que épris plus qu'aucun autre tu me trouves,
tu n'as nul égard pour mes douleurs.
Puisses-tu éprouver sa force !

LXXXIX

Qui pourra jamais regarder sans peur
dans les beaux yeux de cette enfant,
qui m'ont réduit au point que je n'attends
que la mort, qui m'est cruelle ?

Voyez combien si dure est mon infortune
que parmi d'autres fut choisi mon destin
pour montrer au monde qu'on ne doit
prendre le risque de regarder son visage.

Cette fin me fut fixée,
car il fallait qu'un homme fût détruit
pour que d'autres échappent à ce péril.

Aussi, hélas, ai-je été contraint
d'attirer en moi l'opposé de la vie[1],
comme la perle le fait de l'étoile.

XC

Amour, qui tires ta force du ciel
comme le soleil sa splendeur,
car plus s'enflamme sa vaillance
là où ses rayons trouvent plus de noblesse ;
tout comme il fuit obscurité et gel,

---

1. La mort.

de même, très grand seigneur,
tu chasses la vilenie des cœurs,
et face à toi la colère est bien vaine ;
De toi il convient que tout bien procède
10   que le monde entier recherche ;
sans toi s'éteint
tout ce que nous sommes en puissance de bien faire,
comme peinture en un lieu ténébreux,
qui ne peut se montrer
15   ni procurer plaisir de couleur et d'art.

Au cœur me frappe toujours ta lumière,
comme le rayon en l'étoile,
puisque mon âme devient servante
d'abord de ta puissance ;
20   d'où prend vie un désir qui me mène
par ses douces paroles
à regarder toute chose belle
avec plus de plaisir d'autant qu'elle est plus belle.
Par mon regard m'est en l'âme
25   entrée une jeune fille, qui m'a épris ;
elle y a allumé un feu,
comme la flamme allume la clarté de l'eau ;
car à sa venue tes rayons,
dont elle resplendit vers moi,
30   montèrent tous dans ses yeux.

Autant elle est belle en son être et noble
dans ses actes, et amoureuse,
autant mon imagination, qui n'a de cesse,
l'orne en mon âme où je la porte ;
35   non qu'elle soit assez apte par elle-même
à si haute besogne,
mais ta force fait qu'elle ose
aller plus loin que n'autorise Nature.
Sa beauté conforte ta puissance,
40   car on la peut juger effet d'Amour
sur un digne sujet,
à la façon dont le soleil est signe du feu ;

il n'y donne et n'y prend sa force,
mais le fait en d'autres lieux
en ses effets paraître plus efficace.

Donc, seigneur, de si noble nature
que toute noblesse,
qui ici-bas se trouve, et toute bonté
de ton altesse tirent leur origine,
regarde ma vie comme elle est dure,
prends-en pitié,
car ton ardeur par la beauté
de cette dame accable mon cœur.
Fais-lui sentir, Amour, par ta douceur,
le grand désir que j'ai de la voir ;
ne souffre point que
par sa jeunesse à la mort elle me conduise ;
car elle ne sait encore comme elle plaît,
ni combien je l'aime fort,
ni qu'en ses yeux elle porte ma paix.

Ce te sera grand honneur si tu m'aides,
et pour moi un riche don,
tant je sais bien que je suis parvenu
là où ma vie je ne puis défendre ;
car mes esprits sont combattus
par un ennemi que je ne mesure :
si grâce à toi ils n'obtiennent pas merci,
ils ne pourront survivre.
Que ton pouvoir aussi soit ressenti
par cette belle dame, qui en est digne ;
car il convient assurément
de lui donner de tous biens compagnie,
comme à dame née en ce monde
pour gouverner
l'esprit de tout homme qui la regarde.

XCI

Je sens si fort d'Amour la grande puissance
que je ne puis continuer
longtemps à souffrir ; et je me lamente ;
car, si je sens monter sa puissance,
5 je sens la mienne fléchir,
en sorte que chaque jour je perds de mes forces.
Je ne dis point qu'Amour va outre mon vouloir,
car, s'il faisait ce que je désire,
la force que me donna Nature
10 ne le pourrait souffrir, tant elle est à bout.
Mais ce dont je m'afflige,
c'est que la volonté ma force ne pourra suivre ;
si de bon vouloir naît pitié,
je la demande pour garder plus de vie
15 des yeux qui, dans leur splendeur,
portent un réconfort là où je sens l'amour.

Les rayons de ces beaux yeux pénètrent
les miens enamourés
et apportent douceur là où je sens amertume.
20 Ils savent le chemin, étant ceux
qui déjà y sont passés,
et connaissent le lieu où ils laissèrent Amour,
quand au fond de mes yeux ils le portèrent.
Se tournant vers moi, ils me font grâce,
25 mais à celle à qui je suis ils font tort,
se cachant de moi, qui si fort l'aime
qu'à la servir seulement je m'attache.
Mes pensées, qui ne sont que d'amour,
comme à son ordre, courent à son service ;
30 je désire si fort l'accomplir
que, pensant le faire par la fuite,
ce me serait facile ; mais j'en mourrais assurément.

Il est bien vrai, l'amour qui m'a pris
et il me serre si fort
35 que je ferais pour lui ce que je dis ;

car nul amour n'est aussi lourd
que celui qui à la mort
prend plaisir pour bien servir l'autre.
À cette volonté je me suis fixé,
40 lorsque le grand désir que j'éprouve
naquit de la joie
qui en un beau visage assemble toute beauté.
Je suis son serviteur et, quand je pense à elle,
quelle qu'elle soit, j'en suis comblé ;
45 car à contrecœur on peut aussi servir.
Si cette jeune dame me refuse merci,
j'espère qu'avec le temps elle sera raisonnable,
pourvu qu'assez se défende ma vie.

Quand je pense au noble désir, né
50 du grand désir que j'éprouve,
qui à bien faire me pousse tout entier,
de merci il me semble être bien payé ;
et même plus qu'à tort
il me semble porter le nom de serviteur :
55 au regard de la belle dame,
le service devient la prime de sa bonté.
Mais, pour serrer de près la vérité,
il faut que je juge ce désir comme un service ;
car, si je tâche d'avoir du mérite,
60 je ne pense pas tant à mon bénéfice
qu'à celle qui m'a en son pouvoir :
pour que, étant sa chose, ma renommée grandisse.
Je suis tout à elle, comme je me représente :
Amour d'un tel honneur m'a fait digne.

65 Seul Amour pouvait me rendre tel
que je fusse dignement
la chose de celle qui ne s'enamoure,
mais demeure dame qui point ne se soucie
d'un cœur amoureux,
70 qui sans elle ne peut passer une heure.
Je ne l'ai vue assez souvent encore
pour qu'en elle je ne trouve beauté nouvelle ;

ainsi Amour grandit en moi
autant que s'accroît ce nouveau plaisir.
75 D'où il provient que je demeure
en un même état et qu'Amour m'accoutume
au martyre et à la douceur,
autant que souvent je souffre,
dès lors que je perds sa vue
80 et jusqu'au temps que je la retrouve.

Chanson, ma belle, si tu me ressembles,
tu ne seras pas plus dédaigneuse
qu'à ta beauté il ne convient ;
ce à quoi je te prie que tu t'efforces,
85 douce et mienne amoureuse,
c'est de suivre la voie à propos.
Si jamais chevalier t'invite ou te retient,
avant que d'avoir sa faveur,
observe, si tu le peux, sa suite,
90 pour savoir ce que vraiment il est ;
car le bon toujours demeure avec son semblable.
Mais il arrive que certains se mettent
en une compagnie pour seulement nier
la renommée qu'on leur fait :
95 avec les méchants n'aie ni rapport ni amitié,
car il ne fut jamais sage d'être de leur bord.

Chanson, auprès des trois moins mauvais de Florence[1]
tu t'en iras avant d'aller ailleurs :
salue les deux premiers, le troisième tâche
100 d'abord de l'ôter d'un mauvais parti.
Dis-lui que le bon au bon ne fait pas la guerre,
avant d'avoir tenté de vaincre les mauvais ;
dis-lui qu'il est fou celui qui ne fuit,
par crainte de la honte, la folie ;
105 qui a peur du mal craint la honte,
car, fuyant l'un, il s'assure de l'autre.

---

[1]. Ces trois personnages ne sauraient être identifiés avec certitude : peut-être Guido Cavalcanti est-il l'un d'entre eux.

XCII

Sonnet d'un inconnu à Dante

Dante Alighieri, pourvu de toute l'intelligence
qu'en corps d'homme on puisse trouver,
l'un de tes amis de mince valeur
de ta part s'était plaint

5 *auprès d'une dame qui tant l'a agressé*
de fins coups d'épées tranchantes,
qu'en aucune façon il ne pense échapper,
car les coups l'ont au cœur touché.

Il te faut donc tirer grande vengeance
10 *de celle qui l'a conquis si fort,*
que nulle autre jamais ne l'en peut détacher.

De sa condition, je vais vous dire
qu'elle est jeune et charmante
et vraiment porte Amour au visage.

XCIII

Réponse de Dante

Moi, Dante, à toi qui m'as ainsi invoqué,
promptement je réponds sans trop y penser,
car je ne puis tarder davantage,
tant ta pensée m'a grandement troublé.

5 Mais je voudrais savoir où et à qui
tu t'es adressé, pour me nommer :
peut-être, lui[1] envoyant un de mes écrits,
te seras-tu de tes plaies guéri.

---

1. À la dame invoquée au sonnet précédent.

Mais, si encore elle ne porte de bandeaux[1],
10 alors en tout je suis bien assuré
qu'elle t'opposera un grand démenti.

Selon ce que tu m'as dit, je m'avise
qu'elle est de tout péché aussi nette
qu'un ange qui au paradis demeure.

XCIV

Messire Cino da Pistoia à Dante

Nouvellement Amour me dit et jure
d'une gente dame, si je la regarde,
que par la vertu de son jeune regard
elle sera à mon cœur source de béatitude.

5 *Ayant éprouvé comme Amour dénie,*
quand il voit fiché son dard,
ce qu'il avait promis, je tarde à mourir,
car je ne pourrai imiter le phénix[2].

Si je lève les yeux, alors son coup
10 *ôte à mon cœur le reste de vie*
que lui laissa une autre blessure.

Que faire, Dante ? Amour m'invite,
mais d'autre part la crainte me trouble
que le vert ne soit pire que l'obscur[3].

XCV

Réponse de Dante à messire Cino

J'ai vu un jour sans racine
un arbre si pourvu de vigueur

---

1. Car elle n'est pas encore mariée. 2. Le phénix était, pensait-on, capable de renaître de ses cendres. 3. Que ce nouvel (« vert ») amour d'une dame (vêtue de vert) ne soit pire que l'amour passé (« obscur ») d'une dame vêtue de noir.

que celui qui vit dans le fleuve lombard
tomber son fils[1] en tira des feuilles ;

5 mais non des fruits, car s'y oppose
la nature, attentive au manque[2],
sachant que serait mensonge
la saveur engendrée de fausse nourrice[3].

Jeune dame en sa grande verdeur
10 parfois a si loin pénétré dans les yeux
que tardivement ensuite elle s'éloigne.

Il est grand péril en dame ainsi vêtue :
la poursuite de verte et gente dame
ne doit donc point être l'objet de ta chasse.

XCVI

Dante à messire Cino da Pistoia

Comme je ne trouve à qui parler
du seigneur[4] dont nous sommes serviteurs,
il me faut satisfaire au grand désir
que j'ai, de dire des pensées vertueuses.

5 Rien auprès de vous ne m'excuse
de mon long et pesant silence
que le lieu où je suis, si triste
que le bien n'y peut trouver logis.

Il n'y est de dame ayant Amour au visage,
10 ni homme qui de lui soupire ;
quiconque le ferait passerait pour un sot.

---

1. Celui qui... : le Soleil, dont le fils Phaéton, foudroyé par Jupiter, tomba dans la vallée du Pô. 2. C'est-à-dire à l'absence de racines. 3. Qui ne serait pas la terre nourricière. 4. Amour.

Oh ! messire Cino, comme le temps a tourné
à notre désavantage et à nos dires,
depuis que le bien on accueille si mal !

XCVII

Réponse de messire Cino à Dante

Dante, je ne sais en quel logis du bien
on parle, par tous mis en oubli ;
il est si longtemps qu'il s'est enfui
que de son contraire on entend le vacarme.

5 *Si, pour ces bouleversements*
l'on taisait le bien, on ne ferait son devoir ;
tu sais, toi, ce que Dieu prêchait
et ne taisait pas au fief des démons[1].

Donc, si au bien est interdit tout gîte
10 *en ce monde, où que tu te tournes,*
veux-tu lui faire aussi grand déplaisir ?

Doux frère, accablé de douleur,
de grâce, par la dame que tu admires[2],
ne cesse pas d'agir, si tu n'as perdu la foi.

XCVIII

Messire Cino da Pistoia à Dante

Dante, j'ai pris vêtement de douleur
et de pleurer devant les gens n'ai cure,
car le voile noir que j'ai vu et le drap obscur
de toute allégresse et bonheur me dépouillent ;

---

1. La terre, où règne le vice. 2. Sans doute Béatrice.

mon cœur du grand désir brûle
de souffrir tant que ma vie dure,
insoucieux de ce dont chacun a peur[1],
pour peu que toute douleur en moi s'assemble.

Je suis dolent, me paissant de soupirs,
tant que je le puis renforçant mes plaintes
envers celle qu'affligent mes désirs.

Si tu sais donc un nouveau tourment,
découvre-le à qui souhaite le martyre :
bien volontiers on lui fera logis.

XCIX

Dante à messire Bruno Brunelleschi[2]

Messire Brunetto, cette jeune pucelle[3]
avec vous s'en vient faire la fête :
n'entendez point un bon mangement,
car elle ne mange pas, mais être lue souhaite.

Son entendement ne requiert pas de hâte
ni lieu bruyant ni force plaisanteries ;
longtemps il faut lui faire sa cour
avant qu'en l'esprit elle vous pénètre.

Si vous ne l'entendez de cette manière,
parmi vos gens il est maints frères Albert[4]
en mesure de comprendre ce qu'ils ont entre les mains.

Avec eux recueillez-vous sans rire ;
s'ils n'ont pas de réponse sûre à vos doutes,
à messire Giano[5] recourez à la fin.

1. C'est-à-dire la mort 2. Personnage non identifié par la critique. 3. Composition poétique non identifiée, qui accompagnait ce sonnet. 4. Sans doute Albert le Grand, type du commentateur savant de textes difficiles. 5. Personnage non identifié, faisant sans doute partie de l'entourage du dédicataire de ce sonnet.

LIVRE SIXIÈME

RIMES POUR DAME PIERRE[1]

C

Je suis parvenu au point de la révolution[2],
où l'horizon, quand se couche le soleil,
fait naître les Gémeaux[3],
et l'étoile d'Amour[4] est de nous lointaine
5   de par la lumière[5] qui la brise
de travers et la voile ;
alors la planète[6] qui le gel renforce,
se montre à nous par le grand arc[7],
où chacune des sept[8] porte peu d'ombre[9] :
10 mais ne m'abandonne
nulle pensée d'amour, qui mon esprit
accable, devenu plus dur que pierre
à tant ressentir une cruelle image de pierre.

Des sables d'Éthiopie s'élève
15 un vent errant qui trouble l'air,
de par le soleil qui l'échauffe ;
il franchit la mer, portant telle masse

---

1. Personne non identifiée avec certitude. **2.** Révolution astrale. **3.** Constellation natale de Dante. **4.** Vénus. **5.** La lumière du soleil. **6.** Saturne. **7.** Du Cancer. **8.** Les sept planètes. **9.** Toute cette configuration astronomique se réalise en décembre 1296.

de brumes que, s'il n'est pas arrêté,
notre hémisphère en est empli et encombré ;
puis il se délite et tombe en blancs flocons
de froide neige ou en sinistre pluie,
dont l'air s'attriste et pleure :
mais Amour, qui ses filets
relève de par le vent qui monte,
point ne m'abandonne ; tant est belle
la cruelle qui m'est donnée pour dame.

Ont fui tous les oiseaux qui suivent
les chaleurs d'Europe, que jamais
n'abandonnent les sept étoiles de glace[1] ;
les autres ont fait trêve à leurs chants
pour ne les plus dire jusqu'au printemps,
à moins que de se plaindre ;
tous les animaux, qui de nature
sont gais, sont délivrés d'amour,
car la froidure encombre leurs esprits :
mais le mien ressent plus d'amour encore,
car mes douces pensées ne me sont ôtées
ni données par changement de saison ;
une dame me les donne, qui est toute jeune.

Leur terme ont franchi les feuillages
que fit pousser la force du Bélier[2]
pour orner le monde, et l'herbe est morte ;
les feuilles vertes de nous se cachent,
sinon sur le laurier, le pin ou le sapin,
ou d'autres qui leur verdure conservent ;
si dure et froide est la saison
que sur les coteaux elle a tué les fleurs,
qui ne pouvaient souffrir les frimas :
mais de mon cœur
Amour ne peut ôter sa cruelle épine ;
je suis prêt à la garder toujours,
ma vie durant, dussé-je vivre toujours.

---

[1]. La Grande Ourse. [2]. Constellation du printemps.

Les sources déversent leurs eaux bouillonnantes
des vapeurs qu'a la terre en son sein,
55 les tirant des abîmes ;
aux beaux jours me plut un chemin,
devenu ruisseau, et qui ainsi restera
tant que de l'hiver durera le grand assaut ;
la terre paraît émail à sa surface,
60 l'eau morte verre devient
de par le froid qui l'étreint au-dehors :
mais de ma guerre[1]
je ne me suis retiré d'un pas,
ni ne veux le faire ; car, si la peine est douce,
65 la mort doit dépasser toute douceur.

Chanson, qu'en sera-t-il de moi dans l'autre
doux temps nouveau, quand Amour
pleut sur terre du haut des cieux,
alors que par telles gelées
70 amour reste en moi seulement et non ailleurs ?
Il en sera ce qu'il advient d'un homme de marbre,
quand une jeune dame a un marbre pour cœur.

CI

Au jour tombant et au grand cercle d'ombre
je suis, hélas, parvenu, et aux blanches collines,
quand de l'herbe se perd la couleur ;
mais mon désir ne perd de sa verdeur,
5 fort enraciné en cette dure pierre
qui parle et sent comme une dame.

Semblablement cette nouvelle dame
demeure gelée comme glace à l'ombre ;
pas plus que pierre ne l'émeut

---

1. Amoureuse.

le doux temps qui réchauffe les collines
et les ramène du blanc au vert,
les couvrant de fleurs et d'herbe.

Quand sur sa tête elle a une guirlande d'herbe,
de notre esprit elle chasse toute dame ;
ici se mêlent cheveux d'or et verdure
si bien qu'Amour y vient loger à l'ombre ;
il m'a enserré entre deux tendres collines
plus durement que le mortier ne le fait de la pierre.

Sa beauté est plus forte que précieuse pierre ;
ses coups ne se peuvent soigner par des herbes ;
je me suis enfui par pierres et collines,
pour échapper à une telle dame ;
de son éclat ne peuvent me faire ombre
ni mont ni mur ni verdure.

Je l'ai vue déjà vêtue de vert,
telle qu'elle aurait fait naître en une pierre
l'amour que je porte à son ombre ;
aussi lui demandai-je en un beau pré d'herbe,
d'être enamourée, comme jamais ne fut dame,
dans l'enclos de très hautes collines.

Mais les rivières reviendront aux collines
avant que le bois trempé et vert de moi
s'enflamme, comme le peut noble dame.
Je choisirais pourtant de dormir sur la pierre
toute ma vie et d'aller paissant l'herbe
pour voir seulement où son vêtement fait ombre.

Partout où les collines font plus noire l'ombre,
sous un beau vert ma jeune dame
l'éclipse, comme sous l'herbe la pierre.

CII[1]

Amour, tu vois bien que cette dame
de ta force n'a souci en nul temps,
qui sur les autres beautés règne comme dame ;
après qu'elle vit qu'elle était ma dame
5   à ton rayon qui en mon visage resplendit[1],
de toute cruauté elle se fit dame ;
en sorte qu'elle ne paraît avoir cœur de dame,
mais de bête fauve au cœur le plus froid ;
car par temps chaud et par temps froid
10 elle m'apparaît comme une dame
qui serait faite d'une belle pierre
par la main du meilleur tailleur de pierre.

Moi, qui suis plus constant que pierre
à t'obéir de par beauté de dame,
15 je porte en moi caché le coup de cette pierre,
par quoi tu me frappas comme une pierre
qui t'eût ennuyé longtemps,
en sorte qu'il s'en vint à mon cœur de pierre.
Jamais on ne découvrit de pierre
20 qui, par splendeur de soleil ou par sa lumière,
possède assez de force et de lumière
pour me pouvoir garder de cette pierre,
en sorte qu'elle m'emmène avec son froid
là où je tomberai de mort froid.

25 Seigneur, tu sais que par grand froid
l'eau devient de cristal une pierre,
là-bas sous l'étoile polaire où règne le froid ;
toujours l'air en corps froid
s'y transforme, en sorte que l'eau est dame
30 en ces lieux à cause du froid[2] :

---

1. La prouesse technique de ce poème réside dans le nombre très réduit de mots à la rime, qui a contraint le traducteur à une expression parfois alambiquée (dont il s'excuse). **2.** Chez Dante se trouve à la rime le verbe *luce* (resplendit) qui rime avec *luce* (lumière) : la traduction est ici impuissante. **3.** Selon la science médiévale, l'eau est froide par nature.

ainsi face au beau visage froid
mon sang se glace en tout temps ;
et la pensée qui abrège mon temps,
se change toute en corps froid[1],
35 qui sort de moi par la lumière[2],
là où entra l'impitoyable lumière.

En elle s'assemble de toute beauté lumière :
ainsi de toute cruauté le froid
court en son cœur où ne pénètre ta lumière :
40 en mes yeux si belle est sa lumière,
quand je la regarde, que je la vois comme pierre,
puis en tout lieu où se tourne ma lumière[3].
De ses yeux me vient la douce lumière
qui ne me fait soucier d'aucune dame :
45 que n'est-elle plus tendre dame
envers moi, qui l'appelle par nuit et par lumière,
pour la seulement servir, en tout lieu et temps !
Pour nul autre motif je ne désire vivre longtemps.

Donc, Puissance[4], qui fus avant tout temps,
50 tout mouvement ou sensible lumière,
pitié de moi, qui ai si mauvais temps !
Entre en son cœur — il est bien temps —
afin que tu en chasses le froid,
qui ne me laisse point de temps ;
55 car, si m'atteint ton coup de temps
en tel état, cette gente pierre
me verra gisant sous une petite pierre
pour ne me lever qu'après le temps[5]
où je verrai si jamais fut aussi belle dame
60 au monde que cette cruelle dame.

Chanson, je porte au cœur une dame,
dont, bien qu'elle me soit comme pierre,
je tire telle audace que tous me semblent froids ;

---

1. En larmes. 2. Du regard. 3. *Cf.* note précédente. 4. D'Amour. 5. Du Jugement dernier.

　　　　et j'ose faire par ce froid
65　　la nouveauté qui en ta forme resplendit,
　　　　jamais imaginée en d'autres temps.

CIII

　　　　En mon parler je veux être âpre
　　　　tout comme en ses actes cette belle pierre,
　　　　qui chaque jour acquiert
　　　　plus de dureté et de cruelle nature ;
5　　　elle revêt sa personne d'un jaspe
　　　　tel que, de son fait ou parce qu'elle s'abrite,
　　　　jamais de carquois ne sort
　　　　une flèche qui à découvert la frappe ;
　　　　mais elle tue et à rien ne sert qu'on se gare
10　　ou s'éloigne de ses coups mortels ;
　　　　comme pourvus d'ailes,
　　　　ils atteignent leur but et brisent toute armure,
　　　　en sorte que je ne sais ni ne puis me défendre.

　　　　Je ne trouve de bouclier qu'elle ne brise
15　　ni lieu où j'échappe à sa vue ;
　　　　car, comme fleur en un feuillage,
　　　　de mon esprit elle est à la cime :
　　　　de mon malheur elle a autant d'estime
　　　　que le navire que l'onde ne soulève ;
20　　le poids qui m'enfonce
　　　　est tel que ne le peuvent dire mes vers.
　　　　Hélas, cruelle et impitoyable lime,
　　　　qui sourdement réduis ma vie,
　　　　que ne cesses-tu
25　　de me ronger le cœur bribe à bribe,
　　　　comme je répugne à dire qui te conforte[1] ?

---

1. Selon le code d'amour, le poète ne doit pas révéler le nom de la dame aimée.

Car plus tremble mon cœur, dès que je pense
à elle, là où d'autres portent leurs yeux,
par crainte que ne transparaisse
ma pensée au point qu'on la découvre,
que je ne crains la mort, qui tous mes sens
avec les dents d'Amour déjà dévore ;
cette pensée broie des sens
le pouvoir et en ralentit l'ouvrage.
Amour m'a jeté à terre et sur moi
brandit cette épée dont il tua Didon :
à lui m'adressant je crie,
demandant merci, et humblement le prie ;
mais toute merci il semble qu'il refuse.

Peu à peu il lève la main et défie
ma faiblesse, ce pervers,
qui sur le dos couché
me tient à terre, incapable d'un sursaut :
alors en mon esprit s'élèvent des cris ;
mon sang, épars par mes veines,
fuyant accourt
au cœur qui l'appelle ; et j'en suis blême.
Il me frappe sous le bras gauche
si fort qu'au cœur retentit la douleur ;
je dis alors : « Si son glaive
encore il lève, la mort m'aura frappé
sans que soit tombé le coup. »

Ah, puissé-je voir trancher par le milieu
le cœur de la cruelle qui le mien écartèle !
Moins noire me serait
la mort, où sa beauté me pousse :
car elle frappe au soleil comme à l'ombre,
cette furieuse meurtrière.
Hélas ! que ne hurle-t-elle
de mon fait, comme il m'advient en ce gouffre ardent[1] ?
« Je viens à votre aide », crierais-je

---

1. Des peines d'amour.

et volontiers le ferais ;
dans ses blonds cheveux
qu'Amour pour me brûler frise et dore,
65 la main je plongerais, à son plaisir.

Ayant saisi les belles tresses,
qui me sont cravache et fouet,
les serrant avant tierce,
avec elles je passerais vêpres et complies :
70 je n'aurais ni pitié ni courtoisie,
mais ferais comme l'ours en ses jeux ;
si Amour m'en fouette,
contre un coup j'en donnerais mille.
En ses yeux, foyer d'étincelles,
75 qui enflamment mon cœur assassiné,
je regarderais droit et fixe
pour venger loin de moi sa fuite ;
puis en amour ferais paix avec elle.

Chanson, va-t'en tout droit à cette dame
80 qui m'a frappé au cœur et me vole
ce que davantage je désire ;
et tire-lui une flèche au cœur ;
car bel honneur s'acquiert par vengeance.

LIVRE SEPTIÈME

RIMES DIVERSES DU TEMPS DE L'EXIL

CIV

Trois dames[1] à l'entour de mon cœur sont venues
et résident dehors ;
car à l'intérieur loge Amour,
qui ma vie gouverne.
5 Elles sont si belles et pleines de vertu
que le puissant seigneur,
celui — dis-je — qui est en mon cœur,
ose à peine s'adresser à elles.
Chacune semble effrayée et dolente,
10 comme personne lasse et exilée,
abandonnée de tous
et à qui ni vertu ni beauté ne servent.
Il fut un temps jadis où,
selon leurs dires, elles furent aimées ;
15 or elles sont l'objet d'ire et de mépris ;
Ainsi abandonnées,
elles sont venues comme chez un ami ;
car elles savent que s'y trouve qui je dis[2].

---

1. Sans doute les trois allégories de la justice : le droit divin, le droit humain et la loi. 2. À savoir Amour.

L'une se plaint avec force paroles
20 et de la main se soutient
comme rose coupée :
son bras, de douleur colonne,
reçoit l'orage qui coule de ses yeux ;
l'autre main dissimule
25 son visage en larmes :
pieds nus, semi-couverte, pourtant elle semble dame.
Quand Amour d'abord par sa robe rompue
la vit en un lieu qu'il faut taire,
miséricordieux alors et plein de colère,
30 d'elle il s'enquit et de sa douleur.
« Ô pain d'un petit nombre[1],
dit-elle en soupirant,
à toi ici nous envoie Nature :
moi, qui suis la plus triste,
35 de ta mère je suis sœur[2] et suis Droiture ;
pauvre, comme tu le vois, de vêtements et ceinture. »

Après qu'elle se fit connaître,
douleur et honte prirent
mon Seigneur ; il demanda
40 quelles étaient les deux autres demeurant avec elle.
Elle, qui à pleurer était si prompte,
à peine l'entendit-elle que
de douleur elle s'enflamma plus encore,
disant : « Mes yeux ne te font-ils pas de peine ? »
45 Puis elle commença : « Comme tu le dois savoir,
petit fleuve de sa source naît le Nil,
là où la grande lumière[3]
ôte aux plantes leurs frondaisons :
sur cette onde vierge
50 j'engendrai celle qui près de moi se trouve[4]
et qui s'essuie de sa blonde tresse :
ma belle enfant,

---

1. Amour, qui est réservé à une élite. 2. Fille de Jupiter, elle est sœur de Vénus, laquelle est mère d'Amour. 3. Le soleil. 4. Le droit humain, que Dieu enseigna à Moïse au désert.

se mirant dans la claire fontaine,
engendra celle qui de moi est plus lointaine[1]. »

55 Ses soupirs retardèrent d'Amour la réponse ;
puis, de ses yeux humides,
qui s'étaient égarés d'abord,
il salua les sœurs inconsolées.
Ayant saisi l'une et l'autre de ses flèches[2],
60 il dit : « Dressez la tête,
voyez les armes qui me sont chères ;
elles se sont rouillées à ne pas servir.
Largesse et Tempérance et les autres
vertus de notre race vont mendiant.
65 Aussi, si c'est grand dommage,
que pleurent les yeux et se plaigne la bouche
des gens que la chose concerne,
nés qu'ils sont sous l'influence de tel ciel[3] ;
mais non point nous, hôtes du château éternel,
70 car, si nous frappe le malheur,
nous resterons, et reviendra un peuple
que ce trait fera resplendir. »

Pour moi, écoutant en ce parler divin
se plaindre et consoler
75 de si dignes bannis,
je juge digne d'honneur l'exil qui m'échoit :
car, si jugement ou force de destin
veulent toutefois que le monde change
en noires les fleurs blanches[4],
80 tomber avec les justes est digne de louange.
Si ce n'est que de mes yeux le bel objet
au loin à ma vue échappe,
m'ayant embrasé de regret,
je jugerais léger ce qui me pèse.
85 Mais déjà cette flamme
m'a tant consumé les os et la chair,

---

1. La loi. 2. L'une fait naître l'amour, l'autre suscite la haine. 3. C'est-à-dire sous une mauvaise étoile. 4. Peut-être la victoire des Guelfes noirs sur les Guelfes blancs.

que Mort à ma poitrine a mis sa clef.
Si je commis une faute, bien des lunes
a parcouru le soleil après qu'elle s'éteignit,
90 si meurt la faute pour peu qu'on se repente[1].

Chanson, que nul homme à ta robe ne touche,
pour voir ce que cache belle dame :
que suffise ce que tu dévoiles ;
refuse à tous le doux fruit
95 vers qui chacun tend sa main.
Mais, s'il advient que jamais tu trouves
de vertu un ami et qu'il te prie,
habille-toi de couleurs nouvelles
et montre-toi à lui ; ta fleur, belle en dehors,
100 fais-la désirer aux cœurs amoureux.

Chanson, oiseau aux plumes blanches,
chanson, chasse avec les noirs lévriers[2],
car fuir il me fallut,
lorsqu'ils pouvaient de paix me faire don.
105 Mais ils ne le font, ignorant qui je suis :
le sage ne refuse pas son pardon,
car pardonner est une belle victoire.

CV

Si tu vois mes yeux de pleurer désireux
de par nouvelle douleur qui accable mon cœur,
pour elle je te prie, qui de toi jamais ne s'éloigne[3],
Seigneur, que tu leur accordes ce plaisir :

5 que de ta main droite tu paies
ceux qui tuent la justice[4] et puis s'enfuient

---

1. Peut-être Dante se sent-il coupable parce qu'il a conspiré contre Florence après son bannissement. **2.** *Cf.* note 4 page précédente. **3.** La Justice, qui demeure près de Dieu. **4.** Sans doute les gens d'Église.

auprès du grand tyran[1], dont ils sucent le poison,
par lui répandu pour inonder le monde.

Telle glace d'effroi il a mise
10   au cœur de tes fidèles, que tous se taisent :
mais toi, brasier d'amour, flambeau du ciel,

cette vertu[2], qui gît froide et nue,
relève-la, de tes voiles revêtue,
car sans elle il n'est de paix sur terre.

CVI

Douleur apporte hardiesse en mon cœur
à vouloir ce qui est de vérité l'ami ;
aussi, dames, si je dis
contre tous des paroles,
5   ne vous étonnez point,
mais reconnaissez que votre désir est vil :
car la beauté qu'Amour vous accorde
fut destinée seulement
à cette vertu[3], par ancien décret,
10   envers qui vous êtes en faute.
Je vous dis à vous, qui êtes amoureuses,
que, si vertu à nous
fut donnée, et à vous beauté,
et à Amour pouvoir d'unir deux êtres,
15   vous ne devriez aimer,
mais toute votre beauté cacher,
car ne s'y trouve vertu qu'elle se fixait pour but.
Hélas, que dis-je ?
Je dis que beau courroux
20   ce serait pour une dame, et jugé raisonnable,
que de trancher de soi beauté pour prendre congé.

---

1. Philippe le Bel. **2.** La Justice. **3.** La libéralité.

L'homme au loin a chassé la vertu :
non l'homme, mais la mauvaise bête à quoi il ressemble.
Ô Dieu, quelle chose étonnante
25 que de vouloir tomber de seigneur en serf,
ou bien de vie en mort !
Vertu, toujours soumise à son créateur,
lui obéit et procure honneur,
dames, si bien qu'Amour
30 l'assigne à sa suite valeureuse
dans la cour bienheureuse :
gaiement elle sort par les belles portes
et retourne à sa dame ;
gaiement elle va et demeure,
35 gaiement elle accomplit son haut service ;
en son bref voyage
elle conserve, orne et grandit ce qu'elle rencontre ;
Mort elle combat si fort qu'elle n'en a cure.
Ô chère et pure servante,
40 tu as au ciel pris mesure[1] ;
seule tu crées les seigneurs et c'est preuve
que tu es possession de profit éternel.

Serf non de seigneur, mais de vil serf[2],
devient celui qui s'éloigne de telle servante.
45 Voyez ce qu'il en coûte,
si vous joignez l'un à l'autre dommage,
à qui d'elle se détourne :
si insolent est ce vil seigneur
que les yeux, pour l'esprit source de lumière,
50 devant lui se ferment,
si bien qu'il nous faut aller à la guise
de qui ne voit que folie.
Mais, pour que mes dires vous soient utiles,
je descendrai en tout,
55 considérations et détails
plus faciles, afin d'être plus aisément compris ;

---

[1]. L'avarice, au contraire, est démesure. [2]. Le vice est devenu l'indigne maître des chevaliers contemporains.

car il est rare que sous un bandeau
une parole obscure atteigne l'intellect ;
il faut vous parler clair :
60 non à mon bénéfice
assurément, mais au vôtre,
afin que vous ayez mépris pour cette race,
car qui s'assemble, à plaisir se ressemble.

Qui est serf est comme qui suit
65 promptement son maître sans savoir où il va,
par un âpre chemin,
comme l'avare poursuivant la richesse
qui gouverne le monde.
L'avare court, mais la paix le fuit plus encore :
70 ô aveugle cervelle, qui ne peut voir
combien fol est son désir,
car le nombre qu'il veut toujours accroître
est impossible à atteindre !
Voici arrivée celle[1] qui nous rend égaux :
75 dis-moi, qu'as-tu fait,
avare aveugle et maintenant mort ?
Rien seulement, peux-tu répondre.
Maudit soit ton berceau
qui en vain te flatta de tels songes !
80 Maudit soit le pain que tu perdis
sans même le donner aux chiens !
Car du soir au matin
tu as accumulé et serré à pleines mains
ce qui aussitôt s'enfuit au loin.

85 Ce que démesurément l'on amasse,
démesurément on le protège :
c'est ce qui pousse
les hommes en servitude : qui se défend
ne le fait pas sans un dur combat.
90 Mort, que fais-tu ? que fais-tu, cruelle Fortune,
qui ne dissipe pas ce que l'on ne dépense ?

---

1. La mort.

Le feriez-vous, à qui le rendre ?
Je ne le sais trop, car un cercle[1] nous enferme,
qui de l'au-delà nous sépare.
95 Coupable est la raison qui ne le brise point.
Dit-elle : « Je suis surprise »,
ah, comme a peu de défense
le seigneur que le serf domine !
Ici la honte redouble,
100 si l'on regarde bien là où j'indique,
faux animaux, à vous et à autrui cruels,
qui voyez aller nus
par marais et collines
des hommes devant qui a fui le vice,
105 alors que vous êtes de vile fange revêtus.

À la face des avares s'avance
vertu, qui à la paix invite ses ennemis,
en un beau festin,
pour les convaincre ; mais rien n'y fait,
110 car toujours ils fuient son offre.
Après que de ses appels elle les enveloppe,
son repas elle leur jette, tant ils lui importent ;
mais ils n'ouvrent pas leurs ailes :
enfin ils viennent quand elle s'éloigne,
115 mais ils semblent regretter tant
qu'elle puisse donner, que ne résulte
de son bienfait aucune louange.
Je veux que l'on m'entende :
ceux qui avec retard, ou pompeusement,
120 ou d'un triste visage,
changent le don en le vendant si cher,
seuls le savent ceux qui paient telle somme.
Voulez-vous savoir s'ils font mal ?
Qui prend humilie,
125 mais refuser ensuite ne lui est pas cruel.
Ainsi l'avare se traite-t-il lui-même et les autres.

---

1. Celui de l'instinct (?).

Je vous ai, dames, dévoilé en certaines parties
la vilenie de ceux qui vous regardent,
afin que vous l'ayez en mépris ;
130 mais pire encore est ce que l'on dissimule,
car ce sont de laides choses à dire.
En chacun s'assemblent tous les vices
de sorte qu'amitié en ce monde se perd,
car des feuillages d'amour
135 un tout autre bien du bien tire les racines,
puisque seul au semblable plaît le semblable.
Voyez comment je vais conclure :
celle qui se croit belle
ne doit pas aller croire
140 qu'elle est aimée par ces gens ;
si beauté parmi les maux
nous voulons compter, on le peut croire
en appelant amour appétit bestial.
Oh ! que périsse la dame
145 qui sa beauté éloigne
de vertu naturelle pour un tel motif
et croit trouver amour hors du jardin de raison !

Chanson, près d'ici est une dame,
qui est de notre pays,
150 belle, sage et courtoise
comme chacun la nomme ; nul ne s'en avise
quand il dit son nom,
en l'appelant Blanche, Jeanne ou Comtesse[1] ;
va-t'en vers elle, réservée et honnête ;
155 d'abord fais halte auprès d'elle,
d'abord à elle déclare
qui tu es et pourquoi je te mande :
puis tu poursuivras selon ses ordres.

---

1. Noms symboliques et peut-être aussi historiques : Blanche, au sens de sage ; Jeanne, au sens de douée de grâce ; Comtesse, au sens de pleine de noblesse.

CVII

Cecco Angiolieri[1] à Dante

Je veux abandonner mes rimes pour Becchina,
Dante Alighieri, et parler du Maréchal[2] :
il semble florin d'or, mais n'est que de laiton,
il semble sucre candi, mais n'est que gros sel,

5 *il semble pain de froment, mais n'est que de mil,*
il semble une tour, mais n'est qu'un pauvre rempart,
il semble un gerfaut, mais n'est qu'une buse,
il semble un coq, mais n'est qu'une poule.

Sonnet, va-t'en donc à Florence,
10 *où tu verras dames et damoiselles ;*
dis qu'il n'est qu'apparence.

Pour moi, j'en donnerai des nouvelles
au bon roi Charles, comte de Provence,
et lui ferai ainsi la peau.

CVIII

Cecco Angiolieri à Dante

Dante Alighieri, si je suis fort hâbleur,
tu me tiens bien la lance aux reins ;
si je déjeune chez l'un, avec lui tu dînes ;
si je mords le gras, tu suces le lard ;

5 *si je tonds le drap, tu le cardes ;*
si je m'emporte, tu n'as pas de frein ;
si je fais le noble, tu fais le seigneur ;
si je me suis fait romain, tu es lombard [3].

---

1. *Cf.* p. 100, note 1. **2.** Peut-être Aimery de Narbonne, gouverneur puis vicaire de Charles II d'Anjou ; il résida à Florence de 1289 à 1291. **3.** Allusion probable à l'exil de Dante à Vérone.

De sorte que, Dieu soit loué, l'un l'autre
nous avons peu à nous faire de reproches :
malheur ou sottise nous y poussent.

Mais si tu veux en dire davantage,
Dante Alighieri, je te lasserai bien,
car je suis l'aiguillon et toi le bœuf.

CIX

Réponse de messire Guelfo Taviani
au sonnet précédent

Cecco Angiolieri, tu me sembles un sot,
si promptement tu cours, sans tenter
de réfléchir ; aussitôt tu t'emballes
comme sous l'éperon un poulain sarde.

Tu es cheval gris, inférieur au bai,
quand avec Dante tu plaisantes,
lequel est un fleuve de philosophie.
Et tu me sembles plus fou que gaillard.

Par raison les philosophes de mépriser
se doivent les trésors et d'avoir en usage
d'appliquer leur esprit à la seule science.

Telles sont donc ses vertus ;
pense donc à qui tu t'attaques :
qui saute comme un fou, bientôt s'abat.

CX

Messire Cino da Pistoia[1] à Dante

Dante, quand par hasard s'abandonne
à l'espoir le désir d'amour,

---

1. *Cf.* p. 88, note 2.

que font naître les yeux de la belle source
de la beauté que l'on contemple,

5 *je dis que, si Mort ensuite lui pardonne*
et Amour le retient plus que les deux extrêmes[1],
alors l'âme solitaire, qui n'a plus de crainte,
peut bien se tourner vers une autre personne.

Me le fait dire celle qui est maîtresse
10 *de toutes choses[2], par celui[3] que je ressens encore,*
entré, hélas, par ma fenêtre.

Mais, avant que Noirs et Blancs[4] me tuent,
de toi, qui fus dedans et dehors[5],
je voudrais savoir si mon opinion est fausse.

CXI

Réponse de Dante à messire Cino

J'ai demeuré en compagnie d'Amour
depuis le neuvième tour du soleil[6],
et je sais comment il bride et éperonne
et comment sous lui l'on rit et gémit.

5 Quiconque Raison ou Vertu lui oppose,
fait comme celui qui dans la tempête sonne[7],
croyant, là-bas où il tonne,
réduire la violence des nuées.

Ainsi au cœur de son enceinte[8]
10 toujours fut serf le libre arbitre,
si bien qu'on n'y peut décocher de conseil.

---

1. Les Parques (?). 2. L'expérience. 3. Amour. 4. Les Guelfes blancs et les Guelfes noirs. 5. Avant et après l'exil. 6. Depuis l'âge de neuf ans (*cf. Vie nouvelle*, II). 7. Sonne les cloches pour écarter la foudre. 8. L'enceinte où Amour exerce son pouvoir.

Rimes, Livre septième, CXIII   173

D'éperons nouveaux il peut piquer nos flancs,
mais, quelle que soit la beauté qui nous mène,
il faut la suivre, si l'autre est défaillante.

CXII

Messire Cino da Pistoia
au marquis Moroello Malaspina[1]

Cherchant à trouver un filon d'or[2]
(puissance devant qui s'incline un noble cœur),
mon cœur, marquis, fut percé d'une male épine[3],
de sorte que, versant mon sang, je meurs.

5 *Et je pleure plus pour ce que je n'obtiens*
que pour la vie qui de mon corps s'écoule :
un certain astre, hélas, me destine
à volontiers demeurer là où je souffre.

Je vous dirais mes peines plus encore,
10 *mais je refuse que trop d'allégresse*
vous tiriez de mes tourments.

Le Seigneur pourrait bien, avant que je meure,
changer en or une dure montagne,
car du marbre il a fait naître une source[4].

CXIII

Réponse de Dante,
au nom du marquis Moroello

Digne vous rend de trouver tout trésor
votre voix si douce et pure,

---

1. Protecteur de Dante.   **2.** Métaphore indiquant la femme parfaite.   **3.** Jeu de mots sur le nom du marquis : Mala Spina ou méchante épine. Peut-être Cino da Pistoia veut-il indiquer qu'il aime une dame de la famille du marquis.   **4.** *Cf. Exode*, XVII.

mais un cœur changeant vous en éloigne,
où jamais flèche d'Amour ne fit de plaie.

5   Moi qui suis blessé de toutes parts
par l'épine que soignent des soupirs,
je trouve le filon où se purifie
l'or qui me fait pâlir[1].

Ce n'est pas la faute du soleil si l'aveugle[2]
10 ne le voit pas, quand il baisse et monte,
mais de sa condition triste et cruelle.

Verrais-je couler de vos yeux une pluie
pour conforter vos habiles paroles,
que vous ne me pourriez convaincre.

CXIV

Dante à messire Cino da Pistoia

Je me croyais à bien des lieues
de nos rimes, messire Cino,
car il faut un tout autre chemin
à mon navire, à distance de la rive :

5   mais, ayant souvent ouï dire
que vous mordiez à chaque hameçon,
il me plaît de prêter un instant
à cette plume mon doigt bien fatigué.

Qui s'enamoure, comme vous le faites,
10 ici ou là, et se lie et détache,
montre qu'Amour doucement le frappe.

Si un cœur léger ainsi vous agite,
par vertu je vous prie de le corriger,
afin que les faits s'accordent à vos belles paroles.

---

1. *Cf.* sonnet précédent, vers 1-2. 2. C'est-à-dire Cino da Pistoia.

CXV

Réponse de messire Cino à Dante

Depuis, Dante, que loin du lieu de ma naissance
je vais errant en un cruel exil[1],
éloigné de la beauté la plus parfaite
qu'ait jamais créée l'infinie Beauté[2],

5 *je suis allé pleurant par le monde,*
méprisé de la mort comme un pauvre,
et, si j'ai trouvé une beauté semblable,
j'ai dit qu'elle m'a blessé le cœur.

Des premiers bras impitoyables,
10 *d'où m'a fait m'enfuir un ferme désespoir,*
je suis parti, n'attendant nul secours ;

une beauté toujours me lie et attache ;
il faut qu'en pareille joie
auprès de nombreuses dames elle me délecte.

CXVI

Amour, puisqu'il faut que je me plaigne
pour que bien l'on m'entende,
et que je me montre vidé de tout courage,
apprends-moi à pleurer comme je le désire,
5 en sorte que la douleur qui s'épanche
soit portée par mes paroles comme je l'éprouve.
Tu veux que je meure, et je l'accepte :
mais qui me comprendra, si je ne sais dire
ce que tu me fais ressentir ?
10 Qui pourra croire que je suis si frappé ?
Si tu me donnes le moyen de dire ce que je souffre,
fais, Seigneur, qu'avant ma mort

---

1. Cino da Pistoia fut exilé dans sa jeunesse. 2. C'est-à-dire Dieu.

cette cruelle ne me puisse ouïr ;
car si elle entendait ce que j'écoute en mon cœur,
15   pitié rendrait moins beau son visage.

Je ne puis faire qu'elle ne vienne
en mon imagination,
tout comme la pensée qui l'y amène.
Mon fol esprit, qui s'emploie à son malheur,
20   telle qu'elle est, belle et cruelle,
la dépeint, et façonne sa peine :
puis il la regarde et, tout empli
du grand désir que de ses yeux il tire,
contre soi se fâche
25   d'avoir allumé le feu dont la cruelle le brûle.
Est-il argument raisonnable qui me refrène,
alors que cette tempête en moi tourbillonne ?
L'angoisse, qui déborde, souffle
hors de la bouche, en sorte qu'on l'entend,
30   rend aux yeux ce qu'ils méritent[1].

L'image hostile qui demeure
victorieuse et cruelle
et la force de la volonté domine,
éprise de soi-même, me fait aller
35   là où est l'être réel,
comme le semblable accourt à son semblable[2].
Je sais bien que la neige fond au soleil,
mais autrement je ne puis faire : comme
qui, aux mains d'autrui,
40   va marchant au lieu de sa mort.
Venu tout près, je crois entendre dire :
« Bientôt vous le verrez mourir ! »
Quand je me tourne pour trouver
à qui je me recommande, alors me fixent
45   les yeux qui à grand tort me tuent.

---

1. Les pleurs. 2. L'image de sa dame que se fait le poète vient coïncider avec la personne réelle de celle-ci.

Que je sois si cruellement frappé, Amour,
tu le sais mieux que moi,
qui ne cesses de me regarder sans vie ;
et, si l'âme revient ensuite au cœur,
ignorance et oubli
furent avec elle, tant qu'elle était partie.
Alors que je reviens à moi et observe le coup
qui me blessa, lorsque je fus frappé,
je ne me puis réconforter
et de peur tremble de tout mon corps.
Tout pâle, mon visage découvre
la force de la foudre qui m'accabla ;
si par un doux sourire elle fut lancée,
longtemps sombre demeure mon visage,
avant que mon esprit ne se rassure.

Ainsi m'as-tu réduit, Amour, en ces montagnes[1],
en la vallée du fleuve[2]
sur le bord duquel toujours tu m'as dominé :
ici, vif et mort à ton gré, tu me palpes,
grâce à la clarté cruelle
dont la foudre ouvre la voie à la mort.
Hélas ! je ne vois ici ni sages personnes
ni dames pour plaindre mes maux :
si elle ne s'en soucie point,
je ne puis jamais espérer d'autres secours.
Exilée loin de ta cour,
Seigneur, elle n'a cure de tes traits :
d'orgueil elle s'est fait un bouclier tel
que toute flèche y brise sa force ;
car sur son cœur rien ne mord.

Ô, va, mon alpestre chanson :
peut-être verras-tu Florence, ma ville,
qui hors de ses murs m'enferme,

---

1. Peut-être le Casentino, en Toscane, non loin d'Arezzo, où Dante était en exil.
2. L'Arno.

vide d'amour et sans pitié ;
80 si tu y entres, va disant : « Mon auteur
désormais ne peut plus vous faire la guerre :
là d'où je viens une chaîne le serre,
telle que, si votre cruauté pliait,
de revenir ici il n'aurait le pouvoir. »

CXVII

Par la voie où entre la beauté
quand elle va dans l'esprit éveiller Amour,
passe Lisette hardiment
en dame qui croit me conquérir.

5 Quand elle est parvenue au pied de la tour,
qui s'ouvre quand l'âme le permet,
elle entend une voix soudain dire :
« Tourne-toi, belle dame, et ne t'arrête point ;

car au-dedans demeure une autre dame,
10 qui, dès son arrivée, demanda le sceptre
de seigneurie, que lui donna Amour. »

Quand Lisette se voit donner congé
de ce lieu où réside Amour,
toute couverte de honte elle s'en retourne.

CXVIII

Messire Aldobrandino de Padoue
à propos du sonnet précédent

Je veux Lisette ôter de sa honte
et lui donner un guide en son dur chemin,

qui l'emmène loin de cruelles gens,
au pouvoir de celui[1] qui aussitôt accourt.

Beauté de dame doit ainsi affronter
un dédain empreint de vilenie :
comment la voix était consciente,
je vais le dire, puisque Amour me l'enseigne.

Le sire qui garde le tertre du château,
avant que l'on ne parvienne à notre seigneur,
ne fait que peu confiance au messager ;

quand au port de merci elle parvint,
la voix dit : « Que de la forteresse on n'approche,
tant que le sire ne l'accorde ! »

---

1. Amour.

BANQUET

LIVRE PREMIER

CHAPITRE PREMIER

Comme le dit le Philosophe[1] au début de la *Première Philosophie*[2], tous les hommes désirent naturellement savoir. La raison peut en être, comme elle l'est, que chaque chose, poussée par la providence de première nature, tend à sa propre perfection. Donc, parce que la science est l'ultime perfection de notre âme, en quoi réside notre ultime félicité, nous sommes tous par nature sujets à la désirer. Il est vrai que nombreux sont ceux qui sont privés de cette très noble perfection pour diverses raisons, qui en l'homme et en dehors de lui l'écartent de la pratique de la science. En l'homme peuvent se trouver deux défauts et empêchements : l'un de la part du corps, l'autre de la part de l'âme. De la part du corps, la chose advient lorsque ses parties sont indûment disposées, de sorte qu'il ne peut rien percevoir, comme c'est le cas des sourds et muets et de leurs semblables. De la part de l'âme, c'est lorsque la perversité l'emporte, de sorte qu'elle poursuit de vicieux plaisirs, où elle se trouve si égarée qu'elle les préfère à toute autre chose. En dehors de l'homme on peut également discerner deux causes, dont l'une provient d'obligation, l'autre de paresse. La première est l'engagement familial et civil, qui occupe, comme il convient, la plupart des hommes, si bien qu'ils ne peuvent jouir de la tranquillité nécessaire à l'étude. L'autre est le défaut du lieu où l'on est né et a été élevé,

---

[1]. Aristote, le philosophe par excellence.   [2]. La *Métaphysique*, qui commence par ces mots : « Par nature tous les hommes éprouvent le désir de savoir. »

qui parfois n'est pas seulement dépourvu de tout lieu d'étude, mais éloigné des personnes studieuses.

Les premières de ces causes, c'est-à-dire la première de la part du dedans et la première de la part du dehors, ne sont pas à condamner, mais à excuser, et dignes de pardon ; les deux autres, bien que l'une le soit davantage que l'autre, sont dignes de blâme et d'abomination[1]. Donc l'on peut voir clairement, à bien considérer, que rares demeurent ceux qui peuvent parvenir à la pratique de la science, que tous désirent ; et que quasiment innombrables sont ceux qui, empêchés, vivent affamés de cette nourriture. Oh bienheureux le petit nombre de ceux qui sont assis à la table où l'on mange le pain des anges[2] ! Et malheureux ceux qui partagent la nourriture des troupeaux ! Mais, parce que chaque homme est naturellement ami de l'homme et que chaque ami s'afflige des défauts de celui qu'il aime, ceux qui sont nourris à une si haute table ne sont pas dépourvus de miséricorde envers ceux qu'ils voient en un repas bestial manger de l'herbe et des glands. Et, parce que la miséricorde est mère de bienfaits, ceux qui savent offrent toujours de leurs bonnes richesses aux vrais pauvres et sont comme une source vive, dont l'eau rafraîchit la soif naturelle nommée ci-dessus. Quant à moi, donc, qui ne suis pas assis à la table bienheureuse, mais qui, ayant fui la pâture du vulgaire, aux pieds de ceux qui y siègent ramasse ce qui en tombe, et qui connais la vie misérable de ceux que j'ai laissés derrière moi, goûtant la douceur que je ressens à ce que je ramasse peu à peu, pris de pitié et songeant à moi-même, j'ai réservé pour les malheureux certaines choses que je leur ai montrées il y a déjà bien longtemps, les en rendant ainsi plus désireux[3]. Aussi, voulant leur préparer une table, j'entends faire un banquet général de ce que je leur ai montré, y ajoutant le pain nécessaire à une telle nourriture, sans quoi ils ne pourraient la manger. C'est là le banquet, digne de ce pain et de cette nourriture que j'entends ne pas administrer en vain. Que personne donc ne s'y assoie qui soit mal disposé de ses organes, car il n'a ni dents ni langue ni palais ; ni aucun sectateur des vices,

---

1. En d'autres termes, les défauts physiques, les engagements familiaux et sociaux ne sont pas à blâmer ; les vices et la paresse (qui empêche de se rendre dans les lieux d'étude) sont condamnables, les premiers plus encore que la seconde. 2. À savoir la théologie et la philosophie. 3. Allusion probable à des chansons allégoriques, déjà partiellement publiées, et qui auraient dû être commentées dans le *Banquet*.

parce que son estomac est plein d'humeurs vénéneuses contraires, en sorte qu'il ne garderait aucune nourriture. Mais que vienne ici quiconque est resté affamé à cause de son engagement familial et civil et qu'il s'assoie à la même table que ses semblables, pareillement empêchés ; qu'à leurs pieds se placent ceux qui par paresse se sont tenus à l'écart, qui ne sont pas dignes d'un plus haut siège ; et que les uns et les autres prennent de ma nourriture avec le pain qui la leur fera goûter et digérer. La nourriture de ce banquet sera ordonnée de quatorze manières, c'est-à-dire faite de quatorze chansons traitant d'amour et de vertu, qui sans l'accompagnement de ce pain subissaient l'ombre de quelque obscurité, en sorte que nombreux étaient ceux qui goûtaient leur beauté plus que leur bonté[1]. Mais ce pain, c'est-à-dire la présente exposition, sera la lumière qui fera apparaître toutes les couleurs de leur sens.

Si, dans l'œuvre que je veux intituler *Banquet*, l'on parle plus mûrement que dans la *Vie nouvelle*, je n'entends pas pour autant ôter la moindre valeur à celle-ci, mais lui être plus utile par la présente ; considérant comment à bon droit l'une est brûlante et passionnée, alors que l'autre doit être tempérée et virile. Il convient en effet de dire et d'agir différemment d'un âge à un autre ; car certains comportements sont adéquats et louables à un âge donné et inconvenants et blâmables à un autre, comme il sera démontré par de bonnes raisons au quatrième livre de cet ouvrage[2]. Dans la première, je me suis exprimé au début de ma jeunesse ; dans la suivante, après l'avoir dépassée. Comme ma véritable intention était différente de celle que montrent les susdites chansons, j'entends les commenter de manière allégorique, après en avoir exposé littéralement l'histoire ; de sorte que l'un et l'autre de mes propos donneront de la saveur à ceux qui sont invités à ce dîner. Je les prie tous, si le banquet n'est pas aussi splendide qu'il convient à l'invitation que je lance, de ne pas en imputer les défauts à ma volonté mais à mes capacités ; car mon désir vise à une parfaite et affectueuse libéralité.

---

1. Leur sens.   2. *Cf. Banquet*, IV, chap. XXIV *sqq.*

CHAPITRE II

Au début de tout banquet bien ordonné, les serviteurs ont pour coutume de prendre le pain sur la table et de le nettoyer de toute tache. Tenant leur rôle dans le présent ouvrage, j'entends débarrasser d'abord de deux taches le propos qui sert de pain dans mon repas. L'un est qu'il semble illicite de parler de soi-même ; l'autre, qu'il paraît irraisonnable de faire un trop long exposé ; le couteau de mon jugement nettoie l'illicite et l'irraisonnable de la façon suivante. Les maîtres de rhétorique ne permettent pas que quelqu'un parle de soi sans une cause nécessaire ; et l'on s'en trouve détourné parce que l'on ne peut parler de soi-même sans louer ou blâmer celui dont on parle ; ces deux manières de parler de soi sont vulgaires dans la bouche de tous. Pour lever un doute qui surgit ici, je dis qu'il est pire de blâmer que de louer, bien que ni l'un ni l'autre ne soient à faire. La raison en est que toute chose qui est blâmable en soi, est plus laide que celle qui l'est par accident. Se mépriser soi-même est en soi blâmable, parce que l'on doit en privé faire à son ami le compte de ses défauts ; et nul n'est plus ami d'un homme que de soi-même ; on doit donc se reprendre soi-même dans la chambre de ses pensées et pleurer ses défauts en secret. Davantage : le plus souvent l'on n'est pas vitupéré pour n'avoir pu ni su se bien conduire, mais on l'est toujours pour ne l'avoir pas voulu. Car on juge la méchanceté et la bonté au vouloir et au non-vouloir. Donc qui se blâme soi-même, montre qu'il connaît son défaut et qu'il n'est pas bon ; aussi parler de soi en se blâmant est chose à rejeter. Se louer soi-même est chose à fuir comme un mal par accident, en ce que l'on ne peut louer sans que la louange soit à vitupérer davantage. C'est une louange à la surface des paroles, une honte à qui cherche au profond de leurs entrailles[1]. Car les paroles sont destinées à montrer à autrui ce qu'il ignore, d'où il résulte que celui qui se loue montre qu'il ne croit pas être tenu pour bon : chose qui ne lui adviendrait pas sans qu'il ait conscience de sa méchanceté ; il la découvre quand il se loue et, la découvrant, se blâme.

---

1. Dans leur sens profond.

Davantage : sa propre louange et son propre blâme sont à fuir pour une autre raison, qui est de porter un faux témoignage. Car il n'est pas d'homme qui sache se mesurer vraiment et justement, tant il est trompé par l'amour de soi-même. D'où il advient que chacun a en son jugement les mesures du faux marchand, qui vend avec l'une et achète avec l'autre ; chacun pèse ses méfaits avec une large mesure et avec une petite ses bienfaits, en sorte que le nombre, la quantité et le poids du bien lui semblent plus grands que s'ils étaient jaugés avec une juste mesure, et plus petits ceux du mal. Ainsi, parlant de soi avec des louanges ou avec leur contraire, soit l'on dit faux par rapport à ce dont on parle, soit l'on dit faux par rapport à sa propre opinion : ce sont là deux choses fausses. Donc, comme consentir est reconnaître, qui loue ou qui blâme un autre en face, commet une vilenie, car ne peut consentir ni nier celui qui est ainsi jugé sans tomber dans l'erreur de se louer ou de se blâmer : sauf la voie de la correction qui s'impose, laquelle ne peut advenir sans le reproche de la faute que l'on entend corriger ; et sauf la voie d'un légitime honneur et éloge, que l'on ne peut suivre sans faire mention des actions vertueuses ou des dignités vertueusement acquises.

À dire vrai, revenant à ma première intention, je dis, comme il y a été fait allusion ci-dessus, qu'il y a des raisons nécessaires qui permettent de parler de soi : il y en a deux, entre autres, qui sont plus manifestes. L'une, lorsque, en se taisant, on ne peut éloigner de soi une grande infamie ou un danger ; c'est chose permise, parce que, entre deux sentiers, prendre le moins mauvais est presque en prendre un bon. Cette nécessité poussa Boèce à parler de soi, afin que, sous le prétexte d'une consolation, il justifie la perpétuelle infamie de son exil, montrant qu'il était injuste, alors que personne ne se levait pour l'excuser[1]. L'autre raison, c'est quand, parlant de soi-même, il en résulte un grand profit doctrinal pour autrui. Cette raison poussa Augustin à parler de soi dans ses *Confessions*, parce que, à partir de son propre itinéraire, qui alla du mauvais au bon, du bon au meilleur et du meilleur à l'excellent, il donna un exemple et un enseignement que l'on n'aurait pu recevoir sans un témoignage aussi véridique. Si donc l'une et l'autre de ces raisons,

---

1 Boèce, *Consolation de la philosophie*, I, 4. Cette œuvre, très répandue au Moyen Âge exerça une forte influence sur Dante.

m'excusent, le pain de mon commentaire est purgé de sa première tache. Je suis poussé par la crainte d'une mauvaise renommée et le désir de proposer un enseignement que nul autre ne peut vraiment donner. Je crains la mauvaise renommée d'avoir suivi une très grande passion, dont ceux qui lisent les susdites chansons savent comme elle m'a possédé ; cette mauvaise renommée disparaît totalement avec les paroles que je dis à mon propos, car elles montrent que la cause en était non la passion, mais la vertu. J'entends montrer aussi la vraie signification de ces chansons, que nul ne peut saisir si je ne l'expose pas, car elle est cachée sous une forme allégorique : cela ne procurera pas seulement un grand plaisir à l'entendre, mais un enseignement subtil à s'exprimer ainsi et à entendre de même les écrits d'autres auteurs.

CHAPITRE III

Digne d'un vif reproche est ce qui, destiné à ôter un défaut l'entraîne par son effet ; comme, par exemple, quelqu'un qui aurait été envoyé pour disperser une rixe et en susciterait une autre avant de disperser la première. Comme mon pain est purgé pour une part, il me faut le purger de l'autre, pour échapper à ce reproche. Car mon écrit, que l'on peut appeler commentaire, a pour but de faire disparaître le défaut des chansons susdites, mais pourrait être en partie difficile. Cette difficulté procède non d'ignorance, mais du désir de fuir un plus grand défaut. Hélas, plût au maître de l'univers que la cause de mon excuse n'eût jamais existé[1] ! Car personne n'aurait commis de faute à mon égard et je n'aurais pas injustement souffert les peines de l'exil et de la pauvreté. Après qu'il eut plu aux citoyens de Florence, très belle et fameuse enfant de Rome, de me rejeter de son doux sein — où je naquis et fus élevé jusqu'au sommet de ma vie[2] et où, avec son agrément, je désire de tout cœur reposer mon âme lasse et achever le temps qui m'est im-

---

1. C'est-à-dire l'exil, qui contribua à la mauvaise réputation de Dante. **2.** Trente-six ans, âge de la maturité.

parti —, par toutes les régions où l'on parle la présente langue[1], errant, quasi mendiant, je suis allé, montrant contre mon gré les blessures reçues de la Fortune, qui sont souvent injustement imputées à celui qui en souffre. Vraiment j'ai été un navire sans voile et sans gouvernail, emporté vers divers ports, rivages et estuaires par le vent sec qu'exhale la douloureuse pauvreté ; aux yeux d'un grand nombre je suis apparu différent de ce que d'aventure ils avaient imaginé de par ma renommée ; à leur vue non seulement ma personne fut avilie, mais toutes mes œuvres, déjà composées autant qu'à venir, en perdirent de leur valeur. La raison de ce qui advient de la sorte — non seulement pour moi, mais pour tous les hommes — doit être ici brièvement évoquée : c'est que d'abord l'estime dépasse la vérité ; puis que la présence restreint l'estime en deçà de la vérité. La bonne renommée est principalement engendrée dans l'esprit d'un ami par les bonnes actions, qui la font naître d'abord ; car l'esprit de l'ennemi, même s'il en reçoit la semence, ne la conçoit pas. L'esprit qui l'engendre d'abord, à la fois pour orner son présent davantage et par affection pour l'ami qui la reçoit, ne se tient pas aux limites de la vérité, mais la dépasse. Quand, pour orner ce qu'il dit, il les franchit, il parle contre sa conscience ; quand son affection trompeuse les lui fait franchir, il ne parle pas contre elle. Le second esprit qui accueille la louange, non seulement est satisfait de son accroissement, mais s'emploie à l'orner, comme chose de son fait ; ce faisant et sous l'effet de l'erreur qui procède de son affection, il l'amplifie encore davantage, en accord et désaccord de conséquence comme précédemment. Ainsi procèdent le troisième et le quatrième ; et ainsi la louange se dilate à l'infini. De même, changeant les causes susdites en leurs contraires, on peut voir comment les causes de l'infamie procèdent de manière semblable. Ainsi Virgile dit-il au quatrième chant de l'*Énéide* que la renommée vit de sa mobilité et grandit de son mouvement[2]. L'on peut donc clairement voir, si on le désire, que l'image créée par la seule renommée est toujours plus grande, quelle qu'elle soit, que la chose imaginée ne l'est en réalité.

---

1. La langue vulgaire, employée dans le *Banquet*. 2. *Énéide*, IV, 175.

CHAPITRE IV

Ayant montré les raisons pour lesquelles la renommée ajoute au bien et au mal au-delà de leur niveau véritable, il reste à montrer dans ce chapitre les causes qui font qu'à l'opposé la présence les restreint. Cela montré, on en viendra aisément au propos essentiel à savoir l'excuse mentionnée ci-dessus.

Je dis donc que c'est pour trois raisons que la présence réduit la valeur de la personne en deçà de ce qu'elle est : l'une d'entre elles est l'enfance, non pas en âge mais en esprit ; la seconde est l'envie : toutes deux proviennent de celui qui porte le jugement la troisième est l'impureté des hommes, qui réside chez celui qui est jugé. La première peut être brièvement exposée en ces termes. La plupart des hommes vivent selon les sens et non selon la raison, comme le font les enfants : ils ne connaissent les choses que de l'extérieur et ne voient pas leur bonté, ordonnée à une juste fin, parce que chez eux sont clos les yeux de la raison, qui percent jusque-là. Ils voient donc immédiatement tout ce qu'ils peuvent et ne jugent que selon ce qu'ils voient. Parce qu'ils se créent par ouï-dire une certaine opinion de la renommée d'autrui, comme en présence de la personne apparaît discordant le jugement imparfait qui juge non selon la raison mais seulement selon les sens, ils jugent comme étant presque un mensonge ce qu'ils ont entendu d'abord et méprisent celui qu'ils ont d'abord apprécié. Ainsi, chez ces gens qui sont, hélas, la majorité, la présence restreint l'une et l'autre qualités. Tels qu'ils sont, ces hommes sont pleins de désir, mais aussitôt rassasiés ; ils sont souvent joyeux et souvent tristes de brefs plaisirs et tristesses, aussitôt amis et aussitôt ennemis ; ils font tout comme des enfants, sans recourir à la raison. La seconde cause apparaît pour les raisons suivantes : chez les vicieux, l'égalité est cause d'envie ; l'envie est cause de mauvais jugement, car elle ne laisse pas la raison juger du fait de la chose enviée ; et le jugement est donc comme un juge qui n'entend qu'une des parties. Ainsi ces gens-là, quand ils voient une personne renommée, sont-ils aussitôt pleins d'envie, parce qu'ils voient chez l'autre des membres semblables aux leurs et une semblable force, et ils craignent, du fait de l'excellence de cet homme, d'être méprisés. Non seulement, du fait de leur passion, ils jugent mal, mais par leur diffamation ils font mal juger les autres. Aussi, chez eux, la présence restreint-elle le bien et le mal à l'égard de chacun des présents : je dis le mal, parce que nombreux sont ceux qui, prenant plaisir aux méchantes actions, envient les méchants qui les commettent. La troisième cause est l'impureté des hommes, que l'on considère chez celui qui est jugé quand on a avec lui familiarité et rapport. Pour le prouver, il faut savoir que l'homme a plusieurs taches et que, comme le dit Augustin, nul n'est sans tache. Tantôt l'homme est entaché de quelque passion, à laquelle il ne sait parfois pas résister ; tantôt il est entaché d'un membre difforme ; tantôt il est entaché de quelque coup de la Fortune ; tantôt il est entaché de l'infamie d'un parent ou d'un proche : choses que non la renommée, mais la présence apporte avec soi, et que la fréquentation fait découvrir. Ces taches jettent de l'ombre sur la splendeur de la bonté et la font apparaître moins éclatante et valeureuse. C'est pour cela que tout prophète est moins honoré dans sa patrie ; c'est pour cela que l'homme bon doit n'être présent qu'auprès d'un petit nombre et être le familier de moins de gens encore, afin que son nom soit connu mais non méprisé. Cette raison peut jouer en bien comme en mal, si les arguments sont développés dans le sens contraire. D'où l'on voit manifestement que l'impureté, dont nul n'est exempt, fait que la présence restreint le bien et le mal chez chacun, plus que ne le veut la vérité.

Donc, étant donné que, comme il a été dit ci-dessus, je me suis présenté quasiment à tous les Italiens et que je me suis fait ainsi plus vil que ne le veut la vérité, non seulement auprès de ceux à qui était parvenue ma renommée, mais aussi auprès des autres, de sorte que mes qualités et moi-même en avons moins de poids, il me faut par un plus haut style, dans la présente œuvre, leur en ajouter un peu, afin d'acquérir plus d'autorité. Que cette excuse suffise à justifier la difficulté de mon propos.

CHAPITRE V

Puisque ce pain est purgé de ses taches accidentelles, il reste à l'excuser d'une substantielle ; c'est-à-dire d'être en langue vulgaire et non en latin : ou, pour employer une similitude, d'être d'orge et non de froment. Pour être bref, trois raisons l'en excusent, qui me poussèrent à préférer l'un à l'autre : l'une procède de prudence vis-à-vis d'une destination inadéquate ; l'autre de libéralité ; la troisième d'un amour naturel pour ma propre langue. Afin de justifier ce qui pourrait être critiqué pour le motif susdit, j'entends exposer mes raisons dans l'ordre et de la façon suivante.

Ce qui fait davantage l'ornement et la louange de l'action des hommes et les mène plus directement à leur bon accomplissement est l'usage des aptitudes propices au but visé : ainsi de la franchise d'esprit et de la robustesse pour la chevalerie. De même, celui qui est voué au service d'autrui doit posséder les aptitudes nécessaires à cette fin, telles que la sujétion, la connaissance et l'obéissance sans lesquelles on est incapable de bien servir. Car, si l'on n'est pas sujet en toute condition, on procède toujours avec peine et lourdeur à son service et on ne le poursuit que rarement ; si l'on n'est pas conscient des besoins de son seigneur et ne lui est pas soumis, on ne sert jamais selon son avis et sa volonté : comportement qui est plus d'un ami que d'un serviteur. Donc, afin de fuir ce désordre, il faut que ce commentaire, qui est employé comme serviteur des susdites chansons, leur soit soumis en toutes ses dispositions, et qu'il soit conscient des besoins de son seigneur et lui obéisse. Toutes ces dispositions lui feraient défaut s'il était en latin et non en vulgaire, puisque les chansons sont en langue vulgaire. Car, premièrement, il ne serait pas sujet, mais souverain de par sa noblesse, sa vertu et sa beauté. De par sa noblesse, car le latin est éternel et incorruptible, alors que la langue vulgaire est instable et corruptible. De sorte que nous voyons dans l'écriture des comédies et tragédies[1] antiques, qu'elle ne peut évoluer et demeure aujourd'hui identique ; chose qui n'advient pas de la langue vulgaire, qui évolue au gré de son créateur. À bien regarder, nous voyons dans les villes

---

1. Au sens médiéval de ces termes : la tragédie est une œuvre poétique de haut niveau ; la comédie, de niveau inférieur.

l'Italie que, depuis cinquante ans, de nombreux termes ont disparu, sont nés et ont changé ; si un court laps de temps les fait évoluer, un temps plus long le fait bien davantage. De sorte que je dis que, si ceux qui sont morts il y a mille ans revenaient dans leurs cités, ils les croiraient occupées par des étrangers, du fait de la différence de langue. On parlera de cela plus complètement dans un petit livre que j'entends composer, si Dieu le permet, sur l'éloquence en langue vulgaire[1].

En outre, ce commentaire ne serait pas sujet mais souverain, de par sa vertu. Chaque chose est vertueuse en sa nature lorsqu'elle fait ce pour quoi elle est ordonnée ; mieux elle le fait, plus elle est vertueuse. Nous appelons donc homme vertueux celui qui mène la vie active ou contemplative pour laquelle il est ordonné ; nous appelons cheval vertueux celui qui court vite et longtemps ; nous appelons épée vertueuse celle qui taille les choses les plus dures, ce pour quoi elle est ordonnée. De même la langue, qui est ordonnée pour exprimer les concepts des hommes, est vertueuse quand elle le fait, et plus vertueuse est celle qui le fait mieux ; aussi, étant donné que le latin exprime plus de choses conçues dans l'esprit que ne peut le faire la langue vulgaire, comme le savent ceux qui pratiquent l'une et l'autre de ces langues, la vertu du latin est plus grande que celle de la langue vulgaire.

En outre il serait non sujet mais souverain à cause de sa beauté. On appelle belle la chose dont les parties se répondent comme il convient ; nous appelons beau le chant dont les parties se répondent selon les règles de l'art. Est donc plus belle la langue dont les parties se répondent du mieux qu'il convient ; ce qui advient davantage en latin qu'en langue vulgaire, car celle-ci suit l'usage, celui-là les règles de l'art : aussi le reconnaît-on comme plus beau, plus vertueux et plus noble. Ainsi se conclut mon propos principal, à savoir que le commentaire ne serait pas le sujet des chansons, mais leur souverain.

---

1. Il s'agit du *De vulgari eloquentia*.

CHAPITRE VI

Ayant montré que le présent commentaire n'aurait pas été le sujet des chansons en langue vulgaire s'il avait été en latin, il reste à montrer comment il n'aurait ni connaissance ni obéissance à leur égard ; puis on conclura que, pour mettre fin à des discordances inopportunes, il a été nécessaire de s'exprimer en vulgaire. Je dis que le latin n'aurait pas été un serviteur connaissant bien son seigneur pour la raison suivante. La connaissance de la part du serviteur est surtout nécessaire pour connaître deux choses. L'une est la nature du seigneur : il y a des seigneurs si stupides qu'ils commandent le contraire de ce qu'ils veulent ; il y en a d'autres qui veulent être entendus sans rien dire et d'autres qui ne veulent pas que leur serviteur se décide à faire le nécessaire, s'ils ne le commandent pas. Pourquoi existe-t-il de telles diversités chez les hommes, je n'entends pas le montrer présentement, car ce serait trop allonger ma digression ; sinon que je dis de façon générale que ce sont presque des bêtes, à qui la raison fait peu de profit. Donc si le serviteur ne connaît pas la nature de son seigneur, il est manifeste qu'il ne peut le servir de façon parfaite. L'autre chose est que le serviteur doit connaître les amis de son seigneur, car autrement il ne pourrait les honorer ni les servir et de la sorte il ne servirait pas bien son seigneur ; étant donné que les amis sont comme les parties d'un tout, car leur tout est un même vouloir et un même non-vouloir.

Or un commentaire en latin n'aurait pas eu connaissance de ces choses qu'a elle-même la langue vulgaire. Que le latin n'ait pas connaissance de la langue vulgaire et de ses amis, peut être démontré de la façon suivante. Celui qui connaît une chose de façon générale, ne la connaît pas parfaitement ; par exemple, s'il connaît de loin un animal, il ne le connaît pas parfaitement, car il ne sait s'il est chien, loup ou bouc. Le latin connaît la langue vulgaire en général, mais non en détail : s'il la connaissait en détail, il connaîtrait toutes les langues vulgaires, car il n'y a pas de raison qu'il connaisse l'une plus que l'autre ; ainsi tout homme qui aurait l'entière pratique du latin, aurait celle de toutes les langues vulgaires en détail. Mais cela n'est pas ; car quelqu'un qui a l'usage du latin ne distingue pas, s'il est italien, la langue anglaise de l'allemande ;

et l'Allemand ne distingue pas l'italien du provençal. Il est donc manifeste que le latin n'a pas connaissance de la langue vulgaire. En outre, il n'a pas connaissance de ses amis, car il est impossible de connaître les amis si l'on ne connaît pas la personne principale ; si donc le latin ne connaît pas la langue vulgaire, comme on l'a prouvé ci-dessus, il lui est impossible de connaître ses amis. En outre, il est impossible de connaître les hommes sans conversation ou familiarité : et le latin n'a pas de conversation avec autant de langues que n'en a la langue vulgaire, dont toutes sont amies[1] ; il ne peut donc connaître les amis de la langue vulgaire. Il n'y a pas de contradiction avec ce que l'on pourrait dire, à savoir que le latin converse pourtant avec quelques amis de la langue vulgaire ; car il n'est pas le familier de tous et ne connaît donc pas parfaitement ses amis : on requiert en effet une connaissance parfaite et non défectueuse[2].

CHAPITRE VII

Ayant prouvé que le commentaire latin n'aurait pas été un serviteur connaissant bien son maître, je vais dire comment il ne lui aurait pas été obéissant. Est obéissant celui qui possède la bonne disposition que l'on appelle obéissance. La véritable obéissance doit posséder trois choses, sans lesquelles elle ne peut exister : elle doit être douce et non amère ; être entièrement commandée, et non spontanément ; avec mesure et non démesurément. Il était impossible au commentaire latin de posséder ces trois choses et donc d'être obéissant. Que cela fût impossible au latin, comme on l'a dit, est montré par la raison suivante. Toute chose qui procède d'un ordre pervers est difficile et, de ce fait, amère et non douce : ainsi de dormir le jour et de veiller la nuit et de marcher en arrière et non en avant. Pour un sujet, commander à son souverain procède d'un ordre pervers, car l'ordre juste est que le souverain commande

---

1. Il s'agit seulement ici des langues romanes. 2. En d'autres termes, un commentaire en latin ne serait accessible qu'à un nombre restreint de lecteurs.

à son sujet ; aussi est-ce chose amère et non douce. Comme il est impossible au commandement amer d'obéir doucement, il est impossible, quand le sujet commande, que l'obéissance du souverain soit douce. Donc, si le latin est le souverain de la langue vulgaire, comme il a été montré ci-dessus par plusieurs raisons, et si les chansons, qui sont en position de commander, sont en vulgaire, il est impossible que cela se fasse avec douceur.

En outre, l'obéissance est entièrement commandée et nullement spontanée, quand celui qui agit en obéissant ne l'aurait pas fait sans être commandé, et non de sa propre volonté, totalement ou partiellement. Si donc on m'ordonnait de porter deux manteaux et si j'en portais déjà un sans être commandé, je dis que mon obéissance ne serait pas entièrement commandée, mais partiellement spontanée. Il en serait de même de celle du commentaire latin ; et par conséquent, elle n'aurait pas été une obéissance entièrement commandée. Qu'elle eût été ainsi, apparaît pour la raison suivante : le latin sans le commandement de son seigneur aurait exposé de nombreuses parties de son sens, comme le voit celui qui examine bien les textes latins, alors que la langue vulgaire ne le fait en aucune partie[1].

En outre, l'obéissance est mesurée et non démesurée quand elle va au terme du commandement et non au-delà : ainsi la nature particulière obéit à l'universelle, quand elle donne trente-deux dents à l'homme, ni plus ni moins ; quand elle donne cinq doigts à la main, ni plus ni moins ; et l'homme obéit à la justice, quand il fait au coupable ce que lui commande la justice, ni plus ni moins. Le latin n'aurait pas fait ainsi et aurait péché non seulement par défaut et non seulement par excès, mais des deux façons. Ainsi son obéissance n'aurait pas été mesurée, mais démesurée, et par conséquent, il n'aurait pas été obéissant. Que le latin n'eût pas exécuté pleinement le commandement de son seigneur et qu'il l'eût aussi dépassé, peut être aisément démontré. Le seigneur, c'est-à-dire les chansons, auxquelles le commentaire est destiné pour serviteur, commandent et veulent être exposées à tous ceux à qui parvient leur propos, de façon à ce qu'elles soient entendues ; et personne ne doute que, si elles commandaient à haute voix, tel serait leur commandement. Le latin ne les aurait exposées qu'aux lettrés, car

---

1. C'est-à-dire que le latin dit plus que la langue vulgaire, et en termes plus clairs.

es autres ne l'auraient pas entendu. Étant donné que plus nombreux sont les non-lettrés que les lettrés qui désirent entendre ces chansons, il en résulte que le latin n'aurait pas exécuté pleinement son commandement comme la langue vulgaire, qui est entendue des lettrés et des non-lettrés. En outre, le latin les aurait exposées à des gens d'autres langues, comme les Allemands, les Anglais et d'autres : il aurait ainsi outrepassé leur commandement ; car ce serait — parlant au sens large — contre leur volonté que leur signification fût exposée là où elles ne pourraient porter leur beauté. Chacun doit en effet savoir que nulle chose dotée d'harmonie musicale ne peut être transportée de sa propre langue en une autre sans y perdre douceur et harmonie. C'est la raison pour laquelle Homère ne fut pas transposé de grec en latin, comme les autres écrits que nous avons reçus des Grecs. Et c'est la raison pour laquelle les vers des psaumes sont dépourvus de toute douceur musicale et harmonieuse ; car ils furent transposés d'hébreu en grec et de grec en latin ; et, dès la première transposition, toute leur douceur disparut. Ainsi se conclut ce que l'on a promis au début du chapitre précédant immédiatement celui-ci.

CHAPITRE VIII

Alors que l'on a montré par des raisons suffisantes comment, pour mettre fin à d'inconvénients désordres, il fallait, pour découvrir et exposer la signification desdites chansons, un commentaire en langue vulgaire et non en latin, j'entends montrer comment une prompte libéralité me fit choisir l'un et abandonner l'autre. On peut donc définir la prompte libéralité par trois choses, qui sont liées à la langue vulgaire et n'auraient pas été liées au latin. La première consiste à donner à un grand nombre ; la deuxième à donner des choses utiles ; la troisième à donner sans en être prié. Car donner à une personne et être utile à une personne est une bonne chose ; mais donner à un grand nombre et être utile à un grand nombre est une excellente chose, en ce qu'elle est semblable aux bienfaits de Dieu, universel bienfaiteur. En outre, il est impossible de donner à un grand nombre sans donner à un seul, car celui-ci est compris dans le grand nombre ; mais l'on peut bien donner à un seul sans donner à un grand nombre. Aussi celui qui est utile à un grand nombre accomplit-il l'une et l'autre de ces bonnes choses ; qui est utile à un seul n'accomplit que l'une de ces bonnes choses. D'où l'on voit que les législateurs fixent surtout leurs yeux sur le bien commun, quand ils font les lois. En outre, donner des choses inutiles à celui qui les prend est également bien, en ce que celui qui donne montre au moins qu'il est un ami ; mais ce n'est pas un bien parfait et qui n'est pas prompt de ce fait : comme si un chevalier donnait un bouclier à un médecin et si un médecin donnait à un chevalier le livre des *Aphorismes* d'Hippocrate ou l'*Art de la médecine* de Galien. Raison pour laquelle les sages disent que la figure du don doit ressembler à celle de celui qui le reçoit, c'est-à-dire lui convenir et lui être utile ; en ceci on appelle prompte libéralité celle de celui qui sait discerner en faisant un don. Mais, parce que les raisonnements moraux font d'ordinaire désirer que l'on connaisse leur origine, j'entends montrer brièvement en ce chapitre quatre raisons pour lesquelles le don, afin que s'y trouve une prompte libéralité, doit nécessairement être utile à qui le reçoit.

Premièrement, parce que la vertu doit être joyeuse et non pas triste dans ses actions. Si donc le don n'est pas joyeux lorsqu'on le donne et le reçoit, il n'y a pas en lui de parfaite vertu, et la libéralité n'est pas prompte. Cette joie procure de l'utilité, qui demeure chez le donneur parce qu'il a donné, et passe chez celui qui reçoit parce qu'il a reçu. Le donneur doit faire en sorte que de son côté demeure l'utilité de l'honnêteté, qui dépasse toute utilité, et qu'à celui qui reçoit aille l'utilité qui procède de l'usage de la chose donnée : ainsi l'un et l'autre seront-ils joyeux et par conséquent plus prompte la libéralité. Deuxièmement, parce que la vertu doit toujours mener les choses vers un mieux. Car, de même qu'il serait blâmable de faire une pioche avec une belle épée ou de faire un beau hanap avec une belle cithare, de même il est blâmable de déplacer une chose d'un lieu où elle est utile et de la transporter là où elle est moins utile. Parce qu'il est blâmable d'agir en vain, il est non seulement blâmable de placer une chose là où elle est moins utile, mais aussi là où elle est aussi utile. Donc, afin qu'il soit louable de changer les choses, il faut que ce soit vers le meilleur, parce qu'il doit être suprêmement louable : et ceci ne peut se faire en matière le don, si le don ne devient pas plus cher du fait de son transport ; et il ne peut devenir plus cher que s'il est plus utile pour celui qui le reçoit que pour celui qui le donne. Par quoi l'on conclut que le don doit être utile à qui le reçoit, afin que s'y trouve une prompte libéralité. Troisièmement, parce que l'action de la vertu doit par elle-même acquérir des amis ; étant donné que notre vie en a besoin et que la fin de la vertu est que notre vie soit contente. Aussi, afin que le don rende ami celui qui le reçoit, il faut lui être utile, parce que l'utilité scelle en la mémoire l'image du don, qui nourrit l'amitié ; et ceci d'autant plus fortement qu'elle est meilleure. Aussi un tel a-t-il coutume de dire : « Je n'oublierai pas le don que tel autre m'a fait. » Donc, afin que le don ait sa vertu, qui est la libéralité, et qu'elle soit prompte, il faut qu'il soit utile à qui le reçoit. Enfin, parce que la vertu doit agir librement et non par force. Un acte libre, c'est quand une personne va volontiers quelque part et le montre en tournant là son visage ; un acte imposé, c'est quand on va contre son gré et qu'on le montre en ne regardant pas là où l'on va. On considère alors le don au fait qu'il va dans le sens du besoin de celui qui le reçoit. Car aller dans le sens du besoin n'est possible que si le don est utile, afin que l'action de la vertu soit libre et que le don soit utile là où il va, c'est-à-dire vers celui qui le reçoit ; par conséquent il faut que le don profite à qui le reçoit, afin que s'y trouve une prompte libéralité.

La troisième chose où l'on peut noter une prompte libéralité, c'est de donner sans qu'on vous le demande : parce que le don que l'on demande n'est pas une vertu mais une marchandise, car celui qui reçoit achète, bien que le donneur ne vende pas. Aussi Sénèque dit-il que « nulle chose ne s'achète plus cher que celle pour laquelle on dépense des prières[1] ». Aussi, afin qu'il y ait dans le don une prompte libéralité et qu'on puisse l'y observer, il faut encore qu'il soit dépourvu de tout commerce et qu'il ne soit pas demandé. Pour quelle raison coûte si cher ce que l'on demande, je n'entends pas l'exposer ici, parce qu'on l'exposera suffisamment dans le dernier livre de cet ouvrage[2].

---

1. Sénèque, *De beneficiis*, II, 1. **2.** Livre qui devait traiter de l'avarice en partant du commentaire de la chanson CVI des *Rimes*.

CHAPITRE IX

Des trois conditions relevées ci-dessus, qui doivent concourir afin qu'une prompte libéralité réside dans le bienfait, le commentaire latin était éloigné, alors que la langue vulgaire en est proche comme on peut le montrer de façon manifeste. Le latin n'aurait pas servi à un grand nombre ; car, si nous nous rappelons ce qui a été exposé ci-dessus, les lettrés ignorant la langue italienne n'auraient pu profiter de ce service ; quant à ceux de cette langue, si nous voulons bien observer qui ils sont, nous verrons que sur mille, un seulement aurait été servi de façon raisonnable, car les autres ne l'auraient pas reçu, tant ils sont portés à l'avarice, qui les écarte de toute la noblesse d'âme que requiert expressément cette nourriture. Et je dis à leur honte qu'ils ne doivent pas être appelés lettrés, parce qu'ils n'acquièrent pas les lettres pour l'usage de celles-ci, mais parce que grâce à elles ils gagnent argent et dignité ; de même l'on ne peut appeler joueur de cithare celui qui a chez lui une cithare pour la prêter contre un salaire, et non pour en jouer. Revenant donc à mon propos principal, je dis que l'on peut clairement voir que le latin n'aurait apporté de bienfait qu'à un petit nombre, mais que la langue vulgaire servira vraiment à un grand nombre. Car la bonté d'âme, qui attend ce service, se trouve chez ceux qui, du fait d'une mauvaise pratique du monde, ont abandonné la littérature à ceux qui, de dame qu'elle était, en ont fait une courtisane ; et ces nobles esprits sont princes, barons, chevaliers et bien d'autres nobles, non seulement hommes mais femmes, qui sont nombreux et nombreuses à entendre la langue vulgaire et non le latin.

En outre, le latin n'aurait pas fait un don aussi utile que la langue vulgaire. Car aucune chose n'est utile si elle n'est pas utilisée ; et une telle bonté n'est pas en puissance et donc imparfaite ; de même que l'or, les pierres précieuses et les autres trésors enterrés ; car ceux qui sont aux mains d'un avare sont plus bas encore que ne l'est la terre où est caché un trésor. Au vrai, le don de ce commentaire est la signification des chansons pour lesquelles il est fait, laquelle entend surtout induire les hommes à la science et à la vertu, comme on le verra à l'abîme de leur exposé[1]. Cette signification

---

1. C'est-à-dire leur complexité et leur difficulté d'accès.

n'est pas accessible à ceux en qui la vraie noblesse est en germe, comme on le dira au livre IV[1] ; et ceux-ci sont presque tous de langue vulgaire, comme le sont les nobles nommés ci-dessus en ce chapitre. Cela n'est pas contredit par le fait que certains d'entre eux soient des lettrés ; car, comme le dit mon maître Aristote au livre premier de l'*Éthique*, « une hirondelle ne fait pas le printemps[2] ». Il est donc manifeste que la langue vulgaire sera utile et que le latin ne l'aurait pas été.

En outre, la langue vulgaire fera un don qui n'aura pas été demandé, alors que le latin ne l'aurait pas fait. Car elle se donnera elle-même en commentaire, sans être demandée par personne. On ne peut le dire du latin, qui a été déjà demandé comme commentaire de nombreux écrits, comme on peut le voir clairement dans la préface de nombre d'entre eux[3]. Il est ainsi manifeste qu'une prompte libéralité me poussa vers le vulgaire plutôt que vers le latin.

CHAPITRE X

Grande doit être l'excuse, quand à un si noble banquet par ses mets et si honorable par ses invités, on sert du pain d'orge et non de froment. Et il faut une raison évidente pour prendre ses distances à l'égard de ce qui a été longtemps observé, à savoir de faire un commentaire en latin. Aussi la raison doit-elle être manifeste, car la fin des choses nouvelles n'est pas certaine, dans la mesure où l'on n'a jamais mesuré les choses pratiquées et observées dans leur processus et leur fin. Le Droit[4] a donc ordonné à l'homme de prendre de grandes précautions avant de suivre un nouveau chemin, disant qu'« en établissant de nouvelles choses, il faut une raison évidente pour prendre ses distances vis-à-vis de ce que l'on a longtemps pratiqué ». Que nul donc ne s'étonne de la longue digression de

---

1. Au chapitre XIV. 2. *Éthique*, I, 6. 3. Dante fait allusion aux nombreux commentaires latins de l'*Énéide*, de la Bible et de poètes antiques. 4. C'est-à-dire le droit romain.

mon excuse, mais qu'il la supporte patiemment, parce que sa longueur est nécessaire. Poursuivant, je dis que, puisqu'il est manifeste que pour mettre fin à un inconvenant désordre et par prompte libéralité je me suis tourné vers un commentaire en langue vulgaire et ai abandonné le latin, l'achèvement de mon excuse exige que je démontre que je m'y suis décidé du fait d'un amour naturel pour ma propre langue : c'est la troisième raison qui m'a décidé. Je dis que l'amour naturel pousse essentiellement celui qui aime à trois choses : la première est de magnifier l'être aimé ; la deuxième, d'en être jaloux ; la troisième, de le défendre, comme chacun peut voir qu'il advient continuellement. Ces trois choses me firent choisir notre langue vulgaire, que j'aime et ai aimée par nature et par accident. Je m'y décidai d'abord pour la magnifier. Et l'on peut voir que je la magnifie par la raison suivante : bien que l'on puisse magnifier, c'est-à-dire grandir, les choses par de nombreuses espèces de grandeurs, rien ne le fait plus que la grandeur de leur propre bonté, qui est mère et conservation des autres. Aussi ne peut-on avoir de plus haute grandeur que celle que procure une action vertueuse, qui est sa propre bonté : grâce à elle sont acquises et conservées les grandeurs des vrais dignités, des vrais honneurs, des vrais pouvoirs, des vraies richesses, des vrais amis, de la vraie et éclatante renommée. Cette grandeur, je la procure à cette amie[1] en ce que, ce qu'elle avait de bonté en puissance et cachée, je la lui fais avoir en acte et ouvertement en sa propre action, consistant à exposer des concepts longuement mûris.

Je m'y décidai deuxièmement par jalousie pour la langue vulgaire. La jalousie de celui qui aime lui fait prendre de lointaines mesures. Aussi, pensant que le désir de comprendre ces chansons aurait fait que quelque lettré en aurait transposé le commentaire latin en langue vulgaire, et craignant que la langue vulgaire en eût été laide — comme il advint de celui qui transposa le latin de l'*Éthique* (à savoir Taddeo l'Hippocratique[2]) — je décidai de le faire moi-même, me fiant plus à moi-même qu'à autrui. Je m'y décidai encore pour défendre la langue vulgaire de nombre de ses accusateurs, qui la méprisent et louent les autres, notamment la langue d'oc, disant qu'elle est plus belle et meilleure que la nôtre et s'éloi-

---

1. C'est-à-dire la langue vulgaire. 2. Taddeo Alderotti (1223-1295), commentateur d'Hippocrate, traducteur de l'*Éthique à Nicomaque*.

gnant ainsi de la vérité, car l'on verra grâce à ce commentaire la grande bonté de la langue du *si*[1] ; car on verra sa vertu, à savoir que par son moyen sont exposés de très hauts et nouveaux concepts, de façon aussi convenable, suffisante et adéquate que par le moyen du latin : chose qui ne pouvait être bien exposée dans les poèmes, à cause des ornements accidentels qui y sont liés, à savoir la rime, le rythme et le pied. De même on ne peut voir manifestement la beauté d'une dame, quand ses ornements et ses vêtements sont plus admirés qu'elle-même. Aussi celui qui veut bien juger une dame, doit-il la regarder quand elle n'a que sa seule beauté, sans ornement accidentel. Il en sera de même de ce commentaire, où l'on verra l'aisance de ses syllabes, la propriété de ses constructions et la suavité de ses discours. Celui qui les observera attentivement, verra qu'ils sont pleins d'une douce et aimable beauté. Mais, parce que la langue vulgaire est très vertueuse, afin de montrer les fautes et la méchanceté de ses accusateurs et de les confondre, je dirai pourquoi ils sont poussés à le faire. J'en ferai à présent un chapitre spécial, pour que leur infamie soit mieux connue.

CHAPITRE XI

Pour l'éternelle infamie et condamnation des mauvais Italiens qui louent la langue vulgaire d'autrui et méprisent la leur, je dis que leur attitude procède de cinq raisons abominables. La première est aveuglement du discernement ; la seconde, excuse vicieuse ; la troisième, désir de vaine gloire ; la quatrième, argument d'envie ; la cinquième et dernière, bassesse d'âme, c'est-à-dire pusillanimité. Chacun de ces crimes est suivi de tant de sectes que peu nombreux sont ceux qui en sont exempts.

De la première, l'on peut dire ceci. De même que la partie sensitive de l'âme a ses yeux, par qui elle saisit la différence des choses en ce qu'elles sont colorées au-dehors, de même la partie ration-

---

1. C'est-à-dire l'italien.

nelle a son œil, par qui elle fait la différence des choses en ce qu'elles sont ordonnées vers quelque fin : c'est le discernement. De même que celui qui est aveugle de ses yeux sensibles suit toujours l'avis des autres pour choisir son chemin, de même celui qui est aveugle de la lumière du discernement suit dans son jugement la rumeur, qu'elle soit vraie ou fausse ; de telle sorte que, si l'auteur de la rumeur est aveugle, il faut que lui-même et celui qui, également aveugle, s'appuie sur lui, aillent à une mauvaise fin. Aussi est-il écrit que « l'aveugle à l'aveugle servira de guide et qu'ils tomberont ainsi tous deux dans la fosse[1] ». Cette rumeur hostile à notre langue vulgaire a longtemps persisté pour les raisons que l'on exposera ci-dessous, après celle-ci. Les aveugles cités ci-dessus, qui sont en nombre quasi infini, la main posée sur l'épaule des menteurs, sont tombés dans la fosse d'une opinion fausse, dont ils ne savent pas sortir. De la lumière de discrétion sont surtout privées les personnes du peuple ; car, occupées depuis le début de leur existence par quelque métier, elles y appliquent leur esprit, contraintes par la nécessité, et ne s'occupent de rien d'autre. Parce que l'on ne peut avoir immédiatement la pratique de la vertu, tant morale qu'intellectuelle, mais qu'il faut l'acquérir par l'usage, et qu'ils pratiquent quelque métier et ne se soucient pas de discerner les autres choses, il leur est impossible d'avoir du discernement. D'où il arrive que souvent ils croient que vive leur mort et meure leur vie, pourvu que quelqu'un commence : c'est un très périlleux défaut en leur aveuglement. Raison pour laquelle Boèce juge vaine la gloire populaire, parce qu'il la considère dépourvue de discernement[2]. Ces gens-là doivent être appelés moutons et non pas hommes ; car, si un mouton se jette d'une falaise haute de mille pas, tous les autres le suivent ; et si un mouton, pour une raison quelconque, saute au passage d'une route, tous les autres sautent, même s'ils ne voient aucune raison de le faire. J'en vis jadis un grand nombre sauter dans un puits à cause de l'un d'entre eux qui y sauta, croyant peut-être sauter un mur, bien que le berger, pleurant et criant, se fût opposé à eux de la poitrine et des bras.

La seconde secte contraire à notre langue vulgaire provient d'excuse vicieuse. Nombreux sont ceux qui préfèrent être tenus pour des maîtres que de l'être ; pour fuir le contraire, c'est-à-dire

---

1. *Matth.*, XV, 14. 2. *Consol. phil.*, III, 6, 5.

ne pas être reconnus comme tels, ils accusent la matière de leur art, ou leur instrument. De même que le mauvais forgeron blâme le fer qu'on lui fournit et le mauvais cithariste blâme la cithare, croyant rejeter la faute de leur mauvais couteau et de leur mauvaise musique sur le fer et la cithare et se disculper de la sorte ; de même sont nombreux, et non un petit nombre, ceux qui veulent qu'on les tienne pour de bons parleurs et qui, pour s'excuser de ce qu'ils ne parlent pas ou mal, accusent et inculpent la matière, c'est-à-dire la langue vulgaire elle-même, et en louent une autre, qu'on ne leur demande pas de forger. Que celui qui veut voir comment ce fer est à blâmer, considère les œuvres qu'en font les bons artisans : il découvrira la malice de ceux qui, le blâmant, croient s'excuser. C'est contre ces gens-là que Cicéron s'insurge au début d'un de ses livres qui s'appelle *Livre de fin des biens*[1], car de son temps certains blâmaient la langue latine et louaient le grec, pour des raisons semblables à celles qui font mépriser l'italien et apprécier le provençal.

La troisième secte opposée à notre langue vulgaire procède du désir de vaine gloire. Nombreux sont ceux qui, parce qu'ils décrivent des choses avec la langue d'autrui et la louent, croient être plus admirés qu'en les décrivant avec la leur. Il est assurément digne de louange pour l'esprit que de bien apprendre une langue étrangère, mais il est blâmable de la louer au-delà de la vérité, pour acquérir la gloire d'une telle acquisition.

La quatrième secte provient d'argument d'envie. Comme on l'a dit ci-dessus[2], l'envie est toujours là où il y a quelque parité. Entre les hommes de même langue, il y a parité de langue vulgaire. Parce que l'un ne sait pas en user comme l'autre, naît l'envie. L'envieux argumente ensuite, non pas en blâmant celui dont il dit qu'il ne sait pas dire, mais en blâmant la matière de l'œuvre, pour ôter honneur et renommée à celui qui dit, en méprisant de la sorte son œuvre ; tout comme ferait celui qui blâmerait le fer d'une épée, non pour blâmer ce dernier, mais l'œuvre de l'artisan.

La cinquième et dernière secte est poussée par bassesse d'âme. Toujours le magnanime se magnifie en son cœur, alors qu'au contraire le pusillanime se juge inférieur à ce qu'il est. Parce que magnifier et rabaisser ont toujours un rapport avec une raison, en comparaison de laquelle le magnanime se grandit et le pusillanime

---

1. *De finibus*, I, I, 1.   2. *Cf.* livre I, chap. IV.

se rapetisse, il advient que le magnanime fait toujours les autres plus petits qu'ils ne sont, alors que le pusillanime les fait toujours plus grands. Parce que la mesure à laquelle l'homme se mesure, lui sert aussi à mesurer ses actions, qui sont comme une partie de lui-même, il advient que le magnanime estime toujours ses actions meilleures qu'elles ne sont et moins bonnes celles des autres, alors que le pusillanime croit toujours que les siennes ont peu de valeur et beaucoup celles des autres. À cause de cette lâcheté, nombreux sont ceux qui méprisent leur propre langue et admirent celle d'autrui. Tous ces gens-là sont les méchants et abominables Italiens qui tinrent pour vile cette précieuse langue vulgaire, qui, si elle est vile en quelque chose, ne l'est qu'en tant qu'elle s'entend dans la bouche courtisane de ces adultères ; à leur suite marchent les aveugles dont j'ai fait mention à propos de la première cause.

CHAPITRE XII

Si manifestement par les fenêtres d'une maison sortaient les flammes d'un incendie et si quelqu'un demandait s'il y avait là un incendie, et qu'un autre lui répondait que oui, je ne saurais juger qui des deux est plus ridicule. Et semblable serait la demande et la réponse de quelqu'un et de moi-même, s'il me demandait si j'ai de l'amour pour ma propre langue et si je lui répondais que oui, après les raisons exposées ci-dessus. Mais, pour montrer qu'il y a en moi non seulement de l'amour pour elle, mais un parfait amour, et pour blâmer encore ses adversaires en le montrant à qui saura l'entendre, je vais dire comment j'en devins l'ami et comment cette amitié s'est confirmée. Je dis donc que, comme on peut voir que l'écrit Cicéron dans le *De amicitia*[1], en accord avec le jugement proclamé par le Philosophe[2] aux livres VIII et IX de l'*Éthique*[3], la proximité et la bonté engendrent l'amour ; les bienfaits, l'étude et l'habitude l'accroissent. Toutes ces causes ont contribué à engendrer et à confor-

---

1. *De amicitia*, V, 18-19. 2. *Cf.* p. 183, note 1. 3. *Éthique*, VIII, 1, 3, 11-3 ; IX, 2, 12.

ter l'amour que je porte à ma langue, comme je vais brièvement le montrer.

Une chose est d'autant plus proche que, de toutes les choses de son genre, elle est plus unie à une autre : ainsi, de tous les hommes, le fils est le plus proche de son père ; de tous les arts, la médecine est la plus proche du médecin, la musique des musiciens, parce qu'elles leur sont plus unies que les autres ; de toutes les cités, la plus proche est celle où l'on se trouve, parce qu'elle vous est plus unie. Aussi la langue vulgaire est-elle d'autant plus proche qu'elle vous est plus unie, car elle est seule et unique d'abord dans votre esprit avant toute autre ; et non seulement elle est unie de par soi-même, mais aussi par accident, en ce qu'elle est liée aux personnes les plus proches, comme les parents, les concitoyens et les compatriotes. C'est notre langue vulgaire propre, qui n'est pas proche, mais très proche de chacun. Donc, si la proximité est source d'amitié, comme il est dit ci-dessus, il est manifeste qu'elle est l'une des causes de l'amour que je porte à mon propre langage, qui m'est plus proche que les autres. La raison susdite, c'est-à-dire qu'est plus uni celui qui est d'abord seul et unique dans l'esprit, a créé la coutume qui fait que les aînés sont les seuls successeurs, en tant que plus proches et de ce fait davantage aimés.

La bonté de la langue vulgaire me fit aussi l'aimer. Il faut savoir à ce propos que toute bonté propre à une chose, est aimable en elle : ainsi d'être barbu pour les hommes et, pour les femmes, d'être tout à fait dépourvues de barbe sur la figure ; de même pour les braques de savoir bien flairer et pour les lévriers de savoir bien courir. Plus cette bonté vous est propre, plus elle est aimable. Donc, bien que chaque vertu soit aimable chez l'homme, la plus aimable en lui est celle qui est la plus humaine : c'est la justice, qui se situe seulement du côté rationnel ou intellectuel, c'est-à-dire de la volonté. La justice est si aimable que, comme le dit le Philosophe au cinquième livre de l'*Éthique*[1], elle est aimée de ses ennemis, tels que les larrons et les voleurs ; de même voyons-nous que son contraire, l'injustice, est haïe par-dessus tout, comme la trahison, l'ingratitude, la fausseté, le vol, la rapine, la tromperie et d'autres choses semblables. Ce sont des péchés si inhumains que, pour s'excuser de leur infamie, il est permis par un long usage de parler

---

1. En fait, il s'agit de Cicéron, *De officiis*, II, 11.

de soi, comme il a été dit ci-dessus[1], et de dire qu'on est fidèle et loyal. De cette vertu, je parlerai plus loin au quatorzième livre[2], et sans en dire plus, je reviens à mon propos. Il est donc prouvé que la vertu la plus propre à une chose est celle qui est la plus aimable en elle ; aussi, pour montrer quelle est la plus propre en elle, il faut voir quelle est celle qui est la plus aimée et la plus louée : c'est elle. Nous voyons qu'en tout discours, ce qui est le plus aimé et le plus loué est le bon exposé de la pensée : c'est donc sa première bonté. Étant donné que celle-ci réside dans notre langue vulgaire, comme il a été démontré ci-dessus en un autre chapitre[3], il est manifeste qu'elle a été l'une des causes de l'amour que je porte à notre langue ; car, comme il a été dit, la bonté engendre l'amour.

CHAPITRE XIII

Après avoir dit comment dans notre langue se trouvent deux choses qui m'ont fait l'aimer, à savoir la proximité et la bonté, je dirai comment par bienfait, progrès d'étude et bienveillance provenant d'une longue fréquentation, mon affection s'est affirmée et a grandi.

Je dis d'abord que j'ai reçu d'elle de très grands bienfaits. Il faut donc savoir que, de tous les bienfaits, le plus grand est celui qui est le plus précieux pour celui qui le reçoit ; aucune chose n'est plus précieuse que celle par quoi on veut toutes les autres ; et on veut toutes les autres pour la perfection de celui qui les veut. Étant donné que l'homme a deux perfections, une première et une seconde — la première le fait être, la seconde le fait être bon —, si ma propre langue m'a été cause de l'une et de l'autre, j'en ai reçu un très grand bienfait. Et qu'elle ait été pour moi cause d'être et d'être bon, pour autant que ma vie l'ait permis, on peut le montrer brièvement.

---

1. *Cf.* livre I, chap. II. 2. Projeté, mais jamais écrit. 3. Livre I, chap. IX.

Selon le Philosophe[1], au livre II de la *Physique*, il n'est pas impossible qu'une chose ait plusieurs causes efficientes, tout en en ayant une plus forte que les autres : ainsi le feu et le marteau sont-ils des causes efficientes du couteau, bien que le forgeron en soit la cause principale. La langue vulgaire fut un lien entre mes parents, qui se parlaient par son intermédiaire, comme le feu prépare le fer pour le forgeron qui fait le couteau ; aussi est-il manifeste que la langue vulgaire a contribué à ma génération, et qu'elle est ainsi une cause de mon existence. En outre, la langue vulgaire m'a introduit sur la voie de la science, qui est notre ultime perfection, en ce que je suis entré dans le latin et l'ai appris par son intermédiaire : le latin fut ensuite une voie pour aller plus loin. Il est donc évident et reconnu par moi que la langue vulgaire m'a été d'un grand bénéfice.

En outre, la langue vulgaire m'a accompagné dans mon étude et je puis le montrer ainsi. Chaque chose s'applique naturellement à sa propre conservation : aussi, si la langue vulgaire pouvait s'y appliquer par elle-même, elle s'y appliquerait ; cela consisterait à s'employer à être plus stable. Et elle ne pourrait obtenir plus de stabilité qu'en se liant par le mètre et les rimes[2]. J'ai pratiqué cette étude, comme il apparaît à l'évidence sans qu'il soit besoin d'autre témoignage. Comme nous avons eu la même étude, cette concorde a confirmé et accru notre affection. À quoi s'est ajoutée la bienveillance résultant de notre fréquentation, car dès le début de mon existence j'ai eu avec elle bienveillance et fréquentation, m'en servant pour délibérer, interpréter et disputer. Donc, si l'affection augmente du fait de la fréquentation, comme il apparaît à l'évidence, il est manifeste qu'elle a grandi au plus haut point en moi, qui ai usé de cette langue vulgaire ma vie durant. On voit de la sorte qu'à cette affection ont apporté leur concours toutes les raisons qui engendrent et font grandir l'affection. On conclut donc que, non seulement l'affection, mais une parfaite affection est celle que je dois porter et porte à la langue vulgaire.

Ainsi, tournant les yeux en arrière et rassemblant les raisons susdites, on peut voir que le pain, qui doit accompagner les chansons, est suffisamment purgé de ces taches et d'être fait avec de l'orge.

---

1. *Cf.* p. 183, note 1. 2. La poésie est considérée par Dante comme un des facteurs de conservation de la langue.

Aussi est-il temps de s'employer à servir les mets. De ce pain d'orge se rassasieront des milliers d'hommes et il m'en restera de pleines corbeilles. Ce sera une lumière nouvelle, un nouveau soleil, qui se lèvera là où se couchera l'ancien[1]; il éclairera ceux qui sont dans les ténèbres et l'obscurité, parce que l'ancien soleil ne brille pas pour eux[2].

---

1. Le latin. 2. Car ils ne savent pas le latin.

LIVRE II

Vous dont l'esprit meut le troisième ciel[1],
écoutez les raisons que j'ai au cœur,
je ne sais les dire tant elles me semblent nouvelles.
Le ciel qui suit votre force,
5 nobles créatures que vous êtes,
m'entraîne en l'état où je me trouve.
Le récit de la vie que je mène
paraît donc dignement s'adresser à vous :
or je vous prie de bien vouloir l'entendre.
10 De mon cœur je vous dirai des choses nouvelles,
comment en lui pleure mon âme affligée,
et comment un esprit[2] à elle s'oppose,
qui vient par les rayons de votre étoile.

Au cœur dolent avait coutume de donner vie
15 une suave pensée, qui s'en allait
souvent aux pieds de notre Seigneur,
où l'on voyait une dame en gloire[3],
dont elle me parlait si doucement
que mon âme disait : « Je veux partir. »
20 Or apparaît quelqu'un qui la fait fuir
et me possède si puissamment

---

1. C'est-à-dire les Intelligences (ou anges) qui sont ici (comme on le verra plus loin) les moteurs du troisième ciel ou ciel de Vénus. 2. *Cf. Vie nouvelle*, p. 27, note 7.
3. Béatrice, bienheureuse au ciel.

que mon cœur tremble, à ce que l'on voit.
Il lui fait regarder une dame,
disant : « Qui veut voir le salut,
25 doit voir les yeux de cette dame,
s'il ne craint l'angoisse des soupirs. »

Elle trouve un ennemi qui l'accable,
cette humble pensée, qui me parlait
d'une angèle au ciel couronnée.
30 Mon âme pleure, tant elle est dolente,
disant : « Hélas ! comme s'enfuit
cet être miséricordieux qui tant m'a consolée ! »
De mes yeux elle dit, la malheureuse :
« Maudite l'heure où les vit cette dame !
35 et pourquoi ne pas croire ce que d'elle je pensais ? »
Je disais : « Assurément, aux yeux de celle-ci
doit résider celui[1] qui mes pareilles tue !
À rien ne me servit que je fusse informée
que point ils ne la regardent, car j'en suis morte. »

40 « Tu n'es pas morte, mais égarée,
notre âme, qui te lamentes de la sorte »,
dit un noble esprit d'amour,
« car la noble dame dont on te parle
a si profondément changé ta vie
45 que tu as peur, tant tu es avilie !
Regarde comme elle est miséricordieuse et bienveillante,
sage et courtoise en sa grandeur :
pense désormais à la nommer ta dame !
Car, si tu ne te trompes, tu verras
50 la grande beauté de si hauts miracles
que tu diras : "Amour, mon seigneur véritable,
voici ta servante ; fais ce qu'il te plaît." »

Chanson, je crois que rares seront
ceux qui bien entendront ton propos,
55 tant tu le dis en termes ardus et difficiles.

1. Amour.

Donc, s'il advient par aventure
que tu viennes près de personnes
qui te semblent peu averties,
je te prie d'avoir alors confiance,
60 leur disant, chère et nouvelle :
« Voyez au moins comme je suis belle ! »

CHAPITRE PREMIER

Après qu'ayant développé mon prologue en tant que maître d'hôtel, mon pain a été assez préparé au livre précédent, le temps veut et demande que mon navire sorte du port. Aussi, ayant dressé l'artimon de mon discours au souffle de mon désir, j'entre en haute mer dans l'espérance d'une bonne route et d'un port salutaire et honorable à la fin de mon banquet. Mais, pour que plus utile soit ma nourriture, avant que n'arrive le premier mets, je vais montrer comment l'on doit manger.

Comme on l'a montré au premier chapitre[1], je dis que cet exposé doit être littéral et allégorique. Pour le comprendre, il faut savoir que les écrits[2] peuvent être entendus et doivent être exposés principalement selon quatre sens. L'un se nomme littéral ; c'est celui qui ne va pas au-delà de la lettre des paroles fictives, telles les fables des poètes. L'autre s'appelle allégorique : c'est celui qui se cache sous le manteau de ces fables ; c'est une vérité dissimulée sous un beau mensonge. Ainsi quand Ovide dit qu'Orphée adoucissait les bêtes sauvages au son de sa cithare et faisait venir à lui les arbres et les pierres[3] : cela veut dire que le sage par le moyen de sa voix adoucit et apprivoise les cœurs cruels et meut selon sa volonté ceux qui n'ont ni science ni art : ceux qui ne vivent pas selon la raison sont presque comme des pierres. On montrera à l'avant-dernier livre pourquoi cette dissimulation a été inventée par les sages. À vrai dire, les théologiens considèrent ce sens différemment des

---

1. Du premier livre. 2. Mais d'abord les Écritures ou textes sacrés. 3. *Métamorphoses*, XI, 1-2.

poètes[1] ; mais, parce qu'il est de mon intention de suivre la manière des poètes, je prends le sens allégorique à la manière dont il est utilisé par les poètes.

Le troisième sens s'appelle moral : c'est celui que les commentateurs doivent soigneusement tenter de découvrir dans les écritures, pour leur propre bénéfice et celui de leurs élèves. Ainsi peut-on découvrir dans l'Évangile, quand le Christ monta sur la montagne pour se transfigurer, qu'il emmena avec lui trois Apôtres sur douze : au sens moral, on peut entendre que nous devons n'avoir que peu de compagnie dans les choses secrètes.

Le quatrième sens s'appelle anagogique, c'est-à-dire sur-sens : c'est quand on expose spirituellement une écriture qui, bien que vraie au sens littéral, à travers les choses signifiées porte signification des choses supérieures de la gloire éternelle. On peut le voir dans ce chant du Prophète qui dit que, lors de la sortie d'Égypte du peuple d'Israël, la Judée a été faite sainte et libre[2]. Que ce soit vrai selon la lettre, est manifeste ; mais n'est pas moins vrai ce que l'on entend spirituellement, à savoir que, sortant du péché, l'âme est sanctifiée et libérée en puissance. Pour le montrer, il faut que le sens littéral vienne toujours d'abord, car les autres sont inclus dans son propos ; sans lui, il serait impossible et irrationnel d'entendre les autres, notamment le sens allégorique. C'est impossible parce que, en toute chose qui a un dedans et un dehors, il est impossible de parvenir au dedans sans passer d'abord par le dehors. Donc, étant donné que dans les écritures le sens littéral est toujours le dehors, il est impossible de parvenir aux autres, surtout à l'allégorique, sans passer d'abord par le littéral. C'est encore impossible parce que, en toute chose, naturelle et artificielle, il est impossible de procéder à la forme sans que soit d'abord disposé le sujet sur quoi doit s'établir la forme : ainsi est-il impossible que vienne la forme de l'or, si la matière, c'est-à-dire son sujet, n'est pas disposée et préparée ; et de même la forme d'un coffre, si la matière, c'est-à-dire le bois, n'est pas disposée et préparée d'abord. Donc, étant donné que le sens littéral est toujours sujet et matière des autres, surtout de l'allégorique, il est impossible de parvenir à la connaissance des autres avant qu'à la sienne. C'est encore impossible parce

---

1. En ce sens que les théologiens ne peuvent considérer le sens des textes sacrés comme une fable ou un mensonge. 2. Psaume CXIII de David.

que, en toute chose, naturelle et artificielle, on ne peut procéder sans avoir fait d'abord le fondement, de la maison comme de l'étude. Donc, étant donné que la démonstration est édification de la science et que la démonstration littérale est le fondement des autres, surtout de l'allégorique, il est impossible de parvenir aux autres avant qu'à elle.

En outre, à supposer que ce soit possible, ce serait irrationnel, c'est-à-dire contraire à l'ordre, et l'on procéderait donc avec beaucoup de peine et beaucoup d'erreur. Donc, comme le dit le Philosophe au premier livre de la *Physique*[1], la nature veut que l'on procède de façon ordonnée sur la voie de la connaissance, c'est-à-dire en procédant de ce que nous connaissons le mieux vers ce que nous ne connaissons pas aussi bien ; je dis que la nature le veut en ce que cette démarche de la connaissance est naturellement innée en nous. Aussi, si les autres sens sont moins connus au regard du littéral — ils le sont moins, comme il apparaît manifestement —, il serait irrationnel de procéder à leur démonstration, si l'on n'avait pas démontré d'abord le littéral. Donc, pour ces raisons, à propos de chaque chanson j'exposerai d'abord le sens littéral et puis j'en exposerai le sens allégorique, c'est-à-dire la vérité cachée ; et parfois je ferai incidemment allusion aux autres, comme il conviendra en temps et lieu.

CHAPITRE II

Commençant donc, je dis que l'étoile de Vénus était revenue deux fois au cercle qui, selon divers temps, la fait apparaître vespérale et matinale, après le trépas de la bienheureuse Béatrice qui vit au ciel avec les anges et sur terre avec mon âme[2], quand cette gente dame, dont je fis mention à la fin de la *Vie nouvelle*[3], apparut pour la première fois à mes yeux, accompagnée d'Amour, et prit

---

1. Aristote, *Physique*, I, 1. 2. Béatrice est morte le soir du 8 juin 1290. 3. *Vie nouvelle*, chap. XXXV.

quelque place en mon esprit[1]. Comme je l'ai dit dans le petit livre cité, ce fut plus sa noblesse que mon choix qui fit que je consenti à être à elle. Car elle se montrait si passionnément miséricordieuse pour ma vie endeuillée, que les esprits de mes yeux prirent pour elle une grande affection. Ainsi devenus, ils me firent tel en moi même, que mon bon vouloir fut content d'épouser cette image. Mais, comme amour ne naît pas soudain ni ne grandit et ne devient parfait, mais qu'il a besoin de temps et d'être nourri de pensées, là surtout où des pensées l'entravent, il fallut, avant que ce nouvel amour ne fût parfait, une longue bataille entre la pensée qui le nourrissait et celle qui lui était contraire, laquelle en faveur de la glorieuse Béatrice occupait encore la citadelle de mon esprit. L'une, en effet, était continuellement soutenue en avant par la vue, et l'autre derrière par la mémoire. Le secours de l'avant croissait chaque jour davantage, chose que ne pouvait faire l'autre pensée, car la crainte de son adversaire l'empêchait de tourner le visage en arrière. Et quasi m'écriant, pour m'excuser d'un changement où il me semblait être moins fort, je dirigeai ma voix là où venait la nouvelle pensée victorieuse, aussi forte que la puissance céleste[2]. Et je commençai à dire : *Vous dont l'esprit meut le troisième ciel*.

Pour bien comprendre le sens de cette chanson, il faut d'abord connaître ses parties, de sorte qu'il sera ensuite aisé de comprendre son sens. Afin qu'il ne soit plus nécessaire de répéter ces paroles avant les explications des autres, je dis que l'ordre que l'on suivra dans le présent livre, j'entends le maintenir pour toutes les autres chansons.

Je dis donc que la chanson proposée est faite de trois parties principales. La première est la première strophe : on y introduit, pour entendre ce que je veux dire, certaines Intelligences, ou anges pour parler d'une manière plus usuelle, qui sont quant à la révolution du ciel de Vénus comme des moteurs[3]. La seconde partie est composée des trois strophes qui viennent après la première : on y expose ce qu'en esprit on entendait entre les diverses pensées. La troisième partie est la cinquième et dernière strophe : où l'on veut parler à la chanson elle-même, comme pour l'encourager.

---

1. Selon les données astronomiques du début, 1 168 jours se sont passés entre la mort de Béatrice et la première rencontre de Dante avec la gente dame : cette rencontre a donc eu lieu à la fin août 1293. **2.** De Vénus. **3.** *Cf.* p. 211, note 1.

Comme il a été dit ci-dessus, il faut exposer par ordre ces trois parties.

CHAPITRE III

Pour saisir plus aisément le sens littéral de la première partie définie ci-dessus, il faut savoir qui et combien sont ceux que j'invite à m'entendre et quel est ce ciel dont je dis qu'ils sont les moteurs. Je traiterai d'abord du ciel, puis de ceux à qui je m'adresse. Bien que ces choses, eu égard à la vérité, ne puissent que fort peu se savoir, le peu que la raison humaine en perçoit, procure plus de plaisir que l'abondance et la certitude des choses dont on juge par les sens, selon le jugement du Philosophe dans son livre *Des animaux*[1].

Je dis donc que, s'agissant du nombre des cieux et de leur position, nombreux sont ceux qui ont des opinions divergentes, bien que la vérité ait été découverte en dernier lieu. Aristote a cru, en se bornant à suivre la pensée grossière des astrologues[2] antiques, qu'il n'y avait que huit cieux, dont le dernier, les contenant tous, serait celui où se trouvent les étoiles fixes, c'est-à-dire la huitième sphère ; et qu'à l'extérieur il n'y en aurait aucun autre. Il a également cru que le ciel du Soleil venait immédiatement après celui de la Lune, c'est-à-dire en deuxième position par rapport à nous. Ce jugement si erroné peut être lu au second livre du *De celo et mundo*, qui vient en second parmi les œuvres d'Aristote sur la nature. À vrai dire, il s'en excuse au douzième livre de la *Métaphysique*, où il montre clairement qu'il n'a fait que suivre le jugement d'autrui là où il lui fallut parler d'astrologie.

Puis Ptolémée, s'apercevant que la huitième sphère suivait plusieurs mouvements et voyant son cercle s'écarter du cercle droit qui tourne tout entier de l'orient vers l'occident, contraint par les principes de la philosophie, qui exige nécessairement un premier

---

1. Aristote, *De part. animal.*, I, 5. 2. Ou astronomes : au Moyen Âge, les deux sont confondus.

mobile parfaitement simple, établit l'existence d'un autre ciel extérieur au ciel des Étoiles, qui ferait cette révolution d'orient en occident. Celle-ci, dis-je, s'accomplit presque en vingt-quatre heures, c'est-à-dire en vingt-trois, plus quatorze quinzièmes d'une autre[1], en calculant de façon grossière. De sorte que, selon lui, selon ce que l'on admet en astrologie et en philosophie après que ces mouvements furent constatés, les cieux mobiles sont au nombre de neuf. Leur position est manifeste et déterminée grâce à ce que, par un art appelé perspective, par l'arithmétique et la géométrie, l'on a découvert de façon sensible et rationnelle et par d'autres expériences sensibles. Ainsi, lors de l'éclipse du soleil, il apparaît visiblement que la lune se trouve au-dessous du soleil ; et, selon le témoignage d'Aristote, qui le vit de ses yeux (comme il le dit au deuxième livre du *De celo et mundo*[2]), la nouvelle lune entre au-dessous de Mars par son côté sombre et Mars demeure caché jusqu'à réapparaître de l'autre côté brillant de la lune, qui était vers l'occident.

Tel est l'ordre où sont situés les cieux. Le premier que l'on compte est celui où est la Lune ; le second, celui où est Mercure ; le troisième, celui où est Vénus ; le quatrième, celui où est le Soleil ; le cinquième est celui de Mars ; le sixième est celui de Jupiter ; le septième est celui de Saturne ; le huitième est celui des Étoiles ; le neuvième est celui qui n'est pas visible, sinon par le mouvement qui est dit plus haut : nombreux sont ceux qui l'appellent Cristallin, c'est-à-dire diaphane, ou bien très transparent. À vrai dire, en dehors de ces cieux les catholiques placent l'Empyrée, qui signifie ciel de flamme ou lumineux ; et ils déclarent qu'il est immobile, parce qu'il a en soi, en toutes ses parties, ce que veut sa matière. C'est la cause qui fait que le Premier Mobile a un mouvement très rapide, car, du fait du très vif appétit, présent en chaque partie du neuvième cercle qui touche à l'autre, d'être jointe à chaque partie de ce divin ciel tranquille, il s'enroule autour de celui-ci avec un tel désir que sa rapidité est presque insaisissable. Ce ciel tranquille et pacifique est le lieu où se trouve la suprême Déité, qui est seule à se voir complètement. C'est le lieu des esprits bienheureux, selon ce que déclare la Sainte Église ; et Aristote semble être du même sentiment au premier livre du *De celo et mundo*. C'est le suprême

---

1. Soit 23 heures, 56 minutes. 2. *De cœlo*, II, 12.

édifice du monde, en quoi le monde entier est enfermé et au-dehors duquel il n'est rien ; il n'est pas dans un lieu, mais fut seulement formé dans le premier Esprit, que les Grecs appellent Protonoé[1]. C'est cette splendeur dont parle le Psalmiste, quand il dit à Dieu : « Par-dessus les cieux est élevée ta magnificence[2]. » Rassemblant ce qui a été dit, il apparaît qu'il y a dix cieux, dont celui de Vénus, dont on fait mention en ce passage que j'entends exposer, est le troisième.

Il faut savoir que chaque ciel situé en dessous du Cristallin a deux pôles immobiles pour ce qui le concerne ; le neuvième les a immobiles, fixes et immuables de toute manière. Chacun, le neuvième comme les autres, a un cercle, que l'on peut appeler équateur de son propre ciel. En chaque moment de sa révolution, il est également distant d'un pôle et de l'autre, comme peut le voir de façon sensible quiconque fait tourner une pomme ou toute autre chose ronde. Et ce cercle est plus rapide dans son mouvement qu'aucune partie de son ciel, en quelque ciel que ce soit, comme on peut le voir à bien considérer. Chaque partie, plus elle est proche de l'équateur, plus elle se meut rapidement ; plus elle est éloignée et proche du pôle, plus elle est lente, car sa révolution est moindre et doit en même temps coïncider avec la plus grande. Je dis encore que, plus le ciel est proche du cercle équatorial, plus il est noble par comparaison avec ses pôles, car il a plus de mouvement, plus de puissance en acte, plus de vie et plus de forme ; plus proche de celui qui est au-dessus de lui, il a par conséquent plus de puissance. D'où il résulte que les étoiles du Ciel Étoilé sont d'autant plus fortes qu'elles sont proches de ce cercle.

Et sur le dos[3] de ce cercle, dans le ciel de Vénus, dont on traite maintenant, se trouve une petite sphère qui d'elle-même tourne dans le ciel ; son cercle est appelé épicycle par les astrologues. Comme la grande sphère fait tourner deux pôles, de même la petite, qui a aussi son cercle équateur ; de même il est plus noble quand il en est plus proche ; et sur l'arc, ou dos, de ce cercle est fixée l'éclatante étoile de Vénus. Bien que l'on ait dit qu'il y a dix cieux, selon la vérité ce nombre ne les comprend pas tous ; car celui dont on a fait mention, c'est-à-dire l'épicycle où est fixée l'étoile, est un cercle en soi, ou une sphère ; et il n'a pas la même essence que

---

1. Ou Esprit divin. 2. *Psaumes*, VIII, 2. 3. Ou arc : *cf. infra* dans le texte.

celui qui le porte, bien qu'il en soit par nature plus proche que les autres ; avec lui on l'appelle un seul ciel, et l'un et l'autre portent le nom de l'étoile. Comment sont les autres cieux et les autres étoiles, ce n'est pas le moment d'en traiter : que suffise ce qui a été dit de la vérité du troisième ciel, dont je m'occupe à présent et dont a été pleinement montré ce dont il est présentement besoin.

CHAPITRE IV

Après que l'on a montré au chapitre précédent quel est ce troisième ciel et comment il est disposé en lui-même, il reste à montrer quels sont ceux qui le meuvent. Il faut donc savoir d'abord que les moteurs des cieux sont des substances séparées de la matière[1], c'est-à-dire des Intelligences, que le vulgaire appelle Anges. De ces créatures, comme des cieux, diverses personnes ont diversement jugé, bien que la vérité soit maintenant trouvée. Il y eut certains philosophes, dont semble faire partie Aristote dans sa *Métaphysique* (bien qu'au premier livre du Ciel il paraisse incidemment penser autrement), qui crurent qu'elles étaient seulement aussi nombreuses que les circulations qui étaient au ciel, et pas davantage, disant que les autres auraient été éternellement inutiles et inactives ; chose impossible, étant donné que leur être réside dans leur action. Il y en eut d'autres comme Platon, homme remarquable, qui comptèrent non seulement autant d'Intelligences que sont les mouvements du ciel, mais aussi autant que sont les espèces des choses (c'est-à-dire leurs manières) : comme est une espèce l'ensemble des hommes, une autre l'ensemble de l'or et une autre l'ensemble des largesses, et ainsi de suite. Ils voulurent que, comme les Intelligences des cieux sont génératrices de ceux-ci, de même celles que je viens de dire soient génératrices des autres choses et exemplaires, chacune de son espèce. Platon les nomme « idées », ce qui signifie formes et natures universelles. Les païens les nomment dieux et déesses, bien qu'ils ne les aient pas entendues philosophiquement

---

1. C'est-à-dire immatérielles.

comme Platon ; ils adoraient leurs images et leur construisaient de très grands temples. Ainsi de Junon, qu'ils dirent déesse de puissance ; ainsi de Pallas ou Minerve, qu'ils dirent déesse de savoir ; ainsi de Vulcain, qu'ils dirent dieu du feu, et de Cérès, qu'ils dirent déesse des moissons. Ces choses et opinions sont manifestées par le témoignage des poètes, qui représentent en partie les coutumes des païens dans leurs sacrifices et leur foi, et elles sont encore rendues manifestes en de nombreux noms antiques, qui ont survécu à travers des noms ou des surnoms de lieux et d'anciens édifices, comme peut bien le découvrir quiconque le veut.

Bien que les opinions susdites fussent produites par la raison humaine et une solide expérience, ils ne virent pas encore la vérité, par manque de raisonnement et manque d'enseignement. Car l'on peut, par raison seulement, voir que les créatures susdites sont en bien plus grand nombre que ne le sont leurs effets que peuvent percevoir les hommes. La première raison est la suivante. Personne ne doute, ni philosophe ni païen ni juif ni chrétien ni aucune religion, que ces créatures ne soient pleines de toute béatitude, toutes ou la plupart, et que les bienheureuses ne soient en un très parfait état. Aussi, étant donné que ce qui est ici-bas la nature humaine n'est pas seulement une béatitude mais deux — celle de la vie civile et de la contemplative — , il serait irrationnel que nous voyions qu'elles aient la béatitude de la vie civile, c'est-à-dire active, en gouvernant le monde, sans avoir celle de la vie contemplative, qui est supérieure et plus divine. Étant donné que celle qui a la béatitude du gouvernement ne peut avoir l'autre, parce que leur intellect est unique et perpétuel, il faut qu'il y en ait d'autres, non chargées de ce ministère, qui vivent seulement dans la spéculation. Parce que cette vie est plus divine et que, plus une chose est divine, plus elle est semblable à Dieu, il est manifeste que cette vie est plus aimée de Dieu ; si elle est plus aimée, plus ample est sa puissance béatifiante ; et, si elle est plus ample, Dieu lui a donné plus de créatures qu'à la vie civile. D'où l'on conclut que bien plus élevé est le nombre de ces créatures que les effets ne le montrent. Cela n'est pas contraire à ce que dit Aristote au dixième livre de l'*Éthique*, à savoir qu'aux substances séparées ne convient que la vie spéculative. Comme la vie spéculative leur convient, leur convient aussi le mouvement du ciel, qui est gouvernement du monde ; comme une cité bien ordonnée, saisie dans la spéculation de ses moteurs.

L'autre raison est que nul effet n'est plus grand que sa cause, car la cause ne peut donner ce qu'elle n'a pas. D'où il résulte que l'intellect divin étant cause de toutes choses, notamment de l'intellect humain, l'humain ne surpasse pas le divin, mais en est sans proportion surpassé. Si donc, pour les raisons susdites et bien d'autres, nous concevons que Dieu a pu faire les créatures spirituelles quasi innombrables, il est manifeste qu'il en a fait un bien plus grand nombre[1]. On peut trouver d'autres raisons, mais celles-ci doivent présentement suffire.

Que nul ne s'étonne si ces raisons et d'autres que nous pouvons avancer, ne sont pas totalement démontrées : nous devons pourtant admirer leur excellence — qui dépasse le regard de l'esprit humain, comme le dit le Philosophe au second livre de la *Métaphysique*[2] — et affirmer leur existence. Car, bien que n'en ayant aucune sensation (moyen par quoi commence notre connaissance) en notre intellect resplendit cependant quelque lumière de leur brillante essence, comme on le voit par les raisons susdites et bien d'autres ; de même celui qui a les yeux clos affirme-t-il que l'air est lumineux, du fait d'un peu de splendeur ou de rayon qui passe par ses paupières comme par les pupilles de la chauve-souris : car les yeux de notre intellect ne sont pas clos autrement, alors que notre âme est liée et emprisonnée par les organes de notre corps.

CHAPITRE V

On a dit que par manque d'enseignement les Anciens ne perçurent pas la vérité des créatures spirituelles, bien que le peuple d'Israël en fût partiellement informé par ses prophètes, « en qui par de nombreuses manières de parler et de nombreuses façons Dieu avait parlé », comme le dit l'Apôtre[3]. Mais nous sommes informés par celui qui vint de là, par celui qui fit ces intelligences, par celui

---

1. En d'autres termes : étant infiniment supérieur à l'esprit des hommes, non seulement l'intellect divin a pensé des anges en grand nombre, mais il les a créés. **2.** *Métaphysique*, II, 1. **3.** Saint Paul, *Hébr.*, I, 1.

qui les conserve, c'est-à-dire par l'Empereur de l'univers, qui est Christ, fils du souverain Dieu et fils de la Vierge Marie (qui fut véritablement femme et descendante de Joachim et d'Adam), homme véritable, qui fut tué par nous et ainsi nous apporta la vie. « Il fut lumière qui nous éclaire dans les ténèbres », comme le dit Jean l'Évangéliste[1] ; il nous découvrit la vérité des choses que sans lui nous ne pouvions savoir ni voir véritablement.

La première chose et le premier secret qu'il nous montra fut l'une des créatures susdites : c'est-à-dire ce grand légat[2] qui vint à Marie, jeune fille de treize ans, de la part du guérisseur céleste[3]. Notre Sauveur dit par sa bouche que le Père pouvait lui donner de nombreuses légions d'anges ; il ne dit pas non, quand il lui fut dit que le Père avait ordonné aux anges de l'assister et de le servir. Ainsi nous est-il manifeste que ces créatures sont en très grand nombre ; raison pour laquelle son épouse et confidente la Sainte Église — dont Salomon dit : « Qui est celle-ci qui monte du désert, pleine des choses qui délectent, s'appuyant sur son ami[4] ? » — dit, croit et prêche que ces très nobles créatures sont presque innombrables. Elle les divise en trois hiérarchies, c'est-à-dire en trois principautés saintes ou divines ; et chaque hiérarchie a trois ordres. De sorte que l'Église juge et affirme qu'il y a neuf ordres de créatures spirituelles. Le premier est celui des Anges, le second, des Archanges, le troisième, des Trônes ; ces trois ordres forment une première hiérarchie : première non pas quant à sa noblesse ni à sa création (car les autres sont plus nobles et toutes furent créées ensemble), mais première quant à notre montée vers elle. Puis viennent les Dominations ; ensuite les Vertus ; puis les Principautés : qui forment la seconde hiérarchie. Au-dessus se trouvent les Puissances et les Chérubins, et au-dessus de tous les Séraphins : ils forment la troisième hiérarchie. Une raison très probable de leur spéculation est dans le nombre de leurs hiérarchies et de leurs ordres. Étant donné que la Majesté Divine est en trois personnes, qui ont une unique substance, on peut les contempler de trois façons. Car on peut contempler la puissance suprême du Père, qu'admire la première hiérarchie, c'est-à-dire celle qui est première par sa noblesse et que

---

1. *Évangile de saint Jean*, I, 5. 2. L'archange Gabriel. 3. *Exod.*, XV, 26. 4. *Cant.*, VIII, 5.

nous avons dénombrée en dernier. On peut contempler la sagesse suprême du Fils, qu'admire la deuxième hiérarchie. On peut contempler la suprême et très fervente charité du Saint-Esprit qu'admire la dernière hiérarchie, qui, plus proche de nous, nous offre des dons qu'elle reçoit. Étant donné que chaque personne peut se contempler triplement en la divine Trinité, il y a dans chaque hiérarchie trois ordres qui contemplent différemment. On peut considérer le Père, en n'ayant d'égard que pour lui ; c'est ce que font les Séraphins, qui voient de la Première Cause plus que toute autre nature angélique. On peut considérer le Père selon sa relation au Fils, c'est-à-dire comment il s'en éloigne et à lui s'unit ; c'est ce que contemplent les Chérubins. On peut encore considérer le Père en ce qui de lui procède du Saint-Esprit, comment il s'en éloigne et à lui s'unit ; c'est la contemplation des Puissances. C'est de cette façon que l'on peut spéculer quant au Fils et au Saint-Esprit. Aussi faut-il qu'il y ait neuf manières d'esprits contemplatifs pour voir en la lumière qui seule se voit complètement elle-même.

Il ne faut pas taire ici une chose. Je dis que de tous ces ordres il s'en perdit un certain nombre dès qu'ils furent créés, peut-être le dixième[1] ; c'est pour les remplacer que fut ensuite créée la nature humaine. Les nombres, les ordres, les hiérarchies narrent les cieux mobiles, qui sont neuf, et le dixième annonce l'unité et la stabilité de Dieu. Aussi le Psalmiste dit-il : « Les cieux narrent la gloire de Dieu et les œuvres de ses mains annoncent le firmament[2]. » Il est donc raisonnable de croire que les moteurs du ciel de la Lune sont de l'ordre des Anges ; ceux du ciel de Mercure sont les Archanges ; et ceux du ciel de Vénus sont les Trônes. Informés par nature de l'amour du Saint-Esprit, ils accomplissent leur opération, conforme à leur nature, c'est-à-dire le mouvement de ce ciel, plein d'amour ; la forme de ce ciel en tire une ardeur vertueuse, par l'effet de laquelle les âmes d'ici-bas s'enflamment d'amour selon leur disposition. Parce que les Anciens s'aperçurent que ce ciel était ici-bas cause d'amour, ils dirent qu'Amour est fils de Vénus, comme en témoignent Virgile au premier chant de l'*Énéide*, là où Vénus dit à Amour : « Fils, ma puissance, fils du père suprême, qui ne te soucies pas des flèches de Typhée[3] », et Ovide, au cinquième chant des

---

1. Il s'agit des anges qui s'allièrent à Lucifer et furent chassés de l'Empyrée.
2. *Psaumes*, XVIII, 1. 3. *Énéide*, I, 664-665.

Métamorphoses, quand il dit que Vénus dit à Amour : « Mon fils, mes armes, ma puissance[1]. » Les Trônes employés au gouvernement de ce ciel ne sont pas très nombreux : les philosophes et les astrologues en ont jugé différemment, selon ce qu'ils ont jugé différemment de ses circulations ; bien qu'ils soient tous d'accord sur le fait qu'ils sont en nombre égal aux mouvements que fait ce ciel. Selon ce que l'on trouve en conclusion dans le livre *Des agrégations des Étoiles*[2] d'après la meilleure démonstration des astrologues, ces mouvements sont au nombre de trois : l'un, selon que l'étoile se meut vers son épicycle ; le second, selon que l'épicycle se meut avec le ciel tout entier et conjointement à celui du Soleil ; le troisième, selon que tout le ciel se meut, suivant le mouvement de la sphère étoilée, d'occident en orient, d'un degré tous les cent ans. De sorte qu'à ces trois mouvements se trouvent trois moteurs. Tout ce ciel se meut aussi et tourne avec son épicycle d'orient en occident, une fois par jour naturel : que ce mouvement provienne de quelque intellect ou qu'il provienne de l'attraction du Premier Mobile, Dieu seul le sait ; et il me semble présomptueux d'en juger. Ces moteurs, par leur seul intellect, meuvent la circulation chacun dans son domaine. La très noble forme du ciel, qui a en soi le principe de cette nature passive[3], tourne, touchée par la puissance motrice qu'il a dans son intellect : je dis « touchée », non de façon corporelle, mais par un toucher de puissance qui naît en lui. Ces moteurs sont ceux à qui j'entends parler et à qui je pose ma question.

CHAPITRE VI

Comme on a dit ci-dessus, au troisième chapitre de ce livre, qu'afin de bien comprendre la première partie de la chanson proposée, il fallait discourir des cieux et de leurs moteurs, on en a discouru dans les trois chapitres précédents. Je dis donc à ceux à

---

1. *Métamorphoses*, V, 365. 2. Ouvrage de l'astronome arabe Al Fragani, traduit en latin au XIIe siècle. 3. Ou disposition à subir le mouvement circulaire.

qui je montrai qui sont les moteurs du ciel de Vénus : *Vous dor l'esprit* — c'est-à-dire le seul intellect, comme on a dit ci-dessus – *meut le troisième ciel, écoutez les raisons.* Je ne dis pas *écoute* pour qu'ils perçoivent un son quelconque, car ils n'ont pas de sens mais je dis *écoutez* par cette ouïe qu'ils possèdent, qui consiste entendre par intellect. Je dis : *écoutez les raisons que j'ai au cœu* c'est-à-dire en moi, car elles ne sont pas encore apparues au-dehor Il faut savoir que dans toute cette chanson, selon l'un et l'autre sen le « cœur » est pris pour le for intérieur, et non pour une parti particulière de l'âme et du corps.

Après que je les ai appelés à écouter ce que je veux dire, je donn deux raisons pour lesquelles, comme il convient, je dois leur parle L'une est la nouveauté de ma condition, qui, n'étant pas éprouvé par les autres hommes, ne serait pas entendue par eux aussi bie que par ceux qui y entendent les effets de leur opération[1] ; et j donne cette raison quand je dis : *je ne sais les dire tant elles m semblent nouvelles.* L'autre raison, c'est que, quand on reçoit u bienfait ou une injure, on doit d'abord, si l'on peut, en parler à leu auteur, avant qu'à autrui ; afin que, si c'est un bienfaiteur, celui qu reçoit le bienfait s'en montre reconnaissant envers lui ; si c'est un injure, afin d'en induire l'auteur à une bonne miséricorde par d douces paroles. Je donne cette raison quand je dis : *Le ciel qui su votre force, nobles créatures que vous êtes, m'entraîne en l'état o je me trouve* ; c'est-à-dire : votre opération, à savoir votre circula tion, est ce qui m'a entraîné dans ma condition présente. Je conclu donc et dis que mes paroles doivent aller vers eux, comme il a été dit. Et je dis alors : *Le récit de la vie que je mène paraît don dignement s'adresser à vous.* Après avoir avancé ces raisons, je le prie de m'entendre, quand je dis : *or je vous prie de bien vouloi l'entendre.* Mais, parce que, en chaque type de discours, celui qu dit doit surtout viser à la persuasion de son auditoire, c'est-à-dire à l'embellissement, car c'est le principe de toute persuasion, comme le savent les maîtres de rhétorique ; et parce que c'est une très puissante persuasion, pour rendre son auditoire attentif, que de promettre de dire de nouvelles et très grandes choses ; j'ajoute à la prière d'être attentif cette persuasion ou embellissement, en leur

---

[1]. Les moteurs du ciel de Vénus sont capables de comprendre les effets d'Amour sur Dante.

annonçant mon intention, qui est de dire de nouvelles choses, à savoir la division qui est en mon âme ; et de grandes choses, à savoir la puissance de leur étoile.

Et je dis ceci dans les dernières paroles de cette première partie : *De mon cœur je vous dirai des choses nouvelles, comment en lui pleure mon âme affligée, et comment un esprit à elle s'oppose, qui vient par les rayons de votre étoile.*

Pour entendre pleinement ces paroles, je dis que cet esprit n'est rien d'autre qu'une pensée réitérée visant à louer et parer cette nouvelle dame ; et cette âme n'est rien d'autre qu'une autre pensée, accompagnée de consentement, qui, luttant contre la première, loue et pare la mémoire de la glorieuse Béatrice. Mais parce que l'ultime jugement de mon esprit, c'est-à-dire le consentement, se perpétuait du fait de la pensée qui aidait la mémoire, j'appelle l'une « âme » et l'autre « esprit » ; de même avons-nous coutume d'appeler « cité » ses habitants qui ont le pouvoir et non pas ceux qui le combattent, bien que les uns et les autres soient citoyens[1]. Je dis aussi que cet esprit vient par les rayons de l'étoile, car on doit savoir que les rayons de chaque ciel sont la voie par où descend leur puissance sur les choses d'ici-bas. Parce que les rayons ne sont rien d'autre qu'une clarté qui provient du principe de la lumière à travers l'air jusqu'à la chose éclairée et qu'il n'y a de lumière que vers l'étoile, parce que le reste du ciel est diaphane, c'est-à-dire transparent, je ne dis pas que cet esprit, c'est-à-dire cette pensée, vient de l'ensemble du ciel, mais de l'étoile. Celle-ci, du fait de la noblesse de ses moteurs, a une telle puissance qu'elle exerce un très grand pouvoir sur nos âmes et autres choses, bien qu'elle soit éloignée de nous, au plus près, d'au moins cent soixante-sept fois l'espace qu'il y a de nous au centre de la terre, qui fait trois mille deux cent cinquante milles. Telle est l'exposition littérale de la première partie de la chanson.

---

1. Dante appelle « âme » la pensée ancienne de Béatrice, qui perdure dans son cœur, et « esprit » la pensée nouvelle de la gente dame, qui s'oppose à celle de Béatrice.

CHAPITRE VII

Grâce aux propos ci-dessus, on a pu suffisamment entendre le sens littéral de la première partie ; on doit donc passer à la seconde où est exposé ce que je ressentais en moi de la bataille. Cette partie a deux divisions : d'abord, c'est-à-dire dans la première strophe, je dis la nature des pensées contraires qui étaient en moi en raison de leurs racines ; puis je raconte ce que disaient l'une et l'autre de ces pensées ; d'abord, donc, ce que disait celle qui perdait, dans la strophe qui est la seconde de cette partie et la troisième de la chanson.

Pour rendre donc évident le sens de la première division, il faut savoir que les choses doivent être nommées d'après la plus haute noblesse de leur forme ; ainsi l'homme d'après la raison, et non d'après les sens ou toute autre chose qui soit moins noble. Ainsi, quand on dit de l'homme qu'il vit, on doit entendre que l'homme use de sa raison, qui est sa vie spécifique et l'action de sa partie la plus haute. Celui donc qui s'éloigne de la raison et n'use que de la partie sensitive de lui-même, ne vit pas comme un homme, mais comme une bête ; comme le dit l'excellent penseur qu'est Boèce : « il vit comme un âne[1]. » Je le dis à bon droit, car la pensée est l'acte propre de la raison, parce que les bêtes, qui n'en ont pas, ne pensent pas ; et je ne parle pas seulement des bêtes les plus infimes, mais de celles qui ont apparence humaine et un esprit de mouton[2] ou d'autre bête abominable. Je dis donc que la vie de mon cœur, c'est-à-dire de mon for intérieur, est d'ordinaire une pensée suave (« suave » est comme « qui persuade », c'est-à-dire embelli, doux, plaisant et aimable[3]) ; cette pensée, dis-je, s'en allait souvent aux pieds du seigneur de ceux dont je parle, qui est Dieu. Ce qui veut dire que je contemplais en pensée le royaume des bienheureux. Et je dis aussitôt la cause finale pour laquelle je montais là-haut en pensée, quand je dis : *où l'on voyait une dame en gloire* ; afin de donner à entendre que c'est parce que j'étais et suis certain qu'elle est au ciel. Aussi, y pensant aussi souvent qu'il m'était possible, je m'en allais plein de ravissement.

---

1. *Cons. phil.*, IV, 3, 15 et 19-21. 2. *Cf.* ci-dessus, livre I, chap. XI. 3. Cette fausse étymologie provient des *Derivationes* d'Uguccione de Pise.

Puis je dis l'effet de cette pensée, afin de donner à entendre sa douceur, qui était telle qu'elle me faisait désirer la mort, pour aller là où elle se rendait ; je le dis en ces termes : *dont elle me parlait si doucement que mon âme disait : « Je veux partir. »* C'est là la racine d'une des pensées contraires qui étaient en moi. Il faut savoir que l'on appelle ici « pensée », et non « âme », ce qui montait voir cette bienheureuse, parce que c'était une pensée spéciale appliquée à cet acte. On entend par « âme », comme on l'a dit au chapitre précédent, la pensée générale accompagnée de consentement.

Puis quand je dis : *Or apparaît quelqu'un qui la fait fuir,* je désigne la racine de l'autre pensée contraire, disant que, alors que la pensée susdite d'ordinaire était ma vie, une autre apparaît qui la fait cesser. Je dis « fuir » pour montrer qu'elle est contraire, car naturellement un contraire fuit son contraire, et celui qui fuit montre qu'il fuit par défaut de vaillance. Je dis que cette pensée, qui apparaît de façon nouvelle, a la force de me prendre et de vaincre mon âme tout entière, lorsque je dis qu'elle possède si bien mon cœur, c'est-à-dire mon for intérieur, qu'il tremble, et que mon aspect extérieur le démontre par une nouvelle apparence.

Ensuite je montre la puissance de cette nouvelle pensée par son effet en disant qu'elle me fait regarder une dame et me dit de flatteuses paroles, c'est-à-dire qu'elle discourt au regard de mon appétit intelligible[1] pour mieux me convaincre que sa vue est notre salut. Et pour mieux faire croire cela à mon âme avisée, elle dit que ne doit pas regarder aux yeux de cette dame une personne craignant l'angoisse des soupirs. C'est un beau procédé de rhétorique, quand on semble au-dehors déparer une chose et qu'en dedans véritablement on la pare. Cette nouvelle pensée d'amour ne pouvait pousser davantage mon esprit à consentir qu'en discourant profondément de la puissance de ses yeux.

---

1. C'est-à-dire non sensuel : un amour intellectuel.

CHAPITRE VIII

Maintenant que l'on a montré comment et pourquoi naît amour et les pensées opposées qui combattaient en moi, il faut expliquer le sens de la partie où elles s'opposent. Je dis qu'il faut parler d'abord du parti de l'âme, c'est-à-dire de la pensée ancienne, et puis de l'autre ; parce que ce que veut surtout dire celui qui parle doit être réservé à la fin ; car ce que l'on dit à la fin reste davantage à l'esprit de l'auditeur. Étant donné que j'entends dire et exposer davantage ce qu'obtient l'action de celles dont je parle[1], que ce qu'elle défait, il a été raisonnable de dire et d'exposer d'abord la condition du parti qui se détruisait et puis celle de celui qui s'élevait.

En vérité ici naît un doute, qui ne peut être écarté sans qu'on l'éclaire. Quelqu'un pourrait dire : Étant donné qu'amour est l'effet des Intelligences à qui je m'adresse, et que celui d'avant était amour comme celui d'après, pourquoi leur puissance détruit-elle l'un et élève-t-elle l'autre ? étant donné qu'elle devait d'abord sauver le premier, parce que toute cause aime son effet, et pourtant, aimant l'un, elle sauve l'autre. À cette question l'on peut aisément répondre que l'effet de celles-ci est amour, comme on l'a dit ; parce qu'elles ne peuvent le sauver que chez les sujets qui sont soumis à leur mouvement, elles le transportent du lieu qui échappe à leur pouvoir vers celui qui y est soumis, c'est-à-dire de l'âme qui a quitté cette vie vers celle qui est en vie. De même la nature humaine transporte, dans la forme humaine, sa conservation de père en fils, parce que son effet ne peut se conserver perpétuellement dans le père. Je dis « effet » en ce sens que l'âme et le corps conjoints sont l'effet de celle-là ; car l'âme, après qu'elle est séparée du corps, dure perpétuellement en une nature plus qu'humaine. Ainsi la question est-elle résolue.

Mais, parce qu'il est fait ici allusion à l'immortalité de l'âme, je ferai une digression en en parlant. Car, en en parlant, il sera beau de terminer ce propos par cette Béatrice vivante en béatitude, dont je n'entends ensuite plus parler. Je dis que, parmi toutes les choses bestiales, la plus stupide, vile et dommageable est de croire

---

1. Les Intelligences motrices.

qu'après la vie d'ici-bas il n'y a pas d'autre vie. Car, si nous parcourons tous les écrits, tant des philosophes que d'autres sages, tous sont d'accord pour dire qu'il y a en nous une certaine partie perpétuelle. C'est ce qu'il semble qu'affirme par-dessus tout Aristote dans le livre de l'Âme[1] ; c'est ce qu'il semble qu'affirment par-dessus tout les Stoïciens[2] ; c'est ce qu'il semble qu'affirme spécialement Cicéron dans le petit livre de la Vieillesse[3] ; c'est ce qu'il semble qu'affirment tous les poètes qui ont parlé conformément à la foi des païens ; c'est ce qu'affirment toutes les religions, juive, sarrasine, tartare, et quiconque d'autre vit selon la raison. S'ils s'étaient tous trompés, il en résulterait une impossibilité horrible à représenter. Chacun est certain que la nature humaine est plus parfaite que toutes les autres natures d'ici-bas. Personne ne le nie et Aristote l'affirme, quand il dit au livre douze des Animaux[4] que l'homme est le plus parfait des animaux[5]. Donc, étant donné que nombreux sont les êtres vivants qui sont entièrement mortels comme les bêtes brutes et sont tous dépourvus, leur vie durant, de l'espérance d'une autre vie ; si notre espérance était vaine, plus grand serait notre défaut que celui de n'importe quel animal, étant donné que nombreux ont été ceux qui ont donné leur vie ici-bas pour l'autre : il en résulterait que l'animal le plus parfait, c'est-à-dire l'homme, serait très imparfait — chose impossible — et que la partie de lui, c'est-à-dire la raison, qui est sa plus haute perfection, serait cause de son plus grand défaut ; ce qui semble étrange à croire. Il en résulterait aussi que la nature aurait contre elle-même mis cette espérance en l'esprit humain, puisque l'on a dit que nombreux sont ceux qui se sont précipités dans la mort corporelle pour vivre l'autre vie ; et cela est également impossible.

Nous faisons aussi une continuelle expérience de notre immortalité dans les divinations de nos songes, qui ne pourraient être s'il n'y avait en nous une certaine partie immortelle, étant donné qu'immortelle nécessairement est la vertu révélante, corporelle ou incorporelle qu'elle soit, si l'on pense subtilement (je dis corporelle ou incorporelle selon les diverses opinions que j'en trouve), et que ce qui est mû et informé par un informateur immédiat, doit être en

---

1. *De anima*, III, 5. 2. Mais Dante n'est en fait guère informé de la pensée des Stoïciens. 3. *De senectute*, XXI, 77-78. 4. *De part. animal.*, II, 10. 5. Au sens d'êtres vivants.

proportion avec ce dernier, alors qu'il n'y a aucune proportion entre le mortel et l'immortel. Nous en sommes également assurés par la très véridique doctrine du Christ, qui est voie, vérité et lumière : voie, parce que par elle nous allons sans obstacle à la félicité de cette immortalité ; vérité, parce qu'elle ne souffre aucune erreur ; lumière, parce qu'elle nous éclaire dans les ténèbres de l'ignorance mondaine. Je dis que cette doctrine nous en assure plus que toutes les autres raisons, parce qu'elle nous a été donnée par celui qui voit et mesure notre immortalité. Nous ne pouvons parfaitement la voir tant que notre partie immortelle est mêlée à la mortelle ; mais nous la voyons parfaitement par la foi ; et par la raison nous la voyons avec une part d'obscurité, qui procède du mélange du mortel et de l'immortel. C'est un très puissant argument pour penser qu'en nous existent l'un et l'autre. Je crois donc, j'affirme donc et je suis donc certain de passer après cette vie à une autre meilleure, là où vit la dame glorieuse dont mon âme fut enamourée quand elle était en lutte, comme on l'exposera au chapitre suivant.

CHAPITRE IX

Revenant à mon propos, je dis que, dans la strophe qui commence par : *Elle trouve un ennemi qui l'accable,* j'entends exprimer ce qu'en moi disait l'âme, c'est-à-dire l'ancienne pensée contraire à la nouvelle. Et j'exprime d'abord la cause de ses paroles pitoyables quand je dis : *Elle trouve un ennemi qui l'accable, cette noble pensée, qui me parlait d'une angèle au ciel couronnée.* C'est cette pensée spéciale dont on a dit ci-dessus qu'*au cœur dolent elle avait coutume de donner vie.* Puis quand je dis : *Mon âme pleure, tant elle est dolente,* je déclare que l'âme est encore de son côté et qu'elle parle avec tristesse ; et je dis qu'elle prononce des paroles en se lamentant, comme si elle s'étonnait d'un brusque changement, disant : *Hélas ! comme s'enfuit cet être miséricordieux qui tant m'a consolée.* Elle peut bien dire « consolée », car, en sa grande perte, cette pensée qui montait au ciel, lui avait donné force consolations. Puis je dis qu'à s'excuser s'emploie toute ma pensée, c'est-à-dire l'âme, que j'appelle *malheureuse*, et qu'elle parle contre les yeux ; et cela est exprimé en ces mots : *De mes yeux elle dit, la malheureuse*. Et je dis qu'elle dit à leur propos et contre eux trois choses. La première, c'est qu'elle maudit l'heure où cette dame les vit. Il faut savoir à ce propos que, bien que plusieurs choses puissent parvenir en même temps à l'œil, ce n'est vraiment que celle qui vient directement à la pupille, que l'on voit vraiment et qui s'imprime seulement dans la partie imaginative de l'esprit. Et cela advient parce que le nerf par où court l'esprit de la vue, va directement vers cette partie, ce pourquoi un œil ne peut vraiment en voir un autre sans être vu de lui. Car, de même que celui qui regarde reçoit la forme dans la pupille par une ligne droite, de même par cette même ligne sa forme s'en va en celui qui regarde : souvent, le long de cette ligne droite est décochée la flèche de celui[1] pour qui toute arme est légère.

La seconde chose que dit l'âme, c'est quand elle reprend leur désobéissance, quand elle dit : *et pourquoi ne pas croire ce que d'elle je pensais ?* Puis elle passe à la troisième chose, et dit qu'elle ne doit pas se reprendre elle-même de son imprévoyance, mais eux de leur désobéissance. Aussi dit-elle que parfois, parlant de cette dame, elle disait : dans ses yeux doit se trouver une force hostile à mon égard[2], si elle a ouvert une voie d'accès. Elle le dit en ces mots : *Je disais : Assurément, aux yeux de celle-ci*. Et l'on doit bien croire que mon âme savait qu'elle était disposée à recevoir l'action de cette dame et donc qu'elle la craignait ; car l'action de l'agent s'imprime dans le patient qui y est disposé, comme le dit le Philosophe au second livre de l'Âme[3]. C'est pourquoi, si la cire avait un esprit de crainte[4], elle craindrait plus que la pierre d'approcher les rayons du soleil, parce qu'elle est disposée à en subir plus puissamment l'action.

Enfin elle montre dans ses paroles que très périlleuse a été la présomption des yeux, quand elle dit : *À rien ne me servit que je fusse informée que point ils ne la regardent, car j'en suis morte.* Qu'ils ne *regardent* pas, dit-elle, là où réside celui dont elle avait dit d'abord : *celui qui mes pareilles tue*. Ainsi s'achèvent ses paroles,

---

1. Amour. 2. La puissance d'Amour. 3. *De anima*, II, 2. 4. À savoir des sensations qui permettent de craindre pour elle-même.

auxquelles répond la pensée nouvelle, comme on l'expliquera au chapitre suivant.

CHAPITRE X

On a expliqué le sens de la partie où l'âme parle, c'est-à-dire l'ancienne pensée qui se détruisait. Maintenant l'on doit montrer le sens de la partie où parle la nouvelle pensée contraire ; et cette pensée est tout entière contenue dans la strophe qui commence par : *Tu n'es pas morte*. Pour bien comprendre, il faut diviser cette partie en deux. Dans la première, la pensée contraire reproche à l'âme sa vilenie ; puis elle ordonne ce que doit fuir cette âme vile dans la deuxième partie qui commence par : *Regarde comme elle est pitoyable*.

Elle dit donc, poursuivant les ultimes paroles : Il n'est pas vrai que tu sois morte ; mais la cause pour laquelle il te semble être morte, est un égarement, en quoi tu es tombée vilement à cause de la dame qui est apparue — et il faut noter ici que, comme le dit Boèce dans la *Consolation*, « toute mutation soudaine des choses n'advient pas sans quelque trouble de l'âme[1] » — et c'est ce que veut dire la réprimande de cette pensée. On l'appelle « esprit d'amour » pour donner à entendre que mon consentement penchait pour lui ; et l'on peut entendre cela mieux encore et découvrir sa victoire, quand il dit déjà « notre âme », devenant ainsi son familier. Puis, comme on l'a dit, il ordonne ce que doit faire l'âme qui a été réprimandée, et lui dit : *Regarde comme elle est pitoyable et bienveillante* ; car il est vraiment un remède à la crainte, dont semblait accablée l'âme : ce sont deux choses, qui, étroitement conjointes, font bien espérer, et notamment la pitié, qui de son éclat fait resplendir toutes les autres vertus. C'est pourquoi Virgile, parlant d'Énée, le nomme pitoyable pour en faire le plus haut éloge[2]. Et la pitié n'est pas ce que croit le vulgaire, consistant à participer au malheur d'autrui ; car ce n'est là qu'un effet spirituel de celle-ci, qui

---

1. *Consol. phil.*, II, 1. 2. *Énéide*, I, 544-545.

appelle miséricorde et qui est une passion ; alors que la pitié n'est pas une passion, mais une noble disposition de l'âme, préparée pour accueillir amour, miséricorde et d'autres passions charitables.

Puis il dit : Regarde encore combien elle est *sage et courtoise en sa grandeur*. Il dit donc trois choses qui, dans la mesure où nous pouvons les acquérir, rendent plaisant. Il dit « sage » : or qu'y a-t-il de plus plaisant chez une dame que le savoir ? Il dit « courtoise » : rien ne convient mieux chez une dame que la courtoisie. Et que les malheureux gens du vulgaire ne soient pas égarés par ce terme, eux qui croient que courtoisie n'est que largesse ; alors que la largesse n'est qu'un aspect de la courtoisie et non pas celle-ci en général. Courtoisie et honnêteté[1] sont une seule et même chose ; parce que, autrefois, l'on pratiquait dans les cours les vertus et les beaux usages, alors qu'aujourd'hui on pratique le contraire, on prit ce terme aux cours et dire courtoisie fut comme dire usage de cour. Si l'on prenait aujourd'hui ce terme aux cours, ce serait comme dire turpitude. Il dit *en sa grandeur*. La grandeur temporelle, telle qu'on l'entend ici, s'accompagne très bien des deux vertus susdites, car elle découvre la lumière qui montre clairement le bien et le mal d'une personne. Combien de savoir et combien de comportements vertueux ne sont-ils pas visibles, lorsque fait défaut cette lumière ! Et combien de folie et de vices se remarquent-ils quand brille cette lumière ! Mieux vaudrait pour ces malheureux que sont les grands, lorsqu'ils sont fous, sots et vicieux, qu'ils soient de basse condition, car ils seraient moins méprisés en ce monde et après leur mort. C'est vraiment pour eux que Salomon dit dans l'Ecclésiaste : « Je vis une autre infirmité terrible, c'est-à-dire des richesses conservées par leur maître pour son malheur[2]. » Puis il lui ordonne, c'est-à-dire à mon âme, d'appeler désormais cette dame sa dame, lui promettant qu'elle s'en réjouira, quand elle se sera aperçue de ses beautés ; elle dit ceci par ces mots : *Car, si tu ne te trompes, tu verras*. Elle ne dit rien d'autre jusqu'à la fin de cette strophe. Ainsi s'achève le sens littéral de tout ce que je dis dans cette chanson en parlant aux Intelligences célestes.

---

1. *Cf.* ci-dessous, livre IV, chap. VI. 2. *Eccl.*, V, 12.

CHAPITRE XI

En dernier lieu, selon ce que dit ci-dessus la lettre de ce commentaire, quand il divisa les parties principales de cette chanson, je m'adresse sous le visage de mon discours à la chanson elle-même et je lui parle. Afin que cette partie soit plus pleinement entendue, je dis qu'on l'appelle généralement dans chaque chanson du nom de « congé », parce que les poètes qui eurent d'abord coutume d'en user, le firent afin que, une fois la chanson chantée, on y revienne avec une certaine partie du chant[1]. Pour ma part, j'en fis rarement dans cette intention et, afin que les autres s'en aperçoivent, je plaçai rarement le congé dans l'ordonnancement de la chanson, quant à la mesure qui est nécessaire à la musique ; mais je le fis quand il était nécessaire d'orner d'une certaine manière la chanson, indépendamment de son sens : comme on pourra le voir dans cette chanson et les autres à venir. Aussi dis-je présentement que la bonté et la beauté de tout discours sont distinctes entre elles et différentes ; car la bonté est dans le sens et la beauté dans l'ornement des paroles ; l'une et l'autre s'accompagnent de plaisir, bien que davantage pour la bonté. Donc, étant donné que la bonté de cette chanson était malaisée à percevoir à cause des diverses personnes qui sont amenées à y prendre la parole — ce qui exige de nombreuses distinctions — et que la beauté y était facile à voir, il me parut nécessaire pour la chanson que les autres prennent davantage garde à sa beauté qu'à sa bonté. C'est ce que je dis dans cette partie.

Mais parce qu'il advient souvent qu'il semble présomptueux de sermonner, le maître de rhétorique a coutume de parler indirectement à autrui, adressant ses paroles non à celui pour qui il parle mais à un autre. C'est, à dire vrai, le procédé que l'on emploie ici car les paroles s'adressent à la chanson, l'intention aux hommes. Je dis donc : Je crois, chanson, que rares, c'est-à-dire peu nombreux sont ceux qui t'entendent bien. Et j'en dis la raison, qui est double. D'abord : parce que tu parles en termes ardus (« ardus » pour la raison susdite) ; puis : parce que tu parles en termes difficiles (« difficiles », dis-je, quant à la nouveauté du propos). Ensuite je la ser-

---

1. Dante emploie pour la dernière strophe de la chanson le terme de « tornata », qu'il reprend du provençal « tornada », qui désigne le refrain de la chanson.

monne et dis : s'il arrive par aventure que tu ailles en un lieu où se trouvent des personnes qui te semblent hésiter quant à ton sens, ne perds pas confiance, mais dis-leur : Puisque vous ne percevez pas ma bonté, prenez au moins garde à ma beauté. Je ne veux rien dire d'autre à ce propos, par rapport à ce que l'on a dit ci-dessus, sinon : Ô hommes qui ne pouvez percevoir le sens de cette chanson, ne la rejetez point pour autant ; mais considérez sa beauté, qui est grande, tant par sa construction, selon les règles des grammairiens ; par l'ordre de son discours, selon les règles des maîtres de rhétorique ; que par le nombre de ses parties, selon les règles des musiciens. En elle toutes ces choses apparaissent belles à voir, pour qui regarde bien. Tel est tout le sens littéral de la première chanson, que l'on a auparavant considérée comme le premier mets du banquet.

CHAPITRE XII

Après que le sens littéral a été suffisamment montré, il faut procéder à l'exposé allégorique et véritable. Aussi, commençant à nouveau par le début, je dis que, lorsque j'eus perdu le premier plaisir de mon âme, dont on a fait mention ci-dessus, je demeurai accablé d'une telle tristesse qu'aucun réconfort n'avait sur moi d'effet. Toutefois, quelque temps après, mon esprit, qui s'efforçait de guérir, prit le parti, puisque ni mes consolations ni celles d'autrui n'avaient d'effet, de recourir au moyen que certains inconsolés avaient employé pour se consoler. Je me mis à lire le livre peu connu de Boèce, où, malheureux et chassé par les hommes, il s'était consolé[1]. Entendant dire aussi que Cicéron avait écrit un autre livre où, traitant de l'Amitié[2], il avait dit certaines paroles de Lélius, homme exceptionnel, lors de la mort de son ami Scipion, je me mis à le lire. Bien qu'il me fût d'abord difficile de pénétrer leur sens, j'y

---

1. C'est le *De consolatione philosophiae* de Boèce, très répandu au Moyen Âge.
2. C'est le *De amicitia* de Cicéron, non moins connu au Moyen Âge que la *Consolation* de Boèce.

pénétrai enfin, autant que le permettaient la connaissance que j'avais du latin et mon peu d'intelligence : intelligence grâce à laquelle je voyais intuitivement de nombreuses choses, comme on peut le voir dans la *Vie nouvelle*. Comme il arrive que, cherchant de l'argent, on trouve involontairement de l'or, qu'une cause occulte nous présente, sans doute du fait d'un ordre divin ; de même, cherchant à me consoler, je trouvai non seulement un remède à mes larmes, mais les paroles d'auteurs, de sciences et de livres. Les considérant, j'avais bien lieu de juger que la philosophie qui était la dame de ces auteurs, de ces sciences et de ces livres, était une très grande chose. Je l'imaginais comme une grande dame et ne pouvais lui trouver d'action que miséricordieuse ; aussi mes sens la contemplaient-ils volontiers, de sorte que je pouvais à peine les en détourner. Poussé par cette imagination, je commençai à aller là où cette dame se montrait vraiment, c'est-à-dire dans les écoles des religieux et les disputations[1] des philosophes. De sorte qu'en peu de temps, trente mois peut-être, je commençais à éprouver tant de douceur émanant d'elle, que son amour chassait et détruisait toute autre pensée. Aussi, me sentant m'élever de la pensée de mon premier amour à la puissance de celui-ci, comme émerveillé j'ouvris la bouche pour prononcer la chanson susdite, montrant ma condition sous l'apparence d'autres choses. Car aucune rime en langue vulgaire n'était digne de chanter ouvertement la dame dont je m'enamourais ; et les auditeurs n'étaient pas suffisamment disposés pour comprendre aisément des paroles fictives[2] ; et ils n'auraient pas ajouté foi au sens véritable comme au fictif, parce qu'ils croyaient vraiment que je penchais pour un autre amour, et non pour celui-là. Je commençai donc à dire : *Vous dont l'esprit meut le troisième ciel*. Parce que, comme il a été dit, cette dame fut fille de Dieu, reine de toutes choses, très noble et très belle Philosophie, il faut voir qui furent les moteurs et le troisième ciel : d'abord le troisième ciel, selon l'ordre ci-dessus. Il n'est pas besoin de procéder ici par divisions, comme dans l'exposé littéral. Car, ayant recon-

---

1. La *disputatio* était un procédé typique de l'enseignement scolastique, consistant à discuter d'arguments opposés sur un sujet tantôt fixé, tantôt libre. **2.** Pour résumer : les lecteurs de la chanson n'étaient — dans leur ensemble — pas capables de saisir le sens profond de celle-ci.

duit les paroles fictives de ce qu'elles disent à ce qu'elles signifient, le sens sera suffisamment clair grâce à l'exposé précédent.

CHAPITRE XIII

Pour voir ce que l'on entend par troisième ciel, il faut d'abord voir ce que je veux dire par le terme de « ciel » ; puis on verra pourquoi et comment on a recouru à ce troisième ciel. Je dis que j'entends par ciel la science, et par cieux les sciences, du fait de trois similitudes que les cieux ont surtout avec les sciences ; et du fait de l'ordre et du nombre où ils semblent se rejoindre, comme on le verra en traitant du terme de « troisième ».

La première similitude est la révolution de l'un et de l'autre autour d'un centre immobile qui lui est propre. Car chaque ciel mobile tourne autour de son centre, qui ne se déplace pas par rapport à son mouvement. De même chaque science tourne autour de son sujet, qu'elle ne déplace pas, parce que aucune science ne démontre son sujet, mais le suppose. La seconde similitude est la lumière qui émane de l'un et de l'autre ; car chaque ciel illumine les choses visibles, de même que chaque science illumine les intelligibles. La troisième similitude est le fait d'induire la perfection dans les choses soumises à leur influence. Quant à cette induction relative à la première perfection, celle de la génération de la substance[1], tous les philosophes s'accordent pour dire que les cieux en sont la cause, bien qu'ils l'établissent de différentes manières : certains par les moteurs[2], comme Platon, Avicenne et Algazel[2] ; certains par les étoiles elles-mêmes, surtout s'agissant des âmes humaines, comme Socrate, Platon encore, et Denys Académique[3] ; et certains par une force céleste qui réside dans la chaleur naturelle de la semence, comme Aristote et les autres Péripatéticiens. De même, les sciences sont cause de l'induction en nous de la seconde

---

1. En d'autres termes : les cieux sont la cause de la production des choses terrestres.
2. Le juriste, philosophe et théologien arabe Al Ghazali (1058 environ-1111). 3. Le « maître de Platon », selon Apulée.

perfection : grâce à leur pratique nous pouvons étudier la vérité ce qui est notre ultime perfection, comme le dit le Philosophe au sixième livre de l'*Éthique*, quand il dit que la vérité est le bien de l'intellect. À cause de ces similitudes et de bien d'autres, la science peut être appelée « ciel ». À présent il faut voir pourquoi l'on dit « troisième » ciel. Il est nécessaire pour cela de prendre en consi dération une comparaison qui est entre l'ordre des cieux et celui des sciences. Comme on l'a dit ci-dessus, les sept cieux les plus proches de nous sont ceux des planètes ; puis viennent deux cieux mobiles au-dessus de ceux-ci ; et un, immobile, au-dessus de tous. Aux sept premiers correspondent les sept sciences du *Trivium*[1] et du *Quadrivium*[2], c'est-à-dire la Grammaire, la Dialectique, la Rhé torique, l'Arithmétique, la Musique, la Géométrie et l'Astrologie. À la huitième sphère, c'est-à-dire à celle des étoiles correspond la science naturelle, que l'on appelle Physique, et la première science que l'on appelle Métaphysique ; à la neuvième sphère correspond la science divine, qui est appelée Théologie. La raison de cela est à voir brièvement.

Je dis que le ciel de la Lune correspond à la Grammaire, parce qu'il peut y être comparé du fait de deux propriétés. Si, en effet, on regarde attentivement la Lune, on y voit deux choses qui lui sont propres et que l'on ne voit pas chez les autres étoiles. L'une est l'ombre qui est en elle, qui n'est rien d'autre que la rareté de sa matière, sur laquelle ne peuvent s'arrêter les rayons du soleil et les répercuter comme dans les autres parties ; l'autre est la variation de sa luminosité, qui brille tantôt d'un côté, tantôt d'un autre, selon la façon dont le soleil la voit. La Grammaire a ces deux propriétés. Du fait de son infinité, les rayons de la raison n'y trouvent pas de terme, notamment s'agissant de certains vocables[3] ; elle brille tantôt ici, tantôt là, en ce que certains vocables, certaines déclinaisons, certaines constructions sont en usage, qui n'existaient pas autrefois ; et il y en eut autrefois de nombreux qui se perpétueront, comme le dit Horace au début de sa *Poétique,* quand il dit : « De nombreux vocables renaîtront, qui avaient jadis disparu[4]. »

---

1. Premier groupe de trois sciences selon la hiérarchie médiévale. **2.** Deuxième groupe de quatre sciences, selon cette même hiérarchie. **3.** Car la langue évolue. **4.** *Art poétique,* 70-71.

Le ciel de Mercure peut être comparé à la Dialectique[1] du fait de deux propriétés. Mercure est la plus petite étoile du ciel, car son diamètre ne mesure que deux cent trente-deux milles, selon ce qu'établit Algazel[2], qui dit qu'il n'est que la vingt-huitième partie du diamètre de la terre, qui est de six mille cinq cent milles. Sa deuxième propriété est qu'il est plus voilé par les rayons de la terre que toute autre étoile. Ces deux propriétés se retrouvent dans la Dialectique. Car elle est d'un volume moindre que toute autre science, parce qu'elle est parfaitement résumée et achevée dans les textes de l'Art Ancien et Nouveau[3] ; et elle est plus voilée qu'aucune autre, en ce qu'elle procède avec des arguments plus sophistiques et probables que toute autre.

Le ciel de Vénus peut être comparé à la Rhétorique du fait de deux propriétés : l'une est la clarté de son aspect, qui est plus suave à voir que celui de toute autre étoile ; l'autre est son apparition, le matin et le soir. La Rhétorique a ces deux propriétés : car elle a plus de suavité que toutes les autres sciences, dans la mesure où elle vise surtout ce but ; et elle apparaît le matin, quand le maître de rhétorique parle devant son auditoire ; puis le soir, c'est-à-dire postérieurement, lorsque c'est par la lecture que parle plus tard le maître de rhétorique.

Le ciel du Soleil peut être comparé à l'Arithmétique du fait de deux propriétés : l'une, c'est que toutes les autres étoiles prennent leur forme à sa lumière ; l'autre, c'est que l'œil ne peut le regarder. Ces deux propriétés se retrouvent dans l'Arithmétique. Car à sa lumière s'éclairent les sciences, parce que leurs sujets sont tous considérés de façon numérique, et que dans leur visée on procède toujours par nombres. Aussi le sujet de la science naturelle est-il le corps mobile, qui a en soi une loi de continuité, laquelle a en soi une loi numérique infinie[4]. La visée principale de la science naturelle consiste à considérer les principes des choses naturelles, qui sont au nombre de trois : la matière, la privation[5] et la forme, où l'on voit le nombre. Aussi Pythagore, selon ce que dit Aristote au premier livre de la *Physique*[6], posait-il les principes des choses

---

1. Au sens médiéval de « logique ». 2. *Cf.* ci-dessus, p. 239, note 2. 3. Deux séries de textes, dont la première était connue depuis le IXe siècle et la seconde depuis le XIIe. 4. En d'autres termes, tout phénomène physique est mesurable. 5. Ou contraire de la forme. 6. *Physique*, I, 4.

naturelles dans le pair et l'impair, considérant que toutes les choses sont nombre. L'autre propriété du Soleil se voit encore dans le nombre, qui appartient à l'Arithmétique : l'œil de l'esprit ne peut le regarder, car le nombre, considéré en soi, est infini ; et nous ne pouvons l'entendre.

Le ciel de Mars peut être comparé à la Musique du fait de deux propriétés. L'une est la suprême beauté de son rapport aux autres : car, si l'on compte les cieux mobiles, que l'on commence par le plus bas ou le plus haut, le ciel de Mars est le cinquième ; il est le milieu de tous, c'est-à-dire des premiers, seconds, troisièmes et quatrièmes. L'autre propriété de Mars, c'est qu'il dessèche et brûle les choses, car sa chaleur est pareille à celle du feu. C'est pourquoi il paraît d'une couleur de flamme, tantôt plus, tantôt moins, en fonction de l'épaisseur ou de la rareté des vapeurs qui l'accompagnent, lesquelles s'enflamment souvent d'elles-mêmes, comme il est établi au premier livre des *Météores*[1]. Aussi Albumasar[2] dit-il que l'embrasement de ces vapeurs porte signification de mort de rois et de changement de royaumes ; car ce sont des effets du pouvoir de Mars. Et Sénèque dit que, lors de la mort de l'empereur Auguste, il vit dans les hauteurs une boule de feu[3] ; à Florence, au début de sa ruine[4], on vit dans l'air, en forme de croix, une grande quantité de vapeurs émanant de l'étoile de Mars. Ces deux propriétés se retrouvent en la Musique, qui est toute faite de relations, comme on le voit dans les paroles en harmonie et dans le chant, d'où résulte une harmonie d'autant plus douce que les relations sont belles ; elles sont particulièrement belles en cette science, parce que l'on s'y applique particulièrement. La Musique attire également à elle les esprits des hommes, qui sont presque essentiellement des vapeurs du cœur[5], de sorte qu'ils cessent presque toutes leurs actions : ainsi l'âme est-elle entièrement prise, quand elle entend la musique ; et la puissance de tous les esprits accourt quasiment vers l'esprit sensible qui perçoit le son.

Le ciel de Jupiter peut être comparé à la Géométrie du fait de deux propriétés. L'une est qu'il se meut entre deux cieux contraires

---

1. D'Albert le Grand. 2. Astrologue arabe du IXe siècle, cité par Albert le Grand. 3. *Questions naturelles*, I, I, 3. 4. Que Dante fixe à la venue de Charles de Valois à Florence, en 1301. 5. Selon la science médiévale, ce sont des vapeurs sanguines qui se propagent à travers les artères et transmettent par les nerfs les sensations au cerveau.

sa bonne température, ceux de Mars et de Saturne. Aussi Ptolémée dit-il dans le livre cité que Jupiter est une étoile de complexion tempérée, entre le froid de Saturne et la chaleur de Mars. Son autre propriété est qu'il apparaît blanc entre toutes les étoiles, et presque argenté. Ces choses se retrouvent en la science géométrique. La Géométrie se meut entre deux choses qui lui sont contraires, à savoir le point et le cercle (j'appelle cercle au sens large toute chose ronde, soit corps, soit surface). Car, comme le dit Euclide, le point est le départ de la géométrie et, selon ce qu'il dit encore, le cercle y est une figure parfaite, qui doit donc en être la fin ultime. De sorte que la Géométrie se meut entre le point et le cercle comme entre son départ et sa fin. Et l'un et l'autre sont contraires à sa certitude. Car, étant indivisible, le point est impossible à mesurer, et le cercle, du fait de son arc, est impossible à mettre parfaitement en quadrature, et donc impossible à mesurer exactement. La Géométrie est aussi très blanche, en ce qu'elle n'est pas entachée d'erreur et très certaine en elle-même et du fait de sa servante, qui s'appelle Perspective.

Le ciel de Saturne a deux propriétés qui peuvent le faire comparer à l'Astrologie. L'une est la lenteur de son mouvement à travers les douze signes, car il lui faut plus de vingt-neuf ans pour accomplir son cycle, selon ce qu'écrivent les astrologues ; l'autre, c'est qu'il est plus élevé que toutes les autres planètes. Ces deux propriétés se retrouvent dans l'Astrologie. Car, pour accomplir son cycle, c'est-à-dire son apprentissage, il faut que se déroule un long laps de temps, tant à cause de ses raisonnements qui sont plus nombreux que ceux de toutes les sciences susdites, qu'à cause de l'expérience qu'il faut pour en avoir un bon jugement. En effet, comme le dit Aristote au commencement de l'Âme[1], une science est de haute noblesse à cause de la noblesse de son sujet et de sa certitude ; et l'Astrologie est plus noble et haute que toutes les sciences susdites du fait de la noblesse et de la hauteur de son sujet, qui porte sur le mouvement du ciel ; elle est haute et noble du fait de sa certitude, qui est sans défaut, en ce qu'elle procède d'un très parfait et réglé principe. Si certains croient y voir un défaut, il ne provient pas d'elle, comme le dit Ptolémée, mais de notre négligence, à qui on doit l'imputer.

---

1. *De anima*, I, 1.

CHAPITRE XIV

Après les comparaisons que l'on a faites à propos des sept premiers cieux, il faut passer aux autres, qui sont au nombre de trois, comme on l'a dit à plusieurs reprises. Je dis que le Ciel étoilé peut être comparé à la Physique du fait de trois propriétés, et à la Métaphysique du fait de trois autres. Car il nous montre de lui-même deux choses visibles : un grand nombre d'étoiles, la Galaxie[1], c'est-à-dire ce cercle blanc que le vulgaire appelle Chemin de Saint Jacques ; il nous montre l'un de ses pôles et cache l'autre ; il nous montre l'un de ses mouvements d'orient en occident et nous cache presque un autre, d'occident en orient. Aussi faut-il voir dans l'ordre la comparaison avec la Physique d'abord, puis avec la Métaphysique.

Je dis que le Ciel étoilé nous montre nombre d'étoiles. Car, selon ce qu'ont vu les sages d'Égypte, jusqu'à la dernière étoile qui leur apparaît au midi, ils comptent mille vingt-deux ensembles d'étoiles dont je parle. Il y a en ceci une très grande ressemblance avec la Physique, si l'on regarde bien soigneusement ces trois nombres, c'est-à-dire deux, vingt et mille. Car, par deux, on entend le mouvement local, qui va nécessairement d'un point à un autre. Par vingt est signifié le mouvement de l'altération[2] ; car, étant donné que au-delà de dix, on ne va pas sans altérer le dix avec neuf et soi-même, et que la plus belle altération est la sienne qui procède de lui-même, et que la première qu'il reçoit est vingt, il est logique que ce nombre signifie le susdit mouvement. Et par mille est signifié le mouvement d'accroissement ; car de par son nom, mille est le plus grand nombre et on ne peut l'accroître qu'en le multipliant. Ce sont seulement ces trois mouvements que montre la Physique, comme il est montré au cinquième chapitre du premier livre.

Du fait de la Galaxie, ce ciel a une grande similitude avec la Métaphysique. Car il faut savoir que les philosophes ont eu de cette Galaxie des opinions différentes. Les Pythagoriciens dirent en effet que le soleil se trompa une fois sur son chemin ; et que, passant par d'autres lieux inadaptés à sa chaleur, il brûla les lieux par où il passa : il y demeura cette trace de la brûlure. Je crois qu'ils furent

---

1. La Voie lactée. 2. C'est-à-dire le passage d'un état à un autre.

poussés à cette explication par la fable de Phaéton, que raconte Ovide au début du second livre des *Métamorphoses*[1]. D'autres, tels Anaxagore et Démocrite, dirent que c'est là la lumière du soleil réfléchie en cet endroit ; et ils établirent leur opinion par des raisons démonstratives. Ce qu'Aristote dit à ce propos ne peut être su avec exactitude, car son avis n'est pas identique entre l'une et l'autre de ses traductions[2]. Car, dans la nouvelle, il semble dire que c'est un regroupement de vapeurs sous les étoiles de ce lieu, qui continuent à les attirer : ce ne semble pas être la vraie raison. Dans l'ancienne traduction, il dit que la Galaxie n'est rien d'autre qu'une multitude d'étoiles fixes en ce lieu, et si petites que nous ne pouvons les distinguer d'ici-bas ; mais qu'il en émane cette blancheur que nous appelons Galaxie : ce peut être cela, car le ciel est plus épais en ce lieu et donc retient et réfléchit cette lumière. Cette opinion d'Aristote semble partagée par Avicenne et Ptolémée. Ainsi donc, étant donné que la Galaxie est un effet de ces étoiles que nous ne pouvons voir, nous n'entendons ces choses que par leurs effets ; et, comme la Métaphysique traite des premières substances, que nous ne pouvons pareillement entendre que par leurs effets, il est manifeste que le Ciel étoilé a une grande similitude avec la Métaphysique.

En outre, par le pôle que nous voyons sont signifiées les choses sensibles, dont traite la Physique en les considérant de façon générale ; et par le pôle que nous ne voyons pas sont signifiées les choses qui sont dépourvues de matière, qui ne sont pas sensibles, et dont traite le Métaphysique. Aussi ledit ciel a-t-il une grande similitude avec l'une et l'autre de ces sciences du fait de ses deux mouvements. Car, de par le mouvement où ce ciel tourne chaque jour et fait ponctuellement une nouvelle révolution, il porte signification des choses naturelles corruptibles, qui accomplissent quotidiennement leur existence, leur matière changeant de forme : ce dont traite la Physique. Du fait du mouvement presque insensible qu'il fait d'un degré en cent ans d'occident en orient, il porte signification des choses incorruptibles, qui ont reçu de Dieu une création initiale et n'ont pas de fin : ce dont traite la Métaphysique. Aussi dis-je que

---

1. *Métamorphoses*, II, 35 *sqq.* 2. Les *Meteorologica* d'Aristote furent traduits en latin durant la deuxième moitié du XIIe siècle par Gherardo de Crémone ; un siècle plus tard fut exécutée une nouvelle traduction (dite *translatio nova*).

le mouvement porte signification de ces choses, car cette circulation a eu un commencement et ne saurait finir ; la fin de la circulation est en effet de revenir à un même point, auquel ne reviendra pas ce ciel en raison de ce mouvement. Car, depuis le commencement du monde, il n'a fait qu'un peu plus du sixième de son tour ; nous sommes déjà au dernier âge du siècle et attendons véritablement la consommation du mouvement céleste[1]. Ainsi est-il manifeste que le Ciel étoilé peut être comparé à la Physique et à la Métaphysique du fait de nombre de ses propriétés.

Le Ciel Cristallin, qui est nommé ci-dessus Premier Mobile, peut être manifestement comparé à la Philosophie Morale. Car la Philosophie Morale, selon ce que dit Thomas d'Aquin à propos du second livre de l'*Éthique*, nous destine aux autres sciences[2]. Car, comme le dit le Philosophe au cinquième livre de l'*Éthique*, la justice légale ordonne d'apprendre les sciences et commande de les apprendre et de les enseigner afin qu'elles ne soient pas abandonnées. De même ledit ciel ordonne par son mouvement la révolution quotidienne de tous les autres, grâce à laquelle chaque jour ils reçoivent et envoient ici-bas l'effet de toutes leurs parties. Si la révolution du Premier Mobile ne l'ordonnait pas, il ne viendrait ici-bas que peu d'effets de ces cieux ou de leur vue[3]. Ainsi, mettons qu'il soit possible que ce neuvième ciel ne se meuve pas : le tiers du ciel n'aurait pas encore été vu en chaque lieu de la terre ; Saturne serait caché quatorze ans et demi en chaque lieu de la terre ; Jupiter se cacherait presque six ans ; Mars, presque un an ; le Soleil, cent quatre-vingt-deux jours et quatorze heures (par « jours », j'entends le temps que mesurent autant de jours) ; Vénus et Mercure se cacheraient et se montreraient presque comme le Soleil ; et la Lune serait cachée à tous durant quatorze jours et demi. À vrai dire, il n'y aurait plus ici-bas d'engendrement ni de vie d'animaux[4] ou de plantes ; il n'y aurait ni nuit ni jour, ni semaine ni mois ni année ; et l'univers entier serait dans le désordre et le mouvement des autres cieux

---

1. Selon saint Augustin, les âges du monde sont au nombre de six : de la création à Noé ; de Noé à Abraham ; d'Abraham à David ; de David à Daniel ; de Daniel au Christ ; du Christ à la fin des siècles. Les cinq premiers âges ont duré quatre mille ans ; et l'ère chrétienne semble toucher à sa fin. **2.** *Exp. Éth.*, II, 1, 245-246. **3.** En ce sens que, en l'absence du Premier Mobile, qui meut les autres cieux, le mouvement de ceux-ci serait très lent et leurs effets ralentis ou inexistants sur la terre. **4.** Au sens d'êtres vivants.

serait inutile. De la même façon, si cessait la Philosophie Morale, les autres sciences seraient cachées un certain temps ; il n'y aurait ni engendrement ni vie heureuse ; c'est en vain qu'elles auraient été écrites et anciennement découvertes. Aussi est-il très manifeste que ce ciel est comparable à la Philosophie Morale.

En outre : de par sa paix, l'Empyrée ressemble à la science divine[1] qui est toute pleine de paix. Elle ne souffre aucun procès d'opinions ou d'arguments sophistiques, du fait de l'extrême certitude de son sujet, qui est Dieu. Il dit à ce propos à ses disciples : Je vous donne ma paix, je vous laisse ma paix[2] », leur donnant et laissant sa doctrine, qui est la science dont je parle. Salomon dit à propos de celle-ci : « Soixante sont les reines, quatre-vingts les amies concubines ; des servantes adolescentes, il n'est pas de nombre : une seule est ma colombe et ma parfaite[3]. » Il appelle toutes les sciences reines, amies et servantes ; mais il appelle celle-ci colombe, parce qu'elle n'est entachée d'aucune querelle ; et il l'appelle parfaite, parce qu'elle nous fait parfaitement voir la vérité où s'apaise notre âme. Aussi, ayant ainsi exposé la comparaison entre les cieux et les sciences, on peut voir que j'entends par troisième ciel la Rhétorique, qui est similaire au troisième ciel, comme il apparaît ci-dessus.

CHAPITRE XV

De par les similitudes exposées, on peut voir qui sont les moteurs à qui je parle. Car ce sont les moteurs de la Rhétorique, à la manière de Boèce et de Cicéron (qui, par la douceur de leurs propos, comme il a été dit plus haut, me mirent sur la voie de son amour, c'est-à-dire de l'étude de la très gente dame qu'est la Philosophie), grâce aux rayons de cette étoile, qui est l'écriture de celle-ci : ainsi en toute science l'écriture est-elle une étoile pleine de lumière, qui démontre cette science. Cela dit, on peut percevoir le véritable sens de la première strophe de la chanson ci-dessus, de par l'exposition

---

1. La théologie. 2. *Jean*, XIV, 27. 3. Salomon, *Cant.*, VI, 8-9.

fictive et littérale. Et par cette même démonstration on peut suffisamment entendre la seconde strophe, jusqu'à cet endroit où il est dit : *il me fait regarder une dame.* Il faut donc savoir que cette dame est la Philosophie, qui est vraiment une dame pleine de douceur, ornée d'honnêteté, admirable par son savoir, glorieuse de liberté, comme on le verra manifestement au troisième livre, où l'on traitera de la vraie noblesse. Là où il est dit : *Qui veut voir le salut doit voir les yeux de cette dame,* les yeux de cette dame sont ses démonstrations qui, envoyées dans les yeux de l'intellect, énamourent l'âme, délivrée de ses contradictions. Ô doux et ineffables visages et soudains ravisseurs de la Philosophie, quand elle converse avec ses soupirants ! À vrai dire, en vous est le salut, qui rend bienheureux quiconque vous regarde et le sauve de l'ignorance et des vices. Là où il est dit : *s'il ne craint l'angoisse de soupirs,* on veut dire s'il ne craint ni labeur ni doutes, qui jaillissent en nombre des yeux de cette dame ; et puis, au fil de sa lumière, tombent comme de petites nuées matinales face au soleil ; alors l'intellect est libre et plein de certitude comme l'air purgé et illuminé par les rayons de midi.

La troisième strophe peut aussi s'entendre par l'exposition littérale jusque là où il est dit : *Mon âme pleure.* Il faut ici prendre bien garde à une certaine moralité, que l'on peut noter en ces paroles : ayant un plus grand ami, on ne doit pas oublier les services d'un plus petit ; mais, s'il faut pourtant suivre l'un et abandonner l'autre, il convient de suivre le meilleur, abandonnant l'autre avec d'honnêtes lamentations, qui suscitent, chez celui que l'on suit, plus d'amour. Puis, là où il est dit : *De mes yeux,* on ne veut rien dire d'autre que rude fut l'heure où dans les yeux de mon intellect pénétra la première démonstration de cette dame, qui fut une cause très proche de mon amour. Là où il est dit : *mes pareilles,* on entend les âmes libres de misérables et vils plaisirs et d'usages vulgaires, ainsi que dotées d'intelligence et de mémoire. On dit ensuite : *que* et puis : *j'en suis morte :* chose qui semble contraire à ce qui est dit plus haut du salut de cette dame. Mais il faut savoir qu'ici parle une des parties, et que là parle l'autre ; elles se querellent, comme il est ici manifeste. Aussi n'est-il pas étonnant que là on dise « oui » et qu'ici on dise « non », si l'on considère bien qui descend et qui monte[1].

---

1. « Qui descend » : l'ancienne dame ; « qui monte » : la nouvelle.

Puis, dans la quatrième strophe, là où l'on dit : *un esprit d'amour,* on entend une pensée qui naît de mon étude. Car il faut savoir qu'en cette allégorie par amour l'on entend toujours l'étude, qui est attachement de l'esprit, enamouré de la chose, à cette chose. Puis, quand il est écrit : *tu verras la grande beauté de si hauts miracles,* on annonce que du fait de cette dame l'on verra les beautés des miracles. Et l'on dit vrai, car les beautés des merveilles, c'est d'en voir les causes. Elle les montre, comme semble le penser le Philosophe au début de la *Métaphysique*, disant que, pour voir ces beautés, les hommes commencent à s'enamourer des beautés de cette dame[1]. Du terme de « merveilles » on parlera plus longuement au livre suivant. Tout ce qui suit dans cette chanson est suffisamment éclairci par l'exposé littéral. Ainsi, à la fin de ce livre, je dis et affirme que la dame dont je m'épris après mon premier amour fut la très belle et honnête fille de l'empereur de l'univers, que Pythagore nomma Philosophie. Ici s'achève le second livre, préposé à l'explication de la chanson qui est servie comme premier mets.

---

[1]. *Métaphysique*, I, 2.

LIVRE III

Amour qui parle en mon esprit
de ma dame désireusement
en moi souvent remue telles choses
que ma pensée vers elles dérive.
5 Ses paroles sonnent si doucement
que l'âme, qui les entend et écoute,
dit : « Hélas ! je n'ai pas assez de force
pour dire ce que j'entends de ma dame ! »
Certes il me faut laisser d'abord,
10 si je veux traiter de ce que d'elle j'entends,
ce que ma pensée ne comprend pas ;
et de ce qu'elle entend
une grande part, car je ne la saurais dire.
Donc, si mes rimes sont défectueuses
15 là où elles en viennent à sa louange,
qu'on en blâme ma faible pensée
et mes paroles, qui n'ont pas pouvoir
d'exprimer tout ce que dit Amour.

Le soleil, en son tour du monde,
20 ne voit rien d'aussi noble qu'à l'heure
où il brille là où demeure
la dame, de qui Amour me fait dire.

Chaque Intelligence[1] des cieux la regarde,
et qui ici-bas s'enamoure
25 en ses pensées aussi la trouve,
quand Amour fait sa paix ressentir.
Son être plaît tant à Celui qui le lui donne[2]
qu'en elle sans fin il déverse sa force,
plus que ne le demande notre nature.
30 Son âme nette et pure,
qui de lui reçoit cette grâce,
le montre au corps qu'elle mène :
car en ses beautés sont vues des choses,
dont les yeux de ceux où elle brille
35 envoient des messages au cœur, pleins de désirs,
qui prennent l'air et deviennent soupirs.

En elle descend la puissance divine,
comme elle le fait en l'ange qui la voit ;
si quelque gente dame en doute,
40 qu'elle aille à elle et ses actes contemple.
Là où elle parle, descend
du ciel un esprit, qui atteste
que la grande puissance qu'elle possède
dépasse ce qui ici-bas convient.
45 Les actes suaves qu'à autrui elle montre,
vont appelant Amour à l'envi
en cette voix qui le fait ressentir.
D'elle on peut dire :
en toute dame est noble ce qu'en elle on trouve,
50 et beau ce qui à elle ressemble.
Et encore l'on peut dire que sa vue nous aide
à consentir à ce qui semble merveille[3] ;
notre foi en est donc secourue,
car elle fut ordonnée en l'éternel.

55 Des choses apparaissent sur son visage,
qui font voir les joies du Paradis :

---

1. *Cf.* p. 211, note 1. 2. *Consol. phil.*, II, 1. 3. En ce sens que la vue de sa beauté rend les miracles acceptables.

en ses yeux, dis-je, et en son doux sourire,
en son asile, où Amour les porte.
Notre esprit elles dominent
60   comme le rayon du soleil un frêle regard ;
parce que fixement je ne les puis regarder,
je me dois contenter d'en dire peu de chose.
Sa beauté fait pleuvoir des flammes,
qu'anime un noble esprit,
65   de toute bonne pensée créateur ;
comme la foudre elles rompent
les vices innés, qui avilissent les hommes.
Aussi, si quelque dame entend blâmer
sa beauté, pour n'être ni humble ni paisible,
70   qu'elle regarde cet exemple d'humilité !
Elle est dame qui tout pervers humilie
et fut pensée par qui a ébranlé l'univers.

Chanson, tes paroles semblent contraires
au dire d'une sœur que tu as[1] ;
75   car cette dame que tu prétends si humble,
elle la nomme cruelle et dédaigneuse.
Tu sais que le ciel est toujours brillant et clair
et jamais en soi ne se trouble ;
mais les yeux, pour force raisons,
80   ténébreuses nomment parfois les étoiles.
Ainsi quand elle la nomme orgueilleuse,
elle ne la voit pas en sa nature,
mais en son apparence seulement :
car mon âme craignait
85   et craint encore, tant m'est cruel
tout ce que je vois là où elle me regarde.
Ainsi excuse-toi, s'il t'est nécessaire ;
puis, quand tu le peux, à elle te présente :
dis-lui : « Dame, s'il vous agrée,
de vous je parlerai en tous lieux. »

---

1. *Cf. Rimes*, LXXX.

CHAPITRE PREMIER

Comme on l'a dit au livre précédent, mon second amour trouva son commencement en l'aspect miséricordieux d'une dame. Puis, trouvant ma vie disposée à subir son ardeur, cet amour s'embrasa comme un feu, de petites en grandes flammes ; en sorte que l'éclat de cette dame pénétrait en ma tête non seulement durant mes veilles, mais lors de mon sommeil. Combien était grand le désir que me donnait Amour de la voir, est chose qui ne se pourrait bien dire ni entendre. Non seulement j'éprouvais pour elle un tel désir, mais pour toutes les personnes qui en étaient proches par familiarité ou quelque parenté. Oh ! combien de nuits, alors que se reposaient les yeux clos des autres, passai-je à regarder fixement en l'abri de mon amour ! De même que l'incendie croissant doit se montrer au-dehors, en sorte qu'il est impossible qu'il demeure caché, il me vint le désir de parler d'amour et je ne pouvais y résister. Bien que ma pensée ne m'eût apporté que peu de secours, cependant, poussé par le désir d'Amour ou ma propre hardiesse, je m'engageai souvent en cette voie, considérant et décidant que, pour parler d'amour, il n'était pas de plus beau et utile discours que de louer la personne aimée.

Trois raisons me poussèrent à cette décision, dont l'une fut l'amour de moi-même, qui est le départ de tous les autres, comme chacun peut le voir. Car il n'est pas de moyen plus licite et plus courtois de se faire honneur à soi-même que d'honorer son ami. Étant donné qu'il ne peut y avoir d'amitié entre des personnes dissemblables, partout où l'on voit de l'amitié on entend une similitude ; et partout où l'on entend une similitude, louange et honte sont communes. De cette raison peuvent être tirés deux grands enseignements. L'un est de ne point vouloir qu'un vicieux se dise votre ami, car se forme ainsi une mauvaise opinion de celui dont il se fait l'ami. L'autre est que nul ne doit blâmer ouvertement son ami, car il se met à lui-même un doigt dans l'œil, si l'on observe bien la raison susdite. Comme le dit le Philosophe au neuvième livre de l'*Éthique*[1], il faut donc savoir que, pour conserver une amitié entre des personnes de conditions différentes, il faut qu'il y

---

1. *Éthique*, IX, 11.

ait entre elles une proportion qui reconduise la différence à la similitude. Ainsi arrive-t-il entre le maître et le serviteur. Car, bien que le serviteur ne puisse rendre à son maître un bienfait semblable à celui qu'il en reçoit, il doit cependant lui rendre le meilleur qu'il peut, avec tant de sollicitude et de promptitude que ce qui est en soi dissemblable, devienne semblable, du fait de la bonne volonté démontrée ; celle-ci étant manifeste, l'amitié s'affermit et se conserve. Aussi, me considérant quant à moi inférieur à cette dame et me voyant récompensé par elle, je me proposai de la louer selon mes capacités, qui, si elles ne sont pas semblables en elles-mêmes, montrant au moins la promptitude de mon désir (pouvant davantage, je ferais davantage), les rendent ainsi semblables à celles de cette gente dame. La troisième raison fut un argument de prévoyance ; car, comme le dit Boèce, « il ne suffit pas de regarder ce que l'on a devant les yeux[1] », c'est-à-dire le présent ; aussi nous a-t-on donné la prévoyance, qui regarde au-delà, vers ce qui peut advenir. Je dis donc que je pensai que peut-être, dans l'avenir, nombreux seraient ceux qui me blâmeraient de ma légèreté, en apprenant que j'avais abandonné mon premier amour. Aussi, pour lever ce reproche, n'y avait-il pas de meilleur argument que de dire que était la dame qui m'avait changé. Car, par son excellence manifeste, on peut prendre en considération sa vertu ; par l'entendement de sa très grande vertu, on peut penser que l'esprit le plus ferme peut changer de son fait, et donc ne pas être jugé léger et volubile. Je me mis donc à louer cette dame, sinon comme il convenait, du moins autant que je le pouvais. Et je commençai à dire : *Amour qui parle en mon esprit.*

Cette chanson a trois parties principales. La première est la première strophe en entier, où l'on parle en manière de prologue. La seconde est composée des trois strophes suivantes en entier, où l'on traite de ce que l'on entend dire, à savoir la louange de cette gente dame. La première commence par : *Le soleil, en son tour du monde.* La troisième partie est la cinquième et dernière strophe, où, m'adressant à la chanson, je lui ôte quelques doutes. On doit parler dans l'ordre de ces trois parties.

---

1. *Consol. phil.*, II, 1.

CHAPITRE II

Commençant donc par la première partie, qui fut ordonnée comme prologue, je dis qu'il convient de la diviser en trois parties. D'abord on fait allusion à l'ineffabilité de ce thème ; ensuite on expose mon incapacité à le traiter parfaitement. Cette seconde partie commence par : *Certes il me faut laisser d'abord*. Enfin, je m'excuse de mon insuffisance à traiter parfaitement ce thème ; et je commence en disant : *Donc, si mes rimes sont défectueuses*.

Il est donc dit : *Amour qui parle en mon esprit* ; où il faut surtout voir qui est celui qui parle et quel est le lieu où je dis qu'il parle. Amour, à le bien considérer et de façon subtile, n'est rien d'autre qu'union spirituelle de l'âme et de la chose aimée ; de par sa nature l'âme s'élance vers cette union tôt ou tard, selon qu'elle est libre ou empêchée. La raison de cette nature peut être la suivante. Toute forme substantielle procède de sa première cause, qui est Dieu, comme il est écrit au Livre des Causes[1], et elle n'en reçoit aucune diversité, car elle est très simple, mais du fait de causes secondes et de la matière où elle descend. Aussi est-il écrit dans ce même livre, à propos de la manière dont s'infuse la bonté divine : « Les bontés et les dons se diversifient de par le concours de la chose qui les reçoit. » Aussi, étant donné que tout effet retient quelque chose de la nature de sa cause — comme le dit Alpétrage[2] quand il affirme que ce qui est causé par un corps circulaire doit avoir d'une certaine manière un être circulaire —, toute forme a d'une certaine manière l'être de la nature divine : non que la nature divine soit divisée et communiquée à ces formes, mais elles y participent quasiment à la façon dont les autres étoiles participent à la nature du soleil. Plus la forme est noble, plus elle tient de cette nature ; ainsi l'âme humaine, qui est une forme très noble parmi celles qui sont engendrées sous le ciel, reçoit plus de la nature divine que toute autre. Parce qu'il est très naturel en Dieu de vouloir être — car, comme on le lit dans le livre cité, « d'abord est l'être et il n'est

---

1. Le *Liber de causis*, composé vers le milieu du XIIe siècle par un écrivain hébreu, Ibn Daoud, fut traduit durant la seconde moitié du XIIe siècle, attribué à Aristote et commenté par Albert le Grand et Thomas d'Aquin. 2. Astronome arabe, du nom d'Al Bitradji, de la seconde moitié du XIIe siècle, auteur d'un ouvrage sur le mouvement des astres, traduit en latin en 1217.

rien avant » —, l'âme humaine veut être par nature et de tout son désir ; comme son être dépend de Dieu et par lui se conserve, elle désire par nature et veut être unie à Dieu pour conforter son être. Parce que dans les bonnes qualités de la nature et de la raison se montre l'essence divine, il en résulte que l'âme humaine s'unit à elle par la voie spirituelle, d'autant plus promptement et fortement qu'elles apparaissent plus parfaites ; et cela apparaît selon que la faculté de connaître de l'âme est claire ou empêchée. Cette union est ce que nous appelons amour, qui permet de connaître comment est l'âme en son intérieur, en voyant de l'extérieur qui elle aime. Cet amour, c'est-à-dire l'union de mon âme avec cette gente dame, en qui se montrait à moi une grande part de la lumière divine, est celui qui parle dans mon propos ; de lui naissaient de continuelles pensées, observant et examinant la valeur de cette dame, qui en esprit n'était plus qu'une seule chose avec moi.

Le lieu où je dis que parle Amour est mon esprit ; mais, en disant que c'est l'esprit, on ne comprend pas plus qu'avant ; aussi faut-il voir ce que signifie proprement cet esprit. Je dis donc que le Philosophe, au second livre de l'Âme[1], distinguant entre les puissances de celle-ci, dit que l'âme en a trois principalement, c'est-à-dire vivre, sentir et raisonner ; il dit aussi mouvoir, mais ceci peut être uni au sens, car toute âme qui sent, de tous ses sens ou d'un seul, se meut ; de sorte que mouvoir est une puissance liée au sens. Comme il le dit, il est très manifeste que ces puissances sont liées entre elles, de façon que l'une est le fondement de l'autre ; et celle qui est le fondement peut être en soi séparée, mais l'autre qui se fonde sur elle, ne peut en être séparée. Aussi la puissance végétative, par quoi l'on vit, est-elle le fondement sur quoi l'on ressent, c'est-à-dire voit, entend, goûte, sent et touche. Cette puissance végétative peut être âme en soi[2], comme nous le voyons dans toutes les plantes. La puissance sensitive ne peut exister sans elle et ne se trouve en aucune chose qui ne soit pas vivante ; cette puissance sensitive est le fondement de l'intellective, c'est-à-dire de la raison. Aussi, dans les choses animées et mortelles, la puissance ratiocinative ne peut-elle se trouver sans la puissance sensitive, mais la sensitive se trouve sans l'autre, comme nous le voyons chez les bêtes, les oiseaux, les poissons et tous les animaux. L'âme qui réunit toutes ces puissances

---

1. *De anima*, II, 2. 2. Au sens de vie.

et qui est de toutes les âmes la plus parfaite, est l'âme humaine qui, de par la noblesse de l'ultime puissance, c'est-à-dire de la raison, participe de la nature divine en guise d'éternelle intelligence. Car l'âme en cette souveraine puissance est si ennoblie et dénuée de matière, que la divine lumière y rayonne comme en l'ange. Aussi l'homme est-il appelé par les philosophes divin être vivant. En cette très noble partie de l'âme se trouvent plusieurs vertus, comme le dit le Philosophe notamment au sixième livre de l'*Éthique*[1] : où il dit que se trouvent en elle une vertu appelée scientifique et une autre appelée ratiocinative ou conseillère : avec celles-ci se trouvent certaines autres vertus — comme le dit Aristote au même endroit — telles que la vertu inventive et la judiciaire. Toutes ces très nobles vertus et les autres qui se trouvent en cette excellente puissance, sont globalement appelées du nom d'esprit, dont on voulait savoir ce qu'il était. Il est ainsi manifeste que par esprit l'on entend cette ultime et très noble partie de l'âme.

Et que telle fut cette signification, cela se voit. Car ce n'est qu'à l'homme et aux substances divines[2] qu'appartient cet esprit, comme on peut le voir clairement chez Boèce, qui l'attribue d'abord aux hommes, là où il dit à la Philosophie : « Toi et Dieu, qui te mit dans l'esprit des hommes[3] » ; puis il l'attribue à Dieu quand il lui dit : « Tu produis toutes choses selon l'exemple suprême, toi très beau, portant le beau monde en esprit[4]. » Jamais on ne l'attribua à une bête brute ; et même à nombre d'hommes, qui semblent dépourvus de cette partie très parfaite, il semble que l'on ne puisse ni ne doive l'attribuer ; aussi sont-ils appelés en latin *amentes* et *dementes*[5], c'est-à-dire dépourvus d'esprit. On peut donc voir ce qu'est l'esprit : c'est la subtile et très précieuse partie de l'âme qui est déité. C'est l'endroit où je dis qu'Amour me parle de ma dame.

---

1. *Éthique*, VI, 2. 2. Les anges. 3. *Consol. phil.*, I, 4. 4. *Ibid.*, III, 9. 5. En fait Dante traduit *amentes* par l'italien *amenti*, et *dementes* par *dementi*.

CHAPITRE III

Ce n'est pas sans cause que je dis que cet amour agit en mon esprit ; mais cela est dit avec de bonnes raisons, pour donner à entendre ce qu'est cet amour, du fait du lieu où il opère. Il faut donc savoir que toute chose, comme il a été dit ci-dessus, pour la raison susdite, a un amour qui lui est propre. Ainsi les corps simples ont-ils un amour, produit en eux par la nature, pour leur propre lieu ; aussi la terre descend-elle toujours vers le centre ; le feu a de l'amour pour la circonférence supérieure, le long du ciel de la Lune ; aussi monte-t-il toujours vers lui[1]. Les corps composés d'abord, tels que les minéraux, ont de l'amour pour le lieu où es disposée leur génération et ils y croissent et y acquièrent vigueur et puissance ; aussi voyons-nous l'aimant recevoir toujours sa puissance du lieu de sa génération[2]. Les plantes, qui sont les premiers êtres animés, ont de l'amour pour un certain lieu de façon plus manifeste, selon ce qu'exige leur complexion ; aussi voyons-nous certaines de ces plantes comme pleines de satisfaction au bord de l'eau, d'autres sur le sommet des montagnes et d'autres sur les pentes et au pied des monts : si on les déplace, ou bien elles meurent totalement, ou bien elles vivent comme tristes, parce que séparées de leur ami. Non seulement les bêtes brutes ont un amour plus manifeste pour les lieux, mais nous les voyons s'aimer l'une l'autre. Les hommes ont un amour qui leur est propre pour les choses parfaites et honnêtes. Aussi, bien qu'il ne soit qu'une unique substance, toutefois, de par sa noblesse, l'homme a en lui la forme et la nature de chacune de ces choses ; il peut avoir tous ces amours et les a tous.

En effet, de par sa nature de corps simple, qui domine le sujet, l'homme aime naturellement aller en bas ; aussi, quand il meut son corps vers le haut, il se fatigue davantage. De par sa deuxième nature, de corps composé, il aime le lieu et l'époque où il fut engendré ; aussi chacun est-il naturellement plus vigoureux au lieu et à l'époque où il a été engendré qu'en d'autres. On lit donc dans

---

[1]. Selon la science médiévale, les corps terrestres tombent en direction du centre du globe ; le feu s'élève vers une sphère du feu située autour de la terre, sous le ciel de la Lune. [2]. L'aiguille aimantée s'oriente vers le pôle Nord.

les histoires d'Hercule, dans l'Ovide Majeur[1], chez Lucain[2] et d'autres poètes que, combattant avec le géant nommé Antée, toutes les fois que celui-ci était fatigué et qu'il étendait son corps sur la terre, soit de par sa volonté, soit du fait de la force d'Hercule, force et vigueur revenaient entièrement en lui, provenant de la terre où et par laquelle il avait été engendré. S'en apercevant, Hercule le saisit enfin ; et, le serrant et l'ayant soulevé de terre, il le tint si longtemps sans le laisser retoucher terre, qu'il le vainquit du fait de sa supériorité et le tua. Cette bataille eut lieu en Afrique, selon le témoignage des textes.

De par la troisième nature, c'est-à-dire des plantes, l'homme a de l'amour pour certaines nourritures (non quant aux sens, mais quant à leur puissance nutritive) : certaines nourritures remplissent parfaitement cette tâche, d'autres moins et imparfaitement. Aussi voyons-nous certaines nourritures rendre les hommes beaux, robustes et le teint coloré, et d'autres faire le contraire. De par la quatrième nature, des animaux, c'est-à-dire la sensitive, l'homme a un autre amour, par le fait de qui il aime selon l'apparence sensible, comme une bête ; et cet amour doit être extrêmement refréné chez l'homme à cause de sa puissance excessive, surtout dans les plaisirs du goût et du toucher. De par la cinquième et ultime nature, c'est-à-dire vraiment humaine, ou, pour mieux dire, angélique, c'est-à-dire rationnelle, l'homme a de l'amour pour la vérité et la vertu ; de cet amour naît la véritable et parfaite amitié, issue d'honnêteté, dont parle le Philosophe au huitième livre de l'*Éthique*, quand il traite de l'amitié[3].

Donc, parce que cette nature se nomme esprit, comme il a été démontré ci-dessus, je dis qu'Amour parle en mon esprit, pour donner à entendre que cet amour était celui qui naît en cette très noble nature, c'est-à-dire de vérité et de vertu, et pour écarter toute fausse opinion de moi, qui ferait soupçonner que mon amour est né par un plaisir des sens. Je dis ensuite *désireusement* pour donner à entendre sa persistance et sa ferveur. Et je dis qu'il meut souvent des choses qui font dériver l'intellect. Je dis vrai, car mes pensées, voulant parler de cette dame, souvent voulaient conclure à son propos des choses que je ne pouvais entendre ; je m'égarais, si bien

---

1. C'est-à-dire dans les *Métamorphoses*, IX, 183-184. 2. *Pharsale*, IV, 598-600. 3. *Éthique*, VIII, 4.

que je paraissais au-dehors comme ayant perdu mes sens : à la façon de qui, regardant en ligne droite, voit d'abord clairement les choses proches, puis les voit moins claires en poursuivant ; ensuite il a, au-delà, des doutes ; puis, allant tout au bout, son regard distancé ne voit plus rien.

C'est l'une des ineffabilités de ce que j'ai pris pour thème ; j'expose ensuite l'autre, quand je dis : *Ses paroles*. Je dis que mes pensées — qui sont des paroles d'Amour — sonnent si doucement que mon âme, c'est-à-dire mon affection, brûle de dire ces choses. Parce que je ne puis les dire, je dis que l'âme s'en lamente en disant : *Hélas ! je n'ai pas assez de force*. C'est là l'autre ineffabilité, à savoir que la langue ne peut complètement suivre ce que dit l'intellect. Et je dis *l'âme, qui les entend et écoute* : écouter, c'est quant aux paroles ; entendre, quant à la douceur du son.

CHAPITRE IV

Maintenant que j'ai exposé les deux ineffabilités de ce thème, il convient de commencer à exposer les paroles qui narrent mon insuffisance. Je dis donc que mon insuffisance procède doublement, de même que la grandeur de cette dame me dépasse doublement, de la façon que l'on a dite. Car il me faut laisser, du fait de la pauvreté de mon intellect, nombre de choses véritables qui la concernent et quasiment rayonnent en mon esprit, lequel les reçoit comme un corps diaphane, sans qu'elles s'arrêtent. Je dis cela en ces quelques mots : *Certes il me faut laisser d'abord*. Puis, quand je dis : *et de ce qu'elle entend*, je dis que je suis incapable de dire non seulement ce que mon intellect ne peut retenir, mais aussi ce que j'entends, parce que ma langue n'a pas assez d'éloquence pour pouvoir exprimer ce qui est dit en ma pensée ; il faut donc voir qu'au regard de la vérité elle dira peu de choses. Et cela aboutit, à bien regarder, à une grande louange de cette dame : ce à quoi l'on vise principalement. On peut donc dire que ce propos vient de l'atelier du maître de rhétorique, où chacun met la main à l'intention principale. Puis, quand il est dit : *Donc, si mes rimes sont défec-*

tueuses, je m'excuse d'une faute dont je ne dois pas être accusé, car l'on voit que mes paroles sont inférieures à la dignité de cette dame. Je dis que, s'il y a quelque défaut en mes rimes, c'est-à-dire dans les paroles qui sont destinées à traiter de celle-ci, il faut en blâmer la faiblesse de mon intellect et les modestes moyens de notre langue. Elle est vaincue par la pensée, de sorte qu'elle ne peut pleinement la suivre, notamment là où la pensée naît d'amour, parce que l'âme s'y exprime plus profondément qu'ailleurs.

Mais l'on pourrait me dire : « Tu t'excuses et t'accuses en même temps. » Car c'est prouver ma faute et non la justifier, en ce que la faute est imputée à l'intellect et au langage qui sont les miens ; car, de même que, s'il est bon, je dois en être loué en ce qu'il l'est ; de même, s'il est défectueux, je dois en être blâmé. À quoi l'on peut brièvement répondre que je ne m'accuse pas, mais vraiment m'excuse. Il faut donc savoir, selon ce que dit le Philosophe au troisième livre de l'*Éthique*[1], que l'homme n'est digne de louange ou de blâme qu'en ce qu'il est de son pouvoir de faire et de ne pas faire ; mais, en ce en quoi il n'a pas de pouvoir, il ne mérite ni blâme ni louange, parce que l'un et l'autre sont dus à autrui, bien qu'ils participent de l'homme même. Nous ne devons donc pas blâmer un homme s'il est laid de naissance, parce qu'il ne fut pas en son pouvoir de se faire beau ; mais nous devons blâmer la mauvaise disposition de la matière dont il est fait, qui fut à l'origine du péché de la nature. Semblablement, nous ne devons pas louer un homme pour une beauté corporelle qu'il tient de sa naissance, car il n'en fut pas l'auteur ; mais nous devons louer l'artisan, c'est-à-dire la nature humaine, qui produit tant de beauté en sa matière, quand elle n'en est pas empêchée. Aussi le prêtre répondit-il bien à l'empereur qui riait et se moquait de la laideur de son corps : « Dieu est seigneur : c'est lui qui nous fit et non pas nous-mêmes[2] » ; ce sont les paroles du Prophète en un verset des Psaumes, écrites tout comme la réponse du prêtre[3]. Les malheureux nés laids, qui s'efforcent d'embellir leur personne sans se soucier d'orner leurs actions, doivent donc bien voir que cela doit être fait en toute hon-

---

1. *Éthique*, III, 1.   2. Anecdote que l'on retrouve dans le *Speculum historiale* de Vincent de Beauvais.   3. *Psaumes*, XCIX, 3.

nêteté, car ce n'est rien d'autre que d'orner l'ouvrage d'autrui et d'abandonner le leur[1].

Revenant donc à mon propos, je dis que notre intellect, par défaut de la faculté dont il tire ce qu'il voit, qui est la faculté organique, à savoir imaginative, ne peut s'élever jusqu'à certaines choses (car l'imagination ne peut l'aider, n'en ayant pas les moyens), telles les substances dépourvues de matière, que nous ne pouvons entendre ni comprendre parfaitement, même si nous en avons quelque idée. Et l'homme ne doit pas en être blâmé, car il ne fut pas — dis-je — l'auteur de ce défaut ; mais qu'il fut fait par la nature universelle, c'est-à-dire Dieu, qui en la vie d'ici-bas voulut nous priver de cette lumière ; pourquoi il fit ceci, il est présomptueux d'en discourir. De sorte que, si mes considérations me transportaient en un lieu où l'imagination faisait faux bond à l'intellect, et si je ne pouvais comprendre, je ne suis pas à blâmer. En outre, une limite est imposée à notre esprit, à chacune de ses opérations, non par nous, mais par la nature universelle ; il faut donc savoir que les bornes de notre esprit sont plus larges pour penser que pour parler ; et plus larges pour parler que pour s'exprimer par gestes. Donc, si notre pensée, non seulement celle qui ne parvient pas à une intelligence parfaite, mais celle qui arrive à une parfaite intelligence, l'emporte sur la parole, nous ne sommes pas à blâmer, parce que nous ne sommes pas les auteurs de ce fait. Je montre donc que je m'excuse quand je dis : *qu'on en blâme ma faible pensée et mes paroles, qui n'ont pas pouvoir d'exprimer tout ce que dit Amour*; car l'on doit clairement voir ma bonne volonté, que l'on doit respecter quant aux mérites des hommes. Ainsi doit être désormais entendue la première partie principale de cette chanson, qui court maintenant de main en main.

---

1. Ce passage signifie sans doute qu'il vaut mieux se soucier de la beauté de ses actions que de celle de son corps (mais les interprétations divergent).

CHAPITRE V

Après que, parlant de la première partie, j'en ai découvert le sens, il convient de passer à la seconde ; dont, pour mieux la comprendre, on doit faire trois parties, dans la mesure où elle comprend trois strophes. Dans la première partie, je loue cette dame pleinement et communément, tant en son âme qu'en son corps ; dans la seconde, j'en viens à une louange spéciale de son âme ; dans la troisième, à une louange spéciale de son corps. La première partie commence par : *Le soleil, en son tour du monde*; la seconde commence par : *En elle descend la puissance divine*; la troisième commence par : *Des choses apparaissent sur son visage*. Il convient d'exposer ces parties dans l'ordre.

Il est donc dit : *Le soleil, en son tour du monde*; il convient ici de savoir, pour parfaitement comprendre, comment le soleil fait le tour du monde. Je dis d'abord que, par monde, je n'entends pas ici l'ensemble de l'univers, mais seulement cette part de terre et de mer que, selon le vulgaire, on a coutume d'appeler de la sorte : c'est ainsi que l'on dit : « Cet homme a vu le monde entier », pour dire une partie de la mer et de la terre. Pythagore et ses disciples ont prétendu que ce monde était une des étoiles et qu'une autre lui était opposée, qu'ils appelaient Antichtona[1] ; ils disaient qu'elles étaient toutes les deux à l'intérieur d'une sphère qui tournait d'occident en orient (et du fait de cette révolution le soleil tournait autour de nous et tantôt on le voyait, tantôt on ne le voyait pas). Ils disaient que le feu était au milieu de celles-ci, estimant que c'était un corps plus noble que l'eau et la terre et qu'il était un très noble intermédiaire entre les lieux des quatre corps simples. Aussi disaient-ils que le feu, quand il semble monter, descend en vérité vers le milieu. Ensuite Platon fut d'un autre avis et écrivit, dans un de ses livres appelé *Timée*, que la terre avec la mer se trouvait bien au milieu de tout, mais que sa rondeur tournait autour de son centre, en suivant le premier mouvement du ciel ; mais qu'elle prend beaucoup de retard du fait de son poids et de la forte distance qui la sépare de ce ciel. Ces opinions sont condamnées comme fausses dans le second livre du *De celo et mundo* par le

---

1. Ou anti-terre.

glorieux philosophe à qui la nature a davantage dévoilé ses secrets. Il démontre que ce monde, c'est-à-dire la terre, est stable et fixe pour l'éternité. Quant aux raisons qu'Aristote avance pour vaincre ses adversaires et affirmer la vérité, il n'est pas dans mon intention de les exposer ici, car il suffit à ceux à qui je parle de savoir, du fait de sa grande autorité, que la terre est fixe et ne tourne pas, et qu'avec la mer, elle est le centre du ciel.

Ce ciel tourne continuellement autour de ce centre, comme nous le voyons ; en cette révolution il faut nécessairement qu'il y ait deux pôles immobiles et un cercle également distant de ceux-ci, qui tourne plus vite. De ces deux pôles, l'un est visible de quasiment toute la terre émergée, à savoir le pôle nord[1] ; l'autre, à savoir le pôle sud, est quasiment caché à toute la terre émergée. Le cercle qui s'incurve au milieu de ces pôles est la partie du ciel sous laquelle tourne le soleil, quand il va avec le Bélier et la Balance[2]. Il faut donc savoir que, si une pierre pouvait tomber de notre pôle, elle tomberait là-bas dans l'Océan, exactement en ce dos de la mer où, s'il s'y trouvait un homme, l'étoile se trouverait toujours sur le milieu de sa tête[3] ; et je crois que de Rome à ce lieu, en allant tout droit par le nord, il y a presque deux mille six cents milles, ou à peu près. Imaginant donc, pour mieux comprendre, qu'il y ait au lieu que j'ai dit une ville et qu'elle soit nommée Marie, je dis encore que, si de l'autre pôle, c'est-à-dire le pôle sud, tombait une pierre, elle tomberait sur ce dos de l'Océan qui est exactement opposé à Marie sur cette boule. Et je crois qu'entre Rome et le lieu où tomberait cette pierre, il y a sept mille cinq cents milles, ou à peu près. Imaginons ici une autre ville, du nom de Lucie. Entre l'une et l'autre, il y a une moitié du cercle de cette boule, et un espace, de quelque côté que l'on tire la corde, de dix mille deux cents milles ; de sorte que les habitants de Marie ont les plantes de leurs pieds exactement opposées à celles des habitants de Lucie. Que l'on imagine encore un cercle sur cette boule à égale distance entre Marie et Lucie. À ce que je comprends des écrits des astrologues et d'Albert d'Allemagne dans son livre de la Nature des lieux et des Propriétés des

---

1. C'est-à-dire l'Étoile polaire. 2. L'équateur terrestre, au-dessus duquel tourne le soleil lors de l'équinoxe du printemps (Bélier) et de l'automne (Balance). 3. Dante veut dire que les pôles célestes sont perpendiculaires aux pôles terrestres, que l'on croyait à son époque dans l'océan.

éléments[1], et encore du témoignage de Lucain en son neuvième livre[2], je crois que ce cercle diviserait la terre émergée de l'Océan, là-bas au midi, à peu près suivant toute l'extrémité du premier climat ; là où entre autres peuples se trouvent les Garamantes[3], qui vivent presque toujours nus, et vers qui se dirigea Caton avec le peuple de Rome, pour fuir l'autorité de César.

Ayant fixé ces trois lieux sur cette boule, on peut aisément voir comment tourne le soleil. Je dis donc que le ciel du soleil va d'occident en orient, non pas directement contre son mouvement diurne, c'est-à-dire du jour et de la nuit, mais de façon oblique à l'encontre de celui-ci ; de sorte que son cercle moyen, qui est à égale distance entre ses pôles, où se trouve le corps du soleil, coupe en deux régions opposées le cercle des deux premiers pôles, à savoir au début du Bélier et au début de la Balance ; et il s'en éloigne par deux arcs, un vers le nord et l'autre vers le sud. Les points centraux de ces deux arcs sont également distincts du premier cercle, de chaque côté, de vingt-deux degrés et demi. L'un des points est le début du Cancer et l'autre est le début du Capricorne[4]. Aussi faut-il, au début du Bélier, quand le soleil va au-dessous du demi-cercle des premiers pôles, que Marie voie le soleil tourner autour du monde très bas autour de la terre ou de la mer, comme une meule dont on n'apercevrait que la moitié ; et qu'elle le voie monter à la manière d'une vis, en accomplissant quatre-vingt-onze tours et un peu plus. Quand ces tours sont accomplis, sa montée est, pour Marie, à peu près égale à celle qu'il fait pour nous au milieu de la terre[5], quand le jour est égal à la moitié de la nuit. Si un homme se tenait droit dans Marie et tournait toujours son regard vers le soleil, il le verrait se diriger du côté de son bras droit. Puis, par le même chemin, il semble descendre en quatre-vingt-onze tours et un peu plus, cependant qu'il tourne très bas autour de la terre ou de la mer, sans se montrer tout entier. Puis il se couche et Lucie commence à le voir ; elle le voit monter et descendre autour

---

1. Albert le Grand, *De natura loci.* 2. *Pharsale*, IX, 438 *sqq.* 3. Peuple vivant au sud de la Libye. 4. Il ne s'agit pas du mouvement quotidien du soleil, mais de son mouvement saisonnier, qui suit une orbite inclinée sur l'équateur, l'écliptique. Cette orbite coupe l'équateur aux deux points des équinoxes du Bélier et de la Balance. Elle forme deux arcs, l'un au nord et l'autre au sud de l'équateur, dont les points les plus hauts sont éloignés de vingt-trois degrés et demi de l'équateur, aux tropiques du Cancer et du Capricorne. 5. C'est-à-dire la zone médiane de l'hémisphère habité.

d'elle autant de fois que l'a vu Marie. Si un homme se tenait debout dans Lucie, tant qu'il tiendrait le visage tourné vers le soleil, il le verrait se diriger du côté de son bras gauche. On peut donc voir que ces lieux ont chaque année un jour de six mois et une nuit de la même longueur ; quand l'un a le jour, l'autre a la nuit. Sur cette boule, il faut aussi que le cercle où se trouvent les Garamantes, comme on l'a dit, voie le soleil tourner juste au-dessus de lui ; non comme une meule, mais comme une roue ; et en aucune partie de l'année il ne peut voir autrement qu'à moitié, quand il va sous le Bélier. Puis il voit le soleil s'éloigner et venir vers Marie durant quatre-vingt-onze jours et un peu plus, et pendant autant de jours revenir à lui. Puis, quand il est revenu, il va sous la Balance, part aussi et va vers Lucie en quatre-vingt-onze jours et un peu plus ; et il revient pendant autant de jours. Le lieu qui encercle la boule a tout le temps des jours égaux aux nuits, quelle que soit la direction où va le soleil ; deux fois par an, il a un été de très fortes chaleurs et deux petits hivers.

Il faut encore que les deux espaces qui sont à mi-chemin entre les deux villes imaginées et le cercle du milieu, voient le soleil différemment, selon qu'ils sont éloignés ou proches de ces lieux : comme peut le voir désormais, de par ce qui a été dit, quiconque est doté de noblesse d'esprit et à qui il convient de laisser un peu de peine. On peut donc maintenant voir que, par la divine providence, le monde est ordonné de façon telle que, la sphère du soleil ayant tourné et étant revenue à un même point, la boule où nous sommes reçoit en toutes ses parties un temps égal de lumière et de ténèbres. Ô ineffable sagesse qui ordonnas ainsi, combien peine notre esprit à te comprendre ! Et vous, pour l'utilité et le plaisir de qui j'écris, en quel aveuglement vivez-vous, ne levant pas les yeux vers ces choses, mais les tenant fixés sur la fange de votre sottise !

CHAPITRE VI

Au chapitre précédent, on a montré comment tourne le soleil ; de sorte que l'on peut désormais exposer le sens de la partie dont on s'occupe. Je dis donc que, dans cette première partie, je commence à louer cette dame par comparaison avec les autres choses. Je dis que le soleil en son tour du monde ne voit rien d'aussi noble qu'elle : d'où il s'ensuit qu'elle est, selon mes paroles, la plus noble de toutes les choses qu'éclaire le soleil. Il est dit : *à l'heure* ; il faut donc savoir que le mot « heure » est pris de deux manières par les astrologues. L'une, c'est qu'ils font du jour et de la nuit vingt-quatre heures, c'est-à-dire douze de jour et douze de nuit, que le jour soit grand ou petit ; ces heures deviennent petites et grandes le jour et la nuit, selon que le jour et la nuit croissent et diminuent. L'Église use de ces heures, quand elle dit Prime, Tierce, Sixte et None : on les appelle heures temporelles. L'autre manière, c'est que, faisant du jour et de la nuit vingt-quatre heures, le jour a parfois quinze heures et la nuit neuf ; parfois la nuit en a seize et le jour huit, selon que le jour et la nuit croissent et diminuent : on les appelle heures égales. Au moment de l'équinoxe, ces dernières et celles que l'on appelle temporelles sont égales ; parce que, le jour étant égal à la nuit, il convient qu'il en soit ainsi.

Puis, quand je dis : *Chaque Intelligence des cieux la regarde*, je loue cette dame sans égard pour autre chose. Je dis que les Intelligences du ciel la regardent et que les gens d'ici-bas ont pour elle de gentilles pensées, quand ils éprouvent davantage ce qui leur donne de la joie. Il faut savoir ici que chaque Intellect d'en haut connaît ce qui est au-dessus de lui et ce qui est au-dessous, selon ce qui est écrit au Livre des Causes[1]. Il connaît donc Dieu comme étant sa cause et il connaît ce qui est au-dessous de lui comme étant son effet ; Dieu étant la cause universelle de toutes les choses, le connaissant, il connaît toutes les choses en soi, selon le mode de l'Intelligence. C'est pourquoi toutes les Intelligences connaissent la forme humaine, en ce qu'elle est réglée en intention dans l'esprit divin ; les Intelligences motrices la connaissent par-dessus tout, parce qu'elles sont les causes toutes spéciales de celle-ci et de toute forme engendrée ; elles la connaissent pour très parfaite, autant qu'elle peut l'être, comme leur règle et exemple. Et si cette forme humaine, dérivée d'un modèle et individualisée, n'est pas parfaite, ce n'est pas la faute du modèle, mais de la matière qui individualise. Aussi, quand je dis : *Chaque Intelligence des cieux la regarde*, je

---

1. *Liber de causis*, VIII, 72-74.

veux dire seulement qu'elle est faite comme le modèle intentionne de l'essence humaine qui est en l'esprit divin et, à travers lui, et tous les autres, notamment les esprits angéliques, qui façonnent avec le ciel les choses d'ici-bas.

Pour affirmer cela, j'ajoute autre chose quand je dis : *et qui ici-bas s'enamoure.* Or il faut savoir que toute chose désire par-dessus tout sa perfection ; qu'en elle s'apaisent tous ses désirs et que pour elle est désirée toute chose. C'est un désir qui toujours nous fait trouver insuffisant tout plaisir. Car il n'est pas de plaisir assez grand en cette vie qui puisse en ôter la soif en notre âme, en sorte que le désir susdit ne demeure pas en la pensée. Et, parce que cette dame est vraiment cette perfection, chez les gens qui ici-bas reçoivent d'autant plus de plaisir quand ils ont plus de paix, elle demeure en leur pensée, parce que — dis-je — elle est aussi parfaite que peut l'être suprêmement l'essence humaine. Puis, quand je dis : *Son être plaît tant à Celui qui le lui donne,* je montre que cette dame est non seulement très parfaite dans la génération humaine, mais plus que très parfaite, en ce qu'elle reçoit de la bonté divine plus qu'il n'est dû à l'homme. On peut donc raisonnablement croire que, de même que tout artisan préfère son œuvre excellente à toutes les autres, de même Dieu préfère l'excellente personne humaine à toutes les autres. Parce que sa largesse n'est bornée par aucune limite nécessaire, son amour ne considère pas la part due à celui qui la reçoit, mais la dépasse en dons et bienfaits de vertu et de grâce. Aussi dis-je que Dieu, qui donne l'être à cette dame par amour pour la perfection, infuse en elle de sa bonté au-delà des bornes de ce qui est dû à notre nature.

Puis, quand je dis : *Son âme nette et pure,* je prouve ce qui est dit par un témoignage sensible. Il faut ici savoir que, comme le dit le Philosophe au second livre de l'Âme[1], l'âme est acte du corps : si elle en est l'acte, elle en est la cause. Parce que, comme il est dit au Livre cité des Causes, toute cause infuse en son effet de la bonté qu'elle reçoit de sa propre cause, elle infuse et rend à son corps de la bonté de sa cause, qui est Dieu. Aussi, étant donné que l'on voit en cette dame, concernant le corps, des choses si merveilleuses qu'elles rendent tous ceux qui la regardent désireux de les voir, il est manifeste que sa forme, c'est-à-dire son âme, qui conduit le

---

1. Aristote, *De anima*, II, 1.

corps comme étant sa cause propre, reçoit miraculeusement la gracieuse bonté de Dieu. On prouve ainsi par cette apparence que cette dame a reçu les bienfaits de Dieu et a été faite une noble chose, au-delà de ce qui est dû à notre nature (laquelle est très parfaite en soi, comme on l'a dit ci-dessus). C'est là le sens littéral de la première partie de la seconde partie principale.

CHAPITRE VII

Ayant loué cette dame communément, tant selon l'âme que selon le corps, je commence à la louer spécialement quant à l'âme ; je la loue d'abord en ce que son bien est grand en soi ; puis je la loue en ce que son bien est grand en autrui et utile au monde. Cette seconde partie commence quand je dis : *D'elle on peut dire.* Je dis donc d'abord : *En elle descend la puissance divine.* Il faut ici savoir que la bonté divine descend en toutes les choses et qu'autrement elles ne pourraient être. Mais, bien que cette bonté procède d'un très simple principe, elle est reçue diversement, plus ou moins, par les choses qui la reçoivent. Aussi est-il écrit dans le Livre des Causes : « La bonté première envoie ses bontés sur les choses par écoulement. » En vérité, chaque chose reçoit de cet écoulement selon le mode de sa vertu et de son être. Nous pouvons en avoir un exemple sensible d'après le soleil. Nous voyons que la lumière du soleil, qui est une, dérivée d'une seule source, est différemment reçue par les corps. Ainsi Albert le Grand, dans son livre de l'Intellect[1], dit-il que certains corps, « à cause de la grande clarté diaphane qu'ils ont en eux, deviennent, dès que le soleil les voit, si lumineux que, du fait de la multiplication de la lumière en eux et en leur aspect, ils offrent aux autres une grande splendeur d'eux-mêmes » : ainsi de l'or et de certaines pierres. « Il en est certains qui, étant totalement diaphanes, non seulement reçoivent la lumière, mais ne lui font pas obstacle, et lui donnent leur couleur sur les autres choses. Certains triomphent tant par leur pureté diaphane

---

1. *De intellectu et intelligibili*, I.

qu'ils deviennent si rayonnants, qu'ils triomphent de l'équilibre de l'œil et ne se laissent pas voir sans fatigue pour la vue » : tels sont les miroirs. Certains autres corps sont si peu diaphanes qu'ils conservent à peine la clarté du soleil : telle est la terre. De même la bonté de Dieu est-elle reçue autrement par les substances séparées, c'est-à-dire les Anges, qui sont dépourvus de matière grossière et presque diaphanes du fait de la pureté de leur forme ; autrement par l'âme humaine qui, bien qu'elle soit d'une part libre de matière, en est d'autre part empêchée (comme l'homme qui est tout entier dans l'eau, sauf la tête, dont on ne peut dire qu'il est tout entier au-dedans ou au-dehors de l'eau) ; autrement par les animaux, dont l'âme est tout imprégnée de matière, mais conserve quelque noblesse ; autrement par les plantes ; autrement par les minéraux ; et autrement par la terre que par tous les autres éléments, parce qu'elle est très matérielle et donc très éloignée et hors de proportion avec la première, très simple et très noble puissance, qui n'est qu'intellect, à savoir Dieu.

Bien que l'on ait posé ici des degrés généraux, l'on peut néanmoins poser des degrés particuliers, à savoir que, parmi les âmes humaines, une reçoit autrement qu'une autre. Parce que, dans l'ordre intellectuel de l'univers, l'on monte et descend par des degrés presque continus de la forme la plus simple à la plus haute et de celle-ci à la plus basse, comme nous le voyons dans l'ordre sensible ; parce que, entre la nature angélique, qui est chose intellectuelle, et l'âme humaine, il n'y a aucun degré, mais que l'une et l'autre se succèdent dans l'échelle des degrés, et que, entre l'âme humaine et la plus parfaite des animaux, il n'y a pas de cloison ; et parce que nous voyons de nombreux hommes si vils et de si basse condition qu'ils semblent pareils à des bêtes brutes : il faut donc poser et croire fermement que quelqu'un peut être si noble et de si haute condition qu'il n'est presque rien d'autre qu'un ange. Autrement, l'espèce humaine ne se continuerait pas des deux côtés : chose qui n'est pas possible. Ces êtres sont appelés divins par Aristote au septième livre de l'*Éthique*. Telle est, dis-je, cette dame, de sorte que la puissance divine descend en elle, comme elle le fait en l'ange.

Puis, quand je dis : *si quelque gente dame en doute*, je le prouve par l'expérience que l'on peut en faire en ces opérations qui sont propres à l'âme rationnelle, où la lumière divine rayonne plus directement, c'est-à-dire dans les paroles et les actes qui sont appelés d'ordinaire manières et comportements. Il faut donc savoir que, parmi les êtres vivants, seul l'homme parle et a des comportements et des actes que l'on dit rationnels, parce qu'il est seul à être doté de raison. Si l'on voulait prétendre le contraire, en disant que certains oiseaux parlent, comme il apparaît de la pie et du perroquet, et que certaines bêtes ont des actes ou des comportements rationnels, comme le singe et quelques autres, je réponds qu'il n'est pas vrai qu'ils parlent et qu'ils aient des comportements rationnels, parce qu'ils ne sont pas dotés de la raison d'où procèdent nécessairement ces choses. Il ne se trouve pas en eux le principe de ces actions ; ils ne savent pas ce que c'est et n'entendent pas ainsi signifier quelque chose, mais reproduire seulement ce qu'ils voient et entendent, tout comme l'image des corps se reflète en certains corps brillants, tel le miroir. Donc, de même que l'image corporelle que montre le miroir n'est pas vraie, de même l'image de la raison, c'est-à-dire les actes et les paroles que répète l'âme animale, ou bien qu'elle montre, n'est pas vraie.

Je dis que, « si quelque gente dame ne croit pas ce que je dis, qu'elle aille auprès d'elle et contemple ses actes ». Je ne dis pas quelque homme, parce que les dames font plus honnêtement l'expérience d'une dame que les hommes. Je dis ce que cette dame saura d'elle, quand je dis ce que font ses paroles et ses comportements. Car ses paroles, par leur hauteur et leur douceur, engendrent dans l'esprit de qui les entend une pensée d'amour, que j'appelle esprit céleste : car là-haut est son principe et de là-haut vient son sens, comme on l'a exposé ci-dessus ; de cette pensée on tire la certitude qu'elle est une dame miraculeuse de vertu. Ses gestes, par leur suavité et leur mesure, font s'éveiller et se reprendre amour partout où la bonne nature a semé de sa puissance. Cette semence naturelle est produite comme il est montré au livre suivant.

Puis, quand je dis : *D'elle on peut dire*, j'entends montrer comment la bonté et la puissance de son âme est bonne et utile pour autrui. D'abord, comment elle est utile aux autres dames, disant : *en toute dame est noble ce qu'en elle on trouve* : où je donne un exemple manifeste aux dames, tel que, le voyant et le suivant, elles puissent se montrer nobles. Ensuite je montre comment elle est utile à tous, disant que sa vue aide notre foi, qui est plus utile que toute autre chose pour l'espèce humaine, car de son fait nous échappons à la mort éternelle et acquérons la vie éternelle. Elle aide notre foi, car étant donné que le principal fondement de notre foi consiste dans les miracles accomplis par celui qui fut crucifié — qui créa notre raison, mais voulut qu'elle soit inférieure à son pouvoir — et dans les miracles accomplis ensuite en son nom par ses saints ; et attendu que nombre d'hommes sont si obstinés qu'ils doutent de ces miracles du fait de quelque brouillard, et ne peuvent croire en un miracle sans en avoir visiblement l'expérience ; vu que cette dame est une chose visiblement miraculeuse, dont les hommes peuvent avoir quotidiennement l'expérience et qu'elle rend pour nous les autres possibles : pour toutes ces raisons il est manifeste que cette dame, par son aspect admirable, aide notre foi. Aussi dis-je en dernier lieu qu'*en l'éternel*, c'est-à-dire éternellement, elle *fut ordonnée* en l'esprit de Dieu comme témoignage de la foi de ceux qui vivent de notre temps. Ainsi s'achève la seconde partie de la seconde grande partie, selon le sens littéral.

CHAPITRE VIII

Parmi les effets de la sagesse divine, l'homme est très admirable, si l'on considère comment la puissance divine joignit en une forme unique trois natures, et comment il faut que son corps ait une subtile harmonie, étant organisé en une telle forme[1] par presque toutes ses vertus. En effet, à cause de la grande concorde exigée entre tant d'organes pour qu'ils puissent bien se répondre, en un tel nombre, peu d'hommes sont parfaits. Si cette créature est si admirable, on peut certainement craindre d'avoir à traiter de sa condition, non seulement par la parole, mais même par la pensée, selon la parole de l'Ecclésiastique : « La sagesse de Dieu, précédant toutes choses, qui pourrait la sonder ? » et cette autre, où il dit : « Tu ne demanderas pas des choses plus hautes que toi et tu ne chercheras pas des choses plus fortes que toi ; mais pense aux choses que Dieu te commanda et ne sois pas curieux de plusieurs de ses œuvres[2] » :

---

1. L'âme humaine. 2. *Eccles.*, I, 3 et III, 21-22.

curieux, c'est-à-dire désireux de connaître. Moi donc, qui en cette troisième petite partie entends parler de quelques conditions de cette créature, en ce qu'en son corps, par la beauté de son âme, apparaît une beauté sensible, je commence craintivement, peu rassuré, m'employant à défaire, sinon totalement, au moins partiellement, un tel nœud. Je dis donc que, après que l'on a exposé le sens de cette petite partie où cette dame est louée quant à l'âme, il faut poursuivre et voir comment, quand je dis : *Des choses apparaissent sur son visage*, je la loue quant au corps. Et je dis que sur son visage apparaissent des choses qui montrent certains des plaisirs du Paradis. Entre autres, le plus noble est celui qui est début et fin de tous les autres, à savoir trouver son contentement, c'est-à-dire être bienheureux. Ce plaisir se trouve vraiment, bien que d'une autre façon, en l'aspect de cette dame. Car, en la regardant, les gens trouvent leur contentement, tant sa beauté emplit de douceur les yeux de ceux qui la regardent ; mais d'une autre façon, car au Paradis le contentement est perpétuel ; ce qui ne peut advenir de celui-ci pour personne.

Parce que quelqu'un aurait pu demander où ce merveilleux plaisir apparaît en cette dame, je distingue deux parties en sa personne où apparaissent davantage la beauté et la laideur humaines. Il faut donc savoir qu'en toute partie du corps où l'âme remplit plus son office, elle s'emploie à l'orner davantage et s'y applique plus subtilement. Nous voyons donc qu'en la figure de l'homme, où elle remplit davantage son office, elle s'y emploie si subtilement, autant qu'elle le peut sur sa matière, que nul visage n'est semblable à un autre ; parce que la puissance ultime de la matière, qui est chez tous les hommes quasiment dissemblable, se traduit ici en acte. Parce que l'âme opère sur le visage surtout en deux endroits, c'est-à-dire les yeux et la bouche — car en ces deux endroits quasiment les trois natures de l'âme[1] ont juridiction —, elle les orne au plus haut point et elle met toute son application à les rendre beaux, si elle le peut. Je dis qu'en ces deux endroits apparaissent ces plaisirs, quand je dis : *en ses yeux et en son doux sourire*. Ces deux endroits, par une belle comparaison, peuvent s'appeler balcons de la dame qui habite dans l'édifice du corps, à savoir l'âme ; parce que ici, bien que paraissant voilée, souvent elle se montre. Elle se montre

---

1. Les natures végétative, sensitive et intellective.

dans les yeux si clairement que l'on peut découvrir sa passion présente[1], à bien y regarder. Donc, étant donné que six passions sont propres à l'âme humaine, dont fait mention le Philosophe dans sa *Rhétorique*[2], à savoir grâce, zèle, miséricorde, envie, amour et honte, d'aucune de celles-ci l'âme ne peut être éprise sans qu'en vienne l'apparence à la fenêtre des yeux, si elle ne se ferme par un grand effort. Aussi jadis quelqu'un s'arracha-t-il les yeux, pour que sa honte intérieure n'apparaisse pas au-dehors ; comme Stace le dit du Thébain Œdipe, quand il dit que « d'une nuit éternelle il paya sa pudeur damnée[3] ». L'âme se montre dans la bouche, quasiment comme la couleur derrière le verre. Qu'est-ce que rire, sinon un éclair de plaisir, c'est-à-dire une clarté de l'extérieur conforme à ce qui est à l'intérieur ? Aussi, pour montrer une âme à l'allégresse modérée, l'homme doit-il rire modérément, avec une honnête sévérité et peu de mouvement de son visage ; en sorte qu'une dame qui se montre alors comme il a été dit, paraisse modeste et non dissolue. Le *Livre des quatre vertus cardinales*[4] commande de faire ainsi : « Que ton rire soit sans démesure », c'est-à-dire sans caqueter comme une poule. Hélas ! rire admirable de ma dame, dont je parle, qui n'était jamais perçu que par le regard !

Je dis qu'Amour ici lui apporte ces choses, comme en un lieu adéquat. On peut ici doublement considérer Amour. D'abord l'amour de l'âme, propre à ces lieux ; puis l'amour universel qui dispose les choses à aimer et à être aimées, lequel apprête l'âme à orner ces lieux. Puis, quand je dis : *Notre esprit elles dominent*, je m'excuse de sembler dire peu de chose d'une beauté si excellente, en la survolant. Je dis que j'en dis peu de chose pour deux raisons. L'une, c'est que les choses qui apparaissent en son aspect surpassent notre intellect d'hommes : je dis comme est fait ce surpassement, à la façon dont le soleil surpasse non seulement un regard fragile, mais un regard sain et fort. L'autre raison, c'est que l'âme ne peut regarder fixement ce visage, parce qu'elle s'y enivre, de sorte qu'aussitôt après avoir regardé, elle s'égare en toutes ses opérations.

Puis, quand je dis : *Sa beauté fait pleuvoir des flammes*, j'ai recours à une représentation de son effet, puisque je ne peux entiè-

---

1. Ou sentiment. 2. Aristote, *Rhétorique*, II, 1. 3. *Thébaïde*, I, 46-48. 4. *Liber de quatuor virtutibus*, sans doute dû à Martin de Braga (VIe siècle ap. J.-C.).

rement traiter d'elle. Il faut donc savoir que, de toutes les choses qui dépassent notre intellect, de sorte qu'il ne peut voir ce qu'elles sont, il convient parfaitement d'en traiter par leurs effets : traitant ainsi de Dieu, des substances séparées et de la première matière, nous pouvons donc en avoir quelque connaissance. Aussi dis-je que la beauté de cette dame *fait pleuvoir des flammes*, à savoir d'amour et de charité ; *qu'anime un noble esprit*, à savoir un droit appétit, de qui et par qui de bonnes pensées prennent leur origine. Non seulement elle défait ceci, mais elle défait et détruit son contraire — celui des bonnes pensées — c'est-à-dire les vices innés, qui sont par-dessus tout les ennemis des bonnes pensées. Il faut ici savoir qu'il y a en l'homme certains vices, auxquels il est naturellement disposé — comme certains de par leur complexion colérique sont disposés à la fureur — et que ces vices sont innés, c'est-à-dire partie de notre nature. D'autres vices sont habituels, dont la complexion n'est pas coupable mais l'habitude, comme l'intempérance, surtout celle du vin. On fuit et domine ces vices par une bonne habitude ; grâce à elle, l'homme se fait vertueux, sans peiner dans sa modération, comme le dit le Philosophe au deuxième livre de l'*Éthique*. À vrai dire, il y a cette différence entre les passions naturelles et habituelles, que les habituelles disparaissent grâce à une bonne habitude : car leur origine, c'est-à-dire la mauvaise habitude, est détruite par son contraire ; mais les passions naturelles, dont l'origine est la nature du passionné, bien que par une bonne habitude elles s'allègent de beaucoup, toutefois elles ne disparaissent pas pour ce qui est du premier mouvement. Mais elles disparaissent dans la durée, car l'habitude n'est pas chez nous égale à la nature, où se trouve leur origine. Aussi faut-il davantage louer l'homme doté d'une mauvaise nature, qui se dresse et se gouverne contre la pression de cette dernière, que celui qui, doté d'une bonne nature, se maintient dans son bon comportement ou bien qui, s'étant égaré, se remet dans le droit chemin ; de même qu'il est plus louable de gouverner un mauvais cheval qu'un autre, non vicieux. Je dis donc que les flammes qui pleuvent de sa beauté, comme il a été dit, mettent en déroute les vices innés, c'est-à-dire naturels, pour faire entendre que sa beauté a le pouvoir de renouveler leur nature en ceux qui la regardent : chose miraculeuse. Cela confirme ce que j'ai dit ci-dessus dans l'autre chapitre, quand je dis qu'elle aide notre foi.

Enfin, quand je dis : *Si quelque dame entend blâmer sa beauté*, je conclus, sous couleur d'admonestation, à quelle fin fut faite sa beauté ; et je dis que toute dame qui entend le moindrement blâmer sa beauté, doit regarder ce très parfait exemple. Où l'on entend dire qu'elle n'est pas faite seulement pour améliorer le bien, mais même pour faire d'une mauvaise chose une chose bonne. Et l'on ajoute enfin : *et fut pensée par qui a ébranlé l'univers*, c'est-à-dire par Dieu, pour donner à entendre que par intention divine la nature produisit un tel effet. Ainsi s'achève toute la seconde partie principale de cette chanson.

CHAPITRE IX

Après que les deux parties de cette chanson ont été exposées par mes soins, selon qu'il était de mon intention, l'ordre du présent livre exige que l'on passe à la troisième, où j'entends purger la chanson d'un reproche qui aurait pu lui être fait, ainsi qu'à ce que j'en dis. Car, avant d'en venir à sa composition, comme il me paraissait que cette dame était devenue quelque peu cruelle et superbe à mon endroit, je composai une petite ballade[1], où j'appelai cette dame orgueilleuse et impitoyable : chose qui paraît fort contraire à ce qui est dit ci-dessus. Je m'adresse donc à la chanson, et sous couleur de lui enseigner comment il lui convient de s'excuser, je l'excuse. C'est une figure, lorsque l'on parle aux choses inanimées, que les maîtres de rhétorique appellent prosopopée ; elle est souvent utilisée par les poètes. Cette troisième partie commence par : *Chanson, tes paroles semblent contraires*. Pour mieux en comprendre le sens, il me faut la diviser en trois petites parties : d'abord on explique en quoi il est besoin d'excuse ; puis on passe à l'excuse, quand je dis : *Tu sais que le ciel* ; enfin je parle à la chanson comme à une personne informée de ce qu'elle doit faire, quand je dis : *Ainsi excuse-toi, s'il t'est nécessaire*.

---

1. *Cf. Rimes*, LXXX.

Je dis donc d'abord : « Ô chanson, qui prononces de cette dame une telle louange, il semble que tu dises le contraire d'une de tes sœurs. » Par similitude je dis « sœur », car, de même qu'est appelée sœur la créature féminine qui est engendrée par un même père, de même l'on peut dire « sœur » de l'œuvre qui est créée par un même auteur ; car notre création est en une certaine mesure un engendrement. Je dis qu'elle semble parler au contraire de l'autre, en disant : tu la dis humble, et l'autre dit que cette dame est orgueilleuse, c'est-à-dire *cruelle et dédaigneuse*; ce qui est l'équivalent. Ayant avancé cette accusation, je procède à l'excuse par un exemple, où parfois la vérité s'éloigne de l'apparence et, étant autre, peut être traitée par une autre considération. Je dis : *Tu sais que le ciel est toujours brillant et clair*, c'est-à-dire qu'il est toujours accompagné de clarté ; mais pour certaines raisons il est parfois permis de dire qu'il est ténébreux. Il faut ici savoir que la couleur et la lumière sont vraiment visibles, comme le dit Aristote au second livre de l'Âme[1] et au livre du Sens et de l'Être doué de sens[2]. Il y a bien d'autres choses visibles, mais non proprement, parce que d'autres sens les perçoivent, de sorte qu'on ne peut dire qu'elles soient proprement visibles ni proprement tangibles : tels sont la figure, la grandeur, le mouvement et l'immobilité, qu'on appelle sensibles communs, choses que nous saisissons par plusieurs sens. Mais la couleur et la lumière sont proprement saisissables, car nous les saisissons par la vue, et non par un autre sens. Les choses visibles, aussi bien propres que communes, en tant qu'elles sont visibles, parviennent à l'intérieur de l'œil — je ne dis pas les choses, mais leurs formes — à travers le milieu diaphane, non réellement, mais intentionnellement, tout comme en un verre transparent. Dans l'eau qui se trouve en la pupille de l'œil, cet écoulement, qu'accomplit au travers de celui-ci la forme visible, s'achève, parce que cette eau a une borne — à la manière du miroir qui est borné par du plomb — si bien qu'elle ne peut aller au-delà, mais qu'à la manière d'une balle, frappant ici, elle s'arrête ; en sorte que la forme, qui n'apparaît pas dans le milieu transparent, paraît ici brillante et achevée. C'est pourquoi l'image apparaît dans le verre doublé de plomb, et non en un autre. À partir de la pupille l'esprit de la vue, qui lui fait suite, la représente aussitôt à la partie antérieure du cerveau, où se trouve la puissance sensible,

---

1. *De anima*, II, 7.   2. *De sensu et sensatu*, I.

comme en son principe originel : c'est ainsi que nous voyons. Afin que la vision soit vraie, c'est-à-dire telle qu'est la chose visible, il faut que le milieu au travers duquel passe la forme, soit dépourvu de toute couleur, et de même l'eau de la pupille : autrement, la forme visible serait tachée par la couleur du milieu et par celle de la pupille. Aussi ceux qui veulent faire paraître les choses d'une certaine couleur dans le miroir, placent-ils de cette couleur entre le verre et le plomb, de sorte que le verre en est pénétré. En vérité, Platon et d'autres philosophes dirent que notre vision n'était pas due à la venue de la forme visible dans l'œil, mais à ce que la forme visuelle sortait en sa direction : cette opinion est condamnée comme fausse par le Philosophe au livre du Sens et de l'Être doué de sens[1].

Ayant vu ce processus de la vision, on peut aisément voir que bien que l'étoile soit toujours également claire et brillante, et qu'elle ne reçoive aucun changement, sinon de son mouvement local comme il est prouvé au livre Du Ciel et du Monde[2], elle peut ne paraître ni claire ni brillante pour de nombreuses raisons. Elle peut en effet paraître telle du fait du milieu qui change continuellement. Ce milieu passe de très clair à peu clair, en fonction de la présence ou de l'absence du soleil ; en sa présence, le milieu, qui est diaphane, est si plein de lumière qu'il l'emporte sur l'étoile, laquelle ne paraît donc plus brillante. Ce milieu passe aussi de subtil à épais, de sec à humide, du fait des vapeurs qui montent continuellement de la terre. Ainsi changé, ce milieu change l'image de l'étoile qui vient à travers lui : du fait de son épaisseur, en obscurité ; de son humidité et de sa sécheresse, en couleur. Mais elle peut également paraître ainsi du fait de l'organe visuel, c'est-à-dire de l'œil, qui, en raison de quelque infirmité ou fatigue, change de couleur ou souffre de quelque faiblesse. Ainsi advient-il souvent que, la paroi de la pupille étant très sanglante, du fait de quelque infirmité qui la corrompt, les choses apparaissent presque toutes rouges et l'étoile en apparaît colorée. La vue étant affaiblie, en elle se produit comme une désagrégation d'esprit, de sorte que les choses n'apparaissent pas unies mais désagrégées, à la manière de nos lettres sur le papier humide : c'est la raison pour laquelle nombreux sont ceux qui, voulant lire, éloignent les écrits de leurs yeux, pour que leur image les pénètre plus légèrement et subtilement ; et les lettres sont ainsi

1. *Ibid.*, II. 2. *De cœlo*, II, 7.

plus nettes à leur vue. Cela peut également faire paraître trouble l'étoile : j'en fis l'expérience l'année même où naquit cette chanson, car, ayant beaucoup fatigué ma vue à force de lire, j'affaiblis tant les esprits de la vue, que les étoiles me semblaient toutes couvertes de quelque blancheur. Par un long repos en des lieux froids et déserts, et rafraîchissant le corps de l'œil à l'eau claire, je récupérai si bien la force désagrégée que je revins au bon état initial de ma vue. Ainsi apparaissent de nombreuses causes, pour les raisons que l'on a notées, qui font que l'étoile peut paraître autre qu'elle n'est.

CHAPITRE X

Laissant cette digression nécessaire pour voir la vérité, je reviens à mon propos et je dis que nos yeux parfois « appellent », c'est-à-dire jugent, l'étoile autrement que ne l'est sa vraie condition, de même cette petite ballade considéra cette dame selon l'apparence, discordante de la vérité, du fait de l'infirmité de l'âme, qui était prise d'un trop grand désir. Je le manifeste quand je dis : *Car mon âme craignait*. Où il faut savoir que, plus l'agent s'unit au patient, plus forte est la passion, comme on peut le comprendre au jugement du Philosophe au livre De la Génération. Ainsi, plus la chose désirée s'approche de celui qui la désire, plus grand est le désir ; et l'âme, plus passionnée, s'unit davantage à la partie concupiscible et abandonne davantage la raison. De sorte qu'alors elle ne juge plus la personne à la manière d'un homme, mais presque comme un animal, selon l'apparence et ne discernant pas la vérité. C'est pourquoi le visage de cette dame, véritablement honnête, apparaît dédaigneux et cruel ; c'est selon ce jugement sensuel que parla cette petite ballade. En cela l'on entend fort bien que, du fait du désaccord qu'elle a avec celle-ci, cette chanson considère cette dame conformément à la vérité. Ce n'est pas sans raison que je dis : *là où elle me regarde*, et non pas *là où je la regarde* ; en cela je veux donner à entendre la grande puissance que ses yeux exerçaient sur moi : car, comme si j'avais été de verre, leurs rayons me perçaient de part en part. L'on pourrait avancer ici des raisons naturelles et surnaturelles ; mais qu'il me suffise de dire ce que j'ai dit ; j'en parlerai ailleurs plus convenablement[1].

Puis, quand je dis : *Ainsi excuse-toi, s'il t'est nécessaire*, j'ordonne à la chanson, pour les raisons citées, de s'excuser là où il est nécessaire, c'est-à-dire là où quelqu'un douterait de cette contradiction : ce qui revient à dire que, si quelqu'un a des doutes quant à la discordance entre cette chanson et cette petite ballade, qu'il considère la raison qui en est donnée. Et cette figure de rhétorique est très louable et également nécessaire, à savoir quand les paroles s'adressent à une personne et l'intention à une autre ; parce que l'admonestation est très louable et nécessaire, mais elle n'est pas toujours à la place convenable dans la bouche de chacun. Quand, donc, le fils a connaissance du vice de son père, quand le sujet a connaissance du vice de son seigneur et quand l'ami sait qu'en l'admonestant, il accroîtrait la honte de son ami ou bien réduirait son honneur ; ou bien quand il sait que son ami n'est pas patient mais irascible face à une admonestation ; alors cette figure est très belle et utile, et peut être appelée « dissimulation[2] ». Elle ressemble à l'action de ce sage guerrier, qui combat un château d'un côté pour réduire la défense de l'autre, afin que l'aide prévue et la bataille ne se portent pas d'un seul côté.

J'ordonne aussi à la chanson de demander licence à cette dame de parler d'elle. Où l'on peut entendre que l'on ne doit pas avoir la présomption de louer autrui, sans prendre d'abord bien garde si cela agrée à la personne louée ; car souvent, croyant louer quelqu'un, on le blâme, soit par défaut de celui qui parle, soit par défaut de celui qui entend. Il faut donc avoir en cela une grande discrétion ; cette discrétion est comme demander licence, à la façon dont je dis que demande cette chanson. Ainsi s'achève tout le sens littéral de ce livre ; de sorte que l'ordre de l'ouvrage exige qu'on procède maintenant à l'exposition allégorique, selon la vérité.

---

1. *Cf.* livre III, chap. XV. 2. C'est la *dissimulatio*, que Cicéron définit dans le *De oratore*, II, LXVII.

CHAPITRE XI

Revenant au début comme le veut l'ordre annoncé, je dis que cette dame est cette dame de l'intellect qui se nomme Philosophie. Mais, parce que les louanges suscitent naturellement le désir de connaître la personne louée ; et que connaître une chose est savoir ce qu'elle est, considérée en elle-même et de par toutes ses causes, comme le dit le Philosophe au début de la *Physique*[1] ; et que cela n'est pas montré par le nom, comme il est dit au quatrième livre de la *Métaphysique*[2] (où l'on dit que la définition est l'énoncé de ce que le nom signifie), il convient ici, avant de procéder à ses louanges, de dire ce qu'est ce qui s'appelle Philosophie, c'est-à-dire ce que ce nom signifie. Puis, l'ayant montré, on exposera plus efficacement cette allégorie. Je dirai d'abord qui lui donna d'abord ce nom ; puis je passerai à sa signification.

Je dis donc qu'autrefois en Italie, presque dès le début de la fondation de Rome — qui advint sept cent cinquante ans environ avant la venue de notre Sauveur, selon ce qu'écrit Paul Orose[3] — presque au temps de Numa Pompilius, deuxième roi des Romains, vivait un très noble philosophe du nom de Pythagore. Que ce fût en ce temps-là, il me semble que Tite-Live en dit quelque chose incidemment, dans la première partie de son livre. Avant lui, les adeptes de la science n'étaient pas appelés philosophes, mais savants, tels les sept sages antiques, que l'on nomme encore par renommée : le premier fut appelé Solon, le deuxième Chilon, le troisième Périandre, le quatrième Cléobule, le cinquième Lindius, le sixième Bias et le septième Priénée. Comme on lui demandait s'il se jugeait sage, Pythagore refusa ce nom et dit qu'il n'était pas savant, mais amant de la sagesse. Il en résulta ensuite que tout homme étudiant la sagesse fut nommé « amant de la sagesse », c'est-à-dire « philosophe » ; car « philos » signifie en grec la même chose qu'« amor » en latin, et nous disons donc « philos » pour amour et « sophos » pour savant. C'est pourquoi l'on peut voir que ces deux mots forment le nom « philosophe », qui veut dire « amant de la

---

1. Aristote, *Physique*, I, 1. 2. *Métaphysique*, IV, 7. 3. *Historiarum adversus paganos libri VII*, œuvre du début du Ve siècle, qui fut traduite en langue vulgaire et largement diffusée au Moyen Âge.

sagesse » : et l'on peut noter que c'est un mot non pas arrogant, mais humble. De là naît le terme de l'acte qui lui est propre, Philosophie, de même que d'ami naît le terme de l'acte qui lui est propre, c'est-à-dire Amitié. D'où l'on peut voir, considérant la signification du premier et du second terme, que Philosophie n'est rien d'autre qu'amour de la sagesse ou du savoir ; d'une certaine façon l'on peut dire que chacun peut être dit philosophe, en raison de l'amour naturel qu'engendre en tout homme le désir de savoir[1].

Mais, parce que les passions essentielles[2] sont communes à tous, on n'en parle pas avec des termes qui distinguent une personne parmi toutes celles participant de cette essence : aussi ne disons-nous pas Jean ami de Martin, quand nous entendons seulement l'amitié naturelle par laquelle nous sommes tous amis de tous ; mais l'amitié engendrée par-dessus l'amitié générale, qui est spécifique et distincte chez les individus. Ainsi n'appelle-t-on pas quelqu'un philosophe pour l'amour commun qu'il a du savoir. Dans l'intention d'Aristote au huitième livre de l'*Éthique*[3], on appelle ami celui dont l'amitié n'est pas dissimulée à la personne aimée et dont la personne aimée est également l'amie, de sorte que l'affection est de part et d'autre : et il convient que cela arrive soit par utilité, soit par plaisir, soit par honnêteté. Ainsi, afin d'être philosophe, il faut avoir de l'amour pour la sagesse, qui rend l'une des parties bienveillantes ; il faut avoir zèle et sollicitude, qui rendent l'autre partie également bienveillante : en sorte que naissent entre elles familiarité et bienveillance manifeste. Car, sans amour et sans zèle, on ne peut se dire philosophe, mais il faut que l'un et l'autre soient présents. Comme l'amitié visant au plaisir et à l'utilité n'est pas une amitié véritable mais accidentelle — selon ce que démontre l'*Éthique*[4] — la philosophie visant au plaisir et à l'utilité n'est pas une philosophie véritable mais accidentelle. On ne peut donc appeler véritable philosophe quelqu'un qui, visant à un profit quelconque, est pour une part ami de la philosophie : ainsi des nombreuses personnes qui prennent plaisir à entendre et étudier des chansons et qui prennent plaisir à étudier la Rhétorique ou la Musique, mais qui fuient et abandonnent les autres sciences, qui sont toutes des branches de la sagesse. On ne doit pas appeler véritable philosophe celui qui

---

1. *Cf.* livre I, chap. I. 2. C'est-à-dire les qualités naturelles innées, propres à tous les individus ayant la même nature. 3. *Éthique*, VIII, 2. 4. *Ibid.*, VIII, 3.

est ami de la science pour son utilité : comme le sont les légistes, les médecins et presque tous les religieux, qui étudient non pour savoir, mais pour acquérir argent et dignités ; si on leur donnait ce qu'ils entendent acquérir, ils ne poursuivraient pas leur étude. Comme, parmi les espèces d'amitié, celle qui vise à l'utilité peut être dite moindre, de même les hommes de cette sorte ont moins part que tous les autres au nom de philosophe. Car, de même que l'amitié visant à l'honnêteté est véritable, parfaite et perpétuelle, de même la philosophie est véritable et parfaite, quand elle est engendrée seulement par l'honnêteté, sans autre motif, et par la bonté de l'âme amie, poussée par un juste appétit et une droite raison. De sorte que l'on peut dire désormais que, de même que la véritable amitié entre les hommes consiste en ce que chacun aime pleinement l'autre, de même le véritable philosophe aime chaque partie de la science, et la science chaque partie du philosophe, en ce sens qu'elle le ramène tout entier à soi et ne laisse s'égarer aucune de ses pensées en d'autres choses. Aussi la Sagesse dit-elle dans les Proverbes de Salomon : « J'aime ceux qui m'aiment[1]. » Comme la véritable amitié, hors de tout rapport avec l'esprit et considérée seulement en soi-même, a pour sujet la connaissance des bonnes actions et pour forme le désir de celles-ci ; de même la philosophie, hors de l'âme et considérée en soi-même, a pour sujet l'entendement et pour forme un amour quasi divin pour l'intellect. Comme la cause efficiente de la véritable amitié est la vertu, de même la vérité est la cause efficiente de la philosophie. Comme la fin de la véritable amitié est la bonne délectation, qui procède d'une vie en commun selon l'humanité, c'est-à-dire selon la raison, ainsi que semble le penser Aristote au neuvième livre de l'*Éthique*[2] ; de même la fin de la Philosophie est cette suprême délectation qui ne souffre ni interruption ni défaut, c'est-à-dire le bonheur véritable que l'on acquiert par la contemplation de la vérité. On peut ainsi voir qui est désormais ma dame, de par toutes ses causes et sa définition ; pourquoi elle s'appelle Philosophie ; qui est véritablement philosophe et qui l'est par accident.

Mais, parce que, du fait de quelque ferveur d'âme, entre actes et passions, on exprime parfois les uns et les autres par les vocables de l'acte lui-même et ceux de la passion ; comme le fait Virgile au

---

[1]. *Prov.*, VIII, 17. [2]. *Éthique*, IX, 9.

deuxième chant de l'*Énéide*, quand il appelle Hector par la bouche d'Énée : « Ô lumière », ce qui est acte, et « espoir des Troyens[1] », ce qui est passion : il n'était ni lumière, ni espoir, mais le terme où reposait tout l'espoir de leur salut ; comme Stace dit au cinquième chant de la *Thébaïde*, lorsque Hypsipyle dit à Archimore : « Ô consolation des choses et de la patrie perdue, ô honneur de mon service[2] » ; comme nous disons quotidiennement, en montrant un ami, « vois mon amitié » et comme le père dit à son fils « mon amour » ; de même, par une longue habitude, les sciences que la Philosophie prend avec plus de faveur comme termes de sa vision, sont appelées de ce nom. Ainsi la Science naturelle, la Morale et la Métaphysique, laquelle est appelée Philosophie première, parce que en elle sa vision s'achève plus nécessairement et avec plus de ferveur. D'où l'on peut voir comment, en un deuxième temps, les sciences sont appelées Philosophie[3].

Après que l'on a vu comment en son être est la philosophie première et véritable — qui est la dame dont je parle — et comment son noble nom s'est par habitude communiqué aux sciences, je vais procéder à ses louanges.

CHAPITRE XII

Au premier chapitre de ce livre, on a pleinement exposé la raison qui me poussa à faire cette chanson ; et il n'est donc plus besoin d'en parler, car on peut aisément la reconduire à l'exposition que l'on a dite[4]. Je laisserai donc le sens littéral selon les divisions qui ont été faites, tournant au figuré le sens littéral, là où il sera besoin.

Je dis : *Amour qui parle en mon esprit*. Par Amour j'entends le zèle que je mettais à acquérir l'amour de cette dame : où il faut savoir que zèle peut être doublement considéré ici. Il y a un zèle qui mène l'homme à la pratique d'un métier et de la science et un

---

1. *Énéide*, II, 281-283. 2. *Thébaïde*, V, 608-611. 3. En d'autres termes, Dante estime que la philosophie, dont la gente dame est le symbole, dépasse les sciences particulières. 4. C'est-à-dire l'exposition allégorique.

autre zèle qui œuvre dans la pratique acquise, en s'aidant d'elle. C'est le premier que j'appelle ici Amour, lequel suscitait en mon esprit de nouvelles et très hautes considérations à l'endroit de la dame qui est désignée ci-dessus : comme le fait d'ordinaire le zèle que l'on met à acquérir une amitié, qui, de cette amitié qu'il désire, considère dès l'abord de grandes choses. C'est le zèle et l'affection qui d'ordinaire précèdent chez l'homme l'engendrement de l'amitié, quand déjà d'un côté est né l'amour et que l'on désire et tâche qu'il en soit de même de l'autre ; car, comme on l'a dit ci-dessus, la Philosophie paraît quand l'âme et la sagesse sont devenues amies, si bien que l'une est entièrement aimée de l'autre, de la manière que l'on a dite ci-dessus. Il n'est pas besoin de parler davantage quant à la présente exposition de cette première strophe, que l'on a présentée comme un prologue dans l'exposition littérale, car du premier sens on peut aisément passer à la seconde, quant au sens figuré, conformément à notre intention.

Il faut donc passer à la seconde strophe, qui est le début de ce livre, là où je dis : *Le soleil, en son tour du monde*. Il faut ici savoir que, de même que l'on traite convenablement des choses sensibles par des choses non sensibles, de même il faut traiter des choses intelligibles par des choses non intelligibles. Aussi, de même qu'au sens littéral on raisonnait en commençant par le soleil corporel et sensible, de même il faut maintenant raisonner par le soleil spirituel et sensible qu'est Dieu. Nulle autre chose sensible au monde n'est plus digne d'être l'exemple de Dieu que le soleil. Il éclaire d'une lumière sensible soi-même d'abord, puis tous les corps célestes et ceux qui sont faits des quatre éléments ; de même Dieu éclaire d'abord soi-même de lumière intellectuelle, puis les créatures célestes et les autres intelligibles. Le soleil vivifie de sa chaleur toutes les choses et, s'il en détruit certaines, cela ne provient pas de l'intention de la cause, mais c'est un effet accidentel ; de même Dieu vivifie toutes les choses en bonté et, si quelqu'une est mauvaise, ce n'est dans l'intention divine, mais il faut qu'il y ait quelque accident dans le processus de l'effet recherché. Car, si Dieu fit les anges bons et mauvais, il ne fit pas intentionnellement les uns et les autres, mais seulement les bons. Hors de son intention vint ensuite la méchanceté des mauvais, mais non pas tellement hors de son intention que Dieu ne sût pas auparavant prédire leur méchanceté. Mais si grande fut son affection à produire la nature spirituelle, que la prescience qu'un certain nombre devait mal finir, ne devait ni ne pouvait détourner Dieu de cette production. Car la nature ne serait pas digne de louange si, sachant auparavant que les fleurs d'un arbre devraient être perdues en quelque partie, elle n'y produisait des fruits, et abandonnait la production des fécondes à cause des inutiles. Je dis donc que Dieu, qui embrasse tout dans son entendement (car son « tour » est son « entendement »), ne voit pas de plus noble chose que celle qu'il voit, quand il regarde où est la Philosophie. Car, bien que Dieu, se regardant lui-même, voie le tout dans son ensemble, en ce que la distinction des choses est en lui à la manière que l'effet est dans la cause, il voit les choses distinctement[1]. Il voit donc absolument cette très noble chose entre toutes, en ce qu'il la voit très parfaitement en soi-même et en son essence. Car, si l'on se remémore ce qui est dit ci-dessus, la philosophie est la pratique amoureuse de la sagesse, qui se trouve au plus haut en Dieu, parce qu'il y a en lui la souveraine sagesse, le souverain amour et le souverain acte ; ils ne peuvent être ailleurs sinon en ce qu'ils procèdent de lui. La divine philosophie est donc part de l'essence divine, parce que, en lui, il ne peut y avoir de chose ajoutée à son essence ; elle est très noble, parce que très noble est l'essence divine ; et elle est en lui de manière parfaite et véritable, comme par un éternel mariage. Dans les autres Intelligences, elle est de moindre manière, comme une amie dont nul amant ne prend une joie accomplie, mais à sa vue satisfait son désir. C'est pourquoi l'on peut dire que Dieu ne voit, c'est-à-dire n'entend, aucune chose qui soit aussi noble que celle-ci : je dis aucune chose, en ce qu'il voit et distingue les autres choses, comme il a été dit, en se voyant la cause de tout. Ô très noble et excellent cœur que celui qui a mis tout son entendement en l'épouse de l'Empereur du ciel : non seulement épouse, mais sœur et fille bien-aimée !

---

[1]. C'est-à-dire que Dieu connaît en soi-même immédiatement les choses ; mais, en connaissant leurs causes, il les voit de façon distincte, comme étant les différents effets procédant de sa création.

CHAPITRE XIII

Ayant vu comment, au début de la louange de cette dame, on dit subtilement qu'elle est partie de la substance divine, en ce qu'on la considère premièrement, il faut avancer et voir comment je dis deuxièmement qu'elle est dans les Intelligences dont Dieu est la cause. Je dis donc : *Chaque Intelligence des cieux la regarde* : où il faut savoir que je dis « des cieux » en relation avec Dieu, qui est mentionné auparavant. C'est pourquoi j'exclus les Intelligences qui sont exclues de la patrie céleste[1], qui ne peuvent philosopher, parce que l'amour est complètement éteint en elles, et que, comme on l'a déjà dit, pour philosopher l'amour est nécessaire. Aussi voit-on que les Intelligences infernales sont privées de la vue de cette très belle dame. Comme elle est la béatitude de l'intellect, en être privé est chose très amère et pleine de tristesse.

Puis, quand je dis : *et qui ici-bas s'enamoure*, je montre comment elle vient encore secondement en l'intelligence humaine ; de cette philosophie humaine je continue ensuite à traiter, en la louant. Je dis donc que les gens qui s'enamourent ici-bas, c'est-à-dire en cette vie, la sentent en leur pensée non pas toujours, mais quand Amour fait sa paix ressentir. Où il faut considérer trois choses qui sont abordées dans ce texte. La première, c'est quand on dit : *qui ici-bas s'enamoure*, car on semble faire une distinction parmi l'espèce humaine. Il faut nécessairement la faire, car, comme il apparaît manifestement et comme on le montre expressément au livre suivant[2], une très grande partie des hommes vit plus selon les sens que selon la raison ; et ceux qui vivent selon les sens ne peuvent s'enamourer d'elle, car ils ne peuvent en rien l'appréhender. La seconde chose, c'est quand on dit : *Quand Amour fait ressentir*, où l'on semble faire une distinction dans le temps. Il convient aussi de la faire, car, bien que les Intelligences séparées regardent continuellement cette dame, l'intelligence humaine ne peut le faire, parce que la nature humaine — hors de la spéculation où s'apaisent l'intellect et la raison — a besoin de nombreuses choses pour sa subsistance, de sorte que notre sagesse est parfois seulement habituelle et non actuelle[3] : ce qui n'arrive pas chez les autres Intelli-

---

1. C'est-à-dire les anges rebelles. 2. *Cf.* livre IV, chap. VII. 3. C'est-à-dire en acte.

gences, qui sont parfaites en matière de nature intellective. Quand donc notre âme n'est pas en acte de spéculation, on ne peut pas vraiment dire qu'elle soit en philosophie, sinon en ce qu'elle a une disposition habituelle à celle-ci et la capacité de pouvoir l'éveiller ; aussi est-elle parfois avec les gens qui ici-bas s'enamourent, et parfois non. La troisième chose, c'est quand il est dit de l'heure où les gens sont avec elle, c'est-à-dire quand Amour fait sa paix ressentir. Cela ne veut rien dire d'autre que : quand l'homme est en train de spéculer. Car l'étude ne fait ressentir la paix de cette dame que lorsqu'on est en train de spéculer. Ainsi voit-on que cette dame est premièrement de Dieu et secondairement des autres Intelligences séparées, du fait de la continuité du regard ; puis de l'âme humaine, du fait de la discontinuité du regard. En vérité, l'homme qui a celle-ci pour dame, doit être toujours appelé philosophe, bien qu'il ne parvienne pas à l'acte ultime de philosophie, parce que l'on doit être surtout nommé de par son être habituel. Nous appelons donc vertueux l'homme qui, non seulement agit vertueusement, mais a l'habitude de la vertu ; et nous disons d'un homme qu'il est éloquent, même s'il ne parle pas, du fait qu'il a l'habitude de l'éloquence, c'est-à-dire du bien-dire. De la philosophie, en ce qu'elle est partagée par l'intelligence humaine, vont maintenant venir les louanges, afin de montrer comment une grande part de son bien est accordée à la nature humaine.

Je dis donc ensuite : son être plaît tant à celui qui le lui donne (dont il dérive comme de sa première source), qu'en elle il infuse toujours sa puissance au-delà de la capacité de notre nature ; et il la fait belle et vertueuse. Donc, bien que certains parviennent à la pratique habituelle de celle-ci, d'autres n'y parviennent pas, de sorte que l'on ne peut proprement parler de pratique habituelle ; car le premier zèle, c'est-à-dire celui qui engendre l'habitude, ne peut l'acquérir parfaitement. L'on voit ici si sa louange est humble ; parfaite ou imparfaite, elle ne perd pas le nom de perfection. Du fait de la démesure qu'il y a entre elle et les choses humaines, l'on dit que l'âme de la philosophie *le montre au corps qu'elle mène*, c'est-à-dire que Dieu met toujours en elle de sa lumière. Où il faut rappeler ce qui a été dit ci-dessus, à savoir qu'amour est forme de la Philosophie et qu'il s'appelle donc ici âme de celle-ci. Cet amour est manifeste dans la pratique de la Sagesse, où il apporte d'admirables beautés, c'est-à-dire satisfaction en toute occasion et mépris pour les choses à qui les autres se soumettent. Aussi advient-il que les malheureux qui regardent ces beautés, repensant à leurs défauts, après avoir désiré la perfection, sont accablés de soupirs : c'est ce qui est dit ici : *dont les yeux de ceux où elle brille, envoient des messages au cœur, pleins de désirs, qui prennent l'air et deviennent soupirs.*

CHAPITRE XIV

De même que, dans l'exposition littérale, on descend des louanges générales aux particulières, d'abord à l'égard de l'âme puis du corps, de même le texte entend maintenant descendre des éloges généraux aux particuliers. Comme on l'a dit ci-dessus, la Philosophie a ici la sagesse pour sujet matériel et l'amour pour forme, et, par l'union de l'un et de l'autre, la pratique de la spéculation. Aussi, dans la strophe qui commence de la façon suivante : *En elle descend la puissance divine*, j'entends louer l'amour, qui est partie de la philosophie. Où il faut savoir que faire descendre la puissance d'une chose en une autre n'est rien d'autre que de l'amener à sa ressemblance, comme nous le voyons manifestement dans les agents naturels ; car, leur puissance descendant dans les choses qui la reçoivent, ils les amènent à leur ressemblance, pour autant qu'ils puissent y parvenir. Ainsi voyons-nous que le soleil, alors que son rayon descend ici-bas, amène les choses à sa ressemblance de lumière, autant que celles-ci, de par leur disposition, de sa puissance peuvent recevoir de la lumière. Ainsi dis-je que Dieu amène cet amour à sa ressemblance, autant qu'il est possible à celui-ci de lui ressembler. Et l'on définit la nature de cette opération en disant : *comme elle le fait en l'ange qui la voit*. Où il faut aussi savoir que le premier agent, c'est-à-dire Dieu, envoie en certaines choses sa puissance à la façon d'un rayon direct, et en d'autres par l'intermédiaire d'une splendeur reflétée. Dans les Intelligences, la clarté rayonne sans intermédiaire, dans les autres choses elle se réfléchit par ces Intelligences illuminées d'abord. Mais, parce qu'il est fait ici mention de clarté et de splendeur, pour une parfaite compréhension je montrerai la différence qu'il y a entre ces termes, selon ce que pense Avicenne. Je dis que l'usage des philosophes est d'appeler « clarté » la lumière, en ce qu'elle est à sa source ; de l'appeler « rayon », en ce qu'elle est au milieu, de sa source jusqu'au premier corps où elle s'arrête ; et de l'appeler « splendeur », en ce qu'elle est réfléchie sur un autre endroit éclairé. Et cela peut être rendu manifeste en ce que surtout, de même que l'amour divin est tout éternel, de même il convient que son objet soit nécessairement éternel, afin que soient éternelles les choses qu'il aime. Ainsi fait-il aimer par cet amour ; car la sagesse, à quoi tend cet amour, est éternelle. Aussi est-il écrit d'elle : « Depuis le début des siècles je suis créée, et au siècle qui doit venir je ne ferai pas défaut[1] » ; alors que, dans les Proverbes de Salomon, la Sagesse dit elle-même : « Je suis ordonnée éternellement[2] » ; et, au début de Jean dans l'Évangile, on peut clairement noter son éternité[3]. Il en résulte que, partout où resplendit cet amour, tous les autres amours deviennent obscurs et comme éteints, parce que son objet l'emporte et domine infiniment sur les autres objets. Les excellents philosophes nous l'ont montré ouvertement dans leurs actes, et nous savons qu'ils ont méprisé toutes les choses sauf la sagesse. Ainsi Démocrite, insoucieux de sa propre personne, ne se coupait ni la barbe ni les cheveux ni les ongles ; Platon, insoucieux des biens temporels, méprisa la dignité royale, alors qu'il était fils de roi ; Aristote, insoucieux de tout autre ami que la sagesse, combattit son meilleur ami, Platon, qu'on vient justement de nommer. Et pourquoi parler d'eux, alors que nous en trouvons d'autres qui, pour ces pensées, méprisèrent leur vie : tels Zénon, Socrate, Sénèque et bien d'autres ? Il est donc manifeste que la puissance divine, comme en un ange, descend chez les hommes sous la forme de cet amour. Pour en donner l'expérience, le texte s'exclame ensuite : *si quelque gente dame en doute, qu'elle aille à elle et ses actes contemple*. Par gente dame on entend une âme d'esprit noble, libre en son propre pouvoir, qui est la raison. Les autres âmes ne peuvent donc se dire dames, mais servantes, parce qu'elles ne sont pas libres, mais au service d'autrui ; au second livre de la *Métaphysique*[4], le Philosophe dit qu'est libre la chose qui est de soi-même la cause et non celle d'autrui.

---

1. *Eccles.*, XXIV, 14. 2. *Prov.*, VIII, 23. 3. *Jean*, I, 1 : « Au commencement était le Verbe, et le Verbe était avec Dieu. » 4. Aristote, *Métaphysique*, I, 2.

On dit : *qu'elle aille à elle et ses actes contemple*, c'est-à-dire qu'elle aille en compagnie de cet amour et regarde ce qu'elle en trouvera. Et l'on en touche un mot, en disant : *Là où elle parle, descend*, c'est-à-dire là où la philosophie est en acte, descend une pensée céleste, où l'on dit que c'est une opération plus qu'humaine : et l'on dit « du ciel » pour donner à entendre que, non seulement elle, mais aussi les pensées amies sont libérées des choses basses et terrestres. Puis l'on dit ensuite comment elle renforce et enflamme amour partout où elle se montre, par la suavité de ses actes, car tous ses aspects sont honnêtes, doux et sans outrance. Ensuite, pour persuader davantage ces gentes dames, on dit : *en toute dame est noble ce qu'en elle on trouve, et beau ce qui à elle ressemble*. On ajoute encore : *Et encore l'on peut dire que sa vue nous aide* : où il faut savoir que le regard de cette dame fut généreusement disposé pour nous, non seulement pour qu'on voie le visage qu'elle nous montre, mais pour qu'on désire acquérir les choses qu'elle nous tient cachées. Aussi, de même que grâce à elle on voit par raison beaucoup de ces choses — ce qui sans elle semblerait miraculeux —, de même, l'on croit grâce à elle que tout miracle peut avoir sa raison dans un plus haut intellect, et par conséquent peut être en fait. Notre foi en tire son origine ; l'espérance en découle, qui est désir de ce qui est prévu ; et l'opération de la charité en découle. Par ces trois vertus[1], l'on monte philosopher en ces Athènes célestes, où les Stoïciens, Péripatéticiens et Épicuriens concourent en une volonté unanime à la recherche de la vérité éternelle.

CHAPITRE XV

Au chapitre précédent, cette glorieuse dame est louée selon l'une des parties qui la composent, c'est-à-dire amour. Dans celui-ci, où j'entends commenter la strophe qui commence par : *Des choses apparaissent sur son visage*, il convient de dire en louant son autre

---

1. La foi, l'espérance et la charité.

partie, c'est-à-dire la sagesse. Le texte dit donc qu'au visage de cette dame apparaissent des choses qui montrent les joies du Paradis ; et il précise le lieu où cela apparaît, c'est-à-dire dans les yeux et dans le rire. Il convient ici de savoir que les yeux de la Sagesse sont ses démonstrations, par quoi l'on voit la vérité de façon très certaine ; et le rire, ce sont ses persuasions, où l'on montre la lumière intérieure de la sagesse sous quelque voile : en ces deux choses on éprouve ce très haut plaisir de béatitude, qui est le bien suprême au Paradis. Ce plaisir ne peut être ici-bas en aucune autre chose qu'en regardant en ces yeux et en ce rire. La raison en est la suivante : étant donné que chaque chose désire naturellement sa perfection, sans elle l'homme ne peut être content, ce qui signifie être bienheureux. Car, même s'il avait d'autres choses, sans elle demeurerait en lui un désir : il ne peut avoir la béatitude pour compagne, parce que la béatitude est chose parfaite et que le désir est chose défectueuse ; personne, en effet, ne désire ce qu'il a, mais on désire ce qu'on n'a pas : ce qui est un défaut manifeste. En ce regard seulement s'acquiert la perfection humaine, c'est-à-dire la perfection de la raison, dont dépend toute notre essence, comme de sa partie principale. Toutes nos autres opérations — sentir, nourrir et autres — sont en vue de celle-ci seulement, tandis que celle-ci est en vue d'elle-même et non d'autrui ; de sorte que, l'une étant parfaite, l'autre l'est aussi ; au point que l'homme, en tant qu'il est homme, voit achevé son désir et est ainsi bienheureux. Aussi dit-on au livre de la Sagesse : « Qui rejette la sagesse et la doctrine est malheureux[1] » : ce qui est privation de bonheur. Il s'ensuit qu'être heureux s'obtient par la pratique habituelle de la sagesse et que « être heureux », c'est « être content », selon le jugement du Philosophe[2]. On voit donc comment apparaissent des choses du Paradis au visage de cette dame. Aussi lit-on au livre de la Sagesse déjà cité, en parlant d'elle : « Elle est candeur de lumière éternelle et miroir sans tache de la majesté de Dieu[3]. »

Puis, quand il est dit : *Notre esprit elles dominent*, je m'excuse de ne pouvoir que peu parler de ces choses, du fait de leur démesure. Où il faut savoir que d'une certaine manière elles aveuglent notre intellect, en ce qu'elles affirment l'existence de certaines choses, que notre intellect ne peut regarder, c'est-à-dire Dieu, l'éternité et

---

1. *Sap.*, III, 11. 2. Aristote, *Éthique*, X, 7. 3. *Sap.*, VII, 26.

la première matière : choses que l'on voit très certainement et que de toute sa foi l'on croit être, mais dont nous ne pouvons comprendre ce qu'elles sont, alors que personne ne peut approcher de leur connaissance, sinon comme en songe, et non pas autrement. En vérité, certains peuvent ici grandement douter qu'il soit possible que la sagesse rende l'homme bienheureux, alors qu'elle ne peut lui montrer parfaitement certaines choses ; étant donné que l'homme éprouve naturellement le désir de savoir et que, ne pouvant satisfaire son désir, il ne peut être bienheureux. À quoi l'on peut clairement répondre qu'en chaque chose le désir naturel est mesuré selon la possibilité de celui qui désire : autrement il se contredirait lui-même, ce qui est impossible ; et la Nature l'aurait fait en vain, ce qui est également impossible. Il se contredirait lui-même, car, désirant sa perfection, il désirerait son imperfection. En effet, il désirerait toujours désirer et ne jamais satisfaire son désir (en cette erreur tombent les maudits avares, qui ne s'aperçoivent pas qu'ils désirent toujours désirer, poursuivant un chiffre impossible à atteindre). La nature l'aurait également fait en vain, car il ne serait ordonné en vue d'aucune fin. Aussi le désir humain est-il proportionné en cette vie à la science que l'on peut avoir ici-bas ; et il ne franchit pas ce point sinon par une erreur qui est hors de l'intention naturelle. Il est ainsi mesuré dans la nature angélique, quant à la sagesse que la nature de chacun peut appréhender. C'est la raison pour laquelle les saints n'ont pas entre eux d'envie, car chacun atteint la fin de son désir, désir qui est mesuré selon la bonté de sa nature. Aussi, étant donné qu'il n'est pas possible à notre nature de connaître Dieu ni ce que sont certaines choses, nous ne désirons naturellement pas le savoir. Ainsi ce doute est-il résolu.

Puis, quand le texte dit : *Sa beauté fait pleuvoir des flammes*, il en vient à un autre plaisir du paradis, c'est-à-dire la félicité qui fait suite à la première et qui procède de la beauté de cette dame. Où il faut savoir que la morale est la beauté de la Philosophie ; car comme la beauté du corps procède des membres en ce qu'ils sont bien ordonnés, de même la beauté de la sagesse, qui est — comme on l'a dit — le corps de la Philosophie, procède de l'ordre des vertus morales, qui font qu'elle plaît de façon sensible. Aussi dis-je que sa beauté, c'est-à-dire la morale, fait pleuvoir des flammes, c'est-à-dire un juste appétit engendré dans le plaisir de la doctrine morale ; lequel appétit nous éloigne aussi des vices naturels ainsi que des autres. Ainsi naît cette félicité, que définit Aristote au premier livre de l'*Éthique*[1], en disant que c'est une opération conforme à la vertu en une vie parfaite. Quand le texte dit : *Aussi, si quelque dame entend blâmer sa beauté*, il procède à la louange de cette dame, criant aux gens de la suivre en leur disant ses bienfaits, à savoir qu'à la suivre chacun devient bon. Aussi dit-on *si quelque dame*, c'est-à-dire quelque âme, entend blâmer sa beauté, parce qu'elle n'a pas une apparence convenable, qu'elle regarde cet exemple.

Où il faut savoir que les bons comportements sont la beauté de l'âme, c'est-à-dire les vertus particulièrement, qui parfois par vanité ou par superbe deviennent moins belles et moins plaisantes, comme on pourra le voir au dernier livre[2]. Aussi dis-je que, pour fuir cela, l'on doit regarder cette dame, c'est-à-dire là où elle est exemple d'humilité ; c'est-à-dire en cette partie d'elle qui se nomme philosophie morale. J'ajoute que, la regardant (je veux dire la sagesse) en cet endroit, tout homme vicié redeviendra droit et bon ; et je dis donc : *Elle est dame qui tout pervers humilie*, c'est-à-dire qu'elle ramène doucement quiconque a quitté le droit chemin. Enfin, pour faire une louange suprême de la sagesse, je dis qu'elle est mère de tout et antérieure à tout commencement, en disant qu'avec elle Dieu initia le monde et notamment le mouvement du ciel, qui engendre toutes choses et par qui tout mouvement est commencé et mû : en disant : *Elle fut pensée par qui a ébranlé l'univers*. Cela veut dire qu'elle était en la pensée divine, qui est l'intellect même, quand il fit le monde ; d'où il s'ensuit qu'elle le fit. Aussi Salomon dit-il au livre des Proverbes en la personne de la Sagesse : « Quand Dieu apprêtait les cieux, j'étais présente ; quand par une loi certaine et un contour certain il traçait les abîmes ; quand en haut il arrêtait l'éther et suspendait les sources ; quand il traçait les limites de la mer et imposait des lois aux eaux, pour qu'elles ne franchissent pas leurs frontières ; quand il jetait les fondements de la terre, j'étais encore avec lui, disposant les choses, et chaque jour me réjouissait[3]. »

Ô pis que morts, vous qui fuyez l'amitié de cette dame, ouvrez les yeux et regardez : car, avant que vous ne fussiez, elle vous aima,

---

1. *Éthique*, I, 6.   2. Le livre XV du *Banquet*, selon l'intention (non réalisée) de Dante.   3. *Prov.*, VIII, 27-30.

arrangeant et ordonnant votre venue ; et, après que vous fûtes faits, pour vous guider, elle vint à vous en votre similitude[1]. Si vous ne pouvez tous venir en sa présence, honorez-la en ses amis[2] et suivez leurs commandements, en ce qu'ils annoncent la volonté de cette éternelle impératrice. Ne fermez pas vos oreilles à ce que vous dit Salomon, quand il dit que « la voie des justes est comme une lumière éclatante, qui avance et croît jusqu'au jour de la béatitude[3] » : les suivant, observant leurs actions, qui pour vous doivent être une lumière sur le chemin de cette très brève vie.

Ici peut s'achever le sens véritable de la présente chanson. En vérité, la dernière strophe, qui est placée là comme refrain[4], peut être ici aisément ramenée du sens littéral à l'allégorique, sauf en ce qu'il est dit que j'appelai cette dame *cruelle et dédaigneuse*. Où il faut savoir qu'initialement la philosophie me paraissait quant à son corps, c'est-à-dire la sagesse, cruelle ; car elle ne me souriait pas, en ce que je n'entendais pas encore ses persuasions ; et elle me semblait dédaigneuse, car elle ne tournait pas vers moi ses yeux, c'est-à-dire que je ne pouvais voir ses démonstrations : de tout cela, le défaut était de mon côté. Par là et par ce qui est dit au sens littéral, le sens allégorique du refrain est manifeste ; si bien qu'il est temps, pour aller de l'avant, de mettre fin à ce livre.

---

1. La Sagesse éternelle a pris forme humaine en la personne du Christ. 2. Les philosophes. 3. *Prov.*, IV, 18. 4. *Cf. Banquet*, livre II.

LIVRE IV

Les douces rimes d'amour que d'ordinaire
j'allais cherchant en mes pensées,
il faut que je laisse ; non que je n'espère
à elles revenir,
5 mais parce que les attitudes dédaigneuses et cruelles,
qui en ma dame
sont apparues, m'ont barré la route
de mes paroles coutumières.
Puisqu'il me semble temps d'attendre,
10 j'abandonnerai le doux style
que je suivis en parlant d'amour ;
et je dirai de la vaillance
qui vraiment rend l'homme noble,
en rimes âpres et subtiles ;
15 blâmant le jugement faux et vil
de ceux qui veulent que de la noblesse
richesse soit le fondement.
Commençant, j'en appelle à ce seigneur[1],
qui en les yeux de ma dame demeure,
20 par qui de soi-même elle s'enamoure.

Tel empereur[2] prétendit que noblesse,
à son avis,

---

1. Amour et/ou vérité. **2.** Frédéric II (1194-1250).

était possession de biens ancienne,
jointe à un bon comportement ;
25 tel autre fut de plus léger savoir,
qui reprit ces dires
et en ôta la dernière partie[1],
qu'il n'avait pas sans doute !
Derrière lui s'en viennent tous ceux
30 qui font autrui noble par lignée
longuement demeurée en grande richesse ;
tant a duré
chez nous cette opinion si fausse
que l'on appelle homme noble
35 celui qui peut dire : « Je fus
neveu ou fils de tel vaillant homme »,
bien qu'il n'ait nulle valeur.
Mais très vil semble à qui le vrai discerne,
celui qui, instruit du chemin, le manque
40 et parvient à être un mort[2] qui marche !

Qui définit l'homme plante animée,
d'abord ne dit pas vrai,
et au faux ajoute l'incomplet[3] ;
mais peut-être ne voit-il point au-delà.
45 Semblablement, qui gouverne l'empire[4]
s'est trompé en sa définition,
car d'abord il affirme une chose fausse[5]
et d'autre part procède avec défaut ;
car, bien qu'on le croie, les richesses
50 ne peuvent ôter ni donner la noblesse,
car elles sont viles par nature :
or qui peint une figure,
si elle n'est en lui, ne la peut former[6]
et la droite tour
55 n'est pas abattue par un lointain fleuve[7].

---

1. C'est-à-dire les bons comportements. 2. Parce qu'il n'a pas de vie rationnelle. 3. En ce sens que l'homme n'est pas une plante (affirmation fausse) et qu'il n'est pas seulement être animé (affirmation incomplète), mais aussi rationnel. 4. *Cf.* p. 296, note 2. 5. À savoir que la noblesse est liée à une richesse ancienne. 6. *Cf.* le commentaire de Dante, ci-dessous, au chap. x. 7. *Cf. ibid.*

Qu'elles[1] soient viles et imparfaites,
est visible au fait que, réunies,
elles n'apaisent, mais causent plus de souci encore ;
l'âme droite et juste
60   par leur perte n'est pas abattue.

Ils[2] refusent qu'un vilain devienne noble
et que de vils parents descende
une lignée qu'on vienne à juger noble :
c'est là ce qu'ils déclarent ;
65   ainsi leur raisonnement semble se contredire,
en ce qu'ils affirment
que le temps est condition de noblesse,
par celui-ci définie[3].
Il s'ensuit encore de ces prémisses
70   que tous nous sommes nobles ou vilains,
ou bien que l'homme n'a jamais commencé[4] ;
mais je n'y puis consentir,
ni eux-mêmes d'ailleurs, s'ils sont chrétiens !
Aux esprits sains il est donc
75   manifeste que leurs dires sont vains ;
pour faux je les réprouve
et d'eux m'éloigne.
Or je veux dire, selon mon sentiment,
ce qu'est noblesse et d'où elle vient,
80   et à quels signes on juge l'homme noble.

Je dis que toute vertu essentiellement
d'une seule racine vient :
vertu, dis-je, qui rend l'homme heureux
en ses œuvres.
85   C'est, selon ce que dit l'Éthique[5],
un choix habituel
qui demeure seulement au juste milieu :
c'est ainsi qu'elle s'exprime.
Je dis que la noblesse comme telle

---

1. Les richesses. 2. Les sots du vers 29. 3. *Cf.* le commentaire de Dante, ci-dessous, au chapitre XIV. 4. *Cf. ibid.*, chap. XV.   5. II, 6.

90　　entraîne toujours le bien de son sujet,
　　　comme la vilenie toujours en entraîne le mal ;
　　　et telle vertu
　　　toujours d'elle-même donne une bonne image ;
　　　en un même propos
95　　elles[1] convergent, car elles ont même effet.
　　　Aussi convient-il que de l'autre vienne l'une,
　　　ou d'une tierce cause chacune ;
　　　mais, si l'une vaut ce que vaut l'autre
　　　et plus encore, d'elle plutôt elle viendra.
100　Que ce que j'ai dit serve ici de prémisse.

　　　Il est noblesse partout où est vertu,
　　　mais non vertu partout où elle se trouve[2],
　　　de même qu'est le ciel partout où sont les étoiles,
　　　mais non vice versa.
105　Aux dames et au jeune âge
　　　nous voyons cette perfection,
　　　quand de vergogne elles ont la réputation[3] :
　　　chose de vertu distincte.
　　　Donc viendront, comme du noir le pers[4]
110　de noblesse toutes vertus,
　　　ou leur principe, qu'avant je citai[5].
　　　Que nul donc ne se vante,
　　　disant : « Par lignée je suis avec elle »,
　　　car ils sont presque des dieux
115　ceux qui ont telle gloire, loin de toute faute ;
　　　Dieu seul la donne à l'âme
　　　qu'il voit en sa personne
　　　parfaitement demeurer : si bien qu'il apparaît
　　　que noblesse est graine de félicité
120　mise par Dieu en l'âme bien dispose.

　　　L'âme que cette qualité orne
　　　ne la tient pas cachée,

---

1. La noblesse et la vertu. 2. Dante affirme que la noblesse a une plus grande extension que la vertu, qui n'en est qu'une manifestation. 3. *Cf.* livre IV, chap. XIX. 4. *Cf. ibid.*, chap. XX. 5. *Cf.* vers 81-82.

>   car, du début où elle s'unit au corps,
>   elle la montre jusqu'à la mort.
> 125   Obéissante, suave et pleine de vergogne
>   elle est en son premier âge,
>   et le corps elle orne de beauté,
>   en l'accord de ses membres.
>   En sa jeunesse, elle est tempérée et forte,
> 130   pleine d'amour et de courtoise louange,
>   et prend son plaisir à être loyale.
>   En sa vieillesse, elle est
>   juste et sage et a renom de magnificence ;
>   elle se réjouit en soi-même
> 135   de dire et d'entendre les prouesses des autres.
>   Puis, au quatrième âge de la vie,
>   avec Dieu elle se remarie,
>   contemplant la fin qui l'attend,
>   et le temps passé elle bénit.
> 140   Or voyez combien sont ceux qui se trompent !
>
>   Contre les errants, tu t'en iras, chanson ;
>   et quand tu seras
>   en un lieu où se trouve notre dame,
>   ta mission ne lui dissimule pas :
> 145   assurément tu peux lui dire :
>   « De votre amie je vais parlant. »

CHAPITRE I

Amour, selon l'avis des sages qui parlent de lui et selon ce que nous voyons continuellement par expérience, est ce qui conjoint et unit l'amant à la personne aimée ; aussi Pythagore dit-il : « En l'amitié, plusieurs ne font qu'un[1]. » Parce que les choses conjointes se communiquent naturellement entre elles leurs qualités, en sorte

---

1. Cité par Cicéron, *De officiis*, I, 17.

que parfois l'une rejoint totalement la nature de l'autre, il advient que les sentiments de la personne aimée pénètrent en la personne de l'autre, si bien que l'amour de l'une se communique à l'autre, et de même la haine, le désir et tout autre sentiment. Aussi les amis de l'un sont-ils aimés de l'autre, et les ennemis sont-ils haïs ; et l'on dit en grec ce proverbe : « Les amis doivent tout avoir en commun[1]. » Moi-même, devenu ami de cette dame[2], nommée ci-dessus dans l'exposition du vrai sens, je commençai à aimer et à haïr comme elle aimait et haïssait. Je commençai donc à aimer les sectateurs de la vérité et à haïr les sectateurs de l'erreur et de la fausseté, comme elle le fait. Mais, parce que toute chose est à aimer pour soi-même et qu'aucune n'est à haïr sinon par ajout de malice, il est raisonnable et honnête de haïr non les choses, mais les malices des choses et de s'efforcer de s'en détacher. Si quelque personne tend à cette fin, mon excellente dame y tend plus que toute autre : à détacher — dis-je — la malice des choses, qui est cause de haine ; parce que en elle est toute raison et que l'honnêteté en elle est originelle. Pour moi, la suivant autant que je pouvais dans l'action comme dans le sentiment, je détestais et méprisais les erreurs des gens, non pour couvrir d'infamie et de honte ceux qui se trompaient, mais leurs erreurs ; les blâmant, je pensais les rendre déplaisantes et, après qu'elles eurent déplu, les faire abandonner par ceux que de leur fait je haïssais. Parmi ces erreurs, il en était une que je reprenais surtout, qui n'est pas seulement dommageable et périlleuse pour ceux qui s'y trouvent, mais qui apporte aussi douleur et dommage à ceux qui la reprennent. C'est l'erreur quant à la bonté humaine, en ce qu'elle est semée en nous par la nature et qui doit être appelée « noblesse » ; par mauvaise habitude et défaut d'intelligence, elle était si confortée que l'opinion de presque tout le monde en était faussée : de la fausse opinion naissaient les faux jugements et des faux jugements naissaient d'injustes manifestations de respect et de mépris ; ce pour quoi les bons étaient tenus en grossier mépris et les méchants honorés et exaltés. Cette chose était une horrible confusion du monde, comme peut le voir qui regarde attentivement ce qui peut en résulter. Étant donné que ma dame changeait un peu en ses doux aspects à mon égard, surtout en ces parties où je regardais et cherchais si la première matière des élé-

---

1. *Ibid.*, I, 16. 2. La philosophie.

ments était conçue dans la pensée de Dieu[1], je m'abstins un moment de fréquenter sa vue[2] ; en son absence, je me mis à considérer en mon esprit ladite erreur[3]. Pour fuir l'oisiveté, qui est une grande ennemie de cette dame, et pour détruire cette erreur qui lui ôte tant d'amis, je me proposai de crier aux gens qu'ils suivaient un mauvais chemin, afin qu'ils prennent le bon ; et je commençai une chanson où je dis au début : *Les douces rimes d'amour que d'ordinaire.* J'entends y ramener les gens sur le bon chemin quant à leur connaissance de la vraie noblesse, comme on pourra le voir en prenant connaissance de son texte, à l'exposition duquel on s'applique. Parce que en cette chanson on s'appliqua à donner un remède si nécessaire, il n'était pas bon de parler de façon figurée, mais il convint d'administrer aussitôt cette médecine, afin qu'aussitôt revienne la santé ; car elle était si atteinte qu'on se précipitait vers une horrible mort.

Il ne sera donc pas besoin de découvrir quelque allégorie dans l'exposition de cette chanson, mais seulement de développer le sens selon la lettre. Par ma dame j'entends toujours celle qui est dite dans le précédent propos, c'est-à-dire cette très forte lumière, la Philosophie, dont les rayons font dans les fleurs bourgeonner et fructifier la vraie noblesse des hommes, dont la chanson proposée entend pleinement traiter.

CHAPITRE II

Au début de l'exposition que j'entreprends, pour mieux donner à entendre le sens de la chanson proposée, il convient de la diviser d'abord en deux parties ; dans la première partie on fait un prologue ; dans la seconde on développe le propos. La seconde partie commence au début de la seconde strophe, quand il est dit : *Tel empereur prétendit que noblesse.* La première partie peut également

---

1. Ou dans son dessein. 2. La métaphore signifie que, rencontrant de graves difficultés dans l'étude de la philosophie, Dante s'arrêta un moment d'étudier et composa alors la chanson commentée dans ce livre du *Banquet.* 3. C'est-à-dire les jugements du monde sur la noblesse.

se composer de trois membres. Dans le premier, il est dit pourquoi je m'écarte de mon langage habituel ; dans le second, je dis ce que j'ai l'intention de traiter ; dans le troisième, je demande de l'aide à celle qui peut m'aider davantage, c'est-à-dire la vérité. Le second membre commence par : *Puisqu'il me semble temps d'attendre*. Le troisième commence par : *Commençant, j'en appelle à ce seigneur*.

Je dis donc qu'il me faut laisser les douces rimes que mes pensées avaient coutume de rechercher. J'en donne la raison en disant que ce n'est pas parce que je n'entends plus faire de poèmes d'amour, mais parce que de nouvelles attitudes sont apparues en ma dame, qui m'ont ôté de quoi parler présentement d'amour. Où il faut savoir que l'on ne dit que selon l'apparence que les actes de cette dame sont dédaigneux et cruels ; de même, au deuxième chapitre du livre précédent, l'on peut voir comment je dis une autre fois qu'apparence et vérité étaient discordantes. Comment il est possible qu'une chose soit douce et semble amère, ou bien qu'elle soit claire et apparaisse obscure, on peut ici suffisamment le voir.

Après, quand je dis : *Puisqu'il me semble temps d'attendre*, je dis, comme il a été dit, ce que j'entends traiter. Il ne faut pas ici sauter à pieds joints sur ce que l'on dit par « temps d'attendre », parce que c'est une très forte raison de mon entreprise ; mais il faut voir comment l'on doit raisonnablement attendre le temps dans toutes nos actions, et surtout en parlant. Selon ce que dit Aristote au quatrième livre de la *Physique*[1], le temps est « compte du mouvement, selon l'avant et l'après » et « compte du mouvement céleste », qui dispose diversement les choses d'ici-bas pour qu'elles reçoivent quelque forme. Car la terre est disposée différemment au début du printemps pour recevoir les formes des herbes et des fleurs, et l'hiver différemment ; et une saison est disposée différemment d'une autre pour recevoir la semence. De même notre esprit, en ce qu'il est fondé sur la complexion du corps, est disposé différemment à suivre le mouvement du ciel en un temps et en un autre. Aussi les paroles, qui sont comme la semence de l'action, doivent-elles être exprimées et tues avec un grand discernement, tant pour qu'elles soient bien reçues et doucement fructueuses, que pour qu'elles ne soient pas frappées de stérilité. On doit donc prendre garde au temps, en ce qui concerne tant celui qui parle, que celui

---

1. *Physique*, IV, 14.

qui doit entendre : car, si celui qui parle est mal disposé, ses paroles sont souvent dommageables ; et, si celui qui entend est mal disposé, bien que bonnes, les paroles sont mal reçues. Salomon dit donc dans l'Ecclésiaste : « Il y a un temps pour parler et un temps pour se taire[1]. » Pour moi, me sentant mal disposé, pour la raison dite au chapitre précédent, à parler d'Amour, il me sembla devoir attendre le temps, qui apporte avec soi la fin de tout désir et en fait cadeau, comme un donateur, à ceux à qui il ne déplaît pas d'attendre. C'est pourquoi saint Jacques dit dans son Épître : « Voici que l'agriculteur attend le précieux fruit de la terre, endurant patiemment jusqu'à ce qu'il reçoive le saisonnier et le tardif[2]. » Toutes nos difficultés, si nous parvenons à trouver leurs origines, découlent de notre méconnaissance de l'usage du temps.

Je dis : puisqu'il me semble temps d'attendre, j'abandonnerai, c'est-à-dire je laisserai de côté, « mon style », c'est-à-dire la « douce » façon de dire, que j'ai employée en parlant d'Amour ; et je dis que je parle de cette « vaillance » par laquelle l'on est vraiment noble. Bien que l'on entende « vaillance » de plusieurs manières, on prend ici « vaillance » au sens de puissance de nature, ou de bonté par celle-ci donnée, comme on le verra ci-dessous[3]. Je promets de traiter de cette matière *en rimes âpres et subtiles*. Il faut donc savoir que « rime » peut être considéré de deux façons, c'est-à-dire au sens large et étroit : au sens étroit, on l'entend seulement comme la concordance que l'on a coutume d'établir entre la dernière et l'avant-dernière syllabe ; quand on l'entend au sens large, on l'entend comme tout ce qui est dit en nombre et en temps réglé en consonances rimées : c'est ainsi qu'en ce prologue on doit l'entendre et le concevoir. On dit *âpres* quant à la sonorité de l'expression, parce qu'il ne convient pas en une telle matière d'être doux ; et l'on dit *subtiles* quant au sens des mots, qui procèdent subtilement dans leur argumentation et leur discussion. J'ajoute : *blâmant le jugement faux et vil,* où l'on se promet encore de réprouver le jugement des gens qui sont pleins d'erreur ; *faux*, c'est-à-dire éloigné de la vérité ; et *vil*, c'est-à-dire affirmé et conforté par la vilenie. Il faut observer ici que dans ce prologue l'on promet d'abord de traiter de la vérité et puis de réprouver les choses fausses, alors que dans l'exposition l'on fait le contraire, car l'on

1. *Eccl.*, III, 7. 2. *Jac.*, V, 7. 3. *Cf.* livre IV, chap. XVI.

éprouve d'abord les choses fausses et puis l'on traite de la vérité : ce qui ne semble pas répondre à ce que l'on a promis. Il faut donc savoir que, bien que l'on vise l'un et l'autre, on vise principalement à traiter de la vérité ; et l'on vise à réprouver les choses fausses en ce que cela fait mieux apparaître la vérité. On promet ici de traiter de la vérité en tant qu'invention principale, qui procure à l'âme des auditeurs le désir d'entendre : dans l'exposition, on réprouve d'abord les choses fausses, afin que, ayant mis en fuite les opinions fausses, on perçoive plus librement ensuite la vérité. C'est ce procédé que suivit le maître de la raison humaine, Aristote, qui toujours combattit d'abord les adversaires de la vérité ; et puis, les ayant convaincus, montra la vérité.

Enfin, quand je dis : *Commençant, j'en appelle à ce seigneur*, je demande que la vérité m'accompagne, qui est le seigneur qui demeure dans les yeux, c'est-à-dire dans les démonstrations de la philosophie : c'est bien un seigneur, car l'âme qui est son épouse est dame, alors qu'autrement elle est servante et privée de toute liberté. Et l'on dit : *par qui de soi-même elle s'enamoure*, parce que la philosophie, qui, comme on l'a dit au livre précédent[1], est une amoureuse pratique de la sagesse, se regarde soi-même, quand lui apparaît la beauté de ses yeux. Ce qui signifie que, non seulement l'âme qui philosophe contemple cette vérité, mais qu'elle contemple sa propre contemplation et la beauté de celle-ci, se retournant sur soi-même et s'enamourant de soi-même du fait de la beauté de son premier regard. Ainsi s'achève ce qu'en trois membres et en manière de prologue propose le texte de ce livre.

CHAPITRE III

Ayant vu le sens de ce prologue, il faut poursuivre. Pour mieux expliquer ce texte, il faut le diviser en ses parties principales, qui sont au nombre de trois. Dans la première, on traite de la noblesse selon l'opinion d'autrui ; dans la seconde, on en traite selon sa

---

1. *Cf.* livre III, chap. XII.

propre opinion ; dans la troisième, on s'adresse à la chanson pour apporter quelque ornement à ce qui a été dit. La seconde partie commence par : *Je dis que toute vertu essentiellement*. La troisième commence par : *Contre les errants, tu t'en iras, chanson*. Après ces trois parties, il convient de faire d'autres divisions, pour bien comprendre ce que l'on entend montrer. Que nul donc ne s'étonne que l'on procède par de nombreuses divisions, étant donné que l'on s'occupe présentement d'un grand et profond sujet, peu traité par les auteurs ; et qu'il convient que l'exposé où l'on s'engage maintenant, soit long et subtil, afin de débrouiller parfaitement le texte selon le sens qu'il contient.

Je dis donc que présentement cette première partie se divise en deux : dans la première, on expose les opinions d'autrui ; dans la seconde, on les réprouve ; cette seconde partie commence par *Qui définit l'homme plante animée*. La première partie restante a encore deux membres : le premier est le récit de l'opinion de l'empereur ; le second est le récit de l'opinion du vulgaire, qui est dépourvu de toute raison. Le second membre commence par : *tel autre fut de plus léger savoir*. Je dis donc : *Tel empereur*, c'est-à-dire celui qui occupa la charge impériale : où il faut savoir que Frédéric de Souabe, dernier empereur des Romains — je dis dernier quant à l'époque présente, bien que Rodolphe, Adolphe et Albert aient été ensuite élus après sa mort et celle de ses descendants[1] — prié de dire ce qu'était la noblesse, répondit que c'était ancienne richesse et bon comportement. Je dis que *tel autre fut de plus léger savoir* : car, pensant et retournant cette définition, il en retrancha la dernière partie, c'est-à-dire le bon comportement, et s'en tint à la première, c'est-à-dire l'ancienne richesse. Selon ce que le texte semble soupçonner, c'est peut-être parce qu'il n'avait pas un bon comportement, et qu'il ne voulait pas perdre la réputation de noblesse, qu'il la définit selon ce qui lui convenait, à savoir la possession d'ancienne richesse. Je dis que cette opinion est presque universelle, disant que la suivent tous ceux qui déclarent nobles ceux dont la lignée a été longtemps riche ; car presque tous aboient en ce sens. Ces deux opinions — bien que l'une, comme on l'a dit,

---

[1]. Rodolphe de Habsbourg (élu roi des Romains en 1273), Adolphe de Nassau (élu en 1291) et Albert Ier de Habsbourg (élu en 1298) ne furent pas couronnés à Rome, raison pour laquelle Dante ne les considère pas comme des empereurs légitimes.

ne soit pas totalement négligeable — semblent confortées par deux très fortes raisons. La première est que, comme le dit le Philosophe, l'opinion du grand nombre ne peut être totalement fausse ; la seconde raison est l'autorité que possède la définition de l'empereur. Pour que l'on discerne mieux ensuite la force de la vérité, qui l'emporte sur toute autorité, j'entends montrer combien l'une et l'autre de ces raisons sont utiles et puissantes. Premièrement, puisqu'on ne peut rien savoir de l'autorité impériale sans remonter à ses racines, il faut en traiter intentionnellement dans un chapitre spécial.

CHAPITRE IV

Le fondement originel de la majesté impériale, selon la vérité, est pour les hommes la nécessité d'une vie en société, qui est ordonnée en vue d'une seule fin, c'est-à-dire le bonheur. Nul n'est par soi-même capable d'y parvenir sans l'aide de quelqu'un, étant donné que l'homme a besoin de nombreuses choses, auxquelles un seul ne peut satisfaire. Aussi le Philosophe dit-il que l'homme est naturellement un être sociable. De même qu'un homme requiert pour sa suffisance la compagnie domestique d'une famille, de même une maison requiert pour sa suffisance une paroisse : autrement elle souffrirait de nombreux manques qui empêcheraient sa félicité. Parce qu'une paroisse ne peut se satisfaire entièrement elle-même, il convient pour sa satisfaction qu'il y ait une ville. La ville requiert à son tour, pour ses métiers et sa défense, des liens et une fraternité avec les cités voisines : ce pour quoi fut fait le royaume. Or, étant donné que l'esprit humain ne se contente pas d'une possession limitée de territoire, comme nous le voyons par expérience, il convient que surgissent des discordes et des guerres entre royaume et royaume : elles sont les tribulations des villes, par les villes des paroisses, par les paroisses des maisons, et par les maisons de l'homme. Pour supprimer les guerres et leurs causes, il convient donc nécessairement que toute la terre et tout ce qu'il est donné de posséder à l'espèce humaine, soit une Monarchie, c'est-à-dire une seule principauté ayant un seul prince. Et que celui-ci, possédant tout et ne pouvant davantage désirer, maintienne contents les rois dans les limites de leurs royaumes, en sorte qu'entre eux règne la paix, en quoi les cités se reposent ; qu'en ce repos les paroisses s'aiment et qu'en cet amour les paroisses satisfassent tous leurs besoins ; de sorte qu'étant satisfait, l'homme vive dans la félicité : chose pour laquelle il est né. À ces raisons peuvent être reconduites les paroles du Philosophe dans la *Politique*, où il dit que, lorsque plusieurs choses sont ordonnées en vue d'une seule fin, il convient que l'une d'entre elles soit la règle, ou la régente, des autres, et que toutes celles-ci en soient régies et réglées. Ainsi voyons-nous sur un navire que diverses tâches et diverses fins sont ordonnées pour une seule fin, à savoir atteindre le port désiré par une voie sûre : là, de même que chaque officier ordonne son propre ouvrage en vue de sa propre fin, de même il en est un qui considère toutes ces fins et les ordonne en vue d'une fin ultime : c'est le pilote, à la voix duquel tous doivent obéir. Nous voyons cela dans les ordres religieux et dans les armées et en toutes choses qui sont, comme on l'a dit, ordonnées en vue d'une seule fin. On peut donc manifestement voir que, pour parfaire l'accord universel de l'espèce humaine, il faut qu'il y ait une personne, tel un pilote, qui, considérant les diverses conditions du monde, ait la charge universelle et indiscutable du commandement pour ordonner les tâches diverses et nécessaires. Cette tâche est par excellence nommée Empire, sans nulle autre adjonction, parce qu'il est commandement de tous les autres commandements. Ainsi celui à qui est confiée cette tâche est-il appelé Empereur, parce qu'il commande ceux qui commandent. Ce qu'il dit est la loi de tous et il doit être obéi de tous, cependant que tout commandement doit tirer de lui sa force et son autorité. Ainsi voit-on manifestement que la majesté et l'autorité impériales sont les plus hautes dans la société humaine.

En vérité quelqu'un pourrait ergoter en disant que, bien que le monde requière la charge impériale, ce fait ne rend pas raisonnablement souveraine l'autorité du prince des Romains, que l'on entend démontrer. Car la puissance romaine ne fut pas acquise de droit ni par la décision d'une assemblée universelle, mais par la force, qui semble contraire au droit. À quoi l'on peut aisément répondre que l'élection de cet officier souverain devait d'abord procéder de la décision qui pourvoit à tous, c'est-à-dire Dieu ; autrement, l'élection n'eût pas été égale pour tous, étant donné qu'avant le susdit officier, nul n'avait pour tâche le bien de tous. Parce qu'une plus douce aptitude à commander, plus forte à résister et plus habile à conquérir, ne fut et ne sera que celle du peuple latin — comme on peut le voir par expérience — et surtout de ce peuple saint, auquel était mêlé le noble sang troyen, à savoir Rome : pour toutes ces raisons Dieu le choisit pour cette tâche. Car, étant donné que l'on ne pouvait parvenir à l'obtenir sans une très grande vaillance et que, pour la remplir, il fallait une très grande et humaine bonté, c'était le peuple romain qui était le mieux disposé à cette tâche. Ce n'est donc pas par la force principalement que les Romains l'obtinrent, mais par la décision de la divine Providence, qui est au-dessus de tout droit. Virgile en est d'accord au premier chant de l'*Énéide*, quand il dit, parlant en la personne de Dieu : « À ceux-là — c'est-à-dire aux Romains — je ne fixe aucune limite de choses ni de temps, je leur ai donné une autorité sans fin[1]. » La force ne fut donc pas la cause déterminante, comme le croyait l'ergoteur, mais la cause instrumentale ; de même que les coups de marteau sont la cause instrumentale du couteau, alors que l'esprit du forgeron en est la cause efficiente et déterminante. Ce n'est donc pas la force, mais le droit — et divin encore — qui a été nécessairement à l'origine de l'empire romain. Qu'il en soit ainsi, on peut le voir par deux raisons très évidentes, qui montrent que cette cité impératrice a reçu de Dieu une naissance particulière et de Dieu une existence particulière. Mais, parce que l'on ne pouvait faire allusion à cela sans trop de longueur en ce chapitre et que les longs chapitres sont hostiles à la mémoire, je ferai une autre digression d'un chapitre pour montrer les raisons annoncées : ce qui ne se fera pas sans profit ni grand plaisir.

---

1. *Énéide*, I, 278-279.

CHAPITRE V

Il n'est pas étonnant que la divine Providence, qui dépasse toute intelligence angélique et humaine, procède souvent de façon occulte à notre endroit, étant donné que souvent les actions humaines cachent leur intention aux hommes mêmes. Mais il faut grandement s'étonner, lorsque l'exécution du jugement éternel procède si manifestement que notre raison le discerne. Aussi puis-je parler au commencement de ce chapitre par la bouche de Salomon qui dit en la personne de la Sagesse dans ses Proverbes : « Écoutez car ce sont de grandes choses dont je dois parler[1]. »

L'incommensurable bonté divine voulant rendre la nature humaine à nouveau conforme à son image, car du fait du péché de prévarication commis par le premier homme elle s'était éloignée et déformée d'avec Dieu, il fut décidé dans le très haut et très uni consistoire de la Trinité que le Fils de Dieu descendrait sur la terre pour réaliser cette concorde. Parce que, lors de sa venue en ce monde, il convenait que non seulement le ciel, mais aussi la terre fussent en une excellente disposition ; comme l'excellente disposition de la terre se réalise quand elle est monarchie, c'est-à-dire tout entière sous un seul prince, comme on l'a dit ci-dessus ; la divine Providence désigna le peuple et la cité qui devaient accomplir cette tâche, c'est-à-dire la glorieuse Rome. Parce que la demeure, également, où devait entrer le roi des cieux devait être très propre et pure[2], on désigna une lignée très sainte, d'où après de nombreux mérites naîtrait une femme meilleure que toutes les autres, qui serve de chambre au Fils de Dieu. Cette lignée est celle de David, d'où descendirent la joie et l'honneur de l'espèce humaine, c'est-à-dire Marie. Aussi est-il écrit dans Isaïe : « Il naîtra un rameau de la racine de Jessé et de sa racine s'élèvera une fleur[3] » ; et Jessé fut le père de David. Cela advint à la même époque, où David naquit et naquit Rome, c'est-à-dire quand Énée vint de Troie en Italie ; ce qui fut l'origine de la cité de Rome, comme en témoignent les textes. L'élection divine de l'empire romain est donc très manifeste, du fait de la naissance de la cité sainte, qui fut contemporaine de la lignée de Marie. Il faut incidemment noter que, depuis que le ciel

---

1. *Prov.*, VIII, 6. 2. La Vierge Marie. 3. *Isaïe,* XI, 1.

commença à tourner, il ne fut jamais en une meilleure disposition que lorsque descendit de là-haut Celui qui le fit et le gouverne ; comme aujourd'hui encore les mathématiciens peuvent le montrer grâce à leur art. Et jamais le monde ne fut ni ne sera aussi parfaitement disposé qu'en ce temps où il fut soumis à la voix d'un seul homme, prince du peuple romain et commandeur, comme en témoigne Luc l'évangéliste[1]. Parce qu'une paix universelle, qui jamais plus ne fut ni ne sera, régnait partout, le navire de la société humaine voguait à bon port, tout droit et par une douce route. Oh ! ineffable et incompréhensible sagesse de Dieu, toi qui en même temps pour ta venue, là-haut en Syrie[2] et ici en Italie, si tôt te préparas ! Oh ! sottes et viles bestioles, qui vous repaissez à la façon des hommes, filant et piochant, et avez la présomption de parler contre notre foi, prétendant savoir ce que Dieu a si sagement ordonné ! Soyez maudits ainsi que votre présomption et ceux qui croient en vous !

Comme il est dit ci-dessus à la fin du chapitre précédent, Rome reçut de Dieu non seulement une naissance particulière, mais une existence particulière. Car, en bref, en commençant par Romulus, qui en fut le premier père, jusqu'à son âge le plus parfait, c'est-à-dire à l'époque de son susdit empereur, son existence se déroula non seulement sous l'effet d'actions humaines, mais divines. Car, si nous considérons les sept rois qui d'abord la gouvernèrent, à savoir Romulus, Numa, Tullus, Ancus et les rois Tarquins, qui furent comme les tuteurs et gouverneurs de son enfance, nous pouvons trouver grâce aux écrits des historiens romains, et notamment de Tite-Live, qu'ils furent de diverses natures, selon l'opportunité de l'évolution du temps. Si nous considérons ensuite Rome en sa pleine adolescence, après qu'elle fut émancipée de la tutelle royale, depuis Brutus premier consul jusqu'à César prince souverain, nous la trouverons portée à son sommet par des citoyens non pas humains, mais divins, inspirés en leur affection pour elle non par un amour humain, mais divin. Et cela ne pouvait ni ne devait être qu'en fonction d'une fin particulière, projetée par Dieu en un tel déversement de vertus célestes. Qui pourra dire que, sans une inspiration divine, Fabricius refusa une quantité d'or presque infinie

---

1. *Luc*, II, 1. 2. Car certaines cartes géographiques de l'époque de Dante situaient le Moyen-Orient dans leur partie supérieure.

pour ne pas abandonner sa patrie ? Que Curion, que les Samnites tentaient de corrompre, refusa une très grande quantité d'or par amour pour sa patrie, disant que les citoyens romains ne voulaient pas posséder de l'or, mais les possesseurs de l'or ? Que Mucius brûla sa propre main, parce qu'il avait manqué le coup auquel il avait pensé pour libérer Rome ? Qui dira que Torquatus, condamnant son fils à mort par amour du bien public, avait pu souffrir cela sans l'aide divine ? Et de même Brutus ? Qui dira des Décius et des Drusus, lorsqu'ils offrirent leur vie pour leur patrie ? Qui dira que Régulus, capturé et envoyé à Rome afin d'échanger les prisonniers carthaginois avec lui et les autres Romains faits prisonniers, qui, après le retrait de l'ambassade, conseilla Rome contre lui-même, ne fut pas seulement poussé par l'humaine, mais par la divine nature ? Qui dira de Quinctius Cincinnatus, nommé dictateur et ôté à sa charrue, qui, sa charge terminée, la refusant spontanément, revint labourer ? Qui dira que Camille, mis au ban et chassé en exil, qui en revint pour libérer Rome de ses ennemis et, après la libération de celle-ci, retourna spontanément en exil pour ne pas offenser la majesté de l'autorité sénatoriale, ne le fit pas sans l'instigation divine ? Ô très sainte poitrine de Caton, qui aura la présomption de parler de toi ? L'on ne peut assurément plus hautement parler de toi qu'en se taisant, et suivre l'exemple de Jérôme quand dans son prologue à la Bible, là où il parle de Paul, il dit qu'il vaut mieux se taire que peu dire. Il doit être certain et manifeste que, remémorant la vie de ces hommes et d'autres divins citoyens, tant d'admirables actions ne purent être faites sans quelque lueur de la bonté divine qui s'ajoutait à leur bonne nature. Et il doit être manifeste que ces hommes excellents ont été des instruments, par lesquels la Providence divine agit au sein de l'empire romain, où à plusieurs reprises il sembla que le bras de Dieu était présent. Dieu ne mit-il pas la main en cette bataille où les Albains combattirent d'abord avec les Romains pour le commandement du royaume, quand un seul Romain eut entre ses mains la liberté de Rome[1] ? Dieu ne mit-il pas la main, quand les Français[2], ayant entièrement pris Rome, s'emparèrent furtivement de nuit du Capitole, et que seul le cri d'une oie le fit entendre ? Dieu ne mit-il pas la main, quand, du fait de la guerre d'Annibal, ayant perdu tant de leurs concitoyens que trois

---

1. Lors du combat entre les Horaces et les Curiaces. 2. Les Gaulois.

boisseaux de leurs anneaux[1] avaient été portés en Afrique, les Romains voulurent abandonner leur ville, si le jeune Scipion, ce chef béni, n'avait entrepris d'aller en Afrique pour libérer sa patrie ? Et Dieu ne mit-il pas la main, quand un nouveau citoyen de petite condition, à savoir Tullius[2], défendit la liberté romaine contre un citoyen aussi grand que Catilina ? Oui, assurément ! Aussi n'y a-t-il plus rien à demander pour comprendre qu'une naissance particulière et une particulière existence, pensée et ordonnée par Dieu, étaient celles de la cité sainte. Je suis assurément d'avis que les pierres qui sont dans ses murailles sont dignes de respect, et que le sol où elle réside est plus digne encore de ce que proclament et approuvent les hommes.

CHAPITRE VI

Ci-dessus, au troisième chapitre du présent livre, on a promis de traiter de la hauteur de l'autorité impériale et de celle de la philosophie. Aussi, ayant traité de l'impériale, il me faut poursuivre ma digression pour examiner l'autorité du Philosophe, selon la promesse qui a été faite. Il faut ici voir d'abord ce que veut dire ce terme, car il est ici plus nécessaire de le savoir qu'à propos de l'autorité impériale, qui de par sa majesté ne semble pas devoir être mise en doute. Il faut donc savoir qu'« autorité » n'est rien d'autre qu'« acte d'auteur ». Ce terme, c'est-à-dire « auteur », sans la troisième lettre C[3], peut descendre de deux origines. L'une est un verbe très délaissé en latin, qui signifie « lien de mots », à savoir « auieo ». Si l'on considère bien ce mot en la première de ses formes[4], on verra qu'il le démontre par lui-même, car il n'est fait que d'un lien de paroles, c'est-à-dire de cinq voyelles seulement, qui sont l'âme et le lien de toute parole, et qu'il est composé comme en un enroulement, pour donner l'image d'un lien. Car, commençant par le A, il se retourne ensuite sur le U et vient droit par le I sur le E ; puis

---

1. Ceux des combattants tués à Cannes. 2. Cicéron. 3. C'est-à-dire « auctor » ou « auctore ». 4. C'est-à-dire à la première personne de l'indicatif.

il se retourne et revient au O ; de sorte qu'il représente vraiment cette figure : A, E, I, O, U, qui est une figure de lien. En ce qu'« auteur » vient et descend de ce verbe, on l'emploie seulement pour les poètes, qui ont leurs paroles liées par l'art poétique. Cette signification n'est pas présentement prise en compte. L'autre origine d'où descend « auteur », comme en témoigne Uguccione au début de ses *Dérivations*[1], est un terme grec, « autentin », qui signifie en latin « digne de foi et d'obéissance ». Ainsi « auteur », qui en dérive, est-il employé pour toute personne digne d'être crue et obéie. De là vient le terme dont on traite présentement, c'est-à-dire « autorité » ; d'où l'on peut voir qu'« autorité » signifie « acte digne de foi et d'obéissance ». Donc, si l'on prouve qu'Aristote est très digne de foi et d'obéissance, il est manifeste que ses paroles sont une très haute et suprême autorité.

Qu'Aristote soit digne de foi et d'obéissance peut être prouvé de la façon suivante. Parmi les ouvriers et artisans de divers arts et ouvrages, ordonnés pour un seul ouvrage ou art final, l'artisan ou l'ouvrier de celui-ci doit être obéi et cru de tous, en tant qu'il considère seul la fin ultime de toutes les autres fins. Au cavalier doivent donc croire les fabricants d'épées, de mors, de selles, de boucliers et tous les métiers qui sont ordonnés en vue de l'art de la chevalerie. Parce que tous les ouvrages des hommes requièrent une fin, c'est-à-dire celle de la vie humaine, à quoi l'homme est ordonné en tant qu'il est homme, le maître et artisan qui nous la montre et considère, doit être par-dessus tout cru et obéi. C'est Aristote : il est donc très digne de foi et d'obéissance. Pour bien voir comment Aristote est le maître et le prince de la raison humaine, en ce qu'il s'applique à son ouvrage final, il faut savoir que la fin, que chacun de nous désire naturellement, fut très anciennement recherchée par les sages. Parce que les hommes qui désirent cette fin sont très nombreux et que leurs appétits sont presque tous singulièrement divers, bien qu'universellement ils ne soient qu'un, il fut très malaisé de discerner la fin où chaque appétit humain pouvait directement se satisfaire. Il y eut donc de très anciens philosophes, dont le premier et le prince fut Zénon[2], qui virent et crurent que la fin de la vie

---

1. Uguccione de Pise († 1210), auteur des *Derivationes*, répertoire étymologique largement diffusé au Moyen Âge. 2. Zénon de Citium (336-264 avant J.-C.), fondateur du stoïcisme.

humaine était seulement une stricte honnêteté ; consistant à suivre strictement, sans aucun égard, la vérité et la justice, sans montrer ni joie ni douleur et sans ressentir la moindre passion. Ils définirent ainsi cette honnêteté : « ce qui, sans utilité ni profit, est raisonnablement à louer[1] ». Ces hommes et leur école furent appelés Stoïciens et le glorieux Caton, dont je n'ai pas osé parler plus haut[2], fut l'un d'entre eux. Il y eut d'autres philosophes qui virent et crurent autre chose, dont le premier et le prince fut un philosophe du nom d'Épicure. Voyant que tout être vivant, dès qu'il est né, est comme dirigé par la nature vers la fin où il doit tendre, fuyant la douleur et recherchant la joie, il dit que notre fin était la volupté je ne dis pas « volonté », mais « volupté », avec un P[3]), c'est-à-dire un plaisir sans douleur. Parce que, entre le plaisir et la douleur, il ne situait aucun moyen terme, il disait que la « volupté » n'était rien d'autre que la « non-douleur », comme semble le rapporter Cicéron dans le premier livre de la Fin des Biens. Au nombre de ceux-ci, qui d'après Épicure furent nommés Épicuriens, il y eut Torquatus, noble Romain, descendant de la lignée du glorieux Torquatus, dont j'ai fait ci-dessus mention[4]. Il y en eut d'autres, commençant avec Socrate et Platon son successeur, qui, regardant plus subtilement et voyant que dans nos actions l'on pouvait pécher et l'on péchait par le trop et le trop peu, dirent que notre opération sans excès ni défaut, mesurée par le juste milieu choisi par nous — qui est vertu — était cette fin dont on parle présentement ; et ils la nommèrent « opération selon vertu ». Ils furent nommés Académiciens, comme le furent Platon et son neveu Speusippe[5] : ainsi nommés d'après le lieu, c'est-à-dire l'Académie, où étudiait Platon ; ils ne prirent pas leur nom de Socrate, parce que rien n'est sûr de sa philosophie[6]. En vérité Aristote, qui eut pour surnom le Stagirite, et Xénocrate le Chalcédonien son compagnon, grâce à l'étude et à l'intelligence supérieure et presque divine que la nature avait donnée à Aristote, connaissant cette fin à la manière socratique et académique, affinèrent et amenèrent à sa perfection la philosophie morale ; et notamment Aristote. Parce que Aristote commença à disputer en marchant de long en large, ils furent nommés — lui, dis-je, et ses

---

1. *Cf.* pour tout ce passage Cicéron, *Tusculanes*, V, 15, et *De finibus*, III, 21. 2. *Cf.* chapitre v. 3. « Voluptade » et non « voluntade ». 4. *Cf.* chapitre v. 5. 395 environ -339 environ avant J.-C. 6. En ce sens qu'il ne laissa aucune œuvre écrite.

compagnons — Péripatéticiens, c'est-à-dire « marcheurs ». Parce que la perfection de cette morale fut atteinte, le nom des Académiciens s'éteignit, et tous ceux qui adhérèrent à cette école sont appelés Péripatéticiens. Ils gouvernent aujourd'hui partout le monde en matière de doctrine, et celle-ci peut être appelée opinion universelle. Raison pour laquelle on peut voir qu'Aristote désigne ce but et y conduit les gens. C'est ce que l'on voulait montrer.

C'est pourquoi, tout étant rassemblé, ma principale intention apparaît certaine, à savoir que l'autorité du Philosophe suprême dont il est question, est toute-puissante. Cela ne contredit pas l'autorité impériale ; mais celle-là sans celle-ci est dangereuse et celle-ci sans celle-là est faible : non pas en soi, mais du fait du désordre ; de sorte qu'unies, l'une et l'autre sont très utiles et toutes puissantes. Aussi écrit-on au livre de Sapience : « Aimez la lumière de la Sagesse, vous tous qui êtes à la tête des peuples[1] » : c'est-à-dire que l'autorité philosophique s'unisse à l'impériale pour bien et parfaitement gouverner. Oh ! malheureux qui gouvernez à présent, oh ! plus malheureux encore qui êtes gouvernés ! Car aucune autorité philosophique ne s'unit à vos gouvernements ni par l'étude ni par le conseil, si bien que l'on peut dire à tous cette parole de l'Ecclésiaste : « Malheur à toi, terre, dont le roi est un enfant et dont les princes mangent au matin ! » ; et à aucune terre on ne peut dire ce qui suit : « Bienheureuse la terre dont le roi est noble et dont les princes se nourrissent en leur temps, selon leurs besoins et non par luxure[2] ! » Prenez garde, ennemis de Dieu, à ceux qui sont à vos côtés, vous qui avez pris les sceptres des gouvernements d'Italie — c'est à vous que je parle, rois Charles[3] et Frédéric[4] et à vous autres princes et tyrans. Regardez qui est à vos côtés pour vous conseiller, et comptez combien de fois par jour vous est indiquée par vos conseillers cette fin de la nature humaine ! Mieux vaudrait pour vous voler bas comme l'hirondelle que, comme le milan, faire de très hauts cercles au-dessus des choses les plus viles.

---

1. *Sap.*, VI, 23. 2. *Eccl.*, X, 16-17. 3. Charles d'Anjou (1248-1309), roi de Naples, souvent critiqué dans *La Divine Comédie* (*Purg.*, VII, 127 ; XX, 79 ; *Par.*, VI, 106 et VIII, 82). 4. Frédéric d'Aragon (1272-1337), roi de Sicile, condamné dans le *De l'éloquence en langue vulgaire* (I, XII), le *Purgatoire* (VII, 112-127) et le *Paradis* (XIX, 130).

CHAPITRE VII

Après que l'on a vu combien doit être respectée l'autorité impériale et philosophique, qui semble conforter les opinions proposées, il faut revenir au droit chemin du raisonnement que l'on s'est fixé. Je dis donc que cette ultime opinion du vulgaire a tant duré que, sans aucun égard et sans aucune recherche d'aucune espèce, on a appelé noble tout homme qui est le fils ou le neveu d'un homme vaillant, bien que lui-même n'ait aucune valeur. C'est ce que signifie : *tant a duré chez nous cette opinion si fausse que l'on appelle homme noble celui qui peut dire : « Je fus neveu ou fils de tel vaillant homme », bien qu'il n'ait nulle valeur*. Car il faut noter que c'est une très périlleuse négligence que de laisser la mauvaise opinion prendre racine. Car, comme l'herbe se multiplie dans un champ non cultivé, dépasse et couvre l'épi de froment, si bien qu'en regardant à distance l'épi n'apparaît plus et que l'on perd finalement son fruit ; de même, la mauvaise opinion qui n'est ni châtiée ni corrigée, croît et se multiplie tant que les épis de la raison, c'est-à-dire la juste opinion, se cachent et, comme ensevelis, se perdent. Oh ! comme est grande mon entreprise en cette chanson, de vouloir désormais sarcler ce champ si envahi par le trèfle qu'est celui de l'avis commun, si longuement abandonné par la culture ! Je n'entends certes pas le nettoyer totalement, mais seulement aux endroits où les épis de la raison ne sont pas totalement étouffés : c'est-à-dire que j'entends redresser les esprits chez qui survit encore, du fait de la bonté de leur nature, quelque petite lueur de raison ; car des autres il n'y a pas lieu de se soucier plus que des bêtes brutes. Car il ne me semble pas moins merveilleux de ramener à la raison ceux chez qui elle est totalement éteinte, que de ramener à la vie celui qui est depuis quatre jours dans la tombe.

Après que la triste condition de cette opinion populaire a été exposée, aussitôt, comme s'agissant d'une chose horrible, je la frappe avec une violence qui dépasse l'ordonnance habituelle de la réprobation. Je dis : *Mais très vil semble à qui le vrai discerne*, pour donner à entendre son intolérable malice, en disant que ces hommes commettent un très grand mensonge. Car non seulement est vil, c'est-à-dire non noble, celui qui, descendant d'hommes bons, est méchant, mais il est même très vil : et je donne l'exemple du chemin indiqué, mais non suivi. À propos de quoi, pour le montrer, il me faut poser une question et y répondre de la façon suivante. Une plaine est pourvue de certains sentiers : champs coupés de haies, de fossés, d'arbres abattus, de toutes sortes d'obstacles, à part ces étroits sentiers. Il a tant neigé que la neige couvre tout et à tout confère une même apparence, si bien que l'on ne trouve la trace d'aucun sentier. Vient alors d'un bout de la campagne quelqu'un qui veut aller dans une maison située à l'autre bout. Grâce à son habileté, c'est-à-dire à sa perspicacité et à son intelligence, se guidant seul, il va tout droit là où il l'entend, laissant les traces de ses pas derrière lui. Un autre vient après lui, qui veut aller à cette maison ; et il ne lui faut que suivre les traces laissées. Par sa faute, le chemin que le premier a su suivre sans guide, celui-ci, bien que guidé, le manque et va tout de travers parmi les broussailles et les ruines, et n'atteint pas l'endroit où il veut aller. Qui de ces deux hommes peut être dit vaillant ? Je réponds : celui qui a marché tout droit. Comment se nommera l'autre ? Je réponds très vil. Pourquoi ne l'appelle-t-on pas non vaillant, c'est-à-dire vil ? Je réponds : parce que non vaillant, c'est-à-dire vil, devrait être appelé celui qui, n'ayant aucun guide, n'aurait pas bien marché. Mais, parce que l'autre en eut un, il ne peut aller plus haut dans l'erreur et la faute, et doit donc être dit non pas vil, mais très vil. De même celui qui a été guidé par son père ou quelque ancêtre et s'est trompé de chemin, non seulement est vil, mais très vil, et plus digne de mépris et de honte que tout autre vilain. Pour que l'on se garde de cette vilenie si basse, Salomon commande dans le vingt-deuxième chapitre des *Proverbes* à celui qui a eu un vaillant ancêtre : « Tu franchiras pas les anciennes bornes qu'ont posées tes pères » ; et il dit auparavant dans le quatrième chapitre dudit livre : « la voie des justes », c'est-à-dire des hommes vaillants, « s'avance comme une lumière resplendissante, et celle des méchants est obscure. Ils ne savant pas où ils vont tomber[1] ». Enfin, quand on dit : *et parvient à être un mort qui marche*, pour mieux le condamner encore, je dis que cet être très vil est mort, alors qu'il semble vivant. Où il faut savoir que l'homme méchant peut être vraiment dit mort, surtout celui qui s'éloigne du chemin de son ancêtre. Comme dit Aristote au second livre de l'Âme : « vivre est l'être des vivants[2] ». Parce qu'il

---

1. *Prov.*, XXII, 28 ; IV, 18-19.   2. *De anima*, II, 4.

est plusieurs manières de vivre (comme végéter chez les plantes ; végéter, sentir et se mouvoir chez les animaux ; chez les hommes végéter, sentir, se mouvoir et raisonner, c'est-à-dire user de son intelligence) et que les choses doivent être nommées de par leur partie la plus noble, il est manifeste que vivre chez les animaux c'est sentir — les bêtes brutes, dis-je — et que vivre chez l'homme c'est user de sa raison. Donc, si vivre est l'être de l'homme, s'éloigner de cet usage c'est s'éloigner de son être et ainsi être mort. Ne s'éloigne-t-il pas de l'usage du raisonnement, celui qui ne raisonne pas sur le but de sa vie ? Et ne s'éloigne-t-il pas de l'usage de la raison, celui qui ne raisonne pas sur le chemin qu'il doit suivre ? Assurément, il s'en éloigne ; et ceci est particulièrement manifeste chez celui qui a des traces devant lui et ne les regarde pas. Aussi Salomon dit-il au cinquième chapitre des *Proverbes* : « Il meurt celui qui n'eut pas d'éducation et dans la foison de sa sottise il sera trompé[1]. » C'est-à-dire qu'est mort celui qui ne se fit pas disciple, qui ne suit pas de maître ; et cet homme très vil que je dis, est bien celui-là. On pourrait dire : Comment ? il est mort et il va ? Je réponds qu'il est mort en tant qu'homme et que de lui ne reste que la bête. Car, comme le dit le Philosophe au second livre de l'*Âme*, les puissances[2] de l'âme sont l'une au-dessus de l'autre, comme la figure du carré est au-dessus du triangle, et celle du pentagone, c'est-à-dire la figure qui a cinq angles, est au-dessus du carré : de même, la puissance sensitive est au-dessus de la végétative et l'intellective est au-dessus de la sensitive. Donc, de même qu'en enlevant le dernier coin du pentagone, il devient carré et non plus pentagone ; de même, en enlevant l'ultime puissance de l'âme, c'est-à-dire la raison, on n'est plus homme, mais une chose dotée seulement de l'âme sensitive, c'est-à-dire une bête brute. C'est là le sens de la deuxième strophe de la chanson entreprise, où l'on expose les opinions d'autrui.

---

1. *Prov.*, V, 23. 2. Facultés.

CHAPITRE VIII

Le plus beau rameau que la racine de la raison fasse pousser est le discernement. Car, comme le dit Thomas à propos du prologue de l'*Éthique* : « connaître le rapport d'une chose à une autre est proprement l'acte de raison[1] » ; et c'est le discernement. L'un des plus beaux et doux fruits de ce rameau est le respect que le plus petit doit au plus grand. Aussi Cicéron, au premier livre des Offices parlant de la beauté qui resplendit sur l'honnêteté, dit-il que le respect appartient à celle-ci[2]. Comme il est la beauté de l'honnêteté de même son contraire est laideur et manquement à l'honnête : ce contraire peut être nommé en notre langue vulgaire irrespect ou outrecuidance. Aussi Cicéron dit-il dans le même passage : « Négliger de savoir ce que les autres pensent de vous, n'est pas seulement le fait d'une personne arrogante, mais dissolue » ; ce qui signifie que l'arrogance et la dissolution consistent à ne pas se connaître soi-même, car se connaître soi-même est le principe et la mesure de tout respect. Aussi, voulant pour ma part, avec tout le respect que je porte au Philosophe et au Prince, ôter la malice de l'esprit de certains et y fonder ensuite la lumière de la vérité, avant de procéder à la condamnation des opinions proposées, vais-je montrer comment, en les condamnant, l'on ne raisonne pas de manière irrévérencieuse à l'égard de l'autorité impériale et du Philosophe. Car, si en quelque partie de cet ouvrage je me montrais irrévérencieux, ce ne serait nulle part aussi laid que dans le présent livre ; où, traitant de la noblesse, je dois me montrer noble et non pas vilain. Je montrerai d'abord que je ne suis pas présomptueux à l'égard du Philosophe, puis à l'égard de la majesté impériale.

Je dis donc que, quand le Philosophe dit : « Ce qui apparaît au plus grand nombre ne peut être totalement faux », il n'entend pas parler de l'opinion extérieure, c'est-à-dire sensuelle[3], mais de celle de l'intérieur, c'est-à-dire rationnelle ; étant donné que l'opinion sensuelle, conforme au plus grand nombre, est souvent très erronée, notamment dans les perceptions communes, où les sens sont souvent trompés. Ainsi savons-nous qu'au plus grand nombre des gens le soleil en son diamètre paraît large d'un pied, ce qui est tout

---

1. *Exp. Eth.*, I. 2. *De officiis*, I, 27. 3. Au sens d'apprise par les sens.

à fait faux. Car, selon les recherches et les découvertes de la raison humaine aidée d'autres techniques, le diamètre du corps du soleil est cinq fois et demie plus grand que celui de la terre. Aussi, étant donné que la terre a un diamètre de six mille cinq cents milles, le diamètre du soleil, qui apparaît à l'apparence sensuelle de la longueur d'un pied, est de trente-sept mille sept cent cinquante milles. Il est donc manifeste qu'Aristote n'a pas fait référence à l'apparence sensuelle. Aussi, si j'entends seulement réprouver l'apparence sensuelle, je ne le fais pas contre l'autorité du Philosophe et je ne l'offense donc pas quant au respect qui lui est dû. Il est manifeste que j'entends réprouver l'apparence sensuelle. Car ceux qui pensent ainsi, ne le pensent que par ce qu'ils ressentent des choses que la Fortune peut donner et ôter. Voyant édifier des parentés par de hauts mariages, d'admirables constructions, d'abondantes propriétés, de grands domaines, ils croient que ce sont des causes de noblesse et la noblesse elle-même. Jugeant selon l'apparence rationnelle, ils diraient le contraire, c'est-à-dire que la noblesse en est la cause, comme on le verra ci-dessous dans ce même livre.

De même que, comme on peut le voir, je ne parle pas contre le respect dû au Philosophe, je ne parle pas non plus contre le respect dû à l'Empire. J'entends en montrer la raison. Mais parce que, s'il raisonne en présence de son adversaire, le maître de rhétorique doit user de beaucoup de prudence dans son discours, afin que son adversaire n'y trouve pas matière à troubler la vérité, moi qui parle en ce livre face à tant d'adversaires, je ne puis parler à la légère. Si donc mes digressions sont longues, que nul ne s'en étonne. Je dis donc que, pour montrer que je ne suis pas irrespectueux à l'égard de la majesté de l'Empire, il faut d'abord voir ce qu'est le « respect ». Je dis donc que le respect n'est rien d'autre qu'un aveu manifeste de sujétion légitime. Cela étant vu, il faut distinguer entre respectueux et non respectueux. Irrespectueux signifie privation, non respectueux signifie négation. L'irrespect est donc le désaveu de la sujétion légitime par un signe manifeste, alors que le non-respect est négation de la sujétion légitime. On peut nier une chose de deux manières. D'une manière, on peut nier en offensant la vérité, quand on la prive d'un aveu légitime — et c'est proprement « désavouer ». On peut nier d'une autre manière sans offenser la vérité, quand on n'avoue pas ce qui n'est pas — et c'est proprement « dénier » ; comme, étant homme, nier que l'on soit tout à fait mortel, c'est proprement dénier. Si donc je nie devoir respect à l'Empire, je ne suis pas irrespectueux, mais non respectueux : ce qui n'est pas contraire au respect, étant donné que cela ne l'offense pas ; de même le non-vivre n'offense pas la vie, mais la mort l'offense, qui en est la privation. Autre chose est donc la mort et autre chose le non-vivre ; car le non-vivre est le fait des pierres. Parce que la mort signifie privation, qui ne peut être que dans le sujet doté d'une manière d'être habituelle, alors que les pierres ne sont pas d'ordinaire des sujets dotés de vie ; aussi doit-on les dire non pas « mortes », mais « non vivantes ». De même, pour ma part, ne devant pas en ce cas avoir de respect pour l'Empire, si je le nie, je ne suis pas irrespectueux, mais non respectueux : ce qui n'est ni arrogance ni chose blâmable. Mais ce serait de l'arrogance que d'être respectueux (si l'on pouvait parler de respect), parce que l'on tomberait en un plus grand et véritable irrespect, c'est-à-dire contre la nature et la vérité, comme on le verra ci-dessous. Aristote, le maître des philosophes, se garda de cette faute au début de l'*Éthique*, quand il dit : « Si l'on a deux amis et que l'un est la vérité, c'est à la vérité qu'il faut consentir[1]. » Au vrai, parce que j'ai dit que je suis non respectueux, ce qui est nier le respect, c'est-à-dire nier la sujétion légitime par un signe manifeste, il faut voir comment c'est là nier et non désavouer, c'est-à-dire voir comment en ce cas je ne suis pas légitimement soumis à la majesté impériale. Parce que ce raisonnement doit être long, j'entends montrer cela aussitôt en un chapitre propre.

CHAPITRE IX

Pour voir comment en ce cas, c'est-à-dire en réprouvant ou en approuvant l'opinion de l'Empereur, je ne suis pas tenu à sujétion, il faut se rappeler ce que l'on a dit ci-dessus, au quatrième chapitre de ce livre, c'est-à-dire que l'autorité impériale fut trouvée pour la perfection de la vie humaine ; et qu'elle est justement la règle et le

---

1. *Cf.* ci-dessus, III, XIV.

gouvernement de toutes nos actions. Aussi loin que s'étendent nos opérations, la majesté impériale a juridiction, mais elle ne dépasse pas ces limites. Mais, comme tout art et office des hommes est contenu entre des bornes certaines par le pouvoir impérial, de même celui-ci est limité par Dieu à une borne certaine : il n'y a pas lieu de s'en étonner, car nous voyons que l'office et l'art de la nature sont limités dans toutes leurs opérations. Si nous voulons considérer la nature universelle de tout, sa juridiction s'étend sur le monde entier, je veux dire le ciel et la terre ; et celui-ci est limité entre des bornes certaines, comme il est prouvé par le troisième livre de la *Physique* et le premier du Ciel et du Monde[1]. Donc la juridiction de la nature universelle est bornée par une limite certaine — et par conséquent celle de la nature partielle — ; et de celle-ci trace également les limites Celui qui n'est limité par rien, c'est-à-dire la bonté première, qui est Dieu, qui de par ses capacités infinies embrasse seul l'infini.

Pour cerner les limites de nos opérations, il faut savoir que ce sont celles qui sont soumises à la raison et à la volonté ; car, s'il y a chez nous opération digestive, elle n'est pas humaine mais naturelle. Il faut aussi savoir que notre raison est ordonnée en vue de quatre types d'opérations à considérer différemment. Car il y a des opérations qu'elle considère seulement et ne fait ni ne peut faire, telles que les choses naturelles et surnaturelles ainsi que les mathématiques ; il y a aussi des opérations qu'elle considère et fait en son agir propre, telles que les arts du discours ; et il y a des opérations qu'elle fait sur la matière en dehors d'elle-même, telles que les arts mécaniques. Toutes ces opérations, bien que leur considération dépende de notre volonté, n'en dépendent pas en elles-mêmes. Car, voudrions-nous que les choses lourdes montent naturellement vers le haut, que le syllogisme partant de faux principes aboutisse à la vérité, qu'une maison soit aussi stable en penchant qu'en étant droite, cela ne se pourrait pas ; car, à proprement parler, nous ne faisons pas ces opérations, mais les trouvons. Un Autre, plus grand, les ordonna et les fit. Il y a aussi des opérations que notre raison considère quant à l'acte de la volonté, comme offenser et aider, tenir bon et fuir lors d'une bataille, être chaste et luxurieux : elles dépendent totalement de notre volonté. De leur

---

1. *Physique*, V, 3 ; *De cœlo*, I.

fait nous sommes donc dits bons ou méchants, parce qu'elles sont proprement nôtres ; car, autant que notre volonté peut obtenir autant s'étendent nos opérations. Étant donné que dans toutes ces opérations volontaires il y a quelque équité à maintenir et quelque iniquité à fuir (équité que l'on peut perdre pour deux raisons : soit pour ne pas savoir qui elle est ou pour ne pas vouloir la suivre) on trouva le Droit écrit[1], afin de la montrer et de la commander. Augustin dit donc que, si les hommes la connaissaient — à savoir l'équité — le Droit écrit ne serait pas nécessaire. Aussi est-il écrit au début de l'Ancien Digeste : « Le Droit écrit est l'art du bien et de l'équité[2]. » À l'écrire, la montrer et la commander, est préposé celui dont on parle, à savoir l'Empereur, à qui nous sommes soumis là où s'étendent toutes nos opérations propres déjà citées ; mais pas au-delà. Raison pour laquelle, en chaque art et en chaque métier les artisans et les apprentis sont et doivent être soumis à un chef et maître, dans les limites de ces arts et métiers ; en dehors de ceux-ci la sujétion disparaît, parce que disparaît le pouvoir. De sorte que l'on peut quasiment dire à propos de l'Empereur, voulant représenter sa tâche par une image, qu'il est celui qui chevauche la volonté humaine. Comment va le cheval à travers la campagne sans personne qui le chevauche, on le voit manifestement, et particulièrement en notre misérable Italie, qui est restée sans aucun moyen de gouvernement[3] !

Il faut considérer que, plus une chose est propre à un art ou à un maître, plus la sujétion y est grande ; car, la cause étant multipliée, l'effet en est multiplié. Où il faut savoir qu'il y a des arts si purs que la nature est l'instrument de l'art : ainsi de voguer à la rame, où de l'instrument on fait son impulsion, qui est le mouvement naturel ; ainsi du battage du blé, où le métier se sert de la chaleur, qui est qualité naturelle. En ceux-ci l'on doit être surtout soumis au chef et maître de l'art. Il y a des choses où l'art est l'instrument de la nature ; elles sont moins des arts et les artisans y sont moins soumis à leur chef : ainsi de donner la semence à la terre (il faut attendre ici la volonté de la nature) ; ainsi de sortir du port (il faut ici attendre la disposition naturelle du temps). Aussi voyons-nous en ces choses de fréquentes disputes entre les artisans et le plus grand demander conseil au plus petit. Il y a d'autres choses

---

1. Le droit romain. 2. *Digeste*, I ; *De iustitia et iure*, 1. 3. *Cf. Purg.*, VI, 88 *sqq.*

qui n'appartiennent pas à l'art, mais qui paraissent avoir avec lui quelque parenté, qui est souvent très trompeuse ; en celles-ci les apprentis ne sont pas soumis à l'artisan, c'est-à-dire au maître, et ne sont pas tenus de le croire pour ce qui concerne leur art : ainsi pêcher semble avoir une parenté avec naviguer et connaître la vertu des herbes semble avoir une parenté avec l'agriculture ; mais ces métiers n'ont aucune règle commune, étant donné que la pêche est soumise à l'art de la vénerie et que la connaissance des herbes est soumise à la médecine ou à une plus noble science.

Ce qui vient d'être dit des autres arts, peut être semblablement vu en l'art impérial ; car il s'y trouve des règles qui sont des arts purs : ainsi des lois régissant les mariages, le servage, les armées, les successions en dignité ; à propos de toutes nous sommes sujets de l'Empereur, sans doute ni hésitation. D'autres lois sont quasiment dans la lignée de la nature, comme de préparer l'homme d'âge convenable à remplir un office ; à ce propos nous ne sommes pas totalement sujets de l'Empereur. Il y a beaucoup d'autres choses qui semblent avoir quelque parenté avec l'art impérial — et ici fut trompé et est trompé qui croit que l'avis de l'Empereur est digne de foi — : ainsi de définir la jeunesse et la noblesse, choses sur quoi il ne convient pas de consentir au jugement impérial, en ce qu'il est de l'Empereur : que soit rendu à César ce qui est à César, et à Dieu ce qui est à Dieu. Il ne faut donc pas croire ni consentir à l'empereur Néron, quand il dit que la jeunesse est beauté et force corporelle, mais à celui qui dirait que la jeunesse est le sommet de la vie naturelle, car il serait philosophe. Aussi est-il manifeste que définir la jeunesse n'appartient pas à l'art impérial ; si cela ne lui appartient pas, nous ne lui sommes pas assujettis en en traitant ; si nous ne lui sommes pas assujettis, nous ne sommes pas tenus de le respecter en cela : c'est ce que l'on cherchait à démontrer. Désormais donc il faut en toute licence et toute franchise frapper au cœur les opinions contraires, les jetant à terre, afin que la véritable, de par ma victoire, occupe le champ de bataille dans l'esprit de ceux chez qui elle donne vigueur à cette lumière.

CHAPITRE X

Après avoir exposé les opinions d'autrui sur la noblesse et montré qu'il m'était permis de les réprouver, j'en viendrai à exposer cette partie de ma chanson qui les réprouve. Elle commence, comme on l'a dit ci-dessus par : *Qui définit l'homme plante animée*. Il faut donc savoir que l'opinion de l'Empereur — bien qu'il l'expose *avec défaut* — en l'une de ses parties, c'est-à-dire là où il parle de *bon comportement*, a traité justement du comportement de noblesse et que l'on n'entend donc pas la réprouver en cette partie. L'on entend réprouver l'autre partie, qui est toute différente quant à la nature de la noblesse ; elle semble dire deux choses quand elle parle d'ancienne richesse, c'est-à-dire temps et biens, qui au regard de la noblesse sont totalement différentes, comme il a été dit et comme on le montrera ci-dessous. Aussi fait-on deux parties dans cette réprobation : on réprouve d'abord la richesse et puis on réprouve l'idée que le temps est cause de noblesse. La seconde partie commence par : *Ils refusent qu'un vilain devienne noble*. Il faut savoir qu'ayant réprouvé les richesses on n'a pas réprouvé seulement l'opinion de l'Empereur là où il traite des richesses, mais entièrement celle du vulgaire, qui se fonde seulement sur les richesses. La première partie se divise en deux : dans la première on dit de façon générale que l'Empereur s'est trompé en définissant la noblesse ; on montre ensuite pour quelle raison. Cette seconde partie commence par : *Car, bien qu'on le croie, les richesses*.

Je dis donc : *Qui définit l'homme plante animée, d'abord ne dit pas vrai*, mais une chose fausse en ce qu'il dit « plante » ; et puis *au faux il ajoute l'incomplet*, c'est-à-dire des propos défectueux, en ce qu'il dit « animée », sans dire « rationnelle » : ce qui est la différence qui fait que l'homme se distingue de la bête. Puis je dis qu'en cette définition se trompa celui qui *gouverna l'empire*, afin de montrer (comme on l'a dit ci-dessus) que déterminer cette chose est étranger à la charge impériale. Puis je dis qu'il se trompe semblablement en donnant à la noblesse une fausse matière, c'est-à-dire l'ancienne richesse, et en passant ensuite à une forme défectueuse, ou à une chose différente, c'est-à-dire le bon comportement, qui ne comprend pas tous les aspects de la noblesse, mais une très petite partie, comme on le montrera ci-dessous. Il ne faut pas taire, bien que le texte soit muet sur ce point, que messire l'Empereur ne se trompa pas seulement dans les parties de sa définition, mais aussi dans sa manière de définir, bien que, selon ce que proclame la renommée, il fût un grand logicien et un grand savant. Car la définition de la noblesse se ferait plus dignement en fonction de ses effets que de ses principes, étant donné qu'elle semble avoir valeur de principe, qui ne peut être notifié par des choses premières, mais postérieures. Puis quand je dis : *car, bien qu'on le croie, les richesses*, je montre comment elles ne peuvent être cause de noblesse, parce qu'elles sont viles ; et je montre qu'elles ne peuvent l'ôter, parce qu'elles en sont très éloignées. Je prouve qu'elles sont viles par un de leur très grand et manifeste défaut ; et je le fais quand je dis : *Qu'elles soient viles, est visible*. Je conclus enfin, en raison de ce qui est dit précédemment, que l'âme droite ne change pas en fonction de leur changement ; ce qui prouve ce qui est dit plus haut, à savoir qu'elles sont éloignées de la noblesse, en ce qu'elles ne subissent pas les effets de la conjonction. Où il faut savoir que, comme le veut le Philosophe, toutes les choses qui produisent quelque effet, doivent d'abord être parfaitement formées en leur être ; il dit donc dans le septième livre de la *Métaphysique* : « Quand une chose est engendrée par une autre, elle s'en engendre parce qu'elle est en l'être de celle-ci[1]. » Il faut aussi savoir que toute chose qui se corrompt, se corrompt du fait de quelque altération précédente et que toute chose altérée doit être liée à la cause altérante, comme le veut le Philosophe au septième livre de la *Physique* et au premier de la Génération[2]. Cela posé, je poursuis ainsi et dis que les richesses, comme d'autres le croient, ne peuvent conférer la noblesse ; et, pour montrer qu'elles sont plus encore différentes d'elle, je dis qu'elles ne peuvent l'ôter à qui la possède. Elles ne peuvent la conférer, étant donné qu'elles sont naturellement viles et que du fait de leur vilenie elles sont contraires à la noblesse. On entend ici par vilenie une dégénérescence, qui s'oppose à la noblesse, étant donné qu'un contraire n'est et ne peut être le créateur de son contraire, du fait de la raison exposée ci-dessus, que l'on ajoute brièvement au texte en disant : *Or qui peint une figure, si elle n'est en lui, ne la peut former*. Aucun peintre, en effet, ne pourrait former une figure, si dans son intention il ne la faisait

---

1. *Métaphysique*, VII, 8. 2. *Physique*, VII, 2 ; *De generatione*, I, 6.

d'abord telle qu'elle doit être. Les richesses ne peuvent pas non plus ôter la noblesse, parce qu'elles en sont lointaines et que, pour la raison exposée ci-dessus, qui altère ou corrompt une chose doit lui être conjoint. Aussi ajoute-t-on : *et la droite tour n'est pas abattue par un lointain fleuve* : ce qui ne veut rien dire d'autre que répondre à ce qui a été dit précédemment, à savoir que les richesses ne peuvent ôter la noblesse, en disant que celle-ci est une tour droite et les richesses un fleuve qui coule au loin.

CHAPITRE XI

Il reste seulement à prouver désormais que les richesses sont viles et qu'elles sont disjointes et éloignées de la noblesse ; et cela est prouvé en deux petites parties du texte, dont il faut présentement s'occuper. Après qu'elles auront été exposées, ce que j'ai dit sera manifeste, c'est-à-dire que les richesses sont viles et éloignées de la noblesse ; et les raisons susdites contraires aux richesses seront parfaitement prouvées. Je dis donc : *Qu'elles soient viles et imparfaites est visible*. Pour montrer ce que l'on entend dire, il faut savoir que la vilenie procède en toute chose de l'imperfection de celle-ci, et la noblesse de sa perfection. Plus une chose est donc parfaite, plus elle est noble en sa nature ; plus elle est imparfaite, plus elle est vile. Si donc les richesses sont imparfaites, il est manifeste qu'elles sont viles. Qu'elles soient imparfaites est brièvement prouvé par le texte, quand il dit : *réunies, elles n'apaisent, mais causent plus de souci encore* : en quoi non seulement leur imperfection est manifeste, mais il l'est aussi que leur condition est très imparfaite et qu'elles sont donc très viles. Lucain en témoigne quand il dit, s'adressant à elles : « Sans combat ont péri les lois, mais vous, richesses, très vile partie des choses, avez livré la bataille[1]. » On peut voir brièvement leur imperfection en trois choses : d'abord, dans leur venue sans aucun discernement ; deuxièmement, dans leur accroissement périlleux ; troisièmement, dans leur possession

1. *Pharsale*, III, 118-121.

nuisible. Avant que je ne le démontre, il faut éclaircir un doute qui semble surgir : car, étant donné que l'or, les perles et les champs ont parfaitement forme et acte en leur être, il paraît inexact de dire qu'ils sont imparfaits. Aussi doit-on savoir que, considérés en eux-mêmes, ils sont des choses parfaites et ne sont pas des richesses, mais de l'or, des perles et des champs ; mais, en ce qu'ils sont ordonnés pour la possession humaine, ils sont des richesses et de la sorte ils sont pleins d'imperfection. Car il n'est pas inconvenant qu'une chose, sous divers aspects, soit parfaite et imparfaite.

Je dis que leur imperfection peut être d'abord relevée dans le manque de discernement qui préside à leur venue, où n'apparaît aucune justice distributive, mais presque toujours une totale iniquité, effet direct de cette imperfection. Si l'on considère en effet les voies par où elles proviennent, elles peuvent être ramenées à trois. Soit elles proviennent du pur hasard, comme quand elles proviennent sans intention ni expérience, du fait d'une trouvaille irréfléchie. Soit elles proviennent d'un hasard aidé par le droit ; ainsi de testaments ou de successions mutuelles. Soit elles proviennent d'un hasard aidant le droit : ainsi d'un profit licite ou illicite ; je dis licite quand il provient à bon droit d'un métier, d'un commerce ou d'un service ; je dis illicite quand il procède d'un vol ou d'une rapine. En chacune de ces trois voies, l'on perçoit l'iniquité que je dis, car les richesses cachées, que l'on trouve ou retrouve, s'offrent plus souvent aux mauvais qu'aux bons : la chose est si manifeste qu'elle n'a pas besoin de preuve. Je vis en vérité le lieu où, sur les pentes d'une montagne nommée Falterona[1], le plus vil des vilains de toute la contrée trouva en piochant plus d'un setier de pièces d'un argent très fin, qui l'avaient attendu depuis plus de deux mille ans. Pour définir cette iniquité, Aristote dit que « plus on est soumis à l'intellect, moins on est soumis à la Fortune ». Je dis que les héritages, les legs et les aubaines parviennent plus souvent aux mauvais qu'aux bons. Je ne veux en donner aucun témoignage, mais que chacun regarde autour de soi, il y verra ce que je tais pour n'accuser personne. Plût au Ciel que fût advenu ce que demanda le Provençal[2], à savoir que qui n'hérite pas de la bonté, n'hérite pas des biens ! Je dis que les profits parviennent plus souvent aux mauvais

---

1. Près des sources de l'Arno. 2. Soit le troubadour Cadenet, soit un autre troubadour, Guiraut de Borneil.

qu'aux bons ; car les profits illicites ne parviennent jamais au bon, parce qu'il les refuse. Quel homme bon pourrait-il jamais faire des profits par force ou par fraude ? Ce serait impossible, car par le seul choix d'une entreprise illicite il ne serait plus bon. Les profits illicites parviennent rarement aux bons, parce que, étant donné qu'il y faut beaucoup de soin et que le soin de l'homme bon s'applique à de plus grandes choses, il est rare qu'il y mette suffisamment de soin. Il est donc manifeste que, de toutes les manières, les richesses viennent de manière inique. Aussi Notre Seigneur les appela-t-il iniques, lorsqu'il dit : « Faites-vous des amis avec l'argent de l'iniquité[1] », invitant et confortant les hommes à être libéraux en matière de bienfaits, qui engendrent l'amitié. Combien il fait un bel échange, celui qui donne ces choses très imparfaites, pour avoir et acquérir des choses parfaites, telles que les cœurs des hommes de valeur ! Chaque jour l'on peut faire cet échange. C'est assurément une nouvelle marchandise parmi toutes les autres, quand, croyant acheter un homme par un bienfait, on en achète des milliers. Qui ne porte encore en son cœur Alexandre pour ses bienfaits royaux[2] ? Qui ne porte encore en son cœur le roi de Castille[3], ou Saladin[4], ou le bon marquis de Montferrat[5], ou le bon comte de Toulouse[6], ou Bertran de Born[7], ou Galéas de Montefeltro[8] ? Quand l'on fait mention de leurs largesses, assurément, non seulement ceux qui feraient volontiers de même, mais ceux qui voudraient plutôt mourir que de le faire, portent de l'amour à leur mémoire.

---

1. *Luc*, XVI, 9. 2. Alexandre le Grand, objet de louange durant le Moyen Âge pour sa magnificence. 3. Alphonse VII (1155-1214), dit « le Bon ». 4. Qui reprit Jérusalem en 1187, mais dont la réputation de justice et de libéralité parcourt tout le Moyen Âge : elle fut telle que Dante le rencontre aux Limbes parmi les héros de l'Antiquité (*Enfer*, IV, 129). 5. Boniface Ier (1150-1207), qui reçut à sa cour des poètes provençaux. 6. Raymond V (1148-1194), protecteur d'un grand nombre de poètes provençaux. 7. Célèbre comme protecteur des poètes et poète lui-même : il est cité par Dante dans *De l'éloquence en langue vulgaire*, II, II, mais condamné par lui dans l'*Enfer*, XXVIII, 118-142. 8. Mort en 1300, capitaine général des Gibelins de Romagne, réputé pour sa libéralité comme capitaine de Cesena.

CHAPITRE XII

Comme il a été dit, l'imperfection des richesses peut être saisie non seulement dans leur venue, mais aussi dans leur accroissement périlleux. Parce que en cela l'on peut voir leur défaut, le texte de la chanson ne fait mention que de ce fait, disant que, *bien que réunies*, non seulement elles n'apaisent pas, mais donnent plus d'appétit et confèrent aux hommes plus de défauts et d'insuffisances. Il faut ici savoir que les choses défectueuses peuvent avoir leurs défauts de manière telle qu'ils n'apparaissent pas dès l'abord, mais que sous un prétexte de perfection se cache leur imperfection ; mais qu'elles peuvent avoir ces défauts de manière si découverte, que dès l'abord on en saisit ouvertement l'imperfection. Les choses qui ne montrent pas dès l'abord leurs défauts, sont plus périlleuses, parce que souvent on ne peut y prendre garde ; comme on le voit chez les traîtres, qui d'abord se montrent vos amis, de sorte qu'on leur fait confiance, et qui sous le prétexte de l'amitié, cachent le défaut de l'inimitié. Ainsi les richesses sont-elles dangereusement imparfaites dans leur accroissement, parce que, faisant disparaître ce qu'elles promettent, elles apportent le contraire. Les traîtresses promettent qu'accumulées jusqu'à une certaine quantité, elles rendront celui qui les amasse pleinement satisfait ; et par cette promesse elles conduisent la volonté humaine au vice de l'avarice. C'est pourquoi Boèce les nomme périlleuses dans le *De consolatione*, en disant : « Hélas ! qui fut le premier qui déterra les masses d'or dissimulées et les pierreries qui voulaient rester cachées, ces précieux périls[1] ? » Les traîtresses promettent, si l'on y regarde bien, d'ôter toute soif et tout manque et d'apporter toute satisfaction et suffisance. Elles le font d'abord pour tout homme, assignant leur promesse à une certaine quantité d'accroissement. Après qu'elles sont assemblées, au lieu de satisfaction et de soulagement elles donnent et apportent aux cœurs une soif inextinguible. Au lieu de suffisance, elles apportent au désir une nouvelle limite, c'est-à-dire une quantité plus grande et en même temps une grande peur et sollicitude quant aux acquis. De sorte qu'elles n'apaisent vraiment pas, mais procurent plus de souci qu'on en avait auparavant. Dans

---

1. *Cons. phil.*, II, 5, 27 *sqq.*

son *De paradoxo*, Cicéron dit donc, en condamnant les richesses :
« En vérité je n'ai jamais dit que les pièces d'or, les maisons magnifiques, les richesses, les pouvoirs, ni les fêtes, auxquels les riches sont astreints, fassent partie des choses bonnes ou désirables ; étant donné que j'ai vu assurément les hommes jouissant abondamment de ces choses, les désirer plus encore. Car jamais ne s'achève ni ne se rassasie la soif de la cupidité. Non seulement les riches sont tourmentés par le désir d'accroître ce qu'ils ont, mais par la peur de perdre ce qu'ils possèdent[1]. » Ces paroles sont de Cicéron et se trouvent dans le livre que l'on a dit. Pour mieux témoigner encore de cette imperfection, voici ce que dit Boèce dans le *De consolatione* : « Tout le sable que soulève la mer agitée par le vent, toutes les étoiles qui resplendissent, seraient-ils des dons de la déesse de la richesse, que l'espèce humaine ne cesserait pas de se lamenter[2]. » Parce qu'il faut rassembler plus de témoignages encore sur ce point, laissons de côté tout ce par quoi Salomon et son père vitupérèrent les richesses[3] ; ce par quoi les vitupéra Sénèque, notamment dans ses lettres à Lucilius[4] ; tout ce qu'Horace[5], tout ce que Juvénal[6] et, en bref, tout ce que chaque écrivain et chaque poète a dit ; et tout ce que les véridiques Écritures divines proclament contre ces prostituées mensongères, pleines de tous les vices. Mais que l'on observe seulement, pour en avoir une certitude oculaire, la vie de ceux qui poursuivent les richesses, comment ils s'apaisent, comment ils se reposent. Quoi d'autre met quotidiennement en péril et détruit les cités, les quartiers, les individus qu'une nouvelle accumulation d'argent chez tel ou tel autre ? Cette accumulation fait naître de nouveaux désirs, au terme de quoi on ne peut parvenir sans faire injure à quelqu'un. À quoi d'autre l'un et l'autre des Droits, je veux dire Canonique et Civil, entendent-ils remédier, sinon à refréner la cupidité, qui croît par l'accumulation des richesses ? Assurément, l'un et l'autre le disent clairement, si on en lit le début : le début — dis-je — de leur texte. Oh ! comme il est manifeste, et même très manifeste, qu'en s'accroissant les richesses sont totalement imparfaites, alors qu'il ne peut en naître

---

1. *Par.*, I, 1, 6 (traduction par Dante d'un texte sans doute inexact). 2. *Cons. phil.*, II, 2, 1-8. 3. Pour Salomon : *Prov.*, II, 4, 28 ; XIII, 7 ; XVII, 16 ; XXII, 1 ; *Eccl.*, IV, 8 ; V, 9-10 ; *Sap.*, V, 7, 8. Pour David : *Ps.*, XXXVI, 16 ; XLIX, 11-12 ; LI, 8-9 ; LXI, 11 ; LXXV, 6. 4. *Lettres à Lucilius, passim*. 5. *Carm.*, II, 11, 16, 18 ; III, 16, 24 : tous textes passés comme d'autres dans la tradition médiévale. 6. *Cf.* fin de la note précédente.

qu'imperfection, en quelque quantité qu'elles soient accumulées ! C'est ce que dit le texte de la chanson.

Ici surgit à vrai dire une question, que l'on ne peut passer sans y faire allusion et y répondre. Quelque calomniateur de la vérité pourrait dire que, si par leur acquisition les richesses accroissent le désir et sont donc imparfaites et viles, pour cette raison la science est imparfaite et vile ; car en l'acquérant s'augmente toujours le désir de l'avoir. Sénèque dit donc : « Si j'avais un pied dans la tombe, je voudrais encore apprendre. » Mais il n'est pas vrai que la science soit vile par imperfection. Donc si l'on détruit la conclusion, l'accroissement du désir n'est pas cause de vilenie pour la science, comme il l'est pour les richesses. Que la science soit parfaite est manifeste selon le Philosophe au sixième livre de l'*Éthique*[1], qui dit que la science est l'exposé parfait des choses certaines.

Il faut brièvement répondre à cette question. Mais il faut d'abord savoir si dans l'acquisition de la science le désir s'augmente, comme il est posé dans la question, et si c'est selon la raison. Je dis donc que le désir humain s'augmente non seulement dans l'acquisition de la science et des richesses, mais en toute acquisition, bien que de différentes manières. La raison en est la suivante : le plus grand désir de toute chose, procuré d'abord par la nature, est de revenir à son principe. Parce que Dieu est principe de nos âmes et créateur de celles-ci, qui lui sont semblables (comme il est écrit : « Faisons l'homme à notre image et similitude[2] »), l'âme est suprêmement désireuse de revenir à lui. Comme le pèlerin qui suit une route où il ne vint jamais, croyant que chaque maison qu'il voit de loin est l'auberge, et trouvant qu'elle ne l'est pas, croit à une autre et va ainsi de maison en maison jusqu'à parvenir à l'auberge ; de même notre âme, dès qu'elle entre dans le chemin nouveau et jamais parcouru de la vie, dirige ses yeux vers le but de son souverain bien, et donc, tout ce qu'elle voit lui semblant avoir en soi quelque bien, elle croit que c'est lui. Parce que sa connaissance est d'abord imparfaite, car elle n'est ni experte ni informée, de petits biens lui paraissent grands ; et par eux elle commence donc à désirer. Ainsi voyons-nous les enfants désirer très fort une pomme ; puis, continuant, désirer un petit oiseau ; puis, allant plus avant, désirer un beau vêtement ; puis un cheval et puis une dame ; et puis une

---

1. Aristote, *Éthique*, VI, 3.   2. *Genèse*, I, 26.

richesse limitée, puis plus grande et puis encore davantage. Cela advient parce qu'il ne trouve en aucune de ces choses celle qu'il recherche et qu'il croit la trouver plus loin. D'où l'on peut voir qu'une chose désirable va devant l'autre au regard de notre âme de manière quasi pyramidale, la plus petite les coiffant d'abord toutes est comme la pointe de l'ultime chose désirable, laquelle est Dieu qui est comme la base de toutes. De sorte que, quand l'on avance davantage de la pointe vers la base, les choses désirables apparaissent plus grandes ; c'est la raison pour laquelle, à mesure que l'or acquiert, les désirs humains se font plus grands, l'un après l'autre. En vérité on perd ce chemin par erreur comme les routes de la terre. Comme d'une cité à une autre il y a nécessairement une voie excellente et très droite, une autre qui s'en éloigne toujours (c'est-à-dire qui va de l'autre côté) et de nombreuses, dont les unes s'éloignent moins et les autres s'approchent moins ; de même il y a dans la vie humaine divers chemins, dont l'un est très vrai et l'autre très faux, et certains autres moins faux ou moins vrais. Comme nous voyons que celui qui va tout droit à la cité, accomplit notre désir et nous accorde une pause après la fatigue et que celui qui va dans le sens contraire, jamais ne l'accomplit et jamais ne peut accorder de pause ; de même advient-il de notre vie : le bon marcheur atteint à son but et à la pause ; celui qui se trompe ne l'atteint jamais, mais avec une grande fatigue d'âme il regarde devant lui avec des yeux pleins de désir. Bien que donc ce raisonnement ne réponde pas totalement à la question posée ci-dessus, il ouvre au moins la voie à la réponse, car il fait voir que chacun de nos désirs ne s'élargit pas de la même façon. Mais, parce que ce chapitre s'est un peu prolongé, il faut répondre à la question dans un autre, où s'achève toute la polémique que l'on entend faire contre les richesses.

CHAPITRE XIII

Répondant à la question, je dis que l'on ne peut dire à proprement parler que le désir de la science s'accroît, bien que, comme il a été dit, il se dilate d'une certaine manière. Car ce qui croît à proprement parler, est toujours unique ; or le désir de la science n'est pas unique mais multiple : l'un achevé, il en vient un autre ; de sorte qu'à proprement parler, sa dilatation n'est pas croissance, mais succession d'une petite chose vers une grande. Car, si je désire savoir les principes des choses naturelles, aussitôt que je les sais, ce désir est accompli et achevé. Si je désire savoir ensuite ce qu'est et comment est chacun de ces principes, c'est un autre et nouveau désir ; et sa venue ne m'ôte pas la perfection où m'avait amené l'autre ; une telle dilatation n'est pas cause d'imperfection, mais de plus grande perfection. Celle de la richesse, c'est vraiment une croissance au sens propre, car elle demeure unique, de sorte que l'on n'y voit aucune succession, en vue d'aucune limite ni d'aucune perfection. Si mon adversaire prétend que, comme le désir de savoir les principes des choses naturelles est différent de savoir ce qu'ils sont, de même est-ce un désir différent d'avoir cent marcs d'argent que d'en désirer mille ; je réponds que ce n'est pas vrai. Car la centaine est partie du millier et a avec lui un rapport, comme la partie d'une ligne avec une ligne entière, sur laquelle on avance par un seul mouvement ; et il n'y a ici aucune succession ni perfection dans le mouvement. Mais connaître quels sont les principes des choses naturelles et connaître ce qu'est chacun d'eux, n'est pas partie l'un de l'autre ; ils ont des rapports semblables à ceux de deux lignes différentes, sur lesquelles on n'avance pas d'un même mouvement : au mouvement achevé de l'un succède le mouvement de l'autre. Ainsi apparaît-il que, du fait du désir de la science, la science ne doit pas être dite imparfaite, comme les richesses doivent l'être du fait de leur désir, selon les termes de la question. Dans le désir de la science, en effet, les désirs s'achèvent successivement et l'on en vient à la perfection ; ce qui n'est pas le cas de la richesse. Si bien que la question est résolue et n'a pas lieu d'être.

Mon adversaire peut bien encore objecter à tort, disant que, bien que de nombreux désirs s'accomplissent dans l'acquisition de la science, jamais on ne parvient au dernier : chose presque semblable à l'imperfection de ce qui ne s'achève pas et qui est pourtant un seul et même désir. On répond encore ici que n'est pas vrai ce que l'on nous oppose, à savoir que l'on ne parvient jamais au dernier : car nos désirs naturels, comme il a été montré ci-dessus au troisième livre[1], vont vers un terme certain ; celui de la science est naturel, de sorte qu'il s'accomplit en un terme certain, bien qu'un petit nombre, sachant mal marcher, achève son voyage. Si l'on entend bien le commentateur du troisième livre de l'Âme[2], on entend cela d'après lui. Aussi Aristote dit-il au dixième livre de l'*Éthique*, contre le poète Simonide, que « l'homme doit viser autant qu'il peut les choses divines[3] », montrant ainsi que nos facultés visent à une fin certaine. Au premier livre de l'*Éthique*, il dit que « celui qui étudie demande à savoir la certitude des choses, selon ce qu'en leur nature elles ont de certain[4] ». En quoi il montre que l'on doit atteindre une fin, non seulement de la part de l'homme qui désire, mais de la part d'un connaissable qui est désiré[5]. Aussi Paul dit-il : « Ne cherche pas à savoir plus que ce qu'il convient de savoir, mais sais de façon mesurée[6]. » De sorte que, de quelque manière que l'on prenne le désir de la science, de manière générale ou particulière, il atteint à la perfection. Aussi la science est-elle une parfaite et noble perfection ; qu'on la désire n'ôte rien à sa perfection, à la différence des maudites richesses.

Il faut brièvement montrer comment elles sont dommageables en leur possession : ce qui est le troisième aspect de leur imperfection. On peut voir que leur possession est dommageable à deux raisons : l'une qu'elle est cause de mal ; l'autre qu'elle est privation de bien. Elle est cause de mal, parce qu'elle rend le possesseur, toujours en éveil, craintif et odieux. Combien est grande la peur de celui qui sent quelque richesse auprès de lui, qu'il marche ou séjourne, qu'il soit éveillé ou dorme, craignant non seulement de perdre ses biens, mais sa personne pour ses biens ! Les malheureux marchands allant par le monde le savent bien, qui tremblent au bruit d'une feuille agitée par le vent, quand ils portent sur eux des richesses ; et qui, quand ils en sont dépourvus, pleins de sûreté, chantant et plaisantant, font un chemin plus court. Aussi le Sage dit-il : « Si un voyageur sans argent se mettait en chemin, il chanterait devant les voleurs[7]. » Et c'est ce que veut dire Lucain au cinquième livre, quand il loue la pauvreté qui rassure, disant : « Oh ! sûre richesse d'une vie pauvre ! Oh ! étroites demeures et pauvre

---

1. Livre III, chap. XII. 2. Averroès, *Comm. de anima*, III, 7 et *passim*. 3. *Éthique*, X, 7 (où Simonide n'est toutefois pas cité). 4. *Ibid.*, I, 1. 5. En d'autres termes, la recherche et son objet ont chacun des limites. 6. *Rom.*, XII, 3. 7. Boèce, *Cons. phil.*, II, 5.

rain de vie ! Oh ! richesses encore inconnues des dieux ! À quels temples ou à quelles murailles put-il advenir de ne rien craindre au sein du désordre, lorsque frappait la main de César[1] ? » C'est ce que dit Lucain, quand il rapporte que César vint de nuit à la maisonnette du pêcheur Amyclas, afin de passer la mer Hadrienne[2]. Quelle haine est celle que chacun porte aux possesseurs de richesses, soit par envie, soit par désir de s'en emparer ! Elle est assurément si grande que souvent, contre l'affection due, le fils s'emploie à la mort de son père. Les Italiens peuvent en faire de grandes et manifestes expériences tant du côté du Pô que de celui du Tibre ! Aussi Boèce dit-il dans le second livre de la Consolation : « Assurément l'avarice rend les hommes odieux. »

La possession de richesses est également privation de bien. Car, les possédant, on ne fait pas de largesses, vertu où réside le bien parfait, qui rend les hommes splendides et les fait aimer : chose qui ne peut être en possédant, mais en cessant de posséder. Aussi Boèce dit-il au même livre : « L'argent est bon, quand, transmis aux autres par largesse, on ne le possède plus. » Sa vilenie est donc manifeste en tous ses aspects. Aussi l'homme doté d'un juste appétit et d'une vraie connaissance ne l'aime-t-il jamais ; ne l'aimant pas, il ne s'unit pas à lui, mais veut en être toujours éloigné, sinon en ce qu'il est ordonné pour quelque service nécessaire. C'est chose raisonnable, car le parfait ne peut s'unir à l'imparfait. Ainsi voyons-nous que la ligne courbe ne s'unit jamais à la droite et que, s'il s'y trouve quelque union, elle n'est pas de ligne à ligne, mais de point à point. Aussi s'ensuit-il que l'âme qui est droite en appétit et sincère en connaissance, n'est pas abattue par la perte des richesses, comme le déclare le texte de la chanson à la fin de cette partie. Par cet effet le texte entend prouver qu'elles sont un fleuve coulant loin de la droite tour de la raison ou de la noblesse ; et que, pour ce motif, les richesses ne peuvent ôter la noblesse à celui qui la possède. C'est de cette manière que l'on polémique contre et vitupère les richesses dans la présente chanson.

---

1. *Pharsale*, V, 527-531.   2. L'Adriatique.

CHAPITRE XIV

Après avoir réprouvé l'erreur d'autrui en cette partie du texte qui traitait des richesses, il faut la réprouver par cette partie où l'on dit que le temps est cause de noblesse, disant *possession de bien ancienne*. Cette réprobation est faite dans la partie qui commence par : *Ils refusent qu'un vilain devienne noble*. On réprouve d'abord cela par un argument même de ceux qui se trompent ainsi ; puis, pour accroître leur confusion, on ruine aussi leur argument ; on le fait quand on dit : *Il s'ensuit encore de ces prémisses*. On conclut enfin que leur erreur est manifeste et qu'il est donc temps de se préoccuper de la vérité : on le fait quand on dit : *Aux esprits sains*.

Je dis donc : *Ils refusent qu'un vilain devienne noble*. Où il faut savoir que l'opinion de ces gens qui se trompent est qu'un homme d'abord vilain ne peut jamais être dit noble ; et que le fils d'un vilain ne peut semblablement jamais être dit noble. Cela ruine leur propre jugement, quand ils disent que le temps est nécessaire à la noblesse en employant le terme d'« ancien ». Car il est impossible de parvenir par un passage du temps à engendrer la noblesse selon leur raison telle qu'on l'a dite ; laquelle refuse qu'un vilain puisse jamais être noble pour quelque grande action qu'il fasse, ou pour quelque autre événement, et refuse le passage d'un père vilain à un fils noble. Si, en effet, le fils du vilain est seulement vilain, son fils sera seulement fils du vilain et de même son fils, et ainsi pour toujours. Jamais l'on ne pourra trouver d'occasion où la noblesse procède du passage du temps. Si, voulant se défendre, mon adversaire disait que la noblesse commencera au moment où l'on oubliera la basse condition des ancêtres, je réponds que cela leur sera contraire, car il y aura également ici passage de vilenie à noblesse, d'un homme à l'autre, ou de père en fils : chose contraire à ce qu'ils affirment.

Si mon adversaire se défend obstinément, disant que ceux qui se trompent prétendent que ce passage peut se faire quand la basse condition des ancêtres tombe dans l'oubli, bien que le texte de la chanson ne s'en préoccupe pas, il convient qu'une glose y réponde. Je réponds donc ainsi : de ce qu'ils disent résultent quatre inconvenances majeures, si bien que ce ne peut être une bonne raison. L'une, c'est que, plus la nature humaine serait bonne, plus la naissance de la noblesse serait malaisée et tardive : chose suprêmement inconvenante, étant donné que, comme on l'a noté, meilleure est la chose, plus elle est cause de bien ; alors que la noblesse est citée parmi les biens. Qu'il en soit ainsi, on le prouve. Si être noble ou gentilhomme — ce qui est la même chose — était engendré par l'oubli, la noblesse serait engendrée d'autant plus tôt que les hommes seraient plus oublieux, car tout oubli viendrait plus tôt. Donc, plus les hommes seraient oublieux, plus tôt ils seraient nobles ; et, au contraire, plus ils auraient de mémoire, plus tard ils seraient nobles.

La seconde inconvenance, c'est qu'en rien, à l'exception des hommes, l'on ne pourrait faire cette distinction entre noble et vil : ce qui est très inconvenant, étant donné qu'en toute espèce de choses l'on voit l'image de la noblesse et de la vilenie. Ainsi disons-nous souvent un noble cheval et un vil, un noble faucon et un vil, une noble perle et une vile. Que l'on ne pourrait plus faire cette distinction est prouvé de la sorte. Si l'oubli de bas ancêtres est cause de noblesse, là où il n'y eut pas de bas ancêtres, il ne peut y avoir d'oubli de ceux-ci ; étant donné que l'oubli est corruption de la mémoire et que l'on ne note chez les autres êtres vivants, les plantes et les minéraux aucune bassesse ni altesse (parce qu'ils sont tous produits en un même et identique état), il ne peut y avoir de noblesse en leur engendrement. Et pas davantage de vilenie, étant donné que l'une et l'autre doivent être regardées comme possession ou privation possibles en un même sujet : aussi ne pourrait-il y avoir de distinction entre l'une et l'autre. Si mon adversaire voulait dire que dans les autres choses on entend par noblesse la bonté de la chose, mais que chez les hommes on l'entend en ce qu'il n'y a pas de souvenir de leur basse condition, on voudrait répondre non par des paroles, mais à coups de couteau à une telle sottise, consistant à donner la bonté pour cause de la noblesse des autres choses et l'oubli pour origine de celle des hommes.

La troisième inconvenance, c'est que souvent l'engendré précéderait celui qui engendre : chose totalement impossible. On peut le montrer de la façon suivante. Supposons que Gherardo da Commino[1] ait été le descendant du vilain le plus vil qui ait jamais bu l'eau du Sile et du Cagnano[2] et que l'on n'ait pas oublié son

---

1. Né vers 1240, mort en 1306, capitaine général de Trévise, renommé comme protecteur des lettrés. 2. Les rivières qui se rejoignent à Trévise.

aïeul : qui osera dire que Gherardo da Cammino était un homme vil ? et qui ne sera d'accord avec moi, quand je dis qu'il fut noble ? Personne assurément, si présomptueux qu'il apparaisse, parce qu'il fut noble et que durera toujours son souvenir. Si l'on n'avait pas oublié ses bas ancêtres, comme on l'imagine, s'il était de haute noblesse et que la noblesse se voyait en lui aussi clairement qu'on la voit, elle aurait été en lui avant qu'ait existé celui qui l'engendra : chose totalement impossible.

La quatrième inconvenance, c'est qu'un homme, qui ne fut pas noble de son vivant, une fois mort soit jugé noble : il ne pourrait y avoir pire inconvenance. Supposons qu'à l'époque de Dardanus[1] on ait gardé le souvenir de ses bas ancêtres et qu'à l'époque de Laomédon[2], ce souvenir ait disparu et que soit venu l'oubli. Selon l'opinion adverse, Laomédon fut noble et Dardanus vil, leur vie durant. Nous qui n'avons pas gardé le souvenir de leurs ancêtres (au-delà, dis-je, de Dardanus), nous devrions dire que Dardanus a été vil sa vie durant et noble après sa mort. Cela n'est pas contraire à ce que l'on dit de Dardanus, à savoir qu'il fut le fils de Jupiter, car c'est une fable dont, disputant philosophiquement, on ne doit pas avoir cure. Même si mon adversaire voulait s'arrêter à la fable, assurément ce qu'elle recouvre détruit toutes ces raisons. Ainsi est-il manifeste que le raisonnement qui prétendait que l'oubli est cause de noblesse, est faux et erroné.

CHAPITRE XV

Puisque, de l'avis même de ceux qui se trompent, la chanson a démontré que le temps n'est pas exigé pour la noblesse, elle passe incontinent à la réfutation de leur opinion antérieure, afin que ne demeure aucune trace de leurs fausses raisons dans l'esprit qui serait disposé à accueillir la vérité. Elle le fait quand elle dit : *Il s'ensuit encore de ces prémisses.* Où il faut savoir que, si un homme

---

1. Fils d'Électra et de Jupiter, ancêtre d'Énée et donc, selon la légende, des Romains.
2. Descendant de Dardanus et père de Priam.

ne peut devenir noble de vilain qu'il était, ou que d'un père vil ne peut naître un fils noble, comme il est dit ci-dessus par leur opinion, il faut que de deux inconvenances s'ensuive l'une ou l'autre : l'une, qu'il n'existe aucune noblesse ; l'autre, que le monde a toujours été habité par plusieurs hommes, afin que l'espèce humaine ne soit pas née d'un seul homme. On peut le montrer. Si la noblesse n'est pas engendrée à neuf — comme l'on a dit plusieurs fois que prétend leur opinion (qu'elle ne s'engendrait pas chez un homme de lui-même, ni d'un père vil en son fils) — toujours l'homme demeure tel qu'il est né et il naît tel que son père. Ainsi ce processus est-il venu de notre premier parent : tel fut le premier géniteur, c'est-à-dire Adam — tel doit être le genre humain, car de lui jusqu'aux modernes on ne peut donc trouver aucune mutation. Donc, si Adam fut noble, nous sommes tous nobles ; et, s'il fut vil, nous sommes tous vils : ce qui n'est rien d'autre que supprimer la distinction entre ces conditions et ainsi les supprimer elles-mêmes. C'est ce que dit la chanson, qui dit en poursuivant ce qui a été avancé auparavant : *que nous sommes tous nobles ou vilains*. Si cela n'est pas et que pourtant certaines gens doivent être dites nobles et d'autres viles, puisque la mutation de vilenie en noblesse est supprimée, il faut nécessairement que l'espèce humaine descende d'origines diverses, c'est-à-dire d'une noble et d'une vile. C'est ce que dit la chanson, quand elle dit : *ou bien que l'homme n'a jamais eu de commencement* ; c'est-à-dire un seul, car elle ne dit pas « commencements ». Cela est totalement faux selon le Philosophe, selon notre Foi qui ne peut mentir, et selon la loi et l'antique croyance des Gentils. Car, bien que le Philosophe n'établisse pas que nous descendons d'un premier homme, il veut cependant qu'il n'y ait qu'une seule essence chez tous les hommes, qui ne peut avoir des origines diverses. Et Platon veut que tous les hommes dépendent d'une seule Idée et non de plusieurs[1] ; ce qui revient à leur donner une seule origine. Assurément Aristote rirait bien en entendant faire deux espèces du genre humain, comme des chevaux et des ânes ; car, Aristote me pardonne, on peut bien appeler ânes ceux qui pensent ainsi. Que cela soit totalement faux selon notre Foi, qui est à protéger de toute atteinte, Salomon le dit manifestement, là où, faisant une distinction entre les hommes et les bêtes brutes, il appelle les premiers tous

---

1. *Cf.* Aristote, *Éthique*, I, 4.

fils d'Adam. Il le fait quand il dit : « Qui sait si les esprits des fils d'Adam vont en haut et ceux des bêtes vont en bas[1] ? » Que ce soit faux selon les Gentils, voici ce que témoigne Ovide au premier chant de ses *Métamorphoses*, où il traite de la création du monde selon la croyance païenne, ou des Gentils, disant : « L'homme est né » — il ne dit pas « les hommes », mais il dit « né » et « l'homme » — « soit que d'une semence divine le fît le créateur des choses, soit que la terre récemment apparue, séparée depuis peu de l'éther subtil et diaphane, retînt les semences du ciel en même temps qu'elle. Cette terre, mêlée à l'eau du fleuve, le fils de Japet, c'est-à-dire Prométhée, la façonna à l'image des dieux, qui gouvernent tout[2]. » Où il est manifestement déclaré que le premier homme fut seul. Aussi la chanson dit-elle : *mais je n'y puis consentir*, c'est-à-dire à ce qu'il n'y eut pas un commencement à l'homme. Et elle ajoute : *ni eux-mêmes d'ailleurs, s'ils sont chrétiens* : elle dit chrétiens, et non pas philosophes ou païens, dont les avis sont également contraires à ceux qui se trompent ; parce que la sentence chrétienne a plus de force et brise toute calomnie grâce à la lumière suprême du ciel qui l'éclaire.

Puis, quand je dis : *Aux esprits sains il est donc manifeste que leurs dires sont vains*, je conclus que leur erreur est réfutée et je dis qu'il est temps d'ouvrir les yeux à la vérité ; c'est ce que dit la chanson quand je dis : *Or je veux dire, selon mon sentiment*. Je dis donc que, du fait de ce qui a été dit, il est manifeste aux intellects sains que les propos de ces gens-là sont vains, c'est-à-dire dépourvus de toute moelle de vérité. Je dis sains non sans raison. Il faut donc savoir que notre intellect peut être dit sain et malade : je dis intellect pour la noble partie de notre âme que l'on peut appeler esprit. On peut le dire sain quand il n'est pas entravé par une malice de l'âme ou du corps dans son action, qui consiste à connaître ce que sont les choses, comme le veut Aristote au troisième livre de l'Âme. Car, quant à la malice de l'âme, j'ai vu trois horribles infirmités dans l'esprit des hommes. L'une est causée par une jactance naturelle : car il existe nombre de présomptueux qui croient tout savoir et affirment donc comme certaines des choses incertaines. Ce vice est sévèrement condamné par Cicéron au premier livre des Offices[3] et par Thomas dans son ouvrage contre les Gentils, quand

---

1. *Eccl.*, III, 21.   2. *Métamorphoses*, I, 78-83.   3. *De officiis*, I, 6.

il dit : « Il y a nombre d'hommes si présomptueux quant à leur intelligence qu'ils croient par leur intellect pouvoir mesurer toutes les choses, estimant totalement vrai ce qu'ils croient et faux ce qu'ils ne croient pas[1]. » Il en résulte qu'ils n'atteignent jamais à la science ; croyant être suffisamment savants par eux-mêmes, ils n'interrogent jamais, désirent être interrogés et, avant que l'on ait fini de les interroger, répondent de travers. À leur intention Salomon dit dans les *Proverbes* : « Voit-on qu'un homme répond promptement ? Il faut attendre de lui plus de sottise que de promptitude[2]. » L'autre infirmité est causée par une pusillanimité naturelle. Nombreux, en effet, sont ceux qui sont si lâchement obstinés qu'ils ne peuvent croire qu'eux-mêmes ni les autres ne peuvent savoir les choses. Ces gens-là jamais ne recherchent ni ne raisonnent par eux-mêmes et ne se soucient jamais de savoir ce que disent les autres. Aristote parle contre eux au premier livre de l'*Éthique*, disant qu'ils sont d'insuffisants auditeurs de la philosophie morale[3]. Ces gens-là vivent toujours comme des bêtes dans leur grossièreté, désespérant de toute science. La troisième infirmité est causée par une légèreté de la nature. Nombreux, en effet, sont ceux dotés d'une imagination si légère qu'ils s'emportent dans leur raisonnement ; avant de faire un syllogisme, ils volent d'une conclusion à une autre et croient argumenter subtilement, mais ils ne partent d'aucun principe et ne voient assurément rien qui soit vrai dans leur fantaisie. De ces gens-là le Philosophe dit qu'il ne faut avoir ni cure ni affaire avec eux, disant au premier livre de la *Physique* qu'il « ne convient pas de disputer contre celui qui nie les principes[4]. » À ces gens-là appartiennent de nombreux illettrés, qui ne sauraient dire l'abc et voudraient disputer en géométrie, astrologie et physique.

Une seconde malice, ou défaut du corps, peut être l'esprit qui n'est pas sain : tantôt par défaut de quelque principe lors de la naissance, comme dans le cas des idiots ; tantôt par altération de l'esprit, comme dans le cas des fous. La loi traite de cette infirmité de l'esprit, quand l'Infortiatus dit : « De celui qui fait un testament, est requise, à l'époque où il le fait, la santé de l'esprit et non celle du corps[5]. » Aussi dis-je aux intellects qui ne sont pas affectés de malice de l'âme ou du corps, mais libres, non empêchés et sains

---

1. *Contra Gentiles*, I, 5. 2. *Prov.*, XXIX, 20. 3. *Éthique*, I, 2. 4. *Physique*, I, 2. 5. *Digeste*, XXVIII, I, 2.

pour recevoir la lumière de la vérité, que l'opinion des gens que l'on a dite, est vaine, c'est-à-dire sans valeur.

Ensuite la chanson ajoute que je juge ces propos faux et vains ; elle le fait quand elle dit : *pour faux je les réprouve*. Je dis ensuite qu'il faut en venir à montrer la vérité ; je dis que je la montrerai, c'est-à-dire ce qu'est la noblesse et comment l'on peut reconnaître l'homme où elle se trouve. Et je dis ceci ici : *Or je veux dire, selon mon sentiment*.

CHAPITRE XVI

« Le roi se réjouira en Dieu et loués seront tous ceux qui jurent en lui, parce que est close la bouche de ceux qui disent des choses iniques[1]. » Je puis vraiment placer ici d'abord cette sentence, parce que tout vrai roi dit qu'il aime par-dessus tout la vérité. Aussi est-il écrit au livre de Sapience : « Aimez la lumière de la sagesse, vous qui êtes à la tête des peuples[2] » ; et la lumière de la sagesse est la vérité elle-même. Je dis donc que tout roi se réjouira parce que est réprouvée l'opinion très fausse et dommageable des hommes malveillants et égarés qui ont jusqu'ici parlé de façon inique de la noblesse.

Il convient maintenant de procéder à l'exposé de la vérité, selon la division faite au troisième chapitre de ce livre. Cette seconde partie donc, qui commence par : *Je dis que toute vertu essentiellement,* entend établir ce qu'il en est de la noblesse selon la vérité. Cette partie se divise en deux ; dans la seconde, on entend montrer comment l'on peut reconnaître celui en qui elle se trouve ; cette partie commence par : *L'âme que cette qualité orne*. La première partie a encore deux parties : dans la première, on recherche certaines choses qui sont nécessaires pour connaître la définition de la noblesse ; dans la seconde, on recherche sa définition. Cette partie commence par : *Il est noblesse partout où est vertu*.

---

1. *Psaumes*, LXII, 12. 2. *Sap.*, VI, 23 (*cf.* ci-dessus, livre IV, chap. VI).

Pour pénétrer parfaitement dans cet exposé, il faut voir d'abord deux choses : l'une, ce que l'on entend par le terme de « noblesse » considéré simplement en lui-même ; l'autre, quelle voie on doit suivre pour rechercher la définition susdite. Je dis donc que, si nous voulons considérer selon l'usage coutumier et commun, l'on entend par le terme de « noblesse » la perfection en chaque chose de sa propre nature. Elle n'est donc pas conférée seulement à l'homme, mais aussi à toutes les choses ; car l'on nomme noble une pierre, une plante, un cheval, un faucon et toute chose que l'on voit parfaite en sa nature. Aussi Salomon dit-il dans l'*Ecclésiaste* : « Bienheureuse la cité dont le roi est noble[1] », ce qui ne veut rien dire d'autre que la cité dont le roi est parfait, selon la perfection de l'âme et du corps. Et il le manifeste ainsi par ce qu'il dit précédemment : « Malheur à toi, cité dont le prince est un enfant ! », c'est-à-dire un homme non accompli : et ce n'est pas seulement un enfant du fait de son âge, mais de ses mœurs désordonnées et par un défaut dans sa conduite, comme l'enseigne le Philosophe au premier livre de l'*Éthique*[2]. Il est bien quelques fous qui croient que le terme de « noble » veut dire « être renommé et connu auprès d'un grand nombre », et ils disent qu'il vient d'un verbe qui veut dire connaître, à savoir « nosco ». Cela est absolument faux, car, s'il en était ainsi, plus les choses seraient renommées et connues en leur genre, plus elles seraient nobles en leur genre ; ainsi la flèche de Saint-Pierre serait-elle la plus noble pierre du monde ; Asdente, cordonnier de Parme[3], serait plus noble que tous ses concitoyens ; et Albuino de la Scala[4] serait plus noble que Guido da Castello di Reggio[5] : or chacune de ces choses est absolument fausse. Aussi est-il absolument faux que « noble » vienne de « connaître », alors qu'il vient de « non vil » ; aussi « noble » veut-il quasiment dire « non vil ». Cette perfection est visée par le Philosophe au septième livre de la *Physique*, quand il dit : « Toute chose est suprêmement parfaite quand elle touche et atteint sa vertu propre et qu'elle est alors suprêmement conforme à sa nature : d'où le cercle peut être dit parfait

---

1. *Eccl.*, X, 16-17. 2. *Éthique*, I, 1. 3. Puni comme devin dans l'*Enfer* (XX, 118 *sqq.*), Benvenuto dit l'Asdenti, maître cordonnier de Reggio Emilia, né probablement au début du XIIIe siècle et proche de certaines sectes hérétiques. 4. Seigneur de Vérone de 1304 à 1311. 5. Né entre 1233 et 1238, encore vivant en 1315, et cité également dans le *Purgatoire*, XVI, 125-126.

quand il est vraiment cercle[1] », c'est-à-dire quand il atteint sa vertu propre ; alors il est en toute sa nature, alors on peut le dire un noble cercle. Cela advient lorsque, en ce cercle, un point est également distant de la circonférence et répand également sa vertu dans le cercle. Car le cercle qui a la forme de l'œuf n'est pas noble, ni celui qui a une forme seulement proche de la pleine lune, parce que, en ceci, sa nature n'est pas parfaite. On peut voir ainsi de façon manifeste qu'en général le terme de « noblesse » veut dire perfection de leur nature en toutes les choses : c'est ce que l'on recherchait d'abord, pour mieux pénétrer dans l'exposé de la partie que l'on entend traiter.

En second lieu, il faut voir comment il convient de procéder pour trouver la définition de la noblesse humaine, à quoi s'applique la présente démarche. Je dis donc qu'étant donné que dans les choses qui sont d'une même espèce, comme le sont tous les hommes, on ne peut pas par des principes essentiels définir leur plus grande perfection, il convient de la définir et de la connaître par leurs effets. Ainsi lit-on dans l'Évangile de saint Matthieu — quand le Christ dit : « Gardez-vous des faux prophètes » — « à leurs fruits vous les reconnaîtrez[2] ». C'est par le droit chemin qu'il faut voir cette définition que l'on recherche en fonction de ses fruits : ce sont des vertus morales et intellectuelles, dont notre noblesse même est le germe, comme il sera pleinement manifeste en sa définition. Ce sont là les deux choses qu'il convenait d'abord de voir avant de procéder à d'autres, comme il est dit au début de ce chapitre.

CHAPITRE XVII

Après que l'on a vu les deux premières choses qui semblaient utiles à voir avant d'aller plus loin, quant au texte de la chanson, il faut procéder à l'exposition de celle-ci. On dit et commence donc par : *Je dis que toute vertu essentiellement d'une seule racine vient : vertu, dis-je, qui rend l'homme heureux en ses œuvres.* Et

1. *Physique*, VII, 3. 2. *Matth.*, VII, 15-16.

j'ajoute : *C'est, selon ce que dit l'Éthique, un choix habituel*, en posant toute la définition de la philosophie morale selon ce qui est défini par le Philosophe au second livre de l'*Éthique*. On l'entend principalement en deux choses : l'une, que toute vertu procède d'un principe ; l'autre, que chacune de ces vertus doit être des vertus morales dont on parle ; et cela est manifeste quand il est dit : *C'est, selon ce que dit l'Éthique*. Où il faut savoir que les vertus morales sont proprement nos fruits, parce que, en tous leurs aspects, elles sont en notre pouvoir. Elles sont diversement distinguées et dénombrées par divers philosophes. Mais, parce que là où s'exprime la divine pensée d'Aristote, il me semble devoir laisser de côté tous les autres, voulant dire quelles sont ces vertus, je poursuivrai en parlant brièvement d'elles selon son avis.

Les vertus nommées par ledit Philosophe sont au nombre de onze. La première se nomme la Force[1], qui est une arme et un frein pour modérer notre audace et notre timidité en ce qui est destruction de notre vie. La seconde est la Tempérance, qui est la règle et le frein de notre gourmandise et de notre abstinence exagérée en ce qui concerne notre vie. La troisième est la Libéralité, qui modère ce que nous donnons et recevons en matière de biens temporels. La quatrième est la Magnificence, qui modère les grandes dépenses, les faisant et soutenant jusqu'à une certaine limite. La cinquième est la Magnanimité, qui est modération et acquisition de grands honneurs et de renommée. La sixième est le Goût de l'honneur, qui nous modère et nous ordonne en matière d'honneurs en ce monde. La septième est la Mansuétude, qui modère notre colère et notre patience excessive face aux maux extérieurs. La huitième est l'Affabilité, qui nous fait bien vivre avec les autres. La neuvième est appelée Vérité, qui dans nos propos nous empêche de nous vanter plus que nous sommes et de nous rabaisser plus que nous sommes. La dixième se nomme Eutrapélie[2], qui nous modère dans nos amusements, en en usant comme il se doit. La onzième est la Justice, qui nous dispose à aimer et pratiquer le droit en toutes choses. Chacune de ces vertus a deux ennemis à ses côtés, c'est-à-dire deux vices, l'un de l'excès et l'autre de l'insuffisance ; elles sont au milieu des deux et naissent d'un principe, c'est-à-dire de notre penchant au bon choix. D'où l'on peut dire généralement de toutes qu'elles

---

[1]. Du latin *fortitudo* : force d'âme. [2]. Ou enjouement.

ont une tendance élective au juste milieu. Par leur action ces vertus donnent à l'homme la béatitude, ou la félicité, comme le dit le Philosophe au premier livre de l'*Éthique*, quand il définit la félicité en disant que « c'est une opération conforme à la vertu dans une vie parfaite[1] ». Nombreux sont aussi ceux qui disent que la Prudence, c'est-à-dire le bon sens, est une vertu morale, mais Aristote la dénombre parmi les intellectuelles ; bien qu'elle soit le guide des vertus morales et montre la voie par où elles s'accomplissent, et que sans elle elles ne puissent être.

En vérité il faut savoir que nous pouvons avoir deux félicités en cette vie, selon deux démarches différentes, bonne et excellente, qui nous y conduisent. L'une est la vie active et l'autre la contemplative. Celle-ci, bien qu'on parvienne — comme on l'a dit — par l'active à une bonne félicité, nous conduit à une excellente félicité et béatitude, selon ce que dit le Philosophe au dixième livre de l'*Éthique*[2]. Le Christ l'affirme de sa propre bouche dans l'Évangile de Luc en parlant à Marthe et lui répondant : « Marthe, Marthe, tu te soucies et te troubles en bien des choses : c'est certainement une chose nécessaire », c'est-à-dire « ce que tu fais ». Et il ajoute : « Marie a choisi la meilleure part, qui ne lui sera pas ôtée[3]. » Marie, selon ce qu'il est écrit dans ces paroles de l'Évangile, assise aux pieds du Christ, ne se souciait en rien du service de la maison, mais écoutait seulement les paroles du Seigneur. Si nous voulons exposer cela d'un point de vue moral, Notre Seigneur voulut montrer ainsi que la vie contemplative était excellente, bien que l'active fût bonne : cela est manifeste à qui veut bien prêter attention aux paroles évangéliques. Quelqu'un pourrait dire, argumentant contre moi : puisque la félicité de la vie contemplative est plus excellente que celle de l'active, et puisque l'une et l'autre peuvent être le fruit et la fin de la noblesse, pourquoi n'a-t-on pas procédé par la voie des vertus intellectuelles plutôt que des morales ? On peut brièvement répondre à ceci qu'en chaque science on doit considérer les capacités de l'élève et le conduire par la voie qui lui soit la plus facile. Parce que, donc, les vertus morales sont plus ordinaires, plus connues et recherchées que les autres et qu'elles ont dans leur apparence extérieure plus d'utilité, il a semblé utile et convenable de suivre cette voie plutôt que l'autre. Car on ne parviendrait pas

---

1. *Éthique*, I, 6. 2. *Ibid.*, X, 7. 3. *Luc*, X, 41-42.

aussi bien à connaître les abeilles en examinant le fruit de la cire plutôt que celui du miel, bien que l'une et l'autre proviennent d'elles.

CHAPITRE XVIII

Au chapitre précédent il a été établi que toute vertu morale provient d'un principe, c'est-à-dire d'un choix bon et habituel : c'est ce qu'indique le présent texte jusqu'à la partie qui commence par : *Je dis que la noblesse comme telle.* En cette partie on procède par une voie probable pour savoir que chaque vertu susdite, prise en particulier comme en général, procède de la noblesse comme l'effet de la cause. Ceci se fonde sur une proposition philosophique qui dit que, quand deux choses concordent en une, elles doivent toutes deux se ramener à quelque tierce chose, ou bien l'une à l'autre, comme un effet à sa cause. Car une chose venue d'abord et par elle-même, ne peut l'être que du fait d'une seule chose ; si ces deux choses n'étaient pas l'effet d'une tierce chose, elles auraient toutes deux cette première chose de par elles-mêmes ; ce qui est impossible. Je dis donc que la noblesse et *telle vertu*, c'est-à-dire morale, concordent en ceci que l'une et l'autre impliquent la louange dont on parle. Je dis cela quand il est dit : *en un même propos elles convergent, car elles ont même effet,* c'est-à-dire louer et faire apprécier celui à qui l'on dit qu'elles appartiennent. Puis on conclut en prenant la vertu citée dans la proposition susdite et l'on dit que l'une doit donc procéder de l'autre, ou toutes deux d'une tierce chose. On ajoute qu'il faut plutôt présumer que l'une vient de l'autre plutôt que toutes deux d'une tierce chose, s'il apparaît que l'une a autant sinon plus de valeur que l'autre ; cela est dit par : *mais, si l'une vaut ce que vaut l'autre.* Où il faut savoir que l'on ne procède pas ici par une démonstration nécessaire. Comme l'on peut dire que, si le froid engendre l'eau et si nous voyons les nuages engendrer l'eau, le froid engendre les nuages ; de même, par une très belle et convenable induction, le texte de la chanson dit que, s'il y a en nous nombre de choses louables et si en nous se trouve l'origine de nos louanges, il est raisonnable de les ramener à ce principe. Ce qui assemble plus de choses, peut être plus raisonnablement dit origine de ces choses, que celles-ci son origine. Car le pied de l'arbre, qui assemble les autres branches, doit être appelé leur origine et leur cause et non pas elles son origine. De même la noblesse, qui assemble toutes les vertus et nombre d'autres actions louables, comme la cause assemble l'effet, doit être tenue pour une chose telle que la vertu doit être ramenée à elle, avant qu'à une tierce chose présente en nous.

Il est dit en dernier lieu que ce qui a été dit (à savoir que toute vertu morale vient d'une même racine ; qu'une telle vertu et la noblesse convergent en une seule chose, comme il a été dit ci-dessus ; que l'une doit donc être reconduite à l'autre, ou bien toutes deux à une tierce chose ; et que, si l'une vaut l'autre et même plus, celle-ci en procède plus que d'une tierce chose) *serve de prémisse*, c'est-à-dire soit ourdi et préparé en vue de ce que l'on entend exposer ci-dessous. Ainsi s'achèvent cette strophe et la présente partie.

CHAPITRE XIX

Après que l'on a traité et déterminé dans la partie précédente certaines choses qui étaient nécessaires pour voir comment l'on peut définir cette bonne chose dont on parle, il faut passer à la seconde partie qui commence par : *Il est noblesse partout où est vertu*. Cette partie doit être réduite à deux parties. Dans la première on prouve une certaine chose qui est abordée précédemment et laissée sans preuve ; dans la seconde, concluant, on trouve la définition que l'on recherche. Cette seconde partie commence par : *Donc viendront, comme du noir le pers*.

Pour éclairer la première partie, il faut se souvenir de ce qui est dit ci-dessus, à savoir que si la noblesse a plus de valeur et d'étendue que la vertu, c'est plutôt la vertu qui procède d'elle. C'est ce qui est prouvé maintenant dans cette partie, à savoir que la noblesse a plus d'étendue ; et l'on donne l'exemple du ciel, en disant que, partout où est la vertu, là se trouve la noblesse. On doit ici savoir que, comme il est dit dans le Digeste et tenu pour règle du droit, dans les choses qui sont d'elles-mêmes manifestes, il n'est pas besoin de preuve. Il n'est rien de plus manifeste que la noblesse se trouve là où est la vertu et que nous voyons communément qu'une chose vertueuse de par sa nature est appelée noble. Je dis donc : *de même qu'est le ciel partout où sont les étoiles*. Mais ceci n'est pas vrai *vice versa*, c'est-à-dire dans le sens inverse, à savoir que partout où il y a le ciel se trouve une étoile. De même la noblesse est partout où il y a la vertu, mais non la vertu partout où il y a la noblesse. C'est là un bel et convenable exemple, car cette dernière est vraiment un ciel où resplendissent nombre d'étoiles diverses. En elle resplendissent les vertus intellectuelles et morales ; en elle resplendissent les bonnes dispositions données par la nature, c'est-à-dire la piété et la religion, et les passions louables, c'est-à-dire la vergogne, la miséricorde et bien d'autres ; en elle resplendissent les bontés corporelles, c'est-à-dire la beauté, la force et une bonne santé quasiment perpétuelle. Si nombreuses sont les étoiles qui resplendissent au ciel qu'il ne faut certainement pas s'étonner qu'elles engendrent de nombreux fruits divers de la noblesse humaine : si nombreuses sont les natures et puissances de celle-ci, où comme en diverses branches elle fructifie diversement. Certes j'ose dire en vérité que la noblesse humaine, quant au nombre de ses fruits, dépasse celle des anges, bien que celle-ci soit plus divine dans son unité. De notre noblesse, qui produisait tant de pareils fruits, le Psalmiste s'aperçut, quand il commença ce psaume qui débute par : « Seigneur notre Dieu, combien est admirable ton nom par toute la terre », là où il célèbre l'homme, comme en s'émerveillant de l'affection divine pour la créature humaine, en disant : « Qu'est-ce, Dieu, que l'homme, pour que tu le visites ? Tu l'as fait à peine plus petit que les anges, tu l'as couronné de gloire et d'honneur et l'as placé au sommet des œuvres de tes mains[1]. » Ce fut donc une belle et convenable comparaison que celle du ciel à la noblesse humaine.

Puis quand il est dit : *Aux dames et au jeune âge*, on prouve ce que je dis, en montrant que la noblesse s'étend en des régions où n'est pas la vertu. On dit ensuite : *nous voyons cette perfection* ; on indique que la noblesse, qui est assurément une vraie perfection,

---

1. *Psaumes*, VIII, 2.

est là où se trouve la vergogne, c'est-à-dire la crainte du déshonneur, comme chez les dames et les jeunes gens, chez qui la vergogne est bonne et louable : cette vergogne n'est pas une vertu, mais une sorte de bonne passion. Il est dit : *Aux dames et au jeune âge*, c'est-à-dire aux jeunes gens ; parce que, selon ce que veut le Philosophe au quatrième livre de l'*Éthique*, « la vergogne n'est pas digne de louange et ne convient pas chez les vieillards et les hommes d'étude[1] », parce qu'il leur faut se garder des choses qui peuvent leur procurer la vergogne. Aux jeunes gens et aux dames il n'est pas autant demandé de s'en garder et chez eux est digne de louange la crainte du déshonneur résultant d'une faute ; cette crainte qui provient de la noblesse, on peut croire qu'elle est en eux et l'appeler noblesse, de même que l'on nommera l'impudence vilenie et chose ignoble. Aussi est-ce un bon et excellent signe de noblesse chez les enfants et les jeunes gens, quand sur leur visage, après leur faute, se peint la vergogne, qui est alors fruit de la vraie noblesse.

CHAPITRE XX

Quand on continue ensuite par : *Donc viendront, comme du noir le pers*, le texte de la chanson procède à la définition de la noblesse, que l'on recherche, et par laquelle on pourra voir ce qu'est cette noblesse, dont tant de gens parlent de façon erronée. Il est donc dit, concluant d'après ce qui a été dit précédemment : donc que toutes vertus, *ou leur principe*, c'est-à-dire le choix habituel du juste milieu, viendront de celle-ci, c'est-à-dire de la noblesse. On en donne un exemple par les couleurs, en disant : comme le pers descend du noir, de même celle-ci, c'est-à-dire la vertu, descend de la noblesse. Le pers est une couleur mêlée de pourpre et de noir, mais le noir l'emporte et c'est de lui qu'il prend son nom ; de même la vertu est une chose mêlée de noblesse et de passion ; mais, parce que la noblesse l'emporte, la vertu prend d'elle son nom et est

---

1. *Éthique*, IV, 15.

appelée bonté. Puis on argumente sur ce qui est dit : que personne, pouvant dire « j'appartiens à telle lignée », n'aille croire que la noblesse est avec lui, si ces fruits ne sont pas en lui. On en rend aussitôt raison, en disant que ceux qui ont cette *grâce*, c'est-à-dire cette chose divine, sont *presque* comme des *dieux*, sans tache de vice. Cela ne peut être donné que par Dieu seulement, chez qui il n'est pas de choix de personnes, comme en témoignent les divines Écritures[1]. Puisse mon texte ne pas paraître parler trop haut, quand il dit : *car ils sont presque des dieux*. Car, comme on l'expose ci-dessus au septième chapitre du troisième livre, de même qu'il y a des hommes très vils et bestiaux, de même il y en a de très nobles et divins : Aristote le prouve au septième livre de l'*Éthique* par le texte du poète Homère[2]. Ainsi donc, que l'héritier des Uberti de Florence[3] et des Visconti de Milan[4] n'aille pas dire : « Parce que j'appartiens à cette lignée, je suis noble. » Car la semence divine ne tombe pas en une lignée, c'est-à-dire une descendance, mais en des individus ; et, comme on le montrera ci-dessous, la descendance ne rend pas nobles les individus, mais les individus rendent noble la descendance.

Puis, quand il est dit : *Dieu seul la donne à l'âme*, il est question du receveur, c'est-à-dire du sujet où descend ce don divin. Car c'est bien un don divin selon ce que dit l'Apôtre : « Toute bonne chose donnée et tout don parfait viennent d'en haut, descendant du Père des astres[5]. » Il dit donc que Dieu accorde cette grâce à l'âme de celui dont il voit qu'il est parfaitement bien en sa personne, prêt et disposé à recevoir cet acte divin. Car, selon ce que dit le Philosophe au second livre de l'*Âme*, « les choses doivent être disposées à leurs agents et à recevoir leurs actes[6] ». Si donc l'âme est imparfaitement disposée, elle n'est pas apte à recevoir cette influence bénie et divine : de même, si une pierre précieuse est mal disposée, c'est-à-dire imparfaite, elle ne peut recevoir la puissance céleste, comme le dit le noble Guido Guinizelli dans l'une de ses chansons qui commence par : *En un corps noble toujours Amour a son refuge*[7].

---

1. *Rom.*, II, 11 ; *Gal.*, II, 6 ; *Éph.*, VI, 9. 2. *Éthique*, VII, 1. 3. Grande lignée florentine évoquée dans l'*Enfer* (X, 22 sqq.) et le *Paradis* (XVI, 109-110). 4. Famille évoquée dans le *Purgatoire* (VIII, 80). 5. *Jac.*, *Ép.*, I, 17. 6. *De anima*, II, 2. 7. Guido Guinizelli (1235 environ-1276), poète bolonais considéré comme le fondateur du « doux style nouveau ». *Cf. Vie nouvelle*, XX ; *Purgatoire*, XXVI, 73-132 ; *De l'éloquence en langue vulgaire*, I, XV.

L'âme peut donc être mal disposée dans le corps par défaut de complexion, ou peut-être par manque de temps[1] : en une âme de cette sorte, ce rayon ne resplendit jamais. On peut dire de ces gens-là, dont l'âme est privée de cette lumière, qu'ils sont comme des vallées tournées vers le nord, ou bien comme des cavernes souterraines, où jamais ne descend la lumière du soleil, à moins qu'elle ne soit réfléchie par une région éclairée par cette dernière.

On conclut enfin et l'on dit que, du fait de ce qui a été dit précédemment (à savoir que les vertus sont fruit de la noblesse et que Dieu la met en l'âme bien disposée), chez quelques-unes, c'est-à-dire chez ceux qui sont dotés d'une intelligence — et ils sont peu nombreux — il est manifeste que la noblesse humaine n'est rien d'autre que « la semence de la félicité », *mise par Dieu en l'âme bien disposé*, c'est-à-dire dont le corps est parfaitement disposé. Car, si les vertus sont fruit de la noblesse et si la félicité est procurée par elles, il est manifeste que cette noblesse est la semence de la félicité, comme il a été dit. Si l'on y prend bien garde, cette définition réunit l'ensemble des quatre causes, c'est-à-dire matérielle, formelle, efficiente et finale : matérielle, en ce qu'il est dit : *en l'âme bien disposé*, qui est matière et sujet de la noblesse ; formelle, en ce qu'il est dit qu'elle est *semence* ; efficiente, en ce qu'il est dit : *mise par Dieu en l'âme* ; finale, en ce qu'il est dit : *de félicité*. Ainsi est définie cette bonté, qui descend en nous d'une puissance suprême et spirituelle, comme en une pierre précieuse la puissance descend d'un très noble corps céleste.

CHAPITRE XXI

Afin que l'on ait plus parfaitement connaissance de la bonté humaine en ce qu'elle est chez nous l'origine de tous les biens, et qui se nomme la noblesse, il faut expliquer en ce chapitre particulier comment cette bonté descend en nous : d'abord de manière naturelle, puis de manière théologique, c'est-à-dire divine et spiri-

---

1. C'est-à-dire, peut-être, du fait d'une naissance avant terme.

tuelle. Il faut donc savoir d'abord que l'homme est fait d'âme et de corps ; mais la noblesse est de l'âme, comme quand l'on a dit qu'elle est comme la semence de la puissance divine. À dire vrai, divers philosophes ont parlé de la diversité de nos âmes. Car Avicenne et Algazel[1] ont prétendu que de par elles-mêmes et leur origine, elles étaient nobles et viles ; Platon et d'autres ont prétendu qu'elles procédaient des étoiles et qu'elles étaient plus ou moins nobles en raison de la noblesse de leur étoile. Pythagore a prétendu qu'elles avaient toutes la même noblesse : non seulement les âmes humaines, mais avec elles celles des bêtes brutes et des plantes ainsi que les formes des minéraux ; et il a dit que toute la différence était entre les corps et les formes. Si chacun devait défendre son opinion, il se pourrait que la vérité se trouve en chacune d'elles. Mais, parce que, au premier abord, elles semblent toutes un peu éloignées de la vérité, il ne faut pas partir d'elles, mais de l'opinion d'Aristote et des Péripatéticiens. Je dis donc que, quand la semence humaine tombe dans son réceptacle, c'est-à-dire dans la matrice, elle apporte avec elle la puissance de l'âme générative, celle du ciel et des éléments réunis, c'est-à-dire la complexion. Elle mûrit et dispose la matière à la puissance formative, qu'a donnée l'âme du géniteur ; et la puissance formative apprête les organes à la puissance céleste, qui, à partir de la puissance de la semence, produit la semence à la vie. À peine produite, celle-ci reçoit de la puissance du moteur du ciel l'intellect possible. Ce dernier apporte potentiellement en lui toutes les formes universelles selon ce qu'elles sont dans son producteur, et cela d'autant moins qu'il est plus éloigné de l'Intelligence première.

Que nul ne s'étonne si je parle d'une manière qui semble difficile à entendre : car il me semble à moi-même étonnant qu'une telle production puisse se conclure et être vue par l'esprit. Ce n'est pas là une chose aisée à éclairer par le langage — le langage vulgaire, dis-je. Aussi veux-je dire comme l'Apôtre : « Ô profondeur des richesses de la sagesse divine, combien sont incompréhensibles tes jugements et inaccessibles tes voies[2] ! » Parce que la complexion de la semence peut être meilleure et moins bonne, que la disposition de son auteur peut être meilleure et moins bonne et que la disposition du ciel à cet effet peut être bonne, meilleure et excel-

---

1. *Cf. Banquet*, II, XIII et note 2. 2. *Rom.*, XI, 33.

lente (car elle varie en fonction des constellations qui se déplacent continuellement), il arrive qu'à partir de la semence humaine et de ces puissances soit produite une âme plus ou moins pure. Selon sa pureté en elle descend la puissance intellective possible que l'on a dite, de la manière que l'on a dite. S'il advient que, du fait de la pureté de l'âme réceptrice, la puissance intellective soit parfaitement débarrassée et dégagée de toute ombre corporelle, la divine bonté se multiplie en elle, comme en une chose apte à la recevoir ; et ensuite notre intellect se multiplie en l'âme en fonction de ce qu'elle peut recevoir. C'est la semence de la félicité dont on parle présentement. Ceci concorde avec la pensée de Cicéron dans le *De senectute*, où, parlant au nom de Caton, il dit : « C'est pourquoi une âme céleste descendit en nous, venue de son haut domicile en un lieu contraire à la nature divine et à l'éternité[1]. » En une telle âme se trouvent sa propre puissance, l'intellective et la divine, c'est-à-dire l'influence que l'on a dite. Aussi est-il écrit dans le livre Des Causes : « Toute âme noble a trois opérations, c'est-à-dire animale, intellective et divine[2]. » Certains sont d'avis que, si toutes les puissances susdites s'accordaient à produire une âme au mieux de leur disposition, il descendrait en cette âme une telle part de la déité qu'elle serait presque un autre Dieu réincarné. C'est quasiment tout ce que l'on peut dire quant à la démarche naturelle.

Pour la démarche théologique, on peut dire que, après que la déité suprême, c'est-à-dire Dieu, voit sa créature apte à recevoir de ses bienfaits, elle y met une part aussi large qu'elle est apte à recevoir. Parce que ses dons proviennent d'une charité ineffable et que la charité divine est propre à l'Esprit Saint, il en résulte qu'ils sont appelés dons de l'Esprit Saint. Selon la façon dont les distingue le prophète Isaïe, ils sont au nombre de sept, c'est-à-dire la sagesse, l'intelligence, le conseil, la force, la science, la piété et la crainte de Dieu[3]. Oh ! bon grain, bonne et admirable semence, qui attend seulement que la nature humaine lui apprête la terre où semer ! Et bienheureux ceux qui cultivent une telle semence comme il convient ! Où il faut savoir que la première et plus noble pousse qui germe de cette semence, pour être féconde, est l'appétit de l'esprit, qui en grec est appelé « humen[4] ». S'il n'est pas bon, cultivé

---

1. *De senectute*, XXI, 77. 2. *Liber de causis*, III, 27-33. 3. *Isaïe*, XI, 2. 4. Dante emprunte sans doute le terme grec à Cicéron, *De finibus*, V, VI, 17.

et maintenu droit par une bonne coutume, la semence a peu d'effet et il vaudrait mieux qu'elle ne soit pas semée. Aussi saint Augustin de même qu'Aristote au second livre de l'*Éthique*[1] veulent-ils que l'homme s'accoutume à bien faire et à réfréner ses passions, afin que la pousse dont on a parlé durcisse du fait d'une bonne coutume et s'affermisse dans sa rectitude, afin qu'elle puisse fructifier et que de son fruit puisse sortir la douceur de la félicité humaine.

CHAPITRE XXII

Les philosophes moraux qui ont parlé des bienfaits ordonnent que l'homme doit appliquer son intelligence et sa sollicitude à donner les bienfaits les plus utiles qu'il peut à qui les reçoit. Aussi, voulant pour ma part obéir à cet ordre, j'entends rendre utile mon *Banquet* et chacune de ses parties, autant qu'il me sera possible. Parce que, en cette partie, il me faut quelque peu discourir de la félicité humaine, j'entends discourir de sa douceur ; car l'on ne peut faire de plus utile discours pour ceux qui ne la connaissent pas. Car, comme le dit le Philosophe au premier livre de l'*Éthique*[2] et Cicéron dans la Fin des Biens[3], mal tire au but celui qui ne le voit pas ; de même, mal peut atteindre cette douceur celui qui ne la discerne pas d'abord. Aussi, étant donné qu'elle est notre paix finale, pour laquelle nous vivons et réalisons ce que nous faisons, il est très utile et nécessaire de discerner ce but où diriger l'arc de notre action. Et il faut rendre le plus grand gré à qui l'indique à ceux qui ne le voient pas.

Laissant donc de côté l'opinion qu'eurent à ce propos les philosophes Épicure et Zénon, je veux en venir sommairement à la juste opinion d'Aristote et des autres Péripatéticiens. Comme il est dit ci-dessus, de la divine bonté, semée et infuse en nous dès l'origine de notre engendrement, naît une pousse que les Grecs appellent « humen », c'est-à-dire appétit naturel de l'esprit. Comme les blés, quand ils naissent, ont d'abord une similitude avec l'herbe et puis

---

1. *Éthique*, II, 1. 2. *Ibid.*, I, 1. 3. *De finibus*, V, 6.

s'en distinguent en poussant ; de même cet appétit naturel, qui naît de la grâce divine, ne se montre d'abord quasiment pas différent de celui qui vient tout nu de la nature, mais ressemble aux blés comme l'herbe. Non seulement il y a similitude entre les hommes, mais entre les hommes et les bêtes. Cela apparaît au fait que chaque être vivant, dès qu'il est né, doté de raison ou bête brute, s'aime soi-même et fuit les choses qui lui sont contraires, et les hait. Puis, avec l'avance du temps, commence, comme on l'a dit, à apparaître une différence entre eux quant au progrès de cet appétit, car l'un suit un chemin et l'autre un autre. Comme le dit l'Apôtre, « nombreux sont ceux qui courent à la victoire, mais il n'en est qu'un qui l'obtienne[1] » ; de même les appétits des hommes suivent depuis le départ des chemins différents, mais un seul nous conduit à notre paix. C'est pourquoi, laissant de côté tous les autres, il faut dans ce livre suivre celui qui commence bien.

Je dis donc que l'homme s'aime d'abord, bien que de manière indistincte ; puis il distingue les choses qui lui sont plus ou moins aimables et plus ou moins haïssables. Il les suit et les fuit et distingue plus ou moins selon sa connaissance parmi les autres choses qu'il aime secondairement, mais aussi en soi, qu'il aime principalement. Reconnaissant en soi diverses parties, il aime davantage celles qui sont plus nobles ; étant donné que l'esprit est plus noble que le corps, il l'aime davantage. Ainsi, s'aimant principalement, aimant les autres choses en fonction de soi et aimant la meilleure partie de soi, il est manifeste qu'il aime plus l'esprit que le corps ou autre chose : cet esprit, il doit naturellement l'aimer plus que toute autre chose. Donc, si l'esprit prend toujours plaisir à l'usage de la chose aimée, qui est fruit de l'amour, et si l'usage de la chose aimée est suprêmement plaisant, alors l'usage de notre esprit est suprêmement plaisant. Ce qui est pour nous suprêmement plaisant est notre félicité et notre béatitude, au-delà de laquelle il n'est pas de plus grand plaisir et aucun autre n'apparaît, comme l'on peut le voir à bien observer le raisonnement précédent.

Que l'on n'aille pas dire que tout appétit est esprit. Car on entend seulement ici par esprit ce qui est relatif à la partie rationnelle, c'est-à-dire la volonté et l'intellect. De sorte que, si l'on voulait nommer esprit l'appétit sensitif, cela n'a pas sa place ici et ne peut entrer en

---

1. I *Cor.*, IX, 24.

ligne. Car nul ne doute que l'appétit rationnel est plus noble que le sensuel, et donc plus aimable : tel est celui dont on parle présentement. À vrai dire, l'usage de notre esprit est double, c'est-à-dire pratique et spéculatif (pratique en ce qui est relatif à l'action) ; et l'un et l'autre sont très plaisants, bien que la contemplation le soit davantage, comme il est exposé ci-dessus. L'usage pratique de l'esprit consiste pour nous à agir vertueusement, c'est-à-dire honnêtement, avec prudence, tempérance, force d'âme et justice ; l'usage spéculatif ne consiste pas à agir, mais à considérer les œuvres de Dieu et de la nature. En l'une et l'autre résident notre béatitude et notre suprême félicité, comme on peut le voir. C'est la douceur de la semence susdite, comme il apparaît désormais de façon manifeste ; à laquelle souvent ne parvient pas cette semence, parce qu'elle est mal cultivée et que son développement est dévoyé. Il peut semblablement advenir, à force de correction et de culture, que là où cette semence ne tombe pas d'abord, on puisse la conduire dans sa croissance, en sorte qu'elle parvient à fructifier : c'est là comme greffer une autre espèce sur une racine différente. Aussi nul ne peut être excusé, car si un homme n'a pas de sa racine naturelle cette semence, il peut bien l'avoir par le moyen d'une greffe. Plût au Ciel qu'il y ait à se greffer autant de gens qu'il y en a pour se laisser dévoyer loin de la bonne racine !

À vrai dire, de ces deux usages, l'un est davantage plein de béatitude que l'autre. C'est la spéculation qui, sans mélange, est l'usage de la très noble partie de nous-mêmes, qui est suprêmement aimable du fait de l'amour radical que l'on a dit : tel est l'intellect. Cette partie ne peut en cette vie réaliser pleinement son usage — qui se réalise en Dieu qui est le suprême intelligible — qu'en le regardant et le considérant en ses effets. Que nous recherchions comme suprême cette béatitude et non les autres, l'Évangile de Marc nous l'enseigne à vouloir bien regarder. Marc dit que Marie-Madeleine, Marie-Jacobé et Marie-Salomé allèrent trouver le Seigneur en son monument et ne le trouvèrent pas ; mais elles trouvèrent un jeune homme vêtu de blanc qui leur dit : « Vous demandez le Sauveur et je vous dis qu'il n'est pas ici ; pourtant n'ayez pas peur, mais allez et dites à ses disciples et à Pierre qu'il les précédera en Galilée ; là vous le verrez, comme il l'a dit[1]. » Par

---

1. *Marc*, XVI, 1 *sqq*.

ces trois femmes on peut entendre les trois écoles de la vie active, c'est-à-dire les Épicuriens, les Stoïciens et les Péripatéticiens, qui vont au monument, c'est-à-dire au monde présent qui est la demeure des choses corruptibles ; ils demandent le Sauveur, c'est-à-dire la béatitude, et ne la trouvent pas. Mais ils trouvent un jeune homme en vêtements blancs, qui, selon le témoignage de Matthieu et des autres, était un ange de Dieu. Aussi Matthieu dit-il : « L'ange de Dieu descendit du ciel et retourna la pierre en venant ; et il était assis sur elle. Son aspect était comme la foudre et ses vêtements comme la neige[1]. »

Cet ange est notre noblesse qui vient de Dieu, comme on l'a dit, qui parle en notre raison et dit à chacune de ces écoles, c'est-à-dire à quiconque recherche la béatitude dans la vie active, qu'elle n'est pas ici ; mais qu'ils aillent dire aux disciples et à Pierre, c'est-à-dire à ceux qui le recherchent et à ceux qui sont dévoyés, comme Pierre qui l'avait renié, qu'il les précédera en Galilée : c'est-à-dire que la béatitude nous précédera en Galilée, c'est-à-dire dans la spéculation. Galilée ne signifie rien d'autre que blancheur[2]. La blancheur est une couleur davantage pleine de lumière corporelle que toute autre ; de même la contemplation est davantage pleine de lumière spirituelle que toute autre chose ici-bas. L'ange dit : « Il précédera » et non « Il sera avec vous », pour donner à entendre que Dieu précède toujours dans la contemplation et que nous ne pourrons jamais ici l'atteindre. Il dit : « là vous le verrez, comme il l'a dit », c'est-à-dire que vous aurez là de sa douceur, c'est-à-dire de la félicité, comme il vous est promis, c'est-à-dire comme il est établi que vous puissiez avoir. Ainsi apparaît-il que notre béatitude (la félicité dont on parle) nous pouvons la trouver quasiment imparfaite dans la vie active, c'est-à-dire dans les opérations des vertus morales, et ensuite quasiment parfaite dans les opérations des vertus intellectives. Ces deux opérations sont des voies rapides et très directes pour mener à la suprême béatitude, qui ne peut être obtenue ici-bas, comme il apparaît à ce qui a été dit.

---

1. *Matth.*, XXVIII, 2-3. 2. Étymologie tirée d'Isidore de Séville (*Etym.*, XIV, 3) et Uguccione de Pise *(Derivationes)* : elle se fonde sur le grec *gala* (« lait »).

CHAPITRE XXIII

Après que la définition de la noblesse paraît suffisamment exposée et qu'elle est éclaircie, comme il a été possible, en ses diverses parties, si bien que l'on voit désormais ce qu'est l'homme noble, il semble que l'on doive passer à la partie du texte de la chanson qui commence par : *L'âme que cette qualité orne* ; où l'on montre les signes par lesquels on peut reconnaître l'homme noble que l'on a dit. Cette partie se divise en deux. Dans la première, on affirme que cette noblesse brille et resplendit manifestement dans toute la vie du noble ; dans la seconde, on la montre spécifiquement en ses splendeurs. Cette seconde partie commence par : *Obéissante, suave et pleine de vergogne*.

Quant à la première, il faut savoir que cette semence divine dont on a parlé ci-dessus, germe incontinent, poussant et se diversifiant à travers chacune des puissances de l'âme, selon les exigences de celle-ci. Elle germe donc à travers la végétative, la sensitive et la rationnelle ; elle se ramifie à travers les vertus de toutes celles-ci, les dirigeant toutes à leur perfection et se maintenant toujours en elles, jusqu'à ce qu'elle revienne, avec la partie de notre âme qui ne meurt jamais, à son très haut et glorieux semeur au ciel. C'est ce qui est dit par la première partie que l'on a dite. Puis, quand on commence par : *Obéissante, suave et pleine de vergogne*, on montre par quoi nous pouvons reconnaître l'homme à des signes apparents, qui sont l'opération de cette divine bonté. Cette partie se divise en quatre, selon que la noblesse agit différemment lors des quatre âges : l'adolescence, la jeunesse, la vieillesse, et le grand âge. La seconde partie commence par : *En sa jeunesse, elle est tempérée et forte* ; la troisième commence par : *En sa vieillesse* ; la quatrième commence par : *Puis, au quatrième âge de la vie*. Tel est le sens de cette partie en général. À propos de quoi l'on doit savoir que chaque effet, en tant qu'effet, reçoit la ressemblance de sa cause, autant qu'il lui est possible de la retenir. Donc, étant donné que notre vie, comme il a été dit, et celle de tous les êtres vivants ici-bas, est causée par le ciel ; et que le ciel se découvre à tous ses effets non en un cercle complet, mais en une partie de cercle ; il convient de la sorte que son mouvement au-dessus d'eux soit à la manière d'un arc et que toutes les vies terrestres (je dis terrestres aussi bien pour les hommes que pour les êtres vivants), montant et tournant, ressemblent à l'image d'un arc. Revenant donc à notre vie, la seule dont on s'occupe présentement, je dis donc qu'elle procède à la manière de cet arc, montant et descendant.

Il faut savoir que l'arc d'ici-bas, comme l'arc d'en haut, serait égal, si la matière de notre complexion séminale ne faisait obstacle au cours régulier de la nature humaine. Mais, parce que l'humidité radicale est en plus ou moins grande quantité et de meilleure ou moins bonne qualité, et a plus de durée dans l'un que dans l'autre de ses effets — qui est sujet et nourriture de la chaleur qui est notre vie — il advient que l'arc de la vie d'un homme soit plus ou moins tendu que celui d'un autre. Certaines morts sont violentes ou bien hâtées par une infirmité accidentelle ; mais seule celle qui est appelée naturelle par le vulgaire — et qui l'est — est le terme dont parle le Psalmiste : « Tu as fixé un terme que l'on ne peut dépasser[1]. » Parce que Aristote, le maître de notre vie, s'aperçut de cet arc dont on parle présentement, il semble vouloir que notre vie ne soit qu'une montée et une descente. Aussi dit-il, là où il traite de la Jeunesse et de la Vieillesse, que la jeunesse n'est rien d'autre qu'un accroissement de notre vie[2]. Là où se trouve le plus haut point de cet arc est une chose difficile à savoir à cause de l'inégalité qui est dite ci-dessus. Mais je crois que chez la plupart il se trouve entre la trentième et la quarantième année, et que, chez ceux qui ont été le plus parfaitement créés, il est dans la trente-cinquième année. Je suis poussé à penser ainsi par le fait que, parfaitement engendré, le Christ notre Sauveur voulut mourir dans la trente-quatrième année de son âge. Car il n'était pas convenable pour la divinité de décliner ; et il ne faut pas croire qu'il voulait demeurer au faîte de notre vie, puisqu'il y avait été dès son bas âge. Cela est manifeste de par l'heure du jour de sa mort, car il voulut qu'elle ressemble à sa vie. Aussi Luc dit-il que c'était presque l'heure de sexte quand il mourut, c'est-à-dire le sommet du jour[3]. D'où l'on peut comprendre par ce terme de « presque » qu'en la trente-cinquième année du Christ se situait le sommet de son âge.

À vrai dire, selon les textes, cet arc n'est pas seulement divisé par moitié ; mais suivant les quatre combinaisons des qualités contraires

---

1. *Psaumes*, CIII, 9. 2. *De juventute et senectute*, XVIII. 3. *Luc*, XXIII, 44 : l'heure de sexte correspond à midi.

qui sont en notre composition, auxquelles (c'est-à-dire à chacune d'entre elles) semble être rattachée une partie de notre âge. Cet arc se divise donc en quatre parties, qui s'appellent les quatre âges. Le premier est l'adolescence, qui est rattachée au chaud et à l'humide ; le deuxième est la jeunesse, qui est rattachée au chaud et au sec ; le troisième est la vieillesse, qui est rattachée au froid et au sec ; le quatrième est le grand âge, qui est rattaché au froid et à l'humide, selon ce qu'écrit Albert le Grand au quatrième livre des Météores[1]. Ces parties sont pareillement faites dans l'année, au printemps, en été, en automne et en hiver ; et dans le jour, c'est-à-dire jusqu'à tierce, puis jusqu'à none (laissant de côté sexte au milieu de cette partie, pour la raison que l'on discerne) et puis jusqu'à vêpres et enfin au-delà de vêpres. Aussi les Gentils, c'est-à-dire les païens, disaient-ils que le char du soleil avait quatre chevaux. Ils appelaient le premier Eous, le second Pyrois, le troisième Æthon, le quatrième Phlégon, selon ce qu'écrit Ovide au deuxième chant des *Métamorphoses*[2]. S'agissant des parties du jour, il faut brièvement savoir que, comme il a été dit ci-dessus au sixième chapitre du troisième livre, dans la distinction de ses heures, l'Église fait usage des heures temporelles du jour, qui sont douze chaque jour, longues ou courtes selon la quantité de soleil. Parce que la sixième heure, c'est-à-dire midi, est la plus noble et la plus vertueuse du jour, elle en rapproche ses offices de part et d'autre, c'est-à-dire avant ou après, autant qu'elle le peut. Aussi l'office de la première partie du jour, c'est-à-dire tierce, se dit à la fin de celle-ci ; et ceux de la troisième et de la quatrième partie se disent aux débuts de celles-ci. On dit donc la demie de tierce avant que l'on ne sonne pour cette partie du jour ; et la demie de none après que l'on a sonné pour cette partie. Que chacun sache donc que l'heure juste pour none doit toujours sonner au commencement de la septième heure du jour. Que cela suffise pour la présente digression.

---

1. *Météores*, IV, 1. 2. *Métamorphoses*, II, 153 *sqq.*

CHAPITRE XXIV

Revenant à mon propos, je dis que la vie humaine se divise en quatre âges. Le premier se nomme adolescence, c'est-à-dire « accroissement de vie » ; le second se nomme jeunesse, c'est-à-dire « âge qui peut porter aide », c'est-à-dire donner la perfection, et ainsi on l'entend comme parfait — car nul ne peut donner que ce qu'il a[1] ; le troisième se nomme vieillesse ; le quatrième se nomme grand âge, comme il a été dit ci-dessus.

Du premier nul ne doute, mais tout sage est d'accord pour dire qu'il dure jusqu'à la vingt-cinquième année. Parce que jusqu'à cette date notre âme s'applique à accroître et embellir le corps, d'où procèdent de nombreux et grands changements de notre personne, la part de la raison ne peut avoir un parfait discernement. Aussi le droit veut-il qu'avant cette date l'homme ne puisse faire certaines choses sans un curateur d'âge parfait.

Du second, qui est vraiment l'apogée de notre vie, la durée est différemment jugée par de nombreux auteurs. Mais, laissant de côté ce qu'en écrivent les philosophes et les médecins et revenant à mon propre raisonnement, je dis que, chez la plupart de ceux en qui l'on peut et doit prendre tout jugement naturel, cet âge dure vingt ans. La raison qui me le fait croire est que, si le sommet de l'arc de notre existence se situe à trente-cinq ans, cet âge doit avoir autant de montée que de descente ; cette montée et cette descente se situent comme à la poignée de l'arc, là où l'on discerne peu de flexion. Nous voyons donc que la jeunesse s'achève à la quarante-cinquième année. Comme l'adolescence se situe dans les vingt-cinq années qui précèdent la jeunesse en montant, de même la descente, c'est-à-dire la vieillesse, dure autant de temps que la jeunesse à qui elle succède ; ainsi la vieillesse finit-elle à la soixante-dixième année. Mais, parce que l'adolescence ne commence pas au début de la vie, en la prenant au sens qui a été dit, mais environ huit mois après celle-ci[2] ; et parce que notre nature se hâte en montant et ralentit en descendant, parce que la chaleur naturelle a diminué et a peu de force et que l'humidité s'est épaissie (non pas en quan-

---

1. Ces étymologies sont reprises des *Derivationes* d'Uguccione de Pise. 2. Le temps de la vie utérine.

tité, mais en qualité, de sorte qu'elle est moins apte à s'évaporer et à se consumer), il advient qu'au-delà de la vieillesse, il nous reste à vivre peut-être dix années environ : ce temps s'appelle le grand âge. Nous savons donc que Platon, dont on peut dire qu'il fut d'une excellente nature, tant par sa perfection que par sa physionomie (remarquée par Socrate dès qu'il le vit), vécut quatre-vingt-un ans, selon le témoignage de Cicéron dans le *De senectute*[1]. Je crois pour ma part que, si le Christ n'avait pas été crucifié et avait vécu le temps que sa vie pouvait naturellement franchir, il serait passé à quatre-vingt-un ans de son corps mortel en son corps éternel.

À vrai dire, comme il a été noté ci-dessus, ces âges peuvent être plus longs et plus courts selon notre complexion et notre composition. Mais, quels qu'ils soient, ils respectent tous cette proportion, comme on l'a dit ; et cela me semble devoir être observé chez tous les hommes, à savoir distinguer chez eux des âges plus ou moins longs selon l'intégralité du temps total de notre vie. En tous ces âges, la noblesse dont on parle montre différemment ses effets dans l'âme ennoblie : c'est ce que cette partie de la chanson dont on parle présentement, entend démontrer. Où il faut savoir que notre bonne et droite nature procède en nous selon la raison, tout comme nous voyons la nature des plantes procéder en elles. Aussi des coutumes diverses et divers comportements sont-ils raisonnables à un âge plutôt qu'à un autre : l'âme ennoblie y procède de façon ordonnée par une voie simple, en agissant selon les époques et les âges convenables, selon qu'ils sont ordonnés en vue de son ultime résultat. Cicéron est d'accord sur ce point dans le *De senectute*. Laissant de côté l'image que Virgile donne dans l'*Énéide* de cette diverse succession des âges et ce qu'en dit Egidio l'ermite dans la première partie du Gouvernement des Princes[2], ainsi que ce qu'en dit Cicéron dans les Offices[3], je dis que le premier âge est une porte et une voie par où l'on entre en notre bonne vie. Cette entrée doit avoir nécessairement certaines choses, que la bonne nature, qui ne fait pas défaut dans les choses nécessaires, nous donne. Ainsi voyons-nous qu'elle donne à la vigne des feuilles pour protéger ses fruits et des vrilles avec lesquelles elle défend et lie sa faiblesse en sorte qu'elle soutient le poids de ses fruits.

---

1. *De senectute*, V, 13. 2. Egidio Colonna (1247 environ-1316), auteur du *De regimine principum* (I, 4). 3. *De officiis*, I, 34.

La bonne nature donne quatre choses à cet âge, nécessaires pour entrer dans la cité du bien-vivre. La première est l'obéissance ; la seconde, la douceur ; la troisième, la vergogne ; la quatrième, la beauté corporelle, comme le dit le texte de la chanson dans sa première petite partie[1]. Il faut donc savoir que, comme quelqu'un qui n'aurait jamais été dans une ville, ne saurait pas suivre les rues sans l'enseignement de qui l'a fréquentée ; de même, l'adolescent qui entre dans la forêt trompeuse de notre vie[2], ne saurait suivre le bon chemin s'il ne lui était pas montré par ses aînés. Qu'on le lui ait montré ne servirait à rien, s'il n'obéissait pas à leurs commandements. Aussi l'obéissance est-elle nécessaire à cet âge. L'on pourrait bien dire : On pourra donc appeler obéissant celui qui croit aux mauvais commandements comme celui qui croit aux bons ? À quoi je réponds que ce n'est pas là obéissance, mais transgression. Car, si le roi commande un chemin et si le serviteur en commande un autre, on ne doit pas obéir au serviteur ; car ce serait désobéir au roi, et ce serait une transgression. Aussi Salomon dit-il, quand il entend corriger son fils (et c'est le premier de ses commandements) : « Écoute, mon fils, l'enseignement de ton père. » Puis il le détourne aussitôt du mauvais conseil et enseignement d'autrui, en disant : « Puissent les pécheurs ne te faire tant de flatteries et de plaisir que tu ailles avec eux[3]. » Aussi, comme le fils s'attache dès sa naissance au sein de sa mère ; de même, aussitôt qu'apparaît en lui quelque lueur d'intelligence, il doit se diriger vers la correction de son père et celui-ci doit l'enseigner. Que ce dernier prenne garde de ne point lui donner dans ses actions un exemple de soi-même qui soit contraire aux paroles de la correction : car nous voyons que naturellement tout fils regarde davantage les traces des pieds de son père que celles d'autrui. Aussi la Loi, qui pourvoit à cette chose, dit-elle et commande-t-elle que la figure paternelle doit toujours apparaître sainte et honnête à ses fils. Salomon écrit donc dans les *Proverbes* que celui qui supporte humblement et patiemment les corrections et les réprimandes de son correcteur, « sera glorieux[4] ». Il dit « il sera », pour donner à entendre qu'il parle à un adolescent, qui ne peut être glorieux à son âge. Si quelqu'un ergotait en disant : « Ce qui est dit, est dit seulement du père et non d'autres

---

1. Aux vers 125 *sqq.* 2. *Cf. Enfer*, I, 1 *sqq.* 3. *Prov.*, I, 8-15. 4. *Ibid.*, XIII, 18.

personnes », je dis qu'au père doit être ramenée toute obéissance. C'est pourquoi l'Apôtre dit aux Colossiens : « Fils, obéissez à vos pères en toutes choses, car Dieu le veut ainsi[1]. » Si le père n'est pas en vie, l'obéissance doit être reconduite à celui que le père, dans ses dernières volontés, a laissé pour père ; et si le père meurt intestat, elle doit être confiée à celui à qui le Droit confie son gouvernement. Ensuite doivent être obéis les maîtres et les aînés, à qui d'une certaine façon semble avoir été confiée l'obéissance par le père ou par celui qui en tient lieu. Mais, parce que le présent chapitre a été long du fait des utiles digressions qu'il contient, il faut traiter d'autres choses dans le chapitre suivant.

CHAPITRE XXV

Cette âme et cette bonne nature ne sont pas seulement obéissantes durant l'adolescence, mais même douces : c'est l'autre chose nécessaire à cet âge pour bien entrer par la porte de la jeunesse. Elle est nécessaire parce que nous ne pouvons avoir de vie parfaite sans amis, comme le veut Aristote au huitième livre de l'*Éthique*[2]. La plupart des amitiés semblent se semer en ce premier âge, parce que alors l'homme commence à acquérir de la grâce ou bien le contraire : cette grâce s'obtient par de doux comportements consistant à parler doucement et courtoisement, à servir et agir doucement et courtoisement. Aussi Salomon dit-il à son fils adolescent : « Dieu moque les moqueurs et donnera de la grâce à ceux qui sont doux[3]. » Et il dit ailleurs : « Écarte de toi la bouche mauvaise et éloigne de toi les autres actes vilains[4]. »

À cet âge est également nécessaire la vergogne. Aussi la bonne et noble nature la montre-t-elle à cet âge, comme le dit le texte de la chanson. Parce que la vergogne est un signe très évident de noblesse durant l'adolescence, parce qu'elle est suprêmement nécessaire au bon fondement de notre vie que recherche la nature noble ; il faut donc en parler un peu avec diligence. Je dis que

1. *Coloss.*, III, 20. 2. *Éthique*, VIII, 7. 3. *Prov.*, III, 34. 4. *Ibid.*, IV, 24.

j'entends par vergogne trois sentiments nécessaires au fondement de notre bonne vie. L'une est la stupeur ; la seconde est la pudeur ; la troisième est la honte ; bien que le vulgaire ne fasse pas cette distinction. Toutes les trois sont nécessaires à cet âge pour la raison suivante : il est nécessaire à cet âge d'être respectueux et désireux de savoir ; à cet âge, il est nécessaire de se refréner pour ne pas sortir des limites ; à cet âge, il est nécessaire de se repentir de sa faute pour ne pas s'accoutumer à faillir. Toutes ces choses font les sentiments susdits, qui sont appelés vulgairement vergogne. Car la stupeur est un étonnement de l'esprit pour de grandes et merveilleuses choses que l'on a vues, entendues ou ressenties de quelque manière. En ce qu'elles paraissent grandes, elles rendent respectueux celui qui les ressent ; en ce qu'elles paraissent merveilleuses, elles donnent envie de les connaître. Aussi les rois antiques faisaient-ils dans leurs demeures de magnifiques ouvrages d'or, de pierres précieuses et d'objets d'art, afin que ceux qui les verraient fussent stupéfaits, et donc respectueux et désireux de connaître l'honorable condition du roi. Aussi Stace, le doux poète, dit-il au premier chant de l'Histoire Thébaine que, lorsque Adraste, roi des Argiens, vit Polynice couvert d'une peau de lion et Tydée couvert d'une peau de sanglier et qu'il se souvint de l'oracle qu'Apollon avait rendu pour ses filles, il fut frappé de stupeur ; et donc plus respectueux et désireux de savoir[1].

La pudeur est un retrait de l'esprit loin des choses laides, avec la crainte de tomber en elles ; comme nous le voyons chez les vierges, les femmes honnêtes et les adolescents, qui sont si pudiques que non seulement là où ils sont invités ou tentés de faillir, mais là aussi où l'on peut avoir quelque imagination du plaisir amoureux, ils couvrent tous leur visage de pâleur ou de rougeur. Aussi le poète susnommé dit-il au premier livre de Thèbes cité que, quand Aceste, nourrice d'Argie et de Déiphile, filles du roi Adraste, les amena à la vue de leur saint homme de père et en présence de deux voyageurs, c'est-à-dire Polynice et Tydée, les vierges devinrent pâles et rouges et leurs yeux fuirent le regard d'autrui pour ne se fixer, comme en sécurité, que sur le visage paternel[2]. Oh ! combien de fautes refrène cette pudeur ! combien elle fait taire de choses et de demandes malhonnêtes ! combien elle bride de malhonnêtes dé-

---

1. *Thébaïde*, I, 395 *sqq*. 2. *Ibid*., I, 527 *sqq*.

sirs ! combien elle défie de mauvaises tentations, non seulement chez les personnes pudiques, mais aussi chez ceux qui les regardent ! combien elle retient de vilaines paroles ! Car, comme le dit Cicéron au premier livre des Offices, nul acte n'est laid, qu'il ne soit laid de nommer. Aussi l'homme pudique et noble ne parle-t-il jamais de telle sorte que ses paroles ne soient pas honnêtes pour une dame. Ah ! comme il sied mal à tout homme qui va cherchant l'honneur, de dire des choses qui ne conviendraient pas dans la bouche d'une dame !

La honte est la peur du déshonneur du fait d'une faute que l'on a commise ; de cette peur naît un repentir de la faute, qui contient en soi une amertume qui est un châtiment afin de ne plus faillir. Aussi ce même poète dit-il au même endroit que, quand Polynice fut invité par le roi Adraste à dire qui il était, il craignit d'abord de le dire par honte de la faute qu'il avait commise contre son père ainsi qu'en raison des fautes de son père Œdipe, qui semblent demeurer à la honte du fils. Il ne nomma pas son père, mais ses ancêtres, sa cité et sa mère[1]. D'où il apparaît bien que la vergogne est nécessaire à cet âge.

À cet âge, la nature noble ne montre pas seulement obéissance, douceur et vergogne, mais aussi beauté et sveltesse du corps, comme le dit le texte de la chanson, quand il dit : *Et le corps elle orne*. Ce terme « orne » est un verbe et non pas un nom : je dis un verbe à la troisième personne du présent de l'indicatif[2]. Où il faut savoir que cette action est également nécessaire à notre bonne vie. Car il convient que notre âme réalise une grande partie de ses actions par un organe corporel. Elle agit bien lorsque notre corps est bien ordonné et disposé en ses parties. Quand il est bien ordonné et disposé, il est beau en tout et en ses parties. Car l'ordre convenable de nos membres procure un plaisir fait de je ne sais quelle harmonie admirable ; et la bonne disposition, c'est-à-dire la santé, met par-dessus une couleur douce au regard. Dire ainsi que la nature noble embellit le corps et le rend élégant et harmonieux, ne veut rien dire d'autre qu'elle lui procure un ordre parfait. Avec les autres choses que l'on a dites, cela apparaît nécessaire à

---

1. Stace, *Thébaïde*, I, 671 *sqq*. 2. Dante précise ici que le mot *adorna* est la troisième personne du présent de l'indicatif du verbe *adornare*, et non un adjectif verbal au féminin : la traduction ne peut rendre compte de ce problème.

l'adolescence : l'âme noble y pourvoit, c'est-à-dire que la nature noble s'y emploie comme à une chose qui — on l'a dit — est semée par la divine providence.

CHAPITRE XXVI

Après que l'on a discouru de la première petite partie de cette partie de la chanson, qui montre par quels signes apparents on peut discerner l'homme noble, il faut passer à la seconde partie qui commence par : *En sa jeunesse, elle est tempérée et forte*. On dit donc que, de même que la nature noble se montre durant l'adolescence *obéissante, suave et pleine de vergogne* et orne la personne, de même durant la jeunesse elle devient *tempérée, forte*, amoureuse, courtoise et loyale. Ces cinq choses paraissent et sont nécessaires à notre perfection, en ce qui nous concerne. Quant à cela, il faut savoir que tout ce que la nature prépare durant le premier âge est disposé et ordonné par la prévoyance de la nature universelle, qui ordonne la nature particulière en vue de sa perfection. Notre perfection peut être doublement considérée. On peut la considérer selon ce qui nous concerne ; et on doit l'avoir sous cette forme durant notre jeunesse, qui est l'apogée de notre vie. On peut la considérer en ce qui concerne les autres. Parce qu'il convient d'abord d'être parfait et puis de communiquer cette perfection à autrui, il convient d'avoir cette seconde perfection après cet âge, c'est-à-dire durant la vieillesse, comme l'on dira ci-dessous.

Il faut donc se souvenir ici de ce qui est dit ci-dessus, au vingtième chapitre de ce livre, à propos de l'appétit qui naît en nous dès le début. Cet appétit ne fait rien que poursuivre et fuir. Chaque fois qu'il poursuit ce qu'il convient et autant qu'il convient et qu'il fuit ce qu'il convient et autant qu'il convient, l'homme est dans les limites de sa perfection. En vérité il faut que cet appétit soit chevauché par la raison. Car, comme un cheval débridé, bien qu'il soit de noble nature, ne se conduit pas bien de lui-même sans un bon cavalier, de même cet appétit, qui est nommé irascible et concupiscent, bien qu'il soit noble, doit obéir à la raison, qui le guide du mors et de l'éperon, comme un bon cavalier. Elle use du mors quand il poursuit : ce mors s'appelle Tempérance, laquelle montre la limite jusqu'où poursuivre. Elle use de l'éperon quand il fuit, pour le ramener à l'endroit d'où il veut fuir. Cet éperon s'appelle Force ou Magnanimité : vertu qui montre là où il faut s'arrêter et combattre. Ainsi Virgile, le plus grand de nos poètes, montre-t-il qu'Énée fut refréné dans la partie de l'*Énéide* où est représenté cet âge : partie qui comprend les quatrième, cinquième et sixième livres de l'*Énéide*. Comme il fut refréné, quand, ayant reçu de Didon tant de plaisir (comme on le dira ci-dessous au septième livre[1]) et vivant avec elle si plaisamment, il s'éloigna pour suivre une voie honnête, louable et fructueuse, comme il est écrit au quatrième chant de l'*Énéide* ! Comme il fut éperonné, quand ce même Énée eut le courage, seul avec la Sibylle, d'entrer en Enfer à la recherche de l'âme de son père Anchise, face à tant de périls, comme il est montré au sixième chant de ladite histoire ! Ce par quoi il apparaît que, durant notre jeunesse, il nous faut être tempérés et forts pour être parfaits. C'est ce que fait et démontre la bonne nature, comme le dit expressément le texte de la chanson.

Pour sa perfection, il est également nécessaire à cet âge d'être aimant. Car il lui faut regarder derrière et devant lui, comme étant dans la courbe méridienne[2]. Il lui faut aimer ses aînés, dont il a reçu l'existence, la nourriture et la science, de façon à ne pas paraître ingrat ; il lui faut aimer ses cadets afin que, les aimant, il leur donne de ses bienfaits, grâce auxquels plus tard, se trouvant dans une moindre prospérité, il sera par eux soutenu et honoré. Le célèbre poète montre au cinquième livre susdit qu'Énée éprouvait cet amour, quand il laissa les vieux Troyens en Sicile sous la garde d'Aceste et les tint à distance des épreuves ; et quand il instruisit en ce lieu son fils Ascagne dans l'art des armes[3]. Aussi apparaît-il qu'il est nécessaire d'aimer à cet âge, comme le dit le texte de la chanson.

Il est également nécessaire d'être courtois à cet âge. Car, bien qu'il soit bon à tout âge d'avoir de courtoises coutumes, à cet âge la chose est encore plus nécessaire. Car l'adolescence mérite aisément son pardon, si elle manque de courtoisie, du fait des défauts

---

1. Jamais écrit par Dante. 2. L'arc de cercle tracé par le soleil au milieu de la journée : car la jeunesse se situe entre l'adolescence (arc montant) et la vieillesse (arc descendant). 3. *Énéide*, V, 711 *sqq.* ; V, 548 *sqq.*

de son âge ; au contraire, la vieillesse ne peut en avoir, du fait de la gravité et de la sévérité que l'on exige d'elle ; et plus encore le grand âge. Ce très grand poète montre au sixième livre susdit qu'Énée possédait cette courtoisie, quand il dit que, pour honorer la dépouille de Misène, qui avait été trompette d'Hector et puis s'était recommandé à lui, le roi Énée se mit à couper du bois pour le bûcher destiné à brûler le cadavre, comme c'était leur coutume[1].

Il est également nécessaire d'être loyal à cet âge. La loyauté, c'est suivre et mettre en œuvre ce que disent les lois, et ceci convient d'abord aux jeunes hommes. Car l'adolescent, comme on l'a dit, du fait de son jeune âge mérite le pardon ; quant au vieillard, du fait de sa grande expérience, il doit être juste et non pas suivre seulement la loi, sinon en ce que son droit jugement et la loi sont comme une seule chose et qu'il doit se guider justement sans besoin d'aucune loi : chose que le jeune homme ne peut faire. Il suffit que celui-ci suive la loi et prenne plaisir à la suivre. Ainsi le poète susdit, au·susdit cinquième livre, dit-il qu'Énée fit de la sorte, quand il fit les jeux en Sicile lors de l'anniversaire de son père : ce qu'il avait promis pour la victoire, il le donna ensuite loyalement à chaque vainqueur, comme le voulait chez eux un long usage, qui était leur loi[2]. Ce par quoi il est manifeste qu'à cet âge sont nécessaires la loyauté, la courtoisie, l'amour, la force et la tempérance, comme le dit le texte de la chanson dont on discute présentement : aussi l'âme noble les montre-t-elle toutes.

CHAPITRE XXVII

On a très suffisamment considéré et discuté cette petite partie qu'expose le texte de la chanson, en montrant les qualités que l'âme noble procure à la jeunesse. Aussi semble-t-il qu'il faut s'occuper de la troisième partie qui commence par : *En sa vieillesse* ; où le texte de la chanson entend montrer les choses que la nature noble montre et doit avoir durant le troisième âge, c'est-à-dire la vieillesse.

---

1. *Énéide*, VI, 166 *sqq.* 2. *Ibid.*, V, 70 *sqq.* ; 304 *sqq.*

On dit que, durant la vieillesse, l'âme noble est prudente, juste, généreuse et qu'elle se réjouit de dire du bien d'autrui et d'en entendre dire : bref, qu'elle est affable. En vérité ces quatre vertus sont très convenables à cet âge. Pour le voir, il faut savoir que, comme le dit Cicéron dans le *De senectute*, « notre bon âge a un certain cours et simple est la voie de notre bonne nature ; à chaque moment de notre âge sont fixées par la saison certaines choses[1] ». Donc, comme il est donné à l'adolescence, ainsi qu'il est dit ci-dessus, ce qui peut parvenir à perfection et à maturité ; et comme à la jeunesse est donnée la perfection ; de même à la vieillesse est donnée la maturité, afin que la douceur de ses fruits lui soit profitable ainsi qu'aux autres. Comme le dit Aristote, l'homme est un être sociable ; aussi lui demande-t-on d'être utile non seulement à lui-même, mais aux autres[2]. On lit donc que Caton croyait être né non pour lui-même, mais pour sa patrie et le monde entier[3]. Donc, après sa propre perfection, qu'il acquiert durant sa jeunesse, l'homme doit parvenir à celle qui éclaire non pas lui seulement, mais les autres. Il doit s'ouvrir comme une rose qui ne peut demeurer close, et répandre l'odeur qui est engendrée en lui : ceci doit advenir durant le troisième âge dont nous parlons. Il faut donc être prudent, c'est-à-dire sage : pour l'être, il faut une bonne mémoire des choses que l'on a vues, une bonne connaissance des choses présentes et une bonne prévision des choses futures. Comme le dit le Philosophe au sixième livre de l'*Éthique*, « il est impossible d'être sage à qui n'est pas bon[4] ». Aussi ne doit-on pas dire sages ceux qui sont dissimulés et procèdent par tromperie, mais les appeler pleins d'astuce. Comme nul ne dirait sage celui qui saurait se frapper de la pointe d'un couteau la pupille de l'œil ; de même ne doit pas être dit sage celui qui sait bien commettre une chose mauvaise ; car, la commettant, il se fait toujours du mal à lui-même avant qu'aux autres.

Si l'on observe bien, de la prudence proviennent les bons conseils, qui nous conduisent ainsi qu'autrui à une bonne fin dans les choses et les actions humaines. C'est le don que Salomon, se voyant placé à la tête du peuple, demanda à Dieu, comme il est écrit au troisième livre des Rois[5]. Un homme prudent n'attend pas

---

1. *De senectute*, X, 33. 2. *Politique*, I, 2. 3. *Pharsale*, II, 380 *sqq*. 4. *Éthique*, VI, 13. 5. III *Reg.*, III, 9-10.

qu'on lui demande « Conseille-moi », mais, prévoyant pour autrui, il le conseille sans en être prié. De même la rose n'offre pas seulement son odeur à celui qui pour la sentir vient à elle, mais à quiconque s'approche d'elle. Quelque médecin ou juriste pourrait dire ici : « J'offrirai donc mon conseil et le donnerai même à qui ne l'a pas demandé, et je ne tirerai aucun profit de mon art ? » À quoi je réponds, comme le dit Notre Seigneur : « Par grâce vous avez reçu, eh bien, donnez par grâce[1]. » Je dis donc, messire le juriste, que les conseils qui n'ont pas rapport à ton art et qui procèdent seulement du bon sens que Dieu t'a donné (c'est là cette prudence dont on parle), tu ne dois pas les vendre aux fils de Celui qui te les a donnés ; ceux qui ont rapport à ton art, que tu as achetés, tu peux les vendre ; mais non pas de sorte qu'il ne faille pas y lever parfois la dîme et la donner à Dieu, c'est-à-dire aux malheureux, à qui n'est restée que la divine bonté.

Il convient également à cet âge d'être juste, afin que ses jugements et son autorité soient une lumière et une loi pour les autres. Parce que cette singulière vertu, c'est-à-dire la justice, fut considérée comme parfaite à cet âge par les philosophes antiques, ils confièrent le gouvernement de la cité à ceux qui avaient cet âge : aussi l'assemblée des gouvernants fut-elle appelée Sénat[2]. Ô ma malheureuse, malheureuse patrie ! Comme j'ai de pitié pour toi chaque fois que je lis, chaque fois que j'écris une chose ayant rapport au gouvernement civil ! Mais, parce que l'on traitera de la justice à l'avant-dernier chapitre de cet ouvrage, qu'il suffise d'en avoir présentement touché quelques mots.

Il convient également à cet âge d'être généreux ; car une chose convient d'autant mieux qu'elle satisfait à l'exigence de sa nature ; et jamais l'exigence de la générosité ne peut être davantage satisfaite qu'à cet âge. Car, si nous voulons bien observer la démarche d'Aristote au quatrième livre de l'*Éthique*[3] et celle de Cicéron dans le livre des Offices[4], la générosité doit venir en son lieu et temps, de sorte que le généreux ne nuise ni à lui-même ni aux autres. Cela ne peut s'obtenir sans sagesse ni justice, vertus qu'il est naturellement impossible d'avoir avant cet âge. Hélas, malotrus et mal-nés, qui ruinez les veuves et les pupilles, qui volez les moins puissants,

---

1. *Matth.*, X, 8. 2. Assemblée des vieillards selon ce que pense Dante. 3. *Éthique*, IV, 2. 4. *De officiis*, I, 14.

qui dérobez et vous appropriez les droits des autres ; qui, grâce à eux, ornez des banquets, donnez des chevaux, des armes, des biens et de l'argent, portez de splendides vêtements, édifiez de merveilleux édifices et croyez être généreux ! Qu'est-ce d'autre qu'enlever le drap de l'autel et en couvrir sa table comme un voleur ? On ne doit pas rire autrement, tyrans, de vos libéralités que des voleurs qui emmèneraient chez eux des invités et placeraient la nappe volée sur l'autel, encore pourvue de ses signes ecclésiastiques, et ne croiraient pas que l'on s'en aperçoive. Écoutez, obstinés, ce que Cicéron dit contre vous dans son livre des Offices : « Nombreux sont ceux, certainement désireux de paraître et d'être généreux, qui prennent aux uns pour donner aux autres, croyant être tenus pour bons, s'ils les enrichissent de quelque manière. Mais c'est chose si contraire à ce qu'il convient de faire, que nulle ne l'est davantage[1]. »

Il convient également à cet âge d'être affable, de dire du bien et d'entendre volontiers ; car il est bon alors de dire du bien, quand on est écouté. Cet âge a aussi une ombre d'autorité, de sorte qu'il semble plus écouté que les âges plus jeunes ; et il paraît qu'il doit savoir de plus belles et meilleures nouvelles du fait de sa longue expérience de la vie. Aussi Cicéron dit-il dans le *De senectute*, en la personne de Caton l'Ancien : « En moi ont augmenté la volonté et le plaisir de converser, plus que je n'en avais coutume[2]. »

Que toutes ces choses conviennent à cet âge, Ovide nous l'enseigne au septième chant des *Métamorphoses*, en cette fable où il écrit comment Céphale d'Athènes vint demander le secours du roi Éaque durant la guerre qu'Athènes eut avec la Crète. Il montre que le vieil Éaque fut prudent, quand, ayant presque perdu tout son peuple du fait de la peste provenant de la corruption de l'air, il fit sagement appel à Dieu et lui demanda que soient remplacés les morts. Grâce à son intelligence, qui le rendit patient et le fit recourir à Dieu, son peuple fut restauré plus abondamment qu'avant. Il montre qu'Éaque était juste, quand il dit qu'à ce nouveau peuple il partagea et distribua certains de ses territoires abandonnés. Il montre qu'il fut généreux, quand il dit à Céphale après son appel à l'aide : « Ô Athènes, ne me demande pas de l'aide, mais prenez-la ; et ne qualifiez pas d'hésitantes les forces qu'a cette île. Voici quel est l'état de mes affaires : les forces ne nous manquent pas,

---

1. *Ibid.* 2. *De senectute*, XIV, 46.

mais sont surabondantes : il est temps de donner, temps favorable et sans excuse possible[1]. » Hélas, combien de choses sont-elles à noter dans cette réponse ! Mais qu'il suffise à un bon entendeur qu'on les expose ici comme Ovide les expose. Il montre qu'Éaque fut affable quand il dit et décrit diligemment, en un long discours à Céphale, l'histoire de la peste subie par son peuple et la restauration de celui-ci. Il est donc très manifeste que quatre choses conviennent à cet âge ; et la nature noble les montre, comme le dit le texte de la chanson. Pour que l'exemple que l'on a dit soit plus mémorable, Ovide dit du roi Éaque qu'il fut le père de Télamon, de Pélée et de Phocus : de Télamon naquit Ajax, et de Pélée, Achille.

CHAPITRE XXVIII

Après la petite partie dont on vient de discuter, il faut passer à la dernière, c'est-à-dire à celle qui commence par : *Puis, au quatrième âge de la vie* ; partie par laquelle le texte entend montrer ce que fait l'âme noble durant le dernier âge, c'est-à-dire durant le grand âge. Il dit qu'il fait deux choses : l'une qu'il retourne à Dieu comme au port d'où il partit, quand il entra dans la mer de cette vie ; l'autre, qu'il bénit le chemin qu'il a suivi, parce qu'il a été droit, bon et sans amertume de tempête. Il faut savoir ici que, comme le dit Cicéron dans le *De senectute*[2], la mort naturelle est pour nous comme un port après une longue navigation, et un repos. C'est ainsi : car, comme le bon marin, lorsqu'il approche du port, amène ses voiles et y entre doucement à faible vitesse ; de même nous devons amener les voiles de nos activités mondaines et revenir à Dieu dans toutes nos intentions et notre cœur, afin de parvenir à ce port en toute douceur et toute paix. En cela nous avons reçu de notre propre nature un grand enseignement de douceur, car en une telle mort il n'y a ni douleur ni aucune aigreur ; mais, comme un

---

1. *Métamorphoses*, VII, 472-662 (pour l'ensemble du récit, qui est plus adapté par Dante qu'il n'est traduit). 2. *De senectute*, XIV, 46.

fruit mûr se détache aisément et sans violence de sa branche, de même notre âme s'éloigne sans douleur du corps où elle fut. Aussi Aristote dit-il dans le *De juventute et senectute* que « sans tristesse est la mort qui a lieu dans la vieillesse[1] ». Comme les habitants de sa ville viennent à la rencontre de celui qui a fait un long chemin, avant qu'il n'y entre ; de même viennent et doivent venir à la rencontre de l'âme noble les citoyens de la vie éternelle. Ils font ainsi à cause de ses bonnes actions et contemplations. Car, l'âme s'étant déjà rendue à Dieu et abstraite des choses et des pensées mondaines, il lui semble voir ceux dont elle croit qu'ils sont auprès de Dieu. Écoutez ce que dit Cicéron en la personne de Caton l'Ancien : « Il me semble déjà voir et je suis soulevé par le très fort désir de voir nos pères que j'aimai ; non seulement ceux que je connus moi-même, mais aussi ceux dont j'entendis parler[2]. » À cet âge, l'âme noble se rend donc à Dieu et attend la fin de cette vie avec un grand désir ; il lui semble qu'elle quitte l'auberge et rentre en sa propre maison ; il lui semble qu'elle quitte son chemin et rentre dans sa cité ; il lui semble qu'elle quitte la mer et rentre au port. Ô hommes misérables et vils qui, à voiles déployées, courez au port ; et qui, là où vous devriez vous reposer, vous brisez sous la violence du vent et vous perdez vous-mêmes après avoir fait tant de chemin ! Assurément, le chevalier Lancelot ne voulut pas rentrer à voiles déployées[3], ni notre très noble Italien Guido de Montefeltro[4]. Ils firent bien d'amener les voiles de leurs occupations mondaines, car ils se convertirent en leur grand âge, abandonnant tout plaisir et toute activité mondaine. Personne ne peut trouver une excuse dans un lien de mariage qui le retiendrait en son grand âge. Car en religion n'entre pas seulement celui qui par son comportement et sa vie se fait semblable à saint Benoît, saint François et saint Dominique, mais l'on peut aussi entrer en une bonne et véritable religion en restant marié, car Dieu ne voulut de nous qu'un cœur religieux. C'est pourquoi saint Paul dit aux Romains : « N'est pas Juif celui qui l'est manifestement et la circoncision n'est pas celle qui est manifeste dans la chair ; mais est Juif celui qui l'est en secret ;

---

1. *De juventute et senectute*, XVII. 2. *De senectute*, XXIII, 83. 3. Héros du roman *La mort le roi Artu*, Lancelot se convertit à la vie dévote à la fin de son existence. 4. Condottiere, né vers 1220 et mort dans un couvent franciscain en 1298 ; il est toutefois placé en enfer par Dante (*Enfer*, XXVII).

et la circoncision du cœur, en l'esprit et non en la lettre, est la vraie circoncision : sa louange ne dépend pas des hommes, mais de Dieu[1]. »

L'âme noble bénit également à cet âge les temps passés et elle peut à bon droit les bénir ; car, tournant vers eux sa mémoire, elle se souvient de ses justes activités, en l'absence desquelles elle n'aurait pu parvenir au port où elle approche avec tant de bénéfices et de gains. Elle fait comme le bon marchand qui, quand il parvient à son port, examine ses profits et dit : « Si je n'étais pas passé par tel chemin, je n'aurais pas ce trésor et n'aurais rien dont je puisse jouir en ma cité, dont je m'approche » : ainsi bénit-il la voie qu'il a suivie. Que ces deux choses conviennent à cet âge nous est signifié par le grand poète Lucain dans sa *Pharsale*, quand il dit que Marcia revint à Caton[2], lui demanda et le pria de la reprendre, bien que gâtée par l'âge[3]. Marcia est entendue comme l'âme noble. Nous pouvons reconduire cette figure à la vérité de la façon suivante. Marcia fut vierge et en cet état elle signifie l'adolescence ; puis elle se maria avec Caton et en cet état elle signifie la jeunesse ; elle eut alors des enfants, qui signifient les vertus dont on a dit ci-dessus qu'elles conviennent aux jeunes gens ; elle quitta Caton et épousa Hortensius, ce par quoi l'on signifie que s'éloigna la jeunesse et vint la vieillesse ; elle eut également des enfants avec ce dernier, ce par quoi l'on signifie que les vertus susdites conviennent à la vieillesse. Hortensius mourut, ce par quoi l'on signifie le terme de la vieillesse. Devenue veuve (veuvage par quoi l'on signifie le grand âge), Marcia revint dès le début de son veuvage à Caton, ce par quoi l'on signifie que l'âme noble revient à Dieu dès le début du grand âge. Et quel terrien fut plus digne de signifier Dieu que Caton ? Aucun assurément.

Que dit Marcia à Caton ? « Tant que fut en moi le sang (c'est-à-dire la jeunesse), tant qu'en moi fut la vertu maternelle (c'est-à-dire la vieillesse, qui est bien la mère des hautes vertus, comme on l'a montré ci-dessus), je fis — dit Marcia — et j'accomplis tes commandements » (c'est-à-dire que l'âme s'occupa fermement des activités civiles). Elle dit ensuite : « Je pris deux maris » (c'est-à-dire j'ai été féconde durant deux âges). « Maintenant — dit Marcia — que mon ventre est las et que je suis vide de mes accouchements, je reviens

---

1. *Rom.*, II, 28-29. 2. Caton d'Utique. 3. *Pharsale*, II, 326-345.

à toi, n'étant plus bonne à me donner à un autre époux » ; c'est-à-dire que l'âme noble, sachant qu'elle n'a plus un ventre capable de fructifier ; c'est-à-dire, sentant que ses membres sont devenus faibles, revient à Dieu, qui n'a pas besoin des membres corporels. Marcia dit : « Donne-moi les accords de nos anciens lits, donne-moi seulement le nom du mariage » ; c'est-à-dire que l'âme noble dit à Dieu : « Donne-moi désormais, Seigneur, le repos de toi-même ; donne-moi seulement qu'en le reste de ma vie je sois appelée tienne ! » Marcia dit : « Deux raisons me poussent à dire ceci : l'une, c'est qu'après moi l'on dise que je suis morte en épouse de Caton ; l'autre, c'est qu'après moi l'on dise que tu ne me chassas pas, mais que tu m'épousas de bon gré. » C'est en vue de ces deux choses que se meut l'âme noble ; elle veut partir de cette vie comme épouse de Dieu et montrer que son oraison fut agréable à Dieu. Ô infortunés et mal-nés, qui préférez quitter cette vie sous le patronage d'Hortensius plutôt que sous celui de Caton ! Il est beau de terminer par son nom ce qu'il convenait d'exposer des signes de la noblesse, car en lui à tous les âges cette noblesse en montre tous les signes.

CHAPITRE XXIX

Après que le texte de la chanson a montré les signes qui apparaissent à chaque âge chez l'homme noble, par lesquels on peut le reconnaître et sans lesquels il ne peut être, comme le soleil sans la lumière et le feu sans la chaleur ; le texte crie aux gens à la fin de ce qui est dit de la noblesse : « Ô vous qui m'avez entendu, voyez combien sont ceux qui sont trompés ! » : c'est-à-dire ceux qui, faisant partie de fameux et anciens lignages et descendant de pères excellents, croient être nobles, alors qu'ils n'ont pas de noblesse en eux. Ici surgissent deux questions dont il est beau de s'occuper à la fin de ce livre. Messire Manfredi da Vico, que l'on appelle présentement Préteur et Préfet[1], pourrait dire : « Quel que je sois, je

---

1. Membre d'une famille où la fonction préfectorale était héréditaire ; contemporain de Dante, mort en 1327.

rappelle et représente mes aïeux, qui de par leur noblesse méritèrent la charge de la Préfecture, méritèrent de participer au couronnement impérial et méritèrent de recevoir la rose du Pasteur de Rome[1] : je dois recevoir honneur et respect des gens. » C'est la première question. L'autre, c'est que les Sannazzaro de Pavie[2] et les Piscitelli de Naples[3] pourraient dire : « Si la noblesse est ce qui a été dit, c'est-à-dire une graine divine semée par grâce dans l'âme humaine et si les descendances ou les lignées n'ont pas d'âme, comme il est manifeste, nulle descendance ou lignée ne pourra se dire noble : et cela est contraire à l'opinion de ceux qui disent que nos descendances sont nobles en leurs cités. » Juvénal répond à la première question dans sa huitième satire, quand il commence à dire, comme s'exclamant : « Que font ces honneurs qui restent des ancêtres, si celui qui veut s'en draper est de mauvaise vie ? si celui qui parle de ses ancêtres et en montre les grandes et admirables œuvres, s'occupe d'activités misérables et viles ? » Le poète satirique dit encore : « Qui dira noble du fait de sa bonne naissance celui qui n'en est pas digne ? Ce n'est rien d'autre que d'appeler géant un nain. » Puis il dit encore à ce même homme : « Entre toi et la statue faite à la mémoire de ton aïeul, il n'y a d'autre différence que le fait que sa tête est de marbre, et la tienne est vivante. » En cela, je le dis avec respect, je suis en désaccord avec le poète, car la statue de marbre, de bois ou de métal, demeurée en mémoire de quelque homme de valeur, est très différente dans son effet du mauvais descendant. La statue, en effet, proclame toujours la bonne opinion qu'éprouvent ceux qui ont entendu dire de la renommée de celui qu'elle représente ; et elle engendre cette bonne opinion chez les autres. Le fils ou le petit-fils malotrus font tout le contraire, car ils affaiblissent l'opinion de ceux qui ont entendu du bien de leurs ancêtres. Ils pensent en effet : « Il n'est pas possible que les ancêtres de cet individu aient été si grands qu'on le dit, puisque l'on voit pareille plante issue de leur semence. » Car il doit recevoir déshonneur et non honneur, celui qui porte sur les bons un mauvais témoignage. Aussi Cicéron dit-il que le fils d'un homme de valeur doit s'employer à donner à son père un bon témoignage. Selon mon jugement donc, comme celui qui porte l'infamie sur un homme de

---

1. Donnée par le pape à certains magistrats, dont le préfet de Rome. 2. Ancienne famille noble. 3. Inconnus.

valeur, est digne d'être fui et non pas écouté par les gens ; de même le malotru descendant de bons ancêtres est digne d'être chassé de tous ; et l'homme bon doit fermer les yeux pour ne pas voir cette honte honteuse pour la bonté, qui n'est demeurée que dans la mémoire. Que cela suffise présentement à la première question que l'on a posée.

À la seconde question on peut répondre qu'une lignée n'a pas d'âme par soi-même ; et il est bien vrai qu'on la dit noble et qu'elle l'est d'une certaine manière. Où il faut savoir que chaque tout est fait de ses parties. Il y a quelque tout qui a une essence simple, commune à toutes ses parties : ainsi chez l'homme y a-t-il une seule essence du tout et de chacune de ses parties : ce que l'on dit être dans la partie, on dit de la même manière qu'il est dans le tout. Il est un autre tout qui n'a pas d'essence commune avec ses parties. Ainsi d'un tas de blé : son essence est secondaire, résultant d'une foule de grains, qui ont en eux une première et véritable essence. En un tel tout, on dit que les qualités des parties existent de façon aussi secondaire que l'être ; ainsi dit-on d'un tas qu'il est blanc, parce que les grains, qui font le tas, sont blancs. En vérité, cette blancheur est d'abord dans les grains et en résulte secondairement dans le tas, qui peut donc être dit secondairement blanc. De la même manière un lignage ou une descendance peuvent être dits nobles. Où il faut savoir que, comme pour faire un tas blanc, il faut que l'emportent les grains blancs ; de même, pour faire une descendance noble, il faut que les hommes nobles l'emportent (je dis « l'emporter » au sens d'être plus nombreux que les autres), en sorte que la bonté, grâce à sa renommée, obscurcisse et cache le contraire qui s'y trouve. Comme l'on pourrait d'un tas blanc de blé retirer grain par grain le froment et remplacer le grain par du sorgho rouge, de sorte que tout le tas changerait finalement de couleur ; de même dans un lignage noble les bons pourraient mourir un par un, et naître les mauvais ; de sorte qu'il changerait de nom et devrait être dit non pas noble, mais vil. Que cela suffise pour répondre à la seconde question.

CHAPITRE XXX

Comme il est démontré ci-dessus au troisième chapitre de ce livre, cette chanson a trois parties principales. Aussi, ayant discuté de deux (discussion qui commença pour la première au chapitre susdit et pour la seconde au seizième, de sorte que la première est définie en treize chapitres et la seconde en quatorze ; sans compter le prologue au commentaire de la chanson, qui était compris en deux chapitres), en ce trentième et dernier chapitre il faut brièvement discuter de la troisième partie principale, qui fut faite afin d'orner un peu cette chanson par un refrain. Cette troisième partie commence par : *Contre les errants, tu t'en iras.* Il faut d'abord savoir ici que tout artisan, à la fin de son œuvre, doit l'ennoblir et l'embellir autant qu'il le peut, afin qu'elle le quitte plus célèbre et plus précieuse. J'entends faire ainsi en cette partie, non comme le bon artisan, mais comme son imitateur.

Je dis donc : *Contre les errants*. Cette expression « contre les errants » forme une seule partie et est le nom de cette chanson, pris de l'exemple du bon frère Thomas d'Aquin, qui à l'un de ses livres destiné à répondre à tous ceux qui s'éloignent de notre Foi, donna le titre de Contre les Gentils[1]. Je dis donc « tu iras », comme pour dire : « Tu es désormais parfaite ; il est temps de ne pas demeurer immobile, mais de t'en aller, car ta tâche est haute. » *Quand tu seras en un lieu où se trouve notre dame*, dis-lui quelle est ta tâche. Où il faut noter que, comme le dit Notre Seigneur, on ne doit pas jeter des perles aux cochons[2], parce qu'elles ne leur sont d'aucun profit et que c'est dommage pour les perles ; et que, comme le dit le poète Ésope, en sa première fable, un grain fait plus de profit au coq qu'une perle, de sorte qu'il laisse l'une et ramasse l'autre. Considérant ces choses avec la même prudence je recommande à la chanson de découvrir sa tâche là où se trouvera cette dame, à savoir la philosophie. Cette philosophie ne demeure pas seulement auprès des sages, mais aussi — comme on l'a prouvé en un autre livre[3] — partout où réside l'amour pour elle. Je dis qu'à ceux-ci elle manifeste sa tâche, parce que son avis leur sera utile et qu'ils le recueilleront.

---

1. *Summa contra Gentiles.* **2.** *Matth.*, VII, 6. **3.** Livre III, XI.

Je dis à la chanson : Dis à cette dame : *De votre amie je vais parlant*. La noblesse est bien son amie ; parce que l'une et l'autre s'aiment également, que la noblesse toujours la réclame et que la philosophie jamais ne tourne ailleurs son très beau regard. Ô quel bel ornement est celui qu'à la fin de cette chanson l'on donne à la noblesse, en l'appelant amie dont la propre raison réside au plus secret de l'esprit divin !

DE L'ÉLOQUENCE
EN LANGUE VULGAIRE

LIVRE PREMIER

I. Une théorie de l'éloquence en langue vulgaire n'a jamais été élaborée jusqu'à aujourd'hui, comme nous pouvons facilement le constater, bien qu'une connaissance approfondie de cette discipline soit indispensable à tous ; preuve en est que non seulement les hommes, mais encore les femmes et les enfants cherchent, pour autant que la nature le leur permette, à la maîtriser ; c'est pourquoi, dans le but d'éclairer de quelque manière ceux qui errent comme des aveugles à travers les places publiques et croient la plupart du temps voir devant eux les choses qui en réalité sont derrière leur dos, nous allons essayer, avec l'aide du Verbe qui nous inspire du haut du Ciel, de faire œuvre utile au grand public ; pour remplir une si grande coupe, il nous faudra non seulement faire recours à l'eau de notre talent, mais encore, assimilant et utilisant les contributions d'autrui, choisir ce qu'il y a de plus valable et en obtenir un très doux hydromel.

Mais puisque le but premier d'une quelconque théorie doit être d'établir, avant toute démonstration, les bases sur lesquelles on se fonde, pour que l'on sache immédiatement quel sujet on va traiter, nous dirons tout de suite que nous appelons « vulgaire » la langue que les enfants, au moment où ils commencent à articuler des sons, apprennent des personnes de leur entourage ; bref, le vulgaire est la langue que nous avons assimilée en imitant notre nourrice et sans suivre aucune règle. Nous avons en réalité une seconde langue (le latin), que les Romains ont appelée « grammaire ». Les Grecs aussi ont une seconde langue, ainsi que d'autres peuples, mais pas tous, car ce n'est que grâce à une longue et intense étude que l'on parvient à en maîtriser les règles et l'esprit.

La langue vulgaire est la plus noble de ces deux langues, parce que c'est la première langue parlée par le genre humain, parce que le monde entier s'en sert (avec des prononciations et des mots différents, il est vrai) et parce que c'est la façon naturelle de s'exprimer, tandis que l'autre langue est artificielle.

Et c'est bien de cette langue plus noble que nous avons l'intention de disserter.

II. Celle-ci est notre véritable première langue. Je précise que je n'emploie pas le mot « notre » pour la distinguer d'une autre langue hypothétique n'appartenant pas à l'homme ; car c'est à l'homme seul que la faculté de parler a été donnée, parce que lui seul en a besoin. Ni les anges ni les animaux inférieurs n'ont besoin de parler ; ainsi leur donner cette faculté aurait été inutile, et la nature n'aime pas faire des choses inutiles.

En effet, si nous considérons attentivement ce que nous essayons d'atteindre par la parole, il est évident qu'il s'agit simplement de communiquer aux autres ce que notre esprit a conçu. Or, les anges disposent, pour exprimer leurs sublimes pensées, d'une capacité intellectuelle rapide et ineffable, qui leur permet de se manifester aux autres, soit par le seul fait d'exister, soit au moyen de ce miroir resplendissant dans lequel tous se reflètent en pleine beauté et se contemplent avidement ; ils n'ont donc aucun besoin d'un signe linguistique quelconque. Et si quelqu'un faisait une objection à propos des anges qui furent précipités en enfer, on pourrait lui répondre de deux façons : d'abord en soulignant que, puisque nous parlons des choses qui sont nécessaires au bien, nous devons ignorer les pervers qui ne voulurent attendre l'action de la Grâce divine ; ensuite, et mieux encore, que ces mêmes démons, pour se manifester réciproquement leur perfidie, ont besoin seulement de connaître leur existence et leur méchanceté respectives ; ce qu'ils savent sans doute puisqu'ils se connaissaient les uns les autres avant la chute.

Il n'était pas non plus nécessaire de doter d'un langage les animaux inférieurs, qui suivent uniquement leur instinct naturel ; en effet, les animaux d'une même espèce ont la même façon d'agir et de sentir et peuvent donc, d'après leurs propres actions et passions, connaître celles des autres ; quant aux animaux d'espèces différentes, un langage commun se serait avéré non seulement inutile, mais tout à fait funeste, car ils n'ont point de relations amicales entre eux.

Et si on nous objectait que le serpent qui s'adressa à la première femme et l'ânesse de Balaam ont bel et bien parlé, nous répliquerions que ce furent respectivement un diable et un ange qui permirent aux organes de ces deux animaux d'émettre distinctement des sons semblables à un véritable langage, même si ces sons furent un braiment chez l'ânesse et un sifflement chez le serpent. Si par ailleurs, pour prouver que les animaux parlent, on voulait invoquer ce qu'Ovide dit dans le cinquième livre des *Métamorphoses* au sujet des pies parlantes[1], nous répondrions que le poète s'exprime dans ce passage au figuré et qu'en réalité il veut dire autre chose. Et si on prétendait que les pies et d'autres oiseaux parlent encore aujourd'hui, nous rétorquerions que c'est faux, parce qu'un tel acte n'est pas un langage, mais une certaine imitation du son de notre voix ; ou bien nous dirions qu'ils essaient d'imiter les sons que nous émettons, mais non pas les paroles que nous prononçons. De sorte que si quelqu'un prononçait clairement le mot « pie » et qu'il recevait en réponse le même mot « pie », il ne s'agirait que d'une représentation ou imitation du son formé par celui qui avait parlé le premier.

Il est ainsi évident qu'à l'homme seul fut donnée la faculté de parler. Nous allons maintenant montrer brièvement pourquoi cette faculté lui était nécessaire.

III. Puisque les actions des hommes ne sont pas dictées par l'instinct, mais par la raison et que cette même raison est déterminée par le discernement, par l'opinion et par le comportement de chacun, au point que l'on pourrait croire que chaque individu constitue à lui seul une espèce, nous pensons qu'il est impossible de se comprendre entre humains par le biais des actions et des passions, comme c'est le cas chez les bêtes. Il ne leur est pas non plus donné d'établir entre eux un contact d'ordre spirituel, comme c'est le propre des anges, car l'esprit humain se heurte à l'obstacle formé par l'épaisseur et l'opacité du corps mortel.

Pour que les hommes puissent se communiquer mutuellement leurs idées, il fallait donc qu'ils disposent d'un signe rationnel et sensible ; ce signe devait être rationnel pour qu'il pût établir une communication au niveau de la raison et il devait être sensible, car on ne peut transmettre quelque chose d'une raison à une autre que

---

1. *Métamorphoses*, V, 294.

par l'intermédiaire des sens. Par conséquent, si ce signe était seulement rationnel, la transmission serait impossible ; et s'il était seulement sensible, il ne pourrait véhiculer aucun contenu rationnel. C'est justement ce signe qui constitue le fondement de notre argumentation : signe sensible en tant que son (signifiant), signe rationnel en tant qu'il peut assumer la signification que nous lui attribuons de façon arbitraire (signifié).

IV. Il résulte de ces prémisses que la faculté de parler ne fut donnée qu'à l'homme. J'estime qu'il nous faut maintenant rechercher quel homme disposa le premier de cette faculté, ce qu'il dit d'abord, à qui il s'adressa, où, quand, et enfin en quel idiome furent prononcées les toutes premières paroles.

Certes, selon le début de la Genèse[1], là où les Très-Saintes Écritures décrivent les origines du monde, ce serait une femme, la très présomptueuse Ève, qui aurait parlé la première, en répondant ainsi au diable qui l'interrogeait : « Nous nous nourrissons des fruits des arbres qui sont dans le paradis ; mais Dieu nous a défendu de manger et de toucher les fruits de l'arbre qui se trouve au milieu du paradis, car nous pourrions en mourir. » Toutefois, bien que dans les Écritures nous lisions que ce fut une femme qui parla la première, il nous semble plus raisonnable de croire que ce fut un homme ; car il n'est pas convenable de penser qu'un acte si excellent du genre humain ait été accompli par une femme avant un homme. La raison nous invite à croire que c'est d'abord à Adam que l'usage de la parole fut donné par Celui qui venait de le créer.

Quant à savoir ce qu'exprima le premier son jailli de la bouche du premier parlant, toute personne saine d'esprit reconnaîtra, j'en suis sûr, que ce fut — sous forme de question ou bien sous forme de réponse — le mot *El*, qui signifie « Dieu ». Il paraît absurde et contraire à la raison humaine de croire que l'homme ait pu nommer quoi que ce soit d'autre avant de nommer Dieu, puisque c'est par Lui et pour Lui que l'homme a été créé. En effet, s'il est vrai que le premier mot prononcé après la chute du genre humain fut « hélas », il est raisonnable de penser en revanche qu'avant la chute on ait exprimé d'abord la joie ; et puisque la joie n'est nulle part en dehors de Dieu, mais réside entièrement en Dieu, et que Dieu Lui-même

---

1. *Genèse*, III, 1-5.

s'identifie à la joie, il faut en déduire que le premier parlant a dit avant toute chose le mot « Dieu ».

Maintenant la question suivante se pose : si, comme nous venons de dire, le premier homme parla pour répondre à Dieu, il devrait en résulter que c'est Dieu qui avait parlé le premier pour interroger l'homme, ce qui serait en contradiction avec ce que nous avons affirmé plus haut. Mais nous soutenons que le premier homme pouvait très bien répondre à une question posée par Dieu, sans que Celui-ci eût parlé à l'aide de ce que nous appelons parole. Qui peut en effet douter que tout ce qui existe s'incline à la volonté de Dieu, par qui toute chose a été créée, conservée et gouvernée ? Or, si l'air, en suivant les ordres de la nature inférieure, créature et ministre de Dieu, est en mesure de produire de grands bouleversements, de faire gronder le tonnerre, briller le feu, jaillir l'eau, descendre la neige, tomber la grêle, ne pourra-t-il également, sur ordre divin, faire résonner quelques paroles que la volonté de Dieu, qui a su distinguer entre elles des choses bien plus grandes, aura rendues distinctes et compréhensibles ? Pourquoi pas ?

Nous estimons que cette constatation doit suffire pour trancher cette question et d'autres encore.

V. Nous pensons donc que le premier homme parla pour la première fois en s'adressant à Dieu lui-même ; cette opinion se fonde valablement sur ce que nous venons de dire et sur ce que nous allons dire plus loin ; et c'est également la raison qui nous permet d'affirmer que le premier sujet parlant parla immédiatement après avoir été touché par le souffle de la Vertu vivifiante. Nous croyons en effet que chez l'homme le fait d'être entendu est plus humain que celui d'entendre, pourvu que ce soit en tant qu'homme qu'il est entendu et qu'il entend. Si donc Celui qui est Créateur, Perfection et Amour insuffla au premier d'entre nous toute perfection, il nous semble logique que le plus noble des êtres vivants n'ait pas commencé à entendre avant de se faire entendre.

Si on nous objectait qu'il n'y avait aucune nécessité que le seul homme existant parlât, celui-ci n'ayant point d'interlocuteur et Dieu sachant discerner nos plus secrètes pensées sans que nous parlions, nous répondrions, avec toute la révérence qui s'impose quand nous portons un jugement sur la Volonté Éternelle, dans les termes suivants : bien que Dieu, sans avoir besoin d'aucune langue, ait connu et même anticipé les pensées du premier parlant, il voulut cependant que celui-ci parlât pour que la manifestation d'un tel don contribuât à la gloire de Celui qui avait fait ce don par sa seule grâce. Pour cette raison, nous pouvons croire que la joie que nous donne la réalisation de nos facultés est d'origine divine.

Nous pouvons donc identifier le lieu où jaillit la première parole, car il est prouvé que, si la vie fut insufflée à l'homme à l'extérieur du paradis, c'est bien à l'extérieur que fut prononcée la première parole, mais que ce fut à l'intérieur, si la création eut lieu dans le paradis.

VI. Puisque les activités humaines se déploient en des langues différentes et très nombreuses, au point que certains hommes ne se comprennent entre eux pas mieux avec des mots que sans mots, il est temps de se mettre à la chasse de l'idiome parlé par l'homme qui n'eut point de mère, qui ne fut point allaité, qui ne connut point d'enfance ni de croissance.

En cela, comme dans d'autres choses, le village de Pietramala est une très grande cité[1], patrie de la plupart des enfants d'Adam. Car quiconque croit que son lieu de naissance est le plus délicieux sous le soleil (une façon d'argumenter que l'on peut qualifier de ridicule), celui-là met sa propre langue maternelle au-dessus de toutes les autres et croit par conséquent que c'est de ce même vulgaire que fit usage Adam. Mais nous, dont la patrie est le monde comme pour les poissons la mer, qui avons bu l'eau de l'Arno avant même de faire nos dents et aimons Florence au point de souffrir un injuste exil pour l'avoir aimée, nous ferons pencher la balance de notre jugement plutôt du côté de la raison que de celui du sentiment. Et bien qu'il n'existe sur terre aucun lieu plus propice à notre plaisir et à l'assouvissement de nos sens que Florence, toutefois, pour avoir feuilleté fréquemment les livres des poètes et des autres écrivains où le monde est décrit dans son ensemble et dans ses différentes parties, et en réfléchissant en nous-mêmes sur les différentes positions des localités de ce monde et sur leur situation par rapport aux deux pôles et au cercle équatorial, nous sommes arrivé à la conviction qu'il existe des régions et des villes plus nobles et plus délicieuses que la Toscane et Florence, dont nous sommes origi-

---

1. Village de l'Apennin, entre Florence et Bologne ; le propos est ironique.

naire et citoyen, et plusieurs nations et peuples qui parlent une langue plus agréable et plus utile que celle des Italiens.

Pour revenir à notre propos, nous dirons que Dieu créa, en même temps que l'âme, une certaine forme de langage. Et je dis « forme » aussi bien par rapport au lexique qu'à la syntaxe et à la morphologie ; et c'est de cette forme même que tout le monde ferait usage si elle n'avait été dispersée par la faute de l'orgueil humain, comme nous allons le montrer plus loin.

C'est dans cette forme de langage que s'exprima Adam ; c'est dans cette forme de langage que s'exprimèrent tous ses descendants jusqu'à la construction de la tour de Babel, nom qui signifie, selon les interprètes, tour de confusion ; c'est encore dans cette forme de langage que s'exprimèrent les enfants d'Heber, qui prirent de lui le nom d'Hébreux. Après la confusion, ce langage demeura patrimoine des seuls Hébreux, afin que notre Rédempteur qui, pour ce qui est de sa nature humaine, devait naître parmi eux, jouît de la langue de la grâce et non d'une langue de la confusion.

Ce fut donc l'idiome hébraïque que forgèrent les lèvres du premier parlant.

VII. On a honte, hélas, de renouveler l'ignominie du genre humain ! Mais puisque nous ne pouvons avancer sans passer par là, nous allons parcourir ce chemin, bien que la rougeur nous monte au visage et que l'esprit y répugne. Ô nature humaine toujours prête au péché ! Sans cesse perfide depuis la création du monde ! N'a-t-il pas suffi, pour te corriger, que tu aies été, à cause du premier péché, privée de la lumière et bannie de la patrie des délices ? N'a-t-il pas suffi que, à cause de l'universelle luxure et férocité de ta descendance, tout ce qui t'appartenait, sauf une seule famille, ait péri dans le déluge et que les animaux du ciel et de la terre aient payé pour le mal que tu avais commis ? En vérité, cela aurait dû suffire. Mais, en s'inspirant du proverbe « tu ne monteras à cheval avant la troisième fois », on pourrait dire que tu préféras, malheureuse, monter sur un malheureux cheval. Et voilà, lecteur, que l'homme, oubliant ou méprisant les punitions précédentes et détournant les yeux des meurtrissures encore visibles, se révolta une troisième fois et alla au-devant des coups, faisant preuve d'une sotte et superbe présomption.

C'est ainsi que l'homme, incorrigible, à l'instigation du géant Nemrod, prétendit vaincre, au moyen de la technique, non seulement la nature, mais Dieu Lui-même, qui a créé la nature ; il commença donc à édifier à Sennaar une tour, appelée par la suite Babel, c'est-à-dire « confusion », qui aurait dû lui permettre d'escalader le ciel dans le but naïf non pas d'égaler, mais même de dépasser le Créateur. Ô incommensurable clémence de l'empire céleste ! Quel père tolérerait de telles injures de la part d'un fils ? Dieu, qui avait déjà, en d'autres occasions, frappé avec un fouet non hostile mais paternel, infligea au fils rebelle un châtiment compatissant et néanmoins mémorable.

Certes, presque tout le genre humain s'était rassemblé pour la construction de l'inique ouvrage : qui donnait les ordres, qui préparait les plans, qui dressait les murs, qui les réglait au niveau, qui les enduisait de mortier à l'aide d'une truelle, qui fendait les rochers, qui les transportait par voie de mer ou de terre, tandis que des groupes divers s'attelaient à des tâches diverses ; c'est alors qu'ils furent frappés du haut du ciel d'une telle confusion que tous les travailleurs, qui jusqu'alors parlaient une seule et unique langue, se trouvèrent divisés par une multitude de langues, abandonnèrent l'ouvrage et ne purent jamais plus entreprendre quoi que ce soit en commun. En effet, la langue resta la même uniquement à l'intérieur d'un seul groupe professionnel : par exemple les architectes parlaient une langue, ceux qui roulaient les pierres une autre, ceux qui les taillaient une autre encore ; et ainsi de suite pour chaque catégorie de travailleurs. Le genre humain se trouva ainsi divisé en autant de langues qu'il existait de types de travail à accomplir à l'intérieur de la construction ; et ceux qui avaient mieux travaillé parlent maintenant d'une manière d'autant plus grossière et barbare.

Mais ceux à qui resta l'usage de l'idiome sacré n'étaient pas présents et ils n'avaient pas approuvé l'entreprise ; bien au contraire, ils se moquaient de la sottise des travailleurs. Ce groupe, bien petit quant au nombre, appartenait, je suppose, à la semence de Sem[1], troisième fils de Noé, dont fut issu le peuple d'Israël, qui jusqu'à sa dispersion se servit de la plus ancienne des langues.

---

1. *Genèse*, XI, 9-10.

VIII. En nous fondant sur des arguments d'un certain poids, nous pensons que c'est bien à la suite de cette confusion des langues que les hommes furent dispersés dans tous les climats, dans tous les pays habitables et dans tous les recoins du monde. Et puisque l'espèce humaine prit sa première racine en terre d'Orient, d'où elle déploya ses ramifications jusqu'aux frontières occidentales du monde, ce fut alors peut-être que des créatures capables de raisonner burent l'eau des fleuves de toute l'Europe ou, au moins, de plusieurs d'entre eux. Mais, soit que ces hommes fussent des étrangers qui venaient d'arriver, soit qu'il s'agît d'autochtones retournés dans leur Europe natale, ils apportèrent avec eux une langue tripartie ; et certains eurent en partage la partie méridionale de l'Europe, d'autres la partie septentrionale et d'autres encore, que nous appelons maintenant les Grecs, occupèrent une partie de l'Europe et une partie de l'Asie.

Par la suite, comme nous allons le montrer plus loin, d'un seul et même idiome né dans la confusion vengeresse des langues jaillirent plusieurs vulgaires. Car un seul idiome fut d'abord parlé dans toute la région qui s'étend des bouches du Danube ou marais Méotide jusqu'aux frontières occidentales de l'Angleterre et qui est limitée par l'Océan et par les pays des Italiens et des Français, même si plus tard il se ramifia en plusieurs vulgaires, parlés par des peuples différents, Esclavons, Hongrois, Teutons, Saxons, Anglais et d'autres encore, qui ont presque tous gardé un seul signe de leur origine commune, c'est-à-dire le mot *iò* pour exprimer l'affirmation. À l'orient de cette région, à partir des frontières de la Hongrie, c'est un autre idiome[1] qui prit possession du territoire que l'on appelle Europe, et même au-delà.

Finalement, ce qui reste de l'Europe en dehors de ces deux régions linguistiques, fut le partage d'un troisième idiome[2], qui est maintenant triparti, car certains pour affirmer disent *oc*, d'autres *oïl*, d'autres *sì*, comme par exemple les Provençaux, les Français et les Italiens. Et la preuve que les vulgaires de ces trois peuples dérivent d'un seul et même idiome réside dans le fait que, pour indiquer plusieurs choses, ils emploient les mêmes mots, tels « Dieu », « ciel », « amour », « mer », « terre », « est », « vit », « meurt », « aime » et de même pour presque toutes les autres notions. Et parmi ces peuples, ceux

---

1. Le grec. 2. Le latin.

qui disent *oc* habitent la partie occidentale de l'Europe méridionale depuis les frontières des Génois. Ceux qui disent *sì* occupent le pays qui s'étend à l'orient de ces frontières, jusqu'au promontoire de l'Italie où commence le golfe de la mer Adriatique et jusqu'à la Sicile. Et enfin ceux qui disent *oïl* vivent en quelque sorte dans le nord par rapport aux autres : leurs voisins orientaux sont en effet les Germains, tandis qu'à l'ouest et au nord ils sont comme retranchés derrière la mer d'Angleterre et ont les monts d'Aragon comme frontière ; ils sont délimités au sud par les Provençaux et par la pente des Alpes Pennines.

IX. Il faut maintenant que notre raison ait le courage d'affronter un sujet nouveau sans pouvoir s'appuyer sur l'autorité de qui que ce soit, car nous voulons rechercher comment un idiome, qui était au départ unique, a pu successivement se diversifier en plusieurs variantes. Et puisqu'un voyage par des routes connues est plus sûr et plus rapide, nous nous aventurerons sur le chemin de notre propre idiome, laissant de côté les autres. Ce qui est en effet rationnel dans un idiome, peut l'être tout autant dans les autres.

L'idiome qui est le but de notre voyage est triparti, comme nous l'avons dit auparavant : les uns disent en effet *oc*, d'autres *sì* et d'autres *oïl*. Que cet idiome ait été un seul au début de la confusion des langues (ce que nous devons prouver en premier) résulte du fait que, comme le montrent les maîtres d'éloquence, plusieurs mots sont communs à nous tous : et c'est justement cette coïncidence qui contraste avec la confusion qui tomba du ciel lors de la construction de Babel. Les écrivains des trois langues s'accordent donc sur plusieurs mots, et surtout sur celui-ci : « amor ». Guiraut de Borneil :

Si'm sentis fezelz amics,
per ver encusera amor[1] ;

le roi de Navarre :

De fin amor si vient sen et bonté[2] ;

---

1. « Si je me sentais ami fidèle, en vérité j'accuserais Amour » : citation de Guiraut de Borneil (1165 environ-1200 environ), poète limousin. **2.** « D'un parfait amour dérivent sagesse et bonté » : citation de Thibaut Ier de Navarre (1201-1253).

Messire Guido Guinizelli :

*Né fe' amor prima che gentil core,
né gentil cor prima che amor, natura*[1].

Recherchons maintenant pourquoi l'idiome primitif s'est subdivisé en trois variantes et pourquoi à l'intérieur de chacune de ces trois variantes nous constatons des changements ultérieurs, par exemple entre les parlers du côté droit et ceux du côté gauche de l'Italie, les Padouans parlant autrement que les Pisans ; et encore, il nous faudra rechercher pourquoi on constate des différences dans la façon de parler des peuples voisins, comme les Milanais et les Véronais, les Romains et les Florentins, et de ceux qui appartiennent à une même région, comme les habitants de Naples et de Gaète, de Ravenne et de Faenza, et enfin, ce qui est encore plus étonnant, de ceux qui vivent dans la même cité, comme les Bolonais du Faubourg Saint-Félix et les Bolonais de la Grand-Rue. Il apparaîtra clairement, sur la base d'un seul et unique raisonnement, pourquoi toutes ces différences et variations linguistiques se produisent.

Nous disons donc qu'aucun effet en tant que tel ne peut dépasser sa cause, parce que rien ne peut produire quelque chose qui n'existe déjà. Étant donné que tout langage humain — sauf celui qui fut créé par Dieu en même temps que l'homme — a été refait arbitrairement après l'épisode de la tour de Babel (confusion qui a déterminé l'oubli du langage précédent) et étant donné que l'homme est un animal très instable et changeant, aucun langage ne peut être durable et éternel, mais doit changer dans le temps et dans l'espace, comme toute chose humaine, comme par exemple les mœurs et les comportements. Et je ne pense pas qu'il puisse y avoir de doutes sur la notion de temps, qui doit, selon nous, être prise sérieusement en considération : si nous examinons nos autres activités, nous voyons que nous différons beaucoup plus de nos ancêtres que de nos contemporains. C'est pourquoi nous nous hasardons à affirmer que si les plus anciens habitants de Pavie ressuscitaient, ils parleraient une langue bien différente de celle que l'on parle aujourd'hui dans cette ville. Et cela n'est pas plus étonnant que de constater qu'un jeune homme a grandi alors que nous

---

[1]. « La nature ne créa Amour avant un cœur noble, ni un cœur noble avant Amour » : citation de Guido Guinizelli (*cf. Purgatoire*, XXVI, 91 *sqq.*).

n'avons pas assisté à toutes les phases de sa croissance, car nous ne percevons point les changements graduels et plus le temps est long pour changer une chose, plus nous croyons que celle-ci est stable. Il ne faut donc pas s'étonner si des hommes qui, quant au jugement, ne diffèrent pas beaucoup des bêtes, peuvent penser que dans la même cité la vie civile s'est déroulée toujours dans la même langue, puisque les changements de la langue d'une cité ont lieu peu à peu et au cours d'un très long laps de temps, tandis que la vie humaine est, par sa propre nature, très brève. Si donc au cours des siècles la langue d'un même peuple change et ne reste jamais égale à elle-même, comme nous venons de le dire, à plus forte raison les langues de ceux qui vivent séparés et lointains changeront, comme changent les mœurs et les comportements, qui ne sont réglés ni par la nature, ni par les usages d'une communauté, mais naissent du libre choix des hommes et de la proximité des lieux.

Ce fut là le point de départ des inventeurs de la grammaire (c'est-à-dire du latin) ; cette grammaire n'est autre qu'une langue figée, qui reste identique à elle-même en des temps et des lieux différents. Les règles de cette langue ayant été fixées d'un commun accord par plusieurs peuples, elle n'est soumise à aucun choix arbitraire et individuel et par conséquent elle ne peut changer. On inventa donc cette langue pour éviter que les changements du langage dus aux fluctuations arbitraires et individuelles ne nous empêchent entièrement, ou ne nous permettent que partiellement d'accéder à la connaissance de la pensée et des gestes des Anciens et de ceux que l'éloignement géographique rend différents de nous.

X. En nous apprêtant à comparer entre elles les trois formes de notre idiome qui, comme nous l'avons dit plus haut, est triparti, notre hésitation est si grande que nous n'osons nous prononcer en faveur d'aucune des trois ; mais la constatation que les inventeurs de la grammaire ont choisi le mot *sic* comme adverbe d'affirmation semble assurer une certaine priorité aux Italiens, qui disent *sì*[1].

À vrai dire, chacune des trois parties de cet idiome peut invoquer en sa faveur force témoignages. La langue d'*oïl* peut alléguer le fait que, grâce à sa facilité et à son charme, elle a été utilisée soit pour compiler soit pour rédiger des ouvrages en prose, à savoir l'*Histoire*

---

1. « Oui ».

ancienne jusqu'à César (basée sur la Bible et sur les gestes des Troyens et des Romains), les fascinantes aventures du roi Arthur et bien d'autres œuvres historiques et didactiques. La langue d'*oc*, à son tour, peut se vanter d'être la plus douce et la plus parfaite puisqu'elle a été la langue des premiers poètes vulgaires, tels Pierre d'Auvergne[1] et d'autres anciens maîtres. La troisième langue, enfin, celle des Italiens, peut se prévaloir de deux avantages : d'abord, elle compte parmi ses serviteurs et domestiques ceux qui ont composé les vers les plus doux et les plus subtils, comme Cino da Pistoia et son ami[2] ; en deuxième lieu, cette langue semble s'appuyer davantage sur la grammaire qui est commune à tous : un argument qui prend toute sa valeur aux yeux de ceux qui, dans leurs jugements, savent faire usage de la raison.

Quant à nous, sans entrer en matière sur ce jugement, nous allons essayer d'analyser et de comparer entre elles les différentes variantes du vulgaire italien, seul objet de notre étude. Disons d'abord que l'Italie se divise en deux parties, la droite et la gauche. Et si quelqu'un veut savoir où se situe le partage, nous répondrons en bref que c'est sur la crête de l'Apennin, d'où, comme du faîtage, les eaux coulent dans de longues gouttières vers les littoraux opposés, ainsi que le décrit Lucain dans son deuxième livre ; les fleuves du côté droit se jettent dans la mer Tyrrhénienne, ceux du côté gauche dans l'Adriatique. Les régions de droite sont l'Apulie[3], mais pas en entier, Rome, le duché de Spolète, la Toscane et la Marche de Gênes ; celles de gauche comprennent l'autre partie de l'Apulie, la Marche d'Ancône, la Romagne, la Marche trévisane avec Venise. Le Frioul et l'Istrie ne peuvent appartenir qu'au côté gauche de l'Italie, alors que les îles de la mer Tyrrhénienne ne peuvent appartenir qu'au côté droit ou bien y être associées. À l'intérieur de chaque côté et dans les régions qui y sont rattachées, les parlers des hommes diffèrent : ainsi les Siciliens se distinguent des habitants de l'Apulie pour leur parler, ceux-ci des Romains, les Romains des gens de Spolète, ceux-ci des Toscans, les Toscans des Génois, ces derniers des Sardes ; et, de même, les Calabrais des Anconitains, ceux-ci des Romagnols, les Romagnols des Lombards, les Lombards

---

1. Troubadour, actif entre 1150 et 1180. 2. Cino de Pistoia (1270 environ-1336 ou 1337), auteur d'un important chansonnier ; « son ami » : Dante lui-même. 3. Dante utilise « Apulie » pour désigner toute l'Italie méridionale.

des Trévisans et des Vénitiens, ceux-ci des habitants d'Aquilée et ces derniers des peuples de l'Istrie. Nous pensons qu'aucun Italien ne nous contredira sur ce point.

Nous voyons donc qu'il y a dans la seule Italie au moins quatorze variantes de la langue vulgaire. En outre, ces vulgaires ne sont pas uniformes en leur propre sein : les Siennois, par exemple, ne parlent pas de la même façon que les Arétins, ni les habitants de Ferrare de la même façon que ceux de Plaisance ; et même à l'intérieur d'une même cité, nous pouvons saisir des différences, comme nous l'avons établi dans le chapitre précédent. C'est pourquoi, si nous voulions compter les variétés principales, secondaires et tertiaires du vulgaire d'Italie, nous atteindrions facilement, dans ce très petit coin du monde, le millier et même un chiffre supérieur.

XI. Étant admis qu'il y a une telle dissonance entre les variétés du vulgaire italien, nous allons partir à la chasse de la langue la plus noble et la plus illustre d'Italie ; et pour que le chemin que nous suivrons dans notre chasse soit praticable, nous devons d'abord libérer la forêt des buissons embroussaillés et des ronces.

Puisque les Romains pensent qu'ils doivent être les premiers en toute chose, nous leur accorderons, dans notre travail de déracinement et de défrichement, la première place, pour déclarer qu'ils n'entrent point en ligne de compte pour l'élaboration d'une théorie de l'éloquence vulgaire. Disons d'emblée que leur vulgaire — qu'il faudrait plutôt appeler un lugubre jargon — est le plus laid de tous les vulgaires italiens ; ce qui n'est pas étonnant, quand on pense que leurs façons de se conduire et de s'habiller sont les plus nauséabondes qui soient. Ils disent en effet : *Messure, quinto dici*[1] ?

Extirpons ensuite les habitants de la Marche anconitaine, qui disent *Chignamente state siate*[2] ; et avec eux, nous écarterons les habitants de Spolète. Et il ne faut pas taire que, pour vitupérer ces trois peuples, on a écrit plusieurs poèmes, parmi lesquels nous en connaissons un, composé dans le plein respect des règles de la métrique par un Florentin nommé Castra, qui commence ainsi :

---

1. « Monsieur, comment dis-tu ? » 2. « Comment allez-vous ? »

Una fermana scopai da Cascioli
cita cita se 'n gìa 'n grande aina[1].

Après ceux-là, arrachons Milanais, Bergamasques et leurs voisins ; sur eux aussi, quelqu'un a composé un poème railleur :

Enter l'ora del vesper, ciò fu del mes d'ochiover[2].

Passons maintenant au crible les habitants d'Aquilée et de l'Istrie, qui disent, avec un accent abominable, *Ces fas-tu*[3] ? Et en même temps écartons tous les parlers montagnards et campagnards qui, à cause de leur accent aberrant, détonnent avec ceux du centre des villes : c'est le cas des gens du Casentino et de Fratta.

Les Sardes aussi, qui ne sont pas Italiens, mais que l'on doit associer aux Italiens, sont à exclure, du moment qu'ils semblent être les seuls à ne pas avoir de vulgaire à eux ; en revanche, ils imitent la grammaire comme les singes imitent les hommes et disent *domus nova* et *dominus meus*[4].

XII. Ayant pour ainsi dire vanné les vulgaires italiens, trions ceux qui sont restés dans le crible pour choisir rapidement le plus honorable et honorifique.

Et avant toute chose exerçons notre talent sur le vulgaire sicilien, qui prétend jouir d'une renommée supérieure à tout autre, parce qu'on appelle sicilien tout ce que les Italiens composent en vers et parce que plusieurs maîtres originaires de Sicile ont écrit dans un style solennel des chansons célèbres, telles :

Ancor che l'aigua per lo foco lassi[5]

et

Amor, che lungiamente m'hai menato[6].

Mais, à y regarder de près, il semble bien que la raison de la renommée de la terre de Trinacrie subsiste uniquement pour faire honte aux princes italiens qui, obnubilés par l'orgueil, vivent non comme des héros, mais comme des plébéiens. Et en vérité, deux

---

1. « Près de Cascioli, je rencontrai une femme de Fermo, qui marchait vite, vite, en toute hâte. » 2. « Vers l'heure des vêpres, ce fut au mois d'octobre. » 3. « Que fais-tu ? » 4. « Maison neuve » ; « mon maître. » 5. « Bien que l'eau à cause du feu perde [sa froideur]. » 6. « Amour, qui m'as longuement gouverné » ; cette citation et la précédente sont de Guido delle Colonne (1210 environ-après 1287).

héros illustres, l'empereur Frédéric et Manfred[1], son fils bien né, firent preuve, aussi longtemps que la Fortune le leur permit, de noblesse et de droiture, et poursuivirent des buts humains en dédaignant ceux des bêtes. Pour cette raison, tous ceux qui avaient un cœur noble et des talents d'origine divine s'efforcèrent de rester dans l'entourage de ces princes, de sorte que tout ce que les plus nobles esprits d'Italie produisirent à cette époque vit le jour dans le palais de ces grands souverains ; et, comme la Sicile était le siège royal, on appelle sicilien tout ce que nos prédécesseurs ont écrit en vulgaire ; nous adoptons également cette dénomination, à laquelle nos descendants ne pourront plus rien changer.

Racha, racha[2] *!* Qu'est-ce qui fait résonner aujourd'hui la trompe du dernier Frédéric[3], la cloche de guerre du second Charles[4], les cors des puissants marquis Jean[5] et Azzo[6] et les trompettes des autres seigneurs, si ce n'est le cri : « Venez à moi, bourreaux, venez, hypocrites, venez, adeptes de l'avarice » ?

Mais il vaut mieux revenir à notre propos que de parler en l'air. Et nous dirons alors que le vulgaire sicilien, tel qu'il est parlé par la moyenne des habitants (et c'est bien sur cette catégorie de personnes que nous devons fonder notre jugement), n'est point digne d'être préféré aux autres, parce qu'on ne peut le prononcer sans une certaine lenteur, comme dans cet exemple :

Tragemi d'este focora se t'este a bolontade[7].

Si en revanche il s'agit du langage sorti de la bouche des Siciliens les plus éminents, tel que nous le rencontrons dans les chansons citées plus haut, il ne diffère point du vulgaire le plus admirable, comme nous allons le montrer plus loin.

Le langage des habitants de l'Apulie est souillé par des barbarismes indécents, soit à cause de leur grossièreté, soit qu'ils aient été contaminés par leurs voisins de Rome et des Marches ; ils disent en effet :

---

1. L'empereur Frédéric II (mort en 1250) ; Manfred, roi des Deux-Siciles (mort en 1266). 2. « Insensés, insensés » (*Matth.*, V, 22). 3. Frédéric II d'Aragon, roi de Sicile depuis 1296 (*cf. Purgatoire*, VII, 112-122). 4. Charles II d'Aragon (*cf. ibid.*). 5. Jean de Montferrat (*cf. Purgatoire*, VII, 135-136). 6. Azzo VIII d'Este (*cf. Enfer*, XII, 11 ; *Purgatoire*, V, 77). 7. « Sauve-moi de ces flammes, si tu le veux bien » : citation de Cielo d'Alcamo, poète sicilien du XIIIᵉ siècle.

Bòlzera che chiangesse lo quatraro[1].

Mais, bien que les natifs de l'Apulie parlent en général de façon honteuse, les plus illustres d'entre eux ont su s'exprimer élégamment et faire usage, dans leurs chansons, de vocables dignes de la cour, comme quiconque examine leurs poèmes peut le constater aisément :

Madonna, dir vi voglio[2]

et

Per fino amore vo sì letamente[3].

Il découle de ce que nous venons de dire que ni le sicilien ni l'apulien ne sauraient être considérés comme les plus beaux des vulgaires italiens, puisque nous avons montré que ceux qui, parmi les natifs de ces régions, sont experts en éloquence se sont écartés de leur propre parler.

XIII. Venons-en maintenant aux Toscans, lesquels, obnubilés par leur folie, semblent s'arroger le privilège du vulgaire illustre. Et ce n'est pas seulement la plèbe qui soutient cette sotte prétention, mais plusieurs hommes célèbres ont été aussi du même avis, comme Guittone d'Arezzo[4], qui ne pratiqua jamais le vulgaire courtois (c'est-à-dire celui qui est digne de la cour), Bonagiunta de Lucques[5], Gallo de Pise[6], Mino Mocato de Sienne[7], Brunetto Florentin[8], dont les poèmes se révéleront, à y regarder de près, d'un niveau non courtois, mais seulement municipal.

Et puisque les Toscans ont été plus que les autres atteints par cette ivresse ravageuse, il y a lieu de contrecarrer leur présomption par un examen de chaque parler municipal. Les Florentins disent : *Manichiamo, introcque che noi non facciamo altro*[9] ; les Pisans : *Bene andonno li fatti de Fiorensa per Pisa*[10] ; les Lucquois : *Fo voto*

---

1. « Je voudrais que le garçon pleure. » 2. « Dame, je veux vous dire » : citation de Jacopo da Lentini (1210 environ-1260 environ). 3. « Un amour parfait me rend si joyeux » : citation de Rinaldo d'Aquino (XIIIe siècle). 4. Guittone d'Arezzo (1230 environ-1293 environ) : *cf. Purgatoire*, XXIV, 56 et XXVI, 124-126. 5. Bonagiunta da Lucca (1230-1290 environ) : *cf. Purgatoire*, XXIV, 19 *sqq*. 6. Gallo ou Galletto Pisano (mort vers 1300). 7. Peut-être Bartolomeo Mocati. 8. Brunetto Latini : *cf. Enfer*, XV, 22-124. 9. « Mangeons, pendant que nous n'avons rien d'autre à faire. » 10. « Les événements de Florence furent favorables à Pise. »

a Dio ke in grassarra eie lo comuno de Lucca[1] ; les Siennois : *Onche renegata avess'io Siena. Ch'ee chesto*[2] ? ; les Arétins : *Vuo'tu venire ovelle*[3] ? Nous n'avons pas l'intention de nous occuper de Pérouse, d'Orvieto, de Viterbe, ni de Civita Castellana, vu les affinités de leurs habitants avec ceux de Rome et de Spolète. Mais bien que presque tous les Toscans soient hébétés par leur horrible parler, nous pensons que quelques-uns ont connu l'excellence du vulgaire, comme Guido, Lapo et un autre, tous Florentins, et Cino de Pistoia[4], que nous citons injustement en dernier, mais contraints par une juste raison. Donc, si nous examinons les parlers toscans et tenons compte du fait que les personnalités les plus honorées se sont écartées du leur, il n'y a pas de doute que le vulgaire que nous sommes en train de chercher n'est pas celui auquel peut atteindre le peuple des Toscans.

Si quelqu'un ne pense pas que l'on doive dire sur les Génois les mêmes choses que nous avons dites sur les Toscans, qu'il se mette bien ceci dans la tête : si les Génois perdaient par amnésie la lettre *z*, ils devraient soit devenir entièrement muets, soit se forger une nouvelle langue. La lettre *z*, dont la prononciation est très âpre, constitue effectivement la partie la plus importante de leur langue.

XIV. Franchissons maintenant la crête riche en forêts de l'Apennin pour explorer attentivement, comme nous avons l'habitude de faire, le côté gauche de l'Italie, en partant de l'est.

Entrons donc par la Romagne dans cette partie de l'Italie, où nous constatons la présence de deux vulgaires qui se caractérisent par des convergences se contredisant l'une l'autre. L'un d'entre eux semble tellement féminin à cause de la souplesse de ses mots et de sa prononciation qu'un homme, eût-il une voix virile, serait pris pour une femme. C'est le propre de tous les habitants de la Romagne et en particulier de ceux de Forlì, ville qui, bien que périphérique, semble être le centre le plus important de toute cette province : ils disent *deuscì* pour affirmer et *oclo meo* et *corada*

---

1. « Dieu m'est témoin que la commune de Lucques vit dans l'abondance. » 2. « Si seulement j'avais renié Sienne. Que se passe-t-il ? » 3. « Veux-tu venir quelque part ? » 4. Guido Cavalcanti (*cf.* notamment *Enfer*, X, 60-69) ; Lapo Gianni, poète stilnoviste, contemporain et ami de Dante ; « un autre » : Dante lui-même ; Cino de Pistoia, *cf.* p. 399, note 2.

mea[1] s'ils veulent flatter quelqu'un. Nous avons toutefois appris que certains d'entre eux, tels Tommaso et Ugolino Buzzuola, tous deux de Faenza[2], en composant des poèmes, se sont écartés de leur vulgaire. Il y a aussi, comme nous l'avons dit, l'autre vulgaire, tellement piquant et hérissé que, par sa grossière âpreté, non seulement il dénature toute femme qui le parle, mais fait en sorte que tu la prendrais pour un homme, lecteur. C'est le cas de tous ceux qui disent *magara*[3], à savoir les habitants de Brescia, de Vérone et de Vicence ; et c'est le cas également des Padouans, qui mutilent par syncope tous les participes en *-tus* et les substantifs en *-tas*, comme *mercò* et *bontè*[4]. Et avec ceux-là citons les Trévisans qui, à la manière des gens de Brescia et environs, prononcent le *v* comme un *f* en tronquant les mots par apocope : par exemple *nof* au lieu de *nove* et *vif* au lieu de *vivo*, habitude très barbare que nous réprouvons.

Les Vénitiens non plus ne peuvent se considérer dignes de l'honneur de posséder le vulgaire que nous sommes en train de chercher ; et si l'un d'entre eux, prisonnier de l'erreur, s'en vantait, il n'aurait qu'à se demander s'il n'a jamais dit

Per le plaghe di Dio tu non verras[5].

Parmi tous ceux-là, nous connaissons un seul homme qui ait essayé de s'écarter du vulgaire maternel pour tendre au vulgaire courtois, et c'est Aldobrandino de Padoue[6].

Pour toutes ces raisons, le jugement que nous rendons sur les parlers qui, dans ce chapitre, ont comparu devant notre tribunal, est le suivant : ni le romagnol, ni le parler qui lui est opposé dans la manière que nous avons décrite, ni le vénitien ne sont le vulgaire illustre que nous cherchons.

XV. Essayons d'explorer rapidement le reste de la forêt italique.

Disons donc que ceux qui considèrent le parler des Bolonais le plus beau de tous ne se trompent peut-être pas, puisqu'ils accueillent dans leur vulgaire quelques éléments provenant des villes voisines, Imola, Ferrare et Modène ; et nous supposons que n'importe

---

1. « Mon Dieu, oui » ; « mon œil, mon cœur ». 2. Tommaso et Ugolino de' Manfredi, poètes de Faenza. 3. « Plût à Dieu. » 4. « Marché » ; « bonté ». 5. « Par les plaies de Dieu, tu ne verras pas. » 6. Aldobrandino dei Mezzabati.

qui peut faire cela par rapport à ses voisins, comme l'a montré Sordel[1] pour sa Mantoue natale confinant à Crémone, Brescia et Vérone : homme de tout premier ordre dans le domaine de l'éloquence, il abandonna le vulgaire de sa patrie non seulement dans ses poèmes, mais encore dans toute forme d'expression. Ainsi lesdits citoyens de Bologne empruntent-ils aux habitants de Forlì la douceur et la souplesse, à ceux de Ferrare et de Modène une certaine âpreté gutturale qui est le fait des Lombards et qui est due, croyons-nous, au mélange des autochtones avec les Longobards étrangers. Et voici la raison pour laquelle nous ne connaissons aucun poète originaire de Ferrare, de Modène ou de Reggio : habitués aux sons gutturaux, ils ne peuvent s'appliquer au vulgaire royal sans une certaine âpreté. À plus forte raison faut-il avoir le même avis sur les Parmesans, qui disent *monto* au lieu de *molto*.

Si donc les Bolonais reçoivent, comme nous venons de dire, quelque chose des deux côtés, il semble raisonnable que leur langue, tempérée par le mélange des éléments opposés que nous avons relevés, ait une louable douceur ; ce dont on ne peut douter selon nous. C'est pourquoi nous sommes volontiers d'accord avec ceux qui mettent leur vulgaire à la première place, à condition que seuls les vulgaires municipaux d'Italie soient le terme de comparaison ; si en revanche ils pensent que le vulgaire bolonais doit jouir d'une préférence absolue, nous ne sommes plus d'accord, étant d'un avis différent. Ce vulgaire n'est pas, en effet, celui que nous appelons royal et illustre ; car, s'il l'avait été, l'excellent Guido Guinizelli, Guido Ghislieri, Fabruzzo, Onesto[2] et les autres qui écrivirent en vers à Bologne — tous maîtres illustres et doués de discernement en ce qui concerne le vulgaire — ne se seraient point écartés de leur propre parler. Le grand Guido :

Madonna, 'l fino amore ch'io vi porto[3] ;

Guido Ghislieri :

Donna, lo fermo core[4] ;

---

1. *Cf. Purgatoire*, VI, 58-75. **2.** Guido Ghislieri ; Fabruzzo dei Lambertazzi (seconde moitié du XIIIᵉ siècle) ; Onesto degli Onesti (1240 environ-1301 environ). **3.** « Dame, le parfait amour que je vous porte. » **4.** « Dame, le cœur constant. »

Fabruzzo :

Lo meo lontano gire[1] ;

Onesto :

Più non attendo il tuo soccorso, amore[2].

Ce sont des paroles bien différentes de celles que l'on entend dans le centre de Bologne.

Comme nous estimons que personne n'aura de doutes quant aux autres villes situées dans les parties périphériques de l'Italie — et si quelqu'un en avait, nous le jugerions indigne de toute explication — il nous reste peu de chose à dire sur l'objectif de notre enquête. Ainsi, désireux que nous sommes de déposer notre crible, nous jetterons un rapide coup d'œil sur le reste et dirons que les villes de Trente et de Turin, de même qu'Alexandrie, sont situées si près des frontières de l'Italie qu'elles ne peuvent avoir des parlers purs ; et même si elles avaient un très beau vulgaire — alors qu'en réalité il est très laid — il serait impossible de le considérer comme un véritable italien, à cause du mélange avec d'autres langues. Donc, si le but de notre chasse est l'italien illustre, ce n'est pas dans ces villes que nous pourrons trouver ce que nous chassons.

XVI. Après avoir chassé la panthère dans les montagnes et les pâturages d'Italie sans réussir à la trouver, menons notre enquête de manière plus rationnelle pour pouvoir enfin, grâce à un travail assidu, prendre définitivement dans nos filets celle qui exhale son parfum partout et qui n'apparaît nulle part.

Reprenant donc nos épieux de chasse, disons que dans chaque espèce de choses, il doit y en avoir une qui nous offre un terme de comparaison et un critère de jugement valable pour toute l'espèce et dont nous pouvons déduire une unité de mesure ; ainsi, dans le domaine des chiffres, toutes les choses se mesurent sur la base de l'unité et sont définies plus ou moins nombreuses selon qu'elles sont plus ou moins distantes du chiffre « un », tandis que les couleurs se mesurent toutes sur la base du blanc et sont définies plus ou moins lumineuses selon qu'elles s'approchent ou s'éloignent du blanc. Et nous pensons que ce que nous venons de dire

---

1. « Mon lointain voyage. »   2. « Je n'attends plus ton secours, Amour. »

sur la quantité et sur la qualité peut se dire de n'importe quel attribut, et aussi de la substance : c'est-à-dire que n'importe quelle chose, en tant qu'elle fait partie d'une espèce, est mesurable selon ce qui, dans cette même espèce, est le plus simple. Pour cette raison, il nous faut identifier le critère pour mesurer chacune de nos actions à l'intérieur de la catégorie dans laquelle l'action elle-même peut être classée. Ainsi, si nous agissons en tant qu'êtres humains en absolu, nous avons comme critère la vertu au sens général du terme, qui nous permet de juger un individu comme étant bon ou méchant ; si nous agissons en tant que citoyens, nous avons la loi, selon laquelle un citoyen est défini bon ou mauvais ; si nous agissons en tant qu'Italiens, nous avons de très simples signes concernant les mœurs, le comportement et la langue, qui nous permettent d'évaluer et de mesurer les actions des Italiens. Mais les signes les plus nobles qui caractérisent les actions des Italiens n'appartiennent à aucune ville d'Italie en particulier et sont communes à toutes ; et on peut mettre au nombre de ces signes le vulgaire que nous étions en train de traquer et qui exhale son parfum dans chaque ville sans résider en aucune. Il peut cependant exhaler son parfum dans une ville plus intensément que dans une autre, comme la plus simple des substances, qui est Dieu, exhale son parfum dans l'homme plus que dans la bête, dans l'animal plus que dans la plante, dans celle-ci plus que dans le minéral, dans ce dernier plus que dans l'élément, dans le feu plus que dans la terre ; et la quantité la plus simple, qui est l'unité « un », exhale son parfum dans les chiffres impairs plus que dans les chiffres pairs ; et la couleur la plus simple, qui est le blanc, exhale son parfum dans le jaune plus que dans le vert.

Ayant atteint ce que nous cherchions, nous appellerons illustre, cardinal, royal et courtois (c'est-à-dire digne de la cour) le vulgaire italien qui appartient à chaque ville italienne et ne semble en même temps appartenir à aucune en particulier et qui nous fournit le critère pour mesurer, évaluer et comparer entre eux tous les vulgaires municipaux des Italiens.

XVII. Il faut maintenant expliquer d'une façon ordonnée pourquoi nous appliquons au vulgaire que nous venons d'identifier les épithètes d'illustre, cardinal, royal et courtois ; par ce moyen, nous pourrons cerner plus clairement les caractéristiques de ce vulgaire.

Expliquons d'abord ce que nous entendons par l'épithète « illustre » et pourquoi nous l'appliquons au vulgaire. Nous appelons illustre quelque chose qui illumine et qui, illuminé, resplendit ; de la même manière, nous appelons illustres certains hommes, soit parce que, ayant été illuminés par le pouvoir, ils illuminent les autres au moyen de la justice et de la charité, soit parce que, ayant été instruits excellemment, ils instruisent à leur tour excellemment, comme Sénèque et Numa Pompilius. Et le vulgaire dont nous parlons est rehaussé par la culture et le pouvoir, et rehausse ses adeptes par l'honneur et la gloire.

Il est certainement rehaussé par la culture, puisque, libéré de tant de grossiers vocables italiens, de tant de constructions embrouillées, de tant de terminaisons erronées, de tant d'accents campagnards, nous le voyons apparaître si élégant, si naturel, si parfait, si urbain comme Cino de Pistoia et son ami le montrent dans leurs chansons.

Que le pouvoir contribue à élever le vulgaire est chose évidente. Et quel plus grand signe de pouvoir que d'influencer les états d'âme des hommes au point de faire que celui qui ne veut pas veuille et que celui qui veut ne veuille pas, comme il a fait et continue à faire ?

Qu'il exalte les hommes par l'honneur est tout aussi manifeste. Ses serviteurs ne dépassent-ils pas en renommée les rois, les marquis, les comtes et les seigneurs ? À cela, il n'est point besoin de preuve. Et nous-mêmes savons bien quelle gloire il procure à ses adeptes, puisque pour la douceur de cette gloire nous n'avons cure de l'exil.

Vu ce qui précède, nous devons le proclamer, à juste titre, illustre.

XVIII. Non sans raison, nous honorons ce même vulgaire de la prestigieuse épithète de « cardinal ». En effet, comme la porte entière suit les gonds et tourne dans le même sens que les gonds, en se dirigeant soit vers l'intérieur soit vers l'extérieur, tout le troupeau des vulgaires municipaux tourne et retourne, bouge et s'arrête conformément à ce que fait le vulgaire illustre qui semble être vraiment un père de famille. N'extirpe-t-il pas quotidiennement de la forêt italique les buissons épineux ? Ne greffe-t-il pas quotidiennement les plantes et repique les plants ? Qu'est-ce que ses jardiniers s'efforcent de faire sinon d'enlever et d'ajouter ? Pour ces raisons, il mérite vraiment qu'on l'honore d'une telle épithète.

Par ailleurs, si nous l'avons défini « royal », c'est parce qu'il aurait sa place au palais royal, si nous autres Italiens en avions un. Car, si le palais est la maison commune de tout le royaume et l'auguste pilote des diverses parties de ce dernier, toute chose qui est commune à tous sans appartenir à quelqu'un en particulier doit fréquenter le palais et y habiter, et il n'y a point d'autre habitation digne d'un si prestigieux habitant : et tel est assurément le vulgaire dont il est question ici. Il en résulte que tous ceux qui fréquentent les palais royaux parlent toujours le vulgaire illustre ; et il en résulte aussi que notre vulgaire illustre erre en pays étranger et trouve hospitalité dans d'humbles asiles, car nous n'avons pas de palais royal.

Ce vulgaire doit à bon escient être défini digne de la cour, donc « courtois », car la courtoisie n'est autre chose qu'un code de comportement bien équilibré ; et puisqu'une balance capable de soupeser ce code se trouve seulement dans les cours les plus éminentes, il en dérive que tout ce qui dans notre comportement est bien soupesé est défini courtois. Donc ce vulgaire, ayant été soupesé dans la plus éminente cour d'Italie, mérite l'appellation de courtois.

Mais dire qu'il a été soupesé dans la plus éminente cour d'Italie peut sembler une plaisanterie, car nous n'avons point de cour. On peut répondre facilement. Bien qu'en Italie il n'existe aucune cour dans le sens de cour unifiée, comme celle du roi d'Allemagne, les membres dont est formée une cour ne font pas défaut ; et comme les membres de cette cour-là trouvent leur unité dans la présence d'un seul prince, les membres de celle-ci ont trouvé leur unité dans la divine lumière de la raison. Ainsi serait-il faux d'affirmer que les Italiens n'ont pas de cour parce qu'ils n'ont pas de prince, car nous possédons bel et bien une cour, quoiqu'elle soit physiquement dispersée.

XIX. Maintenant disons que ce vulgaire, qui a été défini illustre, cardinal, royal et courtois, est celui que nous appelons vulgaire italien. En effet, de même qu'il est possible de repérer un vulgaire qui est propre à Crémone, de même est-il possible d'en repérer un qui est propre à la Lombardie ; et de même qu'on en repère un qui est propre à la Lombardie, de même peut-on en repérer un qui est propre à tout le côté gauche de l'Italie ; et de même qu'on repère tous ceux-là, de même peut-on repérer celui qui est propre à l'Italie entière. Et de même que l'un appartient à Crémone, l'autre à la Lombardie et le troisième à une moitié de l'Italie, de même celui qui est de toute l'Italie doit se nommer vulgaire italien. Les maîtres illustres qui ont écrit des poèmes en Italie ont employé ce vulgaire, qu'ils soient originaires de la Sicile, de l'Apulie, de la Toscane, de la Romagne, de la Lombardie ou des deux Marches.

Et puisque notre intention est, comme nous l'avons promis au début de cet ouvrage, d'enseigner la théorie de l'éloquence vulgaire, nous prendrons le vulgaire illustre, qui est le plus éminent de tous, comme base de notre enquête : dans les livres suivants, nous allons rechercher par qui, pour quelle matière, comment, où, quand, et en s'adressant à qui ce vulgaire doit être employé. Ayant clarifié tous ces points, nous nous soucierons d'analyser les vulgaires inférieurs, en descendant graduellement jusqu'à celui qui est propre à une seule famille.

LIVRE DEUXIÈME

I. Ayons recours à la vivacité de notre esprit et reprenons la plume pour rédiger une œuvre utile. Avant toute chose, soulignons que le vulgaire illustre italien peut être correctement utilisé en prose comme en vers. Mais, puisque les prosateurs sont généralement influencés par les poètes dans l'emploi du vulgaire et que la poésie semble constituer le modèle de la prose, et non inversement, ce qui est évidemment un signe de supériorité, nous allons en premier lieu débrouiller l'écheveau de l'usage métrique, en procédant selon l'ordre que nous avons indiqué à la fin du premier livre.

Examinons d'abord si tous ceux qui écrivent des vers doivent utiliser le vulgaire illustre. À première vue, on dirait que oui, parce que quiconque écrit des vers doit les orner autant qu'il le peut ; par conséquent, puisqu'il n'y a pas d'ornement aussi excellent que le vulgaire illustre, il semble bien que chaque faiseur de vers doive l'employer. En outre, il paraît qu'une chose excellente en son genre, si elle est mêlée à des choses de moindre valeur, non seulement n'enlève rien à celles-ci, mais les rend meilleures ; donc si un versificateur, pour grossiers que soient ses vers, mêle le vulgaire illustre à sa grossièreté, non seulement il a raison, mais il semble même obligé d'agir ainsi ; ceux qui ont des aptitudes modestes ont plus besoin d'aide que ceux qui ont davantage de talent. On pourrait donc penser que tous les versificateurs ont le droit d'employer le vulgaire illustre.

Mais cela est entièrement faux, parce que même les plus excellents poètes ne doivent pas toujours l'adopter, comme nous allons le montrer par la suite. Ce vulgaire présuppose en effet des hommes qui lui ressemblent, comme c'est le cas pour tous nos mœurs et comportements : c'est ainsi que la magnificence convient aux puissants et la pourpre aux nobles ; de même, le vulgaire recherche les gens qui ont du talent et de la culture et méprise les autres, comme cela apparaîtra clairement d'après ce que nous allons dire plus loin. En effet, tout ce qui nous convient, nous convient selon le genre, l'espèce ou l'individu, comme sentir, rire, servir dans la cavalerie. Mais le vulgaire illustre ne nous convient pas selon le genre, car alors il conviendrait aussi aux bêtes, ni selon l'espèce, car il conviendrait à tous les hommes, ce qui est exclu, puisque personne ne prétendra qu'il convient aux montagnards qui s'occupent de choses rustiques ; il nous convient donc selon les individus. Mais ce qui convient aux individus dépend de leur propre dignité, par exemple être dans le commerce, servir dans la cavalerie ou exercer un pouvoir politique. Donc, si les choses qui conviennent dépendent des dignités, c'est-à-dire des hommes qui en sont dignes, et que certains sont dignes, d'autres plus dignes et d'autres encore très dignes, il est évident que ce qui est bon convient aux dignes, ce qui est meilleur aux plus dignes et ce qui est excellent aux très dignes. Et puisque la langue est l'instrument nécessaire pour exprimer ce que nous concevons, comme le cheval est nécessaire au cavalier, il en résulte que, comme les meilleurs cavaliers ont besoin des meilleurs chevaux, les idées les plus élevées auront besoin, pour être exprimées, de la langue la plus élevée. Mais les idées les plus élevées ne peuvent exister sans culture ni talent ; donc la langue la plus élevée ne convient qu'à ceux qui ont culture et talent. Ainsi la langue la plus élevée ne peut convenir à tous les versificateurs dont la plupart n'ont ni culture ni talent ; et par conséquent le meilleur vulgaire ne leur convient pas non plus. Pour cette raison, si ce dernier n'appartient pas à tout le monde, il ne faudra pas que tout le monde l'emploie, car personne ne doit agir de façon incongrue.

Il est vrai que chacun doit orner ses vers autant qu'il peut ; mais nous ne définirons pas orné un bœuf harnaché comme un cheval ni un cochon ceint d'un baudrier ; nous rirons plutôt de les voir ainsi défigurés, car on orne quelqu'un en lui attribuant quelque chose qui lui convient. L'affirmation que les choses de moindre valeur ont avantage à être mêlées à celles qui leur sont supérieures n'a de sens que si le mélange fait disparaître toute différence entre elles, comme c'est le cas, par exemple, quand nous fondons l'or avec l'argent ; mais si la différence demeure, les choses qui ont moins de valeur en perdent davantage : par exemple, quand de jolies femmes en côtoient de laides. Puisque la pensée des versificateurs, toute mêlée qu'elle soit aux paroles, n'en est pas moins distincte de celles-ci, si elle n'est pas de tout premier ordre et qu'on l'associe au plus noble vulgaire, elle perdra de la valeur au lieu d'en acquérir, telle une femme laide habillée d'or et de soie.

II. Ayant prouvé que le vulgaire illustre ne doit pas être employé par tous les versificateurs, mais seulement par les plus excellents, il faudra rechercher si on peut s'en servir pour traiter tous les thèmes ; et, si ce n'est pas le cas, indiquer un par un quels thèmes en sont dignes.

À ce propos, nous devons d'abord indiquer ce que nous entendons par le mot « digne ». Nous appelons digne ce qui a dignité, comme nous appelons noble ce qui a noblesse ; et si la connaissance de ce qui habille nous permet de connaître ce qui est habillé, une fois reconnue la dignité nous pourrons aussi connaître ce qui est digne. La dignité est l'effet ou le résultat des mérites ; ainsi, si quelqu'un a bien mérité, nous disons qu'il tend à la dignité du bien, s'il a mal mérité, à la dignité du mal, par exemple le bon combattant est destiné à la dignité de la victoire, le bon gouverneur à la dignité du gouvernement, tandis que le menteur est destiné à la vergogne et le brigand à la mort. Mais on fait des comparaisons entre les méritants et aussi entre les démérirants, dans le sens que chez certains le mérite est grand, chez d'autres il est plus grand et chez d'autres encore il est le plus grand de tous, de même que le démérite peut être grand, plus grand et le plus grand de tous ; comme ces comparaisons portent sur le résultat des actions méritoires (résultat que nous appelons dignité), il est évident que les dignités peuvent être comparées entre elles selon les catégories du « plus » et du « moins », de sorte qu'il y en a de grandes, de plus grandes et de très grandes ; il est par conséquent certain qu'il y a des choses dignes, plus dignes, très dignes. Et puisque la comparaison des dignités ne se fait pas par rapport au même objet, mais par rapport à plusieurs objets, de sorte que nous définissons plus digne ce qui est digne des choses plus grandes, et très digne ce qui est digne des choses les plus grandes, il est clair que, comme l'exige la nature, les objets excellents sont dignes de ce qu'il y a de plus excellent. Donc, puisque celui que nous appelons illustre est le meilleur de tous les vulgaires, il en résulte que seuls les thèmes les plus élevés sont dignes d'être abordés en ce vulgaire, et ce sont ces thèmes-là que nous appelons les plus dignes de tous les sujets.

Maintenant, mettons-nous à la recherche de ces sujets. Pour les reconnaître clairement, il faut savoir que l'homme suit un triple chemin parce qu'il a une âme triple, végétative, animale et rationnelle. En effet, en tant qu'être végétatif, il poursuit ce qui est utile et en cela il est proche des plantes ; en tant qu'animal, il poursuit ce qui est agréable, de manière analogue aux bêtes ; en tant qu'être rationnel, il poursuit ce qui est honnête, et en cela il est le seul, ou bien il participe de la nature des anges. Il est évident que tout ce que nous faisons, nous le faisons en vue de ces trois buts ; et puisque, dans chacun d'entre eux, il y a des choses qui sont plus importantes que d'autres et qu'il y en a aussi qui sont les plus importantes de toutes, il est évident que ces dernières doivent être traitées de la manière la plus noble et par conséquent en employant le vulgaire le plus noble.

Mais il nous faut d'abord voir quelles sont les choses les plus importantes. Et d'abord en ce qui concerne l'utile : si nous considérons attentivement le but de tous ceux qui cherchent l'utilité, nous constaterons que c'est la sécurité matérielle. Deuxièmement, en ce qui concerne l'agréable, nous dirons que la chose la plus agréable est l'objet de notre plus précieux désir, c'est-à-dire l'amour. Troisièmement, en ce qui concerne l'honnêteté, nul doute que ce ne soit la vertu. Pour ces raisons, le style le plus élevé conviendra à ces trois thèmes, la sécurité, l'amour et la vertu, ainsi qu'aux motifs qui leur sont proches, tels les gestes guerrières, l'ardeur amoureuse et la droiture de la volonté. Si nos souvenirs sont exacts, seuls ces trois thèmes ont été traités en vulgaire par les plus illustres poètes, à savoir Bertran de Born[1] pour les armes, Arnaut Daniel[2] pour l'amour et Guiraut de Borneil[3] pour la droiture, Cino de Pistoia[4] pour l'amour, son ami pour la droiture. En effet, Bertran dit :

Non posc mudar c'un cantar non exparia[5] ;

Arnaut :

L'aura amara

---

1. *Cf. Enfer*, XXVIII, 118-142. 2. *Cf. Purgatoire*, XXVI, 136-148. 3. *Cf.* p. 396, note 1. 4. *Cf.* p. 399, note 2 ; « son ami » : Dante lui-même. 5. « Je ne peux m'empêcher d'entonner un chant. »

> *fa'l bruol brancuz*
> *clarzir*[1] ;

Guiraut :

> *Per solaz reveilar*
> *che s'es trop endormiz*[2] ;

Cino :

> *Digno sono eo di morte*[3] ;

son ami :

> *Doglia mi reca ne lo core ardire*[4].

En revanche, je n'ai trouvé aucun Italien qui ait chanté les armes. Ayant vu tout cela, il n'y a pas de doute quant aux thèmes que l'on peut chanter dans le plus noble des vulgaires.

III. Maintenant, essayons de rechercher soigneusement quelle est la forme métrique la plus appropriée pour traiter les thèmes dignes d'un tel vulgaire.

Si nous voulons donc identifier la forme métrique digne de ces thèmes, rappelons d'abord que les poètes vulgaires ont utilisé dans leurs œuvres plusieurs formes, chansons, ballades, sonnets et autres sans règles ni lois, comme nous le démontrerons plus loin. Nous considérons la chanson comme la plus excellente de toutes ces formes ; donc si, comme il a été démontré précédemment, les choses excellentes sont dignes de ce qui est également excellent, les thèmes dignes du plus excellent des vulgaires sont dignes de la forme métrique la plus excellente et doivent par conséquent être traités en chanson.

Nous pouvons prouver par plusieurs arguments que la chanson mérite le rang que nous lui avons attribué. D'abord parce que, bien que tout ce que nous écrivons en vers soit une sorte de chanson, la chanson seule a reçu cette dénomination, ce qui ne se serait pas produit sans l'appui d'un usage ancien. En outre : toute chose qui atteint ses buts par ses propres moyens est évidemment plus noble

---

1. « L'air piquant éclaircit les bois riches en branches. » 2. « Pour réveiller la joie qui s'est trop endormie. » 3. « Je suis digne de mort. » 4. « Une douleur rend mon cœur hardi » : citation de Dante lui-même.

que celle qui a besoin d'une aide extérieure ; et les chansons accomplissent seules leurs tâches, ce qui n'est pas le cas pour les ballades qui ont besoin des danseurs, pour lesquels elles ont été composées ; il faut donc en déduire que les chansons sont plus nobles que les ballades et que par conséquent leur forme métrique est la plus noble, car personne ne doutera que les ballades à leur tour dépassent en noblesse les sonnets. Encore : il est évident que les choses qui font davantage honneur à leurs créateurs sont plus nobles que les autres ; or, les chansons font plus honneur à leurs créateurs que les ballades, donc elles sont plus nobles que les ballades et par conséquent leur forme métrique est la plus noble. Ensuite : les objets les plus nobles sont conservés avec plus de soin ; or, parmi les poèmes, ce sont les chansons qui sont conservées avec le plus de soin, comme tous ceux qui ont une certaine familiarité avec les livres le savent bien ; donc, les chansons sont les plus nobles et par conséquent leur forme métrique est la plus noble. De plus : parmi les choses faites selon un art, la plus noble est celle qui comprend tout l'art concerné ; or, puisque les poèmes sont des œuvres d'art et que seulement dans les chansons l'art poétique est entièrement présent, il en résulte que les chansons sont très nobles et que leur forme métrique est la plus noble. Et que tout l'art poétique soit présent dans les chansons, on le voit bien en ceci, que tous les procédés artistiques qu'on retrouve dans les autres formes peuvent être retrouvés aussi dans les chansons, mais non vice versa. Nous avons d'ailleurs devant nos yeux un signe évident de ce que nous sommes en train d'affirmer : seulement dans les chansons on retrouve tout ce qui du sommet des têtes des poètes illustres coula jusqu'à leurs lèvres.

Il est donc clair que les sujets qui sont dignes du plus noble vulgaire doivent être traités en chanson.

IV. Puisque nous nous sommes efforcé de résoudre quelques problèmes — quels poètes et quels sujets sont dignes du vulgaire royal et quelle forme métrique nous estimons digne de l'honneur de convenir au plus haut vulgaire —, expliquons maintenant la forme de la chanson, que certains pratiquent au hasard plutôt qu'en respectant les règles de l'art ; et puisque certains ont suivi le hasard, ouvrons en revanche l'atelier de l'art, en laissant de côté les formes de la ballade et du sonnet, car nous avons l'intention de les analyser dans le quatrième livre de cet ouvrage, là où nous parlerons du vulgaire moyen.

En revenant sur ce que nous avons dit précédemment, nous nous rappelons avoir souvent défini poètes ceux qui écrivent des vers en vulgaire ; sans doute avons-nous eu raison de le faire, parce que ce sont certainement des poètes, si on considère correctement la poésie, qui n'est autre chose que fiction exprimée selon les règles de la rhétorique et de la musique. Ils diffèrent cependant des grands poètes, c'est-à-dire des poètes réguliers, car ceux-ci se sont servis d'une langue et d'une technique régulières, tandis que les autres ont plutôt suivi le hasard, comme il a été dit. Par conséquent, plus nous imiterons de près les poètes réguliers, plus nos poèmes seront composés correctement. Quant à nous, puisque notre but est donc d'écrire une œuvre savante, leurs savants arts poétiques devront être l'objet de notre émulation.

Avant toute chose, disons que chacun doit adapter le poids de la matière à ses propres épaules, car si celles-ci sont trop chargées, il finira par trébucher et se retrouver dans la boue ; c'est ce qu'enseigne notre maître Horace quand il dit, au début de son *Art poétique* : « Choisissez une matière[1]. »

Ensuite, nous devons décider s'il faut adopter le ton tragique, comique ou élégiaque pour chanter les thèmes susceptibles d'être traités en vers. Nous appelons tragédie le style supérieur, comédie le style inférieur tandis que par élégie nous entendons le style des malheureux. S'il semble que la matière doive être chantée en style tragique, il faudra employer le vulgaire illustre et par conséquent lier entre elles les parties de la chanson. Si en revanche il s'agit d'une matière comique, nous utiliserons parfois le vulgaire moyen, parfois le vulgaire humble ; nous nous réservons de montrer la différence entre ces deux vulgaires dans le quatrième livre du présent ouvrage. Enfin, si le sujet est élégiaque, il faudra adopter uniquement le vulgaire humble.

Mais occupons-nous maintenant, comme il convient, du style tragique et laissons les autres de côté. Il est évident que le style est tragique quand la solennité des vers, l'élégance de la construction et l'excellence des mots coexistent avec la profondeur de la pensée. Puisque nous avons démontré, souvenons-nous-en, que les choses

---

1. Horace, *Art poétique*, 38-39.

les plus hautes sont dignes de ce qui est le plus haut, et que celui que nous appelons tragique est le plus haut parmi les styles, il en résulte que seul ce style convient aux thèmes qui doivent être chantés au plus haut niveau, à savoir sécurité, amour et droiture et toute matière appartenant à ces trois domaines, pourvu que leur valeur ne soit diminuée par un accident quelconque.

Que chacun donc aborde avec circonspection et discernement l'objet dont nous parlons ; et quand il voudra chanter ces trois thèmes dans leur pure essence ou les matières qui en dérivent directement et sans interférences inadéquates, il pourra commencer à manier avec assurance le plectre seulement après avoir bu les eaux de l'Hélicon et tendu au plus haut les cordes de sa lyre. Mais apprendre comme il convient cette circonspection et ce discernement requiert effort et travail, car on ne peut atteindre ce but sans la force du talent, la maîtrise de la technique et l'étendue de la culture. Et ceux qui ont ces dons sont ceux que le Poète, dans le sixième livre de l'*Énéide*, tout en parlant au figuré, appelle bien-aimés de Dieu, élevés au ciel par leur ardente vertu, enfants des dieux[1]. Et ainsi sera réfutée la sottise de ceux qui, ignorant la technique et la culture et se fiant uniquement au talent, s'emparent des hauts thèmes que l'on doit chanter dans le style le plus haut ; qu'ils abandonnent une telle présomption et, si la nature ou l'indolence les ont faits semblables aux oies, qu'ils ne prétendent pas imiter l'aigle qui vole vers les astres.

V. En ce qui concerne la profondeur de la pensée, il nous semble avoir assez dit, ou au moins avoir dit tout ce qui est essentiel à notre ouvrage ; hâtons-nous donc de nous occuper de la solennité des vers.

À ce sujet, il faut savoir que nos prédécesseurs ont fait usage, dans leurs chansons, de vers de différente longueur ; et les contemporains en font de même ; mais nous n'avons trouvé personne qui, en ce qui concerne le nombre des syllabes, ait été en dessus de onze ou en dessous de trois. Et bien que les poètes italiens aient employé le vers trisyllabe et l'hendécasyllabe ainsi que tous les vers intermédiaires, les plus fréquents sont le pentasyllabe, l'hepta-

---

1. *Énéide*, VI, 129-131.

syllabe et l'hendécasyllabe, et après ceux-ci le trisyllabe avant tous les autres.

Parmi tous ces vers, le plus noble est évidemment l'hendécasyllabe, tant par l'ampleur rythmique que par les possibilités expressives qu'il offre à la pensée, à la construction et aux mots ; et la beauté de ces éléments se multiplie dans l'hendécasyllabe, comme cela apparaîtra clairement ; car, partout où on multiplie les choses qui ont une valeur, on multiplie aussi la valeur en tant que telle. Et tous les maîtres de poésie semblent bien en avoir tenu compte et avoir commencé les chansons illustres par un hendécasyllabe, comme Guiraut de Borneil :

Ara ausirez encabalitz cantarz[1]

(vers qui, bien qu'il semble un décasyllabe, est en réalité un hendécasyllabe : en effet, les deux consonnes finales ne font pas partie de la syllabe précédente et, tout en n'étant pas unies à une voyelle, gardent leur valeur syllabique ; preuve en est le fait que la rime se fait avec une seule voyelle, ce qui ne serait pas possible si ce n'était en vertu d'une autre voyelle sous-entendue) ;

le roi de Navarre :

De fin amor si vient sen et bonté[2]

(où, si on considère l'accent et sa raison d'être, on verra bien que c'est un hendécasyllabe) ;

Guido Guinizelli :

Al cor gentil repara sempre amore[3] ;

le juge des Colonnes de Messine :

Amor, che lungiamente m'hai menato[4] ;

Rinaldo d'Aquino :

Per fino amore vo sì letamente[5] ;

---

1. « Maintenant vous entendrez des chants parfaits. » 2. « D'un parfait amour dérivent sagesse et bonté. » 3. « L'amour réside toujours en un cœur noble. » 4. « Amour, qui m'as longuement gouverné. » 5. « Un amour parfait me rend si joyeux. »

Cino de Pistoia :

Non spero che giamai per mia salute[1] ;

son ami :

Amor, che movi tua virtù da cielo[2].

Bien que le vers dont nous venons de parler soit le plus célèbre de tous, comme il le mérite, il paraît encore plus brillant et solennel quand il est associé à l'heptasyllabe, pourvu qu'il ait la priorité sur ce dernier. Mais ce point sera élucidé plus loin. Et disons que l'heptasyllabe vient immédiatement après celui qui est le plus célèbre. Suivent, dans l'ordre, le pentasyllabe et le trisyllabe. Le vers de neuf syllabes ne fut jamais en honneur ou tomba en désuétude parce qu'il est une sorte de triple trisyllabe et semble plutôt monotone. Par ailleurs, nous nous servons très rarement des parisyllabes à cause de leur grossièreté ; effectivement, ils ont la nature des nombres pairs, qui sont inférieurs aux nombres impairs comme la matière à la forme.

Ainsi, si nous résumons ce qui a été dit, il est manifeste que l'hendécasyllabe est le vers le plus solennel ; et c'est ce que nous cherchions à établir. Il nous reste maintenant à mener une enquête sur l'élégance des constructions et sur l'excellence des mots ; et enfin, ayant préparé verges et cordes, nous enseignerons de quelle manière il faut lier le faisceau que nous avons promis, c'est-à-dire la chanson.

VI. Puisque le vulgaire illustre est le plus noble parmi tous les vulgaires, seuls en sont dignes les trois thèmes que nous avons identifiés plus haut ; pour traiter ces thèmes, nous avons choisi la chanson, forme métrique excellente, et nous avons aussi, pour mieux en enseigner l'usage, donné quelques indications sur le style et sur le vers ; il est donc temps de nous occuper de la construction.

Il faut savoir en effet que nous appelons construction une suite de mots disposés selon des règles déterminées, comme par exemple « *Aristotiles phylosophatus est tempore Alexandri*[3] ». Nous avons ici cinq mots disposés de manière régulière et qui forment

---

1. « Je n'espère que jamais pour mon salut. » 2. « Amour, dont la vertu a jailli du ciel. » 3. « Aristote philosopha au temps d'Alexandre. »

une construction unitaire. À ce propos, il faut d'abord considérer que parmi les constructions il y en a de congrues et d'incongrues. Une construction incongrue, qui ne se situe même pas au degré le plus bas de l'échelle des valeurs, ne pourra en aucun cas constituer l'objet de notre recherche, car cette dernière, si l'on se réfère aux critères fondamentaux de notre classification, n'aura pour objet que les choses suprêmes. Honte donc, honte aux ignorants qui osent sans cesse se mesurer avec les chansons et qui sont aussi ridicules qu'un aveugle qui prétendrait distinguer les couleurs. C'est évidemment la construction congrue que nous sommes en train de rechercher.

Mais avant d'atteindre notre but, c'est-à-dire une construction caractérisée par une parfaite urbanité, nous devons tenir compte d'une classification non moins difficile à établir, car il existe plusieurs degrés de construction. Il y a une construction insipide, propre aux débutants, comme « *Petrus amat multum dominam Bertam*[1] ». Il y en a une qui est simplement savoureuse et qui appartient aux étudiants et aux maîtres les plus sévères, comme « *Piget me cunctis pietate maiorem, quicunque in exilio tabescentes patriam tantum sompniando revisunt*[2] ». Il y a aussi une construction savoureuse et gracieuse pratiquée par ceux qui ne maîtrisent que superficiellement l'art de la rhétorique, comme « *Laudabilis discretio marchionis Estensis, et sua magnificencia preparata, cunctis illum facit esse dilectum*[3] ». Il y a enfin une construction savoureuse et gracieuse, mais aussi sublime, qui est le propre des écrivains les plus illustres, comme « *Eiecta maxima parte florum de sinu tuo, Florentia, nequicquam Trinacriam Totila secundus adivit*[4] ». Voilà le degré de construction que nous appelons excellent : c'est celui que nous disions rechercher dans notre poursuite des choses suprêmes.

C'est dans cette étoffe seulement que sont tissées les chansons illustres, comme celle de Guiraut :

Si per mos Sobretos non fos[5] ;

---

1. « Pierre aime beaucoup dame Berthe. » **2.** « J'ai pitié, plus qu'aucun autre homme, de tous ceux qui, languissant en exil, peuvent revoir leur patrie seulement en rêve. » **3.** « La louable discrétion du marquis d'Este et sa libéralité étalée le rendent cher à tout le monde. » **4.** « Ayant arraché de ton sein, Florence, la plus grande partie des fleurs, le second Totila alla en vain en Trinacrie. » **5.** « Si ce n'était pour mon souverain. »

Folquet de Marseille :

Tan m'abellis l'amoros pensamen[1] ;

Arnaut Daniel :

Sols sui che sai lo sobraffan ch'em sorz[2] ;

Aimeric de Belenoi :

Nuls hom non pot complir addreciamen[3] ;

Aimeric de Péguilhan :

Si con l'arbres che per sobrecarcar[4] ;

le roi de Navarre :

Ire d'amor que en mon cor repaire[5] ;

le juge de Messine :

Ancor che l'aigua per lo foco lassi[6] ;

Guido Guinizelli :

Tegno de folle empresa a lo ver dire[7] ;

Guido Cavalcanti :

Poi che di doglia cor conven ch'io porti[8] ;

Cino de Pistoia :

Avegna che io aggia più per tempo[9] ;

son ami :

Amor che ne la mente mi ragiona[10].

---

1. « Tant me plaît la pensée amoureuse » : citation de Folquet de Marseille (*cf. Paradis*, IX, 37-40 ; 67-108). 2. « Je suis seul à connaître le chagrin qui me ronge. » 3. « Aucun homme ne peut accomplir parfaitement » : citation d'Aimeric de Belenoi, qui écrivit entre 1217 et 1242. 4. « Comme l'arbre surchargé » : citation d'Aimeric de Péguilhan, poète toulousain du début du XIIIe siècle. 5. « Chagrin d'amour qui s'installe dans mon cœur. » 6. « Bien que l'eau, à cause du feu, perde [sa froideur]. » 7. « Je pense, à vrai dire, que c'est une folle entreprise. » 8. « Puisqu'il faut que j'éprouve de la douleur au cœur. » 9. « Bien que j'aie demandé à temps. » 10. « Amour qui parle en mon esprit. »

Ne t'étonne pas, lecteur, si nous avons rappelé à ta mémoire tant d'auteurs, car nous ne pouvons décrire la construction que nous appelons suprême qu'en faisant recours à des exemples de ce type. Et pour assimiler entièrement cette construction, il serait peut-être très utile de consulter les poètes réguliers, tels Virgile, Ovide et ses *Métamorphoses*, Stace et Lucain, ainsi que les grands maîtres de la prose, comme Tite-Live, Pline, Frontin, Paul Orose et tant d'autres qu'un zèle amical nous pousse à fréquenter. Que les adeptes de l'ignorance cessent donc d'exalter Guittone d'Arezzo et ses semblables, dont le lexique et les constructions sont marqués par l'usage de la plèbe.

VII. La suite de notre démarche exige que nous abordions l'analyse des vocables magnifiques, dignes d'appartenir au style le plus élevé.

Soulignons d'abord qu'il ne sera pas facile de classer les vocables selon des critères rationnels, car on peut en repérer plusieurs espèces. En effet, nous pouvons ressentir certains mots comme enfantins, d'autres comme féminins, d'autres encore comme virils ; parmi ces derniers, les uns nous semblent rustiques, les autres urbains ; et parmi ceux que nous appelons urbains, certains nous paraissent bien peignés et lisses, d'autres frisés et hérissés. Nous appelons magnifiques les mots bien peignés et frisés, tandis que les mots lisses et hérissés nous semblent excessivement sonores ; de même que les grands ouvrages se distinguent d'après leur style, sublime chez certains et fumeux chez d'autres. Chez ces derniers, un observateur superficiel pourra remarquer un certain progrès vers le haut, mais, dès que le clivage bien défini de la vertu est franchi, tous ceux qui savent raisonner correctement s'apercevront que ce n'est pas une montée, mais bien plutôt une chute le long du versant opposé.

Examine donc attentivement, lecteur, tout ce qu'il faut vanner pour séparer le bon grain de l'ivraie ; car, si tu prends en considération le vulgaire illustre — qui seul convient, comme nous l'avons dit plus haut, aux poètes tragiques en langue vulgaire, ceux-là mêmes que nous voulons former — tu garderas dans ton van seulement les mots les plus nobles. Parmi lesquels tu ne rangeras point les enfantins à cause de leur simplicité, comme *mamma* et *babbo*, *mate* et *pate*¹, ni les féminins à cause de leur mollesse, comme *dulciada* et *piacevole*², ni les rustiques à cause de leur âpreté, comme *greggia* et *cetra*³, ni les urbains lisses et hérissés, comme *femina* et *corpo*⁴. Tu verras donc que seuls seront retenus les mots bien peignés et frisés, qui sont très nobles et constituent le nerf du vulgaire illustre. Nous définissons bien peignés les mots de trois syllabes ou proches de ce nombre, sans *h* initial, sans accent aigu ni circonflexe, sans les doubles consonnes *z* ou *x*, sans liquides redoublées ni placées immédiatement après une muette, donc les mots qui sont pour ainsi dire poncés et qui donnent à celui qui les prononce une impression de douceur, comme *amore, donna, disio, virtute, donare, letitia, salute, securtate, defesa*⁵.

À côté de cette catégorie, nous définissons frisés tous les vocables qui sont indispensables au vulgaire illustre ou qui peuvent lui servir d'ornement. Et nous appelons indispensables tous les mots que nous ne pouvons éviter, tels *sì, no, me, te, se, a, e, i, o, u'*⁶, les interjections et tant d'autres. Par ailleurs, il y a des mots qui ont une fonction ornementale : ce sont des polysyllabes qui, mêlés aux mots bien peignés, assurent l'harmonie de l'ensemble, bien qu'ils aient une certaine âpreté, due à l'aspiration, à l'accent, aux doubles consonnes, aux liquides ou encore à la longueur, comme *terra, honore, speranza, gravitate, alleviato, impossibilità, impossibilitate, benaventuratissimo, inanimatissimamente, disaventuratissimamente, sovramagnificentissimamente*⁷, qui est un hendécasyllabe. On peut encore trouver un mot ayant un nombre de syllabes plus élevé, mais puisqu'il est plus long que n'importe quel vers, il ne concerne pas notre sujet : c'est le cas du célèbre *honorificabilitudinitate*⁸, qui a douze syllabes en vulgaire et qui en latin peut en atteindre même treize dans deux cas obliques.

Nous nous réservons de revenir plus loin sur la voie à suivre pour obtenir dans les vers un équilibre harmonieux entre les mots frisés et les mots bien peignés. Pour l'instant, ce que nous avons dit sur les mots sublimes doit suffire à tous ceux qui ont un discernement inné.

---

1. « Maman » ; « papa ». 2. « Douce » ; « plaisante ». 3. « Troupeau » ; « cithare ». 4. « Femme » ; « corps ». 5. « Amour, dame, désir, vertu, donner, joie, salut, sûreté, défense ». 6. « Oui, non, moi, toi, soi, à, et, les, ou, où ». 7. « Terre, honneur, espoir, gravité, allégé, impossibilité [deux fois], très fortuné, très inanimément, très malheureusement, magnifiquement au plus haut degré ». 8. « Honorabilité ».

VIII. Il est temps de lier le faisceau pour lequel nous avons préparé les verges et les cordes. Mais puisque, dans tout ouvrage, la théorie doit précéder la pratique, de même qu'il faut regarder la cible avant de lancer une flèche ou un javelot, voyons avant toute chose quel est le faisceau que nous voulons lier.

Or ce faisceau, si l'on se souvient bien de tout ce que nous avons dit précédemment, est la chanson. Voyons donc ce qu'est la chanson et ce que nous entendons par ce mot. La chanson est, comme son nom l'indique, l'acte de chanter, aussi bien du point de vue actif que passif, comme la lecture est l'acte de lire, passif ou actif. Pour expliquer cette distinction entre point de vue actif et passif, il faut considérer que l'on peut interpréter le mot « chanson » en deux sens : au sens actif puisqu'elle est composée par son auteur — et c'est ainsi que Virgile dit dans le premier livre de l'*Énéide* « *Arma virumque cano*[1] » — et au sens passif puisque, une fois composée, elle peut être récitée par son auteur ou par n'importe qui, avec ou sans mélodie. Dans le premier cas elle est l'objet d'une action, dans le second elle en est le sujet, car dans le premier cas c'est quelqu'un (le poète) qui agit sur la chanson, dans le second c'est la chanson qui agit sur quelqu'un (l'auditeur). Et puisqu'elle est faite avant d'agir elle-même, il paraît opportun, voire nécessaire, de la nommer en tant qu'elle est l'objet de l'action de quelqu'un et non pas en tant qu'elle est le sujet d'une action sur les autres. Preuve en est que la phrase « C'est une chanson de Pierre » ne signifie pas que Pierre la récite, mais qu'il l'a composée.

On doit en outre discuter si l'on appelle « chanson » une série de mots harmonieusement composés ou la mélodie elle-même. À ce propos, disons que la mélodie n'est jamais appelée « chanson », mais plutôt « son », « ton », « note » ou « chant ». En effet, aucun joueur de flûte, d'orgue ou de cithare n'appelle sa mélodie « chanson », sauf si elle est pour ainsi dire mariée à une chanson écrite ; mais ceux qui composent des paroles harmonieusement rythmées appellent leurs ouvrages « chansons » et nous donnons par conséquent ce nom à une suite de mots confiés à des feuillets, même si personne ne les récite. Il en résulte qu'une chanson n'est rien d'autre qu'une action accomplie par quelqu'un qui écrit des paroles harmonieusement rythmées en vue d'une mélodie ; c'est pourquoi nous allons

---

1. *Énéide*, I, 1 : « Je chante l'homme et les armes. »

employer le terme de « chanson » aussi bien pour les chansons elles-mêmes, dont nous parlons spécifiquement ici, que pour les ballades, pour les sonnets et pour toutes paroles harmonieusement rythmées dans n'importe quelle forme métrique, en langue vulgaire et en langue régulière (c'est-à-dire en latin). Mais puisque nous parlons seulement des œuvres vulgaires, laissant de côté les latines, nous dirons que parmi les poèmes vulgaires il y en a un qui est suprême et que nous appelons la chanson par excellence ; et que la chanson soit vraiment quelque chose de suprême, nous l'avons démontré dans le troisième chapitre de ce livre. Et puisque la définition que nous avons donnée concerne plusieurs sortes de poèmes, il nous faut souligner les différences qui nous permettront de mieux cerner l'objet qui nous intéresse. Disons que la chanson par excellence, qui constitue le but de notre recherche, est une composition en style tragique, ayant unité de pensée et formée de stances égales sans refrain, comme nous l'avons montré en écrivant

Donne che avete intelletto d'amore[1].

Nous avons dit « composition en style tragique » parce que, s'il s'agissait de style comique, nous ferions usage du diminutif « chansonnette » : nous reparlerons de cela dans le quatrième livre du présent ouvrage.

Le sens du mot « chanson », aussi bien en général qu'en particulier, est maintenant acquis, car nous avons assez clairement montré ce que nous entendons par ce mot et quel est le faisceau que nous avons l'intention de lier.

IX. Puisque, comme nous l'avons dit, la chanson est une composition formée de stances en style tragique, si l'on ignore ce qu'est une stance on ignore forcément ce qu'est la chanson, car la définition d'une chose résulte de la connaissance des traits qui la composent ; par conséquent, il nous faudra parler de la stance, pour établir ce qu'elle est et ce que nous entendons par ce nom.

À ce propos, il faut savoir que le mot « stance » a été choisi en se référant seulement à l'art poétique, parce qu'on a donné à la structure qui contient tout l'art de la chanson le nom de « stance », c'est-à-dire chambre spacieuse capable de contenir l'art tout entier. En

---

1. « Dames qui avez entendement d'amour. »

effet, de même que la chanson est le giron de la pensée, de même la stance est le giron dans lequel l'art est conçu ; les procédés techniques adoptés dans la première stance doivent être repris dans les suivantes et dans celles-ci il ne faut pas en introduire de nouveaux Il en résulte clairement que la stance sera le giron ou l'assemblage de tous les éléments qui confèrent à la chanson son niveau artistique ; une fois ceux-ci identifiés, la définition que nous cherchons ressortira clairement.

Il semble donc que tout l'art de la chanson consiste en trois choses : en premier lieu dans la composition musicale, deuxièmement dans la disposition proportionnée des parties et troisièmement dans le nombre des vers et des syllabes. Nous ne parlons pas de la rime parce qu'elle ne concerne pas exclusivement l'art de la chanson. Il est en effet permis soit de changer les rimes à chaque stance, soit de les répéter à son gré, ce qui ne serait aucunement possible si la rime était une composante de l'art spécifique de la chanson, comme nous l'avons déjà dit. S'il importe de respecter quelques règles techniques de la rime, cet aspect peut être rangé sous l'étiquette « disposition proportionnée des parties ».

Cela dit, nous disposons maintenant de toutes les données nécessaires pour définir ainsi la stance : un ensemble de vers et de syllabes, réglé par un sens musical déterminé et par une disposition bien proportionnée.

X. Tout en sachant que l'homme est un animal doué de raison et qu'un animal a une âme sensitive et un corps, nous ne pouvons avoir de l'homme une connaissance totale si nous ignorons ce que sont réellement cette âme et ce corps ; une connaissance parfaite d'une chose, quelle qu'elle soit, doit inclure tous les éléments de celle-ci, comme l'atteste le Maître des Savants[1] au début de sa *Physique*. Par conséquent, pour acquérir la connaissance totale de la chanson que nous souhaitons atteindre, il nous faudra examiner sommairement les éléments qui permettent de définir les critères qui définissent à leur tour la chanson : il s'agira donc d'analyser d'abord la mélodie, ensuite la disposition harmonieuse et enfin les vers et les syllabes.

---

1. Aristote ; *cf.* Dante, *Banquet*, III, XI.

Disons donc que toutes les stances sont harmonieusement prédisposées à s'adapter à une mélodie, mais qu'elles diffèrent entre elles quant aux formes qu'elles peuvent prendre. Certaines peuvent en effet avoir jusqu'à la fin une seule mélodie continue, c'est-à-dire sans répétition et sans *diesis* — et nous appelons *diesis* (c'est-à-dire pause) le point où l'on passe d'une mélodie à l'autre (en parlant aux profanes, nous emploierons plutôt le mot *volta*). Arnaut Daniel a utilisé ce type de stance dans presque toutes ses chansons et nous-mêmes l'avons suivi en chantant

Al poco giorno e al gran cerchio d'ombra[1].

D'autres stances connaissent la *diesis*; et il ne peut y avoir de *diesis*, dans le sens que nous donnons à ce mot, sans la répétition d'une même mélodie, soit avant la *diesis*, soit après, soit dans les deux parties. Si la répétition se fait avant la *diesis*, nous dirons que la stance a des *pedes*, en général deux ou, beaucoup plus rarement toutefois, trois. Si en revanche elle se situe après la *diesis*, nous dirons que la stance a des *versus*. Si la répétition manque avant la *diesis*, nous dirons que la stance a une *frons*, si elle manque après la *diesis*, nous dirons qu'elle a une *sirma*, c'est-à-dire une queue.

Tu vois bien, lecteur, quelle liberté est laissée aux auteurs des chansons ; considère donc pourquoi l'usage permet une si grande licence poétique : si la raison te conduit sur le droit chemin, tu comprendras que cette liberté s'appuie seulement sur l'autorité des modèles.

Il apparaîtra donc clairement dans quelle mesure la mélodie contribue à configurer l'art de la chanson ; nous pouvons ainsi passer à la disposition des parties.

XI. Ce que nous appelons disposition bien proportionnée est l'aspect principal de l'art, car elle consiste dans la subdivision de la mélodie, dans l'enchaînement des vers et dans le rapport entre les rimes : c'est pourquoi il faut traiter ce point avec le plus grand soin.

Soulignons en premier lieu qu'à l'intérieur de la stance, il y a plusieurs manières d'établir les rapports réciproques entre la *frons* et le *versus*, entre les *pedes* et la *sirma* ou queue et entre les *pedes* et le *versus*. Dans certains cas, en effet, le nombre des syllabes et

---

1. Voir *Rimes*, CI, v. 1, p. 154.

des vers de la *frons* dépasse ou peut dépasser celui du *versus* ; et nous disons « peut » parce que nous n'avons jamais vu ce type de disposition. Parfois, la *frons* peut dépasser le *versus* en nombre de vers et en être dépassée en nombre de syllabes : on pourrait par exemple imaginer une *frons* de cinq heptasyllabes et deux *versus* de deux hendécasyllabes chacun. Ailleurs, ce sont les *versus* qui dépassent la *frons* en nombre de syllabes et de vers, comme par exemple dans notre poème :

Traggemi de la mente amor la stiva[1] :

la *frons* avait quatre vers, dont trois hendécasyllabes et un heptasyllabe, ce qui empêchait une subdivision en *pedes*, puisque les *pedes*, comme d'ailleurs les *versus*, doivent avoir le même nombre de vers et de syllabes. Et ce que nous affirmons au sujet de la *frons*, nous pouvons le répéter pour les *versus* qui pourraient dépasser la *frons* en nombre de vers et en être dépassés en nombre de syllabes ; par exemple s'il y avait deux *versus* de trois heptasyllabes chacun, avec une *frons* de cinq vers dont deux hendécasyllabes et trois heptasyllabes.

Parfois les *pedes* dépassent la queue en nombre de vers et de syllabes, comme là où nous chantions

Amor, che movi tua virtù dal cielo[2].

Et parfois les *pedes* sont dépassés par la *sirma* en toute chose, comme là où nous chantions

Donna pietosa e di novella etate[3].

Au sujet de la *sirma*, nous pouvons dire la même chose que pour la *frons*, c'est-à-dire que le nombre des vers peut être supérieur et celui des syllabes inférieur, et vice versa.

Enfin, le nombre des *pedes* peut être supérieur ou inférieur à celui des *versus*, car une stance pourrait avoir trois *pedes* et deux *versus*, ou bien trois *versus* et deux *pedes* ; et il n'est pas défendu de dépasser cette limite, car on peut librement enchaîner *pedes* et *versus* en nombre supérieur. Et nous pouvons répéter pour les *pedes* et les

---

1. « L'amour dirige mon esprit comme le manche la charrue. » 2. « Amour qui tires ta vertu du ciel. » 3. « Dame miséricordieuse et jeune. »

versus ce que nous avons constaté pour les vers et les syllabes : ils peuvent tout aussi bien être plus ou moins nombreux.

Il ne faut pas oublier de souligner que nous employons le mot *pedes* dans un sens contraire à celui des poètes latins, pour qui un vers est formé de *pedes*, tandis que nous disons qu'un *pes* est formé de vers, comme il résulte assez clairement de ce que nous venons de dire. Il ne faut pas non plus oublier de souligner à nouveau que les *pedes* d'une stance doivent avoir le même nombre de vers et de syllabes et la même disposition, car autrement on n'obtiendrait pas la répétition de la mélodie. Et la même règle doit être respectée dans les *versus*.

XII. En enchaînant les vers, notre objectif doit être, comme nous l'avons déjà dit, une disposition bien proportionnée ; nous allons donc établir des règles, en rappelant d'abord ce que nous avons dit précédemment au sujet des vers.

Dans notre langue, trois vers sont beaucoup plus fréquents que les autres : ce sont l'hendécasyllabe, l'heptasyllabe et le pentasyllabe, suivis de près par le trisyllabe, comme nous l'avons indiqué plus haut. Parmi ceux-ci, c'est l'hendécasyllabe qui, grâce à son excellence, mérite la première place, si nous essayons d'écrire en style tragique. Il y a en effet un type de stance qui aime à être composé uniquement d'hendécasyllabes, comme dans la célèbre chanson de Guido de Florence :

Donna me prega, perch'io voglio dire[1] ;

et nous avons fait de même :

Donne ch'avete intelletto d'amore[2].

Les Espagnols aussi ont fait usage de ce procédé ; et j'appelle Espagnols ceux qui ont écrit en langue d'*oc* (c'est-à-dire les Provençaux), comme Aimeric de Belenoi :

Nuls hom non pot complir adrecciamen[3].

Il existe une stance qui a un seul heptasyllabe, ce qui n'est possible que quand il y a une *frons* ou une queue, parce que, comme

---

[1]. « Dame me prie que je veuille dire » (Guido Cavalcanti). [2]. « Dames qui avez entendement d'amour. » [3]. « Aucun homme ne peut accomplir parfaitement. »

nous l'avons déjà dit, on respecte, dans les *pedes* et dans les *versus*, l'égalité des syllabes. Pour la même raison, il ne peut y avoir un nombre impair de vers s'il n'y a ni *frons* ni queue ; mais si *frons* et queue, ou même une seule des deux, sont présentes, on peut prévoir, à son gré, un nombre de vers pair ou impair. Et de même qu'il peut y avoir une stance comprenant un seul heptasyllabe, de même peut-on tisser des stances dans lesquelles figurent deux, trois, quatre, cinq heptasyllabes, pourvu que, s'il s'agit de style tragique, les hendécasyllabes soient plus nombreux et que le premier vers soit justement un hendécasyllabe. Il est vrai que les Bolonais Guido Guinizelli, Guido dei Ghislieri et Fabruzzo ont commencé par un heptasyllabe des poèmes en style tragique :

Di fermo sofferire[1],

et

Donna, lo fermo core[2],

et

Lo meo lontano gire[3]

et quelques autres encore. Mais, si nous essayons de saisir plus subtilement la nature de ces poèmes, on verra que le style tragique n'est pas exempt d'une certaine nuance élégiaque. Nous ne pouvons accorder les mêmes licences au pentasyllabe, car un poème de style sublime pourra admettre un seul pentasyllabe, ou tout au plus deux dans les *pedes*, et je parle des *pedes* pour tenir compte des exigences de la mélodie dans les *pedes* et dans les *versus*. Quant au trisyllabe, il est impossible dans le style tragique s'il est isolé ; en revanche on peut fréquemment le trouver à l'intérieur d'un vers, comme dans la célèbre chanson de Guido de Florence :

Donna me prega[4],

ou là où nous-même avons chanté :

Poscia ch'Amor del tutto m'ha lasciato[5].

---

1. « Par une tenace souffrance. » 2. « Dame, le cœur constant. » 3. « Mon lointain voyage. » 4. « Dame me prie. » 5. « Puisque Amour m'a entièrement abandonné. »

Dans ces deux poèmes, il ne s'agit absolument pas d'un vers isolé, mais seulement d'une partie de l'hendécasyllabe, qui reprend comme un écho la rime du vers précédent.

Il faut aussi veiller à la disposition des vers, car, si nous insérons un heptasyllabe dans le premier *pes*, il doit occuper la même position dans le second : si nous avons par exemple un *pes* de trois vers, dont le premier et le troisième sont des hendécasyllabes et le deuxième un heptasyllabe, le second *pes* devra également avoir un heptasyllabe au milieu et des hendécasyllabes au début et à la fin ; autrement, il n'y aurait pas le redoublement de la mélodie, qui est justement ce que les *pedes* doivent obtenir, et par conséquent les *pedes* eux-mêmes n'existeraient plus. Et il faut dire la même chose au sujet des *versus*, car les *pedes* et les *versus* ne diffèrent que dans la position, les *pedes* se plaçant avant la *diesis* et les *versus* après. Par ailleurs, ce que nous avons affirmé au sujet des *pedes* de trois vers vaut également pour tous les autres *pedes*, de même que ce que nous avons dit d'un seul heptasyllabe s'applique aussi à plusieurs heptasyllabes, aux pentasyllabes et à tous les autres vers.

Te voilà maintenant en mesure, lecteur, de juger avec quel vers tu devras bâtir la stance et quelle sera la disposition des vers que tu devras adopter.

XIII. Occupons-nous aussi du rapport entre les rimes, sans toutefois parler, pour l'instant, de la rime en soi, sujet que nous aborderons plus tard, quand nous traiterons de la poésie moyenne.

Il y a quelques types de stances qu'il suffira de mentionner rapidement au début de ce chapitre. C'est le cas de la stance sans rimes, dans laquelle on ne trouve aucune disposition des rimes, un type dont Arnaut Daniel a très fréquemment fait usage :

Se'm fos Amor de ioi donar[1] ;

et nous-même :

Al poco giorno[2].

Un autre cas est celui de la stance dont tous les vers reprennent la même rime, où il est évidemment superflu d'analyser la disposition. Il nous reste donc seulement à traiter des rimes variées.

---

1. « Si Amour me donnait de ses joies. » 2. « Au bref jour. »

Il faut d'abord savoir que sur ce point presque tout le monde s'arroge la plus grande liberté pour essayer d'obtenir la plus douce harmonie possible. Il y a en effet des poètes qui parfois ne font pas rimer tous les vers d'une stance, mais reprennent telle ou telle rime dans une autre stance, comme le fit Gotto de Mantoue, qui nous communiqua oralement plusieurs de ses bonnes chansons : il insérait toujours dans la stance un vers dépareillé qu'il appelait « clef » ; et ce qui est possible pour un vers, l'est aussi pour deux et peut-être pour plusieurs.

D'autres, et parmi eux presque tous les auteurs de chansons, ne laissent dans la stance aucun vers dépareillé, mais font rimer chaque vers avec un ou plusieurs autres. Et certains adoptent des rimes différentes selon que les vers précèdent ou suivent la *diesis*; d'autres ne procèdent pas ainsi, mais reprennent dans la deuxième partie de la stance les rimes de la première partie : par exemple, il arrive très souvent que le premier vers de la deuxième partie rime avec le dernier de la première partie, ce qui est certainement une belle manière d'enchaîner les vers à l'intérieur de la stance même. Quant à la disposition des rimes, qu'elles soient dans la *frons* ou dans la queue, il semble que l'on doive accorder toute licence souhaitée ; pourtant la disposition la plus jolie est celle où les deux derniers vers de la stance riment entre eux.

En ce qui concerne les *pedes*, il faut être sur ses gardes ; nous constatons qu'ici on observe une certaine disposition harmonieuse. Disons, en faisant une distinction, qu'un *pes* peut être constitué par un nombre pair ou impair de vers qui peuvent soit se terminer par des rimes soit en être dépourvus ; il n'y a pas de doute en ce qui concerne les *pedes* avec un nombre pair de vers ; mais s'il demeure quelque incertitude pour les *pedes* aux vers impairs, que l'on se rappelle ce que nous avons dit dans le chapitre précédent au sujet du trisyllabe qui, faisant partie de l'hendécasyllabe, rime en guise d'écho avec le vers précédent. Et s'il arrive que dans le premier *pes* il y ait un vers sans rime, il faut le faire rimer avec un vers du second *pes*. Si en revanche chaque vers est rimé dans le premier *pes*, on peut à son gré, dans l'autre *pes*, répéter ou changer les rimes, entièrement ou en partie, pourvu que l'on suive rigoureusement le même ordre des rimes que dans le *pes* précédent. Supposons, par exemple, que nous ayons des *pedes* de trois vers : si les vers extrêmes du premier *pes*, c'est-à-dire le premier et le dernier, riment entre eux, il convient que les vers extrêmes du second *pes* riment également entre eux ; et il devra y avoir symétrie entre le deuxième vers du premier *pes* et le deuxième du *pes* suivant : soit tous les deux seront rimés avec un autre vers du même *pes*, soit tous les deux seront dépourvus de rime ; et on procédera de la même manière pour les autres *pedes*. Dans les *versus* aussi nous respectons presque toujours cette règle — et nous disons « presque », parce qu'il peut arriver que l'ordre susmentionné soit renversé à cause de l'enchaînement précédemment constaté et de l'accouplement des dernières rimes.

En outre, il nous semble opportun d'ajouter à ce chapitre quelques considérations sur les écueils à éviter dans le domaine des rimes, car nous n'avons pas l'intention de revenir sur la théorie des rimes dans le présent livre. En ce qui concerne la position des rimes, il y a trois procédés qui ne conviennent pas aux poèmes écrits en style sublime. Le premier est la répétition excessive de la même rime, à moins que l'on ne veuille par là expérimenter une technique nouvelle (comme au jour d'un adoubement chevaleresque, qui devrait être marqué par un exploit exceptionnel) ; c'est en effet ce que nous avons essayé de faire dans ce poème :

Amor, tu vedi ben che questa donna[1].

La deuxième chose à éviter est l'emploi inutile des rimes équivoques, qui semble toujours soustraire quelque chose au message du poème. Et la troisième chose est l'âpreté des rimes, sauf si elle est atténuée par une certaine douceur, car le mélange des rimes douces et âpres donne au style tragique davantage d'éclat.

Voilà tout ce qu'il fallait dire sur l'art de la disposition harmonieuse.

XIV. Puisque nous avons examiné avec suffisamment d'ampleur deux aspects de l'art de la chanson, il est clair que nous devons nous occuper du troisième, c'est-à-dire du nombre de vers et de syllabes. Et il faut en premier lieu voir les points qui concernent l'ensemble de la stance ; ensuite, nous verrons ceux qui ont trait à ses parties.

---

1. « Amour, tu vois bien que cette dame. »

Il importe d'abord de faire une distinction entre les arguments qui s'offrent comme matière du chant, car quelques-uns d'entre eux exigent des stances d'une certaine longueur, et d'autres pas. En effet, puisque tout ce que nous chantons peut refléter soit une intention positive soit une intention négative — pour persuader ou dissuader, féliciter ou faire de l'ironie, louer ou mépriser —, les paroles prononcées dans un sens négatif devront se hâter vers la conclusion, tandis que les autres y parviendront avec une longueur appropriée...

[Le manuscrit est inachevé.]

LA MONARCHIE

N.B. Parmi les traductions françaises du *De Monarchia*, nous tenons à citer la traduction savante de A. Pézard (« Bibliothèque de la Pléiade », 1965) et celle, plus récente, de M. Gally (Belin, 1993). L'une et l'autre nous ont souvent orienté dans notre travail.

LIVRE PREMIER

I. Tous les hommes en qui la nature supérieure a gravé l'amour de la vérité semblent tenir au plus haut point à léguer à la postérité le fruit de leurs efforts, afin que celle-ci s'en enrichisse, comme ils se sont eux-mêmes enrichis du travail des Anciens. Il doit assurément s'estimer fort éloigné de son devoir celui qui, modelé par les enseignements publics, ne se soucie pas d'apporter sa contribution à la chose publique. Il n'est pas « un arbre planté près du cours des eaux, qui donne son fruit à son heure[1] », mais plutôt un gouffre dangereux qui toujours engloutit sans jamais rendre ce qu'il a englouti. Ressassant souvent ces considérations, pour qu'on ne puisse un jour me reprocher d'avoir enseveli mon talent, je désire non seulement amasser, mais aussi donner des fruits pour l'utilité publique, et exposer des vérités que les autres n'ont point explorées. En effet, quel fruit donnerait celui qui démontrerait de nouveau le théorème d'Euclide ? celui qui s'efforcerait de montrer la nature du bonheur, qu'Aristote a déjà montrée ? celui qui, une fois de plus, se chargerait de défendre la vieillesse, que Cicéron a déjà défendue ? Aucun en vérité : cette surabondance lassante ne serait que source d'écœurement. Puisque, parmi les vérités cachées et utiles, la connaissance de la Monarchie temporelle est non seulement des plus utiles, mais aussi des plus secrètes, et que personne ne s'y est engagé, car elle ne procure pas un gain immédiat, mon propos est de la faire sortir de l'ombre de sa retraite, pour que mes veilles studieuses soient de quelque utilité au monde, mais aussi

---

1. *Psaumes*, I, 3.

pour remporter le premier, pour ma gloire, la palme d'une telle victoire. J'entreprends assurément un travail ardu, dépassant mes forces, mais je mets ma confiance, plus que dans mes capacités, dans la lumière de ce Dispensateur « qui donne à tous généreusement, sans récriminer[1] ».

II. Il faut d'abord voir ce que l'on entend au juste par « Monarchie temporelle », pour ainsi dire en soi et au plan de sa finalité. La Monarchie temporelle, que l'on appelle « Empire », est donc un principat unique sur tous les êtres qui vivent dans le temps, ou bien parmi toutes choses et sur toutes choses que mesure le temps. Mais à ce sujet se posent, pour l'essentiel, trois questions : en premier lieu, il s'agit de se demander et de chercher à savoir si la Monarchie est nécessaire au bien-être du monde ; en deuxième lieu, si le peuple romain s'est arrogé de droit la charge de Monarque ; et en troisième lieu, si l'autorité du Monarque dépend immédiatement de Dieu, ou bien d'un autre, ministre ou vicaire de Dieu.

Puisque toute vérité qui n'est pas un principe est démontrée grâce à la vérité d'un principe, il convient, dans n'importe quelle enquête, d'avoir connaissance du principe auquel avoir recours, de manière analytique, afin d'établir avec certitude toutes les propositions qui en découleront. Le présent traité étant une sorte d'enquête, il semble avant tout nécessaire de rechercher le principe sur lequel asseoir solidement les propositions suivantes. Il faut donc savoir qu'il existe certaines matières que nous pouvons connaître, mais sur lesquelles nous ne pouvons point agir : il en va ainsi des mathématiques, de la physique et de la théologie. En revanche il en est d'autres qui, étant soumises à notre pouvoir, sont pour nous aussi bien objet de connaissance que d'action. En l'espèce, ce n'est pas l'action qui est en vue de la connaissance, au contraire c'est la connaissance qui est en vue de l'action, car dans ces matières c'est l'action qui est la fin. Puisque la matière est en l'occurrence la politique, voire la source et le fondement des formes droites d'organisation politique, et que toute réalité politique est soumise à notre pouvoir, il est clair que la matière présente n'est pas ordonnée en priorité à la connaissance, mais à l'action. De plus, puisque, dans ce qui relève de l'agir, le principe et la cause de tout est la fin ultime

---

1. *Jac.*, I, 5.

— c'est elle qui détermine d'abord celui qui agit — il s'ensuit que ce qui existe en vue d'une fin est compris en fonction de cette fin. En effet, couper du bois en vue de construire une maison est autre chose que de le couper en vue de construire un navire. Donc ce principe même, s'il existe, constituant la fin universelle de la communauté du genre humain, permettra d'éclairer suffisamment toutes les affirmations qu'il faudra démontrer ensuite ; il est en effet insensé de penser qu'il existe une fin particulière pour telle et telle autre société, et qu'il n'existe pas de fin unique pour toutes les sociétés.

III. Mais il faut à présent examiner quelle est la fin de la société dans son ensemble ; après quoi, nous aurons accompli plus de la moitié de notre travail, comme le dit le Philosophe dans l'*Éthique à Nicomaque*[1]. Et pour rendre plus clair l'objet de notre enquête, il convient de remarquer qu'il existe une fin particulière pour laquelle la nature produit le pouce, et une autre, différente de celle-ci, pour laquelle la nature crée la main tout entière, et une fin, différente des deux précédentes, pour laquelle la nature produit le bras, et enfin une, différente de toutes les autres, pour laquelle la nature produit l'homme tout entier ; de même, la fin pour laquelle la nature ordonne l'homme pris individuellement est différente de la fin pour laquelle elle ordonne la communauté familiale, différente aussi de celle pour laquelle elle ordonne le village, différente de la fin pour laquelle elle ordonne la cité, différente de celle pour laquelle elle ordonne le royaume ; la fin la meilleure étant, enfin, celle pour laquelle Dieu éternel, par son art, à savoir la nature, amène à l'existence le genre humain dans son ensemble. C'est bien ce que nous cherchons ici comme principe directeur de notre enquête. À ce propos il faut d'abord savoir que Dieu — ni la nature — ne fait rien en vain[2] : tout ce qu'il amène à l'existence est amené en vue d'une certaine opération. En effet dans l'intention du créateur, en tant que tel, ce n'est jamais une essence créée qui est la fin ultime, cette fin ultime étant en revanche l'opération propre de cette essence ; il s'ensuit que ce n'est pas l'opération propre qui dépend de l'essence, mais au contraire l'essence qui dépend de

---

1. Aristote, *Éthique à Nicomaque*, I, 7, 23. 2. *Id.*, *De cœlo*, I, 4, 271 ; *Politique*, I, 2.

l'opération. Il existe donc une opération propre à l'ensemble de l'humanité, à laquelle l'humanité entière est ordonnée, dans son innombrable multitude : une opération à laquelle ne sauraient parvenir ni l'homme pris individuellement, ni la famille seule, ni le village seul, ni la cité seule, ni un royaume particulier. Ce qu'est cette opération se manifestera clairement si l'on met en lumière la puissance la plus élevée de l'humanité tout entière. J'affirme donc qu'en aucun cas une force à laquelle participent des êtres d'espèces différentes ne saurait constituer l'aboutissement de la puissance de l'un d'entre eux ; en effet, cet aboutissement définissant l'espèce, il s'ensuivrait qu'une seule essence serait spécifiée par plus d'une espèce, ce qui est impossible. La force suprême de l'homme ne se trouve donc pas dans son existence[1] envisagée d'une manière absolue, parce que, dans cette acception elle est commune aux différents éléments. Elle ne se trouve pas non plus dans le fait d'être un organisme complexe, car on relève cette qualité chez les minéraux aussi ; ni dans le fait d'être animé, car les plantes aussi le sont ; ni dans le fait d'être capable de connaître, car les bêtes participent également à cette qualité ; mais cette force suprême se trouve dans la capacité de connaître par l'intellect possible, capacité qui n'appartient qu'à l'homme et à nul autre, qu'il lui soit inférieur ou supérieur. En effet, quoique d'autres essences participent à l'intellect, leur intellect n'est pas l'intellect possible comme celui de l'homme, car ces essences sont des espèces intellectuelles et rien d'autre, et leur être consiste uniquement à comprendre en acte les essences ; et cette connaissance intellectuelle ne connaît pas d'interruption, autrement elles ne seraient pas éternelles. Il est donc évident que la puissance la plus élevée de l'humanité elle-même est la puissance ou vertu intellective. Et puisque cette puissance ne saurait être ni entièrement ni simultanément mise en acte par un seul homme, ou par l'une des communautés que nous avons distinguées plus haut, il s'avère nécessaire qu'il y ait dans le genre humain une multitude par laquelle toute cette puissance soit mise en acte. De même il faut une multitude de choses soumises à la génération pour que toute la puissance de la première matière soit toujours en acte, autrement on serait obligé d'admettre une puissance séparée, ce qui est impossible. Dans son commentaire aux livres *De l'âme*, Averroès

---

1. « Existence » traduit ici *esse*, équivalent ailleurs d'« être » (N.d.T.).

est d'accord avec cette opinion[1]. En outre, cette puissance intellectuelle dont je parle ne concerne pas seulement les formes universelles ou espèces, mais aussi, par une sorte d'extension, les formes particulières. D'où l'habitude de dire que l'intellect spéculatif devient par extension intellect pratique, dont la fin consiste à agir et à faire. J'affirme cela pour les choses relevant de l'agir, qui sont réglées par la prudence politique, et pour celles relevant du faire, qui sont réglées par l'art : elles sont toutes au service de la connaissance comme de la fin la meilleure en vue de laquelle la Bonté Première a amené à l'être le genre humain. Cela rend désormais clair ce passage de la *Politique* : ceux qui ont la vigueur de l'intellect règnent par nature sur les autres[2].

IV. On a donc suffisamment précisé que la tâche spécifique du genre humain envisagé dans sa totalité est d'actualiser sans interruption toute la puissance de l'intellect possible, en premier lieu pour connaître et en second lieu, par conséquent, pour agir, par extension de cette puissance. L'être de la partie se retrouve dans le tout ; or il arrive que l'homme pris individuellement atteint à la prudence et à la sagesse s'il vit de façon calme et paisible ; ainsi, c'est dans le repos et la tranquillité que procure la paix, que le genre humain peut, de toute évidence, très librement et très facilement s'adonner à sa tâche propre, qui est presque divine, selon cette parole : « À peine le fis-tu inférieur aux anges[3]. » Il apparaît donc que la paix universelle est le meilleur des biens qui aient été ordonnés en vue de notre bonheur. De ce fait les mots qui ont retenti au ciel et qui s'adressaient aux bergers n'étaient ni « richesses », ni « plaisirs », ni « honneurs », ni « longue vie », ni « santé », ni « force », ni « beauté », mais « paix ». La milice céleste a dit en effet : « Gloire à Dieu au plus haut des cieux et paix sur la terre aux hommes de bonne volonté[4]. » Voilà pourquoi le Salut des hommes adressait cette salutation : « La paix soit avec vous[5]. » Il convenait en effet que le Sauveur suprême exprimât la salutation suprême ; cette coutume, ses disciples et Paul ont voulu la garder dans leurs salutations, comme chacun peut le constater. Ce qui vient d'être précisé fait ressortir par quel moyen le genre humain peut

---

1. Commentaire au *De anima*, III, 1. 2. *Politique*, I, 1, 4. 3. *Psaumes*, VIII, 6. 4. *Luc*, II, 14. 5. *Ibid.*, XXIV, 36.

mieux parvenir à l'accomplissement de sa tâche, ou y parvenir le mieux possible ; par conséquent il a semblé que le moyen le plus proche pour parvenir à ce bien auquel sont ordonnées toutes nos actions comme à leur fin dernière, c'est-à-dire la paix universelle, peut être tenu pour le fondement des raisonnements suivants. Ce principe était nécessaire, nous l'avons dit, comme une enseigne plantée en avant : enseigne d'une vérité éclatante où se dénoueront toutes les difficultés à venir.

V. Reprenons donc ce que nous disions au début : trois questions, pour l'essentiel, se posent, qui cherchent une solution au sujet de la Monarchie temporelle, appelée plus couramment « Empire ». Comme cela a été dit plus haut, je me propose, pour ces trois points, de mener l'enquête en suivant le principe établi et selon l'ordre qui a déjà été évoqué. Aussi la première question est-elle de savoir si la Monarchie est nécessaire au bien-être du monde. Puisque aucun argument rationnel ni aucune autorité ne s'y oppose, ce point peut être démontré par des arguments on ne peut plus puissants et plus clairs. Le premier d'entre eux peut être emprunté à l'autorité du Philosophe et de ses livres sur la *Politique*. L'autorité vénérable de celui-ci y affirme en effet que, lorsque différentes choses sont ordonnées à une seule et même fin, il convient que l'une d'entre elles règle ou gouverne, et que les autres soient réglées ou gouvernées[1]. D'ailleurs ce n'est pas seulement le glorieux renom de cet auteur qui nous engage à le croire, mais aussi la raison inductive. Si nous considérons en effet un homme particulier, nous voyons que la même chose se produit : alors que toutes ses facultés sont orientées vers le bonheur, c'est la faculté intellectuelle qui règle et gouverne toutes les autres, faute de quoi il ne pourrait parvenir au bonheur. Si nous considérons une famille isolément, dont la fin consiste à préparer ses membres à bien vivre, il faut qu'il y ait une personne — celui que l'on appelle le père de famille, ou celui qui en tient lieu — qui règle et gouverne, selon l'affirmation du Philosophe : « Toute maison est gouvernée par le plus âgé[2]. » Il lui revient, comme le dit Homère, de régler l'existence de tous et d'imposer des lois aux autres[3]. Voilà pourquoi il existe cette malédiction proverbiale : « Puisses-tu avoir un égal dans ta maison. » Si

1. *Politique*, I, 5.   2. *Ibid.*, I, 2.   3. *Odyssée*, XI, 114, cité par Aristote, *Politique*, I, 2.

nous considérons un village donné, dont la fin consiste à assurer un secours mutuel et efficace, tant pour ce qui est des hommes que des biens, il faut qu'un seul donne des règles à la vie des autres, qu'il ait été établi par un étranger, ou qu'il exerce sa primauté avec le consentement général des autres habitants. Autrement, non seulement on ne parvient pas à satisfaire convenablement les besoins du village, mais quelquefois, plus d'un voulant obtenir le premier rang, les habitants dans leur ensemble sont détruits. Si nous considérons à présent une cité, dont la fin est de vivre bien et de procurer à tous ce qui est suffisant, il faut qu'il y ait un seul gouvernement, et cela non seulement dans le cadre d'une forme d'organisation politique droite, mais aussi dans le cadre d'une forme faussée. S'il en est autrement, non seulement vient à manquer la fin de la vie sociale, mais la cité elle-même cesse d'être ce qu'elle était. Si, enfin, nous considérons un royaume particulier, dont la fin est identique à celle de la cité — mais il doit encore plus faire fond sur une vie paisible —, il faut qu'il y ait un seul roi qui règne et gouverne. Faute de quoi non seulement ceux qui vivent dans le royaume ne parviennent pas à cette fin, mais le royaume lui-même tombe en ruine, selon l'affirmation de la Vérité Infaillible : « Tout royaume divisé contre lui-même sera ravagé[1]. » S'il en va donc ainsi de ces réalités qui, considérées individuellement, sont orientées vers une seule fin, l'affirmation qui avait été énoncée plus haut est vraie. Or il est établi que l'ensemble du genre humain est ordonné en vue d'une seule et même fin, comme cela a déjà été démontré : il faut donc qu'une seule autorité règle ou gouverne, et cette autorité doit être appelée « Monarque » ou « Empereur ». Ainsi apparaît-il clairement que la Monarchie ou l'Empire est nécessaire au bien-être du monde.

VI. Ce que la partie est par rapport au tout, l'ordre des parties l'est par rapport à l'ordre de l'ensemble. La partie est au tout comme à sa propre fin et à son bien suprême : par conséquent l'ordre des parties est lui-même, par rapport à l'ordre de l'ensemble, comme par rapport à sa propre fin propre et à son bien suprême. Il s'ensuit que la bonté de l'ordre des parties ne dépasse pas la bonté de l'ordre de l'ensemble : c'est plutôt le contraire. Puisque l'on trouve

---

1. *Luc*, XI, 17.

donc un double ordre dans les choses, à savoir un ordre des parties entre elles et un ordre des parties en vue de quelque chose qui n'est pas une partie — comme l'ordre entre elles des parties d'une armée et leur ordre vis-à-vis du chef[1] —, l'ordre des parties par rapport à un élément unique est meilleur, étant la fin de l'autre ordre. En effet celui-ci est en fonction de celui-là et non pas le contraire. Par conséquent, si l'on trouve la forme de cet ordre dans les parties de la multitude humaine, à plus forte raison doit-on la trouver dans cette multitude ou totalité, en raison du syllogisme précédent, car l'ordre, ou bien la forme de cet ordre, est meilleur. Or cet ordre, on le trouve dans toutes les parties de la multitude humaine, comme cela se dégage clairement de ce que l'on a dit au chapitre précédent : par conséquent on doit le trouver dans la totalité elle-même. Ainsi toutes les parties qui viennent d'être énumérées, inférieures au royaume, et les royaumes eux-mêmes, doivent être ordonnés à un seul prince ou principat, c'est-à-dire au Monarque ou à la Monarchie.

VII. De plus, l'humanité entière est un tout par rapport à certaines parties, et une certaine partie par rapport à un tout. Elle est en effet un tout par rapport aux royaumes particuliers et aux peuples, comme le montre ce qui précède, mais elle n'est qu'une certaine partie par rapport à l'univers entier. C'est tout à fait évident. De même donc que les moindres parties de l'ensemble de l'humanité sont bien liées à cet ensemble, de même on dit que celui-ci est à son tour « bien » lié à son tout. En effet les parties ne lui sont bien liées qu'en vertu d'un principe unique, comme on peut aisément le déduire de ce qui vient d'être dit ; donc l'ensemble de l'humanité elle-même est bien lié à l'univers entier ou à son prince, qui est Dieu et Monarque, simplement en vertu d'un seul principe, à savoir d'un prince unique. Il s'ensuit que la Monarchie est nécessaire au bien-être du monde.

VIII. Tout ce qui s'accorde à l'intention du premier agent, qui est Dieu, se trouve dans un état bon, voire dans le meilleur ; et cela va de soi, si ce n'est pour ceux qui nient que la bonté divine atteigne le sommet de la perfection. Il est dans l'intention de Dieu que toute

---

1. *Cf. Banquet*, IV, IV.

chose créée manifeste une ressemblance divine dans la mesure où sa propre nature peut la recevoir. C'est pourquoi il a été dit : « Faisons l'homme à notre image et ressemblance[1] » ; et quoiqu'on ne puisse utiliser l'expression « à notre image » pour les créatures inférieures à l'homme, on peut toutefois utiliser l'expression « à notre ressemblance » pour toute chose, car l'univers entier n'est qu'une trace de la bonté divine. Donc le genre humain se trouve dans un état bon, voire dans l'état le meilleur quand, dans la mesure de son pouvoir, il ressemble à Dieu. Or le genre humain ressemble le plus à Dieu quand il est le plus un, car la véritable raison de l'unité ne se trouve qu'en Dieu. C'est pourquoi il est écrit : « Écoute, Israël, un seul est le Seigneur ton Dieu[2] ». Or le genre humain est le plus un quand il est totalement rassemblé en un seul : à l'évidence, cela ne peut se produire que lorsqu'il est tout entier soumis à un seul prince. Donc c'est lorsqu'il se soumet à un seul prince que le genre humain est le plus semblable à Dieu et par conséquent qu'il est le plus conforme à l'intention divine : il se trouve, en somme, dans un état bon, voire dans l'état le meilleur, comme nous l'avons démontré au début de ce chapitre.

IX. Ainsi, tout fils se trouve dans un état bon, voire dans le meilleur, lorsqu'il suit les traces d'un père parfait, dans la mesure où sa propre nature le lui permet. Le genre humain est fils du ciel, qui est absolument parfait dans toutes ses œuvres : c'est en effet l'homme, avec le soleil, qui engendre l'homme, selon le deuxième livre de l'*Entendement naturel*[3]. Donc le genre humain se trouve dans l'état le meilleur lorsqu'il suit les traces du ciel, dans la mesure où sa propre nature le lui permet. Et puisque le ciel entier, dans toutes ses parties, dans ses mouvements et moteurs, est réglé par un mouvement unique, c'est-à-dire celui du Premier Mobile, et par un seul moteur, qui est Dieu, ce que la raison humaine saisit de façon très claire grâce à la philosophie, si ces raisonnements sont justes, alors le genre humain se trouve dans son état le meilleur lorsqu'il est réglé, dans ses mouvements et moteurs, par un prince unique comme par un unique moteur, et par une loi unique comme par un unique mouvement. Aussi l'existence de la Monarchie, ou d'un principat unique que l'on appelle « Empire », apparaît-elle

---

1. *Genèse*, I, 26. 2. *Deuter.*, VI, 4. 3. *De naturali auditu*, II, 2.

nécessaire au bonheur du monde. Cette idée, Boèce l'exprimait en soupirant :

> Ô bienheureux genre humain
> si l'amour qui régit le ciel
> venait à régir vos cœurs[1].

X. Et là où peut surgir un litige, là doit pouvoir exister un jugement ; autrement l'imparfait existerait sans qu'il y eût le moyen approprié de le rendre parfait, ce qui est impossible, puisque Dieu et la nature ne sauraient faire défaut dans les choses nécessaires. Ainsi entre deux princes, dont aucun n'est soumis à l'autre, il peut surgir un litige, de par leur faute ou de par la faute de leurs sujets, cela va de soi : il faut donc qu'il y ait un jugement entre ces deux personnes. Et puisque l'un ne saurait instruire la cause de l'autre, aucun d'entre eux n'étant soumis à l'autre — car l'égal n'a pas de pouvoir sur son égal —, il est nécessaire qu'il y en ait un troisième, à la juridiction plus étendue, qui ait autorité sur l'un et l'autre, grâce à son plus large pouvoir. Et celui-ci sera le Monarque, ou non. S'il l'est, notre démonstration est faite ; sinon, il se trouvera à son tour, en dehors des limites de sa juridiction, en face d'un de ses égaux : d'où la nécessité, une fois de plus, d'une tierce personne. Et l'on poursuivra à l'infini, ce qui n'est pas possible, ou bien il faudra en venir à un juge premier et suprême, dont le jugement résoudra, de façon médiate ou immédiate, tous litiges : et ce sera le Monarque ou Empereur. La Monarchie est donc nécessaire au monde. Et le Philosophe pressentait ce raisonnement quand il écrivait : « Les êtres ne veulent pas être mal gouvernés ; la pluralité des principautés est donc un mal : il faut, donc, un seul prince[2]. »

XI. De plus le monde est établi dans son état le meilleur lorsque la justice y est à son comble. Aussi Virgile, voulant célébrer le siècle qui semblait surgir dans son temps, chantait-il dans ses *Bucoliques* :

> Voici que revient la Vierge, que reviennent les règnes
> [de Saturne[3].

---

1. *De consolatione philosophiae*, II. 2. *Métaphysique*, XII, 3. 3. *Bucoliques*, IV, 6.

On appelait en effet la justice « Vierge », ou encore « Astrée » ; on appelait « règnes de Saturne » ces temps heureux connus aussi comme l'« âge d'or ». La justice n'y est à son comble que sous le Monarque : donc l'existence de la Monarchie ou de l'Empire est nécessaire pour que le monde soit dans son état le meilleur. Pour prouver la prémisse mineure, il faut savoir que la justice, considérée en elle-même et dans sa nature, est une forme de rectitude ou de règle excluant toute sorte de gauchissement. Aussi ne connaît-elle pas de degré supérieur ou inférieur, pas plus que la blancheur considérée dans son abstraction. Il existe en effet des formes de ce genre pouvant faire partie d'un composé, tout en demeurant simples et invariables dans leur essence, comme le dit fort justement le Maître des Six Principes[1]. Elles reçoivent cependant, en plus ou en moins, quelques qualités de la part des sujets avec lesquels elles se mêlent, dans la mesure où les sujets eux-mêmes admettent un mélange plus ou moins grand de qualités contraires. Là où la justice est le moins mêlée à son contraire, aussi bien en tant que disposition[2] qu'en tant qu'opération, elle est à son comble. Alors on peut bien affirmer d'elle, comme dit le Philosophe : « Ni Hesperos ni Lucifer ne sont aussi admirables[3]. » En effet la justice est alors semblable à Phébé qui, dans la pourpre sereine des clartés matinales, regarde son frère au bord opposé de l'horizon. En tant que disposition, la justice trouve parfois un obstacle dans l'orientation de la volonté : en effet, lorsque celle-ci n'est pas exempte de toute cupidité, la justice, en dépit de sa présence, ne brille pas de tout l'éclat de sa pureté, car elle s'appuie sur un sujet lui opposant quelque résistance, fût-ce à un degré minime : de ce fait, il convient d'éloigner ceux qui s'efforcent de susciter les passions du juge. Quant à son opération, la justice est parfois limitée dans son pouvoir. En effet, la justice étant une vertu qui s'exerce à l'égard des autres, comment quelqu'un pourra-t-il œuvrer selon la justice, s'il n'a le pouvoir d'attribuer à chacun ce qui lui revient ? Il est donc clair que, plus le juste est puissant, plus la justice apparaîtra largement dans ses opérations.

Après cet éclaircissement on peut donc raisonner ainsi : dans le monde, la justice atteint à son comble chez le sujet qui a le plus de

---

1. Gilbert de la Porrée, *Sex principiorum liber*, I, 1. 2. « Disposition » traduit ici *habitus* (N.d.T.). 3. *Éthique à Nicomaque*, VI, 1, 15.

volonté et de pouvoir. Seul le Monarque est un sujet de ce genre : donc la justice n'est à son comble dans le monde que si elle se trouve chez le Monarque. Ce raisonnement est un syllogisme de deuxième figure comportant une négation intrinsèque, du type : tout B est A ; or seul C est A : donc seul C est B. En d'autres termes : tout B est A ; nul, sauf C, n'est A : donc nul, sauf C, n'est B. Le développement précédent rend manifeste la première proposition ; la deuxième peut être démontrée de la façon suivante, d'abord quant à l'exercice de la volonté, ensuite quant à l'exercice du pouvoir. Pour montrer le premier point il faut remarquer que la cupidité s'oppose très directement à la justice, comme le montre Aristote dans le cinquième livre *À Nicomaque*[1]. La cupidité définitivement écartée, plus rien ne s'oppose à la justice ; d'où cette opinion du Philosophe : « ce qui peut être déterminé par la loi ne doit aucunement être laissé à l'appréciation du juge »[2]. Cela, par crainte de la cupidité, qui déforme facilement l'esprit humain. Il est en effet impossible que la cupidité existe là où il n'existe pas d'objets à désirer : une fois les objets détruits, les passions ne sauraient subsister. Or pour le Monarque rien n'existe qui puisse être désiré : seul l'Océan met une frontière à sa juridiction, alors que ce n'est point le cas des autres princes, dont les territoires ont pour frontières des territoires étrangers ; à titre d'exemple, le royaume de Castille est limitrophe de celui d'Aragon. Il s'ensuit que, de tous les sujets mortels de la justice, le Monarque est le plus sincère qui soit. De plus la cupidité, fût-elle limitée, trouble la justice comme disposition ; de même la charité, ou amour droit, la rend plus agissante et plus lumineuse. C'est donc dans le sujet qui peut accueillir le plus d'amour droit, que la justice est à son comble. Telle est bien la nature du Monarque : donc, s'il existe un Monarque, la justice s'épanouit ou peut s'épanouir parfaitement. Que l'amour ait l'effet qui a été indiqué, peut être démontré de la sorte : la cupidité, en effet, méprisant l'humanité elle-même, cherche autre chose ; la charité, au contraire, méprisant toutes les autres choses, cherche Dieu et l'homme, et par conséquent le bien de l'homme. Puisque de tous les biens le bien suprême de l'homme est de vivre en paix — comme nous l'avons dit plus haut — et que la justice agit avant tout et surtout en vue de procurer ce bien, la charité fortifiera sou-

---

1. *Éthique à Nicomaque*, V, 1, 10. 2. *Rhétorique*, I, 1, 7.

verainement la justice, la vigueur de celle-ci tenant à la vigueur de celle-là. Et que le Monarque doive, plus que tous les hommes, posséder l'amour droit, se prouve ainsi : ce qui est aimable est d'autant plus aimé qu'il est plus proche de l'aimant ; or les hommes sont plus proches du Monarque que des autres princes ; c'est donc par lui qu'ils sont surtout aimés, ou doivent l'être. La prémisse majeure est évidente si l'on considère la nature de ce qui agit ou pâtit ; la prémisse mineure se démontre ainsi : les hommes ne s'approchent des autres princes qu'en partie, alors qu'ils s'approchent dans leur totalité du Monarque. Et encore : c'est par le Monarque qu'ils s'approchent des autres princes et non pas le contraire ; ainsi, le souci de tous revient d'abord et de façon immédiate au Monarque, tandis que les autres princes y participent par l'entremise du Monarque, leur charge découlant de la charge suprême qu'exerce celui-ci. En outre, plus une cause est universelle, plus elle possède la raison de sa cause, car une cause secondaire n'est cause qu'en vertu de la cause principale, ce que montrent clairement les livres *Des causes*[1] ; et plus une cause est cause, plus elle aime son effet, car c'est cet amour qui lui permet d'être le plus cause. Ainsi, le Monarque étant parmi les mortels la cause la plus universelle, visant le bien-vivre des hommes — car les autres princes ne le sont que par son entremise, comme on l'a déjà dit — il en résulte que le Monarque aime de façon souveraine le bien des hommes. Que le Monarque, mieux que quiconque, puisse excellemment mettre en œuvre la justice, qui pourrait en douter sinon celui qui ne comprend pas le sens de ce mot, dès lors que le Monarque, en tant que tel, ne peut avoir d'ennemis ? Nous avons donc suffisamment démontré la prémisse mineure de notre raisonnement, car la conclusion est certaine : à savoir que l'existence de la Monarchie est nécessaire pour que le monde soit en sa disposition la meilleure.

XII. C'est dans la plus grande liberté possible que le genre humain trouve sa condition la meilleure. Cette idée sera claire si l'on met au jour le fondement de la liberté. Or il faut savoir que le premier fondement de notre liberté est le libre arbitre, notion que l'on trouve sur les lèvres de beaucoup, mais dans l'intelligence de fort peu. Ils en viennent même au point de déclarer que le libre

---

1. *De causis*, I ; *cf. Banquet*, III, VI.

arbitre est un libre jugement formulé par la volonté. Et ils disent vrai, mais ils sont loin de saisir ce que ces mots signifient, à l'instar de nos logiciens qui, à longueur de journée, insèrent à titre d'exemples dans leurs argumentations logiques des propositions du genre : « Dans un triangle les trois angles équivalent à deux angles droits. » C'est pourquoi je dis que le jugement est intermédiaire entre l'appréhension et le désir ; en effet on appréhende d'abord une chose et, une fois qu'elle est appréhendée, on la juge bonne ou mauvaise ; enfin, celui qui juge la recherche ou l'évite. Donc le jugement est libre s'il meut pleinement le désir sans en être d'aucune façon influencé ; si en revanche le jugement est mû par un désir qui, de quelque manière, l'influence, il ne peut être libre, car il n'est pas conduit par lui-même, mais il est captif d'un autre élément qui le conduit. Voilà pourquoi les animaux ne peuvent posséder le libre arbitre, car leurs jugements sont toujours influencés par leur appétit. Et pour les mêmes raisons les substances intellectuelles[1], dont les volontés sont immuables, et les âmes séparées, quand elles quittent vertueusement ce monde, ne perdent pas leur libre arbitre du fait que leur volonté est désormais immuable ; au contraire elles le gardent de la façon la plus parfaite et la plus absolue.

Cela dit, il apparaît tout aussi clairement que cette liberté ou ce fondement de notre liberté est le plus grand don que Dieu ait accordé à la nature humaine — comme je l'ai déjà dit dans le *Paradis* de la *Comédie*[2] — car c'est par lui que nous sommes heureux ici-bas en tant qu'hommes et que nous serons heureux là-haut comme des dieux. S'il en est ainsi, qui pourra contester que le genre humain connaît son état le plus heureux lorsqu'il peut le mieux vivre selon ce principe ? Or il est tout à fait libre s'il vit sous un Monarque. À ce propos, il est bon de savoir qu'est libre ce qui « est pour soi et non pour un autre », comme l'enseigne le Philosophe dans ses livres sur *L'Être pris absolument*[3]. En effet ce qui est pour un autre, est déterminé par celui par qui il est ce qu'il est, comme une route est déterminée par son but. Ce n'est que lorsqu'il est soumis au Monarque que le genre humain existe pour lui et non pas pour autrui : alors seulement on redresse les formes faussées de gouvernement — à savoir les démocraties, les oligarchies et les

---

1. Les anges. 2. *Paradis*, V, 19-24. 3. *Métaphysique*, I, 2.

tyrannies — qui réduisent en esclavage le genre humain, comme cela apparaît clairement à qui les passe toutes en revue ; seulement alors les rois, les aristocrates appelés optimates et les zélateurs de la liberté du peuple gouvernent droitement. Car le Monarque, étant animé d'un amour inégalable pour tous les hommes, comme nous l'avons observé, veut que tous les hommes deviennent bons, ce qui ne saurait se produire là où les formes de gouvernement sont faussées. C'est pourquoi, dans sa *Politique*, le Philosophe affirme que, dans une forme faussée de gouvernement, l'homme bon est un mauvais citoyen, alors que, dans une forme droite de gouvernement, l'homme bon et le bon citoyen coïncident[1]. Et ces formes droites de gouvernement visent la liberté, c'est-à-dire que les hommes existent pour eux-mêmes. Car les citoyens n'existent pas en fonction des consuls ni le peuple en fonction des rois, mais au contraire les consuls existent en fonction des citoyens et les rois en fonction du peuple. Car, de même que la forme de gouvernement n'est pas établie en fonction des lois, mais les lois sont établies en fonction de la forme de gouvernement, de même les hommes vivant selon la loi ne sont pas ordonnés en vue du législateur, mais plutôt celui-ci l'est en vue de ceux-là ; c'est également ce que le Philosophe enseigne dans les livres qu'il nous a laissés sur ce sujet[2]. On voit par là que le consul ou le roi exercent certes leur autorité sur les autres quant au chemin à suivre ; toutefois, quant au but à atteindre, ils sont les serviteurs des autres et en premier lieu le Monarque, qu'il convient assurément de considérer comme le serviteur de tous. Aussi peut-on comprendre, dès à présent, que le Monarque est déterminé par le but qu'il s'est fixé dans l'établissement des lois. Donc le genre humain qui vit sous le Monarque se trouve dans sa condition la meilleure. Il s'ensuit que l'existence de la Monarchie est nécessaire au bien-être du monde.

XIII. De plus, celui qui possède les meilleures dispositions au gouvernement, est également celui qui peut le mieux disposer les autres ; en effet, dans toutes ses actions l'agent, qu'il agisse volontairement ou par nécessité de nature, vise essentiellement à déployer sa propre ressemblance. C'est pourquoi tout agent, en tant que tel, prend plaisir à son action : puisque tout ce qui est désire

---

1. *Politique*, III, 4 et 18. 2. *Ibid.*, IV, 1.

son propre être et puisque, dans l'action, l'être de l'agent s'accroît de quelque manière, le plaisir en découle nécessairement, car il est toujours attaché à la chose désirée. Rien donc n'agit s'il n'est en lui-même tel que le patient doit le devenir. C'est pourquoi le Philosophe dit dans les livres sur *L'Être pris absolument* : « Tout ce qui est amené de la puissance à l'acte, y est amené par quelque chose qui est déjà tel en acte[1]. » Si quelque chose s'efforce d'agir autrement, son effort est vain. On peut ainsi réfuter l'erreur de ceux qui, en prêchant le bien et en faisant le mal, croient modeler la vie et les mœurs des autres, oublieux que les mains de Jacob ont été plus persuasives que ses paroles, et encore les siennes persuadaient du vrai, tandis que les leurs prêchent le faux[2]. Ce qui fait dire au Philosophe dans l'*Éthique à Nicomaque* : « Dans tout ce qui relève des passions et des actions, les propos sont moins crédibles que les œuvres[3]. » Ainsi une voix venue du ciel disait à David pécheur : « Pourquoi relates-tu mes actions de justice[4] ? », comme si elle avait dit : « C'est en vain que tu parles, car tu es différent de tes paroles. » Il en résulte qu'il faut posséder soi-même d'excellentes dispositions si l'on veut les susciter chez les autres. Mais seul le Monarque peut posséder ces excellentes dispositions pour gouverner. En voici la démonstration : chaque chose est d'autant plus aisément et parfaitement orientée à la disposition et à l'opération qu'il existe en elle moins d'obstacles à cette orientation. Par conséquent parviennent plus facilement et plus parfaitement à la disposition de la vérité philosophique ceux qui n'en ont jamais entendu parler, que ceux qui en ont entendu parler de loin en loin et sont imbus d'opinions fausses. Aussi Galien a-t-il dit à juste titre que « ceux-là ont besoin du double de temps pour acquérir la science[5] ». Donc, puisque le Monarque — contrairement aux autres princes — ne saurait être exposé à la cupidité, ou alors bien moins que tous les mortels, comme cela a été montré plus haut, et puisque cette même cupidité corrompt le jugement et entrave la justice, il en découle que seul le Monarque peut être excellemment, ou tout au moins mieux disposé à gouverner, car lui seul peut recevoir au plus haut point le jugement et la justice. Ces deux dons conviennent tout particulièrement au législateur et à l'exécuteur de la loi, comme en témoigne

---

1. *Métaphysique*, IX, 8. **2.** *Métaphysique*, IX, 8. **3.** *Éthique à Nicomaque*, X, 1, 3. **4.** *Psaumes*, LXIX, 16-17. **5.** Galien, *De cognoscendis morbis*, X.

ce roi très saint[1] qui demandait à Dieu les dons les plus convenables pour le roi et le fils du roi : « Ô Dieu — disait-il — donne au roi ton jugement et au fils du roi ta justice[2]. » On a affirmé à juste titre dans la prémisse mineure que seul le Monarque se trouve dans les dispositions les meilleures pour gouverner : donc seul le Monarque peut excellemment disposer les autres. Il en résulte que la Monarchie est nécessaire pour que l'arrangement du monde soit le meilleur possible.

XIV. Et ce qui peut être fait par un seul, il vaut mieux que cela soit fait par un seul que par plusieurs. On le démontre ainsi : soit un principe A, par l'action duquel une chose peut être faite ; soit plusieurs par l'action desquels semblablement cette chose peut être faite : A et B. Si donc la même chose qui peut être faite par A et B ensemble peut être faite par A seulement, il est inutile d'ajouter B, car cet ajout ne produit rien, dès lors que cette même chose était réalisée auparavant par A seul. Et puisque tout ajout de cet ordre est oiseux ou superflu, et que ce qui est superflu déplaît à Dieu et à la nature, et puisque tout ce qui déplaît à Dieu et à la nature est un mal — c'est une évidence —, il s'ensuit qu'il est préférable non seulement qu'une chose soit faite, s'il se peut, par un seul plutôt que par plusieurs, mais aussi que ce qui est fait par un seul est bon, tandis que ce qui est fait par plusieurs est mauvais. De plus on dit qu'une chose est d'autant meilleure qu'elle se rapproche de l'excellence ; or c'est la fin qui est la raison d'être de l'excellence ; mais une chose faite par un seul est plus proche de la fin : donc, elle est meilleure. Et que cette chose soit plus proche de sa fin peut être ainsi démontré : soit C la fin ; soit A le moyen d'y parvenir par un seul, B et C d'y parvenir par plusieurs. Il est évident que le chemin qui va de A à C en passant par B est plus long que celui qui va directement de A à C. Or le genre humain peut être gouverné par un prince suprême unique, le Monarque. À cet égard il convient de préciser que lorsqu'on dit que « le genre humain peut être gouverné par un prince suprême unique », il ne faut pas comprendre que les moindres jugements rendus dans n'importe quelle commune pourraient dériver de façon immédiate de lui ; car les lois des communes ne sont pas toujours à l'abri de défaillances et elles demandent à

---

1. David, père de Salomon. 2. *Psaumes*, LXXI, 1.

être redressées, comme le montre bien le Philosophe dans le cinquième livre de l'*Éthique à Nicomaque*, où il recommande le principe d'équité[1]. En effet les nations, les royaumes et les cités possèdent des caractères particuliers qu'il convient de régler par des lois différentes : car la loi est une règle pour la vie. Il faut donc établir des règles spécifiques pour les Scythes qui, vivant au-delà du septième climat et devant supporter une grande inégalité des jours et des nuits, sont accablés par un froid glacial presque insupportable, et des règles différentes pour les Garamantes qui, vivant au-dessous de la ligne équinoxiale et recevant toujours une lumière du jour égale aux ténèbres de la nuit, ne peuvent se couvrir de vêtements en raison de la température excessive de l'air. Cette affirmation doit être ainsi comprise : selon ses aspects communs, qui appartiennent à tous, le genre humain doit être gouverné par le Monarque, lequel doit le conduire à la paix par une règle commune. Or cette règle ou cette loi particulière, c'est du Monarque que les différents princes doivent la recevoir ; de même, pour aboutir à une action particulière, l'intellect pratique reçoit la prémisse majeure de l'intellect spéculatif, en vue d'une conclusion pratique et subordonne à la majeure la prémisse particulière, qui est de son ressort. Et non seulement cela est possible à un seul, mais il est nécessaire que cela procède d'un seul, afin d'éliminer toute confusion quant aux principes universels. Moïse lui-même écrit dans la loi qu'il a fait cela[2] : après s'être adjoint les premiers des tribus des fils d'Israël, il leur laissait les juridictions subalternes, en se réservant les plus importantes et les plus générales ; et les chefs faisaient usage de ces lois plus générales dans les différentes tribus, selon ce qui était convenable à chacune[3]. Il vaut donc mieux que le genre humain soit gouverné par un seul plutôt que par plusieurs, c'est-à-dire par le Monarque, prince unique ; et si cela vaut mieux, cela est plus agréable à Dieu, car Dieu veut toujours ce qui est mieux. Et si, de deux choses, l'une apparaît à la fois meilleure et excellente, on en déduit qu'entre « l'un » et les « plusieurs », l'un agrée davantage à Dieu et que, de plus, il lui agrée absolument. Il en résulte que le genre humain connaît son état le plus heureux quand il est gou-

---

1. *Éthique à Nicomaque*, V, 10 ; « équité » traduit *epyikiam* (N.d.T.). 2. *Exod.*, XVIII, 13-24. 3. *Ibid.*, XVIII, 25-26.

verné par un seul ; ainsi l'existence de la Monarchie est-elle nécessaire au bien-être du monde.

XV. J'affirme également que l'être, l'un et le bien se situent dans une progression que définit le cinquième mode d'énoncer la priorité. En effet, l'être précède par nature l'un, l'un précède le bien : en effet l'être absolu est absolument un, et l'un absolu est le bien absolu ; et plus une chose s'éloigne du degré absolu de l'être, plus elle s'éloigne de l'être un et par conséquent de l'être bon. C'est pourquoi en toutes choses le meilleur est ce qui est le plus un, selon l'avis du Philosophe dans les livres de la *Métaphysique*[1]. Il en découle qu'être un semble la racine d'être bon, et être plusieurs, la racine d'être mauvais. C'est pourquoi Pythagore dans ses corrélations mettait l'un du côté du bien, et le multiple du côté du mauvais, comme le premier livre de *L'Être comme tel* le montre clairement[2]. Par où l'on peut voir que pécher n'est rien d'autre que se détourner de l'un, que l'on méprise, vers la pluralité. C'est ce que David semblait voir lorsqu'il écrivait : « Grâce au fruit de leur froment, de leur vin, de leur huile, ils se sont multipliés[3]. » Par conséquent tout ce qui est bon est bon du fait qu'il est dans l'un. Et puisque la concorde, en tant que telle, est un bien, il est manifeste qu'elle-même consiste dans une forme d'unité qui serait comme sa propre racine. Cette racine apparaîtra si l'on comprend la nature ou la définition de la concorde : la concorde est en effet le mouvement uniforme de plusieurs volontés. Dans ce sens l'unité des volontés, telle qu'elle se dégage de la notion de « mouvement uniforme », est la racine de la concorde, voire la concorde elle-même. En effet, de même que nous appellerions « accordées », si nous supposions qu'elles agissent volontairement, plusieurs mottes de terre parce qu'elles descendent toutes vers un point central, et plusieurs flammes parce qu'elles montent ensemble vers la circonférence, de même nous appelons « accordés » plusieurs hommes car ils sont mus ensemble vers une seule fin, selon une volonté qui est formellement dans leurs volontés, comme une seule qualité est formellement dans les mottes de terre, c'est-à-dire la gravité, et une seule qualité est formellement dans les flammes, c'est-à-dire la légèreté. En effet la vertu volitive est une puissance, dont la forme est l'image du bien

---

1. *Métaphysique*, V, 16. 2. *Ibid.*, I, 5. 3. *Psaumes*, IV, 8.

appréhendé ; et cette forme, tout en étant, à l'instar des autres, une en soi, se multiplie selon la multiplicité de la matière qui la reçoit, comme l'âme, le nombre et d'autres formes pouvant être soumises à composition.

Après ces prémisses, pour démontrer la proposition qui est à la base de notre raisonnement, on raisonnera ainsi : toute concorde dépend de l'unité qui se trouve dans les volontés ; considéré dans son état le plus heureux, le genre humain est une forme de concorde ; en effet, un homme se trouvant dans un état excellent et quant à l'âme et quant au corps est une forme de concorde, et pareillement une famille, une cité, un royaume ; il en va de même pour l'ensemble du genre humain. Donc le genre humain, considéré dans son état excellent, dépend de l'unité qu'il y a dans les volontés. Mais cela ne peut se produire que s'il existe une volonté unique et souveraine, capable de rassembler dans l'unité toutes les autres, dès lors que les volontés des mortels ont besoin d'être réglées, à cause des doux plaisirs de l'adolescence, comme l'enseigne le Philosophe dans le dernier livre *À Nicomaque*[1]. Et cette volonté ne peut être une sans l'existence d'un seul prince pour tous, dont la volonté puisse être souveraine et capable de diriger toutes les autres. Si toutes les déductions que nous avons faites sont vraies, ce qui est le cas, il est nécessaire, pour que le genre humain soit dans l'état le meilleur, qu'il y ait dans le monde un Monarque, et par conséquent la Monarchie est nécessaire au bien-être du monde.

XVI. Une expérience mémorable vient confirmer tous les arguments exposés jusque-là : à savoir l'étonnant état où se trouvaient les mortels, état attendu ou établi — quand Il le voulut — par le Fils de Dieu, qui allait assumer la nature humaine pour sauver l'homme. En effet si nous passons en revue, depuis la chute de nos premiers parents — point de départ de toutes nos erreurs — les différents agencements de l'humanité et le cours des temps, nous trouverons que le monde n'a jamais joui entièrement de la paix si ce n'est sous le divin Monarque Auguste, lorsque existait une Monarchie parfaite. Que le genre humain ait été alors heureux dans la quiétude de la paix universelle, tous les historiens l'attestent, ainsi que d'illustres poètes ; même le scribe de la mansuétude du Christ

---

1. *Éthique à Nicomaque*, X, 9.

a daigné apporter son témoignage[1]; et enfin saint Paul a appelé « plénitude des temps » cet état très heureux[2]. Et en vérité les temps et les événements qui s'y inscrivent connurent leur plénitude, car aucune charge nécessaire à notre bonheur ne manqua de serviteur. Mais dans quel état s'est trouvé le monde depuis que les ongles de la cupidité ont commencé à déchirer la tunique sans couture du Christ[3], nous pouvons le lire, et plût au Ciel que nous n'eussions pas à le voir !

Ô genre humain, par combien de tempêtes et de catastrophes, par combien de naufrages dois-tu être ballotté, tandis que, transformé en un monstre aux multiples têtes, tu déploies tes efforts stériles ! Tu es malade de l'un et de l'autre intellect, ainsi que de ton cœur : tu ne soignes ni l'intellect supérieur par des arguments irréfutables, ni l'inférieur par l'image de l'expérience, et pas davantage le cœur par la douceur des conseils divins, alors que retentit à tes oreilles la trompette du Saint-Esprit : « Voyez ! Qu'il est bon et qu'il est agréable de vivre ensemble comme des frères[4]. »

---

1. *Luc*, II, 1.   2. *Gal.*, IV, 4.   3. *Jean*, XIX, 23-24.   4. *Psaumes*, CXXXII, 1.

LIVRE DEUXIÈME

I. « Pourquoi les nations ont-elles grondé, pourquoi les peuples ont-ils médité de vains projets ? Les rois de la terre se sont dressés, les princes ont conspiré contre le Seigneur et son Christ. Brisons leurs chaînes, jetons au loin leur joug[1] ! »

Nous nous étonnons d'habitude d'un fait nouveau dont nous ne réussissons pas à connaître la cause ; mais, une fois cette cause connue, nous regardons de haut, prêts à les railler, ceux qui demeurent dans l'étonnement. Jadis moi-même je m'étonnais que le peuple romain eût exercé son autorité sur le monde entier sans rencontrer de résistance, car, considérant la question d'un regard superficiel, je croyais qu'il y était parvenu sans aucun droit, si ce n'est par la force des armes. Mais après avoir poussé plus en profondeur le regard de l'esprit et avoir compris, grâce à des signes irréfutables, que c'était là l'œuvre de la divine providence, mon étonnement cessa pour s'effacer devant une sorte de mépris railleur, en voyant que les nations s'étaient insurgées contre la prééminence du peuple romain, et en voyant les gens méditer de vains projets, comme moi-même j'avais l'habitude de le faire, et je regrette, de plus, que les rois et les princes ne tombent d'accord que sur ce seul point : s'opposer à leur Seigneur et à son Oint, le prince romain. Ainsi, par dérision mais non sans quelque douleur, j'entends, pour défendre ce peuple glorieux, pour défendre César, joindre mon cri à celui du Psalmiste qui s'écriait, pour défendre le Prince du ciel : « Pourquoi les nations ont-elles grondé, pourquoi les peuples ont-

---

1. *Psaumes*, II, 1-3.

ils médité de vains projets ? Les rois de la terre se sont dressés, les princes ont conspiré contre le Seigneur et son Christ. » Toutefois l'amour naturel ne permet pas que la raillerie soit durable ; à l'instar du soleil d'été qui, après avoir dissipé les brouillards du matin, en surgissant rayonne de tout son éclat, l'amour préfère plutôt faire cesser la raillerie et répandre la lumière de la correction ; aussi, pour briser les liens de l'ignorance qu'ont voulus ces rois et ces princes, pour montrer que le genre humain est libre de leur joug, ferai-je mienne l'exhortation du très saint prophète, reprenant à mon compte le propos suivant : « Brisons leurs chaînes, jetons au loin leur joug ! » Ce double souhait se réalisera pleinement lorsque j'aurai mené à bien la deuxième partie du présent travail, et que j'aurai montré la vérité du problème qui nous occupe. En effet, en démontrant l'origine légitime de l'Empire romain, non seulement le brouillard de l'ignorance sera éloigné des yeux des rois et princes, qui usurpent les gouvernails de la chose publique, et qui estiment à tort que le peuple romain n'a pas agi autrement, mais tous les mortels se reconnaîtront libres du joug de ces usurpateurs. Or la vérité de cette question peut se manifester non seulement grâce à la lumière de la raison humaine, mais aussi grâce au rayon de l'autorité divine : lorsque ces deux lumières convergent vers un seul but, il s'ensuit nécessairement que le ciel et la terre donnent en même temps leur approbation. En m'appuyant donc sur cette confiance et faisant fond sur le témoignage de la raison et de l'autorité, je m'apprête à discuter la deuxième question.

II. Après avoir suffisamment recherché — dans la mesure où le sujet le permet — la vérité de la première question, il convient à présent de rechercher la vérité de la deuxième, à savoir si le peuple romain s'est arrogé à bon droit la dignité de l'Empire. Cette enquête devra commencer par voir quelle est cette vérité à laquelle ramener, comme à leur propre fondement, les raisonnements de l'enquête. Il faut donc savoir que, de même que l'on relève l'art dans trois degrés, c'est-à-dire dans l'esprit de l'artiste, dans son instrument et dans la matière façonnée par l'art, de même nous pouvons envisager la nature selon trois degrés. La nature est en effet dans l'esprit du premier moteur, qui est Dieu ; ensuite dans le ciel, comme dans l'instrument par lequel l'image du bien éternel se manifeste dans la matière mouvante. Certes, lorsque l'artiste est parfait et que l'instrument se trouve dans un état excellent, si quelque défaut se présente dans la forme de l'ouvrage, on ne peut l'attribuer qu'à la matière ; de même, puisque Dieu atteint au dernier degré de la perfection et que son instrument, le ciel, ne souffre aucun défaut dans la perfection qui lui revient — c'est ce qui se dégage des discussions philosophiques sur le ciel — il s'ensuit que tout ce qui est fautif ou défaillant dans les choses inférieures découle de la part de matière sous-jacente, et est étranger à l'intention du Dieu créateur et du ciel. Et n'importe quel bien se trouvant dans les choses inférieures, ne pouvant découler de la matière elle-même, qui n'existe qu'en puissance, dérive en premier lieu de Dieu en tant qu'artiste et en second lieu du ciel, qui est l'instrument de cet art de Dieu que l'on appelle d'ordinaire « nature ». Il ressort désormais clairement qu'étant un bien, le droit existe d'abord dans l'intelligence de Dieu. Et puisque tout ce qui existe dans l'intelligence de Dieu est Dieu, selon l'affirmation « Ce qui a été fait était la vie en lui[1] », et puisque Dieu est le tout premier objet de son vouloir, il s'ensuit que le droit, pur autant qu'il se trouve en Dieu, est voulu par Dieu. Et, en allant plus loin, puisqu'en Dieu volonté et chose voulue s'identifient, il s'ensuit que la volonté de Dieu est le droit lui-même. Il s'ensuit également que le droit dans les affaires humaines n'est rien d'autre qu'une ressemblance de la volonté divine ; ainsi il arrive que ce qui n'est pas en accord avec la volonté divine, ne saurait être le droit véritable, et tout ce qui est en accord avec la volonté divine, est le véritable droit. Aussi, se demander si une action a été conforme au droit équivaut à se demander, en d'autres termes, si cette action a été conforme à la volonté de Dieu. Il faut donc supposer que l'on doit tenir pour du droit véritable et pur, cela même que Dieu veut dans la société humaine. En plus, que l'on se souvienne, selon l'enseignement du Philosophe dans le premier livre de l'*Éthique à Nicomaque*, « qu'il ne faut pas chercher de la même manière la certitude en toutes choses, mais selon ce que permet la nature du sujet[2] ». C'est pourquoi l'argumentation avancera convenablement à partir du fondement qui a été trouvé, si l'on cherche le droit du glorieux peuple romain en s'appuyant sur des indices évidents et sur l'autorité des savants. Certes, la volonté de Dieu est en elle-même invisible ; mais les réalités invisibles de Dieu « deviennent

---

1. *Jean*, I, 3-4. 2. *Éthique à Nicomaque*, I, 3, 4.

compréhensibles à l'intelligence grâce à celles qu'il a créées[1] ». En effet, si un sceau demeure caché, la cire sur laquelle il a laissé son empreinte donne de ce sceau, quoique caché, une connaissance évidente. Il n'est pas surprenant que la volonté divine doive être cherchée à travers des signes, dès lors que la volonté humaine ne peut non plus être discernée, en dehors du sujet du vouloir, que par des signes.

III. Quant à la question présente, j'affirme donc que le peuple romain s'est arrogé à bon droit, sans l'usurper, la charge de la Monarchie sur tous les hommes, que l'on appelle Empire. Ce qui se démontre d'abord ainsi : il revient au peuple le plus noble d'exercer son autorité sur tous les autres ; le peuple romain a été le plus noble ; donc il lui revient d'exercer son autorité sur tous les autres. La prémisse majeure est prouvée par le raisonnement qui suit : en effet, puisque l'honneur est une récompense de la vertu et que toute prééminence est un honneur, toute prééminence est la récompense de la vertu. Or l'on constate que les hommes sont ennoblis par le mérite de la vertu, de la leur propre ou de celle de leurs ancêtres. La noblesse est en effet vertu et antique richesse, selon ce qu'affirme le Philosophe dans la *Politique*[2] ; et, selon Juvénal :

la noblesse d'âme est la seule et unique vertu[3].

Ces deux définitions se réfèrent aux deux noblesses, c'est-à-dire la noblesse personnelle et la noblesse des ancêtres. Donc, selon la raison, c'est aux nobles que revient la récompense de la prééminence. Et puisque les récompenses doivent être mesurées aux mérites, selon la phrase de l'Évangile « c'est de la mesure dont vous mesurerez, qu'on usera pour vous[4] », il revient au plus noble d'occuper la plus haute place. Or le témoignage des Anciens démontre la prémisse mineure ; en effet notre divin poète Virgile tout au long de l'*Énéide* atteste, pour qu'on en garde à jamais le souvenir, que le très glorieux roi Énée a été le père du peuple romain ; c'est ce que confirme Tite-Live, remarquable historien des hauts faits romains, dans la première partie de son œuvre, qui

---

1. *Rom.*, I, 20. 2. *Politique*, IV, 6, 5. 3. *Satires*, VIII, 20. 4. *Matth.*, VII, 2.

débute par la chute de Troie. Je ne saurais expliquer pleinement la noblesse de cet homme, père invaincu et très pieux, en considérant non seulement sa vertu, mais la vertu de ses ancêtres et de ses épouses — la noblesse des uns et des autres a conflué en lui par droit héréditaire —, mais « je suivrai les traces marquantes des choses[1] ».

Quant à sa noblesse personnelle, il faut écouter notre Poète lorsque, dans le premier chant de l'*Énéide*, il introduit Ilionée qui dit :

> Nous avions pour roi Énée : nul ne le dépassa en justice
> et en piété, nul ne fut plus grand pour la guerre et pour les
> [armes[2].

Et il faut également écouter notre Poète dans le sixième chant : en parlant de la mort de Misène qui avait été pendant la guerre le serviteur d'Hector et qui était devenu, après la mort de celui-ci, le ministre d'Énée, Virgile affirme que Misène « ne fut point au service d'homme de rang inférieur[3] » ; il établit ainsi une comparaison entre Énée et Hector, ce héros qu'Homère glorifie plus que les autres, comme le rapporte Aristote dans le livre *À Nicomaque* concernant les mœurs qu'il faut fuir[4]. Quant à sa noblesse héréditaire, il apparaît que chacune des trois parties du monde l'a ennobli tant par ses ancêtres que par ses épouses. L'Asie l'a en effet ennobli par ses ancêtres les plus proches, tels Assaracus et les autres qui ont régné sur la Phrygie, région de l'Asie ; aussi notre Poète affirme-t-il dans son troisième chant :

> Après qu'il plut aux dieux de provoquer la ruine de l'Asie
> et du peuple innocent de Priam[5].

L'Europe l'a ennobli par son ancêtre le plus ancien, Dardanus ; et l'Afrique aussi par son aïeule la plus ancienne, Électre, fille d'un roi au nom glorieux, Atlas. Notre Poète rend témoignage à ces deux ancêtres dans son huitième chant, lorsque Énée dit ceci à Évandre :

---

1. *Énéide*, I, 342. 2. *Ibid.*, I, 544-545. 3. *Ibid.*, VI, 170. 4. *Iliade*, XXIV, 258-259, cité par Aristote, *Éthique à Nicomaque*, VII, 1, 1. 5. *Énéide*, III, 1-2.

> Dardanus, premier père et fondateur de notre ville Ilion,
> descendant de l'Atlantide Électre, comme les Grecs le relatent,
> arrive au pays de Teucer : Électre, qu'Atlas
> a engendrée, lui qui soutient sur son épaule les cercles de
> [l'éther[1].

Que Dardanus fût originaire d'Europe, notre Poète le chante dans son troisième livre en disant :

> Il est un pays, que les Grecs appellent Hespérie, une terre
> ancienne, puissante par ses armes et la fécondité de sa terre.
> Les Énotres l'ont habitée ; la renommée veut
> que leurs descendants l'ait appelée Italie du nom de leur chef :
> c'est là notre propre demeure ; c'est de là que sortit Dardanus[2].

Qu'Atlas fût originaire d'Afrique, la montagne qui y a pris son nom en témoigne ; elle se trouve bien en Afrique, selon ce qu'Orose affirme dans sa description du monde : « Son ultime frontière est le mont Atlas et les îles que l'on appelle Fortunées[3]. » Or « son » désigne l'Afrique, car c'est d'elle qu'Orose parlait.

De même je découvre qu'Énée a été ennobli par le mariage. En effet sa première épouse, Créüse, fille du roi Priam, était originaire d'Asie, comme on peut le déduire de ce qui a été dit plus haut. Et qu'elle ait été sa première épouse, notre Poète l'atteste dans son troisième chant, où Andromaque interroge en ces termes Énée, père d'Ascagne, au sujet de son enfant :

> Et l'enfant Ascagne ? Est-il vivant, le souffle de l'air le
> [nourrit-il,
> lui que Créüse t'enfanta alors que Troie était déjà livrée aux
> [flammes[4] ?

Sa deuxième épouse a été Didon, reine et mère des Carthaginois en Afrique ; et qu'elle ait été son épouse, notre Poète l'enseigne dans son quatrième livre. Il dit en effet de Didon :

---

1. *Ibid.*, VIII, 134-137. 2. *Ibid.*, III, 163-167. 3. Paul Orose, *Histoire contre les païens*, I, 2. 4. *Énéide*, III, 339-340.

Désormais Didon ne songe plus à un amour caché :
elle l'appelle mariage ; et par ce nom elle couvrit sa faute[1].

La troisième a été Lavinie, mère des Albains et des Romains, à la fois fille et héritière du roi Latin, si le témoignage de notre Poète est véridique lorsque, dans son dernier chant, il met en scène Turnus vaincu qui adresse à Énée cette prière suppliante :

Tu as vaincu et les Ausoniens ont vu le vaincu
te tendre ses paumes : Lavinie est désormais ton épouse[2].

Cette dernière épouse était originaire d'Italie, la plus noble région d'Europe. Toutes ces citations ayant été produites pour rendre évidente la prémisse mineure, qui n'est suffisamment convaincu que le père du peuple romain, et par conséquent ce peuple lui-même, a été le plus noble sous le ciel ? Ou bien qui voudra encore ignorer la prédestination divine dans ce double afflux du sang, issu de chaque partie du monde, en faveur d'un seul homme ?

IV. Même ce qui parvient à sa propre perfection à l'aide des miracles est voulu par Dieu, et se produit par conséquent de plein droit. Cette vérité est évidente car, comme l'affirme Thomas dans son troisième livre du *Contre les Gentils*, « le miracle est ce qui arrive par volonté divine en dehors de l'ordre communément établi des choses[3] ». Il prouve par là qu'il revient uniquement à Dieu de faire des miracles. Ce que confirme l'autorité de Moïse : lorsque survint la plaie des moustiques, les mages du Pharaon, qui par leur art se servaient de principes naturels, sans le moindre effet d'ailleurs, dirent : « Le doigt de Dieu est là[4]. » Si donc un miracle est une action immédiate du Premier Agent sans la coopération des agents secondaires — comme le même Thomas le prouve largement dans le livre que l'on vient de citer —, lorsque ce miracle se manifeste en faveur de quelqu'un, il est impie d'affirmer que celui qui bénéficie de cette faveur, n'a pas été agréé par Dieu et sa providence. De ce fait il est saint d'admettre le contraire, c'est-à-dire que l'Empire romain a été aidé par la force des miracles à atteindre sa perfection ;

---

1. *Énéide*, IV, 171-172.   2. *Ibid.*, XII, 936-937.   3. *Contra Gentiles*, III, 101.   4. *Exod.*, VIII, 15.

donc il a été voulu par Dieu, et par conséquent il a existé et il existe de droit. Que Dieu ait réalisé des miracles pour annoncer l'avènement de l'Empire romain, des auteurs illustres en témoignent. En effet, dans la première partie de son histoire, Tite-Live atteste que sous Numa Pompilius, deuxième roi des Romains, au cours d'un sacrifice réalisé selon le rite païen, un bouclier tomba du ciel sur la ville choisie par Dieu[1]. Ce miracle, Lucain s'en souvient dans le neuvième livre de la *Pharsale*, lorsqu'il décrit l'incroyable force de l'Auster qui tourmente la Libye. Il dit en effet :

> Ainsi assurément ils tombèrent
> devant Numa qui sacrifiait, et la jeunesse élue
> les porte à son cou patricien ; Auster ou Borée avaient
> [dépouillé
> les peuples qui portaient nos boucliers[2].

Tite-Live et plusieurs écrivains illustres témoignent d'un commun accord que, lorsque les Gaulois, après avoir conquis le reste de la ville, s'avançaient en cachette, à la faveur de la nuit, vers le Capitole, dernier rempart contre la destruction définitive du nom de Rome, une oie que l'on n'avait jamais vue là auparavant, avait par ses cris signalé l'approche des Gaulois et avait incité les gardes à défendre le Capitole. Virgile se souvient de cet événement lorsqu'il décrit en ces termes, dans son huitième chant, le bouclier d'Énée :

> Au sommet du bouclier, Manlius, gardien de la roche
> [Tarpéienne,
> se tenait devant le temple et occupait les hauteurs du Capitole,
> et la demeure royale de Romulus était jonchée de chaume frais.
> Et là une oie argentée voletant sous les portiques dorés
> annonçait par son cri que les Gaulois étaient parvenus au
> [seuil[3].

Entre autres épisodes que Tite-Live relate dans *La Guerre punique* il y a celui-ci : alors que la noblesse romaine allait s'effondrer sous les coups d'Hannibal, au point qu'il ne restait plus aux Carthaginois qu'à attaquer la ville pour détruire sans retour la répu-

---

1. *Histoire romaine*, I, 20. 2. *Pharsale*, IX, 477-480. 3. *Énéide*, VIII, 652-656.

blique romaine, les vainqueurs ne purent parachever leur victoire à cause d'une chute de grêlons, aussi subite qu'insupportable, qui provoqua leur débandade[1]. Et l'évasion de Clélie, une femme pourtant et une captive, pendant que Porsenna assiégeait la ville, n'est-elle pas extraordinaire, lorsque avec l'aide miraculeuse de Dieu, ayant brisé ses chaînes, elle traversa le Tibre à la nage, comme presque tous les chroniqueurs d'événements romains le rappellent pour sa gloire[2]? C'est assurément ainsi que devait agir Celui qui, dans sa providence, avait depuis toujours établi toute chose selon une belle harmonie : car Lui qui s'apprêtait, visible, à montrer des miracles pour attester les réalités invisibles, Il devait, encore invisible, montrer ces miracles en faveur des réalités visibles.

V. De plus, quiconque tend au bien de la communauté[3], tend aux fins du droit. Et que l'un dérive de l'autre se prouve ainsi : le droit est un rapport réel et personnel entre un homme et un homme ; s'il est gardé, ce rapport garde la société ; s'il est gâté, il la gâte ; car la définition du *Digeste*[4] ne dit pas ce qu'est le droit, mais le décrit par la connaissance de l'usage qu'on en fait ; si donc ma définition du droit comprend bien son essence et sa cause, et si la fin de toute société est le bien commun de ses membres, il est nécessaire que la fin de tout droit soit le bien commun ; et il ne saurait exister un droit qui ne tendrait pas au bien commun. C'est pourquoi Cicéron affirme à juste titre dans sa *Première Rhétorique* : « les lois doivent toujours être interprétées en fonction de l'utilité de la chose publique[5] ». Car, si les lois ne sont pas orientées vers l'utilité de ceux qui leur sont soumis, elles n'ont de lois que le nom : dans les faits elles ne le sont pas. Il est en effet nécessaire que les lois lient les hommes entre eux en vue de l'utilité commune. Aussi Sénèque parle-t-il avec à-propos de la loi lorsqu'il écrit dans le livre *Des quatre vertus* : « la loi est le lien de la société humaine »[6]. Il est donc évident que celui qui tend vers le bien de la communauté, tend vers la fin du droit. Si donc les Romains ont tendu vers le bien de la communauté, il sera exact d'affirmer qu'ils ont tendu vers la

---

1. *Histoire romaine*, XXVI, 11. 2. *Ibid.*, II, 13, 6. 3. Nous traduisons ainsi, dans ce contexte, *res publica* (N.d.T.). 4. *De justitia et jure*, I, 1. 5. *De inventione*, I, 28. 6. Attribué à Sénèque, le *Livre des quatre vertus (Formula vitae honestae)* est en fait de saint Martin de Braga : la citation est à V, 1.

fin du droit. Que le peuple romain ait tendu vers le bien de la communauté en soumettant le monde entier, ses hauts faits l'attestent, qui montrent clairement comment, ayant écarté toute cupidité, toujours ennemie du bien de la communauté, et au nom de l'amour de la paix universelle et de la liberté, ce peuple saint, pieux et glorieux semble avoir négligé, pour le salut du genre humain, son propre avantage, pour ne s'occuper que de l'avantage commun. On a donc bien eu raison d'écrire : « L'Empire romain jaillit de la Source de la piété. »

L'intention de ceux qui agissent par libre choix ne se manifestant pas en dehors du sujet si ce n'est par des signes extérieurs, et les discours devant être examinés selon la matière traitée — comme nous l'avons déjà dit — il nous suffira, pour prouver ce point, de montrer des signes incontestables de l'intention du peuple romain, tant dans les assemblées publiques que chez les personnes considérées isolément. Quant aux assemblées, par lesquelles les hommes semblent être en quelque sorte liés à la chose publique, l'autorité de Cicéron nous suffit, quand il dit dans le deuxième livre des *Devoirs* : « Tant que le pouvoir politique était maintenu par les bienfaits et non pas par les injustices, et que les guerres étaient menées dans l'intérêt des alliés ou procédaient de ce pouvoir, l'aboutissement de ces guerres était clément ou d'une rigueur inévitable ; le sénat était un havre et un refuge pour les rois, les peuples et les nations ; et c'est d'avoir défendu avec équité et loyauté nos provinces et nos alliés, que nos magistrats et nos généraux s'efforçaient de tirer le plus grand sujet de gloire. Ainsi y avait-il lieu de parler plus de "patronage" que de "domination" du monde[1]. » Voilà le propos de Cicéron.

Quant aux personnes considérées isolément, je serai plus succinct. Ne doit-on pas affirmer qu'ont poursuivi le bien commun tous ceux qui ont cherché à l'augmenter au prix de leur sueur, de leur pauvreté, de l'exil, de la privation de leurs enfants, de la perte de leurs membres, voire de l'offrande de leur vie ? Le célèbre Cincinnatus ne nous a-t-il pas laissé un exemple saint de la façon de renoncer librement à la fonction que l'on a exercée, lorsque, après avoir été arraché à la charrue et avoir été fait dictateur, comme le relate Tite-Live, après sa victoire et son triomphe, il rendit aux

---

1. *De officiis*, II, 8.

consuls le bâton de commandement, pour revenir librement aux mancherons de sa charrue, pour suer derrière ses bœufs[1] ? C'est bien à la louange, et en polémiquant avec Épicure dans le *De la fin des biens*, que Cicéron rappelle les services que Cincinnatus a rendus : « Aussi — écrit-il — nos ancêtres éloignèrent Cincinnatus de sa charrue, pour qu'il devienne dictateur[2]. » Fabricius ne nous a-t-il pas donné un sublime exemple de résistance à la cupidité, lorsque, en dépit de sa pauvreté, il se moqua, au nom de sa fidélité à la chose publique, du grand poids d'or qu'on lui offrait ? Et, après s'en être moqué, il a manifesté son mépris et son refus par une réponse digne de lui. Virgile a assuré son souvenir au sixième livre de l'*Énéide*, lorsqu'il chante :

> malgré ses pauvres moyens
> Fabricius puissant[3].

Et Camille ne nous a-t-il pas donné un exemple mémorable, en préférant les lois à ses propres intérêts ? Selon Tite-Live, ayant été condamné à l'exil, après avoir délivré sa patrie assiégée, il rendit à Rome les dépouilles romaines et, tandis que le peuple demandait à grands cris qu'il reste, il quitta la ville sainte, pour n'y revenir que lorsque l'autorité du sénat lui eut accordé la faculté de retourner dans sa patrie[4]. Dans son sixième chant, Virgile loue la grandeur d'âme de cet homme, en disant :

> Camille rapportant les enseignes[5].

Et Brutus ne nous a-t-il pas appris le premier que ni les enfants ni nulle autre personne ne sauraient être préférés à la patrie, lui qui, nous dit Tite-Live, étant consul, livra à la mort ses propres fils, car ils conspiraient avec les ennemis[6] ? Sa gloire revit dans le sixième livre de notre Poète, qui le chante ainsi :

> et les fils, fauteurs de nouvelles guerres, le père
> les voua au châtiment, par amour de la belle liberté[7].

---

1. *Histoire romaine*, III, 26-29. **2.** *De finibus*, II, 4, 12. **3.** *Énéide*, VI, 843-844. **4.** *Histoire romaine*, V, 32, 8. **5.** *Énéide*, VI, 825. **6.** *Histoire romaine*, II, 5. **7.** *Énéide*, VI, 820-821.

Et Mucius ne nous a-t-il pas appris ce qu'il faut oser pour la patrie, lorsqu'il assaillit le téméraire Porsenna et lorsque, ensuite, il regarda brûler sa propre main, qui avait failli, avec le même visage que s'il eût assisté au supplice d'un ennemi ? C'est plein d'admiration que Tite-Live lui rend témoignage[1]. S'avancent à présent les plus saintes victimes, les Décius qui ont sacrifié leurs vies en les vouant au salut public, comme le relate Tite-Live : il les glorifie autant qu'il le peut, mais non point autant qu'ils le méritent[2]. S'ajoute aussi le sacrifice indicible de Marcus Caton, intransigeant défenseur de la liberté[3]. Ceux-là, pour le salut de la patrie, n'ont pas redouté les ténèbres de la mort ; celui-ci, pour embraser le monde d'amour pour la liberté, a montré quel était le prix de cette liberté, préférant quitter cette vie avec elle plutôt qu'y demeurer sans elle. Le nom illustre de tous ces hommes retentit dans la voix de Cicéron. Voici ce qu'il dit des Décius dans les livres *De la fin des biens* : « Songeait-il peut-être à ses propres plaisirs, Publius Décius, le premier dans sa famille à être consul, lorsque, s'étant voué à la mort, il fondait à bride abattue sur les rangs de l'armée latine ? D'ailleurs où ou quand eût-il pu s'adonner à ses plaisirs, puisqu'il savait la mort toute proche, et qu'il la cherchait avec plus d'ardeur que, selon Épicure, ne doit être cherché le plaisir lui-même ? Et si ce haut fait n'avait été loué à bon droit, il n'eût pas été imité par son fils à son quatrième consulat, ni par la suite le fils de celui-ci, consul à son tour, ne serait tombé, alors qu'il menait la guerre contre Pyrrhus, en se livrant au bien public, troisième victime consécutive issue de la même famille[4]. » Dans le livre *Des devoirs*, Cicéron disait de Caton : « Marcus Caton ne se trouva pas dans une situation différente par rapport à tous ceux qui en Afrique se rendirent à César. Et pourtant si ceux-ci s'étaient donné la mort, on le leur aurait imputé à crime, car leur vie avait été plus facile, leur mœurs moins strictes. Mais Caton, ayant reçu en partage de la nature une fermeté extraordinaire, que lui-même renforça par une persévérance constante, et étant toujours demeuré inébranlable dans les projets et les résolutions qu'il avait arrêtés, dut mourir plutôt que de regarder en face le visage du tyran[5]. »

---

1. *Histoire romaine*, II, 12.   2. *Ibid.*, VIII, 9 ; X, 28.   3. *Cf. Banquet*, IV, v ; et *Purgatoire*, I.   4. *De finibus*, II, 21, 61.   5. *De officiis*, I, 31, 112.

Deux points ont donc été tirés au clair : le premier est que quiconque cherche à atteindre le bien de la chose publique cherche à atteindre le bien du droit ; le deuxième est que le peuple romain, en soumettant le monde, a cherché à atteindre le bien public. On peut argumenter ainsi en faveur de notre thèse : quiconque cherche à atteindre la fin du droit marche selon le droit ; le peuple romain, en soumettant le monde, a cherché à atteindre la fin du droit, ce qui a déjà été manifestement démontré au cours de ce chapitre ; donc le peuple romain, en soumettant le monde, a agi selon le droit et par conséquent c'est à bon droit qu'il s'est arrogé la dignité de l'Empire. Pour que cette conclusion se dégage de prémisses bien claires, il faut éclaircir l'affirmation que l'on vient de faire : quiconque cherche à atteindre la fin du droit marche selon le droit. Pour ce faire, il faut remarquer que toute chose existe en vue d'une certaine fin, autrement elle serait inutile, ce qui n'est pas possible, comme on l'a dit plus haut. De même que toute chose existe en vue de sa propre fin, de même à toute fin appartient une chose propre dont elle est la fin ; par conséquent il est impossible que deux choses, considérées en elles-mêmes, tendent, en tant que deux, à la même fin ; il s'ensuivrait en effet le même inconvénient, c'est-à-dire que l'une d'entre elles serait vaine. Donc, puisqu'il existe une fin particulière du droit — déjà clairement établie — il est nécessaire, une fois cette fin établie, que le droit le soit, dès lors que la fin est l'effet propre, l'effet en soi du droit. Et comme dans tout lien de conséquence on ne saurait avoir l'antécédent sans le conséquent — par exemple l'homme sans l'être animé —, ce qui ressort clairement par une argumentation aussi bien positive que négative, il est impossible de chercher la fin du droit sans le droit, puisque toute chose est à sa propre fin comme le conséquent à l'antécédent ; il est en effet impossible de parvenir à la vigueur des membres sans la santé. De ce fait, il est absolument évident que quiconque cherche à atteindre la fin du droit doit nécessairement le faire selon le droit ; l'objection que l'on tire habituellement des paroles d'Aristote, lorsqu'il aborde le problème de l'« art de bien juger[1] », n'a point de valeur. Le Philosophe dit en effet : « Mais d'un faux syllogisme il peut arriver que l'on conclue ce qu'il aurait fallu

---

[1]. « Art de bien juger » : périphrase correspondant au terme grec *euboulia*, repris du grec par Dante (N.d.T.).

conclure, non par une voie qui convient, mais par un moyen terme faux[1]. » En effet, si en partant de prémisses fausses on en vient néanmoins à une conclusion vraie, c'est par accident, dans la mesure où cette vérité est avancée par les termes de la conclusion ; en soi le vrai n'est jamais la conséquence du faux, tandis que des signes vrais peuvent dériver de signes qui sont bien ceux du faux. Il en va pareillement dans le domaine de l'action : en effet, si un voleur vient au secours d'un pauvre, en l'assistant avec ce qu'il a dérobé, on ne saurait parler d'aumône ; toutefois cette action, réalisée avec ses propres biens, serait une véritable aumône. Il en va de même pour la fin du droit. Car, si une chose était obtenue, comme la fin du droit lui-même, en dehors du droit, elle ne serait pas plus le bien commun que les largesses faites avec des biens mal acquis ne sont une aumône ; ainsi, puisqu'il s'agit dans notre thèse de la fin réelle du droit, et non seulement de sa fin apparente, l'objection est nulle. Donc ce que l'on cherchait à prouver est évident.

VI. Et ce que la nature a ordonné, on le garde de droit : en effet, la prévoyance de la nature n'est pas inférieure à celle de l'homme, car, si tel était le cas, l'effet dépasserait en bonté sa cause, ce qui est impossible. Mais nous voyons que, lorsqu'on institue des collèges, leur promoteur ne considère pas seulement les rapports collégiaux et réciproques des membres, mais également la faculté de chacun d'exercer sa charge. Ce qui revient à considérer les termes du droit dans un collège ou dans un ordre, car le droit ne saurait aller au-delà des limites du possible.

Ainsi la nature n'apparaît-elle pas dépourvue de cette même prévoyance dans ce qu'elle ordonne. Il est donc évident que la nature ordonne les choses en respectant leurs facultés, et ce respect est le fondement du droit que la nature a établi dans les choses. Il s'ensuit que l'ordre naturel dans les choses ne saurait être maintenu sans le droit, dès lors que le fondement du droit a été uni indissolublement à l'ordre de la nature : il est donc nécessaire que l'ordre de la nature soit maintenu de droit. C'est la nature qui a ordonné le peuple romain en vue d'exercer l'empire et en voici la démonstration : quelqu'un qui s'attacherait uniquement à la forme finale, sans se

---

1. *Éthique à Nicomaque*, VI, 9.

soucier des moyens pour y parvenir, n'atteindrait pas à la perfection de son art ; il en va de même pour la nature si elle s'attachait uniquement, dans l'univers, à la forme universelle de l'image de Dieu et qu'elle en négligeât les moyens. Mais la nature n'admet aucune imperfection, puisqu'elle est l'œuvre de l'intelligence divine ; donc elle s'attache à tous les moyens lui permettant de parvenir au terme ultime de son intention. Puisque la fin du genre humain représente un moyen nécessaire à la fin universelle de la nature, il est donc nécessaire que la nature s'y attache. C'est pourquoi le Philosophe démontre fort bien dans le deuxième livre de l'*Entendement naturel* que la nature agit toujours selon une fin[1]. Et comme la nature ne peut atteindre à cette fin grâce à un seul homme, car les opérations nécessaires à celle-ci sont fort nombreuses et exigent de très nombreux sujets qui les réalisent, il faut que la nature produise un très grand nombre d'hommes ordonnés aux différentes opérations : à quoi contribuent considérablement l'influence du ciel, bien sûr, mais aussi les vertus et les propriétés des lieux inférieurs. De ce fait nous voyons que, pour ce qui est des hommes pris individuellement, comme des peuples, quelques-uns sont par naissance aptes au pouvoir, d'autres à être soumis et à servir, comme l'enseigne le Philosophe dans les livres de la *Politique*[2] : et pour ceux-ci, affirme-t-il, il est juste, et non seulement convenable, d'être gouvernés, y fussent-ils contraints. S'il en est ainsi, il n'est pas douteux que la nature a préparé dans le monde un lieu et un peuple en vue de l'empire universel, faute de quoi elle aurait été défaillante à son propre endroit, ce qui est impossible. Quant à la nature de ce lieu et de ce peuple, il ressort clairement de ce qui a été dit plus haut et de ce qui va être dit, que ce furent Rome et ses citoyens, ou son peuple. Ce sujet, notre Poète aussi l'a abordé de façon fort subtile dans le sixième chant de l'*Énéide*, quand il présente Anchise prévenant en ces termes Énée, père des Romains :

> D'autres façonneront mieux l'airain en lui insufflant la vie,
> tel est mon avis ; ils tireront du marbre des visages vivants,
> et plaideront mieux les causes, et mesureront avec précision
> les voies du ciel et diront le lever des astres :

---

1. *De naturali auditu*, II, 2, 8. 2. *Politique*, I, 2, 13-15.

> toi, Romain, souviens-toi qu'il te revient de gouverner les
> [peuples.
> Ce sera là ton art, imposer ta loi à la paix,
> épargner qui se soumet et défaire les orgueilleux[1].

Quant à la disposition du lieu, il l'aborde de façon subtile dans le quatrième chant, quand il introduit de la façon suivante Jupiter, qui parle d'Énée à Mercure :

> Sa mère, la très belle, ne nous l'a point promis tel,
> en le sauvant à deux reprises des armes grecques ;
> mais apte à gouverner l'Italie grosse d'empires
> et frémissante de guerre[2].

On a donc suffisamment montré que le peuple romain a été ordonné par la nature au commandement ; c'est donc de droit que le peuple romain est parvenu à l'Empire en soumettant le monde.

VII. Pour traquer réellement la vraie solution du problème, il importe de savoir que dans les affaires humaines le jugement divin tantôt se manifeste aux hommes, tantôt demeure caché. Et il peut se manifester de deux façons, à savoir par la raison et par la foi. En effet la raison humaine peut parvenir, par son propre cheminement, à certains jugements divins. Par exemple : l'homme doit s'exposer pour le salut de sa patrie ; en effet, si la partie doit s'exposer pour le salut de l'ensemble, l'homme, étant une partie de la cité, comme il ressort clairement de la *Politique* d'Aristote[3], doit s'exposer lui-même pour sa patrie, comme un bien moindre pour un bien supérieur. D'où cette affirmation du Philosophe dans l'*Éthique à Nicomaque* : « Le bien est aimable même s'il ne concerne qu'un seul, mais il est meilleur et plus divin s'il concerne un peuple et une cité[4]. » Et c'est bien là le jugement de Dieu, autrement la raison humaine dans sa droiture ne suivrait pas l'intention de la nature, ce qui est impossible. Mais il est d'autres jugements de Dieu auxquels la raison humaine ne peut parvenir par ses propres moyens : elle s'en approche néanmoins grâce à la foi qu'elle attache aux paroles de la Sainte Écriture, comme par exemple : nul homme, quelque

---

1. *Énéide*, VI, 847-853. 2. *Ibid.*, IV, 227-230. 3. *Politique*, I, 2. 4. *Éthique à Nicomaque*, I, 2, 8.

parfait qu'il soit dans sa disposition et dans son opération, quant aux vertus morales et intellectuelles, ne peut être sauvé sans la foi quand bien même il n'aurait jamais entendu parler du Christ. En effet la raison humaine ne peut comprendre par elle-même que ce jugement est juste, mais elle le peut avec l'aide de la foi. Il a été écrit dans l'Épître aux Hébreux : « Il est impossible de plaire à Dieu sans la foi[1] » ; et dans le Lévitique : « Tout homme issu de la maison d'Israël qui aura immolé un bœuf ou un mouton ou une chèvre dans le camp ou en dehors du camp, sans l'avoir présenté en offrande au Seigneur devant la porte du tabernacle, sera coupable du sang versé[2]. » La porte du tabernacle figure le Christ, qui est la porte du conclave éternel, comme on peut le déduire de l'Évangile[3] ; la mise à mort des animaux figure les opérations humaines. En revanche, il est un jugement caché de Dieu auquel la raison humaine ne parvient ni par loi de nature ni par loi de l'Écriture, mais uniquement, quelquefois, par une grâce spéciale. Et cela arrive de plusieurs façons : parfois par une simple révélation, parfois par une révélation moyennant une preuve. Par simple révélation, de deux façons : ou bien par la volonté de Dieu, ou bien comme résultat d'une prière de demande ; par la volonté de Dieu, de deux façons : ou bien directement ou bien par un signe ; directement, comme le jugement contre Saül a été révélé à Samuel ; par un signe, comme des signes ont révélé au Pharaon ce que Dieu avait jugé quant à la délivrance des enfants d'Israël. Comme résultat d'une prière de demande, ils le savaient bien, ceux qui disaient dans le deuxième livre des Paralipomènes : « Comme nous ne savons que faire, il ne nous reste qu'à tourner nos yeux vers Toi[4]. » Et la révélation moyennant une preuve a lieu de deux façons : ou bien par le sort, ou bien par le combat : en effet *certare*, « combattre », dérive de *certum facere*, « rendre certain ». Parfois le jugement de Dieu se révèle aux hommes par le sort, comme cela est manifeste pour le remplacement de Judas par Matthias dans les Actes des Apôtres[5]. Mais par le combat le jugement de Dieu se manifeste de deux façons : par le heurt de deux forces, comme cela arrive dans un duel entre pugilistes, appelés également duellistes, ou bien par la compétition entre plusieurs concurrents, dont chacun s'efforce

---

1. *Hébr.*, XI, 6. 2. *Lévitique*, XVII, 3-4. 3. *Jean*, X, 7-9. 4. II *Chroniques*, XX, 12.
5. *Actes des apôtres*, I, 26.

d'arriver le premier à un étendard, comme cela arrive lorsque des athlètes se disputent le prix de la victoire. La première de ces deux façons est figurée, auprès des païens, par le célèbre duel entre Hercule et Antée, que Lucain mentionne dans le quatrième livre de la *Pharsale* et Ovide dans le neuvième livre des *Métamorphoses*[1]. La deuxième est figurée, auprès de ces mêmes païens, par Atalante et Hypoménée dans le dixième livre des *Métamorphoses*[2]. De plus on ne saurait passer sous silence que, dans ces deux façons de combattre, les choses se présentent de façon telle que, dans la première, les champions peuvent se gêner réciproquement sans manquer à la justice, par exemple les duellistes, tandis que dans la deuxième, non. En effet les athlètes ne doivent pas se gêner les uns les autres, quoique notre Poète semble avoir eu une opinion différente dans le cinquième chant de l'*Énéide*, lorsqu'il a fait récompenser Euryale[3]. De ce fait il convient plutôt de suivre Cicéron qui dans le troisième livre des *Devoirs* a proscrit cette pratique ; en suivant l'opinion de Chrysippe, il dit ceci : « Entre autres choses le sage Chrysippe a affirmé : "Celui qui court dans le stade doit s'efforcer et déployer toutes ses forces pour gagner ; mais en aucune façon il ne doit faire un croc-en-jambe à son concurrent[4]." » D'après les cas que nous avons analysés dans ce chapitre, nous pouvons retenir deux arguments efficaces en faveur de notre démonstration : le premier est tiré de la compétition entre des athlètes, le deuxième, du combat entre deux pugilistes. L'un et l'autre seront développés dans les chapitres qui vont suivre.

VIII. Donc ce peuple fameux qui l'a emporté sur tous les peuples qui lui disputaient l'empire du monde, l'a emporté par jugement de Dieu. En effet, puisque Dieu se soucie davantage de la solution d'une querelle universelle que d'une querelle particulière, et que dans certaines querelles particulières nous cherchons le jugement divin à travers la confrontation des athlètes, selon le proverbe rebattu « Celui à qui Dieu accorde la victoire, que saint Pierre aussi le bénisse », il n'est point douteux que la victoire sur les athlètes en compétition pour l'empire du monde ait suivi le jugement de Dieu. Le peuple romain l'a emporté sur tous les peuples qui étaient en

---

1. *Pharsale*, IV, 609-653 ; *Métamorphoses*, IX, 183-184. 2. *Métamorphoses*, X, 560-593. 3. *Énéide*, V, 337-338. 4. *De officiis*, III, 10, 42.

compétition pour l'empire du monde : et cela sera clair, si l'on considère les athlètes, si l'on considère aussi la récompense ou le but. La récompense, ou le but, a été de diriger tous les mortels, ce que nous appelons « Empire ». Mais celui-ci n'est revenu qu'au peuple romain, lequel a été non seulement le premier à atteindre le but de la compétition, mais aussi le seul, comme on le montrera immédiatement. En effet, le premier des mortels qui ait aspiré à cette récompense fut Ninus, roi des Assyriens. Quoique avec son épouse Sémiramis il ait essayé, quatre-vingt-dix ans durant et plus, d'obtenir l'empire universel par la force des armes et qu'il ait soumis toute l'Asie, comme le rapporte Orose[1], toutefois les régions occidentales du monde ne leur furent jamais soumises. Ovide les a mentionnés, l'un et l'autre, dans le quatrième livre des *Métamorphoses*, où il dit à propos de Pyrame :

> Sémiramis entoura la ville de murailles de terre cuite[2]

et plus loin :

> qu'ils se rencontrent au tombeau de Ninus et se cachent dans [l'ombre[3].

Le deuxième à aspirer à cette récompense fut Vésogès, roi d'Égypte. Mais quoiqu'il ait ravagé le sud et le nord de l'Asie, comme Orose le rappelle[4], jamais il ne conquit ne fût-ce que la moitié du monde ; bien plutôt il fut détourné par les Scythes presque à mi-chemin entre le départ de son entreprise téméraire et son but. Ensuite Cyrus, roi des Perses, s'y essaya à son tour. Après avoir détruit Babylone et avoir transmis l'empire des Babyloniens aux Perses, avant même de toucher les régions occidentales, défait par Thamyris, reine des Scythes, il renonça à la fois à la vie et à son entreprise. Après ceux-là, Xerxès, fils de Darius et roi des Perses, envahit le monde avec une armée innombrable, avec une telle puissance qu'il franchit par un pont le bras de mer séparant l'Asie de l'Europe entre Sexton et Abidon. Lucain a rappelé le sou-

---

1. *Histoire contre les païens*, I, 4. 2. *Métamorphoses*, IV, 58. 3. *Ibid.*, IV, 88. 4. *Histoire contre les païens*, I, 14.

venir de cet ouvrage extraordinaire dans le deuxième chant de la *Pharsale*, où il dit ceci :

> Semblable renommée chante que Xerxès, imbu d'orgueil, sur
> les flots construisit ses voies[1].

Pourtant à la fin, repoussé misérablement de son entreprise, il ne put atteindre son but. Outre ceux-là et après eux, Alexandre, roi de Macédoine, s'est approché plus que tout autre de la palme de la Monarchie, mais il s'est effondré presque à mi-course, tandis qu'en Égypte, comme le relate Tite-Live, il sommait, par ses ambassadeurs, les Romains de se rendre, et qu'il attendait leur réponse. Lucain rend témoignage de sa sépulture, qui existe encore là-bas, dans son huitième chant, lorsqu'il invective Ptolémée, roi d'Égypte :

> Des Lagides ultime et périssable surgeon, dégénéré,
> toi qui vas céder ton sceptre à ta sœur incestueuse,
> tandis que le Macédonien est gardé avec toi dans sa grotte
> [sacrée[2].

« Ô abîme des richesses de la science et de la sagesse de Dieu[3] ! » Qui n'en sera frappé d'étonnement ? En effet tu as arraché Alexandre au combat, alors qu'il s'efforçait de gêner dans sa course son rival romain, pour que sa témérité n'aille pas plus loin.

Que Rome ait obtenu la récompense d'un si grand combat, est attesté par de nombreux témoignages. Virgile dit en effet dans son premier chant :

> C'est de là, certes, qu'au fil des ans les Romains
> naîtraient, des chefs qui, ranimant le sang de Teucer,
> tiendraient sous leur empire la mer et les terres[4].

Et Lucain dans son premier chant :

> On divise par le fer un royaume et pour le peuple puissant

---

1. *Pharsale*, II, 672-673. 2. *Ibid.*, VIII, 692-694. 3. Saint Paul, *Rom.*, XI, 33.
4. *Énéide*, I, 234-236.

la Fortune, qui possède la mer, les terres et le monde entier ne voulut pas de deux maîtres[1].

Et Boèce, parlant dans son deuxième livre du prince des Romains, dit ceci :

Mais il gouvernait par son sceptre les peuples,
que voit, lorsqu'il cache ses rayons sous les vagues,
Phébus surgissant de l'extrémité de l'Orient,
ceux qu'oppriment le gel et les glaces de l'Ourse
ceux que l'Auster impétueux a brûlés dans son souffle torride
cuisant une fois de plus les sables ardents[2].

Ce témoignage, Luc, le scribe véridique du Christ, le rend également dans ce passage de son Évangile : « Or, en ces jours-là, parut un édit de César Auguste, ordonnant le recensement de toute la terre[3]. » Ces paroles nous font clairement comprendre qu'à cette époque-là la juridiction universelle du monde appartenait aux Romains. D'après tous ces témoignages, il est manifeste que le peuple romain l'a emporté sur tous les peuples qui, tels des athlètes, étaient en compétition pour l'empire du monde ; donc il l'a emporté par jugement divin et par conséquent il a obtenu l'empire par jugement divin ; c'est-à-dire qu'il l'a obtenu de droit.

IX. Et ce que l'on acquiert par duel, c'est de droit qu'on l'acquiert. En effet, chaque fois que le jugement humain est défaillant, ou bien parce qu'il est enveloppé par les ténèbres de l'ignorance, ou bien parce qu'il n'a pas le secours d'un juge, pour que la justice ne soit pas délaissée, il faut avoir recours à Celui qui l'a tant aimée au point de payer par sa mort et par son sang le prix qu'elle exigeait ; d'où ce verset du psaume : « Le Seigneur est juste et il aime la justice[4]. » Mais ce recours n'est possible que lorsqu'on cherche le jugement divin avec le libre consentement des parties, nullement mues par la haine ou par l'amour, mais seulement par le zèle de la justice, au moyen du choc réciproque des forces de l'âme et du corps ; ce heurt, nous l'appelons « duel », car il était à l'origine conçu comme un combat entre un homme et un autre homme. Mais il

---

1. *Pharsale*, I, 109-111. 2. *Cons. phil.*, II, 6. 3. *Luc*, II, 1. 4. *Psaumes*, X, 7.

convient toujours de veiller à ceci : de même que dans les affaires de guerre il faut d'abord tout essayer par la négociation et ne recourir qu'en dernier lieu à l'affrontement armé, comme Cicéron et Végèce le recommandent d'une seule voix, celui-là dans le *Des devoirs*[1], celui-ci dans *L'Art de la guerre*[2] ; et de même que dans les soins médicaux tout doit être essayé avant d'utiliser, comme dernier secours, le fer et le feu ; de même, c'est après avoir exploré toutes les voies pour régler un litige en justice, que nous devons avoir recours à ce remède, contraints par une évidente nécessité de justice. Par conséquent apparaissent les deux conditions formelles du duel : la première est celle qui vient d'être énoncée ; la seconde a été traitée plus haut, c'est-à-dire que les athlètes ou les duellistes doivent entrer dans le gymnase d'un commun accord et poussés non par la haine ou par l'amour, mais seulement par le zèle de la justice. C'est pourquoi Cicéron, lorsqu'il a abordé ce sujet, a dit à juste titre : « Mais les guerres dont l'enjeu est la couronne de l'Empire, doivent être menées avec moins de dureté[3]. » Et si l'on a observé les conditions formelles du duel, sans lesquelles d'ailleurs il n'y aurait pas de duel, ceux qui se sont ainsi retrouvés d'un commun accord, par obligation de justice, uniquement poussés par le zèle pour la justice, ne se sont-ils pas réunis au nom de Dieu ? Et s'il en est ainsi, Dieu n'est-il pas présent au milieu d'eux, dès lors qu'il nous le promet lui-même dans l'Évangile[4] ? Et si Dieu est présent, n'est-il pas impie d'estimer que la justice peut succomber, puisque Lui-même l'aime d'un tel amour, comme nous venons de le dire ? Et si la justice ne peut succomber dans le duel, ce que l'on acquiert par le duel, n'est-ce pas selon le droit qu'on l'acquiert ? Même les païens connaissaient cette vérité, avant que ne retentît la trompette évangélique, lorsqu'ils cherchaient un jugement dans l'issue hasardeuse d'un duel. Ainsi le fameux Pyrrhus, digne des Éacides tant par ses mœurs que par la noblesse de son sang, répondit-il avec pertinence lorsqu'on lui envoya des ambassadeurs romains pour racheter les prisonniers :

---

1. *De officiis*, I, 11, 34. 2. *De re militari*, III, 9. 3. *De officiis*, I, 12, 38. 4. *Matth.*, XVIII, 20.

Je ne demande pas d'or pour moi, ni ne me donnez une
[rançon en argent ;
nous ne faisons pas la guerre en maquignons, mais en soldats,
par le fer, non par l'or, nous exposons notre vie.
Si Héra veut que ce soit vous ou moi qui règne, et ce que nous
[réserve le sort,
prouvons-le par notre valeur.
Ceux dont le courage fut épargné par la fortune des combats
je les épargnerai, assurément, en les rendant libres.
Reprenez-les en don[1].

Ici Pyrrhus appelait « Héra » la Fortune ; d'une façon plus satisfaisante et plus juste, nous définissons cette cause « divine providence ». Que les athlètes veillent donc à ne pas faire de la récompense la cause de leurs actions, car alors il ne faudrait plus parler de duel, mais d'un marché où sont mis à prix le sang et l'injustice. Et que l'on ne croie pas que Dieu est alors présent en tant qu'arbitre : l'arbitre est plutôt cet antique Ennemi qui avait été le fauteur de ce litige. S'ils veulent être des duellistes, et non point des marchands de sang et de justice, qu'ils aient devant leurs yeux, au seuil du gymnase, Pyrrhus qui, luttant pour le pouvoir, méprisait l'or, comme on l'a dit. Et si, pour s'opposer à la vérité démontrée, on prétexte l'inégalité des forces, comme on en a la coutume, cette objection sera écartée en rappelant la victoire de David sur Goliath. Et si les païens demandaient un autre exemple, que l'on écarte cette même objection en évoquant la victoire d'Hercule sur Antée. Soupçonner que les forces auxquelles Dieu apporte son soutien, sont plus faibles chez un athlète, est en effet plus qu'insensé.

Il est désormais suffisamment manifeste que ce que l'on acquiert par duel, c'est selon le droit qu'on l'acquiert. Or le peuple romain a obtenu l'Empire par duel, ce qui est attesté par des témoignages dignes de foi. En les rappelant on mettra non seulement en lumière ce point, mais aussi le fait que depuis le début de l'Empire romain toute question soumise à jugement était réglée par le duel. En effet dès le début, lorsque la querelle portait sur le séjour d'Énée le père, père fondateur de ce peuple, puisque Turnus, le roi des Rutules, s'y opposait, à la fin les deux rois convinrent de se livrer un combat

---

1. Vers d'Ennius (*Annales*, VI) cités par Cicéron, *De officiis*, I, 12, 38.

singulier, afin de connaître la volonté divine, comme le chantent les derniers vers de l'*Énéide*. Dans ce combat la clémence d'Énée fut si grande que le vainqueur eût fait don au vaincu à la fois de la vie et de la paix, comme le relatent les derniers vers de notre Poète[1], s'il n'avait aperçu le baudrier que Turnus avait arraché à Pallante, après l'avoir tué. Et puisque deux peuples, à savoir le peuple romain et le peuple albain, étaient nés en Italie de la même souche troyenne, et qu'il y avait eu entre eux une longue dispute portant sur l'enseigne de l'aigle, sur les autres pénates des Troyens et sur la dignité du commandement, à la fin, pour savoir quelle était la décision juste, les deux parties convinrent d'un combat entre les trois frères Horaces et les trois frères Curiaces ; il se déroula en la présence de leurs rois et de leurs peuples respectifs qui en attendaient l'issue. Aussi, après la mort des trois champions albains et de deux romains, la palme de la victoire revint aux Romains, sous le roi Hostilius. Et Tite-Live relate avec diligence cet événement dans la première partie de son histoire, et Orose aussi en témoigne[2]. Ensuite Tite-Live rapporte que le peuple romain combattit pour l'Empire avec les peuples limitrophes — avec les Sabins, avec les Samnites — en respectant toujours le droit de la guerre, et sous la forme de duel, quoique les combattants fussent une multitude. Et dans cette façon de combattre, la Fortune, dans la guerre contre les Samnites, s'est, pour ainsi dire, presque repentie de ce qu'elle avait entrepris. C'est ce que Lucain résume en guise d'exemple dans son deuxième livre :

> La porte Colline se remplit de monceaux de soldats abattus
> lorsque la tête du monde et la puissance de l'univers
> faillirent s'installer ailleurs, et le Samnite espéra
> meurtrir les Romains plus durement qu'aux Fourches Caudines[3].

Une fois ces conflits italiens apaisés, et alors que le combat pour le jugement divin n'avait pas encore été livré contre les Grecs et les Carthaginois, car les uns et les autres visaient à l'Empire, Fabricius pour les Romains et Pyrrhus pour les Grecs s'affrontèrent pour la

---

1. *Énéide*, XII, 940-952. 2. *Histoire romaine*, I, 24-26 ; *Histoire contre les païens*, II, 4. 3. *Pharsale*, II, 135-138.

gloire de l'Empire au milieu du déferlement des troupes, et ce fut Rome qui l'emporta. Ensuite, alors que Scipion pour les Italiens et Hannibal pour les Africains menaient la guerre sous forme de duel, les Africains furent défaits pas les Italiens, ainsi que Tite-Live et d'autres historiens romains ont pris le soin de l'attester. À présent, qui donc peut avoir un esprit obtus au point de ne pas voir que ce glorieux peuple a gagné la couronne du monde entier par droit de duel ? En vérité, un Romain aurait pu dire ce que l'apôtre Paul dit à Timothée dans son Épître : « Voici qu'a été réservée pour moi la couronne de justice[1] » ; à savoir, « réservée » dans l'éternelle providence de Dieu. Et maintenant, que les juristes prétentieux voient à quel point ils sont au-dessous de cet observatoire rationnel d'où l'esprit humain regarde ces principes, et qu'ils se taisent quant au sens de la loi, se bornant à manifester leurs avis et leurs jugements.

Il est désormais clair que le peuple romain a acquis l'Empire par le duel ; donc il l'a acquis selon le droit, et c'est là le propos principal de ce livre.

X. Jusqu'à présent, ce propos est rendu évident par des arguments reposant, pour l'essentiel, sur des fondements rationnels ; mais dorénavant la démonstration doit être reprise en s'appuyant sur les fondements de la foi chrétienne. Ce sont surtout ceux qui se disent zélateurs de la foi chrétienne qui ont « grondé » et « ont médité de vains projets » contre la prééminence du prince romain ; ils n'ont nullement miséricorde des pauvres du Christ, que l'on prive frauduleusement des revenus des églises ; qui plus est, les patrimoines eux-mêmes sont enlevés : l'Église s'appauvrit tandis qu'eux, en simulant la justice, refusent l'exécuteur de la justice. Mais désormais cet appauvrissement n'échappe pas au jugement de Dieu, car ces ressources de l'Église ne viennent aucunement secourir les pauvres, dont elles constituent pourtant le patrimoine, ni ne sont gardées avec quelque reconnaissance à l'égard de l'Empire, qui les a pourtant données en offrande. Elles retournent là d'où elles sont venues : elles sont venues bien, et c'est mal qu'elle s'en retournent, car elles ont été bien données, et c'est mal qu'elles ont été possédées. Mais qu'importe à de tels pasteurs ? Que leur importe si la substance de l'Église s'amenuise, tandis que grossissent les pro-

---

1. II *Tim.*, IV, 8.

priétés de leurs proches ? Sans doute est-il préférable de poursuivre notre propos, et d'attendre dans un pieux silence le secours de notre Sauveur.

Donc je dis que, si l'Empire romain n'a pas existé de droit, le Christ, par sa naissance, nous a convaincus d'une chose injuste. Cette déduction étant fausse, il s'ensuit donc que le contraire de la prémisse est vrai. En effet, deux propositions contradictoires se déduisent l'une de l'autre à partir de leur sens contraire. Il n'est pas nécessaire de démontrer aux croyants que la déduction est fausse. Si un croyant l'est vraiment, il admet que cette déduction est fausse ; s'il ne l'admet pas, c'est qu'il n'est pas un croyant, et s'il n'est pas un croyant, ce n'est pas pour lui que je tiens ce raisonnement. Je démontre ainsi la déduction : quiconque choisit librement de se conformer à un édit, convainc par son action de la justice de cet édit et, puisque les actions sont plus convaincantes que les paroles — comme le Philosophe se plaît à le souligner dans les derniers livres de l'*Éthique à Nicomaque*[1] — ce faisant il convainc plus que s'il approuvait en paroles. Or le Christ, comme l'atteste son scribe Luc[2], voulut naître de la Vierge Marie sous l'édit de l'autorité romaine, afin que, dans ce singulier recensement du genre humain, le Fils de Dieu, fait homme, fût recensé en tant qu'homme : ce fut justement se conformer à l'édit. Et peut-être est-il plus saint d'estimer que cet édit a été promulgué par volonté divine à travers César, afin que Celui qui avait été attendu durant des siècles dans la société des mortels, inscrivît lui-même son nom parmi les mortels. Donc le Christ a reconnu par son action que l'édit d'Auguste, investi de l'autorité romaine, devait être juste. Et puisque la promulgation d'un édit juste comporte l'existence d'une juridiction, celui qui a reconnu que l'édit était juste doit nécessairement reconnaître que la juridiction l'est aussi, car si elle n'avait existé selon le droit, elle eût été injuste. Il faut remarquer que l'argument dont nous nous sommes servi pour réfuter la déduction, quoiqu'il s'appuie de par sa forme sur un lieu commun, montre néanmoins sa force par un syllogisme de la seconde figure si, en gardant la position de l'antécédent, on peut le ramener à la forme d'un syllogisme par le recours à la première figure. On le réduit ainsi : tout ce qui est injuste nous convainc injustement ; le Christ n'a convaincu de rien

---

1. *Éthique à Nicomaque*, X, 1, 3.   2. *Luc*, II, 1.

injustement ; donc il n'a convaincu de rien d'injuste. Si l'on part de la position de l'antécédent, on procède ainsi : on convainc injustement d'une chose injuste ; le Christ nous a convaincus d'une chose injuste ; donc il nous a convaincus injustement.

XI. Et si l'Empire romain n'a pas existé de droit, le péché d'Adam n'a pas été châtié dans le Christ ; or cela est faux ; donc la contradictoire de ce dont dérive cette proposition est vraie. Voici comment il apparaît que cette conclusion est fausse, car par le péché d'Adam nous étions bien tous pécheurs, selon la phrase de l'Apôtre : « De même que par un seul homme le péché est entré dans le monde, et par le péché la mort, de même la mort est entrée dans tous les hommes, car tous ont péché[1]. » Si le Christ par sa mort n'avait donné satisfaction pour ce péché, nous serions encore enfants de la colère par notre nature, c'est-à-dire par notre nature pervertie. Mais il n'en va pas ainsi, car en parlant du Père, l'Apôtre dit dans son Épître aux Éphésiens : « Lui qui nous a prédestinés à être ses enfants adoptifs par Jésus-Christ, selon les desseins de sa volonté, pour la louange et la gloire de sa grâce, dont Il nous a gratifiés dans son Fils bien-aimé. En lui, par son sang, nous trouvons la rédemption, la rémission de nos péchés selon les richesses de sa gloire qu'il a répandues sur nous en abondance[2]. » Et le Christ lui-même, souffrant dans sa propre personne la punition, dit dans l'Évangile selon Jean : « Tout est accompli[3]. » En effet, là où tout est accompli, il ne reste plus rien à faire. Pour la convenance de cette forme de justice, il faut savoir que la « punition » n'est pas simplement « la peine infligée à qui commet l'injustice », mais « la peine infligée à celui qui commet une injustice par celui qui a juridiction de punir ». Il s'ensuit que, si la peine n'est pas infligée par le juge légitime, il ne s'agit pas d'une « punition » mais plutôt d'une « injustice ». C'est pourquoi quelqu'un disait à Moïse : « Qui t'a constitué juge sur nous[4] ? » Si donc le Christ n'avait souffert sous un juge légitime, cette peine n'aurait pas été une punition. Et le juge légitime ne pouvait être que le juge ayant juridiction sur l'ensemble du genre humain, dès lors que l'ensemble du genre humain était puni dans la chair du Christ « qui portait nos souffrances », comme dit le

---

1. *Rom.*, V, 12.   2. *Éph.*, I, 5-8.   3. *Jean*, XIX, 30.   4. *Exod.*, II, 11-14.

prophète Isaïe[1]. Et Tibère César, dont Pilate était le vicaire, n'aurait pas eu de juridiction sur l'ensemble du genre humain, si l'Empire romain n'eût existé de droit. Voilà pourquoi Hérode, tout en ignorant le sens de ce qu'il allait faire, comme l'avait ignoré Caïphe lorsqu'il avait proféré la vérité quant au décret céleste, renvoya le Christ à Pilate afin qu'il le jugeât, comme nous le rapporte Luc dans son Évangile[2]. En effet, Hérode n'exerçait pas son pouvoir en tant que vicaire de Tibère sous l'enseigne de l'aigle ou sous l'enseigne du sénat, mais il avait été constitué par lui roi d'un royaume déterminé et il gouvernait sous l'enseigne du royaume qui lui avait été confié. Qu'ils cessent donc de réprouver l'Empire romain, ceux qui feignent d'être les enfants de l'Église, en voyant que son époux, le Christ, lui a accordé son approbation au début et à la fin de son combat sur terre. Et désormais j'estime qu'il est manifeste que le peuple romain s'est attribué de droit l'Empire du monde.

Ô toi, peuple heureux, ô toi, Ausonie[3] glorieuse, si celui qui a affaibli ton Empire[4] n'avait jamais vu le jour, ou s'il n'avait été un jour égaré par sa pieuse intention !

---

1. *Isaïe*, LIII, 4.   2. *Luc*, XXIII, 11.   3. Italie.   4. L'empereur Constantin.

LIVRE TROISIÈME

I. « Il a fermé la gueule des lions et ils ne m'ont fait aucun mal, parce que j'ai été trouvé juste en Sa présence[1]. »

Au début de cette œuvre, on s'est proposé d'étudier trois questions, dans la mesure où la matière le permettait ; les deux premières ont été traitées de façon satisfaisante, me semble-t-il, dans les livres précédents. Il reste à présent à examiner la troisième. Puisqu'elle ne peut être mise au jour sans en faire rougir quelques-uns, sans doute sa vérité provoquera-t-elle quelque indignation contre moi. Mais puisque la Vérité m'adjure, du haut de son trône immuable, et que Salomon aussi, s'engageant dans la forêt des Proverbes, nous enseigne par son exemple qu'il faut méditer la vérité et détester l'impiété, comme lui-même va le faire, et le Philosophe, précepteur des mœurs, nous persuade de fouler aux pieds nos intérêts, si la vérité l'exige[2] ; aussi, confiant dans les paroles précitées de Daniel, où la puissance divine se dresse comme un bouclier pour les défenseurs de la vérité, et revêtant, selon l'exhortation de saint Paul, la cuirasse de la foi[3], enflammé par ce charbon ardent que l'un des Séraphins prit de l'autel céleste pour toucher les lèvres d'Isaïe, je descendrai sans plus tarder dans l'arène, et soutenu par le bras de Celui qui nous a délivrés du pouvoir des ténèbres par son sang, je chasserai de l'arène, à la face du monde, l'impie et le menteur. Que puis-je craindre, alors que l'Esprit coéternel au Père

---

1. *Daniel*, VI, 22.   2. *Cf. Éthique à Nicomaque*, I, 6, 1.   3. *Cf.* I *Thessaloniciens*, V, 8.

et au Fils dit par la bouche de David : « On gardera du juste mémoire éternelle, il n'aura pas à craindre de funestes nouvelles[1] » ?

Donc la question présente, sur laquelle portera notre enquête, concerne les deux grands luminaires, à savoir le Pontife romain et le Prince romain ; la question est de savoir si l'autorité du Monarque romain, qui est de droit le Monarque du monde, comme cela a été démontré dans le deuxième livre, dépend immédiatement de Dieu ou bien d'un vicaire ou d'un ministre de Dieu, j'entends le successeur de Pierre, celui qui détient véritablement les clefs du royaume des cieux[2].

II. Pour discuter cette question, il faut déterminer, comme on l'a fait dans les livres précédents, un principe essentiel, en vertu duquel seront formés les arguments nécessaires à la découverte de la vérité. En effet sans ce principe établi à l'avance, à quoi bon se donner de la peine, même pour dire des choses vraies, puisque seul le principe est la racine des moyens termes du syllogisme ? Que l'on fixe donc cette vérité irréfutable, à savoir que Dieu ne veut pas ce qui répugne à l'intention de la nature. Si cette proposition n'était pas vraie, la proposition contraire ne serait pas fausse, c'est-à-dire que Dieu ne s'oppose pas à ce qui répugne à l'intention de la nature. Si cela n'était pas vrai, ne le seraient pas non plus ses conséquences : il est en effet impossible dans les déductions logiques qu'une conséquence soit fausse alors que l'antécédent ne l'est pas. Mais ce « ne pas s'opposer » entraîne nécessairement cette alternative : ou bien vouloir ou bien ne pas vouloir, tout comme le « non-haïr » appelle nécessairement l'alternative ou bien aimer ou bien ne pas aimer ; en effet ne pas aimer ne signifie pas haïr, et ne pas vouloir ne signifie pas désapprouver, c'est tout à fait évident. Si ces propositions ne sont pas fausses, la proposition suivante ne le sera pas non plus : « Dieu veut ce qu'il ne veut pas », alors qu'elle est d'une fausseté incomparable. Je démontre ainsi la vérité de ce que je viens d'affirmer : il est clair que Dieu veut la fin de la nature, autrement c'est en vain qu'il donnerait au ciel son mouvement, ce qui ne peut être dit. Si Dieu voulait un empêchement à la fin de la nature, il voudrait également la fin de cet empêchement, autrement c'est tout aussi en vain que se manifesterait son vouloir ; et puisque

---

1. *Psaumes*, CXI, 6-7. 2. *Cf. Matth.*, XVI, 19.

la fin de l'empêchement est la non-existence de la chose empêchée, il s'ensuivrait que Dieu voudrait la non-existence de la fin de la nature, dont on dit justement qu'il veut l'existence. En effet, si Dieu ne voulait pas un empêchement à la fin de la nature, du simple fait de son non-vouloir il s'ensuivrait qu'il ne se soucierait aucunement de l'existence ou de la non-existence d'un empêchement ; mais celui qui ne se soucie pas de l'existence d'un empêchement, ne se soucie pas non plus de la chose qui peut être empêchée et par conséquent cette chose n'est pas présente dans sa volonté ; or on ne veut pas ce qu'on n'a pas dans sa volonté. Aussi, si la fin de la nature peut être empêchée — ce qui est bien sûr possible —, il s'ensuit nécessairement que Dieu ne veut pas la fin de la nature ; ainsi en revient-on à la proposition précédente, c'est-à-dire que Dieu veut ce qu'il ne veut pas. Donc la vérité de ce principe, dont la proposition contradictoire entraîne de telles absurdités, est tout à fait incontestable.

III. Au seuil de l'examen de cette troisième question, il est bon de remarquer que la vérité de la première question a dû être prouvée plus pour retrancher l'ignorance que pour trancher un différend ; tandis que la vérité de la deuxième question visait presque dans la même mesure à retrancher l'ignorance et le différend : nous ignorons en effet bien des choses qui n'engendrent pourtant pas de dispute. Aussi le géomètre ignore-t-il la quadrature du cercle sans pour autant la mettre en question ; le théologien ignore le nombre des anges, sans pour autant en faire objet de débat ; par ailleurs, l'Égyptien ignore la civilisation des Scythes, sans pour autant discuter leur civilisation. Mais la vérité de cette troisième question engendre une telle dispute que, tandis que dans les autres cas c'est l'ignorance qui d'habitude provoque les disputes, dans celui-ci c'est plutôt la dispute qui provoque l'ignorance. En effet il arrive souvent ceci aux hommes dont la volonté s'envole plus vite que les vues de la raison : ayant cédé au mauvais penchant d'écarter la lumière de la raison, ils sont emportés par leur sentiment comme des aveugles, tout en niant opiniâtrement leur aveuglement. Aussi arrive-t-il très souvent que non seulement le faux prenne racine, mais qu'un grand nombre de gens, sortant de leurs frontières, sillonnent les champs d'autrui ; n'y comprenant rien, ils ne sont en rien compris. Aussi provoquent-ils la colère chez quelques-uns, l'indignation chez d'autres, et le rire chez beaucoup. Ce sont essentiellement trois genres de personnes qui s'acharnent contre la vérité à laquelle nous voulons parvenir. Aussi le souverain Pontife, vicaire de Notre Seigneur Jésus-Christ et successeur de Pierre, auquel nous sommes redevables non pas de ce que nous devons au Christ mais de ce que nous devons à Pierre, mû sans doute par son zèle des clefs, tout comme d'autres pasteurs des troupeaux chrétiens et d'autres qui ne sont mus, selon moi, que par le zèle de notre mère l'Église, s'opposent-ils à la vérité que je vais montrer, peut-être par amour — comme je l'ai dit — et non pas par orgueil. Mais il en est d'autres chez qui une cupidité entêtée a éteint la lumière de la raison — alors qu'ils sont fils du diable, ils se disent fils de l'Église — : non seulement ils provoquent des disputes sur cette question, mais, abhorrant le nom même du très saint principat, ils seraient prêts à nier sans vergogne les principes mêmes des deux questions précédentes et de celle-ci. Il existe aussi une troisième catégorie de personnes — on les appelle décrétalistes — qui, ignorant tout à fait la moindre notion de théologie et de philosophie, s'appuient avec obstination sur leurs Décrétales[1] — que je tiens d'ailleurs pour dignes de vénération — ; en faisant fond, je crois, pleins d'espoir, sur la supériorité des Décrétales, ils ravalent l'Empire. Il n'y a pas lieu de s'en étonner, d'ailleurs, puisque moi-même j'ai entendu l'un d'entre eux dire et affirmer avec insolence que les traditions de l'Église sont le fondement de la foi. Mais que cette impiété soit chassée de l'esprit des hommes par ceux qui ont cru, avant les traditions de l'Église, en le Fils de Dieu : le Christ qui allait venir, ou bien présent, ou bien qui avait déjà souffert sa passion. Et parce qu'ils ont cru, ils ont espéré, et parce qu'ils ont espéré, ils ont eu une charité ardente, et par cette ardeur ils sont devenus, nul n'en doute, cohéritiers du Christ. Et pour exclure complètement de l'arène ces gens, il faut remarquer qu'il existe une Écriture antérieure à l'Église, une Écriture contemporaine à l'Église et une Écriture postérieure à l'Église. L'Ancien et le Nouveau Testament, « qui ont été envoyés pour l'éternité », comme dit le prophète David[2],

---

1. À l'origine, bulles ou lettres pontificales réglant des questions administratives et disciplinaires de l'Église. Elles furent recueillies en livres au XIVᵉ siècle. Le mot désigna plus tard l'ensemble des lois canoniques. Un décrétaliste était donc un expert en droit canonique. 2. *Cf. Psaumes*, CX, 8.

sont antérieurs à l'Église ; et c'est bien ce qu'affirme l'Église, en adressant ces paroles à l'époux : « Entraîne-moi après toi [1]. » Contemporains de l'Église sont ces vénérables et premiers conciles ; aucun fidèle ne doute que le Christ y ait assisté, puisque nous savons qu'au moment où il allait monter au ciel, il a dit à ses disciples : « Voici, je serai avec vous tous les jours jusqu'à la consommation des siècles », comme Matthieu l'atteste [2]. Contemporains de l'Église sont aussi les écrits des docteurs, tels Augustin et d'autres, secourus par l'Esprit saint : celui qui en doute n'en a point vu les fruits, ou bien, s'il les a vus, il n'a su les goûter. Les traditions que l'on appelle « Décrétales » sont en revanche postérieures à l'Église : tout en étant vénérables par leur autorité apostolique, il n'est pas douteux qu'elles doivent être placées après l'Écriture fondamentale, puisque le Christ a blâmé les prêtres qui agissaient de manière contraire. Lorsque ceux-ci lui ont demandé : « Pourquoi tes disciples transgressent-ils la tradition des anciens ? » — ils négligeaient en effet l'ablution des mains —, le Christ leur a répondu, selon le témoignage de saint Matthieu : « Et vous, pourquoi transgressez-vous le commandement de Dieu au nom de votre propre tradition [3] ? » Par là, il a indiqué assez clairement que la tradition doit passer après. En effet, si les traditions de l'Église sont postérieures à l'Église, comme nous l'avons affirmé, l'Église ne saurait nullement tenir son autorité des traditions ; ce sont au contraire les traditions qui tiennent leur autorité de l'Église. Ceux qui ne s'appuient que sur les traditions doivent — nous l'avons dit — être exclus de l'arène car, si l'on veut pourchasser la vérité, il faut partir en quête des sources d'où jaillit l'autorité de l'Église. Mais après avoir ainsi écarté ces gens, il faut encore exclure du débat ceux qui, couverts des plumes des corbeaux, se targuent d'être les blanches brebis du troupeau du Seigneur. Ces fils de l'impiété, pour pouvoir accomplir leurs turpitudes, prostituent leur mère, chassent leurs frères et pour finir ne veulent d'aucun juge. À quoi bon avancer des arguments rationnels puisque, captifs de leur cupidité, ils n'en distingueraient même pas les principes ?

Donc le débat ne concerne plus que ceux qui, poussés par quelque zèle envers notre mère l'Église, ignorent la vérité que nous sommes en train de chercher. Fort du profond respect qu'un fils

---

1. *Cantique des Cantiques*, I, 4.   2. *Matth.*, XXVIII, 20.   3. *Ibid.*, XV, 3.

pieux doit à son père, que doit à sa mère un fils pieux, pieux à l'égard du Christ, à l'égard de l'Église, à l'égard de son pasteur, de tous ceux qui professent la religion chrétienne, j'entame avec eux, dans ce livre, le combat pour le salut de la vérité.

IV. Or ces personnes, avec lesquelles se poursuit désormais toute la discussion, lorsqu'elles affirment que l'autorité de l'Empire dépend de l'autorité de l'Église comme un maçon dépend de l'architecte, sont motivées par des arguments nombreux et divers. Elles les tirent de la sainte Écriture ainsi que de certains actes aussi bien du souverain Pontife que de l'Empereur lui-même ; elles s'efforcent, en outre, de s'appuyer sur quelques arguments rationnels. En premier lieu elles affirment, selon ce qui est écrit dans la Genèse, que Dieu a créé deux grands luminaires — un luminaire plus grand et un autre plus petit — afin que l'un présidât au jour et l'autre à la nuit[1] : ils comprennent que l'on désignait ainsi, de façon allégorique, les deux gouvernements, c'est-à-dire le gouvernement spirituel et le gouvernement temporel. Ils argumentent ensuite que, de même que la lune, qui est l'astre mineur, n'a de lumière que pour autant qu'elle la reçoit du soleil, de même le gouvernement temporel n'a d'autorité que pour autant qu'il la reçoit du gouvernement spirituel.

Pour réfuter ce raisonnement, et d'autres qu'ils peuvent tenir, il faut d'abord noter que, selon ce qu'Aristote aime à affirmer dans les livres qu'il a consacrés aux *Sophistes*, réfuter un argument signifie en manifester l'erreur[2]. Et puisque l'erreur peut se manifester aussi bien dans la matière que dans la forme de l'argumentation, il arrive que l'on se trompe de deux façons, c'est-à-dire en posant une prémisse fausse, ou bien en raisonnant de manière fautive. Ces deux erreurs, Aristote les reprochait à Parménide et à Mélissos en disant : « Car ils accueillent un principe faux et ils ne raisonnent pas correctement[3]. » J'entends ici « faux » dans son acception la plus large, en lui donnant aussi le sens d'« inopinable », ce qui, dans une matière probable, présente la même nature du faux. Donc, si l'erreur se trouve dans la forme, la conclusion doit être rejetée par celui qui veut réfuter l'argumentation, en montrant qu'on n'a pas respecté les règles formelles du syllogisme. Si en revanche l'erreur se trouve

---

1. *Cf. Genèse*, I, 14, 16. 2. *Réfutations sophistiques*, XVIII. 3. *Physique*, I, 3.

dans la matière, c'est parce qu'on a pris une prémisse fausse « de manière absolue », ou bien fausse « de manière relative ». Si elle est fausse « de manière absolue », il faut la réfuter en récusant la prémisse, si elle l'est « de manière relative », il faut la réfuter en établissant une distinction.

Cela dit, pour rendre plus claire la solution de cette question et de celles qui seront énoncées par la suite, il faut considérer que l'on peut se tromper de deux façons quant au sens mystique des Écritures : ou bien en le cherchant là où il ne se trouve pas, ou bien en le comprenant autrement qu'il ne devrait être compris. Quant à la première erreur, saint Augustin dit dans *La Cité de Dieu* : « Il ne faut pas croire que tous les faits relatés aient aussi une signification cachée, mais à cause de ceux qui en possèdent effectivement une, d'autres s'y agrègent qui n'en ont aucunement. La terre n'est labourée que par le soc ; mais pour que cela se fasse, les autres parties de la charrue sont également nécessaires[1]. » Quant à la deuxième, le même auteur dit dans *La Doctrine chrétienne*, à propos de celui qui perçoit dans les Écritures autre chose que ce qu'énonce celui qui les a écrites : « il se trompe comme celui qui, après avoir abandonné le chemin, parvient après maints détours là où le chemin l'eût conduit. » Et d'ajouter : « Il faut lui démontrer qu'il peut être poussé, par cette habitude à s'écarter du chemin, à cheminer aussi de travers ou à rebours[2]. » Il indique ensuite la raison pour laquelle il faut s'abstenir de ce genre d'interprétations pour les Écritures : « La foi chancellera, si chancelle l'autorité des Écritures divines. » Et moi je dis que si de telles erreurs sont commises par ignorance, une fois qu'elles ont été corrigées avec diligence, il faut pardonner, comme l'on pardonnerait à celui qui craindrait de trouver un lion dans les nuages ; si en revanche ces erreurs sont commises à dessein, il faudrait traiter ceux qui se trompent comme on traite les tyrans qui, au lieu d'appliquer les lois publiques en vue de l'intérêt commun, s'efforcent de les gauchir dans leur propre intérêt. Ô quel suprême crime, fût-il perpétré en rêve, que d'abuser ainsi de l'intention de l'Esprit éternel ! En effet ce n'est pas contre Moïse que l'on pèche, ni contre David, ni contre Job, ni contre Matthieu, ni contre Paul, mais contre l'Esprit saint qui parle en eux. Certes, nombreux sont les scribes de la parole divine, mais le seul

---

1. *La Cité de Dieu*, XVI, 2.   2. *De la doctrine chrétienne*, I, 36.

auteur est Dieu, qui a daigné, par la plume de nombreux scribes, nous faire connaître son bon plaisir.

Ces considérations faites, je reviens donc à ce que l'on disait plus haut pour récuser l'affirmation selon laquelle ces deux luminaires signifient au sens figuré les deux gouvernements ; toute la force de l'argumentation tient à cette affirmation. Que cette interprétation ne puisse aucunement se soutenir, peut être démontré de deux manières. D'abord parce que, ces gouvernements étant en quelque sorte des accidents de l'homme lui-même, il semblerait que Dieu eût renversé tout ordre logique en créant les accidents avant leur sujet — mais il est absurde d'affirmer cela de Dieu — ; en effet, ces deux luminaires ont été créés le quatrième jour et l'homme le sixième, comme l'Écriture le manifeste clairement. De plus, puisque ces gouvernements guident les hommes vers certaines fins, comme nous le verrons par la suite, si l'homme était demeuré en l'état d'innocence dans lequel Dieu l'avait créé, il n'aurait pas eu besoin de ces guides : les gouvernements de cette nature sont donc des remèdes contre l'infirmité du péché. Or puisque au quatrième jour l'homme n'était pas pécheur, car l'homme, dans l'absolu, n'était pas encore, créer ces remèdes aurait été oiseux, ce qui va à l'encontre de la bonté divine. Il serait fou, en effet, le médecin qui, avant qu'un homme soit né, lui préparerait un emplâtre pour un abcès à venir. On ne saurait donc affirmer que le quatrième jour Dieu a créé ces deux gouvernements ; et par conséquent l'intention de Moïse n'a pu être celle que ces gens imaginent à tort. Cette affirmation, en tolérant le mensonge, peut être réfutée en établissant une distinction. Cette réfutation « par la distinction » est plus douce pour l'adversaire, car elle ne le fait pas apparaître tout à fait comme un menteur, contrairement au type de réfutation « par la destruction ». Donc j'affirme que, bien que la lune ne possède en abondance la lumière que dans la mesure où elle la reçoit du soleil, il ne s'ensuit pas pour autant que la lune elle-même tire son existence du soleil. Il faut savoir à cet égard qu'une chose est l'existence de la lune, autre chose sa vertu, autre chose son agir. Pour ce qui est de l'existence, en aucune façon la lune ne dépend du soleil, et pas plus quant à sa vertu que quant à son agir considéré dans l'absolu, car son mouvement provient de son moteur propre, sa vertu de ses propres rayons : elle possède en effet une certaine lumière qui vient d'elle-même, comme l'attestent ses éclipses. Cependant elle reçoit du soleil ce qu'il lui faut pour déployer une action meilleure et de plus grande vertu : c'est-à-dire une lumière abondante. Une fois qu'elle l'a reçue, la lune agit avec une plus grande vertu. De même j'affirme que le règne temporel ne reçoit pas son existence du pouvoir spirituel, pas plus que sa vertu, à savoir son autorité, ni son agir considéré dans l'absolu ; mais il reçoit bien de lui la possibilité d'agir avec une plus grande efficacité, moyennant la lumière de la grâce que sur lui répand, au ciel et sur la terre, la bénédiction du souverain Pontife. Par conséquent l'argumentation péchait dans sa forme, car le prédicat de la conclusion n'est pas le terme extrême de la prémisse majeure, cela est clair. Voici en effet comme procède le syllogisme : la lune reçoit sa lumière du soleil qui est le gouvernement spirituel ; le gouvernement temporel est la lune ; donc le gouvernement temporel reçoit son autorité du gouvernement spirituel. Ainsi placent-ils comme terme extrême de la prémisse majeure « la lumière », mais comme prédicat de la conclusion « l'autorité ». Or ces deux choses diffèrent quant à leur sujet et quant à leur signification, comme on l'a vu.

V. Ils tirent pareillement argument du texte littéral de Moïse, en disant que du fémur de Jacob dériva la figure de ces deux gouvernements, c'est-à-dire Lévi et Judas : le premier a été le père du sacerdoce, l'autre du gouvernement temporel. Ils en déduisent l'argumentation suivante : entre l'Église et l'Empire il y a le même rapport qu'il y eut entre Lévi et Judas ; Lévi a précédé Judas par la naissance, ce que l'Écriture montre clairement ; donc l'Église précède l'Empire par l'autorité. Mais cette argumentation peut être aisément réfutée ; en effet, lorsqu'ils affirment que Lévi et Judas, fils de Jacob, représentent ces deux gouvernements, je pourrais semblablement récuser « par la destruction » cette prémisse ; mais admettons-la. Et lorsque, dans leur argumentation, ils déduisent : « de même que Lévi a eu la priorité pour ce qui est de la naissance, de même l'Église l'a pour ce qui est de l'autorité », je dis, semblablement, que le prédicat de la conclusion est différent du terme extrême de la prémisse majeure, car une chose est « l'autorité » et autre chose « la naissance », quant à leur sujet et quant à leur signification ; le raisonnement pèche donc par la forme. Leur démarche s'apparente à celle-ci : A précède B en C ; D et E sont comme A et B ; donc D précède E en F ; mais F et C sont différents. Et s'ils rétorquaient en objectant que F découle de C, c'est-à-dire que l'autorité découle de la naissance et qu'il est par conséquent exact de déduire le conséquent de l'antécédent, comme lorsqu'on dit être animé au lieu d'homme, je dis que c'est faux. Nombreux sont en effet les aînés par la naissance qui non seulement ne précèdent pas en autorité leurs cadets, mais sont dépassés par ceux-ci ; comme cela est manifeste, par exemple, lorsque les évêques sont plus jeunes que leurs archiprêtres. Ainsi l'objection semble-t-elle erronée, car elle considère comme une cause ce qui ne l'est pas.

VI. Du texte du premier livre des Rois ils tirent encore comme prémisses à leur argumentation la nomination et la déposition de Saül ; ils disent que Saül a été intronisé et ensuite déposé du trône par Samuel qui s'acquittait de sa fonction de représentant de Dieu, selon l'ordre qu'il avait reçu, comme le passage cité de l'Écriture le montre clairement[1]. Et ils en déduisent que, de même que Samuel, en tant que vicaire de Dieu, a eu l'autorité de conférer et d'enlever le pouvoir temporel et de le transférer à un autre, de même, de nos jours, le vicaire de Dieu, l'évêque de l'Église universelle, a l'autorité de conférer, d'enlever et aussi de transférer le sceptre du pouvoir temporel ; il s'ensuivrait sans nul doute que l'autorité de l'Empire serait une autorité dépendante, et c'est bien ce qu'ils disent. À cela il faut répondre par une réfutation visant à détruire la prémisse selon laquelle Samuel aurait été le vicaire de Dieu, car Samuel a agi de la sorte non pas en tant que vicaire, mais en tant que légat chargé de cette mission spécifique, ou bien en tant que messager porteur d'un commandement explicite de Dieu. Et cela est évident, puisque Samuel se borna à faire et à rapporter tout ce que Dieu avait dit. Il faut d'ailleurs savoir qu'une chose est d'être vicaire, autre chose d'être légat ou ambassadeur, de même qu'être docteur est une chose, être interprète, une autre. Est en effet vicaire celui auquel a été confiée une juridiction soumise à la loi ou à son libre arbitre ; par conséquent, dans les limites de la juridiction qui lui a été confiée, le vicaire peut, en vertu de la loi ou de son libre arbitre, se prononcer sur des faits que son seigneur ignore totalement. Le messager, en revanche, ne peut agir en tant que tel ; et de même que le marteau n'agit que par la seule vertu du forgeron, de même

---

1. I *Samuel*, X, 15.

le messager n'agit que par le seul arbitre de celui qui l'envoie. Que Dieu ait réalisé cette action en se servant de Samuel comme d'un messager, n'autorise donc pas à en déduire que le vicaire de Dieu pourrait en faire autant. À l'évidence Dieu, en se servant des anges a fait, fait et va faire beaucoup de choses que ne peut faire le vicaire de Dieu, successeur de Pierre. Leur argumentation procède donc « du tout à la partie », comme dans cet exemple de syllogisme : l'homme peut voir et entendre ; donc l'œil peut voir et entendre. Mais cela ne tient pas ; l'argumentation tiendrait en revanche dans sa forme « négative », par exemple : « l'homme ne peut pas voler ; donc les bras de l'homme ne peuvent pas non plus voler ». Et semblablement : « en se servant d'un messager, Dieu ne peut faire en sorte que ce qui est arrivé ne soit pas arrivé, selon la sentence d'Agathon[1] : donc son vicaire ne peut pas non plus le faire. »

VII. Du texte de Matthieu[2] ils tirent encore, comme prémisse à leur argumentation, l'offrande des Rois Mages, en disant que le Christ a reçu en même temps l'encens et l'or, pour signifier qu'il était lui-même seigneur et gouverneur des choses spirituelles et temporelles ; ils en déduisent que le vicaire du Christ est seigneur et gouverneur de ces mêmes choses et qu'il a par conséquence autorité sur les unes et les autres. Pour répondre à cette argumentation, je reconnais le sens littéraire et allégorique du passage de Matthieu, mais je réduis à néant la conclusion qu'ils s'efforcent d'en tirer. Voici comment ils procèdent dans leur syllogisme : « Dieu est le seigneur des choses spirituelles et temporelles ; le souverain Pontife est le vicaire de Dieu ; par conséquent il est le seigneur des choses spirituelles et temporelles. » Or l'une et l'autre propositions sont vraies, mais le moyen terme n'est pas de même nature, et l'on argumente en se fondant sur quatre termes ; ce faisant, on ne respecte pas la démarche du syllogisme, comme on le voit bien dans les traités sur le syllogisme en tant que tel[3]. En effet « Dieu », sujet de la prémisse majeure, est une chose et « vicaire de Dieu », prédicat de la prémisse mineure, en est une autre. Et si l'on répliquait en objectant que « vicaire » est équivalent à « Dieu », cette objection serait vaine, car aucun vicariat, qu'il soit divin ou humain, ne peut

---

1. Cité par Aristote dans l'*Éthique à Nicomaque*, VI, 2. 2. *Cf. Matth.*, II, 11. 3. *Cf.* Aristote, *Analytiques premiers*, I, XXIV, 4.

être équivalent à l'autorité principale, chose aisée à montrer. Nous savons en effet que le successeur de Pierre n'a pas une autorité équivalente à l'autorité divine, du moins dans les opérations de la nature ; il ne saurait en effet, de par la charge qui lui a été confiée, faire en sorte que la terre monte vers le haut ni que le feu descende vers le bas. Tout pouvoir ne pouvait d'ailleurs lui être délégué par Dieu, dès lors que Dieu ne pourrait aucunement déléguer à quelqu'un le pouvoir de créer et pareillement de baptiser, ce que l'on démontre facilement, même si le Maître des Sentences a affirmé le contraire dans son quatrième livre[1]. Nous savons aussi que le vicaire d'un homme n'est pas son égal, justement parce qu'il est son vicaire, car personne ne peut donner ce qui ne lui appartient pas. L'autorité du prince n'appartient au prince que tant qu'il en fait usage, car aucun prince ne peut se conférer à lui-même cette autorité ; il peut, bien sûr, la recevoir et l'abandonner, mais il ne peut créer un autre prince, car la création d'un prince ne dépend pas d'un prince. S'il en est ainsi, il est manifeste qu'aucun prince ne peut se substituer un vicaire jouissant d'une autorité en tous points équivalente à la sienne : aussi cette objection n'a-t-elle aucune valeur.

VIII. Pareillement, du texte du même Matthieu ils tirent encore, comme prémisse à leur argumentation, ces paroles du Christ à Pierre : « Et tout ce que tu lieras sur la terre sera lié au ciel, et tout ce que tu délieras sur la terre sera délié dans les cieux[2] » ; ces paroles ont été adressées aussi aux autres apôtres[3]. Leur façon d'interpréter l'Évangile de Matthieu, ils l'appliquent aussi à celui de Jean[4] ; ils en tirent donc l'argument que le successeur de Pierre peut, par concession de Dieu, tout lier ou délier ; ils en concluent ensuite qu'il peut délier les lois et les décrets de l'Empire, et lier les lois et les décrets à la place du gouvernement temporel ; s'il en était ainsi, ce qu'ils affirment s'ensuivrait parfaitement. Il faut répondre à cette argumentation par une distinction quant à la prémisse majeure dont ils se servent. Voici comment ils procèdent dans leur syllogisme : « Pierre a pu lier et délier toute chose ; le successeur de Pierre peut tout ce que Pierre a pu ; donc le successeur de Pierre

---

1. Il s'agit de Pierre Lombard (*Sentences*, IV). 2. *Matth.*, XVI, 19. 3. *Cf. Matth.*, XVIII, 18. 4. *Cf. Jean*, XX, 23.

peut lier et délier toute chose. » Ils en concluent que le successeur de Pierre peut lier et délier l'autorité et les décrets de l'Empire. J'admets la prémisse mineure ; quant à la majeure, je ne l'admets qu'en établissant une distinction. Pour cette raison j'affirme que le signe universel « tout », inclus dans « toute chose », ne dépasse jamais le cadre du terme auquel il se rapporte. En effet, si je dis « tout animal court », « tout » a une valeur distributive pour tout ce qui est compris dans le genre animal ; si je dis ensuite « tout homme court », alors le signe universel n'a de valeur distributive que pour ce qui relève du terme « homme » ; et lorsque je dis « tout grammairien », la valeur distributive se réduit encore plus.

C'est pourquoi il faut toujours voir ce sur quoi porte la distribution du signe universel ; cela vu, les limites de sa distribution apparaîtront clairement, dès lors que l'on connaît la nature et le champ du terme distribué. Par conséquent, quand on dit « tout ce que tu lieras », si ce « tout ce » était pris de manière absolue, leur affirmation serait vraie ; et non seulement le successeur de Pierre pourrait faire cela, mais il pourrait aussi délier une femme de son mari et la lier à un autre, alors que son premier mari est toujours en vie ; ce qu'il ne peut faire d'aucune façon. Il pourrait tout aussi bien m'absoudre, même si je ne me repens pas, ce que Dieu en personne ne pourrait faire. Puisqu'il en est ainsi, il est évident que cette valeur distributive ne doit pas être comprise de manière absolue, mais de manière relative. Or, ce qu'elle concerne est assez évident si l'on considère ce qui est accordé au successeur de Pierre, ce à quoi est rattachée cette valeur distributive. En effet le Christ dit à Pierre : « Je te donnerai les clefs du royaume des cieux », c'est-à-dire « je ferai de toi le portier du royaume des cieux ». Puis il ajoute : « et toute chose », c'est-à-dire « tout ce que », à savoir « et tu pourras lier et délier tout ce qui concerne cette charge ». Et ainsi le signe universel qui est inclus dans « tout ce que », est limité dans son extension par la charge liée aux clefs du royaume des cieux : en considérant la prémisse dans ce sens, cette proposition est vraie ; mais non pas si on la comprend de manière absolue, c'est évident. C'est pourquoi je dis que, quoique le successeur de Pierre puisse délier et lier, selon les exigences de la charge qui a été confiée à Pierre, il ne s'ensuit pas pour autant qu'il puisse délier et lier les décrets ou les lois de l'Empire, comme ces gens l'affirmaient, sauf au cas où l'on prouverait par la suite que cela concerne la charge liée aux clefs. Or, c'est justement le contraire qui sera démontré plus loin.

IX. Dans l'Évangile de Luc, ils cherchent encore comme argument les paroles que Pierre a adressées au Christ, lorsqu'il dit : « Voici deux épées. » Ils affirment que ces deux épées désignent les deux gouvernements, spirituel et temporel : selon les paroles de Pierre, ils se trouvaient là où il était lui-même, c'est-à-dire entre ses mains. Aussi en tirent-ils la conclusion que les deux gouvernements résident chez le successeur de Pierre. Ce qu'il faut réfuter en réduisant à néant l'interprétation sur laquelle ils fondent leur raisonnement. Ils affirment en effet que les deux épées que Pierre a désignées, représentent les deux gouvernements en question, ce qui doit être absolument rejeté, d'une part parce qu'une telle réponse n'eût pas été conforme aux intentions du Christ, d'autre part parce que Pierre avait l'habitude de répondre de manière impulsive et irréfléchie.

Qu'une telle réponse n'eût pas été conforme aux intentions du Christ, ne sera point douteux si l'on considère les mots qui la précèdent et le contexte. Il faut en effet savoir que ces paroles ont été prononcées le jour de la Cène ; c'est pourquoi, un peu plus haut, Luc commence ainsi son récit : « Arriva le jour des Azymes, où il fallait immoler l'agneau pascal[1] », et pendant la Cène le Christ avait annoncé sa passion imminente, au cours de laquelle il devait être séparé de ses disciples. Il faut également savoir que ces paroles ont été prononcées lorsque les douze disciples étaient réunis tous ensemble ; de ce fait, peu après le passage cité, Luc dit : « L'heure venue, il se mit à table avec ses douze disciples. » Ensuite, ayant poursuivi son discours, le Christ en vint à ceci : « "Quand je vous ai envoyés sans bourse, sans besace et sans chaussures, avez-vous manqué de quelque chose ?" "De rien", lui répondirent-ils. Alors il leur dit : "Mais à présent celui qui a une bourse, qu'il la prenne, de même celui qui a une besace ; et celui qui n'a pas d'épée, qu'il vende son manteau pour en acheter une[2]." » L'intention du Christ se manifeste ici assez clairement ; il n'a pas dit « achetez ou ayez deux épées » — mais douze, car il avait dit « celui qui n'a pas d'épée, qu'il l'achète » aux douze disciples —, afin que chacun en eût une.

---

1. *Luc*, XXII, 7. 2. *Ibid.*, XXII, 14, 35-36.

Et il tenait aussi ces propos pour les prévenir qu'ils seraient désormais en butte aux persécutions et au mépris, comme s'il eût dit : « Tant que j'ai été avec vous, vous avez été accueillis ; maintenant vous serez chassés. Il faut donc que vous vous procuriez, pour le cas où elles vous seraient nécessaires, même ces choses que je vous ai jusqu'à présent défendues. » Par conséquent si la réponse de Pierre, qui se réfère à ces paroles du Christ, avait eu la signification allégorique qui a été avancée, elle n'eût pas été conforme à l'intention du Christ ; et le Christ l'en aurait réprimandé, comme il l'a fait fort souvent, lorsque Pierre ne répondait pas à bon escient. Mais en l'occurrence il ne l'a pas fait, il a au contraire acquiescé en lui disant : « Cela suffit », comme s'il eût dit : « Je dis au cas où elles seraient nécessaires, mais si quelqu'un ne peut pas s'en procurer, deux peuvent suffire. »

Que Pierre eût l'habitude de répondre de manière impulsive et irréfléchie, le prouve cette hardiesse primesautière et étourdie à laquelle le poussaient non seulement la sincérité de sa foi, mais encore, me semble-t-il, sa pureté et sa simplicité naturelle. Tous les scribes du Christ attestent sa hardiesse. Ainsi Matthieu écrit que, lorsque Jésus eut demandé aux apôtres : « Qui dites-vous que je suis ? », c'est Pierre qui répondit avant tous les autres : « Tu es le Christ, le fils du Dieu vivant[1]. » Il écrit aussi que, lorsque le Christ annonçait à ses disciples qu'il lui fallait s'en aller à Jérusalem et y souffrir beaucoup, Pierre le prit à part et commença à le réprimander en lui disant : « Que cela demeure loin de toi, Seigneur. Non, cela ne t'arrivera pas. » Mais le Christ, en se retournant, le blâma en ces termes : « Passe derrière moi, Satan[2]. » De même Matthieu écrit que sur le mont de la transfiguration, en la présence du Christ, de Moïse et d'Élie et des deux fils de Zébédée, il dit : « Seigneur, il est bon pour nous de demeurer ici ; si tu veux, faisons ici trois tentes, une pour toi, une pour Moïse et une pour Élie[3]. » Et encore il écrit que, lorsque les disciples se trouvaient dans la barque pendant la nuit et que le Christ marchait sur les eaux, Pierre dit : « Seigneur, si c'est toi, ordonne que je vienne vers toi sur l'eau[4]. » De même il écrit que, lorsque le Christ annonçait qu'il serait pour ses disciples une occasion de scandale, Pierre répondit : « Quand bien même

---

1. *Matth.*, XVI, 15-16. 2. *Ibid.*, XVI, 21-23. 3. *Ibid.*, XVII, 4. 4. *Ibid.*, XIV, 28.

tous se scandaliseraient à ton sujet, moi je ne me scandaliserai jamais » et, plus loin : « Dussé-je mourir avec toi, je ne te renierai pas[1]. » Et cela, Marc aussi l'atteste ; quant à Luc, il écrit que Pierre avait dit également au Christ, peu avant les propos qui ont été rapportés au sujet des épées : « Seigneur, je suis prêt à aller avec toi et en prison et à la mort.[2] » Quant à lui, Jean rapporte que, lorsque le Christ voulut lui laver les pieds, Pierre dit : « Seigneur, toi me laver les pieds ! » et, plus loin : « Jamais, au grand jamais tu ne me laveras les pieds[3]. » Il dit également que Pierre avait frappé avec son épée le serviteur du grand prêtre, ce que relatent d'ailleurs les quatre évangélistes. Ensuite Jean dit que, lorsque Pierre se rendit au tombeau, il y entra sur-le-champ, tout en voyant que l'autre disciple hésitait sur le seuil. Il relate qu'après la résurrection, lorsque le Seigneur se tenait sur le rivage, « Pierre ceignit sa ceinture, car il était nu, et se jeta à l'eau[4] ». Il rapporte enfin que Pierre, après avoir vu Jean, dit au Seigneur : « Seigneur, qu'en sera-t-il de lui[5] ? » Il était bon de passer en revue ces passages concernant notre Archimandrite[6] pour louer sa pureté et parce qu'ils permettent de saisir clairement que, lorsqu'il parlait des deux épées, Pierre répondait au Christ sans arrière-pensée. Si ces paroles du Christ et de Pierre doivent être interprétées allégoriquement, il ne faut point les infléchir vers la signification que prétendent leur donner mes adversaires, mais il faut plutôt les rapporter à la signification dont parle saint Matthieu quand il écrit : « Ne croyez pas que je sois venu apporter la paix sur la terre ; je ne suis pas venu apporter la paix, mais l'épée. Car je suis venu séparer l'homme d'avec son père[7] », etc. Cela arrive aussi bien par la parole que par l'action ; c'est pourquoi Luc disait à Théophile : « ce que Jésus commença à faire et à enseigner[8] ». C'est là l'épée que le Christ commandait d'acheter, et c'est en songeant à cette épée que Pierre répondait qu'il y en avait là deux. En effet les apôtres étaient prêts aux paroles et aux actions par lesquelles ils allaient eux-mêmes réaliser ce que le Christ était venu faire, comme il l'avait annoncé, par l'épée, ainsi que nous l'avons dit.

---

1. *Ibid.*, XXVI, 33-35. 2. *Luc*, XXII, 33. 3. *Jean*, XIII, 6-8. 4. *Ibid.*, XXI, 7. 5. *Ibid.*, XXI, 21. 6. Dans l'Église grecque, ce terme désigne les supérieurs de certains monastères. Dante l'utilise pour désigner Pierre, le prince des apôtres. 7. *Matth.*, X, 34-35. 8. *Actes des apôtres*, I, 1.

X. Quelques-uns disent en outre que l'empereur Constantin, guéri de la lèpre par l'intercession de Sylvestre, qui était alors souverain Pontife, avait fait don à l'Église du siège de l'Empire, c'est-à-dire de Rome, ainsi que de bien d'autres dignités impériales. Par conséquent, ils argumentent que personne ne peut assumer ces dignités s'il ne les reçoit de l'Église, à laquelle, disent-ils, elles appartiennent ; il s'ensuivrait logiquement qu'une autorité dépend de l'autre, et c'est justement ce qu'ils prétendent.

Donc, après avoir exposé et réfuté les argumentations qui semblaient s'enraciner dans les paroles divines, il reste à présent à exposer et à réfuter celles qui s'enracinent dans l'histoire humaine et dans la raison humaine. La première est celle que nous venons de présenter. Elle est exposée par le syllogisme suivant : « personne ne peut posséder en droit, s'il ne le reçoit de l'Église, ce qui appartient à l'Église — ce que j'admets — ; le gouvernement de Rome appartient à l'Église ; donc personne ne peut le posséder en droit s'il ne le reçoit de l'Église. » Et ils prouvent la prémisse mineure par ce qui a été dit plus haut au sujet de la donation de Constantin. Je récuse tout à fait la prémisse mineure et, s'ils cherchent à la démontrer, je soutiens que leur démonstration est fausse, car Constantin ne pouvait aliéner une dignité de l'Empire, ni l'Église ne pouvait la recevoir. Et puisqu'ils s'obstinent à discuter, mon affirmation peut être démontrée ainsi : il n'est permis à personne de se servir de la charge qui lui a été confiée pour réaliser des actions contraires à cette charge ; car autrement une chose, en tant que telle, serait contraire à elle-même, ce qui est impossible. Or diviser l'empire va à l'encontre de la charge confiée à l'Empereur, dès lors que sa charge consiste à tenir le genre humain assujetti à un seul vouloir et à un seul non-vouloir, comme cela ressort aisément du premier livre de ce traité ; donc il n'est pas permis à l'Empereur de diviser l'Empire. Et si certaines dignités de l'Empire avaient été aliénées — comme ils l'affirment — par Constantin et qu'elles fussent passées au pouvoir de l'Église, c'est la tunique sans couture qui aurait été déchirée, cette tunique que n'ont osé se partager même ceux qui avaient transpercé d'un coup de lance le Christ, vrai Dieu[1]. De plus, de même que l'Église a son fondement propre, de même l'Empire a le sien. Or le fondement de l'Église est le Christ ; aussi saint Paul écrit-

1. *Cf. Jean*, XIX, 23-24.

il aux Corinthiens : « Nul, en effet, ne peut poser un fondement autre que celui qui a été établi, à savoir Jésus-Christ[1]. » C'est lui la pierre sur laquelle a été édifiée l'Église. En revanche le fondement de l'Empire est le droit humain. J'affirme seulement que, de même qu'il n'est pas permis à l'Église d'aller à l'encontre de son fondement — elle doit au contraire toujours s'appuyer sur lui, selon le verset du Cantique des Cantiques « Qui est celle qui monte du désert, débordant de charmes, appuyée sur son bien-aimé[2] ? » —, de même il n'est pas permis à l'Empire de faire quoi que ce soit à l'encontre du droit humain. Or ce serait aller à l'encontre du droit humain que l'Empire se détruise lui-même ; donc il n'est pas permis à l'Empire de se détruire lui-même. Mais diviser l'Empire équivaudrait à le détruire, car l'Empire consiste dans l'unité de la Monarchie universelle ; il est donc manifeste qu'il n'est point permis, à celui qui exerce la charge impériale, de diviser l'Empire. Et que détruire l'Empire aille à l'encontre du droit humain, se dégage nettement de ce que nous avons déjà dit.

De plus, toute juridiction est antérieure à son juge : en effet c'est le juge qui est établi en fonction de la juridiction et non le contraire ; or l'Empire est une juridiction dont l'étendue embrasse toute juridiction temporelle ; donc elle est elle-même antérieure à son juge, à savoir l'Empereur, car c'est l'Empereur qui est établi en fonction d'elle et non le contraire. Il en ressort clairement que l'Empereur en tant que tel ne peut la transformer, car c'est d'elle qu'il a reçu ce qu'il est. Je dis seulement ceci : ou bien Constantin était empereur lorsque, selon ce qu'ils disent, il fit sa donation à l'Église, ou bien il ne l'était pas. S'il n'était pas empereur, il est évident qu'il ne pouvait rien aliéner de l'Empire. S'il l'était, il n'a pu faire cette donation en tant qu'Empereur, car elle diminue sa juridiction. De plus, si un Empereur pouvait soustraire une parcelle, fût-elle minime, de la juridiction de l'Empire, un autre Empereur pourrait agir semblablement, pour les mêmes raisons. Et puisqu'une juridiction temporelle est une chose finie et que tout ce qui est fini est supprimé par un nombre fini de soustractions, il s'ensuivrait que la juridiction première pourrait être réduite à néant, ce qui va à l'encontre de la raison. En outre, le donateur joue le rôle d'agent et le donataire

---

1. I *Cor.*, III, 11.   2. *Cant.*, VIII, 5. Dans la néo-Vulgate manque le membre central de la phrase.

joue le rôle de patient, comme l'enseigne le Philosophe dans le quatrième livre de l'*Éthique à Nicomaque*[1] ; de ce fait pour qu'une donation soit licite, l'on requiert la prédisposition non seulement du donateur, mais également du donataire : il semble en effet que l'action de l'agent réside chez le patient et exige chez celui-ci une prédisposition à la recevoir. Or l'Église n'avait nullement la prédisposition à recevoir des biens temporels, en raison du commandement qui le lui défendait expressément, et que Matthieu nous rapporte en ces termes : « Ne vous procurez ni or, ni argent, ni monnaie dans vos ceintures, ni une besace pour la route[2] », etc. En effet, quoique nous trouvions chez Luc un certain adoucissement de ce précepte à propos de quelques biens, néanmoins je n'ai pu trouver qu'après cette interdiction l'Église ait été autorisée à posséder or et argent. Par conséquent, si l'Église ne pouvait pas recevoir, en admettant même que Constantin eût pu faire, de sa propre initiative, cette donation, son action n'en demeurait pas moins impossible, faute de disposition adéquate chez le patient. Il est donc évident que l'Église ne pouvait recevoir à titre de possession, pas plus que Constantin ne pouvait donner à titre d'aliénation. L'Empereur pouvait cependant, en vue de protéger l'Église, confier à celle-ci un patrimoine et d'autres biens, mais à la condition de ne point toucher à la souveraineté supérieure de l'Empire, dont l'unité ne souffre pas de divisions. À son tour le vicaire du Christ pouvait recevoir ces biens non pas pour les posséder, mais pour en dispenser les fruits, au nom de l'Église, en faveur des pauvres du Christ : les apôtres, nous le savons, n'avaient pas agi autrement.

Ils affirment en outre que le pape Hadrien fit appel à la protection de Charlemagne, pour être défendu, lui-même et l'Église, des injustices qu'avaient commises les Lombards, du temps où Didier était leur roi ; et que Charlemagne reçut du pape la dignité de l'Empire, quoique l'empereur Michel régnât à Constantinople. Forts de cela, ils affirment que tous ceux qui ont été Empereurs des Romains après Charlemagne, sont eux aussi des défenseurs de l'Église et doivent être appelés par l'Église. Pour briser cet argument j'affirme qu'ils ne disent rien qui vaille, car l'usurpation d'un droit ne fait pas le droit. S'il en était ainsi, on pourrait prouver de la même manière que l'autorité de l'Église dépend de l'Empereur, depuis que l'Em-

---

1. *Cf. Éthique à Nicomaque*, IV, 1. 2. *Matth.*, X, 9-10.

pereur Othon rétablit sur le trône pontifical Léon et déposa Benoît, qu'il emmena, de plus, en exil en Saxe.

XI. Voici comment ils argumentent en s'appuyant sur la simple raison. Ils tirent leurs principes du dixième livre de la *Philosophie première*[1] pour dire : toutes les choses appartenant au même genre sont ramenées à une seule chose, qui est la mesure de toutes choses placées sous ce genre ; or tous les hommes appartiennent au même genre ; donc ils doivent être ramenés à un seul homme, comme à leur mesure commune. Et puisque le souverain Pontife et l'Empereur sont des hommes, si cette conclusion est vraie il faut qu'ils soient ramenés à un seul homme. Or le Pape ne pouvant être ramené à quelqu'un d'autre, il reste donc que l'Empereur, ainsi que tous les autres hommes doivent être ramenés à lui comme à leur mesure et règle. Il s'ensuit ce qu'ils veulent prouver. Pour réfuter ce raisonnement j'affirme que lorsqu'ils disent « les choses appartenant au même genre doivent être ramenées à une seule chose, qui est la mesure dans ce genre », ils disent vrai. Et pareillement ils disent vrai quand ils affirment que tous les hommes appartiennent au même genre ; et semblablement ils tirent une conséquence vraie quand ils en concluent que « tous les hommes doivent être ramenés à un seul homme, mesure unique dans son genre ». Mais lorsque, à partir de cette conclusion, ils en ajoutent d'autres au sujet du Pape et de l'Empereur, ils se trompent quant à l'accident. Pour tirer au clair ce point, il faut savoir qu'être homme est une chose, être pape une autre ; de même, être homme est une chose, être empereur une autre et, de même, être homme est une chose, être père et seigneur une autre. L'homme, en effet, est ce qu'il est en vertu de la forme substantielle, par laquelle lui reviennent l'espèce et le genre, et par laquelle il est placé sous le prédicat de la substance ; mais le père est ce qu'il est en vertu de la forme accidentelle, qui est une relation grâce à laquelle lui reviennent une certaine espèce et un genre et par laquelle il est placé sous le genre « vers quelque chose » ou « de la relation ». Autrement toutes choses se ramèneraient à la catégorie de la substance, puisque aucune forme accidentelle ne peut subsister par elle-même sans le support de la substance qui subsiste par lui-même : ce qui est faux. Puisque donc le

---

[1] *Cf. Métaphysique*, X, I.

Pape et l'Empereur sont ce qu'ils sont en vertu de certaines relations — c'est-à-dire en vertu de la Papauté et de l'Empire, la première relation ressortissant à la paternité et la deuxième à la domination —, il est manifeste que le Pape et l'Empereur, en tant que tels, doivent être placés sous le prédicat de leur relation, et doivent, partant, être ramenés à quelque chose qui existe dans ce même genre. C'est pourquoi je dis qu'il est une mesure à laquelle ils doivent être ramenés en tant qu'ils sont hommes, différente de la mesure à laquelle ils doivent être ramenés en tant qu'ils sont respectivement Pape et Empereur. En effet, en tant qu'hommes ils doivent être ramenés à l'homme excellent, qui est la mesure de tous les autres, et pour ainsi dire l'idée de l'homme — quel qu'il soit —, à celui qui est le plus un, dans son genre, comme on peut le comprendre selon le dernier livre de l'*Éthique à Nicomaque*[1]. Mais en tant qu'êtres relatifs, c'est clair, ils doivent être ramenés soit l'un à l'autre, si l'un est subordonné à l'autre ou s'ils communiquent dans leur espèce selon la nature de leur relation, ou bien à un troisième élément, auquel ils seraient ramenés comme à leur unité commune. Or on ne saurait dire que l'un est subordonné à l'autre, puisque, si tel était le cas, les deux termes pourraient être dits, l'un de l'autre, ce qui est faux, car nous ne disons pas « l'Empereur est le Pape », ni le contraire. On ne saurait dire non plus qu'ils communiquent dans leur espèce, car autre est la raison d'être du Pape en tant que tel, autre est celle de l'Empereur en tant que tel. Donc ils sont ramenés à un troisième élément dans lequel ils puissent être unifiés.

À cet égard, il faut savoir que le relatif est au relatif ce que la relation est à la relation. La Papauté et l'Empire, qui sont des relations de supériorité, doivent donc être ramenés à un rapport de supériorité, d'où découlent, avec leurs différences spécifiques, le Pape et l'Empereur ; ceux-ci, étant l'un et l'autre des êtres relatifs, devront être ramenés à un rapport unique dans lequel on puisse trouver cette relation de supériorité sans leurs différences spécifiques. Et ce sera ou bien Dieu lui-même, en qui toute relation trouve universellement son unité, ou bien une substance inférieure à Dieu, dans laquelle, en descendant de la relation absolue jusqu'aux multiples formes de la supériorité, la relation de supériorité se particularise. Aussi est-il clair que le Pape et l'Empereur, en tant

1. *Cf. Éthique à Nicomaque*, X, 2 ; X, 5.

qu'hommes, doivent être ramenés à un seul homme ; mais en tant que Pape et Empereur, ils doivent être ramenés à une autre source d'unité. On voit par là ce que valent les raisonnements de ces gens.

XII. Après avoir exposé et repoussé les erreurs sur lesquelles s'appuient particulièrement ceux qui affirment que l'autorité de la Principauté romaine dépend du romain Pontife, il convient de revenir en arrière, pour montrer la vérité de cette troisième question que nous nous proposions de discuter au début. Cette vérité apparaîtra suffisamment si, selon le principe d'enquête qui a déjà été établi, je peux montrer que l'autorité de l'Empire dépend directement de Celui qui est le sommet de tout être, c'est-à-dire de Dieu. La démonstration aura été menée à bien si l'autorité de l'Empire apparaît dégagée de celle de l'Église — car aucune autre autorité ne fait l'objet de controverse — ou bien si, de manière directe, l'on prouve qu'elle dépend directement de Dieu. Voici la démonstration que l'autorité de l'Église n'est pas la cause de l'autorité de l'Empire : si une chose possède entièrement sa puissance, tandis qu'une autre n'existe pas ou n'exerce pas sa puissance, celle-ci ne peut être la cause de la puissance de la première. Or l'Empire possédait déjà entièrement sa puissance alors que l'Église n'existait pas ou n'exerçait pas sa puissance ; par conséquent l'Église n'est pas la cause de la puissance de l'Empire et, partant, non plus de son autorité, puisqu'en lui puissance et autorité se confondent. Soit A l'Église, B l'Empire, C l'autorité ou la puissance ; si, alors qu'A n'existe pas, C est en B, il est impossible qu'A soit la cause de la présence de C en B, car il est impossible que l'effet précède la cause dans l'être. Et encore si, alors qu'A n'agit pas, C est en B, nécessairement A n'est pas la cause de la présence de C en B, car la production d'un effet exige l'action préalable de la cause, notamment s'il s'agit, comme dans le cas présent, d'une cause efficiente. La prémisse majeure de cette démonstration est claire dans ses termes mêmes ; le Christ et l'Église confirment la prémisse mineure. Le Christ, par sa naissance et par sa mort, comme on l'a dit plus haut ; l'Église, par ce que Paul dit à Festus dans les Actes des apôtres : « Je me tiens devant le tribunal de César, c'est là que je dois être jugé » ; en outre par ce que l'ange du Seigneur a annoncé peu après à Paul : « Ne crains pas, Paul, il te faut comparaître devant César » ; et encore, plus loin, par les paroles que Paul adresse aux Juifs résidant en Italie : « À cause de l'opposition des Juifs, j'ai été contraint d'en appeler à César, sans toutefois vouloir porter la moindre accusation contre ma nation, mais pour sauver mon âme de la mort[1]. » Eh bien, si César n'avait eu, dès cette époque-là, l'autorité pour juger les choses temporelles, ni le Christ ne nous en aurait persuadés par son exemple, ni l'ange n'aurait annoncé ce message, ni celui qui s'écriait « je désire mourir pour être avec le Christ[2] » n'aurait fait appel à un juge incompétent. Si, en outre, Constantin n'avait eu l'autorité, il n'aurait pu confier selon le droit à l'Église les biens de l'Empire qu'il lui a confiés, en vue de la protéger ; aussi l'Église jouirait-elle injustement de cette donation, car Dieu veut que les offrandes soient sans tache, comme le dit ce passage du Lévitique : « Aucune des oblations que vous offrirez au Seigneur ne sera préparée avec un ferment[3]. » Quoiqu'il semble s'adresser particulièrement à ceux qui présentent l'offrande, néanmoins ce précepte s'adresse aussi, par conséquent, à ceux qui reçoivent. Il est en effet insensé de croire que Dieu veut que l'on reçoive ce qu'il interdit de donner, alors que, dans ce même livre que l'on vient de citer, il est prescrit aux Lévites : « Ne souillez pas vos âmes, ne vous contaminez pas à leur contact, pour ne pas être impurs[4]. » Mais affirmer que l'Église use de la sorte du patrimoine qui lui a été confié est tout à fait inadmissible : donc la prémisse d'où découle cette affirmation était fausse.

XIII. De plus, si l'Église avait le pouvoir de conférer l'autorité au Prince romain, elle la tiendrait ou bien de Dieu, ou bien d'elle-même, ou bien d'un Empereur ou bien du consensus universel des hommes, ou tout au moins des meilleurs d'entre eux : il n'est point d'autre fissure par où ce pouvoir saurait se répandre sur l'Église. Mais elle ne le tient d'aucune de ces sources : donc elle ne possède pas ce pouvoir. Qu'elle ne le tienne d'aucune de ces sources, on peut le prouver ainsi. En effet, si elle l'avait reçu de Dieu, elle l'aurait reçu ou bien par la loi divine ou bien par la loi naturelle, car ce qu'on reçoit de la nature, c'est de Dieu qu'on le reçoit, et

---

1. *Actes des apôtres*, XXV, 10 ; XXVII, 24 ; XXVIII, 19. Dante, remarque André Pézard, complète cette dernière citation par un emprunt au Psaume XXXIII, 19. 2. Il s'agit de saint Paul, dont Dante cite l'Épître aux Philippiens (I, 23). 3. *Lévitique*, II,11. 4. *Ibid.*, XI, 43.

non pas le contraire. Or elle n'a pu le recevoir par la loi naturelle, car la nature n'impose pas de loi si ce n'est à ses effets, car Dieu ne saurait être insuffisant quand il confère à quelque chose l'être en se passant d'agents secondaires. Donc, l'Église n'étant pas un effet de la nature, mais de Dieu qui affirme : « c'est sur cette pierre que je bâtirai mon Église[1] » et ailleurs : « j'ai accompli l'œuvre que tu m'avais donné à faire[2] », il est clair que ce n'est pas la nature qui a donné sa loi à l'Église. Mais elle ne l'a pas non plus reçue par la loi divine : en effet, toute la loi divine est contenue au sein de l'Ancien et du Nouveau Testament, et je ne réussis pas à y trouver que le souci ou le soin des choses temporelles ait été confié à l'ancien ou au nouveau sacerdoce. J'y trouve au contraire que les prêtres de l'ancienne alliance en avaient été éloignés par une prescription, comme il ressort clairement de ce que Dieu dit à Moïse, et quant aux prêtres de la nouvelle alliance, on se reportera à ce que le Christ dit à ses disciples[3]. Et il ne serait pas possible que ce souci ait été éloigné d'eux si l'autorité du gouvernement temporel découlait du sacerdoce car, du moins au moment de conférer cette autorité, se manifesterait le souci de la transmettre, et pareillement, par la suite, une vigilance constante afin que celui qui a été investi de cette autorité ne s'écarte pas du droit chemin. D'autre part, que l'Église n'ait pas reçu cette autorité d'elle-même, est facile à montrer. Il n'est rien qui puisse donner ce qu'il n'a pas ; par conséquent tout agent doit être, en acte, conforme à l'aboutissement de son action, comme cela est écrit dans l'*Être absolu*[4]. Or il est évident que, si l'Église s'est donné ce pouvoir, c'est qu'elle ne l'avait pas avant de se le donner ; ainsi elle se serait donné ce qu'elle n'avait pas : ce qui est impossible. Et que l'Église ne l'ait pas non plus reçu de quelque Empereur, tout ce qui a été exposé plus haut le démontre largement. Et qu'elle ne l'ait pas non plus reçu du consensus universel des hommes, ou tout au moins des meilleurs d'entre eux, qui pourrait en douter, dès lors que non seulement tous les Asiatiques et les Africains, mais aussi la plupart des habitants de l'Europe exècrent cette idée ? Vraiment, il est même fastidieux de produire des preuves pour des choses aussi évidentes.

---

1. *Matth.*, XVI, 18. **2.** *Jean*, XVII, 4. **3.** *Cf.* respectivement, *Nombres*, XVIII, 24 et *Matth.*, X, 9. **4.** *Cf.* Aristote, *De l'être absolu*, I, XII.

XIV. De même, ce qui va à l'encontre de la nature de quelqu'un n'est pas au nombre de ses pouvoirs, car les pouvoirs de toute chose dépendent de la nature de cette chose en vue de la fin à atteindre. Or le pouvoir de conférer l'autorité au royaume de notre condition mortelle va à l'encontre de la nature de l'Église : donc cela n'est pas au nombre de ses pouvoirs. Pour qu'apparaisse l'évidence de la prémisse mineure, il faut savoir que la nature de l'Église est la forme de l'Église ; en effet, quoique « nature » se dise au sujet de la matière et de la forme, en tout premier lieu on le dit cependant de la forme, comme Aristote le démontre dans l'*Entendement naturel*[1]. Or la forme de l'Église n'est pas autre chose que la vie du Christ, laquelle comprend aussi bien ses paroles que ses actions ; sa vie a été l'idée et le modèle exemplaire de l'Église militante, en particulier des pasteurs, et notamment du pasteur suprême à qui il incombe de paître les agneaux et les brebis. C'est pourquoi le Christ, alors qu'il allait quitter la forme de sa vie, a dit dans l'Évangile de Jean : « Je vous ai donné un exemple, afin que vous agissiez vous aussi comme j'ai agi envers vous[2] » ; et le même Évangile atteste que le Christ a dit de façon spéciale à Pierre, après lui avoir confié la charge de pasteur : « Pierre, suis-moi[3]. » Mais le Christ a refusé devant Pilate toute idée d'un gouvernement temporel : « Mon royaume — a-t-il dit — n'est pas de ce monde ; s'il était de ce monde, mes serviteurs auraient combattu pour que je ne fusse pas livré aux Juifs ; mais mon royaume n'est pas d'ici-bas[4]. » Ces paroles ne doivent pas être comprises dans le sens que le Christ, qui est Dieu, ne serait pas le seigneur de ce royaume ; le Psalmiste dit en effet : « car la mer lui appartient, c'est lui qui l'a faite, et ses mains ont modelé la terre ferme[5] » ; mais en ce sens que le Christ, en tant que modèle exemplaire de l'Église, n'avait cure de ce royaume. C'est comme si un sceau d'or parlait de lui-même en ces termes : « Je ne suis pas la mesure d'un genre donné » ; cette affirmation n'a pas de sens pour le sceau en tant qu'il est d'or, l'or étant l'unité de mesure dans le genre des métaux, mais elle se réfère au sceau en tant que signe qui peut être reçu par l'empreinte. C'est donc un devoir formel pour l'Église que de tenir les mêmes propos que le Christ et avoir ses mêmes sentiments ; dire ou sentir

---

1. *De naturali auditu*, II, 1. 2. *Jean*, XIII, 15. 3. *Ibid.*, XXI, 19. 4. *Ibid.*, XVIII, 36.
5. *Psaumes*, XCV, 5.

différemment serait, de toute évidence, contraire à sa forme, ou à sa nature, ce qui revient au même. Il s'ensuit que le pouvoir de conférer l'autorité au royaume temporel va à l'encontre de la nature de l'Église ; la contradiction dans les pensées ou dans les paroles découle en effet de la contradiction qui se trouve dans la chose dite ou dans la chose pensée, de même que le vrai et le faux dans un discours sont causés par l'existence ou la non-existence de la chose, comme nous l'apprend la doctrine des *Catégories*[1]. Par les arguments exposés ci-dessus, on a suffisamment prouvé, grâce à une démonstration « par l'absurde », que l'autorité de l'Empire ne dépend aucunement de l'Église.

XV. Quoique dans le précédent chapitre on ait montré, en poussant le raisonnement jusqu'à l'absurde, que l'autorité de l'Empire ne tire pas sa cause de l'autorité du souverain Pontife, on n'a pas entièrement prouvé pour autant qu'elle dépend immédiatement de Dieu, si ce n'est comme conséquence. En effet, si son autorité ne dépend pas du vicaire même de Dieu, il est logique qu'elle dépende de Dieu. Donc, pour parachever parfaitement mon propos, il convient de prouver « de manière indiscutable » que l'Empereur, ou Monarque du monde, relève directement du Prince de l'univers, à savoir de Dieu. Pour bien comprendre cela, il faut savoir que parmi tous les êtres, seul l'homme tient le milieu entre les choses corruptibles et les choses incorruptibles ; de ce fait, les philosophes le comparent avec à-propos à l'horizon, milieu qui délimite les deux hémisphères. En effet l'homme, si on l'envisage selon ses deux parties essentielles, à savoir l'âme et le corps, est corruptible ; si on l'envisage seulement selon l'une d'entre elles, c'est-à-dire l'âme, il est incorruptible. C'est pourquoi Aristote, dans le deuxième livre du *De l'âme*, dit à juste titre de celle-ci, pour ce qui est de sa nature incorruptible : « Et à cet élément seul, étant éternel, il est donné d'être séparé de ce qui est corruptible[2]. » Si donc l'homme est en quelque sorte le milieu entre les choses corruptibles et les choses incorruptibles, dès lors que tout milieu connaît la nature des extrêmes, il faut que l'homme connaisse les deux natures. Et puisque toute nature est ordonnée à une fin ultime, il s'ensuit qu'il existe une double fin de l'homme ; aussi, de même qu'il est le seul

---

1. Aristote, *Catégories*, II. 2. *De l'âme*, II.

de tous les êtres à participer de l'incorruptible et du corruptible, de même est-il le seul à être ordonné aux deux fins ultimes, l'une étant sa fin en tant qu'il est corruptible, l'autre en tant qu'il est incorruptible.

L'ineffable providence a donc proposé à l'homme de poursuivre deux fins : c'est-à-dire la béatitude de cette vie, qui consiste dans l'épanouissement de ses vertus propres et qui est représentée par le paradis terrestre ; et la béatitude de la vie éternelle, qui consiste à jouir de la vision de Dieu, à laquelle ne peut atteindre notre vertu propre, si elle n'est aidée par la lumière divine ; cette béatitude, il nous est donné de nous la représenter par l'image du paradis céleste. C'est par des moyens différents qu'il faut parvenir à ces deux béatitudes, car il s'agit de termes ultimes différents. Aussi parvenons-nous à la première grâce aux enseignements philosophiques, pourvu que nous les suivions en agissant selon les vertus morales et intellectuelles ; la seconde, nous y parvenons grâce aux enseignements spirituels, qui dépassent la raison humaine, pourvu que nous les suivions en agissant selon les vertus théologales, c'est-à-dire la foi, l'espérance et la charité. Ces termes ultimes et ces moyens nous ont été montrés, certes, les uns par la raison humaine, qui s'est fait entièrement connaître à nous par les philosophes, les autres par l'Esprit saint qui nous a révélé la vérité surnaturelle qui nous est nécessaire par les prophètes et les hagiographes, ainsi que par Jésus-Christ fils de Dieu, coéternel de Dieu, et par ses disciples. Néanmoins la cupidité humaine tournerait le dos à ces fins ultimes et à ces moyens, si les hommes qui errent au gré de leur animalité, comme des chevaux, n'étaient retenus en chemin « par un mors et des brides[1] ». C'est pourquoi l'homme a eu besoin de deux guides en vue de ses deux fins : à savoir le souverain Pontife, pour conduire le genre humain à la vie éternelle, en suivant les enseignements de la révélation, et l'Empereur, pour conduire le genre humain au bonheur temporel, en suivant les enseignements de la philosophie. Et puisque personne, ou presque, ne peut parvenir à ce havre du bonheur temporel — si ce n'est quelques-uns, et au prix de difficultés extrêmes —, à moins que le genre humain, une fois apaisées les vagues alléchantes de la cupidité, ne se repose, libre, dans la sérénité de la paix, c'est là le but essentiel auquel

---

1. *Psaumes*, XXXI, 8-9.

celui qui a la charge du monde, et que nous appelons le Prince romain, doit s'efforcer de parvenir : que dans ce petit parterre des mortels, on vive dans la liberté et la paix. Et puisque l'ordre de ce monde suit l'ordre inhérent à la rotation des cieux, il est nécessaire, pour que ces utiles enseignements de liberté et de paix soient appliqués de manière conforme aux lieux et aux temps, que l'homme qui a la charge du monde voie son autorité établie par Celui qui embrasse d'un seul regard l'ordre plénier des cieux. Ce ne peut être que Celui qui a établi à l'avance cet ordre, afin de relier, par lui, toutes choses à ses desseins providentiels. S'il en est ainsi, Dieu seul choisit, Dieu seul confirme, car il n'est personne qui lui soit supérieur. On peut aussi en tirer cette autre conclusion : ni ceux qui portent ce titre aujourd'hui, ni ceux qui ont pu le porter par le passé, quelle qu'en fût la raison, ne sauraient être appelés « électeurs » ; il faut plutôt les tenir pour des « hérauts de la providence divine ». Ainsi il arrive que ceux qui ont reçu en partage cette dignité d'annoncer se trouvent parfois en désaccord, car tous, ou bien quelques-uns, enténébrés par le nuage de la cupidité, ne distinguent pas le visage des desseins divins. Il est donc évident que l'autorité du Monarque temporel descend en lui, sans aucun intermédiaire, de la Source même de l'autorité universelle. Et cette Source coule, depuis les remparts de sa simplicité[1], par le débordement de sa bonté, dans de multiples canaux.

Désormais il me semble avoir largement atteint le but que je m'étais fixé. On a en effet dégagé la véritable solution des trois questions par lesquelles on cherchait à savoir si la charge de Monarque était nécessaire au bien-être du monde, si le peuple romain s'était attribué de droit l'Empire, et enfin si l'autorité du Monarque dépendait immédiatement de Dieu ou bien d'un autre. D'ailleurs la solution de la dernière question ne doit pas être comprise de façon trop stricte, au point que le Prince romain ne serait soumis en rien au romain Pontife, car notre bonheur terrestre est en quelque sorte ordonné au bonheur immortel. Que César s'adresse donc à Pierre avec le respect qui est de mise lorsqu'un fils aîné s'adresse à son père, afin que, éclairé par la lumière

---

1. André Pézard propose judicieusement de corriger *in arce sue simplicitatis unitus* en *in arce sue simplicitatis monitus* (mot à mot : « fortifié(e) dans la citadelle de sa simplicité ») (N.d.T.).

de la grâce paternelle, il puisse la faire rayonner avec une plus grande vertu dans le monde entier, auquel il a été préposé par Celui-là seul qui gouverne toutes choses spirituelles et temporelles.

ÉPÎTRES

I

Au très révérend père dans le Christ, au plus cher parmi ses seigneurs, Nicolas, par la miséricorde céleste évêque d'Ostie et de Velletri, légat du Siège apostolique et messager de paix, établi par la sacro-sainte Église en Toscane, Romagne et dans la Marche Trévisane ainsi que dans les régions voisines, ses très dévoués fils, le capitaine A., le Conseil et l'assemblée du parti des Blancs de Florence se recommandent avec dévotion et empressement[1].

[1] Éclairés par des avis salutaires et sollicités par la piété apostolique, nous répondons aux messages de la sainte voix que vous nous fîtes parvenir à la suite de vos précieux conseils. Et si on nous accusait de négligence ou de paresse pour notre retard à vous répondre, que votre saint jugement s'abstienne de toute condamnation : compte tenu du nombre et de la qualité des conseils et des réponses dont notre Confrérie a besoin pour continuer convenablement et loyalement son action, et considérant les choses dont nous allons parler dans cette lettre, nous implorons, pour le cas où on nous reprocherait d'avoir failli à la célérité nécessaire, l'indulgence de votre généreuse Bienveillance.

[2] Tels des enfants reconnaissants, nous avons donc vu la lettre de votre paternelle piété, qui rappelle comment notre désir a pris naissance : votre écrit remplit aussitôt nos esprits d'une telle joie que personne ne pourrait la dépeindre ni en paroles ni en pensées. Car ce salut de la patrie, auquel nous aspirions si intensément que notre désir nous faisait presque rêver, ce sont les termes de votre lettre qui l'ont offert plus d'une fois sous la forme d'un avertisse-

---

1. Lettre de mars-avril 1304, adressée au nom des Guelfes blancs exilés au cardinal Niccolò da Prato, envoyé comme pacificateur à Florence par le pape Benoît XI.

ment paternel. Et pour quelle autre raison nous sommes-nous engagés dans une guerre civile, quel autre but poursuivaient nos blanches enseignes et au nom de quoi rougeoyaient nos épées et nos lances, si ce n'est pour que ceux qui avaient violé les droits civils avec un plaisir effronté se soumettent au joug de la loi qu'il faut sans cesse observer et soient forcés d'accepter la paix de la patrie ? Certainement la flèche légitime de notre intention, décochée par l'arc que nous tendions, recherchait seulement la paix et la liberté du peuple florentin ; c'est ce qu'elle recherche encore et recherchera à tout jamais. Et si vous veillez au bien qui nous est si cher, et que vous tâchez de ramener nos adversaires sur le chemin de la concorde, comme vos saintes tentatives l'ont voulu, qui pourra vous témoigner sa reconnaissance d'une façon digne de vous ? Nous n'en sommes pas capables, père, ni aucun autre sur terre issu du peuple florentin. Mais, si dans le ciel se trouve quelque pitié qui observe de telles actions méritoires, que celle-ci vous procure des récompenses dignes de vous, qui avez éprouvé de la miséricorde pour une telle ville et vous hâtez de pacifier les luttes impies des citoyens.

[3] Certes, un représentant de la sainte religion, frère L.[1], porteur de civilité et de paix, nous a conseillés et exhortés instamment en votre nom, comme votre lettre elle-même l'affirmait, à nous abstenir de toute action guerrière et à nous remettre entièrement dans vos mains paternelles ; c'est pourquoi, en fils très dévoués et aimants de la paix et de la justice, ayant déposé les glaives, nous nous soumettons de notre pleine et sincère volonté à votre arbitrage, comme cela figurera dans le rapport de votre messager, frère L., et comme cela paraîtra par actes officiels publiés solennellement.

[4] C'est pourquoi, animés par la plus grande affection et d'une voix filiale, nous supplions votre bonté très clémente de vouloir accorder à la ville de Florence, longtemps agitée, le sommeil de la tranquillité et de la paix, et, tel un père miséricordieux, de nous assurer de votre constante bienveillance, nous qui avons toujours défendu son peuple et notre droit : n'ayant jamais abandonné l'amour de la patrie, nous entendons ne jamais nous écarter des

---

1. Personnage non identifié.

lignes de vos directives, mais toujours obéir comme il se doit, avec dévouement, à tout ordre émanant de vous.

II

[Dante Alighieri écrivit cette lettre à Oberto et Guido, comtes de Romena, exprimant ses condoléances pour le décès de leur oncle Alexandre, comte de Romena[1].]

[1] Votre oncle Alexandre, comte illustre, qui récemment s'en est retourné à la patrie céleste d'où il était venu, était mon seigneur, et sa mémoire, tout le temps que je vivrai, régnera sur moi, car sa magnificence, qui maintenant au paradis reçoit en abondance les récompenses qu'elle a méritées, fit de moi naturellement son sujet depuis de longues années. Sans doute cette magnificence, comme toutes ses autres vertus, rendait son nom plus glorieux que celui de tous les autres Italiens. Et que disaient d'autre ses armoiries héroïques, sinon : Nous montrons les fouets qui font fuir les vices ? En effet, il portait sur ses armoiries les fouets en champ de pourpre, et dans sa personnalité un esprit qui, par amour des vertus, repoussait les vices. Qu'elle se lamente donc, qu'elle se lamente, la plus grande famille des Toscans, qui resplendissait grâce à un tel homme, et que se lamentent aussi ses amis et sujets, que cette mort a cruellement frappés dans leur espérance ; parmi ces derniers, il faut que je me lamente, moi misérable qui, chassé loin de ma patrie et exilé sans l'avoir mérité, évoquant continuellement mon infortune, me consolais en lui d'un espoir qui m'était cher.

[2] Bien que l'amertume de la douleur pèse de tout son poids dès que sont rompus les liens corporels, les yeux d'un esprit sage peuvent entrevoir, en considérant les liens spirituels qui subsistent, la douce lueur de la consolation. Car celui qui honorait la vertu sur terre est maintenant honoré dans les cieux par les Vertus ; et celui qui en Toscane était familier de la cour romaine est maintenant hôte

---

1. Lettre de condoléances, sans doute de 1304. Les comtes da Romena possédaient un vaste territoire en Toscane, entre l'Apennin et le Casentino.

du royaume éternel, élu dans la Jérusalem céleste et glorifié avec les princes des bienheureux. C'est pourquoi, mes très chers seigneurs, je vous supplie de contenir votre souffrance et de vous défaire des liens corporels, sauf s'ils peuvent vous être exemplaires ; et, comme le plus juste parmi les hommes de bien vous a constitués ses héritiers, je vous exhorte, en tant que ses proches, à adopter ses mœurs insignes.

[3] Quant à moi, outre ce qui précède, je prie votre indulgence d'excuser mon absence aux tristes obsèques ; puisque ce ne sont ni la négligence ni l'ingratitude qui m'ont retenu, mais la pauvreté imprévue que m'a imposée l'exil. Celle-ci en effet, telle une persécutrice féroce, m'a précipité dans l'antre de sa captivité, privé de mes chevaux et de mes armes ; et bien que je m'efforce de toute mon énergie à me relever, l'impitoyable, l'emportant jusqu'ici, s'acharne à m'en empêcher.

III

À l'exilé de Pistoia[1], le Florentin exilé injustement envoie son salut et son message de perpétuel amour pour tous les temps à venir.

[1] Ton ardente affection a fait jaillir à mon encontre des paroles amicales, pour me demander, très cher, si de passion en passion l'âme peut se transformer : de passion en passion, dis-je, selon la même puissance et selon des objets divers en nombre, mais non en espèce ; bien qu'étant en mesure de donner toi-même la réponse, tu as néanmoins voulu que j'en sois l'auteur, pour que, par l'explication d'une question bien trop obscure, tu accroisses la renommée de mon nom. Et de fait, mes mots ne sauraient dire combien ton propos m'a été agréable et précieux : aussi, connaissant la cause de mon silence à cet égard, tu pourras toi-même apprécier ce que je n'ai pu exprimer.

---

1. Le poète Cino de Pistoia (1270 environ-1336 ou 1337) fut exilé de 1301 à 1306 ; la lettre de Dante est de 1306 environ.

[2] Ci-dessous je te présente une composition poétique[1], dans laquelle je dis — sous forme de sentence, mais en style figuré, comme c'est l'habitude en poésie — que l'amour pour un objet peut diminuer et à la fin disparaître, et qu'ainsi l'amour pour un autre objet, puisque la corruption de l'un est génératrice de l'autre, renaît dans l'âme.

[3] Ma certitude qu'il en va ainsi peut être confortée par la raison et par l'autorité, bien qu'elle soit fondée sur l'expérience. Et le fait est que toute puissance qui après la corruption d'un acte ne périt pas, se réserve naturellement pour un autre acte : donc les puissances sensibles, l'organe restant, ne périssent pas par la corruption d'un seul acte, et sont réservées naturellement à un autre. Puisque donc la puissance concupiscente, qui est le siège de l'amour, est une puissance sensible, il est évident qu'après la corruption d'une seule passion, par laquelle elle est réduite en acte, elle se réserve pour un autre acte. Les prémisses majeure et mineure de ce syllogisme, dont le début apparaît clairement, sont laissées à ta diligence pour être prouvées.

[4] Mais il reste à examiner l'autorité d'Ovide qui, dans le quatrième livre des *Métamorphoses*, considère le propos directement et à la lettre ; à savoir là où l'auteur, dans le récit des trois sœurs qui méprisaient le fils de Sémélé, s'adresse au Soleil qui, ayant abandonné et négligé les autres nymphes pour lesquelles il avait brûlé précédemment, aimait d'un nouvel amour Leucothoé, et lui dit : « À quoi te servent maintenant, fils d'Hypérion[2] », et ce qui suit.

[5] À ce propos, très cher frère, je t'exhorte à la prudence, afin que tu saches supporter les dards de Némésis. Lis, je t'en prie, *Les Remèdes de la Fortune*, qui nous sont offerts par le plus illustre des philosophes, Sénèque, comme d'un père à ses fils, et que cela ne s'efface pas de ta saine mémoire : « Si vous étiez du monde, le monde aimerait ce qui serait à lui[3]. »

---

1. *Cf. Rimes*, CXI.   2. *Métamorphoses*, IV, 192.   3. *Jean*, XV, 19.

IV

[Dante au Seigneur Moroello, marquis de Malaspina[1].]

[1] Pour que les chaînes qui lient affectueusement et étroitement le serviteur, comme la spontanéité de l'amour qui le domine, ne restent cachées à son seigneur, et pour que des choses rapportées de façon non correcte, qui assez fréquemment sont la source d'opinions fausses, n'accusent de négligence le prisonnier que je suis, il m'a paru bon d'envoyer cette lettre à votre Magnificence.

[2] J'étais séparé du seuil de la cour, devenue par la suite l'objet de ma nostalgie et dans laquelle, avec votre approbation, il me fut permis de poursuivre des occupations libérales, quand, trop sûr de moi et imprudent, m'arrêtant près des eaux de l'Arno, m'apparut soudain, hélas, et je ne sais de quelle façon, une femme, telle la foudre descendant du ciel. Elle correspondait en tout point à mes souhaits par ses manières et sa beauté. Ô, combien son apparition me frappa de stupeur ! Mais la stupeur céda la place à la terreur du tonnerre qui suivit. Car, dès que j'aperçus la flamme de sa beauté, Amour terrible et impérieux s'empara de moi, comme le tonnerre qui suit immédiatement l'éclair. Et féroce, tel un seigneur expulsé de sa patrie qui revient sur ses terres après un long exil, celui-ci anéantit, repoussa, ou enchaîna toute attitude qui en moi lui fût contraire. Ainsi il anéantit cette résolution louable par laquelle je me tenais à l'écart des femmes et de leurs chants ; et il repoussa sans pitié les méditations que je consacrais aux choses célestes et aux terrestres, les considérant presque comme suspectes ; et enfin, pour que mon âme ne pût se rebeller davantage contre lui, il enchaîna mon libre arbitre, si bien que je dois me tourner là où il veut, et non là où je veux. Pour cette raison, Amour règne sur moi, aucune vertu n'étant capable de s'opposer à lui ; de quelle façon il me commande, cherchez-le plus bas, hors de cette lettre[2].

---

1. L'un des marquis de la Lunigiana, qui accueillit Dante vers 1306. 2. Cette lettre accompagnait la chanson CXVI des *Rimes*.

V

À tous et à chacun des Rois d'Italie et aux Sénateurs de la sainte Ville ainsi qu'aux Ducs, Marquis, Comtes et aux Peuples, l'humble Italien Dante Alighieri, florentin et exilé injustement, s'adresse en invoquant la paix[1].

[1] « Nous sommes à ce temps favorable[2] » dans lequel se lèvent les signes de la consolation et de la paix. Car un jour nouveau va resplendir et fait luire son aurore, qui atténue désormais les ténèbres d'une longue calamité ; et déjà les brises orientales soufflent en rangs plus serrés, le ciel brille d'un rouge flamboyant aux confins de l'horizon et réconforte d'une douce sérénité les espoirs des nations. Et nous, qui avons longtemps passé nos nuits dans le désert, verrons cette joie que nous avons attendue, puisque Titan[3] pacifique se lèvera, et la justice, affaiblie sans soleil comme l'héliotrope, retrouvera sa vigueur, dès que scintilleront ses premiers feux. Tous ceux qui ont faim et soif de justice seront rassasiés dans la lumière de ses rayons, et ceux qui s'adonnent à l'injustice seront confondus par sa face resplendissante. En effet, le puissant Lion de la tribu de Juda a dressé ses oreilles miséricordieuses ; et pris de pitié pour les lamentations de la captivité universelle, il a suscité un autre Moïse[4], qui arrachera son peuple à l'oppression des Égyptiens et le conduira vers la terre où coulent le lait et le miel.

[2] Réjouis-toi maintenant, Italie, qui es désormais objet de pitié même pour les Sarrasins, mais qui bientôt paraîtras digne d'envie dans l'univers, parce que ton époux, consolation du monde et gloire de ton peuple, le très clément Henri, divin et Auguste et César, se hâte à la noce. Essuie tes larmes et efface les marques de ta tristesse, très belle, car proche est celui qui te délivrera de la prison des impies : il frappera les perfides de son épée, les dispersera et confiera sa vigne à d'autres agriculteurs, pour qu'ils rapportent le fruit de la justice au temps de la moisson.

---

1. Lettre datable d'octobre 1310 au plus tard, quand Henri VII franchit les Alpes et entra à Turin. 2. II *Cor.*, VI, 2. 3. Le soleil. 4. Henri VII.

[3] Mais n'aura-t-il pitié de personne ? Au contraire, il pardonnera à tous ceux qui imploreront sa miséricorde, puisqu'il est César et que sa majesté s'abreuve à la Source de la pitié. Son jugement est exempt de toute sévérité : s'il châtie toujours en deçà de la juste mesure, c'est au-delà de cette juste mesure qu'il récompense. Est-ce pour cela qu'il applaudira aux audaces des méchants et qu'il offrira la coupe aux efforts des présomptueux ? Certes non, car il est Auguste. Et puisqu'il est Auguste, ne vengera-t-il pas les crimes de ceux qui récidivent, les poursuivant jusqu'en Thessalie, dans cette Thessalie, dis-je, qui fut le lieu de la destruction finale ?

[4] Sang des Lombards, quitte la barbarie que tu traînes avec toi et laisse-toi inspirer par ce qui te reste de la semence des Troyens et des Latins, afin que, quand l'aigle sublime descendra comme la foudre, il ne voie pas ses petits chassés au loin et le lieu de sa propre portée occupé par les petits corbeaux. Allons, descendants de la Scandinavie, faites en sorte que vous soyez assoiffés de la présence de celui dont vous craignez à juste titre la venue. Et que la cupidité illusoire ne vous séduise pas, affaiblissant la vigilance de la raison par je ne sais quel charme, à la façon des Sirènes. Faites acte de soumission devant lui, et jubilez avec le psautier de la pénitence, en considérant qu'« ainsi celui qui résiste à l'autorité, résiste à l'ordre voulu par Dieu[1] » ; et que celui qui résiste au divin commandement, fait opposition à une volonté égale à la toute-puissance ; et qu'« il est dur de regimber contre l'aiguillon[2] ».

[5] Vous aussi qui pleurez sous l'oppression, « relevez la tête, car votre délivrance approche[3] ». Prenez la bêche de la bonne humilité et, brisant les mottes de l'animosité qui vous brûle, aplanissez le petit champ de votre esprit, afin que la pluie céleste, venant avant que votre semence n'ait été répandue, ne tombe au hasard du ciel dans le vide, ni la grâce de Dieu ne se retire de vous, comme la rosée se retire de la pierre au matin ; mais, telle une vallée féconde, concevez et laissez bourgeonner la verdure, cette verdure, dis-je, qui porte les fruits de la vraie paix ; et, lorsque votre terre renaîtra de cette verdure, c'est avec plus d'amour et plus de confiance que le nouvel agriculteur des Romains liera les bœufs de sa sagesse à la charrue. Pardonnez, pardonnez dès maintenant, ô très chers, qui

---

1. *Rom.*, XIII, 2.   2. *Act. Ap.*, IX, 5.   3. *Luc*, XXI, 28.

avez souffert l'injustice avec moi, afin que le berger romain, descendant des Troyens, vous reconnaisse comme les brebis de sa bergerie ; certes, la faculté de punir lui a été confiée par Dieu ; toutefois, comme il est rempli de la bonté de Celui[1] dont émanent les pouvoirs de Pierre et de César, il lui plaît de corriger ses serviteurs, mais c'est plus volontiers encore qu'il en a pitié.

[6] C'est pourquoi, si l'ancienne faute, qui souvent se tord comme le serpent et se retourne contre elle-même, ne s'y oppose pas, vous pouvez les uns et les autres vous rendre compte que la paix se prépare pour chacun et goûter désormais aux primeurs d'une joie inespérée. Réveillez-vous donc et allez à la rencontre de votre roi, habitants de l'Italie, destinés non seulement à partager le sort de l'Empire, mais, tels des hommes libres, à en assurer le commandement.

[7] Je ne vous exhorte pas tant à aller à sa rencontre qu'à vous extasier devant lui. Vous qui buvez ses fleuves et naviguez ses mers, foulez les sables des littoraux et les cimes des Alpes, qui tous lui appartiennent ; vous qui, par la force de sa loi, non autrement, jouissez des avantages publics et possédez vos biens privés, ne vous méprenez pas, comme des ignares et comme des gens qui rêvent, en disant à vous-mêmes : Nous n'avons pas de maître. En effet, toutes les choses que le ciel entoure constituent son jardin et son lac ; car « la mer est à Lui, c'est Lui qui l'a créée ; de même que la terre ferme qui est l'œuvre de Ses mains[2] ». De là apparaît clairement l'admirable destinée que Dieu avait réservée au Prince ; et l'Église reconnaît que Dieu l'a confirmé plus tard par son Verbe.

[8] Mais si, « depuis la création du monde, ses perfections invisibles, sa puissance éternelle et sa divinité apparaissent visibles à l'esprit, par ses œuvres[3] », et si les choses les moins connues se révèlent à nous à partir des choses les plus connues, si c'est simplement le propre de l'intelligence humaine de comprendre par le mouvement du ciel le Moteur et son vouloir, cette prédestination sautera aisément aux yeux de quiconque observe même superficiellement. En effet, considérons à nouveau les événements du passé, à partir de la première étincelle de cet incendie[4], c'est-à-dire

---

1. Dieu. 2. *Ps.*, XCIV, 5. 3. *Rom.*, I, 20. 4. La guerre de Troie.

à partir du moment où l'hospitalité fut refusée aux Argiens par les Phrygiens, et prenons le temps de revoir l'histoire du monde jusqu'aux triomphes d'Octavien : nous verrons alors que quelques événements de celle-ci ont transcendé à tout point de vue les plus hautes vertus humaines, et que Dieu a accompli son œuvre par l'intermédiaire des hommes, comme par des cieux nouveaux. En effet, ce n'est pas toujours nous qui agissons, mais par moments nous sommes les instruments de Dieu ; et les volontés humaines, qui possèdent par nature la liberté, sont parfois poussées à agir hors de toute influence sensible et, soumises à la volonté éternelle, la servent souvent à leur insu.

[9] Et si ces faits, qui sont comme des principes, ne suffisent pas à prouver ce que l'on recherche, qui ne sera pas contraint de partager mon opinion sur la base de telles prémisses, à savoir cette paix de douze années qui embrassa la terre entière et coïncida avec la naissance du Fils de Dieu, dont l'apparition est comme la conclusion de ce syllogisme ? Et Celui-ci fait homme[1], pendant qu'il évangélisait la terre pour révéler l'esprit, ordonna, en répartissant l'univers entre lui-même et César, comme pour distinguer deux pouvoirs, que fût attribué à chacun ce qui lui revient[2].

[10] Et si un esprit obstiné exige plus et refuse de consentir à la vérité, qu'il examine les paroles du Christ déjà enchaîné ; alors que Pilate lui opposait son pouvoir, notre Lumière affirma que c'est du ciel que venait le pouvoir dont se vantait celui qui, grâce à l'autorité déléguée par César, exerçait sa fonction à cet endroit. Ainsi ne marchez pas à la façon des païens[3], dans la vanité des sens, enveloppés dans les ténèbres, mais ouvrez les yeux de votre esprit et voyez que le Seigneur du ciel et de la terre a établi pour nous un roi. Voici celui que Pierre, le vicaire de Dieu, nous exhorte à honorer ; que Clément[4], maintenant successeur de Pierre, illumine de la lumière de la bénédiction apostolique ; pour que, si le rayon de l'esprit ne suffit pas, la splendeur du plus petit luminaire nous éclaire.

---

1. Le Christ. 2. *Matth.*, XXII, 21 ; *Marc*, XII, 17 ; *Luc*, XX, 25. 3. *Éph.*, IV, 17.
4. Le pape Clément V.

VI

Dante Alighieri, Florentin et exilé injustement, aux Florentins très scélérats qui vivent à l'abri de leurs murs[1].

[1] La pieuse providence du Roi éternel qui, assurant dans sa bonté la pérennité des choses célestes, n'abandonne pas dans le mépris nos réalités d'ici-bas, a établi que les choses humaines doivent être gouvernées par le sacro-saint Empire des Romains pour que, dans la sérénité d'une telle protection, la race mortelle trouve la paix, et que partout, selon les besoins de la nature, on vive civilement. Cette vérité, prouvée pourtant par les paroles divines et que l'Antiquité, à son tour, atteste en s'appuyant seulement sur la raison, est confirmée par le fait que, lorsque le trône impérial est vacant, le monde entier est dérouté, le timonier et les rameurs dorment sur le bateau de Pierre, et l'Italie infortunée et seule est abandonnée à l'arbitraire des intérêts privés et dépouillée de tout gouvernement public : les mots ne sauraient exprimer combien cette dernière est secouée par vents et marées, et c'est à grand-peine que les malheureux Italiens le mesurent de leurs larmes. Ainsi, que ceux qui s'opposent avec une audace téméraire à cette volonté très manifeste de Dieu, si le glaive de Celui qui dit : « Celle-ci est ma vengeance[2] » ne les a pas encore frappés du haut des cieux, pâlissent dès maintenant dans la crainte du jugement imminent du juge sévère.

[2] Et vous qui transgressez les lois divines et humaines, que la voracité de la cruelle cupidité a disposés à tout sacrilège, est-ce que la terreur de la seconde mort ne vous tourmente pas ? Surtout depuis le moment où, étant les premiers et les seuls à haïr la liberté, vous avez hurlé contre la gloire du Prince romain, roi de la terre et ministre de Dieu, et avez préféré vous abandonner à une folle rébellion, en faisant usage du droit de prescription et en reniant le devoir de la juste soumission. Est-ce que vous ignorez, insensés et débauchés, que les droits publics finissent seulement avec la fin des temps, et ne sont soumis à aucune prescription ? Les sanctions sacrées des lois déclarent en effet, et la raison humaine confirme

---

1. Lettre du 31 mars 1311. 2. *Deuter.*, XXXII, 35.

après examen, que les droits de l'État, quand bien même ils auraient été longtemps négligés, ne peuvent jamais s'éteindre ni être contestés, même s'ils sont affaiblis ; car ce qui contribue à l'utilité de tous, ne peut disparaître sans préjudice de tous, ni même être diminué ; et ceci ni Dieu ni la nature ne le veulent, et les mortels en ressentiraient une profonde aversion. Pourquoi, soutenant une aussi folle opinion, tels de nouveaux Babyloniens, abandonnant l'empire voulu par Dieu, cherchez-vous à faire surgir de nouveaux États, comme si une chose était le gouvernement de Florence et autre chose celui de Rome ? Pourquoi ne tournez-vous pas votre regard avec autant de malveillance vers la monarchie apostolique, pour que, si la Lune se dédouble dans le ciel, le Soleil se dédouble à son tour ? Aussi, si vous n'éprouvez pas de terreur en pensant aux mauvaises actions que vous avez commises, qu'au moins vos cœurs obstinés soient saisis d'effroi à l'idée que non seulement votre sagesse, mais son fondement vous a été ôté, en punition de votre faute. En effet, aucune condition n'est plus terrible que celle du délinquant qui fait effrontément et sans crainte de Dieu ce qui lui plaît. L'impie est frappé très souvent par cette punition, à savoir qu'il perd à sa mort la mémoire de lui-même, lui qui, pendant qu'il vivait, a oublié Dieu.

[3] Si de plus votre arrogance insolente vous a privés, comme les sommets du Gelboé[1], de la rosée céleste à un point tel que vous ne craignez pas d'avoir résisté au décret de l'éternel Sénat, et que vous ne craignez même pas de ne pas avoir craint, est-ce que cette crainte funeste, c'est-à-dire humaine et terrestre, vous fera défaut quand approchera l'inévitable naufrage de votre sang très orgueilleux et de votre très misérable forfait ? Est-ce que, entourés d'un fossé ridicule, vous pouvez espérer une quelconque défense ? Ô gens rassemblés dans le malheur et aveuglés par une étonnante convoitise[2] ! À quoi servira d'avoir entouré la ville d'un fossé, de l'avoir armée de remparts et de créneaux, quand surviendra l'aigle, terrible en son champ doré, lui qui survolant les Pyrénées et le Caucase et l'Atlas, soutenu encore par la force de la milice céleste, regardait autrefois du haut de son vol les étendues des mers ? À quoi bon, quand vous, les plus misérables des hommes, serez

---

1. *Cf.* II *Reg.*, I, 21. 2. Expression reprise de Lucain, *Pharsale*, I, 87.

frappés de stupeur à la vue du dompteur de la délirante Hespérie[1] ? En fait, l'espoir démesuré que vous nourrissez en vain ne trouvera pas son avantage dans cette résistance, mais de cette opposition s'enflammera encore plus la venue du juste roi, et, indignée, la miséricorde qui accompagne toujours son armée volera au loin ; et au moment où vous croirez défendre la toge d'une fausse liberté, vous tomberez dans la prison d'un véritable esclavage. En effet, par un étonnant jugement de Dieu, il est à croire parfois que le juste châtiment frappe d'autant plus fort l'impie qu'il pense pouvoir l'éviter ; et que celui qui, le sachant et le voulant, s'est opposé à la volonté divine, se met au service de celle-ci sans le savoir et sans le vouloir.

[4] Vos édifices, non construits prudemment en vue de la nécessité, mais transformés inconsidérément pour les plaisirs, qui n'entourent pas une Pergame[2] ressuscitée, vous les verrez précipiter sous le bélier et, malheureux, être brûlés par le feu. Vous verrez tout autour la plèbe en furie divisée, tantôt favorable, tantôt contraire, ensuite d'un seul élan redoutable hurler contre vous, parce qu'elle ne sait pas être en même temps affamée et timorée. Vous regretterez aussi de voir les temples dépouillés, fréquentés chaque jour par la foule des matrones, et les enfants stupéfaits et innocents destinés à racheter les péchés de leurs pères. Et si mon esprit, qui est instruit par des signes véridiques autant que par des arguments invincibles, ne se trompe pas dans ses présages, vous serez peu nombreux, destinés à l'exil, à voir en pleurs votre ville, accablée par une longue souffrance, passer à la fin en des mains étrangères, la plupart d'entre vous étant dispersés par la mort ou la captivité. Pour le dire brièvement, les calamités que la glorieuse cité de Sagonte supporta par fidélité envers la liberté[3], c'est avec ignominie que vous devrez les subir, car votre perfidie sera la cause de votre esclavage.

[5] Ne reprenez pas audace sur l'exemple de la fortune inespérée des gens de Parme qui, pressés par la faim, mauvaise conseillère, murmurant entre eux : « Mourons et jetons-nous au milieu des

---

1. L'Italie. 2. La citadelle de Troie. 3. La ville espagnole de Sagonte demeura fidèle à Rome malgré Hannibal.

armes[1] », firent irruption dans le camp de César, en l'absence de César ; car, bien qu'ils aient obtenu la victoire sur Victoire, ils ont néanmoins retiré de cette souffrance une souffrance mémorable[2]. Mais souvenez-vous des foudres du premier Frédéric[3], et consultez Milan autant que Spolète ; parce que, ébranlés par le récit de leur rébellion et de leur destruction, vos entrailles trop gonflées deviendront de glace, et vos cœurs trop bouillonnants se crisperont. Ah, les plus vains parmi les Toscans, insensés par nature et par vice ! Combien les pas d'un esprit malsain errent dans les ténèbres de la nuit, et qu'en vain se déploie le filet sous les yeux des oiseaux, vous ne pouvez l'évaluer ni l'imaginer, ignares. En effet, les oiseaux et ceux dont la vie est pure vous voient, comme au seuil de la prison, repousser même celui qui aurait pitié de vous, pour éviter que par hasard il ne vous libère, alors que vous êtes prisonniers et astreints aux fers. Et vous ne remarquez pas, parce que vous êtes aveugles, la cupidité qui vous domine, qui vous flatte par un chuchotement empoisonné, qui vous tient par des menaces fallacieuses, qui vous soumet à la loi du péché, et qui vous empêche d'obéir aux très saintes lois qui sont faites à l'image de la justice naturelle ; il est prouvé que le respect de cette justice, si elle est heureuse, si elle est libre, est non pas un esclavage, mais bien la plus haute liberté, comme peut s'en rendre compte quiconque regarde avec perspicacité. En effet, qu'est-ce d'autre, la liberté, sinon le libre cours de la volonté en acte que les lois assurent à ceux qui les observent ? Puisque seuls sont libres ceux qui obéissent de plein gré à la loi, qui prétendez-vous donc être, vous qui, pendant que vous proclamez aimer la liberté, vous opposez à toutes les lois de l'univers et conspirez contre le prince des lois ?

[6] Ô misérable descendance des Fiésolans, barbarie punie désormais pour la seconde fois ! Ce que vous avez déjà enduré ne vous inspire que si peu de crainte ? Je pense que vous tremblez de toutes parts dans vos veilles, même si vous affichez l'espoir sur votre visage et dans vos paroles mensongères, et que dans votre sommeil vous vous réveillez souvent, craignant les présages qui vous torturent l'esprit, ou passant en revue les décisions prises

---

1. *Énéide*, II, 353. 2. Allusion au combat mené par l'empereur Frédéric II contre Parme révoltée (1248) ; il avait édifié alors une citadelle nommée Victoire. 3. L'empereur Frédéric Barberousse, qui prit Milan en 1157.

durant le jour. Mais si, tremblant pour de justes motifs, vous regrettez d'avoir commis des folies sans toutefois en éprouver de la douleur, si bien que les larmes de la crainte et de la douleur confluent dans l'amertume du repentir, il vous reste cependant à ficher ceci dans vos esprits : le bailli de l'Empire romain, ce divin et victorieux Henri, ne recherchant pas ses avantages privés, mais le bien public, a fait face pour nous, de sa pleine volonté, à toutes les difficultés, partageant nos peines, comme si c'était lui que le prophète Isaïe avait visé, après le Christ, quand, par révélation de l'esprit de Dieu, il prédit : « Or ce sont nos maladies qu'il a prises sur lui, c'est de nos souffrances qu'il s'est chargé[1]. » Donc, si vous ne voulez pas cacher la vérité à vos yeux, reconnaissez que le temps de vous repentir amèrement de vos effronteries irréfléchies est arrivé. Et un repentir tardif dorénavant ne produira pas le pardon, mais sera plutôt le début d'un châtiment qui arrivera à propos. Il en va ainsi, puisque le pécheur est frappé, si bien qu'il meurt sans repentir.

Écrite la veille des Calendes d'avril, en Toscane, près de la source de l'Arno, en l'an premier de la très heureuse descente d'Henri César en Italie.

VII

Au très saint, très glorieux et très heureux triomphateur et unique seigneur Henri, par la divine Providence Roi des Romains et toujours Auguste, ses très dévoués Dante Alighieri, Florentin et exilé injustement, ainsi que tous les Toscans désireux de paix, présentent l'hommage de leur humilité.

[1] L'amour infini de Dieu nous a légué un héritage de paix qui doit apaiser dans sa merveilleuse douceur les durs combats de notre vie et nous permettre de mériter les réjouissances de la patrie triomphante. Or la malignité de l'ancien et implacable ennemi, qui toujours tend des pièges, en secret, au bonheur de l'humanité, ôtait leur héritage à quelques-uns, puisqu'ils étaient disposés à s'en lais-

---

1. *Isaïe*, LIII, 4.

ser priver, et dépouillait nous autres, l'impie, contre notre propre volonté, à cause de l'absence de notre défenseur. Dès lors, nous avons longtemps versé des larmes sur les fleuves de la confusion, et nous avons sans cesse imploré la protection du juste roi, pour qu'il mette en déroute les complices du tyran cruel et nous rétablisse dans nos droits. Et lorsque toi, successeur de César et d'Auguste, franchissant les crêtes de l'Apennin, tu rapportas les vénérables enseignes romaines, aussitôt les longs soupirs s'arrêtèrent et les flots de larmes s'asséchèrent ; et, comme Titan[1] longtemps espéré qui se lève enfin, l'espoir renouvelé d'un âge meilleur pour le Latium commença à briller. Alors, anticipant la réalisation des vœux par des cris de joie, la plupart chantaient avec les mots de Virgile le règne de Saturne et le retour de la Vierge Astrée[2].

[2] Mais puisqu'on suppose désormais que notre soleil, soit que l'impatience du désir ou une apparence de vérité le suggèrent, se soit arrêté ou ait même reculé, comme si Josué à nouveau ou le fils d'Amos l'avait ordonné[3], nous sommes poussés par l'incertitude à douter et à nous écrier ainsi avec les mots du Précurseur : « Êtes-vous celui qui doit venir, ou devons-nous en attendre un autre[4] ? » Et bien que la longue soif qui nous harcèle nous fasse désespérer de ce qui, par sa proximité, est certain, nous croyons néanmoins et nous espérons en toi, affirmant que tu es le ministre de Dieu et le fils de l'Église et celui qui accroît la gloire de Rome. Car moi aussi, qui prends la plume en mon nom comme en celui des autres, je te vis très bienveillant et t'entendis très clément, comme il convient à la majesté impériale, quand mes mains touchèrent tes pieds et mes lèvres s'acquittèrent de leur dette[5]. Alors mon esprit exulta en toi, lorsqu'en silence je dis à moi-même : « Voici l'Agneau de Dieu, qui ôte le péché du monde[6]. »

[3] Mais nous nous demandons avec étonnement pourquoi cette paresse interminable te retient, puisque, vainqueur pourtant depuis longtemps dans la vallée de l'Éridan[7], tu abandonnes, oublies et négliges la Toscane non autrement que si tu croyais que les droits

---

1. Apollon, dieu du soleil. 2. Allusion à la IVe Églogue de Virgile, que le Moyen Âge jugeait prophétique. 3. Le prophète Isaïe avait renouvelé le miracle de Josué, qui arrêta le soleil. 4. *Luc*, VII, 19 ; *Matth.*, XI, 3. 5. Ni le lieu ni la date de cette rencontre de Dante avec Henri VII ne sont connus. 6. *Jean*, I, 29. 7. Le Pô.

de l'Empire, qu'il faut réaffirmer, sont limités par les confins des Ligures ; mais nous nous doutons que ce n'est pas tout à fait le cas, sachant que le glorieux pouvoir des Romains ne se borne pas aux frontières de l'Italie ni au pourtour de la triangulaire Europe. Car même si, victime de la violence, ce pouvoir a dû contraindre son influence en un espace plus réduit, ce n'est qu'à peine qu'il accepte d'être encerclé par la vague inutile de l'Océan, puisque, par un droit inviolable, il atteint de tous côtés les flots d'Amphitrite[1]. Il a été écrit pour nous en effet : « Un Troyen paraîtra, d'une lignée bénie, César, pour étendre leur empire jusqu'à l'Océan, leur renom jusqu'aux astres[2]. » Comme nous l'a dit dans son Évangile notre bœuf[3] brûlant de la flamme du Feu éternel, Auguste ordonna par édit que le monde entier fût recensé ; si cet ordre n'était pas issu de la cour de l'empire très juste, le Fils unique de Dieu fait homme et, en tant qu'homme, soumis à cet édit, n'aurait en aucune manière voulu naître à ce moment-là de la Vierge ; en effet, celui qui devait « accomplir toute justice[4] » n'aurait pas soutenu une injustice.

[4] C'est pourquoi, que celui que la terre entière attend ait honte de rester confiné si longtemps dans une très étroite partie du monde ; et qu'Auguste ne perde pas de vue le fait que ce retard renforce la tyrannie des Toscans, et que celle-ci accumule des forces nouvelles en encourageant chaque jour l'orgueil des méchants et en ajoutant témérité à témérité. Que les fameuses paroles de Curion résonnent à nouveau à l'oreille de César : « Pendant que chancelle un parti sans appui solide, supprime tout retard : il a toujours été nuisible de différer quand on est prêt. Des travaux, des périls égaux t'attendent, mais le prix est plus grand[5]. » Que résonne à nouveau la voix fameuse d'Anubis blâmant Énée : « Si l'éclat d'une haute destinée n'a rien qui te touche, regarde Ascagne qui grandit, les espérances d'Iule ton héritier à qui sont dus le royaume d'Italie et la terre romaine[6]. »

[5] En effet Jean, ton royal premier-né et roi[7], que la nouvelle génération du monde attend après le crépuscule de ce jour qui se

---

1. De la mer. 2. *Énéide*, I, 286-287. 3. Saint Luc. 4. *Luc*, II, 1. 5. Lucain, *Pharsale*, I, 280-282. 6. *Énéide*, IV, 272-276. 7. Roi de Bohême, alors âgé de quinze ans.

lève, est pour nous un nouvel Ascagne qui, suivant les pas de son illustre père, sévira partout, tel un lion, contre le peuple de Turnus et sera paisible comme un agneau à l'égard des Latins. Que les hauts conseils du roi très sacré empêchent que le jugement céleste ne reprenne l'âpreté des mots de Samuel : « Si petit que tu fusses à tes propres yeux, n'es-tu pas devenu le chef des tribus d'Israël, et le Seigneur ne t'a-t-il pas consacré roi d'Israël ? Le Seigneur [...] t'avait dit de vouer à l'interdit ces pécheurs d'Amalécites[2]. » Car toi aussi tu as été sacré roi pour frapper Amalech sans épargner Agag, et pour venger Celui qui t'envoya combattre le peuple brutal et sa hâtive réjouissance : ce que signifient les noms mêmes d'Amalech et d'Agag.

[6] Tu t'attardes à Milan pour passer le printemps encore après l'hiver et tu crois tuer l'hydre empestée en lui tranchant les têtes ? Parce que si tu te souvenais des grands travaux du glorieux Alcide[3], tu reconnaîtrais que tu te trompes comme lui : la bête pestilentielle, dont les têtes se multipliaient en repoussant, croissait sous les coups, jusqu'à ce que le héros magnanime s'attaque avec vigueur à la racine même de la vie. En effet, il ne sert à rien, pour arracher des arbres, d'en couper les branches, puisqu'elles repoussent plus vigoureuses et se multiplient, tant que les racines restent intactes pour leur fournir la sève. Que croiras-tu avoir accompli, ô unique seigneur du monde, lorsque tu auras fait plier la tête de Crémone rebelle ? Est-ce qu'alors la rage de Brescia ou de Pavie ne s'enflera pas à l'improviste ? Au contraire, lorsque cette rage, même flagellée, sera abattue, aussitôt une autre éclatera de nouveau, à Vercelli, à Bergame ou ailleurs, jusqu'à ce que la cause de cette tumeur soit supprimée, que la racine d'une telle erreur soit extirpée, et qu'enfin les branches piquantes se dessèchent avec leur tronc.

[7] Ou bien ignores-tu, toi le plus excellent parmi les princes, et n'aperçois-tu pas de ton haut rang, en quel lieu se terre le renardeau qui cause cette peste, insouciant des chasseurs ? Certes ce scélérat ne s'abreuve pas aux eaux rapides du Pô, ni à celles de ton Tibre, mais sa gueule infecte maintenant encore les flots de l'Arno impétueux : et ce terrible fléau s'appelle, peut-être ne le sais-tu pas,

---

1. Les Rutules, ennemis des Troyens dans l'*Énéide*. **2.** I *Reg.*, XV, 17-18. **3.** Hercule, petit-fils d'Alcée.

Florence. Voilà la vipère qui s'est jetée contre le ventre de sa mère ; voilà la brebis galeuse souillant de sa contagion le troupeau de son maître ; voilà la scélérate et impie Myrrha qui brûle d'amour pour son père Cinyre ; voilà la célèbre et farouche Amata, qui, ayant refusé les noces fatales, ne craignit pas de choisir comme gendre celui que le destin lui refusait[1] ; elle le poussa avec fureur à la guerre et finalement se pendit pour expier ses mauvaises actions. En vérité, elle cherche à déchirer sa mère avec une férocité de vipère, quand elle aiguise les cornes de la rébellion contre Rome, qui la fit à son image et à sa ressemblance. En vérité, laissant évaporer son humeur corrompue, elle exhale des fumées infectieuses, et les troupeaux proches en sont contaminés à leur insu quand, séduisant par des charmes trompeurs et par des mensonges, elle s'associe les voisins pour leur faire ensuite perdre la raison. En vérité, elle jouit dans les accouplements avec son père, quand, avec une effronterie perverse, elle essaie d'inciter contre toi le souverain Pontife, qui est le père des pères. En vérité, « elle résiste à l'ordre voulu par Dieu[2] », en vénérant l'idole de sa propre volonté, quand, ayant renié le roi légitime, elle ne rougit pas, l'insensée, de pactiser avec un roi qui n'est pas le sien pour des droits qui ne sont pas les siens, dans le but d'obtenir le pouvoir de faire du mal. Mais qu'elle prenne garde à la corde à laquelle elle se lie, la femme en délire. Car souvent on se livre à un raisonnement répréhensible pour faire des choses que l'on ne devrait pas faire ; et bien que les actions qui en résultent soient injustes, les châtiments cependant sont reconnus comme justes.

[8] Allons donc, nouvelle descendance de Jessé, n'hésite plus, prends confiance en toi du regard de notre Seigneur Dieu Sabaoth, en présence de qui tu agis, et abats ce Goliath avec la fronde de ta sagesse et avec la pierre de ta force, puisque par sa chute la nuit et l'ombre de la peur recouvriront le camp des Philistins : les Philistins s'enfuiront et Israël sera libéré. Alors notre héritage, qui nous a été ravi et que nous pleurons sans cesse, nous sera rendu dans son intégralité ; et de même que, exilés à Babylone, nous gémissons en nous souvenant de la sacro-sainte Jérusalem, de même, en

---

1. Myrrha : *cf. Enfer*, XXX, 37-90 ; Amata : *cf. Purgatoire*, XVII, 35-39. 2. *Rom.*, XIII, 2.

citoyens qui respirent en paix, nous nous ressouviendrons dans la joie des misères de la confusion.

Écrite en Toscane près de la source de l'Arno, le quinzième jour avant les Calendes de mai, en l'an premier de la très heureuse descente en Italie du divin Henri[1].

VIII

À la très glorieuse et très clémente dame Marguerite, par la divine providence reine des Romains et toujours Auguste, Gherardesca de Batifolle, par la grâce de Dieu et de la secourable Magnificence comtesse palatine en Toscane, déposant comme de juste et avec dévotion à ses pieds l'hommage de son obéissance[2].

La très agréable lettre de votre royale Bienveillance a été vue par mes yeux avec joie et a été accueillie par mes mains avec respect, comme il convenait. Et tandis que les nouvelles rapportées dans cette lettre, pénétrant mes pensées, les caressaient délicatement, l'esprit de celle qui lisait s'enflamma tellement par la ferveur de la dévotion que l'oubli ne saura jamais l'emporter ni la mémoire s'en souvenir sans joie. Car que serais-je et quelle qualité aurais-je pour que l'épouse magnanime de César consente à me faire part de la prospérité de son époux et de la sienne (fasse le Ciel qu'elle dure longtemps !) ? Certes, ni les mérites de celle qui se félicitait ni sa dignité ne demandaient tant d'honneur ; mais il n'était pas malséant que même la plus haute hiérarchie humaine descende à ma rencontre, car c'est d'elle que, comme d'une source vive, doivent se répandre aux inférieurs les exemples d'un saint gouvernement.

Il n'est pas dans le pouvoir d'un être humain de s'acquitter dignement des grâces reçues ; mais je ne pense pas que ce soit chose étrangère à l'homme de prier Dieu quelquefois pour qu'Il supplée à son insuffisance. Ainsi, frappons maintenant par de justes et

---

1. C'est-à-dire le 17 avril 1311, dans la haute vallée de l'Arno. 2. Cette lettre et les deux suivantes sont adressées à la femme d'Henri VII, Marguerite de Brabant, par Gherardesca, épouse de Guido di Batifolle, de la famille des Guidi.

pieuses prières à la porte de la cour céleste, et que le sentiment de la suppliante obtienne que l'éternel gouverneur du monde accorde des récompenses adaptées à tant de condescendance et tende la main droite de sa grâce secourable aux souhaits de César et de l'Auguste ; afin que Celui qui plaça les nations barbares et les États civilisés sous l'autorité du pouvoir romain pour la protection des mortels permette aux triomphes et à la gloire de son Henri de régénérer cette époque en déroute.

IX

À la très sereine et très pieuse dame Marguerite, par volonté de la céleste miséricorde reine des Romains et toujours Auguste, sa très dévouée Gherardesca de Batifolle par la grâce généreuse de Dieu et de l'Empire comtesse palatine en Toscane, le genou fléchi en signe d'humilité, présente l'hommage de sa révérence[1].

J'ai pris connaissance du contenu de votre royale lettre avec toute la vénération et toute la dévotion dont je suis capable. Aussi, puisque c'est par cette confidence que j'ai appris les succès de votre heureuse venue, c'est au silence, comme au meilleur messager, que je préfère confier la joie que m'a procurée cette nouvelle ; en effet les mots ne suffisent pas à exprimer le bonheur quand l'esprit lui-même, presque sous l'effet de l'enivrement, est dépassé. Aussi, daigne l'entendement de votre royale Altesse suppléer ce que l'humilité de celle qui écrit ne peut expliquer.

Mais, bien que les nouvelles transmises par la lettre aient été indiciblement précieuses et agréables, un espoir plus grand renforce les raisons de se réjouir et en même temps exprime de justes vœux. J'espère même, faisant confiance à la céleste providence qui, je n'en doute pas, ne peut jamais être trompée ou entravée, et qui pourvoit l'humaine civilisation d'un Prince unique, que les débuts heureux de votre règne se poursuivront dans une prospérité toujours grandissante. Ainsi donc, exultant pour les choses présentes et futures,

---

1. *Cf.* note 2 page précédente.

je recours sans aucune hésitation à la clémence de l'Auguste : je m'empresse de vous adresser des prières et vous supplie de daigner me placer sous l'ombre très protectrice de votre Altesse, de telle manière que toujours je sois et paraisse être protégée contre toute agitation de l'adversité.

X

À la très illustre et très pieuse dame Marguerite, par la divine providence reine des Romains et toujours Auguste, sa très fidèle Gherardesca de Batifolle, par la grâce de Dieu et de l'impériale indulgence comtesse palatine en Toscane, se dévoue et offre, avec le plus grand empressement, son obéissant service[1].

Lorsque la lettre de votre Sérénité apparut aux yeux de celle qui écrit et qui remercie, ma sincère loyauté éprouva combien les esprits des fidèles sujets se réjouissent des succès de leurs seigneurs. Car d'après ce qui était dit dans cette missive, j'appris, avec toute la joie de mon cœur, comment la droite du Roi suprême exauçait avec bonheur les vœux de César et de l'Auguste. Aussi, ayant prouvé le degré de ma fidélité, j'ose désormais prendre le rôle de celle qui demande.

Implorant ainsi l'attention de votre Altesse, je supplie et demande avec dévotion que vous daigniez considérer avec les yeux de l'esprit la pureté d'une confiance quelquefois mise à l'épreuve. Mais quelques phrases royales semblaient m'encourager à renseigner votre Altesse sur l'état de ma condition, quand la possibilité de disposer de messagers se présenterait et quand le désir s'en ferait sentir ; bien qu'une certaine apparence de présomption de ma part fasse obstacle à ce dessein, j'obéirai donc, par la vertu persuasive de l'obéissance, à votre royale Altesse. Que votre pieuse et sereine Majesté des Romains sache, puisqu'elle l'ordonne, qu'au temps de l'envoi de cette lettre, mon conjoint bien-aimé et moi-même, grâce à la bonté de Dieu, étions en bonne santé, nous réjouissant de la

1. *Cf.* p. 538, note 2.

vitalité de nos enfants, d'autant plus joyeux que les signes de l'Empire qui se rétablissait promettaient déjà des temps meilleurs.

Envoyée du château de Poppi le quinzième jour avant les Calendes de juin, en l'an premier de la très heureuse descente d'Henri César en Italie[1].

XI

[Dante, de Florence, aux Cardinaux italiens[2]]

[1] « Comment la voilà-t-elle à l'abandon, la ville si peuplée ! Elle est comme une veuve, celle qui surpassait les nations[3]. » Jadis la cupidité des princes des Pharisiens, qui rendit abominable l'ancien sacerdoce, ne se borna pas à transférer ailleurs le ministère[4] des enfants de Lévi, mais fut aussi la cause du siège et de la destruction de la sainte cité de David. En considérant cela dans Sa perspective éternelle, Celui qui seul est éternel insuffla, par l'intermédiaire de l'Esprit saint, Son message au Prophète, dont l'intelligence était digne de Dieu et qui pleura la mort de la sainte Jérusalem avec des mots, hélas, trop souvent répétés.

[2] De même, nous qui croyons à l'identité du Père et du Fils, de Dieu et de l'Homme, de la Mère et de la Vierge, nous pour le salut de qui furent prononcées, après une triple interrogation sur l'amour, les paroles « Pais mes brebis[5] », nous sommes contraints de pleurer la ville de Rome, veuve et abandonnée ; c'est à cette ville, qui avait remporté tant de triomphes, que le Christ confirma, par la parole et par les faits, l'empire du monde, alors que Pierre et Paul, apôtres des Gentils, par l'effusion de leur sang, la consacrèrent Siège apostolique ; en pleurant Rome, nous, semblables à Jérémie, ne pouvons prévenir les événements qui sont la cause de nos plaintes, mais seulement exprimer notre douleur après qu'ils ont eu lieu.

---

1. C'est-à-dire le 18 mai 1311. 2. Dante écrit aux cardinaux italiens réunis en conclave à Carpentras en 1314 pour leur demander de ramener la papauté d'Avignon à Rome. 3. *Lamentations de Jérémie*, I, 1. 4. Sous la pression de Philippe le Bel, Clément V avait transféré la papauté à Avignon en 1307. 5. *Jean*, XXI, 17.

[3] C'est une souffrance comparable à celle causée par une plaie douloureuse que de voir les fauteurs d'hérésie et d'impiété, Juifs, Sarrasins et Gentils, se moquer de nos sabbats et s'écrier : « Leur Dieu, où est-il[1] ? », tandis que les Puissances du Mal attribuent cela aux ruses qu'elles emploient contre les Anges qui nous défendent ; et, chose encore plus horrible, certains astronomes et faux prophètes disent qu'est nécessaire ce que vous, par un mauvais usage du libre arbitre, avez choisi.

[4] Vous, qui êtes les primipiles[2] de l'Église militante, vous avez, en conduisant le char de l'Église, quitté la voie tracée par le Crucifié, semblables au faux cocher Phaéton[3] ; et vous avez entraîné avec vous dans l'abîme le troupeau qui vous était confié pour que vous le guidiez à travers le pèlerinage terrestre. Je n'ai point besoin de vous citer d'exemple, car vous tournez le dos et non pas le visage au char de l'Église et vous pourriez ainsi être comparés à ceux-là qui furent montrés au Prophète le dos tourné au sanctuaire ; vous méprisez le feu envoyé du ciel alors que les autels sont enflammés par des feux profanes, vous vendez des colombes dans le temple, tandis que les choses sans valeur vénale sont devenues objet de marchandage, entraînant la perte de tous ceux qui pratiquent ce commerce. Mais prenez garde au fouet, prenez garde au feu et ne défiez pas la patience de Celui qui attend votre repentir. Car, si vous nourrissez des doutes quant à l'abîme dont j'ai parlé, il suffit de répliquer que vous avez passé un accord avec Démétrius pour élire Alcimus[4].

[5] Mais peut-être, tout indignés, répliquerez-vous ainsi : « Qui est cet homme, qui, sans craindre le châtiment subit d'Oza[5], est assez téméraire pour porter sa main sur l'Arche, même si elle risque de trébucher ? » Certes, je suis la moindre des brebis dans les pâturages de Jésus-Christ ; certes, je n'ai aucune autorité pastorale, car je n'ai pas de richesses. Ce n'est pas par la richesse, « mais c'est par la grâce de Dieu que je suis ce que je suis[6] » et que « je suis dévoré par le zèle de votre maison[7] ». En effet, c'est bien « dans la bouche

---

1. *Ps.*, LXXVIII, 10. 2. C'est-à-dire les lieutenants du commandant en chef, le pape. 3. *Cf.* Ovide, *Métamorphoses*, II, 1 *sqq.* 4. *Cf.* I *Mach.*, VII. 5. II *Reg.*, VI, 6. 6. I *Cor.*, XV, 10. 7. *Ps.*, LXVIII, 10.

des enfants et des nourrissons[1] » que la vérité, chère à Dieu, a résonné et c'est un aveugle-né qui a proclamé la vérité que les Pharisiens non seulement taisaient, mais essayaient avec malice de déguiser. Ce sont ces exemples qui m'ont convaincu de dire les choses que j'ai osé affirmer. En outre, j'ai comme maître le Philosophe qui, en établissant les principes de la morale, nous a enseigné que la vérité doit être préférée à n'importe quel ami. Et la présomption téméraire d'Oza, que certains croiraient devoir me reprocher, ne saurait me souiller ; car celui-là se préoccupait de l'Arche, mais moi je me préoccupe des bœufs récalcitrants qui traînent l'Arche hors de son chemin. Quant à l'Arche, c'est Celui qui regarda de ses yeux porteurs de salut le bateau ondoyant sur les flots qui en prendra soin.

[6] Il ne me semble donc pas que j'aie offensé quelqu'un au point de le pousser à l'injure, mais bien plutôt que je vous ai fait rougir de vergogne, vous et d'autres, archimandrites de nom, à moins que la honte n'ait pas été entièrement déracinée de ce monde ; parmi tant d'hommes qui usurpent la fonction de bergers, parmi tant de brebis qui, si elles n'ont pas été à proprement parler volées, sont au moins négligées et abandonnées dans les pâturages, une seule voix pieuse, et celle d'un particulier, se fait entendre dans ce que l'on pourrait appeler les funérailles de notre mère l'Église.

[7] Quoi ? Chacun a épousé la cupidité, comme vous l'avez fait vous-mêmes, la cupidité qui n'engendre jamais la piété et la justice, comme le fait la charité, mais toujours l'impiété et l'injustice. Ah, très pieuse mère, épouse du Christ, qui dans l'eau et dans l'Esprit engendres des enfants pour ta propre honte ! Ce n'est pas la charité, ce n'est pas Astrée[2], qui sont devenues tes brus, mais plutôt les filles de la sangsue[3]. L'évêque de Luni[4] mis à part, tous les autres montrent clairement quels enfants celles-ci engendrent. Ton Grégoire[5] gît parmi les toiles d'araignée, et Ambroise dans les repaires oubliés des clercs ; Augustin gît abandonné, comme Denys l'Aréopagite, Damascène et Bède ; on acclame par contre je ne sais quel

---

1. *Ps.*, VIII, 3. 2. La Justice ; *cf.* p. 534, note 2. 3. *Cf. Prov.*, XXX, 15. 4. Sans doute Gherardino Malaspina, évêque de Luni de 1312 à 1321. 5. Saint Grégoire le Grand.

« Miroir[1] », Innocent[2] et l'évêque d'Ostie[3]. Pourquoi pas ? Dieu était le but et le bien suprême des premiers, mais les seconds ne cherchent que revenus et prébendes.

[8] Mais, mes pères, ne me prenez pas pour un phénix dans le monde, car ce que je crie tout haut, tous les hommes le murmurent, ou le chuchotent, ou le pensent ou en rêvent, sans toutefois révéler ce qu'ils ont vu dans leurs songes. Certains sont stupéfaits : le tairont-ils toujours et ne rendront-ils jamais témoignage à leur Créateur ? Le Seigneur est vivant, car Celui qui fit parler l'ânesse de Balaam[4] est aussi le Seigneur des brutes d'aujourd'hui.

[9] Me voilà devenu pétulant : vous m'y avez contraint. Ayez donc honte d'être accusés et blâmés par quelqu'un qui est placé si bas, et non pas par le Ciel pour qu'il vous absolve. On agit bien envers nous, quand on nous frappe à l'endroit où l'ouïe et les autres sens sont atteints par la honte, qui peut ainsi engendrer en nous le repentir, son fils aîné, qui, à son tour, engendrera la résolution de corriger nos erreurs.

[10] Pour qu'une glorieuse magnanimité favorise et encourage une telle résolution, tournez les regards de votre esprit, comme mesure de votre imagination, vers la ville de Rome, qui, privée maintenant de ses deux flambeaux, seule et veuve (comme dans la prophétie citée plus haut) devrait susciter la compassion d'Hannibal lui-même. Et cela vous concerne particulièrement, vous qui depuis votre enfance connaissez le Tibre sacré. Car, même si la capitale du Latium a droit à la tendre affection de tous les Italiens, en tant que fondement commun de leur civilisation, c'est à vous qu'il incombe de la vénérer avec la plus grande dévotion, puisqu'elle est le fondement même de votre existence. Et si actuellement la misère accable de douleur et fait rougir de honte tous les autres Italiens, qui osera douter que la honte et la douleur doivent être votre partage, puisque c'est vous qui avez été la cause de l'extraordinaire éclipse de ce que l'on pourrait considérer comme son Soleil ? C'est toi, Ursus[5], qui devrais rougir en premier pour que tes collègues

---

1. *Speculum iudiciale* de Guillaume Durant. 2. Innocent IV, auteur d'un commentaire aux *Décrétales* de Grégoire IX. 3. Le canoniste Henri de Suse, cardinal-évêque d'Ostie de 1261 à 1271 (*cf. Paradis*, IX, 133-136 ; XII, 82-85). 4 *Cf. Num.*, XXII, 28. 5. Le cardinal Napoleone Orsini, chef des cardinaux italiens au conclave.

qui avaient été dépouillés du cardinalat ne soient pas éternellement déshonorés et puissent, par l'autorité du Siège apostolique, reprendre les vénérables enseignes de l'Église militante qu'ils avaient dû déposer sans avoir démérité, tout en n'ayant pas de mérites particuliers. Et toi aussi, Transtibérin[1], partisan de la faction opposée, tu devrais rougir, toi qui, éprouvant encore de la rancune contre Carthage déjà vaincue, faisais reverdir en toi, telle une branche greffée sur un tronc qui n'est pas le sien, la colère du Pontife défunt, et osas préférer ce comportement au bien de la patrie des illustres Scipions sans te rendre compte de tes contradictions.

[11] Si vous, les responsables d'un tel égarement, vouliez bien lutter virilement pour l'Épouse du Christ, pour le Siège de l'Épouse, qui est Rome, pour notre Italie, et, pour tout dire, pour l'humanité entière qui accomplit son pèlerinage sur terre, le mal pourrait être extirpé (bien que la marque infamante qui a profané de son feu le Siège apostolique ne puisse être effacée). Ainsi, vous engageant glorieusement dans l'arène du combat qui a déjà commencé et vers laquelle se tournent les regards de toutes les rives de l'Océan, vous pourrez entendre le cri : « Gloire à Dieu au plus haut des cieux[2] ! » Et l'opprobre des Gascons[3] qui, en proie à leur funeste cupidité, essaient d'usurper la gloire des Latins, sera un exemple pour la postérité pendant tous les siècles à venir.

XII

[À un ami florentin]

[1] Par votre lettre, qui a suscité en moi les sentiments affectueux et admiratifs qu'elle mérite, j'ai appris, avec gratitude et attention, à quel point mon retour dans ma patrie vous tient à cœur ; vous m'avez d'autant plus obligé qu'il est rare que les exilés trouvent des amis. Toutefois, je vous prie cordialement de bien vouloir, avant de

---

1. Le cardinal Jacopo Stefaneschi. 2. *Luc*, XIX, 38. 3. Le cardinal Arnaud de Pellegrue, neveu et légat de Clément V en Romagne (*cf. Paradis*, XXVII, 58-59).

me juger, soumettre ma réponse, qui ne sera pas celle que la pusillanimité de certains souhaiterait, à l'examen de votre sagesse.

[2] Voici donc ce que votre lettre, celle de mon neveu et celles de plusieurs amis m'ont appris sur le décret qui vient d'être promulgué à Florence[1] au sujet de l'acquittement des exilés : si j'acceptais de verser une certaine somme d'argent et de me soumettre à la honte de l'« offrande », je pourrais être acquitté et rentrer immédiatement. Dans cette proposition, deux choses sont risibles et mal méditées, mon père : mal méditées par ceux qui ont formulé de telles conditions, car votre lettre, inspirée par bien plus de sagesse et de discrétion, ne contenait rien de tout cela.

[3] Est-ce donc là la grâce accordée à Dante Alighieri pour qu'il puisse retourner dans sa patrie après avoir souffert l'exil pendant presque trois lustres ? est-ce donc là la récompense d'une innocence qui est évidente à tout le monde, la récompense de tant de travail, de tant de temps consacré aux études ? C'est une humiliation indigne d'un familier de la philosophie d'accepter d'être « offert », presque en chaînes, à la manière d'un Ciolo[2] quelconque et de tant d'autres infâmes. C'est indigne d'un homme qui prêche la justice et qui a été victime de l'injustice de récompenser avec de l'argent les auteurs de l'injustice, comme si c'étaient des bienfaiteurs !

[4] Non, la voie du retour dans la patrie n'est pas celle-là, mon père ; toutefois, si, par votre intermédiaire ou par celui de quelqu'un d'autre, on peut trouver une autre voie qui ne porte pas préjudice à la renommée et à l'honneur de Dante, je l'emprunterai sans tarder ; car, si on ne peut retourner à Florence par une telle voie, jamais je ne retournerai à Florence. Quoi donc ? ne pourrai-je pas contempler partout la lumière du soleil et des astres ? Ne pourrai-je pas m'adonner, partout sous le ciel, aux méditations sur la douce vérité, sans auparavant devoir me rendre, avec déshonneur et ignominie, à la cité et au peuple de Florence ? Ce ne sera certainement pas le pain qui me manquera.

---

1. Amnistie de mai 1315 en faveur des exilés qui feraient amende honorable.
2. Personnage non identifié.

XIII

Au magnifique et victorieux seigneur, le seigneur Cangrande della Scala, Vicaire général de sa Majesté impériale dans la ville de Vérone et dans la cité de Vicence[1], son bien dévoué Dante Alighieri, florentin de naissance mais non quant aux mœurs, souhaite une vie heureuse pendant de longues années et un accroissement éternel de sa glorieuse renommée.

[1] L'insigne éloge de Votre Magnificence, que la voix publique, alerte, répand en voltigeant, obtient des résultats différents chez différents hommes : les uns s'exaltent en espérant la prospérité, d'autres s'affligent en craignant la ruine. À vrai dire, les louanges que l'on vous avait adressées me paraissaient autrefois bien exagérées par rapport à ce que l'on peut attendre des actions des modernes. Mais, pour ne pas demeurer trop longtemps dans l'incertitude et pour vérifier avec mes propres yeux les choses que j'avais entendues, je me rendis à Vérone, comme la reine de Saba se rendit à Jérusalem[2] et Pallas sur l'Hélicon[3] ; je pus donc y voir vos grands exploits, voir vos bienfaits et en profiter ; et, alors qu'auparavant j'avais cru déceler de l'exagération dans les propos que l'on tenait sur vous, je dus reconnaître l'exceptionnalité de vos actions. Pour cette raison, si autrefois mon attachement à votre personnalité était modéré par un certain sens de soumission, ce sentiment laissa la place, dès que je vous vis, à la dévotion et à l'amitié.

[2] Et en m'arrogeant le nom d'ami, je ne crois pas pécher par présomption, puisque l'amitié peut lier entre elles des personnes de rang différent non moins fortement que des égaux. Car, si on examine les amitiés agréables et utiles, on verra bien que des personnages éminents se sont liés d'amitié avec des inférieurs. Et si l'on prend en considération l'amitié véritable et désintéressée, ne devra-t-on pas constater que bien des hommes de fortune obscure, mais remarquables par leur honnêteté, ont été les amis de quelques grands et illustres princes ? Et pourquoi pas, puisque même l'amitié

---

1. Cangrande della Scala, seigneur de Vérone, nommé en 1311 vicaire impérial par Henri VII, hôte de Dante durant les dernières années de sa vie. La lettre de Dante est de 1316 environ. 2. I *Reg.*, X. 3. Ovide, *Métamorphoses*, V, 254.

entre Dieu et les hommes n'est pas entravée par la distance qui les sépare ? Si cette affirmation peut paraître incongrue à quelqu'un, que celui-ci écoute l'Esprit saint, qui atteste que certains hommes ont joui de son amitié ; en effet, dans le Livre de la Sagesse, on lit ceci au sujet de la sagesse : « Car elle est pour les hommes un trésor inépuisable dont les acquéreurs se préparent à devenir amis de Dieu[1]. » Mais le peuple dans son ignorance juge sans discernement ; et de même qu'il pense que le diamètre du soleil mesure un pied, de même en ce qui concerne les mœurs, il se laisse tromper par sa sotte crédulité. Mais nous, à qui il est donné de connaître ce qu'il y a de mieux en nous, ne devons pas suivre les traces des troupeaux, mais nous sommes bien plutôt tenus de corriger leurs erreurs. En effet, ceux qui puisent leurs forces dans l'intellect et dans la raison et qui ont reçu le don divin de la liberté ne sont assujettis à aucun usage ; et il ne faut pas s'en étonner, car ils ne sont pas inspirés par les lois, mais ce sont eux qui inspirent les lois. Il est donc clair que ce que je viens d'affirmer, c'est-à-dire que j'éprouve pour vous dévotion et amitié, n'est en rien un péché de présomption.

[3] Comme je mets le précieux trésor de votre amitié au-dessus de toute chose, je souhaite conserver cette amitié en lui dédiant toute ma prévoyance et toute ma sollicitude. Partant, comme l'éthique nous enseigne que l'analogie rend les amis égaux et conserve l'amitié, je souhaite appliquer le principe de l'analogie et rendre en quelque sorte les bienfaits reçus ; pour cette raison, je me suis souvent demandé quels dons modestes j'aurais pu vous faire ; j'en ai ensuite sélectionné quelques-uns pour les soumettre à un examen plus attentif, dans le but de choisir celui qui fût plus digne de vous et qui vous fût plus agréable. Et je n'ai rien trouvé de plus conforme à votre prestige que la suprême partie de ma *Comédie*, qui se pare du titre de *Paradis*. C'est elle que je vous adresse, vous offre et vous recommande par la présente épître dédicatoire.

[4] Mais l'affection ardente que je vous porte ne peut faire passer sous silence le fait que l'hommage que je vous adresse pourra conférer plus d'honneur et de renommée au don lui-même qu'à

---

1. *Sap.*, VII, 14.

celui qui le recevra. Au contraire, les lecteurs les plus attentifs remarqueront que j'ai voulu, déjà par le choix du titre, exprimer le présage de l'accroissement de votre gloire. Mais le désir d'obtenir votre faveur, à laquelle j'attache plus de prix qu'à la vie même, me poussera à m'avancer toujours plus vers le but que je m'étais fixé au départ. Ainsi donc, m'étant acquitté de la dédicace, je vais, tel un commentateur, exposer brièvement quelques points qui puissent servir d'introduction à l'ouvrage que je vous ai offert.

[5] Comme dit le Philosophe dans le deuxième livre de la *Métaphysique*, « chaque chose est au point de vue de la vérité tout ce qu'elle est au point de vue de l'être[1] » ; ce qui signifie que la vérité d'une chose, qui consiste dans la vérité en tant que sujet, est la ressemblance parfaite avec la chose telle qu'elle est. Mais, parmi les choses qui sont, seulement quelques-unes ont en elles l'être absolu ; d'autres ont un être qui dépend d'un autre par une relation, c'est-à-dire être et en même temps se rapporter à une autre chose, comme le père et le fils, le maître et le serviteur, le double et la moitié, le tout et la partie, et ainsi de suite, en tant que tels. Puisque l'être de ces choses dépend d'autre chose, il s'ensuit que leur vérité dépend d'autre chose ; si en effet on ignorait la notion de moitié, on ne pourrait connaître la notion de double, et ainsi de suite.

[6] Si l'on veut rédiger l'introduction à une partie d'un ouvrage, il faut d'abord fournir quelques informations sur l'ensemble auquel cette partie appartient. Pour cette raison, souhaitant rédiger une introduction à la partie de la *Comédie* citée plus haut, j'ai jugé bon de donner au préalable des indications sur l'ensemble de l'œuvre, pour que l'on puisse accéder de façon plus facile et complète à la partie en question. Or, les choses qu'il faut discuter avant d'aborder la lecture d'un ouvrage savant sont au nombre de six : sujet, auteur, forme, but, titre du livre et genre philosophique. La partie que j'ai décidé de vous dédier diffère de l'ensemble de l'œuvre en ce qui concerne trois de ces éléments : sujet, forme et titre ; elle ne présente pas de différence en ce qui concerne les trois autres éléments, comme on peut le constater à l'examen ; par conséquent, dans une présentation de l'ensemble de la *Comédie*, ces trois éléments devront être analysés à part ; une fois cette tâche accomplie, on

---

1. Aristote, *Métaphysique*, II, 1.

pourra plus facilement accéder à la partie qui nous intéresse. Ensuite nous analyserons les trois autres éléments, non seulement dans la perspective de l'ensemble, mais aussi dans la perspective de la partie qui vous est offerte.

[7] Pour mieux comprendre mon exposé, il faut savoir que cette œuvre n'a pas un seul sens, mais qu'elle est au contraire polysémique, c'est-à-dire qu'elle recèle plusieurs significations. Un premier sens est celui de la lettre du texte, un autre est celui des choses qui sont signifiées par la lettre. Le premier est appelé littéral, le deuxième allégorique, moral ou anagogique. Pour que cela soit plus clair, on peut prendre ces versets comme exemple : « Quand Israël sortit d'Égypte, que la maison de Jacob s'éloigna d'un peuple barbare, Juda devint le sanctuaire du Seigneur, Israël devint son royaume[1]. » Ce passage nous dit du point de vue de la lettre que les enfants d'Israël quittèrent l'Égypte au temps de Moïse ; du point de vue de l'allégorie, que nous avons été sauvés par le Christ ; du point de vue du sens moral, que l'âme convertie passe du deuil et de la misère du péché à l'état de grâce ; du point de vue du sens anagogique, que l'âme purifiée quitte la servitude de la corruption terrestre pour atteindre la liberté de la gloire éternelle. Et, bien que ces sens mystiques soient désignés par des noms différents, on peut en général les appeler allégoriques, puisqu'ils diffèrent du sens littéral ou historique ; en effet, le mot allégorie dérive du mot grec *alléon*, qui en latin signifie *alienum*, donc « différent ».

[8] Cela dit, il est évident que le sujet d'une œuvre doit être double, en fonction de l'un ou de l'autre de ces deux sens. Par conséquent, il nous faudra expliquer le sujet de cet ouvrage d'abord selon le sens littéral et ensuite selon le sens allégorique. D'après la lettre, le sujet de l'ouvrage entier est simplement le sort des âmes après la mort ; c'est autour de cela que s'articule l'ensemble de l'œuvre. Mais, si on tient compte de l'allégorie, le sujet est l'homme, qui, pouvant faire usage du libre arbitre, aura mérité récompenses ou châtiments selon la vie qu'il aura choisi de mener.

[9] La forme de l'ouvrage a deux aspects : le premier concerne la structure, le deuxième la manière de traiter le sujet. La structure

---

1. *Ps.*, CXIII, 1-2.

est triple, parce qu'on peut la subdiviser trois fois : en effet, l'œuvre est divisée en trois parties, chaque partie en chants et chaque chant en vers. La manière de traiter le sujet concerne la poétique, la fiction, la description, la digression, la métalepse et aussi la définition, la division, la démonstration, la confutation et l'exemplification.

[10] Le titre du livre est : « Ici commence la Comédie de Dante Alighieri, florentin de naissance mais non quant aux mœurs. » Pour bien comprendre le sens du titre, il faut savoir que le mot « comédie » dérive des mots *comos,* qui signifie village, et *oda,* qui signifie chant, donc le sens de « comédie » est, en quelque sorte, « chant villageois ». Et la comédie est un genre de récit poétique qui diffère de tous les autres. Elle diffère de la tragédie pour ce qui est du contenu, car la tragédie a un début merveilleux et paisible et un dénouement fétide et horrible ; en effet, le sens du mot « tragédie », composé de *tragos,* qui signifie bouc, et de *oda,* est « chant du bouc », donc fétide comme le bouc, ce qui est évident dans les tragédies de Sénèque. Dans la comédie, par contre, on se heurte au début à des difficultés, mais le dénouement est heureux, ce qui est évident dans les comédies de Térence. C'est pourquoi certains écrivains ont pris l'habitude d'employer, en guise de salutation, la formule « je te souhaite un début tragique et un dénouement comique ». Tragédie et comédie diffèrent également dans le langage, qui est élevé et sublime dans la tragédie, familier et humble dans la comédie, comme l'affirme Horace, là où il nous dit qu'il est permis aux auteurs de comédies de s'exprimer parfois comme les auteurs de tragédies, et inversement : « Quelquefois, pourtant, la comédie hausse la voix, et Chrémès en colère enfle la bouche pour gronder ; à son tour, un personnage de tragédie parle souvent dans la douleur un langage qui marche à terre, par exemple Télèphe ou Pélée[1]. » Il s'ensuit que notre œuvre peut être appelée *Comédie,* car, si nous considérons le contenu, le début, l'*Enfer,* est horrible et fétide, mais le dénouement, le *Paradis,* est agréable et heureux. Quant au langage, il est familier et humble parce que c'est la langue vulgaire dans laquelle s'expriment aussi les femmes du peuple. Il existe également d'autres genres de récit poétique, tels la bucolique,

---

1. Horace, *Art poétique*, 93-96.

l'élégie, la satire et le chant votif, comme le montre Horace dans son *Art poétique* ; mais ce n'est pas le moment d'en parler.

[11] On voit bien maintenant comment il faut définir le sujet de la partie que j'ai décidé de vous dédier. En effet, si, au sens littéral, le sujet de l'ensemble de l'œuvre décrit le sort général de toutes les âmes après la mort, il est évident que cette partie se bornera au sort des âmes du paradis. Et si, allégoriquement, le sujet de l'ensemble de l'œuvre est l'homme, qui, pouvant faire usage du libre arbitre, aura mérité récompenses ou châtiments selon la vie qu'il aura choisi de mener, le sujet de cette partie sera forcément plus limité et concernera les hommes qui ont obtenu de la justice divine la récompense de leurs mérites.

[12] Et de même, la forme de la partie qui nous intéresse se définira par rapport à l'œuvre tout entière ; car si la forme de l'ensemble est triple, la forme de cette partie est seulement double, c'est-à-dire la division en chants et en vers. Le premier type de division n'entre pas en considération ici, car c'est la partie elle-même qui est l'objet de cette première division.

[13] Pour ce qui est du titre du livre, tout est également clair ; si le titre du livre entier est : « Ici commence la *Comédie,* etc. », le titre de cette partie sera : « Ici commence la troisième partie de la *Comédie* de Dante, etc., intitulée *Paradis.* »

[14] Ayant examiné les trois éléments dans lesquels la partie diffère de l'ensemble, il nous reste à voir les trois autres dans lesquels il n'y a pas de différence. L'auteur de la partie et du tout est celui qui est nommé dans le titre et il est évidemment l'auteur de l'ensemble.

[15] Le but du tout et de la partie pourrait être multiple, à savoir proche et lointain à la fois ; mais, laissant de côté une investigation trop subtile, on peut dire en bref que le but du tout et de la partie est de détourner les vivants de la misère de cette vie et de les conduire au bonheur céleste.

[16] Le genre philosophique, auquel appartiennent le tout et la partie, est le comportement moral, c'est-à-dire l'éthique, car aussi bien le tout que la partie ont été conçus en vue non pas de la spéculation mais de l'action. En effet, si quelques lieux ou passages

semblent avoir un contenu de type spéculatif, le but en est toujours l'action et non pas la spéculation en elle-même ; car, comme le dit le Philosophe dans le deuxième livre de la *Métaphysique*, il peut arriver qu'en un certain moment et en un certain lieu les praticiens s'adonnent à la spéculation.

[17] Cela dit, nous devons passer à une première tentative d'exposer le sens littéral, non pas sans rappeler au préalable que l'exposition littérale n'est rien d'autre que l'explication de la forme de l'ouvrage. Cette partie, c'est-à-dire la troisième partie qui est intitulée *Paradis*, se divise essentiellement en deux parties, le prologue et l'exposition du contenu. La deuxième partie commence par : « Sur divers seuils, le flambeau de ce monde[1] ».

[18] En ce qui concerne la première partie, il faut préciser que, bien que l'on puisse couramment la nommer exorde, la seule définition appropriée est celle de prologue ; et le Philosophe, dans le troisième livre de la *Rhétorique*, semble en convenir là où il dit que, pour indiquer le début d'une œuvre, on doit parler d'exorde s'il s'agit d'un discours oratoire, de prologue s'il s'agit d'un poème, et de prélude s'il s'agit d'une composition musicale. Il faut aussi rappeler que le début, nommé couramment exorde, est fait par les poètes d'une autre façon que par les rhéteurs. Les rhéteurs, en effet, essaient de gagner l'attention bienveillante des auditeurs en leur permettant de goûter un peu de ce qu'ils vont dire ; les poètes, de leur côté, ne se bornent pas à cela, mais ils y ajoutent une invocation. Et cela est très opportun, car, devant demander aux substances supérieures quelque chose qui dépasse les limites de la condition humaine, presque un don divin, ils ont besoin d'une longue invocation. Notre prologue se divise donc en deux parties : dans la première on anticipe ce que l'on va dire et dans la deuxième on invoque Apollon ; et cette deuxième partie commence par : « Bon Apollon, pour ce labeur final[2] ».

[19] Pour ce qui est de la première partie du prologue, il importe de souligner que, pour bien commencer un récit, il faut atteindre trois buts, à savoir rendre l'auditeur bienveillant, attentif et docile, comme dit Cicéron dans la *Nouvelle Rhétorique*[3] ; et cela est vrai

---

1. *Paradis*, I, 37. 2. *Ibid.*, I, 13. 3. *De inventione*, I, 20.

surtout pour le genre merveilleux, comme le dit le même Cicéron. Puisque la matière du présent récit tient du merveilleux, et doit donc être classée dans ce genre, le début de l'exorde ou prologue doit viser ces trois buts. En effet, le poète dit qu'il va raconter ce que sa mémoire a pu retenir de tout ce qu'il a vu dans le premier ciel ; par cela, il annonce les trois buts visés : l'utilité de la matière exposée suscite la bienveillance du lecteur, le merveilleux retient l'attention et la vraisemblance entraîne la docilité. En disant qu'il racontera les choses qui forment l'objet du plus vif désir des humains, c'est-à-dire les joies du paradis, le poète met en relief l'utilité ; en promettant d'exposer des choses difficiles et sublimes, comme les conditions du royaume céleste, il évoque le merveilleux ; en affirmant qu'il dira ce que sa mémoire a pu retenir, il souligne la vraisemblance, car, s'il a pu le faire lui-même, d'autres pourront le faire également. Tout cela est exprimé là où le poète dit qu'il a été dans le premier ciel et qu'il veut relater tout ce que, tel un trésor, sa mémoire a pu retenir sur le royaume céleste. Ayant constaté la bonté et la perfection de la première partie du prologue, nous pouvons passer à l'exposition littérale.

[20] Le poète dit que « sa gloire — à lui qui élance le monde — », donc la gloire de Dieu, « pénètre toute chose, et resplendit davantage en tel lieu, moins en tel autre[1] ». Or, que la gloire de Dieu resplendisse partout, la raison et l'autorité le prouvent. La raison le prouve ainsi : tout ce qui existe doit son être à soi-même ou à un autre ; mais il est évident que devoir son être à soi-même n'est possible qu'à Un seul, à savoir au Premier et au Principe, donc à Dieu, puisque le simple fait d'avoir un être ne suffit pas à prouver que l'être dérive de soi-même, alors que le fait de devoir son être à soi-même ne convient qu'à Un seul, au Premier et au Principe, qui est la cause de toute chose ; donc toutes les choses qui sont, sauf ce même Un, doivent leur être à un autre. Si donc on considère non pas un être quelconque, mais le dernier de l'univers, il est évident que celui-ci doit son être à un autre ; et celui auquel il le doit, il le tient de lui-même ou de quelqu'un d'autre. S'il le tient de lui-même, il est le Premier ; s'il le tient de quelqu'un d'autre, ce dernier le tient à son tour de lui-même ou d'un autre. Et en pro-

---

1. *Paradis*, I, 1-3.

cédant ainsi dans la recherche des causes de l'être jusqu'à l'infini, comme le prouve le deuxième livre de la *Métaphysique*, on arrivera inévitablement au Premier, donc à Dieu. Ainsi, tout ce qui existe doit, directement ou indirectement, son être à Lui ; en effet, la cause seconde, en vertu du pouvoir qu'elle reçoit de la première, agit sur les choses dont elle est à son tour la cause, tel un miroir qui reçoit et reflète un rayon de lumière, parce que la cause première est plus « cause » que toute autre. Et on peut lire dans le livre *Des causes* que « toute cause première influe plus sur son effet que la cause universelle seconde[1] ». Voilà tout ce qu'il y avait à dire au sujet de l'être.

[21] En ce qui concerne l'essence, ma démonstration est la suivante : chaque essence, sauf la première, est l'effet d'une cause ; autrement il y en aurait plusieurs qui seraient être par elles-mêmes, ce qui est impossible : l'effet d'une cause dérive soit de la nature, soit de l'intellect, et, comme la nature est l'œuvre de l'intelligence, ce qui dérive de la nature est, par conséquent, l'effet d'une cause qui dérive de l'intellect ; donc tout effet d'une cause dérive, directement ou indirectement, de l'intellect. Donc, puisque la vertu suit l'essence dont elle est vertu, si l'essence est intellective, la vertu est tout entière de la seule essence qui la cause. Et de même que tout à l'heure nous sommes parvenus, par la démonstration, à la cause première de l'être, de même devons-nous maintenant parvenir à la cause première de l'essence et de la vertu. Pour cette raison, il est évident que toute essence et vertu procède de la première et que les intelligences inférieures reçoivent les rayons de l'intelligence supérieure et à leur tour les reflètent vers l'intelligence qui leur est inférieure, comme des miroirs. C'est ce que nous indique assez clairement Denys l'Aréopagite dans son ouvrage sur *La Hiérarchie céleste*[2]. Et pour cette raison le livre *Des causes* nous dit que « toute intelligence est pleine de formes ». Il est maintenant clair de quelle façon la raison peut prouver que la lumière divine, c'est-à-dire la bonté divine, la sagesse et la vertu, resplendit partout.

[22] On peut prouver la même chose, et plus scientifiquement, grâce à l'autorité des textes. Le Saint-Esprit nous dit par la bouche de Jérémie : « Est-ce que ma présence ne remplit pas le ciel et la

---

1. Pseudo-Aristote, *De causis*, I. 2. *Cœl. hier.*, III, 2.

terre[1] ? » et dans les Psaumes : « Où courrais-je alors pour me dérober à votre Esprit ? Où fuir pour échapper à votre regard ? Monterai-je jusqu'aux cieux, vous y êtes ; descendrai-je jusqu'au séjour des morts, vous y voilà. Que j'emprunte les ailes de l'aurore, etc.[2] » Et le Livre de la Sagesse dit que « l'Esprit du Seigneur remplit l'univers[3] ». Et l'Ecclésiastique au quarante-deuxième chapitre : « L'œuvre du Seigneur est pleine de sa gloire[4]. » Les écrits des païens l'attestent aussi, par exemple Lucain, dans le neuvième livre : « Jupiter, c'est ce que nous voyons, tout ce qui nous meut[5]. »

[23] Il est donc correct de dire que le rayon divin, c'est-à-dire la gloire divine, « pénètre toute chose, et resplendit » : il pénètre quant à l'essence et resplendit quant à l'être. Ce qui suit à propos du « davantage » et du « moins » contient une vérité évidente, car nous pouvons constater qu'une certaine essence se situe à un niveau élevé et une autre à un niveau moins élevé : nous le voyons bien dans le ciel et dans les éléments, puisque le ciel est incorruptible tandis que les éléments sont corruptibles.

[24] Et après avoir énoncé cette vérité, le poète poursuit en se servant d'une circonlocution pour désigner le paradis et dit qu'il a été « au ciel qui prend le plus de sa lumière », donc dans le ciel qui participe le plus à la gloire de Dieu. À ce sujet, il faut savoir que ce ciel est le ciel suprême : il contient tous les corps et n'est contenu par aucun ; tous les corps se meuvent en lui tandis que lui-même repose dans une paix éternelle ; il contient tout son contenu par la force de sa propre vertu et ne reçoit sa vertu d'aucune substance corporelle. Et on l'appelle Empyrée, ce qui signifie : ciel qui brûle de sa propre ardeur ; non pas qu'il y ait feu ou ardeur matérielle, mais il y a ardeur spirituelle, qui est amour sacré, c'est-à-dire charité.

[25] Qu'il reçoive davantage de lumière divine, on peut le prouver par deux arguments : d'abord parce qu'il contient tout et n'est contenu par rien ; deuxièmement parce qu'il demeure éternellement en repos et en paix. Pour ce qui est du premier argument, voici la démonstration : par disposition naturelle, le rapport entre le contenant et le contenu est analogue au rapport entre le formatif

---

1. *Jérém.*, XXIII, 24. 2. *Ps.*, CXXXVIII, 7-9. 3. *Sap.*, I, 7. 4. *Eccles.*, XLII, 16.
5. *Pharsale*, IX, 580.

et le formable (c'est-à-dire entre la forme et la matière), comme on peut le lire dans le quatrième livre de la *Physique*[1] : mais la disposition naturelle de tout l'univers fait que le premier ciel est le contenant de toute chose ; donc son rapport avec toutes les choses est analogue au rapport entre formatif et formable, ce qui en fait la cause de toute chose. Et comme toute force causative est un rayon émanant de la cause première, qui est Dieu, il s'ensuit que le ciel qui a plus de force de cause reçoit plus de lumière divine.

[26] Pour ce qui est du deuxième argument, voici la démonstration : tout ce qui se meut, se meut pour atteindre quelque chose qu'il n'a pas, qui est le but de son mouvement ; ainsi le ciel de la lune se meut pour atteindre quelque chose qui manque à une partie de lui-même ; et puisque chaque partie de ce ciel ne peut, par la force des choses, atteindre tous les buts possibles, ce ciel se meut toujours et n'est jamais en repos, et cela constitue l'objet de son appétit. Et ce que je dis du ciel de la lune est valable pour tous les autres cieux, sauf pour le premier. Tout ce qui se meut manque de quelque chose et n'a pas en soi son être tout entier. Donc le ciel qui n'est mû par personne a en chacune de ses parties tout ce qu'il est possible d'avoir, et cela de façon si parfaite qu'il n'a pas besoin du mouvement pour atteindre la perfection. Et puisque toute perfection est un rayon de Celui qui est le Premier et qui possède la perfection au plus haut degré, il est évident que le premier ciel reçoit plus de lumière du Premier, qui est Dieu. Ce raisonnement semble pourtant viser l'annulation du raisonnement précédent, car la démonstration n'est pas conforme aux règles de l'argumentation. Mais si nous considérons la matière de la démonstration, celle-ci est correcte, parce qu'elle concerne un contexte éternel, dans lequel l'absence de quelque chose pourrait être éternelle ; donc, si Dieu ne lui a pas donné de mouvement, il ne lui a pas non plus donné une matière qui soit défectueuse en quelque chose. Et par cette supposition, l'argumentation devient valable en fonction de la matière ; et ce procédé argumentatif est semblable à une affirmation de ce type : « Si l'homme existe, il est capable de rire » ; car dans toute proposition convertible, une argumentation de ce genre est valable en vertu du contenu. Il est donc clair que, quand le poète

---

1. *Physique*, IV, 35.

parle du ciel qui reçoit le plus de lumière de Dieu, il emploie une circonlocution pour indiquer le paradis, c'est-à-dire le ciel empyrée.

[27] Les argumentations que nous venons de développer sont conformes aux paroles du Philosophe dans le premier livre de *Du ciel*, où on peut lire qu'il « existe [...] un corps différent et séparé, dont la nature est d'autant plus noble qu'il est éloigné de l'endroit où nous sommes[1] ». On peut y ajouter ce que l'Apôtre dit du Christ dans son épître aux Éphésiens : « C'est Lui [...] qui est remonté au-dessus de tous les cieux, afin de combler toutes choses[2]. » C'est le ciel des délices du Seigneur ; et c'est au sujet de ces délices qu'Ézéchiel dit, contre Lucifer : « Tu étais un sceau de perfection, plein de sagesse, d'une beauté achevée. Tu te trouvais en Éden, jardin de Dieu[3]. »

[28] Après avoir dit, au moyen de sa circonlocution, qu'il a été dans ce lieu du paradis, le poète nous informe qu'il vit « ce qu'on ne sait redire et ce qu'on ne peut, descendant de là-haut ». Et il en fournit la raison : « en venant tout près de son désir », donc de Dieu, « notre intellect s'immerge si profond que la mémoire après lui ne peut suivre ». Pour comprendre ceci, il faut savoir que l'intellect humain dans cette vie, à cause de l'affinité naturelle avec la substance intellectuelle séparée, peut s'élever si haut qu'après le retour la mémoire fait défaut, parce que l'intellect a franchi les limites de la condition humaine. Et cela nous est notifié par la bouche de l'Apôtre qui, s'adressant aux Corinthiens, dit : « Je connais un homme dans le Christ [...] ; était-ce en son corps ? Je ne sais. Était-ce hors de son corps ? Je ne sais, Dieu le sait. Cet homme fut ravi jusqu'au troisième ciel [...] et y perçut des paroles ineffables qu'il ne sied pas à l'homme de redire[4]. » Voilà : après avoir franchi dans son ascension les limites humaines, l'intellect de Paul ne se rappelait plus ce qui s'était passé en dehors de lui. Et cela nous est notifié dans l'Évangile de Matthieu, là où « les disciples tombèrent face contre terre[5] » et ne purent rien raconter, ayant tout oublié. Et il est écrit dans Ézéchiel : « À cette vue, je me prosternai la face contre terre[6]. » Et si ces témoignages ne suffisent pas aux critiques, que ceux-ci lisent *De la contemplation* de Richard de Saint-Victor[7],

---

1. *De cœlo*, I, 2, 16. 2. *Éph.*, IV, 10. 3. *Ézéch.*, XXVIII, 12-13. 4. II *Cor.*, XII, 2-4. 5. *Matth.*, XVII, 6. 6. *Ézéch.*, II, 1. 7. *De contemplatione*, IV, 12,

qu'ils lisent *De la considération* de Bernard[1], qu'ils lisent *De la quantité de l'âme* d'Augustin[2], et ils cesseront de critiquer. Mais si le motif de leurs virulentes critiques est le fait qu'il ait été donné à un pécheur de s'élever à une telle hauteur, qu'ils lisent Daniel, où ils apprendront que même Nabuchodonosor oublia les choses qu'il avait pu voir par la volonté divine[3]. En effet, Celui qui « fait lever son soleil sur les méchants comme sur les bons », et « fait pleuvoir sur les justes et sur les injustes[4] », parfois pour obtenir, par sa miséricorde, une conversion, parfois pour punir sévèrement une faute, peut rendre manifeste, dans une mesure plus ou moins grande selon son bon plaisir, sa gloire à ceux qui vivent mal, si méchants soient-ils.

[29] Le poète vit donc « ce qu'on ne sait redire et qu'on ne peut, descendant de là-haut ». Il faut bien souligner qu'il dit qu'il ne sait pas et qu'il ne peut pas : il ne sait pas parce qu'il a oublié et il ne peut pas parce que, s'il se souvient et s'il retient ce qu'il a vu, les mots du langage humain sont insuffisants. En vérité, notre intellect nous permet de voir bien des choses que nos signes linguistiques ne nous permettent pas d'exprimer ; et Platon nous le montre bien, lui qui dans ses œuvres fait usage des métaphores : il vit en effet, grâce à l'intellect, beaucoup de choses qu'il ne put exprimer dans un langage approprié.

[30] Puis le poète dit qu'il rapportera, sur le royaume céleste, les choses qu'il aura retenues et qui seront la matière de son ouvrage ; et dans la partie consacrée à l'exposition du contenu on apprendra de quelles choses il s'agit et combien elles sont.

[31] Ensuite, quand le poète dit « Bon Apollon, etc.[5] », il prononce son invocation. Et cette partie se divise en deux parties : dans la première, il requiert, par l'invocation, l'aide d'Apollon ; dans la seconde (qui commence par « En te prêtant à moi, face divine ») il prie Apollon d'exaucer ses vœux en lui annonçant une récompense. La première partie se divise en deux parties : dans la première le poète implore l'aide divine, dans la seconde il souligne la

---

1. *De consideratione*, V.   2. *De quantitate animae*, XXXIII.   3. *Dan.*, II, 3.   4. *Matth.*, V, 45.   5. *Paradis*, I, 13.

nécessité de sa requête en la justifiant : « L'un des sommets jusqu'ici du Parnasse, etc.[1] ».

[32] Telle est la signification de la seconde partie du prologue en général. Quant aux détails, je ne les expliquerai pas ici, car la misère m'angoisse et m'oblige à négliger cette activité et d'autres qui seraient utiles à l'État. Mais j'espère que Votre Magnificence me donnera la possibilité de poursuivre dans un autre moment cette utile exposition.

[33] En ce qui concerne la partie consacrée à l'exposition du contenu, considérée indépendamment du prologue, je ne dirai rien maintenant sur la division et sur la signification, si ce n'est ceci : par un procédé ascendant on passera de ciel en ciel et on parlera des âmes bienheureuses rencontrées dans chaque sphère ; et la véritable béatitude consiste dans la connaissance du principe de vérité, comme il résulte des paroles de Jean : « Or, la vie éternelle consiste en ce qu'ils vous connaissent, vous, le seul vrai Dieu, etc.[2] » et de celles de Boèce, dans le troisième livre de *De la consolation de la philosophie* : « Le but est de te voir[3]. » Et pour montrer la gloire des âmes bienheureuses, on adressera à celles-ci, qui voient toute la vérité, bien des questions très utiles et très agréables. Et puisque, après avoir rencontré Celui qui est le Principe et le Premier, c'est-à-dire Dieu, il n'est pas possible de poursuivre la recherche, étant donné qu'Il est l'Alpha et l'Oméga[4], à savoir le Principe et la Fin, comme nous le révèle la vision de Jean, le récit s'achève en Dieu, qui est béni dans les siècles des siècles.

---

1. *Paradis*, I, 16.   2. *Jean*, XVII, 3.   3. *Cons. phil.*, III, 2.   4. *Apoc.*, I, 8 ; XXI, 6 ; XXII, 13.

ÉGLOGUES

I

Giovanni del Virgilio à Dante Alighieri

Douce voix des Muses qui réconfortes de tes chants nouveaux ce monde où rôde la mort, tandis que tu cherches à l'élever par ton rameau de vie, en lui montrant les confins des trois règnes assignés aux âmes selon leurs mérites — l'enfer aux impies, le purgatoire à ceux qui sont destinés aux astres, le royaume céleste aux bienheureux —, pourquoi, hélas, disperseras-tu encore tant de paroles sérieuses à la foule, quand nous, pâlissant par amour de l'étude, ne lirons rien d'un poète tel que toi ?

Sans doute, de ta cithare, sauras-tu émouvoir les dauphins à l'échine recourbée et Dave[1] lui-même résoudra les énigmes du Sphinx ambigu, avant que les incultes ne se figurent les abîmes infernaux et les secrets du ciel qu'à peine Platon a pressentis : or, sans même les avoir comprises, un charlatan, qui ferait fuir Horace, s'en va croassant ces choses à tout vent. « Ce n'est point à ceux-ci que je parle, dis-tu, mais à ceux que l'étude a rendus avertis. » Tu chantes en vers, certes, mais formés sur l'usage du peuple : or l'érudit méprise les langues vulgaires ; car, seraient-elles même moins changeantes, elles n'en sont pas moins d'innombrables idiomes. En outre aucun de ceux dans le rang desquels tu te places sixième[2], ni celui que tu suis au ciel, n'écrivirent jamais dans le parler des rues.

C'est pourquoi, très franc censeur de tous les poètes, je te dirai mon sentiment, pour peu que tu lâches la bride à mes paroles. Ne jette plus les perles aux pourceaux comme un prodigue, et n'enserre plus les sœurs de Castalie[3] en d'indignes atours ; mais, je t'en prie, entonne des chants par lesquels tu puisses te distinguer en vrai poète

1. Davus, prototype de l'homme grossier. 2. *Cf. Enfer*, IV, 102. 3. Les Muses.

auprès des tenants des deux langages. Car déjà de nombreux exploits attendent d'être illustrés par tes récits : allons, dis-nous de quel élan l'aigle de Jupiter[1] s'envola vers les astres ; dis-nous quelles fleurs et quels lys le laboureur cingla, dis-nous comment les daims de Phrygie[2] furent déchirés par les molosses, dis-nous les monts des Ligures et les flottes des Napolitains[3], en un chant par lequel tu puisses atteindre jusqu'aux colonnes d'Hercule et devant lequel le Danube se retirera plein d'admiration, et Pharos[4] et l'ancien royaume d'Élise[5] te connaîtront.

Si la gloire te chérit, tu ne te contenteras pas de rester à l'écart en d'étroites limites, ni d'être exalté par le jugement de la foule. Ainsi moi le premier, si tu m'en juges digne, le clerc des Muses, serviteur de Virgile dont je porte le nom, je me réjouirai de te montrer dans nos gymnases le front ceint du laurier odorant des triomphes, tel le héraut à la voix puissante qui, chevauchant le premier, se plaît à montrer au peuple en liesse les solennels trophées du vainqueur.

Déjà mes oreilles tressaillent au son des trompettes guerrières : qu'a donc le père Apennin à tonner ? Et Nérée à soulever la mer Tyrrhénienne ? Mars à s'emporter et sur terre et sur mer ? Joue de ta lyre, apaise les passions des humains. Si tu ne chantes ces faits et ne tiens en haleine l'attention des lettrés, car tu es le seul capable de parler à chacun, ils resteront sans mémoire. Toutefois, puisque, au milieu des terres que baigne le Pô[6], tu me fis caresser l'espoir que tu daignerais me rendre visite par l'intermédiaire amical de tes écrits, et si tu n'es pas fâché d'avoir lu le premier ces vers sans nerf qu'une oie téméraire adresse en criaillant au cygne racé, qu'il te plaise de me répondre, maître, ou d'exaucer mes vœux.

---

1. L'empereur Henri VII. 2. Les Padouans, vaincus en 1314 par Cangrande della Scala. 3. Les combats des armées napolitaines aux côtés de Gênes (1318). 4. En Égypte. 5. Le royaume de Didon : Carthage. 6. Dans la région de Ravenne.

II

Dante Alighieri à Giovanni del Virgilio. Églogue I

Dans le noir tracé que supportait le feuillet blanc j'ai reconnu un chant jailli pour moi d'un cœur inspiré par les Muses.

Mon Mélibée et moi nous trouvions par hasard sous un chêne et comptions, comme c'est la coutume, nos chèvres rassasiées. Il me dit — car il désirait connaître ce chant — : « Tityre, qu'en est-il de Mopse[1] ? Que veut-il ? Dis-moi. » Je souriais, Mopse ; mais il insistait toujours plus. Vaincu par l'amour que je lui porte et cessant à peine de rire : « Insensé, lui dis-je, as-tu perdu la tête ? C'est toi qu'attendent tes chevrettes, l'objet de tes soins, bien que la modestie de ton souper te contrarie. Tu ne connais pas les pâturages teintés des multiples couleurs de l'herbe et des fleurs, sur lesquels le Ménale[2] étend son ombre quand, de sa haute cime, il cache le soleil qui décline. Un humble ruisseau les entoure qui, recouvert par les feuillages des saules, s'écoule des sommets et arrose les rives de ses flots éternels ; et quand la pente se fait plus douce, il fraie aussitôt un chemin aux eaux qui chutent de la haute montagne. Mopse en fête y contemple les œuvres des hommes et des dieux, tandis que les bœufs se reposent dans les herbes tendres ; puis, pipant sur son flûtiau, il laisse la joie de son cœur s'exprimer au point que les troupeaux en poursuivent la douce mélodie, les lions apaisés redescendent de la montagne vers la plaine, les rivières se retirent et le Ménale fait courber son feuillage. »

« Tityre, dit-il alors, bien que Mopse chante dans des prés qui me sont inconnus, ses chants tout aussi inconnus puis-je apprendre de toi, si tu me les enseignes, pour les chanter à mes chèvres errantes ? »

Que pouvais-je donc faire, tant il insistait et soupirait ? « Mélibée, depuis des années Mopse se vouait aux Muses à l'âge où d'autres s'initiaient aux lois et aux procédures, et il pâlit à l'ombre du bois sacré[3]. Baigné aux eaux de la poésie, le sein empli jusqu'au palais

---

1. Tityre : Dante, qui parle à la première personne ; Mélibée : sans doute un de ses compagnons d'exil, le Florentin Dino Perini ; Mopse : Giovanni del Virgilio, auteur de l'églogue précédente. Les noms sont tirés des *Églogues* de Virgile. 2. Montagne d'Arcadie. 3. Sur le mont Parnasse ; ici, une montagne de l'Apennin.

du lait de son chant, il m'appelle aux feuillages nés de Daphné métamorphosée en laurier. »

« Que feras-tu ? me demanda Mélibée. Garderas-tu toujours ton front dénué de lauriers, pour être berger dans ces pâturages ? »

« Ô Mélibée, la renommée de la poésie et le nom même de poète se sont évanouis dans les airs, et c'est à peine si la Muse tient Mopse en éveil. »

Voilà ce que je répondis, quand soudain ma voix indignée s'éleva ainsi : « Combien de bêlements retentiront par les collines et les prairies si, orné de ma chevelure verdoyante, j'entonne un chant de louange à Apollon ! Mais je dois craindre les bois et les champs qui ne connaissent pas les dieux. Ne serait-il pas mieux que je coiffe mes cheveux pour le triomphe et, si jamais je retourne sur les rives de l'Arno, ma patrie, que j'en cache la blancheur sous des rameaux tressés, en ce lieu où jadis ils étaient encore blonds et foisonnants ? »

Et lui : « Qui en douterait ? Mais considère combien le temps est fugitif, Tityre ; car déjà sont vieilles les chevrettes dont les mères furent menées au bouc pour être engrossées. »

Puis je repris : « Lorsque mon chant aura décrit les corps célestes et leurs habitants, comme je le fis pour le règne infernal, alors seulement me plaira-t-il de ceindre ma tête de lierre et de laurier : que Mopse me l'accorde. »

« Pourquoi Mopse ? » me dit-il. « Ne vois-tu pas, répondis-je, qu'il désapprouve les mots propres au style comique[1], soit qu'ils sonnent comme un bavardage de femmes, soit que les sœurs de Castalie[2] répugnent à les accepter ? » Et je lui relus tes vers, Mopse.

Alors il haussa les épaules et dit : « Que ferons-nous donc pour que Mopse se ravise ? »

« Avec moi se trouve une brebis, ma préférée, et tu la connais, dis-je, qui peut à peine porter ses mamelles, tellement elles abondent en lait ; elle rumine maintenant sous une haute roche l'herbe qu'elle a broutée. Elle ne rejoint aucun troupeau et ne s'habitue à aucun enclos, s'en vient à son gré, jamais par la force, pour être traite. Je suis prêt à la traire de mes mains, et j'emplirai dix petits vases[3] que j'enverrai à Mopse. Quant à toi, observe entre-

---

1. Le style inférieur ; *cf. De l'éloquence en langue vulgaire,* II, 4. 2. *Cf.* p. 563, note 3. 3. Peut-être les dix derniers chants du *Paradis.*

temps les boucs qui frappent de leurs cornes et apprends à planter tes dents dans la dure croûte. »

Tel fut mon chant, sous un chêne, au côté de Mélibée, tandis que dans nos petites cabanes cuisaient les pains d'épeautre.

III

Giovanni del Virgilio à Dante Alighieri. Réponse

Sous les collines ruisselantes, là où la nymphe Sarpina[1] s'offre au Reno, la blanche chevelure hardiment entremêlée de verts filets, je me tenais par hasard à l'écart dans une grotte naturelle. Les génisses, à leur gré, se nourrissaient aux rivages feuillus, les agneaux aux herbes tendres, les chevrettes aux buissons.

Que pouvais-je faire ? — Car j'étais le seul habitant, encore très jeune, de ces forêts ; les autres étaient partis à la ville, traiter leurs affaires ; Nyse ni Alexis[2], mes compagnons familiers, ne conversaient avec moi. — Pour passer le temps, je taillais les roseaux humides avec ma serpe recourbée, quand le souffle d'Eurus, tel une brise légère, me porta la voix de Tityre[3] qui chantait à l'ombre du rivage adriatique, là où les pins touffus, s'étalant à la faveur du climat et de la nature des lieux, recouvrent en longues allées entrelacées les prés parfumés de myrte et d'herbes qui drapent les sols florissants, et où le bélier fluvial[4] ne laisse pas assécher les sables tandis qu'il se hâte à la mer roulé dans sa moelleuse toison ; sa voix, dont le timbre se répand à travers le haut Ménale[5], est un baume pour les oreilles et distille dans les bouches un lait que les gardiens des troupeaux, tous Arcadiens pourtant, ne se souviennent pas d'avoir trait depuis longtemps. Les nymphes d'Arcadie exultent à l'écoute de ce chant et les bergers, les bœufs et les brebis, les chèvres laineuses et les ânes aussi accourent, leurs oreilles tendues : les Faunes eux-mêmes descendent à grands pas de la colline du Lycée.

---

1. La rivière Savena, qui se jette dans le Reno. 2. Peut-être des domestiques. 3. *Cf.* p. 565, note 1. 4. La rivière Montone, proche de l'Arno. 5. *Cf.* p. 565, note 2.

Aussi me disais-je : « Si Tityre enchante les brebis et les chèvres ou entraîne les troupeaux, pourquoi donc, resté à la ville, chantais-tu un poème citadin ? Puisque la flûte dont jadis tu jouais au bord du lac de Garde a fait vibrer ta lèvre en sonnant sur un mode pastoral, qu'il t'écoute chanter dans les forêts ton chant bucolique. »

Et sans attendre, délaissant les plus hautes flûtes, j'en saisis de plus petites, puis, soufflant par ma lèvre gonflée, je me mis à jouer. « Ah, divin vieillard, ainsi tu seras le second après lui ! Tu es déjà le second, ou lui-même, s'il est permis à Mopse de croire au devin de Samos[1], comme il est permis à Mélibée. Hélas, bien que tu portes un manteau poussiéreux et rêche, et que tu pleures, justement indigné que les pâturages de l'Arno soient soustraits à tes troupeaux (honte à l'ingrate cité[2]), épargne à Mopse ton ami le torrent de larmes qui baigne tes joues, et ne torture, cruel, ni toi ni lui, dont l'amour, ô doux vieillard, t'étreint désormais aussi fort que la vigne de cent lacs entoure l'orme élevé. Oh ! si un jour tu vois à nouveau refleurir sur ton front, coiffée par Phillis[3] elle-même, ta blanche chevelure sacrée, et que tu retournes visiter les tonnelles dans ton vignoble, combien en admireras-tu les grappes !

« Mais pour que le temps qui te sépare d'une telle réjouissance ne te cause l'ennui, tu peux venir voir dans quelles grottes je me tiens à loisir et te reposer avec moi. Ensemble nous chanterons tous deux : moi avec le frêle pipeau, et toi sur un ton grave, montrant ainsi ton assurance de maître, comme il convient à chacun selon son âge. Le lieu même t'invite à venir : une source fraîche arrose l'intérieur de la grotte, que les rochers protègent et que les arbustes éventent ; tout autour, l'origan répand son parfum ; il y a aussi la fleur de pavot qui endort, procurant — dit-on — un agréable oubli ; Alexis (je demanderai à Corydon de l'appeler) étendra pour toi un lit de serpolet ; de bon cœur affairée, Nyse elle-même te lavera les pieds et préparera le festin ; entre-temps Testilis assaisonnera les champignons de poudre poivrée et les adoucira de beaucoup d'ail, si d'aventure Mélibée en a cueilli dans les bois sans l'indispensable prudence ; les bourdonnements des abeilles t'inviteront à goûter au miel ; tu cueilleras les fruits et tu les mangeras aussi rouges que sont les pommettes de Nyse, et tu en épargneras beaucoup, que sauvera leur extrême splendeur.

---

1. Pythagore. 2. Florence. 3. Personnification de Florence.

« Et déjà le lierre serpente de ses racines le haut de la grotte, telle une guirlande préparée pour toi. Aucun plaisir ne manquera. Viens ici : c'est ici que se réuniront, impatients de te connaître, jeunes et vieux Parrhasiens[1], *et tous ceux qui voudront admirer les nouveaux poèmes et étudier les anciens. Les uns t'apporteront les chevreuils des bois, les autres les peaux tachetées des lynx, que ton Mélibée appréciait. Viens ici, et ne crains pas, ô Tityre, nos bocages ; car les hauts pins se portent garants, faisant signe de leurs cimes frémissantes ; avec eux, les chênes riches en glands et les arbustes. Ici il n'y a pas de piège, il n'y a pas d'offense, comme tu pourrais le présumer. N'as-tu pas confiance en moi qui t'aime ? Estimes-tu peut-être mon royaume indigne de toi ? Les dieux eux-mêmes pourtant ne rougirent point d'habiter dans des grottes : en sont témoins Chiron, le maître d'Achille, et Apollon berger. Mais serais-tu en train de rêver, Mopse ? Car Iollas*[2], *si accueillant et raffiné, ne le permettra pas, quand tes dons sont rustiques et, par les temps qui courent, ta grotte n'est pas plus sûre que ces cabanes où il préfère s'entretenir.*

« Mais quel souhait ardent pousse ton esprit, ou quel nouveau désir te fait frémir les pieds ? La jeune fille en admiration se tourne vers le jeune homme, le jeune homme vers l'oiseau, l'oiseau vers les forêts et les forêts vers les vents printaniers ; et Mopse vers toi, ô Tityre : de l'admiration naît l'amour. Méprise-moi : j'étancherai ma soif auprès de Muson le Phrygien[3], *c'est-à-dire — ne le sais-tu pas ? — je boirai au fleuve de mes ancêtres.*

« Mais pourquoi entre-temps ma génisse mugit-elle à la ronde ? Est-ce le lait qui, affluant dans ses mamelles aux quatre pis généreux, l'afflige de son poids et lui baigne la cuisse ? C'est bien comme je le pense : voici que je me hâte à remplir des seilles pouvant contenir tout ce lait nouveau, dans lesquelles pourra s'amollir même la croûte d'un pain durci. Viens donc à la traite, nous enverrons autant de vases à Tityre qu'il nous en a promis lui-même. Mais peut-être est-il téméraire d'envoyer du lait à un berger. »

Pendant que je parlais ainsi, mes compagnons arrivèrent, et le soleil se couchait derrière la montagne.

---

1. Habitants de Parrhasie, ville d'Arcadie. 2. Personnage de Virgile ; ici, Guido Novello da Polenta, seigneur de Ravenne et dernier protecteur de Dante. 3. Alberino Mussato (Padoue, 1261-Chioggia, 1322), poète et érudit.

IV

Dante Alighieri à Giovanni del Virgilio. Églogue II

Le rapide Eoüs et les autres chevaux aux pieds ailés, à peine sortis des toisons de Colchide, portaient le beau Titan[1]. Le char semblait ralentir quand ses roues franchissaient le sommet où l'orbite commence à décliner ; et les corps lumineux, habitués à être surpassés en longueur par leurs ombres, l'emportaient à leur tour sur celles-ci et faisaient rougeoyer les champs sous la chaleur.

À cause de cela, Tityre, et avec lui Alphésibée[2], pris tous deux de pitié pour leurs troupeaux et pour eux-mêmes, s'enfuirent vers la forêt, une forêt de frênes, riche également en tilleuls et platanes. Et tandis que les brebis et les chevrettes reposaient dans l'herbe sylvestre et humaient l'air de leurs naseaux, Tityre — bien marqué par l'âge — gisait lourdement, à l'ombre d'un érable, sur des fleurs à l'odeur soporifique.

Et, déjà prêt à parler, Alphésibée s'appuyait sur un bâton noueux arraché au tronc d'un poirier. Il disait : « Que les âmes des hommes soient attirées vers les astres, d'où elles descendirent quand elles entrèrent encore jeunes dans nos corps ; qu'il plaise aux cygnes blancs comme neige, en liesse pour le climat tempéré et la vallée marécageuse, de faire résonner le Caystre[3] ; que les poissons marins se rassemblent et quittent la mer à l'endroit où les fleuves s'en viennent toucher les confins de Nérée ; que les tigres de l'Hyrcanie tachent de sang le Caucase, et que la couleuvre de Libye sillonne les sables de son corps écailleux, tout cela ne saurait m'étonner, car à chacun, Tityre, plaisent les choses qui sont conformes à sa propre nature ; mais je m'étonne, et avec moi s'étonnent tous les autres bergers qui habitent les champs de Sicile, qu'à Mopse plaisent les rochers arides des Cyclopes sous l'Etna. »

Il parla ainsi, quand vint Mélibée, en sueur, à pas lents et le souffle court, qui dit à peine : « Voilà, ô Tityre. » Les vieux rirent en voyant le jeune homme si haletant, autant que les Siciliens rirent de

---

1. Le char du soleil (Titan) est monté dans le ciel, tiré par le cheval Eoüs. C'est la fin d'avril, quand le soleil sort du Bélier (les constellations de Colchide). 2. Peut-être le médecin toscan Fiduccio de' Milotti. 3. Fleuve d'Asie.

Sergeste arraché au récif[1]. Alors le plus âgé des deux leva sa tête blanche du vert buisson et dit à celui qui soufflait par ses narines ouvertes : « Ô homme encore bien jeune, quelle nouvelle te fait courir d'un pas si leste et te pousse à comprimer ainsi les soufflets de ta poitrine ? » Il ne répondit pas, mais lorsqu'il posa sur ses lèvres tremblantes la flûte de roseau qu'il avait avec lui, ce ne fut pas un simple sifflement qui en vint aux oreilles attentives, mais, autant que le garçon s'efforçait d'obtenir des mots de sa flûte — je dirai des choses étonnantes, et pourtant vraies —, la flûte siffla ainsi : « Sous les collines ruisselantes, là où la nymphe Sarpina[2] s'offre au Reno » ; et aurait-il émis encore trois soupirs qu'il aurait charmé comme de cent vers les bergers qui écoutaient en silence.

Tityre et Alphésibée avaient compris et la voix d'Alphésibée s'adressa à Tityre : « Ainsi, vieillard vénérable, tu oses déserter les champs péloritains[3] baignés de rosée, pour aller dans l'antre du Cyclope ? » Et lui : « Pourquoi doutes-tu de cela ? Pourquoi me mets-tu à l'épreuve, mon bien-aimé ? » « Pourquoi je doute ? Pourquoi je te mets à l'épreuve ? réplique alors Alphésibée. Ne remarques-tu pas que c'est par la vertu d'un dieu que la flûte a chanté, semblable aux roseaux animés d'un murmure, de ce murmure qui révéla la honte du roi Midas qui, sur l'ordre de Bromius, changea en or le sable du Pactole ? S'il t'appelle au rivage recouvert de la ponce de l'Etna, ne crois pas à une fausse faveur, heureux vieillard, et aie pitié des Dryades de ces lieux et de tes troupeaux. Les montagnes pleureront ton absence, et avec elles nos pâturages et nos fleuves et les Nymphes qui comme moi craignent le pire ; et la jalousie qui s'empare maintenant du mont Pacchynos[4] s'estompera ; et nous aussi, bergers, regretterons de t'avoir connu. Heureux vieillard, consens à ne pas priver nos sources et nos pâturages de ton nom destiné à longue vie. »

« Ô toi qui es à juste titre plus que la moitié de mon cœur, dit le vieux Tityre en portant sa main sur sa poitrine, Mopse, uni à moi d'un amour réciproque à cause des Muses (qui, effrayées, fuirent Pyrénée honteusement gonflé de désir[5]), s'imagine que j'habite les rivages à droite du Pô et à gauche du Rubicon, là où l'Adriatique

---

1. *Cf. Énéide*, V, 270-272.   2. *Cf.* p. 567, note 1.   3. Pélore : cap méridional de la Sicile ; ici, peut-être Ravenne.   4. Promontoire de Sicile ; ici, peut-être Bologne.   5. Il voulut faire violence aux Muses.

limite la terre d'Émilie, et me vante les pâturages des côtes de l'Etna, ignorant que nous deux vivons sur l'herbe tendre d'un mont de la Trinacrie[1] ; et aucun autre mont n'a jamais nourri ses brebis et ses vaches plus grassement que les monts de Sicile. Mais bien que les rochers de l'Etna n'égalent pas le verdoyant sol péloritain, pour voir Mopse j'irais là-bas, laissant ici mon troupeau, si je ne te craignais pas, Polyphème[2]. »

« Qui n'aurait pas horreur de Polyphème, dit Alphésibée, habitué à souiller sa gueule de sang humain, déjà au temps où Galatée vit déchirer les entrailles, hélas, du malheureux Acis abandonné[3] ? À peine en réchappa-t-elle : mais la force de l'amour pouvait-elle suffire, tellement la rage bestiale s'enflammait d'une telle fureur ? Quoi, si même Achéménide, à la vue du sang de ses compagnons massacrés, put à peine retenir son âme dans son corps[4] ? Ah ! ma vie, je t'en prie, que jamais un désir si cruel ne te pousse à laisser enfermée, entre le Reno et la Savena ton illustre tête : Apollon déjà se hâte à la couronner du vert laurier de la vierge Daphné. »

Tityre souriant l'approuvait de tout son cœur et écouta en silence les mots de l'éleveur du grand troupeau. Mais puisque les chevaux du soleil fendaient l'air si bas que déjà leur ombre surpassait de beaucoup toutes choses, les deux bergers, quittant les forêts et la fraîche vallée, s'en retournèrent derrière leurs troupeaux, et les chevrettes hérissées marchaient devant comme si elles s'acheminaient vers leurs tendres prés. Entre-temps le rusé Iollas qui, caché à proximité, entendit toutes choses, nous les rapporta par la suite : ce qu'il nous chanta, c'est à toi, Mopse, qu'à notre tour nous le chantons.

---

1. La Sicile. 2. Peut-être Fulcieri de' Calboli (*cf. Purgatoire*, XIV, 58). 3. Ovide, *Métamorphoses*, XIII, 750-897. 4. Compagnon d'Ulysse, Achéménide échappa au massacre de ses compagnons par le Cyclope (*Métamorphoses*, XIV, 154-222).

QUERELLE DE L'EAU ET DE LA TERRE

Aspect et situation des deux éléments

Dante Alighieri de Florence, le moindre parmi ceux qui font véritablement profession de philosophie, salue, en Celui qui est source et lumière de vérité, tous ceux qui liront cette lettre.

[I] Je souhaite porter à votre connaissance le fait que, lorsque je me trouvais à Mantoue, une question fut soulevée qui ne fut pas tranchée, parce qu'on se fondait plus sur les apparences que sur la vérité. Aussi, pour avoir été continuellement nourri dès mon enfance dans l'amour de la vérité, je ne pus souffrir de laisser cette question sans la traiter ; et je trouvai même plaisir à en démontrer les faits réels, ainsi qu'à réfuter les arguments allégués pour les contredire, par amour du vrai autant que par haine du faux. Et pour que les nombreux jaloux n'aillent pas inventer de mensonges, comme c'est leur habitude, dans le dos de ceux qu'ils haïssent, et ne défigurent pas à l'insu de ces derniers les choses qui ont été bien dites, j'ai cru bon de confier à ce papier, de ma propre main, ce que j'ai pu clairement définir, et de retracer par ma plume tout le déroulement de la discussion.

[II] La question concernait donc la situation et l'aspect ou forme de deux éléments, à savoir l'eau et la terre ; et par « forme » j'entends celle que le Philosophe[1], dans *Les Catégories*, place en la quatrième espèce de qualité. La question fut ramenée à ceci, comme au principe même de la vérité qu'il fallait rechercher : établir si l'eau, à la surface de sa sphère, c'est-à-dire à sa surface naturelle, pourrait être en un quelconque endroit plus haute que la terre qui émerge des eaux, et que l'on appelle communément la quatrième partie habi-

---

1. Aristote.

table. On répondait généralement par l'affirmative en invoquant de nombreux arguments ; j'en ai retenu cinq qui semblent avoir un poids certain, laissant de côté les autres à cause de leur faible portée.

[III] Voici le premier : « Il est impossible que le centre de deux circonférences situées à distance inégale entre elles soit le même : la surface de l'eau et la surface de la terre sont à distance inégale ; donc », etc. L'argument se poursuivait ainsi : « Puisque le centre de la terre est le centre de l'univers, comme tout le monde l'affirme, et que tout ce qui dans le monde se trouve en une position différente par rapport à celui-ci est plus haut, on concluait que la surface de l'eau était plus haute que la surface de la terre, puisque tout point d'une circonférence est à égale distance du centre. » La prémisse majeure de ce syllogisme principal semblait évidente sur la base d'une démonstration géométrique ; la prémisse mineure sur celle de l'expérience sensible, puisque nous voyons que la surface de la terre est contenue à certains endroits sous la surface des eaux, alors qu'en d'autres elle en émerge.

[IV] Le deuxième argument était : « À tout élément plus noble est assigné un lieu plus noble : l'eau est un élément plus noble que la terre ; donc à l'eau est assigné un lieu plus noble. Et étant donné qu'un lieu est d'autant plus noble qu'il est placé plus haut, puisqu'il est plus proche du ciel premier[1] (ce corps très noble parmi les corps enveloppants), il s'ensuit que le lieu de l'eau est plus haut que le lieu de la terre et par conséquent que l'eau est plus haute que la terre, à condition que les situations tant de ce lieu que de ce qui y est placé ne soient pas différentes. » On acceptait sans autre preuve les prémisses majeure et mineure du syllogisme principal de cet argument, car on les tenait pour évidentes.

[V] Le troisième argument était : « Toute opinion qui contredit l'expérience sensible est une opinion fausse ; supposer que l'eau n'est pas plus haute que la terre signifie aller à l'encontre de l'expérience sensible ; donc c'est une opinion fausse. » On affirmait que la première prémisse était évidente d'après ce que dit le Commen-

---

1. Le Premier Mobile.

tateur[1] sur le troisième livre du traité *De l'âme*; la seconde, c'est-à-dire la mineure, d'après l'expérience des marins qui, lorsqu'ils se trouvent en mer, voient des montagnes au-dessous d'eux, et prouvent cela en disant qu'ils les voient lorsqu'ils grimpent sur le mât, mais qu'ils ne les voient pas à partir du pont du bateau ; ce qui semble se produire par le fait que la terre serait bien plus basse et enfoncée que la surface de la mer.

[VI] Le quatrième argument était présenté ainsi : « Si la terre n'était pas inférieure à l'eau, elle serait totalement sans eau, du moins dans la partie émergée, dont il est question ici : et ainsi il n'y aurait ni sources ni fleuves ni lacs ; mais on constate précisément l'inverse : c'est pourquoi est vrai le contraire de l'argument dont on était parti, à savoir que l'eau est plus haute que la terre. » Ce raisonnement serait prouvé par le fait que l'eau s'écoule naturellement vers le bas ; et puisque la mer est la source de toutes les eaux, d'après ce que dit le Philosophe dans ses *Météores*, si la mer n'était pas plus haute que la terre, l'eau ne se mettrait pas en mouvement vers cette même terre, puisque dans tout mouvement naturel de l'eau il faut que sa source soit plus haute.

[VII] Le cinquième argument affirmait de même : « L'eau semble suivre principalement le mouvement de la lune, comme il apparaît dans le flux et le reflux de la marée ; or, puisque l'orbite de la lune est excentrique, il semble raisonnable que l'eau imite dans sa sphère l'excentricité de la lune, et par conséquent qu'elle soit excentrique ; et étant donné que ceci ne peut se produire sans qu'elle soit plus haute que la terre, comme on l'a démontré dans le premier argument, il en résulte la même conclusion que précédemment. »

[VIII] C'est par de tels arguments, et par d'autres qu'il n'y a pas lieu de retenir, que ceux qui considèrent l'eau plus haute que la terre émergée ou habitable essaient de démontrer que leur opinion est vraie, bien que les sens autant que la raison s'y opposent. Nos sens en effet nous montrent que sur toute la terre les fleuves descendent vers les mers, au sud comme au nord, à l'est comme à l'ouest ; ce qui n'adviendrait pas, si les sources des fleuves et les

---

1. Averroès : *cf. Banquet*, IV, XIII.

parcours de leurs lits n'étaient pas eux-mêmes plus hauts que la surface de la mer. Mais le développement ci-dessous va démontrer ces faits d'une manière rationnelle, en s'appuyant sur bon nombre de preuves.

[IX] Dans le but de démontrer, c'est-à-dire d'analyser la situation et l'aspect des deux éléments, comme on l'annonçait plus haut, nous allons suivre cet ordre : premièrement on démontrera qu'il est impossible que l'eau soit, en une partie quelconque de sa surface, plus haute que la terre émergée ou qui est à l'air libre. Deuxièmement on démontrera que la terre émergée est partout plus haute que la surface de la mer dans sa totalité. Troisièmement on traitera une objection qui pourrait être faite à notre démonstration et on repoussera l'objection. Quatrièmement on montrera la cause finale et efficiente de cette élévation ou position émergée des terres. Cinquièmement on réfutera les arguments cités précédemment.

[X] J'affirme donc en premier lieu que si la surface de l'eau était en un endroit quelconque plus haute que la terre, ceci se passerait nécessairement d'après l'une ou l'autre des deux modalités suivantes : soit que l'eau serait excentrique, comme le premier et le cinquième argument le prétendaient ; soit que, tout en étant concentrique, elle serait enflée en un point quelconque, où elle surpasserait la terre ; il ne pourrait en être autrement, comme il apparaît de manière suffisamment évidente à quiconque observe attentivement : mais ni l'une ni l'autre de ces deux modalités ne sont possibles ; donc la thèse de laquelle s'inspiraient et l'une et l'autre ne peut l'être non plus. Un raisonnement cohérent, comme on le dit, est rendu évident point par point par une division adéquate de l'argumentation ; l'impossibilité du conséquent ressortira de ce que nous allons démontrer.

[XI] Pour rendre donc plus clair ce qui doit être dit, il faut retenir deux postulats : le premier est que l'eau s'écoule naturellement vers le bas ; le deuxième est que l'eau est naturellement un corps fluide et ne possède pas par elle-même de contours déterminés. Et si quelqu'un niait ces deux principes ou l'un d'entre eux, il n'aurait pas à s'immiscer dans cette recherche, car il n'y a pas lieu de discuter, dans un contexte scientifique, avec quiconque nie les principes de toute science, comme on peut lire dans le premier livre de la *Phy-*

sique ; en effet, ces principes ont été découverts par les sens et par l'induction : c'est là leur rôle, comme l'affirme le premier livre de l'*Éthique à Nicomaque*.

[XII] Pour rejeter donc le premier membre du conséquent, je dis qu'il est impossible que l'eau soit excentrique. Ce que je vais démontrer : si l'eau était excentrique, ce fait entraînerait trois cas impossibles ; le premier est que l'eau serait par nature mobile vers le haut et vers le bas ; le deuxième est que l'eau ne s'écoulerait pas vers le bas en suivant la même direction que la terre ; le troisième est que l'on ne pourrait lui appliquer la notion de gravité que d'une manière équivoque ; il est clair que toutes ces choses sont non seulement fausses mais impossibles. Ce qui peut être expliqué ainsi : représentons le ciel comme étant un cercle marqué de trois croix, l'eau de deux, la terre d'une seule ; et prenons comme centre du ciel et de la terre le point A, et le centre de l'eau, considérée par hypothèse excentrique, le point B, comme on peut voir dans le schéma ci-dessous. J'affirme dès lors que, si l'eau était en A et

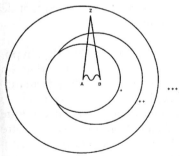

pouvait se frayer un chemin, elle s'écoulerait naturellement vers B, puisque toute masse se déplace naturellement vers le centre de sa propre circonférence ; et puisque se déplacer de A vers B serait se déplacer vers le haut, étant donné que A est évidemment le point le plus bas par rapport à tous les autres, l'eau s'écoulerait par nature vers le haut ; c'était le premier cas impossible, comme on l'avait annoncé. En outre supposons au point Z un amas de terre, et qu'au même point il y ait une certaine quantité d'eau, et que tout obstacle soit écarté : étant donné que toute masse se déplace vers le centre de sa propre circonférence, comme on l'a dit, la terre se déplacera en ligne droite vers A, et l'eau se déplacera en ligne droite vers B ; mais il faudrait que ces deux déplacements suivent des trajectoires différentes, comme on peut le voir dans le schéma ; non seulement ceci est impossible, mais Aristote se mettrait à rire s'il entendait une chose pareille.

C'était le deuxième cas à vérifier. Enfin j'explique le troisième de la façon suivante : gravité et légèreté sont des propriétés des corps simples, qui se déplacent par mouvement rectiligne ; les corps légers se déplacent vers le haut, les corps lourds, au contraire, vers le bas ; j'entends par lourd et léger ce qui est mobile, comme le veut le Philosophe dans son *Du ciel et du monde*. Si donc l'eau se déplaçait vers B et la terre vers A, compte tenu en outre que l'une et l'autre sont des corps lourds, elles se déplaceraient en direction du bas vers des lieux différents ; or on ne saurait trouver une loi unique expliquant cette différence, puisque l'un serait le point le plus bas en absolu et l'autre relativement. Et puisque à tout résultat différent correspond nécessairement une cause différente apte à le produire, il est clair que la loi de la gravité s'appliquerait de manière différente à l'eau et à la terre ; et puisque des causes différentes qui seraient qualifiées du même nom provoqueraient une équivoque (d'après ce que dit le Philosophe dans ses *Catégories*), il s'ensuit que la loi de la gravité serait rapportée de manière équivoque à l'eau et à la terre ; c'était le troisième cas qu'il fallait expliquer. C'est ainsi qu'on démontre de manière claire et vraie que l'eau n'est pas excentrique ; ceci constituait le premier membre du conséquent de l'hypothèse principale qui devait être réfuté.

[XIII] Pour rejeter le second membre du conséquent de l'hypothèse principale, j'affirme qu'il est impossible que l'eau présente un renflement. Je le démontre ainsi : représentons dans le schéma ci-contre le ciel marqué de quatre croix, l'eau de trois, la terre de deux ; et prenons D comme centre de la terre, de l'eau concentrique

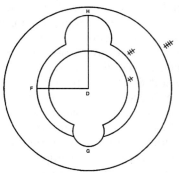

et du ciel. Considérons en outre que l'eau ne peut pas être concentrique à la terre, si en un point quelconque celle-ci émerge de la surface de l'eau, à moins que la terre ne soit bossue en un point quelconque, dépassant à cet endroit sa propre circonférence, comme cela est évident à ceux qui sont instruits en mathématiques. Et pour le montrer, posons en H le renflement d'eau, et en G le renflement de terre ; ensuite tirons une ligne de D à H, et une autre de D à F. Il est clair que la ligne qui va de D à H est plus longue que celle qui va de D à F, et pour cela le sommet de l'une est plus élevé que celui de l'autre ; et puisque l'une et l'autre touchent par leur sommet la surface de l'eau, sans la dépasser, il va de soi que l'eau contenue dans la bosse sera plus haute par rapport à la surface où se trouve le point F. Puisque donc il n'y a rien qui la retienne, si les présupposés précédents sont vrais, l'eau de ce renflement se répandra, jusqu'à ce que son niveau s'égalise en une surface sphérique régulière par rapport au point D ; et ainsi il sera impossible que la bosse se maintienne, ou qu'elle puisse même exister ; c'est précisément ce qu'il fallait prouver.

Outre cette démonstration, qui est la plus importante, on peut aussi montrer de manière vraisemblable que l'eau n'a pas de bosse au-delà de sa surface régulière ; parce qu'il vaut mieux que tout ce qui peut être réalisé par un fait unique soit réalisé par un seul plutôt que par plusieurs : mais tout ce que nous présupposons ne peut se produire que par un renflement de la terre, comme on le verra plus loin ; donc il n'y a pas de renflement de l'eau, puisque Dieu et la nature font et veulent toujours ce qu'il y a de mieux, comme l'affirme le Philosophe dans le premier livre *Du ciel et du monde* et dans le second *De la génération des animaux*. Ainsi donc le premier point a été suffisamment élucidé ; à savoir qu'il est impossible que l'eau en un point quelconque de sa surface soit plus haute, c'est-à-dire plus éloignée du centre du monde, que la surface de cette terre habitable ; ce qui constituait le premier point dans l'ordre des choses à traiter.

[XIV] S'il est donc impossible que l'eau soit excentrique, comme on l'a démontré dans le premier schéma, et qu'elle présente un quelconque renflement, comme on l'a démontré dans le deuxième, il est nécessaire qu'elle soit concentrique et sphérique, c'est-à-dire à égale distance, en chacun des points de sa circonférence, par rapport au centre du monde : c'est l'évidence même.

[XV] Voici un autre argument : toute chose qui dépasse une partie quelconque d'une circonférence équidistante en tout point par rapport à son centre est plus éloignée de ce même centre que n'importe quelle partie de la même circonférence ; or tous les rivages, tant de l'Océan que de la Méditerranée, dépassent la surface de la mer qui les touche, comme la simple observation nous le montre ; donc tous les rivages sont plus éloignés du centre du monde, le centre du monde étant le centre de la mer, comme on l'a vu, et les surfaces des rivages étant réparties sur toute la surface des mers ; et comme toute chose qui est plus éloignée du centre du monde est plus élevée, il s'ensuit que tous les rivages sont plus élevés que toutes les mers ; et si les rivages le sont, à plus forte raison le seront les autres régions de la terre, puisque les rivages sont les parties les plus basses des terres ; et ceci est prouvé par les fleuves qui y descendent. La prémisse majeure de cette démonstration est illustrée dans les théorèmes de géométrie ; et la démonstration est convaincante, quoiqu'elle tire sa force par l'absurde, comme dans ce qui a été démontré plus haut. Et ainsi est clarifié le second point.

[XVI] Pour contrer ce que nous venons d'établir, on pourrait soulever l'objection suivante : « Le corps le plus lourd tend vers son centre de manière égale en tous ses points et plus que tout autre ; la terre est le corps le plus lourd ; donc elle tend vers son centre de manière égale en tous ses points et plus que tout autre. » Et de cette conclusion il s'ensuit, comme je vais l'expliquer, que la terre est éloignée de son centre de manière égale en chacune des parties de sa circonférence, en tant que l'on affirme « de manière égale » ; et qu'elle est plus basse que tout autre corps, en tant que l'on affirme « plus que tout autre » ; de là s'ensuivrait que, si l'eau était concentrique, comme on le prétend, la terre en serait entourée et recouverte de partout : or nous observons le contraire.

Que cet état de choses découle de cette conclusion, je l'explique ainsi : supposons le contraire, c'est-à-dire l'opposé de l'argument d'être distant de manière égale en tout point, et admettons qu'elle ne soit pas distante de manière égale ; et supposons qu'en un point la surface de la terre soit distante de vingt stades[1], en un autre de dix ; ainsi, un de ses hémisphères sera plus grand en volume que l'autre : et peu importe que les deux diffèrent de peu ou de beau-

---

1. Entre 160 et 180 mètres environ.

coup en distance, pourvu qu'ils diffèrent. Ainsi, puisqu'une plus grande quantité de terre pèse un plus grand poids, le plus grand des deux hémisphères exercera une poussée contre l'hémisphère plus petit en vertu de son poids plus grand, jusqu'à ce que le volume des deux s'égalise, et que par cette répartition leur poids s'égalise ; ainsi en tout point la circonférence se réduira à la distance de quinze stades ; comme on le voit lorsqu'on suspend des poids pour équilibrer une balance. Il est évidemment impossible que la terre, tendant de manière égale vers le centre, soit distante de celui-ci de manière différente, c'est-à-dire inégale dans sa circonférence. Donc son contraire est nécessaire, à savoir le fait d'être distant de manière égale, puisqu'il est distant ; c'est ainsi qu'est vérifié l'argument sur le fait d'être distant de manière égale.

Qu'il s'ensuive en outre que la terre soit au-dessous de tous les autres corps, ce que l'on disait découler de la conclusion, je l'explique ainsi : toute vertu excellente atteint son but de manière excellente, car elle est excellente par le fait qu'elle peut atteindre de façon très rapide et très facile son but ; la force de gravité est la plus élevée dans un corps tendant le plus vers le centre ; tel est justement le cas de la terre ; donc elle réalise le mieux le but de la gravité, qui est de tendre vers le centre du monde ; ainsi elle se trouvera en dessous de tous les autres corps, si elle tend plus que tout autre vers le centre ; ce qu'il fallait démontrer en second lieu. Il est évidemment impossible que l'eau soit concentrique à la terre : ce serait contraire à ce qui a déjà été démontré.

[XVII] Mais cette argumentation ne semble pas être une démonstration, parce que la prémisse majeure du syllogisme principal ne semble pas avoir de nécessité. On disait en effet : « Le corps le plus lourd tend vers son centre de manière égale en tous ses points et plus que tout autre » ; ce qui ne semble pas être nécessaire ; en effet, bien que la terre soit le corps le plus lourd quand on la compare à d'autres corps, elle peut cependant être très lourde et ne pas l'être, quand on compare les différents éléments qui la composent, parce que la terre peut être plus lourde en un point qu'en un autre. En effet, puisque l'équilibre du corps lourd ne se fait pas en volume en tant que tel, mais en poids, il pourra y avoir une égalité de poids, sans qu'il y ait égalité de volume ; et la démonstration précédente n'est ainsi qu'apparente et sans fondement.

[XVIII] Mais une telle objection est sans valeur ; de fait, elle provient d'une ignorance de la nature des corps homogènes et des corps simples. En effet, les corps homogènes et les corps simples — sont homogènes par exemple l'or pur, et simples le feu et la terre — reçoivent leur qualité de manière régulière dans chacune de leurs parties lorsqu'ils sont soumis à une quelconque influence de la nature. Partant, puisque la terre est un corps simple, elle reçoit sa qualité de manière régulière dans chacune de ses parties, conformément à ce qui se passe dans la nature et en parlant dans l'absolu ; c'est pourquoi, puisque la gravité est naturellement partie intégrante de la terre, et que la terre est un corps simple, il est nécessaire que celle-ci ait dans chacune de ses parties une gravité régulière, proportionnelle au volume ; ainsi tombe l'objection principale.

À cela, il faut ajouter que l'objection est un sophisme, parce qu'elle confond le relatif et l'absolu. Au vu de ce qui précède, il faut savoir que la Nature universelle ne se détourne pas de son but ; aussi, bien que la nature particulière, par une désobéissance de la matière, se détourne parfois du but recherché, la Nature universelle par contre ne peut en aucune façon faillir à son intention, puisque de la Nature universelle dépendent également l'acte et la puissance des choses, telles qu'elles peuvent être et ne pas être. Mais l'intention de la Nature universelle est que toutes les formes, qui sont en puissance dans la première matière, soient réduites en acte, et soient en acte conformément au mode de leur espèce ; que la première matière, dans sa totalité, se présente sous une quelconque forme matérielle, même si dans une de ses parties elle se présente sous une quelconque privation opposée (de forme), excepté une (la sienne). Car, puisque toutes les formes qui sont en puissance dans la matière sont en acte en tant qu'idée dans le Moteur du ciel, comme le dit le Commentateur dans le traité *De la substance du Monde*, et si toutes ces formes n'étaient pas toujours en acte, le Moteur du ciel ne répandrait pas intégralement sa bonté, ce qu'on ne saurait soutenir. Et puisque toutes les formes matérielles des corps corruptibles qui peuvent être produits, excepté les formes des éléments, exigent une matière et un sujet mixte et complexe, auquel sont subordonnés comme à une fin les éléments en tant qu'éléments, et qu'un mélange est impossible là où les choses à mélanger ne peuvent pas être ensemble, cela va de soi, il faut qu'il y ait une partie dans l'univers où toutes les choses à mélanger, à savoir les éléments, puissent entrer en contact ; ceci ne pourrait pas avoir lieu, si la terre n'émergeait en un lieu quelconque, comme il apparaît clairement à quiconque observe avec attention.

Ainsi, puisque la nature tout entière obéit au but de la Nature universelle, il a bien fallu aussi, à cause de la nature simple de la terre, qui est d'être au-dessous des autres éléments, qu'il y eût une autre nature par laquelle elle obéirait au but de la Nature universelle, bien entendu pour qu'elle supportât d'être élevée en un point par la force du ciel, comme si elle obéissait à un commandant, comme nous le voyons à propos des tendances concupiscentes et irascibles de l'homme ; celles-ci, bien qu'elles soient portées par leur propre élan conformément à l'influence sensible, sont toutefois retenues dans leur propre élan par le fait qu'elles obéissent à la raison, comme on le voit dans le premier livre de l'*Éthique à Nicomaque*.

[XIX] Pour cette raison, bien que la terre tende de manière égale vers son centre conformément à sa nature simple (comme nous le disions en répondant à l'objection), conformément à une autre nature toutefois elle souffre d'être élevée en partie, obéissant à la Nature universelle, pour que le mélange des éléments soit possible. D'après cela le principe de la concentricité de la terre et des eaux est pris en compte ; et rien d'impossible ne s'ensuit auprès de ceux qui professent à bon droit la philosophie, comme on peut le voir dans le schéma suivant, dans lequel le ciel est représenté par le cercle A, l'eau par le cercle B, la terre par le cercle C. Il n'est pas important, pour l'exactitude de notre propos, que l'eau semble être peu ou très distante de la terre. Et il faut savoir que ce schéma est le vrai, parce qu'il correspond à la forme et à la situation des deux éléments ; les deux schémas précédents étaient faux ; et nous les avons dessinés, non parce qu'ils reflètent la réalité, mais pour que celui qui apprend comprenne, comme le dit le Phi-

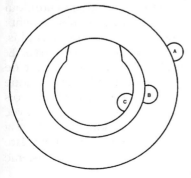

losophe dans le premier livre des *Premiers analytiques*. Et que la terre émerge par un renflement et non suivant une circonférence régulière, cela apparaît sans aucun doute, si on considère le tracé de la terre émergée ; car le tracé de la terre émergée a l'aspect d'une demi-lune, ce qui ne saurait en aucune façon être le cas si elle émergeait d'après une circonférence régulière par rapport au centre. Car, comme on l'a démontré dans les théorèmes mathématiques, il est nécessaire qu'une circonférence régulière soit issue d'une surface régulière ou sphérique, comme doit l'être la surface de l'eau, avec un pourtour uniformément circulaire. Et le fait que la terre émergée ait l'aspect d'une demi-lune apparaît clairement d'après les descriptions des naturalistes, d'après les astronomes qui décrivent les zones climatiques, et d'après les géographes qui délimitent les régions de la terre, zone après zone. En effet, comme on le sait généralement, cette partie habitable s'étend en longitude à partir de Cadix, qui est située sur les confins occidentaux fixés par Hercule, jusqu'à l'embouchure du fleuve Gange, comme l'écrit Orose. Cette étendue est certes tellement grande que, au moment où le soleil se trouve sur le cercle de l'équinoxe (l'équateur), il se couche pour ceux qui se trouvent à l'une des extrémités, et se lève pour ceux qui se trouvent à l'autre, comme cela a été découvert par les astronomes en observant les éclipses de lune. Donc il faut que les extrémités de l'étendue précitée soient distantes de 180 degrés, qui est la demi-distance de toute circonférence. Quant à la ligne de la latitude, comme on le sait communément de ces mêmes astronomes, elle s'étend à partir des peuples dont le zénith est le cercle de l'équinoxe, jusqu'à ceux dont le zénith est le cercle décrit par le pôle du zodiaque autour du pôle du monde (le cercle polaire), qui est distant du pôle du monde d'environ 23 degrés, notamment ; l'étendue de la latitude est donc de presque 67 degrés et pas plus, comme il apparaît clairement à toute personne qui l'observe. Et ainsi il est évident que la terre émergée doit avoir un aspect de demi-lune ou approchant, parce que cet aspect résulte de l'étendue même de la longitude et de la latitude : cela est évident. Si toutefois elle avait un pourtour circulaire, elle aurait un aspect circulaire avec une partie convexe ; et ainsi les extrémités de la longitude et de la latitude ne différeraient pas en distance, comme cela peut être manifeste même aux femmes. Ainsi donc est clarifié le troisième point dans l'ordre des choses à traiter.

[XX] Il reste maintenant à voir la cause finale et efficiente de cette élévation de la terre, qui a été suffisamment démontrée ; et nous allons suivre un ordre conforme aux principes de la logique, car la question « est-ce qu'une chose est ? » doit précéder la question « par quelle cause est-elle ? ». Quant à la cause finale, les arguments avancés dans la démonstration qui précède peuvent suffire. Mais pour enquêter sur la cause efficiente, il faut relever avant tout que le présent traité ne sort pas du domaine des sciences naturelles, car il concerne ce qui est mobile, à savoir la terre et l'eau, qui sont bien des corps naturels ; et pour cela il faut rechercher une certitude relativement à la matière naturelle, dont il est question ici ; car dans tout domaine, il faut rechercher la certitude d'après ce que la nature de la chose comporte, comme il ressort du premier livre de l'*Éthique à Nicomaque*. Puisque donc est innée en nous la méthode visant à rechercher la vérité sur la nature en partant des notions le mieux connues par nous, mais moins connues dans la nature, pour aboutir à ce qui est plus certain et plus connu dans la nature, comme le dit clairement le premier livre de la *Physique* ; et puisque, dans un tel domaine, les effets nous sont mieux connus que les causes — puisque c'est par eux que nous sommes introduits à la connaissance des causes : par exemple, c'est l'éclipse du soleil qui a conduit l'homme à la connaissance de l'interposition de la lune, aussi l'étonnement lié à ce phénomène le poussa-t-il à philosopher —, il faut que la méthode de recherche dans les choses naturelles aille des effets vers les causes. Et il est indéniable que cette méthode, bien qu'elle soit d'une certitude suffisante, n'en a cependant pas autant qu'en a la méthode de recherche en mathématique, qui est d'aller des causes, c'est-à-dire des données premières, aux effets, c'est-à-dire aux résultats finals ; c'est pourquoi il ne faudra rechercher que la certitude que l'on peut obtenir au moyen de ce genre de démonstration.

J'affirme donc que la cause efficiente de cette élévation ne peut pas être la terre elle-même ; car, puisque le fait d'être élevé équivaut à un mouvement vers le haut, et le fait d'être porté vers le haut est contre la nature de la terre, et que rien, en parlant dans l'absolu, ne peut être la cause de ce qui est contre sa propre nature, il reste que la terre ne peut être la cause efficiente de cette élévation. Et l'eau non plus ne peut l'être ; car puisque l'eau est un corps homogène, il faut qu'elle soit en chacune de ses parties régulièrement conforme à ses caractéristiques ; et ainsi il n'y aurait pas de raison pour qu'elle s'élève plus à un endroit qu'à un autre. Cette même raison exclut l'air et le feu comme causes possibles ; et puisqu'il ne reste ultérieurement que le ciel, cet effet doit être rapporté à celui-ci, comme à sa cause propre.

Mais puisqu'il y a plusieurs ciels, il reste maintenant à rechercher à quel ciel, comme à sa cause propre, il faut rattacher le phénomène. Pas au ciel de la lune ; car, étant donné que la lune elle-même est l'instrument de sa propre force ou influence, et qu'elle-même décline par le zodiaque à partir de la ligne de l'équinoxe vers le pôle antarctique autant que vers le pôle arctique, elle aurait élevé la terre autant au-delà qu'en deçà de la ligne de l'équinoxe ; ce qui n'est pas le cas. Et il ne sert à rien de dire que cette inclinaison n'a pu avoir lieu à cause de la plus grande proximité de la terre du fait de l'excentricité ; parce que si cette force d'élever avait été le propre de la lune, étant donné que les agents les plus proches agissent avec plus d'efficacité, elle aurait soulevé la terre à un endroit plus qu'à un autre.

[XXI] Cette même raison exclut d'une telle causalité toutes les orbites des planètes. Et puisque le premier ciel mobile, à savoir la neuvième sphère, est uniforme en tout point et par conséquent pourvu de caractéristiques uniformes en tout point, il n'y a pas de raison pour qu'il ait soulevé la terre plus d'un côté que d'un autre. Puisque donc il n'y a pas d'autres corps mobiles excepté le ciel étoilé, qui est la huitième sphère, il est nécessaire de rattacher cet effet à ce ciel.

Pour que la chose soit plus évidente il faut savoir que, bien que le ciel étoilé soit doté d'unité en substance, il a cependant multiplicité en vertu ; pour cette raison, il devait contenir en ses parties cette diversité que nous voyons, pour qu'il pût exercer différentes vertus par l'intermédiaire d'organes différents ; et que celui qui ne se rend pas compte de cela se reconnaisse hors des limites de la philosophie. Nous voyons en ce ciel une différence dans la dimension et la luminosité des étoiles, dans l'aspect et les configurations des constellations ; et ces différences certes ne peuvent être dues au hasard, comme cela doit être très clair pour tous ceux qui sont nourris de philosophie. Partant, les vertus d'une étoile ou d'une autre sont différentes, et il en va de même pour les constellations ;

sont aussi différentes les vertus des étoiles qui sont en deçà de la ligne de l'équinoxe par rapport à celles qui sont au-delà. Ainsi, puisque les formes inférieures sont semblables aux formes supérieures, comme le dit Ptolémée, la conséquence est que, vu que cet effet ne peut être rattaché à autre chose si ce n'est au ciel étoilé, comme on l'a découvert, l'agent qui exerce la vertu correspondante se trouve en cette région du ciel qui recouvre cette terre émergée. Et puisque cette terre émergée s'étend de la ligne de l'équinoxe jusqu'à la ligne que décrit le pôle du zodiaque autour du pôle du monde, comme on l'a dit précédemment, il est évident que la vertu d'élévation réside dans ces étoiles qui sont dans la région du ciel contenue par ces deux cercles, soit qu'elle élève par attraction, comme l'aimant attire le fer, soit qu'elle agisse par poussée, en provoquant des vapeurs qui exercent une pression, comme dans certaines régions montagneuses.

Or sur ce point on pourra poser la question suivante : « Étant donné que cette région du ciel a un mouvement circulaire, pourquoi cette élévation n'a-t-elle pas été circulaire ? » Je réponds qu'elle n'a pas été circulaire parce que la matière était en quantité insuffisante pour une telle élévation. Et alors on rétorquera en demandant : « Pour quelle raison y a-t-il eu plus d'élévation sur un hémisphère que sur l'autre ? » À cela il faut répondre comme le fait le Philosophe dans le deuxième livre *Du ciel*, lorsqu'il se demande pourquoi le ciel se meut de l'orient vers l'occident et non inversement ; à cet endroit en effet il affirme que de telles questions sont dues soit à beaucoup de sottise soit à beaucoup de présomption, parce qu'elles sont au-dessus de notre intellect. C'est pourquoi il faut répondre à cette question que Dieu, ce dispensateur glorieux, qui détermina l'emplacement des pôles et du centre du monde, la distance de la dernière circonférence par rapport à son centre, et tant d'autres choses semblables, fit ces choses pour le mieux, comme toutes les autres. D'où, lorsqu'il dit : « Que les eaux se réunissent en un seul lieu, et que la terre apparaisse », au même moment le ciel fut rendu capable d'agir et la terre d'en supporter l'influence.

[XXII] Qu'ils cessent donc, les hommes, qu'ils cessent de chercher à comprendre ce qui les dépasse, et qu'ils cherchent jusqu'où ils en ont la capacité, pour qu'ils s'élèvent aux choses immortelles et divines selon leur possibilité, et laissent de côté les choses plus grandes qu'eux. Qu'ils écoutent l'ami de Job disant : « Prétends-tu sonder la profondeur de Dieu, sonder la perfection du Puissant[1] ? » Qu'ils écoutent le Psalmiste : « Mystérieuse connaissance qui me dépasse, si haute que je ne puis l'atteindre[2]. » Qu'ils écoutent Isaïe : « C'est que les cieux sont hauts, par rapport à la terre : ainsi mes chemins sont hauts par rapport à vos chemins, et mes pensées, par rapport à vos pensées[3]. » Il parlait sans doute aux hommes au nom de Dieu. Qu'ils écoutent la voix de l'Apôtre dans l'épître aux Romains : « Ô profondeur de la richesse, de la sagesse et de la science de Dieu ! Que ses jugements sont insondables et ses voies impénétrables[4] ! » Et enfin qu'ils écoutent la voix même du Créateur lorsqu'il dit : « Là où je vais, vous ne pouvez aller[5]. » Et que ceci suffise à l'examen de la vérité que l'on recherche.

[XXIII] Ces choses ayant été examinées, il est facile de répondre aux objections soulevées plus haut ; ce que nous nous proposions de faire au cinquième point. Quand donc on disait : « Il est impossible que le centre de deux circonférences situées à distance inégale entre elles soit le même », je dis que ceci est vrai si les deux circonférences sont régulières, sans un ou plusieurs renflements ; et quand dans la prémisse mineure on dit que la circonférence de l'eau et la circonférence de la terre sont précisément ainsi, je dis que ce n'est pas vrai, du fait de la présence d'un renflement qui est dans la terre ; et donc l'argument n'a pas de valeur. Pour le deuxième point, quand on disait : « À tout élément plus noble est assigné un lieu plus noble », je dis que cela est vrai selon sa propre nature, et j'admets la prémisse mineure ; mais quand on conclut que pour cette raison l'eau doit être dans un lieu plus élevé, je dis que cela est vrai selon la nature spécifique de l'un et de l'autre corps, mais que pour une cause supérieure, comme on l'a dit précédemment, il arrive que dans telle partie c'est la terre qui est plus élevée ; et ainsi le raisonnement était boiteux dans la première proposition. Pour le troisième point, quand on affirme : « Toute opinion qui contredit l'expérience sensible est une opinion fausse », je dis que cet argument provient d'une idée erronée ; en effet, le marin

---

1. *Job*, XI, 7. 2. *Ps.*, CXXXVIII, 6. 3. *Isaïe*, LV, 9. 4. *Rom.*, XI, 33. 5. *Jean*, XIII, 33.

s'imagine que, ne voyant pas du bateau la terre au moment où il se trouve en haute mer, celle-ci serait plus haute que la terre elle-même ; or ce n'est pas le cas ; si c'était le contraire, il ne la verrait que mieux. Mais il en va ainsi parce que la ligne de visée entre l'objet à voir et l'œil est obstruée par la courbure de l'eau ; car, puisqu'il faut que l'eau ait une forme arrondie partout par rapport au centre, il est nécessaire qu'elle fasse obstacle sous la forme de quelque chose de convexe à partir d'une certaine distance. Au quatrième point, lorsqu'on argumentait : « Si la terre n'était pas inférieure », etc., j'affirme que cet argument se fonde sur une erreur, et donc il n'a pas de valeur. En effet les sots et ceux qui ignorent les enseignements de la physique croient que l'eau monte vers les sommets des montagnes et à l'endroit même de leur source sous forme liquide ; mais ceci est bien puéril, car les eaux jaillissent là-haut, comme le dit clairement le Philosophe dans ses *Météores*, la matière y montant sous forme de vapeur. Au cinquième point, quand on dit que l'eau est un corps qui imite l'orbite de la lune et pour cela on conclut qu'elle doit être excentrique, puisque l'orbite de la lune est excentrique, j'affirme que cet argument ne présente aucune nécessité ; parce que même si quelqu'un sait imiter quelqu'un d'autre dans l'accomplissement d'une action, il n'y a pas de raison pour qu'il soit supposé être capable de l'imiter en toutes. Nous voyons le feu imiter le mouvement circulaire du ciel, et cependant il n'imite pas le ciel puisque celui-ci ne se meut pas en ligne droite et ne possède pas le contraire de sa qualité ; ainsi l'argument n'a pas de valeur. Et voilà tout pour les arguments.

Ainsi donc se conclut l'analyse et l'exposition de la forme et de la situation des deux éléments, conformément à ce qui a été établi précédemment.

[XXIV] Cette discussion philosophique a été traitée par moi, Dante Alighieri, le moindre parmi les philosophes, pendant que l'invaincu seigneur Cangrande della Scala exerçait le pouvoir au nom du très Saint Empire romain, dans l'illustre ville de Vérone, en la chapelle de Sainte Hélène glorieuse[1], et en présence de tout le clergé véronais, sauf quelques-uns qui, trop ardents de charité, n'acceptent pas les invitations d'autrui, et pour leur excessive humi-

---

1. Église contiguë à la cathédrale de Vérone.

lité sont trop pauvres en Esprit saint, puisqu'ils ne veulent pas faire montre d'approuver l'excellence des autres, et s'abstiennent ainsi d'intervenir dans leurs discussions. Cela arriva en l'année de la naissance de Notre Seigneur Jésus-Christ mil trois cent vingt, un dimanche, jour que notre Sauveur nous recommanda de vénérer pour sa glorieuse nativité et pour son admirable résurrection ; ce jour était le septième à partir des Ides de janvier, et le treizième avant les Calendes de février[1].

---

1. Le 20 janvier.

LA DIVINE COMÉDIE

NOTE SUR LA TRADUCTION

Proposer aux francophones non italophones d'aujourd'hui une *Divine Comédie* plus aisément pénétrable : telle m'a paru être ici la toute première des urgences. Car, s'il était important de respecter dans l'ouvrage les zones d'ombre voulues par son auteur, il n'était pas moins capital de le nettoyer de cette couche opaque supplémentaire dont les siècles — c'est-à-dire notre histoire et notre différence — l'ont malencontreusement patiné. L'une de mes tâches a donc consisté à débrouiller prudemment l'écheveau syntaxique à chaque fois qu'il entravait désormais notre lecture ; quant au lexique, je lui ai fait subir une modernisation relative, tout en suggérant le plurilinguisme de Dante par le maintien des passages en latin, en provençal, ainsi que par des tentatives de transcription de quelques dialectalismes et de plusieurs hapax.

Autre ambition tout aussi essentielle : rendre perceptible la force poétique d'un tel texte ; sauvegarder notamment la tension d'une écriture à la fois somptueuse et laconique, périodique et heurtée, comme si son harmonieuse perfection s'opposait à un inachèvement secret, sa continuité à une hâte, à une discontinuité fiévreuse — l'originalité du poème, pour nous autres lecteurs inquiets du xxe siècle, procédant d'abord de ce conflit dans les mots, où sont impliqués significativement les multiples contenus de l'œuvre, sous les deux signes opposés de l'ordre et de la rupture. D'où l'importance de traduire en vers réguliers : car leur régularité même, quand le texte italien l'exige, peut opportunément s'inverser en son contraire grâce à tous les jeux de l'enjambement et des dislocations rythmiques.

S'agissant du mètre décasyllabique, bien différent de l'*endecasillabo*, il a été choisi en raison de sa brièveté, jugée précieuse pour aider à restituer la concision de Dante, et non par on ne sait quel souci d'homologie. La rançon, ici et là, de cette densité retrouvée est une perte partielle de certains signifiés de détail : perte, on le constatera, beaucoup moins préjudiciable à la « forme-sens » du poème que n'est celle, dans certaines traductions très littérales, de la densité elle-même, voire d'aspects plus proprement musicaux du style : assonances, allitérations, aussi riches de signifiance que les mots. Mais surtout — et ceci est conforme à l'une des leçons du texte d'origine — la contrainte du mètre enhardit le traducteur et l'apprivoise, sur la lancée de Dante, à des trouvailles d'expression qu'elle-même lui souffle en secret.

Datée, en partie subjective, inéluctablement provisoire, toute traduction nouvelle d'un vieux livre très fréquemment traduit prend place dans une série historique, mieux : dans une généalogie. Depuis la fin du xve siècle, les *Divines Comédies* en français, intégrales ou partielles, traduites ou adaptées, se comptent par centaines, s'engendrant, se contaminant, s'affinant les unes les autres : encombrante mais précieuse tradition que j'ai eu à cœur d'interroger à mon tour au travers d'un *panel* d'ouvrages fondamentaux, dont émerge l'absconse et géniale traduction d'André Pézard. De son livre, le présent travail conserve en particulier le système de francisation des noms propres italiens.

Au demeurant, de tels recours aux acquis de la traduction française de Dante restent ici nécessairement inessentiels, car assujettis à deux exigences très fortes qui tendent l'une et l'autre à les éclipser : d'une part, la redoutable exigence du poème d'être écouté d'abord (si possible !) à sa lointaine source ; d'autre part, sa non moins vive exigence de lisibilité aujourd'hui. Or, rapprochant ainsi — violemment, poétiquement — deux éclairages extrêmes de l'œuvre, en référence primordiale à ses deux modernités originelle et actuelle, une telle démarche traduisante a pour effet massif d'occulter bien des traditions intermédiaires et donc de susciter les formulations neuves, dont certaines pourront être jugées périlleuses : aussi trouvera-t-on parfois en note leur justification.

La traduction qu'on va lire est dédiée à la mémoire de Marie-Paule Scialom.

M. S.

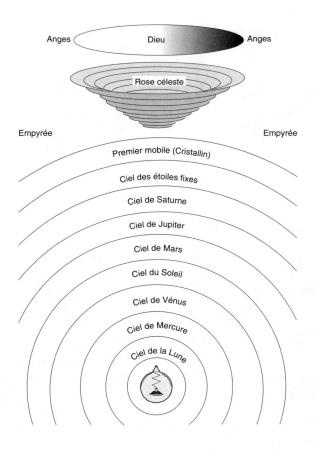

Les sphères célestes, la Terre
et l'Empyrée

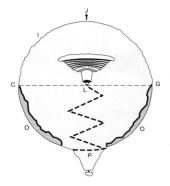

Coupe de la terre
selon un plan passant par son centre
(L, place de Lucifer), Cadix (C),
l'embouchure du Gange (G), et l'Italie (I).
Au-dessus de CG, hémisphère
des continents habités ;
au-dessous, hémisphère
des océans (O)
et la montagne du Purgatoire (P),
aux antipodes de Jérusalem (J).

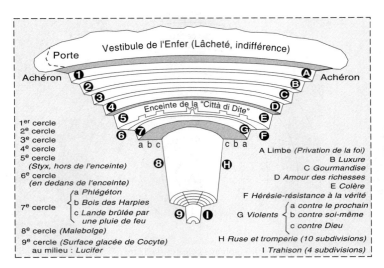

Coupe générale de l'Enfer
et classification des péchés.

ENFER

CHANT I

1 Au milieu du chemin de notre vie[1],
   je me trouvai dans une forêt sombre,
   la route où l'on va droit s'étant perdue.
4 Ah ! si rude est l'effort pour la décrire,
   cette forte forêt, farouche et âpre,
   qui ravive la peur dès qu'on l'évoque !
7 la mort même est à peine plus amère !
   Mais — pour traiter d'un bien que j'y trouvai —
   voici encor ce que j'ai vu là-bas...
10 Comment j'y vins, j'ai peine à le redire,
   tant j'étais plein de sommeil, à l'instant
   où je quittai le chemin véridique.
13 Mais quand je fus au pied d'une colline
   située aux frontières de ce val
   dont j'avais eu le cœur transi d'effroi,

---

1. À sa trente-cinquième année (sommet de l'arc de l'existence humaine selon le *Banquet*), c'est-à-dire en 1300 (date par ailleurs du Jubilé proclamé par le pape Boniface VIII).

16 levant les yeux, j'aperçus ses épaules
déjà vêtues des feux de la planète[1]
qui mène droit les gens par tout sentier :
19 alors put s'apaiser un peu l'angoisse
restée tenace en moi, au lac du cœur,
toute ma nuit traversée dans ces affres.
22 Et tel celui qui, le souffle coupé,
sorti hors de la mer, sur le rivage
se tourne et guette encor l'eau périlleuse,
25 ainsi mon âme, sans cesser de fuir,
se retourna pour revoir le passage
jamais franchi par nul homme vivant.
28 Quand j'eus un peu reposé le corps las,
je repartis sur la pente déserte,
mon pied ferme toujours plus bas que l'autre.
31 Or, presque au seuil de la côte, voici
venir, très vive et svelte, une panthère[2]
couverte d'un pelage moucheté :
34 et sans trêve elle était devant ma face,
me barrant le chemin souvent si fort
que je faisais vers le val volte-face.
37 C'était le temps où le matin commence,
et le soleil montait, parmi les astres
qui l'entouraient lorsque l'amour divin
40 mit en branle au début ces choses belles :
aussi l'heure du jour, la saison douce,
m'induisaient à fonder un bon espoir
43 en ce fauve à la robe chatoyante ;
mais pas assez pour m'épargner la peur
quand la vision d'un lion[3] m'apparut.
46 Il semblait s'avancer droit contre moi,
la tête haute et plein de faim rageuse,
au point que l'air paraissait en frémir.
49 Puis, une louve[4] qui, dans sa maigreur,
semblait chargée de toutes les envies
(et qui ruina la vie de bien des peuples),

---

1. Le soleil. 2. Sans doute symbole de la luxure. 3. Sans doute symbole de l'orgueil. 4. Sans doute symbole de l'avarice.

52 me mit au cœur un tel accablement,
   par la terreur qui sortait de sa vue,
   que je perdis l'espoir de la hauteur.
55 Et tel celui qui gagne et y prend goût,
   quand vient pour lui le temps où il faut perdre,
   pleure et forme toujours des pensées tristes,
58 tel me rendit la bête sans merci[1]
   qui, m'assaillant, me repoussait très lente
   vers les régions où le soleil se tait.
61 Tandis que je tombais en ces lieux bas,
   à mes regards s'offrit une figure
   comme affaiblie après un long silence.
64 Quand je la vis parmi le grand désert,
   je lui criai : « *Miserere* de moi,
   qui que tu sois, ombre ou homme réel ! »
67 « Homme ? » dit-il. « Homme je fus jadis[2],
   et mon père et ma mère étaient lombards,
   mantouans de patrie, l'un comme l'autre.
70 Je naquis *sub Julio* — tard, il est vrai —
   et je vécus sous Auguste le grand,
   à Rome, au temps des dieux faux et menteurs.
73 Je fus poète, et je chantai ce juste
   enfant d'Anchise qui s'en vint de Troie
   quand la superbe Ilion fut incendiée[3].
76 Mais toi, pourquoi retourner aux angoisses ?
   Pourquoi ne pas gravir le mont plaisant,
   principe et cause de toutes les joies ? »
79 « Es-tu donc ce Virgile et cette source
   qui ouvre un si grand fleuve de langage ? »
   lui répondis-je avec la honte au front.
82 « Honneur, lumière des autres poètes !
   que m'aident le long zèle et l'ample amour
   qui m'ont conduit à étudier ton livre !
85 Tu es mon maître et mon autorité ;
   c'est en toi seul que je suis allé prendre

---

1. Ou bien sans repos, parce qu'insatiable. **2.** Il s'agit de Virgile, né à l'époque de Jules César *(sub Julio)* et ayant vécu durant le règne d'Auguste. **3.** Énée, héros de l'*Énéide* de Virgile, qui abandonna Troie et sa citadelle (Ilion) en flammes.

>   le bel écrire qui m'a fait honneur.
> 88 Vois la bête pour qui je me déroute,
>   illustre sage, et défends-moi contre elle
>   qui fait trembler tout mon sang dans mes veines ! »
> 91 « Il te faut suivre un parcours différent »,
>   répondit-il, voyant couler mes pleurs,
>   « si tu veux fuir loin de ce lieu sauvage.
> 94 Car la bête qui cause ici tes cris
>   ne laisse aller par son chemin nul homme
>   qu'elle n'obsède au point de le tuer.
> 97 Si perverse et vicieuse est sa nature
>   que son béant désir n'est jamais comble :
>   étant repue, elle a plus faim qu'avant.
> 100 Elle s'accouple à des mâles nombreux,
>   et leur foule va croître ; enfin le Vautre[1]
>   viendra l'exterminer dans la douleur.
> 103 Lui, ne se nourrira d'or ni de terres,
>   mais de sagesse, de vertu, d'amour,
>   et sa nation sera de *feltre* à *feltre*[2].
> 106 Par lui sera sauvée l'humble Italie,
>   pour qui la vierge Camille, Euryale,
>   Turnus, Nisus[3], furent blessés à mort.
> 109 De ville en ville il chassera la louve
>   jusqu'à la mettre à nouveau en enfer,
>   dont Envie, tout d'abord, l'avait tirée.
> 112 Donc, je pense et discerne que pour toi,
>   mieux vaut me suivre : et je serai ton guide,
>   rouvrant ta voie par des lieux éternels
> 115 où tu verras et entendras les âmes
>   qui souffrent, crient leur désespoir ancien,
>   hurlent chacune à la seconde mort.

---

1. Chien de chasse, symbole d'un futur réformateur du monde : l'empereur ou un pape.
2. *E sua nazion sarà tra feltro e feltro* : l'obscurité oraculaire de ce vers ne m'a paru permettre aucune traduction plausible du mot *feltro*, qui désignerait notamment, selon les commentateurs : a) un modeste tissu de feutre (symbole d'une humble origine, ou encore une élection démocratique, car les urnes où étaient déposés les bulletins étaient doublées de feutre) ; b) les localités de Feltre et de Montefeltro (délimitant plus ou moins les terres appartenant à Cangrande della Scala) (N.d.T.). **3.** Nisus et Euryale (Troyens), Camille et Turnus (Latins) luttèrent pour la conquête du Latium dans des camps opposés.

118 Puis tu verras ces gens qui, dans le feu,
    restent contents, puisqu'ils ont l'espérance
    de joindre un jour futur le peuple heureux,
121 vers lequel, si tu veux monter ensuite,
    te mènera une autre âme plus digne :
    je partirai, te laissant avec elle.
124 Car l'Empereur qui règne en haut du monde,
    comme je fus insoumis à sa loi,
    défend qu'on vienne à lui sous ma conduite.
127 Il domine en tous lieux, là il gouverne ;
    là est sa ville et son siège sublime ;
    heureux ceux qu'il choisit d'y recevoir ! »
130 Et je lui dis : « Poète, je te prie
    au nom du Dieu que tu n'as pas connu :
    pour que je fuie ce mal, et d'autres pires,
133 mène-moi aux endroits dont tu parlais,
    que mes yeux voient la porte de saint Pierre,
    et tous ces gens que tu dépeins si tristes. »
136 Alors il s'ébranla. Je le suivis.

CHANT II

1 Le jour disparaissait, et l'air obscur
   interrompait les fatigues des êtres
   vivant sur terre. Mais moi, seul d'entre eux,
4 je m'apprêtais à soutenir la guerre
   du long parcours et des pitiés poignantes
   que sans faillir redira ma mémoire.
7 Muses ! Hauteur de pensée ! aidez-moi !
   Esprit qui inscrivis ce que j'ai vu,
   ici devra paraître ta noblesse.
10 Je commençai : « Poète qui me guides,
   regarde si ma force est suffisante,
   avant de m'exposer au dur passage.

13 Tu écris que le père de Silvius[1],
    encor pourvu de sa chair corruptible
    et de ses sens, vint au monde éternel.
16 Mais, si le haut adversaire du mal
    fut courtois envers lui, les gens sagaces
    trouvent ce choix bien fondé, vu le fruit
19 qu'annonçaient son mérite et sa lignée :
    car le ciel empyrée l'élut pour père
    de la très noble Rome et de l'empire ;
22 et, à dire le vrai, Rome et l'empire
    furent fixés pour être le lieu saint
    où siégerait le successeur de Pierre ;
25 par ce voyage dont tu lui fais gloire,
    il comprit des secrets qui furent cause
    de sa victoire et du manteau papal.
28 Le Vase d'élection[2] y vint ensuite,
    pour apporter réconfort à la foi
    qui est le premier pas vers le salut.
31 Mais moi, pourquoi venir ? qui le permet ?
    Je ne suis, moi, ni Énée ni saint Paul.
    Qui m'en croit digne ? ni moi, ni personne.
34 Si donc je m'abandonne à ce voyage,
    je crains que l'accomplir ne soit folie.
    Tu es sage et comprends mieux qu'on ne parle. »
37 Et tel celui qui voulait, mais déveut,
    porté ailleurs par des pensées nouvelles
    et s'écartant de ce qu'il commençait,
40 tel je devins sur cette pente obscure :
    car, en pensant, je brûlai le dessein
    dont l'entreprise avait été si prompte.
43 « Si j'ai saisi le sens de tes paroles »,
    me répondit l'ombre du magnanime,
    « tu as l'âme blessée de couardise :
46 elle embarrasse l'homme très souvent
    jusqu'à le détourner des nobles tâches,
    comme un mirage effarouche une bête.

---

1. Énée. **2.** Saint Paul (*Act. Ap.,* IX, 15) raconte dans sa deuxième lettre aux Corinthiens (XII, 2-4) qu'il fut transporté vivant au Paradis.

49 Je te dirai, pour t'ôter cette crainte,
   pourquoi je vins et ce que j'entendis
   au premier temps où j'eus souci de toi.

52 J'étais parmi les ombres en suspens[1],
   quand une dame bienheureuse et belle
   vint m'appeler : moi, je requis ses ordres.

55 Ses yeux brillaient plus que lueur d'étoile ;
   et elle commença, suave et simple,
   d'une voix d'ange, à dire en son langage :

58 "Ô âme mantouane si courtoise,
   dont le renom dans le monde encor dure
   et durera tous les siècles du monde,

61 celui qui m'aime — et sans vœu de fortune[2] —
   peine si fort sur la plage déserte
   en son chemin, que la peur l'en détourne ;

64 et, selon ce qu'au ciel j'ai su de lui,
   je crains qu'il soit déjà trop égaré
   pour que je vienne à temps le secourir.

67 Va donc : et grâce à l'art de ta parole
   et à tout ce qu'exige son salut,
   aide-le, que mon cœur se réconforte.

70 Moi qui t'envoie, mon nom est Béatrice ;
   je viens d'un lieu que j'aspire à rejoindre ;
   Amour m'a incitée, me fait parler.

73 Quand je serai auprès de mon seigneur,
   je lui ferai bien des fois ton éloge."
   Elle se tut alors, et je repris :

76 "Ô dame de vertu — vertu qui seule
   fait que le genre humain franchit les bornes
   de ce ciel-ci, dont les cercles sont moindres —,

79 ce que tu m'as enjoint m'agrée si fort
   qu'il me semblerait lent d'obéir vite :
   donc, plus besoin de m'ouvrir ton désir !

82 Mais apprends-moi comment tu peux descendre

---

1. Les ombres des Limbes. 2. *L'amico mio, e non de la ventura :* ma traduction dérive de l'interprétation de M. Casella, reprise par N. Sapegno et A. Pézard ; ce dernier explique ainsi l'expression : « "qui aime ses amis pour eux-mêmes, non pour la fortune (les avantages) qu'il peut attendre d'eux" (*cf. Banquet,* III, 11) » (N.d.T.).

aussi bas sans trembler, jusqu'en ce centre[1]
de l'ample espace[2] où ta joie te rappelle ?"
85 "Puisque tu veux en savoir le fin mot,
je vais", dit-elle, "t'expliquer en bref
pourquoi je n'ai pas craint d'entrer ici.
88 Nous devons redouter uniquement
ce qui aurait le pouvoir de nous nuire :
le reste, inoffensif, n'est pas à craindre ;
91 or Dieu m'a ainsi faite, par sa grâce,
que rien de vos misères ne me touche :
le feu qui flambe ici ne m'atteint pas.
94 Il est au ciel une Dame[3] très noble
qui, déplorant l'obstacle où je t'envoie,
a pu là-haut rompre un décret sévère.
97 Faisant venir à ses ordres Lucie :
'Ton fidèle a besoin de toi sur l'heure,
a-t-elle dit ; je te le recommande.'
100 Lucie, hostile à toute cruauté,
s'est portée jusqu'aux lieux où je réside,
assise auprès de l'antique Rachel[4] :
103 'Louange vive de Dieu, Béatrice,
tu n'aides pas celui qui t'a aimée
jusqu'à sortir pour toi du rang vulgaire ?
106 Tu n'entends pas la pitié de ses pleurs ?
Tu ne vois pas la mort qui le combat
sur les grands flots plus houleux que la mer ?'
109 Ce discours achevé, personne au monde,
cherchant son gain, fuyant son préjudice,
ne fut plus leste que je n'ai couru
112 ici-bas, de mon siège bienheureux,
confiante en la noblesse de ton verbe
— ton honneur —, et l'entendre aussi honore."
115 Ayant fini de m'expliquer ces choses,
elle tourna ses yeux brillants de larmes.
Et j'en fus plus rapide à m'élancer :
118 j'allai vers toi comme elle avait voulu ;

---

1. L'Enfer, au centre de la terre. 2. L'Empyrée. 3. La Vierge. 4. Épouse de Jacob (*Genèse*, XXIV-XXV), symbole de la vie contemplative.

je te tirai de devant cette bête,
obstacle au court trajet vers le beau mont.
121 Donc, qu'est ceci ? pourquoi t'attardes-tu ?
pourquoi t'ouvrir à tant de lâcheté ?
Pourquoi n'as-tu liberté ni courage,
124 quand trois dames bénies — et quelles dames ! —
ont soin de toi dans la céleste cour,
et que ma voix t'annonce tant de bien ? »
127 Comme, au gel de la nuit, se clôt et penche
la fleur des champs, puis, quand le jour l'éclaire,
s'épanouit sur sa tige et se dresse,
130 tel en ma force usée je me refis ;
et tant de bonne audace au cœur me vint
que je repris, parlant en homme libre :
133 « Ô secourable celle qui m'aida !
et toi, si prompt, si courtois d'obéir
à ces paroles vraies qu'elle t'a dites !
136 Par ton langage, tu as si bien su
me disposer au désir de te suivre,
que je reviens à mon premier dessein.
139 Va : nous n'avons tous deux qu'un seul vouloir ;
tu es mon guide, mon seigneur, mon maître. »
Ainsi lui dis-je. Et, quand il s'ébranla,
142 j'entrai dans le chemin rude et sauvage.

CHANT III

1 « PAR MOI L'ON VA DANS LA CITÉ DES PLAINTES,
PAR MOI L'ON VA DANS L'ÉTERNEL TOURMENT,
PAR MOI L'ON VA CHEZ LE PEUPLE PERDU.
4 LA JUSTICE ANIMA MON CRÉATEUR ;
M'ONT ÉDIFIÉE LA DIVINE PUISSANCE,

L'AMOUR PREMIER, LA SUPRÊME SAGESSE[1].
7 RIEN AVANT MOI JAMAIS NE FUT CRÉÉ
QUE D'ÉTERNEL, ET JE DURE ÉTERNELLE :
VOUS QUI ENTREZ, LAISSEZ TOUTE ESPÉRANCE. »
10 Ces mots chargés d'une couleur obscure
étaient écrits au-dessus d'une porte.
« Leur sens me semble dur, mon maître », dis-je.
13 Mais lui, à moi, en personne avisée :
« Il faut qu'ici soit banni tout soupçon,
qu'ici la moindre lâcheté soit morte.
16 Nous sommes parvenus où je t'ai dit
que tu verrais les foules douloureuses
qui ont perdu le bien d'entendement. »
19 Posant alors sur la mienne sa main
d'un air joyeux qui me réconforta,
il m'engagea dans les secrètes choses.
22 Là, des soupirs, des plaintes, de grands cris
retentissaient dans l'air privé d'étoiles,
ce qui me fit pleurer pour commencer.
25 Langues étranges, horribles jargons,
paroles de douleur, accents de rage,
voix enrouées, cris aigus, mains qui claquent,
28 faisaient tourner toujours dans l'éternelle
noirceur de l'air un tumulte pareil
au bruit du sable qu'aspire une trombe.
31 Et moi, la tête environnée d'erreur[2] :
« Maître, qu'entends-je ? et qui sont-ils, ces gens,
pour sembler si vaincus par la souffrance ? »
34 Et lui, à moi : « Cet état misérable
tient les esprits de ceux qui ont vécu
sans infamie et indignes d'éloge.
37 Ils sont mêlés au piètre chœur des anges
qui n'ont su être envers Dieu ni rebelles
ni fidèles, mais n'ont suivi qu'eux-mêmes.
40 Le ciel, pour n'être pas moins beau, les chasse ;
l'enfer profond ne les accueille point,
car les damnés en auraient quelque gloire. »

---

1. C'est-à-dire la Trinité. **2.** C'est-à-dire pleine d'interrogations et de doutes.

43 Et moi : « Maître, dis-moi quel poids leur pèse
   et les incite à se plaindre si fort ? »
   Il répondit : « Je le dirai en bref.
46 Il manque à ces esprits l'espoir de mort,
   et leur aveugle vie rampe si bas
   qu'ils sont jaloux de tout sort différent.
49 Le monde a laissé perdre leur renom ;
   miséricorde, équité les dédaignent ;
   ne discourons pas d'eux : regarde et passe. »
52 Or, regardant, je vis un étendard
   qui tournoyait et courait si rapide
   qu'il paraissait mépriser tout repos.
55 Après lui s'en venait une si longue
   file d'humains, que je n'aurais pas cru
   qu'en si grand nombre Mort les eût défaits.
58 Lorsque j'en eus reconnu quelques-uns,
   je vis et connus l'ombre de celui
   qui fit par lâcheté le grand refus[1].
61 Aussitôt je compris et fus certain
   qu'ils étaient bien de la secte des veules,
   fâcheux à Dieu comme à ses ennemis.
64 Ces misérables, qui jamais ne furent
   vivants, s'en allaient nus, sous tous les dards
   de guêpes et de taons qui grouillaient là ;
67 ceux-ci rayaient leurs visages d'un sang
   se mélangeant aux larmes, et qu'au sol
   une vermine infecte recueillait.
70 Puis, portant mon regard un peu plus loin,
   je vis des gens sur le bord d'un grand fleuve.
   C'est pourquoi : « Maître, permets-moi », priai-je,
73 « de savoir ce qu'ils sont, et quelle loi
   les fait sembler si prompts à traverser,
   comme on discerne à la sourde lueur. »
76 Et lui à moi : « Tu saisiras ces choses
   sitôt que nous arrêterons nos pas
   sur le triste rivage d'Achéron. »

---

1. Sans doute le pape Célestin V (1210 environ-1296), qui abandonna sa charge peu après son élection.

79 Alors, les yeux baissés et pleins de honte,
craignant de lui peser par mon propos,
je me retins de parler jusqu'au fleuve.
82 Et voici que vers nous, sur une barque,
vint un vieillard au poil blanchi par l'âge,
criant : « Malheur à vous, âmes perverses !
85 Quittez l'espoir de jamais voir le ciel !
Je viens vous emmener à l'autre rive,
dans le noir éternel, le gel, le chaud !
88 Et toi qui es ici, âme vivante,
écarte-toi de ceux-ci qui sont morts ! »
Mais comme il vit que je ne partais pas,
91 il dit : « Par d'autres voies, en d'autres ports
tu iras aborder pour ton passage,
non ici ; et ta nef sera moins lourde. »
94 « Charon », lui dit mon guide, « calme-toi :
ainsi est-il voulu là où l'on peut
ce que l'on veut ; n'en demande pas plus. »
97 Alors se tut la mâchoire laineuse
du rameur des livides marécages,
dont les yeux s'entouraient de roues de flammes.
100 Mais la foule des ombres nues et lasses
claqua des dents et changea de couleur
en entendant les paroles cruelles.
103 Et elles blasphémaient Dieu, leurs parents,
le genre humain, le lieu, le temps, le germe
de leur naissance et de leur origine.
106 Puis, ensemble elles vinrent s'amasser,
en pleurant fort, sur le mauvais rivage
qui attend tout mortel ne craignant Dieu.
109 Charon, démon, roulant ses yeux de braise
leur fait un signe et les recueille toutes ;
sa rame bat quiconque va traînant.
112 Comme en automne les feuilles s'envolent
l'une après l'autre, tant qu'enfin la branche
voit le sol se joncher de ses dépouilles,
115 ainsi l'impure semence d'Adam
s'élance de la berge, âme après âme,
— tels des oiseaux qu'on rappelle — au signal.

118 Elles s'en vont ainsi sur l'onde brune
   et, avant leur descente à l'autre rive,
   ici s'assemble une troupe nouvelle.
121 « Vois-tu, mon fils », dit le maître courtois,
   « ceux qui sont morts dans le courroux de Dieu
   confluent ici de tous les coins du monde.
124 Et ils sont prompts à traverser le fleuve,
   car la justice de Dieu les talonne
   jusqu'à tourner leur frayeur en désir.
127 Ici jamais ne passe une âme juste :
   partant, puisque Charon se plaint de toi,
   tu comprends ce que sonnent ses paroles[1]. »
130 Il achevait, quand la sombre campagne
   trembla si fort, que d'épouvante encore
   le souvenir m'en baigne de sueur.
133 La terre en larmes suscita un souffle
   qui fulmina une rouge lumière,
   laquelle en moi vainquit tout sentiment.
136 Et je tombai, comme pris de sommeil.

CHANT IV

1 Ce haut sommeil fut rompu dans ma tête
   par un tonnerre lourd : j'en tressaillis
   comme un dormeur qu'on éveille de force ;
4 je tournai alentour mes yeux moins las
   et me levai, regardant fixement
   pour reconnaître le lieu où j'étais.
7 De fait, je me trouvai sur le rebord
   de la vallée d'abîme douloureuse
   où sans fin gronde un tonnerre de plaintes.

---

1. C'est-à-dire ce que veulent dire ses paroles.

10 Elle était si brumeuse et creuse et sombre
    que j'avais beau la scruter jusqu'au fond,
    je n'y pouvais distinguer nulle chose.
13 « Maintenant descendons au monde aveugle »,
    commença le poète en pâlissant ;
    « je serai le premier, toi le second ».
16 Et moi, m'apercevant de sa couleur,
    je dis : « Comment viendrai-je, si tu crains,
    toi qui me réconfortes quand je doute ? »
19 Et lui à moi : « L'angoisse de ces gens
    qui sont en bas, me peint sur le visage
    cette pitié que tu prends pour la peur.
22 En route ! car le long chemin nous presse. »
    Ainsi vint-il et me fit-il entrer
    dans le cercle premier qui ceint l'abîme.
25 Là, si l'ouïe en offrait quelque indice,
    il n'était point de pleurs, mais des soupirs
    par lesquels frémissait l'air éternel :
28 ceci venait des douleurs sans martyre[1]
    endurées par de vastes multitudes
    enfantines, viriles, féminines.
31 « Tu ne demandes pas », dit le bon maître,
    « qui sont ici les esprits que tu vois ?
    Or sache bien, avant d'aller plus loin,
34 qu'ils ne péchèrent pas ; mais leurs mérites
    n'ont pourtant pas suffi, sans le baptême,
    seuil de la foi dont tu fais profession.
37 Ayant vécu avant le christianisme,
    ils n'ont point adoré Dieu comme il sied :
    et moi aussi j'appartiens à leur troupe.
40 Pour un tel manque, non pour d'autres crimes,
    nous sommes donc perdus, n'ayant pour peine
    que de vivre en désir et sans espoir. »
43 Je fus saisi de douleur à l'entendre,
    quand je sus que des gens très valeureux
    se trouvaient dans ce Limbe, suspendus.
46 « Dis-moi, mon maître, ô cher seigneur, dis-moi »,

---

1. C'est-à-dire sans peines corporelles.

commençai-je, voulant être assuré
dans cette foi qui détruit toute erreur,
49 « nul n'en sortit jamais, par son mérite,
ou grâce à d'autres, pour être un élu ? »
Et lui, lisant en mon parler couvert,
52 me dit : « J'étais tout neuf en cet état
lorsque je vis arriver un puissant
que couronnait un signe de victoire.
55 Il prit les ombres du premier ancêtre
et de son fils Abel, et de Noé,
de Moïse, légiste obéissant,
58 de David roi, d'Abraham patriarche,
d'Israël, de son père et de ses fils
et de Rachel, si longuement servie,
61 et de tant d'autres, qu'il fit bienheureux.
Mais avant eux, je veux que tu le saches,
aucun esprit humain n'était sauvé[1]. »
64 Quoiqu'il parlât, nous cheminions toujours
et passions à travers la forêt, l'ample
forêt, dis-je, formée d'esprits touffus[2].
67 Or, ayant fait peu de chemin encore
au-delà du sommeil, je vis un feu
qui vainquait l'hémisphère des ténèbres.
70 Nous en étions encore assez distants,
mais déjà en partie je discernais
que ce lieu contenait de nobles âmes.
73 « Toi qui honores la science et l'art,
qui sont ceux-là, jouissant de l'honneur
d'être ainsi distingués du sort des autres ? »
76 « L'honneur », répondit-il, « de leur renom,
qui dans ta vie là-haut résonne encore,
leur gagne au ciel cette grâce spéciale. »
79 Cependant une voix se fit entendre :
« Honorez tous le très digne poète ;
son ombre est de retour, qui nous manquait. »
82 Quand la voix s'apaisa et s'éteignit,

---

1. Allusion à la descente du Christ en Enfer pour en libérer Adam (« premier ancêtre ») et d'autres, après une attente millénaire. 2. C'est-à-dire très nombreux.

je vis venir quatre grandes figures
qui ne semblaient ni tristes ni joyeuses.
85 Et le bon maître commença : « Regarde
celui qui tient une épée à la main
et vient devant les autres comme un prince :
88 tu vois le souverain poète Homère ;
après lui vient Horace, satiriste,
puis Ovide en troisième, enfin Lucain.
91 Puisque avec moi chacun porte ce nom
qu'a prononcé d'abord la voix unique,
ils m'honorent aussi, et à bon droit. »
94 Sous mes yeux s'assembla le beau collège
de ce seigneur de la haute chanson,
qui vole en aigle par-dessus les autres.
97 Après avoir quelque peu conversé,
ils m'adressèrent un geste d'accueil,
et mon maître sourit à cette marque.
100 Mais ils me firent plus d'honneur encore :
ces grands esprits m'admirent dans leur groupe
et je devins parmi eux le sixième.
103 Nous allâmes ainsi vers la lueur,
parlant de choses qu'il est beau de taire
comme il était alors beau d'en parler.
106 Près d'un noble château nous arrivâmes,
sept fois enceint par de hautes murailles
et que gardait autour un beau ruisseau.
109 Nous le passâmes comme un sol bien ferme ;
par sept portes j'entrai avec ces sages
jusqu'en un pré à la fraîche verdure.
112 J'y vis des gens aux regards lents et graves,
avec un air de grande autorité ;
ils parlaient peu, et leurs voix étaient douces.
115 Puis, d'un côté du pré, nous nous postâmes
en un lieu élevé, clair et ouvert,
d'où nous pouvions observer leur ensemble.
118 Là me furent montrés, droit devant moi
sur l'émail vert, les esprits magnanimes,
et de leur vue je m'exalte en moi-même.
121 Je vis Électre en compagnie nombreuse :

je pus y reconnaître Énée, Hector,
César, armé, au regard de vautour ;
124 je vis Camille et la Penthésilée
un peu plus loin, et le roi Latinus
assis près de sa fille Lavinia ;
127 je vis Brutus qui exila Tarquin,
Marcia, Julie, Lucrèce, Cornélie,
et je vis Saladin[1], seul, à l'écart.
130 Quand j'eus levé un peu plus haut les cils,
je vis le maître de tous ceux qui savent,
assis dans l'assemblée philosophique :
133 tous le regardent, tous lui font honneur ;
et je vis là Socrate, avec Platon
siégeant plus près de lui, devant les autres,
136 Démocrite, pour qui le hasard règne,
Anaxagore, Thalès, Diogène,
Héraclite, Zénon et Empédocle ;
139 je vis aussi le bon cueilleur de simples :
c'est Dioscoride ; et puis je vis Orphée,
Tullius[2], Linus, Sénèque moraliste,
142 Euclide géomètre, Ptolémée,
Hippocrate, Avicenne, Galien,
Averroès, qui fit le Commentaire.
145 Je ne puis les nommer tous pleinement,
étant si talonné par mon long thème
que mon dire souvent le cède aux faits.
148 De six à deux la troupe diminue ;
mon guide me conduit par d'autres voies,
loin de ce calme, à travers l'air qui tremble,
151 et je viens en un lieu où rien ne luit.

---

1. Parmi tous les héros mythiques de l'Antiquité, le sultan Salh-ad-Din (1138-1193), ennemi des chrétiens, mais fort admiré au Moyen Âge pour sa légendaire courtoisie.
2. Cicéron.

CHANT V

1 Ainsi je descendis du premier cercle
dans le second, qui enclôt moins d'espace,
mais plus d'affres, poignantes jusqu'au cri.
4 Minos[1] y trône horriblement ; il gronde,
examine les fautes à l'entrée,
juge, et désigne un lieu en se ceignant.
7 Quand devant lui comparaît, dis-je, une âme
mal née, pour tout lui dire en confession,
ce connaisseur des différents péchés
10 voit quel lieu de l'enfer lui sied le mieux,
puis se ceint de sa queue autant de fois
que de degrés il veut qu'elle s'enfonce.
13 Toujours en foule elles sont devant lui :
elles vont tour à tour au jugement,
parlent, entendent, sont précipitées.
16 « Ô toi qui viens au douloureux hospice »,
me dit Minos sitôt qu'il m'aperçut,
en suspendant son office terrible,
19 « à qui t'es-tu fié ? vois où tu entres :
le seuil est large, mais n'en sois pas dupe ! »
« Pourquoi crier ainsi ? » lui dit mon guide ;
22 « n'empêche pas son voyage fatal[2] :
ainsi est-il voulu là où l'on peut
ce que l'on veut : n'en demande pas plus. »
26 Ici commencent les dolentes notes
à retentir ; me voici parvenu
là où me frappe une plainte nombreuse.
28 Je vins au lieu où se tait la lumière
et qui mugit comme mer en tempête
lorsque des vents contraires la combattent.
31 La tourmente d'enfer, jamais calmée,
emporte les esprits dans sa rafale
et les tourne et les heurte et les harcèle.

---

[1]. Déjà préposé à la fonction de juge des Enfers par Homère et Virgile. [2]. C'est-à-dire voulu par le destin.

34 Quand ils arrivent devant l'éboulis,
   là sont les cris, les complaintes, les pleurs,
   là ils blasphèment la vertu divine.
37 Je compris qu'à ce genre de tourment
   étaient voués les pécheurs de la chair :
   pour eux, passion l'emporte sur raison.
40 Et tels les étourneaux qui, par temps froid,
   vont en vol large et dense, à tire d'aile,
   ainsi ce souffle mène, ici, ailleurs,
43 en haut, en bas, les âmes des coupables,
   sans qu'un espoir jamais les réconforte
   non de repos, mais d'une moindre peine ;
46 et comme vont les grues chantant leur lai,
   en se formant dans l'air en longue file,
   ainsi je vis venir, traînant leur plainte,
49 les ombres charriées par la tempête.
   Alors je dis : « Maître, qui sont ces gens
   que châtie de la sorte le vent noir ? »
52 « La première de ceux dont tu voudrais
   être informé », me répondit le guide,
   « impératrice de nombreux langages,
55 fut si rompue au vice de luxure
   que sous sa loi licence fut licite,
   pour la garder d'encourir aucun blâme :
58 elle est Sémiramis, dont on peut lire
   que, succédant à Ninus son époux,
   elle eut la ville où règne le Sultan.
61 Cette autre-ci se tua par amour
   en trahissant les cendres de Sichée[1] ;
   puis vient la luxurieuse Cléopâtre.
64 Tu vois Hélène, par laquelle advint
   un long malheur ; tu vois le grand Achille
   qui, pour finir, combattit contre Amour.
67 Tu vois Pâris, Tristan... » : et il nomma,
   me les montrant de son doigt, plus de mille
   ombres qu'Amour ôta de notre vie.

---

[1]. Didon, qui se suicida par amour pour Énée, en violant la promesse de fidélité faite à son mari Sichée.

70 Après l'avoir entendu me citer
   les chevaliers et les dames antiques,
   je fus pris de pitié, comme éperdu.
73 « Poète », dis-je alors, « je voudrais bien
   parler à ces deux-là qui vont ensemble
   et qu'on dirait si légers dans le vent. »
76 Et lui à moi : « Tu verras, quand tous deux
   seront plus près de nous : prie-les alors
   par l'amour qui les mène, et ils viendront. »
79 Aussitôt que le vent vers nous les plie,
   je leur criai : « Ô âmes tourmentées,
   venez, parlons, si nul ne le défend ! »
82 Comme à l'appel du désir les colombes
   viennent, planant dans l'air, ailes ouvertes,
   jusqu'au nid tendre — et leur vœu les y porte —,
85 ainsi, laissant la troupe où Didon rôde,
   vers nous ils vinrent par le vent malin,
   tant fut puissant mon affectueux cri.
88 « Ô créature affable et bienveillante
   qui viens nous visiter dans l'ombre pourpre,
   nous qui teignîmes la terre de sang,
91 s'il nous aimait, le roi de l'univers,
   nous le prierions de t'accorder sa paix,
   puisque tu plains nos souffrances perverses.
94 Ce que vous désirez dire et entendre,
   nous l'entendrons et nous vous le dirons,
   tant que le vent, comme à présent, se tait.
97 La ville où je suis née repose au bord
   de la marine où le Pô vient descendre
   pour que ses affluents et lui s'apaisent[1].
100 Amour, rapide à croître en un cœur noble,
    fit celui-ci s'éprendre des beautés
    qu'on m'a ravies : toujours ce feu me blesse.
103 Amour, qui force à l'amour ceux qu'on aime,
    me fit, en lui, prendre un plaisir si fort

---

[1]. Née à Ravenne dans la seconde moitié du XIIIe siècle, Francesca épousa Gianciotto Malatesta, qu'elle trompa avec son beau-frère Paolo. Surpris par le mari, les deux amants furent tués par lui.

qu'il ne m'a point laissée, comme tu vois.
106 Amour nous fit trouver la même mort :
la Caïnie[1] attend notre assassin. »
Ces paroles par eux nous furent dites.
109 Quand j'entendis ces âmes offensées,
je restai si longtemps la tête basse
qu'enfin le maître dit : « Que songes-tu ? »
112 Alors, lui répondant : « Hélas », lui dis-je,
« combien de doux pensers, quel grand désir
les conduisit jusqu'au douloureux pas ! »
115 Puis, me tournant vers eux, je leur parlai
et commençai : « Françoise, tes souffrances
me rendent triste, et de pitié je pleure.
118 Mais dis encore : au temps des doux soupirs,
quel biais, quel signe Amour vous offrit-il
pour reconnaître les douteux désirs ? »
121 Et elle à moi : « Pas de pire douleur
que de se souvenir des temps heureux
dans la misère : et ton docteur[2] le sait.
124 Mais si tu veux si fortement connaître
la racine où commence notre amour,
je serai celle qui pleure et qui parle.
127 Nous lisions un jour, par agrément,
comment Amour étreignit Lancelot[3] ;
nous étions seuls et sans aucun soupçon.
130 Cette lecture, à plus d'une reprise,
nous fit lever les yeux, devenir pâles :
mais un seul point du roman nous vainquit.
133 Quand nous lûmes le rire désiré
recevant le baiser d'un tel amant,
lui, que jamais on ne m'arrachera,
136 me baisa sur la bouche, tout tremblant.
Un Galehaut[4], ce livre — et son auteur !
Ce jour-là, nous n'y lûmes pas plus loin. »

---

1. Première zone du dernier cercle de l'Enfer, où sont damnés les traîtres à leurs parents. 2. C'est-à-dire Virgile ou, peut-être, Boèce. 3. Héros du cycle romanesque qui porte son nom, il tomba amoureux de la reine Guenièvre, épouse du roi. 4. Galehaut avait favorisé l'amour de Lancelot.

139 Tandis qu'un des esprits parlait ainsi,
    l'autre pleurait si fort, que de pitié
    je défaillis, comme au point de mourir,
142 et tombai, comme un corps qui meurt et tombe.

CHANT VI

1 Quand me revint l'esprit, qui s'était clos
    sur la pitié des deux pauvres cousins
    dont la tristesse m'avait confondu,
4 nouveaux tourments et nouveaux tourmentés
    foisonnent sous mes yeux, où que je guette,
    où que j'avance, où que je me retourne.
7 C'est le cercle troisième, de la pluie
    éternelle, maudite, froide et lourde,
    dont rythme et qualité jamais ne changent.
10 Grêlons épais, eaux noirâtres et neige
    tombent à verse par l'air ténébreux ;
    la terre pue, de recevoir cela.
13 Cerbère[1], bête étrange et implacable,
    chiennement gronde à travers ses trois gorges
    contre les gens qui sont là submergés.
16 Rouges les yeux, la barbe grasse et noire,
    le ventre gros, les mains onglées, il griffe,
    il écorche, il dépèce les esprits.
19 La pluie les fait hurler à voix de chiens ;
    ils font d'un flanc leur bouclier à l'autre
    et se tournent souvent, tristes exclus.
22 En nous voyant, Cerbère, le grand ver,
    ouvrit ses bouches, nous montra les crocs ;
    il n'avait membre qu'il tînt immobile.

---

[1]. Chien à trois têtes, gardien des Enfers selon la mythologie païenne.

25 Alors mon guide étendit ses deux paumes :
   il prit la terre et, à pleines poignées,
   il la jeta dans les gueules goulues.
28 Comme un chien qui aboie de convoitise,
   mais se tient coi dès qu'il mord sa pâture,
   car il ne s'acharnait qu'à s'en repaître,
31 tels devinrent les trois immondes mufles
   de Cerbère démon, qui étourdit
   les morts au point qu'ils voudraient être sourds.
34 Nous cheminions sur les ombres qu'assomme
   la pluie pesante, et nous foulions aux pieds
   leur vanité[1], pareille à de vrais corps.
37 À terre elles gisaient toutes et toutes
   sauf une, qui se mit sur son séant
   dès qu'elle vit que nous passions près d'elle.
40 « Ô toi qu'on mène à travers cet enfer,
   reconnais-moi », dit-elle, « si tu peux :
   quand tu fus fait, je n'étais pas défait. »
43 Je répondis : « L'angoisse que tu montres
   probablement t'efface en ma mémoire,
   car je crois bien ne t'avoir jamais vu.
46 Mais dis-moi qui tu es, toi dont la peine
   est si lugubre, et en un lieu si triste
   que, même pire, rien ne les surpasse. »
49 Et l'ombre, à moi : « Ta ville, que l'envie
   remplit au point que le sac en déborde,
   me posséda pendant la vie sereine.
52 Vous citoyens, vous m'appeliez Pourcel[2] :
   étant damné pour le péché de bouche,
   je m'épuise à la pluie, comme tu vois,
55 et n'y suis pas la seule âme à souffrir :
   toutes ici sont à semblable peine
   pour un péché semblable » ; et il se tut.
58 Je répondis : « Ta détresse, Pourcel,
   me pèse tant qu'elle m'invite aux larmes.

---

1. C'est-à-dire leur apparence, leur ombre. 2. Ciacco : bouffon florentin du XIIIe siècle, condamné ici pour sa gourmandise (le surnom « Ciacco » peut vouloir dire pourceau). La traduction « Pourcel » vient d'A. Pézard.

Mais dis, si tu le sais, où en viendront
61 les citoyens de la ville aux partis[1] ;
 s'il s'y trouve un seul juste ; et dis la cause
 de la grande discorde qui l'assaille. »
64 Et lui à moi : « Après un long conflit,
 ils en viendront au sang : le parti rustre
 chassera l'autre avec d'affreux outrages.
67 Puis il faudra que le premier succombe
 dans trois soleils, et que l'autre l'emporte
 grâce à celui qui maintenant louvoie.
70 Longtemps alors il tiendra le front haut,
 faisant plier sous le joug son rival,
 en dépit de sa honte et de ses plaintes[2].
73 Deux[3] sont les justes, nul ne les entend ;
 orgueil, envie, avarice : voilà
 les trois brandons qui incendient les cœurs. »
76 Ici prit fin son douloureux discours.
 Et moi : « Je veux encor que tu m'instruises
 et me fasses le don d'encor parler.
79 Farinée et Tellier, si valeureux,
 Jacques Rustroux, Henri, Mouche[4] et les autres
 qui mirent tout leur soin à bien agir,
82 dis où ils sont, fais que je les revoie :
 j'ai grand désir de savoir s'ils s'infectent
 en enfer, ou au ciel se dulcifient. »
85 « Ils sont parmi les âmes les plus noires ;
 diverses fautes les rivent au fond :
 si tu descends assez, tu les verras.
88 Mais lorsque tu seras dans le doux monde,
 rappelle aux gens ma mémoire, par grâce !
 Je ne te parle et ne te réponds plus. »
91 Son droit regard alors redevint torve,

---

1. Florence, alors divisée entre les factions des Guelfes blancs et des Guelfes noirs. 2. La prédiction *post eventum* de Dante annonce le conflit advenu à Florence entre le parti Blanc et le parti Noir, qui triompha en 1302, avec l'aide du pape Boniface VIII (celui « qui maintenant [en 1300] louvoie »). 3. Deux : au sens de très peu nombreux. 4. En fait, dans le texte italien, Farinata degli Uberti (*Enfer,* X), Tegghiaio (*ibid.,* XVI), Jacopo Rusticucci, Arrigo, Mosca (*ibid.,* XXVII) : les traductions de ces noms sont reprises d'A. Pézard.

>   il me lorgna un peu, puis laissa choir
>   sa tête, et chut — aveugle avec les autres.
> 94 Mon guide alors : « Pour lui, plus de réveil
>   avant le son de la trompe angélique,
>   lorsque viendra la puissance ennemie[1] :
> 97 chacun retrouvera sa triste tombe,
>   recouvrera sa chair et sa figure,
>   entendra ce qui gronde en l'éternel. »
> 100 Nous passâmes ainsi l'affreux mélange
>   de la pluie et des ombres, à pas lents,
>   touchant un peu l'existence future.
> 103 Et je lui dis : « Maître, après la Sentence
>   ultime, ces tourments vont-ils s'accroître ?
>   seront-ils moindres ? ou aussi cuisants ? »
> 106 « Retourne à ta science », me dit-il,
>   « qui veut que, plus une chose est parfaite,
>   plus elle sente et le bien et le mal.
> 109 Quoique jamais cette foule maudite
>   ne doive aller vers la vraie perfection,
>   ce qui l'attend sera plus, et non moins. »
> 112 Nous bouclâmes la route circulaire,
>   parlant bien plus qu'ici je n'en rapporte ;
>   puis nous vînmes au point où l'on descend :
> 115 Plutus[2] s'y tient, le puissant ennemi.

CHANT VII

> 1 « *Papè Satan, papè Satan aleppe*[3] ! »
>   Plutus jeta cela d'une voix rauque.
>   Mais le très noble sage, instruit de tout,
> 4 dit pour me rassurer : « Demeure ferme

---

1. Au jour du Jugement dernier. 2. Dieu mythologique de la richesse, transformé par Dante en gardien du cercle des avares et des prodigues. 3. Interjection dont le sens n'a jamais été parfaitement éclairci.

face à la peur : quelque pouvoir qu'il ait,
nous descendrons sans obstacle la roche. »

7 Puis, se tournant vers cette épaisse trogne,
il s'écria : « Va, tais-toi, maudit loup !
Ronge-toi en toi-même avec ta rage !

10 Nous n'allons pas sans raison vers l'obscur :
ainsi veut-on en haut lieu, où Michel
tira vengeance du viol orgueilleux[1]. »

13 Telles au vent les voiles trop gonflées
choient emmêlées lorsque le mât se brise,
tel chut à terre le fauve cruel.

16 Nous descendions au quatrième gouffre,
toujours plus loin sur la lugubre pente
qui ensache le mal de l'univers.

19 Ah ! justice de Dieu ! qui donc amasse
autant de maux étranges que j'en vis ?
pourquoi nos crimes nous broient-ils si fort ?

22 Comme là-bas sur Charybde la vague
heurte la vague et contre elle se brise,
de même ici les morts dansent leur ronde.

25 Je vis des gens foisonnant plus qu'ailleurs,
deçà delà, avec des hurlements,
roulant des poids que leurs poitrines poussent.

28 Ils se cognaient l'un contre l'autre : au choc,
chacun s'en retournait, poussant sa pierre
et criant : « Mais tu gardes ? », « Mais tu jettes ? »

31 Et ils tournaient le long du cercle sombre,
par les deux bords, jusqu'au point opposé,
criant toujours leur antienne de honte,

34 puis revenaient, quand, par son demi-cercle,
chacun touchait à la joute contraire.
Et moi, sentant mon cœur comme blessé,

37 je dis alors : « Mon maître, explique-moi
qui sont ces gens, et s'ils furent tous clercs
ces tonsurés que je vois à ma gauche ? »

---

[1]. L'archange Gabriel guida les anges fidèles à Dieu contre la rébellion (« le viol ») des anges rebelles.

40 Et lui à moi : « Tous et tous furent borgnes
d'esprit, pendant leur vie première, en sorte
qu'aucun ne dépensait avec mesure.

43 Leur voix le crie et l'aboie assez clair
quand ils parviennent aux deux points du cercle
où leurs péchés contraires les disjoignent.

46 Ils furent clercs, ceux qui sont sans couvercle
de poil en tête, et cardinaux et papes
chez qui l'excès d'avarice domine. »

49 Et moi : « Maître, parmi ces personnages,
j'en devrais bien connaître quelques-uns
qu'ont pu salir les vices dont tu parles ? »

52 Et lui à moi : « Tu as des pensées vaines.
La vie méconnaissante où ils croupirent
les rend obscurs à toute connaissance.

55 Pour toujours ils iront au double choc :
ceux-ci resurgiront de leur sépulcre
le poing fermé, et ceux-là le poil ras.

58 Mal donner, mal tenir les a privés
du beau séjour, et mis à l'empoignade :
je ne l'embellis pas d'un autre mot.

61 Mais tu peux voir, mon fils, le souffle court
des biens qui sont commis à la Fortune
et pour lesquels les humains se houspillent :

64 puisque tout l'or que l'on voit sous la lune
et qu'on y vit, ne pourrait apaiser
un seul de ces esprits pleins de fatigue. »

67 « Maître », repris-je, « enseigne-moi encore :
qu'est donc cette Fortune dont tu dis
qu'elle a les biens terrestres dans ses griffes ? »

70 Et lui à moi : « Créatures stupides,
quelle ignorance est là qui vous entame !
Je veux te faire avaler ma sentence.

73 Celui dont le savoir surpasse tout
créa les cieux et leur donna ses guides,
si bien que chaque ciel luit sur chaque autre,

76 distribuant une lumière égale.
Pareillement, aux richesses du monde

il préposa une dame régente[1]
79 qui déplaçât les vains biens, tour à tour
de nation à nation, de sang à sang,
malgré l'effort des humaines prudences.
82 Tel peuple règne, tel autre languit,
selon les décisions de cette dame,
qui sont cachées comme un serpent dans l'herbe.
85 Votre savoir ne peut lui résister :
elle prévoit, juge, et maintient son règne
comme les autres dieux gardent le leur.
88 Ses permutations n'ont pas de trêve ;
c'est par nécessité qu'elle est soudaine :
si fréquents sont tous ceux dont vient le tour !
91 Or ces gens, qui devraient se louer d'elle,
clouent souvent la Fortune sur la croix
et la blâment à tort et la décrient.
94 Mais elle est bienheureuse et n'entend rien :
gaie, parmi les premières créatures,
tournant sa sphère elle jouit de soi.
97 Descendons à présent vers plus d'angoisse :
déjà les astres tombent, qui montaient
quand je partis ; et tarder ne se peut. »
100 Nous coupâmes le cercle à l'autre rive,
sur une source qui bout et déborde
dans un fossé qu'elle-même a creusé.
103 Très noire était son eau plutôt que pourpre ;
et nous, accompagnant le flot obscur,
nous entrâmes plus bas, par voie étrange.
106 Il va dans le marais qui a nom Styx,
le sinistre ruisseau, quand il débouche
plus bas, près des malignes berges grises.
109 Et moi, qui ne songeais qu'à regarder,
je vis, dans ce bourbier, des gens fangeux,
tout nus, et qui semblaient pleins de courroux.
112 Ils se battaient, non des mains seulement,
mais de la tête et des pieds et du torse,
et, de leurs dents, se déchiraient par bribes.

---

1. La Fortune.

115 « Tu vois les ombres, fils », dit le bon maître,
« de ceux dont la colère a triomphé ;
et je veux que tu tiennes pour certain
118 qu'au fond de l'eau d'autres esprits soupirent
et font que l'eau pullule à la surface,
comme ton œil te montre, où qu'il se pose.
121 Enfoncés dans la vase ils disent : " Tristes
parmi l'air doux qu'égayait le soleil,
nous conservions en nous d'aigres fumées :
124 maintenant la boue noire nous attriste."
Cet hymne, ils le gargouillent dans leur gorge,
ne pouvant point parler par mots entiers. »
127 Et nous tracions, sur la sordide mare,
un grand arc entre rive humide et sèche,
les yeux tournés vers les mangeurs de boue.
130 Enfin nous vînmes au pied d'une tour.

CHANT VIII

1 Je continue — et dis que bien avant
que nous fussions près de la haute tour,
nous portâmes nos yeux vers son sommet :
4 car nous venions d'y voir poser deux flammes,
puis une autre répondre à leur signal,
si loin, que l'œil l'apercevait à peine.
7 Moi, me tournant vers la mer du savoir[1] :
« Que dit ce feu ? », demandai-je, « et cet autre,
que répond-il ? et qui donc les dispose ? »
10 Et lui à moi : « Sur les ondes fangeuses,
tu peux, déjà, voir celui qu'on attend,
si les vapeurs du bourbier ne le cachent. »

---

1. Virgile.

13 Corde jamais ne décocha de flèche
   qui accourût alerte par les airs
   comme je vis, sur l'eau, venir à nous
16 au même instant, une barque menue,
   que manœuvrait un unique rameur
   criant : « Te voici donc, âme traîtresse ! »
19 « Phlégyas, Phlégyas[1], tu cries à vide
   pour ce coup-ci », répondit mon seigneur :
   « tu ne nous tiens que pour passer la bourbe. »
22 Tel est celui qui découvre qu'un piège
   lui a été tendu, et s'en dépite,
   tel devint l'autre en rentrant sa colère.
25 Mon guide alors descendit dans la barque,
   puis il m'y fit pénétrer à sa suite :
   c'est quand j'y fus qu'elle parut pesante[2].
28 Dès que le guide et moi fûmes à bord,
   l'antique proue s'en va, sciant les eaux
   plus profond qu'avec d'autres passagers.
31 Tandis que nous courions la morte mare,
   je vis surgir un être plein de fange :
   « Qui es-tu, toi, pour venir avant l'heure ? »,
34 dit-il. Et moi : « Si je viens, je ne reste.
   Mais qui es-tu, pour t'être fait si laid ? »
   Il répondit : « Tu vois : quelqu'un qui pleure. »
37 Et moi, à lui : « Avec larmes et deuil,
   esprit maudit, reste donc à ta place ;
   car je te reconnais, même crotté ! »
40 Lui, étendit ses deux mains vers la barque
   d'où mon maître en éveil le repoussa,
   disant : « Va-t'en, avec les autres chiens ! »
43 Puis, de ses bras il m'entoura le cou,
   baisa ma face et me dit : « Âme altière,
   que soit bénie celle qui te porta !
46 Celui-ci fut sur terre un orgueilleux ;
   la bonté n'orne guère sa mémoire ;
   aussi son ombre est ici furieuse.

---

1. Démon chargé de faire traverser le Styx par les damnés et gardien du cinquième cercle, celui des coléreux. **2.** Parce que Dante est le seul corps vivant de la barque.

49 Combien là-haut se tiennent pour grands rois
   qui deviendront ici porcs dans l'ordure,
   laissant de soi un horrible mépris ! »
52 « J'aurais très grande envie, maître », lui dis-je,
   « de le voir enfoncer dans le bouillon
   avant que nous soyons sortis du lac. »
55 Et lui à moi : « Avant que l'autre rive
   se laisse voir, tu seras satisfait :
   d'un tel plaisir il faut que tu jouisses. »
58 Un peu plus tard, je lui vis infliger
   ce tourment par les êtres de la boue :
   et j'en loue Dieu encore, et lui rends grâces.
61 Chacun criait : « Sus à Philippe Argent[1] ! »
   et cet esprit florentin frénétique
   retournait contre soi sa rage à mordre.
64 Nous le laissâmes ; je n'en parle plus.
   Mais une plainte frappa mon oreille :
   mes yeux s'ouvrent plus grands, je guette au loin.
67 « Fils », me dit le bon maître, « désormais
   proche est la ville dont le nom est Dis[2],
   avec sa grande armée, son peuple morne. »
70 Et moi : « Maître, là-bas, distinctement
   je vois déjà, dans le val, ses mosquées[3]
   rouges, comme au sortir d'une fournaise. »
73 Et il me dit : « C'est le feu éternel
   brûlant à l'intérieur, qui les fait rouges,
   comme tu vois dans tout ce bas enfer. »
76 Alors nous vînmes aux fossés profonds
   environnant la ville inconsolée ;
   ses murs étaient de fer, me sembla-t-il.
79 Non sans faire d'abord un long détour,
   nous joignîmes un lieu où le pilote
   cria très fort : « Partez ! Voici le seuil. »
82 Je vis, en haut des portes, plus de mille
   démons tombés en pluie du ciel, grondant :

---

1. Filippo Argenti, de la famille florentine des Adimari, membre du parti guelfe noir.
2. La cité de Lucifer, ou bas-enfer, où sont damnés ceux qui ont péché par violence ou par malice. 3. Tours ou édifices dominant la cité infernale.

« Qui donc est celui-là qui, sans sa mort,
85 s'en va par les contrées des âmes mortes ? »
Et mon très sage maître leur fit signe
qu'il désirait leur parler en secret.
88 Ils calmèrent alors leur grand dédain
et dirent : « Viens toi seul, et qu'il s'en aille,
lui qui osa entrer en ce royaume !
91 Qu'il refasse tout seul sa folle route !
qu'il essaye, s'il sait ! mais reste, toi
qui l'escortas par les régions obscures ! »
94 Pense, lecteur, si je perdis courage
quand j'entendis ces paroles maudites,
car je crus ne jamais m'en revenir.
97 « Ô mon cher guide, toi qui plus de sept
fois m'as sauvegardé, pour me soustraire
au grand péril apparu contre moi,
100 ne me laisse pas », dis-je, « ainsi défait ;
et si l'on nous refuse le passage,
revenons vite ensemble sur nos traces. »
103 Or — ayant su me mener là — ce maître
me dit : « N'aie crainte ! Et qui nous couperait
la voie ? trop grand est celui qui nous l'ouvre !
106 Mais attends-moi ici. Nourris, conforte
de bon espoir ton esprit harassé :
je ne vais pas te laisser ici-bas. »
109 C'est là qu'il part, c'est ainsi qu'il me quitte,
le doux père, et je reste suspendu,
car oui et non dans ma tête combattent.
112 Ce qu'il leur dit, je ne l'entendis point,
mais avec eux il ne demeura guère,
car tous rentrèrent, luttant de vitesse.
115 Nos ennemis refermèrent les portes
au nez du maître, qui resta dehors
et s'en revint à pas lents près de moi.
118 Les yeux à terre et le sourcil privé
de toute audace, il disait, soupirant :
« Qui m'interdit les dolentes demeures ? »
121 Puis il me dit : « Toi, malgré ma colère,
ne t'effraie pas : car je vaincrai l'épreuve,

quoi qu'on trame au-dedans pour la défense.
124 Cette arrogance en eux n'est pas nouvelle :
ils l'ont montrée jadis, à une porte[1]
moins secrète, et qui reste sans serrure.
127 Sur elle tu as vu l'arrêt de mort :
et il descend déjà, l'ayant franchie
et passant par les cercles sans escorte,
130 celui par qui la ville s'ouvrira. »

CHANT IX

1 Ce teint dont Lâcheté m'avait blêmi
quand j'avais vu mon guide reculer,
lui fit dompter plus vite sa pâleur.
4 Il s'arrêta, tendu, comme à l'écoute,
car l'œil seul ne pouvait atteindre au loin,
par l'air obscur et par la brume épaisse.
7 « Nous devrons bien gagner cette bataille »,
commença-t-il, « sinon... Tel s'est offert...
Ô qu'il me tarde qu'il arrive, l'autre ! »
10 Moi, je compris qu'il venait de couvrir
le début de sa phrase avec sa suite,
puisque ces mots différaient des premiers.
13 Néanmoins son langage me fit peur :
car je tirais la parole coupée
vers un sens pire que le sien, peut-être.
16 « Jusqu'en ce fond de la sinistre conque,
quelqu'un vint-il jamais du premier cercle
qui n'a pour peine que l'espoir tronqué ? »
19 lui demandai-je ; et lui : « Très rarement

---

1. Celle de l'Enfer, où les démons s'opposèrent au Christ lors de sa descente aux Limbes.

il advient », me dit-il, « que l'un de nous
emprunte le chemin par où je marche.
22 Une autre fois, certes, je vins ici
sur les instances d'Érichton[1] cruelle,
qui rappelait les ombres dans leurs corps.
25 Ma chair était, depuis peu, nue de moi,
quand elle m'envoya, outre ces murs,
tirer quelqu'un du cercle de Judas.
28 C'est le lieu le plus bas et ténébreux,
le plus lointain du ciel qui ceint le monde.
Je sais bien le chemin ; sois donc tranquille.
31 Ces eaux qui soufflent l'âcre puanteur
font tout le tour de la cité dolente
où nous n'entrerons plus que par violence. »
34 Il me dit autre chose, que j'oublie ;
car tout entier mes yeux m'avaient tiré
vers le sommet embrasé de la tour,
37 où, en un point, tout à coup se dressèrent
trois furies infernales, couleur sang ;
elles avaient forme et gestes de femmes,
40 hydres très vertes au lieu de ceintures,
serpents et guivres comme chevelures
dont leurs tempes farouches s'entouraient.
43 Lui, sut bien reconnaître les suivantes
de la reine des plaintes éternelles :
« Vois », me dit-il, « les Érinnyes[2] féroces.
46 La première est Mégère, sur la gauche ;
celle qui pleure est Alecto, à droite ;
au milieu, Tisiphone » ; et il se tut.
49 Se fendant la poitrine avec leurs ongles
et se giflant, elles criaient si haut,
qu'inquiet je me serrai contre mon guide.
52 « Vienne Méduse et qu'il soit pétrifié ! »
criaient-elles vers moi ; « nous eûmes tort

---

1. Magicienne de Thessalie, qui ressuscita un soldat mort afin de prédire à Pompée le résultat de la bataille de Pharsale. Tout ceci pour rassurer Dante quant à la connaissance que Virgile a de l'Enfer. **2.** Les Furies ou Érinnyes sont sans doute la figure des remords.

de mal punir Thésée[1] pour son attaque ! »
55 « Détourne-toi, tiens fermées tes paupières :
si Gorgone paraît, si tu la vois,
l'espoir de remonter sera perdu. »
58 Ainsi parla le maître ; mais lui-même
il me tourna ; et, peu sûr de mes mains,
il me boucha la vue avec les siennes.
61 Ô vous dont l'intellect est clairvoyant,
contemplez la doctrine qui se cache
sous le voile tissé de vers étranges.
64 Déjà venait par-dessus les eaux troubles
le grand fracas d'un son plein d'épouvante
dont frémissaient l'un et l'autre rivage :
67 tout semblable à celui que fait un vent
impétueux, né de chaleurs contraires,
qui va frappant la forêt sans répit,
70 arrache, abat les branches, les emporte
et file droit devant, poudreux, superbe,
faisant fuir bêtes fauves et pasteurs.
73 Le maître ouvrit mes yeux : « Tends bien le nerf
de ton regard vers cette écume antique,
là-bas, où la fumée paraît plus forte. »
76 Comme, devant la couleuvre ennemie,
les grenouilles dans l'eau s'évanouissent
et se blottissent toutes sur le fond,
79 ainsi vis-je mille âmes ruinées
s'enfuir devant un personnage en marche,
traversant à pied sec les eaux du Styx.
82 De son visage il écartait l'air gras
en se servant souvent de sa main gauche :
ce seul tracas lui pesait, semblait-il.
85 Je compris bien que le ciel l'envoyait[2],
et regardai mon maître : il me fit signe
de rester coi, de m'incliner vers lui.
88 Ah, comme il me semblait plein de dédain !
Il s'approcha de la porte et, d'un coup

---

1. Il descendit aux Enfers dans l'espoir de délivrer Proserpine. 2. C'est un ange envoyé par Dieu pour aider le voyage en Enfer de Virgile et Dante.

de baguette, il l'ouvrit sans nul obstacle.
91 « Bannis du ciel, engeance méprisée »,
commença-t-il sur cet horrible seuil,
« d'où vient en vous pareille outrecuidance ?
94 Pourquoi renâclez-vous à ce vouloir
que nul ne peut disjoindre de son but
et qui souvent a fait croître vos peines ?
97 À quoi bon vous heurter aux destinées ?
Votre Cerbère, s'il vous en souvient,
en porte encor pelés gorge et menton. »
100 Puis il s'en fut par le chemin de fange
sans nous dire un seul mot ; mais il semblait
homme que presse et mord un autre soin
103 que de celui qui est là sous ses yeux.
Et nous nous dirigeâmes vers la ville,
rendus confiants par les paroles saintes.
106 Nous y entrâmes sans aucune guerre.
Et moi, dans mon désir de regarder
l'état de ceux qu'enserrent les remparts,
109 sitôt dedans, je promène ma vue
et vois partout une vaste campagne
pleine de pleurs et de tourments cruels.
112 Comme en Arles, non loin des marécages
du Rhône, et comme à Pole, où le Quarner
clôt l'Italie et baigne ses confins[1],
115 tous les tombeaux font le sol inégal,
ainsi faisaient-ils là, de tous côtés,
mais avec plus de rigueur quant aux clauses :
118 des feux épars couraient parmi les tombes,
les embrasant d'une ardeur si intense
que nul art ne requiert plus chaude forge.
121 Toutes avaient leurs couvercles debout ;
et des plaintes sortaient du fond, très âpres,
semblant venir de pauvres torturés.
124 Je dis alors : « Maître, qui sont ces gens
ensevelis au fond des sarcophages

---

1. Le Quarnaro, golfe entre l'Istrie (à la pointe de laquelle se situe Pola) et la Dalmatie.

et qu'on devine à leurs dolents soupirs ? »
127 Et lui : « Ce sont ici les hérésiarques
et leurs suivants de toute secte ; et plus
que tu ne crois les tombes sont remplies ;
130 ici l'on gît semblable avec semblable,
et les tombeaux sont plus ou moins brûlants. »
Puis il prit à main droite, et nous passâmes
133 entre les hauts remparts et les supplices.

CHANT X

1 Et il s'en va par un sentier secret
entre les murs de la ville et les affres,
mon maître, et moi derrière ses épaules.
4 « Haute vertu, qui aux cercles impies
me fais tourner comme il te plaît », lui dis-je,
« parle encor, satisfais à mes désirs.
7 Ces gens qui gisent au fond des sépulcres,
ne pourrait-on les voir ? Tous les couvercles
sont relevés, et nul garde n'y veille. »
10 Et lui à moi : « Tous seront refermés
quand ils s'en reviendront de Josaphat[1]
avec les corps qu'ils ont laissés là-haut.
13 Les sectateurs d'Épicure et lui-même
ont trouvé par ici leur cimetière,
eux qui font mourir l'âme avec le corps.
16 Mais à cette question que tu me poses,
bientôt tu recevras ici réponse,
comme au désir aussi que tu me tais. »
19 Et moi : « Je ne te cache pas mon cœur,

1. La vallée de Josaphat, où tous les hommes se retrouveront au jour du Jugement dernier.

bon guide, si ce n'est pour parler peu :
car tu m'y as induit *souventes fois...* »

22 « Ô Toscan, qui parcours vivant la ville
du feu, et tiens de si dignes discours,
qu'il te plaise en ces lieux de faire halte !

25 À ton langage il apparaît bien clair
que tu es né dans la noble patrie
pour qui peut-être je fus trop violent ! »

28 Ces paroles étaient sorties soudain
d'un des tombeaux ouverts ; moi, plein de crainte,
je m'approchai un peu plus de mon guide.

31 Mais il me dit : « Tourne-toi ! que fais-tu ?
Regarde : Farinée[1] s'est mis debout ;
tu le verras de la taille à la tête. »

34 J'avais déjà mon regard dans le sien :
il se dressait et du torse et du front,
comme s'il eût l'enfer en grand mépris.

37 Les mains vaillantes et promptes du guide
me poussèrent vers lui par les sépulcres,
disant : « Que tes paroles soient pesées. »

40 Dès que je fus au pied de son tombeau,
il m'avisa, puis, comme dédaigneux,
me demanda : « Quels furent tes ancêtres ? »

43 Et moi, qui désirais lui obéir,
je lui découvris tout, ne cachant rien.
Alors, levant les sourcils un peu haut,

46 il dit : « Ce furent d'âpres adversaires
pour moi, pour mes parents, pour mon parti :
je les ai donc dispersés par deux fois. »

49 « S'ils ont été chassés », dis-je, « ils revinrent
de tous côtés, les deux fois que vous dites ;
mais en cet art, les vôtres brillaient peu ! »

52 Alors surgit du tombeau sans couvercle

---

1. Farinata degli Uberti, chef des Gibelins florentins, chassa les Guelfes en 1248, puis fut exilé en 1258. En 1260, après sa victoire de Montaperti, il rentra à Florence, mais refusa que la ville fût détruite. Il mourut dans sa patrie en 1264. Après la défaite définitive des Gibelins, les maisons des Uberti furent rasées. En 1283, Farinata fut condamné pour hérésie, à titre posthume.

une âme à son côté¹, jusqu'au menton :
elle s'était, je crois, mise à genoux.
55 Regardant alentour, comme en désir
d'apercevoir avec moi quelqu'un d'autre,
et quand tout son espoir se fut éteint,
58 l'âme dit en pleurant : « Si par l'aveugle
prison tu vas par hauteur de pensée,
où est mon fils ? pourquoi pas avec toi ? »
61 « Je ne viens pas de moi-même », lui dis-je :
« des voies où l'ombre qui m'attend me mène,
votre Guy fut peut-être dédaigneux². »
64 Le genre de sa peine et ses paroles
m'avaient déjà clairement lu son nom :
c'est pourquoi ma réponse fut si pleine.
67 Mais lui, soudain dressé : « Quoi ? » cria-t-il,
« tu as dit *fut* ? n'est-il donc plus en vie ?
le tendre jour ne touche plus ses yeux ? »
70 Puis, quand il s'aperçut d'un bref retard
que je prenais avant de lui répondre,
il chut gisant et ne reparut plus.
73 Mais cette autre grande âme, pour laquelle
j'étais resté, ne changea pas de mine,
garda ferme le cou, tint droit le buste,
76 et, poursuivant sa parole première :
« Si c'est un art où ils brillèrent peu,
j'en suis plus tourmenté que par ce lit.
79 Mais avant que la dame ici régnante³
ait rallumé cinquante fois sa face,
cet art, tu connaîtras le poids qu'il pèse.
82 Or — puisses-tu regagner le doux monde ! —
dis-moi pourquoi ce peuple est si cruel
envers les miens, dans chaque loi qu'il fait ? »

1. Cavalcante Cavalcanti, père de Guido Cavalcanti, lui-même poète stilnoviste, « premier ami » de Dante. Guelfe, Guido fut exilé par les prieurs (dont Dante) et mourut peu après. Dante lui avait dédicacé la *Vie nouvelle*.   2. On peut aussi comprendre que Guido Cavalcanti méprisa, non pas tant Virgile, mais la théologie, à savoir Béatrice, vers qui Dante est conduit par Virgile.   3. Hécate-Diane-Lune, reine des Enfers. Elle a rallumé cinquante fois (ou cinquante mois) sa face avant que Dante n'ait dû, en 1304, renoncer à rentrer à Florence.

85 Et moi : « Le grand carnage et l'hécatombe
    qui teignirent en rouge l'eau de l'Arge[1]
    dictent cette oraison dans notre temple. »
88 Il secoua la tête en soupirant :
    « Je n'y fus pas le seul », dit-il ; « et, certes,
    y aurais-je pris part sans des raisons ?
91 Mais ce fut moi — ce jour-là où chacun
    se résolvait à détruire Florence —
    qui, seul, la défendis ouvertement. »
94 « Ah, que repose un jour votre lignée !
    mais déliez pour moi ce nœud », priai-je,
    « dont vient d'être brouillé mon jugement :
97 si j'entends bien, il semble que d'avance
    vous puissiez voir ce que le temps apporte,
    mais que pour le présent la règle change ? »
100 Il répondit : « Nous voyons, comme ceux
    qui ont mauvaise vue, les faits lointains :
    c'est la lueur qu'encor le ciel nous prête.
103 S'approchent-ils, sont-ils là, tout est vide
    dans notre esprit : si nul ne nous informe,
    l'état humain nous demeure inconnu.
106 Tu peux comprendre ainsi que toute morte
    en nous sera la connaissance, au Jour
    où du futur les portes seront closes. »
109 Et moi, contrit de la faute commise :
    « Vous direz donc à l'ombre retombée
    que son fils est encor chez les vivants ;
112 et, si je fus muet à lui répondre,
    c'est que déjà m'absorbait cette erreur
    dont vous m'avez tiré : dites-le bien ! »
115 Mais mon guide entre-temps me rappelait :
    je priai donc l'esprit, en toute hâte,
    de me conter qui était avec lui.
118 « Je gis ici avec plus de mille âmes ;
    là », dit-il, « gît Frédéric le second[2]

---

[1]. La bataille de Montaperti (4 septembre 1260), où les Guelfes furent vaincus sur les bords de l'Arbia par les Gibelins commandés par Farinata. [2]. Frédéric II de Souabe (1194-1250), soupçonné d'hérésie.

avec le Cardinal[1] ; je tais les autres. »
121 Ensuite il se cacha. Moi, vers l'antique
poète m'en allant, je repensais
à ces propos qui semblaient m'être hostiles.
124 Il s'ébranla ; et puis, tout en marchant,
il dit : « Pourquoi es-tu si éperdu ? »
Et moi je satisfis à sa demande.
127 « Ce que tu viens d'entendre contre toi,
souviens-t'en bien ! » me commanda ce sage ;
et puis, levant le doigt : « Ici, écoute :
130 « quand tu seras devant le doux rayon
de celle-là[2] dont les beaux yeux voient tout,
tu sauras d'elle ton chemin de vie. »
133 Puis vers la gauche il dirigea ses pas ;
quittant les murs, nous revînmes au centre
par un sentier plongeant au creux d'un val
136 qui jusqu'en haut soufflait sa puanteur.

CHANT XI

1 Venus au bord d'une haute falaise
formée par des rochers brisés en cercle,
nous surplombâmes une foule pire.
4 Là, pour ne pas sentir l'horrible excès
de l'odeur qu'exhalait le profond gouffre,
nous reculâmes auprès de la pierre
7 d'un grand tombeau, où je vis un écrit
disant : "JE GARDE LE PAPE ANASTASE
QUE PHOTIN DÉTOURNA DE LA VOIE DROITE[3]."

---

1. Ottaviano degli Ubaldini, évêque de Bologne de 1240 à 1244, puis cardinal et accusé d'incrédulité. **2.** Béatrice. **3.** Anastase, pape de 496 à 498 ; Photin, diacre de Thessalonique, soutenu par le pape, alors qu'il ne voulait voir qu'un homme en la personne du Christ.

10 « Il faut ici retarder la descente
   pour que nos sens s'accoutument un peu
   au souffle infect ; puis on n'y prend plus garde »,
13 me dit le maître. Et moi : « Trouve », lui dis-je,
   « quelque compensation, pour ne pas perdre
   ce temps qui passe. » Et lui : « Vois-tu, j'y songe.
16 Mon fils », commença-t-il, « tous ces rochers
   sont formés en trois cercles, plus étroits
   par degrés, comme ceux que nous quittons.
19 Chacun d'eux est empli d'esprits maudits ;
   mais pour qu'ensuite leur vue te suffise,
   sache comment et pourquoi on les parque.
22 De tout le mal que déteste le ciel,
   l'injustice est la fin ; or cette fin
   nuit à autrui ou par fraude ou par force.
25 Étant un mal propre à l'homme, la fraude
   déplaît à Dieu bien plus : et les fraudeurs,
   placés au fond, souffrent donc davantage.
28 Le premier cercle appartient aux violents ;
   mais, comme on fait violence à trois personnes,
   il se coupe et construit en trois enceintes.
31 On peut faire violence à son prochain,
   à soi, à Dieu — en leurs biens ou leur être —,
   comme tu l'entendras par raison claire.
34 On inflige la mort ou des blessures
   à son prochain ; on peut aussi l'atteindre
   dans ses biens, par pillage, incendie, ruine :
37 aussi les assassins et ceux qui blessent,
   les bandits, les pillards, sont tourmentés
   séparément, dans la première enceinte.
40 On peut porter la main contre soi-même
   ou contre son avoir : dans la seconde
   enceinte, il faut que se repente en vain
43 quiconque se défait de votre monde,
   hasarde au jeu ses biens, les dilapide,
   pleure de ce qui doit le mettre en joie.
46 On peut user de force contre Dieu
   en le niant ou en le blasphémant,
   en méprisant Nature et sa bonté :

49 aussi l'anneau le plus étroit imprime
    sa marque sur Sodome, sur Cahors[1]
    sur ceux qui renient Dieu et le proclament.
52 La fraude, qui remord toute conscience,
    peut s'employer envers celui qui donne
    sa confiance, ou celui qui la réserve.
55 Ce dernier mode, semble-t-il, ne rompt
    qu'un lien d'amour créé par la nature :
    et c'est ainsi qu'au second cercle nichent
58 hypocrisie, adulation, magie,
    escroquerie, simonie, brigandage
    — fourbes, ruffians — d'autres rebuts encore.
61 Par l'autre mode, on oublie à la fois
    l'amour que crée Nature et un amour
    qui s'y est joint par confiance spéciale :
64 aussi, dans le plus petit cercle — proche
    du point de l'univers où siège Dis[2] —,
    qui a trahi meurt éternellement. »
67 « Maître », dis-je, « très claire est la démarche
    de ton raisonnement, qui examine
    cet abîme et le peuple qu'il renferme.
70 Mais dis : les gens du boueux marécage,
    ceux que mène le vent, que bat la pluie,
    qui s'affrontent avec des mots si âpres,
73 pourquoi, si Dieu les a en sa colère,
    sont-ils punis hors de la cité rouge ?
    et s'il ne les hait pas, d'où vient qu'ils souffrent ? »
76 Et lui à moi : « Pourquoi tant de délire
    dans ton esprit qui n'en a pas coutume ?
    ou bien, viserait-il quelque autre but ?
79 Ne te souviens-tu pas de ce passage
    de ton Éthique[3], où l'on voit exposés
    les trois penchants dont le ciel ne veut pas :
82 incontinence, malice, et la folle
    bestialité ? et comment la première,
    qui offense moins Dieu, est moins blâmable ?

---

1. Ville célèbre au Moyen Âge pour ses usuriers. **2.** Lucifer. **3.** L'*Éthique à Nicomaque* d'Aristote, auteur que Dante connaissait très bien.

85 Si tu médites bien cette sentence,
   et si tu te rappelles quels coupables
   font pénitence là-haut, hors des murs,
88 tu comprendras pourquoi on les sépare
   de ces coupables-ci, et pourquoi moindre
   est le divin courroux qui les martèle. »
91 « Ô soleil guérisseur de la vue trouble,
   tu me rends si content quand tu expliques,
   que, non moins que savoir, douter me plaît.
94 Pour un instant reviens donc en arrière,
   là où tu dis que l'usure est offense
   à la bonté divine : et romps ce nœud. »
97 « Philosophie », dit-il, « à qui l'entend,
   enseigne, et dans plusieurs de ses parties,
   comment Nature prend son origine
100 dans la pensée de Dieu et dans son art.
    Et si tu sais bien lire ta Physique[1],
    tu trouveras, vers les premières pages,
103 qu'autant qu'il peut, votre art suit la nature,
    tel l'élève son maître : de la sorte,
    votre art est comme petit-fils de Dieu.
106 Des deux, nature et art — si tu resonges
    aux premiers vers de la Genèse[2] —, il faut
    que l'homme tire vie et qu'il progresse ;
109 or, puisque l'usurier suit d'autres voies,
    il méprise Nature et l'art son fils,
    orientant son espérance ailleurs.
112 Mais à présent suis-moi ; partir me plaît.
    À l'horizon déjà les Poissons glissent,
    le Chariot s'étend sur le Caurus[3],
115 et là, plus loin, la falaise décline. »

---

1. La *Physique* d'Aristote (*cf.* p. 641, note 3). **2.** *Genèse,* II, 15 ; III, 17-19. **3.** Périphrase astronomique pour indiquer l'approche de l'aube, qui marque la fin de la première journée du séjour de Dante outre-tombe.

CHANT XII

1 Alpestre était le site où nous venions
    pour descendre, et hideux par son gardien
    dont tout regard se serait détourné.
4 Tel, en deçà de Trente, l'éboulis
    qui vint frapper l'Adige droit au flanc
    — soit glissement, soit tremblement de terre —
7 et, du sommet d'où s'arracha le roc
    jusqu'à la base, le mont se rompit
    jusqu'à faire un chemin pour ceux d'en haut :
10 ainsi était la pente du ravin.
    Mais sur le bord de la roche effondrée
    était vautré le déshonneur de Crète,
13 qui fut conçu dans la vache factice.
    En nous voyant, lui-même se mordit,
    comme quelqu'un que ronge la colère.
16 Et mon sage cria vers lui : « Peut-être
    crois-tu revoir ici le roi d'Athènes[1]
    qui te donna la mort là-haut, sur terre ?
19 Bête, va-t'en ! celui-ci ne vient pas
    suivant le fil des leçons de ta sœur[2],
    mais il s'en va pour voir vos châtiments ! »
22 Tel un taureau, brisant ses liens lors même
    qu'il vient de recevoir le coup mortel,
    ne sait où fuir, trébuche çà et là :
25 ainsi vis-je clocher le Minotaure.
    Et mon maître avisé : « Cours à la brèche !
    va ! » cria-t-il ; « tant qu'il rage, dévale ! »
28 Ainsi nous commençâmes de descendre
    le long des pierres, qui branlaient souvent
    sous mes pieds, par la charge inusitée.
31 J'allais pensif ; et lui me dit : « Tu penses
    peut-être à l'éboulis, où fait sa garde

---

[1]. Thésée, qui tua le Minotaure, né de l'accouplement de Pasiphaé avec un taureau.
[2]. Ariane, fille de Minos et de Pasiphaé, remit à Thésée le fil qui lui permit de sortir du Labyrinthe.

la bestiale fureur que j'ai éteinte.
34 Or il te faut savoir que, l'autre fois
que je parvins jusqu'en ce bas enfer,
ces rochers n'étaient pas encor tombés.
37 Mais peu de temps, si je discerne bien,
avant que vînt celui qui prit à Dis
sa grande proie du cercle supérieur[1],
40 de toutes parts l'infect et profond gouffre
trembla si fort, que je crus l'univers
frappé d'amour (par quoi certains supposent
43 que le monde parfois rentre au chaos) :
et c'est alors que l'antique falaise,
ici, ailleurs, fit son écroulement[2].
46 Mais fixe en bas tes yeux, puisque s'approche
la rivière de sang où sont bouillis
ceux qui nuisent aux autres par violence. »
49 Ô convoitise aveugle et folle rage
qui nous talonnes dans la courte vie,
pour nous baigner si mal dans l'éternelle !
52 Je vis une ample fosse en arc tordue
comme pour embrasser la plaine entière,
selon ce qu'avait dit mon compagnon.
55 Entre la fosse et la paroi, en ligne,
des centaures couraient, armés de flèches,
comme là-haut quand ils allaient en chasse.
58 En nous voyant descendre, ils s'arrêtèrent
et, trois d'entre eux se détachant du groupe
avec leurs arcs et des flèches choisies,
61 un seul cria de loin : « À quel supplice
venez-vous donc, pour dévaler la côte ?
répondez de là-bas, ou je décoche ! »
64 Mon maître dit alors : « Notre réponse,
nous la ferons de près, et à Chiron ;
ta hâte à désirer t'a toujours nui. »
67 Puis, me touchant : « Celui-ci est Nessus
qui mourut pour la belle Déjanire :
lui-même sut venger sa propre mort ;

---

1. *Cf.* p. 613, note 1.   2. Lors de la mort du Christ.

70 l'autre, au milieu, ses yeux vers son poitrail,
était le grand Chiron, maître d'Achille ;
le troisième, Pholus, ne fut que rage[1].
73 Autour du fleuve ils s'en vont par milliers,
perçant toutes les ombres qui émergent
du bain de sang plus que ne veut leur faute. »
76 Nous approchions de ces bêtes agiles :
Chiron prit une flèche et, de la coche,
peigna sa barbe au-delà des mâchoires ;
79 quand il eut découvert sa large bouche,
il dit aux siens : « Avez-vous remarqué
que le second fait bouger ce qu'il foule ?
82 Les pieds des morts n'en ont guère coutume ! »
Mon guide, parvenu près du poitrail,
là où les deux natures se raccordent :
85 « Oui, bien vivant ; et tout seul comme il est,
il me faut lui montrer le val obscur ;
le devoir nous conduit, non le plaisir.
88 Telle âme qui chantait alléluia
vint me commettre à ce nouvel office ;
je ne suis pas larron, ni lui voleur.
91 Mais, par cette vertu qui oriente
mes pas sur une route aussi sauvage,
donne-nous un des tiens ici présents,
94 pour qu'il nous montre un gué, et qu'il emporte
en croupe celui-ci : car il n'est pas
de ces esprits qui volent dans les airs ! »
97 Se détournant sur son flanc droit, Chiron
dit à Nessus : « Retourne et guide-les ;
s'il vient une autre bande, écarte-la. »
100 Sous cette escorte sûre, nous partîmes
le long du fleuve au bouillonnement rouge,
où les bouillis poussaient des cris stridents.
103 J'y vis des gens plongés jusqu'aux sourcils :

---

1. Trois centaures. Nessus, qui tenta de ravir Déjanire, femme d'Hercule, et fut tué par lui ; endossée par Hercule, la tunique empoisonnée de Nessus fut la cause de sa mort. Chiron, maître d'Achille, réputé pour sa sagesse. Pholus, connu pour son intempérance et sa violence.

« Tous ces tyrans », nous dit le grand centaure,
« jadis s'en prirent au sang comme aux biens ;
106 on pleure ici la cruauté des crimes.
   Vois Alexandre[1] et Denys le féroce
   dont la Sicile a si longtemps souffert[2] ;
109 et ce front-ci, qui a le poil si noir,
   c'est Assolin[3] ; et cet autre tout blond,
   Opis d'Este, qui fut assassiné
112 par son beau-fils, là-haut dans votre monde[4]. »
   Alors je me tournai vers le poète :
   « Qu'il te guide en premier, moi en second »,
115 dit-il. Plus loin, le centaure fit halte
   devant des gens qui semblaient ne surgir
   du flot bouillant qu'à partir de la gorge.
118 Nous montrant à l'écart une ombre seule :
   « Au sein de Dieu », dit-il, « il a percé
   le cœur qui coule encor sur la Tamise[5]. »
121 Je vis, plus loin, des damnés maintenir
   hors du fleuve leur tête et tout leur buste :
   et de ceux-là j'en reconnus plusieurs.
124 Ainsi allait ce sang, baissant toujours
   jusqu'à ne cuire enfin que les pieds : là,
   nous franchîmes à gué toute la fosse.
127 « Comme tu vois qu'ici », dit le centaure,
   « le flot bouillant va toujours s'abaissant,
   de même il faut encore que tu saches
130 que, de l'autre côté, le lit du fleuve
   est toujours plus profond, jusqu'à rejoindre
   les lieux où doit gémir la tyrannie.
133 La divine justice y martyrise
   Attila, ce fléau jadis sur terre,
   Pyrrhus[6], Sextus[7], et arrache sans fin

---

1. Alexandre, tyran de Thessalie durant le IVe siècle av. J.-C. **2.** Denys de Syracuse (431-367 av. J.-C.). **3.** Ezzelino III da Romano (1194-1259), tyran de Padoue et de Trévise. **4.** Obizzo II d'Este, seigneur de Ferrare, assassiné par son fils naturel Azzo, qui lui succéda. **5.** En 1272, Guy de Montfort tua par vengeance dans une église de Viterbe Henri de Cornouailles, dont le cœur fut placé sur une colonne près de Londres. **6.** Pyrrhus, fils d'Achille, meurtrier de Priam. **7.** Sextus, fils de Pompée, et corsaire.

136 des larmes jaillissant sous la brûlure
à Régnier de Cornoi[1], à Régnier Fol[2],
qui ferraillèrent sur les grands chemins. »
139 Puis, s'écartant, il repassa le gué.

CHANT XIII

1 Non. Nessus n'avait pas touché la rive
lorsque nous pénétrâmes dans un bois
que ni sentiers ni traces n'ont marqué.
4 Non vertes frondaisons : mais d'un ton sombre ;
non droites branches : noueuses, retorses ;
non des fruits : des piquants, et leur poison.
7 Non moins âpres halliers, non moins touffus
qu'entre Cesne et Cornoi[3], où sont ces bêtes
noires qui n'ont qu'horreur pour les gagnages[4].
10 Là font leurs nids les hideuses Harpies

---

1. Rinier da Corneto, brigand de la Maremme romaine.   2. Rinier de' Pazzi, brigand du Valdarno.   3. Cesne et Cornoi : la Cecina, fleuve au sud de Livourne, et Corneto (aujourd'hui Tarquinia), dans la Maremme toscane.   4. Chacune des trois premières *terzine* du chant des suicidés — esprits négateurs par excellence — comporte dans le texte italien un *Non* placé en anaphore, dont l'écho vocalique et consonantique se répercute en miettes à l'intérieur des vers correspondants (puis reparaît aux trois rimes des vers 8, 10, 12) :

1 « Non era ancor di là Nesso arrivato
   quando noi ci mettemmo per un bosco
   che da neun sentiero era seguato.
4 Non fronda verde, ma di color fosco ;
   non rami schietti, ma nodosi e 'nvolti ;
   non pomi v'eran, ma stecchi con tòsco.
7 Non han sì aspri sterpi nè si folti
   quelle fiere selvagge che 'n odio hanno
   tra Cecina e Corneto i luoghi colti.
10 Quivi le brutte Arpie lor nidi fanno,
   che cacciar de le Strofade i Troiani
   con tristo annunzio di futuro danno.
13   Ali hanno... »

Intention, consciente ou inconsciente, qu'il m'a paru important de respecter (N.d.T.).

qui firent les Troyens fuir les Strophades
en présageant leurs misères futures[1].

13 Elles ont face et col d'homme, amples ailes,
pattes griffues, large ventre emplumé,
et vont pleurant sur les arbres étranges.

16 Mon maître dit : « Avant d'entrer plus loin,
sache qu'ici est la seconde enceinte ;
et tu y resteras jusqu'au moment

19 où tu viendras dans les horribles sables.
Sois donc tout yeux : car tu verras des choses
qui ôteraient créance à mes paroles. »

22 De toutes parts j'entendais des clameurs
et ne voyais personne qui les fît ;
aussi je m'arrêtai tout éperdu.

25 Je crois qu'il crut alors que je croyais
que tous ces cris venaient, entre les branches,
de gens qui s'y seraient cachés de nous.

28 C'est pourquoi : « Si tu romps », me dit le maître,
« quelque branchette à l'une de ces plantes,
toute pensée[2] en toi sera tronquée. »

31 Je portai donc une main en avant
et cueillis le rameau d'un grand buisson.
Son tronc cria : « Pourquoi me brises-tu ? »

34 Puis, quand un sombre sang vint le rougir :
« Pourquoi m'arraches-tu ? » dit-il encore,
« n'as-tu aucune idée de la pitié ?

37 Hommes nous fûmes ; nous voici broussailles ;
ta main devrait nous être plus clémente,
quand nous serions des âmes de serpents. »

40 Comme un tison de bois vert prenant feu
par l'un des bouts, gémit par l'autre et grince
sous la force du vent qui s'en échappe,

43 ainsi du bois brisé sortaient ensemble
mots et sang : moi, laissant choir le rameau,
je restai là comme un homme qui craint.

---

1. Les Harpies firent fuir les Troyens des îles Strophades et l'une d'elles leur prédit leurs malheurs futurs. **2.** C'est-à-dire les doutes.

46 Mon sage répondit : « Âme blessée,
   si celui-ci, d'emblée, avait pu croire
   ce qu'il a lu seulement dans mes vers[1],
49 il n'aurait pas porté la main sur toi ;
   mais l'incroyable objet m'a fait l'induire
   au geste dont moi-même j'ai regret.
52 Dis-lui donc qui tu fus, afin qu'en guise
   d'amende, il rafraîchisse un jour ta gloire
   là-haut, où retourner lui est permis. »
55 Alors le tronc : « Si suave est l'appât
   de ton discours que je ne puis me taire :
   souffrez qu'un peu je m'englue dans le mien.
58 Je suis celui qui gardai les deux clefs
   du cœur de Frédéric — ouvrant, fermant —,
   les tournant doucement, au point que presque
61 tout homme en fut exclu de sa confiance ;
   je fus fidèle à mon glorieux office
   jusqu'à en perdre vigueur et sommeil.
64 Or, la putain[2] qui jamais ne détourne
   son œil lascif du palais de César
   (commune mort et grand vice des cours)
67 enflamma contre moi tous les esprits ;
   les enflammés enflammèrent Auguste :
   fête et honneur se changèrent en deuil.
70 Mon cœur alors fit un choix dédaigneux
   et, croyant par la mort fuir le dédain,
   fut injuste envers moi, qui étais juste.
73 Par la racine étrange de cet arbre,
   je jure que jamais je n'ai trahi
   la foi d'un maître si digne d'honneur.
76 Et si l'un de vous deux retourne au monde,
   qu'il serve ma mémoire encor gisante
   sous le coup que l'envie lui a porté[3]. »

---

1. *Cf. Énéide*, III, 22 *sqq.*   2. L'envie.   3. Celui qui parle est Piero della Vigna (1190-1249), chancelier de l'empereur Frédéric II ; accusé à tort de trahison, l'on dit qu'il se suicida en prison.

79 Il se tut un instant ; puis, le poète :
« S'il se tait, ne perds pas de temps », dit-il ;
« parle, interroge-le à ton plaisir. »
82 Je répondis : « Demande encore, toi,
ce que tu crois propre à me satisfaire :
moi, je ne puis, tant la pitié m'étreint. »
85 Il reprit donc : « Que d'un cœur libéral
il te soit fait ce que prient tes paroles,
âme en prison ; mais qu'il te plaise encore
88 de nous dire comment l'esprit se lie
aux nœuds de l'arbre ; et, si tu peux, dis-nous
si nul ne se délivre de tels membres. »
91 Alors le tronc souffla très fort, et puis
le souffle se changea en une voix
qui disait : « Ma réponse sera brève.
94 L'âme féroce ayant quitté le corps
dont elle s'est elle-même arrachée,
Minos l'envoie dans la septième fosse.
97 Elle tombe en ce bois, sans lieu choisi,
mais là où la fortune la fait choir :
et elle y germe comme un grain d'épeautre.
100 Elle y pousse et devient plante sylvestre ;
les Harpies qui dévorent son feuillage
lui font mal, et au mal font des fenêtres.
103 Nous irons prendre, comme tous les autres,
nos dépouilles, mais sans les revêtir :
il n'est pas juste d'avoir ce qu'on jette.
106 Et nous les traînerons jusqu'à la triste
forêt, où chaque corps sera pendu
au buisson de son ombre malveillante. »
109 Nous le guettions encor, tout attentifs,
croyant qu'il nous voulait dire autre chose,
quand nous fûmes surpris par un fracas,
112 comme peut l'être celui qui entend
venir le sanglier avec sa chasse,
et perçoit bêtes et branches bruire.
115 Et voici, sur la gauche, deux damnés
nus et griffés, fuyant si violemment

qu'ils brisaient tout branchage de ce bois.
118 Et le premier[1] criait : « Viens, mort ! viens vite ! »
Et le second[2], se voyant ralentir :
« Tes jambes, Lain, n'étaient pas si agiles
121 au Top, où nous livrâmes la bataille ! »
Et, le souffle peut-être lui manquant,
de soi et d'un buisson il ne fit qu'un.
124 Mais derrière eux tout le bois était plein
d'avides chiennes, noires et courantes
comme des lévriers que l'on déchaîne.
127 Dans le blotti[3] elles mirent leurs crocs
et, lambeau par lambeau, le dépecèrent,
puis emportèrent ses membres dolents.
130 Alors mon compagnon me prit la main
pour me conduire au buisson qui pleurait
par ses cassures, vainement saignantes.
133 « Jacques de Saint-André », lui disait-il,
« que t'a servi de m'avoir pour écran ?
ta vie coupable, quelle en est ma faute ? »
136 S'arrêtant devant lui, mon maître dit :
« Qui étais-tu, toi qui par tant de plaies
souffles avec ton sang de telles plaintes ? »
139 Et lui à nous : « Ô âmes survenues
pour assister à l'indigne massacre
qui m'a disjoint ainsi de mon feuillage,
142 recueillez-le sous ce triste buisson.
Je suis de la cité qui, pour Baptiste,
rejeta son premier patron, jadis :
145 aussi toujours son art l'affligera.
Et s'il n'était que sur le pont de l'Arne
on voit encor de lui quelque effigie,
148 ces citoyens qui la reconstruisirent
sur les cendres laissées par Attila

---

1. Lano da Siena, tué en 1287 dans une bataille à Pieve del Toppo, bien qu'il eût tenté de fuir.   2. Giacomo da Sant'Andrea de Padoue, célèbre pour sa prodigalité, tué en 1239.   3. L'homme qui s'était blotti dans la broussaille.

auraient fait travailler en pure perte.
151 De ma maison je me fis un gibet[1]. »

CHANT XIV

1 Oppressé par l'amour du lieu natal,
 je rassemblai les feuillages épars
 pour les rendre au buisson déjà sans voix.
4 Puis, venus là où la deuxième enceinte
 le cède à la troisième, nous trouvâmes
 un effrayant appareil de justice.
7 Pour éclairer ces choses inouïes,
 je dis que nous touchions à une terre
 qui exclut de son sol tout végétal ;
10 la forêt de douleur est sa guirlande,
 comme est la triste fosse à la forêt.
 Nous retînmes nos pas sur la lisière :
13 le sol était un sable épais, aride,
 du même aspect que l'arène qui fut
 jadis foulée par le pied de Caton[2].
16 Ô vengeance de Dieu, combien de crainte
 tu dois donner à quiconque va lire
 ce qui devant mes yeux fut manifeste !
19 Car j'aperçus maints et maints troupeaux d'âmes
 nues, pleurant toutes misérablement
 et semblant suivre des lois différentes.
22 Telles gisaient à terre à la renverse ;
 d'autres, assises, se tenaient blotties ;
 d'autres marchaient sans jamais s'arrêter.

---

 1. Un Florentin mal identifié. Sa patrie changea son premier patron (Mars) pour saint Jean Baptiste. Ce que l'on croyait les restes d'une statue de Mars, se trouvait encore sur le Ponte Vecchio à l'époque de Dante. L'influence néfaste de Mars sur Florence était — selon la légende — la cause du fâcheux penchant des Florentins pour les guerres.
 2. Allusion à la traversée du désert de Libye par les restes de l'armée de Pompée sous la conduite de Caton d'Utique.

25 Les plus nombreuses tournoyaient toujours ;
   un moindre nombre, gisant au tourment,
   avait la langue plus prompte à la plainte.
28 Sur tout le sable, d'une chute lente,
   pleuvait du feu tombant par flocons larges,
   comme sur l'Alpe, un jour sans vent, la neige.
31 Telles, dans la chaleur d'un coin de l'Inde,
   Alexandre voyait sur son armée
   des flammes choir jusqu'à terre vivaces
34 et commanda de piétiner le sol
   à ses soldats, car les vapeurs brûlantes
   prises séparément, s'éteignaient mieux[1],
37 ainsi neigeait cette éternelle ardeur
   qui allumait le sable, comme étoupe
   sous le fusil[2], pour doubler la souffrance.
40 Sans jamais de repos était le branle
   des misérables mains, deçà delà,
   qui secouaient les nouvelles brûlures.
43 Je commençai : « Maître, toi qui sais vaincre
   tous les obstacles, hors les durs démons
   qui sur le seuil surgirent contre nous,
46 quel est ce grand qui semble n'avoir cure
   de l'incendie, gisant tordu, farouche
   comme si nulle pluie ne le domptait ? »
49 Et ce maudit lui-même, comprenant
   qu'à son sujet je questionnais mon guide,
   cria : « Tel je fus vif, tel suis-je mort !
52 Quand Jupiter lasserait son forgeur[3]
   dont il eut, courroucé, la foudre aiguë
   qui me frappa le dernier de mes jours,
55 quand il fatiguerait chaque ouvrier
   du Mont Gibel[4], au fond des forges noires,
   en criant "Bon Vulcain, à l'aide, à l'aide !"
58 comme il le fit au combat phlégréen[5],
   quand ses plus vifs éclairs me perceraient,

---

1. Légende provenant du *De meteoris* d'Albert le Grand. 2. Le briquet. 3. Vulcain.
4. Aides de Vulcain ; les Cyclopes travaillaient pour lui sous l'Etna (Mongibello).
5. Combat des Géants contre Jupiter, qui les foudroya.

il n'en saurait avoir vengeance allègre ! »
61 Mon guide alors, d'une voix très puissante
que je ne lui avais jamais connue :
« Ô Capanée[1], c'est bien en ta superbe
64 non matée, que tu es le plus puni :
aucun martyre, hormis ta propre rage,
ne châtierait pleinement ta fureur. »
67 Tournant vers moi une lèvre plus douce,
il dit ensuite : « Au grand siège de Thèbes
ce fut l'un des sept rois ; il eut, il a
70 Dieu en médiocre estime et en dédain ;
mais, je le lui ai dit, ses affronts mêmes
sont les joyaux qui siéent à sa poitrine.
73 Et maintenant suis-moi et prends bien garde
de toucher de tes pieds l'arène ardente ;
tiens-les toujours serrés le long du bois. »
76 Nous vînmes, sans parler, là où jaillit
hors de ce bois un très mince cours d'eau
dont la rougeur me fait encor frémir.
79 Tel le ruisseau qui sort du Bouillonnant
et que les courtisanes se partagent[2],
tel celui-ci dévalait par les sables.
82 Le fond du lit ainsi que les deux pentes
étaient de pierre, et les levées aussi :
j'en déduisis qu'on passait donc par là.
85 « Dans tous les lieux que je t'ai découverts
depuis que nous avons franchi la porte
où personne à l'entrée n'est refusé,
88 tes yeux n'ont rien pu voir d'aussi notable
que le présent ruisseau, qui fait s'éteindre
toute flammèche au-dessus de son cours. »
91 Ainsi dit-il ; et moi je le priai
de me faire largesse du repas
dont il m'avait donné large désir.
94 « Au milieu de la mer est un pays

---

1. L'un des sept rois qui attaquèrent Thèbes ; parvenu sur les murailles de la ville, il défia Jupiter, qui le foudroya. **2.** *Il Bulicame :* source sulfureuse proche de Viterbe, dont les eaux servaient aux bains d'un quartier de prostituées.

détruit », dit-il alors, « qu'on nomme Crète ;
le monde, sous son roi[1], fut jadis pur.

97 Une montagne y est, jadis riante
d'eaux et verdures, qui eut nom Ida :
déserte désormais comme un vestige.

100 Rhéa l'élut pour être le berceau
de son enfant[2] ; et pour mieux le cacher
quand il pleurait, ses gens poussaient des cris.

103 Au cœur du mont, un grand vieillard[3] debout
tourne le dos à Damiette et regarde
vers Rome ainsi qu'en son propre miroir.

106 Toute sa tête est façonnée d'or fin ;
sa poitrine et ses bras sont d'argent pur ;
puis il devient d'airain jusqu'à la fourche ;

109 de là en bas il est de fer trempé,
si ce n'est son pied droit, de terre cuite,
sur lequel il s'appuie, plus que sur l'autre.

112 Chaque partie, sauf l'or, porte l'atteinte
d'une fissure dont coulent des larmes
qui, amassées, ont creusé cette grotte.

115 Elles ruissellent dans le val d'enfer,
font l'Achéron, le Phlégéthon, le Styx,
puis, s'engouffrant par un étroit chenal

118 jusqu'en ce point d'où l'on ne descend plus,
font le Cocyte ; et ce qu'est ce marais,
tu le verras, n'en parlons pas ici. »

121 Et moi : « Si le présent ruisseau dérive
ainsi de notre monde humain, pourquoi
ne le voit-on que sur cette lisière ? »

124 Et lui : « Tu sais que cet espace est rond ;
or, bien qu'ayant marché toujours à gauche
en descendant longuement vers l'abîme,

127 tu n'as pas fait le tour de tout le cercle ;
s'il survient donc une chose nouvelle,

---

1. Saturne. 2. Rhéa (Cybèle), épouse de Saturne, mit au monde Jupiter, qu'elle cacha dans une grotte du mont Ida. 3. Le vieillard de Crète semble être le symbole de l'humanité progressivement corrompue par le péché. Il est d'autre part la source des fleuves infernaux : l'Achéron, le Phlégéton, le Styx et le Cocyte.

n'en montre pas un tel étonnement. »
130 Et moi encore : « Où sont le Phlégéthon
et le Léthé ? de l'un tu ne dis rien,
et l'autre naît, dis-tu, de cette pluie. »
133 « En toutes tes questions tu me plais, certes ;
mais le bouillonnement de cette eau rouge »,
dit-il, « devrait résoudre la première.
136 Tu verras le Léthé, mais hors du gouffre :
là où vont se laver les âmes libres
des fautes qu'a chassées le repentir[1]. »
139 Puis il me dit : « Il est temps désormais
de s'écarter du bois ; veille à me suivre :
les bords, non embrasés, font une route ;
142 au-dessus d'eux toute flamme s'éteint. »

CHANT XV

1 Nous voici donc sur l'un des durs rebords ;
et la vapeur du ruisseau monte en brume,
sauvant ainsi du feu l'eau et ses digues.
4 Tels les Flamands, entre Wissant et Bruges,
craignant le flot qui s'élance contre eux,
font un rempart pour repousser la mer,
7 et tels les Padouans contre la Brente,
pour protéger leurs châteaux et leurs villes
avant que Carinthie[2] sente le chaud,
10 tels on avait construit ces remparts-ci,
sinon que l'architecte, quel qu'il fût,
les avait faits moins hauts et moins épais.
13 Or, nous étions déjà si loin du bois

---

1. Au Paradis terrestre, où les âmes se purifient de leurs fautes (*Purg.*, XXVIII, 121 *sqq.*). **2.** Les montagnes où naît la Brenta, qui se jette ensuite dans la lagune de Venise.

que je l'aurais cherché des yeux en vain
si je m'étais retourné en arrière,
16 quand nous croisâmes une foule d'ombres
qui longeaient notre berge, et dont chacune
nous regardait, comme l'on fait, le soir,
19 quand on se croise à la nouvelle lune,
et qui clignaient des yeux vers nous, tout comme
le vieux tailleur au chas de son aiguille.
22 Ainsi guetté par semblable collège,
je fus soudain reconnu de l'un d'eux
qui me prit par l'habit, criant : « Merveille ! »
25 Et moi, pendant qu'il étendait son bras,
je fichai l'œil sur sa face recuite
dont les brûlures n'empêchèrent point
28 que mon esprit le reconnût aussi ;
et, abaissant ma main vers son visage,
je lui dis : « Vous ici, maître Brunet[1] ? »
31 Alors lui : « Ô mon fils, ne te déplaise
qu'un instant avec toi Brunet Latin
vienne en arrière et laisse aller la file. »
34 Et moi : « De tout mon cœur je vous en prie ;
si vous voulez qu'avec vous je m'asseye,
je le ferai, s'il agrée à mon guide. »
37 « Mon fils », dit-il, « quiconque en ce troupeau
s'arrête un peu, gît ensuite cent ans
sans plus chasser les flammes qui le blessent.
40 Avance donc ; moi j'irai sur tes pas,
et puis je rejoindrai ma compagnie
qui va pleurant son malheur éternel. »
43 Je n'osais pas descendre du chemin
pour l'accoster, mais j'allais tête basse,
comme un homme qui va plein de respect.
46 Et lui : « Quelle fortune ou quel destin
t'amène ici avant ton dernier jour ?
et qui est celui-ci qui te conduit ? »

---

[1]. Brunetto Latini (1220-1294), auteur notamment d'une encyclopédie en langue d'oïl, le *Trésor*, grand intellectuel et homme politique florentin, en qui Dante reconnaît l'un de ses maîtres.

49 « Là-haut sur terre, dans la vie sereine,
   je m'égarai », dis-je, « en une vallée,
   avant que fût épuisé tout mon âge.
52 Je l'ai quittée hier matin seulement ;
   comme j'y retournais, celui-ci vint,
   et me ramène au gîte par ces voies. »
55 Et lui à moi : « Si tu suis ton étoile,
   tu ne pourras faillir au port glorieux,
   si j'ai vu clair durant ma belle vie :
58 et, ne fussé-je mort avant le temps,
   voyant le ciel t'être si favorable,
   je t'aurais conforté dans tes travaux.
61 Mais cette race ingrate et malfaisante
   qui descendit anciennement de Fiesle[1]
   et tient encor du mont et du rocher,
64 te haïra, puisque tu agis bien ;
   et c'est raison : parmi les âpres sorbes,
   le doux figuier ne saurait porter fruit.
67 Sur terre, un vieux dicton les dit aveugles ;
   c'est un peuple envieux, superbe, avare ;
   veille à te garder pur de leurs coutumes.
70 Fortune te réserve un tel honneur
   que l'un et l'autre parti auront faim
   de toi : mais loin du bec restera l'herbe[2].
73 Que le bétail fiésolan se repaisse
   de lui-même, et ne touche point la plante
   — du moins, si son fumier en laisse croître ! —
76 en qui revit la semence sacrée
   de ces Romains, demeurés dans la ville
   lorsque vint s'y nicher tant de malice ! »
79 « Si ma demande eût été satisfaite »,
   lui dis-je, « vous ne seriez pas encore
   mis au ban de l'humaine condition :
82 car j'ai, fichée au cœur — ici j'en souffre —,
   la chère et bonne image paternelle

---

[1]. Les Florentins, dont la légende voulait qu'ils fussent les descendants de Rome et de Fiesole. [2]. Les Noirs et les Blancs, qui voudront successivement nuire à Dante, lequel finira cependant par leur échapper.

de vous qui m'appreniez, heure après heure,
85 là-haut, comment l'homme s'immortalise ;
quel gré je vous en sais, toute ma vie
je prendrai soin que ma langue en témoigne.
88 Ce que de moi vous dites, je le note
parmi d'autres écrits, pour une dame[1]
qui saura les gloser, si je l'atteins.
91 Mais je veux seulement qu'il vous soit clair
que je suis prêt aux jeux de la fortune,
pourvu que ma conscience ne me morde.
94 Cet avis n'est pas neuf à mon oreille :
mais que Fortune tourne donc sa roue
comme il lui plaît, et le vilain sa houe ! »
97 Mon maître alors inclina son visage
du côté droit, me regarda et dit :
« Bon entendeur est celui qui prend note. »
100 Moi, cependant, je vais parlant encore
avec maître Brunet, et je m'enquiers
des plus notables de ses compagnons.
103 « Il sied », dit-il, « d'en connaître certains,
mais il vaut mieux se taire quant aux autres,
car le temps serait court pour tout en dire.
106 Sache, en un mot, que tous ont été clercs
et grands lettrés, et d'un nom glorieux,
mais qu'un même péché souillait au monde.
109 Priscien[2] s'en va dans cette morne troupe
avec François d'Accurse[3] ; et tu verrais,
si tu étais curieux de cette teigne,
112 celui que le servant des serviteurs
a transporté de l'Arne au Bacquillon
où il laissa ses nerfs tendus au vice[4].
115 J'en dirais plus ; mais je ne puis aller
ni parler trop longtemps ; là-bas je vois
surgir du sable une fumée nouvelle :

---

1. Béatrice. 2. Célèbre grammairien de la première moitié du vi[e] siècle. 3. Francesco d'Accorso (1225-1293), juriste bolonais renommé. 4. Andrea de' Mozzi, évêque de Florence, transféré à Vicence (sur les bords du fleuve Bacchiglione) par le pape Boniface VIII (*servus servorum Dei,* selon l'expression utilisée par les papes dans leurs brefs).

118 je ne dois pas rejoindre ceux qui viennent.
   Que mon Trésor te soit recommandé :
   j'y vis encore et ne veux rien de plus. »
121 Puis il partit, et parut l'un de ceux
   qui courent à Vérone le drap vert[1]
   par la campagne ; et, d'entre eux, il sembla
124 celui qui gagne, non celui qui perd.

CHANT XVI

1 Déjà de notre place on entendait
   l'écho du flot tombant dans l'autre cercle,
   tel le bruissement que font les ruches,
4 quand trois ombres ensemble s'échappèrent
   en courant, d'une troupe qui passait
   sous la cuisante pluie de son martyre.
7 Et chacune criait, venant vers nous :
   « Halte, toi qui parais à ton habit
   être quelqu'un de notre ville impure ! »
10 Ah ! quelles plaies je vis sur tout leur corps,
   vieilles et neuves, brûlées par les flammes !
   J'en souffre encor, pour peu que j'y repense.
13 À leurs appels mon docteur, en suspens,
   tourna vers moi son visage et me dit :
   « Attends ; avec ceux-là soyons courtois ;
16 et s'il n'y eût ces flammes que décoche
   la nature du lieu, je te dirais
   que la hâte te sied plutôt qu'à eux. »
19 Quand nous nous arrêtâmes, ils reprirent
   leur plainte ancienne, et, nous ayant rejoints,
   de leurs trois corps formèrent une roue.

---

1. Le *palio*, qui récompensait le vainqueur de la course.

22 Comme on voit les lutteurs nus et huilés
       chercher leur prise, guettant l'avantage
       avant l'attaque et l'échange de coups,
25 ainsi chacun levait vers moi la tête
       tout en tournant, de sorte que sans cesse
       faces et pieds faisaient voyage inverse.
28 « Si la misère de ce lieu poudreux
       et notre aspect noir et pelé », dit l'un,
       « font mépriser notre être et nos prières,
31 que notre renommée, du moins, t'incline
       à nous dire ton nom, toi qui sans crainte
       vas foulant les enfers d'un pied vivant.
34 Celui dont tu me vois suivre les pas,
       bien qu'il aille écorché, bien qu'il soit nu,
       était d'un rang plus haut que tu ne penses :
37 ce petit-fils de la bonne Gualdrade
       se nomma Guyon Guerre et, dans sa vie,
       œuvra beaucoup par l'esprit et l'épée[1].
40 L'autre, qui frappe le sable à ma suite,
       est Tellier Aldebrand, dont, sur la terre,
       on devrait mieux écouter la parole[2].
43 Et moi, qui suis avec eux mis en croix,
       je fus Jacques Rustroux : ma fière épouse,
       certes, m'a nui plus que toute autre chose[3]. »
46 Si j'eusse été protégé de ces flammes,
       je me serais jeté à côté d'eux,
       et crois que mon docteur m'eût laissé faire ;
49 mais à l'idée de brûler et de cuire,
       la peur vainquit en moi la belle envie
       qui m'affamait d'aller les embrasser.
52 Je dis : « Du mépris ? non : de la douleur
       — et telle que j'en guérirai bien tard —

---

1. Né vers 1220, Guido, surnommé Guerra du fait de ses aptitudes militaires, prit part aux batailles de Montaperti (1260) et de Bénévent (1266). Il était un descendant de Gualdrada, fille de Bellincion Berti (*Par.*, XV, 112), fameuse pour sa vertu. **2.** Tegghiaio Aldobrandini degli Adimari (mort en 1265) : il aurait déconseillé la guerre contre Sienne, qui aboutit au désastre de Montaperti. **3.** Jacopo Rusticucci. Florentin, il vécut au début du XIIIe siècle et explique son homosexualité par le fait que sa femme était insupportable.

me fut plantée au cœur, dès que mon maître
55 (le voici) m'eut parlé de votre sort,
usant de termes dont je pus déduire
qu'ici venaient des gens tels que vous êtes.
58 Je suis de votre ville, et j'ai toujours
pieusement écouté, répété
vos œuvres et vos noms si pleins d'honneur.
61 Quittant le fiel, je vais vers les doux fruits
que m'a promis mon guide véridique ;
mais il me faut d'abord plonger au centre. »
64 « Puisse ton âme encore longtemps conduire
ton corps », me répondit alors cette ombre,
« et qu'après toi luise ta renommée !
67 mais dis-nous si vaillance et courtoisie
sont encor dans nos murs comme autrefois,
ou bien les ont quittés complètement :
70 car Guillaume Boursier[1] qui, depuis peu,
souffre avec nous, là-bas dans notre troupe,
nous en tourmente fort par ses propos. »
73 « Un peuple neuf et des gains trop rapides
ont engendré orgueil et démesure
en toi, Florence : et déjà tu t'en plains ! »
76 Ainsi criai-je en levant haut la face ;
eux trois, prenant ce cri comme réponse
qui désigne le vrai, se regardèrent.
79 « Si, chaque fois, il t'en coûte aussi peu
de satisfaire autrui », dirent-ils tous,
« quel bonheur est pour toi ce franc parler !
82 Mais — puisses-tu sortir de ces lieux sombres
et remonter voir les belles étoiles ! —
quand tu aimeras dire "Là je fus",
85 songe à parler de nous chez les vivants. »
Puis leur roue se rompit : et, dans leur course,
leurs jambes sveltes semblèrent des ailes :
88 on n'eût su dire un Amen aussi vite
que tous ensemble ils n'eurent disparu.

---

[1]. Guglielmo Borsiere, Florentin, renommé pour sa courtoisie, et mort sans doute vers 1300.

Alors il plut au maître de partir.
91 Je le suivais ; nous avions peu marché
quand le fracas de l'eau devint si proche
que nous aurions eu peine à nous entendre.

94 Tel ce fleuve, qui suit son propre cours
vers l'orient, avant le mont Viso,
à gauche des montagnes Apennines,

97 et qui, là-haut, se nomme l'Eau-Tranquille
avant de choir dans sa basse vallée
(mais à Forli ce nom change déjà),

100 gronde au-dessus de Saint-Benoît-de-l'Alpe
en se ruant au fond d'un précipice
où mille clercs devraient avoir asile[1] :

103 de même, en contrebas d'un roc abrupt,
nous revîmes l'eau pourpre, si tonnante
qu'elle eût blessé l'oreille en peu de temps.

106 À la ceinture, j'avais une corde
avec quoi j'avais pu songer à prendre
la panthère à la robe chatoyante.

109 Lorsque je l'eus dénouée de ma taille
comme le guide me l'avait enjoint,
je la lui présentai, roulée serré.

112 Alors il se tourna du côté droit
et, à quelque distance du rebord,
il la jeta dans le gouffre profond.

115 « Il faudra bien qu'à ce signal étrange
que mon maître accompagne ainsi des yeux »,
me disais-je, « l'étrangeté réponde. »

118 Ah ! que prudents doivent être les hommes
auprès de ceux qui voient plus loin que l'acte
et dont l'esprit pénètre les pensées !

121 « Bientôt », dit-il, « parviendra jusqu'en haut
ce que j'attends et que ton esprit songe :
ta vue, bientôt, pourra le découvrir. »

124 Devant ce vrai dont le visage ment,
l'on doit toujours garder les lèvres closes,

---

1. Le fleuve Montone, qui du Monteviso descend vers l'Adriatique en passant près du monastère de San Benedetto dell'Alpe.

car, sans porter de faute, il porte honte ;
127 mais, lecteur, je ne puis ici le taire :
et par les vers de cette Comédie
(puisse une longue faveur les combler !)
130 je jure que dans l'air obscur et lourd
je vis monter une forme nageante,
monstrueuse à tout cœur même solide :
133 ainsi parfois remonte le plongeur
quand, ayant dégagé une ancre prise
à quelque roche enclose sous la mer,
136 jambes ployées, il se tend vers le haut.

CHANT XVII

1 « Voici venir la bête[1] à queue aiguë
qui brise armes et murs, passe les monts,
empuantit la terre tout entière » :
4 ainsi se mit à me parler mon guide.
Ensuite il lui fit signe d'atterrir
au bout du roc où nous avions fait route.
7 Et cette ignoble image de la fraude
vint accoster de la tête et du torse,
mais sans hisser sa queue sur le rebord.
10 Elle avait face d'homme — et d'homme juste,
si suave elle était à fleur de peau —,
mais d'un serpent tout le reste du tronc ;
13 pattes velues, fourrées jusqu'aux aisselles,
et, sur ses flancs, son poitrail, son échine,
peintures de rouelles, d'entrelacs :
16 jamais Turcs ni Tartares ne brodèrent

---

1. Le monstre Géryon, qui ne sera nommé qu'au vers 97, est une création dantesque : symbole de la fraude, punie dans le huitième cercle, dont il est le gardien.

ou tramèrent tissus plus bigarrés,
ni Arachné n'ourdit pareilles toiles.
19 Comme souvent sont échouées les barques
moitié dans l'eau, moitié sur le rivage,
ou tel, là-bas, chez les Germains gloutons,
22 le castor s'accroupit avant sa chasse,
ainsi se reposait le monstre immonde
au quai de pierre où les sables finissent.
25 Toute sa queue ondoyant dans le vide
retroussait un crochet, venimeux comme
ceux des scorpions, dont elle armait sa pointe.
28 « Il faut que notre route s'infléchisse
un peu », me dit le guide, « pour atteindre
la bête malfaisante, là vautrée. »
31 Nous descendîmes donc du côté droit,
faisant dix pas sur l'extrême rebord,
pour échapper au sable et aux flammèches.
34 Or, quand nous arrivons devant le monstre,
j'aperçois sur la grève, un peu plus loin,
des gens assis aux frontières du gouffre.
37 Alors mon maître : « Afin que tu emportes
de cette enceinte une pleine expérience »,
dit-il, « va, et regarde leur manège :
40 mais qu'avec eux ton entretien soit court ;
en t'attendant, j'irai parler à l'autre,
pour qu'il nous prête ses fortes épaules. »
43 Ainsi, toujours plus près du bord extrême
de ce septième cercle, j'allai seul
là où le triste groupe avait son siège.
46 La douleur par les yeux leur jaillissait ;
deçà delà ils s'aidaient de leurs mains
contre les flammes et le sable ardent :
49 les chiens, l'été, font ce même et seul geste
du museau et des pattes, quand des puces
viennent les mordre, ou des taons, ou des mouches.
52 Regardant au visage quelques-uns
de ceux sur qui descend le feu d'angoisse,
je n'en pus reconnaître aucun, mais vis
55 au cou de chacun d'eux pendre une bourse

ayant couleur et signe distinctifs,
et dont leurs yeux paraissaient se repaître.

58 M'avançant parmi eux et observant,
je vis, sur un sac jaune, de l'azur
qui avait forme et face de lion[1].

61 Puis, en suivant le cours de mon regard,
je vis une autre bourse, couleur sang,
marquée d'une oie plus blanche que le beurre[2].

64 Et une ombre, au sac blanc portant l'enseigne
azur d'une truie grosse de petits[3],
me dit : « Que fais-tu, toi, dans cette fosse ?

67 Va-t'en donc ! Mais — puisque tu vis encore —
sache que mon voisin Vitalien[4]
viendra s'asseoir ici, à mon flanc gauche.

70 Moi, Padouan chez ces gens de Florence,
on me rebat trop souvent les oreilles :
"Vienne", crie-t-on, "le roi des chevaliers

73 qui portera l'escarcelle aux trois boucs[5] !" »
Puis il tordit sa bouche et, comme un bœuf
qui se lèche aux naseaux, tira sa langue.

76 Et moi, craignant de contrarier celui
qui m'avait engagé à faire vite,
je m'en revins, quittant ces âmes lasses.

79 Je trouvai mon seigneur déjà en croupe
sur l'animal farouche : « Ici, sois fort
et hardi », me dit-il, « car désormais

82 nous descendrons par de telles échelles.
Monte devant, je veux être au milieu,
pour que sa queue ne puisse te meurtrir. »

85 Comme un fiévreux qui, au premier frisson
de fièvre quarte, en a les ongles blêmes
et tremble à voir seulement l'ombre fraîche,

88 tel je devins dès qu'il eut dit ces mots ;
mais je fus semoncé par l'amour-propre,

---

1. Armoiries des Gianfigliazzi, marchands et usuriers florentins. 2. Armoiries des Ubriachi, usuriers florentins. 3. Armoiries des Scrovegni, usuriers padouans. 4. Vitaliano del Dente, usurier padouan. 5. Giovanni da Buiamonte, homme politique et usurier florentin, mort failli en 1310.

qui rend au vaillant maître un fier valet.

91 Je m'assis donc sur la hideuse échine
et voulus dire — mais la voix ne vint
pas comme je croyais : — « Serre-moi fort ».

94 Et lui qui avait su m'ôter naguère
d'autres périls, sitôt que je montai,
m'entoura de ses bras et me soutint.

97 Puis il dit : « Géryon, pars maintenant
à larges tours et à descente douce :
songe au poids insolite que tu portes. »

100 Comme sort de son havre une nacelle
à reculons, tel l'autre appareilla
et, quand il se sentit libre à son jeu,

103 tournant sa queue là où était son buste
et la tendant, glissa comme une anguille
et ramena l'air à soi, de ses pattes.

106 Je ne crois pas que la peur fût plus grande
pour Phaéton, quand il lâcha les rênes,
brûlant le ciel (comme on le voit encore),

109 ni quand le triste Icare sentit fondre
la cire sur son dos perdant ses plumes
et que son père criait « Fausse route ! »,

112 que ne fut ma terreur, quand je me vis
en l'air de toutes parts, et vis s'éteindre
toute autre vue, hormis celle du monstre.

115 Et il s'en va nageant très lent, très lent,
tourne, descend, mais je ne m'en avise
qu'au vent d'en bas qui me frappe au visage.

118 J'entendais sur la droite, en contrebas,
déjà l'horrible tumulte des flots,
et me penchai pour regarder dessous :

121 j'en eus encor plus peur de quelque chute,
voyant des feux et percevant des plaintes,
et, tout tremblant, je resserrai les cuisses.

124 Et puis je vis — ne l'ayant encor vue —
cette descente en cercles par les peines
qui de divers côtés se rapprochaient.

127 Comme un faucon, qui a plané longtemps
sans trouver proie ni leurre, et qui fait dire

au fauconnier : « Quoi donc ! tu abandonnes ? »,
130 descend recru là d'où vif il partit
et, après cent détours, va se poser,
dédaigneux et rageur, loin de son maître,
133 tel Géryon nous laissa sur le fond,
tout juste au pied de l'abrupte falaise,
puis, allégé du poids de nos personnes,
136 disparut, comme un dard que l'arc décoche.

CHANT XVIII

1 En enfer est un lieu dit Males-Bauges[1],
tout fait de pierre à la couleur de fer,
comme le cirque de roc qui l'entoure.
4 Au centre exact de cette aire maligne
s'ouvre béant un puits large et profond
dont je dirai le plan *suo loco*.
7 Le restant de l'enceinte s'arrondit
entre le puits et la dure falaise,
et son fond se partage en dix vallées.
10 Comme on peut voir, défendant leurs murailles,
plusieurs fossés ceindre les forteresses
— et leur ensemble forme une figure —,
13 pareille image offraient ici les bauges.
Et tels, venant des portes des châteaux,
maints ponts étroits sont jetés jusqu'aux bords,
16 de même, ici, partaient de la falaise
des rochers coupant digues et fossés

---

1. *Malebolge,* « Males-Bauges » : le sens de *bolge* n'est qu'approché : mais le français (?) « bolge », adopté par certains traducteurs, m'a paru bien peu satisfaisant ; et « bouge », qui est masculin, aurait entraîné « Mauvais-Bouges », qui eût été maladroit. « Bauges » concorde bien, semble-t-il, avec le climat féroce des derniers cercles de l'enfer (N.d.T.).

jusqu'au puits qui les tronque et les recueille.
19 C'est là que Géryon nous secoua
de son échine ; le poète alors
s'en alla vers la gauche, et moi derrière.
22 À main droite je vis pitié nouvelle,
nouveaux tourments et nouveaux tourmenteurs
dont la première bauge était remplie.
25 En ce fond, les pécheurs allaient tout nus :
les uns du centre jusqu'à nous, de face,
et d'autres avec nous, quoique plus vite.
28 Ainsi, l'année du Jubilé, à Rome,
un ordre fut trouvé pour le passage
de la foule nombreuse sur le pont,
31 si bien que, d'un côté, tous s'orientent
vers le Château pour aller à Saint-Pierre
et que, de l'autre, on va vers la colline.
34 Je vis, juchés partout sur le roc sombre,
mille démons cornus, dont les grands fouets
cruellement les battaient par-derrière.
37 Ah ! comme ils leur faisaient lever les pattes
aux premiers coups ! jamais aucun pécheur
n'attendait les seconds ni les troisièmes.
40 En marchant, je croisai des yeux l'un d'eux
et aussitôt : « Celui-là, certes », dis-je,
« je ne suis pas à jeun de l'avoir vu. »
43 Je m'arrêtai pour le dévisager ;
le doux guide avec moi fit une halte
et me permit de revenir un peu.
46 Ce fustigé crut cacher son visage
en le baissant, mais sans y réussir,
car je dis : « Toi qui jettes l'œil à terre,
49 si les traits de ta face ne me trompent,
tu es bien Vénédic Chassennemi[1] ;
mais qui t'amène à ces piquantes sauces ? »
52 Et lui : « Je te le dis à contrecœur,
mais ton langage trop clair m'y oblige,

---

1. Venedico Caccianemico, Bolonais (1228 environ-1290), aurait servi d'entremetteur entre sa propre sœur Ghisolabella et le marquis Azzo (ou Obizzo) d'Este.

qui me fait souvenir du monde ancien.
55 Je fus celui par qui Guiselabelle
dut se soumettre au désir du marquis,
quoi qu'on ait dit de cette laide histoire.
58 Ici, encor bien d'autres que moi pleurent
en bolonais : ce lieu en est si plein
qu'il n'y a guère, entre Rène et Savène[1],
61 plus de langues sachant dire *"oui-da"* ;
si tu en veux l'argument ou la preuve,
rappelle-toi notre penchant cupide. »
64 Comme il parlait, un démon le frappa
de sa lanière et dit : « Marche, ruffian !
il n'y a pas ici de femme à vendre ! »
67 Je rejoignis celui qui m'escortait
et, quelques pas plus loin, nous arrivâmes
là où un roc sortait de la falaise.
70 Avec facilité nous le gravîmes,
puis, en tournant à droite sur sa crête,
nous quittâmes ces rondes éternelles.
73 Lorsque nous fûmes là où il s'évide
pour qu'en dessous les fustigés circulent,
« Arrête », dit le guide, « et que te heurtent
76 tous les regards de ces autres mal nés
dont tu n'as pas encor pu voir la face,
puisqu'ils marchaient en nous accompagnant. »
79 Nous regardions, du haut de la vieille arche,
cette autre file qui venait vers nous
et que pourchasse un fouet toujours semblable.
82 Et le bon maître, avant toute demande,
me dit : « Regarde ce grand-là qui vient
et, malgré sa douleur, retient ses larmes ;
85 quel air royal il conserve toujours !
C'est Jason, qui par ruse et par courage
priva les Colchidiens de la Toison.
88 Il fit escale en l'île de Lemnos
où les femmes hardies et sans pitié
avaient déjà mis à mort tous leurs mâles ;

---

1. Reno et Savena, les deux rivières qui délimitent le territoire de Bologne.

91 là, par astuce et par de beaux discours,
   il trompa Hypsipyle adolescente
   après qu'elle eut trompé toutes les autres.
94 Là il l'abandonna, seulette et grosse :
   crime qui le condamne à ce martyre,
   — et pour Médée aussi vengeance est faite[1].
97 Tous ceux qui trompent ainsi l'accompagnent ;
   savoir cela de la première fosse
   doit suffire, et des proies que ses crocs mordent. »
100 Nous arrivions au point où le sentier
    vient se croiser à la deuxième digue
    et fait d'elle une épaule à une autre arche.
103 Dans l'autre bauge alors nous entendîmes
    des êtres geindre et haleter du mufle
    et se frapper eux-mêmes de leurs paumes.
106 Les parois s'encroûtaient de moisissures,
    par les relents d'en bas qui s'y engluent,
    rebutant l'œil et la narine ensemble.
109 Si obscur est le fond, qu'on n'y peut voir
    de nulle part sans grimper au sommet
    de l'arc, là où le roc est en surplomb.
112 Or, montés là, nous vîmes, dans la fosse,
    des gens plongés dans un flot d'excréments
    semblant sortir de latrines humaines.
115 Scrutant au fond, j'en vis un dont la tête
    était si lourdement souillée de merde
    qu'on l'eût dit clerc comme on l'eût dit laïc ;
118 il me cria : « Pourquoi es-tu friand
    de me guetter, plus que tous ces affreux ? »
    Et moi, à lui : « Parce qu'il me souvient
121 de t'avoir déjà vu les cheveux secs,
    toi, Alexis Entremenels, de Lucques[2] :
    c'est pourquoi je te lorgne plus que d'autres. »
124 Et lui, alors, en se frappant la courge :
    « Ce qui me noie dans ce trou, c'est ma langue,

---

1. Jason, le chef des Argonautes, qui s'empara de la Toison d'or et séduisit Ysiphile et Médée, qu'il abandonna.   2. Alessio Interminelli, Lucquois, contemporain de Dante.

>   qui flagorna sans jamais de dégoût. »
127 Après cela, mon guide : « Tâche donc
>   de pousser ton regard un peu plus loin,
>   pour que ton œil atteigne bien la face
130 de cette garce échevelée, infecte,
>   qui là se griffe à coups d'ongles merdeux
>   et tantôt s'accroupit, tantôt se dresse :
133 c'est Thaïs la putain[1], qui put répondre
>   à son amant, quand il lui demanda :
>   "Suis-je en ta grâce ?", "Oh, merveilleusement !"
136 Voilà de quoi repaître nos regards. »

CHANT XIX

1 Ô magicien Simon[2] ! ô noirs disciples
>   rapaces, qui pour or et pour argent
>   prostituez ce qui nous lie à Dieu
4 et que les bons doivent seuls épouser,
>   c'est pour vous tous qu'ici la trompe sonne,
>   car votre gîte est la troisième bauge !
7 Nous arrivions à la tombe suivante,
>   étant déjà sur la crête du roc
>   qui surplombe la fosse en son milieu.
10 Haute Sagesse, quel art tu déploies
>   au ciel, sur terre et au monde malin !
>   Que juste est ta vertu qui distribue !
13 Je vis, sur les parois et sur le fond,
>   de nombreux trous criblant le roc livide :
>   tous étaient ronds et de grandeur égale.
16 Ils ne semblaient ni moindres ni plus larges

---

1. Prostituée athénienne.   **2.** Simon le magicien voulait acheter le pouvoir de communiquer le Saint-Esprit aux fidèles (*Act. Ap.,* VIII, 9-20). D'où la simonie, trafic des sacrements ; et les simoniaques, qui pratiquent ce trafic.

que ceux dont est pourvu mon beau Saint-Jean[1],
creusés exprès pour servir au baptême.
19 (Il y a peu d'années, j'en rompis un
pour sauver un enfant qui s'y noyait :
et qu'un tel sceau détrompe ceux qui doutent.)
22 De chacune des bouches de ces trous
sortaient les pieds d'un pécheur et ses jambes,
mais jusqu'au gras : dedans était le reste.
25 À tous flambait la plante des deux pieds :
et les genoux se démenaient si fort
que liens et cordes s'en seraient rompus.
28 Telle, effleurant l'objet huilé, la flamme
glisse à peine en surface et monte haut,
tel va ce feu des talons jusqu'aux ongles.
31 « Maître, qui donc est celui qui s'enrage
en frétillant plus fort que ses confrères »,
dis-je, « et que suce un flamboiement plus rouge ? »
34 Et lui à moi : « Veux-tu que je te porte
là-bas, par cette côte moins abrupte ?
lui-même, il t'apprendra son fait, ses crimes. »
37 Et moi : « Ce qui te plaît m'est toujours beau :
tu es seigneur ; tu sais que mon vouloir
suit le tien — et tu sais ce que l'on tait ! »
40 Nous atteignions la quatrième digue :
nous tournâmes à gauche et descendîmes
dans cet étroit bas-fond, criblé de trous.
43 Et le bon maître encore de son flanc
ne m'ôta pas, que je ne fusse à l'antre
de celui qui si fort pleurait des pattes.
46 « Qui que tu sois, tenant ton haut en bas,
âme souffrante et fichée comme un pieu,
si tu le peux », lui dis-je, « souffle un mot. »
49 J'étais pareil au moine confessant
le perfide assassin qui, planté vif,
l'appelle encor, pour retarder la mort.
52 Et il cria : « Toi ? déjà là, debout ?

---

1. Le Baptistère de San Giovanni de Florence.

Toi, Boniface[1] ? déjà là, debout ?
L'écrit m'a donc menti de mainte année ?
55 T'es-tu déjà rassasié de ces biens
    pour qui tu n'as pas craint de prendre en traître
    la belle Dame, et de lui faire outrage ? »
58 Je fus pareil alors à ceux qui restent
    comme stupides, n'ayant pu saisir
    ce qu'on leur dit et ne sachant répondre.
61 Et Virgile : « Dis vite : "Je ne suis
    pas celui, non, pas celui que tu crois." »
    Je répondis comme il m'était enjoint.
64 Sur quoi l'esprit tordit ses pieds très fort,
    puis, d'une voix soupirante et plaintive,
    me dit : « Que viens-tu donc me demander ?
67 Si tu tiens tant à savoir qui je suis,
    pour avoir dévalé ainsi la pente,
    sache que je portai le grand manteau
70 et fus de l'ourse un digne fils, si âpre
    au gain pour les oursons[2], que j'emboursai
    les richesses là-haut — ici moi-même.
73 Ils sont plongés sous ma tête, les autres
    qui furent avant moi des simoniaques,
    enfouis dans les fentes de la pierre.
76 Et moi j'y tomberai à mon tour, lorsque
    viendra celui que je te croyais être
    quand je te fis ma soudaine demande.
79 Mais plus de temps déjà les pieds m'ont cuit,
    plus de temps j'ai croupi à la renverse
    qu'il ne sera planté, les deux pieds rouges :
82 car après lui, chargé d'actions plus laides,
    viendra d'ouest un pasteur hors la loi[3]
    qui doit nous recouvrir, lui et moi-même ;
85 nouveau Jason, valant bien l'autre (au livre
    des Macchabées[4]) : tel l'ancien rendit lâche

---

1. Boniface VIII, élu pape en 1294, encore vivant en 1300 : Dante emploie ce stratagème pour lui promettre l'enfer. (La « belle Dame » dont il sera question au vers 57 est l'Église. Boniface fut accusé d'avoir poussé le pape Célestin V à abdiquer (v. *Enfer*, III, 60) pour prendre lui-même sa place. N.d.T.). 2. Giovanni Gaetano Orsini (*Orso* = ours), pape sous le nom de Nicolas III, de 1277 à 1280. 3. Bertrand de Got, élu pape en 1305 sous le nom de Clément V. 4. Il acheta le pontificat d'Israël au roi Antiochus de Syrie (II *Macchab.*, IV, 7-26).

son roi, tel il rendra le roi de France[1]. »
88 Je ne sais si je fus ici trop fou
de lui répondre sur le ton suivant :
« Hé, dis-moi donc ! quel grand trésor voulut
91 Notre Seigneur de l'apôtre saint Pierre,
avant qu'il mît les clefs en son pouvoir ?
certes, nul don ; mais il lui dit : "Suis-moi".
94 Et à Matthias, ni Pierre ni les autres
ne prirent or ni argent pour l'élire
en ce lieu que perdit l'âme coupable.
97 Reste donc là, car ton supplice est juste ;
et garde bien les deniers mal gagnés
qui t'ont dressé si hardi contre Charles[2] !
100 Et si encor ne m'en faisait défense
la révérence due aux clefs sublimes
que tu tenais pendant la vie heureuse,
103 j'userais d'un langage encor plus dur ;
car votre avidité navre le monde,
foulant les bons, rehaussant les mauvais.
106 À vous, bergers, songea l'Évangéliste[3]
quand il vit putasser avec les rois
celle qui est assise sur les eaux,
109 celle qui était née avec sept têtes
et qui tira vigueur de ses dix cornes,
tant que plut la vertu à son époux.
112 Vous vous fîtes un dieu d'argent et d'or :
en quoi différez-vous de l'idolâtre,
sinon que lui en prie un, et vous cent ?
115 Ah, Constantin, de quels maux fut la mère
non pas ta conversion, mais cette dot
qu'obtint de toi le premier pape riche[4] ! »
118 Comme je lui chantais ce dur refrain,
soit courroux, soit remords qui le mordît,
ses deux plantes de pieds gigotaient dru.

---

1. Philippe le Bel, qui accorda au pape les dîmes de son royaume afin qu'il transfère le siège de la papauté à Avignon. 2. Charles Ier d'Anjou, à qui le pape ôta son titre de sénateur romain et de vicaire impérial en Toscane. 3. *Apocalypse,* XVII, 1-3. 4. La donation de Rome au Saint-Siège par l'empereur Constantin : une légende à quoi croyaient Dante et ses contemporains.

121 Je crois que tout cela plut à mon guide,
    tant il eut l'air attentif et content
    pendant qu'il écoutait mon parler vrai.
124 Aussi me saisit-il entre ses bras
    et, quand il m'eut tout contre sa poitrine,
    il remonta la voie d'où nous venions,
127 sans se lasser de m'avoir contre lui,
    et me porta jusqu'au sommet de l'arche
    qui joignait cette digue à la cinquième.
130 Là, doucement, il déposa sa charge,
    tout doux, sur la rocaille abrupte et rude
    où passeraient avec peine des chèvres.
133 De là je découvris un autre val.

CHANT XX

1 Je dois en vers dire un tourment nouveau
  donnant matière au chant vingt du cantique
  premier[1], où ceux du gouffre sont décrits.
4 J'étais déjà tout entier disposé
  à regarder dans le fond découvert
  qui se baignait des larmes de l'angoisse,
7 lorsque je vis marcher par le val courbe
  des gens en pleurs, muets, venant du pas
  qu'on a sur terre au chant des litanies.
10 Puis, mon regard s'abaissant sur leurs corps,
   je les vis tous étrangement tordus
   entre le haut du buste et le menton :
13 car ils tournaient leur face vers les reins,
   ce qui faisait qu'ils marchaient à rebours,
   étant privés de la vue en avant.

---

1. L'*Enfer*.

16 Déjà peut-être la paralysie
a pu tordre quelqu'un jusqu'à ce comble ?
moi, je ne l'ai pas vu et n'y crois guère.

19 Lecteur, Dieu veuille que tu tires fruit
de ta lecture : mais toi-même, juge
si je pouvais encor garder l'œil sec,

22 lorsque je vis de près notre figure
si contournée, que les larmes des yeux
venaient mouiller les fesses par la raie !

25 Oui, je pleurais, appuyé contre un roc
du dur écueil, à tel point que mon guide
me dit : « Es-tu donc fou comme eux ? Ici

28 vit la piété lorsque meurt la pitié.
Quels plus grands scélérats que ceux qui mêlent
quelque passion au jugement de Dieu ?

31 Lève la tête, et tu verras pour qui
s'ouvrit la terre à la vue des Thébains,
si bien que tous criaient : "Amphiaraüs[1],

34 où tombes-tu ? Pourquoi laisser la guerre ?"
Il ne cessa de rouler vers le bas
jusqu'à Minos, qui saisit tout pécheur.

37 Observe que son dos s'est fait poitrine :
pour avoir trop voulu voir en avant,
il regarde et il marche à reculons.

40 Vois Tirésias[2] qui, changeant d'apparence,
de mâle qu'il était devint femelle,
se transformant en chacun de ses membres ;

43 plus tard, il lui fallut frapper encore
de sa verge les deux serpents noués,
pour recouvrer son plumage viril.

46 Adossé à son ventre, Aruns[3] le suit,
lui qui, aux monts de Lune, où débroussaille
le Carrarais qui habite au-dessous,

49 eut pour demeure, entre les marbres blancs,
la grotte où rien n'arrêtait sa vision

---

1. Amphiaraüs, l'un des sept rois qui assiégea Thèbes et prédit sa propre mort (Stace, *Thébaïde*, VII, 690-893). **2.** Tirésias, autre devin (Ovide, *Métamorphoses*, III, 324-331). **3.** Haruspice étrusque, qui prophétisa la guerre civile (*Pharsale*, I, 580-587).

quand il scrutait la mer et les étoiles.
52 Et celle-là, dont les tresses défaites
couvrent ses seins, que tu ne peux pas voir,
et qui, dessous, a tout son cuir velu,
55 fut Mantô[1], qui erra par bien des terres,
puis se fixa là même où je naquis :
je veux un peu te parler d'elle, écoute.
58 Quand son père eut quitté la vie, et lorsque
la cité de Bacchus devint esclave[2],
elle, longtemps, s'en alla par le monde.
61 Dans la belle Italie, vers le Tyrol,
au pied de l'Alpe où finit l'Allemagne,
s'étend un lac qui a nom Benacus[3] :
64 mille sources et plus, je crois, ruissellent
entre Garde, Apennin et Val Camoine,
d'eaux qui confluent puis dorment dans ce lac.
67 En son milieu est un point où l'évêque
de Trente, et ceux de Bresce et de Vérone
pourraient bénir, s'ils faisaient ce chemin :
70 Peschière, bel et fort rempart, s'y dresse
pour affronter Brescians et Bergamasques,
là où décline alentour le rivage.
73 Il faut par cet endroit que toute l'eau
qui ne peut être enclose au sein du lac
se fasse fleuve à travers les prés verts.
76 Dès que le flot commence de courir,
il n'est plus Benacus : son nom est Moince,
jusqu'à Gouverle où le Pô le reçoit[4].
79 Sans courir loin, il rencontre une plaine
où il s'épand et qu'il change en lagune,
la rendant en été souvent malsaine.
82 Or, passant là, cette vierge farouche
vit une terre, au milieu des bourbiers,
nue d'habitants et privée de cultures.
85 S'y installant pour fuir l'humain commerce
et pratiquer son art avec ses aides,

---

1. Fille de Tirésias (*Énéide*, X, 198-200). 2. La ville de Thèbes, dont Créon s'était emparé. 3. Le lac de Garde. 4. Gaveruolo, où le Mincio se jette dans le Pô.

elle y vécut, puis laissa son corps vide.
88 Plus tard, les gens épars dans la contrée
s'unirent en ce lieu, que rendait fort
le marécage régnant à la ronde ;
91 sur ces os morts ils bâtirent leur ville
et, pour Mantô, première à le choisir,
l'appelèrent Mantoue, sans autre augure.
94 Jadis le peuple y était plus nombreux,
avant que la folie de Caselaudes
ne se laissât tromper par Pignemont[1].
97 Je t'instruis donc pour que, si tu entends
qu'on prête une autre origine à ma ville,
la vérité rectifie tout mensonge. »
100 « Tes discours, maître, sont pour moi si sûrs
et forcent tant ma foi », lui répondis-je,
« que d'autres me seraient charbons éteints.
103 Mais dis-moi : dans la troupe qui s'avance,
vois-tu quelqu'un digne d'être cité ?
car ma pensée en ce seul point refrappe. »
106 Il dit : « Celui qui de ses joues répand
sa barbe jusqu'à ses épaules brunes,
fut augure, quand se vida la Grèce
109 de mâles (hors les enfants au berceau) ;
avec Calchas il donna en Aulide
le signal de couper le premier câble ;
112 Eurypyle[2] est son nom, comme le chante
ma haute tragédie[3] en quelque endroit :
tu le sais bien, toi qui la connais toute.
115 Cet autre-là, dont les flancs sont si maigres,
fut Michel Scott[4], qui connut pleinement
tout le grand jeu des fraudes de magie.
118 Vois Guy Bonat[5] ; et vois aussi Asdent
qui voudrait à présent n'avoir connu
que cuir et que ligneul[6] : tardifs regrets !

---

1. Les comtes de Casalodi furent chassés en 1272 de leur fief de Mantoue par Pinamonte de' Bonacolsi. 2. Soldat grec, présent au siège de Troie, dont Dante fait un devin. 3. L'*Énéide*. 4. Michel Scott, philosophe et astrologue de Frédéric II. 5. Guido Bonatti, astrologue. 6. *Cf. Banquet,* IV, 16.

121 Vois ces maudites qui, laissant aiguille,
   fuseau, navette, se firent voyantes,
   jetant des sorts par herbes et images.
124 Mais viens : déjà Caïn et ses épines[1]
   sont aux confins de nos deux hémisphères
   et vont toucher les vagues sous Séville.
127 Hier nuit, déjà, c'était la pleine lune :
   tu dois t'en souvenir, car plusieurs fois
   elle t'aida dans la forêt profonde. »
130 Ainsi me parlait-il. Et nous allions.

CHANT XXI

1 Ainsi, de pont en pont, parlant de choses
   que s'abstient de chanter ma Comédie,
   nous arrivions en haut de l'arche, quand
4 nous arrêta la vue d'un autre puits
   de Males-Bauges, aux pleurs inutiles :
   et je le vis étonnament obscur.
7 Comme, en hiver, chez les gens de Venise,
   dans l'arsenal, la poix tenace bout
   pour calfater les vaisseaux délabrés,
10 (car, ne pouvant naviguer, les marins
   rénovent leurs bateaux : et l'un étoupe
   les flancs des nefs qui ont longtemps vogué ;
13 tel cloue la proue et tel autre la poupe ;
   qui taille un aviron, qui tord des cordes,
   qui rapièce misaine ou artimon),
16 ainsi — non par le feu, mais par un art
   divin — bouillait au puits une poix grasse

---

[1]. La croyance populaire discernait un homme portant un fagot dans les taches de la lune.

qui engluait ses bords de tous côtés.
19 Je la voyais, mais ne voyais en elle
que le bouillonnement faisant ses bulles
d'abord gonflées, puis retombant à plat.
22 Je regardais fixement vers le fond
lorsque mon guide : « Prends garde, prends garde ! »
dit-il en m'attirant de là vers lui.
25 Je me tournai, comme l'homme anxieux
d'apercevoir le danger qu'il doit fuir,
et qu'une peur soudaine déconcerte,
28 mais qui, tout en guettant, part sans attendre :
derrière nous je vis un diable noir
qui venait en courant sur la falaise.
31 Ah ! que son apparence était féroce
et que ses gestes me semblaient cruels,
le pied leste, les ailes déployées !
34 Sur son épaule orgueilleuse et aiguë
il portait un pécheur par les deux hanches
et l'agrippait par le nerf des chevilles.
37 De notre pont, il cria : « Ô Malgrifs !
voici l'un des anciens de Sainte-Zite[1] !
qu'on l'enfonce en dessous ! moi, je retourne
40 encore à cette ville : elle en regorge ;
tout le monde y trafique — hormis Bonture ;
pour de l'argent, un "non" y devient "oui". »
43 Il le jeta au fond, et par le roc
abrupt s'en fut ; jamais mâtin qu'on lâche
ne fut si prompt à poursuivre un voleur.
46 L'autre plongea, reparut tout poissé,
mais les démons embusqués sous le pont
crient : « Ici n'a pas cours la Sainte-Face[2] !
49 Ici l'on nage autrement qu'en ton Serque[3] !
Donc, si tu crains de goûter à nos griffes,
n'émerge plus au-dessus de la poix ! »
52 Puis avec cent harpons ils le mordirent,
en lui disant : « Ici, danse en cachette,

---

1. Magistrats lucquois, dont Bonturo Dati, encore vivant au début du XIVe siècle.
2. Crucifix vénéré à Lucques.   3. Le Serchio, fleuve de Lucques.

pour truander — si tu peux — à couvert ! »
55 Ainsi les cuisiniers font enfoncer
par leurs aides la chair dans la marmite
avec des crocs, de peur qu'elle ne flotte.
58 Et le bon maître : « Afin que ta présence
reste ignorée, accroupis-toi », dit-il,
« derrière un bloc où tu sois à l'abri ;
61 et, quelque offense qu'on puisse me faire,
n'aie crainte, car je sais le train des choses,
ayant déjà pu voir de telles rixes. »
64 Puis il passa l'extrémité du pont
et, quand il fut sur la digue sixième,
il lui fallut montrer front impavide.
67 Avec même fureur, même tempête
que s'élancent les chiens contre le pauvre
qui ne sait que mendier dès qu'il fait halte,
70 de la base du pont ceux-ci surgirent
en pointant contre lui toutes leurs fourches,
mais il cria : « Ne soyez pas félons !
73 Avant que vos crochets ne me harponnent,
que l'un de vous s'approche pour m'entendre !
puis il verra s'il lui faut m'embrocher. »
76 Et tous crièrent : « Malequeue, vas-y ! »
L'un s'avança (les autres attendaient)
et vint à lui en disant : « À quoi bon ? »
79 « Crois-tu donc, Malequeue », lui dit mon maître,
« que tu puisses me voir ici venu
— bien assuré contre tous vos assauts —
82 sans destin droit ni volonté divine ?
Laisse-nous donc aller : on veut au ciel
que je montre à quelqu'un cette âpre route. »
85 L'autre en eut son orgueil si rabattu
qu'à ses pieds il laissa tomber sa fourche
et dit aux siens : « Qu'il ne soit pas frappé. »
88 Et mon guide me dit : « Toi qui te caches,
pelotonné dans les rochers du pont,
viens à présent vers moi sans inquiétude. »
91 Et, me levant, vite je vins à lui.
Mais tous les diables alors s'avancèrent

et je craignis qu'ils rompissent le pacte ;
94 ainsi j'ai vu jadis les soldats craindre,
quand, sur parole, ils sortaient de Caprone,
en se voyant entourés d'ennemis[1].
97 Alors je me serrai de tout mon corps
contre mon guide, sans quitter des yeux
leur figure, et n'y vis que malveillance.
100 Baissant leurs crocs : « Veux-tu que je le touche »,
se disaient-ils entre eux, « là, au croupion ? »
Et ils se répondaient : « Oui, qu'il en tâte ! »
103 Mais ce démon qui allait conversant
avec mon guide se tourna bien vite
et dit : « Du calme, Échevelé, du calme ! »
106 Puis il nous dit : « Impossible d'aller
plus loin par ce rocher : la sixième arche
gît écroulée tout là-bas sur le fond.
109 Si cependant vous tenez à poursuivre,
engagez-vous le long de ce rebord :
un autre écueil, non loin, fait un passage.
112 Hier, cinq heures plus tard qu'en cet instant,
mille deux cent soixante et six années
s'accomplissaient, du jour où chut ce pont[2].
115 Je fais aller par là certains des miens
pour y veiller que nul ne prenne l'air ;
ils ne seront pas méchants : suivez-les.
118 Partez devant, Aileclin, Foulegivre »,
se mit-il à leur dire, « et toi, Cagnard ;
que Barbhéris conduise la dizaine ;
121 partez aussi, Libycoq, Draguignas,
Ciriath aux deux défenses, Griffechien,
et Farfarel, et Rubicant le fou.
124 Guettez autour de la glu bouillonnante.
Eux, qu'ils soient saufs jusqu'à l'autre rocher
qui va sans brèche au-dessus des tanières. »
127 « Hélas, mon maître, qu'est-ce que je vois ?
Si tu sais le chemin », dis-je, « allons seuls,

---

1. Les Pisans, contraints d'abandonner leur forteresse de Caprona : Dante assista à leur reddition en août 1289. 2. *Cf.* p. 613, note 1.

sans cette escorte : moi, je la refuse !
130 Et si tu es toujours aussi sagace,
ne vois-tu pas que tous grincent des dents
et que leurs yeux n'annoncent que malheurs ? »
133 Et lui : « Je ne veux pas que tu t'effraies ;
laisse-les donc grincer tout à leur aise :
ils font cela pour les pauvres bouillis. »
136 Ils tournèrent à gauche sur la digue,
mais d'abord — faisant signe au chef — chacun
s'était mordu la langue en la tirant ;
139 et l'autre avait trompetté par le cul.

CHANT XXII

1 J'ai déjà vu jadis des cavaliers
lever le camp, s'élancer à l'assaut,
faire parade ou, quelquefois, retraite ;
4 et j'ai vu des coureurs par votre ville,
ô Arétins, faisant des cavalcades,
s'affrontant aux tournois, luttant aux joutes,
7 à l'appel des clairons, au son des cloches,
aux tambours, aux signaux de forteresse,
suivant l'usage d'ici ou d'ailleurs :
10 mais jamais je n'ai vu cor si bizarre
commander cavaliers ni fantassins,
ni nef que guide un phare ou une étoile.
13 Nous faisions route avec les dix démons.
Féroce compagnie ! mais on fréquente
saints à l'église et goinfres aux tavernes.
16 Moi, je n'étais attentif qu'à la poix,
voulant voir tout l'état de cette bauge
et des gens qui brûlaient à l'intérieur.
19 Tels les dauphins, quand on voit qu'ils font signe

aux matelots, en arquant leur échine,
de s'activer pour sauver leur navire,
22 ainsi parfois, pour alléger sa peine,
quelque pécheur venait montrer son dos
puis le cachait plus vite que l'éclair.
25 Et comme on voit, sur le bord d'un étang,
les grenouilles sortir leur museau seul,
cachant leurs pattes et le gros du corps,
28 tels se tenaient en tous lieux les pécheurs ;
mais, aussitôt qu'approchait Barbhéris,
ils replongeaient dans la poix bouillonnante.
31 Je vis l'un d'eux — le cœur m'en bat encore —
rester ainsi, comme il advient parfois
qu'une grenouille reste et l'autre file :
34 et Griffechien, se trouvant le plus près,
le harponna par ses cheveux poisseux
et le tira dehors comme une loutre.
37 Je connaissais déjà le nom des dix,
l'ayant noté quand ils furent choisis :
j'y pris donc garde quand ils s'appelèrent.
40 « Ô Rubicant, tâche un peu de lui mettre
tes griffes dans le cuir ! écorche-le ! »
s'écriaient ces maudits à l'unisson.
43 Et moi : « Mon maître, si tu peux, essaye
de nous savoir qui est ce misérable
tombé aux mains de ses durs ennemis. »
46 Venant auprès de lui, mon guide alors
lui demanda d'où il était. Et l'autre :
« Je naquis au royaume de Navarre ;
49 ma mère m'y conçut d'un chenapan
destructeur de lui-même et de ses biens,
et me mit au service d'un seigneur.
52 Puis le bon roi Thibaut[1] m'eut à sa cour ;
là, je me mis à faire les trafics
dont je rends compte en cet endroit brûlant. »
55 Et Ciriath, à qui sortait du mufle,
par chaque coin, un croc de sanglier,

---

1. Thibaud II, comte de Champagne et roi de Navarre, mort en 1270.

lui fit sentir comme un seul peut découdre.
58 Chattes sinistres avaient pris le rat ;
   mais, l'enfermant dans ses bras : « Vous, arrière »,
   dit Barbhéris, « tant que je le chevauche ! »
61 Puis, se tournant vers mon maître, il lui dit :
   « Si tu veux sur son compte en savoir plus,
   demande encore, avant qu'ils le dépècent. »
64 Et mon guide s'enquit : « Là, sous la poix,
   connaîtrais-tu quelqu'un de ces damnés
   qui soit latin[1] ? » Et lui : « Je viens à peine
67 d'en quitter un qui fut de ces parages ;
   fussé-je encore avec lui à couvert !
   je ne craindrais ni le crochet ni l'ongle ! »
70 Mais Libycoq : « Nous avons trop langui ».
   De son grappin il lui happa le bras
   qu'il déchira, emportant un lambeau.
73 Draguignas, lui aussi, voulut l'atteindre
   plus bas, aux jambes ; mais leur décurion
   roula des yeux menaçants à la ronde.
76 Quand tous les dix furent un peu calmés,
   mon guide, sans retard, dit à celui
   qui contemplait encore sa blessure :
79 « Qui était l'autre, dont tu dis qu'à tort
   tu l'as quitté pour venir à la rive ? »
   Il répondit : « Ce fut frère Gomite
82 le Gallurois[2], vaisseau de toute fraude,
   qui tint les ennemis de son seigneur,
   mais les traita si bien que tous s'en louent :
85 il les laissa — pour argent — *de plano*
   (selon son mot), et dans tous ses offices
   fut escroc non petit, mais de haut vol.
88 Et il va fréquentant don Michel Zanche
   de Logodur[3] : à parler de Sardaigne,
   leurs langues ne se sentent jamais lasses.

---

1. Italien. **2.** Fra Gomita di Gallura ; représentant d'Ugolino Visconti en Sardaigne, il aurait libéré pour de l'argent des ennemis de son maître. **3.** Michele Zanche, gouverneur en Sardaigne pour le compte du fils de Frédéric II ; il usurpa le pouvoir de son suzerain.

Enfer, XXII

91 Hélas ! voyez cet autre, comme il grince !
je parlerais encor, mais j'ai trop peur
qu'il ne s'apprête à me gratter la teigne ! »
94 Sur quoi le grand prévôt, à Farfarel
qui, les yeux révulsés, allait frapper :
« Méchant oiseau », fit-il, « écarte-toi ! »
97 Le damné, plein d'effroi, reprit alors :
« Si vous voulez encor voir ou entendre
des Toscans, des Lombards, j'en manderai :
100 mais les Malgrifs devront rester plus loin,
pour qu'on n'ait pas à craindre leur vengeance.
Moi, demeurant assis en ce lieu même,
103 seul que je suis j'en ferai venir sept
en les sifflant, selon notre habitude
quand l'un de nous se hasarde au-dehors. »
106 À ce discours, Cagnard leva le mufle,
hocha la tête et dit : « Voyez la ruse
qu'il a conçue pour se jeter au fond ! »
109 Mais l'autre, ayant plus d'un tour dans son sac :
« Rusé ? », répondit-il, je le suis trop
quand j'accrois les douleurs de mes semblables ! »
112 Aileclin n'y tint plus et, s'opposant
aux siens, il l'avertit : « Toi, si tu plonges,
ce n'est pas au galop que je te suis,
115 mais j'atteindrai la poix d'un seul coup d'aile !
Quittons le roc : de derrière la digue,
nous verrons si tu vaux plus que nous tous. »
118 Ô toi qui lis, entends un jeu nouveau !
Chacun se dirigea vers l'autre rive,
et le plus réticent allait en tête.
121 Le Navarrais choisit l'instant propice,
ficha ses pieds en terre et tout à coup
sauta, se dérobant à leurs desseins.
124 Chacun des dix en ressentit la faute,
surtout le responsable du dommage :
il s'élança en criant : « Je te tiens ! »
127 mais sans succès : moins leste fut son aile
que la peur ; le fuyard s'en fut au fond ;
lui, en volant, redressa la poitrine :

130 ainsi, à l'improviste, le canard
    plonge lorsque s'approche le faucon,
    qui remonte, irrité et déconfit.
133 Or Foulegivre, furieux du tour,
    poursuivit l'autre en vol, souhaitant voir
    le damné sauf, pour pouvoir en découdre :
136 et, dès que le voleur eut disparu,
    contre son compagnon tournant ses griffes
    il l'empoigna au-dessus de la fosse.
139 Aileclin se montra rude épervier
    pour l'agripper aussi ; tous deux tombèrent
    au beau milieu de l'étang bouillonnant.
142 Le chaud leur fit aussitôt lâcher prise ;
    mais remonter leur était impossible,
    tant ils avaient les ailes engluées.
145 Et Barbhéris, morose avec les siens,
    en fit voler sur l'autre rive quatre
    qui, en hâte, chacun avec sa gaffe,
148 descendirent sur place, ici et là,
    tendant leurs crocs vers les deux enlisés
    déjà profondément cuits sous leur croûte.
151 Empêtrés qu'ils étaient, nous les laissâmes.

CHANT XXIII

1 Silencieux et seuls, sans notre escorte,
    nous allions, l'un devant, l'autre derrière,
    comme frères mineurs vont par les routes.
4 Or mon esprit, qu'absorbait cette rixe,
    songeait aussi à la fable où Ésope
    a raconté la grenouille et le rat :
7 car « *or donc* » et « *or çà* » sont moins semblables
    que ne sont ces deux faits, si l'on compare

à bon escient leurs débuts et leurs fins.
10 Puis, comme une pensée jaillit d'une autre,
de celle-là naquit une autre idée
qui redoubla ma première frayeur.
13 Car je songeais : « C'est pour nous que ces diables
se sont vus si moqués, bernés, lésés,
que, j'en suis sûr, ils en ont grand dépit.
16 Si la rage enchevêtre leur malice,
ils nous courront après, bien plus cruels
que n'est le chien pour le lièvre qu'il happe. »
19 Et déjà je sentais se hérisser
de peur mon poil, et, guettant en arrière :
« Cache-nous tous les deux sans tarder, maître »,
22 dis-je, « sinon, je crains fort les Malgrifs !
Certes, déjà nous les avons aux trousses ;
je les sens là, tant je les imagine ! »
25 Il me dit : « Si j'étais verre étamé,
je capterais ton image moins vite
que je ne fais ta figure intérieure.
28 Tes pensées à l'instant venaient aux miennes,
si pareilles de forme et de démarche
qu'en moi j'ai fait un seul projet de toutes :
31 pour peu que le rivage droit soit tel
qu'on puisse y débouler dans l'autre fosse,
nous fuirons cette chasse imaginée. »
34 Il achevait d'exposer son dessein
quand je les vis venir : ailes ouvertes,
non loin, s'opiniâtrant à nous saisir.
37 Au même instant mon guide m'enleva,
comme une mère qui s'éveille au bruit
et voit, tout près, des flammes allumées,
40 prend son fils, fuit, ne s'arrête pas même
pour seulement vêtir une chemise,
ayant souci de lui plus que de soi.
43 C'est sur le dos, du haut du roc abrupt,
qu'il se laissa dégringoler la pente
où se ferme un côté de l'autre fosse.
46 L'eau d'un bief ne courut jamais si vite
pour actionner une roue de moulin

lorsque le flot se rue contre les aubes,
49 que mon maître à travers cette lisière
ne m'emporta, serré sur sa poitrine
comme son fils, non comme un compagnon.
52 Dès que ses pieds eurent touché le sol,
les démons apparurent sur la crête,
juste en surplomb — mais n'étaient plus à craindre :
55 car si la providence les voulut
comme ministres du cinquième val,
elle ôte à tous le pouvoir d'en sortir.
58 Nous trouvâmes, en bas, des gens fardés
qui marchaient alentour, d'un pas très lent,
en pleurs, et paraissaient las et vaincus.
61 Ils portaient chapes et capuches basses
devant les yeux, taillées sur le modèle
que l'on fait pour les moines à Cluny ;
64 dorées à l'extérieur, éblouissantes,
mais de plomb par-dedans, et d'un tel poids
que Frédéric[1], auprès, les fit de paille.
67 Ô pour l'éternité pesant manteau !
Nous tournâmes encor du côté gauche
avec eux tous, attentifs à leur plainte ;
70 mais, sous le poids, ces foules fatiguées
allaient si lentement qu'à chaque pas
nous nous trouvions en compagnie nouvelle.
73 « Tâche d'en trouver un », dis-je à mon guide,
« dont le nom ou les actes soient connus ;
tout en marchant, regarde autour de toi. »
76 Alors l'un d'eux, à mon parler toscan,
cria derrière nous : « Allez moins vite,
vous qui courez ainsi par l'air obscur !
79 De moi, peut-être, tu auras réponse. »
Sur quoi mon guide, en se tournant : « Attends »,
dit-il, « puis, règle ton pas sur le sien. »
82 M'arrêtant, j'en vis deux qui me parurent
être fort impatients de me rejoindre,

---

1. Frédéric II faisait revêtir d'une chape de plomb enflammé les coupables de lèse-majesté.

mais que leur charge et la presse empêchaient.
85 Nous ayant joints, longtemps, sans souffler mot,
d'un œil oblique ils me considérèrent,
puis, se tournant l'un vers l'autre, ils se dirent :
88 « Est-il vivant ? car sa gorge palpite ;
mais si tous deux sont morts, quel privilège
les affranchit de l'étole pesante ? »
91 Et puis, à moi : « Ô Toscan, descendu
en ce triste couvent des hypocrites,
dis qui tu es, sans montrer de mépris. »
94 Et à mon tour : « Je suis né, j'ai grandi
sur le beau fleuve d'Arne à la grand-ville
et vais avec le corps que j'eus toujours.
97 Mais vous, qui êtes-vous, dont la douleur,
comme je vois, s'épanche sur vos joues ?
Et quelle peine est en vous si brillante ? »
100 L'un d'eux me répondit : « Ces chapes jaunes
sont d'un plomb si épais que, sous leur poids,
nous — leurs balances — grinçons ces complaintes.
103 Nous étions bolonais et Joyeux-Frères ;
j'avais nom Catalan ; lui, Lohérain ;
ta cité nous avait élus ensemble
106 (au lieu d'un seul, comme le veut l'usage)
pour maintenir sa paix. Ce que nous fîmes
se voit encor tout autour du Gardenc[1]. »
109 Je commençai : « Ô frères, vos méfaits... »
mais je me tus, car soudain mes yeux virent
un crucifié en terre par trois pieux.
112 Quand lui me vit, il tordit tout son corps
en soufflant dans sa barbe des soupirs ;
et Catalan, s'en étant aperçu,
115 me dit : « L'homme cloué[2] que tu regardes
persuada les Pharisiens de mettre
un homme à la torture pour le peuple.

1. *Frati godenti* bolonais, Catalano de' Malavolti et Loderingo degli Andalò, podestats de Florence en 1266. Appelés dans la ville pour y faire la paix, ils favorisèrent les Guelfes, lesquels démolirent les maisons des Uberti dans le quartier de Gardingo.
2. Caïphe persuada les Pharisiens de condamner à mort le Christ (*Jean,* XI, 49-50).

118 Tu le vois nu en travers du chemin,
et il convient ici que tout passant
d'abord lui fasse éprouver ce qu'il pèse.
121 Et son paraître[1] sent la même angoisse
en cette fosse, avec ceux du concile
qui fut aux Juifs semence de malheur. »
124 Je vis alors Virgile s'étonner
devant celui qui là gisait en croix
dans l'éternel exil, ignoblement.
127 Ensuite il adressa ces mots au frère :
« S'il est permis, qu'il vous plaise de dire
si l'on trouve à main droite quelque issue
130 par où nous deux puissions sortir d'ici,
sans obliger aucun des anges noirs
à venir nous tirer hors de ce fond. »
133 Et l'autre dit : « Plus près que tu n'espères
est un rocher qui, partant du grand cercle,
va franchissant tous les fossés cruels,
136 sauf celui-ci, où il est effondré ;
vous pourrez y monter par l'éboulis
qui s'élève du fond, suivant la pente. »
139 Mon guide un peu demeura tête basse,
puis dit : « Il nous a mal conté l'affaire,
lui qui, là-haut, harponne les pécheurs. »
142 Et l'autre : « J'ai ouï dire à Bologne[2]
bien des vices du diable, et, parmi eux,
qu'il est menteur et père du mensonge. »
145 Sur quoi mon guide s'éloigna, rapide,
les traits un peu troublés par la colère ;
et je laissai alors les accablés,
148 suivant la chère trace de ses pas.

---

1. Le pontife Anne, beau-père de Caïphe, participa à la condamnation du Christ (*Jean*, XVIII, 13).   2. Ville universitaire très renommée au Moyen Âge.

CHANT XXIV

1 Quand très jeune est l'année, en la saison
   où le soleil va tiédir ses cheveux
   sous le Verseau, quand jours et nuits s'égalent
4 et que la gelée blanche sur la terre
   copie l'image de sa blanche sœur
   (mais fugace est la teinte à son pinceau),
7 le villageois qui n'a plus de fourrage
   se lève, observe, et voyant la campagne
   blanchoyer alentour, se bat le flanc,
10 rentre au logis, va, revient, se lamente
   comme un pauvret qui ne sait plus que faire,
   puis, s'il ressort, refait moisson d'espoir,
13 voyant le monde avoir changé de face
   en peu de temps : et, prenant sa houlette,
   il fait sortir ses brebis au pacage.
16 Ainsi mon maître m'alarma d'abord
   quand je vis naître sur son front le trouble,
   mais, aussi vite, au mal vint le remède :
19 car, dès que fut atteint le pont brisé,
   le guide se tourna vers moi (très doux,
   tel qu'au début je l'ai vu près du mont),
22 ouvrit les bras — après avoir tenu
   en lui-même conseil, examinant
   l'éboulis tout d'abord —, puis il me prit.
25 Et tel celui qui, en œuvrant, prépare,
   et toujours semble avoir prévu ses actes,
   ainsi, en m'élevant jusqu'à la cime
28 d'un roc compact, il en visait un autre,
   disant : « Après, tu t'y cramponneras :
   mais vérifie d'abord qu'il te supporte. »
31 Peu faite pour grimpeurs vêtus de chapes
   était cette montée où nous peinions
   de bec en pic, lui léger, moi poussé ;
34 et, n'eût été que sur cette muraille
   la pente était plus courte que sur l'autre,

lui je ne sais, pour moi j'étais vaincu.
37 Mais puisque tout Males-Bauges décline
vers l'orifice du puits le plus bas,
chaque ravin, par son site, comporte
40 qu'un de ses bords s'élève et l'autre penche.
Nous parvînmes enfin sur le sommet
d'où pend, rompu, le dernier roc de l'arche.
43 Dans mes poumons l'haleine était si courte,
quand j'atteignis le haut, qu'à bout de forces,
aussitôt arrivé, j'allai m'asseoir.
46 « Il te faudra mieux dompter ta paresse »,
dit mon docteur ; « ce n'est pas sur la plume
que l'on gagne l'honneur, ni sous la couette :
49 quiconque use sa vie sans renommée
laisse au monde une marque aussi infime
que dans l'air la fumée, dans l'eau l'écume.
52 Lève-toi donc, vaincs cette angoisse, grâce
au courage qui gagne les batailles
tant que le poids du corps ne vient l'abattre.
55 Une plus haute échelle est à gravir ;
ce n'est pas tout d'avoir pu fuir les diables ;
si tu m'entends, que ce discours te serve. »
58 Je me levai alors et, faisant mine
d'être moins essoufflé que je n'étais,
je lui dis : « Va ! je suis fort et hardi. »
61 Sur le chemin du rocher nous partîmes ;
mais il était rugueux, scabreux, étroit
et bien plus escarpé que ne fut l'autre.
64 J'allais parlant pour ne pas sembler lâche,
lorsque sortit de la nouvelle fosse
une voix ne sachant former des mots.
67 Que disait-elle ? je ne sais ; pourtant,
là où j'étais, l'arc enjambait le val ;
mais celui qui parlait semblait courir.
70 Je me penchai : mais les yeux d'un vivant
ne pouvaient pénétrer jusqu'au fond sombre.
Alors je dis : « Maître, tâche d'aller
73 vers l'autre enceinte, et descendons le mur :
car, comme ici j'entends sans rien comprendre,

de même en bas je vois sans reconnaître. »
76 « Je ne te fais », dit-il, « d'autre réponse
qu'en agissant, car la demande honnête
veut en silence être suivie de l'œuvre. »
79 Nous descendîmes du pont par le bord
où il s'attache à la huitième digue :
la fosse alors m'apparut tout entière.
82 Dedans, je vis un effroyable amas
de serpents aux natures si étranges
qu'encor mon sang reflue lorsque j'y songe.
85 Que la Libye ne vante plus ses sables :
car si elle produit jacules, cenchres,
chélydres et pharées et amphisbènes[1],
88 jamais autant de pestes si malignes
n'y ont paru, ni même en Éthiopie,
ni sur tout ce qui borde la mer Rouge.
91 Dans ce cruel et noir foisonnement
couraient des gens nus et terrorisés,
sans espoir d'échappée ni d'héliotrope[2].
94 Des serpents leur liaient les mains au dos
et leur plantaient têtes et queues aux reins,
et au devant du corps s'entre-nouaient.
97 Or sur l'un d'eux voici, non loin de nous,
qu'un serpent s'élança et le perça
là où le cou s'articule aux épaules.
100 En moins de temps qu'un *O*, qu'un *I* s'écrivent,
le pécheur s'alluma, ne fut que flammes
et tout entier tomba, devenu cendre ;
103 et quand il fut à terre ainsi détruit,
d'elle-même la cendre s'assembla
et se refit lui-même en un instant.
106 Ainsi, chez les grands sages, on assure
que le phénix meurt pour renaître ensuite,
quand il atteint la cinq centième année.
109 Il ne mange en sa vie herbe ni grain,

---

1. Noms de serpents issus de la *Pharsale* de Lucain.   **2.** Pierre dont le Moyen Âge croyait qu'elle guérissait de la morsure des serpents.

mais seulement pleurs d'encens et d'amome[1],
et nard et myrrhe forment son linceul.
112 Et tel celui qui perd conscience et tombe,
jeté au sol par l'effet d'un démon
ou par quelque obstruction paralysante,
115 puis, se levant, promène son regard,
tout égaré après la grande angoisse
qu'il a soufferte et, regardant, soupire :
118 tel je vis ce pécheur, sitôt dressé.
Ô que sévère est de Dieu la puissance,
qui se venge en frappant de pareils coups !
121 Mon guide alors lui demanda son nom ;
« Je suis tombé », dit l'autre, « de Toscane,
il y a peu, dans cette gorge atroce.
124 J'aimai la vie bestiale et non humaine,
en mulet que je fus ! Je suis Jean Foux
la bête, et j'eus Pistoie comme tanière[2]. »
127 « Défends-lui de s'enfuir », dis-je à mon guide ;
« sachons quel crime ici-bas l'a plongé :
car je l'ai vu violent, homme de sang. »
130 Le pécheur, qui comprit, ne feignit pas,
mais il dressa vers moi âme et visage
et se peignit d'une méchante honte :
133 « Je souffre plus », dit-il, « d'être surpris
et vu par toi en pareille misère,
que quand je fus ôté de l'autre monde.
136 Je ne puis pas esquiver ta demande :
Je suis placé si bas parce que j'ai
pillé la sacristie aux beaux trésors ;
139 un autre en fut accusé faussement.
Mais, pour que m'avoir vu t'enchante moins,
si jamais tu ressors des lieux obscurs,
142 ouvre l'oreille à mon annonce, écoute :
Pistoie d'abord s'amaigrit de ses Noirs ;
Florence change ensuite hommes et lois ;
148 Mars suscite un éclair du Val de Maigre

---

1. Résine aromatique.   **2.** Vanni Fucci, fils naturel d'un habitant de Pistoia, qui vola en 1293 le trésor de la chapelle Saint-Jacques dans la cathédrale.

environné de nuées orageuses ;
puis, par tempête impétueuse et âpre,
148 aux champs du Picenium on se battra ;
l'éclair alors rompra soudain la nue
et tous les Blancs en seront foudroyés[1].
151 Je te l'ai dit, afin que tu en souffres. »

CHANT XXV

1 En achevant de parler, le voleur
leva haut ses deux mains et fit la figue[2]
en criant : « Dieu, je t'envoie ça ! attrape ! »
4 De ce jour les serpents me furent chers,
car l'un d'entre eux vint enserrer sa gorge
comme pour dire : « Tais-toi, je le veux »,
7 et un second vint lui lier les bras
en s'y nouant par le devant, si fort
que le damné ne pouvait faire un geste.
10 Hélas, Pistoie, que n'as-tu décidé
de te réduire en cendre et d'en finir,
puisque tu vaincs tes aïeux dans le mal !
13 Dans tout l'enfer obscur, je n'ai pas vu
d'esprit aussi superbe contre Dieu,
fût-ce l'esprit tombé des murs de Thèbes[3].
16 Il déguerpit sans plus dire un seul mot.
Et je vis un centaure plein de rage
venir criant : « Où est-il, le rebelle ? »
19 La Maremme n'a pas plus de couleuvres,
je crois, qu'il n'en portait parmi la croupe,
jusqu'à l'endroit où naît notre figure.

---

1. Cette prophétie fictive de Vanni annonce la défaite des Noirs de Pistoia, puis celle des Blancs de Florence en 1301.   **2.** Geste obscène et de mépris.   **3.** *Cf.* ci-dessus, chant XIV, 63-72.

22 Sur ses épaules, derrière la nuque,
   rampait, ailes ouvertes, un dragon
   soufflant du feu sur quiconque approchait.
25 Mon maître dit : « Celui-ci, c'est Cacus,
   qui, sous la roche du mont Aventin,
   répandit plusieurs fois des flots de sang.
28 S'il ne suit pas le chemin de ses frères,
   c'est en raison du vol qu'il fit, par fraude,
   du grand troupeau conduit par son voisin.
31 Là prirent fin ses œuvres tortueuses
   sous la massue d'Hercule, qui peut-être
   frappa cent coups : il n'en sentit pas dix[1]. »
34 Comme il parlait ainsi, Cacus s'en fut
   et, au-dessous de nous, trois esprits vinrent,
   que ni moi ni mon guide n'aperçûmes
37 jusqu'à leur cri soudain : « Qui êtes-vous ? »
   Ce cri interrompit notre discours ;
   notre attention se concentra sur eux.
40 Ils m'étaient inconnus ; mais il advint
   — comme il arrive souvent par hasard —
   que l'un d'eux prononça le nom d'un autre,
43 disant : « Et Chanfe[2], où donc est-il resté ? »
   Moi, désireux que le guide écoutât,
   je mis mon doigt du nez jusqu'au menton.
46 Ici, lecteur, si tu es lent à croire
   ce qui suivra, ce n'est pas étonnant :
   moi qui l'ai vu, je ne l'admets qu'à peine.
49 Comme vers eux j'avais les cils levés,
   soudain s'élance un serpent à six pattes
   sur le premier, s'agrippant tout à lui.
52 Des pattes du milieu serrant son ventre,
   il prit ses bras dans celles de devant,
   puis lui planta ses crocs dans les deux joues.
55 Ses pieds d'en bas appliqués sur ses cuisses,
   il lui coula sa queue par l'entrejambe,

---

1. Le centaure Cacus, qui tenta de voler le troupeau d'Hercule et fut tué par celui-ci à coups de massue (Ovide, *Fastes*, I, 575-576). **2.** Cianfa Donati, Florentin (mort entre 1283 et 1289).

la redressant derrière, au long des reins.
58 Lierre jamais ne fut si cramponné
   aux bras d'un arbre, que l'horrible bête
   sur d'autres membres ne vrilla ses membres.
61 Puis, se collant comme si leur matière
   fût cire chaude, ils mêlèrent leurs teintes ;
   aucun déjà ne se ressemblait plus :
64 ainsi, sur le papier, devant la flamme,
   on voit venir une nuance brune
   qui n'est pas noire encor, mais le blanc meurt.
67 Les deux autres guettaient, et chacun d'eux
   criait : « Hélas, Agnel[1], comme tu changes !
   vois : tu n'es déjà plus ni deux ni un. »
70 Les deux têtes déjà n'en formaient qu'une
   lorsque leurs traits fondus nous apparurent
   en une face où tous deux se perdaient.
73 Deux bras se firent de quatre lambeaux ;
   cuisses et jambes, ventres et poitrines
   firent un corps que l'on n'a jamais vu.
76 Tout aspect primitif était brisé :
   double et aucune, l'image perverse
   s'éloigna ainsi faite, à pas très lents...
79 Tel le lézard, quand il change de haie
   sous le grand fouet des jours caniculaires,
   semble un éclair traversant le chemin,
82 tel apparut, s'élançant vers les ventres
   des deux restants, un serpenteau de feu,
   noir et livide comme un grain de poivre.
85 Il perça l'un d'entre eux à cet endroit
   d'où nous prenons d'abord notre aliment[2],
   puis retomba devant lui, étendu.
88 Le transpercé le mira sans rien dire,
   mais, tout raidi sur ses pieds, il bâillait,
   comme assailli de sommeil ou de fièvre.
91 Lui, fixait le serpent ; le serpent, lui ;
   l'un par sa plaie et l'autre par sa bouche
   fumaient très fort ; les fumées se heurtaient.

---

1. Peut-être le Florentin Agnolo Brunelleschi. 2. Le nombril.

94 Qu'ici se taise Lucain, quand il traite
   de Nasidius et du pauvre Sabel[1],
   et qu'il écoute ce qui va surgir.
97 D'Aréthuse et Cadmus se taise Ovide[2] ;
   car si ses vers changent l'une en fontaine,
   l'autre en serpent, moi, je ne l'envie pas :
100 il n'a jamais transmué deux natures,
   en forçant les deux formes face à face
   à verser l'une en l'autre leurs substances.
103 D'un tel accord tous deux se répondirent
   que le serpent fendit sa queue en fourche
   quand le blessé joignit ses pieds ensemble.
106 Appliquées l'une à l'autre, jambes, cuisses
   se soudèrent si fort, que leur jointure
   ne laissa vite aucun signe visible.
109 La queue fendue prenait ici la forme
   qui là s'abolissait, la peau de l'un
   devenant molle, et de l'autre coriace.
112 Je vis rentrer les bras dans les aisselles,
   et les deux courtes pattes du reptile
   s'allonger de ce que perdaient les bras.
115 Tordus ensemble, les pieds de derrière
   furent bientôt le membre que l'on cache,
   et, du sien, le damné tira deux pattes.
118 Tandis que la fumée voile leurs corps
   d'une couleur nouvelle, et fait paraître
   chez l'un le poil, tout en épilant l'autre,
121 l'un se dressa, l'autre tomba au sol,
   sans se quitter de ce regard impie
   par quoi leurs deux museaux se transformaient.
124 Le dressé rétracta le sien aux tempes,
   et le trop de matière accouru là,
   du plat des joues fit sortir deux oreilles.
127 L'excès de chair qui ne reflua point,
   restant devant, fit à la face un nez

---

1. Deux soldats de l'armée de Caton, mordus par des serpents en Libye (*Pharsale*, IX, 761-805). **2.** Cadmus, changé en serpent ; Aréthuse en fontaine (*Métamorphoses*, IV, 563-603 ; V, 572-661).

et vint renfler suffisamment les lèvres.
130 Mais le gisant allongea son museau
et rentra ses oreilles dans sa tête,
comme fait la limace avec ses cornes.
133 Et sa langue, naguère encor loquace
et entière, se fend ; et la fourchue
se clôt chez l'autre, et tarit sa fumée.
136 L'âme changée en bête alors s'enfuit
par le val en sifflant, tandis que l'autre,
qui la poursuit, s'en va parlant, et crache.
139 Puis, lui tournant ses épaules nouvelles :
« Je veux », dit-il au troisième, « que Bos[1]
coure ici en rampant comme j'ai fait ! »
142 Ainsi vis-je, muant, se transmuant,
le septième cloaque ; et si ma plume
s'égare un brin, que nouveauté l'excuse.
145 Or, bien que mes regards fussent un peu
troublés, et que mon cœur fût en émoi,
ce groupe ne put fuir en tel secret
148 que je n'y reconnusse Lip Bancroche[2] :
seul des trois compagnons venus ensemble,
il échappait à leurs métamorphoses.
151 L'autre[3] est celui que tu pleures, Gaville.

CHANT XXVI

1 Réjouis-toi, Florence ! toi si grande
que sur terre et sur mer battent tes ailes,
et que ton nom dans l'enfer se répand !

---

[1]. Sans doute le Florentin Buoso Donati, qui vivait à la fin du XIIIe siècle. [2]. Puccio dei Galigai, florentin et contemporain de Dante, surnommé *Sciancato*, c'est-à-dire bancal. [3]. Francesco Cavalcanti, Florentin, tué par les habitants du bourg toscan de Gaville, lesquels subirent ensuite la vengeance des parents de leur victime.

4 Chez les voleurs, j'en ai rencontré cinq
   qui sont tes citoyens : ce dont j'ai honte,
   et tu n'y gagnes pas beaucoup d'honneur.
7 Mais, si le songe de l'aube dit vrai,
   tu sentiras, dans peu de temps d'ici,
   ce qu'à Prée[1] et ailleurs on te souhaite.
10 Si c'était fait, il ne serait que temps ;
    que n'est-ce fait, puisque cela doit être !
    étant plus vieux, j'en aurai plus de peine.
13 Nous repartîmes. Sur cet escalier
    qu'en pâlissant nous avions descendu,
    mon guide remonta et me tira ;
16 et, poursuivant la route solitaire
    sur la jetée, par les éclats de roche,
    le pied n'avançait guère sans la main.
19 Alors je m'affligeai, et souffre encore
    quand je repense aux choses vues là-bas ;
    plus que jamais j'empêche mon esprit
22 de courir non guidé par la vertu,
    pour que, si quelque étoile ou si la grâce
    m'a bien doué, je respecte ce don.
25 Aux mois où l'astre éclaireur de ce monde
    nous tient sa face moins longtemps cachée,
    le villageois qui au mont se repose
28 quand part la mouche et que vient le moustique,
    aperçoit, tout en bas, mille lucioles,
    peut-être au val qu'il vendange ou laboure :
31 d'autant de flammes je vis resplendir
    la huitième vallée, dès que je fus
    sur l'arche d'où l'on découvrait le fond.
34 Et tel celui que vengèrent les ours,
    quand il vit, au départ du char d'Élie,
    les chevaux se cabrant monter au ciel,
37 et ne pouvait, à le suivre des yeux,
    rien discerner que cette flamme seule

---

[1]. Prato, d'où le cardinal Niccolò da Prato lança en 1304 sa malédiction contre Florence.

volant là-haut comme un petit nuage¹,
40 tels au creux de la fosse évoluaient
ces feux, dont nul ne montre son butin :
car chaque flamme dérobe un pécheur.
43 Je me haussais sur le pont, pour mieux voir,
et, si je ne m'étais tenu au roc,
sans même être poussé j'étais en bas.
46 Mon guide, en me voyant ainsi tendu,
dit : « Au-dedans des feux sont les esprits ;
chacun se vêt du voile qui l'embrase. »
49 « Mon maître », répondis-je, « ta parole
me rend plus sûr ; mais je voyais déjà
qu'il en était ainsi, et voulais dire :
52 "Qui donc est dans ce feu, si divisé
à son extrémité, qu'il semble naître
du bûcher d'Étéocle et de son frère² ?" »
55 « Là-dedans », me dit-il, « souffrent leur peine
Ulysse et Diomède³ : ils vont ensemble
au châtiment comme hier à l'offense.
58 Et au-dedans de leur flamme ils déplorent
la ruse du cheval⁴, qui fit la brèche
d'où vint le noble germe des Romains⁵ ;
61 ils pleurent l'art par lequel, quoique morte,
Déidamie⁶ regrette encore Achille ;
et ils expient le vol du Palladium⁷. »
64 « S'ils peuvent, du profond des étincelles,
parler », lui dis-je, « maître, je t'en prie
et t'en reprie très fort, et ma prière
67 en vaille mille : permets-moi d'attendre
que cette flamme fourchue se rapproche ;
vois combien mon désir me plie vers elle ! »
70 Et lui à moi : « Cette prière est digne
d'un grand éloge, et partant je l'accueille.

---

1. Allusion aux prophètes Élie (II *Rois*, II, 9-12) et Élisée (*ibid.*, II, 23-24). 2. Les deux frères thébains Étéocle et Polynice se haïssaient tant que, s'étant entre-tués, ils furent incinérés sur un même bûcher et les flammes provenant de leurs deux corps se séparèrent (*Thébaïde*, XII, 429-432). 3. Deux des chefs des Grecs lors de la guerre de Troie. 4. Le cheval de Troie. 5. Énée. 6. Déidamie, séduite et abandonnée par Achille. 7. La statue de Pallas.

Mais veille bien à retenir ta langue ;
73 laisse-moi parler seul, car j'ai compris
ce que tu veux : comme ils furent des Grecs,
peut-être ils feraient fi de ton langage. »
76 Quand la flamme arriva là où mon guide
jugea bon le moment et bon le lieu,
je l'entendis parler en cette forme :
79 « Ô vous, les deux qu'enferme un feu unique,
si dans ma vie j'ai mérité de vous,
si peu ou prou j'ai de vous mérité
82 quand j'écrivis mes hauts vers dans le monde,
arrêtez-vous : et que l'un de vous dise
où, se perdant lui-même, il vint mourir. »
85 La flamme antique, en sa plus haute corne
se mit à tressaillir en murmurant,
pareille aux flammes que le vent tourmente ;
88 puis, en mouvant ici et là sa pointe
comme l'eût fait une langue qui parle,
elle émit une voix qui disait : « Lorsque
91 je m'éloignai de Circé, dont je fus
le captif plus d'un an près de Gaète
(avant qu'Énée ne l'eût nommée ainsi),
94 ni la douceur d'un fils, ni la piété
pour un vieux père, ni l'amour juré
qui aurait dû réjouir Pénélope,
97 ne purent vaincre au fond de moi l'ardeur
que j'eus à devenir expert du monde,
de la valeur de l'homme, et de ses vices.
100 Mais je partis en haute mer ouverte,
avec un seul navire, et cette escorte
petite, qui ne m'a jamais quitté.
103 Je pus voir les deux bords jusqu'en Espagne,
jusqu'au Maroc ; je vis l'île des Sardes
et les îles, partout, que ces flots baignent.
106 Mes compagnons et moi, c'est vieux et lents
que nous parvînmes au passage étroit
où Hercule a planté ses deux signaux[1]

---

1. Les colonnes d'Hercule.

109 pour que nul n'en franchisse la limite.
   Nous laissâmes Séville à la main droite ;
   j'avais passé, à main gauche, Septa[1].
112 "Ô frères", dis-je alors, "qui par cent mille
   périls, avez su joindre l'Occident,
   tant qu'une courte veille de nos sens
115 nous reste encor, n'allez pas refuser
   quand nous suivons le soleil dans sa course !
   de découvrir le monde sans humains.
118 Songez à la semence en vous transmise :
   vous n'êtes pas créés pour vivre en brutes,
   mais pour chercher vaillance et connaissance !"
121 Par ces mots brefs, je rendis si ardents
   mes compagnons au voyage, qu'ensuite
   à peine aurais-je pu les retenir :
124 tenant tournée notre poupe vers l'aube,
   de nos rames nous fîmes autant d'ailes
   pour un vol fou, toujours gagnant à gauche.
127 Et je voyais déjà la nuit, chaque astre
   de l'autre pôle, et le nôtre si bas
   qu'il ne s'élevait plus du sol marin.
130 La face inférieure de la lune
   s'était cinq fois éteinte et rallumée
   depuis le seuil de notre fier voyage,
133 quand m'apparut une montagne[2], brune
   par la distance, et qui semblait si haute
   que je n'avais jamais vu la pareille.
136 Joyeux d'abord — nous ne fûmes que pleurs :
   né de la terre neuve, il vint un vent
   frapper en trombe la proue du vaisseau :
139 trois fois il fit tourner navire et vagues ;
   au dernier choc, il souleva la poupe,
   la proue plongea (comme il plut à quelque Autre),
142 jusqu'à l'heure où la mer sur nous fut close. »

---

1. Ceuta. **2.** La montagne du Purgatoire.

CHANT XXVII

1 Sans rien dire de plus, sereine et droite,
 déjà la flamme s'éloignait de nous,
 avec la permission du doux poète,
4 quand, venant derrière elle, une autre flamme
 nous fit tourner les regards vers sa cime,
 au bruissement sourd qui en sortait.
7 Tel le bœuf sicilien beugla d'abord
 (et ce fut juste) avec les plaintes mêmes
 de celui dont la lime le sculpta,
10 mugissant par la voix de sa victime,
 en sorte qu'il semblait, quoique d'airain,
 transpercé cependant par la douleur[1] :
13 ainsi, n'ayant d'abord issue ni voie
 parmi le feu, les paroles souffrantes
 se traduisaient en langage de feu.
16 Mais quand les mots eurent trouvé leur route
 jusqu'à la pointe, en lui donnant ce branle
 qu'avait donné la langue à leur passage,
19 nous entendîmes : « Toi, vers qui j'élève
 ma voix, et qui tantôt parlais lombard
 et disais : "Va ! je te tiens quitte *asteure*[2]",
22 quoique je vienne un peu trop tard peut-être,
 consens à demeurer, parlons ensemble :
 j'y consens bien, tu le vois, moi qui brûle !
25 Si, depuis peu, en cet aveugle monde
 tu es tombé de notre doux pays
 latin, dont j'ai tiré toute ma faute,
28 dis-moi si la Romagne a paix ou guerre,
 car je fus des montagnes situées
 entre Urbin et le mont d'où naît le Tibre[3]. »
31 Je l'écoutais encor, penché, tendu,

---

[1]. Un taureau de bronze fabriqué par Perillos sur la commande de Phalaris, tyran d'Agrigente, et destiné à y enfermer les condamnés pour y être brûlés. Le premier qui y périt fut Perillos lui-même (Ovide, *Art d'aimer*, I, 655-656). [2]. Traduction d'A. Pézard de l'expression milanaise *istra*. [3]. Le damné est Guido da Montefeltro (*cf. Banquet*, IV, 28).

quand mon guide au côté me touche et dit :
« Celui-ci est latin, parle toi-même. »
34 Moi, qui étais déjà prêt à répondre,
je commençai de parler sans retard :
« Ô âme ainsi cachée dans cet abîme,
37 ta Romagne n'est pas, ne fut jamais
sans guerre dans le cœur de ses tyrans,
mais je n'y laisse aucune guerre ouverte.
40 Ravenne est ce qu'elle a longtemps été :
si bien couvée par l'aigle de Polente
qu'il couvre de ses ailes jusqu'à Cerge[1].
43 La ville qui, tranchant sa longue épreuve,
mit les Français en un sanglant monceau,
se trouve encore entre les griffes vertes[2].
46 Le jeune et le vieux dogue de Verrouil,
qui traitèrent Montaigne sans clémence,
plantent leurs crocs encore au même endroit[3].
49 Les cités du Lamone et du Santerne
suivent dans son nid blanc le lionceau
qui d'été en hiver change de camp[4].
52 Et celle dont le flanc se baigne au Save,
comme elle est sise entre montagne et plaine,
vit entre tyrannie et liberté[5].
55 Or, qui es-tu ? je t'en prie, dis-le nous :
ne sois pas dur (car l'ai-je été moi-même ?),
et qu'au monde ton nom vainque l'oubli ! »
58 Lorsque le feu eut rugi un instant
à sa façon, il agita sa pointe
deçà delà, et puis jeta ce souffle :
61 « Si je croyais m'adresser à quelqu'un
qui dût un jour retourner sur la terre,
ma flamme cesserait de se mouvoir ;

---

[1]. La famille des da Polenta (au blason orné d'une aigle) gouvernait de Ravenne jusqu'à Cervia. [2]. Forlì, qui se libéra en 1282 d'un siège des troupes françaises, était gouvernée par les Ordelaffi (dont le blason était un lion vert sur champ d'or). [3]. Malatesta da Verrocchio et son fils Malatestino, seigneurs de Rimini. En 1296 ce dernier fit exécuter Montagna da Parcitade. [4]. Faenza (sur les bords du Lamone), Imola (près du Santerno), gouvernées par Pagani da Susinana, qui changeait souvent de camp. [5]. Cesena, sur les bords du Savio, soumise à la seigneurie de Galasso da Montefeltro (cf. *Banquet*, IV, 11).

64 mais — si l'on m'a dit vrai — jamais personne
   n'étant rentré vivant de ce bas-fond,
   je te réponds sans craindre l'infamie.
67 Je fus homme d'épée, puis cordelier :
   par ce cordon je croyais faire amende
   et certes ma croyance eût été juste,
70 sans le grand Prêtre (que mal lui en prenne !)
   qui me remit dans mes premiers péchés[1] :
   comment, *quare*[2], je veux que tu le saches.
73 Tant que je fus ce corps de chair et d'os
   que me donna ma mère, mes actions
   furent non d'un lion mais d'un renard :
76 tous les détours, tous les chemins couverts,
   je les connus et en usai si bien
   que le bruit en courut au bout du monde.
79 Quand je me vis arrivé à cet âge
   de notre vie où chaque homme devrait
   carguer la voile et ramasser les câbles,
82 ce que j'avais aimé me fut à charge ;
   repenti, confessé, je me fis moine :
   malheureux que je suis ! bien m'en eût pris...
85 Le commandeur des nouveaux Pharisiens
   faisait la guerre alors, près du Latran
   (non pas aux Sarrasins, non pas aux Juifs :
88 car tous ses ennemis étaient chrétiens,
   et nul d'entre eux n'avait pris Saint-Jean-d'Acre
   ni trafiqué aux terres du Sultan).
91 Ni la prêtrise, ni son rang suprême
   ne purent l'arrêter, ni mon cordon,
   qui émaciait naguère ceux qu'il ceint :
94 mais tel, lépreux, Constantin pour guérir
   tira Sylvestre du fond du Soracte[3],
   tel ce pécheur m'appela comme maître
97 pour le guérir de sa fièvre d'orgueil.

---

1. Guido da Montefeltro, condottière, se fit dominicain ; il aurait conseillé le pape Boniface VIII dans son entreprise pour prendre Palestrina (près de Rome), forteresse appartenant aux Colonna, ses ennemis. **2.** Pourquoi (latinisme). **3.** Selon la légende, le pape Sylvestre II, réfugié dans une grotte du mont Soratto, aurait guéri l'empereur Constantin de la peste en le baptisant.

Il requit mon conseil. Moi, je me tus,
car il semblait parler comme un homme ivre.
100 Il insista : "Que ton cœur soit sans crainte :
d'avance je t'absous ; toi, montre-moi
comment jeter à terre Palestrine !
103 Je puis t'ouvrir ou te fermer le ciel,
comme tu sais : elles sont les deux, les clefs
dont mon prédécesseur fit peu de cas[1]."
106 Alors, ces graves raisons me poussant
à croire que me taire serait pire,
je lui dis : "Père, puisque tu me laves
109 de ce péché où il me faut tomber :
promettre tout pour plus tard, tenir peu,
te vaudra le triomphe sur ton trône."
112 Puis, à ma mort, vint François[2] pour me prendre ;
mais un des noirs chérubins lui disait :
"Ne me fais pas ce tort, laisse-le moi :
115 il doit descendre chez mes serviteurs,
ayant donné le conseil de traîtrise
depuis lequel je le tiens aux cheveux.
118 On ne peut être absous sans repentir :
or, nul ne se repent tout en voulant,
par la contradiction qui s'y oppose."
121 Malheur à moi ! comme je tressaillis
quand il me prit, en me disant : "Peut-être
oubliais-tu que je suis logicien ?"
124 Il me porta vers Minos, qui tordit
huit fois sa queue autour de son dos roide,
se la mordit de rage et dit enfin :
127 "Sa place est parmi ceux que le feu cache !"
Et je suis donc perdu là où tu vois,
marchant ainsi vêtu, plein de rancœur. »
130 Après qu'il eut achevé ce discours,
la flamme s'éloigna en gémissant,
tordant et agitant sa corne aiguë.
133 Nous passâmes plus loin, mon guide et moi,

---

1. Célestin V qui, ayant abdiqué promptement, usa peu des clefs de l'absolution.
2. Saint François d'Assise.

le long du roc, jusque sur l'autre pont
qui recouvre la fosse où paient leur dette
136 ceux qui, par désunion, s'appesantissent.

CHANT XXVIII

1 Qui donc pourrait jamais, même sans rimes,
redire à plein le sang et les blessures
qu'alors je vis — racontât-il vingt fois ?
4 Aucune langue n'en serait capable :
notre parole et notre intelligence
ne sauraient en saisir la démesure.
7 Si même on rassemblait toutes les foules
qui, au pays hasardeux d'Apulie,
jadis pleurèrent sur leur sang versé
10 pour les Troyens et pour la longue guerre
où se fit un si grand butin d'anneaux
(comme l'écrit Livius, qui n'erre point[1]) ;
13 et ces gens qui souffrirent tant de plaies
en se battant contre Robert Guiscard[2] ;
et ceux-là dont les os encor s'entassent
16 à Cépéran, où se montra parjure
chaque Apulien[3] ; et là, vers Taillecoz
où, sans armes, vainquit le vieil Alard[4] ;
19 les uns montrant leurs membres transpercés,
d'autres, tronqués : rien ne pourrait atteindre
à la hideur de la neuvième fosse.

---

1. La deuxième guerre punique, lors de laquelle — après sa victoire de Cannes — Hannibal remplit des boisseaux de bagues prélevées sur les cadavres des Romains vaincus. **2.** Le Normand Robert Guiscard conquit Bari en 1071 et chassa définitivement les Byzantins de l'Italie méridionale. **3.** Durant la guerre entre Conradin et Charles Ier d'Anjou, les barons de la Pouille laissèrent passer les armées de ce dernier lors de la bataille de Ceperano. **4.** Alard de Valery, conseiller de Charles d'Anjou, grâce à qui celui-ci vainquit Conradin à Tagliacozzo en 1268.

22 Jamais tonneau sans douves ni fonçailles
   ne bâilla comme un être que je vis,
   crevé du col jusqu'au trou d'où l'on pète.
25 Les boyaux lui pendaient entre les jambes ;
   on voyait la fressure, et l'affreux sac
   qui change en merde ce que l'homme avale.
28 Tandis qu'à fond je m'attache à le voir,
   lui, m'avisant, s'ouvre des mains le torse
   et dit : « Regarde donc : je m'*équarris*[1] !
31 Vois comme Mahomet est mutilé !
   Et Ali[2] devant moi s'en va pleurant,
   le chef fendu de la houppe au menton.
34 Et tous les autres que tu vois ici
   vécurent en semant scandale et schisme :
   c'est pour cela qu'ils sont ainsi fendus.
37 Cruellement, là-derrière, un démon
   nous *schismatise* au tranchant de l'épée,
   puis nous remet chacun dans cette file,
40 quand nous avons bouclé la triste route :
   car toutes les blessures se referment
   avant que l'on repasse devant lui.
43 Mais qui es-tu, musant là sur le roc,
   peut-être afin de retarder la peine
   qu'on t'infligea d'après ta confession ? »
46 « La mort l'épargne encore, et nulle faute
   ne le mène aux tourments », reprit mon maître ;
   « mais, pour lui en donner pleine expérience,
49 je dois, moi qui suis mort, le faire aller
   de cercle en cercle au profond de l'enfer :
   c'est vrai comme il est vrai que je te parle. »
52 Ils furent plus de cent qui, dans la fosse,
   à ces mots s'arrêtèrent pour me voir,
   dans leur stupeur oubliant le martyre.
55 « Toi qui devrais sous peu voir le soleil,
   dis à frère Doucin qu'il se munisse,
   s'il ne veut pas me suivre ici bientôt,

---

1. Je me divise.   2. Cousin et gendre de Mahomet, il créa un schisme dans la religion musulmane.

58 d'assez de vivres pour que trop de neige
n'offre pas à Novare une victoire,
autrement, difficile à remporter[1] ! »
61 Mahomet m'adressa cette parole
prêt à partir, un pied levé déjà,
puis, le posant sur le sol, il s'en fut.
64 Un second, dont la gorge était trouée,
le nez tranché jusqu'au ras des sourcils,
et qui n'avait conservé qu'une oreille
67 — resté béant, lui aussi, pour me voir —,
ouvrit avant les autres son gosier,
qu'il avait au dehors tout entier rouge,
70 et dit : « Toi qu'aucun crime ne condamne
et que j'ai vu dans un pays latin
(si trop de ressemblance ne m'abuse),
73 rappelle-toi Pierre de Médecine[2],
en revoyant, qui sait ? la douce plaine
qui descend de Verceil à Marcabo.
76 Et fais savoir aux deux meilleurs de Fane,
messire Guy et messire Anjouel,
que, si notre prescience n'est pas vaine,
79 ils seront jetés hors de leur navire
et noyés, pierre au cou, près de Catorque,
par trahison d'un tyran déloyal[3].
82 De l'île de Majorque jusqu'à Chypre,
jamais pirates, jamais gens d'Argos
n'ont fait voir à Neptune un si grand crime.
85 Ce renégat, qui n'y voit que d'un seul,
et tient la ville où quelqu'un, près de moi,
digère mal d'avoir posé les yeux,
88 les y attirera pour un colloque :
puis il fera que ni vœux ni prières
ne les préservent du vent de Focare... »
91 Et moi, à lui : « Si tu veux que je porte

---

1. Dolcino Tornielli, hérétique ; assiégé avec ses disciples par les troupes de Clément V, il fut vaincu et brûlé vif à Novare en 1307.   **2.** Bolonais, coupable d'avoir suscité des discordes en Romagne.   **3.** Guido del Cassero et Angiolello da Carignano, citoyens de Fano, assassinés près de Cattolica (sur l'Adriatique), sur l'ordre de Malatestino Malatesta, seigneur de Rimini.

tes nouvelles là-haut, parle clair, montre
celui qui eut l'indigeste vision. »
94 Alors il mit sa main sur la mâchoire
de son voisin et lui ouvrit la bouche,
criant : « C'est lui ! mais il ne parle pas.
97 Chassé de Rome, il dissipa les doutes
de César, en disant qu'il est nuisible,
de différer l'action, quand on est prêt. »
100 Oh ! comme il me parut plein d'épouvante,
avec sa langue tranchée dans la gorge,
Curion, jadis si hardi en paroles[1] !
103 Et un autre, amputé de ses deux mains
et qui levait ses moignons dans l'air noir,
de sorte que leur sang souillait sa face,
106 me cria : « Souviens-toi aussi de Mouche,
moi qui ai dit "ce qui est fait est fait",
semence de malheur pour la Toscane[2] ! »
109 Je repartis : « Et de mort pour ta race ! »
ce qui le fit s'éloigner, amassant
deuil sur deuil, comme un homme triste et fou.
112 Moi, je restai à regarder la foule
et je vis quelque chose que, sans preuve,
je n'oserais raconter seulement,
115 si je n'avais l'appui de ma conscience :
bonne compagne qui rend l'homme libre
sous la cuirasse de se sentir pur.
118 Certes je vis — et crois encor le voir —
un corps marcher sans sa tête, tout comme
marchaient les autres du triste troupeau,
121 tenant par les cheveux le chef tronqué
pendu au poing en guise de lanterne
et qui, nous regardant, disait : « Ô moi ! »
124 Il se faisait de soi-même un flambeau ;
ils étaient deux en un, et un en deux :
comment cela ? seul le sait qui l'ordonne.

---

[1]. Tribun romain, partisan de Pompée, passé ensuite dans le camp de César, à qui il conseilla de franchir le Rubicon. [2]. Le Florentin Mosca dei Lamberti, un des responsables des luttes entre Guelfes et Gibelins.

127 Quand il fut juste au pied de notre pont,
   il leva haut le bras, sa tête au bout,
   pour nous rendre plus proches ses paroles
130 qui furent : « Vois l'insupportable peine,
   toi qui viens voir les morts mais qui respires,
   vois s'il en est aucune aussi atroce.
133 Et pour qu'aux gens tu portes mes nouvelles,
   sache bien que je fus Bertrand de Born,
   le mauvais conseiller du jeune roi[1].
136 Je mis aux prises le fils et le père :
   d'Absalon et David, Achitophel[2]
   ne fit pas plus, par ses pointes malignes.
139 Ayant disjoint deux êtres si unis,
   je porte, hélas, mon cerveau séparé
   de son principe, que ce tronc renferme ;
142 ainsi s'observe en moi le talion. »

CHANT XXIX

1 De cette foule et de ces plaies étranges
   mes yeux s'étaient tellement enivrés
   qu'ils n'aspiraient qu'à pleurer à loisir.
4 Mais : « Que regardes-tu ? » me dit Virgile ;
   « pourquoi ta vue s'attache-t-elle encore
   là-bas, aux tristes ombres mutilées ?
7 Tu n'as pas fait ainsi aux autres bauges.
   Dis-toi que, si tu dois compter ces âmes,
   le val a vingt-deux milles de pourtour.
10 Déjà la lune est au-dessous de nous :

---

1. Bertran de Born (*cf. Banquet*, IV, 11 ; *De l'éloquence en langue vulgaire*, II, 2), fameux troubadour, seigneur de Hautefort, aurait suscité des dissensions entre Henri le Jeune et son père Henri II d'Angleterre.   **2.** Achitophel, conseiller de David, dont il excita la haine contre Absalon (II *Rois*, XV-XVII).

peu de temps désormais nous est laissé,
et tu dois voir ce que tu ne vois point. »

13 « Si tu avais », répondis-je aussitôt,
« considéré pourquoi je regardais,
peut-être m'aurais-tu permis d'attendre. »

16 Cependant il partait ; mais moi, derrière,
je le suivais en faisant ma réponse
et ajoutais : « C'est que, dans cette cave

19 où je tenais mes yeux si attentifs,
je crois bien qu'un esprit de mon sang pleure
la faute qui là-bas se paie si cher. »

22 Alors mon maître dit : « Que ta pensée
n'aille plus se briser sur cet esprit ;
porte ailleurs ton souci ; lui, laisse-le :

25 car je l'ai vu, au pied du pont étroit,
te désigner d'un doigt très menaçant,
et entendu nommer : Géry du Bel[1].

28 Tu te trouvais alors si occupé
de celui qui jadis tint Hautefort,
qu'il est parti sans que tu t'en avises. »

31 « Ô mon guide ! sa mort violente », dis-je,
« et qui n'a pas encore été vengée
par l'un de ceux qui partagent sa honte,

34 l'a indigné : c'est pour cela, je pense,
qu'il est parti sans m'adresser un mot ;
et j'en ai eu pour lui plus de pitié. »

37 Parlant ainsi, nous atteignions ce point
du roc d'où l'on découvrirait déjà,
s'il y faisait plus clair, tout l'autre val.

40 Quand je fus en surplomb du dernier cloître
de Males-Bauges, là où ses convers
pouvaient bientôt paraître à nos regards,

43 soudain je fus percé de cris étranges,
flèches de fer forgées par la pitié :
moi, de mes mains, je bouchai mes oreilles.

46 Cette douleur — si tous les hôpitaux

---

1. Geri del Bello, cousin du père de Dante, semeur de discordes entre diverses familles florentines.

de Val de Claine[1] et Maremme et Sardaigne,
entre les mois de juillet et septembre,
49 rassemblaient tous leurs maux en une fosse —
cette douleur était là, et ce souffle
dont empestent les membres pourrissants.
52 Nous descendîmes la dernière pente
du long rocher, toujours du côté gauche,
et mon regard se fit plus pénétrant
55 pour aller jusqu'au fond, où l'intendante
du haut Seigneur, l'infaillible justice
met au registre et punit les faussaires.
58 Je crois que le spectacle fut moins triste,
en Égine, d'un peuple entier malade
(quand l'air y fut empli de tant de miasmes
61 que, jusqu'au moindre ver, les animaux
tombèrent tous ; puis cette race antique,
selon la certitude des poètes,
64 renaquit par semence de fourmis[2]),
que de voir là, dans la vallée obscure,
languir les âmes en hideuses gerbes.
67 Qui sur le ventre, qui sur les épaules
d'autrui gisait, et qui à quatre pattes
se traînait par la route désolée.
70 Nous allions pas à pas, sans souffler mot,
regardant, écoutant tous ces infirmes
qui ne pouvaient lever leurs corps de terre.
73 J'en vis deux s'étayant l'un l'autre, assis
— tels deux poëlons qu'on cale sur des braises —
et, de la tête aux pieds, souillés de croûtes :
76 et jamais je n'ai vu mener l'étrille
par un valet, quand son maître l'attend,
ou par quiconque veille à contrecœur,
79 comme eux deux s'empressaient de faire mordre
leurs ongles sur eux-mêmes, enragés
par leurs démangeaisons irrémédiables.

---

1. Valdichiana. 2. *Cf. Banquet,* IV, 27.

82 Ils s'arrachaient leur gale avec leurs griffes
   comme un couteau râclerait une carpe
   ou quelque autre poisson plus écailleux.
85 « Toi dont les doigts te défont maille à maille »,
   dit mon guide, parlant à l'un d'entre eux,
   « et qui en fais des tenailles parfois,
88 dis-nous s'il est, parmi tes compagnons,
   quelque Latin : et qu'éternellement
   pour ce travail tes ongles te suffisent ! »
91 « Latins nous sommes, nous deux que tu vois
   si ravagés », lui dit l'autre en pleurant ;
   « mais qui es-tu, toi qui t'enquiers de nous ? »
94 « Je suis quelqu'un qui descend », dit mon guide,
   « avec ce vivant-ci, cercle après cercle,
   et j'ai mission de lui montrer l'enfer. »
97 Alors, rompant leur mutuel appui,
   tous les deux en tremblant vers moi se tournent
   ainsi que d'autres, qu'informa l'écho.
100 Le bon maître s'en vint tout près de moi
    en me disant : « Parle-leur à ta guise » ;
    et, comme il le voulut, je commençai :
103 « Que ne s'envole point votre mémoire
    de l'esprit des humains, au premier monde,
    mais qu'elle y vive encor sous maints soleils !
106 Dites-moi votre nom et votre peuple :
    si laide et âpre que soit votre peine,
    ne craignez pas de vous ouvrir à moi. »
109 Et l'un d'entre eux : « Je fus un Arétin ;
    Albert de Sienne me fit mettre au feu,
    mais cette mort n'est pas ce qui me damne.
112 Certes, par jeu, j'ai pu lui dire un jour :
    "Je saurais bien m'envoler dans les airs !" ;
    et lui, aussi curieux que peu sensé,
115 voulut apprendre de moi ce grand art ;
    je n'en fis pas un Dédale : il me fit
    brûler par l'autre, qui l'aimait en père.
118 Mais aux tourments de la dixième bauge
    Minos me damne — et il ne peut faillir —

pour l'alchimie qu'au monde j'exerçai[1]. »
121 Et je dis au poète : « Y eut-il donc
jamais gens plus légers que les Siennois ?
Pas même les Français, non, tant s'en faut ! »
124 Sur quoi l'autre lépreux, qui m'entendit,
me répliqua : « Exceptes-en l'Estriche[2],
qui dépensait, mais si modérément !
127 et Nicolas[3], si prompt à découvrir
l'onéreuse coutume du girofle
dans le jardin où germe cette graine !
130 et la bande avec qui Cache d'Aissan[4]
sut dissiper sa vigne et tout son fonds,
et l'Ébloui[5] briller par le bon sens !
133 Mais si tu veux savoir qui, contre Sienne,
t'aide si bien, aiguise l'œil vers moi
pour que ma face te réponde clair :
136 tu verras, je suis l'ombre de Capoche
qui faussa les métaux par alchimie[6] ;
rappelle-toi (si je t'ai reconnu)
139 quel singe adroit je fus de la nature ! »

CHANT XXX

1 Lorsque Junon, jalousant Sémélé,
se courrouçait contre le sang thébain,
comme on le vit à plus d'une reprise,
4 Athamas en devint tellement fou
qu'apercevant sa femme et ses deux fils

---

1. Un certain Griffolino d'Arezzo, condamné au bûcher sur la dénonciation d'Alberto de Sienne pour s'être vanté d'être magicien. **2.** Stricca dei Salimbeni, podestat de Bologne en 1276 et 1286. **3.** Sans doute Niccolò dei Salimbeni, frère du précédent. **4.** Caccia d'Asciano dei Scialenghi. **5.** Abbagliato, surnom de Bartolomeo dei Folcacchieri. **6.** Le Florentin Capocchio, brûlé vif à Sienne en 1293 comme faussaire.

dont elle était chargée à chaque bras :
7 « Tendons les rets ! », cria-t-il, « que j'attrape
au passage lionne et lionceaux ! » ;
puis il sortit sa griffe impitoyable,
10 saisit l'un des enfants, nommé Léarque,
le fit tourner, le brisa contre un roc :
la mère alla se noyer, portant l'autre[1].

13 Et lorsque la fortune eut abaissé
l'orgueil de Troie, qui osait toute chose,
si bien que roi et royaume tombèrent,
16 la triste Hécube, esclave et misérable,
ayant trouvé sa Polyxène morte,
puis découvrant sur le bord de la mer
19 les restes douloureux de Polydore,
forcenée aboya comme une chienne,
tant la douleur lui tordit la raison[2].

22 Mais les fureurs de Thèbes ni de Troie
jamais ne se montrèrent si cruelles
à tourmenter bêtes ni corps humains,
25 que je ne vis, blêmes et nues, deux ombres
courir et mordre à la façon d'un porc
soudain lâché, quand la porcherie s'ouvre.
28 L'une atteignit Capoche et lui planta
ses crocs au nœud du cou, puis, le traînant,
lui fit râcler du ventre le sol dur.
31 Et l'Arétin, qui en resta tremblant,
dit : « Ce follet, c'est Jean l'Esquic[3] ; sa rage
le fait traiter ainsi ceux qu'il rencontre. »
34 « Oh ! puisse l'autre », dis-je, « ne pas mettre
la dent sur toi ! mais consens à me dire
quel est son nom, avant qu'il déguerpisse. »

---

1. Aimée de Jupiter, Sémélé en eut un fils, qui fut élevé par Athamas, roi de Thèbes. Jalouse, Junon rendit fou Athamas, lequel tua son fils Léarque, cependant que sa femme se jeta dans la mer avec un autre de leurs fils (*Métamorphoses,* III, 253-315 ; IV, 463-561). 2. Veuve de Priam, Hécube vit sacrifier sa fille Polyxène sur le tombeau d'Achille et devint folle en trouvant le cadavre de son fils Polydore tué par Polymnestor (*Métamorphoses,* XIII, 399-575). 3. Le Florentin Gianni Schicchi dei Cavalcanti se fit passer pour Buoso Donati, afin de rédiger un testament à son propre profit.

37　Et lui : « C'est l'âme antique de Myrrha[1]
　　la perverse, qui, hors du droit amour,
　　devint jadis l'amante de son père.
40　Elle parvint à pécher avec lui
　　en simulant la figure d'une autre :
　　comme osa l'autre — qui là-bas s'éloigne —
43　se travestir en un faux Bos Donat
　　et faire testament en bonne forme,
　　pour s'adjuger la reine du troupeau. »
46　Quand furent loin les deux esprits en rage
　　sur qui j'avais arrêté mon regard,
　　je le tournai vers les autres mal nés :
49　et j'en vis un, fait en forme de luth
　　si seulement il avait eu le corps
　　tronqué à l'aine, où il devient fourchu.
52　La lourde hydropisie, qui dépareille
　　les membres, par l'humeur qu'elle corrompt,
　　jusqu'à faire jurer face et ventraille,
55　l'obligeait à rester lèvres béantes,
　　comme l'étique fait, lorsque la soif
　　lui tourne l'une en haut, l'autre au menton.
58　« Ô vous qui n'endurez (qui sait pourquoi ?)
　　nulle peine en ce monde malheureux,
　　regardez-moi », dit-il, « et prenez garde
61　au misérable état de maître Adam :
　　j'ai pu, vivant, combler tous mes désirs ;
　　ici j'implore, hélas ! un filet d'eau.
64　Les ruisselets qui des vertes collines
　　du Casentin descendent jusqu'à l'Arne,
　　en faisant frais et humide leur cours,
67　sont toujours devant moi : et non en vain,
　　car leur image m'assèche bien plus
　　que le mal qui décharne mon visage.
70　La rigide justice qui me fouille
　　tire un moyen du lieu où j'ai péché
　　pour mieux faire envoler tous mes soupirs :

---

[1]. Fille de Cinyre, roi de Chypre, elle eut avec lui des rapports incestueux en se faisant passer pour sa mère (*Métamorphoses,* X, 298-502).

73 ce lieu — Romène —, j'y faussai l'aloi
   que l'on marquait au sceau pour le Baptiste ;
   et j'en laissai là-haut mon corps brûlé[1].
76 Mais puissé-je ici voir l'âme défaite
   de Guy ou d'Alexandre ou de leur frère[2] :
   j'y tiendrais plus qu'à la vue de Font-Brande[3] !
79 L'une est déjà dedans, si les esprits
   qui rôdent enragés me disent vrai :
   avec mon corps noué, quel avantage ?
82 Ah ! si j'étais encore assez agile
   pour avancer en cent ans d'un seul pouce !
   je me serais déjà mis en chemin
85 parmi ces gens hideux, les traquant, quoique
   le tour du val ici soit d'onze milles,
   et le travers, d'un demi-mille, ou presque.
88 Je leur dois d'être en compagnie si laide :
   ils m'ont induit à frapper les florins
   qui contenaient trois carats d'alliage. »
91 « Qui sont », lui dis-je, « ces deux pauvres hères,
   fumants comme en hiver la main mouillée,
   l'un contre l'autre étendus à ta droite ? »
94 « Je les ai trouvés là, quand je vins choir
   dans ce gouffre : ils n'ont pas bougé depuis
   et je les crois pour toujours immobiles.
97 Elle, est la fourbe qui chargea Joseph[4] ;
   l'autre fourbe est Sinon, le Grec de Troie[5] ;
   par fièvre aiguë ils suent ces puanteurs. »
100 Et l'un des deux, peut-être se vexant
    d'être nommé d'une façon si noire,
    lui frappa de son poing la panse roide :
103 elle sonna comme eût fait un tambour.
    Mais maître Adam le frappa au visage

---

1. Maestro Adamo fut condamné pour falsification du florin d'or (qui portait l'image de saint Jean-Baptiste) et brûlé à Florence en 1281. 2. Les comtes Guidi da Modigliana, qui avaient un château à Romena, en Toscane, poussèrent maestro Adamo à falsifier la monnaie florentine. 3. Une source proche de Romena. 4. La femme de Putiphar, qui accusa faussement Joseph de l'avoir tentée (*Genèse*, XXXIX, 6-23). 5. Un guerrier grec qui convainquit les Troyens de laisser entrer le cheval dans leur cité (*Énéide*, 57-94).

avec son bras, qui parut non moins dur,
106 en lui disant : « Bien que je sois privé
de mouvement par le poids de mes membres,
pour ce métier j'ai le bras assez libre ! »
109 Et l'autre répliqua : « Quand tu montais
sur le bûcher, tu l'avais moins alerte :
mais bien plus prompt quand tu battais monnaie ! »
112 « En cela tu dis vrai », fit l'hydropique ;
« mais moins fidèle était ton témoignage
à Troie, lorsque le vrai te fut requis ! »
115 « Si je mentis, toi, tu faussas la frappe »,
dit Sinon ; « je suis là pour un seul crime :
toi, pour plus de forfaits qu'aucun démon ! »
118 « Rappelle-toi, parjure, le cheval ! »
riposta l'autre à la bedaine enflée ;
« ta peine soit qu'au monde tous le sachent ! »
121 « Et ta peine », reprit le Grec, « la soif
qui crevasse ta langue, et l'eau pourrie
qui met ton ventre en tas devant tes yeux ! »
124 Alors le monnayeur : « Comme toujours,
le mal qui est en toi distord ta bouche :
car si j'ai soif, si les humeurs me gonflent,
127 tu as la fièvre et des douleurs de crâne,
et, pour lécher le miroir de Narcisse[1],
tu n'attendrais pas longtemps qu'on te prie ! »
130 Moi je les écoutais, tout absorbé,
quand le maître me dit : « Ah çà, prends garde !
pour un peu, je me fâche contre toi ! »
133 En l'entendant parler avec colère,
je me tournai vers lui, si plein de honte
qu'elle roule toujours dans ma mémoire.
136 Tel est celui qui rêve sa ruine
et, en rêvant, désire faire un rêve
(souhaitant ce qui est, qu'il croit fictif),
139 tel je devins : car, ne pouvant rien dire,
je voulais m'excuser — et m'excusais

---

1. L'eau dans laquelle Narcisse se contempla, ce qui lui fut fatal (*Métamorphoses*, III, 407-510).

en fait, bien que croyant ne pas le faire.
143 « Moins de honte », me dit alors le maître,
« lave un défaut plus grand que n'est le tien :
aussi, décharge-toi de toute alarme.
146 Pense toujours que je suis près de toi,
s'il faut que la fortune encor t'amène
parmi des gens se querellant ainsi :
149 car vouloir les entendre est bas désir. »

CHANT XXXI

1 La même langue qui m'avait mordu
jusqu'à me teindre en rouge les deux joues,
m'avait ensuite offert son antidote ;
2 ainsi ai-je ouï dire que la lance
d'Achille et de son père occasionnait
d'abord malchance et puis heureuse étrenne[1].
7 Nous tournâmes le dos au morne val
en montant sur la digue qui l'entoure
et nous la franchissions sans dire un mot ;
10 il y faisait moins que nuit, moins que jour,
si bien qu'au loin ma vue ne portait guère.
Mais j'entendis sonner un cor puissant
13 — si haut qu'il eût fait rauques les tonnerres —
qui, à rebours du son, porta mes yeux
à se fixer sur un unique point.
16 Après le deuil de la déroute, lorsque
Charlemagne perdit la sainte geste,
son Roland sonna moins terriblement.
19 À peine eus-je par là tourné la tête

---

[1]. Selon la légende, topique au Moyen Âge, la lance d'Achille blessait d'abord, puis guérissait (*Métamorphoses,* 171-172).

que je crus voir plusieurs très hautes tours.
Et moi : « Dis, maître, quelle est cette ville ? »
22 Et lui à moi : « Comme tes yeux parcourent
de bien trop loin l'épaisseur des ténèbres,
tu t'égares par trop imaginer.
25 Tu verras bien, si là-bas tu arrives,
combien les sens se trompent à distance :
tâche donc de presser un peu le pas. »
28 Puis, tendrement il me prit par la main
et dit : « Avant que nous soyons plus près,
pour que le fait te semble moins étrange,
31 sache-le : ce ne sont point là des tours,
mais des géants alentour de la berge,
tous dans le puits du nombril jusqu'en bas. »
34 Tel, lorsque se dissipe le brouillard,
le regard peu à peu va démêlant
ce que cachait l'air chargé de vapeurs,
37 ainsi, trouant l'espace opaque et sombre,
tandis que j'avançais sur le rebord,
mon erreur s'enfuyait — ma peur croissait :
40 car, comme on voit l'enceinte circulaire
de Montroyon[1] se couronner de tours,
tels, surgissant sur le pourtour du puits
43 de la taille à la tête, *tourroyaient*[2]
les horribles géants que Jupiter
menace encor de son ciel quand il tonne.
46 Déjà je discernais l'un d'eux[3] : visage,
épaules, torse, ventre presque entier,
et les deux bras pendant le long des flancs.
49 Quand elle abandonna l'art de produire
ces êtres, certes Nature fit bien,
pour priver Mars de tels exécuteurs ;
52 et si les éléphants ou les baleines

---

1. Montereggione, château des Siennois. **2.** *Torreggiavano*, « tourroyaient » : ici, comme on le verra aussi *infra*, je mets en relief le mot forgé à l'imitation du mot rare italien, en le plaçant à la rime (ailleurs : parfois en début de vers) et en prenant soin de l'annoncer, dans les mots qui le précèdent, par des sonorités analogues aux siennes : « Montroyon », « tours », « pourtour », « taille », « tête » (N.d.T.). **3.** Nemrod, premier roi de Babylone, qui fit bâtir la tour de Babel.

l'inquiètent moins, l'observateur subtil
l'en tient plus juste encore et plus prudente :
55 car là où l'avantage de l'esprit
s'ajoute au mal vouloir et à la force,
il n'est point de défense pour personne.
58 En large, en long, sa face me semblait
comme la pigne à Saint-Pierre de Rome[1] ;
à proportion étaient les autres os :
61 si bien que le talus qui le cachait
à mi-corps, en laissait paraître assez
par le dessus, pour que trois grands Frisons
64 ne se fussent vantés d'atteindre aux crins ;
car j'en voyais bien trente grands empans
depuis le point où le manteau s'agrafe.
67 « *Raphel maÿ amech zabi almi*[2] »,
commença de crier l'horrible bouche,
où auraient détonné de plus doux psaumes.
70 Et mon guide vers lui : « Âme stupide,
tiens-t'en au cor, soulage-toi par lui
quand vient ta rage ou quelque autre passion !
73 Cherche à ton cou, tu trouveras la sangle
qui le tient attaché, âme confuse :
vois-le qui barre ta large poitrine ! »
76 Puis : « Lui-même s'accuse », me dit-il ;
« c'est Nemrod ; par le fiel de sa pensée,
sur terre on n'emploie plus la langue unique.
79 Mais laissons-le, ne parlons pas à vide,
car tout langage sonne à ses oreilles
comme aux autres le sien, que nul n'entend. »
82 Et donc nous fîmes un plus long chemin
vers notre gauche : à un trait d'arbalète
parut l'autre géant, plus grand, terrible.
85 Quel fut le maître qui le garrotta,
je ne sais point, mais il tenait liés
son bras gauche devant, le droit derrière,

---

1. Pomme de pin en bronze, haute de plus de quatre mètres, placée autrefois devant la basilique de Saint-Pierre. 2. Propos dépourvus de sens, qui renvoient à la confusion des langues issues de Babel.

88 attaché qu'il était par une chaîne,
   de son col jusqu'aux pieds, tournant cinq fois
   sur la partie visible de son corps.

91 « Contre le grand Jupiter, ce superbe
   voulut faire l'essai de son pouvoir »,
   dit mon guide ; « il en a ce qu'il mérite.

94 C'est Éphialte[1] : il montra sa prouesse
   quand les géants effrayèrent les dieux,
   mais jamais plus ne brandira ses bras. »

97 Et moi : « S'il est permis, je voudrais », dis-je,
   « que de l'énorme géant Briarée[2]
   mes yeux pussent juger par expérience. »

100 Il répondit : « Près d'ici, tu verras
    Antée[3], qui parle et n'est pas enchaîné ;
    il nous fera descendre au fond du mal.

103 Celui que tu veux voir est bien plus loin,
    ligoté, et semblable à celui-ci,
    sauf son visage, d'aspect plus féroce... »

106 Jamais si brusque tremblement de terre
    ne secoua violemment une tour,
    comme Éphialte alors se secoua ;

109 plus que jamais je redoutai la mort,
    et ma peur seule y aurait pu suffire
    si je n'avais pas vu les tours de chaîne.

112 Nous cheminâmes alors plus avant
    et vînmes à Antée, qui de cinq aunes
    sortait du gouffre, sans compter la tête.

115 « Ô toi, qui rapportas dans l'heureux val
    où Scipion hérita de ta gloire,
    quand l'armée d'Hannibal eut pris la fuite,

118 plus de mille lions comme butin,
    toi qui aurais, dit-on, avec tes frères,
    si tu avais pris part au grand combat,

121 rendu vainqueurs les enfants de la terre,

---

1. Éphialte, l'un des plus forts des géants lors de leur guerre contre les dieux (*Énéide,* VI, 580-584). 2. Autre géant ennemi de Jupiter (*Énéide,* VI, 287 ; X, 565-568). 3. Géant qui habitait dans le désert de Libye et se nourrissait de lions (*Pharsale,* IV, 590-660).

       mets-nous en bas, et fais-le sans dédain,
       là où les eaux du Cocyte se glacent !
124 Ne nous fais pas courir vers Typhe ou Tite[1].
       Lui, peut donner ce qu'ici l'on désire ;
       penche-toi donc vers nous, sans grimacer :
127 il peut encor t'illustrer dans le monde,
       car il vit, et espère longue vie
       si la grâce avant l'heure ne l'appelle ! »
130 Ainsi parla le maître. Et l'autre, en hâte,
       prit mon guide, étendant ces mêmes mains
       dont Hercule éprouva jadis l'étreinte[2].
133 Alors Virgile, en se sentant saisir,
       me dit : « Approche-toi, que je te prenne »,
       et fit, de lui et moi, un seul faisceau.
136 Telle semble tomber la Garisende[3],
       vue du côté qui penche, à la rencontre
       du nuage qui passe au-dessus d'elle,
139 tel Antée m'apparut, quand je béais
       à le voir s'incliner — et ce fut l'heure
       où j'eusse aimé prendre un autre chemin.
142 Mais il nous mit doucement dans le fond
       qui dévore Judas et Lucifer,
       et ne fut pas longtemps ainsi courbé,
145 mais, comme un mât de nef, se redressa.

CHANT XXXII

1 Si mes rimes sonnaient âpres et rauques
       comme il doit convenir au triste trou
       où tous les autres rocs d'enfer s'arc-boutent,

---

1. Autres géants, Tithios et Typhée, frères d'Antée. 2. Antée avait été vaincu par Hercule (*Pharsale,* 617-637). 3. Tour penchée de Bologne.

4 je presserais le suc de ma pensée
plus pleinement ; mais, n'ayant pas cet art,
c'est avec crainte que je vais parler :
7 car on ne peut entreprendre par jeu
de décrire le fond de l'univers,
ni dans la langue des « *papa, maman* ».
10 Mais que soutiennent mon chant ces déesses
qui aidèrent Amphion à clore Thèbes[1],
pour que mon dire soit conforme au fait.
13 Ô engeance mal née par-dessus toutes,
logée au lieu si dur à mettre en mots,
mieux te vaudrait d'être brebis ou chèvres !
16 Au fond du puits obscur — lorsque nous fûmes
beaucoup plus bas que les pieds du géant
et qu'encor je guettais vers le haut mur —
19 une voix dit : « Prends garde quand tu marches !
Veille à ne pas fouler aux pieds les têtes
de tes frères rompus et misérables. »
22 Me retournant, j'aperçus devant moi
et sous mes pas un lac qui, par le gel,
avait l'aspect du verre et non de l'eau.
25 En hiver, une croûte aussi épaisse
ne couvre pas le Danube en Autriche,
ni, sous son ciel glacé, le Tanaïs[2],
28 que n'était celle-ci : car Tambernic
ou Pierrepaine[3] eussent croulé dessus,
que ses bords mêmes n'auraient pas fait crac.
31 Et comme la grenouille en coassant
met à fleur d'eau le nez, aux mois où rêve
la paysanne aux épis qu'elle glane,
34 ainsi gisaient jusqu'où se peint la honte
les mornes ombres, blêmes dans la glace,
leurs dents claquant comme becs de cigogne.
37 Chacune avait le visage baissé ;
la bouche témoignait du froid ; les yeux

---

1. Les Muses, qui accordèrent à Amphion le pouvoir de construire les murailles de Thèbes grâce au son de sa lyre. **2.** Le Don. **3.** Stamberlicche et Pietrapiana, montagnes des Alpes Apouanes.

    manifestaient la tristesse du cœur.
40 Quand j'eus un peu regardé alentour,
    devant mes yeux j'en vis deux si serrés
    qu'ils en entremêlaient leurs chevelures.
43 « Vous qui vous étreignez, là, torse à torse,
    qui êtes-vous ? » leur dis-je ; et ils ployèrent
    vers moi le cou et levèrent la face :
46 leurs yeux, mouillés en dedans seulement,
    gouttèrent sur leurs lèvres... mais le gel
    durcit les larmes — scellant leurs paupières !
49 Jamais ferrure ne joignit si fort
    le bois au bois : et eux, comme des boucs,
    l'un l'autre ils se cossèrent de colère.
52 Et un troisième, dont les deux oreilles
    étaient tombées à force de froidure,
    me dit : « Pourquoi te mires-tu en nous ?
55 Si tu veux t'informer sur ces deux-là,
    la vallée où décline le Bisence
    fut à leur père Albert, puis à eux deux,
58 issus d'un même ventre[1] ; et fouille à fond
    la Caïnie[2], tu n'y verras nul mort
    plus digne d'être mis à la glacière :
61 ni celui dont la main d'Arthur troua
    d'un même coup la poitrine et son ombre[3] ;
    ni Fouace[4] ; ni même celui-ci
64 dont la tête m'encombre tant, m'aveugle,
    et qu'on nommait Sassol des Mascherons[5] :
    es-tu toscan ? tu sais donc ce qu'il fut !
67 Enfin, pour m'épargner plus de discours,
    sache-le, je fus Camisson des Pas ;
    j'attends ici Carlin, pour qu'il m'allège[6]. »
70 Puis je vis mille faces que le froid

---

1. Fils du comte Alberti de Mangona, dont les domaines étaient proches du Bisanzio, rivière de Prato. L'un, Napoleone, était Gibelin ; l'autre, Alessandro, était Guelfe. Ils s'entre-tuèrent en 1286. 2. *Caïna :* première zone du Cocyte, qui tire son nom de Caïn. 3. Mordred, fils ou neveu du roi Arthur, qui — selon le roman *La Mort le roi Artu* — tenta de l'assassiner. 4. *Foccaccia,* surnom de Vanni dei Cancellieri, de Pistoia, qui assassina son cousin. 5. Sassol Mascheroni, de Florence, qui tua son cousin. 6. Alberto Camicione dei Pazzi, qui assassina l'un de ses cousins. Il dit qu'il attend Carlino dei Pazzi, un traître, qui sera condamné dans la seconde zone du Cocyte.

violaçait. (Depuis lors j'ai horreur,
et pour toujours, des gués sur l'eau gelée.)
73 Tandis que nous allions vers ce milieu
où se rassemblent tous les corps pesants
et qu'au froid éternel je grelottais,
76 fut-ce vouloir, destinée ou fortune ?
je ne sais : mais, marchant parmi les têtes,
du pied j'en heurtai une en pleine face.
79 Pleurante elle cria : « Tu me piétines ?
Si tu ne viens accroître la vengeance
de Montapert[1], pourquoi me tourmenter ? »
82 « Mon maître », dis-je, « attends-moi donc ici,
que je m'ôte d'un doute à son égard :
puis tu pourras me presser à ta guise. »
85 Le guide s'arrêta ; je dis à l'autre
qui blasphémait encor rageusement :
« Toi qui rabroues les gens, qui es-tu donc ? »
88 « Et qui es-tu, qui vas par l'Anténore[2] »,
fit-il, « frappant si fort les joues d'autrui
que, si j'étais vivant, c'en serait trop ? »
91 « Je suis vivant : et il pourrait te plaire »,
lui dis-je, « si tu veux la renommée,
que j'écrive ton nom parmi mes notes. »
94 « Je veux tout le contraire ! » me dit-il ;
« va-t'en d'ici, sans plus m'importuner :
en ce bas-fond tu sais bien mal séduire ! »
97 Alors je l'empoignai par l'encolure
en lui disant : « Il faudra te nommer,
ou pas un poil ne reste là-dessus ! »
100 Et lui à moi : « Tu peux me rendre chauve
et me tomber mille fois sur le crâne,
je ne dis ni ne montre qui je suis ! »
103 Déjà du poing je tordais ses cheveux
et en avais arraché plusieurs mèches

---

1. Celui qui parle est Bocca degli Abati. Gibelin florentin, lors de la bataille de Montaperti (1260) il trancha la main du porte-enseigne florentin et contribua ainsi à la défaite des Guelfes. **2.** *Antenora*, la seconde des zones du Cocyte, qui prend son nom du prince troyen Anténor, jugé au Moyen Âge coupable de traîtrise.

tandis qu'il aboyait, le front à terre,
106 quand un autre cria : « Qu'as-tu donc, Bouche ?
Claquer des dents ne te contente plus,
que tu aboies ? Quel diable t'aiguillonne ? »
109 « Désormais, plus besoin que tu me parles »,
dis-je, « traître mauvais : car, à ta honte,
je porterai de toi les vraies nouvelles. »
112 « Va-t'en conter ce que tu veux », dit-il ;
« mais si tu sors de ce bouge, dénonce
l'autre, qui vient d'avoir la langue leste !
115 c'est l'argent des Français qu'il pleure ici !
"J'ai pu voir", diras-tu, "quelqu'un de Doire[1],
là-bas où les pécheurs restent au frais..."
118 Et si l'on te demande : "Qui encore ?",
vois, près de toi, celui de Becquerie,
dont Florence a coupé le gorgerin[2] !
121 Pour Jean le Soudanier[3], pour Ganelon,
ils sont plus loin, je crois, avec Thibaud
qui sut, quand tout dormait, ouvrir Fayence[4] ! »
124 Or, nous avions déjà quitté cette ombre,
quand je vis deux gelés dans un seul trou,
le chef de l'un coiffant le chef de l'autre :
127 et, comme on mord le pain quand on a faim,
celui du haut mit dans l'autre ses dents
là où la nuque s'attache au cerveau.
130 Tydée dans sa fureur rongea les tempes
de Ménalippe[5] moins férocement
que ce damné, le crâne et l'intérieur.
133 « Ô toi qui par un signe si bestial
montres ta haine à celui que tu manges,
dis-m'en la cause », dis-je, « et à tel pacte
136 que, si de lui tu te plains à bon droit,

---

1. Buoso da Dovera, seigneur de Crémone, Gibelin. En 1265, il laissa passer les troupes de Charles d'Anjou en Lombardie. 2. Tesauro di Beccaria, légat de la papauté en Toscane. Il fut exécuté en 1258 pour complicité avec les Gibelins. 3. Gianni de' Soldanieri, Gibelin florentin. Il trahit son parti en 1266. 4. Tebaldello de' Zambrassi de Faenza, qui livra sa cité aux Bolonais en 1280. 5. Tydeus, l'un des sept rois qui combattirent Thèbes. Il tua Ménalippe et se jeta sur le crâne de celui-ci pour le mordre (*Thébaïde*, VII, 717-763).

sachant quel fut son crime et qui vous êtes,
dans le monde d'en haut je te le rende,
139 si ne sèche la langue qui te parle. »

CHANT XXXIII

1 Ce pécheur souleva du mets hideux
   sa bouche, la torchant aux poils du crâne
   que par-derrière il venait de broyer.
4 Puis il me dit : « Tu veux que je ravive
   un désespoir qui oppresse mon cœur
   rien qu'en pensant, avant toute parole :
7 mais si les mots peuvent être semence
   de honte pour le traître que je ronge,
   au milieu de mes pleurs je parlerai.
10 Je ne sais qui tu es, ni la manière
   dont tu nous es venu ; mais, à t'entendre,
   tu me parais bien être un Florentin.
13 Je fus le comte Ugolin, sache-le,
   et celui-ci fut Roger l'archevêque[1].
   Apprends ce qui lui vaut mon voisinage.
16 Que, par l'effet de ses pensées perverses,
   j'aie pu, confiant en lui, être arrêté
   puis mis à mort, il est vain de le dire.
19 Mais ce que tu ne peux avoir appris,
   c'est-à-dire l'horreur que fut ma mort,
   tu l'entendras — pour juger de l'offense.
22 Un soupirail, dans la tour de la Mue
   (qu'on surnomme par moi Tour de la Faim

---

1. Ugolino della Gherardesca, Gibelin, trahit son parti. Chassé de Pise par l'archevêque Ruggieri degli Ubaldini, il revint dans sa cité à l'invitation de celui-ci. Emprisonné avec ses fils et deux de ses petits-fils, il mourut de faim avec eux dans sa prison, de la tour des Gualandi, en février 1289.

et où d'autres encor seront reclus),
25 m'avait déjà laissé voir par sa fente
plusieurs lunes, quand j'eus le mauvais songe
qui me rompit le voile du futur.
28 Cet homme-ci, semblant maître et seigneur,
allait chassant le loup et ses petits
sur le mont qui à Pise cache Lucques ;
31 il avait mis en ligne devant lui
les Galland, les Sismond et les Lanfranc[1],
flanqués de chiennes maigres, lestes, sûres.
34 Ayant fui quelque peu, père et petits
déjà me semblaient las : et je crus voir
des crocs aigus leur déchirer les flancs...
37 En éveil avant l'aube, j'entendis
mes fils pleurer à travers leur sommeil,
tout près de moi, et demander du pain.
40 Tu es cruel, si déjà tu ne souffres,
pensant au mal que mon cœur pressentait :
et si tes yeux sont secs, quand pleures-tu ?
43 Eux s'éveillaient déjà ; l'heure était proche
où l'on nous apportait la nourriture ;
mais chacun s'angoissait d'un rêve unique.
46 Or, j'entendis qu'à la porte du bas
l'on enclouait l'horrible tour... Muet,
je regardai mes fils droit au visage
49 mais sans un pleur : pétrifié en dedans.
Ils pleuraient, eux ; et mon petit Anselme
dit : "Comme tu regardes ! qu'as-tu, père ?"
52 Moi, je contins mes larmes sans répondre
tout ce jour-là, toute la nuit suivante,
jusqu'au retour du soleil sur le monde.
55 Lorsqu'un mince rayon se fut glissé
dans le triste cachot, et quand je vis
mon propre aspect sur leurs quatre visages,
58 mes deux mains, de douleur, je les mordis ;

---

1. Ruggieri degli Ubaldini, aidé par les familles pisanes des Gualandi, Sismondi et Lanfranchi, est comparé à un chasseur poursuivant Ugolino sur la montagne de San Giuliano, entre Pise et Lucques.

et eux, pensant que c'était par désir
de nourriture, aussitôt se levèrent
61 et dirent : "Père, nous aurons moins mal
si tu manges de nous ; ces pauvres chairs,
tu nous en as vêtus : défais-nous en."
64 Je me tins coi, pour ne plus les peiner.
Nul ne parla, ni ce jour-là, ni l'autre.
Dure terre, ah ! tu aurais dû t'ouvrir !
67 Quand fut venu le quatrième jour,
Gayde à mes pieds se jeta étendu,
disant : "Mon père ! et tu m'aides si peu ?"
70 Il mourut là ; et, comme tu me vois,
je vis tomber un à un les trois autres
avant le jour sixième. Alors, j'en vins
73 à me traîner sur eux, sans plus y voir,
les hélant, déjà morts, durant deux jours ;
puis, la faim fut plus forte que le deuil. »
76 Cela dit, les yeux torves, il reprit
le triste crâne entre ses dents, qui furent
fortes comme d'un chien pour briser l'os.
79 Ah ! Pise, déshonneur de tous les peuples
du beau pays où notre *sì*[1] résonne,
si tes voisins sont lents à te punir,
82 que viennent la Gorgone et la Caprée[2]
faire un barrage sur les bouches d'Arne,
afin que dans tes murs chacun se noie !
85 Car, s'il s'est dit que le comte Ugolin
t'a trahie en livrant les forteresses,
tu ne devais pas mettre en croix ses fils !
88 Leur âge tendre attestait l'innocence
d'Hugon et de Brigée, nouvelle Thèbes !
et des deux autres que mon chant mentionne.
91 Nous passâmes plus loin, là où le gel
enserre avec rudesse une autre foule
non face en bas, mais tête à la renverse.
94 Là, le pleur même empêche de pleurer,

---

1. Oui, en toscan. 2. Gorgona et Capraia, deux îles situées près de l'embouchure de l'Arno.

et la douleur, trouvant aux yeux l'obstacle,
rentre en dedans pour accroître l'angoisse :
97 car les premières larmes se congèlent
et, comme des visières de cristal,
remplissent sous les cils toute l'orbite.
100 Or, bien que le grand froid fît disparaître
de mon visage toute sensation
(comme il advient à une peau calleuse),
103 il me sembla sentir un peu de vent ;
sur quoi je dis : « Maître, qui le suscite ?
Toute vapeur ici n'est pas éteinte ? »
106 Et lui à moi : « Bientôt tu parviendras
là où tes yeux te donneront réponse,
quand tu verras le moteur de ce souffle. »
109 Mais un captif de la croûte glacée
cria vers nous : « Âmes assez cruelles
pour que le dernier lieu vous soit échu,
112 retirez de mes yeux ce dur bandeau,
qu'un peu j'épanche le deuil dont mon cœur
est gros, avant que mes pleurs ne regèlent ! »
115 Je répondis : « Si tu veux mon secours,
dis-moi ton nom : et qu'au fond de la glace
je sois plongé, si je ne te dépêtre ! »
118 Il repartit : « Je suis frère Albéric :
ayant servi les fruits du noir verger,
je reçois ici-bas datte pour figue[1]. »
121 « Oh, vraiment ! », dis-je, « es-tu donc déjà mort ? »
Et lui à moi : « Comment mon corps se porte
dans le monde là-haut, je n'en sais rien :
124 la Tolomée[2] jouit du privilège
que maintes fois l'âme damnée y tombe
avant l'élan donné par Atropos.
127 Et pour que plus volontiers tu me racles
les larmes vitrifiées sur mon visage,
sache que l'âme, dès qu'elle a trahi

---

1. Alberico dei Manfredi, feignant de se réconcilier avec ses parents, les fit assassiner au dessert. 2. Troisième zone du Cocyte, qui tire son nom de Ptolémée, lequel laissa assassiner son hôte Pompée.

130 comme j'ai fait, est tirée de son corps
    par un démon, qui le gouverne ensuite
    en attendant que sa vie se dévide ;
133 elle, s'écroule ici dans la citerne ;
    et peut-être paraît encor là-haut
    le corps d'une ombre hivernant près de moi ;
136 tu le sais bien, si tu viens de descendre :
    cette ombre est Branche d'Oire[1], et des années
    se sont passées depuis qu'elle est recluse. »
139 Et je lui dis : « Je crois que tu me trompes,
    car Branche d'Oire n'est pas encor mort :
    il mange, il boit, il dort et il s'habille ! »
142 « Lorsque là-haut, dans la fosse aux Malgrifs »,
    répondit-il, « où bout la poix tenace,
    on attendait qu'arrivât Michel Zanche,
145 Branche d'Oire laissa comme suppôt
    un diable dans son corps ; et son complice
    en trahison connut le même sort.
148 Mais étends maintenant ta main vers moi,
    ouvre mes yeux. » Et moi, je n'en fis rien :
    être envers lui vilain, fut courtoisie !
151 Ah ! vous, Génois, hommes si étrangers
    aux bonnes mœurs, si pleins de tous les vices,
    que n'êtes-vous dispersés hors du monde ?
154 Car, près du pire esprit de la Romagne,
    j'ai trouvé l'un de vous ; et, pour ses œuvres,
    déjà son âme se baigne au Cocyte,
157 quand son corps semble vif encor sur terre !

---

1. Branca Doria assassina son beau-père Michele Zanche, qu'il avait invité.

CHANT XXXIV

1 « *Vexilla regis prodeunt inferni*[1]
   vers nous : regarde bien », me dit mon maître,
   « droit devant toi, si tes yeux le discernent. »
4 Comme on voit, quand un grand brouillard s'élève
   ou que la nuit saisit notre hémisphère,
   poindre un lointain moulin tournant au vent,
7 tel fut alors l'engin que j'entrevis ;
   le vent soufflant plus fort, je me serrai
   contre le dos du maître, seul refuge.
10 Nous arrivions (je l'écris avec crainte)
   là où les morts, immergés tout entiers,
   transparaissaient comme fétus sous verre :
13 les uns gisants ; les autres plantés droit ;
   celui-ci tête en bas ; l'autre debout ;
   un autre en arc, ses pieds touchant sa face.
16 Quand, cheminant, nous fûmes assez proches
   pour qu'à mon maître il plût de me montrer
   la créature ayant eu beau semblant,
19 il me fit faire halte et s'écarta
   de devant moi, en disant : « Voici Dis[2] ;
   en ce lieu-ci arme-toi de constance. »
22 Combien je fus alors faible et transi,
   n'espère pas, lecteur, que je l'écrive :
   ici toute parole serait pauvre.
25 Je ne mourus ni ne restai vivant ;
   si tu as l'esprit clair, cherche toi seul
   quel je devins, privé de l'un et l'autre.
28 L'empereur du royaume douloureux
   sortait à mi-poitrine de la glace :
   et je m'égale plus à un géant
31 que les géants à un seul de ses bras ;
   tu vois par là quel doit être l'ensemble
   correspondant à semblable partie.

---

1. « Les étendards du roi de l'enfer approchent. »   2. Lucifer.

34 S'il fut beau comme il est aujourd'hui laid,
   contre son créateur dressant le front,
   il faut bien que de lui tout mal procède.
37 Oh ! quel étonnement ce fut pour moi
   quand je vis que sa tête avait trois faces !
   l'une devant — et elle était vermeille ;
40 les autres se joignant à la première
   à partir du milieu de chaque épaule
   et se soudant à l'endroit de la crête.
43 La droite me semblait de jaune à blanche ;
   et la gauche montrait la teinte exacte
   des visages venus d'où le Nil coule.
46 Sous chacune, sortaient deux vastes ailes
   proportionnées à un pareil oiseau :
   en mer, je n'ai point vu si grandes voiles.
49 Ailes sans plumes, ressemblant à celles
   de la chauve-souris, et battant l'air
   à tel point que de lui naissaient trois vents
52 qui s'en allaient glacer tout le Cocyte.
   Par six yeux il pleurait. Des trois mentons
   gouttaient les pleurs et la sanglante bave.
55 Dans chaque bouche il broyait un pécheur
   avec ses dents, comme un moulin à chanvre,
   faisant ainsi trois dolents à la fois.
58 Mordre celui de devant n'était rien
   auprès des coups de griffe, dont la chair
   de tout son dos parfois restait à vif.
61 « L'âme, là-haut, qui souffre davantage »,
   dit le maître, « est Judas Iscariote :
   tête engloutie, jambes ruant dehors.
64 Des deux autres, qui sont la tête en bas,
   celui qui pend du noir mufle est Brutus ;
   vois donc comme il se tord sans dire un mot !
67 L'autre est Cassius[1], si membru, semble-t-il.
   Mais la nuit redescend, et désormais
   il faut partir, car nous avons tout vu. »
70 Comme il lui plut, je l'enlaçai au cou :

---

1. Brutus et Cassius, meurtriers de César.

il attendit le moment et le lieu
et, sitôt les deux ailes déployées,
73 prenant appui sur la toison des côtes,
il descendit ainsi, de touffe en touffe,
entre le mur de glace et le poil dru.
76 Quand nous fûmes venus là où la cuisse
s'emboîte juste au saillant de la hanche,
mon guide, avec effort, avec angoisse,
79 fit basculer vers ses jambes sa tête
et, s'agrippant aux poils, parut monter :
moi, je croyais retourner en enfer.
82 « Tiens-toi bien », dit le maître en haletant,
comme fourbu ; « par de telles échelles
il faut quitter le lieu de tant de maux. »
85 Puis il sortit par le trou d'une roche
et, me posant assis sur le rebord,
me rejoignit en marchant prudemment.
88 Or je levai les yeux, croyant revoir
Lucifer tel que je l'avais laissé :
mais je le vis tenir en l'air ses jambes.
91 Et si alors un doute me troubla,
je le laisse à penser aux gens vulgaires
qui ne voient pas quel point j'avais franchi.
94 « Lève-toi », dit le maître, « allons, debout !
Longue est la route et mauvais le chemin,
et déjà le soleil est à mi-tierce. »
97 Ce n'était point la salle d'un palais
où nous nous retrouvions, mais un caveau
naturel, sans lumière et au sol rude.
100 « Avant que je m'arrache de l'abîme,
ô maître », fis-je, quand je fus debout,
« dis quelques mots pour me tirer d'erreur :
103 où est la glace ? et lui, comment tient-il
à la renverse ? et comment le soleil
du soir au jour est-il passé si vite ? »
106 Et lui à moi : « Encor tu t'imagines
être en deçà du centre, où je me pris
aux poils du ver félon qui troue le monde.
109 Tu y fus tout au long de ma descente ;

> quand je me retournai, tu dépassas
> le point où de partout tend ce qui pèse.
112 Et te voici venu sous l'hémisphère
> opposé à celui que vêt la grande
> sèche, au centre duquel fut mis à mort
115 l'homme né pur et qui vécut sans tache[1] ;
> tu as les pieds sur la petite sphère
> dont l'intérieur constitue la Judecque[2].
118 Quand c'est ici le jour, là c'est le soir.
> Et l'autre, dont le poil nous fit échelle,
> demeure encor planté comme il l'était.
121 C'est par ici qu'il est tombé des cieux :
> la terre, qui régnait ici d'abord,
> par peur de lui, fit de la mer son voile
124 et s'en alla jusqu'à notre hémisphère ;
> et c'est peut-être pour le fuir, qu'ici
> laissant ce vide, un mont s'est élevé. »
127 Là-bas, de Belzébuth part un espace
> aussi profond qu'est profonde sa tombe
> et qu'on ne peut découvrir du regard,
130 mais au son d'un ruisseau s'y déversant
> par un boyau du roc, qu'il a rongé
> en spirales, suivant de faibles pentes.
133 Mon guide et moi, par ce chemin secret,
> pour retourner au clair jour nous entrâmes
> et, sans souci de prendre aucun repos,
136 lui premier, moi second, nous le gravîmes
> si bien qu'enfin je vis les choses belles
> que le ciel porte, par une issue ronde
139 d'où nous revîmes — dehors — les étoiles.

---

[1]. Selon la géographie médiévale, Jérusalem était située au centre des terres émergées. [2]. La plus petite des zones du Cocyte.

PURGATOIRE

CHANT I

1 Or, s'élançant vers de meilleures eaux,
   la nef de mon esprit lève ses voiles,
   laissant au loin une mer si cruelle.
4 Je chanterai ce deuxième royaume
   où l'âme des humains se purifie
   et devient digne de monter aux cieux.
7 Revive ici la poésie défunte,
   Muses sacrées, puisque je suis à vous !
   et qu'un peu Calliope[1] ici paraisse,
10 accompagnant mon chant de ces musiques
   dont jadis le grand choc désespéra
   de tout pardon les tristes Piérides[2] !
13 Un ton très doux d'oriental saphir,
   épanoui dans la calme apparence
   de l'air, limpide jusqu'au premier cercle,
16 recommença le plaisir de mes yeux,

---

[1]. Muse de la poésie épique.   [2]. Les filles de Pireos, roi de Thessalie, avaient osé défier les Muses ; elles furent changées en pies (*Métamorphoses,* V, 302-678).

quand je sortis de l'atmosphère morte
qui m'avait assombri cœur et regards.

19 La belle étoile invitant à l'amour[1]
faisait déjà tout l'orient sourire
en voilant les Poissons de son escorte.

22 Je me tournai à main droite, attentif
à l'autre pôle, et je vis quatre étoiles
que nul n'a vues, hormis le premier couple[2].

25 Le ciel semblait exulter de leurs flammes :
septentrion, ah ! territoire veuf,
puisque tu es privé de voir ces feux !

28 Quand je me fus écarté de leur vue,
me retournant un peu vers l'autre pôle
où le Chariot venait de disparaître,

31 auprès de moi je vis un vieillard seul,
digne, à son air, de tant de révérence
qu'à un père son fils n'en doit pas plus.

34 Il portait longue et de poils blancs mêlée
sa barbe, ressemblant à ses cheveux
qui sur son sein tombaient en double flot.

37 Les rais jaillis des quatre étoiles saintes
ornaient sa face d'un si vif éclat
que je croyais le voir en plein soleil.

40 « Qui êtes-vous, qui contre l'onde aveugle
avez pu fuir l'éternelle prison ? »
dit-il, mouvant cet honnête plumage.

43 « Qui vous guida ? Quel fut votre flambeau
pour émerger de la profonde nuit
qui garde toujours noir le val d'enfer ?

46 La loi d'abîme est-elle ainsi brisée ?
Ou quel décret dans le ciel a surgi
pour que, damnés, vous montiez vers mes rocs ? »

49 Alors mon guide se saisit de moi
et, par sa voix, par ses mains et par signes,
rendit humbles mes cils et mes genoux.

52 Il répondit : « Je ne suis que mandé ;

---

1. Vénus. 2. Adam et Ève lors de leur séjour au Paradis terrestre, situé au sommet du Purgatoire.

du ciel vint une dame[1] en me priant
d'être escorte et secours à celui-ci.

55 Mais puisque ton vouloir est que s'explique
plus amplement notre vraie condition,
mon vœu ne peut aller contre le tien.

58 Celui-ci n'a pas vu son dernier soir ;
mais sa folie l'en fit être si proche
qu'il s'en fallait désormais de bien peu.

61 Comme j'ai dit, je lui fus envoyé
pour le sauver, et l'unique chemin
était celui-là même que j'ai pris.

64 Je lui ai donc montré tous les coupables ;
et maintenant je veux qu'il voie ces âmes
qui sous ta garde vont se purifier.

67 Long serait le récit de mon effort ;
d'en haut descend une vertu qui m'aide
à le guider pour te voir et t'entendre.

70 Or agrée sa venue : il va cherchant
la liberté — que l'on sait si précieuse
lorsque pour elle on refuse la vie !

73 Tu sais cela, car la mort te fut douce,
pour elle, près d'Utique[2], où tu laissas
l'habit qui au Grand Jour sera si clair.

76 Nous n'avons pas enfreint les lois du ciel :
cet homme vit ; Minos n'est pas mon juge :
je suis du cercle où sont les chastes yeux

79 de ta Marcia[3], qui semble te prier,
noble cœur, de la croire encore tienne ;
pour son amour, incline-toi vers nous !

82 Laisse-nous traverser tes sept royaumes ;
je lui ferai connaître tes faveurs,
si tu veux bien qu'en bas l'on te mentionne. »

85 « Marcia », dit-il, « fut si chère à mes yeux
tant que je fus là-bas, que, quelque grâce
qu'elle voulût, je la lui accordai.

88 Depuis qu'elle est par-delà l'onde noire,

---

1. Béatrice. 2. Caton se suicida à Utique après la défaite des troupes de Pompée. 3. Marcia, épouse de Caton (*cf. Banquet,* IV, 28).

cette emprise a cessé, suivant la loi
qui fut créée quand je sortis des Limbes.
91 Mais si du ciel une dame te guide,
comme tu dis, rien ne sert de flatter :
il suffit qu'en son nom tu me requières.
94 Va donc, et songe à ceindre celui-ci
d'un jonc très lisse, et lave son visage
afin d'en effacer toute souillure ;
97 car il ne siérait pas, les yeux voilés
d'aucun brouillard, d'aborder notre haut
ministre : il est de ceux du paradis.
100 Cet îlot, à l'entour des basses rives,
là-bas, où viennent le frapper les vagues,
porte des joncs sur son limon humide :
103 nulle autre plante, ou qui verdisse en feuilles
ou qui durcisse, n'y saurait survivre,
ne pouvant se plier au choc des flots.
106 Après, ne faites plus retour ici :
le soleil, qui paraît, vous montrera
la pente aisée par où gravir le mont. »
109 Et l'ombre disparut. Moi, sans un mot
me dressant, tout entier je me serrai
contre mon guide, et fixai l'œil sur lui.
112 « Mon enfant, suis mes pas », commença-t-il ;
« retournons en arrière, où cette plaine
va déclinant jusqu'au point le plus bas. »
115 L'aube gagnait sur l'heure de matines
qui fuyait au-devant, si bien qu'au loin
je reconnus le frisson de la mer.
118 Nous avancions par la plage déserte
comme on retourne à son chemin perdu,
ayant cru jusque là marcher en vain.
121 Quand fut atteint le bord où la rosée
lutte avec le soleil, et, séjournant
dans un lieu de fraîcheur, se dissout peu,
124 en un doux geste mon maître posa
ses deux mains étendues sur l'herbe fine ;
et moi, qui m'avisai de son dessein,
127 je lui tendis mes joues mouillées de larmes :

c'est là qu'il fit en entier reparaître
leur couleur, que l'enfer avait couverte.
130 Puis nous vînmes aux rives solitaires
qui ne virent jamais voguer sur l'onde
homme qui sût ensuite retourner.
133 Là, comme il plut à l'autre, il me ceignit :
et, ô merveille ! tel je vis cueillir
l'humble roseau, tel, à la même place,
136 il renaquit aussitôt arraché.

CHANT II

1 Le soleil parvenait à l'horizon
dont l'arc méridien là-bas surplombe
Jérusalem de son point zénithal ;
4 et la nuit, circulant à l'opposite,
sortait du Gange en tenant les Balances
que sa main perd quand elle est dominante ;
7 si bien que de ma place on pouvait voir
les joues roses et blanches de l'Aurore,
l'âge venant, se teindre en orangé.
10 Et nous étions encor près de la mer,
comme celui qui rêve à son chemin,
qui va de cœur, mais dont le corps s'attarde.
13 Or voici : tel, quand le matin l'offusque,
dans ses vapeurs épaisses Mars rougeoie
vers l'occident, sur la plaine marine,
16 tel m'apparut — puissé-je encor le voir ! —
un feu glissant sur la mer, si rapide
que nul vol n'atteindrait à sa vitesse.
19 Après que j'eus un instant détourné
de lui les yeux pour consulter mon guide,
je le revis plus brillant et grandi.

22 Puis, sur ses deux côtés je vis paraître
    on ne sait quoi de blanc et, par-dessous,
    d'autres blancheurs en sortir peu à peu.
25 Mon maître fit silence, avant de voir
    les premiers blancs se révéler des ailes ;
    quand il eut bien reconnu le pilote,
28 il s'écria : « Plie, plie donc les genoux !
    voici l'ange de Dieu : joins tes deux mains ;
    tu verras désormais de tels ministres.
31 Vois qu'il dédaigne les moyens humains,
    voulant n'avoir que ses ailes pour rame
    ou voile, entre des rives si lointaines.
34 Vois comme il les redresse vers l'azur,
    brassant l'air de ses plumes éternelles
    qui ne muent point comme le poil terrestre. »
37 Cependant que vers nous l'oiseau divin
    venait toujours, toujours plus il brillait :
    mon œil, de près, n'en soutint plus l'éclat ;
40 je le baissai. Et lui, toucha le bord
    sur un esquif si léger et si svelte
    que l'onde n'en pouvait rien engloutir.
43 Droit sur la poupe, le nocher céleste
    semblait porter son bonheur par écrit ;
    dans la nef, plus de cent esprits siégeaient.
46 « *In exitu Israël de Aegypto*[1]... »
    entonnaient-ils ensemble à l'unisson,
    avec la suite entière de ce psaume.
49 Puis il leur fit le signe de la croix ;
    tous alors s'élancèrent sur la plage
    et lui s'en fut, comme à l'aller, rapide.
52 La troupe qui resta semblait encore
    effarouchée du lieu, guettant autour,
    comme celui qui goûte aux choses neuves.
55 De toutes parts jaillissait la lumière
    du soleil, dont les flèches diligentes
    avaient chassé du ciel le Capricorne,
58 quand les nouveaux venus, levant vers nous

---

1. « Quand Israël sortit d'Égypte » (*Psaumes,* CXIII).

le front, nous dirent : « Si vous le savez,
montrez-nous le chemin de la montagne. »
61 « Peut-être croyez-vous », leur dit Virgile,
« que nous soyons familiers de l'endroit :
mais, comme vous, nous sommes pèlerins.
64 Nous venons d'arriver il n'y a guère,
par un autre chemin, si rude et âpre
que la montée va nous paraître un jeu. »
67 Or, les esprits, à me voir respirer,
comprirent que j'étais encor vivant,
et leur surprise les rendit tout pâles.
70 Au messager portant rameau d'olive,
la foule accourt pour savoir les nouvelles
et nul ne craint d'affronter l'affluence :
73 ainsi toutes ces âmes fortunées
vinrent fixer leurs yeux sur mon visage,
presque oubliant d'aller se faire belles.
76 Je vis quelqu'un se jeter en avant
pour m'embrasser avec tant de tendresse
qu'il m'induisit à un geste semblable.
79 O vaines ombres, sauf par leur aspect !
Trois fois mes mains en lui se rejoignirent,
trois fois sur ma poitrine elles revinrent.
82 Mes traits, je crois, peignirent ma stupeur,
ce pourquoi l'ombre en reculant sourit,
et moi, je m'avançais encor vers elle.
85 Elle me dit de cesser, à voix douce :
la reconnaissant là, je la priai
de demeurer pour me parler un peu.
88 Et elle : « Ainsi que dans mon corps mortel
je t'ai aimé, ainsi libre je t'aime :
je reste donc ; et toi, pourquoi viens-tu ? »
91 « Ô mon Chazelle[1], c'est pour revenir
aux lieux où me voici, que je voyage ;
mais toi, pourquoi ce temps perdu ? » lui dis-je.
94 Et lui : « Aucune injure ne m'est faite,

---

[1]. Casella, Toscan, qui mit en musique des vers de Dante et d'autres poètes du XIIIe siècle.

si l'ange — qui prend qui et quand il veut —
m'a plusieurs fois refusé le passage :
97 car un juste vouloir règle le sien.
Depuis trois mois, en toute paix vraiment,
il a reçu ceux qui voulaient venir ;
100 et moi qui m'orientais vers la marine
où l'eau du Tibre prend un goût salé,
je fus reçu bénignement par lui.
103 Il revole à présent vers l'embouchure,
puisque c'est toujours là que se rassemblent
ceux qui ne vont pas choir vers l'Achéron. »
106 « Si nulle loi nouvelle ne t'enlève
la mémoire ni l'art des chants d'amour
qui savaient apaiser tous mes désirs,
109 veuille », lui dis-je, « en consoler un peu
mon âme qui, venant avec mon corps,
n'a pu joindre ces bords qu'à bout de forces. »
112 « *Amour qui parle en mon esprit*[1]... »
commença-t-il alors, si doucement
que la douceur encore en moi résonne.
115 Mon maître et moi, et le groupe des ombres
qui l'entouraient, nous étions si ravis
que tout le reste semblait oublié.
118 Nous étions tous figés et attentifs
à sa chanson, quand l'honnête vieillard
vint nous crier : « Qu'est ceci, âmes lentes ?
121 D'où viennent ce retard, cette indolence ?
Courez au mont, y dépouiller l'écaille
qui vous prive de voir Dieu manifeste ! »
124 Tels, becquetant ou le blé ou l'ivraie,
les pigeons assemblés à la pâture,
calmes, et sans leur coutumier orgueil,
127 s'il apparaît quelque motif d'alarme
abandonnent soudain leur picorée,
comme assaillis d'un plus grave souci,
130 ainsi je vis cette troupe nouvelle
laisser le chant pour s'enfuir vers les pentes,

---

[1]. Premier vers de la chanson initiale du troisième livre du *Banquet*.

comme un homme qui va sans savoir où ;
133 et nous partîmes, tout aussi rapides.

CHANT III

1 Bien que ces ombres, en fuyant soudain,
    se fussent dispersées dans la campagne,
    scrutant le mont où Justice nous fouille,
4 je m'attachai au compagnon fidèle :
    comment sans lui aurais-je pu courir ?
    qui m'eût hissé là-haut par la montagne ?
7 Il me semblait travaillé de remords ;
    ô conscience délicate et nette,
    que mince erreur te fait morsure amère !
10 Lorsque ses pas eurent quitté la hâte
    par quoi tout acte perd sa dignité,
    ma pensée, prisonnière auparavant,
13 élargit sa visée, comme en désir :
    et je portai mes yeux sur le massif
    qui, très haut dans le ciel, se *démarine*[1].
16 À notre dos le soleil flambait rouge,
    mais devant ma figure il se rompait,
    car je faisais obstacle à ses rayons.
19 Je me tournai de côté, dans la peur
    d'avoir été abandonné peut-être,
    voyant le sol obscur devant moi seul.
22 Alors mon réconfort : « Pourquoi ce doute ? »
    fit-il en se plaçant sous mon regard,
    « me crois-tu loin de toi, moi qui te guide ?
25 C'est déjà vêpres là-bas, où repose
    mon corps, du fond duquel je fis de l'ombre ;

---

1. *Si dislaga :* néologisme dantesque, au sens de « s'élève hors de l'eau ».

Naples le garde, Brindes l'a perdu[1].
28 Si devant moi rien donc ne s'obscurcit,
n'en sois pas étonné plus que des cieux
dont les rayons de l'un traversent l'autre.
31 Nos corps neufs sont formés à ressentir
tourments, chaleur et gel, par la vertu
qui ne veut point qu'on voie comment elle œuvre.
34 Fou qui attend que l'humaine raison
parvienne à suivre la voie infinie
que trace une substance en trois personnes !
37 Que le *quia*[2], genre humain, vous suffise :
car si vous aviez pu tout découvrir,
fallait-il donc que Marie enfantât ?
40 Vous avez vu désirer vainement
ceux dont la soif eût été apaisée,
mais qui n'en gardent qu'un deuil éternel :
43 je parle d'Aristote et de Platon
et de bien d'autres. » Là, baissant le front,
il fit silence et demeura troublé.
46 Touchant alors au pied de la montagne,
nous y trouvâmes le roc si abrupt
qu'en vain la jambe y eût été alerte.
49 Entre Lerche et Turbie[3], la plus sauvage,
la plus âpre corniche est une échelle
commode et large auprès de celle-ci.
52 « Qui sait par où la pente est le moins raide »,
me dit le maître en arrêtant ses pas,
« pour qu'on puisse y monter sans avoir d'ailes ? »
55 Or, tandis que tenant le front baissé
il étudiait en esprit le chemin
et qu'en haut j'observais le tour du roc,
58 je vis paraître à main gauche une troupe
d'âmes, qui dirigeaient leurs pas vers nous
si lentement qu'il n'y paraissait point.
61 « Maître », lui dis-je alors, « lève les yeux :

---

1. Mort à Brindisi en 19 av. J.-C., Virgile fut enseveli à Naples. **2.** *Quia* (en latin « parce que ») était employé au Moyen Âge au sens de « à savoir que ». **3.** Lerici, sur la côte génoise ; la Turbie, sur la côte niçoise.

voici là-bas d'où viendra le conseil,
si tu ne peux le trouver en toi-même. »
64 Il regarda et, d'un air délivré,
me dit : « Allons vers eux qui sont si lents,
et toi, doux fils, affermis ton espoir. »
67 Nous avions fait un bon millier de pas
— ces gens étant encore à la portée
d'une pierre que lance une main sûre —
70 quand, se serrant contre les durs rochers
de la falaise à pic, tous s'arrêtèrent,
comme celui qui regarde et qui doute.
73 « Ô morts en grâce, esprits déjà élus »,
leur dit Virgile, « au nom de cette paix
qui est, je crois, attendue de vous tous,
76 indiquez-nous par où le mont décline
assez pour que l'on puisse le gravir ;
car tarder est plus dur à qui plus sait. »
79 Ainsi que les brebis sortent du parc,
une, puis deux, puis trois, et d'autres restent
timides, le museau et l'œil à terre,
82 et ce que l'une fait, toutes le font,
se pressant contre celle qui s'arrête
et ne sachant pourquoi, simples et calmes,
85 ainsi je vis s'ébranler, puis venir
vers nous la tête de l'heureux troupeau,
l'air humble et la démarche bienséante.
88 Quand, sur le sol, les premiers aperçurent
la lumière à ma droite se brisant
jusqu'à la roche où s'étendait mon ombre,
91 ils firent halte et un peu reculèrent :
et tous les autres qui venaient ensuite,
bien qu'ignorant pourquoi, faisaient de même.
94 « Sans que vous demandiez, je vous déclare
que c'est un corps humain que vous voyez
fendre ainsi sur le sol l'éclat du jour ;
97 ne vous étonnez pas, mais croyez bien
que ce n'est pas sans une haute grâce
qu'il cherche à surmonter cette paroi »,
100 leur dit le maître. Et ces dignes esprits

dirent : « Retournez-vous, marchez devant »,
du revers de leurs mains nous faisant signe.

103 Et l'un d'entre eux se mit à dire : « Toi
qui vas ainsi, qui que tu sois, regarde,
rappelle-toi si là-bas tu m'as vu. »

106 Je me tournai vers lui, scrutant sa face :
il était blond et beau, de noble allure,
mais blessé au sourcil d'un coup d'épée.

109 Quand je me fus excusé humblement
de ne point le connaître, il dit : « Vois donc »
en me montrant une plaie à sa gorge.

112 Puis, souriant, il dit : « Je suis Manfred,
petit-fils de Constance impératrice[1].
Je te prie donc d'aller, à ton retour,

115 voir ma gracieuse fille, qui est mère
de l'honneur de Sicile et d'Aragon[2] :
dis-lui le vrai (si l'on dit autre chose).

118 Quand j'eus reçu au travers de mon corps
deux coups mortels, je me rendis en larmes
à celui-là qui volontiers pardonne.

121 L'amas de mes péchés fut bien horrible ;
mais l'infinie bonté, aux bras si larges,
s'ouvre à tous ceux qui s'adressent à elle.

124 Si le pasteur de Cousence, envoyé
par Clément à la chasse de mes restes,
avait su lire en Dieu la bonne page,

127 chacun des os de mon corps pourrait être
encore au bout du pont de Bénévent,
sous la garde du lourd monceau de pierres.

130 Or, baignés par la pluie, le vent les roule
hors du royaume, au bord du fleuve Verd
où l'autre les porta, tout cierge éteint[3].

133 Mais ces malédictions ne font pas perdre
l'amour divin au point qu'il ne renaisse,

---

[1]. Manfred, fils de Frédéric II, petit-fils de l'impératrice Constance de Souabe, vaincu par Charles d'Anjou et tué lors de la bataille de Bénévent en 1266. [2]. Constance, fille de Manfred, épouse de Pierre III d'Aragon. [3]. Sur ordre du pape Clément IV, l'évêque de Cosenza fit jeter les restes de Manfred dans le Garigliano (Verd).

si l'espérance encor reste un peu verte.
136 Tout repenti qu'il soit, quiconque meurt
en contumace de la sainte Église[1]
doit rester, il est vrai, loin des falaises
139 trente fois plus de temps qu'il n'en passa
dans son erreur ; mais ce bannissement
peut s'abréger par de bonnes prières.
142 Vois donc si tu pourrais me rendre heureux
en révélant à ma douce Constance
cet interdit, et comment tu m'as vu :
145 car de là-bas peut nous venir l'élan. »

CHANT IV

1 Lorsque, par le plaisir ou la douleur
qui saisit l'une de nos facultés,
notre âme s'y recueille entièrement,
4 tous ses pouvoirs, dirait-on, l'indiffèrent ;
et ceci contredit l'erreur de croire
qu'une âme en nous sur une autre s'allume.
7 Ainsi, voir ou entendre quelque chose
qui tienne fortement l'âme attachée
fait qu'on ne prend pas garde au temps qui passe :
10 car autre est le pouvoir qui le perçoit,
autre celui qui retient l'âme entière ;
l'un paraît être lié, l'autre libre.
13 J'en fis l'expérience véridique
en écoutant et admirant cette ombre :
car le soleil avait à mon insu
16 gravi déjà cinquante bons degrés
quand fut le lieu où les ombres crièrent

---

[1]. Manfred avait été excommunié.

toutes : « Voici l'objet de votre quête ! »
19 Avec une fourchée de quelques ronces,
   l'homme des champs, quand le raisin noircit,
   rebouche un trou de haie souvent plus large
22 que n'était le sentier par où mon guide
   et moi derrière, nous montâmes seuls,
   lorsque ces ombres nous eurent quittés.
25 Pour joindre Saint-Léon, descendre à Nole,
   monter à Bismantoue et à Caccume[1],
   on marche : mais ici l'on doit voler
28 sur l'aile agile, dis-je, et les rémiges
   du grand désir, et en suivant celui
   qui me donnait l'espoir et la lumière.
31 Nous montions à travers le roc fendu
   dont les flancs nous serraient de toutes parts ;
   le sol, sous nous, exigeait pieds et mains.
34 Lorsque nous fûmes sur le bord extrême
   de la falaise, en terrain découvert :
   « Mon maître », dis-je, « quel chemin choisir ? »
37 Et lui : « Ne redescends jamais d'un pas ;
   suis-moi, gagnons encor vers la hauteur
   jusqu'à trouver une escorte avertie. »
40 Le haut sommet triomphait de la vue ;
   quant à la pente, elle était plus superbe
   que le rayon médian du quart de cercle.
43 J'étais fourbu lorsque je m'écriai :
   « Ô mon doux père, tourne-toi, regarde
   comme je reste seul si tu n'attends ! »
46 « Traîne-toi jusqu'ici, mon fils », dit-il,
   montrant une saillie un peu plus haute
   qui contournait le mont à cet endroit.
49 Ces mots me furent un tel aiguillon
   que je rampai en peinant après lui
   jusqu'à fouler le plan de la corniche.
52 Alors tous deux nous nous assîmes là,
   face au levant, d'où nous étions montés :

---

1. San Leo (près de Saint-Marin), Noli (en Ligurie), Bismantova (en Romagne), Caccume (près de Frosinone) : tous pays de montagne.

souvent on aime à regarder ainsi.
55 J'abaissai mon regard vers les rivages,
puis l'élevai au ciel, en m'étonnant
que le soleil nous frappât sur la gauche.
58 Le poète vit bien que je restais
figé devant le char de la lumière
qui glissait entre nous et l'Aquilon.
61 Et il me dit : « Si Castor et Pollux
allaient en compagnie de ce miroir
qui porte sa clarté du haut en bas,
64 tu verrais le Zodiaque érubescent
évoluer encor plus près des Ourses,
à moins qu'il ne quittât l'ancien parcours.
67 Et pour bien voir comment se peut la chose,
recueille-toi : imagine Sion
et ce mont-ci, placés sur terre en sorte
70 que l'un et l'autre, en divers hémisphères,
aient un seul horizon ; dès lors, la route
où Phaéton sut mal guider son char,
73 tu la verras franchir ici le mont
et rencontrer là-bas l'autre signal,
si ton esprit clairement se concentre. »
76 « Je n'ai certes jamais, mon maître », dis-je,
« vu aussi clair ni mieux compris ce point
où mon esprit paraissait en défaut :
79 qu'au milieu du plus haut des cieux mobiles,
le cercle qu'un des arts nomme équateur
et qui demeure entre hiver et soleil
82 fuit, vu d'ici, vers le septentrion,
comme il semblait aux Hébreux s'éloigner,
suivant ton exposé, vers les lieux chauds.
85 Mais, s'il te plaît, je voudrais bien savoir
quel trajet nous attend : car le sommet
s'élève plus que mes regards ne peuvent. »
88 Et lui à moi : « Cette montagne est telle
qu'au début la gravir est toujours rude ;
mais plus on monte et moindre est la fatigue.
91 Aussi, quand tu la trouveras si douce
que l'ascension t'y semblera légère

comme descente en barque au fil de l'eau,
94 alors sera le terme du chemin ;
attends là-haut pour déposer ta peine ;
mais il suffit : je sais que je dis vrai. »
97 Or, dès qu'il eut achevé ces paroles,
une voix près de nous sonna : « Peut-être
te faudra-t-il t'asseoir auparavant ! »
100 À ces mots, tous les deux nous nous tournâmes
et vîmes à main gauche un grand rocher
auquel ni lui ni moi n'avions pris garde.
103 Nous y allâmes ; des gens étaient là
qui se tenaient à l'ombre de la pierre,
dans ces maintiens qu'on prend par nonchalance.
106 Et l'un d'entre eux, qui me semblait recru,
était assis, embrassant ses genoux
entre lesquels sa face était baissée.
109 « Mon doux seigneur », dis-je, « regarde un peu
celui-ci qui a l'air plus indolent
que si Paresse était sa propre sœur ! »
112 L'autre alors se tourna, guettant vers nous,
l'œil levé juste au-dessus de sa cuisse,
et dit : « Va donc là-haut, toi si vaillant ! »
115 Là je le reconnus ; et cette angoisse,
qui m'oppressait le souffle encore un peu,
laissa pourtant mes pas l'atteindre ; et lorsque
118 je l'eus rejoint, haussant la tête à peine
il dit : « As-tu bien vu que le soleil
mène son char vers ton épaule gauche ? »
121 Ses gestes mous et ses courtes paroles
firent ma lèvre ébaucher comme un rire,
puis je lui dis : « Belleau[1], je ne te plains
124 désormais plus ; mais dis encor : pourquoi
t'asseoir ici ? attends-tu quelque escorte ?
ou reprends-tu ton ancienne habitude ? »
127 « Frère », dit-il, « à quoi sert de monter ?
me ferait-il accéder à mes peines,

---

1. Belacqua, sans doute un luthier florentin, contemporain de Dante, renommé pour sa paresse.

l'ange de Dieu qui se tient sur le seuil ?
130 Il faut d'abord que le ciel tourne autant
sur moi dehors, qu'il fit durant ma vie
— car j'omis jusqu'au bout les bons soupirs[1] —,
133 si entretemps ne m'aide une prière
jaillie d'un cœur qui vive dans la grâce :
que vaut une autre, au ciel non écoutée ? »
136 Mais déjà devant moi montait Virgile
en disant : « Viens ; tu vois que le soleil
touche le méridien ; vers d'autres rives,
139 la nuit pose son pied sur le Maroc. »

CHANT V

1 Je venais juste de quitter ces ombres
et cheminais sur les pas de mon guide,
lorsque, derrière nous dressant le doigt :
4 « Tiens ! » cria l'une, « aucun rayon ne brille,
semble-t-il, sur la gauche du second ;
il a l'air de marcher comme un vivant ! »
7 Tournant les yeux au son de cette phrase,
je les vis regarder avec stupeur
moi seul, moi seul, et la clarté brisée.
10 « Pourquoi ton cœur se trouble-t-il si fort
que tu freines ta marche ? » dit le maître ;
« et que t'importe ici ce qu'on murmure ?
13 Laisse parler tous ces gens et suis-moi ;
sois une tour bien ferme, dont la cime
jamais ne branle aux vents, si fort qu'ils soufflent.
16 Car toujours l'homme en qui germe une idée
sur une idée, s'éloigne de son but,

---

[1]. Du repentir.

puisque l'une affaiblit l'élan de l'autre. »
19 Que répondre à cela, sinon « Je viens » ?
Je le dis, coloré un peu du rouge
qui fait parfois mériter le pardon.
22 En travers de la côte, à ce moment
venaient des gens, un peu plus haut que nous,
chantant *Miserere* vers après vers.
25 Mais quand ils s'aperçurent que mon corps
résistait au passage des rayons,
leur chant tourna en un « Oh ! » long et rauque.
28 Et deux d'entre eux, venant en messagers,
accoururent vers nous et demandèrent :
« Instruisez-nous de votre condition. »
31 Mon maître alors : « Vous pouvez repartir
et répéter à ceux qui vous envoient
que le corps de cet homme est de vraie chair.
34 S'ils sont restés pour avoir vu son ombre,
comme je crois, ils ont pleine réponse.
Qu'ils l'honorent : ce peut leur être utile ! »
37 Jamais, au jour tombant, je n'ai pu voir
vapeurs ignées fendre les nuées d'août
ni, en début de nuit, le ciel serein,
40 si vite qu'ils n'allèrent vers le haut,
puis, escortés des autres, nous revinrent,
comme au galop s'élance une brigade.
43 « Nombreuse est cette foule qui afflue
pour te solliciter », dit le poète ;
« marche pourtant, et, en marchant, écoute. »
46 « Ô âme qui t'en vas pour être heureuse
avec ce corps dans lequel tu es née,
modère un peu tes pas ! » me criaient-ils ;
49 « vois si jamais tu connus l'un de nous,
pour que là-bas tu portes nos nouvelles !
pourquoi vas-tu ? hélas, arrête-toi !
52 Nous avons tous péri de mort violente,
dans le péché jusqu'à cette heure ultime
où le ciel, d'un éclair, nous avertit :
55 si bien que, repentants et pardonnant,
nous quittâmes la vie amis de Dieu,

qui nous étreint du désir de le voir. »
58 Et moi : « J'ai beau scruter en vos visages,
 je n'en connais aucun ; mais si je puis
 quoi que ce soit pour vous, esprits bien nés,
61 dites : je le ferai, par cette paix
 que, sur les traces d'un si digne guide,
 on m'incite à chercher de monde en monde. »
64 L'un d'eux me dit : « Nous avons tous confiance
 en ton bienfait, sans besoin de serment
 (mais non-pouvoir peut tronquer bon vouloir !).
67 Moi qui te parle seul avant les autres,
 je te prie donc, si tu vois les rivages
 qui vont de la Romagne à ceux de Charles[1],
70 de demander pour moi, par courtoisie,
 qu'à Fain montent les bonnes oraisons
 pour que je purge enfin mes lourdes fautes :
73 j'étais de là. Mais ces profondes plaies
 par où sortit mon sang, support de l'être,
 me furent faites chez les Anténors,
76 là où l'abri me semblait le plus sûr :
 un Este les fit faire, ayant pour moi
 plus d'âpre haine que le droit n'exige.
79 Si j'avais fui vers la Mire, pourtant,
 lorsque près d'Oriac je fus rejoint,
 je serais encor là où l'on respire.
82 Je courus au marais ; puis, joncs et bourbes
 m'empêtrant, je tombai : et là, je vis
 de mes veines au sol jaillir un lac[2]. »
85 Un autre alors me dit : « Ah ! que s'exauce
 le désir qui te tire en haut du mont ;
 mais, par bonne pitié, aide le mien !
88 Je suis Bonconte, je fus de Montfeltre ;
 Jeanne, ou d'autres, n'ont point souci de moi :
 parmi ceux-ci je vais donc tête basse. »

---

1. Les Pouilles, qui appartenaient à Charles II d'Anjou. 2. Celui qui parle est Jacopo del Cassero de Fano. Podestat de Bologne en 1296-1297, il s'attira la haine du marquis de Ferrare Azzo d'Este, qui le fit assassiner en 1298 sur les rives de la Brenta, entre les bourgs de la Mira et Oriago.

91 Et moi, à lui : « Quelle force, ou quel sort
 t'a égaré si loin de Champaldin
 qu'on n'a jamais connu ta sépulture ? »
94 « Oh », me répondit-il, « en contrebas
 du Casentin coule un torrent, l'Arclaine :
 il naît dans l'Apennin, plus haut que l'Erme.
97 Vers cet endroit où se perd son vocable,
 j'arrivai seul, la gorge transpercée,
 fuyant à pied, ensanglantant le val ;
100 là je perdis la vue ; puis, ma parole
 dans le nom de Marie cessa : là même
 je tombai — et ma chair demeura seule.
103 Je dirai vrai : toi, dis-le aux vivants.
 L'ange de Dieu me prit ; l'autre, d'enfer,
 criait : "Ô toi du ciel, mais tu me prives !
106 tu emportes de lui tout l'éternel,
 pour une pauvre larme qui me l'ôte ?
 Moi, je réserve au reste un autre sort !"
109 Tu sais comment s'accumulent dans l'air
 ces humides vapeurs, tournant en eau
 sitôt montées là où le froid les fige ?
112 Jointe à son intellect, la malveillance
 du démon ébranla vents et nuées,
 par ce pouvoir qu'il doit à sa nature ;
115 puis il couvrit de brume, à jour éteint,
 tout le val, de Prémagne à la Grand-Chaîne,
 et, dans l'espace au-dessus, fit en sorte
118 que l'air gonflé se convertît en eau :
 la pluie tomba ; les fossés se remplirent
 de toute l'eau que le sol ne put boire ;
121 et quand elle eut rejoint les grands ruisseaux,
 elle croula vers le fleuve royal
 si violemment que rien n'y fit obstacle.
124 Au confluent, l'Arclaine impétueux
 trouva mon corps glacé ; il l'entraîna
 dans l'Arne, et dénoua sur moi la croix
127 que, vaincu de douleur, je m'étais faite.
 Il me roula par les bords et les fonds,

puis m'enroba dans les proies qu'il charrie¹. »
130 « Quand tu seras de retour dans le monde
et reposé du long cheminement »,
dit une troisième âme après ces autres,
133 « — je suis Pia — de moi qu'il te souvienne !
Sienne m'a faite, et Maremme défaite :
il le sait bien, celui qui m'épousa,
136 fixant d'abord sur mon anneau sa pierre². »

CHANT VI

1 Quand se dénoue une partie de dés,
celui qui perd reste là tout chagrin
et, répétant les coups, triste, il s'exerce.
4 Avec l'autre s'en va tout le public :
on le devance, on le tire en arrière,
on le coudoie, on se rappelle à lui.
7 Prêtant l'oreille à tous, il va toujours ;
que sa main donne, et l'importun s'éloigne ;
ainsi se défend-il de la cohue.
10 Tel j'avançais dans cette foule dense,
tournant vers l'un ou l'autre mon regard
et me dégageant d'eux par des promesses.
13 Là, je vis l'Arétin que mit à mort
Hugues du Tacq, de sa féroce main³,

---

1. Celui qui parle est Buonconte da Montefeltro, Gibelin, qui fut blessé à mort en 1289 lors de la bataille de Campaldino. Il raconte qu'il se traîna jusqu'à l'Archiano (rivière du Casentino), qui entraîna son corps jusque dans l'Arno. Il se plaint d'autre part que sa femme Giovanna l'ait oublié (vers 89). 2. Pia de' Tolomei, Siennoise, fut assassinée à l'époque de Dante par son mari dans leur château de la Maremma, soit par jalousie, soit pour se remarier. 3. Benincasa da Laterina. Juge à Sienne, il condamna à mort un frère du bandit Ghino di Tacco ; celui-ci l'assassina à Rome par vengeance.

et cet autre, noyé en pleine chasse¹ ;
16 là suppliaient avec les mains tendues
   Frédéric le Nouvel², et ce Pisan
   par qui le bon Marzuc montra sa force³ ;
19 là le comte Ours⁴ ; et cette âme arrachée
   du corps par haine et envie, disait-elle,
   non pour quelque forfait qu'elle eût commis :
22 c'est Pierre de la Brosse (et que, sur terre,
   la dame de Brabant sache y pourvoir,
   de peur d'aller dans un pire troupeau⁵ !).
25 Sitôt qu'enfin je fus libre de toutes
   ces ombres qui priaient que d'autres prient
   pour hâter leur passage en sainteté,
28 je commençai : « Dans l'un de tes ouvrages⁶,
   tu me sembles nier, ô ma lumière,
   que l'oraison plie les décrets du ciel ;
31 or tous ces gens ne prient que dans ce but :
   l'espérance qu'ils ont serait donc vaine,
   ou n'ai-je pas bien compris ta parole ? »
34 Et lui à moi : « Mon écriture est claire,
   et l'espoir de ces gens n'est pas trompeur,
   si l'on y songe avec un esprit droit.
37 La Justice d'en haut reste éminente
   quand le feu de l'amour résout sur l'heure
   ce qu'en venant ici l'on doit purger.
40 Là-bas, où je fixai cette maxime,
   on ne pouvait faire amende en priant,
   car la prière était coupée de Dieu.
43 Vraiment, va outre à un doute aussi dur,
   jusqu'aux leçons de celle qui sera
   lumière entre le vrai et ton esprit :
46 me comprends-tu ? j'ai nommé Béatrice ;

---

1. Sans doute Guccio dei Tarlati da Pietramala, qui serait mort noyé en poursuivant certains de ses ennemis. 2. Le Gibelin Federigo Novello, tué entre 1289 et 1291 par un adversaire. 3. Gano degli Scornigiani, Pisan, fut assassiné ; mais son père Marzucco eut la force de pardonner aux coupables. 4. Orso degli Alberti di Mangona, assassiné par un de ses cousins en 1286. 5. Pierre de la Brosse, grand chambellan de Louis XI, puis de Philippe le Hardi. Lorsque le fils aîné de ce dernier mourut en 1276, il accusa Marie de Brabant, seconde épouse de Philippe, d'avoir empoisonné son beau-fils. Accusé de trahison, il fut pendu en 1278. 6. *Énéide*, VI, 376.

tu la verras là-haut, sur le sommet
de ce mont que voici, heureuse, rire. »
49 Et moi : « Seigneur, hâtons-nous davantage !
je ne sens plus comme avant la fatigue,
et vois comme grandit l'ombre du mont ! »
52 « Nous marcherons pendant qu'il fera jour »,
dit-il, « et tant que nous pourrons marcher ;
l'entreprise n'est pas ce que tu crois :
55 avant le haut, tu verras revenir
celui que la montagne déjà couvre,
privant ton corps de rompre ses rayons.
58 Mais observe là-bas cette ombre assise
à part, si seule, et regardant vers nous :
celle-ci nous dira les courts chemins. »
61 Nous avancions : ô vraie âme lombarde,
que tu semblais altière et dédaigneuse
et digne, et lente au mouvoir de tes yeux !
64 Sans souffler mot, elle se contentait
de nous laisser venir tout en guettant,
comme fait le lion quand il repose.
67 Virgile alors, s'approchant, la pria
de nous montrer la meilleure montée ;
mais elle, sans répondre à sa demande,
70 nous questionna sur nos vies, nos pays ;
et, comme le doux guide commençait :
« *Mantua*... », l'ombre, en soi toute recluse,
73 bondit vers lui du lieu de sa retraite,
disant : « Ô Mantouan, je suis Sordel[1],
de ta ville ! » Et l'un l'autre ils s'embrassèrent.
76 Ah ! Italie esclave, hôtel de deuil,
bateau sans guide au milieu des tempêtes !
la reine aux cent vassaux ? non : un bordel !
79 Cette grande âme — en ce lieu ! — fut si prompte,
au doux écho du seul nom de sa ville,
à faire fête à son concitoyen :
82 alors qu'en toi ne cessent d'être en guerre

---

[1]. Sordello, Mantouan ; célèbre troubadour, mort avant 1273 et fort admiré de Dante (*cf. De l'éloquence en langue vulgaire*, I, 15).

tes fils vivants, et que s'entre-déchirent
ceux qu'enclôt un seul mur, un seul fossé !
85 Cherche donc sur tes rives, malheureuse,
sonde tes mers, puis regarde en ton sein
si quelque point de toi goûte la paix !
88 À quoi te servit-il que Justinien[1]
serrât ton mors, puisque la selle est vide ?
Sans un tel frein, moindre serait ta honte !
91 Ah ! vous qui devriez mieux obéir,
et agréer sur la selle César,
si vous entendez bien l'arrêt de Dieu,
94 voyez : la bête est devenue rebelle,
n'étant plus corrigée par l'éperon,
du jour où vous avez saisi sa bride !
97 Ô Albert l'Allemand, qui l'abandonnes
ainsi faite sauvage et indomptée
— quand tu devrais enfourcher ses arçons ! —,
100 que tombe des étoiles sur ton sang
un juste jugement, clair, inouï
et tel que s'en effraie ton successeur !
103 Car vous avez souffert, ton père et toi,
vous qu'entraînait ailleurs la convoitise,
que soit désert le jardin de l'Empire[2] !
106 Viens voir les Montaigus, les Capulets,
les Philippois, les Monauds[3], homme veule,
ceux-là défaits, et ceux-ci dans la crainte !
109 Viens, cruel, viens, et vois l'oppression
sur tes féaux, et panse leurs blessures ;
et viens voir Saintefleur[4], comme elle est sombre !
112 Viens retrouver ta Rome qui te pleure,
veuve, esseulée, et jour et nuit t'appelle :
"Ô mon César, que n'es-tu avec moi ?"
115 Viens voir combien tous ces peuples s'entr'aiment !
et si de nous tu n'as point de pitié,

---

1. L'empereur Justinien, auteur du *Corpus Juris*. 2. Albert d'Autriche, fils de Rodolphe de Habsbourg. Élu empereur en 1298, il ne vint jamais se faire couronner à Rome. 3. Montecchi et Cappelletti, clans ennemis d'Italie du Nord ; Monaldi et Filippeschi, familles rivales d'Orvieto. 4. Santafiora, comté de Toscane, victime de luttes féroces avec Sienne à la fin du XIIIe siècle.

viens donc rougir ici de ton renom !
118 Et, s'il m'était permis, grand Jupiter
  qui fus pour nous sur terre crucifié,
  tes justes yeux sont-ils tournés ailleurs ?
121 À moins que tu prépares, dans l'abîme
  de tes desseins, quelque bien qui échappe
  en son entier à notre entendement ?
124 Car de tyrans les cités d'Italie
  regorgent, et le moindre des vilains,
  s'il se fait partisan, c'est Marcellus[1] !
127 Tu peux être contente, ô ma Florence,
  de cette parenthèse qui t'épargne,
  grâce à ton peuple au zèle si actif...
130 Beaucoup ont la justice dans le cœur
  et la décochent tard, prudents archers :
  mais ton peuple n'a qu'elle au bord des lèvres...
133 Beaucoup refusent les charges publiques :
  mais ton peuple répond sans qu'on l'appelle,
  se pousse, et va criant : "Je me dévoue !"
136 Réjouis-toi, tu en as bien sujet,
  toi qui es riche, et sage, et pacifique !
  Si je dis vrai ? certes, l'effet le montre :
139 Sparte et Athènes, ces villes qui firent
  les lois d'antan, furent très policées,
  mais sont un piètre exemple du bien vivre
142 auprès de toi, qui fais des ordonnances
  si fines, qu'à la mi-novembre à peine
  atteint le fil qu'en octobre tu tords !
145 Combien de fois, si loin qu'on se rappelle,
  as-tu changé lois, offices, coutume,
  monnaie, muant et transmuant tes membres ?
148 Et s'il t'en souvient bien, si tu vois clair,
  tu te verras pareille à la fiévreuse
  qui cherche en vain le repos sur la plume,
151 mais se retourne pour tromper son mal !

---

1. Se prétend un héros, comme Marcus Claudius Marcellus ; ou bien devient un ennemi de l'Empire, comme Marcus Claudius Marcellus, adversaire de César.

CHANT VII

1 Quand l'honnête et joyeuse bienvenue
eut été souhaitée trois, quatre fois :
« Qui êtes-vous ? » dit Sordel, reculant.
4 « Avant qu'au mont ne fussent envoyées
les âmes dignes de monter à Dieu,
Octave[1] ensevelit mes ossements.
7 Je suis Virgile, exclu du ciel : ma seule
faute a été de n'avoir pas la foi. »
Ainsi lui répondit alors mon guide.
10 Tel est celui qui, devant lui, soudain,
voit une chose dont il s'émerveille,
croit, ne croit guère, et dit : « C'est... Ce n'est pas... »,
13 tel parut celui-ci ; baissant les cils
et revenant à Virgile humblement,
il l'étreignit là où l'esclave embrasse[2].
16 « Toi, l'honneur des Latins », dit-il, « par qui
notre langue a montré tout son pouvoir,
gloire éternelle de mon lieu natal,
19 je te vois donc ! par quel don ? quel mérite ?
Si je suis digne à tes yeux de t'entendre,
dis-moi, viens-tu d'enfer ? et de quel cloître ? »
22 « Par tous les cercles du morne royaume »,
dit Virgile, « je vins sous l'impulsion
d'une force du ciel qui m'accompagne.
25 Faire ? non : mais non-faire m'a privé
de voir le haut Soleil que tu désires
et qui trop tard devait m'être connu.
28 Il est un lieu, tout en bas, que les peines
n'attristent point, mais les seules ténèbres ;
la plainte y sonne en soupir, non en cri.
31 J'y reste avec ces enfants innocents,
mordus trop tôt par les dents de la mort
pour être exempts de notre humaine faute.

---

1. L'empereur Auguste. 2. Aux genoux, comme il convient à un inférieur vis-à-vis de son supérieur.

34 J'y reste avec ces gens que n'ornaient point
les trois saintes vertus, mais qui, sans vices,
ont connu et suivi toutes les autres.

37 Or, si tu sais et peux, oriente-nous
d'un signe, pour que nous puissions atteindre
directement l'entrée du purgatoire. »

40 Et lui : « Nul lieu précis n'est imposé ;
aller autour, monter me sont permis ;
aussi loin que je puis, je suis ton guide !

43 Mais vois déjà comme le jour décline :
et l'on ne peut, de nuit, gravir le mont ;
aussi faut-il songer à un bon gîte.

46 Là, plus à droite, à l'écart, sont des âmes ;
si tu veux bien, je pourrai t'y conduire,
et tu auras plaisir à les connaître. »

49 « Comment ? » fut la réponse ; « qui voudrait
monter de nuit en serait empêché
par quelqu'un d'autre, ou manquerait de force ? »

52 Le bon Sordel raya du doigt la terre
et dit : « Vois-tu ? le soleil disparu,
tu ne franchirais pas ce simple trait.

55 Non que l'on soit retenu, toutefois,
par rien d'autre que l'ombre de la nuit :
elle emmêle vouloir et non-pouvoir.

58 Trompé par elle, on pourrait redescendre,
vagabondant à l'entour de ces pentes
tant que notre horizon tient le jour clos. »

61 Et mon seigneur, comme empli de surprise :
« Conduis-nous donc », dit-il, « là où tu dis
qu'on peut avoir plaisir à séjourner. »

64 Nous n'étions pas très éloignés de là
quand je vis que le mont faisait un creux
pareil aux vals dont se creusent les nôtres.

67 « C'est là que nous irons », nous dit cette ombre,
« là où la côte s'enfonce en giron ;
et nous y attendrons le jour nouveau. »

70 Un sentier sinueux, en pente douce,
nous amena jusqu'au flanc de la cluse,
là où meurt le rebord plus qu'à moitié.

73 Or pur, argent, céruse, indigo, pourpre,
   bois poli et luisant, cassure fraîche
   de l'émeraude à l'instant qu'on la brise,
76 mis dans ce val, y seraient éclipsés
   par les couleurs des herbes et des fleurs,
   comme le moins est vaincu par le plus.
79 Non seulement Nature y était peintre,
   mais des suavités de mille odeurs
   elle en formait une neuve, fondue.
82 Sur le vert et les fleurs, chantant assises
   le *Salve Regina*, je vis des âmes
   dissimulées au dehors par le val.
85 « Avant que rentre au nid ce peu de jour »,
   nous dit le Mantouan qui nous guidait,
   « n'exigez pas que je vous mène à elles.
88 De ce rebord, vous distinguerez mieux
   les gestes et les traits de chaque esprit
   qu'au fond du val, si tous vous y accueillent.
91 Celui qui siège au plus haut, et fait mine
   de négliger ce qu'il lui faudrait faire
   — car sa bouche est muette au chant des autres —,
94 fut Rodolphe empereur[1], qui aurait pu
   guérir les plaies dont l'Italie est morte,
   si bien qu'un autre la soigne trop tard.
97 Son voisin, qui paraît l'encourager,
   fut roi des lieux où naît l'eau qui se jette
   de la Moldau dans l'Elbe et dans la mer :
100 il eut nom Ottoacre et, dès les langes,
    valut bien mieux que son fils Venceslas
    barbu, qui vit oisif et luxurieux[2].
103 Et ce nez court[3], en intime colloque
    avec cet autre[4] à l'air si débonnaire,
    mourut fuyant et déflorant le lis :
106 voyez comme il se frappe la poitrine !

---

1. *Cf.* p. 764, note 2. 2. Ottokar II, roi de Bohême (1253-1278), là où l'Elbe rejoint les eaux de la Moldava ; son fils Venceslas lui succéda en 1278. 3. Philippe III le Hardi, roi de France (1270-1285), vaincu par Pierre d'Aragon. 4. Henri Ier, roi de Navarre (1270-1274), beau-père de Philippe le Bel.

>   et voyez celui-là qui, de sa paume,
>   fait un lit à sa joue en soupirant :
> 109 du mal de France[1] ils sont père et beau-père
>   informés de sa vie basse et vicieuse ;
>   de là vient la douleur qui les déchire !
> 112 Celui qu'on voit si robuste[2], et qui chante
>   en accord avec l'autre au nez viril[3],
>   a ceint l'écharpe des plus hauts mérites ;
> 115 si, à sa mort, l'adolescent assis
>   derrière lui avait pu rester roi[4],
>   le mérite eût passé de vase en vase :
> 118 mais de ses autres fils, qui peut le dire ?
>   Frédéric, Jacques[5], règnent sur leurs terres :
>   aucun des deux ne tient le meilleur legs.
> 121 Bien rarement l'humaine probité
>   renaît dans les rameaux ; ainsi le veut
>   son donateur, pour qu'on la lui demande.
> 124 Mon propos vise aussi l'ombre au grand nez,
>   non moins que Pierre, qui chante avec elle
>   et fait gémir déjà Provence et Pouille.
> 127 Autant le fruit le cède à sa semence,
>   autant Constance, plus que Béatrix
>   ou Marguerite, applaudit son époux[6].
> 130 Voyez le roi qui mena simple vie,
>   assis là, seul : c'est Henri d'Angleterre[7] ;
>   un meilleur sort lui revient dans ses branches[8].
> 133 Celui d'entre eux qui s'incline le plus,
>   les yeux levés, c'est le marquis Guillaume,

---

1. Philippe le Bel, que Dante méprise au point de ne jamais dire son nom. 2. Pierre III, roi d'Aragon et de Sicile. 3. Charles Ier d'Anjou, qui conquit Naples et la Sicile en 1266-1268. 4. Pierre, dernier des fils de Pierre III, mort avant son père. 5. Jacques II, d'abord roi de Sicile, puis d'Aragon (1291) ; Frédéric II, roi de Sicile en 1296. 6. Veuve de Pierre III, Constance avait un mari de grande valeur ; Béatrice de Provence et Marguerite de Bourgogne, première et seconde épouses de Charles d'Anjou, ne peuvent en dire autant. En d'autres termes : Charles Ier ne vaut pas Pierre d'Aragon et Charles II ne vaut pas Charles Ier. 7. Henri III, roi d'Angleterre (1216-1272). 8. Éloge indirect d'Édouard Ier, qui succéda à Henri III en 1272 et mourra en 1307.

pour qui Alexandrie et ses guerriers
136 font pleurer Chenevois et Montferrat[1]. »

CHANT VIII

1 L'heure approchait qui change le désir
des gens en mer, et leur mollit le cœur
le jour qu'aux doux amis fut dit l'adieu,
4 blessant d'amour le pèlerin novice
s'il entend quelque son lointain de cloche
qui paraisse pleurer le jour qui meurt,
7 quand je sentis devenir inutile
l'ouïr, et vis une âme redressée
qui de la main priait qu'on l'écoutât.
10 Elle joignit et leva ses deux paumes,
gardant ses yeux fixés vers l'orient,
comme pour dire à Dieu : « Toi seul m'importes ».
13 Pieusement de ses lèvres jaillit
le *Te lucis*[2], en des notes si douces
que j'en perdis conscience de moi-même.
16 Et puis les autres, douces et pieuses,
l'accompagnèrent tout au long de l'hymne,
le regard droit sur les orbes célestes.
19 Ici, lecteur, aiguise au vrai tes yeux :
car maintenant le voile est si subtil
que, certes, tu pourrais le traverser.
22 Je vis alors cette armée de noblesse
guetter en grand silence vers le haut,

---

1. Guillaume VII, marquis de Montferrat (1254-1292), chef des Gibelins, combattit contre Alessandria ; fait prisonnier, il mourut en 1292. Son fils reprit la lutte, causant de graves dommages aux régions du Canavese et du Montferrat. 2. *Te lucis ante terminum :* hymne chantée à complies afin de demander à Dieu son aide pour ne pas céder aux tentations nocturnes.

tout humble et pâle, et comme dans l'attente.
25 Et des hauteurs je vis poindre et descendre
deux anges, avec deux épées de feu
pareillement épointées et brisées.
28 Vert tendre comme feuille à peine éclose
étaient leurs robes, qui flottaient au vent
et que leurs vertes plumes venaient battre.
31 L'un se posta un peu plus haut que nous,
le second descendit sur l'autre bord :
et entre eux deux la foule se serra.
34 Je discernais en eux la tête blonde,
mais sur leurs faces mon œil défaillait,
comme une force que l'excès confond.
37 « Tous deux s'en viennent du sein de Marie »,
dit Sordel, « pour garder cette vallée,
à cause du serpent qui va paraître. »
40 Et moi, qui ne savais par quel chemin,
je regardai alentour, tout glacé,
me rencognant contre l'épaule sûre.
43 Sordel reprit : « Descendons à présent
parmi les grandes ombres, parlons-leur :
vous voir tous deux va leur être une grâce. »
46 N'ayant, je crois, descendu que trois pas,
je fus au fond, et vis l'œil de quelqu'un
sur moi, comme voulant me reconnaître.
49 C'était le temps où l'air s'obscurcissait,
mais pas au point qu'entre nos deux regards
ce que le soir cachait ne se montrât.
52 Il s'avança vers moi, et moi vers lui :
noble juge Gonin[1], que j'eus plaisir
à te voir loin du séjour des damnés !
55 À nul salut courtois nous ne manquâmes ;
puis il me dit : « Quand donc es-tu venu
au pied du mont, par les lointaines eaux ? »
58 « Oh », dis-je, « ce matin, par les lieux tristes
je vins, et suis en ma première vie,

---

1. Ugolino Visconti, vicaire de Gallura en Sardaigne, puis chef de la ligue guelfe contre Pise, qu'il vainquit en 1293. Dante l'avait sans doute rencontré à Florence.

bien qu'en allant ainsi je gagne l'autre. »
61 Sitôt qu'ils entendirent ma réponse,
   Sordel et lui reculèrent ensemble
   comme des gens brusquement éperdus.
64 L'un regarda Virgile, et l'autre une ombre
   assise, en lui criant : « Debout, Conrad[1] !
   Viens voir ce qu'en sa grâce a voulu Dieu ! »
67 Puis il me dit : « Par la faveur spéciale
   que tu dois à celui dont les motifs
   restent cachés, sans nul accès possible,
70 quand tu seras par-delà l'onde immense,
   dis à ma Jeanne[2] d'implorer pour moi
   là-haut, où l'on répond aux innocents.
73 Je ne crois pas que sa mère encor m'aime,
   depuis qu'elle a quitté ses blancs bandeaux
   dont elle aura, hélas ! encor regret.
76 Par son exemple on voit assez combien
   dure le feu d'amour chez une femme,
   si l'œil ou le toucher ne le rallume.
79 La vipère au blason du Milanais
   sera pour elle un moins digne ornement
   que le coq de Gallure, sur sa tombe[3] ! »
82 Ainsi dit-il, le visage marqué
   au sceau de cette ardeur loyale et droite
   qui brûle dans les cœurs avec mesure.
85 Or mes yeux affamés couraient au ciel,
   là-même où les étoiles sont plus lentes,
   comme une roue plus près de son essieu.
88 « Que regardes-tu donc là-haut, mon fils ? »
   me dit le guide ; et moi : « Ces trois flambeaux
   dont, par ici, tout le pôle s'embrase. »
91 Et lui à moi : « Les quatre étoiles claires
   que tu vis ce matin sont là, plus basses,
   et en leur lieu sont montées ces trois autres. »

---

1. *Cf.* p. 773, note 1. **2.** La fille d'Ugolino Visconti. **3.** Ugolino Visconti déplore que sa femme se soit remariée en 1300 avec Giangaleazzo Visconti de Milan (ses armes étaient une vipère), chassé de sa patrie en 1302. Elle aurait mieux fait donc de ne pas renoncer au blason de son premier époux.

94 Comme il parlait, Sordel le prit à part
   en disant : « Vois là-bas notre adversaire »,
   le doigt tendu pour le lui désigner.
97 Du côté où le val est sans défense
   se tenait un serpent, celui peut-être
   dont Ève avait reçu le fruit amer.
100 Entre herbe et fleurs glissait l'affreuse tresse,
   tournant parfois la tête et se léchant
   le dos, comme une bête qui se lisse.
103 Je ne vis pas, et ne puis donc décrire
   l'envol soudain des célestes autours,
   mais je les vis l'un et l'autre en action.
106 À entendre vrombir les vertes ailes,
   le serpent prit la fuite ; et les deux anges,
   d'un vol égal, regagnèrent leurs postes.
109 Mais l'ombre qui avait rejoint le juge
   à son appel, durant tout cet assaut
   n'avait pas détourné de moi les yeux.
112 « Puisse la lampe qui là-haut t'emmène
   trouver en ton vouloir autant de cire
   qu'il en faudra jusqu'à l'émail suprême »,
115 dit-elle, « et si quelque nouvelle vraie
   du Val-de-Maigre ou de ses alentours
   t'est connue, dis-la moi : car j'y fus grand.
118 Mon nom là-bas fut Conrad Malespine ;
   non pas l'ancien : mais je descends de lui ;
   j'eus pour les miens l'amour qu'ici l'on purge[1]. »
121 « Oh, je ne fus jamais dans vos parages »,
   lui dis-je alors ; « mais, par toute l'Europe,
   dans quel logis ne sont-ils pas fameux ?
124 Le renom qui honore votre sang
   chante si loin vos seigneurs et vos terres
   qu'on les connaît, même avant de s'y rendre.
127 Et — puissé-je monter au ciel ! — je jure
   que votre noble maison s'orne encore

---

1. Corrado Malaspina, fils de Frédéric Ier, marquis de Villafranca, descendant de Corrado l'Ancien, mort vers 1294. Dans le Val di Magra, rivière du nord de la Toscane, se trouvait le château de Villafranca, berceau de la famille.

de l'éclat de la bourse et de l'épée.
130 Nature et tradition lui ont fait don
    — bien qu'un coupable chef dévoie le monde —
    d'aller droit, méprisant les voies malignes. »
133 Et lui : « Va ! le soleil ne reviendra
    pas sept fois dans le lit que le Bélier
    sous ses quatre sabots couvre et enfourche,
136 avant que ta courtoise appréciation
    te soit clouée au centre de la tête
    par plus forts clous que les discours d'autrui,
139 si les décrets d'en haut suivent leur cours[1]. »

CHANT IX

1 Déjà l'amante de Tithon le vieux[2]
    blanchissait au balcon de l'orient,
    quittant l'étreinte de son doux ami ;
4 les pierreries brillantes sur son front
    traçaient la forme de l'animal froid
    qui frappe avec sa queue ceux qu'il rencontre[3] ;
7 et, là où nous étions, déjà la nuit
    achevait deux des pas dont elle monte,
    l'aile abaissée pour franchir le troisième,
10 quand, recru de sommeil, moi qui traînais
    le poids d'Adam, je m'inclinai sur l'herbe
    où tous les cinq nous nous tenions assis.
13 Avant l'aube, à cette heure où l'hirondelle
    chante à nouveau son triste lai, peut-être

---

1. Par cette prophétie *post eventum*, Corrado annonce à Dante qu'il sera reçu par les Malaspina avant sept années, après sa rupture avec les Guelfes blancs. **2.** L'Aurore, Éprise de Tithon, frère de Priam, elle lui accorda une longue vie. **3.** Le Scorpion.

en souvenir de ses malheurs anciens[1],
16 quand notre esprit, voyageant plus au large
de la chair, et moins pris par le souci,
devient en ses visions presque devin,
19 en songe il me sembla voir suspendu
au fond du ciel un aigle aux plumes d'or,
ailes ouvertes, prêt à fondre au sol.
22 Et je croyais me trouver sur le mont
où Ganymède abandonna les siens
lors de son rapt au plus haut consistoire.
25 Or, je pensais en moi-même : « Peut-être
a-t-il coutume de chasser ici,
dédaignant de saisir ailleurs ses proies ? »
28 Puis je croyais le voir virer à peine,
puis plonger effrayant comme la foudre
et m'emporter tout en haut jusqu'au feu.
31 Là, il semblait que tous deux nous flambions,
et l'incendie rêvé fut si cuisant
qu'il fallut bien que mon sommeil cessât.
34 Tel autrefois dut tressaillir Achille,
promenant alentour ses yeux rouverts
et ne sachant en quels lieux il était,
37 lorsque endormi sa mère l'emporta
dans ses bras, de Chiron jusqu'à Scyros
d'où les Grecs le tirèrent par la suite[2],
40 ainsi je tressaillis, quand le sommeil
eut fui ma face, et je devins très pâle,
comme un homme glacé par l'épouvante.
43 Mon réconfort était seul près de moi,
et le soleil était haut de deux heures,
et mon regard s'adressait à la mer.
46 « Ne t'effraie pas », dit alors le poète ;
« nous sommes, sois-en sûr, en bonne voie ;
n'étouffe point mais amplifie ta force.

---

1. Selon les *Métamorphoses* (VI, 412 *sqq.*), Procné fut changée en hirondelle pour avoir tué son fils Itys. 2. Afin d'empêcher son fils de participer à la guerre de Troie, la mère d'Achille l'enleva à Chiron et l'emporta endormi dans l'île de Scyros (Stace, *Achilléide,* I, 247-250).

49 Te voici parvenu au purgatoire :
   vois le rempart alentour qui le clôt ;
   vois l'entrée, où le roc semble disjoint.
52 Il y a peu, vers l'aube, avant le jour,
   lorsque ton âme au fond de toi dormait
   parmi les fleurs qui ornent le vallon,
55 une dame est venue : "Je suis Lucie,
   laissez-moi prendre celui-là qui dort",
   dit-elle ; "ainsi rendrai-je aisée sa route."
58 Sordel resta, mêlé aux nobles ombres.
   Elle te prit et, quand le jour fut clair,
   monta vers les hauteurs — moi sur ses traces —
61 et t'a posé ici ; mais ses beaux yeux
   m'avaient montré d'abord l'entrée ouverte.
   Puis, elle et ton sommeil s'en sont allés. »
64 Comme un homme incrédule se rassure
   et change son angoisse en hardiesse
   dès que la vérité lui apparaît,
67 ainsi devins-je ; et, me voyant sans crainte,
   mon guide s'engagea sur la falaise
   — et moi derrière lui — vers la hauteur.
70 Lecteur, tu vois ici combien j'élève
   mon grand sujet ; ne t'étonne donc pas
   si, usant de plus d'art, je le rehausse.
73 Nous approchions. Puis nous fûmes au lieu
   où j'avais cru d'abord voir une brèche,
   comme une fente découpant un mur :
76 or j'y vis une porte, et trois degrés
   pour y monter, de couleurs différentes,
   et un portier qui se taisait encore.
79 Je vis, mon œil se faisant plus perçant,
   qu'il siégeait sur la marche la plus haute,
   et je ne pus souffrir de voir sa face.
82 Il tenait à la main une épée nue
   renvoyant les rayons vers nous si fort
   qu'en vain souvent j'y portai mon regard.
85 « Répondez de là-bas : que voulez-vous ? »
   commença-t-il ; « où se tient votre escorte ?
   Prenez garde : monter pourrait vous nuire ! »

88 « Une dame du ciel[1], qui sait le but,
nous a dit », fit mon maître, « il y a peu :
"allez de ce côté, là est la porte". »
91 « Et puisse-t-elle au bien mener vos pas ! »
reprit l'ange portier, courtoisement ;
« venez donc, avancez vers nos degrés. »
94 Nous vînmes là. Et la première marche
était d'un marbre blanc, si lisse et net
que je m'y reflétai tel que je suis.
97 La seconde était noire plus que pourpre,
d'une pierre rugueuse et calcinée
et crevassée en long et en travers.
100 La troisième, qui pèse sur les autres,
me parut d'un porphyre flamboyant
comme est le sang qui jaillit d'une artère.
103 L'ange de Dieu tenait ses pieds posés
sur cette marche, et siégeait sur le seuil
qui me semblait en pierre de diamant.
106 En haut des marches, de mon plein vouloir,
mon guide m'entraîna, disant : « Demande
très humblement qu'il ouvre la serrure. »
109 Dévot je me jetai aux pieds sacrés,
le requérant, par pitié, de m'ouvrir,
et frappant ma poitrine à trois reprises.
112 Lui, traça sur mon front sept lettres P[2]
à la pointe du glaive, et puis me dit :
« Lave ces plaies, quand tu seras dedans. »
115 Ses vêtements étaient couleur de cendre
ou de terre excavée qui se dessèche ;
d'entre leurs plis il retira deux clefs[3].
118 L'une était d'or et l'autre était d'argent ;
avec la blanche et puis avec la jaune
il fit en sorte de me satisfaire.
121 « À chaque fois qu'une des clefs achoppe
et ne pivote pas droit dans la gâche,

---

1. *Cf.* vers 55 : sainte Lucie. 2. La marque des sept péchés capitaux. 3. La clef d'or est le symbole de l'absolution ; celle d'argent représente la science du confesseur, nécessaire pour mesurer les fautes du pécheur avant de l'absoudre.

le passage », dit-il, « demeure clos.
124 L'une est de plus grand prix, mais l'autre exige
plus d'art et de science avant d'ouvrir :
car c'est bien elle qui défait le nœud.
127 Pierre, dont je les tiens, m'a dit de faire
erreur en ouvrant trop, plus qu'en fermant,
pourvu qu'on veuille à mes pieds s'abaisser. »
130 Puis, poussant l'huis de la porte très sainte :
« Entrez », dit-il, « mais je vous avertis :
si l'on guette en arrière, on s'en retourne ! »
133 Et, lorsque pivotèrent sur leurs gonds
les deux battants de ce portail sacré,
qui sont faits d'un métal sonore et dur,
136 moins haut rugit et moins fort résista
la roche Tarpéienne à qui l'on prit
le loyal Métellus, la laissant maigre[1].
139 Je me tournai à ce premier tonnerre,
croyant ouïr *Te Deum laudamus*
en voix mêlées au délectable son ;
142 et ce que j'entendais créait vraiment
l'habituel effet qui se perçoit
quand on commence à chanter avec l'orgue :
145 il couvre et il découvre les paroles.

CHANT X

1 Quand j'eus passé le seuil de cette porte
dont le mauvais amour éloigne l'âme,
lui montrant droite la voie tortueuse,
4 à sa rumeur je sus qu'elle était close ;

---

[1]. Le tribun L. Caecilius Metellus, en charge du trésor public de Rome, qui était gardé sous la roche Tarpéienne, dut le céder à César. Lorsqu'elles furent forcées, les portes du coffre retentirent (*Pharsale,* III, 154-155).

et si j'avais tourné les yeux vers elle,
de quelle excuse était digne ma faute ?
7 Nous montions par la fente d'un rocher
qui allait serpentant d'un bord à l'autre,
comme une vague s'enfuit et reflue.
10 « Il faut user ici d'un peu d'adresse »,
me dit le guide, « et suivre à chaque fois
le côté qui s'écarte du ravin. »
13 Cela rendit notre avancée si lente
que le quartier décroissant de la lune
eut regagné son lit pour s'y coucher
16 avant que nous eussions quitté la brèche.
Mais quand nous fûmes libres et au large
là où le mont se resserre en arrière,
19 moi recru, et nous deux peu sûrs des pistes,
nous fîmes halte sur un haut palier
plus vide que chemins par les déserts.
22 De son rebord confinant à l'abîme
jusqu'au pied du haut roc qui le surmonte,
on compterait trois fois un corps humain ;
25 et, si loin que ma vue portât ses ailes
soit vers le côté droit, soit vers le gauche,
pareille me sembla cette corniche.
28 Nous n'y avions pas fait un pas encore
quand mes yeux virent que son mur d'enceinte,
trop vertical pour qu'on pût le gravir,
31 était d'un marbre très blanc, ciselé
de tels reliefs que Polyclète, certes,
mais aussi la nature en auraient honte.
34 L'ange qui vint sur terre avec l'annonce
de cette paix implorée tant de siècles,
rouvrant le ciel si longtemps interdit,
37 se montrait devant nous, si véritable,
ici sculpté dans son geste suave,
qu'il ne paraissait pas muette image[1] :
40 on eût juré l'entendre dire « *Ave...* » ;
car là était aussi figurée celle

---

1. L'archange Gabriel, face à Marie, lors de l'Annonciation.

qui fit tourner la clef du haut amour.
43 Tout son maintien portait inscrits ces mots :
« *Ecce ancilla Dei* », exactement
comme une marque est scellée dans la cire.
46 « Ne te concentre pas sur un seul point »
dit le doux maître, qui m'avait sans cesse
près de lui, du côté où bat le cœur.
49 Alors je détournai mes yeux, et vis
au-delà de Marie, près de l'endroit
où se tenait celui qui m'entraînait,
52 une autre histoire empreinte dans la roche :
m'en approchant, je dépassai Virgile
pour qu'elle fût à portée de ma vue.
55 Là, dans le même marbre, étaient sculptés
les bœufs tirant le char et l'arche sainte
par quoi l'on craint d'usurper un office.
58 Une foule, au-devant, distribuée
en sept chœurs, opposait deux de mes sens,
l'un disant « Non... », l'autre « Si, elle chante... » ;
61 pareillement, la fumée de l'encens
figurée là, mettait en désaccord
l'œil et le nez, sur le oui et le non.
64 Là, précédant le saint vaisseau, dansait,
retroussant son habit, l'humble Psalmiste
— en cet exemple, moins et plus qu'un roi.
67 Représentée en face, à la fenêtre
d'un grand palais, Michol le contemplait
en épouse irritée et dédaigneuse[1].
70 De l'endroit où j'étais, j'allai plus loin
pour regarder de près une autre histoire
qui blanchoyait au-delà de Michol.
73 Là était historié l'acte glorieux
de ce prince romain dont la valeur
mena Grégoire à sa victoire insigne :

---

[1]. Bien que roi, David dansa devant l'Arche ; ce qui suscita le dépit de sa femme Michol (II *Rois,* VI, 16).

76 c'est de Trajan l'empereur que je parle[1].
   Une humble veuve, au frein de son cheval,
   le retenait, semblant triste et pleurante.
79 Autour de lui se pressait une troupe
   de cavaliers : leurs aigles sur champ d'or
   au-dessus d'eux semblaient flotter au vent.
82 Et, parmi tous ces hommes, la pauvrette
   semblait dire : « Seigneur, fais-moi vengeance
   du fils qu'on m'a tué : j'en ai grand-peine ! »
85 Et lui, semblait répondre : « Attends d'abord
   que je revienne. » Et elle : « Mon seigneur »
   (comme une femme que la douleur presse),
88 « si tu ne reviens pas ? » — « Mon héritier
   te vengera. » — « Mais ce bien, fait par d'autres,
   que te sert-il, si tu oublies le tien ? »
91 Alors lui : « Prends courage, car il faut
   qu'avant d'aller j'acquitte mon devoir :
   pitié m'arrête et justice le veut ! »
94 Celui qui n'a jamais rien vu d'étrange
   avait produit ce langage visible,
   nouveau pour nous, car absent sur la terre.
97 Tandis que je me délectais à voir
   ces images de tant d'humilité,
   et d'un tel prix, venant d'un tel auteur :
100 « Voici non loin — mais ils marchent sans hâte —
    bien des esprits », murmura le poète ;
    « ils nous orienteront vers la montée. »
103 Mes yeux, contents d'admirer tant de choses,
    se détournèrent aussitôt vers lui
    pour voir ce neuf dont ils sont désireux.
106 (Je ne veux point, toutefois, que faiblisse
    ton bon vouloir, lecteur, si je te montre
    comment Dieu veut que la dette se paye.
109 Ne prends pas garde aux formes du tourment :
    songe à ce qui suivra ; songe qu'au pire,

---

1. Selon la légende, le pape saint Grégoire le Grand (590-604) obtint que l'empereur Trajan, ressuscité, se convertisse et aille au ciel, pour avoir montré sa charité à l'égard d'une pauvre veuve.

il prendra fin dès la grande Sentence.)
112 Je commençai : « Ce que je vois venir,
   maître, n'a pas l'aspect de corps humains :
   j'ignore ce que c'est, ma vue s'égare ! »
115 Et lui à moi : « La dure condition
   de leur peine les plie au sol, si bas
   que, tout d'abord, mes yeux ont hésité.
118 Mais regarde-les bien, et que ta vue
   débrouille ce qui vient sous ces falaises :
   tu vois déjà quel coup les frappe tous. »
121 Ô chrétiens orgueilleux, tristes coupables
   qui, dans l'aveuglement de votre esprit,
   avez confiance en vos pas rétrogrades,
124 ne comprenez-vous pas que l'homme est né
   larve, pour former l'ange-papillon
   qui vole libre et nu vers la justice ?
127 De quoi se gonfle si haut votre cœur,
   puisque vous n'êtes qu'imparfaits insectes,
   semblables à des vers inachevés ?
130 Comme on peut voir qu'une statue-console
   soutient un toit ou un plafond (figure
   dont les genoux rejoignent la poitrine,
133 du non-vrai faisant naître une vraie peine
   en celui qui la voit), tels je vis être
   ces esprits, en fixant mon attention.
136 Ils marchaient plus ou moins contractés, certes,
   selon le poids qu'ils portaient sur leur dos ;
   mais celui qui semblait le plus patient
139 paraissait dire en pleurs : « Je n'en puis plus ! »

CHANT XI

1 « Ô notre Père, aux cieux non circonscrit,
   mais t'y tenant pour ce plus grand amour
   qu'en haut tu voues à tes premières œuvres,
4 que soient loués ta valeur et ton nom
   par toute créature, ainsi qu'il sied
   de rendre grâce à ton suave souffle.
7 Vienne vers nous la paix de ton royaume,
   car de nous seuls, malgré tous nos efforts,
   nous n'y atteignons pas sans qu'elle vienne.
10 De même que chaque ange t'abandonne
   sa volonté en chantant *hosanna*,
   ainsi de leur vouloir fassent les hommes.
13 Dispense-nous tous les jours cette manne[1]
   faute de quoi, dans notre âpre désert,
   on recule à vouloir avancer plus.
16 Et, comme à tous nous pardonnons le mal
   que nous souffrons, ainsi pardonne-nous
   dans ta bonté, sans peser nos mérites.
19 N'expose pas à l'antique adversaire
   notre vertu si vite fléchissante,
   mais sauve-la de son noir aiguillon.
22 Cette ultime prière, aimé Seigneur,
   n'est pas pour nous — ce n'est plus nécessaire —,
   mais pour tous ceux qui après nous demeurent. »
25 Ainsi priaient, formant d'heureux augures
   pour elles et pour nous, sous leur fardeau
   pareil au poids qu'on sent parfois en rêve,
28 ces ombres, accablées diversement,
   qui contournaient la première corniche
   pour se purger de la fumée du monde.
31 Or, si pour nous là-bas l'on prie toujours,
   que peuvent dire et faire ici pour elles
   ceux qui ont au vouloir bonne racine ?

---

[1]. Envoyée aux Hébreux dans le désert en guise de nourriture.

34 Aidons-les à laver toutes leurs taches
   terrestres, pour que pures et légères
   elles montent aux sphères étoilées.
37 « Ah, que justice et piété vous allègent
   bien vite, et que vos ailes se déploient,
   vous élevant au gré de vos désirs !
40 mais montrez-nous le chemin le plus court
   vers l'escalade ; et s'il en est plusieurs,
   enseignez-nous la pente la moins raide.
43 Car celui-ci qui m'accompagne, lourd
   de cet habit de chair venu d'Adam,
   monte avec peine, malgré son envie. »
46 Quand nous parvint la réponse aux paroles
   prononcées par celui que je suivais,
   on ne sut distinguer son origine,
49 mais il fut dit : « À main droite avec nous
   longez la rampe, et vous joindrez le col
   que peut franchir une personne en vie.
52 Si j'échappais au poids de cette pierre
   qui dompte la superbe de mon front
   et me force à rester visage en bas,
55 lui, qui me tait son nom, et vit encore,
   je chercherais à voir s'il m'est connu,
   pour que ma charge excitât sa pitié.
58 Je fus latin, et fils d'un grand Toscan :
   Guillaume Aldebrandois était mon père ;
   je ne sais si son nom vint jusqu'à vous.
61 Le sang illustre et les actions d'éclat
   de mes aïeux me rendirent si vain
   que, sans penser à notre mère à tous,
64 je conçus pour chaque homme un tel mépris
   que j'en mourus : chacun le sait à Sienne
   et le moindre valet dans Campagnage.
67 Je suis Humbert, et ne suis pas le seul
   qu'Orgueil blessa : car ma famille entière
   fut entraînée par lui dans le malheur.
70 Et c'est pour lui qu'il me faut supporter
   ce poids, jusqu'à pouvoir contenter Dieu

parmi les morts, ne l'ayant fait en vie¹. »
73 Je l'écoutais en baissant le visage,
quand l'un des leurs, non celui qui parlait,
se tordit sous le poids qui les écrase,
76 me vit, me reconnut et m'appela,
tenant les yeux fixés avec effort
vers moi qui tout courbé marchais près d'eux.
79 « Oh! ne serais-tu pas », dis-je, « Odéris,
l'honneur d'Agoubbe et l'honneur de cet art
qu'on appelle, à Paris, enluminure²? »
82 « Frère », dit-il, « le parchemin rit mieux
sous les pinceaux de François de Bologne³ :
l'honneur est sien, ma part en est bien faible.
85 Je n'eusse été certes pas si courtois
durant ma vie, par l'extrême désir
de l'excellence, où je mis tout mon zèle.
88 De cet orgueil on paye ici la dette :
et même je serais ailleurs, n'était
qu'encor pouvant pécher, j'optai pour Dieu.
91 Ô vaine gloire des forces humaines !
qu'il dure peu, le vert de leur feuillage,
s'il n'est suivi d'un âge plus grossier !
94 Cimabué⁴ se crut, dans la peinture,
maître du champ : c'est Giotto qu'on acclame
et le renom du précédent s'éteint⁵.
97 De même, un Guy prit à l'autre la gloire
de la langue⁶ ; et peut-être est né celui
qui chassera du nid ces deux poètes.
100 Le bruit du monde n'est qu'un vent léger
soufflant un jour d'ici, un jour d'ailleurs,
changeant de nom dès qu'il change de sens.
103 Auras-tu plus de gloire si tu quittes

---

1. Celui qui parle est le Gibelin Omberto degli Aldobrandeschi, fils de Guglielmo, comte de Santafiora, au sud de la Toscane. Il fut tué à Campagnatico en combattant en 1259 contre les Siennois. 2. Oderisi de Gubbio (mort vers 1299), célèbre auteur de miniatures. 3. Franco de Bologne, successeur du précédent. 4. Cimabue (1240 environ-1302 environ), considéré comme l'initiateur de la nouvelle peinture. 5. Giotto (1266 environ-1337), jugé par ses contemporains comme le plus grand peintre de son temps. 6. Le poète florentin Guido Cavalcanti, qui ravit la gloire du Bolonais Guido Guinizelli.

ta chair vieillie, que si tu étais mort
quand tu disais encor *"lo-lo "*, *"jou-jou"*,
106 avant que soient mille ans ? moindre durée
face à l'éternité, qu'un clin de cil
auprès de l'orbe des cieux la plus lente !
109 Celui qui devant moi progresse peu
fit résonner de son nom la Toscane :
seuls les Siennois désormais le chuchotent,
112 alors qu'il fut leur seigneur, quand tomba
la fureur florentine, aussi superbe
en ce temps-là, qu'elle est aujourd'hui pute !
115 Votre renom a la couleur de l'herbe :
venant, fuyant, jaunie par le soleil
qui la tira vert-tendre de la terre. »
118 « Ton parler vrai m'encourage à être humble »,
dis-je, « et me vide une grosse tumeur.
Mais quel est-il, celui dont tu parlais ? »
121 « C'est Provinçan Sauvain », répondit-il ;
« il est ici pour s'être cru le droit
de tenir Sienne entière entre ses mains[1].
124 Sans trêve il marche et a marché de même
depuis sa mort : c'est la monnaie que rendent
ceux qui furent là-bas trop arrogants. »
127 « Mais si l'esprit qui, pour se repentir,
attend le terme de sa vie », lui dis-je,
« doit demeurer en bas, loin de ce mont,
130 un temps égal au temps qu'il a vécu
(tant qu'une bonne oraison ne l'assiste),
comment l'entrée lui fut-elle permise ? »
133 Et lui : « Quand il vivait plus glorieux,
il se planta sur la place de Sienne
de son plein gré, ravalant toute honte,
136 et, pour tirer un ami des tourments
qu'il endurait dans les prisons de Charles,

---

[1]. Provenzano Salvani, Gibelin siennois, mort au combat en 1269 à Colle di Val d'Elsa.

il fit si bien que tout son sang trembla[1]...
139 Je n'en dirai pas plus — bien qu'obscur, certes ! —
mais avant peu, tes voisins t'offriront
tout le loisir d'éclairer mon langage.
142 Telle est l'action qui lui ouvrit ce seuil. »

CHANT XII

1 De pair, comme les bœufs vont sous le joug,
j'accompagnai l'âme portant sa charge
tant que mon doux précepteur le souffrit.
4 Mais quand il dit : « Quitte cette ombre et passe,
car il est bon qu'ici chacun gouverne
sa barque seul, avec rames et voiles »,
7 alors je me refis — quant à mon corps —
droit comme on doit aller, quoique l'esprit
me demeurât encor ployé, sans forces.
10 Je cheminais, suivant de bonne grâce
les pas du maître, et déjà tous les deux
nous montrions que nous étions légers,
13 lorsqu'il me dit : « Porte les yeux à terre :
il te convient, pour assurer ta route,
de voir le lit où se posent tes pas. »
16 Ainsi qu'on voit les dalles des tombeaux,
pour la mémoire des ensevelis,
représenter ce qu'ils furent naguère
19 (chose qui fait souvent que l'on repleure,
par l'aiguillon de cette souvenance
qui n'éperonne que les cœurs aimants),
22 ainsi vis-je historiée, mais plus parfaite

---

[1]. Selon ce que l'on disait, Charles d'Anjou imposa à Provenzano Salvani de payer la rançon de l'un de ses amis. L'orgueilleux Provenzano le fit en tendant la main sur la place centrale de Sienne. Cet acte d'humilité lui valut son accession au Purgatoire.

quant à l'art de l'auteur, toute la route
qui fait saillie au flanc de la montagne.

25 Et je voyais celui que Dieu créa
plus noble qu'aucune autre créature[1]
tomber en foudre du ciel, d'une part.

28 Et je voyais, d'autre part, Briarée
étendu, transpercé du trait céleste,
lourd sur le sol de tout son froid mortel[2].

31 Et je voyais, à l'entour de leur père,
Thymbrée[3], Pallas et Mars encore en armes,
scrutant les membres épars des géants.

34 Et je voyais Nemrod comme égaré
sous l'œuvre énorme, contemplant ces peuples
qui dans Sennar suivirent son orgueil[4].

37 Ô Niobé, quels yeux pleins de souffrance
tu me montrais, figurée sur la route
parmi tes sept et sept enfants éteints[5] !

40 Ô Saül, combien mort tu m'apparus,
te jetant sur ton glaive à Gelboé
où depuis ne tomba rosée ni pluie[6] !

43 Folle Arachné, je te voyais déjà
mi-araignée, en pleurs sur les lambeaux
de l'ouvrage tissé pour ton malheur[7] !

46 Ô Roboam, là déjà ton image
semble effrayée plutôt que menaçante :
un char l'emporte, nul ne la poursuit[8].

49 Et il montrait encor, ce dur pavé,
par quel meurtre Alcméon fit à sa mère
payer très cher la parure fatale[9].

52 Il montrait, attaquant Sennachérib,

---

1. Lucifer. **2.** *Cf. Enfer,* XXXI, 98. **3.** Apollon, qui participa avec son père Jupiter, Pallas et Mars à la bataille des dieux contre les géants. **4.** Nemrod (*cf. Enfer,* XXXI, 76-78) fit élever la tour de Babel dans la plaine de Sennaar. **5.** Les quatorze enfants de Niobé furent foudroyés par Apollon et Diane (*Métamorphoses,* VI, 146-312). **6.** Saül se suicida après avoir été vaincu à Gelboé (II *Rois,* I, 21). **7.** Arachné, transformée en araignée pour avoir défié Minerve (*Métamorphoses,* VI, 5-145). **8.** Successeur de Salomon, il fut contraint de s'enfuir du fait de la révolte de certains de ses peuples (II *Rois,* XII, 14-18). **9.** Alcméon tua sa mère Ériphyle, qui, contre un collier de perles, avait révélé la cachette de son mari Amphiaraüs, lequel ne voulait pas aller combattre contre Thèbes (Stace, *Thébaïde,* 265-305).

ses propres fils se ruant dans le temple,
puis l'y abandonnant frappé à mort[1].
55 Il montrait la vengeance et la ruine
dont Thamire accabla Cyrus, disant :
« Tu avais soif de sang, bois tout ce sang[2] ! »
58 Il montrait les cohortes en déroute
des Assyriens, quand fut mort Holopherne,
et les restes du corps martyrisé[3].
61 Je voyais Troie en cendre et en décombres :
ô Ilion, si basse et avilie,
là, sur l'image exposée aux regards !
64 Quel maître du pinceau ou du burin
eût reproduit ces traits et ces figures
dont tout esprit subtil s'étonnerait ?
67 Les morts paraissaient morts, et vifs les vifs :
leurs vrais témoins n'ont pas mieux vu que moi
tout ce qu'ainsi je foulais, l'œil au sol.
70 Soyez donc orgueilleux, fils d'Ève ! allez
le front bien fier, sans baisser le visage,
de peur de voir votre mauvais chemin !
73 Autour du mont nous avions tourné plus,
et, du cours du soleil, employé plus
que n'aurait cru mon esprit captivé,
76 quand celui qui marchait toujours tendu
vers ce qui vient, dit : « Relève la tête ;
il n'est plus temps d'aller ainsi rêveur :
79 vois un ange là-bas qui se prépare
à nous rejoindre, et vois que la sixième
fille du jour achève son service[4].
82 Embellis de respect tes traits, tes gestes,
afin qu'il aime à nous mener en haut ;
songe : ce jour ne luira plus jamais ! »
85 Qu'il m'avertît de ménager le temps
m'était si familier, qu'en ce domaine

---

1. Roi des Assyriens, Sennachérib fut vaincu par Ézéchias et tué par ses propres fils (II *Rois*, XVIII, 13-37 et XIX, 1-37). 2. Roi des Perses, Cyrus tua le fils de la reine des Scythes, Thamiris. Celle-ci coupa la tête de Cyrus et la plongea dans une outre de sang. 3. Roi des Assyriens, Holopherne fut décapité par Judith. 4. Six heures ont passé depuis l'aube ; il est donc midi.

son parler ne pouvait me rester clos.
88 Vers nous venait la créature belle,
de blanc vêtue, et telle en son visage
que palpite l'étoile du matin.
91 Elle ouvrit grand ses bras et puis ses ailes,
disant : « Venez : car les marches sont proches,
et monter désormais sera facile.
94 À cet appel, rares sont ceux qui viennent ;
humaine engeance ! née pour voler haut,
pourquoi tomber ainsi au moindre souffle ? »
97 L'ange nous conduisit au roc fendu :
là, il battit des ailes sur mon front,
puis me promit un voyage tranquille.
100 Comme, au-dessus du pont de Rubaconte,
pour monter sur le mont jusqu'à l'église
dominant la cité bien gouvernée,
103 la pente roide est rompue, vers la droite,
par des degrés que l'on fit en un siècle
où mesure et registre étaient plus sûrs[1],
106 de même s'adoucit cette falaise
qui tombe à pic du cercle supérieur,
mais aux deux flancs la roche ici vous frôle.
109 Tandis que nous tournions, des voix chantèrent
un *Beati pauperes spiritu*[2]
que nul langage ne saurait décrire.
112 Ah ! combien ces entrées sont différentes
des bouches de l'enfer ! ici l'abord
n'est que chants, et là-bas qu'atroces pleurs.
115 Or, gravissant déjà les marches saintes,
je trouvais tout mon corps bien plus léger
qu'auparavant sur un chemin de plaine.
118 Alors je dis : « Maître, quel objet lourd
s'est retiré de moi, puisqu'en marchant
je ne ressens presque pas la fatigue ? »

---

1. Dante évoque la rue qui, à Florence, conduit du pont Rubaconte (aujourd'hui *alle Grazie*) à l'église de San Miniato. Selon lui, cette voie fut édifiée en un temps où les Florentins ne falsifiaient pas les livres de compte et les mesures. **2.** *Matth.*, V, 3.

121 Et lui : « Quand les sept P[1] qui sont encore
    demeurés mi-éteints sur ton visage
    seront tous effacés — comme est l'un d'eux —,
124 tes pieds obéiront au bon vouloir
    jusqu'à ne plus sentir aucune peine
    et à se délecter de l'escalade. »
127 Je fis alors comme ces gens qui marchent
    sans savoir ce qu'ils portent sur la tête,
    mais qu'un signe d'autrui met en soupçon :
130 pour en juger, ils s'aident de la main
    qui cherche, trouve, et remplit donc l'office
    dont ne pouvait s'acquitter le regard.
133 Et, sous les doigts ouverts de ma main droite,
    je ne pus retrouver que six des lettres
    que l'ange aux clefs m'avait gravées aux tempes :
136 ce que voyant, mon doux guide sourit.

CHANT XIII

1 Nous nous trouvions sur la plus haute marche,
    là où s'entaille une seconde fois
    le mont qui *démaligne*[2] ceux qui montent.
4 Une corniche y enserre à nouveau
    tout le massif, comme fait la première,
    si ce n'est que son arc tourne plus vite.
7 Nulle image, nul signe ne s'y voit :
    le mur, la route apparaissent à nu
    sous la blême couleur de la pierraille.
10 « S'il faut attendre ici qu'on nous renseigne,
    je crains, peut-être », disait le poète,
    « que notre choix n'en soit trop retardé. »

---

1. *Cf*. p. 777, note 2. 2. *Dismala* : libère du mal.

13   Puis, regardant fixement le soleil,
       il fit de son pied droit l'appui central
       du mouvement dont tourna son flanc gauche :
16   « Douce lumière[1] à qui je me confie
       pour mieux entrer », dit-il, « sur la voie neuve,
       guide-nous comme ici l'on doit guider !
19   Tu réchauffes la terre et luis sur elle :
       à moins qu'une autre cause n'en détourne,
       il faut que tes rayons toujours dirigent ! »
22   Ce qu'ici-bas l'on compte pour un mille,
       là-haut déjà nous l'avions parcouru
       en peu de temps, pressés par notre zèle :
25   et j'entendis des esprits invisibles
       voler vers nous, proférant de courtoises
       invitations à la table d'amour.
28   La première des voix passa et dit
       très haut : « *Vinum non habent*[2] *!* » en plein vol
       derrière nous le répétant sans cesse.
31   À peine au loin résonnait-elle encore
       qu'une autre voix cria : « Je suis Oreste[3] ! »
       et s'éloigna de même sans attendre.
34   « Oh ! ces voix, père », fis-je, « que sont-elles ? »
       Pendant que je parlais, vint la troisième,
       disant : « Aimez qui vous a fait du mal[4] ! »
37   Le bon maître me dit : « Ce cercle fouette
       le péché de l'envie, et l'on y tresse
       de vif amour les lanières du fouet.
40   Des mots tout opposés forment le frein :
       tu l'entendras, je pense, avant d'atteindre
       le passage où s'accorde le pardon.
43   Mais plonge à fond ton regard dans l'espace
       et vois, là devant nous, ces gens assis,
       tous adossés le long de la falaise. »
46   Alors j'ouvris plus que jamais les yeux,

---

1. La lumière du soleil, symbole divin. **2.** Paroles de Marie lors des noces de Cana ; le Christ changea l'eau en vin (*Jean,* II, 1-10). **3.** Allusion au combat de générosité entre les deux amis Oreste et Pylade (Cicéron, *De finibus,* X, 22). **4.** *Matth.,* V, 44.

regardai droit devant, et vis des ombres
qui portaient des manteaux couleur de roche.
49 Et j'entendis, en m'approchant un peu,
crier ces mots : « Priez pour nous, Marie ! »,
crier : « Michel ! » et « Pierre ! » et « Tous les saints ! »
52 Je ne crois pas qu'aujourd'hui sur la terre
marche un homme aussi dur que ne l'étreigne
la compassion de ce qu'alors je vis ;
55 car, lorsque je parvins assez près d'eux
pour pouvoir m'assurer de leur état,
la douleur me tira des yeux les larmes.
58 Ils me semblaient couverts d'un vil cilice ;
chacun soutenait l'autre de l'épaule,
et la muraille les soutenait tous :
61 tels ces aveugles sans un sou vaillant
qu'on voit dans les pardons, quêtant l'aumône,
et l'un sur l'autre ils inclinent la tête
64 pour inciter les gens à la pitié
non seulement au son de leurs paroles,
mais par la vue, qui ne supplie pas moins.
67 Et comme aux aveuglés le soleil manque,
de même ici, aux ombres dont je parle,
la lumière céleste se refuse :
70 un fil d'acier perce et coud leurs paupières,
ainsi qu'on fait à l'épervier hagard
pour le contraindre à se tenir tranquille.
73 Venir là me semblait leur faire outrage,
car je voyais autrui sans être vu :
aussi guettais-je mon sage conseil.
76 Lui, sachant bien ce que muets jargonnent,
n'attendit pas ma question : « Parle-leur »,
fit-il, « et qu'on t'entende à demi-mot. »
79 Virgile m'escortait de ce côté
de la corniche où l'on risque la chute,
car aucun parapet n'y fait guirlande ;
82 à l'opposé, j'avais les ombres pieuses,
pressant si fort sur la couture horrible
que leurs joues en étaient tout inondées.
85 Je m'adressai à ce groupe : « Ombres sûres »,

dis-je, « de voir la lumière d'en haut,
souci unique où vos désirs s'attachent,
88 veuille bientôt la grâce ôter l'écume
de votre conscience, afin que pur
en descende le fleuve de mémoire !
91 mais dites-moi — ce don me serait cher —
si quelque esprit latin est parmi vous :
m'en informer pourra lui être bon. »
94 « Mon frère, tous sont d'une même ville,
la seule vraie ! Mais tu parlais d'une âme
qui eût vécu l'exil en Italie ? »
97 Cette réponse ayant paru venir
d'un peu plus loin que l'endroit où j'étais,
je m'avançai pour qu'on m'entendît mieux.
100 Des ombres que je vis, l'une avait l'air
d'attendre (et si l'on demandait « comment ? »
comme un aveugle : le menton levé).
103 « Esprit, qui pour monter », dis-je, « te domptes,
si c'est bien toi qui viens de me répondre,
désigne-toi par ta ville ou ton nom. »
106 « Je fus siennoise, et recouds avec d'autres
ici ma vie coupable », me dit-elle,
« en pleurant vers Celui qui sait s'offrir.
109 Quoique nommée Sapie, je ne fus guère
sage, et me délectai des maux d'autrui
bien plus encor que de mon propre bien.
112 Mais de peur que tu croies que je t'abuse,
vois si j'étais — comme j'affirme — folle,
quand déjà l'arc de mes ans déclinait.
115 Non loin de Col, les citoyens siennois
étaient allés combattre l'ennemi ;
or, ce que je priai, Dieu le voulut :
118 notre armée fut vaincue, jetée dans l'âpre
voie de la fuite ; et, la voyant chassée,
j'en fus si démesurément joyeuse
121 que, dressant vers le ciel mon front hardi :
"Je ne te craindrai plus !" criai-je à Dieu,
comme un peu de beau temps fit dire au merle.
124 De Dieu, ma fin venant, je désirai

la paix : or, j'eus beau faire pénitence,
ma dette encor resterait aussi lourde,
127 si ce n'était que Pierre le Pignier
m'eut en mémoire en ses saintes prières,
par charité et par regret de moi.
130 Mais qui es-tu, toi qui vas t'informant
de notre sort, et qui as les yeux libres,
me semble-t-il, et en parlant respires[1] ? »
133 « On m'ôtera aussi les yeux », lui dis-je,
« mais peu de temps, car faible était l'offense
commise en les tournant avec envie.
136 Bien plus grande est ma peur, qui me tient l'âme
en suspens, des supplices d'en-dessous :
le fardeau de là-bas déjà me pèse ! »
139 Et elle : « Toi qui crois pouvoir descendre,
qui t'a conduit si haut, jusque chez nous ? »
Et moi : « Lui, qui m'escorte et ne dit rien.
142 Je suis vivant : fais-moi donc ta requête,
âme élue, si tu veux que sur la terre
je meuve encor pour toi mes pas mortels. »
145 Et elle : « Oh ! j'entends là si neuve chose
que c'est un bien grand signe que Dieu t'aime ;
aide-moi donc parfois de ta prière.
148 Par ton plus cher désir, je te demande,
si tu foules jamais le sol toscan,
de me remettre en renom chez mes proches :
151 tu les verras parmi ce peuple vain
qui espère en Talmon, et y perdra
plus d'espérance qu'à trouver la Diane ;
154 les amiraux y perdront plus encore[2] ! »

---

1. Celle qui parle est la Siennoise Sapia, tante de Provenzano Salvani, vaincu avec les Gibelins à Colle di Val d'Elsa (*cf.* p. 786, note 1). Grâce aux prières de Pier Pettinaio (un humble marchand de peignes), elle obtint une réduction de son séjour dans l'antépurgatoire. **2.** Allusion à deux entreprises manquées des Siennois : l'acquisition en 1303 du port de Talamone et des forages entrepris pour puiser les eaux d'une rivière souterraine, la Diana.

CHANT XIV

1 « Qui est celui qui parcourt la montagne
sans que la mort lui ait donné l'envol,
ouvrant, fermant les yeux à son plaisir ? »
4 « Je ne sais ; mais je sais qu'il n'est pas seul ;
toi le plus proche, interroge-le donc
et fais-lui bon accueil, afin qu'il parle. »
7 Ainsi s'entretenaient de moi deux ombres
penchées l'une vers l'autre, sur ma droite ;
puis, toutes deux levant vers moi la tête,
10 l'une me dit : « Âme encore fichée
dans ton corps mais en marche vers le ciel,
par charité console-nous, raconte
13 d'où tu viens, qui tu es : car cette grâce
que l'on t'a concédée nous émerveille
comme une chose qui ne fut jamais. »
16 Et moi : « Par le milieu de la Toscane,
une eau jaillie du Falterone[1] coule,
et cent milles de cours lui semblent peu.
19 De ses rives j'apporte ma personne ;
dire mon nom serait parler en vain,
car il ne sonne pas encor très haut. »
22 « Si mon intelligence à fond pénètre
ton intention », me répondit alors
la première ombre, « tu parles de l'Arne ? »
25 Et son voisin lui dit : « Pourquoi cet homme
a-t-il caché le nom de sa rivière,
comme on le fait pour les horribles choses ? »
28 Et l'autre s'acquitta de sa réponse
en disant : « Je ne sais, mais il est juste
que périsse le nom d'un pareil fleuve.
31 Car de sa source, où les chaînes alpestres
dont fut disjoint Pélore[2] se détrempent
au point qu'en peu d'endroits tant d'eau ruisselle,

---

1. L'Arno prend sa source dans les montagnes de la Falterona. 2. Aujourd'hui le cap Faro, en Calabre.

34 jusqu'au rivage où il va restaurer
   ce que le ciel aspire de la mer,
   restituant aux fleuves l'eau qu'ils roulent,
37 l'on abomine et l'on fuit la vertu
   comme un serpent : soit mauvais sort qui frappe
   l'endroit lui-même, soit vice qui ronge
40 et modifie à tel point la nature
   des habitants de ce val misérable,
   qu'on les dirait engraissés par Circé.
43 Parmi des porcs infects, dignes mangeurs
   de glands, non d'aliments faits pour les hommes,
   le torrent fraie d'abord son maigre cours[1].
46 Dans sa descente, il trouve des roquets
   plus hargneux que leurs forces ne l'admettent[2],
   et, par dédain, détourne d'eux son mufle.
49 Plus il va dévalant et grossissant,
   plus sa tranchée maudite et malfaisante
   trouve de chiens prêts à se faire loups[3].
52 Puis, s'enfonçant par des ravins obscurs,
   il trouve les renards, si pleins de fraude
   qu'ils n'ont peur de tomber en aucun piège[4].
55 Je dirai tout, bien qu'un autre m'écoute ;
   pour celui-ci, qu'il garde avec profit
   ce que m'inspire un souffle véridique.
58 Je vois, Régnier, ton neveu devenir
   chasseur des loups qui rôdent sur les berges
   du flot cruel[5]. Tous il les terrorise.
61 Il vend d'abord leur chair encor vivante,
   puis, tel un monstre antique, il les immole :
   beaucoup perdent la vie, lui perd l'honneur.
64 Il sort sanglant de la forêt farouche,
   la laissant telle à voir que mille années
   sont peu pour que ses frondaisons revivent. »
67 Comme, à l'annonce de cruels désastres,
   ceux qu'on informe changent de visage,

---

[1]. Le haut Arno traverse le territoire de Porciano (d'où le jeu de mots de Dante).
[2]. Les gens d'Arezzo. [3]. Les Florentins. [4]. Les Pisans. [5]. Fulcieri da Calboli, neveu de Rinieri ; podestat de Florence en 1303, il persécuta les Blancs.

de quelque part que le péril les morde,
70 ainsi l'autre âme, qui tendait l'oreille,
je la vis devenir morne et hagarde
après qu'elle eut recueilli ces paroles.
73 Entendre l'un, voir l'autre me rendirent
si désireux de connaître leurs noms
que j'en fis la demande avec prières.
76 Et l'ombre qui d'abord avait parlé
reprit : « Tu veux que je me laisse induire
à t'accorder ce que tu me refuses ;
79 mais puisque Dieu consent qu'en toi sa grâce
brille si fort, je ne puis te priver :
sache donc que je suis Guyon le Duc[1].
82 Mon sang fut si brûlé de jalousie
que, si quelqu'un m'avait paru joyeux,
tu aurais vu mon visage blêmir.
85 D'un tel grain je moissonne ici la paille ;
ô race humaine ! et pourquoi prendre à cœur
ces seuls biens qui excluent qu'on les partage ?
88 Voici Régnier, l'honneur et l'ornement
de la maison de Cauble, où nul depuis
ne s'est fait l'héritier de sa valeur[2].
91 Des monts au Pô et du Rène[3] à la mer,
son sang n'est pas le seul qui s'appauvrisse
des dons requis pour la joie et le vrai :
94 car, entre ces confins, le sol regorge
d'un tel nombre de plantes vénéneuses
qu'on ne peut plus les détruire en sarclant.
97 Où sont Henri Maynard[4] et le bon Lice[5],
Guy de Carpigne[6] et Pierre Traversier[7] ?
Ô Romagnols tombés en bâtardise !
100 Quand renaîtra un Fabre dans Bologne[8] ?
Quand dans Fayence un Bernardin de Fousche,

---

1. Guido del Duca, qui fut juge en Romagne au début du XIIIe siècle. 2. Rinieri da Calboli, podestat de Parme en 1252. 3. Le Reno, affluent du Pô. 4. Arrigo Mainardi, ami de Guido del Duca (cf. ci-dessus, note 1). 5. Lizio di Valbona, podestat de Florence en 1260. 6. Guido di Carpegna, podestat de Ravenne, mort vers 1280. 7. Pietro dei Traversari, seigneur de Ravenne de 1218 à 1225. 8. Le Bolonais Fabbro dei Lambertazzi, mort en 1259.

noble tige sortie de pauvre graine[1] ?
103 Oui, n'en sois pas surpris, Toscan, je pleure
lorsque j'évoque, avec Guyon des Prés[2],
Ugolin d'Az[3] qui vivait en mon siècle,
106 Frédéric le Tigneux[4] et tous les siens,
la maison Traversier, les Anastase[5]
(ces deux lignées, depuis lors, bien éteintes),
109 dames et chevaliers, peines et joies
que nous donnaient amour et courtoisie,
là où les cœurs se sont faits si pervers !
112 Ô Brettinor[6], pourquoi ne pas t'enfuir,
puisque déjà ta famille est partie
avec bien d'autres, de peur de déchoir ?
115 Baignecheval[7] fait bien d'être sans fils ;
et Chastrecher fait mal, et Coin fait pis,
pressé qu'il est d'engendrer de tels comtes[8] !
118 Les Pagan feront bien quand leur démon
les aura tous quittés, mais sans que puisse
jamais demeurer pure leur image[9] !
121 Ô Ugolin des Fantolins, ton nom
n'a rien à craindre, puisqu'il n'attend plus
de fils qui dégénère et le ternisse[10] !
124 Mais cela dit, va-t'en, Toscan, car j'aime
bien mieux pleurer à présent que parler :
notre entretien m'a trop serré le cœur. »
127 Nous savions bien que ces âmes très chères
nous entendaient aller : par leur silence
elles nous rendaient sûrs de notre route.
130 Or, dès qu'en avançant nous fûmes seuls,
fondit comme la foudre fendant l'air
sur notre tête une voix qui disait :

---

1. Bernardino di Fosco, de modeste origine, défendit Faenza contre Frédéric II en 1240. 2. Guido da Prata, Romagnol, qui vécut entre la fin du XIIe et le début du XIIIe siècle. 3. Ugolino d'Azzo, consul de Faenza en 1170. 4. Federico Tignoso de Rimini, renommé pour sa libéralité. 5. Les Traversari et les Anastasi, deux grandes familles de Ravenne. 6. Brettinoro, petite cité de Romagne. 7. Bagnacavallo, en Romagne, dont les seigneurs n'avaient pas d'héritiers mâles en 1300. 8. Les cités de Castrocaro et de Conio, en Romagne. 9. Les Pagani da Susinana, de Faenza, dont l'héritier Maghinardo est condamné à l'enfer (*cf. Enfer,* XXVII, 50-51). 10. Ugolino dei Fantolini de Cerfugnano, dans la région de Faenza, mort en 1278.

133 « Celui qui me rencontre me tuera[1] ! »
   et se perdit comme au loin le tonnerre
   si le nuage aussitôt se déchire.
136 Et notre oreille n'eut qu'un bref répit,
   car l'autre voix survint, si fracassante
   qu'on aurait dit tonnerre sur tonnerre :
139 « Je suis Aglaure, et je devins rocher[2] ! »
   Moi, contre le poète me serrant,
   je fis un pas — non devant, mais à droite ;
142 déjà de tous côtés l'air était calme.
   Et il me dit : « C'était là le dur frein
   qui devrait tenir l'homme en ses limites.
145 Mais vous mordez à l'appât, et le croc
   de l'antique adversaire à soi vous tire :
   appel et frein vous servent donc bien peu.
148 Sur vous tournent les cieux, clamant vers vous
   et vous montrant leurs beautés éternelles,
   mais votre œil ne regarde que la terre :
151 ce dont celui qui voit tout vous fustige. »

CHANT XV

1 Autant qu'entre la fin de l'heure tierce
   et le début du jour glisse la sphère
   qui sans repos comme un enfant se joue,
4 autant il nous semblait que le soleil
   avait d'espace à couvrir jusqu'au soir :
   c'était vêpres là-bas (ici minuit).
7 Or ses feux nous frappaient en plein visage
   — car nous avions contourné la montagne

---

[1]. Paroles prononcées par Caïn après son crime (*Genèse,* IV, 14). [2]. Fille de Cécrops, roi d'Athènes, Aglaure fut changée en pierre par Mercure (*Métamorphoses,* II, 708-832).

de manière à marcher face au couchant —,
10 quand je sentis peser contre mon front
une splendeur plus éclatante encore :
chose imprévue qui m'emplit de stupeur.
13 Élevant donc mes deux mains sur l'arcade
de mes sourcils, je m'en fis une ombrelle
qui réduisît l'excès de ma vision.
16 Tel, renvoyé par l'onde ou un miroir,
un rayon rejaillit en sens inverse,
rebondissant avec la force même
19 dont il venait, en s'écartant d'autant
de la ligne que trace un poids qui tombe
(comme le montrent l'expérience et l'art),
22 ainsi me sembla-t-il être frappé
d'une clarté réfléchie sur ma face ;
et promptement mes yeux s'en détournèrent.
25 « Qu'est ceci, mon doux père, contre quoi
ma vue ne peut trouver d'écran qui vaille »,
dis-je, « et qui semble s'avancer vers nous ? »
28 « Ne sois pas étonné si la famille
du ciel », dit-il, « peut t'éblouir encore :
ce messager nous invite à monter.
31 Voir ces choses bientôt va te paraître
moins un poids qu'un plaisir, et aussi vif
que la nature y dispose tes sens. »
34 Quand nous eûmes rejoint l'ange béni :
« Entrez ici », dit-il d'un ton joyeux,
« ces degrés sont moins raides que les autres. »
37 Derrière nous qui montions : « *Beati* »,
chanta cet ange, « *misericordes !* »
et encore : « Vainqueur, réjouis-toi[1] ! »
40 Mon maître et moi nous allions tous deux seuls
plus haut ; et je pensai, chemin faisant,
à gagner en valeur par sa parole.
43 M'adressant donc à lui, je demandai :
« À quoi songeait cet esprit de Romagne[2]
en parlant de partage et d'exclusion ? »

1. *Matth.*, V, 7 et V, 12 ; *Rom.*, XII, 21 ; *Apoc.*, II, 7. 2. Guido del Duca ; *cf.* p. 798, note 1.

46 Et lui à moi : « Il sait quels maux dérivent
    de sa faute majeure : est-ce étonnant
    s'il met en garde afin qu'on pleure moins ?
49 Parce que vos désirs ont pour objet
    ces biens qui s'amoindrissent au partage,
    le soufflet de l'envie fait qu'on soupire.
52 Mais si l'amour de la sphère suprême[1]
    détournait vers le haut votre penchant,
    vous n'auriez pas dans le cœur cette crainte ;
55 car plus on est nombreux à dire "nôtre"
    là-haut, plus grand est l'avoir de chacun
    et plus brûlant de charité ce cloître. »
58 « Je suis plus loin d'être rassasié
    que si d'abord je m'étais tu », lui dis-je,
    « et le doute s'amasse en mon esprit.
61 Un bien que l'on divise en un grand nombre
    de possesseurs, comment rend-il plus riche
    que s'il n'appartenait qu'à quelques-uns ? »
64 Et lui : « Ayant l'esprit toujours fiché
    dans les terrestres choses, tu ne cueilles
    dans la lumière vraie que des ténèbres.
67 Cet infini et ineffable bien
    qui réside là-haut, court à l'amour
    comme un rayon vers les corps miroitants :
70 plus il trouve d'ardeur, plus il se donne ;
    si bien que plus la charité s'étend,
    plus y grandit l'éternelle valeur.
73 Et plus il est là-haut de cœurs épris,
    plus on gagne à aimer, et plus on aime :
    chacun répond à tous, comme un miroir.
76 Si ma raison n'apaise pas ta faim,
    vois Béatrice : elle saura combler
    ce désir pleinement, et tous les autres.
79 Mais fais en sorte que soient vite éteintes
    les cinq blessures — deux le sont déjà —
    qui se referment pour peu qu'on en souffre. »
82 « Tu me convaincs », allais-je lui répondre,

---

1. L'Empyrée.

quand je me vis atteindre l'autre cercle :
et le désir de mes yeux me fit taire.
85 Là, j'eus le sentiment qu'une vision
tout à coup m'emportait en haute extase :
et je voyais dans un temple une foule,
88 et une dame aux doux gestes de mère
qui disait sur le seuil : « Pourquoi, mon fils,
t'es-tu conduit ainsi à notre égard ?
91 Voilà que, désolés, ton père et moi,
nous te cherchions[1]. » Et, comme elle se tut,
ce que j'avais cru voir s'évanouit.
94 Puis m'apparut une autre femme, aux joues
baignées des eaux que la douleur épanche
quand elle est née d'un grand affront reçu :
97 « Si tu es le seigneur de cette ville
dont le nom fit les dieux se quereller »,
dit-elle, « et d'où rayonne tout savoir,
100 venge-toi de ces bras qui sans vergogne
ont serré notre fille, ô Pisistrate ! »
Et le seigneur, bienveillant et serein,
103 me paraissait lui répondre avec calme :
« Que ferons-nous à qui nous veut du mal,
si nous devons condamner qui nous aime[2] ? »
106 Puis je vis, dans le feu de leur colère,
des gens qui lapidaient un tout jeune homme,
l'un à l'autre criant : « Tue-le ! Tue-le[3] ! »
109 Je le voyais s'incliner vers la terre,
appesanti par la mort déjà proche,
mais de ses yeux faisant portes au ciel
112 et priant le haut Sire, en ce combat,
de pardonner à ses persécuteurs,
avec cet air qui ouvre la pitié.
115 Quand mon âme revint de son extase
aux choses qui sont vraies en dehors d'elle,

1. Après qu'il eut disparu trois jours, Marie retrouva Jésus enfant parmi les docteurs (*Luc,* II, 41-52). 2. Pisistrate, tyran d'Athènes (ville dont le nom fut disputé entre Neptune et Minerve : *cf.* vers 98), refusa de condamner à mort, comme sa femme le réclamait, un jeune homme qui avait embrassé sa fille en public. 3. Saint Étienne fut lapidé par les Juifs pour avoir prêché contre leur loi (*Act. Ap.,* VII, 55-59).

je reconnus mes non-fausses erreurs.
118 Mon guide, en me voyant me comporter
comme celui qui se délie d'un songe :
« Qu'as-tu à ne pouvoir te soutenir ?
121 Tu as marché plus d'une demi-lieue »,
dit-il, « les yeux fermés, les jambes molles,
comme un homme ivre ou tombant de sommeil. »
124 « Si tu veux m'écouter, ô mon doux père,
je te dirai ce que j'ai vu », lui dis-je,
« lorsque les jambes m'ont ainsi manqué. »
127 Et lui : « Quand tu aurais sur le visage
cent masques, tes pensées les plus ténues
ne pourraient pas me demeurer secrètes.
130 Ces visions s'offraient pour que tu veuilles
ouvrir ton cœur aux ruisseaux de la paix
qui vont coulant de la source éternelle.
133 Je n'ai pas dit "Qu'as-tu ?" comme fait l'homme
qui regarde et dont l'œil omet de voir
l'autre, étendu à terre, inanimé,
136 mais je l'ai dit pour affermir ton pas :
ainsi faut-il piquer les paresseux
qui emploient mal le temps de leur réveil. »
139 Nous cheminions dans le soir, en guettant
aussi loin que nos yeux pouvaient atteindre,
contre les vifs rayons crépusculaires :
142 et, peu à peu, voici qu'une fumée
venait vers nous, sombre comme la nuit,
sans nul refuge où l'on pût s'en défendre,
145 nous privant de l'air pur, et de nos yeux.

CHANT XVI

1 La noirceur de l'enfer — nuit sans planètes
 sous un ciel misérable, où les nuages
 enténèbrent l'espace tant et plus —
4 n'avait pas offusqué ma vue d'un voile
 aussi épais, aussi âpre au contact
 que la fumée qui nous couvrit alors,
7 empêchant l'œil de demeurer ouvert :
 ce pourquoi mon gardien sage et fidèle
 se rapprocha de moi, m'offrant l'épaule.
10 Tel l'aveugle qui suit le pas du guide,
 de peur de s'égarer ou de heurter
 ce qui pourrait blesser, tuer peut-être,
13 tel je marchais dans l'air souillé et âcre
 en écoutant mon escorte me dire :
 « Veille à ne point te séparer de moi. »
16 Des voix chantaient — implorant, semblait-il,
 pour obtenir paix et miséricorde,
 l'agneau de Dieu qui ôte les péchés.
19 Leur seul exorde était : « *Agnus Dei* » ;
 les mots, le chant montaient à l'unisson ;
 la concorde animait toutes ces voix.
22 « Ce sont là des esprits que j'entends, maître ? »
 fis-je ; et il dit : « Tu as deviné juste ;
 ils vont rompant les nœuds de la colère. »
25 « Qui es-tu, toi qui fends notre fumée
 tout en parlant de nous ? le temps, pour toi,
 doit-il encor se compter par calendes ? »
28 Ainsi l'une des voix m'interpella.
 Alors mon maître : « Réponds-lui », dit-il ;
 « demande-lui si c'est par là qu'on monte. »
31 « Âme », repris-je, « qui te purifies
 pour retourner limpide à ton auteur,
 si tu me suis, tu sauras des merveilles. »
34 « Je te suivrai autant qu'il m'est permis ;
 et si cette fumée masque la vue,

l'ouïe nous unira », répondit-elle.
37 Et je lui dis : « Avec ce vêtement
que résorbe la mort, je vais là-haut,
et j'ai passé par l'angoisse infernale.
40 Or, puisque Dieu m'a inclus en sa grâce
jusqu'à vouloir me dévoiler sa cour
par des moyens hors du moderne usage,
43 ne me tais pas qui tu fus dans ta vie ;
et dis-moi si je marche vers le seuil :
que tes paroles nous soient une escorte ! »
46 « Je fus lombard, et nommé Marc[1] ; le monde,
je l'ai connu ; j'aimais cette valeur
vers quoi nul homme ne tend plus son arc.
49 Pour monter au-dessus, ta route est bonne. »
Ainsi dit-il, ajoutant : « Je t'en prie,
pense à intercéder pour moi là-haut. »
52 Et moi : « Je fais serment de satisfaire
cette requête. Mais mon cœur éclate
si je n'exprime un doute qu'il renferme.
55 Ce doute, simple d'abord, tes propos
l'ont redoublé, me confirmant des choses
que j'y rattache, ici autant qu'ailleurs.
58 Le monde est bien comme tu le décris :
aussi privé de toutes les vertus,
aussi couvert et gorgé de malice.
61 Mais, je te prie, indique-m'en la cause,
que je la voie et la montre à autrui :
car l'un la place au ciel, l'autre sur terre. »
64 Il fit un grand soupir qui s'étrangla
en un « *hou !* » de douleur, et dit : « Le monde,
frère, est aveugle, et tu viens bien de lui.
67 Vous, les vivants, rapportez toute cause
au ciel et à lui seul, comme entraînant
fatalement avec soi tout effet.
70 Si c'était vrai, en vous serait détruit
le libre arbitre, et il serait injuste
d'avoir joie pour le bien, deuil pour le mal.

---

1. Marco Lombardo, homme de cour, doté de grandes qualités morales.

73 Le ciel ébauche vos élans : non tous ;
   mais, même en l'admettant, une lumière
   vous est donnée pour voir le mal, le bien,
76 et un libre vouloir — qui peut souffrir
   aux premiers chocs, mais qui, s'il est nourri,
   avec l'aide du ciel résiste et gagne.
79 Vous procédez librement d'une essence
   plus parfaite et plus forte : et elle crée
   en vous l'esprit, non dépendant du ciel.
82 Si donc le monde aujourd'hui se dévoie,
   il ne faut en chercher qu'en vous la cause :
   je t'en serai l'exact informateur.
85 De la main de celui qui déjà l'aime
   avant qu'elle ne soit, l'âme ingénue
   sort, folâtrant comme fait la fillette,
88 prompte à rire, à pleurer, ne sachant rien,
   sinon qu'issue d'un heureux créateur,
   elle retourne vers ce qui lui plaît.
91 Elle goûte d'abord aux biens menus,
   s'y trompe, et les poursuit, si quelque guide
   ou quelque frein n'infléchit son amour.
94 Il fallut donc, pour frein, créer des lois ;
   et il fallut un roi[1], qui sût au moins
   voir la tour de la ville véritable.
97 Les lois existent ; mais qui les applique ?
   personne : le berger[2] qui marche en tête
   rumine, mais n'a pas l'ongle fourchu ;
100 et le troupeau, voyant pencher son guide
    vers ces biens dont lui-même est alléché,
    court s'en repaître sans chercher plus loin.
103 Tu peux donc voir que ce qui rend le monde
    coupable, est le mauvais gouvernement,
    non quelque corruption de votre essence.
106 Rome, autrefois, qui rendit bon le monde,
    possédait deux soleils[3], révélateurs
    des deux chemins : et du monde, et de Dieu.
109 Or l'un a éteint l'autre, quand le glaive

---

1. L'empereur. 2. Le pape. 3. Le pape et l'empereur.

s'est uni à la crosse[1] ; et il sied mal
qu'on les oblige à cheminer ensemble,
112 car, mis ensemble, ils ne se craignent plus.
Si tu en doutes, regarde l'épi,
puisqu'à la graine on reconnaît toute herbe.
115 En ce pays qu'Adige et Pô arrosent[2],
on rencontrait valeur et courtoisie
avant que Frédéric y fût aux prises[3] :
118 maintenant, seuls s'y rendent sans encombre
ceux qui, naguère encore, auraient eu honte
d'y converser avec des gens de bien.
121 On n'y voit plus que trois vieillards — reproche
des temps anciens aux neufs — mais il leur tarde
que Dieu les mette en une vie meilleure :
124 le bon Gérard, et Conrad de Palais,
et Guyon du Chastel, qu'à la française
on appelle plutôt Lombard le Simple[4].
127 Dis désormais que l'Église de Rome,
voulant confondre en elle deux pouvoirs,
déchoit, souillant de boue elle et sa charge ! »
130 « Cher Marc », lui dis-je, « tu raisonnes juste :
et je comprends pourquoi, dans l'héritage,
il n'y eut point de part pour les Lévites.
133 Mais qui est ce Gérard, que tu dis être
resté l'exemple de la race éteinte,
comme un reproche à ce siècle sauvage ? »
136 « Ou ton discours me trompe, ou tu m'éprouves »,
répondit-il ; « toi qui parles toscan,
tu ne saurais donc rien du bon Gérard ?
139 Je ne lui connais pas d'autre surnom,
sauf à le désigner par Gaie, sa fille.
Dieu vous conduise ! je ne vous suis plus.
142 Vois cette pâleur d'aube qui rayonne
déjà dans la fumée : je dois partir

---

1. Le pape a usurpé les pouvoirs de l'empereur. 2. L'Italie du Nord. 3. Frédéric II et le pape s'opposèrent en Italie du Nord. 4. Gherardo da Camino, seigneur de Trévise de 1283 à 1306 (*cf. Banquet*, IV, 14) ; Corrado da Palazzo, de Brescia, capitaine du parti guelfe à Florence en 1277 ; Guido da Castello, Gibelin d'Émilie (*cf. Banquet*, IV, 16).

— l'ange est ici — avant qu'il ne me voie. »
145 Et il rentra sans plus vouloir m'entendre.

CHANT XVII

1 Souviens-toi — si jamais, lecteur, dans l'Alpe
   te surprit un brouillard où tu voyais
   ce qu'à travers sa taie voit une taupe —
4 comment, lorsque la dense vapeur d'eau
   va se dissoudre, le disque solaire
   imperceptiblement pénètre en elle :
7 l'image alors te montrera sans peine
   par quel effet c'est d'abord le soleil
   que je revis, touchant à son déclin.
10 Réglant mon pas sur le pas sûr du maître,
    j'émergeai de la nue vers les rayons
    déjà mourants tout en bas sur les plages.
13 Ô imagination, qui nous emportes
    si loin de nous parfois, qu'on reste sourd,
    quand sonneraient alentour mille cuivres,
16 qui donc t'anime, si les sens t'oublient ?
    une lueur née au ciel ? d'elle-même,
    ou sous l'action d'un vouloir qui la guide ?
19 De cette femme impie, changée jadis
    en l'oiseau qui le plus volontiers chante[1],
    mon imagination reçut l'empreinte :
22 et mon esprit se replia si fort
    sur lui-même, que rien de l'extérieur
    ne lui parvint qu'il pût alors admettre.
25 Puis tomba dans ma haute fantaisie
    un crucifié d'apparence farouche

---

1. Philomèle, changée en rossignol.

et dédaigneuse : et, tel quel, il mourait.
28 Autour, étaient le grand Assuérus,
sa femme Esther, et Mardochée le juste,
si intègre en paroles comme en actes[1].
31 Et lorsque cette image se brisa
spontanément, comme fait une bulle
d'air, quittant l'eau où elle avait pris forme,
34 dans ma vision se dressa, tout en larmes,
une fille disant : « Reine, pourquoi
as-tu voulu, par rage, ne plus être ?
37 Tu t'es tuée pour sauver Lavinie,
mais tu m'as bien perdue : c'est moi qui pleure
ta perte, mère, avant celle d'un autre[2] ! »
40 Comme se rompt le sommeil (et il lutte
alors même qu'il meurt) lorsque soudain
quelque nouveau rayon frappe l'œil clos,
43 pareillement ma vision s'effondra
quand m'atteignit en face une lumière
plus vive qu'aucun feu connu des hommes.
46 Je me tournais pour mieux voir où j'étais
lorsqu'une voix disant « Ici l'on monte »
me fit abandonner tout autre soin
49 et m'anima d'un si pressant désir
de voir celui qui parlait, que le calme
ne m'eût été rendu que face à lui :
52 mais comme le soleil, blessant nos yeux
par trop d'éclat, nous voile sa figure,
de même ici les forces me manquèrent.
55 « C'est un divin esprit qui nous aiguille
— sans qu'on l'en prie — vers le chemin du haut,
en se cachant dans sa propre lumière ;
58 ce qu'on fait pour soi-même, il nous le fait :
qui voit la faim, mais attend qu'on le prie,
déjà penche au refus, malignement.

---

1. Aman, ministre du roi de Perse Assuérus. Irrité contre Mardochée, oncle d'Esther, il voulut faire massacrer les Juifs. Mais Esther obtint sa condamnation à mort (*Esther*, III, 7). **2.** Fille de Latinus, Lavinia fut d'abord fiancée à Turnus, puis elle épousa Énée. La reine Amata se pendit de colère (*Énéide*, XII, 593-607).

61 Accordons notre pas à cette invite,
   hâtons-nous de monter avant la nuit :
   après, c'est impossible jusqu'à l'aube. »
64 Ainsi parla mon guide ; et, l'un et l'autre,
   nous prîmes le chemin d'un escalier.
   Dès que je fus sur la première marche,
67 tout près je sentis battre comme une aile
   et, sur mon front, ce souffle : « *Beati
   pacifici*[1], sans injuste colère ! »
70 Les ultimes rayons, suivis par l'ombre,
   nous surplombaient déjà, si élevés
   qu'en maints endroits paraissaient les étoiles :
73 « Pourquoi disparais-tu, ô mon courage ? »
   disais-je au fond de moi, car je sentais
   la force de mes jambes s'assoupir.
76 Nous en étions au point où l'escalier
   ne montait plus : nous y restions plantés
   comme un bateau qui s'échoue sur la grève.
79 Et j'attendis un peu, tâchant d'entendre
   quelque bruit qui nous vînt du nouveau cercle,
   puis demandai, me tournant vers le maître :
82 « Mon doux père, dis-moi : quelle est l'offense
   que l'on expie en ce cercle où nous sommes ?
   nos pas s'arrêtent : que ton discours vole ! »
85 Et lui : « L'amour du bien, s'il a manqué
   à son devoir, par ici se restaure ;
   l'on y relance l'aviron trop lent.
88 Mais, afin de m'entendre encor plus clair,
   tourne vers moi l'esprit, et tu pourras
   cueillir quelque bon fruit de notre halte.
91 Ni créateur, mon fils, ni créature »,
   commença-t-il, « ne furent sans amour
   ou naturel ou choisi, tu le sais.
94 Le naturel est toujours sans erreur,
   mais l'autre peut errer par faux objet
   ou par vigueur excessive ou trop mince.
97 Tant qu'il se tourne vers le premier bien

---

1. *Matth.*, V, 9.

et sait se modérer quant aux seconds,
il n'est point cause de mauvais plaisirs.
100 Mais, tordu vers le mal, ou plus ardent
ou moins ardent au bien qu'il ne faudrait,
l'être créé se heurte au créateur.
103 Par là tu peux comprendre que l'amour
vous ensemence de toute vertu
et de toute œuvre méritant des peines.
106 Or, l'amour ne cessant jamais de voir
le salut du sujet dont il procède,
tout être échappe à la haine de soi.
109 Et puisqu'il n'est pensable d'aucun être
séparé du Premier, qu'il se suffise,
aucun être créé ne le déteste.
112 Il reste donc, si j'ai bien distingué,
que le mal que l'on aime est du prochain :
sur votre boue cet amour germe triple.
115 Tel, lorsque son voisin est amoindrir,
croit pouvoir exceller : d'où son désir
qu'il soit jeté de sa grandeur en bas.
118 Tel craint de perdre honneur, faveur, pouvoir
et renommée, si d'autres le surpassent :
il s'en afflige, aimant donc le contraire.
121 Et tel paraît si honteux d'une injure,
qu'il en devient affamé de vengeance
et qu'il lui faut œuvrer au mal d'autrui.
124 Ici-dessous l'on pleure cet amour
triforme. Et maintenant connais cet autre
qui court au bien par des voies corrompues.
127 Confusément, chacun pressent un bien
où s'apaise son cœur ; il le désire
et, par suite, il s'efforce d'y atteindre.
130 Si un amour trop lent vous pousse à voir
ou à gagner ce bien, cette corniche
en punit ceux qui dûment se repentent.
133 Or, il est d'autres biens dont nul bonheur
n'émane : ils ne sont point le bonheur, germe
et fruit et bonne essence de tout bien.
136 L'amour qui cède trop à ces biens-là

se pleure ici-dessus, par trois corniches :
mais la raison de ce plan tripartite,
139 je la tairai, pour que seul tu la cherches. »

CHANT XVIII

1 Son discours achevé, le grand docteur
   me regardait dans les yeux, attentif
   à découvrir si j'étais satisfait.
4 Moi, muet au dehors, mais qu'une soif
   neuve rongeait, dedans je dis : « Peut-être
   qu'à trop le questionner je l'importune. »
7 Mais ce vrai père, quand il eut perçu
   mon timide souhait qui restait clos,
   parla, et m'enhardit à lui parler :
10 « À ta lumière », dis-je, « mon regard
   s'avive, maître, et tout me devient clair
   de ce que tranche ou décrit ta raison.
13 Je te prie donc, doux père bien-aimé,
   d'expliquer cet amour où tu ramènes
   toute bonne entreprise et son contraire. »
16 « Dresse », dit-il, « vers moi les yeux aigus
   de l'intellect, et reconnais l'erreur
   de tant d'aveugles s'érigeant en guides.
19 L'âme, qui est créée prompte à s'éprendre,
   va vers tous les objets qui la séduisent,
   sitôt que le plaisir l'éveille à l'acte.
22 De chaque objet réel, la perception
   tire une image et en vous la déploie,
   incitant l'âme à se tourner vers elle.
25 Si l'âme, en se tournant, vers elle penche,
   ce penchant est amour, qui par nature
   s'attache à vous devant tout plaisir neuf.

28 Puis, tel le feu qui se meut vers le haut
   selon sa forme, faite pour monter
   là où forme en matière est plus durable,
31 de même l'âme éprise entre en désir
   — élan spirituel — et ne repose
   que lorsqu'elle a joui de ce qu'elle aime.
34 Tu peux donc voir combien la vérité
   reste cachée à ces gens qui prétendent
   que tout amour est chose en soi louable :
37 car la matière en semblera peut-être
   bonne toujours ; mais non pas chaque empreinte,
   encor que toujours bonne soit la cire. »
40 « Tes paroles », lui dis-je, « et mon esprit
   qui les suivait, m'ont découvert l'amour ;
   mais j'en demeure empli d'un plus grand doute.
43 Car si l'amour vient s'offrir du dehors
   et s'il est le seul pas dont marche l'âme,
   qu'elle aille droit ou non, où est sa faute ? »
46 Et lui : « Tout ce qu'ici voit la raison,
   je puis le dire : attends de Béatrice
   ce qui la vainc, car c'est sujet de foi.
49 La forme substantielle, qui, distincte
   de la matière, est avec elle unie,
   renferme en soi une vertu spéciale
52 qui ne se fait sentir qu'en opérant
   et ne se montre que par ses effets,
   comme au vert d'une plante on voit sa vie.
55 C'est pourquoi l'homme ignore d'où lui viennent
   l'intelligence des notions premières
   et la tendance aux premiers désirables,
58 qui sont en vous ce que l'instinct du miel
   est chez l'abeille ; et ce premier penchant
   ne mérite ni blâme ni louange.
61 Pour qu'à ce goût tous les autres s'accordent,
   la vertu conseillère, en vous innée,
   garde la porte du consentement :
64 tel est bien le principe dont procède
   le mérite, selon qu'il passe au crible
   ou confond les amours bonnes ou viles.

67 Ceux qui savaient raisonner jusqu'au fond
reconnurent ce don de liberté,
laissant ainsi au monde la morale.
70 Donc, supposé que tout amour ne vienne
vous enflammer que nécessairement,
en vous est le pouvoir de le brider :
73 c'est la noble vertu que Béatrice
entend par libre arbitre ; et prends bien soin,
si elle en parle, de t'en souvenir. »
76 La lune, tard levée, presque à minuit,
pareille à un chaudron toujours ardent,
faisait sembler plus rares les étoiles
79 et remontait le ciel par ces chemins
que le soleil embrase lorsque Rome
voit qu'il décline entre Sardaigne et Corse ;
82 et la grande ombre, qui rendit fameuse
Piétole entre les villes mantouanes[1],
m'avait défait du poids qui m'opprimait :
85 si bien qu'ayant recueilli sa réponse
ouverte et claire à toutes mes demandes,
j'allais rêvant, comme un homme assoupi.
88 Mais ce demi-sommeil fut dissipé
par des gens survenus à l'improviste
à notre dos, faisant le tour du mont.
91 Comme les rives d'Ismène et d'Asope
voyaient jadis foule et furie nocturnes
pour peu que Thèbes suppliât Bacchus[2],
94 tels je les vis venir (et leurs foulées
fauchaient le cercle), ces morts que chevauche
un juste amour et un loyal vouloir.
97 Vite ils furent sur nous, car à la course
toute leur grande assemblée s'élançait ;
les deux premiers d'entre eux criaient en larmes :
100 « Marie courut en hâte vers le mont[3] ! »
et : « César, quand il dut soumettre Ilerde,

---

1. Virgile, né à Andes, nommée Pietole à l'époque de Dante. 2. L'Ismène et l'Asope, fleuves de Béotie, sur les rives desquels les Thébains accouraient pour demander la protection de Bacchus. 3. Marie rendant visite à Élisabeth (*Luc*, I, 39).

frappa Marseille et courut en Espagne[1] ! »
103 « Plus vite, allons ! ne perdons pas de temps
par peu d'amour ! » criaient ceux qui suivaient ;
« qu'un zèle actif reverdisse la grâce ! »
106 « Vous dont ici la vive ardeur répare
— qui sait ? — votre insouciance, par tiédeur,
votre retard mis jadis à bien faire,
109 ce vivant-ci (et je ne vous mens pas)
voudrait monter quand luira le soleil :
où est le court chemin vers le passage ? »
112 Ce furent là les paroles du guide ;
et l'un de ces esprits répondit : « Viens
derrière nous, tu trouveras la brèche.
115 Nous ne pouvons rester, tant nous pénètre
l'envie de nous mouvoir ; pardonne donc
si notre loi te paraît discourtoise !
118 Je fus abbé de Saint-Zène à Vérone,
au temps du grand empereur Barberousse
dont Milan parle encore avec douleur[2].
121 Tel a déjà un pied dans le tombeau,
qui bientôt pleurera ce monastère
en regrettant d'y avoir été maître,
124 puisqu'il y mit son fils, de corps difforme
et d'âme pire, et de souche bâtarde,
pour supplanter le pasteur véritable[3]. »
127 Je ne sais s'il se tut ou en dit plus,
tant il courait déjà loin devant nous,
mais ces mots-là, j'aimai les retenir.
130 Et celui qui m'aidait en tout besoin
dit : « Tourne-toi et regarde arriver
ces deux autres, qui mordent la mollesse ! »
133 Ils venaient les derniers, disant : « Ce peuple
à qui la mer s'ouvrit, mourut avant
que le Jourdain pût voir sa descendance[4] ! »

---

1. César assiégea Marseille révoltée, puis courut attaquer Lérida en Espagne. 2. L'empereur Barberousse détruisit Milan en 1162. 3. Alberto della Scala (mort en 1301) avait imposé comme abbé de San Zeno à Vérone son fils indigne Giuseppe. 4. Ceux des Hébreux qui tardèrent à suivre Moïse, moururent dans le désert (*Exode*, XIV, 9-31).

136 et : « Celui qui n'endura pas l'effort
       jusqu'à la fin, avec le fils d'Anchise,
       s'offrit lui-même à une vie sans gloire[1] ! »
139 Puis, quand ces ombres furent si lointaines
       que nous ne pouvions plus les distinguer,
       une pensée nouvelle entra en moi,
142 dont il naquit plusieurs autres diverses ;
       et j'ondoyai si bien de l'une à l'autre
       que, fasciné, je fermai les paupières,
145 et mes pensées se changèrent en songe.

CHANT XIX

1 À l'heure où la chaleur du jour, que domptent
     l'influx terrestre et quelquefois Saturne,
     ne peut plus attiédir le froid lunaire,
4 quand, avant l'aube, les géomanciens
     voient à l'orient leur Majeure Fortune[2]
     surgir par des chemins que l'ombre fuit,
7 me vint en songe une femme aux yeux louches,
     bégayante, montrant des pieds tordus,
     des mains coupées et un visage blême.
10 Je la guettais : et comme le soleil
     ranime un corps qu'engourdit la nuit froide,
     ainsi mon vif regard lui déliait
13 la langue, et puis redressait tout son être
     en peu d'instants, puis colorait sa face
     effarée, des couleurs qu'aime l'amour.
16 Et lorsque son parler fut libéré,
     elle entonna un tel chant qu'avec peine

---

1. Certains des compagnons d'Énée demeurèrent en Sicile et y vécurent obscurément (*Énéide*, V, 604-761). 2. Étoiles inférieures du Verseau.

mon attention se fût détournée d'elle.
19 « Je suis, je suis », chantait-elle, « une douce
sirène, en mer envoûtant les marins,
tant m'emplit le plaisir dont on m'écoute.
22 Par mes chansons je détournai Ulysse
du chemin désiré. Qui me fréquente
repart bien peu souvent, tant je le comble[1] ! »
25 Sa bouche encor n'était pas refermée
qu'une dame apparut, sainte et rapide,
à mon flanc, pour confondre la première.
28 « Ô Virgile, ô Virgile, qui donc vois-je ? »
disait-elle impérieuse ; et il venait,
ne regardant que la dame pudique.
31 Il prenait l'autre et l'ouvrait par-devant,
fendant sa robe, et me montrait son ventre :
la puanteur qu'il jetait m'éveilla.
34 J'ouvris les yeux. Et mon maître : « Au moins trois
fois je t'ai appelé ; debout et viens !
trouvons le seuil par où tu dois entrer. »
37 Je me levai. Déjà l'éclat du jour
emplissait le saint mont par tous ses cercles,
et nous allions, le dos au soleil neuf.
40 Suivant le maître, je portais mon front
comme un homme qui l'a lourd de pensées
et semble une moitié d'arche de pont,
43 quand j'entendis ces mots : « Ici l'on passe,
venez », dits d'une voix affable et douce,
inégalée dans nos régions mortelles.
46 En ouvrant large ses ailes de cygne,
celui qui nous parlait nous fit monter
entre deux murs de la dure falaise.
49 Nous ventilant au frisson de ses plumes,
il affirma : « Bienheureux *qui lugent*[2] :
consolation royale auront leurs âmes. »
52 « Qu'as-tu à ne guetter que vers la terre ? »
reprit alors mon guide, quand nous fûmes
tous deux un peu en surplomb de cet ange.

---

1. Celle qui parle est Circé. 2. « Bienheureux ceux qui pleurent » (*Matth.*, V, 5).

55 « Une vision nouvelle qui m'obsède »,
   dis-je, « me fait cheminer si anxieux
   que je n'en puis détacher ma pensée. »
58 « Tu as vu », me dit-il, « l'antique stryge,
   source unique des pleurs là où tu montes,
   et tu as vu comment on s'en délie.
61 Suffit pour toi ! Frappe le sol du pied,
   tourne les yeux vers l'appât que déroule
   l'éternel roi parmi les roues immenses. »
64 Tel le faucon, l'œil d'abord sur ses serres,
   se tourne au cri pour prendre son envol,
   tiré là-bas par son désir de proie,
67 tel je devins et marchai, aussi loin
   que le roc s'ouvre aux pas de ceux qui montent,
   jusqu'à l'étage où l'on reprend le tour.
70 En débouchant dans la cinquième enceinte,
   je vis des gens étendus qui pleuraient
   tous, la face tournée contre le sol.
73 « *Adhaesit pavimento anima mea*[1] »,
   semblaient-ils dire en soupirant si fort
   qu'on distinguait à peine leurs paroles.
76 « Élus de Dieu, dont espoir et justice
   rendent moins implacables les souffrances,
   dirigez-nous vers les plus hauts degrés ! »
79 « Si vous ne venez pas comme gisants
   et désirez trouver la voie plus vite,
   gardez toujours l'abîme à votre droite ! »
82 Ainsi dit-il, et ainsi la réponse
   vint d'un peu devant nous : le son de voix
   fit que je découvris l'ombre cachée ;
85 et je tournai les yeux vers mon seigneur
   qui m'accorda, d'un geste favorable,
   ce que priait mon regard désirant.
88 Dès que je pus agir suivant mon choix,
   je me penchai sur cette créature
   que son propos m'avait fait remarquer :
91 « Esprit qui par tes pleurs mûris ce fruit

---

1. « Mon âme fut attachée à la terre » (*Psaumes*, CXVIII, 25).

sans quoi vers Dieu l'on ne peut revenir,
suspens un peu pour moi ton soin majeur.
94 Qui tu fus, et pourquoi vos dos s'adressent
au ciel, dis-le : je t'obtiendrai peut-être
un don, là-bas, d'où je partis vivant. »
97 « Pourquoi le ciel tourne vers lui nos reins,
tu le sauras », dit-il ; « mais tout d'abord,
scias quod ego fui successor Petri[1].
100 Entre Clavaire et Siestre dévale
un beau cours d'eau, et de son nom dérive
celui que mon lignage a pris pour titre.
103 Moins de deux mois, j'éprouvai combien pèse
le grand manteau, à qui le veut sans boue :
tous les autres fardeaux semblent de plume.
106 Ma conversion, hélas, fut bien tardive ;
mais une fois élu pasteur de Rome,
découvrant que la vie est mensongère,
109 que le cœur n'y peut point trouver de paix,
qu'au monde on ne peut pas monter plus haut,
je m'enflammai d'amour pour l'autre vie.
112 J'avais été jusqu'à ce jour une âme
pauvre, coupée de Dieu, toute avarice :
comment j'en suis puni, tu peux le voir.
115 Ici, l'effet de l'avarice éclate
dans la façon dont l'âme est purifiée ;
ce mont n'a point de châtiment plus âpre.
118 Comme nos yeux, rivés aux biens terrestres,
ne se sont pas élevés vers le haut,
la justice les plonge ici en terre.
121 Comme, ruinant nos œuvres, l'avarice
éteignit notre amour de tout vrai bien,
la justice nous tient ici captifs,
124 pieds et mains garrottés étroitement ;
et autant qu'il plaira au juste Sire,
autant nous resterons gisants et fixes. »

---

1. « Sache que je suis le successeur de Pierre. » Celui qui parle est le pape Adrien V. Né entre Chiavari et Sestri Levante sur le golfe de Gênes (vers 100), il se convertit tardivement et fut pape du 11 juillet au 18 août 1276.

127 Je m'étais mis à genoux pour répondre,
    mais, au début de mon geste, il comprit,
    à l'ouïe seulement, ma déférence :
130 « Pourquoi », dit-il, « t'abaisser de la sorte ? »
    Et moi, à lui : « Pour votre dignité,
    j'ai remords de conscience à rester droit. »
133 « Dresse-toi sur tes pieds, debout, mon frère ! »
    dit-il ; « sors de l'erreur : je suis, nous sommes
    les serviteurs d'une même puissance.
136 Si tu compris jamais dans l'Évangile
    le saint verset qui dit : *"Neque nubent"*[1],
    tu peux bien voir pourquoi je parle ainsi.
139 Mais va ! je ne veux plus que tu t'arrêtes,
    car ta présence ici gêne les pleurs
    où je mûris ce fruit dont tu parlais.
142 J'ai sur la terre une nièce, Aélis,
    de bonne trempe, à moins que les exemples
    de ma maison ne l'aient rendue mauvaise :
145 il ne me reste là-bas qu'elle seule[2]. »

CHANT XX

1 Face à plus fort vouloir, vouloir recule :
    aussi, à contrecœur et pour lui plaire,
    j'ôtai de l'eau mon éponge assoiffée,
4 je repartis. Mon guide s'avança
    le long du roc, sur l'étroit chemin libre,
    comme on côtoie les créneaux sur un mur :
7 car ces gens dont les yeux font goutte à goutte

---

1. « Ils ne prendront pas d'épouse » (*Matth.*, XXII, 29-30). Le pape entend dire par là que toute dignité humaine disparaît avec la mort et que lui-même n'est plus l'époux de l'Église. 2. Alagia Fieschi, nièce d'Adrien V et épouse de Moroello Malaspina, qui accueillit Dante durant son exil.

fondre le mal qui infeste le monde
sont massés jusqu'au bord du précipice !

10 Maudite sois-tu donc, antique louve[1],
qui vas broyant plus de proies qu'aucun fauve,
dans les ténèbres de ta faim profonde !

13 Ô cieux, dont on suppose que le cours
change ici-bas la condition des choses,
quand viendra-t-il, lui qui doit la chasser ?

16 Nous cheminions à pas comptés et lents
et j'entendais, plein de pitié, ces ombres
pleurer, se plaindre, et je tendais l'oreille.

19 Or, il m'advint d'entendre devant nous
appeler en pleurant : « Douce Marie ! »
comme fait une femme qui enfante.

22 La voix reprit : « Tu étais aussi pauvre
qu'on peut le voir à l'aspect de la crèche
où tu vins déposer ton saint fardeau[2] ! »

25 Puis j'entendis : « Noble Fabricius,
tu aimas mieux pauvreté mais vertu
qu'une fortune acquise par le vice[3] ! »

28 Je pris tant de plaisir à ces paroles
que j'approchai pour connaître l'esprit
qui me semblait les avoir proférées.

31 Et il parlait encor de la largesse
que Nicolas fit jadis aux trois vierges
pour amener leur jeunesse à l'honneur[4].

34 « Esprit », lui dis-je, « qui parles si bien,
apprends-moi donc qui tu fus, et pourquoi
toi seul célèbres ces dignes louanges :

37 tes propos recevront leur récompense,
si je rentre achever le court chemin
de cette vie qui vole vers son terme. »

40 « Je parlerai », dit-il ; « non que j'attende
du monde un réconfort, mais pour la grâce

---

1. L'avarice (cf. Enfer, I, 49 sqq.). 2. Marie accoucha dans une étable (Luc, II, 7).
3. Caius Fabricius Luscinus, consul romain, célèbre pour son mépris des richesses (cf. Banquet, IV, 5 et Monarchie, II, 5). 4. Saint Nicolas de Bari dota en secret trois jeunes filles pour qu'elles ne soient pas prostituées.

qui brille en toi si claire avant ta mort.
43 Je fus la souche de ce mauvais arbre
qui fait tant d'ombre à la terre chrétienne
que les bons fruits s'y cueillent peu souvent.
46 Mais si Lille et Douai, si Gand et Bruges
le pouvaient, prompte en serait la vengeance :
je la demande au juge universel.
49 On m'appela sur terre Hugues Capet[1] :
de moi sont nés les Louis, les Philippe
qui depuis quelque temps guident la France.
52 J'étais le fils d'un boucher de Paris ;
quand vinrent à manquer les anciens rois
sauf un, qui revêtit la robe grise,
55 je me trouvai tenant en main les rênes
du grand royaume, et me vis si puissant
par cet acquêt, si entouré d'amis,
58 que l'on promut à la couronne veuve
la tête de mon fils, de qui descendent
les cendres consacrées des rois nouveaux.
61 Tant que mon sang n'eut pas encor la grande
dot provençale, et garda sa pudeur,
ils valaient peu, mais sans faire de mal ;
64 là, de mensonge en violence, ils en vinrent
au brigandage ; après quoi — pour amende... —
ils prirent Normandie, Ponthieu, Gascogne !
67 En Italie vint Charles : Conradin
fut d'abord sa victime — pour amende... — ;
puis — pour amende... — il mit au ciel Thomas !
70 Je vois venir un temps, guère éloigné,

---

[1]. Hugues Capet, fondateur de la dynastie royale française, que l'on disait né d'un boucher (vers 52). Dans son récit et ses prophéties *post eventum*, il annonce la bataille de Courtrai (1302), où les Français furent vaincus (vers 46-47) ; il évoque le sacre de son fils Robert (vers 59), l'acquisition de la Provence et d'autres terres par sa lignée (vers 61-65), la victoire de Charles Ier d'Anjou sur Manfred en 1265-1266 (vers 67) et sur Conradin en 1268 (vers 68). Hugues Capet fait également allusion à la légende selon laquelle Charles d'Anjou aurait empoisonné Thomas d'Aquin en 1274. Il annonce la venue de Charles de Valois en Italie à l'appel du pape Boniface VIII et le soutien qu'il apporta aux Noirs de Florence en 1301 (vers 70-75) ; les actions de Charles III, qui fut vaincu sur mer en 1284 et vendit sa fille au marquis Azzo VIII de Ferrare (vers 79-81) ; les méfaits de Philippe le Bel, qui fit emprisonner Boniface VIII à Anagni (en 1302) et abattit l'ordre du Temple (en 1312) avec l'aide de Clément V (vers 82-93).

qui tirera de France un autre Charles,
pour que lui et les siens soient mieux connus :
73 il sort sans armes, n'ayant que la lance
chère à Judas, et il en frappe au ventre
Florence, et l'y enfonce et elle en crève ;
76 il n'y gagnera pas de territoires,
mais opprobre et péchés d'autant plus lourds
qu'il croira le dommage plus léger.
79 L'autre, sorti captif de son vaisseau,
je le vois vendre et marchander sa fille,
comme un corsaire vendrait quelque esclave ;
82 que peux-tu davantage, ô avarice ?
tu t'es si bien emparée de mon sang
que c'est sa propre chair qu'il abandonne !
85 Pour éclipser le mal fait ou futur,
je vois le lis entrer au cœur d'Alagne,
faisant prisonnier Christ en son vicaire ;
88 je vois renouveler vinaigre et fiel ;
je le vois être à nouveau bafoué,
puis mis à mort entre larrons vivants ;
91 je vois l'autre Pilate si féroce
qu'il porte, inassouvi, sans nul décret,
sa voile avide jusque dans le Temple.
94 Quand donc, Seigneur, me comblera de joie
la vue de la vengeance que tu caches
dans ton secret, dulcifiant ta colère ?
97 Ce que j'ai dit de cette unique épouse[1]
de l'Esprit Saint — t'incitant au détour
de mon côté, pour avoir quelque glose —,
100 c'est le répons de toutes nos prières
tant que dure le jour. Mais, dès le soir,
nous prenons des exemples opposés :
103 nous redisons alors Pygmalion
que son désir insatiable de l'or
rendit traître, voleur et parricide[2] ;

---

1. Marie.   **2.** Pygmalion tua son oncle Sichée pour s'emparer de ses trésors (*Énéide*, I, 340-351).

106 et le malheur de l'avare Midas[1],
   qui couronna son avide requête
   dont il faudra toujours que chacun rie ;
109 puis nous parlons de la folie d'Acham
   qui vola les dépouilles : la colère
   de Josué semble ici le remordre[2] ;
112 nous accusons Saphire et son époux[3] ;
   Héliodore, essuyant la ruade[4] ;
   autour du mont roule dans l'infamie
115 Polymnestor qui tua Polydore[5] ;
   et ce cri s'y prolonge enfin : " Crassus,
   dis-nous quel goût a l'or ? car tu le sais[6] !"
118 Parfois l'un parle haut et l'autre bas,
   selon l'ardeur à monter, qui nous presse
   d'un éperon plus alerte ou plus lent.
121 Aussi, tantôt, je ne disais pas seul
   ces bons exemples que l'on dit le jour ;
   mais moi seul, par ici, je parlais haut. »
124 Déjà nous avions pris congé de lui,
   nous efforçant de gagner du chemin
   autant que nous le permettaient nos forces,
127 quand je sentis — comme un écroulement —
   la montagne trembler : j'en fus transi
   du gel qu'on sent à marcher vers la mort.
130 Certes, Délos trembla moins fortement,
   avant que vînt s'y faire un nid Latone
   pour enfanter les deux grands yeux du ciel[7].
133 Puis s'éleva de toutes parts un cri
   si haut, que, s'approchant de moi : « N'aie crainte,

---

1. Midas avait obtenu de Bacchus le pouvoir de transformer en or tout ce qu'il touchait (*Métamorphoses,* XI, 85-145). 2. Ayant dérobé à Jéricho une partie du butin des Hébreux, il fut lapidé sur l'ordre de Josué (*Josué,* VI, 17-19 ; VII, 1-26). 3. Ananie et Saphire s'emparèrent d'une partie de l'argent des apôtres et furent foudroyés par Dieu (*Act. Ap.,* V, 10-11). 4. Alors qu'il mettait à sac le temple de Jérusalem, Héliodore dut s'enfuir du fait des ruades d'un cheval (II *Macchab.,* III, 7-11). 5. Polymnestor tua son beau-frère Polydore pour le voler (*cf. Enfer,* XIII, 46-48 et XXX, 16-21). 6. Général romain connu pour sa cupidité, Crassus fut décapité par le roi des Parthes Orodès, qui lui fit verser de l'or fondu dans la bouche (Cicéron, *De officiis,* I, 30 ; II, 18 et 57). 7. Île des Cyclades, Délos se fixa dans la mer lorsque Latone, séduite par Jupiter et poursuivie par Junon, y mit au monde Apollon et Diane (*Énéide,* III, 69 *sqq.* ; *Métamorphoses,* VI, 189 *sqq.*).

tant que je suis ton guide », fit le maître.
136 Tous chantaient : « *Gloria in excelsis
Deo*[1] » : je le compris par les plus proches,
dont la clameur était intelligible.
139 Nous attendions, figés et suspendus
— tels les premiers bergers qui l'entendirent —,
la fin du tremblement, la fin de l'hymne.
142 Puis nous reprîmes notre route sainte,
guettant au sol les ombres des gisants
déjà rendus aux pleurs accoutumés.
145 Nulle ignorance ne fut plus guerrière,
me harcelant du désir de savoir
— si ma mémoire en ceci ne me trompe —,
148 qu'alors je le sentis en y pensant :
je n'osais demander (nous nous hâtions),
mais ne pouvais rien saisir par moi-même ;
151 et, timide et pensif, j'allais ainsi.

CHANT XXI

1 La naturelle soif, que rien n'apaise,
sinon cette eau dont jadis l'humble femme
de Samarie sollicita la grâce[2],
4 me travaillait ; et je suivais mon guide
par la route encombrée, rongé de hâte,
plaignant ceux que frappait la juste peine,
7 lorsque soudain — comme Luc a écrit
qu'aux deux qui cheminaient Christ apparut
sitôt sorti du caveau sépulcral[3] —
10 surgit une ombre qui suivait nos pas,

---

1. *Luc,* II, 14.   **2.** La Samaritaine, qui donna à boire à Jésus (*Jean,* IV, 6-15).
3. *Luc,* XXIV, 13-51.

les yeux baissés sur l'amas des gisants.
Nous ne l'avions pas vue d'abord ; c'est elle
13 qui nous parla : « Dieu vous donne sa paix,
mes frères ! » Aussitôt nous nous tournâmes,
le maître fit le geste qui convient,
16 puis commença : « Qu'à l'assemblée heureuse
t'élève en paix cette infaillible cour
qui me relègue en l'éternel exil ! »
19 « Comment ! » dit l'ombre — et nous pressions le pas —,
« si vous êtes de ceux que Dieu refuse,
qui vous conduit si haut par ses degrés ? »
22 Et mon docteur : « Considérant les signes
qu'a tracés l'ange au front de celui-ci,
tu vois qu'il doit régner avec les bons.
25 Mais Lachésis, qui file nuit et jour,
n'ayant pas tout tiré de la quenouille
que Clotho charge et assigne à chacun[1],
28 son âme, qui est sœur de nos deux âmes,
ne pouvait monter seule jusqu'ici,
parce qu'il voit différemment de nous.
31 Aussi fus-je tiré de l'ample gueule
d'enfer pour le conduire, et mon savoir
s'y emploiera aussi loin qu'il pourra.
34 Mais, si tu sais, dis-moi pourquoi le mont
s'est secoué si fort, et a semblé
crier en chœur jusqu'à sa base humide. »
37 Sa demande enfilait si droit le chas
de mon désir, que déjà l'espérance
suffit à tempérer un peu ma soif.
40 Et l'ombre dit : « Ce n'est rien qui dérange
l'ordonnance inchangée de la montagne,
rien qui soit étranger à son usage.
43 Ici n'a cours aucune altération :
seuls les effets du ciel, en lui reçus,
peuvent causer chez nous ce qui arrive ;
46 car pluie ni grêle, neige ni rosée
ni givre ne sauraient tomber plus haut

---

[1]. Les Parques Lachésis et Clotho.

que le petit escalier aux trois marches.
49 On n'y voit donc ni éclairs, ni nuages
épais ou rares, ni la Thaumantide
qui, là-bas, change de pays souvent[1].
52 Nulle sèche vapeur ne naît plus loin
que le haut des trois marches que j'ai dites,
où tient ses pieds le substitut de Pierre[2].
55 Plus bas, le sol tremble peut-être un peu
ou beaucoup ; mais ici — qui sait comment ? —
jamais nul vent souterrain ne l'ébranle.
58 Or, quand une âme se sent assez pure
pour se dresser et monter vers la cime,
tout le mont tremble, et ce cri l'accompagne.
61 Sa pureté, le seul vouloir l'atteste :
vouloir qui surprend l'âme une fois libre
de changer de séjour, et qui l'enchante.
64 Avant même, elle veut : mais le haut juge
retourne en contre-désir de souffrance
le désir de pécher qu'elle eut jadis.
67 Et moi — qui fus couché dans ce tourment
plus de cinq siècles —, je viens de sentir
la libre volonté d'un plus haut seuil :
70 tu entendis alors le tremblement
et, par le mont, les esprits rendre gloire
à Dieu, qu'ils prient de les appeler vite. »
73 Ainsi dit-il. Et, comme on se délecte
à boire d'autant plus qu'on a plus soif,
j'en ressentis un bienfait indicible.
76 « Je vois donc », dit mon sage, « le filet
qui vous retient, comment on s'en délivre,
pourquoi ce tremblement, cette liesse.
79 Qui étais-tu ? veuille à présent le dire,
et que par tes paroles je comprenne
pourquoi tu fus tant de siècles gisant. »
82 « En ce temps où l'appui du roi d'en haut
fit que le bon Titus vengea les plaies

---

[1]. Fille de Thaumas, Isis descend du ciel et y remonte par l'arc-en-ciel. [2]. L'ange portier.

sources du sang que Judas a vendu »,
85 dit-il, « j'étais vivant — portant ce nom
qui honore et qui dure davantage —,
certes fameux, mais encor sans la foi.
88 Si doux était le souffle de mon chant
que, toulousain, Rome voulut m'avoir,
et j'y gagnai d'orner mon front de myrte.
91 Stace est mon nom, qu'à Rome on sait encore ;
j'ai chanté les Thébains, et puis Achille[1],
mais je tombai sous le second fardeau.
94 Les étincelles du brasier sublime
qui enflamma plus de mille poètes
suscitèrent le feu dont je brûlai :
97 j'ai nommé l'Énéide, qui me fut
mère et nourrice en poésie ; sans elle,
ce que j'ai fait ne vaut pas une drachme.
100 Et, pour avoir vécu lorsque Virgile
vivait, j'accepterais que d'un soleil
fût différée ma sortie de l'exil ! »
103 Se tournant à ces mots vers moi, le maître,
eut l'air de dire en silence « Tais-toi » ;
mais la vertu qui veut ne peut pas tout ;
106 car ris et pleurs épousent de si près
le sentiment dont ils naissent, qu'ils trompent
la détermination des plus sincères.
109 J'eus un sourire bref comme un clin d'œil :
sur quoi l'esprit se tut et m'observa
aux yeux, où mieux s'imprime l'expression,
112 et : « Que s'achève bien ton grand labeur ! »
dit-il ; « mais pourquoi viens-je de capter
sur ton visage un éclair de sourire ? »
115 Or, me voilà donc pris de part et d'autre :
l'un me fait taire, et l'autre me conjure
de parler ; j'en soupire ; alors, mon maître
118 comprend mon trouble et dit : « N'aie pas de crainte

---

1. Stace, né en fait à Naples (et non à Toulouse) vers 50 après J.-C. et mort vers 96. Auteur de la *Thébaïde* et de l'*Achilléide*, il ne fut pas couronné poète à Rome, comme Dante le croyait.

à lui répondre, mais réponds, dis-lui
ce qu'il demande avec tant de chaleur. »
121 Et moi : « Tu es surpris peut-être », dis-je,
« antique esprit, du rire que j'ai fait ;
mais je veux t'étonner bien davantage.
124 Celui-ci, qui dirige en haut ma vue,
est ce Virgile à qui tu dois la force
d'avoir chanté les hommes et les dieux.
127 Si tu crois que mon rire a d'autres causes,
laisse-les pour non vraies, et crois qu'il vient
des mots que tu as dits à son propos. »
130 Il se courbait déjà, pour embrasser
les pieds de mon docteur, qui lui dit : « Frère,
pas cela ! tu es ombre, et vois une ombre. »
133 Et lui, se relevant : « Tu peux comprendre
le grand amour qui m'enflamme pour toi,
puisque j'oublie notre vaine apparence,
136 traitant les ombres comme objets solides. »

CHANT XXII

1 Déjà nous laissions l'ange loin derrière
— l'ange qui nous avait montré le cercle
sixième, en m'effaçant du front un signe,
4 et avait dit bienheureux ceux qui tournent
leur soif vers la justice ; et ses paroles
à *sitiunt*[1], sans plus, avaient pris fin.
7 Moi, plus léger qu'aux précédents passages,
j'allais bon train, suivant sans nulle peine
les deux esprits rapides qui montaient.
10 Alors Virgile : « Amour », commença-t-il,

---

1. *Matth.*, V, 6 : « *Beati qui esuriunt et sitiunt justitiam.* »

« qu'allume la vertu, toujours allume
un autre amour, s'il flamboie au dehors :
13 ainsi, dès l'heure où descendit vers nous
Juvénal dans les limbes de l'enfer[1]
et qu'il m'eut découvert ton affection,
16 tu m'inspiras toute la bienveillance
qui peut lier à un être non vu :
cet escalier va donc me sembler court.
19 Pourtant dis-moi (mais, en ami, pardonne
si trop de liberté lâche ma bride,
et parle-moi désormais en ami) :
22 comment put trouver place dans ton cœur
l'avarice, en dépit de la sagesse
dont tu l'avais empli par ton étude ? »
25 À ces mots, Stace eut d'abord un sourire
léger, puis dit : « Chacun de tes propos
m'est un précieux témoignage d'amour.
28 En vérité, l'apparence des choses
offre souvent un faux sujet de doute,
car les raisons véritables se cachent.
31 Tu crois donc — ta question me le révèle —
que dans mon autre vie je fus avare :
peut-être pour le cercle dont je viens ?
34 Mais, sache-le, l'avarice me fut
trop étrangère : et cette démesure
fut châtiée par des milliers de lunes.
37 Et si je n'eusse amendé ma conduite
quand je compris la page où tu t'exclames,
plein de courroux pour la nature humaine :
40 "Que ne gouvernes-tu, ô faim sacrée
de l'or, les appétits des cœurs mortels[2]?"
j'irais roulant aux infernales joutes.
43 Dès lors, m'apercevant que les mains peuvent
ouvrir trop grande à la dépense l'aile,
j'en fus contrit, comme des autres fautes.

---

1. Juvénal, auteur latin des *Satires* (47-130 environ) : Dante l'admire et le place aux Limbes. **2.** Dante prête à Stace une relecture chrétienne de ces deux vers de Virgile blâmant la cupidité (*Énéide*, III, 57).

46 Combien de gens renaîtront le poil ras
   pour n'avoir su que le repentir lave
   d'un tel péché les mourants et les vifs !
49 Or, sache-le : la faute qui s'oppose
   directement à quelque autre péché,
   avec lui-même ici flétrit son vert :
52 si donc, pour être pur, j'ai fait demeure
   parmi ces gens qui pleurent l'avarice,
   cela m'advint par la faute contraire. »
55 « Mais, lorsque tu chantas la guerre affreuse
   qui affligea d'un double deuil Jocaste[1] »,
   dit le poète des chants bucoliques,
58 « selon ces vers où Clio t'accompagne,
   tu n'avais pas, je pense, encor la foi
   sans quoi bien faire ne saurait suffire :
61 si c'est ainsi, quel soleil, quels flambeaux,
   te libérant de ta nuit, t'ont fait suivre,
   voiles dressées, la barque du Pêcheur ? »
64 Et lui : « C'est toi qui m'envoyas d'abord
   aux grottes du Parnasse pour y boire,
   toi d'abord, après Dieu, qui m'éclairas !
67 Tu fus celui qui va dans les ténèbres,
   tenant sa torche à son dos — inutile
   pour lui, mais instruisant ceux qui le suivent —,
70 quand tu as dit : "Nouveau siècle, justice
   et premiers temps humains sont de retour ;
   du ciel descend une lignée nouvelle[2]."
73 Toi seul m'as fait poète et puis chrétien :
   mais, pour que mon croquis te soit plus clair,
   ma main va y étendre les couleurs.
76 Déjà le monde était tout imprégné
   de la vraie foi, qu'y avaient répandue
   les messagers du royaume éternel ;
79 or ta parole, à l'instant rappelée,
   confirmait celle des nouveaux prêcheurs :

---

1. Jocaste, mère d'Œdipe. Veuve de Laïos, elle épousa son fils sans le reconnaître. Étéocle et Polynice, leurs fils, entrèrent en guerre et en moururent : c'est le sujet de la *Thébaïde*. **2.** Adaptation des vers 5 à 7 de la IVe *Églogue* de Virgile.

aussi les visitai-je fréquemment.
82 J'en arrivai à les trouver si saints
que, lorsque Domitien les pourchassa[1],
leurs larmes ne coulaient qu'avec mes larmes ;
85 et, tout le temps que là-bas je vécus,
je les soutins, leur droiture de mœurs
me faisant mépriser toute autre secte.
88 Avant d'avoir conduit les Grecs aux fleuves
de Thèbes dans mes vers, j'eus le baptême,
mais fus, par crainte, un chrétien qui se cache
91 en affichant longtemps le paganisme :
cette tiédeur, au cercle quatrième,
m'a fait tourner plus de quatre cents ans.
94 Mais toi, qui m'as soulevé le couvercle
et découvert le grand bien dont je parle,
durant le temps que nous montons encore
97 dis-moi où sont Térence notre ancien,
Plaute, Varius, Caecilius[2], le sais-tu ?
s'ils sont damnés, dis-moi dans quel sentier. »
100 « Ceux-là, Perse, et moi-même, et beaucoup d'autres,
restons avec ce Grec[3] », lui dit mon guide,
« qui plus que tous a bu le lait des Muses,
103 au premier cercle de l'aveugle geôle :
nous y parlons souvent de la montagne
où continuent d'habiter nos nourrices[4].
106 Nous côtoyons Antiphon, Euripide,
Simonide, Agathon et plusieurs Grecs
dont le laurier jadis orna le front[5].
109 Et l'on y voit, parmi tes héroïnes,
Argie et Déiphile et Antigone,
Ismène, désolée comme autrefois ;
112 l'on y voit celle qui montra Langie,
l'enfant de Tirésias, et puis Thétis,
Déidamie au milieu de ses sœurs[6]... »

---

1. L'empereur Domitien (81-96) aurait persécuté les chrétiens. 2. Térence (192-159 avant J.-C.) ; Plaute (254-184) ; Lucius Varius ; Caecilius (mort en 167) : poètes comiques latins. 3. Perse, poète satirique latin (34-62) ; le « Grec » : Homère. 4. Les Muses. 5. Antiphon, Euripide, Simonide, Agathon : écrivains grecs. 6. Toutes héroïnes tragiques de la *Thébaïde*.

115 Mais déjà se taisaient les deux poètes,
　　　examinant de nouveau les parages,
　　　enfin libres des murs et des montées ;
118 déjà, du char du jour, quatre servantes[1]
　　　s'étaient enfuies, la cinquième au timon
　　　dressant sa pointe ardente vers le haut,
121 quand mon docteur : « Comme les autres fois,
　　　je crois qu'il faut tourner l'épaule droite
　　　vers l'extérieur, en côtoyant le mont. »
124 L'usage ici nous servit donc de maître :
　　　moins hésitants, nous reprîmes la voie
　　　comme ce digne esprit le voulut bien.
127 Ils allaient en avant, et moi, tout seul
　　　derrière, j'écoutais leur entretien
　　　qui m'instruisait en l'art de poésie.
130 Mais ce doux dialogue fut rompu
　　　quand nous trouvâmes à mi-route un arbre
　　　lourd de beaux fruits à la suave odeur :
133 et tel, en haut, s'amincit le sapin
　　　de branche en branche, ainsi cet arbre en bas,
　　　afin, je crois, que nul n'y pût monter.
136 Du côté où la voie nous était close
　　　tombait de la falaise une eau limpide
　　　se répandant sur les plus hauts feuillages.
139 Les deux poètes vinrent jusqu'à l'arbre ;
　　　mais une voix dans les feuilles cria :
　　　« Vous jeûnerez de cette nourriture ! »
142 Puis elle dit : « Plus qu'à sa propre bouche,
　　　qui prie pour vous depuis, Marie songeait
　　　à faire aux noces largesse et honneur[2].
145 Et les Romaines antiques, pour boire,
　　　se contentèrent d'eau. Et la sagesse,
　　　Daniel l'acquit en méprisant les viandes[3].
148 Le beau siècle premier, tant qu'il fut d'or,
　　　fit les glands savoureux grâce à la faim,
　　　et tout ruisseau nectar grâce à la soif.

---

1. Les heures. **2.** Lors des noces de Cana (*Jean,* II, 1-11). **3.** Daniel refusa les mets de Nabuchodonosor (*Daniel,* I, 3-20).

151 Sauterelles et miel furent les mets
       dont au désert se nourrissait Baptiste :
       ce qui le rend aussi glorieux et grand
154 que vous le manifeste l'Évangile[1]. »

CHANT XXIII

1 Tandis que je tenais plongés mes yeux
       dans le feuillage vert, comme fait l'homme
       qui perd sa vie après les oiselets,
4 mon plus que père me disait : « Viens, fils,
       maintenant : car le temps qu'on nous impose
       doit s'employer de façon plus utile. »
7 Je tournai mon regard et, non moins vite,
       mes pas vers les deux sages, dont le verbe
       m'induisait à marcher sans nul effort.
10 Ici l'on entendit chanter en pleurs
       « *Labia mea, Domine*[2] », d'un accent
       qui faisait naître plaisir et souffrance.
13 « Qu'entends-je, ô mon doux père ? » commençai-je.
       Il répondit : « Des ombres qui, sans doute,
       vont déliant chaque nœud de leur dette. »
16 Et comme font les pèlerins pensifs
       qui, croisant en chemin des inconnus,
       se retournent vers eux et vont toujours,
19 ainsi derrière nous, mais plus rapide,
       une foule dévote et silencieuse
       venait, nous regardait, nous dépassait.
22 Ils avaient tous l'œil ténébreux et cave,
       la face blême, et si privée de chair
       que la peau y était moulée sur l'os.

---

1. *Matth.*, III, 4 et XI, 11 ; *Luc*, VII, 28.   2. « Mes lèvres, Seigneur » (*Psaumes*, L, 15).

25 Je ne crois pas qu'Érésichton pût être
   ainsi séché jusqu'à l'extrême écorce,
   même au plus fort des affres de la faim[1].

28 Et je disais en moi-même : « Voilà
   le peuple qui perdit Jérusalem
   quand sur son fils Myriam porta la dent[2] ! »

31 Les orbites semblaient anneaux sans gemmes ;
   qui lit OMO sur la face de l'homme
   aurait ici très bien reconnu l'M[3].

34 Pourrait-on croire qu'un parfum de fruit,
   qu'une odeur d'eau, suscitant le désir,
   eût cet effet — si l'on ne sait comment ?

37 Je m'étonnais de ce qui les affame,
   ne pouvant pas encor voir la raison
   de leur maigreur et de leur triste écaille,

40 quand, du profond d'un crâne, se tournèrent
   vers moi des yeux qui se fixaient, puis l'ombre
   cria fort : « Quelle grâce m'est offerte ! »

43 Jamais ma vue ne l'aurait reconnue,
   mais le son de sa voix me révéla
   ce que l'aspect en elle avait détruit :

46 cette étincelle ayant rallumé toute
   ma connaissance de ses traits défaits,
   je retrouvai la face de Forèse[4].

49 « Ah ! ne remarque pas la sèche rogne
   qui me déteint la peau », implorait-il,
   « ni ce qui peut me manquer de ma chair ;

52 dis-moi plutôt la vérité sur toi,
   sur ces deux âmes, là, qui t'accompagnent ;
   ne me fais pas attendre ta parole ! »

55 « Ta face, que jadis j'ai pleurée morte,
   me cause », dis-je, « un non moins douloureux

---

1. Ayant voulu faire abattre un chêne consacré à Cérès, il fut puni d'une faim insatiable (*Métamorphoses,* VIII, 726-881). 2. Assiégés par Titus, les Juifs souffrirent d'une telle famine, qu'une d'entre eux mangea son enfant (*Quando Maria nel figlio diè di becco :* je rends ici Maria par son équivalent hébraïque Myriam pour éviter toute confusion avec la Vierge Marie. [N.d.T.]) 3. Selon le Moyen Âge, dans le terme OMO (homme), les deux O formaient les yeux et le M les sourcils et le nez. 4. Forese Donati, ami de Dante, mort en 1296 : *cf. Rimes,* LXXIII-LXXVIII.

sujet de pleurs, à la voir si difforme !
58 Par Dieu, qui vous effeuille de la sorte ?
Ne me fais pas parler dans la stupeur :
plein d'un autre désir, on parle mal. »
61 Et lui à moi : « Du conseil éternel
descend une vertu dans l'eau et l'arbre,
derrière nous, qui m'amenuise ainsi.
64 Car cette foule qui chante en pleurant
pour s'être trop adonnée à la bouche,
ici par faim et soif se refait sainte.
67 L'envie de boire et de manger nous brûle
quand nous sentons l'odeur qui sort du fruit
et de l'eau vive, épandue sur le vert.
70 Et, parcourant le cercle, bien souvent
notre tourment revient s'y rafraîchir :
je dis tourment, mais devrais dire joie,
73 car ce désir qui nous conduit aux arbres
porta le Christ joyeux à dire *"Éli*[1] *!"*
lorsque sa veine ouverte nous fit libres. »
76 Et moi : « Du jour où tu changeas de monde,
Forèse, et vins à une vie meilleure,
cinq ans ne se sont pas encor passés.
79 Si le pouvoir de pécher davantage
en toi finit avant que survînt l'heure
du bon remords qui remarie à Dieu,
82 comment es-tu déjà monté si haut ?
Je croyais te trouver bien en-dessous,
là où le temps par le temps se répare. »
85 « Celle », dit-il, « qui m'a si tôt mené
boire la douce absinthe des souffrances,
c'est ma Nelle : ses larmes débordantes,
88 ses pieuses prières, ses soupirs
m'ont tiré du rivage où l'on attend,
et délivré de tous les autres cercles[2].
91 Elle est à Dieu d'autant plus douce et chère,
ma tendre veuve que j'ai tant aimée,

---

1. « Dieu » au vocatif : l'une des paroles prononcées par le Christ sur la croix (*Matth.*, XXVIII, 46). **2.** Nella, épouse de Forese, qui a beaucoup prié pour lui.

qu'il la voit plus seulette à bien agir.
94 Car certes, la Barbage de Sardaigne
   est beaucoup plus pudique dans ses femmes
   que cette autre Barbage où je la laisse[1].
97 Veux-tu que je te dise, ô mon doux frère ?
   Un temps futur est déjà sous mes yeux
   — cette heure-ci n'y sera guère ancienne —
100 où, du haut de la chaire, on défendra
   aux dames florentines effrontées
   d'aller montrant leur gorge et leurs seins nus.
103 Vit-on jamais Barbare ou Sarrazine
   avoir besoin, pour s'en aller couverte,
   de règlements spirituels ou autres ?
106 Mais si ces éhontées pouvaient apprendre
   ce que le ciel rapide leur prépare,
   leur bouche s'ouvrirait, prête à hurler :
109 car je les vois — si prévoir ne m'abuse —
   déchues, avant qu'un poil naisse au menton
   de ceux que berce encore leur nounou.
112 Frère, à présent ne me cache plus rien :
   tu vois que cette foule, et non moi seul,
   guette la place où tu romps le soleil ! »
115 Et moi, à lui : « Si tu te remémores
   tout ce que l'un envers l'autre nous fûmes,
   lourd encor t'en sera le souvenir.
118 De cette vie m'a tiré celui-ci,
   qui me précède[2] — l'autre jour, quand ronde
   vous apparut la sœur de celui-là[3] »
121 (je montrai le soleil) ; « il m'a conduit
   par la profonde nuit des morts réels,
   et je le suis avec ce corps réel.
124 Puis, de là, ses conseils m'ont entraîné
   à parcourir et gravir la montagne
   qui vous rend droits, vous tordus par le monde.
127 Et il me dit qu'il m'accompagnera
   jusqu'à l'endroit où sera Béatrice :

---

1. La Barbagia, région montagneuse et barbare de la Sardaigne, l'est beaucoup moins que Florence, où réside Nella Donati. **2.** Virgile. **3.** La lune.

      alors il me faudra rester sans lui.
130 Cet esprit qui me parle de la sorte »
      (je le montrai), « c'est Virgile. Et cet autre
      est l'ombre à qui ce royaume, à l'instant
133 secouant tous ses rocs, donnait l'essor. »

CHANT XXIV

1 Ni les discours n'alentissaient le pas,
     ni le pas les discours : mais nous causions,
     filant comme un vaisseau qu'un bon vent pousse ;
4 et les esprits, qui semblaient plus que morts,
     tiraient de moi, dans le creux de leurs yeux,
     de la stupeur à me voir bien vivant.
7 Je dis alors, poursuivant mon propos :
     « Cette ombre va peut-être en haut moins vite
     qu'elle n'irait sans l'escorte de l'autre.
10 Mais dis-moi si tu sais où est Picarde[1],
     et si je vois quelqu'un de remarquable
     parmi ces gens qui me regardent tant. »
13 « Ma sœur, dont je ne sais si elle fut
     ou meilleure ou plus belle, dans l'Olympe[2]
     déjà triomphe, heureuse en sa couronne. »
16 Ainsi dit-il ; puis : « Rien n'empêche ici
     de nommer chaque esprit, puisque la diète
     a fait fondre et se perdre nos visages.
19 Celui-ci, Bonnejointe » (et de son doigt
     il le montra) « était de Lucques[3]. L'autre
     — face trouée, couturée entre toutes —
22 tenait dans ses deux bras la sainte Église :

---

1. Piccarda, sœur de Forese Donati, ami de Dante (*cf. Paradis,* III, 34-51).   **2.** Au Paradis.   **3.** Bonagiunta Orbicciani de Lucques, poète de la génération antérieure à Dante.

> il fut de Tours, et purge par le jeûne
> l'anguille de Bolsène et le grenache[1]. »

25 Il m'en nomma, un par un, beaucoup d'autres :
tous paraissaient contents d'être nommés
et je n'en vis aucun se rembrunir.

28 Je vis, rongés de faim, mâcher à vide
Ubaldin de la Pile[2], et Boniface
qui fit paître grand monde sous sa crosse[3],

31 et messire Marquis, jadis moins sec,
quand il eut à Forlì tout le loisir
de boire, sans jamais combler sa soif[4].

34 Mais tel celui qui regarde et préfère
l'un à l'autre, j'allai vers le Lucquois,
qui me semblait plus curieux de me voir.

37 Il murmurait... Ai-je perçu « Gentucque[5]... »
sur sa bouche, là-même où il sentait
la plaie dont la justice les épuise ?

40 « Ô âme qui parais si désireuse
de me parler », dis-je, « fais-toi entendre,
pour contenter mon envie et la tienne ! »

43 « Il est né une femme, encor sans voile[6] »,
commença-t-il, « qui te rendra plaisante
ma cité, quelque mal qu'on veuille en dire.

46 Tu t'en iras muni de cette annonce :
si mon murmure a pu te fourvoyer,
la vérité des faits t'éclairera.

49 Mais dis-moi donc si je vois le trouveur
des vers nouveaux qui commencent ainsi :
"*Dames, qui avez entendement d'amour*[7]..." ? »

52 « Je suis quelqu'un », répondis-je, « qui note,
quand Amour en moi souffle : et, de l'accent
dont il dicte en mon cœur, je signifie. »

---

1. Le pape Martin V (1281-1285), dit de Tours parce qu'il en fut trésorier de la cathédrale. Amateur selon Dante des anguilles du lac de Bolsena. **2.** Ubaldino degli Ubaldini dalla Pila, mort vers 1250. **3.** Bonifazio Fieschi, archevêque de Ravenne de 1275 à 1294. **4.** Marchese degli Aguglieri, de Forlì. **5.** Gentucca, une jeune fille que Dante aurait aimée. **6.** Car elle n'est pas encore mariée. **7.** Début de la première chanson de la *Vie nouvelle*.

55 « Frère », dit-il, « je vois ici quel nœud
  exclut Guitton[1], le Notaire[2] et moi-même,
  du doux style nouveau dont tu me parles ;
58 je vois avec clarté comment vos plumes
  s'en vont serrées après celui qui dicte :
  ce qui certes n'advint jamais aux nôtres.
61 Et qui les étudie d'encor plus près
  ne voit nul autre écart entre nos styles. »
  Puis il se tut, paraissant satisfait.
64 Tels les oiseaux qui sur le Nil hivernent
  se rassemblent parfois dans l'air, puis partent
  en longue file et volent plus rapides,
67 ainsi la foule assemblée près de nous,
  se détournant, pressa le pas, légère
  à force de maigreur et de désir.
70 Et tel celui qui est las de trotter
  laisse passer les compagnons et marche
  tant que son coffre essoufflé ne s'apaise,
73 ainsi, laissant passer le saint troupeau,
  derrière moi vint Forèse, disant :
  « Quand m'arrivera-t-il de te revoir ? »
76 « Je ne sais », dis-je, « combien je vivrai ;
  mais mon retour ne sera pas si prompt
  qu'en désir à ces bords je ne revienne :
79 car le séjour où je fus mis pour vivre,
  jour après jour de son bien se décharne
  et semble prêt à quelque triste ruine. »
82 « Va ! » dit-il, « car je vois le plus coupable
  bientôt traîné à la queue d'un cheval
  vers la vallée qui jamais ne pardonne :
85 à chaque pas la bête est plus rapide,
  accélère toujours, enfin le brise
  et laisse un corps honteusement défait[3].
88 Ces roues tourneront peu » (et il leva
  les yeux au ciel) « avant que te soit clair

---

1. Guittone d'Arezzo, poète, mort à Florence en 1294. **2.** Jacopo da Lentini, poète, mort vers 1250. **3.** Prophétie *post eventum*, annonçant la mort violente en 1308 de Corso Donati, chef des Noirs à Florence.

ce que mon verbe ne peut mieux t'ouvrir.
91 Mais je te laisse : car dans ce royaume
le temps nous est précieux, et j'en perds trop
en égalant ainsi mon pas au tien. »
94 Tel, sortant de la troupe qui chevauche,
parfois un cavalier part au galop
pour remporter l'honneur du premier choc,
97 tel il partit à larges enjambées ;
et je restai en route avec ces deux,
jadis au monde si grands maréchaux.
100 Puis, quand il fut si éloigné de nous
que mes regards s'élançaient pour le suivre
comme en pensée je suivais ses paroles,
103 les branches d'un autre arbre m'apparurent,
pesantes et vivaces, peu distantes
de nous, car nous venions de tourner là.
106 Dessous, je vis des gens lever les mains,
criant je ne sais quoi vers le feuillage,
tels des bambins frivoles et avides
109 qui prient, et le prié ne répond pas,
mais, pour mieux aiguiser leur convoitise,
leur tient haut leur désir, et le leur montre.
112 Puis ils s'en furent, l'air désenchanté ;
et nous nous approchâmes du grand arbre
fermé à tant de pleurs et de prières.
115 « N'approchez pas, cheminez à distance !
L'arbre qu'Ève mordit se tient plus haut,
et cette plante en est un rejeton »,
118 disait je ne sais qui parmi les branches ;
aussi, Virgile et Stace et moi, serrés,
nous avancions du côté qui s'élève.
121 « Souvenez-vous », dit la voix, « des maudits
formés dans les nuées, qui affrontèrent,
ivres, Thésée de leurs doubles poitrails[1] !
124 et des Hébreux, si amollis à boire
que Gédéon refusa leur escorte,

---

1. Les Centaures, tués par Thésée (*Métamorphoses,* XII, 210-535).

quand il fondit des monts sur Madian[1] ! »
127 Ainsi, pressés contre l'un des deux bords,
nous passions, écoutant péchés de bouche
suivis jadis de misérables gains.
130 Puis, plus au large sur le chemin vide,
nous fîmes bien mille pas en avant,
chacun de nous méditant sans parole.
133 « Que pensez-vous en marchant, vous trois, seuls ? »
dit une voix soudain : j'en sursautai
comme une bête engourdie qui prend peur.
136 Je relevai le front, cherchant à voir :
et jamais on ne vit dans la fournaise
verre ou métaux si brillants ni si rouges
139 que je ne vis un être[2] qui disait :
« S'il vous plaît de monter, tournez ici ;
pour qui cherche la paix, c'est le chemin. »
142 À son aspect j'avais perdu la vue ;
je tournai donc, en suivant mes docteurs,
comme on marche guidé par son ouïe.
145 Et telle, annonciatrice des aurores,
la brise en mai se lève, embaumant l'air,
tout imprégnée des herbes et des fleurs,
148 tel je sentis un souffle me toucher
au front, et — nettement — frémir les plumes
qui parfumaient l'espace d'ambroisie.
151 Et j'entendis : « Bienheureux ceux qu'éclaire
tant de grâce, qu'en eux l'attrait du goût
n'enfume point le cœur par trop d'envie,
154 et qui ont toujours faim de choses justes ! »

---

[1]. Allusion aux Hébreux que Gédéon ne voulut pas engager dans le combat contre les Madianites, parce qu'ils n'avaient pas su résister à la soif (*Juges,* VI et VII).
[2] Un ange.

CHANT XXV

1 C'était l'heure où perclus ne montent guère,
car le soleil laissait le méridien
au Taureau, le Scorpion prenant la nuit :

4 aussi, de même que le voyageur
va toujours son chemin, quoi qu'il rencontre,
si l'aiguillon du besoin le stimule,

7 ainsi entrâmes-nous dans le couloir
l'un après l'autre, enfilant l'escalier
si étroit qu'il sépare ceux qui montent.

10 Et tel le cigogneau lève son aile
par désir de voler, puis, comme il n'ose
abandonner le nid, l'abaisse vite,

13 ainsi brûlait puis s'éteignait en moi
l'envie d'interroger, jusqu'à m'induire
au geste de celui qui va parler.

16 Si vif que fût notre pas, mon doux père
ne laissa pas de dire : « Détends l'arc
de ta parole, tendu jusqu'au fer ! »

19 Alors, plus assuré, j'ouvris la bouche
et dis : « Comment peut-on maigrir, là-même
où cesse tout besoin de nourriture ? »

22 « S'il te souvient », dit-il, « de Méléagre
se consumant le temps qu'un tison brûle[1],
ceci te paraîtra moins épineux ;

25 et si tu songes qu'à ton moindre geste
répond d'un geste au miroir ton image,
ce qui te semble dur sera ductile.

28 Mais afin qu'à ton gré tu y pénètres,
Stace est ici : je l'appelle et le prie
d'être à présent guérisseur de tes plaies. »

31 « Si je lui ouvre l'éternel dessein
quand tu es là, que mon excuse soit
de ne pouvoir te refuser », dit Stace.

---

1. Selon les *Métamorphoses*, la durée de vie de Méléagre était liée à celle d'un tison (VIII, 260-546).

34 Il commença : « Mes paroles, mon fils,
    si ton esprit y veille et les accueille,
    t'éclairciront le "comment ?" que tu poses.
37 Le sang parfait, dont jamais ne s'abreuvent
    les veines assoiffées, mais qui demeure
    comme un mets qu'on enlève de la table,
40 prend au cœur — tel le sang courant aux veines
    peut se muer en chaque membre humain —
    une vertu qui informe ces membres.
43 Mieux affiné, il descend en un lieu
    qu'il est plus beau de taire, et puis s'épanche
    au sang d'autrui, par vase naturel :
46 là, l'un et l'autre se joignent ensemble,
    l'un disposé à subir, l'autre à faire,
    selon le lieu parfait dont il découle.
49 Uni à l'autre, il entreprend son œuvre,
    coagulant d'abord, puis donnant vie
    à ce que sa matière a condensé.
52 Puis sa vertu active, devenue
    comme une âme de plante — sauf qu'en elles
    l'âme est au port quand la nôtre est en route —,
55 travaille, et déjà bouge, et déjà sent
    comme éponge marine, et organise
    les facultés qu'elle possède en germe.
58 Alors, mon fils, se déploie la vertu
    venue du cœur du père, et se diffuse
    là où Nature établit chaque membre.
61 Mais comment l'animal devient enfant
    qui parle, tu ne sais encor : ce point,
    un plus savant s'y est trompé jadis[1],
64 si bien qu'en sa doctrine il sépara
    de l'âme humaine l'intellect possible,
    ne le voyant lié à nul organe.
67 Ouvre ton cœur aux vérités qui viennent,
    apprends ceci : dès que dans le fœtus
    tous les ressorts du cerveau sont parfaits,
70 vers lui se tourne le Premier Moteur[2],

---

1. Sans doute le philosophe arabe Averroès. 2. Dieu.

joyeux de tout cet art de la nature,
y souffle un esprit neuf, plein de vertu,
73 qui tire à lui tout ce qu'il y rencontre
d'actif, l'absorbe, en fait une seule âme
qui vit et sent et fait retour sur soi.
76 Pour être moins surpris par mes paroles,
vois l'ardeur du soleil qui se fait vin,
jointe à l'humeur qui coule de la vigne.
79 Puis, quand le lin de Lachésis s'épuise[1],
l'âme quitte la chair, mais en puissance
elle emporte l'humain et le divin :
82 les facultés humaines sont muettes ;
mais volonté, mémoire, intelligence,
en acte, sont aiguës bien plus qu'avant.
85 Sans retard, de lui-même l'esprit tombe,
merveille ! en l'un ou l'autre des deux mondes :
il y apprend aussitôt ses sentiers.
88 Mais dès que l'air du lieu neuf l'enveloppe,
alentour la vertu informative
rayonne, ainsi qu'en ses membres vivants.
91 Et comme l'air, quand l'imprègne la pluie,
se trouve orné de diverses couleurs
si des rayons en lui se réfléchissent,
94 de même l'air avoisinant afflue
en cette forme où virtuellement
l'âme arrêtée en ce séjour le scelle.
97 Alors, pareille à la petite flamme
qui va suivant le feu où qu'on le porte,
cette forme nouvelle suit l'esprit :
100 comme elle tient de lui son apparence,
on l'appelle "ombre" ; et de lui elle engendre
chacun des sens, jusqu'au sens de la vue.
103 Ainsi nous autres parlons et rions,
ainsi nous viennent les soupirs, les pleurs
que tu as pu entendre sur ces pentes.
106 L'ombre prend la figure des désirs
et des divers sentiments qui nous pressent :

---

1. Une des Parques, qui file le « lin » de la vie de chaque homme.

là est la cause de ce qui t'étonne. »
109 Déjà nous arrivions à la torture
du dernier cercle, et tournions à main droite,
donnant notre attention à d'autres soins.
112 Ici le flanc du mont darde des flammes,
et la corniche souffle vers le haut
un vent qui les rebrousse et les écarte :
115 aussi nous fallait-il, un à un, suivre
le côté découvert ; et j'avais peur
ici du feu, là de choir dans l'abîme.
118 Mon guide me disait : « Dans ces parages,
il faut tenir serrée aux yeux la bride,
car on pourrait se tromper pour un rien. »
121 Mais j'entendis, dans la grande fournaise,
chanter « *Summae Deus clementiae*[1] » :
l'envie de me tourner en fut plus forte.
124 Et dans le feu je vis marcher des âmes :
aussi veillais-je à leurs pas comme aux miens,
regardant tour à tour ici et là.
127 Après la fin que l'on fait à cette hymne,
ils criaient fort : « *Virum non cognosco*[2] ! »,
puis recommençaient l'hymne à voix plus basse.
130 L'hymne achevée, ils s'écriaient encore :
« Diane au bois resta, chassant Hélice
quand elle eut pris le poison de Vénus[3] ! »,
133 puis retournaient au chant ; puis célébraient
les femmes et maris qui furent chastes
comme l'hymen et la vertu l'imposent.
136 Et je crois que cet art leur suffira
pour tout le temps que la flamme les brûle :
par ce remède et par ces nourritures
139 leur plaie finalement doit se recoudre.

---

1. « Dieu de suprême clémence » : hymne chantée le samedi à matines. 2. « Je n'ai pas connu l'homme » : paroles de Marie lors de l'Annonciation (*Luc,* I, 34). 3. La nymphe Hélice (ou Callisto), séduite par Jupiter, fut chassée par Diane et transformée en constellation (*Métamorphoses,* II, 401-530).

CHANT XXVI

1 Tandis qu'ainsi nous marchions sur le bord
   l'un devant l'autre — et souvent le bon maître
   disait : « Prends garde ! veille à mes avis ! » —,
4 le soleil me frappait l'épaule droite :
   sous ses feux rayonnants, tout l'occident
   changeait déjà son azur en blancheur.
7 Moi, par mon ombre je faisais paraître
   le feu plus rouge : à ce signe, en chemin
   je vis mainte âme devenir pensive.
10 Ceci fut cause qu'elles commencèrent,
   s'entretenant de moi-même, à se dire :
   « Il n'a pas l'air d'avoir un corps factice ».
13 Puis certaines, autant qu'elles pouvaient,
   vinrent plus près, en se gardant toujours
   de sortir là où le feu les épargne.
16 « Ô toi qui marches sur les pas des autres,
   non par lenteur, mais par respect peut-être,
   réponds à moi qui brûle en feu et soif !
19 Ta réponse vaudra non pour moi seul,
   mais tous ceux-ci en sont plus altérés
   que d'une eau fraîche Indiens ou Éthiopiens !
22 Dis-nous d'où vient que devant le soleil
   tu te fais mur, comme si notre mort
   ne t'avait pas encor pris au filet ? »
25 Ainsi parlait l'un d'eux ; et j'aurais vite
   dit qui j'étais, si ne fût apparue
   une autre nouveauté qui m'intrigua :
28 car au milieu de la route embrasée
   venaient des gens au-devant de ceux-ci,
   et, les guettant, je restai suspendu.
31 Là je vois s'empresser des deux côtés
   chaque ombre, et l'une court embrasser l'autre
   à l'envi, gaie de cette courte fête ;
34 de même, au sein de leur cohorte sombre,
   les fourmis s'entre-touchent au museau,

quêtant leur voie peut-être, ou leur fortune.
37 Dès que prend fin l'affectueux accueil,
avant qu'un premier pas ne les sépare,
chaque ombre à perdre haleine crie et crie,
40 — le nouveau groupe : « Sodome et Gomorrhe ! »,
— l'autre : « Pour le taureau de sa luxure,
Pasiphaé pénètre dans la vache[1] ! »
43 Puis, comme un vol de grues aux monts Riphées
s'élance, et l'autre vol vers les déserts,
l'un fuyant le soleil, l'autre les glaces,
46 une troupe s'en va, l'autre s'en vient,
recommençant en pleurs les premiers chants
et les clameurs qui lui siéent davantage ;
49 après quoi, ces esprits qui me priaient
se rapprochent de moi, comme au début,
tous paraissant disposés à m'entendre.
52 Moi, qui avais deux fois vu leur envie,
je me mis à leur dire : « Ô âmes sûres
de gagner un beau jour l'état de paix,
55 mes membres ne sont point restés là-bas,
ni mûrs ni verts, mais ici je les porte
avec leur propre sang et leurs jointures.
58 Je monte pour cesser d'être un aveugle ;
une dame[2] là-haut m'obtient la grâce
d'amener parmi vous ma chair mortelle.
61 Mais (puisse avoir bientôt satisfaction
votre plus grand désir, et qu'au plus vaste
ciel plein d'amour vous soyez accueillis !)
64 dites — sur mes feuillets je l'inscrirai — :
qui êtes-vous ? et quelle est cette foule
qui par là-bas derrière vous s'éloigne ? »
67 Comme se trouble et demeure ébahi
le montagnard, qui contemple en silence,
rude, ombrageux, quand il s'encitadine,
70 ainsi parut chaque ombre en son visage ;
mais, une fois secouée la stupeur
qui se dissipe vite en un cœur noble :

1. Deux célèbres exemples de luxure contre nature. 2. Béatrice.

73 « Heureux es-tu, toi qui dans nos frontières »,
dit celle qui déjà m'avait parlé,
« pour mieux mourir, te charges de savoir !

76 Ceux qui nous quittent commirent la faute
qui fit jadis que César triomphant
s'entendit nommer "reine" en pleine face[1] ;

79 et c'est pourquoi ils vont criant "Sodome !"
comme tu pus l'entendre, et se réprouvent,
aidant à la brûlure par l'opprobre.

82 Notre luxure fut hermaphrodite ;
mais, pour avoir enfreint l'humaine loi
et suivi l'appétit comme des bêtes,

85 nous-mêmes récitons à notre honte,
lorsque nous nous quittons, le nom de celle
qui se fit bête en bestiale défroque.

88 Je t'ai dit nos actions et notre faute ;
si tu veux nous connaître par nos noms,
le temps me manque, et je ne sais les dire.

91 Je te contenterai pourtant du mien :
je suis Guy de Guincel[2], et je m'épure
pour m'être repenti avant le terme. »

94 Tels les deux fils, près de Lycurgue en rage,
retrouvèrent leur mère[3] avec émoi,
tel je devins — mais bridai mon élan —,

97 au nom, dit par lui-même, de ce père
mien, père aussi d'autres meilleurs, qui firent
les plus doux et gracieux des vers d'amour.

100 Et, longtemps, sans parler, sans rien entendre,
je cheminai pensif, le regardant,
mais le feu me retint de l'approcher.

103 Quand je me fus rassasié de voir,
j'allai m'offrir tout prêt à son service,
de ce ton ferme qui fait qu'on nous croit.

106 Et lui à moi : « Tout ce que tu me dis

---

1. À cause de ses rapports homosexuels avec Nicomède, roi de Bithynie.
2. Guido Guinizelli, poète bolonais (mort en 1276). 3. Roi de Némée, Lycurgue allait punir de mort Hypsipile, parce qu'elle avait abandonné la garde de son enfant, qu'il lui avait confiée. Mais les fils de celle-ci la sauvèrent (Stace, *Thébaïde,* V, 720 *sqq.*).

laisse une empreinte en moi si forte et claire
que le Léthé ne pourra la ternir.
109 Mais, si tu viens de me jurer le vrai,
dis-moi pourquoi ton regard, ta parole
me révèlent ensemble que tu m'aimes ? »
112 Et moi : « Vos doux écrits en sont la cause :
tant que vivra notre usage moderne,
ils feront que leurs encres soient chéries. »
115 « Frère », dit-il, « celui que je te marque
du doigt (et il montrait l'un des esprits[1])
sut mieux forger le maternel langage ;
118 en vers d'amour et proses de romans
il les surpassa tous ; et laisse dire
aux sots, qui croient le Limousin[2] meilleur :
121 ils prennent garde au bruit plutôt qu'au vrai,
se formant de la sorte un avis ferme
avant d'écouter l'art ni la raison.
124 Ainsi beaucoup d'anciens, de bouche en bouche,
ne décernaient qu'au seul Guitton la palme :
le vrai, grâce à plusieurs, l'emporte enfin.
127 Or, si tu as ce privilège insigne
qu'il te soit accordé d'aller au cloître
où Jésus-Christ est abbé du collège,
130 dis-lui pour moi quelque *pater noster*,
autant qu'il nous en faut en ce séjour
où le pouvoir de pécher nous a fuis. »
133 Puis, s'effaçant peut-être pour un autre
tout proche, il disparut au cœur du feu
comme dans l'onde un poisson qui s'enfonce.
136 Je fis un pas vers l'esprit désigné
et l'informai qu'à son nom mon désir
appareillait une place choisie ;
139 et lui se mit à dire, libéral :
« *Tan m'abellis vostre cortes deman,
qu'ieu no me puesc ni voill a vos cobrire.*
142 *Ieu sui Arnaut, que plor et vau cantan ;*

---

1. Le trouvère provençal Arnaut Daniel (fin du XIIe siècle).   2. Giraut de Borneil, né près de Limoges, autre trouvère provençal, mort vers 1220.

consiros vei la passada folor,
e vei jausen lo joi qu'esper, denan.
145 *Ara vos prec, per aquella valor*
que vos guida al som de l'escalina,
sovenha vos a temps de ma dolor[1] ! »,
148 puis il plongea dans le feu qui affine.

CHANT XXVII

1 Tel — quand ses premiers feux vibrent pour d'autres,
là où coula le sang de son auteur,
quand l'Èbre est dominé par la Balance,
4 quand bout le Gange, où c'est l'heure neuvième —
tel était le soleil, couchant pour nous :
alors parut, joyeux, l'ange de Dieu.
7 Hors des flammes, debout sur le rebord,
il chantait : « *Beati mundo corde[2] !* »
d'une voix bien plus vive que la nôtre.
10 Puis : « Nul ne va plus loin sans que le morde
le feu : entrez en lui ; n'y soyez pas
sourdes au chant de l'autre ange, âmes saintes ! »
13 Ainsi dit-il quand nous l'eûmes rejoint ;
et, à l'entendre, je devins pareil
à l'homme que l'on plante dans sa fosse.
16 Je me penchai, mains jointes, regardant
le feu, imaginant très fort ces corps
humains que j'ai pu voir brûler jadis.
19 Les deux bons guides vers moi se tournèrent

---

1. « Tant m'agrée votre courtoise demande que je ne puis ni ne veux vous cacher mon nom. Je suis Arnaut qui pleure et vais chantant ; je considère ma folie passée et vois devant moi, joyeux, la joie que j'espère. Or, je vous prie, au nom de la puissance qui vous guide à la cime de l'escalier, qu'en temps opportun il vous souvienne de ma douleur ! » 2. *Matth.*, V, 8.

et Virgile me dit : « Ici, cher fils,
ce peut être un tourment, mais non la mort.

22 Souviens-toi, souviens-toi ! et si j'ai su
te guider sain et sauf sur Géryon,
que ne ferai-je, étant plus près de Dieu ?

25 Sois certain que ces flammes, quand bien même
tu resterais en leur sein mille années,
ne te rendraient pas chauve d'un seul poil.

28 Et si tu crois, qui sait ? que je te trompe,
approche-toi du feu et, de tes mains,
fais-en l'essai au bord de ton manteau.

31 Laisse à présent, laisse là toute crainte,
tourne-toi, viens, entre avec sûreté ! »
Et moi : cloué, rétif à ma conscience.

34 En me voyant immobile et de marbre,
il dit, un peu troublé : « Vois donc, mon fils,
de Béatrice à toi c'est le seul mur. »

37 Comme, au nom de Thisbé, rouvrit les cils
Pyrame en se mourant, pour la revoir
à l'heure où le mûrier se fit vermeil[1],

40 ainsi, ma dureté tout amollie,
je regardai mon sage guide, au nom
qui sans cesse jaillit dans ma pensée.

43 Et lui, hochant la tête : « Comment donc ?
voulons-nous rester là ? », et il sourit
comme à l'enfant qu'une pomme convainc.

46 Puis il entra devant moi dans le feu,
en demandant à Stace de nous suivre,
lui qui marchait entre nous d'habitude.

49 Dès que j'y fus, dans du verre bouillant
j'aurais plongé pour chercher la fraîcheur,
tant l'incendie était démesuré.

52 Pour me réconforter, mon tendre père
allait parlant toujours de Béatrice,
disant : « Ses yeux, je crois déjà les voir. »

55 Une voix, par-delà, tout en chantant
nous dirigeait : tendus vers elle seule,

---

1. Sur la légende de Pyrame et Thisbé, *cf. Métamorphoses*, IV, 55-166.

nous sortîmes du feu là où l'on monte.
58 « *Venite, benedicti Patris mei*[1] *!* » :
l'appel sonna dans une lueur telle
qu'ébloui je ne pus la contempler.
61 « Le soleil fuit », dit la voix, « le soir vient :
ne vous arrêtez point, hâtez le pas,
tant que n'est pas assombri le couchant. »
64 Le chemin montait droit au creux du roc,
suivant la ligne où, devant moi, mon corps
coupait les rais du soleil déjà bas.
67 Nous avions essayé peu de gradins
quand l'ombre, en s'éteignant, apprit aux sages
qu'à notre dos le soleil se couchait.
70 Alors, avant qu'en ses régions immenses
tout l'horizon prît un aspect semblable
et que la nuit prodiguât ses richesses,
73 chacun de nous fit son lit d'une marche,
la nature du mont nous enlevant
la force et le plaisir d'aller plus haut.
76 Ainsi qu'à ruminer restent paisibles
les chèvres — d'abord prestes et hardies
sur les hauteurs, avant d'être repues —,
79 à l'ombre se taisant quand le jour brûle
et qu'appuyé sur son bâton le pâtre
les surveille et protège leur repos,
82 et comme le berger couche à l'air libre,
passant calme sa nuit près du bétail
qu'il garde pour qu'un loup ne le disperse,
85 tels nous étions maintenant tous les trois,
moi comme chèvre et eux comme bergers,
enserrés aux deux flancs par le haut roc.
88 Bien peu visible y était le dehors :
mais, dans ce peu, je voyais les étoiles
plus qu'à l'accoutumée grandes et claires.
91 Or, ruminant et regardant ainsi,
le sommeil vint me prendre : le sommeil
qui souvent sait les faits avant qu'ils viennent.

---

1. *Matth.*, XXV, 34 : « Venez, vous qui avez été bénis par mon père. »

94 À cet instant, je crois, où d'orient
   sur la montagne brilla Cythérée[1]
   qui semble aux feux d'amour brûler sans fin,
97 jeune et belle en un songe il me parut
   voir une dame aller par une lande,
   cueillant des fleurs et chantant ces paroles :
100 « Sache mon nom qui voudra le connaître :
   je suis Lia, et j'active à l'entour
   mes belles mains pour faire une guirlande.
103 Je m'orne ici pour me plaire au miroir ;
   mais, tout le jour assise au pied du sien,
   ma sœur Rachel jamais ne s'en écarte.
106 Elle est de voir ses beaux yeux désireuse,
   moi je le suis de m'orner de mes mains :
   contempler est sa joie, la mienne agir[2]. »
109 Mais déjà les luisances d'avant l'aube,
   aux yeux des pèlerins naissant plus chères
   si leur auberge est moins loin du retour,
112 de toutes parts faisaient fuir les ténèbres
   et mon sommeil ; alors je me levai,
   voyant déjà les grands maîtres debout.
115 « Ce doux fruit que parmi tant de rameaux
   s'en va quêtant le souci des mortels,
   aujourd'hui même apaisera tes faims » :
118 voilà les mots exacts que dit Virgile
   en s'adressant à moi : et nulle étrenne
   ne m'aurait fait un plaisir comparable.
121 Tant de désir sur désir m'anima
   d'être là-haut, qu'à chaque pas ensuite
   je sentais pour l'envol pousser mes ailes.
124 Lorsque tout l'escalier fut sous nos pieds
   et que nous fûmes à la marche ultime,
   en moi Virgile enfonçant son regard
127 dit : « Les feux éternel et temporel,
   tu les as vus, mon fils ; et te voici
   là où, par moi, je ne vois pas plus loin.

---

1. Vénus.   2. Lia, première épouse de Jacob, et Rachel, sa sœur et seconde épouse de Jacob ; l'une symbolise la vie active, l'autre la vie contemplative.

130 Je t'ai mené par industrie et art ;
   prends désormais ton bon plaisir pour guide :
   tu es hors des chemins étroits ou rudes.
133 Vois le soleil qui brille sur ton front ;
   vois l'herbe fraîche, les fleurs, les arbustes
   que de soi-même ici produit la terre.
136 Avant que viennent, riants, les beaux yeux
   dont les larmes m'ont fait aller vers toi,
   tu peux t'asseoir ou marcher alentour.
139 Mais n'attends plus de moi conseil ni signe ;
   ton jugement est droit, libre et lucide :
   ne pas le suivre serait donc mal faire.
142 Je te donne sur toi couronne et mitre. »

CHANT XXVIII

1 Impatient d'explorer en ses détours
   la divine forêt dense et vivante
   qui tempérait aux yeux le jour nouveau,
4 sans plus tarder je laissai la lisière,
   prenant très doucement par la campagne
   dont tout le sol embaumait à la ronde.
7 Une haleine légère, invariable
   par son essence, m'effleurait le front
   sans le heurter plus fort qu'un vent suave
10 sous lequel s'inclinaient tous les feuillages
   frémissants et dociles, vers la pente
   où le saint mont jette sa première ombre,
13 mais en gardant assez leur équilibre
   pour que les oiselets parmi les cimes
   pussent encore exercer tous leurs arts :
16 d'un chant plein de liesse ils accueillaient
   le souffle matinal entre les feuilles

qui bruissaient en bourdon sous leurs rimes,
19 tel le son qui s'étend de branche en branche
par la pinède, aux bords de Classe[1], lorsque
Éole va lâchant le sirocco.
22 Or mes pas lents m'avaient conduit au cœur
de l'antique forêt, si loin déjà
que je n'en pouvais plus revoir le seuil,
25 quand me barra le passage un ruisseau
dont, vers la gauche, les vagues menues
ployaient les herbes qui naissaient au bord.
28 Toutes les eaux du monde les plus pures
sembleraient comporter quelque mélange
près de cette eau qui ne sait rien voiler,
31 bien que son cours dévale très obscur
sous l'ombrage éternel où ne transperce
jamais rayon de soleil ni de lune.
34 Sans faire un pas, je passai du regard
au-delà du ruisseau, pour admirer
la grande variété des frais rameaux :
37 là m'apparut — comme surgit soudain
quelque merveille écartant de l'esprit
toute autre idée — une dame seulette
40 qui s'en allait chantant et choisissant
mainte fleur une à une, parmi celles
dont sa route à foison s'enluminait.
43 « Toi que réchauffent les rayons d'amour,
ô belle dame, à croire l'apparence
qui d'ordinaire est le témoin du cœur,
46 te plairait-il de t'avancer », lui dis-je,
« de grâce, un peu plus près de la rivière,
pour que j'entende à fond ce que tu chantes ?
49 Tu me fais souvenir de Proserpine
aux temps et lieu où la perdit sa mère
et lorsque le printemps lui fut ravi. »
52 Comme une dame en dansant se retourne,
les deux pieds rapprochés glissant au sol
et n'avançant que d'un pas contenu,

---

1. Près de Ravenne.

55 ainsi, sur le vermeil et sur le jaune
   des fleurs, elle vira vers moi, pareille
   à la vierge baissant ses yeux pudiques,

58 et rendit mes prières satisfaites
   en s'approchant si bien, que le doux son
   me parvenait accompagné du sens.

61 Sitôt venue là où l'herbe se baigne
   à la belle eau courante, elle me fit
   le don de relever sur moi ses yeux.

64 Je ne crois pas qu'ait lui tant de lumière
   sous les cils de Vénus, quand l'a blessée
   son propre fils, d'une flèche insolite[1].

67 Elle riait, droite sur l'autre rive,
   ses mains entremêlant plusieurs couleurs
   que ce haut lieu fait naître sans semence.

70 De trois pas le ruisseau nous séparait :
   mais l'Hellespont, là où passa Xerxès,
   qui freine encor tous les orgueils humains,

73 n'inspira pas plus de haine à Léandre
   pour ses grands flots d'Abydos à Sestos,
   qu'à moi ce ru, car il ne s'ouvrit point[2].

76 « Vous êtes neufs : et peut-être mon rire »,
   commença-t-elle, « en cet endroit élu
   pour être nid de l'humaine nature,

79 vous étonne et vous tient en quelque doute :
   mais la lumière qui jaillit du psaume
   Delectasti[3] vous rendra l'esprit clair.

82 Et toi, qui vas devant et m'as priée,
   veux-tu m'entendre encor ? je suis venue
   prête à répondre autant qu'il te faudra. »

85 « L'eau », lui dis-je, « et le son de la forêt
   heurtent ma foi récente en une glose
   qui me fut faite, et contredit ces signes. »

88 Elle, alors : « Je dirai la cause expresse

---

1. Frappée par hasard par une flèche d'Adonis, Vénus tomba amoureuse de son fils (*Métamorphoses*, X, 525-526). **2.** Léandre passait chaque jour à la nage le détroit des Dardanelles (l'Hellespont) pour retrouver son amante Héro, à tel point qu'il se noya (Ovide, *Héroïdes*, XVIII). **3.** *Psaumes*, XCI, 5.

dont vient le phénomène qui t'étonne,
et chasserai ce brouillard qui t'offusque.

91 Le Premier Bien, qui seul en soi se plaît,
fit l'homme bon, pour le bien, lui donnant
ce lieu pour gage de paix éternelle.

94 L'homme y resta peu de temps, par sa faute ;
par sa faute, il changea l'honnête rire
et les doux jeux en tourments et en larmes.

97 Cette montagne a grandi vers le ciel
pour que le trouble suscité plus bas
par les vapeurs de la terre et de l'eau,

100 qui s'efforcent de suivre la chaleur,
ne pût livrer à l'homme aucune guerre :
elle en est donc affranchie dès l'enceinte.

103 Or, comme l'air entier circule en rond
sous l'impulsion de la première voûte
(si nulle part le cercle n'est rompu),

106 sur ces libres hauteurs, dans l'air vivant,
son mouvement vient frapper l'épaisseur
de la forêt, la faisant retentir ;

109 et si puissante est la plante frappée
qu'elle imprègne le vent de sa vertu :
lui, en tournant, la secoue à la ronde.

112 Et vos terres conçoivent et produisent
de ces vertus diverses divers arbres,
selon leurs ciels et leurs qualités propres :

115 et l'on ne serait plus surpris, chez vous,
si l'on savait cela, quand mainte plante
vient à pousser sans semence visible.

118 Car sache bien que la campagne sainte
regorge autour de toi de tous les germes
et porte un fruit que là-bas nul ne cueille.

121 L'eau que tu vois ne sourd pas d'une veine
que des vapeurs condensées alimentent,
comme un fleuve reprend ou perd son souffle,

124 mais vient de source permanente et sûre
qui dans la volonté de Dieu repuise
ce qu'elle verse en s'ouvrant deux passages :

127 coulant ici, chargée d'une vertu

qui ôte la mémoire du péché,
puis, du bien qu'on a fait, la rendant là.
130 Vers ce lieu-ci, l'eau se nomme Léthé ;
là-bas, c'est l'Eunoé[1] ; là comme ici,
elle agit seulement quand on y goûte :
133 et la saveur en surpasse toute autre.
Si étanchée que puisse être ta soif
sans que je t'en révèle davantage,
136 je t'offre un corollaire encor, par grâce :
car mes propos ne te plairont pas moins,
je crois, s'ils vont plus loin que ma promesse.
139 Ceux qui jadis composèrent des rimes
pour chanter l'âge d'or et son bonheur
rêvaient d'ici peut-être en leur Parnasse.
142 L'humaine souche ici fut innocente ;
ici le printemps règne, et tous les fruits[2].
Cette eau, c'est le nectar dont chacun parle. »
145 Alors, me retournant avec élan
vers mes poètes, je vis leur sourire
aux derniers mots qu'ils venaient d'écouter ;
148 la belle dame ensuite eut mon regard.

CHANT XXIX

1 Ainsi que chante une femme amoureuse,
elle enchaîna ces derniers mots à d'autres :
« *Beati quorum tecta sunt peccata*[3] ! »
4 Puis, comme erraient les nymphes solitaires
par les forêts ombreuses, désirant

---

1. Le Léthé, fleuve de l'enfer païen, apporte l'oubli ; l'Eunoé fait que les élus ne se souviennent que de leurs bonnes actions. **2.** Le Paradis terrestre, dont les païens rêvaient dans leur vision du Parnasse. **3.** « Bienheureux ceux dont les péchés furent cachés ! » (*Psaumes*, XXXI, 1).

Purgatoire, XXIX

l'une revoir, l'autre fuir le soleil,
7 elle se mit à remonter le fleuve
    tout au long de la berge : et moi comme elle,
    à petits pas suivant son pas menu.
10 Nous n'en avions pas fait cent à nous deux
    quand les deux bords ensemble s'infléchirent,
    si bien que je marchai vers le levant.
13 Et ce nouveau trajet fut aussi court
    lorsque, faisant volte-face vers moi :
    « Mon frère, écoute et regarde ! » dit-elle.
16 Alors, voici qu'une lueur subite
    courut partout dans les grands bois, si vive
    que j'aurais cru d'abord à un éclair.
19 Mais parce que l'éclair fuit dès qu'il brille
    et que ce feu durait en s'amplifiant,
    je disais en pensée : « Que vois-je là ? »
22 Et une douce mélodie courait
    par les airs lumineux ; si bien qu'un juste
    zèle me fit blâmer l'audace d'Ève,
25 car, quand les cieux et la terre obéirent,
    elle, une femme, et seule, et sitôt née,
    ne souffrit les ténèbres d'aucun voile :
28 sous celui-ci — eût-elle été fidèle —,
    j'aurais plus tôt, et plus longtemps ensuite,
    goûté là ce délice inexprimable.
31 Comme j'allais parmi tant de prémices
    de l'éternel plaisir, tout suspendu
    et désireux d'encor plus de liesse,
34 devant nos yeux, sous les feuillages verts,
    l'air devint tel qu'un brasier qui s'allume,
    et le doux son se révélait un chant.
37 Ô sacro-saintes vierges ! si jamais
    j'ai enduré pour vous faims, froids et veilles,
    c'est l'occasion d'en réclamer le prix.
40 Que l'Hélicon verse pour moi ses eaux
    et qu'Uranie et son chœur me secondent[1],

---

[1]. Dante en appelle au secours de l'Hélicon (où séjournaient les Muses) et d'Uranie (Muse préposée à la recherche des vérités célestes), pour qu'elles viennent à son aide.

pour mettre en vers ce qu'on pense avec peine !
43 Un peu plus loin voici sept arbres d'or
que je crus voir, trompé par trop d'espace
se déployant encore entre eux et nous ;
46 mais quand je fus parvenu si près d'eux
que la distance ne mutilait plus
l'objet commun, par quoi les sens s'abusent,
49 la faculté qui nourrit la raison
perçut que c'étaient là sept candélabres
et que les voix chantaient un *Hosanna.*
52 Très haut flambait ce splendide équipage,
d'un feu plus clair que la lune à minuit
par un ciel pur, au milieu de son mois.
55 Émerveillé, j'adressai mon regard
au bon Virgile : et il me répondit
d'un regard plein d'une égale stupeur.
58 Puis je rendis mes yeux aux nobles choses
qui se mouvaient vers nous si lentement
qu'une jeune épousée les eût vaincues.
61 « Pourquoi ne t'enflammer », gronda la dame,
« qu'au seul aspect de ces vives lumières,
sans regarder ce qui vient derrière elles ? »
64 Derrière alors, comme suivant leurs guides,
je vis venir des gens vêtus de blanc :
jamais blancheur ne fut telle ici-bas.
67 Sur ma gauche les eaux resplendissaient,
me livrant le reflet de mon flanc gauche
quand ma vue s'y plongeait — comme un miroir.
70 Quand j'eus atteint sur ma berge la place
où seul le fleuve me séparait d'eux,
pour mieux les voir je suspendis mes pas :
73 et je vis les flambeaux venir en tête
en laissant derrière eux l'air coloré
comme auraient fait de longs traits de pinceaux,
76 si bien qu'en haut restaient sept banderoles
distinctes, aux couleurs dont le soleil
orne son arc et Délie[1] son écharpe.

1. Diane.

79 Ces étendards dépassaient en arrière
la portée de ma vue, et je jugeai
que dix pas séparaient les deux extrêmes.

82 Sous un aussi beau ciel que je l'évoque,
je vis vingt-quatre vieillards[1], deux à deux,
s'en venir couronnés de fleurs de lis.

85 Ils chantaient tous : « *Benedicta* sois-tu
entre les filles d'Adam ! et bénies
soient aussi tes beautés dans l'éternel ! »

88 Lorsque les herbes fraîches et les fleurs
de l'autre berge, en face de mes yeux,
ne furent plus foulées par ces élus,

91 comme en plein ciel lumière après lumière,
quatre animaux[2] vinrent leur succéder,
chacun d'eux couronné de vert feuillage ;

94 et ils étaient empennés de six ailes
parsemées d'yeux : si tous les yeux d'Argus[3]
étaient vivants, on les verrait pareils.

97 Pour les décrire entiers, je ne prodigue
plus de rimes, lecteur : d'autres dépenses
me pressent tant, qu'ici je serai chiche ;

100 mais lis donc Ézéchiel[4], qui les dépeint
tels qu'il les vit venir des régions froides
avec le vent, les nuées et le feu :

103 tels tu les trouveras dans ses écrits,
tels ils étaient, sinon que pour leurs plumes
Jean s'écarte de lui et me soutient.

106 Entre les quatre, l'espace embrassait
un char[5] monté sur deux roues, triomphal,
qui vint traîné au col par un griffon[6]

109 dont chacune des ailes se dressait
de la médiane aux deux triples bannières,
et, fendant l'air, n'en déchirait aucune ;

112 elles montaient jusqu'à perte de vue.

---

1. Ils figurent les vingt-quatre livres de l'Ancien Testament. 2. Personnification des quatre Évangiles. 3. Le gardien, pourvu de cent yeux, d'Io (*Métamorphoses,* I, 568-747). 4. *Ézéchiel,* I, 4-14 ; repris par Jean (*Apocalypse,* IV, 7-8). 5. Le char de l'Église. 6. Symbole du Christ.

Ce qu'il avait de l'oiseau était d'or,
et blanc le reste, mêlé de vermeil.
115 Non seulement Rome eut de moins beaux chars
pour fêter l'Africain[1] ou même Auguste,
mais celui-ci ferait paraître pauvre
118 jusqu'au char du soleil, qui, dévié,
brûla sur les instances de la Terre,
quand Jupiter en son secret fut juste[2].
121 Dansant en cercle auprès de la roue droite,
trois dames[3] s'en venaient : l'une si rouge
que dans la flamme on la verrait à peine ;
124 la seconde, en sa chair et en ses os,
semblait n'être pétrie que d'émeraude ;
la troisième, de neige frais tombée.
127 Tantôt je vis la blanche les conduire,
tantôt la rouge, au chant de qui les autres
empruntaient leur allure lente ou vive.
130 À gauche, en robes pourpres, faisaient fête
quatre dames encor[4], réglant leur rythme
sur l'une, dont la tête avait trois yeux.
133 Après tout cet ensemble ici décrit,
deux vieillards[5] vinrent, d'habits dissemblables
mais de pareille allure, digne et ferme.
136 L'un semblait être quelque familier
de ce grand Hippocrate, que Nature
créa pour l'animal qu'elle préfère ;
139 l'autre montrait des intentions inverses,
l'épée au poing, brillante et si aiguë
qu'au-delà du ruisseau il m'en fit peur.
142 Puis j'en vis encor quatre[6] à l'air plus humble ;
et puis, derrière eux tous, un vieillard seul[7]
venir dormant, le visage en éveil.
145 Et tous les sept portaient mêmes parures
que les premiers, si ce n'est que le lis

---

1. Scipion. 2. Conduit par Phaéton et foudroyé par Jupiter. 3. Les trois vertus théologales : la charité, l'espérance et la foi. 4. Les vertus cardinales : la prudence, la justice, la force et la tempérance. 5. Les *Actes des Apôtres* et les *Épîtres* de saint Paul. 6. Les *Épîtres* de Pierre, Jean, Jacques et Jude. 7. L'*Apocalypse* de Jean.

ne formait point couronne sur leurs têtes,
148 mais bien la rose, avec d'autres fleurs rouges :
　　on eût juré, à les voir d'un peu loin,
　　que tous flambaient au-dessus des sourcils.
151 Or, quand le char fut vis-à-vis de moi,
　　il y eut un tonnerre : aller plus loin
　　parut être interdit au saint cortège,
154 qui s'arrêta, les étendards en tête.

CHANT XXX

1 Quand les sept astres du ciel primordial,
　　qui n'ont connu ni lever ni déclin
　　ni nuées, hors le voile de nos fautes,
4 et qui rendaient chacun là-haut conscient
　　de son devoir — comme l'Ourse plus bas
　　dirige vers le port le timonier —,
7 firent halte, ces êtres véridiques
　　venus d'abord entre eux et le griffon
　　s'adressèrent au char comme à leur paix,
10 et l'un d'eux, qui semblait mandé du ciel,
　　chanta : « *Veni, sponsa, de Libano*[1] ! »
　　trois fois, très haut — et tous le répétèrent.
13 Tels qu'au suprême appel les bienheureux
　　se lèveront soudain de leurs sépulcres,
　　alléluiant de leurs voix recouvrées,
16 tels, *ad vocem tanti senis*[2], surgirent
　　sur le carrosse divin cent ministres
　　et messagers de l'éternelle vie.
19 Tous disaient : « *Benedictus qui venis*[3] ! »

---

1. « Viens, mon épouse, du Liban » (*Cantique des cantiques*, IV, 8) : c'est Béatrice.
2. « À la voix d'un tel vieillard ».　**3.** Adapté de *Matth.*, XXI, 9.

et, en l'air et autour jetant des fleurs :
« *Manibus,* oh, *date lilia plenis*[1] *!* »
22 J'ai vu parfois, lorsque le jour commence,
tout l'orient du ciel devenir rose,
le reste s'embellir d'azur limpide
25 et le soleil surgir la face ombreuse,
si bien que l'œil, par la douceur des brumes,
pouvait en soutenir longtemps l'aspect :
28 ainsi, au sein d'un nuage de fleurs
qui s'élevaient de ces mains angéliques
et retombaient sur le char et dehors,
31 couronnée d'olivier, voilée de blanc,
m'apparut une dame[2] en vert manteau,
vêtue d'une couleur de flamme vive.
34 Et mon esprit, qui depuis un si long
temps déjà n'avait plus, par sa présence,
tremblé jusqu'à se rompre de stupeur,
37 sans que l'œil pût encor la reconnaître,
par une occulte vertu qui vint d'elle,
sentit l'irrésistible amour ancien.
40 Dès qu'eut frappé mon regard la puissance
sublime qui jadis m'avait percé
avant que j'eusse encor quitté l'enfance,
43 je me tournai à gauche, avec l'attente
qui fait courir un bambin vers sa mère
quand il a peur ou qu'il a du chagrin,
46 voulant dire à Virgile : « Moins d'une once
de sang me reste qui ne tremble pas :
je sens les signes de l'ancienne flamme. »
49 Mais mon Virgile nous avait laissés
sans lui et seuls, Virgile très doux père,
Virgile en qui j'avais mis mon salut :
52 et tout l'ancien trésor perdu par Ève
n'empêcha pas les larmes de ternir
mes joues lavées par la rosée naguère.
55 « Dante ! Malgré le départ de Virgile,

---

1. « Donnez des lis à pleines mains » (*Énéide,* V, 883) : autre hommage à Béatrice.
2. Béatrice.

ne pleure pas ; ne pleure pas encore :
tu dois pleurer aux coups d'une autre épée[1] ! »
58 Tel l'amiral venu voir, de la poupe,
de la proue, l'équipage qui manœuvre
sur ses autres vaisseaux, et l'exhortant,
61 ainsi je vis, au flanc gauche du char,
en me tournant à l'appel de mon nom
que par nécessité j'inscris ici,
64 la dame, qui venait de m'apparaître
demi-cachée sous la fête angélique,
guetter vers moi par-delà le ruisseau,
67 bien que le voile à son front suspendu,
entouré du feuillage de Minerve,
ne laissât pas ses yeux à découvert.
70 D'un air toujours altier, d'un ton royal
elle reprit, comme celui qui parle
en gardant pour la fin le plus cuisant :
73 « Regarde bien : oui, je suis Béatrice !
Vraiment ? tu as daigné gravir ce mont ?
Ici l'homme est heureux : l'ignorais-tu ? »
76 Mon regard chut vers la claire fontaine,
mais, m'y voyant, je le tournai vers l'herbe,
tant la honte avait fait mon front pesant.
79 Une mère à son fils semble aussi fière
que je la vis alors : car l'affection
qui châtie fort a saveur d'amertume.
82 Elle se tut ; et les anges chantèrent
soudain : « *In te, Domine, speravi* »,
mais à « *pedes meos*[2] » leurs voix se turent.
85 Comme durcit la neige sur l'échine
de l'Italie, entre les troncs vivaces
fouettée, gelée aux vents d'Esclavonie,
88 puis filtre en elle-même, ruisselante
dès que souffle la terre où se perd l'ombre,
et semble cierge fondant sous la flamme,
91 ainsi je fus sans larmes ni soupirs

---

1. Celle des reproches que Béatrice va faire à Dante.   2. Début du Psaume XXX :
« En toi, Seigneur, j'ai mis mon espérance. »

avant le chant de ceux dont l'harmonie
suit l'harmonie des sphères éternelles ;
94 mais quand leurs doux accords me révélèrent
leur compassion, mieux que s'ils avaient dit :
« Femme, pourquoi l'humilier à ce point ? »,
97 le gel durci tout autour de mon cœur
se fit eau, se fit souffle, et, dans l'angoisse,
par la bouche et les yeux, de moi jaillit.
100 Elle, encore immobile sur le même
côté du char, adressa ces paroles
vers les substances de miséricorde :
103 « Vous qui veillez dans le jour éternel,
nuit ni sommeil ne vous cachent un seul
des pas que fait le siècle dans ses voies :
106 ma réponse aura donc plutôt souci
que m'entende là-bas celui qui pleure,
pour mesurer la douleur à la faute.
109 Non tant par l'œuvre des cercles du ciel,
qui mène à une fin chaque semence
selon les astres qui lui font escorte,
112 mais par largesse des grâces divines,
qui sur nous pleuvent de nuées si hautes
que notre vue n'en saurait approcher,
115 celui-ci eut pour don, dans son jeune âge,
qu'une conduite encline à la droiture
donnât en lui des effets admirables.
118 Mais un terrain mal semé, qu'on néglige,
devient sauvage et d'autant plus méchant
qu'il est plus riche de vigueur terrestre.
121 Un temps, je le soutins de mon visage :
en lui montrant mes yeux adolescents,
je le faisais me suivre au droit sentier.
124 Or, aussitôt que je fus sur le seuil
de mon âge second, changeant de vie,
il me quitta pour se donner à d'autres.
127 Bien que montée de la chair à l'esprit
et grandie en beauté comme en vertu,
je lui devins moins chère et moins plaisante ;
130 et il vira vers un chemin non-vrai,

suivant des biens dont l'image est factice
et qui ne tiennent que demi-promesses.
133 C'est en vain que j'obtins de l'avertir
en l'inspirant, par songe ou autres signes,
tant il s'en inquiéta médiocrement.
136 Il dévala si bas, que tout remède
pour son salut était trop faible, sauf
d'ouvrir ses yeux sur les foules perdues.
139 Aussi j'ai visité le seuil des morts
et, à celui qui l'a conduit ici,
j'ai porté ma prière avec mes pleurs.
142 Le haut décret de Dieu serait rompu
si, passant le Léthé, l'on savourait
un tel nectar sans payer son écot
145 de repentir, qui en larmes s'épande. »

CHANT XXXI

1 « Toi, qui es par-delà les flots sacrés »,
poursuivit-elle, enchaînant sans répit
et m'adressant la pointe d'un discours
4 dont le tranchant m'avait déjà mordu,
« parle, dis si c'est vrai ! Ta confession
doit se joindre à la grave accusation. »
7 Mes facultés s'égaraient, si confuses
que ma voix fit effort et s'éteignit
avant que son organe l'eût émise.
10 Elle attendit un peu, puis dit : « Réponds,
que penses-tu ? car en toi l'eau n'a pas
encore éteint les mauvais souvenirs. »
13 Crainte et confusion mêlées ensemble
poussèrent un tel « oui » hors de ma bouche,
que pour l'entendre il fallut le regard.

16 Comme, quand l'arbalète est trop tendue,
   la corde et l'arc au décocher se cassent
   et le trait touche au but moins vivement,
19 tel j'éclatai sous la charge pesante,
   épanchant au-dehors soupirs et larmes,
   et ma voix s'affaiblit dans son essor.
22 « Au cœur de tes désirs de moi », dit-elle,
   « qui te menèrent à aimer ce bien
   après quoi il n'est rien où l'on aspire,
25 quels fossés sur ta route, ou quelles chaînes
   as-tu trouvés, qui aient pu te contraindre
   à laisser tout espoir d'aller plus haut ?
28 Et quels doux agréments, quels avantages
   se sont montrés au front des autres biens,
   pour que tu sois allé tourner autour ? »
31 Ayant poussé un soupir très amer,
   à peine eus-je la voix de ma réponse,
   et ma lèvre avec peine la forma.
34 Je dis en larmes : « Les choses du siècle
   m'ont dévié, m'offrant leur plaisir faux,
   sitôt que s'est caché votre visage. »
37 « Quand tu tairais le mal que tu confesses
   ou le nierais, il n'en serait pas moins
   connu », dit-elle ; « un tel juge le sait !
40 Mais, dès lors qu'aux joues mêmes du pécheur
   le rouge aveu éclate, en notre cour
   la roue se tourne contre le tranchant[1].
43 Cependant, pour avoir plus lourde honte
   de ton erreur, et pour qu'une autre fois
   tu sois plus fort quand chantent les sirènes,
46 dépose ici la semence des pleurs,
   écoute : apprends comment, de son sépulcre,
   ma chair te prescrivait la route inverse.
49 Nature ou art ne t'offrirent jamais
   plaisir si grand que la vue des beaux membres
   qui m'enfermaient, et sont poussière éparse.

---

[1]. La meule adoucit le tranchant de la lame, c'est-à-dire que la justice divine devient moins sévère.

52 Si par ma mort le plaisir souverain
    te fit défaut, quel autre objet mortel
    devait encore attirer ton désir ?
55 Tu aurais dû, à la première atteinte
    des biens trompeurs, t'élever après moi
    qui n'étais plus comme eux un faux-semblant ;
58 et tu n'aurais pas dû fléchir tes ailes,
    attendant quelque trait plus dur : fillette
    ou autre vanité de bref usage.
61 Un oiselet attend deux ou trois coups,
    mais, sous l'œil des oiseaux bien emplumés,
    on use en vain du filet ou des flèches. »
64 Tels les enfants restent muets de honte,
    les yeux à terre, écoutant immobiles,
    reconnaissant leur faute et repentants,
67 tel je restais ; elle alors : « Si tu souffres
    à entendre ma voix, lève la barbe,
    regarde-moi, et tu souffriras plus ! »
70 Moins fortement résiste un puissant chêne
    lorsqu'un vent de chez nous le déracine,
    ou bien le vent du pays d'Iarbas[1],
73 qu'à son commandement je ne levai
    les yeux : quand pour "menton" elle eut dit "barbe[2]",
    je sentis bien le venin de sa phrase.
76 Or, dès que j'eus redressé mon visage,
    l'œil sut que les premières créatures
    avaient cessé de répandre des fleurs,
79 et mon regard encor mal assuré
    vit Béatrice orientée vers la bête
    qui est une personne en deux natures[3].
82 Par-delà le cours d'eau et sous son voile,
    elle vainquait la Béatrice ancienne
    mieux, je crois, que jadis d'autres beautés :
85 l'ortie du repentir fut si poignante
    que, de tous les plaisirs, je haïs plus
    ceux qui m'avaient distrait de son amour.

---

1. La Libye, où régnait Iarbas (*Énéide,* IV, 196).   2. Adulte, Dante s'est comporté comme un jeune homme.   3. Le griffon : *cf.* p. 863, note 6.

88 Un tel remords vint édifier mon cœur
   que je tombai vaincu : ce qui m'advint,
   Béatrice le sait, qui en fut cause.
91 Puis, quand le cœur m'eut rendu connaissance,
   la dame qu'au jardin j'avais vue seule
   sur moi parut, disant : « Tiens-moi ! tiens-moi ! »
94 M'ayant plongé dans l'eau jusqu'à la gorge
   et me tirant, elle allait par le fleuve,
   légère, ainsi qu'au métier la navette.
97 Quand j'atteignis la berge bienheureuse,
   « *Asperges me*[1] » sonna si doucement
   que je ne puis l'évoquer ni l'écrire.
100 Ouvrant alors ses bras, la belle dame
    me submergea en m'embrassant la tête,
    si bien que je dus boire de cette eau.
103 Puis elle m'en tira et, tout baigné,
    me fit entrer au bal des quatre belles[2] :
    et de son bras chacune me couvrit.
106 « Nymphes ici, mais dans le ciel étoiles,
    avant que Béatrice vînt au monde
    nous fûmes ordonnées à la servir.
109 Suis-nous jusqu'à ses yeux ; mais nos trois sœurs[3],
    là, qui voient plus profond, rendront ta vue
    mieux aiguisée à leur joie lumineuse. »
112 Ainsi leur chant commença-t-il ; et puis,
    me conduisant au poitrail du griffon,
    duquel nous faisait face Béatrice :
115 « N'épargne pas tes regards », dirent-elles ;
    « nous t'avons mis devant les émeraudes
    dont Amour te lança jadis ses flèches. »
118 Mille désirs plus ardents que la flamme
    rivèrent mon regard aux yeux brillants,
    qui demeuraient fixés sur le griffon :
121 et, comme le soleil en un miroir,
    en ses yeux rayonnait la double bête
    tantôt sous un aspect, tantôt sous l'autre.
124 Pense, lecteur, si je m'émerveillais

---

1. *Psaumes*, L, 1. 2. *Cf.* p. 864, note 4. 3. *Cf.* p. 864, note 3.

à voir la chose en soi demeurer stable
   tout en se transformant dans son image.
127 Tandis que plein de stupeur et de joie
   mon cœur goûtait à cette nourriture
   qui d'elle affame et rassasie ensemble,
130 les trois autres, montrant un plus haut rang
   dans leur maintien, s'avancèrent dansantes,
   tout en chantant sur leur mode angélique.
133 Leur chant disait : « Ô Béatrice, tourne,
   tourne tes yeux sacrés vers ton fidèle
   qui pour te voir a marché tant de pas !
136 Fais-nous la grâce de lui dévoiler
   ta bouche aussi, par grâce, et qu'à lui s'ouvre
   cette beauté seconde que tu caches ! »
139 Ô splendeur vive d'infinie lumière !
   Quel poète, pâli sous les ombrages
   ou abreuvé aux sources du Parnasse,
142 ne semblerait avoir l'esprit troublé,
   voulant te peindre ainsi que tu parus
   là où les harmonies du ciel te forment,
145 quand tu levas dans l'air libre ton voile ?

CHANT XXXII

1 Si fermement fixés restaient mes yeux
   pour assouvir une soif de dix ans[1],
   que tous mes autres sens étaient dans l'ombre :
4 de part et d'autre ils portaient des œillères
   de nonchaloir, tant le divin sourire
   les attirait dans ses anciens filets.
7 Puis mon regard fut détourné de force

---

1. Béatrice mourut en 1290.

du côté gauche, à la voix des déesses
dont j'entendis la remarque : « Trop fixe ! »

10 Et l'éblouissement que l'œil conserve
quand le soleil l'a récemment frappé
me priva de la vue quelques instants.

13 Mais quand le peu d'éclat l'eut rétablie
(je dis "le peu" par rapport à l'intense
perçu d'abord, et dont je m'arrachai),

16 je vis que la cohorte glorieuse
se repliait, tournant sur son flanc droit,
au-devant du soleil et des sept flammes.

19 Telle une armée, pour se sauver, ramène
son enseigne à l'abri des boucliers,
puis vire en son entier, changeant de front,

22 tels tous ces chevaliers du saint royaume,
qui défilaient devant, nous dépassèrent
avant que le timon du char pliât.

25 Puis, près des roues les dames s'en revinrent
et le griffon traîna son chargement
béni, sans agiter sa moindre plume.

28 La belle qui m'avait conduit au gué,
et Stace, et moi, nous suivions cette roue
qui traçait sur le sol un arc plus bref.

31 Par la haute forêt, qu'a rendue vide
la faute d'Ève qui crut le serpent,
un concert d'anges mesurait nos pas.

34 Trois vols de flèche décochée, peut-être,
font le chemin que nous avions couvert
quand Béatrice descendit du char.

37 J'entendis leur murmure à tous : « Adam ! »,
puis les vis entourer un arbre nu
de toute feuille ou verdure en ses branches.

40 Sa chevelure d'autant plus s'évase
qu'elle s'élève plus : et les Indiens
admireraient dans leurs bois sa hauteur.

43 « Heureux es-tu, griffon, toi qui du bec
n'arraches rien à ce tronc savoureux,
car la douleur en tord le ventre ensuite ! »

46 Ainsi criait, autour de l'arbre fort,

la troupe ; et l'animal aux deux natures :
« L'on garde ainsi tout germe de justice. »
49 Tourné vers le timon qu'il entraînait,
il ramena et lia au même arbre
ce bois de l'arbre veuf, puis l'y laissa.
52 Comme, ici-bas, quand la grande lumière
tombe mêlée aux rayons qui nous viennent
dans le sillage du Poisson céleste,
55 chaque plante se gonfle et fait renaître
sa couleur propre, avant que le soleil
attelle ses chevaux sous d'autres signes,
58 ainsi renaquit l'arbre dont les branches
étaient d'abord si nues : rouvrant sa teinte
moins que de rose et plus que de violette.
61 Je ne compris, et nul ici ne chante
l'hymne que le cortège alors chanta,
et je n'en souffris pas tous les accents.
64 Si je savais conter les yeux cruels
s'endormant à l'histoire de Syrinx,
les yeux à qui veiller coûta si cher[1],
67 comme un peintre qui peint d'après modèle
je décrirais comment je m'endormis ;
mais, l'endormissement, qui sait le peindre ?
70 Je passe donc au point de mon réveil
et dis qu'une splendeur fendit le voile
du songe, et un appel : « Debout ! Tu rêves ? »
73 Comme à la vue des fleurs de ce pommier[2]
qui de son fruit rend avides les anges
et donne au ciel des noces éternelles,
76 Jean, Pierre et Jacques[3], menés là, perdirent
puis reprirent leurs sens, à la parole
qui fit se rompre des sommeils plus lourds,
79 et virent amoindri leur saint collège
aussi bien de Moïse que d'Élie,

---

[1]. Le récit des amours de cette nymphe avec Pan fut chanté par Mercure pour endormir Argus, qui veillait sur Io. Endormi, Argus fut tué (*Métamorphoses*, I, 568-747). [2]. Le Christ, dont les fruits sont la science que désirent les anges (*Cantique des cantiques*, II, 3). [3]. Les apôtres, sur le mont Thabor, reprirent leurs sens à la voix du Christ (*Matth.*, XVII, 1-8).

et transformée la robe de leur maître,
82 tel m'éveillai-je. Et, au-dessus de moi,
je vis debout la dame de pitié
qui le long du ruisseau m'avait conduit.
85 Et j'eus un doute : « Où donc est Béatrice ? » ;
et elle : « Vois, elle est sous le feuillage
nouveau, assise aux racines de l'arbre ;
88 voici la compagnie qui l'environne ;
les autres suivent au ciel le griffon
avec des chants plus profonds et plus doux. »
91 Si son propos fut plus long, je ne sais,
car mes yeux s'emplissaient déjà de celle
qui m'avait clos à tout autre souci :
94 assise à même le sol, laissée là
seule, à garder le char que j'avais vu
lier au tronc par l'animal biforme.
97 Les sept nymphes en rond formaient un cloître
autour d'elle, et tenaient en main ces lampes
qui ne craignent l'auster ni l'aquilon.
100 « En ce bois tu seras sylvain d'un jour[1],
puis, avec moi, citoyen éternel
de cette Rome où le Christ est romain[2].
103 Mais, pour aider le monde qui vit mal,
guette le char : et ce que tu vas voir,
à ton retour là-bas, veille à l'écrire »,
106 dit Béatrice ; et, dévot, tout aux pieds
de ses commandements, j'orientai l'œil
et l'esprit du côté qu'elle voulut.
109 Jamais plus vite un feu du ciel ne tombe
d'épais nuages, quand la pluie descend
des plus profonds et reculés confins,
112 que je ne vis tomber à travers l'arbre
l'oiseau de Jupiter[3], brisant l'écorce
avec les fleurs et les feuilles nouvelles.
115 À toute force il vint frapper le char,
le fit plier comme nef en péril

---

1. Tu habiteras durant une journée dans la forêt du paradis terrestre. 2. Rome : le paradis. 3. L'empire romain, qui persécuta les premiers chrétiens.

vaincue par l'onde à bâbord et tribord.
118 Puis je vis s'élancer au fond du coffre
du triomphal véhicule un renard[1]
qui paraissait à jeun de bonnes viandes ;
121 mais en lui reprochant d'odieuses fautes,
ma dame le fit fuir avec la hâte
que permettaient ses os privés de chair.
124 Puis, par son précédent chemin, je vis
l'aigle descendre dans l'arche du char
et la laisser couverte de ses plumes[2] ;
127 et, comme issue d'un cœur qui se tourmente,
une voix émana du ciel, disant :
« Que tu es mal chargée, ô ma nacelle ! »
130 Puis je crus voir de l'une à l'autre roue
s'ouvrir la terre : un dragon[3] en sortit
qui dans le char plongea sa queue dressée ;
133 comme une guêpe qui extrait son dard,
il ramena vers lui sa queue maligne
et, arrachant du fond, rampa au loin.
136 Tel un sol riche envahi d'herbes folles,
ce qui resta se couvrit du plumage
(offert par bonne et saine intention
139 peut-être), et le timon et chaque roue
s'en trouvèrent vêtus en moins de temps
qu'un seul soupir ne tient la bouche ouverte.
142 Ainsi changée, cette machine sainte
poussa hors de ses membres plusieurs têtes :
une à chaque angle et trois sur le timon ;
145 les trois étaient cornues comme des bœufs,
les quatre au front ne portaient qu'une corne :
jamais encore on n'a vu pareil monstre[4].
148 Sûre ainsi qu'une tour en haut d'un mont,
trônant dessus, mi-nue, une putain[5]
m'apparut, les cils prompts guettant partout.
151 Comme pour empêcher qu'on la lui prît,

---

1. L'hérésie.   **2.** Allusion à la présumée donation de Constantin, qui abandonna Rome aux papes.   **3.** Les schismes.   **4.** Ces têtes sont les sept péchés capitaux, qui affligent l'Église contemporaine.   **5.** La Curie romaine à l'époque de Dante.

je vis, debout tout près d'elle, un géant[1] :
l'un l'autre ils se baisaient parfois la bouche.
154 Mais, quand elle tourna vers moi son œil
cupide et inconstant, l'amant féroce
la fouetta de la tête jusqu'aux pieds ;
157 puis, envahi de soupçon, fou de rage,
il détacha le monstre et le traîna
loin dans les bois, qui enfin me cachèrent
160 cette putain et cet étrange fauve.

CHANT XXXIII

1 En alternance, à trois et quatre voix,
les dames doucement psalmodièrent :
« *Deus* », en larmes, « *venerunt gentes*[2] »,
4 et, soupirant de pitié, Béatrice
les écoutait d'un tel air, que Marie
sous la croix fut à peine plus défaite.
7 Mais quand les autres vierges lui donnèrent
lieu de répondre, se levant debout
et colorée comme flamme, elle dit :
10 « *Modicum, et non videbitis me ;*
et iterum, ô mes bien-aimées sœurs,
modicum, et vos videbitis me[3]. »
13 Alors, plaçant devant elle les sept,
elle entraîna d'un seul signe à sa suite
le sage encor présent, la dame et moi.
16 Ainsi s'en allait-elle, et n'avait point
encor, je crois, posé dix pas en terre

---

1. Philippe le Bel, d'abord complice de la papauté, puis qui l'agressa à Anagni et enfin l'entraîna à Avignon. 2. *Psaumes*, LXXVIII et LXXIX. 3. « Un peu de temps, et vous ne me verrez plus ; un peu de temps encore, et vous me reverrez » (*Jean*, XVI, 16).

quand de ses yeux elle frappa mes yeux
19 et, d'un calme visage : « Viens plus vite,
pour être prêt à m'écouter », dit-elle,
« si je voulais t'adresser la parole. »
22 Dès que je fus près d'elle, à mon devoir,
elle dit : « Frère, en marchant près de moi,
n'oses-tu désormais m'interroger ? »
25 Tels ceux que trop de révérence empêche,
quand ils parlent devant plus grands qu'eux-mêmes,
d'amener le son vif jusqu'à leurs dents,
28 tel je fus : d'une voix presque sans timbre
je commençai : « Madame, vous savez
tout mon besoin et ce qui lui est bon. »
31 Et elle : « De la crainte et de la honte
je veux que désormais tu te dépouilles :
ne parle plus comme un homme qui rêve.
34 Crois-le : la nef qu'a brisée le serpent
fut et n'est plus[1] ; mais — le fautif le sache ! —
en se vengant Dieu ne craint pas les soupes[2].
37 L'aigle qui a laissé au char ses plumes,
changeant le char en monstre, puis en proie,
ne sera pas toujours sans héritier :
40 car je vois à coup sûr — et je l'annonce —
des astres déjà proches, sans obstacle
ni résistance, nous marquer le temps
43 où un nombre Cinq Cent et Dix et Cinq,
mandé par Dieu, tuera l'usurpatrice
et le géant qui fornique avec elle[3].
46 Peut-être, obscur comme ceux de Thémis
ou du Sphinx, mon récit t'en convainc moins,
car comme eux il offusque l'intellect ;
49 mais promptement les faits seront Naïades
qui résoudront l'énigme difficile
sans perte de troupeaux ni de moissons.

---

1. La nef de l'Église n'a pas sa place à Avignon, mais à Rome. 2. Dieu ne manque pas de moyens pour se venger. 3. Cette prophétie de la venue d'un DXV ou DUX fait sans doute allusion à la descente en Italie d'Henri VII de Luxembourg, qui devra châtier la Curie et le roi de France.

52 Toi, prends note ; et les mots qu'ici je donne,
  marque-les bien tels quels, pour les vivants
  de cette vie qui ne court qu'à la mort.
55 Et n'omets pas, quand tu les écriras,
  de bien dire comment tu as vu l'arbre
  qui vient d'être pillé à deux reprises.
58 Quiconque le ravage ou le dépouille
  offense Dieu par un blasphème en acte :
  il ne l'a créé saint qu'à son usage.
61 Pour y avoir mordu, la première âme[1]
  eut plus de cinq mille ans peine et désir
  de celui qui s'en est puni lui-même.
64 Ton esprit dort, s'il ne pénètre pas
  la raison singulière qui fait l'arbre
  si haut, mais renversé la tête au sol ;
67 et si dans ta pensée les idées vaines
  n'avaient agi comme eau d'Else[2], et leur charme
  comme au mûrier fit le sang de Pyrame[3],
70 tous ces traits à eux seuls te feraient voir
  qu'au sens moral la justice de Dieu
  est figurée dans l'interdit de l'arbre.
73 Mais parce que je vois ton intellect
  devenu pierre, et pierre si obscure
  que la clarté de mon discours t'aveugle,
76 je veux aussi qu'en toi tu le rapportes
  sinon écrit, en image au moins, comme
  le pèlerin son bourdon ceint de palmes. »
79 Et moi : « Telle une cire après le sceau
  ne change plus la forme qui s'y grave,
  tel mon cerveau gardera votre marque.
82 Mais pourquoi vos paroles désirées
  volent-elles si loin de mon regard
  que plus je cherche, et plus elles m'échappent ? »
85 « C'est pour que tu voies bien à quelle école
  tu te mettais, et comment sa doctrine
  peut suivre ma parole », me dit-elle,
88 « et que votre chemin s'éloigne autant

---

1. Adam. 2. L'eau pétrifiante de l'Elsa, affluent de l'Arno. 3. *Cf.* p. 853, note 1.

des voies de Dieu, que la terre est distante
du ciel le plus rapide et le plus haut. »

91 Sur quoi je dis : « Je n'ai pas souvenir
de m'être dévié jamais de vous,
et n'en ai pas conscience qui me morde ! »

94 « Et si tu ne peux pas t'en souvenir »,
dit-elle en souriant, « rappelle-toi
qu'aujourd'hui tu as bu l'eau du Léthé :

97 si donc par la fumée le feu se prouve,
cet oubli montre bien que ton désir
en s'attachant ailleurs était fautif.

100 En vérité mes paroles seront
désormais nues, autant qu'il le faudra
pour que ta vue grossière les découvre. »

103 Et déjà le soleil, marchant plus lent,
flambait plus fort au cercle méridien,
qui, çà et là, selon les signes, change,

106 quand s'arrêtèrent — tout comme s'arrête
une escorte qui marche en avant-garde,
voyant chose insolite ou son empreinte —

109 les sept dames au bord d'une ombre pâle
comme on en voit aux froids ruisseaux de l'Alpe,
sous le feuillage vert des noirs rameaux.

112 À leurs pieds je crus voir Tigre et Euphrate
jaillir de même source et se disjoindre
à contrecœur, comme font deux amis.

115 « Lumière et gloire de la race humaine,
quelle est cette eau coulant d'un seul principe
et qui s'écarte elle-même de soi ? »

118 À ma prière il fut répondu : « Prie
Mathilde qu'elle en parle. » Et cette belle,
à la façon dont quelqu'un se disculpe,

121 répliqua : « Cela même et autre chose,
je le lui avais dit, et je suis sûre
que le Léthé ne l'a pas effacé ! »

124 Et Béatrice : « Un plus grand soin, peut-être,
qui ôte bien souvent toute mémoire,
a obscurci les yeux de son esprit.

127 Mais vois là-bas l'Eunoé qui ruisselle :

fais qu'il y aille, et, selon ta coutume,
ranime en lui ses facultés mi-mortes. »
130 Cœur généreux ne cherche point d'excuses,
mais du désir d'autrui fait son désir
dès qu'au-dehors un signe le révèle :
133 ainsi la belle me prit par la main,
se mit en marche, et dit à Stace, en dame
pleine de courtoisie : « Viens avec lui ».
136 S'il me restait plus d'espace, lecteur,
je chanterais un peu le doux breuvage
qui ne m'aurait jamais rassasié.
139 Mais puisque sont remplies toutes les feuilles
que j'ai prévues pour mon second cantique[1],
le frein de l'art me retient de poursuivre.
142 Je m'en revins de ces ondes très saintes
régénéré, comme une plante neuve
que renouvelle son nouveau feuillage,
145 pur et prêt à monter jusqu'aux étoiles.

---

1. Le *Purgatoire*.

PARADIS

CHANT I

1 Sa gloire[1] — à lui qui élance le monde —
  pénètre toute chose, et resplendit
  davantage en tel lieu, moins en tel autre.
4 Au ciel qui prend le plus de sa lumière,
  j'y fus, et vis ce qu'on ne sait redire
  et qu'on ne peut, descendant de là-haut :
7 car, s'avançant vers son désir tout proche,
  notre intellect s'immerge si profond
  que la mémoire après lui ne peut suivre.
10 En vérité, la part qu'en mon esprit
  j'ai pu thésauriser du saint royaume
  sera ici le sujet de mon chant.
13 Bon Apollon, pour ce labeur final,
  fais que je sois le vase de tes forces,
  digne d'avoir les lauriers que tu aimes !
16 L'un des sommets jusqu'ici du Parnasse

---

[1]. La lumière divine.

m'a suffi ; mais j'aurai besoin des deux
pour aborder la lice encor restante.

19 Entre dans ma poitrine et, toi seul, souffle,
comme tu fis le jour où tu tiras
Marsyas du fourreau couvrant ses membres[1] !

22 En te prêtant à moi, force divine,
suffisamment pour que je montre l'ombre,
en moi gravée, du bienheureux royaume,

25 tu me verras à ton arbre chéri
venir me couronner de ce feuillage
dont la matière et toi m'aurez fait digne.

28 Si peu souvent, pour fêter en triomphe
poètes ou césars, père, on en cueille
— par faute et honte des humains désirs —,

31 que du feuillage pénéen[2] doit naître
joie chez l'heureuse déité delphique,
quand il altère un esprit de sa soif.

34 Faible étincelle engendre haute flamme :
peut-être qu'après moi des voix meilleures
prieront encor que Cyrrha[3] les soutienne.

37 Sur divers seuils le flambeau de ce monde
apparaît aux mortels : mais sur celui
qui unit quatre cercles par trois croix,

40 il vient accompagné de meilleurs astres,
prépare un meilleur cours, modèle et marque
la cire des humains plus à son gré.

43 D'un rivage, ce seuil avait fait naître
le jour, le soir d'un autre — un hémisphère
étant presque tout blanc, et l'autre noir —,

46 lorsque je vis, tournée sur son flanc gauche,
Béatrice, les yeux dans le soleil :
aigle jamais ne le fixa si droit.

49 Et, tel jaillit un deuxième rayon
du premier, retournant vers le haut, comme

---

1. Ayant défié Apollon, le satyre Marsyas fut dépouillé de sa peau par le dieu (*Métamorphoses*, VI, 382-400). 2. Daphné, fille du fleuve Pénée et aimée d'Apollon, fut transformée en laurier (*Métamorphoses*, I, 452-567). 3. L'un des sommets du Parnasse, consacré à Apollon.

un pèlerin qui veut rentrer chez lui,
52 tel, de son geste infusé par mes yeux
dans l'imagination, jaillit mon geste :
je fixai le soleil plus que nul homme.
55 (Là-haut nos facultés peuvent beaucoup,
et moins ici, par la vertu du lieu
fait tout exprès pour notre humaine espèce.)
58 Je le souffris peu de temps, mais assez
pour le voir projeter mille étincelles,
comme un fer au sortir du feu bouillonne.
61 Puis je crus voir soudain qu'un jour au jour
s'ajoutait, comme si le Tout-Puissant
ornait le ciel d'un deuxième soleil :
64 par ses yeux Béatrice était fixée
aux éternelles roues ; et moi, en elle
fixant mes yeux détachés des hauteurs,
67 la contemplant, je me fis en mon être
tel que devint Glaucus à goûter l'herbe
qui le rendit en mer l'égal des dieux[1].
70 Ce qu'est *transhumaner* ne peut se dire
per verba : que l'exemple donc suffise
à qui par grâce attend cette expérience.
73 Ne fus-je qu'âme, en dernier lieu créée ?
Toi, tu le sais, Amour maître du ciel,
qui par ta seule clarté m'enlevas.
76 Quand l'orbe, éternisée par ce désir
qu'elle a de toi, me rendit attentif
à l'harmonie des sphères que tu règles,
79 je vis un pan du ciel briller si large
aux flammes du soleil, que pluie ou fleuve
jamais ne firent lac si étendu.
82 La nouveauté des sons, l'ample lumière
firent flamber mon désir de leur cause,
jamais encore éprouvé si poignant.
85 Elle, voyant en moi comme j'y vois,
pour apaiser mon esprit plein de trouble,

---

[1]. Ayant goûté l'herbe où il avait posé ses poissons, Glaucus devint un dieu marin (*Métamorphoses*, XIII, 898-968).

prévenant ma demande, ouvrit la bouche
88 puis commença : « Toi-même tu t'encombres
de fausses rêveries, sans découvrir
ce que tu pourrais voir en les chassant.
91 Tu n'est plus sur la terre, où tu crois être ;
mais la foudre, en fuyant son propre site,
court moins vite qu'au tien tu ne retournes. »
94 Si je fus délivré d'un premier doute
par ces brèves paroles souriantes,
un plus grand doute alors me prit au piège,
97 et : « Satisfait », dis-je, « *requievi*[1]
d'un grand étonnement ; mais je m'étonne
de dépasser ainsi ces corps légers ! »
100 Elle eut d'abord un soupir attendri,
porta sur moi le regard qu'une mère
sur son fils laisse voir quand il délire,
103 puis commença : « Entre toutes les choses,
il s'établit un ordre, dont la forme
fait ressembler tout l'univers à Dieu.
106 En cet accord, les hautes créatures
voient se marquer l'éternelle valeur,
qui est la fin où tend la loi susdite.
109 À l'ordre dont je parle sont enclins
tous les êtres créés, par voies diverses
plus ou moins proches du commun principe,
112 d'où ils voyagent vers des ports divers
sur l'océan de l'être, chacun d'eux
suivant l'instinct donné qui l'y conduit.
115 Tel instinct hisse le feu vers la lune,
tel autre est le moteur des cœurs mortels,
tel condense la terre et la rassemble.
118 Non seulement cet arc lance la foule
des êtres qui sont hors d'intelligence,
mais ceux qui ont intellect et amour.
121 La providence, immense ordonnatrice,
garde, en brillant, toujours en paix ce ciel[2]
où tourne l'autre, qui va le plus vite :

---

1. « Je m'apaisai ». 2. L'Empyrée.

124 et c'est bien là, comme au lieu décidé,
    que nous lance à présent l'arc de vigueur
    qui mène au joyeux but ce qu'il décoche.
127 Certes, souvent la forme de l'ouvrage
    s'accorde peu à l'intention de l'art,
    quand la matière est sourde à lui répondre :
130 ainsi d'un tel chemin parfois s'écarte
    la créature, qui a le pouvoir
    — poussée si droit ! — de s'orienter ailleurs,
133 et, comme on voit du haut des nues le feu
    tomber, de même l'élan primitif
    se tord à terre sous un faux plaisir.
136 Dès lors, je pense, tu ne dois pas plus
    t'étonner de monter, que d'un ruisseau
    qui du haut mont descend dans la vallée ;
139 mais l'étonnant pour toi serait que, libre
    d'obstacle, on pût te voir assis en bas,
    comme un feu vif qui stagnerait au sol ! »
142 Puis à nouveau elle fixa le ciel.

CHANT II

1 Vous qui, montés sur une barque frêle,
   avez suivi, désireux de m'entendre,
   mon vaisseau qui franchit la vague et chante,
4 retournez voir vos rivages anciens,
   ne gagnez pas la haute mer, de crainte
   qu'en me perdant vous restiez égarés.
7 L'eau que je prends, nul ne l'a parcourue ;
   Minerve souffle, Apollon me conduit
   et les neuf Muses me montrent les Ourses.
10 Vous autres, peu nombreux, qui de bonne heure
    avez tendu le col au pain des anges

dont ici nous vivons, jamais repus,
13 vous pouvez mettre aux flots salés du large
votre navire, et suivre mon sillage
avant que l'eau ne s'y referme étale.
16 Ceux qui, glorieux, passèrent en Colchide,
s'étonnèrent bien moins, voyant Jason
simple bouvier, qu'ici vous n'allez faire[1].
19 La soif innée, la soif sans fin du règne
déiforme, vers lui nous emportait
presque aussi prompts qu'au ciel court le regard.
22 — Mes yeux en Béatrice, en haut les siens —,
plus prestement qu'un carreau d'arbalète,
posé, ne vole arraché de la noix,
25 je vis que j'atteignais une merveille
qui attira ma vue : sur quoi, la dame
dont ne pouvait se cacher mon souci
28 me dit, tournée vers moi, joyeuse et belle :
« Dresse ton cœur reconnaissant vers Dieu
qui nous a joints à la première étoile. »
31 Je crus nous voir revêtus d'un nuage
dense, poli, solide, étincelant
comme un diamant que frappe le soleil.
34 En son profond, cette perle éternelle
nous accueillit ainsi qu'une eau reçoit
un rayon de lumière : sans s'ouvrir.
37 Si j'étais corps de chair (mais conçoit-on
qu'un plein volume en puisse admettre un autre
— comme il se doit quand deux corps se pénètrent — ?),
40 combien notre désir doit-il flamber
de contempler cette essence où l'on voit
comment s'unit à Dieu notre nature !
43 Là, paraîtra ce que la foi propose
et ne démontre pas : limpide, admis
comme on admet les vérités premières.
46 « Madame, aussi dévot que je puis être,
je remercie », répondis-je, « celui
qui m'a mis hors du monde périssable.

---

[1]. Jason et les Argonautes allèrent conquérir la Toison d'or en Colchide.

49 Mais, dites-moi : que sont les marques brunes[1]
   de ce corps-ci, qui, là-bas sur la terre,
   font que les gens fabulent sur Caïn ? »
52 Ayant un peu souri : « Si l'opinion
   des vivants », me dit-elle, « erre en ces choses
   que la clef de vos sens ne peut ouvrir,
55 les dards d'étonnement n'en devraient plus
   t'irriter, car tu vois que la raison
   volant après les sens a l'aile courte.
58 Mais dis ce que toi-même tu en penses ! »
   Et moi : « Ici, je crois, l'écart des teintes
   vient de corps tour à tour denses et rares. »
61 « Tu verras certes se noyer », dit-elle,
   « dans le faux ta croyance, en écoutant
   les arguments dont je vais la combattre.
64 Dans la huitième sphère[2], beaucoup d'astres,
   par leur éclat ou par leur qualité,
   se font connaître sous divers visages.
67 Si le dense et le rare en étaient cause,
   ils auraient tous une même vertu,
   distribuée plus ou moins ou autant.
70 Il faut que des vertus diverses naissent
   de principes formels : et ta doctrine
   tendrait à les détruire, sauf un seul.
73 Puis, si la cause cherchée de ces taches
   était le rare, ou bien cette planète
   de part en part serait pauvre en matière,
76 ou bien, comme un corps vif se répartit
   en gras et maigre, telle en son volume
   on la verrait changer de page en page.
79 Le premier cas se manifesterait
   dans les éclipses du soleil : son jour
   transparaîtrait, comme en tout milieu rare.
82 Cela n'est pas. Il convient donc de voir
   le second cas, et, si je le réfute,
   ton opinion sera déclarée fausse.
85 Si le rayon ne passe point le rare,

---

1. Les taches lunaires, *cf.* Enfer, XX, 126.   2. Le ciel des étoiles fixes.

c'est qu'il existe un terme d'où le dense
lui interdit de pénétrer encore :
88 et de ce terme le rayon revient
comme retournent les couleurs d'un verre
dont le dos cache une couche de plomb.
91 Or, diras-tu, le rayon se révèle
plus assombri en cet endroit qu'en d'autres,
puisqu'il y est réfléchi de plus loin.
94 D'une telle objection, l'expérience
— où les flots de vos arts prennent leur source —
peut t'affranchir, si jamais tu l'essayes.
97 Prends trois miroirs ; mets-en deux à égale
distance de tes yeux, et le troisième
plus loin, visible entre les deux premiers.
100 Tout en les regardant, tourne le dos
à un feu qui tous trois les illumine
et revienne vers toi, par réflexion.
103 Bien que le feu le plus lointain s'avère
d'une moindre étendue, tu le verras
briller pourtant d'une égale clarté.
106 Or comme, sous les chauds rayons solaires,
de la neige il ne reste que sa base
nue de sa froide blancheur initiale,
109 ainsi est resté nu ton intellect :
mais je veux l'informer d'une lumière
dont la scintillation t'éblouira.
112 Au fond du ciel de la divine paix
tourne un corps vaste[1], en la vertu duquel
l'être de tout ce qu'il contient se fonde.
115 Le ciel suivant[2], percé de tant d'étoiles,
subdivise cet être en mille essences
de lui distinctes, par lui contenues.
118 Les autres cieux, en diverses manières,
selon leurs fins et leurs influx, disposent
ces différentes vertus qu'ils recèlent.
121 Les organes du monde vont ainsi
— tu le vois à présent — cercle après cercle,

---

1. *Cf.* p. 886, note 2. 2. *Cf.* p. 889, note 2.

> prenant d'en haut, agissant au-dessous.
124 Observe bien ici par quelle voie
> je m'achemine au vrai que tu désires,
> pour apprendre à passer le gué tout seul.
127 L'essor et la vertu des saintes sphères
> vont dérivant des bienheureux moteurs,
> comme du forgeron l'art du marteau ;
130 et le ciel que tant d'astres embellissent
> capte l'image de l'esprit profond
> qui fait qu'il tourne, et en devient l'empreinte.
133 Et, comme l'âme, dans votre poussière,
> se développe en membres différents
> et conformés aux facultés diverses,
136 ainsi l'intelligence épand ses dons
> multipliés à travers les étoiles,
> tout en tournant sur sa propre unité.
139 Chaque vertu s'allie diversement
> aux précieux corps célestes qu'elle avive
> en s'y fondant comme en vous fait la vie ;
142 et, découlant d'une essence joyeuse,
> chaque vertu en corps céleste luit
> comme liesse en vivante pupille.
145 D'elle provient, non du rare ou du dense,
> l'écart perçu de lumière à lumière ;
> elle, formel principe, engendre seule,
148 selon sa qualité, le clair, le trouble. »

CHANT III

1 Ce soleil[1] — où d'abord brûla mon cœur —
> m'avait ouvert, prouvant et réfutant,

---

1. Béatrice.

       la douce image de la vérité :
 4 et moi, voulant m'avouer convaincu
       et corrigé, je relevai la tête
       aussi haut qu'il convint pour le lui dire ;
 7 mais un spectacle apparut, dont la vue
       me retint attaché si fortement
       qu'il ne me souvint plus de mon aveu.
10 Comme en des verres transparents et purs
       ou en des eaux limpides et tranquilles,
       non si profondes que le fond s'y perde,
13 nous reviennent les traits de nos visages
       si affaiblis, que perle sur front blanc
       n'arrive pas plus lente à nos pupilles,
16 tels vis-je, prêts à parler, maints visages :
       et mon erreur fut l'inverse de celle
       qui alluma l'amour entre homme et source.
19 Dans l'instant même où je les remarquai,
       les prenant pour images réfléchies
       j'allai cherchant des yeux leur origine
22 mais ne vis rien — et ramenai ma vue
       droit vers ce feu souriant qui brillait
       dans les yeux saints de ma très douce escorte.
25 « Ne sois pas étonné si je souris
       de ta croyance enfantine », dit-elle,
       « dont le pied s'appuie mal encore au vrai
28 et qui toujours te fait tourner à vide.
       Ce que tu vois, ce sont de vraies substances
       qu'ici relègue un vœu non accompli.
31 Parle-leur donc, écoute-les, crois-les ;
       car la lumière vraie qui fait leur joie
       ne laisse point leurs pas s'écarter d'elle. »
34 Et moi, tourné vers l'ombre en qui parut
       le plus d'envie de me parler, je dis,
       comme égaré par un désir trop fort :
37 « Ô âme bien créée qui, aux rayons
       de l'éternelle vie, sens des douceurs
       qu'on ne conçoit que si on les savoure,
40 tu pourras me combler en me disant
       ton nom, par grâce, et le sort qu'on vous fait ! »

Elle, empressée, avec des yeux rieurs :
43 « En nous la charité ne clôt sa porte
à aucun désir juste — comme celle
qui veut pareille à soi toute sa cour.
46 Au monde, je fus vierge et religieuse ;
si tu regardes bien dans ta mémoire,
mes traits, plus beaux, ne me cacheront pas,
49 mais tu reconnaîtras en moi Picarde[1]
placée ici avec ces bienheureux,
heureuse dans la sphère la plus lente.
52 Tous nos désirs, qu'enflamme seulement
ce qu'aime l'Esprit Saint, sont en liesse
de se sentir conformés à son ordre ;
55 et ce destin, si humble qu'il te semble,
nous est pourtant donné, puisque nos vœux
ont été négligés, parfois rompus. »
58 « Dans vos aspects admirables », lui dis-je,
« je ne sais quoi de divin resplendit
qui change en vous l'apparence première :
61 aussi mon souvenir a-t-il tardé ;
or, ce que tu me dis me vient en aide :
te reconnaître est maintenant plus simple.
64 Mais dis-moi : tout heureux qu'ici vous êtes,
ne désirez-vous pas un lieu plus haut,
pour plus de vision, pour plus d'amour ? »
67 Elle et les autres sourirent un peu,
puis, gaie au point qu'elle parut brûler
d'amour au premier feu : « Frère », dit-elle,
70 « une vertu de charité apaise
notre vouloir, et nous donne l'envie
de ce que nous avons, sans autre soif.
73 Si nous voulions nous trouver au-dessus,
notre désir ne s'accorderait pas
au vouloir de celui qui nous limite,
76 ce que tu ne peux voir parmi ces sphères

---

[1]. Piccarda Donati : sœur de Forese et Corso Donati, elle fut arrachée au monastère par Corso, pour être mariée à Rossellino della Tosa.

où, *necesse*[1], l'on vit en charité,
si tu en scrutes à fond la nature.
79 Bien plus, l'*esse*[2] de la béatitude
est de s'ancrer dans le vouloir divin
pour que tous nos désirs n'en fassent qu'un :
82 si bien qu'au ciel notre répartition
de seuil en seuil plaît à tout le royaume
comme au roi, qui fait nôtre son vouloir.
85 Et notre paix réside en ce vouloir :
il est la mer vers quoi tout se dirige
de ce qu'il crée ou que fait la nature. »
88 Il me fut clair alors qu'au ciel tout lieu
est paradis, quoique partout la grâce
du bien suprême y pleuve différente.
91 Mais comme, quand un mets calme la faim
et qu'on reste gourmand d'un nouveau mets,
demandant l'un, on remercie de l'autre,
94 ainsi fis-je, du geste et du langage,
pour que l'ombre m'apprît sur quelle toile
s'était brisé l'élan de sa navette.
97 « Grande valeur, parfaite vie », dit-elle,
« *enciellent*[3] bien plus haut que nous la dame[4]
dont la règle fait prendre habit et voile
100 pour que jusqu'à la mort, sur terre, on veille
et dorme avec l'Epoux ouvert aux vœux
qu'à son plaisir forme la charité.
103 Très jeune encor, pour suivre cette dame
j'ai fui le monde et, close dans sa robe,
j'ai promis de marcher selon son ordre.
106 Des gens rompus au mal plutôt qu'au bien
m'ont ensuite arrachée à mon doux cloître :
Dieu sait dès lors ce que ma vie put être.
109 Et sur ma droite, cette autre splendeur
qui se montre à tes yeux et s'illumine
de toute la clarté de notre sphère,
112 entend sa propre vie dans mon récit :

---

1. « Nécessairement » : latin scolastique. **2.** Latinisme : l'« être ». **3.** « Mettent au ciel ». **4.** Sainte Claire, qui fonda en 1212 le premier couvent de franciscaines.

elle fut nonne aussi, et de sa tête
fut arrachée l'ombre des saints bandeaux ;
115 mais, quand on l'eut remise dans le monde
contre son gré, contre l'honnête usage,
jamais son cœur ne dépouilla le voile.
118 Cette lumière est la grande Constance[1]
qui engendra, du second vent de Souabe,
le vent troisième et dernier dominant. »
121 Ainsi dit-elle, et puis, chantant *Ave
Maria,* en chantant s'évanouit
comme un corps lourd en eau sombre s'enfonce.
124 Mon œil, qui la suivit aussi longtemps
qu'il fut possible, après l'avoir perdue
visa le signe d'un plus grand désir
127 et ne s'adressa plus qu'à Béatrice :
mais sa beauté foudroya mon regard
si puissamment qu'il ne le souffrit point ;
130 et j'en fus plus tardif à questionner.

CHANT IV

1 Un homme libre, assis entre deux mets
également distants et attirants,
mourrait de faim sans savoir auquel mordre :
4 tel un agneau, cloué de peurs égales
entre les rages de deux loups féroces ;
tel un chien, à l'arrêt entre deux daims.
7 Si donc je me taisais, je ne m'en puis
ni blâmer — car égaux étaient mes doutes —,
ni louer — car c'était nécessité.

---

[1]. Constance, épouse de l'empereur Henri VI de Souabe et mère de Frédéric II. Selon la légende, elle aurait été retirée du cloître pour épouser l'empereur.

10 Je me taisais, mais portais mon désir
   peint sur ma face, et aussi mes questions,
   bien plus brûlantes qu'en mots prononcés.
13 Et Béatrice — comme fit Daniel
   pour apaiser Nabuchodonosor[1]
   plein d'une injuste et cruelle colère —
16 dit : « Je vois bien comment tes deux désirs
   te tirent, et comment, captif de soi,
   ton souci au-dehors ne saurait sourdre.
19 Tu argumentes : "Si le bon vouloir
   demeure entier, pourquoi la violence
   d'autrui diminue-t-elle mon mérite ?"
22 Et tu as un second sujet de doute
   en ce que dit Platon[2], pour qui les âmes
   s'en retournent chacune à son étoile.
25 Dans ton *velle*[3], tels sont les points qui pressent
   également ; je traiterai d'abord
   la question la plus pleine de venin.
28 Celui des hauts Séraphins qui le plus
   s'*endivine*, ou Moïse, ou Samuel,
   ou Jean — choisis lequel — ou Marie même,
31 n'ont point leurs sièges dans une autre sphère
   que ces esprits qui viennent d'apparaître,
   et n'y sont pas pour plus ou moins d'années ;
34 mais tous rendent plus beau le ciel suprême
   où ils ont douce vie diversement,
   sentant le souffle éternel plus ou moins.
37 Tu les as vus se montrer dans cet astre,
   non qu'ils y soient liés, mais comme signe
   de leur degré céleste qui est moindre.
40 Ainsi doit-on parler à votre esprit,
   car il apprend des seuls objets sensibles
   ce qu'ensuite il élève à l'intellect.
43 C'est pourquoi l'Écriture condescend
   à votre faculté, prêtant à Dieu

---

1. Le prophète Daniel interpréta un songe, que le roi Nabuchodonosor avait oublié (*Daniel*, II, 1-46). **2.** Dans le *Timée*, que Dante ne connaissait qu'indirectement. **3.** Latinisme : la « volonté ».

des pieds, des mains — entendant autre chose ;
46 ainsi la sainte Église vous présente
    sous l'humaine apparence Gabriel,
    Michel, et l'autre qui guérit Tobie.
49 Ce que Timée argumente des âmes
    n'est point pareil à ce qu'on voit aux cieux,
    puisqu'il paraît s'entendre au sens premier ;
52 l'âme, dit-il, retourne à son étoile :
    et il croit donc qu'elle en fut séparée
    quand la nature en informa le corps.
55 Mais la pensée peut-être est différente
    de ce que dit la lettre : une intention
    peut s'y cacher, dont il ne faut pas rire ;
58 car s'il entend que revient à ces sphères
    le reproche ou l'honneur de l'influence,
    son arc peut bien avoir touché le vrai.
61 Mal compris, ce principe avait jadis
    égaré la plupart des gens, au point
    qu'on invoquait Jupiter, Mars, Mercure.
64 Quant à cet autre doute qui t'émeut,
    son fiel est moindre, en ceci que son mal
    ne peut t'entraîner loin de ma parole.
67 Qu'au regard des mortels notre justice
    paraisse injuste, c'est raison de foi,
    non argument de maligne hérésie ;
70 mais, votre intelligence étant capable
    d'entrer à fond dans cette vérité,
    j'aurai bientôt satisfait ton désir.
73 S'il n'est de violence qu'aux victimes
    ne cédant rien à ceux qui les contraignent,
    ces âmes-ci n'ont pas eu cette excuse :
76 on n'éteint pas un vouloir qui s'oppose ;
    il fait comme Nature dans le feu
    quand mille fois violence le tord.
79 Donc, si le vouloir plie, peu ou beaucoup,
    il suit la force : ainsi firent ces âmes,
    qui auraient pu refuir vers le saint lieu.
82 Si leur vouloir était resté entier,
    comme il tint ferme Laurent sur le gril

et fit Mucius sévère pour sa main[1],
85 il les aurait relancées, sitôt libres,
dans le chemin qu'on leur avait fait perdre :
mais un vouloir si tenace est trop rare.

88 Et ces paroles, si tu les accueilles
comme il le faut, éteignent la question
qui t'aurait tourmenté encor souvent.

91 Mais tu vois poindre ici, à la traverse,
un autre obstacle, tel que par toi-même,
vite recru, tu ne pourrais le vaincre.

94 Je t'ai mis dans l'esprit la certitude
qu'un bienheureux ne saurait pas mentir,
proche qu'il est toujours du premier vrai ;

97 puis tu as pu entendre de Picarde
que Constance garda l'amour du voile
— Picarde ici semblant me contredire.

100 Souvent déjà, frère, il est advenu
que pour fuir un péril, contre son gré
l'on commît l'acte qu'il fallait exclure :

103 comme Alcméon qui, imploré par l'ombre
de son père, tua sa propre mère
et, pour garder sa piété, fut impie[2].

106 Dans un tel cas, je veux que tu observes
que, si la force infecte le vouloir,
la faute ne peut plus être excusée.

109 Absolu, le vouloir ne consent pas
au mal : mais quand il craint, par son refus,
de choir en un mal pire, il y consent.

112 Disant cela, Picarde parle donc
du vouloir absolu, et moi de l'autre :
si bien que toutes deux nous disons vrai. »

115 Tel fut l'épanchement du saint ruisseau
né de la source d'où tout vrai dérive[3],
et il sut mettre en paix mes deux désirs.

---

[1]. Saint Laurent fut brûlé vif en 258 ; Mucius Scaevola se brûla volontairement la main pour avoir tué le secrétaire de Porsenna au lieu de celui-ci. [2]. *Cf. Purgatoire,* XII, 50-51. [3]. Les propos de Béatrice viennent de Dieu, source de vérité.

118 « Amante du premier amant[1], divine »,
    lui dis-je alors, « dont le parler m'inonde
    et, m'échauffant, de plus en plus m'avive,
121 mes sentiments ne sont pas si profonds
    qu'ils puissent vous offrir grâce pour grâce :
    mais réponde celui qui voit et peut !
124 Je vois bien que jamais notre intellect
    n'est assouvi, si ce vrai ne l'éclaire
    hors duquel aucun vrai ne se répand.
127 Dès qu'il atteint le vrai, il s'y repose
    comme un fauve en son gîte — et peut l'atteindre :
    sinon, tous nos désirs viendraient en vain.
130 Car nos désirs font naître au pied du vrai,
    comme un rejet, le doute : et la nature,
    de hauteur en hauteur, nous porte au faîte.
133 Et c'est ce qui m'invite et m'encourage
    à m'enquérir, madame, avec respect,
    d'une autre vérité qui m'est obscure :
136 je veux savoir si l'on peut satisfaire
    aux vœux rompus, par quelque bonne action
    point trop légère au gré de vos balances. »
139 Béatrice eut vers moi un tel regard
    divin, si plein d'étincelles d'amour,
    que mes forces vaincues se dérobèrent ;
142 et je baissai les yeux, défaillant presque.

CHANT V

1 « Si pour toi la chaleur d'amour m'embrase
    bien au-delà de ce qu'on voit sur terre,
    vainquant ainsi la force de tes yeux,

---

[1]. Dieu.

4 n'en sois pas étonné : cela dérive
   d'un voir parfait qui, saisissant le bien,
   porte ses pas vers lui d'un même élan.
7 Je vois à fond comment déjà rutile
   dans ton esprit la divine lumière
   où toujours, à la voir, l'amour s'allume ;
10 et si tout autre objet séduit vos cœurs,
   c'est encor grâce à quelque trace d'elle,
   mal reconnue, qui transparaît en lui.
13 Tu veux savoir si l'on peut racheter
   un vœu non accompli, par d'autres œuvres
   qui mettent l'âme à l'abri du litige. »
16 Ainsi dit Béatrice, ouvrant ce chant ;
   et, comme on parle sans reprendre haleine,
   ainsi continua le saint discours :
19 « Le plus grand don que Dieu, dans sa largesse,
   nous ait fait en créant, le plus conforme
   à sa bonté, celui que Dieu préfère
22 — la liberté entière du vouloir —,
   tous les êtres doués d'intelligence
   et eux seuls l'ont reçu et le possèdent.
25 Fort de ce point, tu peux donc voir la haute
   valeur du vœu, si sa teneur est telle,
   quand tu consens, que Dieu même consente :
28 car, en scellant le pacte entre homme et Dieu,
   on lui fait sacrifice du trésor
   susdit, par œuvre du trésor lui-même.
31 Partant, que pourrait-on rendre en échange ?
   Qui croit user dûment de ce qu'il offre
   prétend qu'un bien mal acquis serve au bien !
34 Te voilà donc certain du point majeur.
   Mais, comme ici la sainte Église accorde
   des dispenses, qui semblent aller contre
37 le vrai que je t'ai dit, demeure encore
   à table : ce mets dur que tu as pris
   requiert qu'on l'aide à être digéré.
40 Ouvre l'esprit aux idées que j'expose
   et grave-les en toi : car de comprendre
   sans retenir n'engendre point science.

43 Deux choses forment l'essence du vœu :
    la première est l'objet du sacrifice,
    l'autre est la convention qui le conclut.
46 Et celle-ci ne s'efface jamais,
    même non observée : c'est elle-même
    dont je viens de parler si nettement ;
49 ainsi fut-il imposé aux Hébreux,
    comme tu dois savoir, d'offrir sans faute,
    quand bien même ils pouvaient changer l'offrande.
52 La première (l'objet du vœu, s'entend)
    est parfois telle qu'on ne pèche pas
    si on l'échange contre un autre objet.
55 Mais que personne, de son chef, ne change
    d'épaule son fardeau, sans que d'abord
    aient tourné la clef blanche et la clef jaune !
58 Tout changement est folie, sois-en sûr,
    si ce qu'on laisse n'est pas contenu
    dans ce qu'on prend, comme quatre dans six.
61 Aussi, quand la valeur d'un objet pèse
    si lourd qu'il démolit toute balance,
    nul autre don ne peut le compenser.
64 Ne formez pas de vœux à la légère,
    mortels ! soyez fidèles, mais non bigles
    comme Jephté à sa première offrande[1] :
67 il lui valait mieux dire "J'ai mal fait"
    que faire pis en observant son vœu !
    Et juge aussi stupide ce grand chef
70 des Grecs, qui fit pleurer Iphigénie
    sur sa beauté, et sur elle les sages
    comme les fous, instruits d'un pareil rite[2] !
73 Chrétiens, soyez plus graves pour agir ;
    ne soyez pas comme plume à tous vents ;
    ne croyez pas que tout ruisseau vous lave.
76 Ayant pour guides l'ancien Testament
    et le nouveau, l'Église et son pasteur,

---

1. Juge d'Israël, Jephté fit vœu de sacrifier à Dieu la première personne qui sortirait de chez lui : ce fut sa fille (*Juges*, XI, 29-40). **2.** Agamemnon sacrifia sa fille aux dieux.

ne cherchez pas ailleurs votre salut.
79 Quoi que puissent crier vos convoitises,
 soyez des hommes, non des brebis folles,
 pour que le Juif parmi vous ne vous raille.
82 N'imitez pas l'agneau simplet, folâtre,
 qui abandonne le pis de sa mère
 et prend plaisir à se nuire à lui-même. »
85 Béatrice eut ces mots, que je transcris ;
 puis, désirante, elle se retourna
 du côté où le monde est le plus vif :
88 sa parole arrêtée, ses traits changés
 firent se taire mon esprit avide,
 qui préparait déjà d'autres questions ;
91 et, comme au but déjà la flèche frappe
 quand cependant la corde encore vibre,
 tels nous joignîmes le second royaume.
94 Alors je vis ma dame si joyeuse,
 dès qu'elle entra dans l'éclat de ce ciel[1],
 que la planète en devint plus brillante :
97 et si l'étoile ainsi changée sut rire,
 que fis-je, moi qui suis, par ma nature,
 transmuable de toutes les manières !
100 Tels, du profond d'un vivier pur et calme,
 s'élancent les poissons vers ce qui tombe,
 s'ils croient pouvoir y trouver leur pâture,
103 ainsi vis-je accourir bien plus de mille
 splendeurs, et en chacune j'entendais :
 « voici qui fera croître nos amours »,
106 et, quand l'une venait plus près de nous,
 on voyait l'ombre, pleine de liesse,
 dans la fulguration qui sortait d'elle.
109 Si ce que je commence ici, lecteur,
 restait inachevé, figure-toi
 ton anxieuse faim d'en savoir plus :
112 et par toi-même tu verras combien
 je désirai connaître leur état,
 dès qu'à mes yeux ces âmes apparurent.

---

1. Le ciel de Mercure.

115 « Esprit bien né, à qui la grâce accorde
       de voir les rangs de l'éternel triomphe
       avant d'avoir quitté l'autre milice[1],
118 la lumière épandue par tout le ciel
       nous irradie : et donc, si tu désires
       être éclairé sur nous, comble ta faim. »
121 L'un des pieux esprits me dit ces mots,
       et Béatrice ajouta : « Parle, parle,
       aie confiance et crois-les comme des dieux ! »
124 « Je vois comment tu te formes un nid
       dans ta lumière, que tes yeux répandent,
       car plus tu ris et plus elle étincelle ;
127 mais je ne sais qui tu es, âme digne,
       ni le pourquoi de ton rang dans la sphère
       que voile aux hommes la lueur d'une autre. »
130 Je dis ces mots, tourné vers la splendeur
       qui venait de parler : elle en brilla
       de feux beaucoup plus forts qu'auparavant.
133 Tel le soleil, qui se cache en lui-même
       par trop d'éclat, lorsque son ardeur ronge
       les vapeurs denses qui le tempéraient,
136 telle à mes yeux, par surcroît de liesse,
       en ses rais se cacha l'image sainte
       et, s'étant close ainsi, me répondit
139 de la façon que le chant suivant chante.

CHANT VI

1 « Quand Constantin eut inversé le vol
       de l'aigle — qui suivit le cours des astres

---

[1]. L'existence terrestre.

jadis avec l'époux de Lavinia[1] —,
4 cent et cent ans et plus l'oiseau de Dieu
   s'établit aux frontières de l'Europe,
   non loin des monts dont il était issu :
7 là, sous l'ombre sacrée de son plumage,
   il gouverna le monde et, tour à tour
   changeant de main, se posa sur la mienne.
10 Je fus César et suis Justinien
   qui, inspiré par le premier amour,
   ôtai des lois le trop et l'inutile[2].
13 Avant de m'appliquer à mon ouvrage,
   j'attribuais au Christ une nature
   et non plus : cette foi me contentait.
16 Mais Agapit le bienheureux, qui fut
   pasteur suprême, sut par ses paroles
   me redresser vers la foi véritable[3].
19 Je crus en lui, et vois clair à présent
   dans l'objet de sa foi, comme tu vois
   qu'une contradiction joint faux et vrai.
22 Dès que je fus dans la voie de l'Église,
   il plut à Dieu de m'inspirer par grâce
   le haut labeur où je mis tout mon être :
25 confiant mon armée à Bélisaire[4],
   je vis la main du ciel le soutenir,
   signe pour moi de m'astreindre à la paix.
28 Jusqu'ici, ma réponse ne concerne
   que ta question première ; mais je dois,
   vu sa tournure, y adjoindre une suite,
31 pour que tu juges de quel droit s'élèvent
   contre l'emblème sacro-saint de l'aigle
   ceux qui l'usurpent et ceux qui l'affrontent !
34 Vois combien d'héroïsme l'a fait digne
   de révérence ; et ce fut dès le jour
   où Pallas en mourant fonda son règne[5].

---

1. Constantin transporta le siège de l'empire à Constantinople, suivant le chemin inverse d'Énée, époux de Lavinia.   **2.** L'empereur Justinien, fameux pour son *Code*.   **3.** Le pape Agapit (533-536).   **4.** Général de Justinien (490-565).   **5.** Fils d'Évandre, roi du Latium, il soutint Énée dans ses combats (*Énéide*, IX, 362-509).

37 Tu sais qu'en Albe l'emblème est resté
    plus de trois cents années, jusqu'à la guerre
    qu'ont dénouée les trois contre les trois[1].
40 Et, du rapt des Sabines jusqu'aux peines
    de Lucrèce, tu sais comme il fit vaincre
    sept rois lancés contre leur voisinage[2].
43 Tu sais qu'il fut porté par les vaillants
    Romains contre Brennus[3], contre Pyrrhus[4],
    contre bien d'autres princes et collèges :
46 Quintius, dont le surnom vient de ses boucles[5],
    Torquatus[6], les Décius et les Fabius[7]
    en ont l'éclat qu'avec plaisir j'encense.
49 Il abattit l'orgueil de ces Arabes[8]
    qui sur les pas d'Hannibal traversèrent
    les rocs alpestres d'où le Pô dévale.
52 Sous cet emblème ont triomphé très jeunes
    Scipion[9] et Pompée[10], ce qui parut
    amer au mont sous lequel tu es né[11].
55 Puis, à l'approche du temps où le ciel
    voulut le monde en paix à son image,
    César reprit, par le vouloir de Rome,
58 l'emblème : et ce qu'il fit, du Var au Rhin,
    Isère et Loire et Seine ont pu le voir
    et tous les vals qui font enfler le Rhône.
61 Son ample vol, lorsque, laissant Ravenne,
    il sauta par-dessus le Rubicon,
    plume ni langue ne saurait le suivre.
64 Il tourna vers l'Espagne son armée,
    puis vers Duras ; et il frappa Pharsale
    si dur, qu'au Nil le deuil en fut cuisant ;
67 il revit Simoïs où gît Hector

---

1. Après leur victoire sur les trois Curiaces, les trois Horaces firent passer l'aigle romaine d'Albe la Longue à Rome. 2. Les sept rois de Rome, depuis le rapt des Sabines jusqu'à la mort de Lucrèce, c'est-à-dire de Romulus à Tarquin le Superbe. 3. Brennus, qui pilla Rome en 390. 4. Roi d'Épire, vainqueur à Héraclée puis à Ausculum en 279. 5. Quinctius Cincinnatus, le fameux dictateur romain, surnommé Cincinnatus parce que ses cheveux étaient bouclés. 6. Titus Manlius Torquatus, vainqueur des Gaulois et des Latins. 7. Les Décius et les Fabius moururent héroïquement au combat. 8. Les Carthaginois. 9. Scipion l'Africain, vainqueur d'Hannibal. 10. Pompée, qui s'empara de l'Espagne. 11. Selon la légende, il aurait détruit Fiesole.

et Antandros d'où il était parti,
puis s'élança pour meurtrir Ptolémée ;
70 fondit de là pour foudroyer Juba ;
fit volte-face vers votre Occident
où sonnaient les trompettes de Pompée[1].
73 Par son garant suivant, ce que fit l'aigle,
Brutus, Cassius en hurlent en enfer
et Modène et Pérouse en ont pâti ;
76 la triste Cléopâtre en pleure encore,
elle qui, le fuyant, choisit de prendre
de l'aspic une mort soudaine et noire.
79 Volant à la mer Rouge avec ce prince,
l'aigle créa tant de paix par le monde
que l'on ferma le temple de Janus[2].
82 Mais tout ce qu'avait fait, ou allait faire,
dans le terrestre empire qu'il domine,
l'emblème dont s'élance ma parole,
85 semble, en comparaison, faible et obscur,
si d'un œil clair, d'un cœur pur, on l'observe
entre les mains du troisième César[3] :
88 car la vive justice qui m'inspire
lui accorda, dans les mains que j'ai dites,
la gloire de venger son grand courroux.
91 Admire ici le fait que je souligne :
avec Titus, il courut revenger
cette vengeance du péché ancien[4].
94 Puis, quand le croc lombard fut venu mordre
la sainte Église, on vit à son secours
Charlemagne accourir sous l'aigle et vaincre[5].
97 Tu peux juger à présent de ces hommes
que j'accusais tantôt, et de leurs fautes,
cause de tous les maux dont vous souffrez.

---

1. Cette évocation de César fait référence à la guerre des Gaules ; au passage du Rubicon ; à sa victoire sur Pompée en Espagne ; à ses combats à Durazzo et Pharsale ; à sa visite aux lieux où mourut Hector ; à sa victoire sur Ptolémée, qu'il détrôna au profit de Cléopâtre ; à sa victoire sur Juba. 2. Évocation d'Auguste, qui conquit l'Égypte et établit une paix générale. 3. L'empereur Tibère, au temps duquel mourut le Christ. 4. Titus détruisit Jérusalem en 70, vengeant ainsi la mort du Christ, elle-même punition de la faute commise par Adam. 5. Charlemagne battit les Lombards en 778.

100 Qui oppose à l'enseigne universelle
   les lis d'or ; qui la voue à son parti ;
   comment déterminer le plus coupable ?
103 Faites donc, gibelins, faites vos tours
   sous d'autres signes, car on suit mal l'aigle
   en l'écartant toujours de la justice !
106 Et, trop sûr de l'abattre avec ses guelfes,
   que ce Charles nouveau[1] craigne les serres
   qui ont fait chauves de plus fiers lions !
109 bien des fois ont pleuré déjà les fils
   par la faute d'un père ! et qui peut croire
   que pour les lis Dieu change son emblème ?
112 Cette petite étoile se décore
   de bons esprits qui ont été actifs
   pour que l'honneur et le renom les suivent :
115 certes, quand les désirs visent ces buts,
   déviant de la sorte, les rayons
   de l'amour vrai tendent moins vifs au ciel.
118 Mais c'est une partie de notre joie
   de mesurer le salaire au mérite,
   ne le voyant ni moindre ni plus grand :
121 ainsi la vive justice embellit
   notre désir au point qu'il ne peut plus
   jamais se tordre vers quelque malice.
124 Des voix diverses font un doux accord :
   ainsi divers degrés de vie heureuse
   font l'harmonie suave de ces sphères.
127 Et dans la perle où tu es à présent
   luit la lumière de Romieu, dont l'œuvre
   fut mal goûtée, encor que belle et grande.
130 Mais ceux des Provençaux qui l'inquiétèrent
   n'en ont pas ri : car dure est notre route
   quand le bien faire d'autrui nous dépite.
133 Si Raymond Bérenger put voir les quatre
   filles qu'il eut devenir quatre reines,

---

1. Charles II d'Anjou, roi de Naples.

ce fut grâce à Romieu[1], l'humble étranger.
136 Plus tard, ému par de louches murmures,
il demanda des comptes à ce juste,
qui lui restitua douze pour dix
139 et puis quitta ses terres, pauvre et vieux.
Si le monde savait quel cœur il eut,
mendiant sa vie bouchée après bouchée,
142 ceux qui le louent le loueraient plus à fond ! »

CHANT VII

1 « *Hosanna sanctus Deus sabaoth*
superillustrans claritate tua
felices ignes horum malacoth[2] *!* »
4 Ainsi chanta, virant sous mon regard
au rythme de son chant, cette substance
en qui s'assemble une double lumière ;
7 puis sa danse entraîna celle des autres
et, comme un vol d'étincelles soudaines,
très vite la distance les cacha.
10 Moi, qui doutais : « Dis-lui ! Dis-lui ! », disais-je
en mon esprit, « parle donc à ta dame
dont les douces rosées te désaltèrent ! »
13 Mais ce respect qui vainc tout mon courage
pour peu que vibrent les sons *Bé* ou *ice*[3]
m'inclinait comme un homme qui s'endort.
16 M'acceptant mal en cet état longtemps,
elle m'illumina d'un tel sourire
qu'il rendrait l'homme heureux même en plein feu,

---

1. Romieu de Villeneuve, ministre du comte de Provence Raymond Bérenger IV ; il aurait favorisé le mariage des filles de son seigneur sans en obtenir qu'ingratitude. **2.** « Sois salué, ô saint Dieu des armées, qui fais de ta clarté resplendir les bienheureux flambeaux de ces royaumes ». **3.** Initiale et finale du nom de Béatrice.

19 et dit : « J'en juge à coup sûr : ton souci
    est de saisir comment une vengeance
    juste, a pu être punie justement.
22 Je t'aurai vite affranchi de ce doute,
    mais toi, écoute bien : car mes paroles
    t'offriront une haute vérité.
25 N'ayant admis nul frein pour secourir
    son vouloir, l'homme qui vécut sans naître
    en se damnant damna toute sa race[1].
28 L'espèce humaine en resta de longs siècles
    là-bas, gisante en grande erreur, infirme,
    avant qu'il plût au Verbe[2] d'y descendre
31 pour s'unir en personne à la nature
    qui s'était éloignée de son auteur,
    par l'acte seul de l'éternel amour.
34 Ici, vois bien l'argument que j'énonce.
    Cette nature[3], d'abord jointe à Dieu,
    fut pure et bonne, ainsi qu'il la créa,
37 mais, disjointe, entraîna son propre exil
    du paradis, pour s'être égarée loin
    du chemin véridique et de sa vie.
40 Le châtiment de la croix, mesuré
    à la nature assumée par le Verbe,
    n'a donc jamais mordu si justement ;
43 mais nul aussi ne fit si grande injure,
    à regarder la personne meurtrie,
    en qui cette nature était admise.
46 Un seul acte eut ainsi divers effets :
    la même mort plut à Dieu et aux Juifs ;
    si la terre en trembla, les cieux s'ouvrirent.
49 Tu ne dois plus désormais trouver dure
    l'affirmation qu'une juste vengeance
    fut revengée par une juste cour[4].
52 Mais ton esprit, de pensée en pensée,
    je le vois maintenant pris dans un nœud
    dont il a grand désir qu'on le délivre.

---

1. Adam.   **2.** Le Christ.   **3.** La nature humaine.   **4.** *Cf.* p. 906, note 4.

55 Tu dis : "Je comprends bien ce qu'on m'explique,
   mais ne vois pas pourquoi Dieu a voulu
   ce seul moyen pour notre rédemption."
58 Un tel décret demeure enseveli,
   mon frère, aux yeux de ceux dont la raison
   n'a pas mûri aux flammes de l'amour.
61 Mais je veux — car vraiment sur un tel point
   l'on réfléchit beaucoup sans voir grand-chose —
   te dire en quoi ce moyen fut plus digne.
64 La divine bonté, qui sait bannir
   toute rancœur, brûle en soi-même et brille
   en déployant les beautés éternelles.
67 Ce qui vient d'elle sans intermédiaire
   ne connaît pas de fin, car son empreinte,
   dès lors qu'elle a scellé, reste immuable.
70 Ce qui sans médiation pleut de son sein
   est libre tout entier, car non soumis
   à l'influence des choses nouvelles,
73 et lui plaît d'autant plus qu'il lui ressemble :
   car le saint feu qu'elle darde en tout être
   s'avive en ceux qui lui sont plus conformes.
76 De tous ces avantages s'enrichit
   le genre humain ; mais si l'un d'eux lui manque,
   alors il doit déchoir de sa noblesse.
79 Le péché seul l'abaisse au rang d'esclave
   et le fait différer du bien suprême,
   mal éclairé qu'il est de sa lumière.
82 Et jamais il n'en est à nouveau digne,
   tant qu'une peine égale au faux plaisir
   n'emplit le vide creusé par la faute.
85 Votre nature, en péchant tout entière
   dans son germe, jadis fut écartée
   de ces honneurs comme du paradis,
88 et ne pouvait — songes-y bien à fond —
   les recouvrer d'aucune autre manière
   qu'en passant l'eau par l'un de ces deux gués :
91 ou que Dieu, par sa seule courtoisie,
   remît la faute, ou bien que l'homme seul
   pût racheter sa folie par ses œuvres.

94 Plonge à présent ton regard dans l'abîme
 des desseins éternels ; suis ma parole
 aussi étroitement que tu le peux.
97 L'homme était incapable, en ses limites,
 de jamais satisfaire : il ne pouvait
 s'abaisser humblement pour obéir
100 autant qu'il crut monter en s'insurgeant ;
 et voilà pourquoi l'homme fut exclu
 de rien pouvoir réparer par lui-même.
103 Il fallait donc que par ses propres voies
 — je dis par l'une ou par les deux conjointes —,
 Dieu rendît l'homme à sa vie intégrale.
106 Mais, l'œuvre étant d'autant plus agréable
 à l'ouvrier qu'elle fait mieux paraître
 le bon vouloir du cœur dont elle émane,
109 la divine bonté, partout empreinte,
 mit son plaisir à emprunter ensemble
 ses deux chemins, pour bien vous relever.
112 Du premier jour à la dernière nuit,
 jamais acte si haut, si magnifique,
 ne fut ou ne sera, par l'un ou l'autre :
115 car, en s'offrant lui-même pour rendre apte
 l'homme à se relever, Dieu fut plus large
 que si sa grâce ne l'avait qu'absous ;
118 et tout autre moyen, pour sa justice,
 eût été pauvre, si le fils de Dieu
 ne s'était abaissé à s'incarner.
121 Or, afin de combler tous tes désirs,
 je reviens en arrière sur un point
 pour qu'il te soit évident comme à moi.
124 Tu dis : "Je vois que l'eau, le feu, la terre
 et l'air, et tous leurs mélanges, finissent
 par se corrompre et ne durent qu'un temps ;
127 mais ces choses, créées jadis par Dieu,
 devraient pourtant, si l'on m'a parlé vrai,
 rester indemnes de la corruption."
130 On peut dire, mon frère, que les anges
 et que ce pur pays où tu te trouves
 furent créés tels qu'ils sont, pleinement ;

133 mais les quatre éléments que tu évoques
   et tous ces corps auxquels ils participent
   sont informés par des vertus créées.
136 Leur matière a été créée d'abord ;
   puis fut créée la vertu informante
   en ces astres qui roulent autour d'eux :
139 les rayons et le cours des saintes sphères
   tirent, de ces amas prédisposés,
   l'âme de chaque animal et des plantes.
142 Mais votre vie, c'est la bonté suprême
   qui l'insuffle en personne et qui l'enflamme
   d'amour pour elle et d'incessant désir.
145 De là tu peux déduire, de surcroît,
   votre résurrection, si tu repenses
   comment l'humaine chair fut faite, lorsque
148 Dieu façonna les deux premiers parents. »

CHANT VIII

1 Le monde en perdition croyait jadis
   que, dans sa ronde au troisième épicycle,
   Cypris la belle irradiait l'amour fou[1] :
4 et les Anciens, dans leur ancienne erreur,
   outre qu'ils l'honoraient de sacrifices
   et chants votifs, honoraient Dioné
7 et Cupidon, disant l'une sa mère,
   l'autre son fils, et qu'il s'était assis
   sur les genoux de la reine Didon.
10 Or, de Cypris, d'où s'élance mon chant,
   prit nom l'étoile dont le soleil aime
   à voir tantôt les cils, tantôt la nuque.

---

[1]. Vénus, fille de Dioné, mère de Cupidon, déesse de l'amour sensuel.

13 Je ne sus point que je montais en elle,
   mais fus certain d'y entrer, quand je vis
   ma dame devenir plus belle encore.

16 Comme on voit dans la flamme une étincelle,
   et comme un chant modulé se distingue
   si l'autre chant s'arrête sur la note,

19 ainsi vis-je tourner dans sa lumière
   d'autres lumières, plus ou moins rapides
   selon, je crois, leurs visions intérieures.

22 Jamais d'un froid nuage ne fondirent
   vents, visibles ou non, si fulgurants
   qu'ils ne parussent lents et empêchés

25 à qui aurait pu voir ces divins feux
   voler vers nous, abandonnant la ronde
   dont l'élan naît au ciel des Séraphins.

28 Et parmi ceux qui parurent d'abord
   sonnait un *Hosanna* si beau, qu'ensuite
   j'ai toujours désiré le réentendre.

31 Puis l'un d'eux s'avança plus près de nous
   et parla seul : « Nous tous, nous voici prêts
   à ton plaisir : fais ta joie de la nôtre.

34 Mêmes soif, rythme et ronde nous emportent
   dans le grand bal céleste de ces Princes
   à qui déjà tu disais dans le monde :

37 *"Vous dont l'esprit meut le troisième ciel*[1]*..."* ;
   mais notre amour est tel que, pour te plaire,
   un bref repos ne sera pas moins doux. »

40 Après que j'eus offert, respectueux,
   mon regard à ma dame, et après qu'elle
   l'eut comblé de sa vue et rendu sûr,

43 le tournant vers la flamme qui si fort
   s'était promise, « Ah ! qui êtes-vous ? » dis-je
   en un cri plein d'une vive tendresse.

46 Quand j'eus parlé, combien plus belle et ample
   fut sa splendeur, par l'allégresse neuve
   qui vint accroître encor son allégresse !

---

[1]. Premier vers de la première chanson du *Banquet* (II, 1).

49 Ainsi changée : « La terre », me dit-elle[1],
    « m'eut peu de temps ; si j'étais resté plus,
    de grands malheurs futurs n'auraient pas lieu.
52 Ce qui me cache à ta vue, c'est ma joie
    qui rayonnante autour de moi me voile,
    comme un ver s'enveloppe dans sa soie.
55 Tu m'as beaucoup aimé, non sans raison,
    car mon amour, si j'avais pu rester,
    t'aurait fait voir bien plus que son feuillage.
58 Le pays que le Rhône à gauche lave
    d'une eau mêlée à celle de la Sorgue
    m'attendait pour seigneur, le temps venu,
61 avec la corne Ausonienne, forte
    de Bari, de Catone et de Gaète,
    où Tronte et Verd débouchent dans la mer.
64 Déjà brillait sur mon front la couronne
    de ce pays qu'arrose le Danube
    en délaissant les rivages tudesques ;
67 et Trinacrie la belle, qu'ennuage
    non point Typhée, mais le soufre naissant
    de Pachine à Pélore, au bord du golfe
70 que l'Eurus bat de son plus âpre souffle,
    aurait encore attendu ses monarques
    issus par moi de Rodolphe et de Charles[2],
73 si un mauvais gouvernement, qui blesse
    toujours au cœur les peuples ses sujets,
    n'eût fait crier Palerme : "À mort ! À mort ![3]"
76 Et si mon frère[4] prévoyait la chose,
    on le verrait désormais fuir l'offense
    des Catalans démunis et avides ;
79 car, à coup sûr, il faudra que lui-même

---

1. Celui qui parle est Charles Martel (1271-1295). Couronné roi de Hongrie en 1292 (vers 64-66), il vint en 1295 à Florence, où Dante le rencontra. Charles Martel était comte de Provence (vers 58-60) et roi de Naples et de Sicile (vers 61-68). Tronte et Verd : le Tronto et le Garigliano ; Trinacrie : la Sicile ; Typhée, géant enseveli sous l'Etna ; Pachine et Pélore : caps nord-est et sud-est de la Sicile, au bord du cap de Catane, battu par le sirocco (Eurus). 2. Charles Ier, grand-père de Charles Martel ; Rodolphe Ier de Habsbourg, beau-père de Charles Martel. 3. Allusion aux Vêpres Siciliennes (1282), révolte de Palerme contre les Angevins. 4. Robert, frère cadet de Charles Martel, roi de Naples en 1309.

ou qu'un autre y pourvoie, pour que sa barque
déjà chargée ne s'alourdisse encore.
82 Issue d'un sang généreux, sa nature
tombée dans l'avarice aurait besoin
de barons moins soucieux d'emplir des coffres ! »
85 « Puisque je crois que la haute liesse
que ton discours me verse, ô mon seigneur,
est vue par toi — comme en moi je la sens —
88 là où tout bien se termine et commence,
elle m'est plus précieuse : et il m'est cher
que tu la voies par ton regard en Dieu.
91 Toi qui m'as fait heureux, éclaire-moi,
car à t'entendre je doute : — comment
d'un doux grain peut-il naître un fruit amer ? »
94 Ainsi lui dis-je ; et lui : « Si je te montre
un seul point vrai, tu tourneras la face,
non plus le dos, vers ce que tu demandes.
97 Le bien qui réjouit et rend mobiles
les grands cieux où tu montes, les pénètre
d'une vertu donnée par providence.
100 Ce qui pourvoit aux diverses natures
règne dans la pensée parfaite en soi,
où règne aussi leur salut général.
103 Tout ce que l'arc décoche est donc réglé
pour atteindre sur terre un but prévu,
comme la flèche orientée vers sa cible.
106 Sans cet ordre, le ciel où tu voyages
produirait ses effets de telle sorte
qu'ils seraient moins œuvres d'art que ruines :
109 chose impossible, sauf si les esprits
moteurs des astres défaillent — de même
que le Premier, qui ne sut les parfaire.
112 Ce vrai, veux-tu que je l'éclaire encore ? »
Et moi : « Non, car il m'est inconcevable
que la nature, en ce qu'il faut, vacille. »
115 Et lui : « Dis-moi : si l'homme était sur terre
sans vivre en citoyen, serait-ce pire ? »
« Oui », dis-je ; « ici, nul besoin de raison ! »
118 « Et cela, peut-il l'être, à moins de vivre

diversement, pour des fonctions diverses ?
non pas, si votre maître[1] a bien écrit. »
121 Venu jusqu'à ce point par déductions,
l'esprit conclut : « Il faut donc que diverses
soient les racines dont naissent vos œuvres :
124 aussi l'un naît Xerxès, l'autre Solon,
l'autre Melchisédech, l'autre celui
qui volant dans les airs perdit son fils[2].
127 La rotation naturelle, en marquant
la cire des mortels, fait bien son art,
sans distinguer l'une ou l'autre maison :
130 de là vient qu'Ésaü, dès la semence,
diffère de Jacob[3], et qu'au vil père
d'un Quirinus beaucoup substituent Mars[4].
133 La nature des fils suivrait toujours
la même voie que celle des parents,
si le divin prévoir n'allait plus loin.
136 Ce que ton dos cachait, tu l'as en face :
mais, pour montrer qu'avec toi je me plais,
je t'offre un corollaire pour manteau.
139 Comme toute semence hors de son sol,
toujours le naturel réussit mal
devant une fortune en désaccord.
142 Si donc, en bas, le monde prenait garde
aux fondements que la nature pose
et s'y pliait, meilleurs seraient les hommes.
145 Mais vous tordez jusqu'à le faire prêtre
l'enfant qui était né pour ceindre un glaive,
et faites roi l'enfant né pour prêcher[5] :
148 ainsi vos pas s'écartent du chemin. »

---

1. Aristote. 2. Xerxès, roi de Perse ; Solon, fameux législateur athénien ; Melchisédech, prêtre des Hébreux ; Dédale, constructeur du Labyrinthe et père d'Icare. 3. *Cf. Genèse*, XXV, 22. 4. Quirinus : Romulus, fils de père inconnu ; né de Mars selon la légende. 5. Allusions à Louis d'Anjou, frère de Charles Martel, devenu évêque de Toulouse, et à Robert de Naples, célèbre pour ses dons d'orateur.

CHANT IX

1 Après, belle Clémence[1], que ton Charles
    m'eut éclairé, il me conta les pièges
    qu'on préparait contre sa descendance,
4 mais dit : « Tais-toi ; laisse passer les ans » :
    je n'en puis donc rien dire, si ce n'est
    qu'un juste pleur suivra vos infortunes.
7 Déjà l'ardente vie du saint flambeau
    ne s'adressait qu'au Soleil qui la comble,
    comme au bien qui suffit à chaque chose.
10 Âmes trompées, créatures impies
    qui détournez vos cœurs d'un tel trésor,
    levant le front vers tant de vanités !
13 Mais voici que vers moi s'en vint une autre
    de ces splendeurs, et son rayonnement
    me signala qu'elle voulait me plaire.
16 Fixés sur moi, les yeux de Béatrice
    me confirmèrent, comme auparavant,
    son cher assentiment à mon désir.
19 « Oh ! satisfais mon envie sans attendre,
    bienheureux esprit », dis-je, « et prouve-moi
    qu'en toi je puis refléter ma pensée ! »
22 Émergeant du profond du chant choral,
    la flamme qui m'était encor nouvelle
    enchaîna donc, comme on aime à bien faire :
25 « En cette part de l'Italie perverse
    qui, du Rialte, va jusqu'aux deux sources
    de la Brente et du Piave, une colline
28 s'élève, et ne se dresse pas très haut,
    là d'où jadis descendit une torche
    qui attaqua le pays violemment.
31 La même souche, elle et moi, nous fit naître ;

---

[1]. Femme de Charles Martel.

Cunice[1] était mon nom ; je brille ici
pour m'être consumée à cette étoile.

34 Mais, sans regret, je pardonne à moi-même
joyeusement la cause de mon sort,
ce qui pourra surprendre le vulgaire.

37 Vois, le plus près de moi, ce lumineux
et cher joyau de notre ciel : sa gloire
lui reste grande, et avant qu'elle meure

40 le présent siècle se quintuplera ;
vois à quelle excellence on doit atteindre
pour qu'après soi la vie en laisse une autre !

43 Or, aujourd'hui, peu importent ces choses
à la tourbe, entre Adige et Taillement[2] :
bien que frappée, nul remords ne la ronge.

46 Mais Padoue, avant peu, fera rougir
l'eau des marais dont se baigne Vicence,
puisque ces gens renâclent au devoir[3] !

49 Et, là où Sile et Cagnan se rejoignent,
tel va la tête haute et fait le maître
sans voir les rets qu'on ourdit pour le prendre[4] !

52 Et Feltre aussi pleurera sur la faute
de son pasteur impie, si monstrueuse
que nul n'entra dans Malte pour la même[5] !

55 La cuve à employer serait trop vaste,
et trop las le peseur, once après once
recueillant tout le sang des Ferrarais

58 que ce prêtre courtois voudra offrir
pour plaire à son parti ; et de tels dons
seront dignes des mœurs de ce pays...

61 Là-haut sont des miroirs — pour vous, les Trônes —
d'où resplendit vers nous le Dieu qui juge :

---

1. Née en 1198, Cunizza da Romano, sœur du tyran Ezzelino (vers 29-30), originaire de la Marche de Trévise (entre le Rialto, la Brenta et le Piave). Elle eut une vie sentimentale agitée (vers 31-32) et se convertit à la fin de son existence. **2.** La misérarable population située entre l'Adige et le Tagliamento. **3.** En 1314, Cangrande della Scala, venu au secours de Vicence, écrasa les Padouans rebelles à l'Empire. **4.** Rizzardo da Camino, seigneur de Trévise (où se rejoignent les eaux du Sile et du Cagnano), fut assassiné en 1312. **5.** Évêque de Feltre, Alessandro Novello livra en 1313 au gouverneur de Ferrare des exilés qui furent décapités. *Malte* est pris ici au sens de prison.

si bien que ces propos nous semblent bons. »
64 Elle se tut alors, me laissant voir
que ses pensées se détournaient ailleurs,
en reprenant sa place dans la ronde.
67 L'autre joyau, que je savais déjà
chose précieuse, à mes yeux devint tel
qu'un rubis rose où le soleil vient battre :
70 comme ici-bas la liesse ouvre au rire,
elle fait resplendir là-haut (mais l'ombre
qui pleure plus en enfer s'éteint plus).
73 « Dieu, lui, voit tout : et ta vision s'*en-lui-e*[1] »,
dis-je, « âme heureuse, au point que nul désir
ne peut lui-même à toi se dérober ;
76 ainsi ta voix, qui réjouit le ciel,
jointe à jamais au chant des flammes saintes
emmantelées de leurs trois paires d'ailes,
79 pourquoi me laisse-t-elle sur ma faim ?
Moi, je n'attendrais pas tes questions, si
je *m'en-toi-yais*, comme toi tu *t'en-moi-es* ! »
82 « La plus grande vallée, où l'eau s'épanche
de l'océan qui entoure la terre »
— ainsi alors commença son discours —,
85 « s'étend si loin à rebours du soleil
entre des bords discordants, qu'elle change
en méridien sa ligne d'horizon.
88 Je fus le riverain de ce grand val,
entre l'Èbre et la Maigre, fleuve bref,
frontière des Génois et des Toscans.
91 Les levants, les couchants concordent presque,
à Bougie et au lieu où je suis né,
dont le port fut jadis chaud de son sang.

---

1. *Dio vede tutto, e tuo veder s'inluia :* la traduction de s'*inluia* par un « s'en-lui-e » aussi difficile à accepter (mais pas plus !) que l'hapax dantesque dont il procède, est annoncée, en début de vers, par un « lui » qui n'est pas dans le texte italien : si j'ajoute ce « lui », c'est pour préparer l'oreille et l'esprit du lecteur au mot étrange qui va paraître. Deux nouveaux hapax de formation analogue viendront peu après, au vers 81 (*m'intuassi* et *t'immii*), mais le lecteur, désormais averti, ne sera pas surpris par leur traduction (N.d.T.).

94 Les gens qui m'ont connu m'appelaient Foulques[1] ;
et ce ciel-ci s'empreint de mon éclat,
comme je fus moi-même empreint du sien :
97 car je brûlai, tant que j'eus le poil noir,
plus encor que la fille de Bélus,
qui déplut à Créuse et à Sichée ;
100 et plus que Rhodopée, jadis déçue
par Démophon ; et plus encor qu'Alcide,
qui tint Iole enclose dans son cœur[2].
103 Pourtant, nul repentir ici : l'on rit
non de la faute, qui fuit la mémoire,
mais à la force qui pourvoit et règle.
106 On y pénètre l'art qu'un tel amour
vient embellir, et l'on voit vers quel bien
le monde haut tourne le monde bas.
109 Mais pour que tu remportes satisfaits
tous tes désirs conçus dans cette étoile,
je dois pourtant m'avancer plus encore.
112 Tu veux savoir qui est dans la splendeur
si vive et scintillante auprès de moi,
comme un rayon de soleil en eau pure ?
115 Sache donc qu'au-dedans goûte la paix
Rahab[3] : elle s'est jointe à notre chœur,
qui reçoit d'elle sa plus haute marque.
118 Car en ce ciel, où meurt en pointe l'ombre
que fait la terre, elle fut accueillie
au triomphe du Christ, avant toute âme.
121 Il convint de la mettre en tant que palme,
en quelque ciel, de la haute victoire
qui fut gagnée par l'une et l'autre main,
124 puisqu'elle aida la gloire initiale
de Josué, sur cette Terre sainte

---

1. Folquet de Marseille, troubadour de la seconde moitié du XIIe siècle, né en Ligurie (vers 89-90). Amoureux de nombreuses dames, il se convertit et devint évêque de Toulouse en 1205. **2.** Allusions aux amours de Didon, fille de Bélus, veuve de Sichée, qu'elle abandonna pour Énée, lui-même infidèle à la mémoire de Créuse ; aux amours tragiques de Phyllis, fille d'un roi de Thrace (montagnes du Rodope) avec Démophoon ; aux amours non moins tragiques d'Hercule (Alcide) avec Iole. **3.** Courtisane de Jéricho, elle sauva les espions de Josué et aida ainsi à la conquête de la Terre sainte (*Josué*, II, 1-24 ; VI, 15-25).

dont le pape aujourd'hui se souvient peu.
127 Ta ville — plante suscitée par l'ange
qui le premier renia son auteur[1],
et dont l'envie fait couler tant de larmes —
130 porte et va propageant la fleur maudite[2]
qui dévoie les brebis et les agneaux,
car elle a fait un loup de leur berger.
133 Pour elle, ils abandonnent l'Évangile
comme les grands docteurs : leurs marges montrent
qu'ils étudient les seules Décrétales ;
136 les cardinaux, le pape s'y appliquent ;
leurs pensées ne vont point à Nazareth
où Gabriel avait ouvert ses ailes.
139 Mais avant peu, le Vatican et d'autres
hauts lieux de Rome, élus comme sépulcres
des chevaliers dont Pierre fut suivi[3],
142 seront libres enfin de l'adultère ! »

CHANT X

1 Regardant en son fils avec l'amour
que l'un et l'autre à tout jamais respirent,
l'ineffable et première des puissances[4]
4 fit si ordonnément tout ce qui roule
par l'espace ou l'esprit, qu'en voyant l'œuvre,
chacun toujours s'éprend de son auteur.
7 Lève donc avec moi, lecteur, ta vue
vers les célestes roues, droit vers ce lieu
où le zodiaque et l'équateur se heurtent,
10 et là, commence à te complaire en l'art

---

1. Florence, créature de Satan. 2. Le florin d'or, monnaie de Florence, était marqué d'un lis. 3. Les premiers martyrs chrétiens. 4. Dieu le père.

de ce maître[1] qui l'aime en soi si fort
   que jamais son regard ne s'en éloigne :
13 vois comment de ce lieu part et s'écarte
   le cercle oblique où tournent les planètes,
   pour satisfaire au monde qui appelle ;
16 car, si leur voie n'était pas infléchie,
   mainte influence au ciel resterait vaine,
   tuant en bas presque tous les effets ;
19 et si l'écart était plus ou moins grand
   par rapport au droit cercle, alors tout l'ordre
   du monde se romprait, de part et d'autre.
22 Or donc, lecteur, reste assis sur ton banc,
   poursuivant par l'esprit cet avant-goût :
   ta joie viendra bien avant la fatigue.
25 Je t'ai servi ; à toi de te nourrir ;
   car elle veut tout mon soin, la matière
   dont j'ai la charge d'être ici le scribe.
28 Le plus grand officier de la nature[2],
   qui marque au monde la valeur du ciel
   et dont l'éclat nous mesure le temps,
31 parvenu en ce lieu que je rappelle
   ci-dessus, tournoyait parmi les spires
   où chaque jour il se montre plus tôt.
34 Et moi j'étais en lui. Mais la montée,
   je la perçus aussi peu qu'on sent naître
   une pensée avant qu'elle apparaisse !
37 C'est Béatrice qui me guide ainsi
   du bien au mieux, de si prompte manière
   que son action n'entre pas dans le temps.
40 Combien devaient briller les esprits mêmes
   du soleil où j'entrai, rendus visibles
   par leur plus grand éclat, non par leurs teintes !
43 j'emploierais l'art, l'esprit, l'expérience,
   sans le rendre jamais imaginable ;
   on peut le croire ; et le voir, qu'on l'espère !
46 Si nos pouvoirs d'imaginer sont faibles
   pour de telles hauteurs, quoi d'étonnant

---

1. Dieu. **2.** Le soleil.

puisque nul œil n'a vaincu le soleil ?
49 Ainsi là-bas flambait la quatrième
famille du haut père qui la comble[1],
toujours montrant comme il souffle et engendre.
52 Et Béatrice : « Rends grâces », dit-elle,
« Rends grâces au soleil des anges, grâce
auquel tu viens jusqu'au soleil sensible ! »
55 Jamais un cœur mortel ne fut si prêt
à la dévotion, ni si rapide
à se donner de tout son gré à Dieu,
58 que le mien ne devint à ces paroles ;
tout mon amour se mit en lui si fort
qu'il éclipsa dans l'oubli Béatrice.
61 Loin d'en être fâchée, elle en sourit :
et la splendeur de son regard riant
divisa mon esprit joint à l'unique.
64 Je vis plusieurs flambeaux vifs et vainqueurs
faire couronne autour de notre centre,
plus doux encor de voix qu'éblouissants :
67 ainsi voit-on la fille de Latone[2]
s'auréoler parfois, quand l'air humide
retient le fil qui forme son écharpe.
70 Dans la céleste cour dont je reviens
sont maints joyaux si beaux et précieux
qu'on ne peut les porter hors du royaume,
73 et tel était le chant de ces lumières ;
qui ne gagne des ailes pour là-haut
attendra qu'un muet le lui raconte !
76 Quand ces ardents soleils, ainsi chantant,
eurent tourné trois fois autour de nous,
tels les astres voisins des pôles fixes,
79 je pensai voir des dames en plein bal
mais s'arrêtant et guettant, silencieuses,
le son prochain de quelque autre musique.
82 Et dans l'un, j'entendis commencer : « Puisque
le rayon de la grâce, auquel s'allume
le vrai amour et que l'amour fait croître,

---

[1]. Les bienheureux du quatrième ciel.   [2]. Diane, la lune.

85 en toi multiplié brille assez fort
   pour te conduire en haut par cette échelle
   où quiconque descend remontera,
88 ceux qui, voyant ta soif, te dénieraient
   leur broc de vin, ne seraient pas plus libres
   qu'une eau privée de couler vers la mer.
91 Tu veux savoir quelles fleurs enluminent
   cette guirlande, tournoyant hommage
   à la belle qui t'arme pour le ciel ?
94 Je fus l'un des agneaux du saint troupeau
   que Dominique emmène sur la route
   où l'on s'engraisse au bien, sauf fourvoiements.
97 Celui qui m'est le plus proche, à ma droite,
   fut mon frère et mon maître : c'est Albert
   de Cologne[1], et je suis Thomas d'Aquin[2].
100 Mais si tu veux connaître tous les autres,
    que ton regard, en suivant mes paroles,
    fasse le tour de la couronne heureuse.
103 Cet autre flamboiement sort du sourire
    de Gratien, qui fut d'un tel secours
    aux deux Canons, qu'il plaît en paradis[3].
106 Voici encor, rehaussant notre chœur,
    ce Pierre qui offrit — tout comme l'humble
    veuve — à la sainte Église son trésor[4].
109 Le feu cinquième et plus beau d'entre nous[5]
    respire un tel amour qu'au monde, en bas,
    tous sont friands d'avoir de ses nouvelles :
112 le haut esprit qui l'habite eut la grâce
    d'un savoir si profond que, si le vrai
    est vrai, nul ne monta qui sût tant voir.
115 Puis tu vois la lumière de ce cierge
    qui, chair encor, sut le mieux s'enquérir
    de la nature et du rôle des anges[6].

---

1. Albert le Grand (1193-1280), fameux théologien dominicain. **2.** Thomas d'Aquin (1226-1274), autre grand théologien dominicain. **3.** Gratien (première moitié du XIIe siècle), auteur de traités fondamentaux sur le droit canon, qu'il s'efforça de mettre en accord avec le droit civil. **4.** Le théologien Pierre Lombard, mort en 1160. **5.** Salomon. **6.** Denys l'Aréopagite, à qui l'on attribuait un traité sur la hiérarchie angélique.

118 Dans la lueur suivante, plus légère,
    rit l'avocat des premiers temps chrétiens[1],
    dont Augustin butina les écrits.
121 Or, si les yeux de ton esprit se portent
    de flamme en flamme, en suivant mes louanges,
    tu dois brûler de soif pour la huitième :
124 au-dedans, la vision du bien très haut
    réjouit l'âme sainte qui dénonce
    la fausseté du monde à qui l'écoute ;
127 le corps dont elle fut chassée repose
    sur la terre, au Cieldor ; mais le martyre
    et l'exil l'ont hissée jusqu'à la paix[2].
130 Vois flamboyer plus loin le souffle ardent
    d'Isidore, de Bède, et de Richard
    qui, en contemplation, fut plus qu'un homme[3].
133 Celui-ci, d'où tes yeux vers moi reviennent,
    est le feu d'un esprit dont la pensée
    grave estima que la mort tardait trop :
136 c'est la flamme éternelle de Siger,
    qui, enseignant dans la ruelle au Fouarre,
    syllogisa des vérités honnies[4]. »
139 Alors, comme une horloge nous appelle,
    quand l'épouse de Dieu[5] se lève et chante
    l'aubade à son époux afin qu'il l'aime,
142 lorsqu'un rouage tire et presse l'autre
    et *ding* résonne en un timbre si tendre
    que se gonflent d'amour les âmes prêtes,
145 ainsi je vis la glorieuse roue
    évoluer dans le suave accord
    des voix parlant aux voix — inouïes, sauf
148 là-haut, où joie et toujours ne sont qu'un.

---

1. L'historien Paul Orose (ve siècle). 2. Né à Rome vers 470, Boèce fut emprisonné et exécuté à Pavie (la basilique de Pavie est *San Pietro in Ciel d'oro*) en 526. En prison, il composa la *Consolation de la philosophie*. 3. Isidore de Séville (560-636), auteur des *Étymologies* ; Bède le Vénérable (674-735), érudit et cosmographe ; Richard de Saint-Victor (mort en 1173), théologien mystique. 4. Siger de Brabant (1226-1283), professeur au Quartier Latin (rue du Fouarre). 5. L'Église.

CHANT XI

1 Vaine folie des intérêts humains !
  combien sont imparfaits les syllogismes
  qui font battre tes ailes vers la terre !
4 L'un s'appliquait aux Aphorismes[1], l'autre
  au droit, d'autres au sacerdoce, d'autres
  à régner, par la force ou les sophismes,
7 d'autres au vol, ou encore aux affaires ;
  qui s'épuisait, reclus dans les plaisirs
  charnels, qui professait l'oisiveté,
10 tandis que moi, libre de tant d'encombres,
  je recevais auprès de Béatrice
  un si glorieux accueil au ciel, là-haut !
13 Quand chaque esprit eut regagné le point
  du cercle où il brillait auparavant,
  il s'y fixa comme au lustre le cierge :
16 et j'entendis, du sein de la lumière
  qui venait de parler, et dont l'éclat
  se fit plus pur, sa voix sourire encore :
19 « Comme je luis sous ses rayons, de même
  par mon regard dans la clarté divine
  j'apprends ce qui fait naître tes pensées.
22 Tu doutes : mes propos, tu les voudrais
  mieux précisés, en termes clairs et amples,
  pour que s'adapte à ton intelligence
25 ce que j'ai dit tantôt : "...où l'on s'engraisse",
  et puis : "...nul ne monta qui sût tant voir"[2].
  Il faut qu'ici l'on distingue avec soin.
28 La providence, qui régit le monde
  si savamment que toute créature
  devient aveugle avant d'en voir le fond,
31 désireuse qu'allât vers son aimé
  plus confiante en soi et plus fidèle
  l'épouse de celui qui la fit sienne

---

[1]. Ouvrage d'Hippocrate : il symbolise les études de médecine. [2]. *Cf.* *Paradis*, X, 96 et 114.

34 en ses hauts cris et par son sang béni,
   voulut armer en sa faveur deux princes
   à ses deux flancs, pour lui servir de guides.
37 L'un fut tout séraphique en son ardeur[1] ;
   l'autre, par sa science, fut sur terre
   resplendissant de clarté chérubique.
40 Je parlerai d'un seul, car de tous deux
   on parle en louant l'un, lequel qu'on prenne,
   leurs œuvres ayant eu la même fin.
43 Entre Tupin et les eaux qui dévalent
   du coteau cher au bienheureux Ubald,
   le haut mont glisse en un versant fertile
46 d'où Pérouse ressent le chaud, le froid,
   par la Porte-au-Soleil ; et, derrière elle,
   sous un joug dur, Gauld et Nocère pleurent.
49 De ce versant, là où devient plus douce
   sa raideur, un soleil naquit au monde,
   comme fait l'autre quand il naît du Gange.
52 On ne devrait donc pas nommer ce lieu
   "Ascise[2]" — ce serait bien trop peu dire —
   mais "Orient", pour en parler plus juste.
55 Il n'était pas encor loin du lever
   quand sa haute vertu fit ressentir
   à votre terre un premier réconfort,
58 puisque, tout jeune, il affronta son père
   pour une dame à qui nul n'entrebâille
   la porte du plaisir — comme à la mort :
61 et, par-devant sa cour spirituelle,

---

1. Saint Thomas d'Aquin, dominicain, fait l'éloge de saint François d'Assise. Il évoque son origine près du Tupino, rivière proche d'Assise, près de laquelle vécut le bienheureux Ubaldo (vers 43-45), près de Pérouse (vers 46-47), près de Nocera et de Gualdo (vers 48) : à Assise (vers 52). Puis il fait allusion à la rupture de François avec son père et à son amour pour la pauvreté (vers 58-78) ; aux premiers disciples de François : Bernardo da Quintavalle, Egidio (1190-1262), Silvestro (mort vers 1240) (vers 79-84) ; à la première règle de l'ordre, accordée par le pape Innocent III en 1210 (vers 91-93) ; à la deuxième règle de l'ordre approuvée en 1223 par le pape Honorius III (vers 94-99) ; au voyage en Égypte de François, qui ne réussit pas à convaincre le sultan (vers 100-105) ; enfin aux stigmates, reçus sur l'Averne, entre le Tibre et l'Arno (vers 106-108). 2. *Ascesi*, « Ascise » : je m'en tiens à l'orthographe proposée par Pézard pour rendre la (fausse) étymologie que Dante suggère : *Ascesi*, selon lui, viendrait d'*ascendere*, « monter » (N.d.T.).

coram patre, il s'unit à l'aimée.
Puis il l'aima plus fort de jour en jour.
64 Elle, privée de son premier époux,
était restée, mille et cent ans et plus,
dédaignée, veuve, obscure — jusqu'à lui :
67 en vain celui qui fit trembler le monde
la trouva impavide (et tous le surent)
à l'appel de sa voix, chez Amyclas[1] ;
70 en vain fut-elle assez constante et brave
pour souffrir sur la croix avec le Christ,
lorsque Marie s'agenouillait en bas.
73 Mais, pour que mon discours soit moins obscur,
en ces amants, sous mon parler diffus,
vois désormais François et Pauvreté.
76 Leur air joyeux, leur accord, leur amour
émerveillé, leurs doux regards, déjà
faisaient qu'ils suscitaient des pensées saintes :
79 à tel point que d'abord le vénérable
Bernard se déchaussa pour mieux courir
à cette paix, s'y trouvant même lent.
82 Ô richesse ignorée ! ô bien fécond !
Égide et puis Sylvestre se déchaussent
après l'époux — tant l'épouse les charme !
85 Ce père et maître alors se met en route
avec sa dame, avec cette famille
que son humble cordon liait déjà.
88 Jamais lâche, les yeux jamais baissés
— ni d'être fils de Pierre Bernardon,
ni de sembler étrange et méprisable —,
91 mais royal, il s'ouvrit à Innocent
de sa dure observance, et eut du pape
le premier sceau qui consacra son ordre.
94 Quand son pauvre troupeau se fut accru
derrière lui — dont la vie admirable
serait bien mieux chantée au ciel de gloire —,
97 l'Esprit divin, par les mains d'Honorius,

---

1. Pêcheur assez pauvre pour ne pas craindre César et ses armées (*Pharsale,* V, 519 *sqq.*).

vint couronner d'un second diadème
le saint désir de cet archimandrite.

100 Puis, quand il eut, dans sa soif du martyre,
sous le regard superbe du sultan,
prêché le Christ et ceux qui l'ont suivi,

103 trouvant peu mûr pour la conversion
ce peuple, et ne voulant rester en vain,
il revint moissonner l'herbe italique.

106 Sur l'âpre roc, entre le Tibre et l'Arne,
il eut du Christ enfin le dernier sceau
que dans sa chair il porta deux années.

109 Quand Dieu, l'ayant élu pour un tel bien,
voulut le promouvoir aux récompenses
par lui gagnées en se faisant petit,

112 recommandant, comme en juste héritage,
à ses frères sa dame la plus chère,
il les somma de l'aimer sans faillir ;

115 du sein de Pauvreté, cette âme illustre
voulut l'envol, le retour au royaume,
mais sans vouloir de cercueil pour son corps.

118 Maintenant, songe au digne compagnon
qu'il dut avoir, pour maintenir la barque
de Pierre, en haute mer, droit vers le but !

121 ce compagnon fut notre patriarche[1] :
qui veut le suivre en observant sa règle,
tu vois qu'il charge les denrées précieuses.

124 Mais son troupeau s'est rendu si glouton
de pâture nouvelle, qu'il s'égaille
inévitablement vers d'autres prés ;

127 plus ses brebis égarées vagabondent
loin du berger, plus leur mamelle est vide
quand le troupeau s'en retourne au bercail ;

130 il en est bien qui, craignant le dommage,
vont se serrer contre lui — mais si rares
que peu de drap fournit toutes leurs chapes.

133 Or, si mon verbe n'est pas indistinct,

---

1. Saint Dominique, fondateur de l'ordre dominicain, dont le dominicain Thomas d'Aquin condamne vivement la déchéance (vers 124-139).

si ton écoute est restée attentive,
si tu te souviens bien de mes propos,
136 ton vœu doit être exaucé en partie :
car tu verras par où l'arbre s'ébranche,
et la raison qui m'a fait corriger :
139 "...où l'on s'engraisse au bien, *sauf fourvoiements*[1]". »

CHANT XII

1 Sitôt après que l'ultime parole
fut prononcée par la flamme bénie,
la sainte roue encor se mit à moudre
4 et n'avait pas achevé tout son tour
qu'une autre dans son cercle vint l'enclore,
joignant les danses, fondant les deux chants
7 en un chant dont les douces flûtes vainquent
celui de nos sirènes, de nos muses,
comme un rayon premier vainc son reflet.
10 Ainsi que ploient dans la nuée légère
deux arcs de même centre et mêmes teintes
lorsque Junon l'ordonne à sa servante[2],
13 l'arc du dehors naissant de l'arc interne
(tel l'écho, de la voix de cette errante
que l'amour consuma : brume au soleil),
16 et de leur couple les humains présagent,
suivant le pacte entre Dieu et Noé,
un monde à jamais libre du déluge,
19 pareillement ces immortelles roses
nous entouraient d'un duo de guirlandes
où la lointaine imitait la plus proche.

---

1. *Cf. Paradis*, X, 96 et XI, 25. **2.** Les arcs-en-ciel qui se forment quand Junon ordonne à sa servante Iris de descendre sur terre.

22 Lorsque le bal, et cette fête immense,
    embrasée et chantante, où flamme et flamme
    dialoguaient doucement exultantes,
25 d'un seul vouloir et ensemble cessèrent
    — comme deux yeux, au plaisir qui les tire,
    toujours de pair s'abaissent ou se lèvent —,
28 du cœur de l'une des clartés nouvelles
    vint une voix qui fit tourner ma vue
    — quêtant son lieu — comme l'aiguille au pôle,
31 et commença : « L'amour qui m'embellit
    m'entraîne à discourir de l'autre guide,
    qui fait ici parler si bien du mien[1] ;
34 là où est l'un, il sied d'amener l'autre,
    afin qu'ils brillent d'une gloire unique,
    puisque tous deux combattirent ensemble.
37 L'armée du Christ, qui coûta tant d'efforts
    à rallier, marchait lente et craintive
    et peu nombreuse, en suivant son enseigne,
40 quand l'empereur qui règne pour toujours
    voulut aider la milice en péril,
    non pas qu'elle en fût digne, mais par grâce,
43 secourant son épouse (on te l'a dit)
    par deux champions dont l'œuvre et la parole
    ramenèrent le peuple dévoyé.
46 En ces régions d'où le zéphyr s'élance,
    ouvrant suave les feuilles nouvelles
    dont vous voyez l'Europe se vêtir,
49 non loin des bords où vont battre les flots
    à l'horizon desquels, las de sa course,
    le soleil quelquefois se cache aux hommes,
52 est située l'heureuse Calagurre,
    sous le couvert de ce grand écusson
    au lion dominé mais qui domine.
55 C'est la ville où naquit l'amant zélé

---

1. Saint Bonaventure de Bagnoreggio (1221-1273), général des Franciscains, commence l'éloge de saint Dominique. Il évoque sa naissance en Castille ; un songe prophétique de sa mère ; son engagement pour défendre la foi chrétienne ; son baptême ; sa formation intellectuelle et ses luttes contre l'hérésie.

de notre foi chrétienne — saint lutteur,
affable aux siens, rude à ses adversaires.
58 Sitôt créé, son esprit fut empli
d'une si forte vertu, qu'au sein même
de sa mère, il la fit prophétiser.
61 Quand sur les fonts sacrés l'on célébra
entre la Foi et lui les épousailles
où leur salut mutuel fut la dot,
64 la dame qui donna pour lui l'accord
vit en un songe l'admirable fruit
que lui et sa lignée feraient surgir :
67 et pour que dans son nom parût son être,
un souffle issu du ciel le désigna
du possessif du Seigneur — Dominique[1] —,
70 car Dieu l'eut tout entier. Je le compare
au jardinier qu'avait choisi le Christ
pour cultiver avec lui son jardin :
73 vrai familier, sûr messager du Christ,
puisqu'il fit montre d'un premier amour
pour le premier conseil que donna Christ.
76 Souvent il fut trouvé par sa nourrice
muet mais éveillé, à terre, comme
disant : « Je suis venu pour cela seul. »
79 Combien son père fut vraiment *Félix* !
combien sa mère fut vraiment *Johanne*[2],
si ce prénom a le sens qu'on lui donne !
82 Non pour le monde — beaucoup s'y essoufflent
après Taddée ou le savant d'Ostie[3] —,
mais par l'amour qu'il eut de la vraie manne,
85 en peu de temps il se fit grand docteur,
prenant la garde autour de cette vigne
prompte à blanchir si le vigneron flanche,
88 puis demanda au Siège[4], autrefois doux
aux pauvres justes (fautif non le Siège :
fautif celui qui siège, et dégénère !),

---

1. *Dominicus*, ou « l'être du Seigneur ». **2.** Félix ou « heureux » ; Jeanne, ou « grâce du Seigneur ». **3.** Taddeo Alderotti, médecin florentin ; Henri de Suse, évêque d'Ostie, célèbre canoniste. **4.** La papauté.

91 non pas de donner deux ou trois pour six,
    non le premier bénéfice vacant,
    non *decimas, quae sunt pauperum Dei*[1],
94 mais le droit de combattre les erreurs
    du monde, afin de sauver la semence
    dont vingt-quatre rameaux[2] ici t'encerclent.
97 Alors, plein de science et de vouloir,
    soutenu par l'office apostolique
    il part, torrent jailli de haute source,
100 puis, arrachant les ronces d'hérésie,
    son cours impétueux frappa plus fort
    là où plus grande était la résistance.
103 De lui, plus tard, divers ruisseaux naquirent
    dont le jardin catholique s'arrose
    et qui font ses arbustes plus vivaces.
106 Si telle était l'une des roues du char
    sur lequel résista la sainte Église
    pour vaincre enfin ses querelles internes,
109 tu devrais voir très manifestement
    l'excellence de l'autre[3], dont Thomas
    fit avant ma venue le digne éloge.
112 Mais l'ornière tracée par le sommet
    de sa circonférence, on l'abandonne ;
    la moisissure a supplanté le tartre :
115 car sa famille, qui marchait d'abord
    très droit, les pas dans ses pas, se détourne,
    si bien que le talon couvre la pointe ;
118 et bientôt l'on verra quelle récolte
    naît du mauvais labeur, lorsque l'ivraie
    se plaindra que la huche lui soit close !
121 Qui chercherait — j'en conviens — feuille à feuille
    dans notre livre, y trouverait la page
    où il lirait : "Tel je fus, tel je reste" ;
124 mais ce ne serait pas à Aigue-Esparte

---

1. « Non les dîmes, qui appartiennent aux pauvres de Dieu ». **2.** Les élus qui font cercle autour de Dante. **3.** Saint François d'Assise.

>   ni à Casal[1], d'où viennent à la règle
>   des servants qui la fuient ou qui la forcent !
> 127 Je suis la vie de Jean Bonaventure
>   de Baigneroi, qui dans mes grands offices
>   mis en second tous les soins temporels.
> 130 Voici deux des premiers pauvres déchaux
>   que le cordon rendit amis de Dieu :
>   l'un est Illuminé, l'autre Augustin[2].
> 133 Hugues de Saint-Victor les accompagne,
>   et Pierre le Mangeur, et Pierre Espaing
>   qui brille sur la terre en douze livres[3],
> 136 Nathan prophète, et le métropolite
>   Chrysostome, et Anselme, et ce Donat
>   qui daigna s'occuper du premier art[4] ;
> 139 Raban aussi est là ; et près de moi
>   brille l'abbé calabrais Joachim[5],
>   qui fut doué du souffle prophétique.
> 142 Si j'ai loué ce paladin glorieux,
>   c'est animé par la courtoise ardeur
>   et l'éloquence dont frère Thomas
> 145 vient d'entraîner avec moi ce collège. »

---

1. Saint Bonaventure condamne Matteo d'Acquasparta (général de l'ordre franciscain en 1287) et Ubertino da Casale (né en 1259) pour avoir été infidèles au message de saint François. 2. Deux des premiers disciples de saint François. 3. Hugues de Saint-Victor (1097-1141), théologien mystique ; Pierre le Mangeur (mort en 1179), ainsi surnommé à cause de sa faim de lecture ; Pierre d'Espagne (1226-1277), pape en 1276 sous le nom de Jean XXI. 4. Le prophète Nathan ; saint Jean Chrysostome, père de l'Église ; saint Anselme (1033-1093), théologien ; Donat (IVe siècle), maître de grammaire, le premier degré de l'enseignement universitaire. 5. Raban Maur, commentateur de la Bible ; Joachim de Flore (mort en 1202), cistercien calabrais, auteur de prophéties annonçant le troisième âge de l'humanité : celui de l'Esprit-Saint.

CHANT XIII

1 Qu'on imagine — et, pendant que je parle,
    qu'on garde dur comme un roc cette image,
    pour bien comprendre ce qu'alors je vis —
4 quinze étoiles au ciel, le faisant luire
    en divers points, de clartés assez fortes
    pour vaincre toutes les couches de l'air ;
7 qu'on imagine ce Char[1] auquel l'orbe
    de notre ciel suffit, car son timon
    y tourne jour et nuit sans disparaître ;
10 qu'on imagine la bouche du Cor[2]
    qui prend naissance au bout de cet essieu[3]
    autour duquel tourne la roue première[4] ;
13 tout cela dans le ciel formant deux signes
    comme en forma la fille de Minos[5]
    lorsque le gel de la mort l'eut atteinte,
16 et les rayons de l'un brillant en l'autre,
    et l'un et l'autre évoluant de sorte
    qu'ensemble ils tournent mais en sens contraire :
19 et l'on n'aura qu'une ombre de la vraie
    constellation et de la danse double
    autour du point où j'étais immobile ;
22 car ceci vainc notre humaine expérience,
    comme le ciel le plus rapide vainc
    le cours des eaux paisibles de la Claine[6].
25 L'on n'y chanta ni Bacchus ni Péan[7],
    mais l'essence divine en trois personnes,
    et, dans l'une, l'humaine et la divine.
28 Chant et ronde accomplirent leur mesure ;
    puis, se tournant vers nous, les clartés saintes
    passèrent avec joie d'une œuvre à l'autre.
31 Alors, ce feu qui m'avait raconté

---

1. Le Grand Chariot. 2. La Petite Ourse. 3. L'étoile polaire. 4. Le Premier Mobile, ou Cristallin. 5. Ariane, transformée à sa mort en constellation. 6. La Chiana, rivière de la région d'Arezzo. 7. Ou Apollon.

le petit pauvre admirable de Dieu[1]
me dit, rompant le silence unanime
34 parmi les déités : « Quand une paille
est battue, quand son grain est engrangé,
un doux amour m'invite à battre l'autre.
37 Tu crois qu'en la poitrine d'où fut prise
la côte pour former le beau visage[2]
dont la bouche a coûté si cher au monde,
40 et que dans celle — trouée par la lance —
qui, rachetant passé comme avenir,
sut contrebalancer toutes les fautes,
43 tout ce que peut renfermer de lumière
notre nature humaine fut versé
par la vertu qui créa ces deux êtres.
46 Et donc, ce que j'ai dit plus haut t'étonne,
quand je contais qu'il n'eut pas de second,
le bien enclos dans la cinquième flamme[3].
49 Ouvre à présent les yeux à ma réponse :
vois s'accorder ta croyance et mon dire
au sein du vrai, comme le centre au cercle.
52 Tout le créé, mortel ou immortel,
n'est qu'une irradiation de cette idée
qu'engendre dans l'amour notre seigneur ;
55 car la vive brillance qui émane
de son brillant, demeurant jointe à lui
comme à l'amour qui joint à eux s'entierce,
58 par sa bonté rassemble ses rayons
paraissant reflétés en neuf substances,
bien qu'elle reste éternellement une.
61 Puis, de là, d'acte en acte, elle descend
aux puissances dernières — si changée
qu'elle ne crée que contingences brèves ;
64 et par ces contingences je veux dire
les êtres engendrés, qu'en se mouvant
le ciel produit avec ou sans semence.

---

1. Saint Thomas, qui avait célébré saint François d'Assise. **2.** D'Ève. **3.** Au *Paradis*, X, 114, saint Thomas avait dit que Salomon était le plus grand des sages. L'était-il donc plus qu'Adam et le Christ ? C'est à ce doute que saint Thomas répond.

67 Leur cire et la vertu qui les modèle
   varient : c'est pourquoi l'œuvre ne reflète
   que plus ou moins le signe de l'idée.
70 Il en advient qu'un même arbre produise,
   selon l'espèce, un fruit meilleur ou pire ;
   et vous naissez doués d'esprits divers.
73 Si chaque cire était pétrie à point
   et que le ciel eût sa vertu suprême,
   la lumière du sceau s'y verrait toute ;
76 mais la nature la transmet toujours
   affaiblie, opérant comme l'artiste
   habile dans son art, mais sa main tremble.
79 Si donc l'ardent amour dispose et marque
   le clair dessein de la vertu première,
   par là s'acquiert toute la perfection.
82 Ainsi jadis la terre fut créée
   digne du plus parfait des animaux ;
   ainsi Marie fut enceinte du Christ ;
85 et je loue donc ta pensée, que jamais
   la nature de l'homme ne fut telle
   qu'en ces deux êtres, ni ne sera telle.
88 Si maintenant je n'allais pas plus loin,
   tu te mettrais à dire : "Et l'autre, donc,
   comment a-t-il pu être sans égal ?"
91 Mais pour bien voir ce qui n'apparaît point,
   songe à ce qu'il était, songe à la cause
   de son choix, lorsque Dieu lui dit : "Demande !"
94 Je n'ai rien dit qui t'empêchât de voir
   qu'il était roi, demandant la sagesse
   pour satisfaire à sa charge de roi ;
97 non pour savoir combien sont les moteurs
   des cieux, ou si le nécessaire, uni
   au contingent, donne du nécessaire ;
100 non *si est dare primum motum esse*[1],
   ni si le demi-cercle peut enclore
   un triangle où nul angle ne soit droit.
103 Rapproche donc mes propos successifs :

---

[1]. « Si l'on peut admettre un premier moteur ».

cette vue sans pareille est la prudence
royale, que visait mon intention ;
106 et, en scrutant les mots "Nul ne monta",
tu les verras concerner seulement
les rois, qui sont nombreux, et peu sont bons.
109 Distingue bien ce point dans mes paroles,
qui rejoignent ainsi ce que tu crois
de notre premier père et de l'Aimé.
112 Or, qu'à tes pieds ce plomb toujours te freine
et t'enseigne un pas lent d'homme recru,
vers le oui ou le non que tu vois mal ;
115 car celui-là est très bas chez les sots
qui affirme ou qui nie sans distinguer !
(et ceci vaut dans l'un et l'autre cas,
118 puisqu'il advient que l'opinion hâtive
penche souvent du côté de l'erreur ;
puis la passion entrave l'intellect.)
121 Qui veut pêcher le vrai sans en connaître
l'art, s'éloigne du bord bien plus qu'en vain,
car il revient moins gai qu'il n'est parti.
124 Tu peux en voir d'amples preuves sur terre
en Parménide, Bryssos, Mélissos[1]
et d'autres, qui allaient à l'aveuglette,
127 ainsi qu'Arius, Sabellius[2], et ces fous
qui furent comme un glaive aux Écritures,
reflétant mutilé leur droit visage.
130 Qu'on ne montre donc pas trop d'assurance
en jugeant, comme font ceux qui estiment
le blé d'un champ avant qu'il n'ait mûri ;
133 car j'ai vu le buisson d'abord paraître
épineux et farouche tout l'hiver,
et puis porter la rose sur sa cime,
136 et le bateau d'abord droit et rapide
courir la mer durant tout son voyage,
puis à la fin périr en vue du port.

---

1. Parménide, Melissos et Bryssos : philosophes grecs condamnés par Aristote.
2. Arius d'Alexandrie (280-336) et Sabellius (IIIe siècle après J.-C.) étaient deux hérétiques.

139 Si l'un fait une offrande et l'autre pille,
   que dame Berthe ou messire Martin[1]
   ne croie pas voir comment le ciel en juge :
142 car l'un peut choir, et l'autre peut *monter*. »

CHANT XIV

1 Du centre au cercle, ou bien du cercle au centre,
   ainsi va l'eau dans un vase arrondi,
   selon qu'on frappe au-dedans ou au bord :
4 en mon esprit cette image apparut
   soudainement, dès que l'âme glorieuse
   de Thomas fit silence — image née
7 de la similitude que formèrent
   son discours et celui de Béatrice,
   à qui, après cette âme, il plut de dire :
10 « Sans vous le signifier à haute voix
   ni en pensée, celui-ci a besoin
   d'aller au fond d'une autre vérité :
13 l'éclat qui fait fleurir votre substance,
   dites-lui si toujours il restera
   aussi brillant qu'il paraît aujourd'hui ;
16 et, s'il le reste, expliquez-lui comment,
   quand votre chair redeviendra visible,
   il ne blessera pas votre regard. »
19 Tels parfois ceux qui dansent une ronde,
   pressés et entraînés par plus de joie,
   ont la voix et le geste plus allègres,
22 tels, à cette oraison pieuse et prompte,
   les cercles saints montrèrent leur joie neuve
   par des chants et des rondes merveilleuses :

---

1. Les premiers venus.

25 ceux qui se plaignent qu'on meure ici-bas
   pour vivre au ciel, c'est qu'ils n'ont pas connu
   cette rosée d'éternelle fraîcheur.
28 L'un, qui est deux et trois[1] et toujours vit
   et toujours règne en trois et deux et un,
   non circonscrit, mais circonscrivant tout,
31 était chanté par chacune des âmes
   trois fois, et telle était leur mélodie
   qu'elle eût récompensé toute valeur.
34 Puis j'entendis sortir, du plus divin
   des feux du moindre cercle, une voix sage
   — comme, peut-être, de l'ange à Marie —
37 disant : « Si loin que durera la fête
   du paradis, autant notre ample amour
   rayonnera pour nous ces mêmes robes.
40 Sa lumière dérive de l'ardeur ;
   l'ardeur, de la vision — d'autant plus grande
   qu'elle a de grâce ajoutée au mérite.
43 Lorsque à nouveau la chair glorieuse et sainte
   nous vêtira, notre personne enfin
   réintégrée recevra plus de grâce :
46 plus large sera donc ce que nous donne
   le bien suprême en gratuite clarté,
   clarté qui nous préforme à sa vision ;
49 ainsi fera-t-il croître notre vue,
   croître l'ardeur née d'elle et qu'elle attise,
   croître l'éclat que l'ardeur irradie.
52 Mais, comme le tison jetant des flammes
   vainc leur lueur par son incandescence
   au point d'être visible au travers d'elles,
55 de même la splendeur qui nous revêt
   sera vaincue en clarté par la chair
   que maintenant la terre encor recouvre.
58 Et tant d'éclat ne pourra nous meurtrir :
   car chaque sens corporel sera fort
   pour tout ce qui pourra nous être joie. »
61 Les deux chœurs me parurent si rapides,

---

[1]. Dieu.

si empressés à s'écrier : « Amen ! »,
qu'on vit bien leur espoir de leurs corps morts :
64 non tant pour eux, mais pour une maman
peut-être, un père, ou d'autres qu'ils chérirent
avant d'être des flammes éternelles.
67 Puis, de surcroît, identique en splendeur,
naquit un nouveau lustre autour des autres,
pareil à l'horizon quand il s'éclaire.
70 Et comme, à l'heure où l'ombre du soir monte,
se montrent dans le ciel des feux naissants
que l'on croit voir réels et irréels,
73 là peu à peu je crus voir apparaître
de nouvelles substances faisant cercle
autour des deux précédentes couronnes.
76 Ô pur rayonnement de l'Esprit saint !
que son incandescence fut soudaine
à mes regards vaincus, qui défaillirent !
79 Mais si belle et riante m'apparut
Béatrice, qu'il faut laisser l'image
parmi celles qui fuient notre mémoire.
82 Or, mes yeux à sa vue reprenant force
pour mieux s'ouvrir, je me vis transporté,
seul avec elle, en un plus haut salut.
85 Je vis bien que j'étais monté plus haut[1],
à la riante flamme de l'étoile,
plus rouge que jamais, me sembla-t-il.
88 De tout cœur, en usant de ce langage
commun à tous, j'offris en holocauste
mon être à Dieu, pour la grâce nouvelle ;
91 et ma poitrine encore était ardente
du feu du sacrifice, quand je sus
mon offrande acceptée avec faveur,
94 car si pourprées et vives m'apparurent
mille splendeurs dans un double rayon,
que je dis : « Elios[2] ! tu les adoubes ! »
97 Comme, entre les deux pôles, constellée
de grands et moindres feux, la Galaxie

---

1. Au ciel de Mars. 2. Dieu.

blanchoie, faisant douter nombre de sages,
100 ainsi les deux rayons semés d'étoiles
formaient au fond de Mars le signe auguste
que font quatre quadrants unis en cercle.
103 Ici mon souvenir prévaut sur l'art,
puisque dans cette croix rayonnait Christ
si fort, qu'il ne m'en vient nul digne exemple ;
106 mais qui saisit sa croix pour suivre Christ
saura me pardonner ce que je manque,
voyant dans la blancheur fulgurer Christ.
109 D'un bras à l'autre et de la tête aux pieds
couraient des feux qui scintillaient plus fort
en se croisant et en se dépassant :
112 telles chez nous l'on voit, droites et torses,
vives et lentes, changeant à vue d'œil,
les poussières des corps, longues et brèves,
115 évoluer dans un rai de lumière
barrant l'ombre parfois que l'homme enclôt
pour s'abriter, par industrie et art.
118 Et comme vielle et harpe dont les cordes
tendues en harmonie sonnent suaves
pour ceux qui n'en saisissent point les notes,
121 ainsi, des feux qui là-haut m'apparurent
parmi la croix, vint une mélodie
sans hymne claire, et qui me ravissait.
124 Je sus bien qu'elle était haute louange,
car « Ressuscite ! » et « Triomphe ! » me vinrent
comme à celui qui, sans entendre, écoute.
127 Je m'éprenais si fort de tout l'ensemble,
que jusqu'alors je n'avais rien connu
qui m'enlaçât de chaînes aussi douces.
130 Ces mots, qui sait ? sembleront trop hardis,
plaçant plus bas le plaisir des beaux yeux[1]
où mon désir en contemplant s'apaise.
133 Mais qui saisit que les ciels, sceaux vivants
de la beauté, sont plus beaux dès qu'on monte
— et que je ne regardais pas ses yeux —,

---

1. De Béatrice.

136 m'excusera de ce dont je m'accuse
   pour m'excuser, voyant que je dis vrai :
   ici le saint plaisir ne peut s'exclure,
139 devenant plus parfait quand il s'élève.

CHANT XV

1 La bonne envie, en laquelle toujours
   va se fondre l'amour qui souffle droit,
   comme l'amour cupide glisse au mal,
4 fit s'interrompre ce doux chant de lyre
   et cesser de vibrer les saintes cordes
   que la dextre du ciel tire et détend.
7 Les croit-on sourds aux prières des justes,
   ces esprits qui se turent de concert
   pour me donner désir de les prier ?
10 Il est bon qu'il en souffre pour toujours,
   celui qui, par amour de ce qui fuit,
   se dépouille à jamais de l'autre amour !
13 Comme dans l'air du soir tranquille et pur
   file parfois une soudaine flamme
   attirant nos regards contemplatifs,
16 et l'on dirait une étoile en voyage,
   sinon qu'au point d'où surgit sa lueur
   éphémère, aucun feu n'a disparu,
19 ainsi, partant du bras qui s'ouvre à droite,
   jusqu'au pied de la croix courut un astre
   de la constellation là-haut brillante.
22 Sans s'égrener de son ruban, la gemme
   glissant parmi le limbe en auréole
   parut un feu deviné sous l'albâtre :
25 d'un même élan s'offrit l'ombre d'Anchise
   apercevant son fils dans l'Élysée,

si l'on en croit notre plus grande muse[1].

28 « *O sanguis meus, o superinfusa*
gratia Dei ! sicut tibi, cui
bis unquam celi janua reclusa[2] ? »

31 Ainsi parla ce feu ; je le fixai,
puis, dirigeant mon regard vers ma dame,
je fus très étonné de part et d'autre ;

34 car en ses yeux brûlait un rire tel
qu'avec les miens je crus toucher la cime
de mon bonheur et de mon paradis.

37 Puis l'âme exquise à entendre et à voir
joignit à son premier propos des choses
qui par leur profondeur m'étaient obscures :

40 cachant leur sens, non suivant quelque choix
mais par nécessité, car le concept
volait plus haut que nos visées mortelles.

43 Et quand l'arc de l'ardente affection
se détendit, ramenant les paroles
jusqu'au niveau de notre intelligence,

46 les premiers mots que je compris alors
furent : « Béni sois-tu, Dieu trine et un,
si courtois à l'égard de ma lignée ! »

49 Il poursuivit : « Ce cher et si long jeûne
que j'entrepris en lisant au grand livre[3]
où le noir ni le blanc jamais ne change,

52 tu l'as rompu, mon fils, dans cette flamme
d'où je te parle, et j'en rends grâce à celle
qui pour le vol sublime t'a ailé.

55 Tu crois que ta pensée se verse en moi
par l'Intellect premier, comme rayonnent
de l'un, s'il est connu, le cinq, le six :

58 tu n'as donc pas demandé qui je suis,
ni pourquoi je te semble plus joyeux
qu'aucun esprit de cette foule allègre.

---

1. Virgile. **2.** Le bienheureux qui parle est Cacciaguida, ancêtre de Dante. Il salue son descendant en latin : « Ô mon sang, ô grâce de Dieu sur toi répandue : à qui sinon à toi a jamais été ouverte par deux fois la porte du ciel ? » **3.** Le livre de la Providence.

61 Tu crois le vrai : dans notre haute vie,
   petits et grands regardent au miroir
   où naît l'idée avant que tu la penses.
64 Mais, pour mieux satisfaire au saint amour
   où veille ma vision perpétuelle
   et qui m'assoiffe d'un désir suave,
67 que ta voix ferme, hardie et joyeuse
   sonne ta volonté, sonne ta soif,
   auxquelles ma réponse est déjà prête ! »
70 Je me tournai vers Béatrice : et elle
   comprit avant de m'entendre et, d'un signe
   riant, fit croître l'aile de mon vœu.
73 « Dès qu'à vous se montra l'Égalité
   première », dis-je, « amour et intellect
   pour chacun d'entre vous n'eurent qu'un poids ;
76 car lumière et chaleur sont si égales
   en ce Soleil qui vous éclaire et brûle,
   qu'il rend toute autre égalité plus faible.
79 Mais sagesse et vouloir chez les mortels,
   pour la raison qui vous est manifeste,
   n'ont pas l'aile empennée pareillement ;
82 et moi, qui suis mortel, et sens en moi
   cette inégalité, je ne rends grâces
   qu'avec le cœur à ta joie paternelle.
85 Et donc je t'en supplie, vive topaze
   qui enlumines ce précieux joyau,
   rassasie-moi en me disant ton nom. »
88 « Ô mon feuillage, où, même dans l'attente,
   je me complus, j'ai été ta racine ! »
   Ainsi commença-t-il de me répondre ;
91 puis il me dit : « Celui dont ta lignée
   prit nom, et qui parcourt le premier cercle
   autour du mont depuis un siècle et plus[1],
94 était mon fils et fut ton bisaïeul ;
   il est donc juste que grâce à tes œuvres
   tu lui abrèges sa longue fatigue.

---

1. Alighiero I, fondateur de la lignée des Alighieri, se trouve parmi les orgueilleux au Purgatoire.

97 Florence alors, dans son ancienne enceinte
   où tierce et none encor rythment les jours,
   se maintenait en paix, sobre et pudique.
100 On n'y voyait chaînettes ni couronnes,
   ni ces habits brodés, ni ces ceintures
   portées pour être vues plus que la femme.
103 Nulle fille en ce temps n'y faisait peur
   à son père en naissant : l'âge et la dot
   ne passaient point les deux justes mesures.
106 Nulle maison n'y restait sans famille ;
   Sardanapale[1] encor n'y montrait pas
   ce qu'on peut faire à l'abri d'une chambre.
109 Montmal encor n'était pas surpassé
   par votre Montoiseaux[2], qui, s'il le vainc
   par sa hauteur, le vaincra par sa chute.
112 J'ai vu Bellençon Bert[3] s'en aller ceint
   de cuir et d'os, et sa femme quitter
   le miroir sans avoir la face peinte.
115 J'ai vu des Nerle et des Veillet[4] contents
   de leur peau découverte, et leurs épouses
   de tenir la quenouille et le fuseau.
118 Ô fortunées ! chacune était certaine
   d'avoir sa tombe, et nulle, pour la France,
   n'était encore au lit abandonnée !
121 L'une veillait, prenait soin du berceau,
   calmait l'enfant dans ce même langage
   qui amusa jadis pères et mères ;
124 l'autre, tirant le fil de sa quenouille,
   racontait aux servantes des histoires
   troyennes, fiésolanes et romaines.
127 Un Jacques Saltereau, une Changuelle
   auraient alors causé plus de surprise
   qu'à vous Cincinnatus ou Cornélie[5].
130 Dans cette vie si tranquille et si belle

---

1. Symbole de luxure. **2.** Montemario, colline dominant Rome ; l'Uccellatoio, point d'où l'on domine Florence en venant de Bologne. **3.** Bellincion Berti, d'une vieille famille florentine. **4.** Les familles florentines des Nerli et des Vecchietti. **5.** Cianghella, prostituée florentine, et Lapo Saltorello, juriste florentin malhonnête ; Cincinnatus et Cornélie sont au contraire des Romains vertueux.

de notre ville, au sein d'une loyale
communauté, sous un doux toit, Marie,
133 invoquée à grands cris, me fit paraître :
et je fus à la fois, dans votre antique
baptistère, chrétien et Chasseguide[1].
136 Moronte et Élysée furent mes frères ;
de la vallée du Pô me vint ma femme :
d'elle est issu le nom de ta famille.
139 Je m'enrôlai sous l'empereur Conrad ;
il me ceignit de sa chevalerie,
tant je lui plus par mes belles actions.
142 Je le suivis pour combattre avec lui
l'injuste loi du peuple qui usurpe
vos droits sacrés, par la faute des papes[2].
145 Ce fut là-bas qu'enfin ces gens ignobles
me délivrèrent du monde trompeur,
dont l'amour défigure bien des âmes ;
148 et je vins du martyre à cette paix. »

CHANT XVI

1 Ô notre infime noblesse de sang !
que sur la terre, où notre amour languit,
tu fasses les humains s'enorgueillir,
4 jamais je ne pourrai m'en étonner :
car là où le désir ne dévie point
— et je veux dire au ciel — j'en tirai gloire.
7 Manteau bien prompt à raccourcir ! le temps,
de ses ciseaux, te rogne tout autour,
si chaque jour on ne t'allonge un peu !

---

[1]. Cacciaguida était le trisaïeul de Dante.   [2]. Cacciaguida raconte qu'il a suivi l'empereur Conrad III lors de la seconde croisade (1147-1149) et qu'il est mort en Terre sainte sous les coups des Infidèles.

10 Par ce « vous » qu'en premier Rome adopta
    (mais les siens le conservent moins que d'autres)
    mes paroles alors recommencèrent :
13 ce pourquoi Béatrice, un peu à part,
    rit, comme on lit de celle qui toussa
    lors du premier faux-pas que fit Guenièvre[1].
16 Je dis : « Vous êtes mon père ; de vous
    me vient ma pleine audace à discourir ;
    vous m'élevez au-dessus de moi-même.
19 De toutes parts tant de flots de liesse
    comblent mon cœur, qu'en lui-même il s'enchante
    d'en soutenir l'élan sans se briser.
22 Dites-moi donc, ô mon ancêtre cher,
    les noms de vos aïeux, et quelles furent
    les années qui marquèrent votre enfance ;
25 racontez-moi le bercail de saint Jean :
    était-il vaste alors ? dites quels hommes
    s'y montraient dignes des plus hautes charges. »
28 Ainsi qu'au souffle du vent qui l'avive
    la braise reprend flamme, ainsi je vis
    ce feu s'illuminer sous mes caresses.
31 Et comme on vit son aspect embellir,
    ainsi sa voix me parla plus suave,
    mais n'usa point du langage moderne :
34 « Depuis le jour où il fut dit *"Ave"*
    jusqu'au jour où ma mère, aujourd'hui sainte,
    s'allégea de mon poids et me fit naître,
37 cinq cent cinquante et trente fois cet astre
    est revenu auprès de son Lion
    pour retremper son éclat sous ses griffes.
40 Nous sommes nés, mes ancêtres et moi,
    là où commence le dernier sextier
    pour ceux qui courent vos jeux annuels.
43 Sur mes aïeux que ces mots te suffisent :
    qui ils étaient, d'où ils vinrent, mieux vaut
    le passer sous silence que le dire.

---

[1]. Dans le roman de *Lancelot du Lac*, la dame de Malehaut, entendant Guenièvre se confier à Lancelot, toussa pour faire comprendre qu'elle était témoin de la scène.

46 Tous ceux, alors, entre Mars et Baptiste,
   qui étaient bons pour les armes, ne furent
   que le cinquième de ceux d'aujourd'hui.

49 Mais notre peuple, à présent mélangé
   à ceux de Champs, de Certaud, de Feillines[1],
   se montrait pur en son moindre artisan.

52 Oh ! qu'il vaudrait mieux être encor voisin
   de ces gens dont je parle, et qu'à Gallus
   ou à Tresplain se bornent vos frontières[2],

55 au lieu de les avoir en ville, où puent
   le vilain d'Aguillon, le gueux de Signe[3],
   toujours l'œil aux aguets pour escroquer !

58 Et si l'engeance bâtarde[4] entre toutes
   n'eût été pour César, non sa marâtre,
   mais une mère aimante envers son fils,

61 tel Florentin nouveau — changeur, marchand —
   s'en serait retourné vers Semifont[5]
   où rôdait son aïeul cherchant aubaine.

64 Montmurle resterait encore aux Comtes ;
   les Cerque, encore aux paroisses d'Acone ;
   les Bondumont, peut-être en Val-de-Grève[6].

67 La confusion des personnes toujours
   fut l'origine du mal dans les villes,
   comme au corps sont les mets surajoutés ;

70 taureau aveugle tombe plus soudain
   qu'aveugle agneau ; et une épée unique
   tranche souvent plus dur et net que cinq.

73 Si tu regardes comment s'éteignirent
   Lunes et Orbesaille, et comment Cluses
   et Sennegaille marchent sur leurs traces[7],

---

1. Campi, Certaldo, Figline : localités de la campagne toscane. 2. Galluzzo et Trespiano, cités de Toscane. 3. Baldo d'Aguglione, juriste, auteur d'une loi qui ne permit pas à Dante de rentrer à Florence ; Fazio Morubaldini, de Signa, traître au parti Blanc. 4. La Curie romaine. 5. Château de Toscane. 6. Montemurlo, château des comtes Guidi ; Acone, lieu d'origine des Cerchi ; Val di Grieve, lieu d'origine des Buondelmonti. 7. Luni (sur la côte tyrrhénienne), Urbisaglia (dans la Marche d'Ancône), Chiusi (en Valdichiana), Sinigaglia (dans les Marches) : autant de cités en crise à l'époque de Dante.

76 il ne te semblera neuf ni étrange
     d'apprendre comment sombrent les familles,
     puisque les villes aussi disparaissent.
79 Toutes vos choses comportent leur mort,
     comme vous ; mais souvent la mort se cache
     dans ce qui dure, et courtes sont les vies.
82 Et tel le ciel de la lune, en tournant,
     couvre et découvre sans cesse les grèves,
     ainsi fait de Florence la Fortune ;
85 ne sois donc pas trop étonné des choses
     que je dirai de nos grands Florentins
     dont la gloire est cachée au creux du temps.
88 J'ai vu les Catelins, les Grez, les Hugues,
     les Auberys, les Ormands, les Philippes
     décliner, bien qu'illustres citoyens ;
91 j'en ai vu d'autres aussi grands qu'antiques :
     ceux de l'Arche avec ceux de la Sannelle,
     les Soudeniers, les Audoins, les Bostis.
94 Près de la porte aujourd'hui accablée
     de félonie nouvelle, si pesante
     qu'elle fera bientôt couler la barque,
97 étaient les Ravignans, dont descendirent
     le comte Guy et tous ceux qui ensuite
     prirent le nom de Bellençon le grand.
100 Ils savaient déjà l'art, ceux de la Presse,
     de gouverner ; Gaugier avait déjà
     chez lui la garde et le pommeau doré.
103 Nobles étaient la colonne du Vair
     et les Sachets, Fifants, Jals, Geux, Baroux,
     et ces gens qui rougissent du boisseau ;
106 puissant, le cep dont les Chaufoux naquirent ;
     et les Henrioux, les Sices parvenaient
     jusqu'à l'honneur déjà de la curule.
109 Dans quel éclat j'ai vu ceux qui tombèrent
     par trop d'orgueil ! toujours les boules d'or
     venaient fleurir les hauts faits de Florence ;
112 dans quel éclat les pères de ces autres
     qui, sitôt qu'est vacant votre évêché,

s'engraissent en siégeant au consistoire¹ !
115 Ce lignage insolent, qui s'endragonne
contre l'homme qui fuit (mais qu'on lui montre
les dents, la bourse, il devient doux agneau² !),
118 déjà montait, sorti de gens de rien :
et Hubertin Donat fut dépité
quand son beau-père eut fait d'eux ses parents.
121 Un Chaponsac était venu déjà
du haut de Fiesle au marché vieux ; les Judes,
les Enfangés passaient pour des notables³.
124 Chose incroyable et pourtant vraie : la porte
ouvrant l'accès à la petite enceinte
tirait son nom de celui des Perus⁴.
127 Tous ceux qui portent le blason superbe
du grand baron⁵ dont le nom et la gloire
se commémorent à la Saint-Thomas,
130 avaient de lui noblesse et privilèges,
bien qu'aujourd'hui l'on voie se joindre au peuple
celui qui l'a ourlé d'un ruban d'or⁶.
133 On croisait les Gautiers, les Importuns⁷ ;
mais le faubourg serait pour vous plus calme
sans les nouveaux voisins qui leur échurent !
136 Cette maison d'où sortirent vos larmes
nées du juste courroux qui, par un meurtre,
vint mettre fin à votre vie heureuse,
139 jouissait de l'honneur, elle et les siens :
ô Bondumont, que les conseils d'une autre
t'ont desservi, de fuir son alliance !
142 beaucoup s'affligent, qui seraient joyeux
si Dieu t'avait livré aux eaux de l'Ème

---

1. Longue liste de familles florentines : Catellini, Greci, Ughi, Alberichi, Ormanni, Filippi, dell'Arca, della Giannella, Soldanieri, Ardinghi, Bostichi, Ravignani, Bellincioni, della Pressa, Galigai, Pigli (du Vair), Sacchetti, Fifanti, Galli, Giuochi, Barucci, Chiaramontesi (vers 105), Calfucci, Arrigucci, Sizi, Uberti (vers 110-111), Visdomini et Tosinghi (vers 112-114). 2. Lignage des Adimari. 3. Ubertino Donati ; les Caponsacchi, originaires de Fiesole ; les Guidi et les Infangati. 4. La porte Peruzza, ou della Pera. 5. Hugues le Grand, premier marquis de Toscane, mort le 21 décembre 1001, nomma de nombreux chevaliers dans les familles florentines. 6. Le Florentin Giano della Bella, auteur des Ordonnances de Justice, qui exclurent en 1293 les Grands de toute activité politique. 7. Les familles Gualterotti et Importuni.

le premier jour que tu vins dans la ville[1] !
145 mais Florence, à la fin des jours de paix,
devait offrir quelque victime au marbre
qui veille, mutilé, sur le vieux pont[2].
148 Avec eux tous, et bien d'autres familles,
j'ai vu Florence dans un tel repos
qu'elle n'avait aucun sujet de pleurs ;
151 avec eux tous, j'ai vu si glorieux
et si juste son peuple, que jamais
le lis ne fut traîné la hampe au sol,
154 ni teint en rouge par les divisions. »

CHANT XVII

1 Tel cet enfant, qui rend encor les pères
durs pour les fils, s'en vint prier Clymène[3]
d'éclaircir les rumeurs courant sur lui,
4 ainsi étais-je, et tel j'apparaissais
à Béatrice et à la sainte lampe
qui pour m'atteindre avait changé de place.
7 « Laisse jaillir », me dit alors ma dame,
« le feu de ton désir, et qu'il surgisse
bien marqué de ton sceau intérieur :
10 non pour accroître notre connaissance
par ta parole, mais pour t'enhardir
à formuler ta soif, et qu'on l'étanche. »
13 « Cher cep de ma lignée, volant si haut
que, tel l'esprit humain voit le triangle

---

1. Allusion aux Buondelmonti et à Buondelmonte, dont il aurait mieux valu qu'il mourût dans l'Elma, plutôt que de rompre son mariage avec la fille de Lambertuccio Amidei : il en résulta une série de violences et la division entre guelfes et gibelins à Florence. 2. *Cf. Enfer*, XIII, 146-147. 3. Mère de Phaéton, lequel voulait savoir s'il était vraiment le fils d'Apollon.

ne pas admettre deux angles obtus,
16 tel tu perçois les choses contingentes
avant qu'elles ne soient, car tu les vises
au Point pour qui tous les temps sont présents,
19 quand je montais à côté de Virgile
sur la montagne où les âmes guérissent
ou descendais parmi le monde mort,
22 on m'a parlé de ma vie à venir
en termes lourds — encor que je me sente
bien carré face aux coups de la fortune — ;
25 et mon désir serait donc satisfait
de savoir quel destin vers moi s'avance ;
car moins vive est la flèche à qui l'attend. »
28 Ainsi parlai-je à la même lumière
intervenue d'abord : et mon envie
fut avouée, comme il plut à ma dame.
31 Alors, sans ces ambages où les peuples
fous s'engluaient avant qu'on mît à mort
l'agneau de Dieu qui ôte les péchés,
34 mais en mots clairs, en un discours précis
me répondit ce paternel amour
enclos, visible dans son propre rire :
37 « La contingence, qui pour vous se borne
aux marges du cahier de la matière,
est toute inscrite au regard éternel,
40 mais n'y prend pas plus de nécessité
que n'en prendrait à l'œil qui le reflète
un bateau descendant au fil de l'eau.
43 De là, comme une douce harmonie d'orgue
vient à l'oreille, ainsi vient à ma vue
le temps futur qui pour toi se prépare.
46 Tel partit Hippolyte loin d'Athènes
pour sa cruelle et perfide marâtre[1],
tel de Florence il te faudra partir.
49 C'est ce qu'on veut, c'est déjà ce qu'on cherche
et qu'obtiendront bientôt ceux qui le trament,

---

[1]. Hippolyte dut quitter Athènes pour fuir les accusations de Phèdre sa belle-mère (*cf.* Ovide, *Métamorphoses*, XI, 493 *sqq.*).

>   là où le Christ est vendu chaque jour[1].
> 52 La rumeur, comme il sied, rejettera
>   les torts sur l'offensé ; mais la vengeance
>   témoignera du vrai qui la suscite.
> 55 Tu laisseras toutes choses chéries
>   avec le plus d'amour : telle est la flèche
>   que décoche d'abord l'arc de l'exil.
> 58 Tu sauras comme il a saveur de sel
>   le pain d'autrui, et quels durs escaliers
>   l'on doit descendre et gravir chez les autres.
> 61 Et le plus lourd fardeau sur tes épaules,
>   lorsque tu tomberas dans la vallée,
>   sera la sotte et laide compagnie
> 64 qui se retournera contre toi, folle,
>   tout ingrate et impie : mais, peu après,
>   elle, et non toi, en aura le front rouge.
> 67 Ses œuvres prouveront son caractère
>   bestial : et donc ce sera ton honneur
>   de t'être fait un parti de toi seul[2].
> 70 Ton refuge premier, ton sûr abri
>   sera la courtoisie du grand Lombard[3]
>   qui porte sur l'échelle une aigle sainte ;
> 73 ses égards te seront si prévenants
>   qu'entre vous deux, du demander au faire,
>   viendra d'abord ce qui, chez d'autres, suit.
> 76 Tu verras là celui dont la naissance
>   fut si marquée par notre étoile forte
>   que ses actions en resteront fameuses :
> 79 comme il n'est qu'un enfant, le monde encore
>   ne s'en est pas avisé, car ces sphères
>   n'ont tourné que neuf ans autour de lui[4] ;
> 82 mais avant que le grand Henri soit dupe
>   du Gascon[5], sa vertu scintillera

---

1. À Rome, où Boniface VIII, lié aux banquiers florentins, prépare le bannissement de Dante. 2. Dante rompit en 1304 avec les guelfes blancs. 3. Bartolomeo della Scala, seigneur de Vérone, mort en 1307. 4. Cangrande della Scala, seigneur de Vérone de 1312 à 1329 ; condottière placé sous le signe de Mars (vers 77). 5. L'empereur Henri VII fut appelé en 1308 en Italie par le pape Clément V (Gascon), qui le trahit en 1312.

dans son mépris de l'or et des fatigues.
85 Puis ses magnificences révélées
obligeront jusqu'à ses ennemis
à ne pas en rester bouche muette.
88 En lui, en ses bienfaits, mets ton attente ;
combien par lui se verront transformés,
riches et gueux changeant de condition !
91 Sur lui tu porteras dans ta mémoire
ces mots écrits — sans les dire. » Et il dit
des faits que leurs témoins ne croiront guère,
94 puis ajouta : « Mon fils, voilà les gloses
de ce qu'on t'a prédit, voilà les pièges
qu'un petit nombre de soleils te cachent.
97 Mais n'envie pas ceux qui tiennent ta ville,
puisque ta vie *s'enfuture*[1] bien plus
que tous les châtiments de leur malice. »
100 Quand, se taisant, l'âme sainte eut fait montre
d'avoir empli la trame de la toile
que je lui avais présentée ourdie,
103 je commençai, comme celui qui doute
et voudrait le conseil d'une personne
qui voit, qui veut avec droiture et aime :
106 « Père, je vois comme le temps vers moi
galope, afin de me porter ce coup
d'autant plus rude qu'on y cède plus.
109 Il me faut donc m'armer de prévoyance
afin — perdant mon lieu le plus aimé —
que par mes vers je ne perde les autres.
112 Dans le bas monde infiniment amer,
puis, par le mont au beau sommet duquel
les yeux de Béatrice m'enlevèrent,
115 puis par le ciel, de lumière en lumière,
j'ai su des choses, si je les rapporte,
dont bien des gens sentiront le goût âpre !
118 Mais, si je suis peureux ami du vrai,
je crains de ne pas vivre parmi ceux
qui nommeront anciens les temps présents. »

---

1. « Se prolonge dans le futur » : néologisme de Dante.

121 Cette lumière où riait mon trésor
    trouvé là-haut, fut d'abord rutilante
    comme aux rais du soleil l'or d'un miroir,
124 puis répondit : « Conscience qu'assombrit
    sa propre honte ou la honte des siens
    trouvera certes ta parole rude ;
127 mais néanmoins, rejetant tout mensonge,
    livre au grand jour ta vision tout entière
    et laisse les galeux gratter leur rogne.
130 Car si ta voix sera d'abord acerbe
    au premier goût, une fois digérée,
    la nourriture en deviendra vitale.
133 Et ton cri agira comme le vent
    qui bat plus fort les cimes les plus hautes,
    ce qui n'est pas mince argument d'honneur.
136 Et c'est pourquoi l'on te montre, en ces sphères
    ainsi qu'au mont et au val douloureux,
    les seuls esprits qui ont eu renommée :
139 car la pensée de celui qui écoute
    ne se fie, ne s'arrête à nul exemple
    ayant racine obscure ou inconnue,
142 à rien qui n'apparaisse avec éclat. »

CHANT XVIII

1 Déjà il jouissait seul de son verbe,
    ce bienheureux miroir[1], et je goûtais
    ma pensée, tempérant le doux et l'aigre,
4 quand celle qui me conduisait à Dieu
    dit : « Change ton souci, puisque nous sommes
    près de Lui qui allège toute offense ».

---

1. Cacciaguida.

7 Je me tournai vers la voix amoureuse
    de mon cher Réconfort : et puis-je écrire
    tout l'amour que je vis en ses yeux saints ?
10 non que je me défie de mon langage,
    mais la mémoire ne peut, sans un guide,
    se retourner si profond sur soi-même.
13 Je ne puis donc rien dire de l'instant
    où je la contemplai, sinon ceci :
    de tout autre désir mon cœur fut libre
16 aussi longtemps que l'éternel Plaisir,
    rayonnant droit en elle, me combla
    de son reflet venu du beau visage.
19 En me vainquant par l'éclat d'un sourire,
    elle me dit : « Détourne-toi ; écoute ;
    le paradis n'est pas tout en mes yeux. »
22 Comme ici-bas l'on voit dans un regard
    le sentiment, s'il est assez intense
    pour qu'en lui l'âme entière soit conquise,
25 ainsi, me retournant vers la splendeur
    du saint flambeau, je connus son envie
    de me parler encor quelques instants.
28 Il commença : « En ce cinquième seuil[1]
    de l'arbre qui prend vie par son sommet
    et toujours porte fruits sans perdre feuilles,
31 sont des esprits bienheureux qui, avant
    d'aller au ciel, eurent si grand renom
    que tout poète en ferait son trésor.
34 Regarde donc dans les bras de la croix :
    ceux que je nommerai y courront, comme
    l'éclair rapide à travers un nuage ! »
37 Je vis parmi la croix surgir un feu
    au nom de Josué[2] sitôt émis,
    sans percevoir la parole avant l'acte.
40 Ensuite, au nom de Macchabée[3] le noble,
    j'en vis un autre en tournoyant jaillir,
    toupie dont l'allégresse était le fouet.

---

1. Le cinquième ciel. 2. Le conquérant de la Terre Promise. 3. Judas Macchabée, qui délivra son peuple du roi de Syrie.

43 Ainsi, pour Charlemagne et pour Roland,
   mon regard attentif en suivit deux,
   comme un chasseur le vol de son faucon.

46 Après cela, parmi la croix, Guillaume
   et Raynouard attirèrent ma vue,
   Robert Guiscard, et le duc Godefroy[1].

49 Puis, l'âme qui parlait vola se joindre
   aux autres feux, en montrant quelle artiste
   elle est aussi chez les chantres du ciel.

52 Et moi je me tournai du côté droit
   pour voir en Béatrice mon devoir
   marqué par sa parole ou par son geste.

55 Je vis alors ses yeux briller si purs,
   si pleins de joie, que son nouvel aspect
   les vainquait tous, et jusqu'au plus récent.

58 Et comme, en éprouvant plus de plaisir
   à bien œuvrer, l'homme de jour en jour
   s'aperçoit qu'il progresse dans son art,

61 je sus que mon essor avait accru
   son arc, autour du ciel et avec lui,
   à voir encor ce miracle embellir.

64 Et telle en peu de temps redevient blanche
   une dame au visage qui s'allège
   de sa rougeur suscitée par la honte,

67 telle à mes yeux, quand je me retournai,
   fut la blancheur de la paisible étoile
   sixième[2], qui en soi m'avait reçu.

70 Dans ce foyer de joie jupitérienne,
   je vis les flamboiements de son amour
   figurer devant moi notre langage :

73 car tels, surgis d'un fleuve, des oiseaux,
   comme pour s'applaudir de leur pâture,
   tracent tantôt des ronds, tantôt des lignes,

76 ainsi chantaient en vol, dans les lumières,
   de saintes créatures qui formaient

---

1. Guillaume d'Orange, héros de chansons de geste, ainsi que le Sarrasin Raynouard, passé dans l'armée des chrétiens ; Robert Guiscard, qui chassa les Byzantins d'Italie ; Godefroy de Bouillon, vainqueur de la première croisade. **2.** Jupiter.

ensemble un D, puis un I, puis un L[1],
79 d'abord dansant au rythme de leur chant,
   puis, au point de se fondre en chaque signe,
   se fixant peu à peu, faisant silence.
82 Divine Pégasée[2], qui donnes gloire
   et durée aux esprits à ton écoute
   — eux les donnant aux rois et aux cités —,
85 prête-moi ta lumière, et que je montre
   ce que j'ai pu saisir de leurs figures ;
   que ta puissance éclate en ces vers brefs !
88 Ainsi les feux tracèrent cinq fois sept
   voyelles et consonnes : je pris note
   de leurs groupes, dans l'ordre où ils parurent.
91 « DILIGITE JUSTICIAM », verbe et nom,
   furent les premiers mots de ce dessin,
   et « QUI JUDICATIS TERRAM[3] » suivirent.
94 Or, tous s'étant mis en ordre dans l'M
   du cinquième vocable, Jupiter
   y sembla fait d'argent rehaussé d'or.
97 Puis j'aperçus d'autres flambeaux descendre
   sur le sommet de l'M et s'y fixer,
   chantant, je crois, le bien qui les attire.
100 Et, comme au choc des tisons embrasés
    jaillissent d'innombrables étincelles
    où bien souvent les sots voient des augures,
103 de cet M rejaillirent plus de mille
    lumières bondissant à des hauteurs
    choisies par le soleil qui les allume :
106 puis, chacune à sa place étant assise,
    je vis le col et la tête d'une aigle
    s'inscrire en flammes sur ce fond de ce feu.
109 Celui[4] qui peint là-haut n'a point de maître ;
    c'est lui le maître, et en lui prend mémoire
    cette vertu qui informe les nids.
112 L'autre chœur bienheureux, qui paraissait

---

1. Les premières lettres de la phrase lue postérieurement par Dante. 2. Muse. 3. « Aimez la justice, vous qui jugez la terre » : premier verset du *Livre de Sapience*. 4. Dieu.

d'abord content de fleurdeliser l'M,
glissa pour rallier ce dernier signe.
115 Combien de clairs diamants, ô douce étoile,
me montraient qu'ici-bas notre justice
est un effet du ciel que tu diamantes !
118 Et je prie donc l'esprit duquel procèdent
ton branle et ta vertu, de voir d'où sort
l'âcre fumée qui trouble tes rayons,
121 pour qu'à nouveau sa colère fustige
quiconque vend ou achète en ce temple
qu'ont maçonné miracles et martyres[1] !
124 Milice de ce ciel[2] que j'envisage,
prie pour ceux-là, sur terre, qui sont tous
si dévoyés par le mauvais exemple !
127 L'épée jadis était l'arme de guerre ;
l'arme aujourd'hui, c'est d'ôter çà et là
le pain que Dieu ne refuse à personne.
130 Toi qui n'écris que pour mieux effacer[3],
pense que Pierre et Paul, morts pour la vigne
que tu détruis, sont encore vivants !
133 Mais tu diras : « Celui qui voulut vivre
seul, et qu'on supplicia pour quatre sauts,
me fait tant désirer son effigie[4]
136 que j'en ignore et Paul et le Pêcheur[5] » !

CHANT XIX

1 La belle image aux ailes grand ouvertes
m'apparaissait, née du tendre jouir

---

1. La Curie romaine, qui fait commerce des choses divines. **2.** Les âmes du sixième ciel. **3.** Jean XXII (pape de 1316 à 1334), qui trafiqua sur ses excommunications. **4.** Saint Jean-Baptiste, dont Salomé, fille d'Hérode, obtint la tête grâce à une danse. L'effigie du saint était frappée sur le florin, monnaie de Florence. **5.** Saint Pierre, qui fonda l'Église avec saint Paul.

    entrelaçant les âmes en liesse.
4 Chacune semblait être un fin rubis
    flambant d'un si ardent rayon solaire
    que mon regard reflétait l'astre entier.
7 Ce qu'il me faut retracer maintenant,
    jamais voix ne l'a dit, ni encre écrit ;
    nulle imagination ne l'a conçu :
10 je vis et entendis parler le bec,
    et dans la voix résonner « je » et « mien »,
    quand la pensée comportait « nous » et « nôtre ».
13 Et l'aigle dit : « Je fus juste et pieuse ;
    je suis donc élevée à cette gloire
    que nul désir ne saurait dépasser.
16 Or j'ai laissé sur terre un souvenir
    tel, que si les méchants là-bas me louent,
    ils ne se règlent point sur mon histoire. »
19 Plusieurs braises n'exhalent qu'une seule
    chaleur : ainsi, d'innombrables amours,
    sortait l'unique voix de cette image.
22 Et je repris : « Ô fleurs perpétuelles
    de l'infinie liesse, qui m'offrez
    tous vos parfums en une seule odeur,
25 par votre souffle éteignez le grand jeûne
    qui m'a longtemps affamé, car sur terre
    je n'ai trouvé aucun mets pour le rompre !
28 Je sais qu'au ciel la justice divine
    a son miroir dans un autre royaume :
    mais vous aussi la recevez sans voile.
31 Vous savez de quel zèle je m'apprête
    à vous entendre, et vous n'ignorez pas
    ce doute, où s'entretient ma faim ancienne. »
34 Tel un faucon que l'on déchaperonne
    secoue la tête et s'applaudit des ailes
    et fait le beau, montrant son vif désir,
37 tel je vis s'agiter le vaste emblème
    tissé d'éloges de la haute grâce,
    chantant comme on sait faire au ciel de joie.
40 Puis il me dit : « Celui qui fit tourner
    le compas sur l'extrême bord du monde,

y distinguant tout le clair, tout l'occulte,
43 ne put marquer sa valeur dans l'ensemble
de l'univers, sans faire que son verbe
n'y demeurât en excès infini :
46 et preuve en est le premier des superbes,
sommet des créatures, qui tomba[1]
vert encor, sans attendre la lumière.
49 Étant donc moindre, tout être créé
n'est qu'un court réceptacle pour enclore
ce bien sans fin, mesurable à soi seul.
52 Et c'est pourquoi votre vue, qui n'est certes
qu'un des rayons de cette intelligence
dont toute chose au monde est imprégnée,
55 n'a point, par sa nature, assez de force
pour que son créateur ne puisse voir
très au-delà de ce qu'elle aperçoit.
58 Aussi, la vue que reçoit votre monde
n'approfondit la justice éternelle
qu'à la façon dont l'œil perce les flots :
61 bien que près du rivage il voie le fond,
en haute mer il ne saurait le voir ;
le fond est là, mais l'abîme le cache.
64 Il n'est d'autre clarté que de l'azur
que rien ne trouble ; ailleurs sont les ténèbres,
ou l'ombre de la chair, ou son venin.
67 La voilà bien ouverte, la caverne
qui te cachait la justice vivante
sur quoi tu te posais tant de questions !
70 car tu disais : "Un homme naît aux bords
de l'Indus, et là-bas il n'est personne
qui sur le Christ parle ou lise ou écrive.
73 Tous ses vouloirs, tous ses actes sont justes
autant que voit notre humaine raison :
nul péché dans sa vie ou sa parole.
76 Il meurt sans le baptême et sans la foi :

---

[1]. Lucifer.

où est cette justice qui le damne ?
s'il ne fut pas croyant, où est sa faute ?"
79 Or qui es-tu, qui veux t'asseoir en chaire
et juger de si loin, à mille lieues,
avec ta vue qui porte à un empan ?
82 Certes, quiconque avec moi subtilise
se surprendrait à douter à l'extrême,
si l'Écriture ne vous dirigeait.
85 Esprits grossiers, terrestres créatures !
Bonne par soi, la volonté première
— souverain bien — ne se dément jamais.
88 Rien n'est si juste qu'accordé à elle ;
nul bien créé ne la tire vers soi :
c'est elle, en rayonnant, qui le fait être. »
91 Comme, après la becquée à ses petits,
la cigogne au-dessus du nid tournoie
sous le regard des cigogneaux repus,
94 ainsi parut — et mes yeux la suivirent —
la figure bénie, battant des ailes
sous l'impulsion d'innombrables vouloirs.
97 Tournoyant et chantant, elle disait :
« Tel mon chant te demeure énigmatique,
tel aux humains le jugement de Dieu. »
100 Lorsque enfin s'apaisa l'étincelant
brasier de l'Esprit saint, parmi l'emblème
grâce auquel Rome eut le respect du monde,
103 la voix reprit : « Jamais en ce royaume
nul ne monta qui n'eût foi dans le Christ,
non encore ou déjà cloué au bois ;
106 mais vois combien de gens vont clamant "Christ !"
et l'approcheront moins, au Jugement,
que certains autres, ignorants du Christ.
109 L'Éthiopien damnera de tels chrétiens
quand se sépareront les deux collèges,
l'un riche pour toujours, l'autre appauvri !
112 Que ne dira le Perse à vos monarques,
à l'heure où ils verront s'ouvrir le livre
où s'enregistrent tous leurs déshonneurs ?
115 Là paraîtra, dans les œuvres d'Albert,
ce qui bientôt fera courir la plume :

et c'est le sac du royaume de Prague.
118 Là paraîtra le deuil dont sera cause
aux bords de Seine, en faussant la monnaie,
celui qu'un sanglier tuera d'un coup.
121 Là paraîtra cet orgueil qui assoiffe
et rend si fous l'Anglais et l'Écossais
qu'ils ne peuvent rester dans leurs frontières.
124 On verra la mollesse et la luxure
du roi d'Espagne, et du roi de Bohême
qui ne veut rien connaître du courage.
127 On verra les bienfaits de ce boîteux,
roi de Jérusalem, marqués d'un I,
quand ses méfaits seront marqués d'un M.
130 On verra les actions lâches, cupides,
du roi qui règne sur l'île du feu
où Anchise acheva sa longue vie ;
133 et pour montrer comme il est peu de chose,
les lettres de l'écrit seront tronquées,
notant nombre de faits en peu d'espace.
136 Et tous verront par quels actes sordides
son oncle avec son frère ont avili
une illustre famille et deux couronnes.
139 Et ceux du Portugal et de Norvège
seront connus ; et celui de Rascie,
qui lorgna trop le poinçon de Venise.
142 Hongrie heureuse, si elle écartait
ses oppresseurs ! Heureuse la Navarre,
si le mont qui la borde était son arme !
145 Et qu'on m'en croie : en gage de ceci,
Nicosie, Famagouste se lamentent,
grondant déjà contre leur propre fauve
148 qui marche, flanc à flanc, avec la meute[1]. »

---

1. Longue condamnation de princes européens contemporains : Albert d'Autriche, qui envahit la Bohême ; Philippe le Bel, mort à la chasse ; Robert d'Écosse et Édouard Ier d'Angleterre ; Ferdinand IV de Castille ; Venceslas de Bohême ; Charles II de Naples, le boiteux, dont les bonnes actions ne seront qu'une (I) et les mauvaises mille (M) ; Frédéric II d'Aragon, roi de Sicile (« île du feu ») ; Jacques de Majorque et Jacques II de Sicile puis d'Aragon (vers 136-138) ; Denys de Portugal et Haakon de Norvège ; Étienne Orose de Dalmatie, falsificateur du ducat de Venise ; André III de Hongrie ; Louis X de France et de Navarre ; Henri II de Lusignan, roi de Chypre.

CHANT XX

1 Lorsque celui qui éclaire le monde
   descend et plonge sous notre hémisphère
   si bas qu'il fait partout le jour s'éteindre,
4 le ciel — clair jusque là grâce à lui seul —
   soudainement se signale à nouveau
   par mainte flamme, où reflambe un seul astre :
7 j'eus à l'esprit cette phase du ciel,
   quand l'emblème du monde et de ses guides
   en son bienheureux bec eut fait silence ;
10 car ces milliers de vivantes lumières,
   luisant plus fort, entonnèrent des chants
   prompts à glisser et choir de ma mémoire.
13 Ô doux amour, qui te vêts de ton rire,
   tu semblais si ardent parmi ces flûtes
   dont le souffle n'était que pensées saintes !
16 Quand les gemmes brillantes et précieuses
   dont est sertie la sixième planète
   eurent cessé leurs notes angéliques,
19 je crus entendre un murmure de fleuve
   dont l'eau descend claire de roche en roche,
   attestant l'opulence de sa source.
22 Tel se préforme au col de la cithare
   un son naissant, et comme à l'embouchure
   d'un chalumeau le souffle s'introduit,
25 pareillement ce murmure de l'aigle
   parut monter sans retard ni relâche
   le long du col, comme s'il était creux ;
28 il y devint une voix, puis jaillit
   hors de son bec, en forme de paroles
   que mon cœur attendait pour les inscrire.
31 « Regarde en moi fixement cet organe
   qui », dit la voix, « chez les aigles mortels,
   voit et supporte l'éclat du soleil :
34 car, des feux dont je forme ma figure,
   ceux qui font scintiller l'œil dans ma tête

sont situés aux degrés les plus nobles.
37 Celui qui brille au centre — la pupille —
  fut le chantre inspiré du Saint-Esprit
  qui transporta l'arche de ville en ville[1] :
40 il connaît à présent tout le mérite
  de son chant, comme effet de son vouloir,
  puisqu'il en est rémunéré d'autant.
43 Des cinq qui font le cercle du sourcil,
  le plus proche du bec sut consoler
  la pauvre veuve, quand son fils fut mort[2] :
46 il connaît à présent ce qu'il en coûte
  de ne pas suivre Christ, par l'expérience
  de ce doux sort et du sort opposé.
49 Celui qui vient ensuite, en haut de l'arc,
  sur la circonférence dont je parle,
  mourut tard, ayant fait vraie pénitence :
52 il sait ici que l'éternel décret
  reste inchangé quand de justes prières
  font là-bas qu'aujourd'hui devient demain[3].
55 Le feu suivant, pour céder au pasteur,
  fit être grecs lui, les lois et moi-même,
  son bon vouloir portant un mauvais fruit[4] :
58 il sait ici comment sa bonne action
  fit naître un mal dont lui-même est indemne,
  mais conduisit le monde à sa ruine.
61 Le feu qu'on voit sur le déclin de l'arc
  fut Guillaume[5], que pleure ce pays
  qui pleure des vivants : Frédéric, Charles ;
64 il sait ici combien les cieux s'éprennent
  d'un juste roi, et il le montre encore
  par la splendeur de sa fulguration.
67 Qui pourrait croire, au bas monde aberrant,
  que le Troyen Riphée, dans cet anneau,
  fût la cinquième des saintes lumières[6] ?

---

1. David. **2.** Trajan (*cf. Purgatoire,* X, 76-78). **3.** Le roi Ézéchias obtint de Dieu un prolongement de son existence. **4.** L'empereur Constantin transféra le siège de l'Empire de Rome à Constantinople (*cf. Paradis,* VI, 1-2). **5.** Guillaume II, roi de Sicile de 1166 à 1189. **6.** Le Troyen Riphée, compagnon d'Énée, homme juste, mort durant le siège de la cité (*Énéide,* II, 426-428).

70 Il connaît bien des choses que le monde
　　ne saurait voir de la divine grâce,
　　quoique sa vue discerne mal le fond. »
73 Comme dans l'air s'élance l'alouette
　　chantant d'abord, puis muette et contente
　　de ces derniers doux chants dont elle est ivre,
76 ainsi parut l'image, sous l'empreinte
　　du plaisir éternel, dont le désir
　　fait chaque objet devenir ce qu'il est.
79 Or, bien que tout mon air fût à mon doute
　　ce qu'est le verre aux couleurs qu'il recouvre,
　　un tel doute ne put longtemps se taire,
82 mais, sous la force de son poids, ma bouche
　　jeta ces mots : « Que signifie ceci ? »
　　— sur quoi je vis s'embraser la liesse.
85 Sitôt après, pour ne pas me tenir
　　plus longtemps suspendu d'étonnement,
　　l'heureux signe parla, l'œil renflammé :
88 « Tu crois ces faits parce que je les dis,
　　sans percer leur "comment", je le vois bien :
　　si tu les crois, ils te sont donc obscurs.
91 Tu fais comme celui qui apprend, certes,
　　la chose par son nom, mais ne peut voir
　　sa quiddité, si nul ne la lui montre.
94 Faisant violence au *regnum celorum*[1],
　　le chaud amour et la vive espérance
　　triomphent de la volonté divine ;
97 non comme un homme surpasse un autre homme :
　　elle veut leur victoire et donc ils vainquent,
　　et, vaincue, elle vainc par sa bonté.
100 C'est le premier et le cinquième esprit,
　　sur mon sourcil, qui causent ta stupeur,
　　parce qu'ils ornent la région des anges.
103 Or ils n'ont point quitté païens leur corps,
　　comme tu crois, mais chrétiens, ayant foi
　　l'un aux pieds qu'on clouerait, l'autre aux cloués[2].

---

1. Royaume des cieux (*cf. Matth.*, XI, 12).　**2.** Sont sauvés ceux qui eurent foi dans le Christ avant et après la crucifixion.

106 Car de l'enfer — où nul ne fait retour
   au bon vouloir — l'un revint à ses os,
   en récompense d'un vivant espoir :
109 de l'espoir d'un vivant qui mit sa force
   à prier Dieu qu'il le ressuscitât
   pour que sa volonté redevînt droite ;
112 l'âme glorieuse[1] dont ici l'on parle,
   revenue dans sa chair pour peu de temps,
   crut en celui qui pouvait la sauver
115 et, croyant, s'alluma si fort aux feux
   de l'amour vrai, qu'à la suivante mort
   elle fut digne d'entrer dans nos fêtes.
118 L'autre[2], par une grâce qui émane
   de si profonde source que jamais
   œil d'homme n'en sonda la première onde,
121 fut toute amour là-bas pour la justice :
   Dieu donc, de grâce en grâce, lui ouvrit
   les yeux sur notre rédemption future :
124 il crut en ce rachat, et n'admit plus
   dès lors la puanteur du paganisme,
   et en blâma les peuples pervertis ;
127 et pour baptême il reçut les trois dames
   que tu as vues au côté droit du char[3],
   plus de mille ans avant qu'on baptisât.
130 Ô prédestination ! combien lointaine
   est ta racine aux regards qui ne peuvent
   voir la cause première en son entier !
133 Et vous, mortels, jugez avec réserve :
   car nous, qui voyons Dieu, ne connaissons
   pas encor tout le nombre des élus ;
136 mais cette incomplétude nous est douce,
   car tout notre bonheur s'affine au bien
   par quoi ce que Dieu veut, nous le voulons. »
139 C'est par ces mots que la divine image,
   veillant à éclairer ma courte vue,
   sut me donner un suave remède.
142 Et comme un bon cithariste accompagne

---

1. Trajan. 2. Riphée. 3. Les trois vertus théologales.

un bon chanteur par le vibré des cordes,
pour que le chant crée un plaisir accru,
145 il me souvient que, durant ce discours,
je vis les deux lumières bienheureuses,
tels deux yeux en accord dont les cils battent,
148 suivre les mots du frisson de leurs flammes.

CHANT XXI

1 Déjà sur le visage de ma dame
se refixaient mes yeux ; et, à leur suite,
mon cœur se détachait de tout le reste.
4 Elle ne riait point — mais commença :
« Si je riais, tu deviendrais pareil
à Sémélé quand son corps se fit cendres[1] ;
7 car ma beauté, d'autant plus flamboyante
(tu l'as bien vu) qu'on s'élève plus haut
par les degrés du palais éternel,
10 brille si fort qu'en l'affrontant sans voile
ta force humaine en subirait l'éclat
comme un rameau que fracasse la foudre.
13 Nous voici élevés au septième astre[2]
qui, sous l'ardent poitrail du Lion, lance
des rayons imprégnés de sa vertu.
16 Que ton esprit s'attache à tes regards :
qu'ils te soient des miroirs, pour la figure
qui dans ce miroir-ci va t'apparaître. »
19 Ceux qui discerneraient quel aliment
puisait ma vue dans son heureux visage
quand je quittai cet objet pour un autre,
22 devineraient combien j'eus de plaisir

---

1. Sémélé brûla devant l'éclat de Jupiter (*cf. Enfer*, XXX, 1-2).   2. Saturne.

à obéir à ma divine escorte,
contrepesant l'une et l'autre largesse.

25 Dans ce cristal qui vire autour du monde
et porte le vocable du cher guide
sous lequel succomba toute malice[1],

28 je vis, de couleur d'or qu'un rayon perce,
une échelle dressée, montant si haut
que mes yeux ne pouvaient la suivre toute.

31 Je vis aussi descendre au long des marches
tant de splendeurs, que je crus voir la source
dont tous les feux du ciel vont ruisselant.

34 Et comme les corneilles, quand vient l'aube,
se conforment ensemble à leur nature,
s'ébrouant pour chauffer leurs froides plumes,

37 puis s'envolant, les unes sans retour,
d'autres pour revenir au lieu quitté,
d'autres séjournant là et tournoyant,

40 tels sont les mouvements qui m'apparurent
dans l'étincellement de cette foule
sitôt qu'elle atteignit un certain seuil.

43 Or un feu, se posant plus près de nous,
devint si clair que je dis en mon cœur :
« Je perçois bien l'amour que tu m'annonces !

46 mais celle dont j'attends comment et quand
dire ou me taire, ne bouge : à regret,
je fais donc bien de ne demander rien. »

49 Elle pourtant, qui lisait mon silence
dans la vision de celui qui voit tout,
me dit : « Libère ton brûlant désir. »

52 Alors je dis à ce feu : « Mon mérite
ne m'a pas fait digne de ta réponse ;
mais en faveur de celle qui permet

55 mon interrogation, vie bienheureuse
qui te maintiens cachée dans ta liesse,
dis ce qui t'a posée si près de moi ;

58 et dis pourquoi se tait dans cette sphère

---

1. Saturne, sous le règne de qui eut lieu l'âge d'or, le temps de l'innocence (*Métamorphoses*, I, 89-113).

la douce symphonie du paradis
qui sonne en d'autres, plus bas, si pieuse. »
61 « Tu as l'ouïe mortelle comme l'œil :
ici le chant s'éteint pour cela même
qui fait que Béatrice n'a pas ri »,
64 dit-il. « Au bas de cette échelle sainte
je ne descends que pour te faire fête
par ma parole et mon manteau de flamme.
67 Et ce n'est point que plus d'amour me hâte :
car là-haut brûle autant et plus d'amour,
comme ce flamboiement te le révèle ;
70 mais la sublime charité nous presse
de servir le dessein qui régit tout
— fixant les rôles, comme tu l'observes. »
73 « Je vois bien », répondis-je, « ô saint flambeau,
qu'un libre amour en cette cour suffit
pour suivre l'éternelle providence.
76 Mais ce qui me paraît dur à comprendre,
c'est pourquoi tu fus seul prédestiné
à cet office, au milieu de tant d'âmes. »
79 À peine avais-je dit le dernier mot
que la splendeur prit son centre pour axe,
tournant sur soi comme une meule agile,
82 puis l'amour qu'elle enclot me répondit :
« Sur moi se braque une clarté divine
qui entre en celle-ci où je *m'enventre*[1] :
85 et sa vertu, conjointe à ma voyance,
fait que je me surmonte assez pour voir
la haute essence dont elle est extraite.
88 De là vient l'allégresse dont je flambe ;
car à ma vue — et si claire soit-elle —
la clarté de ma flamme encor s'égale.
91 Mais l'âme au ciel qui resplendit le plus,
le Séraphin qui voit en Dieu le plus,
ne sauraient satisfaire à ta demande :
94 car son objet pénètre si profond
dans l'éternel abîme de la loi

---

1. *M'inventro* : néologisme dantesque.

qu'il se disjoint de tout regard créé.
97 À ton retour dans le monde mortel,
rapporte donc ceci, afin qu'il n'ose
plus diriger ses pas vers un tel but.
100 L'esprit, qui brille au ciel, sur terre fume[1] ;
songe ! et comment pourrait-il donc là bas
ce qu'il ne peut lorsque le ciel l'accueille ? »
103 Ces mots me prescrivaient tant de limites
que, laissant ma question, je me bornai
à m'enquérir humblement de son nom.
106 « Entre les deux rivages italiens,
non loin de ta patrie, des rocs se dressent
si haut, que bien plus bas grondent les foudres ;
109 et ils forment un crêt qu'on nomme Chaitre[2],
sous lequel on peut voir un ermitage
consacré à la seule adoration. »
112 Ainsi reprit son troisième discours ;
puis, poursuivant : « Là », dit-il, « je devins
tellement ferme au service de Dieu
115 qu'avec du jus d'olive et des mets simples
aisément je passais chaleurs et gel,
content dans mes pensées contemplatives.
118 Ce cloître alors donnait à ce ciel-ci
d'amples moissons ; il est vide à présent :
et il faudra qu'on le sache bientôt.
121 En cet endroit je fus Pierre Damien[3],
et Pierre le Pécheur dans la maison
de Notre-Dame, aux bords Adriatiques.
124 Bien peu de vie mortelle me restait
lorsque me fut imposé ce chapeau[4]
qui se transmet toujours de mal en pis.
127 Jadis Céphas[5] et jadis le grand Vase
du Saint-Esprit[6] venaient, déchaux et maigres,
manger leur pain à la table de tous.

---

1. Fume : « est obscur ». **2.** Catria, montagne de l'Apennin entre la Toscane et l'Émilie. **3.** Né à Ravenne en 1007, Pierre Damien, d'abord berger, entra au cloître après des études universitaires. Cardinal d'Ostie, il finit sa vie au monastère de Santa Maria in Porto près de Ravenne ; par humilité il se faisait nommer Pierre le Pécheur. **4.** Le chapeau cardinalice. **5.** Saint Pierre. **6.** Saint Paul.

130 Mais il faut de nos jours que l'on soutienne
       nos pasteurs sous les bras, qu'on les transporte,
       tant ils sont lourds ! et qu'on porte leur traîne ;
133 et leur manteau couvre leur palefroi,
       faisant aller sous une peau deux bêtes :
       sainte patience, ô combien tu supportes ! »
136 À ces mots, je vis mille flammeroles
       par les degrés descendre et tournoyer,
       à chaque tour m'apparaissant plus belles ;
139 venues autour de l'autre et faisant halte,
       elles poussèrent un cri si strident
       que rien ici n'y ressemble ; et le sens
142 m'en échappa, tant me vainquit sa foudre.

CHANT XXII

1 Accablé de stupeur, je me tournai
       vers mon escorte : ainsi l'enfant recourt
       à celle en qui toujours il se confie.
4 Alors, de cette voix réconfortante
       d'une mère empressée de secourir
       son fils pâle et sans souffle, elle me dit :
7 « C'est bien au ciel que tu es, l'oublies-tu ?
       Ne sais-tu pas que tout le ciel est saint
       et que ce qu'on y fait vient d'un bon zèle ?
10 Quelle transmutation t'auraient causée
       le chant, mon rire, à présent tu en juges,
       puisque ce cri t'a ému à ce point !
13 Si tu avais pénétré sa prière,
       déjà tu connaîtrais l'âpre vengeance
       que tu verras surgir avant ta mort.
16 L'épée d'en haut ne tranche ni trop tôt
       ni trop tard, si ce n'est au gré de l'homme

qui l'attend et la craint, ou qui espère.
19 Mais tourne-toi désormais vers ces autres :
car tu verras beaucoup d'esprits illustres,
en portant le regard où je te dis. »
22 Orientant mes yeux comme il lui plut,
je vis cent billes brillantes, ensemble
s'embellissant de mutuels rayons.
25 Je ressemblais à celui qui réprime
le dard de son désir, et n'ose pas
demander, tant il craint d'exiger trop.
28 Mais la plus grande, la plus éclatante
de ces perles précieuses vint vers moi
spontanément, pour combler mon envie.
31 J'entendis en son cœur : « Si tu voyais
la charité qui brûle parmi nous,
tes idées trouveraient leur expression.
34 Mais pour que nulle attente ne retarde
ton but sublime, je ne vais répondre
qu'à la pensée dont tu n'oses t'ouvrir.
37 Ce mont, qui porte à son versant Cassin,
fut habité sur son faîte jadis
par des gens mal instruits et abusés.
40 Moi le premier, j'y fis sonner le nom
de celui qui sur terre introduisit
la vérité qui nous porte si haut ;
43 et tant de grâce a rayonné sur moi
que je tirai les bourgs environnants
du culte impie qui séduisait le monde[1].
46 Ces autres feux furent tous des esprits
contemplatifs, embrasés de l'ardeur
qui fait naître les fleurs et les fruits saints :
49 voici Macaire et voici Romuald[2] ;
voici mes frères des cloîtres, qui tinrent
ferme le cœur et arrêté le pas. »

---

[1]. Le bienheureux qui parle est saint Benoît. Fondateur de l'ordre bénédictin, il mourut en 543 au monastère de Montecassino. [2]. Peut-être saint Macaire d'Alexandrie, mort en 404 ; saint Romuald (956 environ-1027), fondateur de l'ordre des Camaldules.

52 Et moi, à lui : « L'affection que tu montres
   en me parlant, et la mansuétude
   que je vois et remarque en vos splendeurs,
55 ont fait s'épanouir ma confiance
   ainsi que le soleil fait à la rose
   lorsque de toute sa force elle s'ouvre.
58 Je te prie donc, ô père, de m'apprendre
   si je puis obtenir assez de grâce
   pour contempler ta face à découvert. »
61 Et lui à moi : « Frère, ton noble vœu
   sera comblé dans la dernière sphère[1],
   où tous les autres et le mien s'achèvent ;
64 en elle est mûr, intégral, accompli,
   chaque désir ; en elle seule trône
   chaque partie où toujours elle fut ;
67 car elle est fixe, en nul lieu, sans nul pôle ;
   et jusqu'à elle arrive notre échelle
   dont tes yeux cherchent donc en vain le vol.
70 C'est jusqu'à elle que le patriarche
   Jacob la vit, dressant sa haute cime
   et lui apparaissant si chargée d'anges.
73 Mais personne aujourd'hui, pour la gravir,
   n'ôte ses pieds de terre ; aussi ma règle
   ne sert plus qu'à gâcher du parchemin.
76 Les murs qui bâtissaient une abbaye
   sont changés en cavernes ; les cagoules
   sont des sacs pleins de mauvaise farine.
79 Mais l'âpre usure offense encore moins
   la volonté de Dieu que ce profit
   qui rend si insensé le cœur des moines ;
82 car tous les biens que l'Église conserve
   sont à ceux qui mendient au nom de Dieu,
   non à quelque parent, ou pis encore.
85 Si vulnérable est la chair des mortels
   qu'un bon début chez vous ne suffit pas
   pour que naissent des glands au nouveau chêne.

---

1. L'Empyrée, où résident les bienheureux, même si certains apparaissent à Dante dans divers cieux.

88 D'emblée, Pierre œuvre sans argent ni or ;
   moi, d'emblée par prières et par jeûnes ;
   François fonde son ordre en étant humble.

91 Or, regardant les débuts de chacun
   et puis considérant l'œuvre accomplie,
   tu verras que le blanc s'inverse en noir.

94 Mais le reflux du Jourdain, et la mer
   fuyant, quand Dieu voulut, sont des miracles
   plus grands qu'ici ne serait le secours[1]. »

97 Ainsi dit-il ; puis il joignit sa troupe :
   et sa troupe en entier se resserra
   tourbillonnante et filant vers le haut.

100 La douce dame après eux m'induisit
    d'un seul geste à monter par cette échelle,
    tant sa vertu sut vaincre ma nature :

103 jamais sur terre, où l'on monte et descend
    selon Nature, élan ne fut si prompt
    qu'il se puisse égaler à mon coup d'aile.

106 Aussi vrai que j'espère un jour revoir
    lecteur, ce saint triomphe, et que j'en pleure
    souvent mes fautes, frappant ma poitrine,

109 tu n'aurais pas ôté-plongé[2] plus vite
    au feu le doigt, que je ne vis le signe
    qui succède au Taureau — et fus en lui[3].

112 Constellation glorieuse ! lueurs pleines
    d'une vertu immense, dont j'avoue
    que me vient, quel qu'il soit, tout mon esprit,

115 en vous naissait et se couchait cet astre
    générateur de chaque vie mortelle,
    quand je goûtai d'abord à l'air toscan ;

118 puis, quand la grâce me fut accordée
    d'entrer dans le haut ciel qui vous emporte,
    mon sort fut de venir dans vos parages.

---

1. C'est-à-dire que ce sera un miracle comme ceux du Jourdain et de la mer Rouge que la conversion des religieux corrompus. 2. *Tu non avresti in tanto tratto e messo / nel foco il dito* : le caractère instantané du double geste, que Dante suggère en indiquant sa fin avant son commencement, est rendu ici par le trait d'union qui fait d'« ôté-plongé » un mot composé *(N.d.T.)*. 3. Le signe des Gémeaux, sous lequel Dante est né.

121 Vers vous soupire en cet instant mon âme
    dévotement, pour acquérir la force
    de franchir le pas rude qui l'attire.
124 « Te voici parvenu », dit Béatrice,
    « si près de la suprême salvation
    qu'il faut que ton œil s'ouvre et perce en elle.
127 Avant donc que toi-même tu *t'en-elle-s*[1],
    regarde en bas, et vois la part du monde
    que j'ai déjà fait venir sous tes pieds,
130 pour qu'exhalant toute sa joie possible
    ton cœur se montre aux foules triomphales
    qui vont riant par ce cercle d'éther. »
133 De mon regard je retraversai toutes
    les sept sphères, et vis la terre telle
    que je souris de sa vile apparence ;
136 et je tiens donc que le meilleur avis
    consiste à l'estimer le moins : quiconque
    regarde ailleurs, qu'on le nomme un vrai sage !
139 Je vis en feu la fille de Latone[2],
    dénuée de cette ombre qui naguère
    me la fit croire à la fois dense et rare.
142 Ô Hypérion, là je soutins l'éclat
    de ton enfant, et vis tourner autour,
    ô Maïa et Dioné, non loin, les vôtres[3].
145 Là, entre père et fils, je vis comment
    Jupiter les modère ; et je compris
    comment varient leurs révolutions.
148 Et je vis se montrer les sept planètes
    selon leurs dimensions et leurs vitesses
    et les distances qui les répartissent.
151 L'aire exiguë qui nous rend si féroces
    m'apparut en entier, des monts aux golfes,

---

1. *E però prima che tu più t'inlei :* nouvel hapax. Pour conserver ici la troisième personne féminine (après la troisième personne masculine du *Paradis*, IX, 73), j'ai traduit *salute*, au vers 124, par « salvation » plutôt que par « salut ». D'autre part, pour préparer l'oreille et l'esprit du lecteur à accepter l'étrange « tu t'en-elle-s », j'ai placé à la rime du vers précédent un « elle », absent certes du texte italien, mais qui n'en modifie le sens que légèrement (*N.d.T.*). 2. Diane, c'est-à-dire la lune. 3. Le fils d'Hypérion est le soleil ; Mercure est le fils de Maïa et Vénus, la fille de Dioné.

quand les Gémeaux éternels m'entraînaient.
154 Puis je tournai mes yeux vers les beaux yeux.

CHANT XXIII

1 Tel, dans la nuit qui nous cache les choses,
  l'oiseau, sous son feuillage aimé, s'installe
  sur la nichée de ses doux oisillons,
4 puis, pour revoir leur aspect désiré
  et trouver l'aliment dont il les gorge
  — dur travail accompli dans le plaisir —,
7 devance l'heure à la cime des branches
  dès que naît l'aube, et attend le soleil
  et fixement et ardemment le guette,
10 ainsi ma dame se tenait dressée,
  l'œil attentif tourné vers la région
  où le soleil montre le moins de hâte[1];
13 et, la voyant suspendue et avide,
  je fus pareil à ceux dont le désir
  veut d'autres joies, et que l'espoir apaise.
16 Mais peu de temps sépara l'un et l'autre,
  je veux dire l'attente et ma vision
  du ciel qui s'éclairait de plus en plus.
19 Et Béatrice dit : « Voici l'armée
  du triomphe du Christ, et tout le fruit
  que fait cueillir la rotation des sphères. »
22 Je croyais voir flamboyer son visage ;
  en ses yeux s'amassait tant de liesse
  qu'il me faut passer outre sans discours.
25 Telle aux paisibles nuits de pleine lune
  rit Diane entre les nymphes éternelles

---

1. Le zénith.

qui fleurissent le ciel par tous ses golfes,
28 tel, au-dessus de mille et mille flammes,
vis-je un soleil[1] qui les allumait toutes,
comme le nôtre allume nos étoiles ;
31 et dans leur vive lumière perçait
la Substance éclatante, si splendide
que mon regard ne la supportait pas.
34 Ô Béatrice douce, ô guide cher !
« Ce qui l'emporte sur toi », me dit-elle,
« est une force à qui rien ne résiste.
37 En elle est la sagesse et la puissance
qui entre ciel et terre ouvrit les voies
dont le monde eut jadis si long désir. »
40 Comme au nuage opaque un feu s'arrache,
étant si dilaté qu'il n'y tient plus
et court au sol, débordant sa nature,
43 tel mon esprit jaillit hors de lui-même,
rendu plus vaste après un tel banquet
— mais ne sait plus ce qu'alors il put faire...
46 « Ouvre les yeux, regarde à fond mon être :
ces choses vues t'ont donné la puissance
de supporter l'éclat de mon sourire. »
49 J'étais comme celui qui se ressent
d'une vision perdue, et qui s'efforce
en vain de la remettre en sa mémoire,
52 quand me fut faite cette offre, si digne
de gratitude, qu'à jamais le livre
où s'inscrit le passé la gardera.
55 Si, pour m'aider, sonnaient toutes les langues
que largement Polymnie[2] et ses sœurs
ont nourries de leur lait le plus suave,
58 chantant ici le saint rire, et combien
le saint aspect des cieux le rendait pur,
atteindrait-on le millième du vrai ?
61 C'est pourquoi, décrivant le paradis,
mon poème sacré doit faire un saut,

---

1. Le Christ. 2. Muse de la poésie lyrique, qui inspira avec ses sœurs les poètes anciens.

comme on saute un fossé coupant la route.
64 Mais quiconque évalue le poids du thème
et l'épaule mortelle qui le porte
ne la blâmera pas si elle tremble ;
67 ils ne conviennent guère aux barques frêles,
ces flots que va fendant ma proue hardie,
ni aux rameurs épargnant leurs efforts.
70 « Pourquoi centrer ton amour sur ma face
au point de ne pas voir le beau jardin
que les rayons du Christ ont fait fleurir ?
73 Voici la rose où le verbe de Dieu
s'est fait chair ; et plus loin voici les lis
dont l'odeur a tracé le bon chemin. »
76 Ainsi dit-elle ; et moi, tout prêt à suivre
ses instructions, je revins au combat,
n'ayant pour armes que mes faibles cils.
79 Sous un rai de soleil qui plonge clair
par un trou de nuées, mes yeux dans l'ombre
ont vu briller parfois un pré de fleurs ;
82 ainsi je vis des foisons de lumières
frappées d'en haut par des rais fulgurants,
mais sans voir le principe qui fulgure :
85 toi qui les marques ainsi, bonne force,
tu t'élevas plus haut pour mettre à l'aise
mes yeux, qui ne pouvaient te soutenir !
88 Au nom de la fleur belle que j'invoque
matin et soir, mon esprit tout entier
plongea dans la vision du plus grand feu :
91 et dès qu'en mes deux yeux se trouva peinte
en sa force et beauté la vive étoile
qui vainc là-haut comme elle a fait sur terre,
94 du fond du ciel descendit une flamme
formée en cercle ainsi qu'une couronne,
qui la ceignit et vira autour d'elle.
97 La mélodie aux notes les plus douces
chez nous, et attirant le mieux notre âme,
serait nuage déchiré qui tonne,
100 près des accents de la lyre chantante
couronnant le saphir si précieux

dont le plus clair des dix cieux *s'ensaphire*[1] :
103 « Je suis amour angélique et je tourne
sur la sublime liesse exhalée
du sein qui hébergea notre désir,
106 et tournerai, dame du ciel, tandis
que tu suivras ton fils, rendant plus sainte
la roue suprême en y faisant retour. »
109 Ainsi le cycle de la mélodie
se concluait ; et les autres lumières
faisaient sonner le beau nom de Marie.
112 L'impérial manteau de tout l'espace
de l'univers, le plus vif et torride
sous la constance du souffle de Dieu,
115 étendait tout là-haut sa face interne
si loin de nous, que son aspect encore,
là où j'étais, demeurait invisible :
118 aussi mes yeux n'eurent pas la puissance
d'accompagner la flamme couronnée
s'élevant sur les traces de son fruit.
121 Et comme un nourrisson qui vient de boire
tout son lait, tend les bras vers sa maman,
car sa joie au-dehors éclate et flambe,
124 chaque blancheur se tendit vers le haut
par la pointe, si bien que l'ample amour
qu'ils portaient à Marie me fut bien clair.
127 Puis elles demeurèrent sous mes yeux,
chantant un *Regina celi* si doux
que le plaisir m'en est toujours resté.
130 Ô l'abondante moisson contenue
en ces très riches coffres, qui donnèrent
ici-bas le bon grain pour les semailles !
132 Là-haut l'on vit, l'on jouit du trésor
qui fut acquis en pleurant dans l'exil
de Babylone[2], où l'or fut délaissé ;
135 là-haut va triomphant de sa victoire,
sous le grand fils de Dieu et de Marie,
avec l'ancien et le nouveau concile,

---

1. *S'inzaffira :* néologisme dantesque.   **2.** L'exil terrestre.

138 celui qui tient les clefs de cette gloire.

CHANT XXIV

1 « Ô compagnie élue au grand banquet
   du saint Agneau, si prompt à vous nourrir
   que votre envie est toujours satisfaite,
4 si par grâce de Dieu cet homme goûte
   à ce qui peut tomber de votre table
   avant que Mort ne lui marque son terme,
7 voyez son grand désir ! versez sur lui
   quelque rosée, vous qui buvez sans cesse
   à la source d'où naît tout ce qu'il songe ! »
10 Ainsi dit Béatrice ; et chaque esprit
   dans sa joie se fit sphère aux pôles fixes,
   virant, flambant à l'égal des comètes.
13 Tels vont tournant d'harmonieux rouages
   d'horloge — et le premier dort et se berce
   en apparence, quand le dernier vole —,
16 de même ici, évoluant diversement[1], rapides ou lentes, ces caroles[2]
   me marquaient le degré de leur richesse.
19 De celle qui parut la plus précieuse,
   je vis sortir un feu si enthousiaste
   que dans la ronde aucun n'était plus clair ;
22 et par trois fois, autour de Béatrice
   il tournoya dans un chant si divin
   qu'à le redire échoue ma fantaisie.

---

1. *Così quelle carole differente- / mente danzando* : j'ai restitué l'enjambement coupant l'adverbe : « évoluant diverse- / ment » ; mais j'ai préparé l'oreille du lecteur à cette surprise au moyen d'une rime en -erce deux vers plus haut (« dort et se berce »), ce qui m'a contraint à m'écarter quelque peu du sens de *quieto* (vers 15) (N.d.T.).
2. Sortes de rondes.

25 Ma plume donc saute ici sans l'écrire,
   car l'imagination et le langage
   ont des tons trop voyants pour ces nuances.
28 « Ô chère et sainte sœur, dont la prière
   est si pieuse, c'est ton vif amour
   qui me délie de ce beau tournoiement » :
31 le feu béni, après avoir fait halte,
   orienta vers ma dame son souffle
   en lui parlant comme il vient d'être dit.
34 « Ô lumière éternelle du grand maître
   à qui notre Seigneur laissa les clefs[1]
   d'insigne joie, qu'il apporta au monde »,
37 dit-elle, « éprouve à ton gré celui-ci
   sur des points, forts ou minces, de la foi
   qui t'induisit à marcher sur la mer.
40 S'il croit, s'il aime et s'il espère bien,
   tu ne peux l'ignorer, puisque ta vue
   se fixe là où toute chose est peinte ;
43 mais puisque à ce royaume la vraie foi
   gagne des citoyens pour l'exalter,
   il lui est bon de pouvoir parler d'elle. »
46 Comme le bachelier, lorsque le maître
   va poser la question, s'arme en silence
   pour la défendre et non pour la résoudre,
49 tel je m'armais de tous mes arguments
   tandis qu'elle parlait, pour soutenir
   pareille thèse, et devant ce docteur.
52 « Bon chrétien, parle, fais-toi bien connaître :
   qu'est-ce : la foi ? » Je relevai le front
   vers la lumière d'où ces mots soufflaient,
55 puis me tournai vers Béatrice, et elle
   me fit promptement signe de répandre
   toute l'eau de ma source intérieure.
58 « Que la grâce par qui je me confesse
   au plus haut porte-enseigne », commençai-je,
   « me fasse bien exprimer ma pensée ! »
61 Je poursuivis : « Père, comme l'écrit

---

1. Saint Pierre.

justement le stylet de ton cher frère
qui mit Rome avec toi sur le bon fil[1],

64 la foi, substance de ce qu'on espère,
est argument des choses non-visibles ;
or, telle m'apparaît sa quiddité. »

67 Et j'entendis alors : « Tu juges droit,
si tu comprends pourquoi Paul a fait d'elle
une substance, et puis un argument. »

70 Et moi de dire : « Les choses profondes
qui me découvrent ici leur aspect
sont si cachées sur terre aux yeux des gens,

73 que leur être là-bas n'est que croyance
sur quoi se fonde le suprême espoir :
de là provient sa valeur de substance.

76 Et sur cette croyance nous devons
syllogiser sans avoir d'autre vue :
de là provient sa valeur d'argument. »

79 Et lui : « Si tout ce qui s'acquiert là-bas
par la doctrine était ainsi compris,
l'esprit de sophistique y perdrait prise. »

82 Ainsi souffla le feu de cet amour.
« Voilà bien éprouvés », ajouta-t-il,
« l'alliage et le poids de la monnaie ;

85 mais dis un peu si tu l'as dans ta bourse ? »
« Oui, je l'ai », dis-je, « assez brillante et ronde
pour que son coin ne m'inspire aucun doute. »

88 Puis sortit du profond de la lumière
qui brillait là : « Ce joyau précieux
sur lequel s'édifie toute vertu,

91 d'où te vient-il ? » Et moi : « La large pluie
de l'Esprit-Saint, que l'on retrouve éparse
parmi les vieux parchemins et les neufs,

94 me fut un si pénétrant syllogisme
pour croire en lui à fond, qu'en dehors d'elle
toute démonstration me semble obtuse. »

97 Puis j'entendis : « L'ancienne et la nouvelle
proposition qui te font croire ainsi,

---

1. Saint Paul.

d'où les tiens-tu pour paroles divines ? »
100 Et moi : « La preuve qui m'ouvre le vrai,
c'est l'œuvre qui suivit : jamais Nature
n'y fond le fer, ne le bat sur l'enclume. »
103 Et sa réponse : « Dis, qui te convainc
que cette œuvre ait eu lieu ? car cela même
qu'il faut prouver — cela seul ! — te l'affirme. »
106 « Si le monde parvint au christianisme
sans miracle », lui dis-je, « un fait si grand
vaut cent fois plus que les autres miracles :
109 car tu étais entré pauvre et à jeun
dans le champ, pour semer la bonne plante
qui devint vigne alors — et n'est que ronce. »
112 Ces mots finis, la haute et sainte cour
fit sonner par les cieux un *Te Deum*
suivant la mélodie chantée là-haut.
115 Mais ce baron, dont le questionnement
m'avait mené si loin de branche en branche
que nous touchions aux cimes des feuillages,
118 recommença : « La grâce, qui courtise
ton esprit, t'a permis jusqu'à présent
d'ouvrir la bouche ainsi qu'il fallait faire :
121 j'approuve donc ce qui en est sorti.
Mais il convient d'exprimer maintenant
ce que tu crois, et d'où tu l'as tiré. »
124 « Ô père saint, esprit qui vois bien clair
ce que jadis tu crus assez pour vaincre
un pied plus jeune en courant au sépulcre[1] »,
127 commençai-je, « tu veux que je déclare
le contenu de ma vive croyance,
et tu veux en connaître la raison.
130 Et je réponds : je crois en un seul Dieu,
éternel, qui non mû fait se mouvoir
tout le ciel par amour et par désir.
133 Non seulement, pour croire, j'ai des preuves
métaphysiques et physiques, mais

---

[1]. Saint Pierre devança saint Jean au moment d'entrer dans le sépulcre du Christ (*Jean*, XX, 1-9).

le vrai qui pleut d'ici m'en donne encore
136 par Moïse, les psaumes, les prophètes
et l'Évangile, et vous qui écrivîtes
lorsque l'ardent Esprit vous eut faits saints.
139 Je crois en trois personnes éternelles
et crois si une et trine leur essence
qu'elle admet à la fois le *sunt* et l'*est*[1].
142 Cette condition de Dieu profonde
que j'évoque, le texte évangélique
en met souvent le sceau dans mon esprit :
145 car c'est là le principe et l'étincelle
qui se dilate ensuite en flamme vive
et brille en moi comme une étoile aux cieux. »
148 Tel le maître, écoutant ce qu'il désire,
attend le dernier mot du serviteur
pour l'embrasser, heureux de la nouvelle,
151 ainsi, quand je me tus, me bénissant
et chantant, la lumière apostolique
qui m'enjoignait de parler m'entoura
154 trois fois, tant mon discours lui avait plu !

CHANT XXV

1 Si quelque jour le poème sacré
où le ciel et la terre ont mis la main
et qui, au fil des ans, m'a rendu maigre,
4 brise la cruauté qui me tient hors
du beau bercail où je dormis agneau[2]
mais ennemi des loups qui le ravagent,
7 avec une autre voix, d'autres cheveux,

---

1. « Ce sont » trois personnes et « c'est » un seul Dieu ; le texte de Dante est *sono ed este*. **2.** Florence.

j'y reviendrai poète : et la couronne
je l'aurai sur les fonts de mon baptême,
10 puisque c'est là que j'entrai dans la foi
qui donne à Dieu connaissance des âmes
et fit Pierre m'en ceindre ainsi le front.
13 C'est alors que vers nous vint un flambeau
de cette sphère d'où sortit l'aîné
que le Christ nous laissa de ses vicaires ;
16 et Béatrice, remplie de liesse,
me dit : « Vois donc, vois donc ! c'est le baron
pour qui les gens visitent la Galice[1] ! »
19 Comme se pose auprès d'une colombe
son compagnon, et l'un à l'autre montre
sa tendresse en tournant et murmurant,
22 ainsi les deux grands princes glorieux
sous mon regard s'accueillirent l'un l'autre,
louant ce mets dont les nourrit le ciel.
25 Mais lorsque prirent fin les compliments,
sans un mot, *coram me*[2], chacun fit halte,
si flamboyant que j'en baissai la face.
28 Riante alors Béatrice parla :
« Illustre vie, dont les écrits montrèrent
notre divin royaume en ses largesses,
31 dans ces hauteurs fais sonner l'espérance :
tu le peux bien, toi qui en fus l'image
chaque fois que Jésus choyait les trois[3] ! »
34 « Lève la tête et prends plus d'assurance,
car ce qui vient de la terre mortelle
doit ici-haut mûrir à nos rayons » :
37 ce réconfort me vint du second feu ;
et je levai mes yeux vers ces deux cimes[4]
dont l'éclat les avait baissés d'abord.
40 « Puisque notre empereur veut, par sa grâce,
qu'avant la mort tu viennes t'affronter
dans sa chambre secrète avec ses comtes,

---

[1]. Saint Jacques : les pèlerins se rendaient en nombre à Saint-Jacques de Compostelle. [2]. Devant moi. [3]. Saint Pierre, saint Jacques et saint Jean. C'est au second que s'adresse Béatrice. [4]. Saint Pierre et saint Jacques.

43 pour qu'ayant vu le vrai de cette cour
    tu fortifies en toi-même et chez d'autres
    l'espérance, où le bon amour vous charme,
46 dis ce qu'elle est, comment elle fleurit
    ton âme, et d'où elle est venue en toi » :
    ainsi continua le second feu.
49 Mais la pieuse amie qui avait su
    guider si haut les plumes de mes ailes
    devança de la sorte ma réponse :
52 « Aucun fils de l'Église militante
    n'est plus empli d'espoir, et c'est écrit
    dans le Soleil qui éclaire nos foules ;
55 il lui est donc permis, quittant l'Égypte,
    de venir voir Jérusalem avant
    que s'achève le temps de son combat.
58 Quant aux deux autres points, dont tu t'enquiers
    non pour savoir, mais afin qu'il rapporte
    en bas combien cette vertu te plaît,
61 je les lui laisse : ils ne seront ni durs,
    ni motif de jactance ; et qu'en sa grâce
    Dieu lui octroie d'y répondre lui-même ! »
64 Comme un disciple obéit à son maître,
    prompt et ravi de dire ce qu'il sait,
    pour que se manifeste sa valeur :
67 « L'espérance est l'attente sûre », dis-je,
    « de la gloire à venir, qu'en nous fait naître
    la grâce, jointe à nos anciens mérites.
70 Cette clarté me vient de mainte étoile ;
    mais le souverain chantre[1] du grand roi
    la distilla le premier dans mon cœur ;
73 car, dans sa théodie : "Qu'en toi espèrent
    ceux qui connaissent ton nom !" écrit-il ;
    et qui ne le connaît, s'il a ma foi ?
76 Tu me versas encor de sa rosée
    par ton Épître, au point que j'en déborde
    et reverse sur d'autres votre pluie. »
79 Tandis que je parlais, au sein vivant

---

1. David.

de ce brasier tremblait une lueur
soudaine et répétée comme un éclair ;

82 puis il souffla : « Cet amour dont je brûle
encor pour la vertu qui me suivit
jusqu'à la palme, au sortir de la lice,

85 veut que vers toi qui l'aimes je resouffle ;
et il m'est agréable que tu dises
ce que ton espérance te promet. »

88 Et moi : « L'ancienne et la neuve Écriture
fixent le but, que l'espérance indique :
but des âmes que Dieu s'est rendues chères.

91 En sa patrie — dit Isaïe[1] — chacune
sera vêtue d'un double vêtement :
or sa patrie, c'est cette vie suave.

94 Et ton frère, au passage où il mentionne
les blanches robes, nous expose encore
plus clairement cette révélation[2]. »

97 Aussitôt dits ces mots, « *Sperent in te*[3] »
sonna d'abord au-dessus de nos têtes,
et tous les chœurs dansants y répondirent.

100 Puis parmi eux resplendit un flambeau :
si le Cancer avait un tel cristal,
l'hiver aurait un mois fait d'un seul jour.

103 Comme une vierge en souriant se lève
pour entrer dans la danse, et ne désire
d'autre mal qu'honorer la mariée,

106 je vis venir la splendeur éclatante
vers les deux autres clartés, dont la ronde
suivait le rythme de leur vif amour :

109 et elle entra dans leur roue, dans leur chant ;
et ma dame attachait sa vue sur elles,
comme une épouse immobile et muette.

112 « Voilà celui qui gisait sur le sein
de notre pélican[4] et, de la croix,
fut choisi pour remplir le grand office. »

---

1. *Isaïe,* LXI, 7. 2. Saint Jean, *Apocalypse,* VII, 9. 3. « Qu'ils espèrent en toi » (*Psaumes,* IX, 11). 4. « L'un d'eux (Jean) que Jésus (le pélican) aimait, était couché sur le sein de Jésus » (*Jean,* XIII, 23).

115 Ainsi parla ma dame, sans distraire
   tant soit peu l'attention de son regard
   ferme, après comme avant qu'elle eût parlé.
118 Et tel celui qui guette et s'évertue
   à voir un peu s'éclipser le soleil
   — et, pour mieux voir, il devient non-voyant —,
121 tel je devins près de ce dernier feu,
   jusqu'à entendre : « Pourquoi t'éblouir,
   cherchant ce qui n'a point ici de place ?
124 Terre est mon corps en terre, où il sera
   mêlé aux autres, tant que notre nombre
   n'est point égal au nombre en haut marqué.
127 Seuls, au bienheureux cloître, deux flambeaux
   ont pu monter vêtus de leurs deux robes[1] :
   tu le rapporteras dans votre monde. »
130 À cette voix, le tournoiement de flamme
   s'apaisa, et de même le doux son
   né du mélange des sons des trois souffles,
133 comme, afin d'éviter fatigue ou risque,
   toutes les rames qui frappaient le flot
   sur un coup de sifflet s'immobilisent.
136 Hélas ! combien mon esprit se troubla
   quand, me tournant pour revoir Béatrice,
   je ne pus la revoir, bien que je fusse
139 près d'elle, et dans le monde bienheureux !

CHANT XXVI

1 Je m'inquiétais d'avoir la vue éteinte,
   quand du feu fulgurant qui l'éteignit
   sortit un souffle — et j'y fus attentif :

---

1. Le Christ et Marie.

4 « En attendant », dit-il, « que tu recouvres
    ta vision qu'en moi tu as brûlée,
    il est bon qu'en parlant tu le compenses.
7 Commence donc, et dis vers quoi s'aiguise
    ton âme ; et sois persuadé qu'en toi
    la vue est égarée mais non défunte,
10 puisque la dame qui par ces divines
    régions te conduit, porte en ses yeux
    la vertu qu'eut la main d'Ananias[1]. »
13 « À son plaisir, tôt ou tard, vienne un baume
    guérir mes yeux, seuils par où elle entra
    grâce au feu », dis-je, « dont toujours je brûle !
16 L'alpha et l'oméga de tous les livres
    qu'Amour me lit avec force ou douceur,
    c'est le bien qui contente cette cour. »
19 La même voix qui m'avait enlevé
    la peur de mon soudain aveuglement
    m'induisit à vouloir parler encore
22 en disant : « Ta pensée, crible-la donc
    à un tamis plus fin : il te faut dire
    qui dirigea ton arc vers un tel but. »
25 « L'autorité qui descend d'ici », dis-je,
    « ainsi que des raisons philosophiques,
    font s'imprimer en mon cœur cet amour,
28 puisque le bien, sitôt vu comme bien,
    vite, allume l'amour, et d'autant plus
    qu'en soi-même il contient plus d'excellence.
31 Il faut donc qu'à l'essence où il abonde
    assez pour que tout bien placé hors d'elle
    ne soit qu'une clarté de ses rayons,
34 vienne, à force d'amour, plus que vers d'autres,
    l'esprit de tous les hommes qui discernent
    le vrai sur quoi cet argument se fonde.
37 Celui qui me démontre que l'amour
    est la première substance éternelle,
    déploie ce vrai devant mon intellect ;

---

1. L'un des premiers disciples du Christ ; il rendit la vue à saint Paul (*Act. Ap.*, IX, 10-18).

40 il le déploie par sa voix, l'infaillible
   Auteur qui dit à Moïse, en parlant
   de soi : "Je t'ouvrirai toute valeur"[1] ;
43 et tu me le déploies, lorsque commence
   ta forte annonce proclamant sur terre
   les mystères du ciel — mieux qu'aucun cri. »
46 Et j'entendis : « Par l'intellect humain
   et les autorités qui le confirment,
   ton amour le plus haut s'adresse à Dieu.
49 Mais dis encor si tu sens d'autres cordes
   qui te tirent vers lui ; dis-nous de quelles
   dents nombreuses te mord un tel amour. »
52 Ici, l'aigle du Christ[2] ne cachant point
   ses saintes intentions, je devinai
   où il voulait mener ma profession ;
55 je repris donc : « Chacune des morsures
   qui peuvent diriger le cœur vers Dieu
   a concouru à cette charité :
58 l'être de l'univers, mon être même,
   la mort que Dieu souffrit pour que je vive,
   et ce qu'espère avec moi tout fidèle,
61 joints, je l'ai dit, à ce vivant savoir,
   m'ont tiré de la mer du faux amour
   et déposé sur la rive du vrai.
64 Les feuilles dont verdit tout le jardin
   de l'éternel jardinier, je les aime
   à raison des vertus dont il les comble. »
67 Sitôt que je me tus, un très doux chant
   résonna par le ciel, et Béatrice
   avec les autres disait : « Saint, saint, saint ! »
70 Et, comme un jour aigu désensommeille
   (l'esprit visif courant à la lumière
   qui pénètre membrane après membrane,
73 mais l'éveillé répugne à ce qu'il voit,
   si inconscient est son éveil soudain
   tant que ne l'aide pas l'estimative),
76 ainsi ma dame effaça de mes yeux

---

1. *Exode,* XXXIII, 18-19.   **2.** Saint Jean.

toute poussière, d'un rayon des siens
qui flamboyait à plus de mille milles :
79 et j'y vis donc plus clair qu'auparavant
et, stupéfait, m'enquis d'un quatrième
flambeau que j'aperçus à nos côtés.
82 Et elle : « En ces rayons, la première âme[1]
que la première vertu ait créée
contemple avec amour son créateur. »
85 Comme un feuillage dont la cime ploie
au passage du vent, puis se redresse,
sa force propre étant de s'élever,
88 je m'inclinai, tant que parla ma dame,
plein de stupeur ; puis un ardent désir
de parler à mon tour me raffermit
91 et je me mis à dire : « Ô fruit qui seul
fus produit mûr, ô notre père ancien
dont chaque épouse est la fille et la bru,
94 de tout mon cœur dévot je te supplie
de me parler ; tu connais mon désir :
si je le tais, c'est pour t'entendre vite ! »
97 Tel, caparaçonné, un animal
s'agite au point que son envie affleure
sous la housse épousant tous ses frissons,
100 pareillement la première des âmes
à travers son fourreau faisait paraître
son allégresse à venir me complaire.
103 Elle souffla : « Sans que tu le déclares,
ton désir m'est plus clair qu'à toi la chose
dont tu es le plus sûr : car je le mire
106 dans le miroir infaillible qui donne
sa ressemblance aux choses, mais aucune
ne lui donne en retour sa ressemblance.
109 Tu veux savoir depuis combien d'années
Dieu me mit dans le haut jardin, où celle
que voici t'a ouvert au long essor ;
112 combien de temps mes yeux s'en délectèrent ;
ce qui causa vraiment le grand courroux ;

---

1. Adam.

l'idiome dont j'usai, et que je fis.
115 Or, mon fils, ce n'est pas goûter à l'arbre
qui fut le vrai motif d'un tel exil,
mais seulement d'avoir passé la borne.
118 Puis, là-bas, d'où ta dame a fait partir
Virgile, j'aspirai à ce concile
durant quatre mille ans et trois cent deux
121 tours du soleil ; et, vivant sur la terre,
je l'avais vu repasser par chaque astre
de son chemin neuf cent et trente fois.
124 Ma langue alors parlée s'éteignit toute,
bien avant que la race de Nemrod[1]
s'appliquât à l'ouvrage inachevable ;
127 car jamais nul effet de la raison
n'a su durer sans cesse, le plaisir
des humains variant au gré des cieux.
130 Que l'homme parle est œuvre naturelle ;
mais qu'il parle de telle ou telle sorte,
Nature s'en remet à vos désirs.
133 Avant que je descende au morne enfer,
sur la terre le nom du bien suprême
dont me vient la liesse où je m'enrobe
136 était "I". Par la suite on le nomma
"El"[2] — congrument. Car votre usage est comme
feuilles sur l'arbre : l'une va, vient l'autre.
139 Sur le plus haut des monts surgis de l'onde,
je restai, pur, puis coupable, de l'heure
première jusqu'au seuil de la septième[3],
142 quand le soleil ouvre un nouveau quadrant. »

---

1. *Cf. Enfer*, XXXI, 77-78. 2. Le nom de Dieu aurait été d'abord *I*, puis *El*, compte tenu de l'évolution de la langue. 3. Selon ce que dit Dante, Adam ne serait pas resté plus de six heures au Paradis terrestre.

CHANT XXVII

1 « Au Père, au Fils, à l'Esprit saint », reprirent
les chœurs du paradis tout entier, « gloire ! »
en un hymne si doux qu'il m'enivrait.

4 Ce que voyaient mes yeux semblait un rire
de l'univers : à tel point que l'ivresse
entrait en moi par l'ouïe et la vue.

7 Ô liesse ineffable ! ô allégresse !
ô vie plénière d'amour et de paix !
surabondance assurée sans désir !

10 Sous mon regard les quatre luminaires[1]
brûlaient. Mais le premier qui m'apparut
se mit à devenir plus éclatant

13 et tel en sa couleur que Jupiter
pourrait se transmuer, si lui et Mars,
étant oiseaux, échangeaient leurs plumages.

16 La providence, qui au ciel ordonne
les tâches et les temps, avait partout
dans le chœur bienheureux fait le silence,

19 quand retentit : « Si je me transcolore,
n'en sois pas étonné, car tous les autres
vont se transcolorer en m'écoutant !

22 Celui[2] qui sur la terre a usurpé
mon lieu, mon lieu, mon lieu, qui paraît être
vacant sous les regards du fils de Dieu,

25 a changé mon tombeau en un cloaque
de puanteur et de sang, qui soulage
l'ange pervers tombé d'ici jadis ! »

28 Cette couleur dont se peint la nuée
soir et matin, face aux rayons solaires,
je vis alors tout le ciel s'en couvrir.

31 Et comme a beau rester sûre de soi
la dame honnête et qui pourtant se trouble
rien qu'à entendre la faute d'autrui,

---

1. Les trois apôtres et Adam. 2. Le pape Boniface VIII.

34 ainsi changea de face Béatrice :
   au ciel advint, je crois, pareille éclipse
   lorsque souffrit la suprême puissance.
37 Puis le flambeau continua de dire,
   avec un son de voix si altéré
   qu'il l'était plus encor que sa couleur :
40 « L'épouse de Jésus n'a pas grandi
   dans mon sang, dans le sang de Lin, de Clet,
   pour servir à l'acquêt de monceaux d'or[1] !
43 mais Sixte et Pie et Calixte et Urbain[2]
   n'ont versé tant de larmes, puis leur sang,
   que pour l'acquêt de cette vie heureuse !
46 Ce n'était pas notre vœu, qu'à la droite
   de ceux qui nous succèdent vînt s'asseoir
   une part des chrétiens, et l'autre à gauche !
49 ni que les clefs qui me furent commises
   devinssent un blason sur étendard[3]
   pour le combat contre des baptisés !
52 ni que je fusse effigie sur un sceau
   pour privilèges vendus et menteurs
   — ce dont souvent je rougis et flamboie !
55 L'on voit d'en haut, par tous les pâturages,
   sous l'habit de pasteurs, des loups rapaces :
   ô défense de Dieu, pourquoi dors-tu ?
58 Cahorsins et Gascons[4] sont prêts à boire
   de notre sang : ô bon commencement,
   à quelle abjecte fin dois-tu tomber !
61 Mais le Dieu protecteur qui défendit
   à Rome, avec Scipion, l'honneur du monde,
   le secourra bientôt, comme je crois.
64 Et toi, mon fils, qui par ton poids mortel
   retourneras en bas, ouvre la bouche :
   ce que je n'ai pas tu, ne le tais pas. »
67 Ainsi que des vapeurs glacées floconnent,

---

1. L'Église et ses premiers papes : saint Lin et saint Anaclet. 2. Sixte, Pie, Calliste et Urbain : quelques-uns des premiers évêques de Rome. 3. Des armées pontificales. 4. Jacques Duèse, pape sous le nom de Jean XXII, était de Cahors ; Clément V, Gascon (*cf. Enfer,* XIX, 82).

descendant par nos cieux, quand de sa corne
là-haut la Chèvre touche le soleil[1],
70 ainsi vis-je s'orner dans les hauteurs
l'éther, neigeant ces vapeurs triomphales
qui avaient séjourné auprès de nous :
73 mon regard poursuivait leurs apparences,
et il les poursuivit tant que l'espace
ne l'empêcha d'aller encor plus loin.
76 Ma dame alors, voyant que je cessais
de contempler vers le haut, me dit : « Baisse
tes yeux, et vois quel tour tu viens de faire. »
79 Depuis l'instant de mon premier regard,
je vis franchi, du milieu à la fin,
tout l'arc où règne le premier climat.
82 Je voyais, par-delà Gadès, la folle
passe d'Ulysse[2], et en deçà, la rive
où Europe devint un doux fardeau[3].
85 Et j'aurais pu découvrir davantage
ce piètre sol : mais déjà le soleil
avait franchi sous mes pieds plus d'un signe.
88 Mon amoureux esprit, qui sans relâche
va courtisant ma dame, s'enflammait
du désir de lui rendre mon regard ;
91 et si Nature, ou l'art, se firent pièges
à captiver les yeux pour avoir l'âme,
soit en humaine chair, soit en peintures,
94 tous leurs pouvoirs sembleraient un néant
près du plaisir divin qui m'éblouit
quand je revins au rire de ses yeux :
97 puis la vertu dont m'emplit leur regard,
en m'arrachant au beau nid de Léda[4],
m'élança vers le ciel le plus rapide[5].
100 Ses divers lieux, très hauts, ultra-vivants,
je ne puis dire, tant ils sont égaux,

---

1. « La Chèvre » : le Capricorne, où le soleil entre au solstice d'hiver. **2.** *Cf. Enfer,* XXVI, 125. **3.** La côte où Jupiter, changé en taureau, enleva Europe (*Métamorphoses,* II, 832-875). **4.** La constellation des Gémeaux, fils de Léda. **5.** Le Cristallin, ou Premier Mobile.

lequel d'entre eux me choisit Béatrice.
103 Mais elle, voyant clair en mon désir,
parla, riant avec tant de liesse
que Dieu semblait exulter sur sa face :
106 « La nature du monde, qui maintient
fixe le centre et mouvant tout le reste,
émerge ici comme de son principe.
109 Ce ciel n'a d'autre espace que l'esprit
divin, foyer de l'amour qui l'ébranle
et de l'ample vertu qu'il fait pleuvoir.
112 Lumière, Amour l'embrassent dans leur cercle,
comme il embrasse les autres : mais seul
comprend l'enclos celui qui sait l'enclore.
115 Son mouvement, nul ciel ne le mesure ;
mais tous les ciels sont ordonnés par lui
comme dix est réglé par deux et cinq.
118 Et tu peux bien comprendre désormais
comment le temps peut avoir dans ce vase
sa racine, et ses feuilles dans les autres.
121 Ô convoitise, qui noies les mortels
si loin sous toi, qu'aucun d'eux n'est capable
d'élever l'œil au-dessus de tes flots !
124 La volonté chez l'homme a beau fleurir,
survient la pluie incessante, qui change
en un fruit avorté la bonne prune.
127 L'innocence et la foi ne se décèlent
que chez les tout-petits ; puis l'une et l'autre
fuient avant qu'un duvet couvre leurs joues.
130 Tel qui encor balbutie et qui jeûne,
dévorera plus tard, sitôt sa langue
déliée, tout brouet par toute lune ;
133 et tel qui, babillant, chérit sa mère
et l'écoute — plus tard, sûr de ses mots,
souhaitera la voir ensevelie.
136 Ainsi, dès qu'apparaît la belle fille[1]
du dieu qui laisse le soir, donnant l'aube,
on voit sa blanche peau tourner au noir.

---

1. Peut-être Circé.

139 Toi, pour n'avoir jamais d'étonnement,
   pense que nul ne gouverne sur terre :
   ce qui fourvoie votre humaine famille.
142 Mais avant que janvier se déshiverne
   par l'effet du centième qu'on néglige,
   tous ces hauts cercles si fort rugiront[1]
145 que la fortune assez longtemps guettée
   mettra les poupes là où sont les proues,
   faisant courir la flotte au chemin droit ;
148 et les bons fruits succéderont aux fleurs. »

CHANT XXVIII

1 Ainsi, m'ouvrant le vrai, fustigeait-t-elle
   la piètre vie des humains d'aujourd'hui,
   celle en qui mon esprit *s'emparadise*.
4 Or, comme on voit dans un miroir la flamme
   d'une torche allumée derrière soi
   — avant de voir la torche, ou d'y songer —,
7 puis, se tournant pour savoir si la glace
   dit vrai, l'on vérifie qu'elle s'accorde
   à son objet, comme au rythme le chant,
10 ainsi mon souvenir sait que je fis,
   regardant au miroir de ces beaux yeux,
   lacets qu'Amour disposa pour me prendre :
13 et, m'étant retourné, dès que ma vue
   fut frappée par ce qu'offre cette sphère
   chaque fois qu'on observe bien son cours,
16 je vis un point, lançant une lumière
   si poignante, que l'œil qu'elle incendie

---

[1]. *Raggeran sì questi cerchi superni* est la leçon retenue par G. Petrocchi ; mais la leçon *ruggeran* ou *ruggiran*, qui est le choix fortement argumenté de Pézard, me paraît plus convaincante, pour les raisons mêmes qu'il énonce (N.d.T.).

doit se fermer au choc dont elle perce ;
19 mais l'étoile à nos yeux la plus infime,
mise en regard, étoile contre étoile,
semblerait aussi large qu'une lune.
22 Peut-être à la distance où le halo,
parfois, ceint l'astre où il prend sa lueur
quand la vapeur où il flotte est plus dense,
25 autour du point tournait un cercle ardent,
si prompt qu'il eût vaincu la plus rapide
des sphères tournoyant autour du monde.
28 Il était encerclé d'un second cercle,
qu'encerclait un troisième, qu'encerclait
un quatrième, un cinquième, un sixième.
31 Sur eux venait le septième, si ample
déjà, que l'arc messager de Junon[1]
serait petit pour l'enclore en entier.
34 Et ainsi du huitième et du neuvième.
Et chacun d'eux tournait d'autant moins vite
que son nombre était plus distant de l'un.
37 Et le premier flambait d'un feu plus franc,
étant plus près de l'étincelle pure
en qui, je crois, plus que tous il *s'en-vrai-e*[2].
40 Ma dame, qui me vit tout suspendu
dans le souci, dit alors : « De ce point
le ciel dérive, et la nature entière.
43 Vois cet anneau qui lui est le plus proche :
sa ronde, sache-le, n'est si rapide
que pour l'amour brûlant qui l'aiguillonne. »
46 « Si l'univers était disposé », dis-je,
« dans l'ordre que je vois en ces neuf roues,
le mets qu'on m'offre me rassasierait ;
49 mais, dans le monde sensible, on peut voir
que les neuf cieux sont d'autant plus divins
qu'ils sont plus à distance de leur centre.
52 Si ce qui doit combler tout mon désir

---

1. L'arc-en-ciel. 2. *S'invera* (le sens est : « se pénètre de sa vérité ») : nouvel hapax, moins surprenant en français que les précédents et que je restitue donc sur leur lancée, sans précaution particulière (N.d.T.).

      est donc ce temple, angélique merveille
      qui n'a qu'Amour et Clarté pour confins,
55 encor faut-il que j'apprenne pourquoi
      l'exemple et la copie sont discordants,
      car c'est en vain que j'y songe moi-même. »
58 « Si pour ce nœud tes doigts sont malhabiles,
      ce n'est pas étonnant : il s'est fait dur,
      faute que d'autres mains l'aient essayé ! »
61 Ainsi parla ma dame, et puis : « Prends note
      de mes propos, pour apaiser ta faim,
      et alentour aiguise ton esprit.
64 Les cercles corporels sont brefs ou amples
      selon le plus ou le moins de vertu
      épanchée parmi toutes leurs parties.
67 Plus de bonté veut donner plus de bien ;
      et plus de bien remplit un plus grand corps,
      si tout y est également parfait.
70 Ce ciel-ci, donc, qui entraîne avec lui
      tout l'univers, correspond à l'anneau
      qui aime davantage et sait le plus.
73 Partant, si tu appliques ta mesure
      à la vertu, non à l'aspect des êtres
      qu'ici tu aperçois en forme ronde,
76 tu verras correspondre étonnamment
      à chaque ciel sa haute intelligence :
      de grand à plus et de petit à moins. »
79 Comme devient resplendissant et pur
      l'hémisphère de l'air, lorsque Borée[1]
      souffle sur lui de sa joue la plus douce,
82 purifiant et résorbant les brumes
      qui le souillaient, si bien que le ciel rit
      par toutes les beautés de ses régions,
85 tel je devins, aussitôt que ma dame
      m'eut enrichi de sa réponse claire ;
      et, comme étoile au ciel, je vis le vrai.
88 Mais lorsque s'achevèrent ses paroles,
      non autrement qu'un fer bouillant scintille,

---

[1]. Le vent.

ainsi étincelèrent tous les cercles,
91 chacun créant sa traîne d'étincelles
assez nombreuses pour vaincre le nombre,
sur l'échiquier, dont chaque grain *s'en-mille*[1].
94 Et j'entendais chœur sur chœur hosanner
vers le point ferme qui les lie au lieu
où toujours ils seront, et toujours furent.
97 Et celle qui voyait en mon esprit
mon doute, commença : « Les premiers cercles
t'ont montré Séraphins et Chérubins :
100 vite, ils suivent ainsi leur chaîne ardente
pour ressembler de leur mieux au point fixe ;
et plus haute est leur vue, plus ils le peuvent.
103 Et ces autres amours qui les encerclent
s'appellent Trônes du divin regard ;
par eux s'achève le premier ternaire.
106 Apprends que tous ont d'autant plus de joie
que leur vision pénètre davantage
au fond du vrai, où tout esprit s'apaise.
109 D'où l'on peut voir que la béatitude
a son assise sur l'acte de voir,
non sur celui d'aimer, qui lui succède.
112 La vision se mesure au mérite
né de la grâce, puis du bon vouloir :
ainsi progresse-t-on de seuil en seuil.
115 Le ternaire second, qui lui aussi
bourgeonne au cœur du printemps éternel
non dépouillé par le Bélier nocturne,
118 perpétuellement chante *Hosanna*
selon trois mélodies sonnant en trois
registres de liesse, où il se triple.
121 Sa hiérarchie admet d'autres déesses :
les Dominations, puis les Vertus ;
le troisième ordre est celui des Puissances.
124 Après, dans les deux fêtes pénultièmes,
Principautés et Archanges tournoient ;

---

1. *S'inmilla* (le sens est : « se multiplie très considérablement ») : nouvel hapax dont la restitution est relativement acceptable en français (N.d.T.).

l'ultime est pleine de jeux angéliques.
127 Tous ces ordres en haut sont dans l'extase ;
ils sont en bas si puissants que vers Dieu
tous sont tirés et tous de même tirent.
130 Denys se mit à contempler ces ordres
avec tant d'attirance, qu'il les nomme
et les distingue aussi bien que je fais[1].
133 Grégoire[2], ensuite, s'écarta de lui ;
aussi, dès que ses yeux ont pu s'ouvrir
dans ce ciel-ci, il a ri de lui-même.
136 Mais si sur terre un mortel révéla
de tels secrets, faut-il qu'on s'en étonne ?
car celui-là qui les lui découvrit
139 en vit bien d'autres encor dans ces sphères ! »

CHANT XXIX

1 Lorsque, sous la Balance et le Bélier,
les deux enfants de Latone[3] rencontrent
l'horizon qui tous deux les circonscrit,
4 un temps bref le zénith les équilibre
jusqu'à l'instant où, changeant d'hémisphère,
chacun d'eux s'affranchit de cet anneau :
7 tel fut le temps que resta silencieuse
Béatrice, riante et l'œil fixé
droit sur le point qui m'avait ébloui.
10 « Sans demander, je dirai », reprit-elle,
« ce que tu veux savoir, l'ayant vu là
où tout *ubi* et tout *quando* confluent.
13 Non pour gagner plus de bien pour lui-même

---

1. Denys l'Aréopagite, à qui l'on attribua un traité sur la hiérarchie angélique.
2. Grégoire le Grand.   3. Le soleil et la lune.

— c'est impossible —, mais pour que son feu
pût, en brillant, affirmer : *"Subsisto"*,
16 dans son éternité, comme il lui plut,
hors de l'espace et du temps, l'éternel
amour s'ouvrit en d'autres amours neuves.
19 Auparavant il n'avait pas dormi :
car le passage de Dieu sur ces eaux
ne s'accomplit ni "avant" ni "après".
22 Forme et matière, conjointes ou pures,
émergèrent à l'être en tout parfaites,
comme trois traits lancés d'un arc tricorde :
25 et tel, dans le cristal, le verre ou l'ambre,
un rayon resplendit si prompt et large
que dès qu'il entre il y est tout entier,
28 ainsi, de son auteur, l'effet triforme
simultané rayonna dans tout l'être,
sans distinction de début ni de fin.
31 Concréés furent l'ordre et la structure
des substances : à celles qui naquirent
de l'acte pur revint le haut du monde ;
34 le bas du monde, à la simple puissance ;
puissance et acte, au milieu, se nouèrent
d'un nœud si fort que jamais il ne rompt.
37 Pour vous Jérôme[1] écrivit que les anges
furent créés de longs siècles avant
que fût fait le restant de l'univers ;
40 mais ce vrai-ci est noté en maints lieux
par les scribes qu'inspire l'Esprit-Saint :
si tu es attentif, tu le verras ;
43 la raison même en voit une partie :
car comment concéder que les moteurs
aient pu rester si longtemps imparfaits ?
46 À présent tu sais où, quand et comment
furent créées ces amours : trois ardeurs
dans ton désir se sont déjà éteintes.
49 Or, on compte moins vite jusqu'à vingt,
qu'une partie des anges ne troubla

---

1. Saint Jérôme, commentaire sur l'*Épître de saint Paul à Tite*.

ce qui supporte vos quatre éléments.
52 Les autres sont restés, et commencèrent
ces girations avec un tel plaisir
que jamais ils ne cessent de tourner.
55 La chute a eu pour cause la maudite
superbe de celui que tu as vu
contraint par tous les poids de l'univers.
58 Ceux que tu vois ici furent modestes,
s'avouant les enfants de la bonté
qui les fit préparés à tant comprendre :
61 et c'est pourquoi — leur mérite et la grâce
illuminante exaltant leur vision —
ils ont la volonté plénière et ferme.
64 Ne doute pas, je le veux : sois certain
que recevoir la grâce est un mérite,
dans la mesure où le cœur s'ouvre à elle.
67 Quant à ce consistoire, désormais
tu peux y contempler beaucoup sans aide,
si tu as bien recueilli mon propos.
70 Mais comme on lit sur terre, en vos écoles,
que l'essence angélique est ainsi faite
qu'elle comprend et se souvient et veut,
73 je vais poursuivre, afin que tu voies pure
la vérité, qui là-bas se confond
par équivoque, enseignée de la sorte.
76 Ayant joui de la face de Dieu,
ces substances toujours la regardèrent,
elle à qui rien ne peut être caché ;
79 nul objet neuf ne vient donc interrompre
leur voir ; et, sans pensée discontinue,
le souvenir leur est donc inutile.
82 Ainsi chez vous l'on rêve sans dormir,
ne croyant pas — ou croyant — dire vrai :
ne pas le croire est plus vil, plus coupable.
85 Philosophant, vous n'allez point sur terre
par un même chemin : tant vous entraînent
l'amour et le souci de l'apparence !
88 Cela encore, on le supporte au ciel
avec moins de courroux qu'en voyant tordre

ou délaisser la divine Écriture.
91 Vous oubliez tout le sang qu'il en coûte
pour la semer au monde, et combien plaît
celui qui humblement s'appuie contre elle.
94 Voulant paraître, chacun s'évertue
et fait ses inventions, que les prêcheurs
glosent ensuite : et l'on tait l'Évangile.
97 Untel soutient que durant la Passion
la lune recula et fit écran,
privant la terre des feux du soleil :
100 il ment, car la lumière se cacha
d'elle-même, et l'éclipse fut commune
aux Espagnols, aux Indiens et aux Juifs.
103 Florence a moins de Jacquets, de Lifrands[1],
que de pareilles fables, débitées
en chaire, chaque année, ici et là :
106 si bien que les brebis, sans le savoir,
s'en retournent du pré nourries de vent,
et leur aveuglement n'est point excuse.
109 Christ n'a pas dit à ses premiers apôtres :
"Allez, prêchez des sornettes au monde !"
mais leur donna la vérité pour base,
112 sonnant si haut par leur bouche, qu'en lutte
pour allumer la foi, c'est l'Évangile
dont ils firent leur lance et leur écu.
115 L'on ne prêche à présent qu'avec des mots
bouffons et fades : et pourvu qu'on rie,
la capuche enfle, et l'on n'en veut pas plus ;
118 mais, dans sa pointe, un tel oiseau se niche,
qu'en le voyant, le vulgaire saurait
en quels pardons il met sa confiance.
121 Par là tant de sottise a crû sur terre
que, sans l'appui du moindre témoignage,
tous accourraient à chaque promission.
124 Le porc de saint Antoine s'y engraisse[2],

---

[1]. Lapi et Bindi étaient des prénoms fréquents à Florence : la « traduction » est reprise d'A. Pézard. [2]. À Florence comme ailleurs, les porcs du monastère de Saint-Antoine erraient librement dans les rues.

et beaucoup d'autres, plus porcs que des porcs,
qui vont payant d'une monnaie sans coin.
127 Mais j'ai fait une longue digression ;
tourne à présent tes yeux vers la voie droite ;
le temps s'abrège : abrégeons le parcours.
130 L'espèce naturelle de ces anges
s'élève en nombre au point que nul langage
et nul concept humain ne va si loin ;
133 si tu prends garde à ce que nous révèle
Daniel, observe que leur compte exact
reste caché sous les milliers qu'il cite[1].
136 Le premier feu[2], qui tous les illumine,
ils le reçoivent en autant de modes
qu'il y a de splendeurs pour s'y unir ;
139 et donc, parce qu'à l'acte qui conçoit
l'amour succède, la douceur d'aimer
brûle ou tiédit en eux diversement.
142 Vois à présent la hauteur, l'amplitude
de l'éternelle valeur, qui s'est fait
tant de miroirs où morceler sa face
145 — demeurant une en soi, comme toujours. »

CHANT XXX

1 Là-haut, peut-être à six milliers de milles,
la sixième heure brûle, et déjà l'ombre
de notre terre est presque horizontale,
4 quand le ciel étoilé, pour nous lointain,
commence à tant pâlir que certains astres
sont moins visibles de nos profondeurs ;
7 puis, la claire servante du soleil[3]

---

1. *Daniel*, VII, 10. 2. Dieu. 3. L'aurore.

s'avançant, le ciel ferme ses fenêtres
   l'une après l'autre, et jusqu'à la plus belle :
10 de même, le triomphe qui se joue
   sans cesse autour du point qui me vainquit
   et semble inclus dans tout ce qu'il renferme,
13 peu à peu à ma vue parut s'éteindre,
   si bien qu'aimer et ne plus voir poussèrent
   mes yeux à retourner vers Béatrice.
16 Si tout ce que j'ai dit jusqu'ici d'elle
   était noué en un éloge unique,
   ce serait peu pour bien lui faire honneur :
19 la beauté que je vis alors surpasse
   non seulement nos sens, mais je suis sûr
   que son créateur seul la goûte à plein.
22 Je m'avoue donc vaincu par ce passage,
   plus que poète comique ou tragique
   ne put l'être en nul point de son sujet :
25 comme un soleil dans un regard qui tremble,
   ainsi l'évocation du si doux rire
   écarte mon esprit hors de moi-même.
28 Du premier jour que je vis son visage
   en cette vie, jusqu'à cette vision,
   jamais mon chant ne fut interrompu ;
31 mais il me faut à présent renoncer
   à suivre encor sa beauté dans mes vers,
   comme un artiste atteignant sa limite.
34 Ainsi que je la laisse au chant plus ample
   d'un autre cor — gardant pour moi le souffle
   dont j'entends épuiser mon thème ardu —,
37 elle reprit, avec gestes et voix
   de guide expert : « Nous voici hors du cercle
   majeur, au ciel de la pure clarté :
40 clarté spirituelle, emplie d'amour :
   amour de tout vrai bien, plein de liesse :
   liesse dépassant toute douceur.
43 Tu y verras l'une et l'autre milice
   du paradis[1], et l'une sous l'aspect

---

[1]. Les anges et les âmes des bienheureux.

qui paraîtra au dernier jugement. »
46 Comme un éclair inattendu disperse
les esprits de la vue, et prive l'œil
d'apercevoir de plus brillants objets,
49 ainsi vint m'entourer une lumière
intense, me laissant couvert d'un voile
si fulgurant que je ne voyais rien.
52 « L'amour qui offre à ce ciel la quiétude
toujours accueille en lui par ce salut,
pour disposer à sa flamme le cierge. »
55 À peine en moi venaient d'entrer à fond
ces mots brefs : aussitôt je pris conscience
de surpasser mes propres facultés,
58 et je me rallumai d'une vue neuve
si forte, qu'il n'est point d'éclat si pur
que mon regard n'aurait pu s'en défendre.
61 Je vis alors une lumière extrême
formée en fleuve ardent, et ses deux rives
s'enluminaient d'un printemps merveilleux.
64 Du flot sortaient des étincelles vives
courant partout se mettre sur les fleurs,
tels des rubis qui s'enchâssent dans l'or,
67 puis, comme ivres d'odeurs, se replongeant
dans l'admirable gouffre, et dès que l'une
rentrait en lui, une autre en jaillissait.
70 « Ce haut désir qui t'enflamme et te presse
de comprendre les choses que tu vois,
plus il augmente et plus j'y prends plaisir ;
73 mais, avant que ta grande soif s'apaise,
il faudra que tu boives de cette eau. »
Ainsi parla le soleil de mes yeux.
76 Puis il reprit : « Le fleuve, et les topazes
entrant, sortant, et le rire des herbes,
ne sont qu'une ombre du vrai qu'ils annoncent ;
79 non qu'ils soient en leur être inaccomplis,
mais le défaut vient de ta propre part :
ta vue n'est pas encore assez superbe. »
82 Or, nul marmot ne se rue aussi vite
la face vers le lait, s'il se réveille

très en retard sur l'heure habituelle,
85 que je ne fis, voulant rendre mes yeux
de plus parfaits miroirs, penché sur l'onde
coulant pour qu'on s'y fasse un meilleur être.
88 Dès que j'y bus du bord de mes paupières,
il m'apparut que le cours de ce fleuve
avait pris forme ronde et non plus longue ;
91 puis, tels des gens d'abord vus sous des masques
semblent tout différents sitôt qu'ils ôtent
le faux-semblant dont ils se déguisaient,
94 je vis les étincelles et les fleurs
devenir fête plus grande : et j'ai vu
paraître l'une et l'autre cour du ciel.
97 Ô divine splendeur, par qui j'ai vu
le triomphal sommet du vrai royaume,
fais que j'en parle comme je l'ai vu !
100 Une lumière, là-haut, rend visible
le créateur à toute créature
n'ayant sa paix qu'en sa vision de lui ;
103 elle s'épanche en figure de cercle
si largement, que son pourtour serait
pour le soleil une trop grande écharpe ;
106 tout son aspect vient d'un rayon, capté
par la coupole du Premier Mobile,
qui prend en lui sa vie et sa puissance.
109 Et comme à l'eau du val une colline
se mire, et semble y admirer son lustre,
quand elle est riche d'herbes et de fleurs,
112 tels, étagés autour de la lumière,
je vis s'y refléter, en plus de mille
seuils, tous les nôtres qui là-haut revinrent :
115 si le plus bas degré recueille en soi
tant de clartés, quelle n'est pas l'ampleur
de cette rose en ses feuilles extrêmes !
118 Ma vue ne se perdait ni dans son large
ni dans son haut, mais s'emparait de toute
la masse et la valeur de cette joie :
121 là-haut, ni *près* ni *loin* n'ôte ou n'ajoute,
car là où Dieu directement gouverne,

les lois de la nature n'ont que faire.
124 Dans le cœur d'or de l'éternelle rose
qui s'enfle et monte et embaume d'éloges
le Soleil du printemps toujours vivace,
127 m'entraîna Béatrice (et j'étais homme
muet qui veut parler), disant : « Regarde
comme est nombreux le chœur des blanches robes !
130 notre cité, vois le tour qu'elle embrasse !
vois nos rangées, déjà si emplies d'âmes
qu'on n'y attend que peu d'élus encore !
133 Sur ce grand siège, où ton regard s'attache
à la couronne qu'on y voit déjà,
avant que tu ne soupes à ces noces
136 s'assiéra — et sera sur terre auguste —
l'âme d'Henri le grand[1], qui mettra l'ordre
en Italie — sans l'y voir déjà prête.
139 L'aveugle avidité qui vous fascine
vous a rendus pareils au nourrisson
mourant de faim mais chassant sa nourrice !
142 Alors, dans le forum divin, quelqu'un
sera préfet, qui, au jour comme à l'ombre,
ne suivra pas la même voie qu'Henri[2] ;
145 mais Dieu le souffrira bien peu de temps
au saint office : il le plongera là
où gît Simon le mage pour ses crimes,
148 et poussera plus bas l'homme d'Alagne[3]. »

---

1. Henri VII, élu empereur en 1308, sacré à Rome en 1312 ; mort le 24 août 1313.
2. Le pape Clément V (*cf.* p. 996, note 4).   **3.** Le pape Boniface VIII (*cf. Enfer*, XIX, 52-87).

CHANT XXXI

1 Ainsi formée comme une blanche rose
m'apparaissait la vénérable armée
que Jésus-Christ épousa de son sang ;
4 mais l'autre cour, qui vole et voit et chante
sa gloire, à lui qui la rend amoureuse,
et la bonté qui la créa si grande,
7 comme un essaim d'abeilles tour à tour
s'encalice et, laissant les fleurs, retourne
là où son long travail s'aromatise,
10 se plongeait dans la grande fleur qui s'orne
de tant de feuilles, puis montait encore
là où séjourne à jamais son amour.
13 Chaque ange avait la face en flammes vives,
des ailes d'or, et le reste si blanc
que nulle neige n'atteint à ce comble.
16 En descendant de rangée en rangée
dans la rose, ils offraient la paix, l'ardeur,
puisées d'abord grâce au vent de leurs ailes.
19 L'immense écran de cette multitude
en vol entre la fleur et le haut lieu
n'empêchait ni ma vue ni la splendeur :
22 car la lumière de Dieu entre au monde
dans la mesure où le monde en est digne,
et rien alors ne peut lui faire obstacle.
25 Tout ce royaume sûr et plein de joie,
peuplé d'âmes antiques et nouvelles,
regardait et aimait en un seul point.
28 Lumière trine en qui leur vue s'enchante,
ô clarté qui flamboies dans l'astre unique,
abaisse ton regard sur nos tempêtes !
31 Si les Barbares, venus du rivage
qui chaque jour est couvert par Hélice
tournant avec le fils qui lui est cher[1],

---

[1]. Aimée de Jupiter, la nymphe Hélicé et son fils Arcas furent métamorphosés en Grande et Petite Ourse, sous lesquelles est situé le Nord de l'Europe.

34 en voyant Rome et ses hautes structures
    s'émerveillaient, du temps que le Latran
    surpassa les ouvrages des mortels,
37 moi, venu de l'humain jusqu'au divin,
    venu du temps jusqu'à l'éternité,
    et de Florence au peuple juste et pur,
40 quelle stupeur ne dut pas me remplir !
    entre stupeur et joie, il m'était doux
    de rester là muet, sans rien entendre.
43 Et comme un pèlerin se réjouit
    de visiter le temple de son vœu
    et se promet déjà de le décrire,
46 de même, errant par la lumière vive,
    je promenais ma vue sur les gradins,
    tour à tour au sommet, plus bas, partout,
49 voyant des yeux invitant à aimer,
    brillants du feu d'un Autre et de leur rire,
    et des maintiens qu'ornait toute noblesse.
52 Sans s'être encor fixée en aucun lieu,
    déjà ma vue avait saisi la forme
    de tout le paradis dans son ensemble,
55 quand, d'un désir renflammé, je me tourne
    pour questionner ma dame sur des points
    qui maintenaient mon esprit en suspens ;
58 j'attendais sa réponse, une autre vint :
    je croyais voir Béatrice, et je vis
    un grand vieillard vêtu comme un élu.
61 Ses yeux et son visage respiraient
    une liesse douce, et dans ses gestes
    paraissait la piété d'un tendre père.
64 Aussitôt : « Où est-elle ? » demandai-je ;
    et lui : « Pour achever tout ton désir,
    Béatrice m'a fait quitter ma place ;
67 lève les yeux vers le troisième rang
    depuis le haut : et tu l'y reverras
    sur le trône obtenu par ses mérites. »
70 Moi, sans répondre je levai les yeux
    et je la vis : reflétant les rayons
    éternels, s'en faisant une couronne.

73 Fût-il perdu au plus profond des mers,
   nul œil mortel n'est aussi éloigné
   des plus hauts lieux d'où s'élancent les foudres
76 qu'alors mes yeux n'étaient de Béatrice ;
   mais cela n'était rien, car son image
   descendait jusqu'à moi directe et pure.
79 « Ô dame en qui s'accroît mon espérance,
   et qui souffris, pour gagner mon salut,
   de laisser en enfer tes pas marqués,
82 si j'ai pu voir tant d'immenses merveilles,
   j'en reconnais le mérite et la grâce
   à ta bonté, à ton aide puissante.
85 Tu m'as hissé — d'esclave — en liberté,
   usant de tous les moyens et chemins
   en ton pouvoir, afin d'accomplir l'œuvre.
88 Conserve-moi cette munificence,
   pour que mon âme, que tu as guérie,
   se dénoue de mon corps en te plaisant ! »
91 Ainsi priai-je ; et elle, si lointaine
   qu'elle apparût, me regarda, sourit,
   puis se tourna vers la source éternelle.
94 Le saint vieillard reprit : « Pour que s'achève
   parfaitement ta route, où la prière
   ainsi qu'un saint amour m'envoient t'aider,
97 envole-toi des yeux par ce jardin :
   le regarder disposera ta vue
   à mieux monter dans le rayon de Dieu ;
100 et la reine du ciel[1], pour qui je brûle
   d'un plein amour, nous fera toute grâce,
   puisque je suis son fidèle Bernard[2]. »
103 Tel est celui qui s'en vient — par exemple —
   de Croatie, voir notre Véronique[3],
   et n'en peut assouvir sa faim ancienne,
106 mais dit en sa pensée, tant qu'on la montre :
   "Mon seigneur Jésus-Christ, Dieu véritable,

---

1. La Vierge. 2. Né vers 1091, saint Bernard fonda l'abbaye de Clairvaux et mourut en 1153. 3. Le pèlerin qui venait de loin jusqu'à Rome pour y vénérer une image du Christ.

       votre visage était donc fait ainsi ?"
109 tel me trouvais-je, à regarder vivante
       la charité de celui qui sur terre,
       en contemplant, goûta de cette paix.
112 « Enfant de grâce, tu ne peux connaître »,
       commença-t-il, « un tel état de joie,
       si tu fixes les yeux sur ce fond seul ;
115 mais guette jusqu'aux rangs les plus lointains
       et vois enfin sur son trône la reine
       dont ce royaume est le dévot sujet. »
118 Je relevai les yeux : et comme à l'aube,
       vers l'orient, l'horizon est vainqueur
       des régions où le soleil décline,
121 ainsi, volant de la vallée au mont
       par le regard, je vis un lieu extrême
       vaincre en éclat tous les rangs face à moi ;
124 et comme, au point où l'on attend le char
       que Phaéton avait mal su conduire,
       l'air flambe, et se ternit de part et d'autre,
127 de même l'oriflamme pacifique
       s'avivait au milieu, faisant pâlir
       des deux côtés également la flamme.
130 Alors, dans ce milieu, ailes ouvertes,
       je vis plus de mille anges en liesse,
       tous distincts par leurs arts et leur éclat.
133 Là, je vis rire à leurs jeux, à leurs chants,
       une beauté qui se fondait en joie
       dans tous les yeux des autres âmes saintes :
136 mais, fussé-je aussi riche de paroles
       que d'imagination, je n'oserais
       en esquisser le moindre des délices.
139 Bernard, sitôt qu'il vit mon regard ferme
       se concentrer sur sa chaude chaleur,
       tourna le sien si tendrement vers elle
142 qu'il me fit plus ardent à regarder.

CHANT XXXII

1 Le cœur plein d'elle, ce contemplatif
   prit librement le rôle de docteur
   et commença par ces paroles saintes :

4 « La plaie[1] qu'a refermée et embaumée
   Marie, l'âme à ses pieds qu'on voit si belle
   fut celle qui l'ouvrit et l'aggrava[2].

7 Au rang que forment les troisièmes sièges
   est assise Rachel, au-dessous d'Ève
   et, tu le vois, côtoyant Béatrice.

10 Sarah, puis Rébecca, plus bas Judith,
   puis l'aïeule du roi qui, lourd d'un crime,
   chanta en pleurs *"Miserere mei*[3]*"*,

13 tu peux les voir se suivre dans cet ordre,
   de seuil en seuil, tandis que je les nomme
   en descendant feuille à feuille la rose.

16 Et du septième degré jusqu'en bas,
   comme au-dessus, des Juives s'échelonnent,
   partageant les cheveux de notre fleur :

19 car, selon le regard qui fut porté
   sur le Christ par la foi, tel est le mur
   où les étages sacrés se divisent.

22 De ce côté où, complète en ses feuilles,
   la fleur s'épanouit, tu vois siéger
   ceux qui ont cru dans le Christ à venir ;

25 de l'autre, où sont encor coupés de vides
   les hémicycles, tu vois se tenir
   ceux dont l'œil regarda le Christ venu.

28 Or de même que, là, le glorieux trône
   de la dame du ciel et d'autres sièges
   placés dessous font ce noble partage,

31 de même le grand Jean se tient en face,
   lui qui souffrit, toujours saint, le désert
   et le martyre, et puis l'enfer deux ans :

---

1. La plaie du péché originel. 2. Ève. 3. Ruth, ancêtre de David (dont est cité le début du Psaume L).

34 et au-dessous, élus aux mêmes bornes,
   sont François, puis Benoît, puis Augustin,
   puis d'autres, jusqu'en bas, de cercle en cercle.
37 Admire ici la haute prévoyance :
   car l'un et l'autre aspect de notre foi
   seront égaux à remplir ce jardin.
40 Et, sache-le, au-dessous de l'étage
   qui coupe à mi-hauteur les deux parties,
   nul n'est placé pour son propre mérite,
43 mais grâce à d'autres, et sous condition,
   car ce sont tous des esprits libérés
   avant l'âge du vrai discernement :
46 tu peux le déceler à leurs visages
   ainsi qu'au timbre enfantin de leurs voix,
   si tu regardes bien, si tu écoutes.
49 Or, tu doutes : perplexe, tu te tais ;
   mais je vais dénouer, moi, ce fort lien
   dont tes pensées subtilement t'enserrent.
52 Dans l'étendue de cet ample royaume,
   un cas fortuit ne peut pas plus s'inscrire
   que la tristesse ou la soif ou la faim :
55 car, tout ce que tu vois étant fixé
   par la divine loi, tout s'y ajuste
   exactement, comme la bague au doigt.
58 Aussi, ces gens venus à la vrai vie
   en hâte, ce n'est pas *sine causa*[1]
   qu'ils y sont à des rangs plus ou moins hauts.
61 Le roi par qui ce royaume repose
   en tant d'amour, en de telles délices
   que nul désir ne se veut plus hardi,
64 créant sous son regard joyeux chaque âme,
   la dote à son plaisir de quelque grâce
   diverse : et que l'effet nous en suffise.
67 Ceci est exprimé bien clairement
   dans la sainte Écriture, en ces jumeaux[2]
   qui se battaient, coléreux, dans leur mère.
70 Comme varient les couleurs de cheveux,

---

1. « Sans raison ». 2. Jacob et Ésaü : l'un aimé de Dieu, l'autre non.

ainsi le feu d'en haut devient couronne
appropriée à telle ou telle grâce.

73 Ces enfants donc, sans mérite et sans œuvres,
sont mis en divers rangs, car ils diffèrent
par leur seule acuité de vue innée.

76 Il suffisait, durant les siècles neufs,
pour gagner le salut, de l'innocence
et de la foi des parents, simplement.

79 Quand furent accomplis les premiers âges,
tout mâle dut, par la circoncision,
fortifier ses ailes innocentes.

82 Mais depuis qu'est venu le temps de grâce,
sans qu'un parfait baptême l'ouvre au Christ,
cette innocence est confinée en bas.

85 Mire à présent la face qui au Christ
s'apparente le plus[1], car son éclat
peut seul te disposer à voir le Christ. »

88 Or sur elle je vis tant d'allégresse
pleuvoir, versée par les saintes substances
nées pour voler à travers ces hauteurs,

91 que rien de ce qu'avant j'avais pu voir
ne m'avait tant ravi d'admiration,
ni découvert un tel reflet de Dieu.

94 Et devant elle il déployait ses ailes,
l'amour qui vint chanter jadis sur terre :
"Ave Maria gratia plena".

97 De toutes parts, la bienheureuse cour
prolongea la divine cantilène,
et tout visage en brilla plus serein.

100 « Ô père saint, qui supportes pour moi
d'être ici-bas, laissant la douce place
où l'éternel décret marque ton siège,

103 quel est cet ange dont la joie se joue
à regarder dans les yeux notre reine,
si amoureux qu'il semble être de flamme ? »

106 Ainsi priai-je à nouveau de m'instruire
celui qui s'embellit à voir Marie

---

1. Le visage de Marie.

comme au soleil l'étoile du matin.
109 « La hardiesse et la grâce », dit-il,
« autant qu'en peut avoir un ange, une âme,
règnent en lui : et nous le voulons tous,
112 car ce fut lui qui sur terre à Marie
porta la palme, quand le fils de Dieu
voulut prendre le poids de notre chair[1].
115 Mais à présent suis des yeux et remarque,
au fil de mon propos, les grands barons
de cet empire très pieux et juste.
118 Ces deux qui siègent là-haut, plus heureux
d'être tout près de notre impératrice,
sont comme deux racines de la rose :
121 celui qui touche à sa gauche est ce père
dont le goût téméraire a fait goûter
tant d'amertume à notre humaine espèce[2] ;
124 à sa droite est le père vénérable
de notre sainte Église, à qui Jésus
remit les clefs de cette fleur exquise[3] ;
127 et celui qui a vu, avant sa mort,
tous les temps sombres de la belle épouse
conquise par la lance et par les clous,
130 siège à côté de lui[4] ; et près de l'autre
est ce chef sous lequel vécut de manne
le peuple ingrat, versatile et rétif[5].
133 Vois, vis-à-vis de Pierre, Anne[6] siéger,
si réjouie de regarder sa fille
qu'elle chante hosanna sans mouvoir l'œil ;
136 et, face au père ancien de tout lignage,
siège Lucie, qui envoya ta dame
quand tu fermais les yeux, roulant au gouffre[7].
139 Mais puisque fuit le temps de ton sommeil,
marquons ici un point — comme à la robe,
selon le drap qui reste, un bon tailleur —,
142 et regardons là-haut l'amour premier,
si bien que, regardant vers lui, tu entres,

---

1. L'archange Gabriel. 2. Adam. 3. Saint Pierre. 4. Saint Jean l'Évangéliste. 5. Moïse.
6. Mère de Marie. 7. *Cf. Enfer*, II, 100-111.

autant qu'il est possible, dans son feu.
145 Pourtant, de peur qu'en agitant les ailes
et croyant avancer, tu ne recules,
il faut prier pour obtenir la grâce
148 de celle dont la grâce peut t'aider :
et toi tu me suivras de ta ferveur,
sans séparer ton cœur de ma parole. »
151 Et il forma cette sainte oraison :

CHANT XXXIII

1 « Ô vierge mère, fille de ton fils,
humble et haute sur toute créature,
terme assigné d'un éternel dessein,
4 c'est grâce à toi que la nature humaine
devint si noble, que son Ouvrier
condescendit à se faire son œuvre :
7 en tes entrailles reflamba l'amour
dont la chaleur, dans la paix éternelle,
fit germer de la sorte cette fleur.
10 Tu es pour nous la torche méridienne
de charité ; là-bas, chez les mortels,
tu es la source vive d'espérance.
13 Si ample est ton pouvoir, ô notre Dame,
que tout désir de grâce qui t'oublie
comme recours, prétend voler sans ailes.
16 Non seulement ta bonté vient en aide
aux demandants, mais souvent tu devances
par libéralité ce qu'ils demandent.
19 En toi piété, en toi miséricorde,
en toi largesse, en toi vient affluer
tout le bien répandu parmi les êtres.

22 Or celui-ci[1] qui, du plus bas abîme
    de l'univers jusqu'en ce règne, a vu
    les destinées des esprits une à une,
25 implore que ta grâce lui obtienne
    la force de monter par le regard
    plus haut encor, vers le dernier salut.
28 Et moi, qui n'ai jamais brûlé si fort
    pour ma voyance qu'ici pour la sienne,
    de tout cœur je te prie, et ma prière
31 soit efficace : prie, pour dissiper
    tous les brouillards voilant sa vue mortelle,
    afin que s'ouvre à lui la haute joie.
34 Et je te prie aussi, reine qui peux
    ce que tu veux, après qu'il aura vu,
    de garder saines ses inclinations :
37 par ton secours, vaincs les humains délires !
    Vois Béatrice et tant de bienheureux
    joindre les mains avec moi qui te prie ! »
40 Les beaux yeux qu'aime et que vénère Dieu,
    fixés sur l'âme orante, nous montrèrent
    combien leur plaît une prière ardente ;
43 puis ils revinrent au feu éternel
    où nulle créature — il faut le croire —
    ne fait entrer de regard si limpide.
46 Et quant à moi, qui approchais du terme
    de tous les vœux, comme je le devais,
    je consommai l'ardeur de mon désir.
49 Bernard en souriant me faisait signe
    de regarder en haut : mais par moi-même
    j'étais déjà tel qu'il le souhaitait,
52 puisque ma vue, en devenant plus pure,
    pénétrait toujours plus dans le rayon
    de la haute clarté, vraie par essence.
55 Dès cet instant, ce que je vis dépasse
    notre parler, vaincu par la vision
    comme est vaincue par l'excès la mémoire.

---

1. Dante.

58 Tel est celui qui voit en songe, et garde
   après le songe la passion marquée,
   mais rien d'autre ne reste en son esprit,
61 pareil je suis, car presque tout entière
   ma vision s'efface, et dans mon cœur
   coule encor la douceur qu'elle a fait naître.
64 Ainsi la neige au soleil se descelle ;
   ainsi au vent, sur des feuilles légères,
   fuyaient les prophéties de la Sibylle.
67 Ô suprême lumière, qui t'élèves
   tant au-dessus des conceptions mortelles,
   reprête un peu ce que tu paraissais,
70 et fais ma langue acquérir tant de force
   que je puisse laisser aux gens futurs
   au moins une étincelle de ta gloire !
73 car, si faible qu'en soit mon souvenir
   et si peu qu'elle sonne dans mes vers,
   on concevra plus à fond ta victoire.
76 Par l'acuité que je pus soutenir
   du vif rayon, je crois que, si mes yeux
   s'en fussent détournés, j'étais perdu :
79 et donc je m'enhardis à l'endurer
   — je m'en souviens — jusqu'à unir enfin
   tout mon regard à l'infinie valeur.
82 Ô abondante grâce, qui m'offris
   d'oser planter dans la flamme éternelle
   ma vue au point d'épuiser son possible !
85 Au feu profond je pus voir enfouis,
   reliés par l'amour en un seul livre,
   tous les feuillets épars de l'univers :
88 les accidents, les substances, leurs modes
   comme fondus ensemble, en telle sorte
   que ma parole en est un pâle éclair.
91 La forme universelle de ce nœud,
   je crois que je l'ai vue : car, de le dire,
   je sens en moi grandir la jouissance.
94 Un seul point m'est sommeil plus oublieux
   que vingt-cinq siècles ne sont à la geste

d'Argo[1], dont l'ombre avait troublé Neptune.
97 Mon âme ainsi contemplait en suspens,
   absorbée, immobile et attentive
   et toujours plus ardente à contempler.
100 On devient tel, devant cette lumière,
   que nul jamais ne pourrait consentir
   à la quitter des yeux pour d'autres vues,
103 puisque le bien, seul objet du vouloir,
   est tout enclos en elle, et que hors d'elle
   reste en défaut ce qui là est parfait.
106 Désormais ma parole sera moindre,
   même en disant ce peu dont j'ai mémoire,
   que d'un enfant baignant au sein sa langue.
109 Non qu'impliquât plus d'un aspect unique
   la vivante clarté que je visais
   — toujours égale à ce qu'on l'a vue être —,
112 mais, ma vue se faisant plus vigoureuse
   en contemplant, cette unique apparence
   se travaillait selon mon changement.
115 Dans la substance profonde mais claire
   du haut foyer, trois cercles m'apparurent,
   de trois couleurs mais d'un seul périmètre ;
118 et le premier, comme Iris en Iris,
   se reflétait en l'autre, et le troisième
   semblait un feu qu'ils exhalaient ensemble.
121 Ô combien courte est la parole, et faible
   pour ma pensée ! et d'elle c'est trop dire
   qu'elle est peu, comparée à ma vision !
124 Ô lumière éternelle, qui toi seule
   règnes en toi, te connais, et connue
   de toi te connaissant, te ris et t'aimes !
127 Celui de tes anneaux qui semblait être
   comme un reflet produit par la lumière,
   lorsque mes yeux en eurent fait le tour,
130 me parut comporter dans son espace
   notre effigie, peinte en sa couleur même :
   aussi ma vue se plongeait toute en lui.

1. Des Argonautes.

133 Tel s'adonne et se voue le géomètre
   à mesurer le cercle, sans trouver
   dans sa pensée le principe qui manque,
136 tel je songeais, devant cette merveille :
   je voulais voir comment s'adapte au cercle
   notre image, et quel lieu elle s'y crée ;
139 mais un tel vol eût surpassé mes ailes
   si mon esprit n'avait été frappé
   d'un trait de foudre où s'accomplit mon vœu.
142 Là défaillit ma haute fantaisie...
   Mais il tournait ma soif et mon vouloir,
   exacte roue, l'amour qui dans sa ronde
145 élance le soleil et tant d'étoiles.

INDEX DES NOMS DE PERSONNES ET DE PERSONNAGES*

Abel, 613
Abraham, 246, 613
Absalon, fils de David, 714
Aceste, **368**
Aceste, roi de Sicile, 371
Acham, 825
Achéménide, compagnon d'Ulysse, 572
Achille, 376, 569, 617, 645, 646, 703, 719, 723, 775, 775, 829
Achitophel, **714**
Acis, berger de Sicile, aimé de Galatée, 572
Adam, 223, 341, 342, 392, 486, 610, 613, 742, 774, 784, 863, 874, 906, 909, 936, 993, 994, 995, 1019
Adamo (Maestro), 720, **721**
Adimari, famille florentine, 629, 951
Adolphe (de Nassau), **306**
Adonis, 858
Adraste, roi des Argiens, 368, 369
Adrien V (pape), **821**
Agag, roi des Amalécites, 536
Agamemnon, **901**
Agapit (pape), **904**
Agathon, 498, **833**
Aglaure, **800**
Aguglione (Baldo d'), **949**
Aileclin (Alichino), démon, 683, 687, 688
Aimeric (de Belenoi), **423**, 431
Aimeric (de Péguilhan), **423**
Aimery (de Narbonne), **170**
Ajax, héros grec de la guerre de Troie, 376
Al Bitradji, **255**

Al Fragani, **225**
Alaghier, **128**
Alard (de Valery), **710**
Alberichi, famille florentine, 951
Albert (d'Autriche), **764**, **964**
Albert (le Grand), 9, 151, 242, 264, 265, 269, 363, 653, **924**
Albert Ier (de Habsbourg), **306**
Alberti (de Mangona), **729**
Alberto (de Sienne), **718**
Alberto (della Scala), **816**
Albuino (de la Scala), **345**
Albumasar, 242
Alcide (voir Hercule), **536**, 920
Alcimus, 542
Alcméon, **788**, 898
Alderotti (Taddeo), 202, **932**
Aldobrandeschi (Omberto degli), **785**
Aldobrandi (Tegghiaio degli Adimari), 622, **661**
Aldobrandino (dei Mezzabati), poète contemporain de Dante, 178, 405
Alecto, une des Furies, 632
Alessandro (da Mangona), **729**
Alexandre (le Grand), **330**, 421, 479, 563
Al Ghasali, 355
Ali, **711**
Alighieri, famille de Dante, 945
Alighieri (Jacopo), fils de Dante, 9
Alighieri (Piero), fils de Dante, 9
Alighiero I, 945
Alpétrage, **255**
Alphésibée, **570**, 571, 572
Alphonse (VII) de Castille, **330**

---

* Les chiffres renvoient aux pages des noms cités. Les chiffres en gras renvoient aux notes explicatives concernant les noms cités. Dieu et Dante ne sont pas cités.

Amalech, petit-fils d'Esaü, 536
Aman, **810**
Amata, 537, **810**
Ambroise (saint), 543
Âme (la première), **880**, 993
Amidei (Lambertuccio), **952**
Amos, père d'Isaïe, 534
Amphiaraüs, 677, 788
Amphion, joueur de lyre, 728
Amyclas, 337, **928**
Anaclet (saint), **996**
Ananias, **991**
Ananie, **825**
Anastase, **639**
Anastasi, famille de Ravenne, 799
Anaxagore, philosophe grec, 245, 615
Ancêtre (premier), *cf.* Âme (la première), 613
Anchise, père d'Énée, 371, 474, 817, 943, 964
Anchise (enfant d'), **601**
Ancus, un des premiers rois de Rome, 311
André (III de Hongrie), **964**
Andrea de'Mozzi, **659**
Andromaque, 465
Angiolello da Carignano, **712**
Angiolieri (Cecco), poète florentin, 100, 170
Anne, **692**
Anne, mère de Marie, 1019
Anselme (saint), **934**
Antée, géant, 259, 477, 482, 726, 727
Anténor, **730**
Antigone, **833**
Antiochus, **674**
Antiphon, **833**
Antoine (saint), 1006
Anubis, personnage de l'*Énéide*, 535
Apollon, 368, 559, 566, 569, 572, 788, 825, 883, 884, 887, 935, **952**
Apôtres, 222, 353, 355, 358, 367, 486, 558, 590
Arachné, 665, **788**
Arca (dell'), **951**
Arcas, 1012
Archimandrite (saint Pierre), **503**

Archimore, personnage de la *Thébaïde* de Stace, 284
Ardinghi, famille florentine, **951**
Aréthuse, **700**
Arétin (l'), (voir Griffolino d'Arezzo), 719, 761
Argenti (Filippo), **629**
Argie, 368, **833**
Argus, **863**, **875**
Ariane, **935**
Aristote, 9, 28, 62, 83, 201, 215, 217, 218, 220, 221, 231, 243, 245, 255, 257, 264, 270, 274, 277, 281, 282, 283, 290, 292, 294, 303, 305, 314, 315, 316, 318, 321, 322, 329, 333, 336, 341, 342, 343, 347, 348, 353, 355, 357, 362, 367, 373, 374, 377, 439, 441, 444, 450, 464, 472, 475, 493, 498, 511, 512, 513, 549, 575, 579, 641, 642, 750, 916, 938
Aristotiles (Aristote), 421
Arius d'Alexandrie, **938**
Arnaut Daniel, 415, 423, 429, 433, **851**
Arrigo, Florentin, 622
Arrigucci, famille florentine, **951**
Arthur, roi de Grande-Bretagne, 729
Aruns, 677
Ascagne, fils d'Énée, 371, 465, 535, 536
Asdente, **345**, 679
Assaracus, **464**
Assolin (Ezzelino III da Romano), **646**
Assuérus, **810**
Atalante, personnage des *Métamorphoses* d'Ovide, 477
Athamas, **719**
Athènes (roi d'), (voir Thésée), 643
Atlas, 464, 465
Attila, 646, 651
Auguste, 242, 458, 485, 528, 534, 535, 601, 766, 864
Auguste (César) (voir Auguste), 480
Augustin (saint), 187, 246, 324, 357, 492, 494, 543, 559, 925, 934, 1017
Aurore, 774

Index 1027

Averroès, philosophe arabe, commentateur d'Aristote, 336, 442, 577, 615, 845
Avicenne, médecin et philosophe arabe, 245, 290, 355, 615
Azzo (d'Este), 646, 759
Azzo VIII (d'Este), **402**, 669, 823

Bacchus, 815, 825, 935
Balaam, prophète ou devin, 544
Balzac (Henri de), 7, 8, 19
Barberousse, **816**
Barbhéris (Barbaricia), 683, 685, 686, 688
Bartolomeo dei Folcacchieri, Siennois, 718
Bartolomeo della Scala, **954**
Barucci, famille florentine, 951
Béatrice (Portinari), 11, 16, 18, 27, 31, 37, 38, 40, 42, 44, 46, 48, 53, 56, 57, 61, 67, 68, 69, 70, 71, 75, 80, 84, 91, 92, 93, 95, 96, 97, 100, 120, 122, 125, 137, 140, 150, 215, 216, 227, 230, 605, 606, 637, 639, 659, 743, 762, 802, 814, 815, 838, 849, 853, 853, 865, 866, 867, 871, 872, 873, 874, 876, 878, 881, 884, 885, 888, 895, 896, 898, 899, 900, 902, 903, 908, 917, 922, 923, 926, 939, 941, 942, 945, 948, 952, 955, 958, 971, 977, 978, 979, 982, 983, 987, 990, 992, 996, 998, 1003, 1008, 1011, 1013, 1014, 1016, 1021
Béatrice (de Provence), 769
Bède (le Vénérable), 543, **925**
Belacqua, **756**
Bélisaire, **904**
Belluzzo, **130**
Bélus, **920**
Belzébuth, 740
Benincasa (da Laterina), **761**
Benoît V (pape), 507
Benoit (saint), 377, 974, 1017
Benoît XI (pape) 519
Bernard (de Clairvaux, saint), 15, 20, 559, 1014, 1015, 1021
Bernardino (di Fosco), 798, 799

Bernardo (da Quintavalle), 927, 928
Bernardone, père de saint François, 928
Berti (Bellincion), **946**, 950
Berti (Gualdrada, fille de Bellincion), **661**
Bertran (de Born), **330**, 415, 714
Bias, un des sept sages antiques, 281
Bicci, épouse de Forese Donati (voir Donati), 127
Bocca (degli Abati), **730**
Boccace, 9
Boèce, 9, **187**, 204, 228, 234, 237, 247, 254, 257, 331, 332, 336, 337, 448, 480, 560, 619, 925
Bohème (roi de) (Albert d'Autriche), 964
Bonagiunta (da Lucca), 63, 403, **839**
Bonatti (Guido), **679**
Bonaventure (saint), 18, **931**
Boniface (Bonifazio Feschi), **840**
Boniface (Ier), marquis de Montferrat, 330
Boniface (VIII), pape, 10, 17, 599, 622, 659, 674, 708, 823, 954, 995, 1011
Borsiere (Guglielmo), **662**
Bostichi, famille florentine, 950, 951
Brabant (Marie de), **762**
Brennus, **905**
Briarée, **726**, 788
Brosse (Pierre de la), **762**
Brunelleschi (Agnolo), **699**
Brunelleschi (Bruno), **151**
Brunetto (Latini), 9, 403, **657**, 659
Brutus, 15, 311, 312, 470, 615, **738**, 906
Bryssos, **938**
Buonconte (da Montefeltro), 759, **761**
Buondelmonti (Buondelmonte), 949, 951, **952**
Buoso (da Dovera), **731**
Buzzuola (Tommaso, de' Manfredi, **405**
Buzzuola (Ugolino, de' Manfredi), 405

Caccia (d'Asciano dei Scialenghi) Siennois, 718
Cacciaguida, 18, **944**, 947, 956
Caccianemico (Venedico), **669**
Cacus, **698**
Cadenet, **329**
Cadmus, **700**
Caecilius, **833**
Cagnard (Cagnardo), diable, 683, 687
Caïn, 680, 800, 889
Caïphe, 487, **691**
Calchas, devin grec, 679
Calfucci, famille florentine, 951
Calixte, **996**
Calliope, **741**
Callisto, **847**
Camicione (Alberto, dei Pazzi), **729**
Camille (Marcus Furius), citoyen romain, exilé, 312, 470
Camille, fille du roi des Volsques, 602, 615
Cangrande (della Scala), 12, 19, **547**, 564, 591, 918, 954
Capanée, **654**
Capet (Hugues), **823**
Capocchio, **718**
Caponsacchi, famille florentine, 951
Cappelletti (Capulets), famille de Crémone, 764
Carlino (dei Pazzi), **729**
Carpegna (Guido di), **798**
Casalodi, **679**
Casella, 17, **747**
Cassius, 15, **738**, 906
Catalano (de' Malavolti), **691**
Catellini, famille florentine, 950, 951
Catilina, 313
Caton (l'Ancien), homme politique romain, 356, 373, 375, 378, 379, 677
Caton (d'Utique), homme politique romain, 265, 312, 315, 378, 379, 471, 652, 700, 743
Cavalcanti (Cavalcante), 17, **637**
Cavalcanti (Francesco), **701**
Cavalcanti (Guido), 9, 11, 17, 18, 19, **30**, 60, 87, 97, 98, 110, 111, 112, 118, 128, 146, 404, 423, 431, 432, **637**, 785
Cécrops, **800**
Célestin V, **609**, 709
Centaures, 16, **842**
Céphale (d'Athènes), personnage des *Métamorphoses* d'Ovide, 375, 376
Céphas, **972**
Cerbère, **620**, 621, 634
Cerchi, famille florentine, 949
Cérès, 221
César (Jules), 265, 311, 337, 471, 601, 615, 713, 778, 816, 850, 928
Charlemagne, 506, 723, 906, 958
Charles Ier d'Anjou, **675**, 710, 769, 786, 787, 823, 914
Charles II d'Anjou, 170, **316**, 402, 759, 769, 823, 907, 964, 966
Charles de Valois, 10, 242, **823**
Charles (Martel), **914**, 916, 917
Charon, nocher de l'Achéron, 16, 610, 611
Chiaramontesi, famille florentine, 951
Chilon, un des sept sages de l'Antiquité, 281
Chiron, Centaure, 644, 645, 775
Christ (Jésus), 15, 53, 56, 61, 81, 130, 214, 223, 232, 246, 346, 348, 362, 365, 459, 460, 461, 476, 484, 485, 486, 487, 491, 492, 493, 499, 500, 501, 502, 503, 504, 505, 506, 509, 510, 511, 512, 514, 528, 533, 542, 543, 545, 558
Chrysippe, philosophe grec, 477
Chrysostome (saint Jean), **934**
Ciacco, **621**
Cianghella, **946**
Cicéron, 9, 205, 206, 207, 237, 247, 280, 300, 313, 315, 320, 332, 342, 356, 357, 365, 369, 373, 374, 375, 376, 377, 380, 439, 468, 469, 470, 471, 477, 481, 553, 554, 615
Cielo (d'Alcamo), **402**
Cimabue, **785**
Cincinnatus (Quinctius), 312, 469, 470, **905**, 946

Cino (da Pistoia), 9, **88**, 95, 148, 149, 150, 171, 172, 173, 174, 175, 399, 404, 409, 415, 416, 421, 423, 522
Cinyre, 537, 720
Circé, magicienne, 704, 797, 818, 998
Ciriath (Ciriatto), démon, 683, 685
Claire (sainte), 894
Clélie, personnage de l'*Énéide*, 468
Clémence, **917**
Clément IV (pape), **752**
Clément V (pape), 528, 541, 545, **674**, 712, 823, 954, 996, 1011
Cléobule, un des sept sages de l'Antiquité, 281
Cléopâtre, 617, 906
Clio, muse, 832
Clotho, **827**
Clymène, **952**
Colonna, famille romaine, 708
Colonna (Egidio), **365**
Colonnes (le juge des, de Messine), (Guido delle Colonne, poète sicilien), 401, 420
Conrad III (empereur), **947**
Conradin, **710**, 823
Constance, 752, 753, 769, **895**, 898
Constantin (empereur), 487, 504, 505, 506, 510, 675, 708, 877, 903, 904, 966
Cornélie, mère des Gracques, 615, 946
Corrado (da Palazzo), **808**
Corydon, 568
Crassus, **825**
Créon, frère de Jocaste, le tyran de Thèbes, 678
Crète (vieillard de), **655**
Créuse, 465, **920**
Cunizza (da Romano), **918**
Cupidon, 912
Curiaces (les trois), 483, **905**
Curion, 312, 535, **713**
Cyclope, 572
Cyclopes, **653**
Cyrus le grand, 478, **789**

Damascène (saint Jean), 543

Damien (Pierre), **972**
Daniel, prophète, 246, 488, 559, 896, 1007
Dante (da Maiano), **88**, 101, 102, 103, 104, 105, 106
Daphné, nymphe, 572
Dardanus, 340, 464, 465
Darius, roi des Perses, 478
Dati (Bonturo), **681**
David, roi d'Israël, 214, 246, 310, 332, 454, 457, 482, 489, 491, 494, 613, 714, 780, 966, 988, 1016
Décius (Publius), 312, 471, **905**
Dédale, 717, **916**
Déidamie, **703**, 833
Déiphile, personnage de la *Thébaïde*, 368, 833
Déjanire, 644, **645**
Démétrius, 542
Démocrite, philososphe grec, 245, 290, 615
Démophoon, fils de Thésée, 920
Denys (roi du Portugal), 964
Denys (de Syracuse), **646**
Denys (l'Aéropagite), 555, **924**, 1003
Diane, 788, 825, 847, 977, 978
Didier, roi des Lombard, 506
Didon, 371, 465, 466, 564, **617**, 618, 912, 920
Diogène, philosophe grec, 615
Diomède, héros grec, 703
Dioné, **912**, 977
Dioscoride, pharmacien grec, 615
Dis (Lucifer), 641, 644, 737
Dominique (saint), 18, 377, 924, 929, 931
Domitien, **833**
Donat, **934**
Donati (Buoso), **701**, 719, 720
Donati (Cianfa), **698**
Donati (Corso), chef du parti Noir à Florence, adversaire de Dante, 841, 893
Donati (Forese), 10, 17, **127**, 128, 129, 130, 131, 836, 837, 839, 841, 893
Donati (Gemma), 9

Donati (Nella), épouse de Forese Donati, 837, 838
Donati (Piccarda), **893**, 898
Donati (Ubertino), Florentin, 951
Doria (Branca), noble génois, 736
Draghignazzo, démon, 683, 686
Drusus, famille romaine, 312
Duca (Guido del), **798**, 801
Duèse (Jacques) (voir Jean XXII), 996
Durant (Guillaume), décrétaliste († 1296), 544

Éaque, personnage des *Métamorphoses* d'Ovide, 375, 376
Édouard (Ier d'Angleterre), 769, 964
Egidio, **927**, 928
Électre, **340**, 464, 465, 614
Élie, 502, **703**, 875
Élisabeth, mère de Jean-Baptiste, 815
Élisée, prophète, 703
Élysée (Eliseo), frère de Cacciaguida, 947
Empédocle, philosophe grec, 615
Énée, 284, 310, 340, 371, 372, 463, 464, 465, 466, 467, 474, 475, 482, 483, 535, 601, 604, 615, 617, 703, 704, 810, 817, 904, 920, 966
Éphialte, **726**
Épicure, philosophe grec, 315, 357, 470, 471, 635
Érésichton, **836**
Érichton, **632**
Érinnyes, **632**
Ériphyle, **788**
Ésaü, frère de Jacob, 916, 1017
Ésope, 688
Esther, reine de Perse, 810
Étéocle, fils d'Œdipe, 703, 832
Étienne (saint), **803**
Euclide, mathématicien grec, 243, 439, 615
Europe, aimée et ravie par Jupiter, 997
Euryale, héros troyen, 477, 602
Eurypyle, **679**
Évandre, roi du Latium, 464, 904

Ève, 390, 742, 773, 789, 842, 861, 874, 936, 1016
Ézéchias, roi de Judée, 789, 966
Ézéchiel, prophète, 558, 863
Ezzelino (III da Romano), **646**, 918

Fabius, famille romaine, 905
Fabricius (Caius Luscinus), 311, 470, 483, **822**
Fabruzzo (dei Lambertazzi), poète bolonais, 406, 407, 432
Fantolini (Ugolino dei), **799**
Farfarel (Farfarello), démon, 683, 687
Farinata (degli Uberti), 17, 622, **636**, 638
Ferdinand (IV de Castille), **964**
Festus, **509**
Fiduccio (de' Milotti), médecin toscan, 570
Fieschi (Alagia), **821**
Fieschi (Bonifazio), **840**
Fifanti, famille florentine, 950, 951
Filippeschi, famille d'Orvieto, 764
Filippi, famille florentine, 951
Florentin (Brunetto) (voir Brunetto Latini), 403
Foccaccia (voir Vanni dei Cancellieri), 729
Folquet (de Marseille), 423, **920**
Francesca (da Rimini), 17, **618**
Francesco (d'Accorso), **659**
François (saint, d'Assise), 18, 377, 659, 709, 927, 928, 933, 934, 936, 976, 1017
Franco (de Bologne), **785**
Frédéric II (d'Aragon), 316, **402**, 769, 964, 966
Frédéric II (de Souabe), 17, **296**, 306, 532, 638, 649, 686, 690, 752, 769, 808, 895
Frescobaldi (Dino), poète florentin, 9
Frontin, écrivain latin, 424
Fucci (Vanni), **696**, 697
Fulcieri (da Calboli), **572**, 797
Furies, 632

Gabriel (archange), 223, 624, 779, 897, 921, 1019
Gaetana (Tana), **130**
Gaia, fille de Gherardo da Camino, 808
Galasso (da Montefeltro), **330**, 707
Galatée, nymphe, 572
Galehaut, **619**
Galien, médecin grec, 198, 454, 615
Galigai, famille florentine, 951
Galli, famille florentine, 951
Gallo (de Pise), **403**
Gallure (coq de), 772
Ganelon, traître à Charlemagne, 731
Gano (degli Scronigiani), **762**
Ganymède, échanson des dieux, 775
Gédéon, 842, **843**
Gentucca, **840**
Geri (del Bello), **715**
Géryon, monstre, 664, 667, 668, 669, 853
Gherardesca (de Batifolle), **538**, 539, 540
Gherardo (da Camino), **339**, 340, 808
Gherardo (de Crémone), **245**
Ghino (di Tacco), **761**
Ghislieri (Guido), **406**, 432
Ghisolabella, **669**, 670
Giacomo (da Lentini), **63**
Giacomo (da Sant'Andrea), **651**
Gianfigliazzi, 666
Gianni (de' Soldanieri), 731
Gianni (Lapo), 9, **110**, 404
Giano, **151**
Giano (della Bella), 951
Gilbert (de la Porrée), philosophe médiéval, 449
Giotto, **785**
Giovanna, **761**
Giovanni (da Buiamonte), 666
Giovanni (del Virgilio), 14, 563, 565, 567, 570
Giraut (de Borneil), 851
Giuochi, famille florentine, 951
Giuseppe, **816**
Glaucus, **885**
Godefroy (de Bouillon), **958**
Goliath, géant, 482, 537

Gomita (Fra), **686**
Gorgone, 633
Gotto (de Mantoue), poète inconnu, 434
Gratien, **924**
Greci, famille florentine, 951
Grégoire (le Grand, saint), 543, 781, 1003
Griffechien (Graffiacane), démon, 683, 685
Griffolino (d'Arezzo), **718**
Gualdrada, **661**
Gualterotti, famille florentine, 951
Guccio (dei Tarlati da Pietramala), **762**
Guenièvre, **619**, 948
Guerra (Guido), **661**
Guglielmo (degli Aldobrandeschi), **785**
Guide, *passim*, appellation récurrente de Virgile
Guidi (comtes toscans), 949
Guidi (da Modigliana), famille toscane, 721
Guido (da Castello di Reggio), **345**, 808
Guido (da Montefeltro), **377**, 706, **708**
Guido (da Prata), **799**
Guido (del Cassero), **712**
Guillaume (d'Orange), **958**
Guillaume II, roi de Sicile, **966**
Guillaume VII (de Montferrat), 770
Guinizelli (Guido), 18, 51, **353**, 397, 406, 420, 423, 432, 785, 850
Guiraut (de Borneil), **396**, 415, 416, 420, 422
Guiscard (Robert), **710**, 958
Guittone (d'Arezzo), 63, 403, 424, **841**, 851
Guy (de Montfort), **646**

Haakon (de Norvège), **964**
Hadrien Ier (pape), 506
Hannibal, 312, 467, 484, 544, 710, 726, 905
Harpies, monstres, 647, 648, 650

Heber, ancêtre des Hébreux, 393
Hécate (Diane-Lune), reine des Enfers, 637
Hector, héros troyen, 284, 372, 464, 615
Hécube, reine de Troie, 719
Hélène, épouse de Ménélas, enlevée par Pâris, 617
Hélice, **847**, 1012
Héliodore, **825**
Henri III (d'Angleterre), 714, **769**
Henri (de Cornouailles), **646**
Henri (de Suse), **544**, **932**
Henri (II de Lusignan), **964**
Henri (VI de Souabe), **895**
Henri VII (de Luxembourg), 12, 525, 533, 538, 539, 541, 547, 564, 879, 954, **1011**
Héraclite, philosophe grec, 615
Hercule, 259, 477, 482, 586, 645, 698, 704, 727, 920
Héro, **858**
Hérode, roi de Judée, 487, 960
Hippocrate, médecin grec, 198, 615, 864, 926
Hippolyte, **953**
Holopherne, **789**
Homère, 17, 28, 64, 353, 444, 614, 616, 833
Honorius III (pape), **927**, **928**
Horace, 17, 64, 332, 418, 551, 552, 563, 614
Horaces (les trois), 483, 905
Hortensius (Quintus), orateur romain, 378, 379
Hostilius, voir Tullus
Hugo (Victor), 8
Hugues (de Saint-Victor), **934**
Hugues (le Grand), **951**
Hypérion, père du Soleil, 523, 977
Hypoménée, 477
Hypsipyle, 284, 671, **850**

Iarbas, **871**
Ibn Daoud, **255**
Icare, fils de Dédale, 667
Ilionée, personnage de l'*Énéide*, 464

Importuni, famille florentine, 951
Infangati, famille florentine, 951
Innocent IV (pape), **544**
Interminelli (Alessio), **671**
Io, **863**, 875
Iole, aimée d'Hercule, 920
Iollas, **569**, 572
Iphigénie, **901**
Iris, **930**
Isidore (de Séville), 360, **925**
Isis, **828**
Itys, **775**
Iule, fils d'Énée, **535**

Jacob, patriarche hébreu, 496, 606, 855, 975, 1017
Jacopo (da Lentini), 403, **841**
Jacopo (del Cassero de Fano), **759**
Jacques (de Majorque), **964**
Jacques (II de Sicile), **769**, **964**
Jacques (saint), 304, 987
Janus, roi mythique du Latium, 906
Jason, 670, **671**, 674, 888
Jean Baptiste (saint), 61, 535, 651, 652, 673, 721, 835, 896, 948, 949, 960, 1016
Jean l'Évangéliste (saint), 223, 290, 486, 496, 503, 512, 560, 675, 863, 875, 985, 987, 989, 992
Jean (de Montferrat), marquis de Monteferrat, 402
Jean (saint, Chrysostome), **934**
Jean XXI (pape), **934**
Jean XXII (pape), **960**, 996
Jeanne, 60, **61**
Jephté, **901**
Jérémie, prophète, 69, 541, 555
Jérôme (saint), 312, 1004
Jessé, père de David, 310, 537
Joachim (saint), père de la Vierge, 223
Joachim (de Flore), **934**
Job, patriarche, 494, 590
Jocaste, **832**
Joseph, patriarche, 130, **721**
Josué, chef des Hébreux, 534, 825, 957

Juba, roi de Numidie, 906
Judas, 15, 476, 496, 727, 738, 824, 829
Jude, apôtre, 864
Judith, 789, 1016
Julie, fille de César, épouse de Pompée, 615
Junon, 63, 221, 719, 825, 930, 1000
Jupiter, 340, 475, 556, 653, 654, 655, 719, 724, 726, 765, 847, 864, 876, 897, 959, 969, 977, 995, 997, 1012
Justinien, empereur d'Orient, 40, 764, 904
Juvénal, poète latin, 380, 463, 831

Lachésis, **827**, 846
Lagia (dame de Florence), 111
Laïos, **832**
Lambertazzi (Fabbro dei), **798**
Lancelot, **377**, 619, 948
Lano (da Siena), **651**
Laomédon, **340**
Latinus, roi du Latium, 615, 810
Latone, mère d'Apollon, 825
Latone (la fille de), **977**
Laurent (saint), 897, 898
Lavinia, 466, 615, **810**, 904
Léandre, **858**
Léarque, **719**
Léda, mère de Castor et Pollux, 997
Lélius, 237
Léon VIII (pape), 507
Leucothoé, nymphe, 523
Lévi, troisième fils de Jacob, 496
Lia, **855**
Libycoq (Libicocco), démon, 683, 686
Lin (saint), **996**
Lindius, un des sept sages antiques, 281
Linus, poète grec, 615
Lippo (Pasci dei Pardi), musicien de l'époque de Dante, 106, 107
Loderingo (degli Andalò), **691**
Lombard (Pierre), 499, **924**
Lombardo (Marco), **806**
Louis (d'Anjou), 916
Louis IX, 762

Louis X (de France et de Navarre), 964
Luc (saint), 311, 348, 362, 480, 501, 501, 503, 506, 826
Lucain, poète romain, 17, 63, 259, 265, 328, 336, 337, 378, 399, 424, 467, 477, 478, 479, 483, 556, 614, 695, 700
Lucie (sainte), 606, 776, 777, 1019
Lucifer, 15, 224, 558, 629, 641, 727, 737, 739, 788, 962
Lucilius, 332
Lucius, (Varius) poète épique, 833
Lucrèce, héroïne romaine, 615, 905
Luminaires (les quatre), **995**
Lycurgue, **850**

Macaire (saint, d'Alexandrie), 974
Macchabée (Judas), **957**
Mahomet, 711, 712
Maïa, 977
Malaspina (Corrado), 772, **773**, 774
Malaspina (Gherardino), **543**
Malaspina (Moroello), **173**, 524, 821
Malatesta (da Verrocchio), **707**
Malatesta (Gianciotto), **618**
Malatesta (Malatestino), 707, **712**
Malequeue (Malacoda), démon, 682
Malgrifs (Malebranche), démons, 681, 687, 689
Manfred, 17, **402**, 752, 823
Manfredi (da Vico), **379**
Manlius (Capitolinus), consul romain, 467
Mantô, **678**, 679
Marc (saint), 359, 503, 806, 808
Marchese (degli Aguglieri), **840**
Marcia, 378, 379, 615, **743**
Marcus (Claudius Marcellus), **765**
Mardochée, **810**
Maréchal, 170
Marguerite (de Bourgogne), 769
Marguerite (de Brabant), **538**, 539, 540
Marie (Vierge), 20, 31, 37, 67, 75, 223, 310, 348, 485, 535, 541, 606, 750, 760, 771, 779, 780, 792, 793,

803, 815, 822, 824, 836, 847, 878, 896, 928, 937, 940, 947, 981, 990, 1014, 1016, 1018, 1019, 1020
Marie (Jacobé) (sainte), 359
Marie (Madeleine), 359
Marie (Salomé) (sainte), 359
Mars, 652, 724, 788, 897, 916, 995
Marsyas, **884**
Marthe, sœur de Marie, 348
Martin (de Braga), 274, 468
Martin V (pape), 840
Mathilde (Matelda), gardienne du Paradis terrestre, 857-862, 872, 874, 876, 878, 881
Matteo (d'Acquasparta), **934**
Matthias (saint), apôtre, 476, 675
Matthieu (saint), 346, 360, 492, 494, 498, 499, 502, 503, 506, 558
Médecine (Pierre de), (Piero da Medicina), 712
Médée, **671**
Mégère, Furie, 632
Melchisédech, **916**
Méléagre, **844**
Mélibée, **565**, 566, 567, 568, 569, 570
Mélissos, 493, **938**
Ménalippe, **731**
Mercure, 475, 800, 875, 897, 977
Messine (le juge de) (voir Guido delle Colonne), 423
Metellus (Caecilius), **778**
Michel (Archange), 624, 793, 897
Michel Ier, empereur d'Orient, 506
Michol, **780**
Midas, 571, **825**
Minerve, 221, 803, 867, 887
Minos, 16, **616**, 643, 650, 677, 709, 717, 743
Minotaure, **643**
Misène, héros troyen, 372, 464
Mocati (Bartolomeo), poète siennois, 403
Moïse, 456, 466, 486, 494, 495, 496, 502, 511, 613, 816, 875, 896, 986, 992, 1019
Monaldi, famille d'Orvieto, 764
Montagna (da Parcitade), **707**
Montecchi, famille de Vérone, 764

Mopse, **565**, 566, 568, 569, 571, 572
Moronto, frère de Cacciaguida, 947
Morubaldini (Fazio), **949**
Mosca (dei Lamberti), 622, **713**
Mucius (Scaevola), 312, 471, **898**
Muson (le Phrygien), **569**
Mussato (Alberino), **569**
Myrrha, 537, **720**

Nabuchodonosor, 559, **896**
Narcisse, **722**
Nasidius, **700**
Nathan, **934**
Némésis, déesse grecque de la Justice, 523
Nemrod, 394, **724**, 725, 788, 994
Neptune, 712, 803, 1023
Néron, 325
Nessus, 644, **645**, 647
Niccolò (da Prato), **519**, 702
Niccolò (dei Salimbeni), **718**
Nicolas (Albertini de Prato), cardinal, 519, **972**
Nicolas (de Bari) (saint), **822**
Nicolas III (pape), 674
Nicomède, **850**
Ninus, roi d'Assyrie, 478, 617
Niobé, reine de Thèbes, 788
Nisus, **602**
Noé, patriarche biblique, 246, 394, 613, 930
Novello (Alessandro), **918**
Novello (Federigo), **762**
Numa (Pompilius), deuxième roi légendaire de Rome, 281, 311, 409, 467
Nyse, **567**, 568

Obizzo II (d'Este), **646**
Octavien (voir Auguste), 528
Oderisi (da Gubbio), 18, **785**
Œdipe, 274, 369, **832**
Onesto (degli Onesti), **406**, 407
Orbicciani (Bonagiunta), 18, **839**
Ordelaffi, famille noble de Forli, 707
Oreste, **792**

Orlandi (Guido), poète florentin, 118
Ormanni, famille florentine, 951
Orodès, 825
Orose (Étienne de Dalmatie), 964
Orose (Paul), 281, 424, 465, 478, 483, 586, 925
Orphée, 213, 615
Orsini (Napoleone), 544
Orso (degli Alberti di Mangona), 762
Othon Ier (empereur), 507
Ottaviano (degli Ubaldini), 639
Ottokar II, 768
Ovide, 9, 17, 64, 105, 213, 224, 245, 259, 342, 363, 375, 376, 389, 424, 477, 478, 523, 542, 547, 572, 614, 677, 706, 953

Pagani (da Susinana), 707, 799
Pallas (voir Minerve), 221, 547, 788
Pallas, fils d'Évandre, 904
Pan, 875
Pâris, ravisseur d'Hélène, 617
Parménide, 493, 938
Pasiphaé, 643, 849
Paul (saint), 222, 312, 336, 377, 443, 459, 479, 484, 488, 494, 504, 509, 510, 541, 558, 604, 864, 960, 972, 984, 991
Péan (Apollon), 935
Pégasée, 959
Pélée, 376
Pellegrue (cardinal Arnaud de), 545
Pénélope, épouse d'Ulysse, 704
Penthésilée, reine des Amazones, 615
Périandre, un des sept sages antiques, 281
Perillos, 706
Perini (Dino), 565
Pettinaio (Pier), 795
Phaéton, 542, 667, 755, 864, 952, 1015
Phalaris, 706
Phèdre, 953
Philippe IV (le Bel), roi de France, 165, 541, 675, 768, 769, 823, 878, 964

Philippe III (le Hardi), 762, 768
Philomèle, 809
Phlégyas, 628
Phocus, fils du roi Éaque, 376
Pholus, centaure, 645
Photin, 639
Phyllis, 920
Pia (de' Tolomei), 761
Pie, 996
Piérides, 741
Piero (della Vigna), 649
Pierre (saint), 18, 359, 360, 477, 489, 491, 498, 499, 500, 501, 502, 503, 512, 515, 527, 528, 541, 675, 778, 793, 828, 864, 875, 921, 924, 929, 960, 972, 976, 983, 985, 987, 1019
Pierre (d'Auvergne), 399
Pierre (d'Espagne), 934
Pierre (le Mangeur), 934
Pierre III (d'Aragon), 752, 769
Pigli, famille florentine, 951
Pilate (Ponce), gouverneur de la Judée, 487, 512
Pilate, surnom donné par Dante à Philippe le Bel, 824
Pinamonte (de' Bonacolsi), 679
Pireos, 741
Pisano (Gallo ou Galletto), 403
Piscitelli (de Naples), famille inconnue, 380
Pisistrate, 803
Platon, 220, 263, 278, 290, 315, 341, 355, 365, 559, 563, 615, 750, 896
Plaute, auteur latin, 833
Pline l'Ancien, naturaliste romain, 424
Plutus, 623
Polenta (Guido Novello da), 12, 569, 707
Polenta, famille noble de Ravenne, 707, 708
Polyclète, 779
Polydore, sculpteur et architecte grec, 719, 825
Polymnestor, 719, 825
Polymnie, 979
Polynice, 368, 369, 703, 832
Polyphème, cyclope, 572

Polyxène, 719
Pompée, adversaire de César, 632, 646, 652, 713, 743, 905, 906
Porsenna, roi étrusque, 468, 471, 898
Portinari (Folco), père de Béatrice, **53**
Pressa (della), famille florentine, 950, 951
Priam, roi de Troie, 340, 464, 465, 646, 719, 774
Priénée, un des sept sages antiques, 281
Primevère, 61, 62
Priscien, grammairien latin, 659
Procné, **775**
Prométhée, dieu du feu, 342
Proserpine, déesse des enfers, 633, 857
Psalmiste (voir David), 219, 224, 362, 460, 512, 590, 780
Pseudo (Aristote), 555
Ptolémée, astronome grec, 68, 217, 243, 245, 589, 615
Ptolémée, roi d'Égypte, 479, 906
Puccio (dei Galigai), 701
Putiphar, **721**
Pygmalion, **824**
Pylade, **792**
Pyrame, amant de Thisbé, qui se suicida en la croyant morte, 478, 853, 880
Pyrrhus, roi d'Épire, adversaire de Rome, 471, 481, 482, 483, 646, 905
Pythagore, mathématicien grec, 249, 263, 281, 300, 355, 457, 568

Raban (Maur), **934**
Rachel, épouse de Jacob, 606, 613, 855, 1016
Rahab, 920
Rainouard (Sarrasin), **958**
Ravignani, famille florentine, 951
Raymond (Bérenger IV), 907, **908**
Raymond (V), **330**
Rébecca, mère d'Esaü et de Jacob, 1016
Régulus, héros romain, 312

Reine (de gloire) (Vierge Marie), 31
Rhéa (Cybèle), épouse de Saturne, 655
Rhodopée (Phillis), 920
Richard (de Saint-Victor), 558, **925**
Rinaldo (d'Aquino), poète sicilien, 420
Rinier (da Corneto), **647**
Rinier (de' Pazzi), **647**
Rinieri (da Calboli), 797, **798**
Riphée, **966**, 968
Rivarol (Antoine de), 8
Rizzardo (da Camino), **918**
Robert (de Naples), 823, **914**, 916
Robert (d'Écosse), **964**
Roboam, roi d'Israël, 788
Rodolphe Ier de Habsbourg, **306**, 764, 768, 914
Roland, paladin de Charlemagne, 723, 958
Romena (Guido et Oberto da), comtes de Toscane, 521
Romieu (de Villeneuve), 907, **908**
Romuald (saint), 974
Romulus, 311, 467, 905, 916
Rossellino (della Tosa), **893**
Rubicant (Rubicante), démon, 683, 685
Rusticucci (Jacopo), 622, **661**
Ruth, **1016**

Saba (reine de), 547
Sabel, **700**
Sabellius, **938**
Sacchetti, famille florentine, 951
Saint-Esprit (David, chantre inspiré du), **966**
Saladin (Salh-ad-Din), 330, 615
Salomé, **960**
Salomon, roi d'Israël, 223, 235, 247, 283, 290, 294, 295, 304, 310, 318, 332, 341, 343, 345, 366, 367, 373, 488, 788, 924, 936
Saltorello (Lapo), **946**
Salvani (Provenzano), 786, **787**, 795
Samaritaine, **826**

Samos (devin de) (voir Pythagore), 568
Samuel, juge d'Israël, 476, 497, 498, 536, 896
Sannazzaro de Pavie, **380**
Saphire, **825**
Sapia, 794, **795**
Sarah, épouse d'Abraham, 1016
Sardanapale, roi assyrien, 946
Sassol (Mascheroni), **729**
Satan, 502
Saturne, 655, 970
Saül, roi d'Israël, 476, 788
Schicchi (Gianni, dei Cavalcanti), **719**
Scipion l'Africain, 237, 313, 484, 726, 864, **905**, 996
Scipion (le Jeune), 237
Scott (Michel), 679
Scrovegni, **666**
Sem, fils de Noé, 394
Sémélé, 523, **719**, 969
Sémiramis, reine d'Assyrie, 478, 617
Sénèque, auteur latin, 199, 290, 332, 333, 409, 468, 523, 551, 615
Sennachérib, 788, **789**
Sextus (Pompée), 646
Sibylle, 371
Sichée, **617**, 824, 920
Sigier (de Brabant), 8, **925**
Silvestro, **927**
Silvius (le père de) (voir Enée), 604
Simon, **672**, 1011
Simonide, 336, **833**
Sinon, **721**, 722
Sixte, **996**
Sizi, famille florentine, 951
Socrate, 290, 315, 365, 615
Soldanieri, famille florentine, 951
Soldanieri (Gianni de'), **731**
Solon, 281, **916**
Sordello, 17, **763**, 766, 767, 771, 772, 773, 776
Speusippe, **315**
Sphinx, 879
Stace, poète latin, 274, 284, 368, 369, 424, 677, 829, 831, 842, 844, 853, 874, 882
Staël (Madame de), 8

Stagno (fils de), **129**
Stefaneschi (Jacopo), **545**
Stricca (dei Salimbeni), **718**
Sultan d'Égypte, 617
Sylvestre Ier (pape), 504
Sylvestre II (pape), **708**
Syrinx, **875**

Tana, **130**
Tarquin (le Superbe), roi de Rome, 615, 905
Tarquins (rois), 311
Taviani (Guelfo), poète florentin, 171
Tebaldello (de' Zambrassi de Faenza), **731**
Télamon, père d'Ajax, 376
Térence, poète latin, 551, 833
Terino (da Castelfiorentino), poète florentin, 88
Tesauro (di Beccaria), **731**
Teucer, frère d'Ajax, 479
Thaïs, **672**
Thalès, philosophe grec, 615
Thamyris, 478, **789**
Thémis, déesse de la Justice, 879
Théophile, 503
Thésée, héros grec, 633, 643, 842
Thétis, mère d'Achille, 833
Thibaut Ier (de Navarre), **396**, 420, 423
Thibaut II (de Navarre), **685**
Thisbé, 853
Thomas (d'Aquin, saint), 9, 18, 246, 255, 320, 342, 382, 466, 823, 924, 927, 929, 933, 934, 936, 939
Thymbrée (voir Apollon), 788
Tibère (empereur), 487, **906**
Tignoso (Federico de Rimini), **799**
Timée, philosophe grec (voir Platon), 897
Tirésias, **677**, 678, 833
Tisiphone, Furie, 632
Tite-Live, 281, 424, 463, 467, 469, 470, 471, 479, 483, 484, 710
Tithios, **727**
Tithon, 774
Titus, 836, **906**

Tityre, **565**, 566, 567, 568, 569, 570, 571, 572
Tobie, personnage biblique, 897
Tolomei (Meuzzo), **117**
Tornielli (Dolcino), **712**
Torquatus (Lucius, Manlius), Romain, 312, 315
Torquatus (Titus Manlius), héros romain, 905
Tosinghi, famille florentine, 951
Totila, roi des Ostrogoths, 422
Trajan (empereur), **781**, 966, 968
Traversari (Pietro dei), **798**
Tristan, 617
Tullus (Hostilius), troisième roi de Rome, 311, 313, 483, 615
Turnus, roi des Rutules, 466, 482, 483, 536, 602, 810
Tydée, 368, **731**
Typhée, 224, **727**, **914**

Ubaldino (degli Ubaldini dalla Pila), **840**
Uberti, famille florentine, 353, 636, 691, 951
Ubertino (da Casale), **934**
Ubriachi, **666**
Ughi, famille florentine, 951
Ugolino (d'Azzo), **799**
Ugolino (della Gherardesca), 17, 731, **732**, **733**, **734**
Ugolino Visconti, **771**
Uguccione (de Pise), 228, **314**, 360, 364
Ulysse, 17, 572, **703**, 818, 997
Uranie, muse, 861
Urbain, **996**

Vanna (dame de Florence), 111

Vanni (dei Cancellieri), **729**
Varius (voir Lucius)
Végèce, écrivain latin, 481
Venceslas (de Bohême), **768**, 964
Vénus, 224, 225, 847, 858, 912, 977
Vésogès, roi d'Égypte, 478
Vincent (de Beauvais), encyclopédiste médiéval, 261
Violette, 114
Virgile, 9, 14, 15, 16, 17, 63, 189, 224, 234, 283, 309, 365, 371, 424, 426, 448, 463, 464, 467, 470, 479, 564, 565, 569, 601, 616, 619, 627, 632, 633, 637, 674, 692, 714, 727, 747, 750, 751, 757, 763, 766, 772, 780, 793, 815, 818, 829, 830, 831, 838, 839, 842, 853, 855, 862, 866, 944, 953, 994
Visconti, famille milanaise, **353**
Visconti (Giangaleazzo), **772**
Visconti (Ugolino), 686, **772**
Visdomini, famille florentine, 951
Vitaliano (del Dente), **666**
Vulcain, 221, 653

Xénocrate (le Chalcédonien), philosophe grec, 315
Xerxès, 478, 479, 858, **916**

Ysiphile, **671**

Zanche (Michel), **686**, **736**, 686, 736
Zébédée, père des apôtres saint Jacques et saint Jean l'Évangéliste, 502
Zénon (de Citium), philosophe grec, 290, 314, 357, 615

TABLE

Avant-propos, par Christian Bec 7
Bibliographie 21
Chronologie 23

Vie nouvelle 25
Rimes 85
Banquet 181
De l'éloquence en langue vulgaire 385
La Monarchie 437
Épîtres 517
Églogues 561
Querelle de l'eau et de la terre 573
La Divine Comédie 593

Index 1025

Achevé d'imprimer en octobre 2009 en Italie par
« La Tipografica Varese S.p.A. »
Varese
Dépôt légal 1re publication : juin 2002
Édition 05 – octobre 2009
LIBRAIRIE GÉNÉRALE FRANÇAISE – 31, rue de Fleurus – 75278 Paris Cedex 06

31/3268/5